U0553691

「山东大学中文一流学科建设经费」资助项目

山东大学中文专刊

鲍思陶 著

鲍思陶文集

第一册

联绵词研究
古汉语讲义

齐鲁书社
·济南·

图书在版编目（CIP）数据

鲍思陶文集 / 鲍思陶著. -- 济南 : 齐鲁书社,
2023.9
　　ISBN 978-7-5333-4761-1

　　Ⅰ.①鲍… Ⅱ.①鲍… Ⅲ.①鲍思陶 - 文集 Ⅳ.
①I217.2

中国国家版本馆CIP数据核字（2023）第152546号

责任编辑/贺　伟
装帧设计/赵萌萌

鲍思陶文集

BAOSITAO WENJI

鲍思陶　著

主管单位	山东出版传媒股份有限公司	
出版发行	齐鲁书社	
社　　址	济南市市中区舜耕路517号	
邮　　编	250003	
网　　址	www.qlss.com.cn	
电子邮箱	qilupress@126.com	
营销中心	（0531）82098521　82098519　82098517	
印　　刷	山东星海彩印有限公司	
开　　本	710mm × 1000mm　1/16	
印　　张	89	
插　　页	12	
字　　数	1157千	
版　　次	2023年9月第1版	
印　　次	2023年9月第1次印刷	
标准书号	ISBN 978-7-5333-4761-1	
定　　价	478.00元（全三册）	

与蒋维崧先生讨论书稿

与蒋维崧先生、倪志云教授合影

赠同学罗睿德（曾任瑞典驻华大使）书法作品

与学生蒋志敏合影于南京

与李福清（俄罗斯汉学家）、关家铮合影

和家人在一起

譬渙龜沙地不靈公鴻博　名高日月天胡奪我貞良　文章遵嚴則心韻崔涵學界方欽　雕龍手　覆麟歌　氣度薄卿雲情懷室澗浚來應泣

代中文系古漢語教研室撰輓

輓世金先生聯

古漢語教研室
中文系

代撰挽牟世金先生联

代撰輓蕭滌非先生聯

彩潤安存吳天不平臨川筆　素絢仍在大塊空餘杜甫詩　握秉粹以瞻孰遠肅近懷思馬悵　抱鳴規而測海前承浚闢振麟風　斯人再來可與漢唐生對語　此公一去無為李杜氏言詩

受業弟子
文正楷

代撰挽萧涤非先生联

"山东大学中文专刊"编辑出版说明

"山东大学中文专刊",是山东大学中文学科学者著述的一套丛书,由山东大学文学院主持编辑,邀请有关专家担任编纂工作,请国内有经验的专业出版社分工出版。山东大学中文学科与山东大学的历史同步,在社会巨变中,屡经分合迁转,是国内历史悠久、名家辈出、有较大影响的中文学科之一。1901 年山东大学堂创办之初,其课程设置就包括经史子集等文史课程。1926 年省立山东大学在济南创办,设立了文学院,有中国哲学、国文学两系。20 世纪 30 年代至 40 年代,杨振声、闻一多、老舍、洪深、梁实秋、游国恩、王献唐、张煦、丁山、姜叔明、沈从文、明义士、台静农、闻宥、栾调甫、顾颉刚、胡厚宣、黄孝纾等著名学者、作家在国立山东(青岛)大学、齐鲁大学任教,在学术界享有盛誉。中华人民共和国成立后,山东大学中文学科迎来新的发展时期,华岗、成仿吾先后担任校长,陆侃如、冯沅君先后担任副校长,黄孝纾、王统照、吕荧、高亨、高兰、萧涤非、殷孟伦、殷焕先、刘泮溪、孙昌熙、关德栋、蒋维崧等语言文学名家在山东大学任教,是国内中文学科实力雄厚的学术重镇。改革开放以来,中华人民共和国培养的一代学术名家周来祥、袁世硕、董治安、牟世金、张可礼、龚克昌、刘乃昌、朱德才、郭延礼、葛本仪、钱曾怡、曾繁仁、张忠纲等,以深厚的学术功力和开拓创新精神,谱写了山东大学中文学科新的辉煌。总结历史成就,整理出版几代人用心血和智慧凝结而成的著述,是对学术前辈最大的尊敬,也是开拓未来,创造新知,更上一层楼的最好起点。2018 年 4 月 16 日,山东大学文学院新一届领导班子奉命成立,20 日履任。如何在新的阶段为学科发展做一些有益的工作,是摆在面前的首要课题。编辑出版"山东大学中文专刊"是新举措之一。经过一年的紧张工作,一批成果即将问世。其中既有历史成就的总结,也有新时期的新著。相信这是一项长期的任务,而且长江后浪推前浪,在未来的学术界,山东大学中文学科的学人一定能够创造出无愧于前哲、无愧于当代、无愧于后劲的更加辉煌的业绩。

山东大学文学院

2019 年 10 月 11 日

总目录

第一册

第二册

第三册

序 一

夫阳鸟非皋泽，不足纵其鸣；鲲鱼非沧溟，无能还其体。是以不羁之才，非笼池之所能蓄也。

吾同门友鲍君思陶，灵醇具于岐嶷，特达见于圭璋。方能胜衣，即启蒙正。秉其祖德，发于天授。元子和称蓝田之玉，柳文畅书斋壁之诗，固已蕴馥蓄芳，含章待发矣。

及入我师石臞夫子门，优游蕴藉，从容越泄，贯揽四部，牢笼百家，明晰腮理，诊发幽微，于叔重《说文》、成国《释名》致力尤深。函丈摄齐，师有南金之誉；丽泽谈讲，友无敢望之言。帐里藏书，颇类伯喈之雅；经会夺席，可较次仲之才。然性素博达，不欲以一科自限。覃精典坟，君子以明道艺；寄意风骚，才士以抒性灵。故虽潜心朴茂之学，而犹不废丽则之辞。低吟把卷，长啸登楼，鼓芳风于当世，垂穆诵于后昆，诚儒林之词客，翰苑之经师也。

何期曦日寝光，落叶飘凉，天妒英才，骤捐馆舍。河东三箧，遗著存家，陈农之所未访，中垒之莫能辑。

挚友倪君，早与酬倡；高足刘女，久湛教海。惧瑰词之莫宣，忧绪言之终绝，乃掇辑散篇，校理丛残，碎金片玉，莫不撷理，友德师恩，道义俱全。

主其事者杜君，以东与君有同门之谊，令缀引言。然君才侔太冲，岂待玄晏之序；我愧君山，无识扬云之学。芳草斜阳，抚巨编而忼慨；零雨飘风，念遗德而于邑。勉作芜词，式昭清闳。

刘晓东

2023 年

序 二

鲍思陶先生（一名鲍时祥）英年早逝，使他的友人产生了巨大的遗憾，因为友人们确信，他是大厦之材。

二十世纪八十年代后期，我到北京出差，在国家图书馆书展买到降价的《黄季刚诗文钞》，前头有殷孟伦先生序言，骈文，结体谨严，文气十足。回到山大，给刘晓东师说："殷先生晚年文气仍足，难得。"刘先生说："是鲍时祥代笔。"当时湖北文史馆编这部书，朱士嘉先生邀黄季刚弟子殷孟伦先生去武汉审稿，殷先生即携弟子鲍时祥同往。殷先生性豪气，文酒不断，而鲍时祥则枯坐旅馆代师审稿，又代拟序言。余闻之，叹为高足。

九十年代末，刘晓东先生著《匡谬正俗平议》成，嘱校一过，又命写序言，踌躇久之始交卷。鲍时祥先生亦作一序，骈文，妙笔生花，才子气象。鲍与刘两先生皆出殷孟伦先生门，鲍则师弟也。刘先生自序，人称高诣，足见章黄学派六朝文章之家法。

1994年至1997年间，我应邀参加编纂北大季羡林先生主编的《四库全书存目丛书》，受编委会派遣，到齐鲁书社联系出版事宜，社长郭焕芳先生、总编孙言诚先生均欣然同意承担出版任务。郭、孙两先生邀余调齐鲁书社工作。当时高校艰窘，月薪才数十元。孙先生说："齐鲁书社年薪上万，除蔬菜以外什么都发。三间住房，不调动先搬家。"又说："我与老郭五年内都退休，需要年轻人顶上。"我当时三十岁出头，哪受过这种抬举，真有知遇之感。不过，我不愿离开高校，认为虽然穷，但比较自由，导师王绍曾先生也不赞成调离。不过我知道鲍老师有意去出版社，就告诉孙先生自己的想法："孙先生，我在山大不用坐班，想写什么就写什么，没有人干涉，发表文章署自己的名字，等于干自己的事而学校发工资，是不是这个理？"孙先生说："你要这么想，那也对。"我说："鲍时祥学问比我大，他愿来出版社。"孙先生说："我知道小鲍愿来，我们也十分欢迎，你们两个我们都希望来。"我找到鲍老师："齐鲁有三间房，您要去就快去。"后来鲍老师去了齐鲁书社。

那时候为了出版庞大的《四库全书存目丛书》，我和齐鲁书社联系很多，与孙言诚先生交流尤其多。当时《存目丛书》编委会同事罗琳先生、张建辉先生、刘蔷女士都很友好，罗琳先生在中国科学院图书馆担任古籍组长，手下有部大手稿《续修四库全书总目提要》。一函一函放在书橱里，白宣纸，大都是名家誊清的手稿。我问罗琳先生，为什么不出版？他说标点本没做完，只完成经部，其余没人干了，影印出版因规模大，恐怕没有哪家出版社付得起底本费。我就找了齐鲁书社孙言诚先生。孙先生是张政烺弟子，学问大，他说："咱们出。"那么底本费如何办呢？当时商议，底本费算科图入股，合作出书。卖了书还本付利，卖不动就分书。这个办法好，一拍即合，签了合同。罗琳先生就在《存目丛书》编委会请同仁进行拼贴，请印《存目丛书》的金坛古籍印刷厂印刷，三个月就出来了，煌煌三十八册，还编了分类索引、书名索引、著者索引。我知道的出版神速的要籍，这是一部。当时齐鲁书社负责这套书出版的责编是孙言诚、鲍时祥、贺伟三位，为此与鲍老师交流大大增多。

鲍老师在齐鲁书社编了一套大书《二十五别史》，这是一套高水平古籍整理丛书，其中的《绎史》是刘晓东师整理的，被学术界认为是古籍整理善本。鲍老师在这套书上花费了大量心血，也贡献了他的学问和智慧，能够代表他在古籍点校整理方面的水平。

鲍老师曾对山东大学古籍所的科研工作提过期望，只是和我私下说，有没有向有关人士提出来，我不知道。他说："山大古籍所应当从事高精尖的整理和研究。"我认为他的意见是正确的，而且适用于所有学科。他的学问事实上就是高精尖。他曾对我说："《说文解字》是有内在体系的，《说文·玉部》的字，是关于玉文化、关于礼制的系统记载，应当统一考察。"有一次我在蓬莱慕湘藏书楼看到黄孝纾先生手稿《碧虑簃词话》，不知"碧虑簃"的来历，那时网上资源很少，就问鲍老师。一个月后，他说找到了，南朝萧纲有一篇《谢赉碧虑棋子屏风启》，大概只有他用过。鲍老师还帮助蒋维崧先生编书法集，蒋先生不愿用"书法"二字，说什么人都叫"法"，太俗，叫《蒋维崧书迹》。鲍老师问来历，蒋先生说《颜氏家训》。蒋先生属于学术上极精的一路学者，他对刘晓东先生、鲍时祥先生这两位后学的学问非常赏识，流于言表，也是学林的佳话。

我到齐鲁书社办事，鲍老师会留我吃饭，喝啤酒，他一喝酒就脸红，他说："艳若桃花。"我说，以他的学术造诣，应构思一部立身之作。他说确有一部书要写，叫《释名稽古录》。刘熙《释名》许多声训都有来历，有的出于纬书，他整理《二十五别史》也有发现。我劝他及时完成。他说："五十以前不著书，我们这个门里没办法。"我说很多前辈学者都年纪轻轻就写成了名著，哪里那么多规矩。我劝他把《释名》研究的心得先写出来。鲍老师在齐鲁书社工作若干年，又应母校之邀调回山大文学院执教。岂料宏图未展，却罹沉疴。我去济南市中心医院看他。他说："你劝我写的文章我写了，《文史哲》就要发出来了。"他还说自己有部《古典诗歌创作论》没写完。还特别谈到"马蹄韵"。

这部书临终托付倪志云先生，如今倪先生也续写完了。鲍老师2006年8月24日去世，上去出生1956年10月30日，尚未满50岁，追惟前言，岂非谶语！鲍老师去世后，齐鲁书社出版了他的诗集《得一斋诗钞》，也是倪先生受亡友之托整理的。周广璜先生看清样，我和内人程远芬都帮助看了一遍清样，算是早期读者。

2018年4月我奉命担任文学院院长，人事关系从儒学院调文学院，在工作规划中，提出编辑出版《山东大学中文专刊》，第一期收入山东大学中文名家文集十五家，分头邀请这些名家的弟子或子女担任编辑整理工作。2020年6月28日致函刘晓艺教授，商议整理鲍思陶先生遗著《古典诗歌创作论》。刘老师说鲍老师儿媳李让眉找到鲍老师手稿纸本《中国古典诗歌研究》，是一部讲义，分四章，没完成。这部遗稿就是鲍老师生前告诉过我的《古典诗歌创作论》，临终托付倪志云先生补写完。7月2日刘晓艺教授把手稿复印本转成了电子版，尼山学堂刘天禾同学承担了校对工作。我把电子版转给倪志云先生。我的意见是把已完成的部分连载于《山东大学中文论丛》（季刊），倪老师则主张待他全部整理、补写完再决定发表、出版。我和晓艺教授都赞成倪老师的意见。12月28日我致函倪志云先生："我考虑编《鲍思陶文集》，您代他完成的《中国古典诗歌创作论》也收进去。"并就署名办法征求倪老师意见。倪老师明确："这个书稿署名就署鲍思陶，我所做的事情，就是要为亡友做成一部署名'鲍思陶著'的书。"我对倪老师的厚谊深表敬佩。同时我把与倪老师的信转发给刘晓艺教授。12月29日我向山东大学文学院党政联席会议提交议案："杜泽逊组织编辑《鲍思陶文集》，李振聚协助。"获得通过，予以立项，资助编辑和出版工作。我又致函刘晓艺教授，提出让李振聚为编辑《鲍思陶文集》组一个微信群，作为文学院公务活动，请鲍老师儿子鲍重铮、儿媳李让眉加入。

　　2021年1月1日晚我致函李振聚："我提议编《鲍思陶文集》，院里通过了。我来挑头，你来作为助手。建个群。"1月2日李振聚建了"鲍思陶先生遗著整理"微信群，首先入群的有刘晓艺教授、鲍重铮、李让眉、倪志云、齐鲁书社贺伟等，开始商议《鲍思陶文集》编辑工作。以后陆续入群的有鲍老师生前友人罗琳、郑训佐、孙芙蓉，弟子李西宁、孙爱霞等，共计19人。1月2日晚我在群里发布了《编辑〈鲍思陶文集〉启事》："各位师友，我们组这个群，是为了搜集整理《鲍思陶文集》。鲍老师的诗集已经由齐鲁书社出版了。这次编辑《文集》的计划，经杜泽逊提交山东大学文学院党政联席会议通过。出版费用由文学院提供，纳入《山东大学中文专刊》。《文集》计划收入诗歌以外的全部单篇文章和著述。文章包括论文、序言、题跋、传记、回忆、词条、书信等。著述包括专著、讲义等。与他人合作文字，如果分工明确，鲍老师撰写部分亦析出收入。合作成果不能分析的，征得合作者同意，整体收入，文末注名原始署名。代笔文字，如代殷孟伦先生作《黄季刚诗文钞序》，可以确认出自鲍老师之手，仿前人成例收入，而注明代某某作。请各位提供线索，由李振聚同志负责汇总。所有文字，以拍照或扫描形式最佳，同时提供电子录入文本更好。文字出处，请注释明白，将来《文集》成书，均于篇末用括号注出。编辑工作希望在2021年上半年完成，然后交付出版。有未尽事宜，请随时补充，以使编辑工作圆满完成。杜泽逊。2021.1.2。"

　　随后刘晓艺、鲍重铮、倪志云、孙爱霞在群里发布了鲍思陶先生若干作品。鲍重铮公布了一份《文章目录》12篇，后增补为19篇。李西宁又增补10篇。4月3日李振聚汇集《鲍思陶文集目录初稿》，进一步完善。4月29日经与刘晓艺教授商议，我让李振聚把材料移交刘晓艺教授，由晓艺教授接手主持《鲍思陶文集》整理工作。这期间鲍重铮、李让眉清理出鲍老师讲义数种。5月23日刘晓艺教授发给我详细的《鲍思陶文集目录初稿编辑思路》。5月27日又来函提出手稿需要团队录入整理。我于当天邀请尼山学堂何丽媛同学组织团队，分工录入。负责文献学手稿的是陈奕飞、谢雨欣、亓晨悦、李开怀、武俊辉、张琳笛、魏辰羽。负责《文化语言学》的是何丽媛、姚处筠、袁玉琦、郑怡宁、秦思远、韩超、陈锡昂。团队由刘晓艺教授指导，我协助。6月22日陈奕飞把我关于文献学手稿的整理意见条理为《关于鲍思陶先生手稿整理工作》共四条，其中指出文献学手稿有大约1995年本、1988年本。88年本较完整，95年本丢失较多而且行文简略，所以整理以88年本为准。还有旁注、纸背文字的插入办法，繁简字处理办法，都作出了约定。《古代汉语讲义》则由晓艺教授商之本院教师王辉、侯乃峰、刘祖国组织本院20级本科和21级强基班本科全体同学152人分工录入，复请强基班21级同学李书玉、郑可为、杨茹杰与手稿复核一过，历时月余。《得一斋文钞》由刘晓艺教授邀请韩云霞、王誉凝、耿庆睿、王嘉倩、宋伊靖、杨婕、张天仪、张腾分工录入整理。从这个侧面可以看到，整理工作是很复杂而辛苦的。刘晓艺教授多次与我讨论整理细节和编排体例，形成了定稿约120万字。书稿交给鲍老师工作过的齐鲁书社，得到时任社长昝亮先生的大力支持。尤其贺伟先生，作为鲍思陶先生生前好友，担任责任编辑，付出了巨大辛劳。《文集》即将问世，诸位让我写篇序。我拖延了许久，写不出来，不知从何说起，却时时挂在心头，时时想起昔日与鲍老师的交往。今日勉力写完，如释重负，内心却充满了对鲍老师的深深怀念。

杜泽逊

2023年7月9日于山东大学文学院

先严鲍公思陶事略

鲍重铮

先严讳时祥，又讳思陶，癸巳（公历一九五三年）八月十六（公历九月二十三日）生。本生先王父大麒公长子，生祖妣吴太孺人讳德珍出焉，乙巳，以昔先祖父大麟公早折无子，出为冢嗣。

先严生而颖异，敦敏质行，幼从先曾祖正海公课读枞阳，能诵诗书、审声律。少入小学，旋负笈浮山，学业每冠侪辈。惜未一岁，丙午乱起，诸学遂废。先王父大麒公谋事彭泽，先严随焉，事母抚弟，以木工自给，闲则遍阅先祖父大麟公旧藏，不废课业。俟丙辰事定，次岁举录山东大学，业习中文，定居济南。壬戌，录研究生，从殷石臞夫子孟伦教授治训诂学；乙丑，受硕士学位，执教文学院任讲师、任副教授，须臾十载；乙亥转任齐鲁书社文献编审，事编纂、事点校，复历七年。壬午秋，先严受山东大学聘为教授，始为《文化语言学》，为《古典文献学》，为《中国古典诗歌语言论》，苦心劳悴，竟兆病端。乙酉冬，以结肠癌施术不愈，惶惶转岁，病势续断，丙戌秋竟以春秋盛年弃铮长逝矣。卜葬枞阳，越一岁，《得一斋诗钞》付刻。

先严以多病之身，三十余年内计家累，无怍高堂；外治教学，未废著论，然终不及私己一念，只今思此，犹恸肝肠。

先严喜聚书，每过坊肆，必有所获，至于积案盈匮，磊磊乎偏身而不改其乐。复嗜教学，与人论，终日不倦，有来问，谆谆答告而犹恐未备，虽异趣而乐闻不怍。尤好诗，尝托"禅林挂锡""哀骀它""挂犊人"名求友声于网络诗坛，遂为雅集，发阔论，托夙志乎物外，匿身名于屏前，逝后有十年不能忘者，见铮犹怔忡不能言矣。先严学继章黄，释依训诂，一字一义，均求慎择备解，切见来处。自归石臞老人座下三十余年，日夕为学，自实腹笥不曾稍懈。秉中学外，犹能寓目四海，不泥门户，偶得会心，往往拊掌大喜，终兼百家而脱一格，方奋余力以为著述，略成大要，竟至病笃，止存阙文断稿，一箧高置，至今又十五年矣。

呜呼，今得诸师长倾力相济，缀先严遗珍，哀然成帙，铮感激无地，冀来日家祭具告，得慰德音于地下。既见斯文，复焉忍先严平生心迹与形骸同化乎？姑勉略述其事，以期来者。

丁丑冬月男重铮谨记

本册目录

联绵词研究

古汉语讲义

联绵词研究

第一章　联绵词的性质和定义

一　什么是联绵词（前人对联绵词的解释）

联绵词又作"连绵词"、"连绵字"、"联绵字"、"謰语"（明代方以智《通雅》卷六、卷七、卷八释诂·謰语）、"连语"（王筠《毛诗双声叠韵说》）。

在唐代，"联绵"是指叠音词。上官仪《笔札华梁》是论对偶的一部书，其中有这样的话："联绵对者，不相绝也。一句之中，第二字第三字是重字，即名为联绵对。"他举例说："看山山已峻，望水水乃清。听蝉蝉响急，思乡乡别情。""朝朝、夜夜、灼灼、菁菁、赫赫、辉辉、汪汪、落落、索索、萧萧、穆穆、堂堂、巍巍、诃诃。如此之类，名联绵对"。

第一次把这一类双音节单纯词称为"联绵字"的人是宋代的张有，他在《复古编》下卷入声后附"辨证"六门，其中一门就是"联绵字"。

清代和清代以前的联绵词定义：

朱谋㙔："联二为一，骈异为同。"（见《四库全书总目提要·骈雅》）"联也，谓字与说俱偶者也。"（见余长祚《骈雅序》）

方以智："謰语者，双声相转而语謰謱也。"（见《通雅·释诂·謰语序》）周祖谟解释："謰謱即连接不断的意思。指两个字合成为一个词，不能拆开来讲。"

王念孙《读书杂志》卷十六"《汉书》謰语":"凡连语之字，皆上下同义，不可分训。说者望文生义，往往穿凿而失其本指。"

王筠：连语"皆合两字之音以成一字之义"（见《毛诗双声叠韵说》）。

近代人的解释：

a/王国维："联绵字，合二字而成一语，其实犹一字也。前人《骈雅》《别雅》诸书，颇以义类部居联绵字，然不以声为之纲领，其书盖去类书无几耳。……若集此类之字，经之以声，纬之以义，以穷其变化，而观其会通，岂徒为文学之助，抑亦小学上未有之事业欤!"（《古文学中联绵字之研究》）

b/吕叔湘："合两个音缀（写成两个字）成一个词，具有单一的意义。"（《中国文法要略》）

c/王力："所谓联绵字，就是声音相同或相近的两个字，叠起来成为一个词。"即一个语位（morpheme）包含两个音节。（《中国语法理论》）"连绵字中的两个字仅仅代表单纯复音词的两个音节。"（《古代汉语·通论》）

d/联绵字是一种由两个音节联缀成义而不能分割的词。（《联绵字典·重印说明》）

e/联绵字，也作"连绵字"。指由两个音节联缀成义而不能分割的词。或有双声叠韵关系，如玲珑（双声）、徘徊（叠韵）。或没有双声叠韵关系。如蜈蚣、妯娌。或同音相重叠，如匆匆、津津。（《辞海·语言分册》）

f/联绵字，也叫"连绵字"。指包含一个词素的不能分割的双音节词。它不同于合成词的地方在于：词义是单一的，不是复合的。两个音节拆开便无意义。联绵字有两个来源：一类是汉语早已有之的，一类是由翻译引起的。前者如：蝴蝶、秋千、徘徊等等。后者如：葡萄、琉璃、夜叉等等。（《简明语言学词典》）

以上定义有一共同点：强调联绵词是单纯词，意义不可分割。即双音节，单语素（词素）。

a/b/d 都仅仅说明了这一点。而且都有一个局限：认为联绵词都是两个音节的。

王力："所谓联绵字，就是声音相同或相近的两个字，叠起来成为一个词。"其表述最含混，似乎暗示联绵词的上字和下字有声音关系，即双声叠韵联绵词和重言，而排除了非双声叠韵。

《辞海·语言分册》又在上述两个定义的基础上进行了简单分类。4 类：双声/叠韵/非双声叠韵/重言。

《简明语言学词典》最全面。除了不可分割/双音节外，还企图从词汇意义上把它和古汉语的复合结构相区别。并且探求联绵词的来源。

但我们根据这三个定义，仍然不清楚联绵词本身的特征，所以也无法把联绵词和复合结构区别开来。

二 联绵词的判别（与古汉语的复音结构比较）

既然上面的定义各有不足，我们应如何看待联绵词？首先看复音结构。

先秦汉语复音结构（联绵词、合成词、词组）有下列九种情况：

1. 两字互训者　　　　（同义并列）（趋走、田畴、草莽、盟誓、
　　　　　　　　　　　　　　　　　阻险、畏惧、倾覆、散离）

2. 两字义类相近者　　（类义并列）（富强、贫穷、虎狼、涕泪、
　　　　　　　　　　　　　　　　　耳目、丘山、干戈、骨肉）

3. 两字意义相反者	（反义并列）	（左右、利害、祸福、得失、轻重、往来、夙夜、出入）
4. 上字形容下字者	（形容偏正）	（淑女、庶人、武士）
5. 下字说明上字者	（名词偏正）	（凤鸟、鸢鸟、岱岳）
6. 上字支配下字者	（支配偏正）	（乍册、将军、司马、总角）
7. 下字表述上字者	（主谓偏正）	（日食、鸡鸣、自任、支解）
8. 下字补充上字者	（动补偏正）	（攘弃、持久）
9. 上字为前缀者	（前缀合成）	（有夏、有司、言笑、薄言）
10. 下字为后缀者	（后缀合成）	（犬子【司马相如小名】、泣其、勃然、班如、女子）
11. 联绵词		（恍惚、参差、窈窕、蝴蝶、杜鹃、勃提）
12. 重言		（斤斤、穆穆、明明、济济）

其中 1~3 我们称之为联合式或并列式，4~8 为偏正式，9~10 为附加式。

还有些例外，我们要具体分析，如不显、不肖、不穀。

我们来与联绵词比较：

A）结构上能自别于联绵词者：

两字意义相反者：左右：《孟子·梁惠王下》："王顾左右而言他。"左右指辅佐者。另一种是偏义复词，如《左传·宣公三年》："鼎之轻重，未可问也。"偏义于重。顾炎武所说："爱憎，憎也。言憎而并及爱，古人之辞宽缓不迫故也。又如得失，失也。"（见《日知录》卷二十七"通鉴注"条）这一类和联绵词区别较大，联绵词没有上下两字意义相反的，所以好区别。

上字形容下字者或下字说明上字者：《诗经·周南·关雎》："窈窕淑女，君子好逑。""淑"是形容女的品性。《论语·子罕》："凤鸟不至，河不出图，吾已矣夫。""鸟"是说明凤的属类的。这类词的上下字形成一个较为固定的语义场，结构松散，不容易与联绵词相混。也就是说：联绵词上下之间极少修饰品性或说明类属的关系，且结构不像偏正合成词的这两类那样松散，所以能够判别。

上字为前缀者或下字为后缀者：这里讲两字有一个是附加成分，这在联绵词中不可能出现。联绵词上下两字不可能有一个是附加成分，所以更好判别。无烦举例。

两字义类相近者：这类结构有一个特点：上下二字各表一个类别。如《史记·孟尝君列传》："今秦，虎狼之国也。"虎、狼分指两个兽类，而意思即"如虎似狼"。联绵词上下字并不各指一事，所以，和这类不相厕杂。

B）结构上不能自别于联绵词者

两字互训者：其实是同义并列的结构，互训的两字是同义词。我们知道，所谓同义词，是指两个或两个以上的词一个或几个义位相同，不可能是所有的义位都相同。而一个词的义位有中心变体和非中心变体之分。中心变体是代表概念内核、经常使用的部分，非中心变体是不经常使用的、代表概念外延的部分。蒋绍愚在《古汉语词汇纲要》中说："两个词的某一义位的中心变体相同，这两个词才是同义词。""一般来说，在古代字书中，两个词如果能互训的，就是同义词。"但互训有各种情况：

"甲，乙也。""乙，甲也。"最常见：

趋走：《庄子·盗跖》："孔子再拜趋走，出门上车，执辔三失，目芒然无见，色若死灰，据轼低头，不能出气。"《说文·走部》："趋，走也。""走，趋也。"

　　盟誓：《左传·成公十三年》：吕相绝秦："申之以盟誓，重之以昏姻。"《说文·言部》："誓，约束也。"《公羊传·隐公元年》："为其与公盟也。"注："盟者，杀生歃血诅命相誓，以盟约束也。"

　　这种互训都是。

　　"甲，乙也。"

　　扰乱：《广雅·释诂三》："扰，乱也。"

　　倾覆："倾，覆也。"这也是一种互训。如果我们为其补足，就成了第一式。

　　"甲，丙也。""乙，丙也。"这也是一种互训。

　　靖绥：《诗经·周南·樛木》："福履绥之。"毛传："绥，安也。"《尚书·盘庚上》："自作弗靖。"马融注："靖，安也。"

　　殄灭：《说文·歹部》："殄，尽也。"又《戈部》："灭，尽也。"

　　这一类结构按说也不应该和联绵词相混，因为我们既然知道是互训结构，可以拆开，就不可能认作联绵词。问题是：这种互训是人们主观为之，客观上没有标准。如若训释的人产生错误，我们也就跟着错。例如：

　　氾滥：本来是联绵词，可《说文·水部》说："氾，滥也。""滥，氾也。"是典型的互训。（注意：不是"泛"，今作"泛滥"不是联绵词。泛，流舟。如泛舟中流。）

　　展转：本来也是联绵词，《诗经·周南·关雎》："展转反侧"，《释文》："展，一本作辗。"可《说文》说："展，转也。"如果单纯从形式上看，这两个词的确像并列结构合成词。所以会造成古人的误解。而有些合成词看起来又和联绵词一样，例如：

申重：《尔雅·释诂》："申，重也。"《荀子·富国》："爵服庆赏以申重之。"杨倞注："申，重也。"可知是互训式。可有人就把它当成联绵词。

另外，不能自别于联绵词的情况还有：

上字支配下字者（支配偏正）和上字表述下字者。

如："总角"是合成词，和它结构完全一样的"委蛇"却是联绵词。"鸡鸣"为合成词，而"狐疑"却为联绵词，在结构上看不出任何不同，所以前人有"狐性多疑"的解释。

既然结构不能相区别，我们能不能从声音上把合成词和联绵词区别开来呢？从声音上来区分联绵词，无非是三种情况：上下字为双声者，上下字为叠韵者，上下字非双声叠韵者。

可在合成词中，也有上下字为双声者，如：《诗经·大雅·卷阿》："凤凰鸣矣，于彼高冈。梧桐生矣，于彼朝阳。""高冈"即是双声。《诗经·唐风·葛生》："角枕粲兮，锦衾烂兮。""锦衾"即是叠韵。再如"柔弱"双声，"比次"叠韵，可它们都不是联绵词。也就是说：双声叠韵不是联绵词特有的性质。况且，我们下文要讲到，联绵词也有许多是非双声叠韵的。所以声音无法用来区别合成词。那么，我们如何区别呢？直到现在，没有一个绝对的标准。我们的意见如下：既然结构和声音都不能作为区分标准，我们就得另辟蹊径。从语用方面入手来看联绵词的特性。

三　联绵词的特性

既然从结构和声音上无法区分联绵词和合成词，我们寻求联绵词的特性就只有抓住它的意义和语用了。从意义方面来考察：

A）联绵词第一个特点：义通形异。就是意义相同或相通，但书写形式不定。究其原因，是因为联绵词本来就是一个词，两个以上的音节只是为了记录语音的，由于记录者的不同，所用的文字也就不一样，这是很正常的。恰好是这一点，给我们区分联绵词和合成词提供了依据。因为，合成词是两个词素，是不存在书写形式不定的情况的，所以，声音相同、意义相通而书写形式不定，应该是联绵词的一大特色。例如："委蛇"和支配结构的合成词容易混淆，但是"委蛇"，又可以写成"逶迤""委它""委佗""委维""委移""萎蕤""蜲虵""娄𡱧"等，不下几十个，都有一个共同的意义贯穿其中。

《诗经·召南·羔羊》："退食自公，委蛇委蛇。"郑玄笺："委蛇，委曲自得之貌。"就是从容自得的样子。《后汉书·儒林传序》："服方领习矩步者，委它乎其中。"也是舒如宛曲的样子。《后汉书·任李万邳刘耿传赞》："委佗还旅，二守焉依。"李贤注："佗音移，行貌也。"就是指从容宛曲的样子。《山海经·大荒南经》："苍梧之野，舜与叔均之所葬也。爰有文贝、离俞、鸱久、鹰、贾、委维。"郭璞注："委维，即委蛇也。"《楚辞·九章·悲回风》："轧洋洋之无从兮，驰委移之焉止。"《说文·艸部》："蓵，草萎蓵。"徐灏注笺："凡言逶迤、委蛇，皆字义同。"《文选·舞赋》："蜲蛇姌袅，云转飘曶。"李善注："《说文》曰：委蛇，邪行去也。姌袅，长貌。蜲与逶同，于危切。蛇，音移。"枚乘《梁王菟园赋》："崒路娄㟎，釜岩娄䃏嵷。"章樵注："娄㟎即委蛇字，径之曲折也。"

而"鸡鸣"如果写成其他形式，那必定是另外的意思了。

B）以上所论述的是字形方面，形体不同但音义是一样的。如果我们进一步考察，就会得出联绵词的第二个特征：义通音转。即在一组词意义相通的情况下，声音会有转移的现象。当然，记录声音的文字形体就更不一样了。这一条和上面一条的区别在于：上面一条是音同形异，这一条更进一步指出：音近音转而形异也是联绵词一大特色。再举"委蛇"为例：上文所举各词，都是"支"韵，上字"影"母，下字"以"母。而"威迟""倭迟""倭夷""逶丽""逶迤"，也都是"委蛇"的变体。例如：威迟（影微，澄脂）：南朝宋颜延之《秋胡行》："驱车出郊郭，行路正威迟。"形容道路曲折婉转的样子。倭迟（影微，定脂）：《诗经·小雅·四牡》："四牡骓骓，周道倭迟。"朱熹《集传》："倭迟，回远之貌。"倭夷（影微，余脂）：唐陆德明《经典释文·诗·小雅·四牡》："倭迟，《韩诗》作倭夷。"逶丽（影微，来支）：《史记·司马相如列传》："驾应龙象舆之蠖略逶丽兮，骖赤螭青虬之蚴蟉蜿蜒。"都是蜿蜒曲折的意思。

从语用方面来分析：我们还可以得出联绵词的第三个特征：不可间词分用。这个道理不难理解，因为联绵词是单纯词，两个音节既然不可分释，当然也就不能在其中加进任何成分，更不能分开作为两个词来使用。但这里有两个问题需要说明：

1. 间词问题：《诗经·郑风·有女同车》："有女同车，颜如舜华。将翱将翔，佩玉琼琚。彼美孟姜，洵美且都。有女同行，颜如舜英。将翱将翔，佩玉将将。彼美孟姜，德音不忘。"是将联绵词"翱翔"中间插入语气词"将"。

《老子》第二十一章："孔得之容，唯道是从。道之为物，唯恍唯惚，惚恍中有象，恍惚中有物。"严可均曰："惚恍中有象，恍惚中有物"，顾欢与此同。御注作："忽兮恍，其中有象；恍兮忽，其中有物。"河上作："忽兮恍兮，其中有像；恍兮忽兮，其中有物。"本或二句互倒。

谦之案：道藏王本二"惚兮"皆作"忽"。释文出"怳"字，知王本作"怳"。头陀寺碑文注引《老子》作"怳"，王注亦作"怳"。《抱朴子·地真篇》引"老君曰"与河上本同。英伦本与御注同。又敦煌本"惟恍"作"惟慌"。《广雅·释诂》二:"慌,忽也。"《神女赋序》"精神恍惚",注:"不自觉知之意。"《续一切经音义》引《字林》:"恍惚,心不明也。"二字傅、范本均作"芒芴",古通用。又《庄子·至乐》篇:"芒乎芴乎,而无从出乎?芴乎芒乎,而无有象乎?"又"杂乎芒芴之间"。语皆出此。褚伯秀云:"'芒芴',读同'恍惚'。"《广弘明集》一三"释法琳辨正论九箴篇"引"芒芴"正作"恍惚"。

俞樾曰:按"惚兮恍兮"二句,当在"恍兮惚兮"二句之下。盖承上"惟恍惟惚"之文,故先言"恍兮惚兮,其中有物",与上"道之为物,惟恍惟惚"四句为韵;下文"惚兮恍兮,其中有象",乃始变韵也。王弼注曰:"万物以始以成,而不知其所以然,故曰恍兮惚兮,惚兮恍兮,其中有象也。"注文当是全举经文,而夺"其中有物"四字,然据此可知王氏所见本经文犹未倒也。

蒋锡昌曰:按强本成疏引经文云:"恍惚中有象,惚恍中有物。"是成本经文作"恍惚中有象,惚恍中有物"。道藏河上本作"恍兮忽兮,其中有物;忽兮恍兮,其中有像"。正与俞说合。

可知"恍惚"之间可以加进"唯""乎"和"兮"等语气词或助词。综上所述,联绵词在汉代以前常在中间加入无实义的语气词、助词来用,从意义上来说,仍然是一个整体,没有割裂。汉代以后,这种情况就很少了。我们至今没有发现加入有词汇意义的词。所以,判断联绵词也可以利用这一点:加入有词汇意义的词,例如代词、形容词或副词。像"之""可""极"等,看其是否可用。"恍之忽之""可翱可翔"都是不行的。

2. 重叠问题:联绵词可以重叠。如"委蛇",又用作"委蛇委蛇""委委蛇蛇"。前一种形式只不过是叠用而已,并没有间词。后一种是所谓长言的结果,反映的是联绵词和重言的关系,都不能看作是间词。

对于联绵词的间词，我们认为：a. 用量极小，占不到总数的0.1%；b. 都是用在韵文场合，可能是韵律的需要；c. 所用间词都是语气词或结构助词，没有词汇意，不改变单纯词的性质，犹如在两个音节之间加了延音，可能和古代的长言有关。

可见，联绵词就是：用两个或两个以上的音节来表示一个单纯词的意义的复音词。常表现为字无定字，音有转移，不可间词分用的特征。

联绵词和重言：

形容词性质的联绵词很大一部分是由重言发展来的，或者说音转来的。我在《连绵词训释与方言》(《语言研究论丛》，中国矿业大学出版社 1989 年版) 一文中提出。1998 年，曾晓渝在《论说连绵词》一文中认为：叠音词的音变繁衍是联绵词一个重要的来源。因为无论是原始语言的遗留，还是某个单音词的缓言，或是感叹、模仿等，产生联绵词的数量都极有限，而叠音词的音变繁衍却具有相对较强的能产力，是上古联绵词产生的主要途径。

其实，联绵词和重言的这种关系很早就被人加以阐述。吕叔湘先生 1942 年在《中国文法要略》里就称联绵词是"衍声复词"，意思就是说：联绵词是由"衍声"的原则产生的，衍声的意义是说一个音节的衍声从单至叠，而不是指两个音节之间的关系。如果是两个音节，如重言—联绵词，那就是音转音变，而不是衍声了。

我们赞同曾晓渝的叠音词音变是古代联绵词产生的重要途径的说法。但我们和她的分歧是：a. 她把"单音词的缓言"看成是"合音词"是不对的。如果承认上古有复辅音，那么复辅音声母的单音词的缓言产生的大部分是分音词，而不是复辅音声母的单音词缓言产生的就应该是叠音词。这一点通过现代方言还可以证明，温端政先生在《太原方言词汇的几个特点》一文中，就列举了太原方言的分音词和合音词的情况，例如：咻，是"兀个"的合音；嗱，是"这个"的合音。我家乡的方言这类的词有唻，是"哪块"的合音；叽，是"怎么的"的合音。吴语的"甭""覅"等，都是这种情况，但是，这无论在哪种方言中都是少量的情况，更多的是分音词。如太原方言：棒—不浪，蹦—不愣，泼—扑辣，哄—忽拢，团—脱栾，刨—不捞，盘—不阑，谈—得阑，卷—骨联，圈—窟联，拖—特罗，旷—克浪，吊—得料，滚—骨拢，串—戳乱，孔—窟窿，拌—不滥，巷—黑浪，秆—圪榄，环—忽栾等。分音词有一部分也是叠音词音变的结果，并不是一下子就如后来的反切那样，由两个音节拼出一个音节来。如"滚—滚滚—混混—浑浑—混沌"，就是这样的例子。而这种格式非常多。b. 合音词和单音词谁为原形谁为变体，我们现在还无法断言。《荀子》所言"单足以喻则单，单不足以喻则兼"，应当是当时的实际语况。但我们可以推测：在甲金文中联绵词的情况很少，绝大多数都是单音节词，后来逐渐多了起来，这只能是由单音节分化的结果，所以我们把这种词叫"分音词"，而不采用传统的"合音词"的说法。

第二章 联绵词分类

一个语言的词汇总是有不同的特征，根据不同的特征，就有不同的分类。

一般来说，有下列分类原则：a. 语法特点：分名词、动词、形容词等。b. 词汇意义和语法意义的相互关系：虚词、实词。c. 形态结构：单纯词、复合词、派生词、复合–派生词。d. 语用范围：全民词汇、地域词汇、社会方言词汇。e. 词源：固有词、外来词。f. 历史属性：古词语、新词语、历史词语。g. 构词能力：基本词汇、一般词汇。h. 色彩意义：中性词、表情词（褒义、贬义）。i. 文体风格：文献词（书面词）、口语词。j. 意义联系：同义词、近义词、反义词。h. 语义主题：联用分类、逻辑分类。

具体到联绵词，以前有两种分类法：从意义分类和从声音分类。

一 以意义分类

意义分类法是从《尔雅》开始的。《尔雅》十九篇（释诂、释言、释训、释亲、释宫、释器、释乐、释天、释地、释丘、释山、释水、释草、释木、释虫、释鱼、释鸟、释兽、释畜）其实是将语词按概念类属分为十九类。所以，《尔雅》是中国最古的"概念词典（conceptual dictionary）"（或称之为"义典"）。举

"释诂"第一条来说，"初哉首基肇祖元胎俶落权舆，始也"，是说这十来个词都有一个共同的义项——"始"。用"始"这个概念统一了这些词。后来的《广雅》《释名》（逸雅）和一些按义编排的字典词典都是如此。用来分类联绵词的是明代朱谋㙔的《骈雅》。

过去学者认为：对研究者来说，这种意义分类法没作用。因为古人采用这种分类法编纂的书并不是为研究用的，是为了写作时便于遣词。郭璞序《尔雅》说《尔雅》是"九流之津涉，六艺之钤键，学览者之潭奥，摛翰者之华苑也"。即使《骈雅》之作，作者也是为文学服务的。他说大要在补"艺事一大歉馑"。是为了"赡文""弘笔"而作的。

过去的意义分类法不合理的地方，在于它完全不顾声音，以致在联绵词研究的"考诂训""明声音""探语源"的三大任务中，只对"考诂训"有点参考价值，对其他两项都没大用处。例如：果蓏、栝楼、蒲卢本来是一组义通声转的联绵词，可在《尔雅》中，"果蓏之实栝楼"在"释草"，"果蓏蒲卢"在"释虫"，使我们无法把这些词联系起来分析。

二　以声音分类

前人总是强调从声音上分类，他们认为联绵词之间的联系主要在声音。殷焕先先生在《联绵字简论》中说："以意义分类的，从《尔雅》以下诸雅类之书是；以声音分类的，诸韵书以及诸编韵之书是。把这两种分类方法比较一下，我们如果目的是在于便于研究，那就应当采用声音分类法。"

在实施声音分类法时，还有按声母分类和按韵母分类的区别。人们往往把联绵词上下字关系分为：双声、叠韵、非双声叠韵三部分。

按韵母分类：朱起凤的《辞通》就是承接《佩文韵府》的体式按韵母来分类的。这种分类法全然不顾及意义的会通，也不顾及声母的联系。其实古代因声求义的理论最看重声母，所谓"一声之转"。这样看来，按韵分类就是最不合理的一种分类法。例如：在《辞通》书中，"洸瀁""潢洋""广瀁""汪洋""溰瀁""广潒"在上声"养"韵。"汪洋""望羊""方羊""仿羊"又在"阳"韵，而"浩洋""浩瀁""浩漾"又到了"漾"韵。这和《尔雅》没有什么区别，而且我们还不能看出其间的意义联系。

按双声叠韵和非双声叠韵分类：王国维的《联绵字谱》就是第一个采用这种体式分类的。他在《古文学中联绵字之研究》一文中说明自己的分类原则是"若集此类之字，经之以声而纬之以义，以穷其变化而观其会通，岂徒为文学之助，抑亦小学上未有之事业欤"。所以，他的《联绵字谱》就是按声母分为"双声之部""叠韵之部""非双声叠韵之部"三大类。每部再分为若干类。双声部及非双声叠韵部按声组分为 23 类，大约近似于太炎先生的《新方言》21 组。叠韵部再按韵部分为 21 部。非双声叠韵也按首字声母排列，共 23 类。总计 67 类。

这种分类法的根据是：在汉语音转的过程中，声母比韵母重要，古人比较侧重声母的音转。钱玄同在《辞通序》中说："窃谓古今言语之转变，由于双声者多，由于叠韵者少，不同韵之字以同组之故而得通转者，往往有之。"例如："绸缪"和"缠绵"是两对联绵词，前属"幽部"，后属"寒部"，韵部是不同的。但从声母看，上下字都是［d'］［m］的关系，所以可以断定它们是一对通转的联绵词。再如"罔象"和"无伤"，一个是叠韵的，一个是非双声叠韵的。可它们的声母都是［m］［d］（伤，书母。

象，邪母。准双声）。

可这种分类法同样有缺点。缺点在于它并不是按语音通转的联系去安排的，照顾了声母就完全不顾韵母，照顾了韵母也完全不顾声母。况且，它又完全不顾词义的会通，所以，对于联绵词的研究还是没多大作用。因为，声母相同的联绵词不一定是同源的，声母不同的很有可能是通转的关系，反而同源。况且，在通转的过程中，考虑声母的同时，一定要考虑韵母的关系，反之亦然。例如：偃蹇［寒部］：音转而为"夭挢［宵部］"，这在叠韵部中就分为两地，看不出其中的通转关系来。上文的"绸缪［幽部］"和"缠绵［寒部］"，还有"包咻［幽部］"和"彭亨［阳部］"也是如此。

声义联用分类：从研究的角度来考虑，我们认为这样比较好。即以意义为主线，综合考虑声母韵母的远近关系，明确通转的线索，来探求同源词族。

例如，上面举例的绸缪、缠绵。《诗经·唐风·绸缪》："绸缪束薪，三星在天。"孔疏："毛以为绸缪犹缠绵束薪之貌。"三国吴质《答东阿王书》："发函伸纸，是何文采之巨丽，而慰喻之绸缪乎！"是眷恋不已，犹缠绵不忍离去的意思，由束薪的抽象伸发。而梁朝江淹《去故乡赋》："情婵娟而未罢，愁烂漫而方滋。"婵娟也是和缠绵一样，牵连不断的意思。而又写作"蝉联""婵连""蝉连""婵媛""婵嫣"。这些词都有一个共同的语义场，我们就把它们放在一起来比并研究，找出它们声音上的联系和意义上的渐变轨迹，追溯它们的原始形态。这就是我们的研究目的。没有一个语义场的限定，没有一个中心义项的贯穿，我们无论用什么分类法都无法把这些词排列到一起。

这种方法最早的运用是清代程瑶田的《果蠃转语记》。程瑶田（1725～1814），初名易，字瑶田，以字行；后更字易田，又字易畴，号让堂。受业于江永，乾隆三十五年（1770）举人，选为太仓州学正，为人廉洁，为钱大昕、王鸣盛等人所推重。嘉庆元年（1796）举孝廉方正。晚年双目失明，卒于家，终年九十岁。程瑶田一生笃志经学，读书喜深思。长于旁搜曲证，不为经传注疏所束缚。对古名物多所考订，绘图列表，便于稽寻。著述丰富，除本卷外，尚有《仪礼丧服文足征记》十卷、《磬折古义》一卷、《禹贡三江考》四卷、《九考》四卷、《释宫小记》一卷、《沟洫疆理小记》一卷、《宗法小记》一卷、《修辞余钞》一卷、《释草释虫小记》一卷、《仪礼经注疑直》一卷、《解字小记》一卷、《读书求解》一卷、《论学外篇》一卷、《论学小记》一卷、《考工创物小记》一卷、《声律小记》一卷，双目失明后，口授《琴音记》，由其孙写定。上列著作，《通艺录》载其目而无文，后收入《安徽丛书》第二期，有殷孟伦先生作疏证行世。另有《让堂诗钞》十八卷，藏于家。

《果臝转语记》书稿于光绪十年（1884）由其族侄程问源整理刊行，书末有王念孙跋文。本书借释"果臝"一词，推而广之，用以阐发音义通转之道理与事物命名之规律。篇首云："双声叠韵之不可为典要，而唯变所适也。声随形命，字依声立：屡变其物而不易其名，屡易其文而弗离其声。物不相类也而名或不得不类；形不相似而天下之人皆得以是声形之，亦遂靡或弗似也。"书中列举："《尔雅》：果臝之实，栝楼。高诱注《吕氏春秋》曰：穗，果臝也。然则果臝之名无定矣，故又转为蜾臝、蒲卢，细腰土蜂也。《尔雅》作果臝，又转为鸟名之果臝，又转为温器之锅鏂……"继而列举近三百余个与"果臝"为一声之转之同源词，如果臝、栝楼、苦楼、蒲卢、蛞蝓等等，用以证明古人常用"果臝"一词状写圆形之物，乃"肖物形而名之，非一物之专名也"，故其同源词至夥。

今天来看，程书中所举三百余例虽未必尽当，然程氏立论，不为字形所拘，而从声义出发，考求同源词，特别是"经之以义，纬之以声"的排列法，实在是一大发明。王念孙跋文云："盖双声叠韵出于天籁，不学而能，由经典以及谣俗，如出一轨。而先生独能观其会通，穷其变化，使学者读之而知绝代异语、列国方言，无非一声之转，则触类旁通，而天下之能事毕矣。"只是看到程瑶田的声转理论运用，而没看到声义结合来求同源词的方式。

举一例来说明：

纷纭：《楚辞·九叹·远逝》："肠纷纭以缭转兮。"王逸注："纷纭，乱貌也。"

汾沄：《文选·长杨赋》："汾沄沸渭，云合电发。"李善注："汾沄沸渭，众盛貌也。"

纷缊：《楚辞·九章·橘颂》："纷缊宜修。"王逸注："纷缊，盛貌。"

菇蕴：《楚辞·九怀·蓄英》："菇蕴兮徽䌽。"王逸注："愁思蓄积，面垢黑也。"

蚡缊：《文选·长笛赋》："蚡缊蟠纡。"李善注："蚡缊蟠纡，声相纠纷貌。"

烦冤：《楚辞·九章·抽思》："烦冤瞀容。"王逸注："言己忧愁，思念烦冤。"又《楚辞·哀时命》："心烦冤之忄觭忄觭。"王逸注："心中烦濭，忄觭忄觭而忧也。"

烦愦：《楚辞·九思·逢尤》："心烦愦兮意无聊。"王逸注："忿奸兴也。"

沸渭：《文选·长杨赋》："汾沄沸渭，云合电发。"

怫愲：《文选·琴赋》："怫愲烦冤。"李善注："声蕴积不安貌。怫，扶味切；愲，音渭。"

怫郁：《楚辞·九怀·匡机》："怫郁兮莫陈。"王逸注："忠言蕴积，不列听也。"

佛郁：《文选·笙赋》："中佛郁以怫愲。"李善注引《埤苍》："佛郁，不安貌。"

勃郁：《文选·风赋》："勃郁烦冤。"李善注："风回旋之貌。"

愊臆：《方言》卷十三："臆，满也。"郭璞注："愊臆，气满之也。"

服臆：《史记·扁鹊仓公列传》："嘘唏服臆。"

凭噫：《文选·长门赋》："心凭噫而不舒兮。"李善注："凭噫，气满貌。"

我们可以看出，这些词都有一个意思贯穿始终——"纷乱"，声音上都是 b-h 的关系。于是我们根据义声把它们串联在一起，形成一个族类，再来研究它们的义通声转的关系，才是真正的"观其会通"。

第三章　联绵词的产生

一　联绵词产生的文化考察

要了解联绵词的产生，我们不得不对联绵词产生的文化背景做一番考察。首先，联绵词是何时出现的？根据现代学者的研究，在甲骨文和西周早期金文中，联绵词绝少。孙常叙先生曾经考察《卜辞通纂·天象》类的426片甲骨，说其中有两个形体可以楷化为"冒母"，就是《诗经·小雅·信南山》"益之以霡霂"中的"霡霂"，这是一个联绵词。毛传说："小雨曰霡霂。"也就是"濛濛"，相当于现代汉语说"蒙蒙细雨"。郭锡良先生在《先秦汉语构词法的发展》一文中，引用他自己的研究西周铜器铭文的资料，发现西周早期的"呜呼"是感叹性的联绵词，凡11见。而另一个就是"虢许"，出现在宣王时代的《毛公鼎》上。就是说，西周金文联绵词还是极少的。到了《诗经》时代（其中有少数是西周晚期的作品），联绵词就大量产生了。曾晓渝根据郭锡良、向熹、胡运飚等人的统计，得出如下结论：商周金文中叠音词13个，双声叠韵联绵词2个。《诗经》中叠音词359个，双声叠韵联绵词73个，非双声叠韵联绵词26个。《庄子》中，叠音词62个，双声叠韵联绵词58个，非双声叠韵联绵词18个。伍宗文在《先秦汉语复音词研究》一书中，对先秦一些典籍的叠音词和联绵词之比做过统计，他的结果是：《孙子》6∶0，《老子》16：1，《墨子》11：15，《孙膑兵法》2：7，《韩非子》15：23，《楚辞》中的屈宋作品112：115，《吕氏春秋》38：56。这个结果告诉我们，从《墨子》开始，联绵词比例就超过了叠音词。而在这以前，《诗经》差不多是10：3。从中可以看出，春秋战国时代是联绵词大量出现的时代。

我对《诗经》中联绵词的地理分布做过统计，结果是：国风里面联绵词最多，共73个，雅颂部分很少，共26个。而篇幅雅颂差不多是国风的两倍。而且，在国风中，王、魏、齐、秦四国才5例，周南7、召南5、邶风8、鄘风5、陈风6、郑风9、豳风17。周南历来注家都以为后出的楚国音乐，说是"周"指地名，"南"指南乐。根据周原甲骨出土的资料和文献相对照，我们知道鲁国的初封不在曲阜，而是在河南汝水一带。周原甲骨有"女公用聘"。"女公"就是指周公。所以《诗经·豳风·九罭》"鸿飞遵渚，公归无所，于女信处"，解释者以为美周公，而不知道"女"通"汝"，而把它解释为第二人称代词。《周南》的第一篇《关雎》说"关关雎鸠，在河之洲"，明显是说黄河，因为要曲解作楚国，所以往往取泛指一般河流。《水经注·汝水注》说汝水上游有"鲁公水口""鲁公坡""周公渡"等地名。而《左传·隐公八年》记载郑庄公派大夫到鲁国，请求以郑国的泰山脚下祊地交换鲁国的许田。《诗经·鲁颂·閟宫》也说鲁僖公时候常常"居常与许，复周公之宇"。许田根据《史记·周本纪正义》引《括地志》云："许田在许州许昌县南四十里，有鲁城、周公庙在城中。"原来周公初封的故地东至今河南许昌和鄢陵之间的许田一带，西北至汝水上游的临汝一带，向西至今河南鲁山一带。而根据傅斯年《大东小东说》认为，周初召公所封也不在蓟燕，而在今河南召陵郾城一带，故称偃国。这两个国家相对于周武王建都的阳翟来说，都在南方，一在东南，一在偏东。所以叫周南、召南。这才是比较正确的解释。如此说来，《诗经》时代联绵词运用较多的是今天的河南、山西和陕西的一部分地方。而且都是在口语民歌中出现。雅颂类的正统诗歌中很少运用。我们相信，"孔子删诗"的说法肯定靠不住，但《诗经》经过乐师的整理是可以断定的，不然，无法解释十五国风方音押韵情况居然都一致。当然，我们不能不考虑文体方面的因素，因为《诗经》咏唱的诗体，节奏韵律方面要求大量运用叠音词。就是王筠在《毛诗重言》中所说的"《诗》以长言咏叹为体，故重言视他经为多"。所有这些，我们只能得出一个结论：联绵词是春秋战国时代在各个方国之间口语中大量出现的。这是为什么？这个时期的华夏族语言发生了什么变化才导致这个结果？我们试图弄清楚。

二　复辅音说

最早提出这一说法的是林语堂，他有《古有复辅音说》一文。后来许多学者根据汉语方言、汉藏语的对音、汉字的谐声偏旁等方面来论定古有复辅音声母，但直到现在，还有人不同意，例如1998年，周长楫在《厦门大学学报（哲学社会科学版）》1998年第2期发表《上古汉语有复辅音说之辩难》，认为上古汉语无复辅音。他认为：1. 汉字谐声的特殊现象是汉字时空音变或俗读误读造成的，不可作为复辅音的根据；2. 汉藏语系的诸多语言有复辅音不能类推上古汉语有复辅音；3. 古今汉语与方言中特殊的语音现象如切语的使用、重叠词变双声、叠音或衍音词，是汉语语音在使用上的特点，与复辅音的性质特点不相符合。为了说明问题，我们先来熟悉一下上古音。

根据王力的《同源字典》的前言，我们知道上古汉语语音情况大致是：声母表33个，韵母29部。但是，在他那个表格中，声母部分明显过于保守，没有考虑到历来学者对上古汉语声母的研究成果。为了论述方便，我们还是从流传唐宋时代的"守温三十六字母"说起。大约在唐代末年，由于梵藏经典译音的影响，人们开始给汉语声母分类。据说唐末一个叫守温的和尚创制了三十六字母。《通志·艺文略》和《玉海》都载有《守温三十六字母图》。敦煌千佛洞曾发现一个残卷，被法国人伯希和窃往巴黎图书馆，编号"伯2012"，被刘复钞刻入《敦煌掇琐》下辑（P422)，题作《守温撰论字母之书》。具体是：

南梁汉比丘守温述

唇音：不芳并明

舌音：端透定泥是舌头音，知彻澄日是舌上音。

牙音：见〔君〕溪群来疑等字是也。

齿音：精清从是齿头音，审穿禅照是正齿音。

喉音：心邪晓是谁（喉）中音清，匣喻影亦是喉中音浊。

但三十六字母的创制肯定是分析汉语音韵相当成熟时代的事，在此之前，审音不应该如此精细。在一本题为释真空著的《贯珠集·杂法歌诀·复总述来原谱》中，有这样一段歌诀："大唐舍利置斯纲，外有根源定不妨。后有梁山温首座，添成六母合宫商。轻中添出微于（与）奉，重内增加帮迸滂。正齿音中床字是，舌音舌上却添娘。"也就是说，在守温三十六字母之前，有三十字母，是名叫舍利的唐代和尚发明的。后来守温增加了"帮、滂、微、奉、床、娘"六个字母。三十六字母被后来人认为"不可移易"。（见江永《四声切韵表·凡例》）："昔人传三十六母，总括一切有字之音，不可增减，不可移易。凡欲增减移易

者，皆妄作也。"）直到清代陈澧用系联法整理《广韵》的反切
上字，得出四十类的结论，才打破古人对三十六字母的迷信。以
下是三十六字母和《广韵》四十声类的比较：

三十六字母：　　　　　　　　《广韵》四十声类：

重唇：帮滂并明　　　　　　　帮滂并明

轻唇：非敷奉微　　　　　　　非敷奉（微，黄析出）

舌头：端透定泥来　　　　　　端透定泥来

舌上：知彻澄娘　　　　　　　知彻澄娘

齿头：精清从心邪　　　　　　精清从心邪

正齿：　　　　　　　　　　　庄初崇生（2）

正齿：照穿床审禅　　　　　　章昌船书禅（3）

半齿：日　　　　　　　　　　日

牙音：见溪群疑　　　　　　　见溪群疑

浅喉：晓匣　　　　　　　　　晓匣

深喉：影喻　　　　　　　　　影云（喻3）以（喻4）

从这里可以看出三点不同：1. 明微合一；2. 照系二分；3. 喻
母二分。陈澧在《切韵考外篇》卷三中说："明微二母当分者也。
切语上字不分者，乃古音之遗。"可见陈澧也认为明微应该分开。
后来黄侃先生把明微分开，就成了《广韵》四十一声类，得到大多
数音韵学者的承认。下面我们来从这里上推上古声母。

推求上古音（声韵）所依靠的材料非常复杂。清人许瀚《攀
古小庐文》有一篇《求古韵八例》的文章，可以给我们启示：
"求古韵之道有八：一曰谐声，《说文》某字某声是也。二曰重
文，《说文》所载古人、籀文、奇字、篆文，或从某者是也。三
曰异文，经传文同字异，汉儒注某读为某是也。四曰音读，汉儒
注某读如某，某读若某是也。五曰音训，如仁人、义宜、庠养、
序射、天神引出万物，地祇提出万物是也。六曰叠韵，如崔嵬、

胠稜、佝偻、污邪是也。七曰方言，子云所记是其专书，故书雅记亦多存者，流变实繁，宜慎择矣。八曰韵语，九经楚词，周秦诸子，两汉有韵之文是也。尽此八者，古韵之条理秩如也。"在这里面，除了叠韵、韵语都是和韵部有关，无法用来求声母，其他六类——偏旁谐声、异体重文、经传异文、前人注音、音训、方言都和声母有关，可以用来作为研究上古声母的材料。叠韵和韵部有关，双声即和声母有关，如陆离、蘼芜、耿介、犹豫。所以，应该加上古代的双声材料，共七类。但无论是哪一类，都比韵母的情况要复杂得多，不确定得多，所以用起来也就困难得多。这就是迄今为止上古声母研究不确定的主要原因。

考证上古声母最早最有成就的是钱大昕。他的贡献有两条：1. 古无轻唇音。2. 舌音类隔之说不可信。都见于《十驾斋养新录》卷五。

1. "古无轻唇音"

这是说上古时期，非敷奉微四母的字和帮滂并明没有区别。就是说上古轻唇重唇是不分的。比如：扶服—匍匐、负命—方命—背命、佛时—弼时、封—邦、负—背、房—旁等等。而这些都只能说明这两类上古是一类，不能说明上古没有轻唇，你也可以说上古没有重唇。断定上古没有轻唇是以现代方言为根据的，方言中有许多轻唇读作重唇的情况，却没有把重唇读作轻唇的情况。例如：杨道弘《金山俗音考》说："古无轻唇音，钱大昕氏已广征经史以证明之矣。金山方言，每多存古，故轻唇数音，如日常语，言中所有者，往往读若重唇也。如'拂尘'之'拂'读若'泼'，'肥皂'之'肥'音似'皮'，'萝蔔'之'蔔'音似'仆'，'物事'之'物'音似'没'，'万'音似'幔'，'网'音似'莽'，'望忘'音似'漭'，'蔷薇'之'薇'音似'眉'，'闻'音似'门'，凡此皆彰明较著者也。至于'防御'之

'防'，金山人读书时亦入重唇，而'锋芒'之'芒'，'捧心'之'捧'，则团音尚不作轻唇读也。"

2. "舌音类隔之说不可信"

这是说舌头舌面音分成两类是不可信的。《广韵》每卷的后面都附有"新添类隔更音和切"几个字，所谓"类隔"即反切上字和被切字不是同母同位同等的。"音和"是同母同位同等的。这反映的是《切韵》时代这些反切音到了《广韵》时代已经发生变化了，不得不改。举例说：《周易·师卦》六五："长子帅师。""长"，《经典释文》："丁丈反。"朱熹《周易本义》注："之丈反。"而《广韵》"长"音"知丈切"，为"知"母字，与朱熹同，与《经典释文》"丁"属"端"母不同。这反映了从《经典释文》到宋代的变化。而与之相对的是"贮"，在《广韵》标"丁吕切"，同类的还有"著"。于是卷尾就说：这是"类隔"，应该改成"音和""知吕切"。钱大昕的意思是：这种说法不可信，因为古代"知彻澄"和"端透定"本来就是一类。他举例：古音直如特。《诗》："实维我特。"《释文》："《韩诗》作直，云相当值也。"直，除力切，澄母。特，徒得切，却是定母。又例如：古读猪如都。《檀弓》："污其宫而猪焉。"注："猪，都也，南方谓都为猪。"猪，陟鱼切，知母。都，当孤切，端母。这些都证明古代的端纽和知纽是不分的。钱大昕还认为古音知纽和照纽也不分。知纽上古读成端纽，照纽上古也读成端纽。只是他还不知道照系有二三等的区别，只有照系三等字才读成端系。这样的论证也是借助于方言才能证明的，如上所述，杨道弘《金山俗音考》说："古元舌上亦钱大昕氏所证明者也。金山俗音，'钱，昨仙切'音似'徒年切'。'摘，陟革切'音似'低革切'，'朕，实证切'音如'他定切'，'擢，直教切'音似'徒到切'，'舐，神旨切'音由'他祝切'而转为'太典切'，'盾，食尹切'由

'徒损切'而转为'徒浑切','整,之郢切','整数'之'整'音如'东本切'而俗作'戤'矣,'藉,慈夜切','藉'子之'藉'音似'第念切'而俗用'垫'矣,要不穷探其本原,又孰能明其流派也哉!"

3. 娘日归泥说

章太炎《古音娘日二纽归泥说》(见《国故论衡》)考明古音没有娘、日二纽。后世读娘日二纽的字,上古都读成泥母。章氏举了大量的例证:"涅从日声,《广雅·释诂》'涅,泥也。''涅而不缁',亦为'泥而不滓'。是日、泥音同也。"又说:古音"任"同"男",古音"而"同"耐""能",在泥纽。又说:"仲尼"《夏堪碑》作"仲泥",足证今音尼声之字古音皆如泥,"有泥纽无娘纽也"。又说:"尔女之音,展转为乃,有泥纽,无娘纽也。"同样,这也是用现代方言来最后证明的。再以杨道弘《金山俗音考》为例,他说:"娘日归泥,章炳麟氏所证明者也。金山俗音,泥母多与娘合,日母大半为泥,娘泥在国音中亦多不分,故不述。兹述其日母归泥数字,如'绒'音似'颙'(所以之音泥母或无其字者往往借用疑娘两母字不得已也),'壬任'音似'吟','人仁'音似'银','仍'音似'凝','饶'音似'绕','儿'音似'尼','耳'音似'旎','软'音似'阮','绕挠'音似'桡','二'音似'腻','闰'音似'憖','让'音似'仰','染'音似'验','褥肉'音似'玉','日热'音似'涅',由此知今音可以证古语也。"

4. 喻三归匣,喻四归定

曾运乾作《喻母古读考》(《东北大学季刊》1927年第2期),又考明"喻"母三等字(称"于"母)上古隶牙声"匣"母;喻母四等字(仍称"喻"母)上古隶舌声"定"母。这就是"喻三归匣,喻四归定"说。意思是:中古喻母在两汉以前分别属于舌尖中塞音和舌面后擦音。中古三十六字母喉音喻母，经陈澧等学者研究，认为实际上是两个声母，一为喻三，一为喻四。曾氏认为中古喻三在上古与匣母（舌尖后擦音）同类，中古喻四在上古与定母（舌尖中塞音）同类。他在《声韵学》中举的例证也很多，如："古读'瑗'（属喻三母）如'奂'。《春秋》左氏经襄二十七年'陈孔奂'，公羊作'陈孔瑗'。按：奂，胡玩切（玩字中古读去声），匣母。古读'瑗'又如'环'，《春秋》左氏经襄十九年'齐侯环卒'，公羊作'齐侯瑗'。环，匣母。""古读'余'（属喻四母）如'荼'，《易·困》'来徐徐'，《释文》：'子夏作荼荼，翟同，音图，王肃作余余。'按：荼，宅加切，澄母，又同都切，定母。澄定二母古音非类隔也。"

5. 照二归精，照三归知（定）

"照二归精，照三归知"说，指两汉以前舌叶塞擦音与舌尖前塞擦音同类，舌面前塞擦音与舌尖中塞音同类。这个论断是黄季刚提出来的。经陈澧等学者研究，认为中古三十六字母正齿音"照穿床神"四母在中古当分为"照二"（舌叶塞擦音）和"照三"（舌面前塞擦音）两组（参看我们上面的分类）。照三组用"章昌船书"（也用"照穿神审"）表示，照二组用"庄初崇生"表示。黄氏认为中古照二组在上古与精组（舌尖前塞擦音：精清从心）同类，中古照三组在上古与舌上音"知彻澄"同类。黄氏赞同钱氏提出的"古无舌上音"，那么"照三归知"实际上就是"照三归舌头音端透定"（舌尖中塞音）。黄氏主要利用谐声证明自己的观点，例如："且（清母）"字是精组字，从"且"得声的字，在中古有读精组的，例如"租，则吾切"，"徂，昨胡切"；"则"，精母；"昨"从母。有读照二组的，如"菹，侧鱼切"，"鉏，士鱼切"；"侧"庄母，"士"崇母。由此得出在上古照二组与粗组同类的结论。"旃"是照三组字，从丹得声，中古音

"丹，都寒切"，端组字；"阐"是照三组字，从单得声，中古"单"与"丹"同音，也是端组字，由此得出在上古照三与知组（即端组）同类的结论。黄氏"照二归精说"博得学术界的广泛支持，"照三归知说"却没有得到普遍认同。其原因在于照三组字音来源复杂，并非都来自端组，如"枢，昌朱切"，"杵，疑古切"，都是中古照三组字，而枢从区得声，杵从午得声，区、午都是见组字。

总结一下：《广韵》的四十一声类，经过这些合并，只剩下：

重唇：帮滂并明 舌头：端透定泥来 齿头：精清从心邪

牙音：见溪群疑 浅喉：晓匣 深喉：影

共二十一个。

黄侃根据戴震（做《声类表》，最早提出"喻纽归影""群纽归溪""邪纽归心"）、钱大昕、邹汉勋［做《五韵论》，题目有"论邪当并许"（他认为晓母当分为晓、许两部分）、"论群当并为晓之晓属"。今人陈新雄做《群纽古归匣说》］、章太炎、钱玄同（钱玄同、戴君仁做《邪纽古归定说》）等前人的研究成果，又经过他自己从各方面的验证，提出古声十九纽，这是最早的也是影响最大的古声母系统的学说。黄氏《音略》所述古声十九纽：

唇音：帮滂并明

舌音：端透定泥来

齿音：精清从心

牙音：见溪疑

喉音：影晓匣

可以看出，黄侃先生是吸收了前人的全部成果，也就是把未成为定论的结果作为定论收入，例如照三归知（定），这就带来一个问题：上古声母如此之少，音节必然也少。而词汇方面又以单音节词为主，势必出现大量的同音词，这是语言交际无法承受的。由此推理，上古汉语声母不一定比后来少。

王力就是本着这一疑问来看待上古声母研究的。他先把上古声母分为二十八个，后来在他的《汉语史稿》中又列为三十二个声母，在《同源字典》里又采用李方桂的观点，分出一个"俟"母来，把上古声母分为三十三个。

三十二个声母与二十八个声母的区别就是对中古照二组庄初崇生四母如何处理。三十二个声母，是把庄初崇生独立出来，单立一类；二十八个声母，是把庄初崇生归并到精清从心里边去了。三十三个声母，增加了一个俟母。下面是王力《同源字典》（1982）中的上古六类三十三个声母及其拟音。

喉		影 0						
牙		见 k	溪 kh	群 g	疑 ng		晓 x	匣 h
舌	舌头	端 t	透 th	定 d	泥 n	来 l		
	舌面	照 tj	穿 thj	神 dj	日 nj	喻 j	审 sj	禅 zj
齿	正齿	庄 tzh	初 tsh	床 dzh			山 sh	俟 zh
	齿头	精 tz	清 ts	从 dz			心 s	邪 z
唇		帮 p	滂 ph	并 b	明 m			

可以看出，王力除了承认钱大昕的结论外，其他人的一概不承认。虽然号称谨慎，其实是否定了上古声母研究的新成果。例如，"照二归精"已经被大多数的学者所论定和承认，王力二十八母就是把"庄初崇生"合到"精系"的，后来独立，成为三十二母。而"日母归泥"等都是对于研究古代文献通假通行无碍的，也被他拒之门外。当然，我们说，黄侃先生的十九纽是否合

于先秦语音实际，是有待于进一步研究的。还是李方桂先生说得好：黄侃先生的上古声母十九个，是基本的，可以作为讨论的出发点。我们认为：十九类也好，三十三类也好，视研究的目的不同而宽严有度。要讨论文学语言的双声问题，不妨用十九纽来得方便。用于训诂研究，就当以二十八纽再参以文献证明，庶不至于胶柱鼓瑟。

因为这里我们要论述联绵词和复辅音的关系，只牵涉到上古声母。但今后要了解古人的通转问题，就必须了解韵母知识。所以现在就一并把上古韵母情况介绍一下，再回过头来讲复辅音问题。上古韵母情况比声母简单清晰得多。研究程序也和声母研究相反：声母是离析《广韵》得到的，韵母研究是直接系联《诗经》和先秦韵文的韵脚得到的。"前修未密，后出转精"。

对于上古韵部的研究，是从对《诗经》押韵不谐的怀疑开始的。唐宋时代的语音已经与《诗经》时代的语音有了明显差别，人们用当时的语音读《诗经》，就遇到押韵不和谐的地方，当时的学者主张临时改读成押韵和谐的读音，这种做法称为"叶音"、"叶韵"（"叶"字也写作"协"）、"取韵"。叶音说盛行于宋代，吴棫《毛诗补音》是代表作，此书已经亡佚，从朱熹《诗集传》注音中可以看到吴氏叶音的大致情形（有人说朱氏《诗集传》叶音完全采自吴氏《毛诗补音》）。直到明末陈第明白这是古今语音变化造成的，不可以临时改读，这才摒弃"叶音说"，提出"时有古今，地有南北，字有更革，音有转移"这一学说，从此开启了古音学的研究。陈氏著有《毛诗古音考》《屈宋古音义》，这两部书是他古音学说的实践。他详细地考察了《诗经》《楚辞》的每一个押韵字，凡是认为古今读音不同的，他都标出古音，并注出证据。他对古韵的研究只是随字注意，而没有做古韵分部工作。

顾炎武是古音学的奠基者。他接着陈第的研究，进一步分古韵为十部，初步确定了古韵分部的规模。具体是：东（东冬钟江第一），支（支脂之微齐佳皆灰咍第二），鱼（与虞模侯第三），真（真谆臻文殷元魂痕寒桓删山先仙第四），萧（萧宵肴豪幽第五），歌（歌戈第六），阳（阳唐第七），耕（耕清青第八），蒸（蒸登第九），侵（侵覃谈盐添咸衔严凡第十）。

顾氏古韵研究的方法是：离析唐韵，归纳古韵。他把《广韵》的每一个韵按《诗经》押韵的实际情况仔细地审定每一个韵字的归部，从而使古韵分部符合当时的语音实际。顾氏所做的离析工作，直到今天仍然被音韵学者所称道。他仔细考察了《诗经》通押的情况，首先提出入声配阴声。因为在《诗经》中常常有入声与阴声通押。直到今天，人们仍然认为上古入声配阴声是合理的。

江永继承了顾氏的古音学，作《古韵标准》，分古韵为十三部，比顾氏增加三部，即真元分部、侵覃分部、宵幽分部。他认为顾氏的真部应该再分出个元部，真部口敛（比较闭口）而声细，元部口侈（比较开口）而声大，发音方法不一样。顾氏的侵部应该再分出一个覃部，覃部之声侈，侵部之声弇，顾氏的萧部应该再分出个幽部，萧部口开而声大，幽部口弇而声细，这样，江氏的古韵分部就比顾氏多出三部。

此外，江氏还从顾氏的第三部鱼部中分出侯部字，归入幽部。因为没有另立侯部的名称，不影响十三部的数目。顾氏的入声韵部没有独立，实际上是四部，江氏有入声韵，则分八部。他主张数韵共一入，大部分阴声、阳声韵都有入声配合。

段玉裁作《六书音均表》，全面继承顾氏、江氏古韵研究成果，分古韵为十七部。段氏分部的特点有三：（1）支、脂、之分部，（2）真、文分部，（3）侯部独立。但是段氏也把入声配阴声，相配的入声和阴声为一个韵部。如果把入声独立出来单立为一个韵部的话，则是二十六部，比王力的二十九部仅仅少三部。段氏主要功绩是划时代地提出"同谐声必同部"的原则。

孔广森做《诗声类》，分古韵为十八部。与段氏十七部比较，孔氏从东部中分出冬部，从侵部中分出合部，而把真、文（谆）又并为一部。他还主张段氏第三部（尤部）中从屋从谷从木等入声字应归侯部（这不影响韵部数目）。孔氏的另一贡献，是他确立了阴声、阳声（以鼻声收尾）的名称，并建立了"阴阳对转"的理论，即阴声和阳声主要元音相同，可以互相转化。

王念孙作《古韵谱》，分为二十一部，有四个特点：（1）他从段氏第十二部（真部）中分出一个至部（或称质部）。（2）王氏肯定了戴氏从段氏脂部中分出霭、遏两部的意见，而把这两部合为一个祭部（或称月部）。（3）王氏又从侵部中分出缉部，从覃（谈）部中分出盍部。这样就较段氏十七部多出四部，共二十一。晚年他又赞同孔氏从东部分出冬部，总数为二十二部。

江有诰作《音学十书》，分古韵二十一部。他不用王氏至部（质部）独立之说，而采用了孔氏冬部独立说。

夏炘合王念孙、江有诰二人之说作《诗古韵表廿二部集说》，斟酌王、江两氏之说，定古韵为二十二部，即以江氏二十一部为基础，增加了王氏的至部。

章炳麟作《成均图》，分古韵二十三部，从脂部分出入声队部，即夏氏二十二部再加上队部。比王念孙增加一个队部。

王力早年分古韵二十三部，但与章氏二十三部稍有不同。以上各家都是阴阳两分法。

戴震作《声类表》，分古韵为二十五部，其中有阳声九部，阴声七部，入声九部（戴氏当时尚未立"阴""阳"之名）。其阳、阴、入相关者为一类。二十五部共合为九类，自此古韵各部的性质与彼此之间的关系才清楚明白起来。戴氏是段氏的老师，但古韵分部晚于段氏。戴氏古韵分部的特点有二：（1）把段氏的脂部再加剖析，使祭、泰、夬、废四部独立为霭部。（2）明确承认上古音有入声，使它独立。

黄侃作《音略》，分古韵为二十八部。即从支部分出锡部，从之部分出德部，从鱼部分出铎部，从侯部分出屋部，从宵部分出沃部。

戴震、黄侃都采用阴阳入三分法，并且使主元音相同的阴声韵、阳声韵和入声韵相配，称为一类。戴氏分古韵九类二十五部，黄氏分古韵十一类二十八部。黄氏分古韵二十八部，已经把古韵分部工作做得很精细了。今人王力在黄氏二十八部的基础上，又做了一番改易增补工作，确定周代《诗经》韵二十九部，就是把黄氏的灰部分为脂、微两部。战国《楚辞》韵三十部。王力二十九部与三十部的区别主要表现在冬部独立与否上，冬部与侵部合并就是二十九部，冬部独立就是三十部。我们所说的上古音是指两汉以前的语音系统，所以还是以三十部为准好一些，但应该知道冬、侵两部很相近。下面就列出王力《汉语语音史》所定周秦古韵三十部及其拟音：

阴　声		入　声		阳　声	
无韵尾	之部 ə	韵尾-k	职部 ək	韵尾-ŋ	蒸部 əŋ
	支部 e		锡部 ek		耕部 eŋ
	鱼部 a		铎部 ak		阳部 aŋ
	侯部 ɔ		屋部 ɔk		东部 ɔŋ
	宵部 o		沃部 ok		
	幽部 u		觉部 uk		[冬部] uŋ

（续表）

阴　声		入　声		阳　声	
韵尾-i	微部 əi	韵尾-t	物部 ət	韵尾-n	文部 ən
	脂部 ei		质部 et		真部 en
	歌部 ai		月部 at		元部 an
		韵尾-p	缉部 əp	韵尾 m	侵部 ən
			盍部 ap		谈部 am

上表中有一点需要说明，即冬部的拟音。王力《汉语史稿》中拟作［m］，收［-m］尾，在《汉语语音史》中拟作［uŋ］，收［-ŋ］尾，从冬侵合部看，尾音当为［-m］，从阳声冬部与入声觉部相配看，应拟作［-ŋ］尾。由此看来，王氏对冬部的主元音和收尾音的认识还有些犹疑不定。

上古语音我们已经了解了大概，我们回过头再来谈复辅音声母问题。通过上面的讲解，我们知道了研究上古音韵的关键是材料问题。声母研究之所以不如韵部研究确实有定，是因为研究声母的材料太匮乏。下面我们首先来谈声母研究的材料问题。

一般认为研究上古声母，可利用的材料是：1. 反切：同一个被切字而其反切上字不同，这就成为研究上古声母的材料之一。例如《诗经·大雅·云汉》"蕴隆虫虫"中的"虫"，《经典释文》记载有两个反切：直忠反和徒冬反，可见"虫"，"直"和"徒"的声母应该相同。2. 读若：读若是反切产生以前的直音注音法，因而能够反映出古人的读音。例如：《说文·手部》："扮，握也。从手，分声。读若粉。"从而可以推知"扮"与"粉"的声母相同。3. 声训：声训的特点是"同声为训"，即用来解释的字与被解释的字读音相同或者相近。例如：《释名·释州国》：

"邦，封也。"从声母的角度考察，"邦"与"封"的声母应该是相同或相近的。4. 又音：古人对一个字的不同读音可能反映这个字古代读音的声韵关系。例如《礼记音义》："纯以素。"注："之闰反，又支允反。"那么，"之"与"支"是同声母，"闰"和"允"必然不同韵部，不然这两个音就没有区别了。5. 异文：异文是同一种语言材料而文字写法不同的情况。例如："匍匐"，《谷风》篇写作"匍匐"，《礼记·檀弓》写作"扶服"，《左传·昭公十三年》又写作"蒲伏"。据此可以推知"匍""扶""蒲"的声母相同。6. 译语：某个时代外语和汉语的对译，必然保存那个时代的汉语读音。后来汉语的语音发生变化，与之对译的外语不一定发生同样的变化，考察外语读音，可以知道汉语的语音情况。这在钱大昕论证古无轻唇音时就已经应用了。他说："释氏书多用'南无'字，读如'曩谟'。梵书入中国，翻译多在东晋时，音犹近古。沙门守其旧音不改，所谓'礼失而求诸野'也。""《汉书·西域传》：无雷国北与捐毒接。师古曰：'捐毒即身毒、天毒也。'《张骞传》：吾贾人转市之身毒国。邓展曰：'毒音督。'李奇曰：'一名天竺。'《后汉书·杜笃传》：摧天督。注：'即天竺国。'然则竺笃毒督四文同音。"7. 谐声偏旁：谐声偏旁是考求上古韵部的依据之一，这就是段玉裁大力提倡的"同声必同部说"，他用来考求十七部，并用《诗经》韵字来检验，证明是正确的。考求上古声母，古人认为也可以利用谐声偏旁，上文所说黄侃先生用来证明"照三归精"的"且"声符的例子就是。再例如，"扮"从"分"声，"悲"从"非"声，由此可以推知"扮"跟"分"、"悲"跟"非"的声母相同。8. 现代方言：方言口语中往往保存着古音，可以用来考证上古的声母。例如：中古的喻四等"以"母字，一部分在闽方言的白读系统中可以读成[ts、tsh、s]，"身上痒"的"痒"，厦门话叫[tsiu]，福州话叫

［suoŋ］。翅膀的"翼"可以读［sit］，也是以母字。还有蝇、檐、嬴，等等。说明在上古时期一直到汉代，以母跟邪母有关系。如此等等。

我们进行任何一种研究，都应该遵循两条原则：时的原则和地的原则。上述列举的八项，其实都存在一个很大的问题，必须有一个大前提：我们所有利用的材料都是同一音系的语音材料。比如今天来说，我们把闽粤吴方言区的人们写的汉语作品和北京人用北方方言写的汉语作品归纳在一起进行研究，这是多么不可思议的事。事实不止如此，还有一个时代的问题。春秋和战国时代共有几百年时间，我们都拿来一块儿烩炒，就等于承认这期间语言没有变化。但是，这是没有办法的，因为材料的缺乏，我们对先秦时代的汉语背景和方言情况还无法进行更加细致的研究，只能在这种不确定的背景下进行我们的工作。

就前人所利用的八项材料来说，没有一项不需要经过认真的辨别：反切、读若、声训、又音、异文、译语、谐声偏旁、现代方言。前四项虽然都是和研究对象同时发生的，但流传过程中也会发生讹误。例如：我们上面举过的《经典释文·尔雅音义》"薦薦"："谢蒲苗反，或力骄反。孙蒲矫反，《字林》工兆反。顾平表、白交、普苗三反。"而下文的"薦"有注音说："郭方骄反，谢符苗反，一音皮兆反。"我们对应一下就知道"力骄反"其实是"方骄反"之误。"工兆反"其实是"皮兆反"之误。此外，还有地域的问题，即什么地方人的注音，用的是什么语音系统来注音。异文情况比较复杂，东汉王符《潜夫论·志氏姓》："苦成，城名也。在盐池东北。后人书之或为枯。齐人闻其音则书之曰库成。敦煌见其字呼之曰车成。其在汉阳者不喜枯苦之字，则更书之曰古成氏。"这反映在汉代时，齐人是以方言入文章的。今天不仔细辨析异文材料，必以为"苦枯库车古"都是同音的。现代方言更是有一个时间问题，用现代语音去证明过去的语音，必须有一个前提：这个语音系统是直接承接被研究的对象，而没有受到其他系统的影响。也就是说，只有在精细深入的方言研究之后，方言材料才好用。李如龙曾经举过这样一个例子说：赣语中一些知章母字也读成 d、t 声母，比如在江西的吉水、新余、宜分、平江、修水、安义这些地方，"猪"念 do，"知"读 di，"昼"读成 dou，"朝"读 dao，"转"读 don，"张"读 dang。从二十世纪四十年代开始，就有一些知名的学者认定，这是"古无舌上""古人多舌音"的绝好证据。（"古人多舌音"，说的是章组字在上古也有读 d、t 的）可是经过了这十几年来的研究，像日本学者平山久雄、中国台湾学者何大安，还有现在香港工作的万波的研究，证明赣语的知章组读 d、t，并不是上古音的遗存，而是中古以后的演变，因为赣语念 d、t 的只是知组三等字和章组合流了，变成 d、t。而知组二等字则跟庄组、精组合流了，读成 zcs。这种情况和闽语很不一样。闽语是知组不论二等、三等，通通读成 d、t。在赣语里，知二绝对没有读 d、t 的，知三跟章只有局部地方读 d、t，而且往往凡是知三读 d、t 的，见组也读成 d、t。绕了一圈之后又回到了原地。可见，利用方言资料，要仔细地分辨历史层次。

　　然而，最麻烦的还是谐声偏旁问题。谐声字无论是在声母研究还是韵母研究中都占据重要的作用。但是谐声是造字之初的事，造字不是一个时段集中造的，它经历了漫长的过程，而且有地域方言的因素。很多异体字，就是历时和异地造字形成的结果。前人在利用谐声偏旁的时候，最感到头疼的是：不同声母之间互谐的现象太频繁，以至于谐声偏旁几乎不能作为声母研究材料来用。所以有人说："同声必同部是正确的，同声必同组没有经过论证，未必正确。"（丁启阵《论古无复辅音声母》）例如：

来母为例：万＝励、厉、砺，卯＝柳、聊（来与明有关系），礼（禮）＝体（體）、赖＝獭（来与端系有关系），良＝娘（来与泥有关系），律＝津（来与精母有关系），乐＝烁、铄、药（藥）（来与章系有关系），各＝洛、落、络，兼＝廉、濂、镰（来与见系有关系），聿＝律（来与喻母有关系）。从这里可以看出，来母几乎和所有的声母都可以谐声。这种现象只有三种解释：a. 谐声偏旁只反映韵母读音，不反映声母读音。b. 这是时代和地域的差异造成的。c. 古有复辅音声母。第一条和谐声的原则不符合，因为谐声至少是音相近的。因此，造成这种状况只有两种可能。正是这种复杂的谐声现象启发了人们对上古声母的换角度思考，因而产生了复辅音学说。严学宭在《古汉语复声母论文集·序》中总结说："上古单辅音声母，互相之间常有接触，有一些关系，用谐声原则是不好解释的。例如来组跟其他所有的声母几乎都可以发生关系，鼻音跟同部位的塞音常发生关系，擦音跟塞音或塞擦音常发生关系，甚至唇音、舌齿音和喉牙音之间也可以发生关系。这些声母，彼此之间发音部位或者发音方法迥异，互相接触，用语音学原理难以说明。这就是例外。对于这些异常谐声现象，音韵学家大致有三种不同的观点。第一种观点认为是古代方音不同，或者是古代读音有异。按这种观点，古代一字本有异读，甲跟乙发生关系，甲就有乙音，甲再跟丙发生关系，甲又有丙音，实际上否认它们之间有音韵关系，没有对这种例外现象作出任何语言学的解释。第二种较流行的观点，是认为上古不同的声母可以互相'通转'。持通转说的学者，多订有一些古声纽通转条例，通转条例严格的，忽视例外，闭口不谈异常谐声现象，条例宽泛的，则不同声纽之间几近于无所不通，无所不转。陈独秀先生指出，按通转说，'唇喉可通转，唇舌又可通转，一若殷周造字之时，中国人之语音唇舌犹不分明，但嗡嗡汪汪之如蚊蝇犬豕之发音然',可谓一语中的。第三种观点,认为那些发生异常关系的声母,上古另有来源,其声母由几个辅音构成,经过历史音变,演化为中古不同的声纽。拘守中古的单辅音声母系统来观察,自然认为这是一种不好解释的例外现象,而从上古汉语有复辅音声母的观点来看,这些倒是正常的语音现象。这就是复声母学说。"

最早提出汉语古有复辅音声母的是英国人艾约瑟(Joseph Edkins),他在 1874 年提交的第二届远东会议的论文《Thi State of the Chinese Language at the Time of Invention of Writing》(Transac2d Congr. Gr. , London, 1874, 98—119)中就提出,根据谐声字 p \ t \ k 与 l 声母的关联情况来看,中国汉语古代应该有复辅音。但这个论点当时并没有引起国内学者的注意。到 1923 年,瑞典汉学家高本汉在巴黎出版了《中日汉字分析字典》,在序文中也论述了古汉语复辅音声母的论点。1924 年,林语堂发表《古有复辅音说》一文,推演艾氏、高氏之说。他说:"研究古有无复辅音的途径,大略可分四条:第一,寻求今日俗语中所保存复辅音的遗迹,或寻求书中所载古时俗语之遗迹。第二,由字之读音和借用上推测。第三,由字之谐声现象研究,如 p \ t \ k 母与 l 母的字互相得声(如'路'以'各'得声而读如'路'。)第四,由印度支那系中的语言做比较的工夫,求能证实中原音声也有复辅音的材料。"这就是:方言与文献音读、假借字、谐声偏旁、译语对照。直到今天,学者们几乎都在用这种方法进行研究。严学宭先生在总结复辅音声母研究历史时,把它分为三个阶段:第一阶段二十世纪二三十年代,有林语堂、吴其昌、陈独秀、闻宥、魏建功、陆志韦、董同龢等人,主要收集复辅音存遗的证据,也做初步的结构类型的探讨。如林语堂就提出 kl、pl、tl 型的复辅音。六七十年代是第二个阶段,如李方桂、张琨、杨福绵、蒲立本（E. G. Pulleyblank：The Consonantal System of Old Chinese，Asia Major 9，1961—1962）、白保罗（Paul K. Benedict：Sino-Tibetan：A Conspectus，Cambridge University Press，1972）、马提索夫（James A. Matisoff）、包拟古（N. C. Bodman）、薛斯勒（Axel Schuessler）、白一平（W. H. BaxterⅢ）、柯蔚南（W. South Coblin）、周法高（《论上古音》，《香港中文大学中国文化研究所学报》2 卷 1 期，1969）、丁邦新（《论上古音中带 l 的复声母》，《屈万里先生七秩荣庆论文集》，1978）、严学宭（《上古汉语声母结构体系初探》，《江汉学报》，1962，6）等，重点探究复辅音结构类型，形成"Cl/r 型""SC 型""NC 型"等观点。八十年代蔚为大观，许多学者参加讨论，共有 100 多篇论文（据赵秉璇统计，见《古汉语复声母论文集·附录》，北京语言文化大学出版社，1998），主要有严学宭、赵秉璇、竺家宁（中国台湾）、何九盈、郑张尚芳、潘悟云等人。但是，古有复辅音声母说并非定论，反面的观点从来就有，例如唐兰先生在 1937 年就发表《论古无复声母，凡来母字皆读如泥母》一文（《清华学报》12 卷 2 期），徐德庵 1960 年有《论汉语古有复辅音说的片面性》（《西南师院学报》，1960，2），富励士 1964 年有《高本汉上古声母说商榷》（《通报》51 期，1964；53 期，1967），刘又辛 1984 年有《古汉语复辅音说质疑》（《音韵学研究》第一辑），曾光平 1987 年有《上古汉语没有复辅音》（中国语言学会第四届学术研讨会论文，广州），金钟赞（中国台湾）1989 年有《高本汉复声母之商榷》（台湾师范大学硕士论文）。1990 年丁启阵有《两种"古有复辅声"证据的商榷》（《云南教育学院学报》，1990，2），2000 年丁启阵出版《论古无复辅音声母》一书（澳门语言学会）。但和赞成者比较起来，反对的声音太微弱。

考察历来论述古有复辅音者，有一个发展过程，林语堂提出三个类型后，陈独秀补充了他的例证，并且又提出几个类型，运用的材料也多了很多。陈独秀《中国古代语音有复声母说》（参见《陈独秀音韵学论文集》）运用谐声偏旁、联绵词、对音、注音等多种方法来证明古有复辅音。并且比林语堂进一步，提出〔gl〕〔dl〕〔bl〕之外，还有〔mpl〕〔nd〕〔gh〕〔dh〕〔bh〕〔nh〕〔mn〕等类型。

1. 谐声偏旁：他说：洛落路略赂珞络酪雺硌骆均从各得声，裸从果得声，砢从可得声，绐从呇得声……证明有〔gl〕复辅音。獭从赖得声，宠从龙得声，体（體）从豊得声等，证明古有〔dl〕；剥从录得声，庞从龙得声等，证明古有〔bl〕复辅音。柳、聊从卯得声，埋、霾从里得声等，证明古有复辅音〔mpl〕，滩、摊从难得声，愿从匿得声，奢从龙得声等，证明古有〔nd〕复辅音。

2. 经籍注音：《广韵》"鬲"有郎击、各核二切。纶，有力屯、古顽二切。证明有〔gl〕复辅音。龙，《说文》龘，飞龙也。从二龙。音读若沓。《玉篇》达合切。《广韵》徒合切。奢，从龙得声，《广韵》之涉切。《集韵》《类篇》都是达合切。袭也是从龙得声，与"沓"通假，《汉书·蒯通传》："鱼鳞杂袭。"颜师古注："杂袭犹杂沓。"证明古有〔dl〕。庞从龙得声，《诗经·小雅·车攻》"四牡庞庞"，《释文》有鹿同、扶公二切。证明古有〔bl〕复辅音。从必得声的秘、密，都有闭、密二音。釐，有厘、茅二音。证明古有复辅音〔mpl〕。滩、摊二字，《广韵》都有奴案、他丹二切。帑，有乃都、他郎二切。证明古有〔nd〕复辅音。

3. 对音：这里陈独秀有时用其他语言之间的对译来解释外来语，有时用方音来证明通语。如：纶，"《史记·郑世家》索隐云：睔音公逊反。山名昆仑（或作崑崙），音即由此。昆仑奴产出地之崑崙，《中国史传》《旧唐书》作崑崙，《新唐书》作崐崘或作古龙，义净《南海寄归传》作堀伦或作骨崘，《宋史》作故伦，《通考》作歌伦，皆即暹罗语之 Krun，古占婆语之 Klun，今占婆语之 Klaun，柬浦（埔）寨语之 Khlon 也。"再如："西夏文𣥐（上、於）字，汉译音为鹅，藏译音为 hgo，日本读汉音鹅为 ga，忻县太谷读为 ŋgɔ，文水读为 ŋgɯ。"这里综合运用了对音、方言等语音材料，用以证明西夏语音中有 ŋg 复辅音。在证明 kh 声母时，他举历史文献中的对音材料：tukhara 译作吐火罗，kharassan 译作呼罗珊，khara（契丹蒙古语，义为黑），《元史》作合剌，《辍耕录》作哈剌。《元秘史》作合喇。Khamil《辍耕录》作甘木鲁，《亲征录》及《元史》作哈密力或甘木里，或合迷里，或合木里，或罕勉力，或谒密里。Kharluk《辍耕录》作哈剌鲁，《亲征录》及《元史》作匣剌鲁，或柯耳鲁，或哈儿鲁。Gurkhan《辽史国语解》作葛儿罕，《元史·太祖本纪》作菊儿汗，《亲征录》作菊儿可汗。Kharazm《唐书》作过礼，《元史》作花剌子模。Karakhitai《元秘史》作合喇乞答惕，《亲征录》作呷辣吸给，《黑鞑事略》作黑契丹。此皆 kh 母译为二声者。Khan 之为可汗，kh 含二声尤为明显。

4. 联绵词：这是陈独秀用力最多的地方，他收集了每个类型所牵涉的联绵词，来证明复辅音说。他说："拟物之音，即模拟自然界之音也，如模拟石转果落之骨录骨录声则为 gl，模拟水族掉尾林木相搏兽蹄铃铎之剔里塌拉、剔里突噜、丁令当郎则为 dl，模拟风吹水沸竹木破裂之铺噜铺噜、披里拍拉声则为 bl。盖自单音象形字固定以后，无法以一字表现复声母，而在实际语音中，复声母则仍然存在，于是乃以联绵字济其穷。张有《复古编》所举联绵字如劈历、玓瓅、昆仑等，皆合二字为一名，二声共一韵，其为复声母所演化无疑也。"这里面，陈独秀讲到联绵词产生问题，认为是古代复辅音的反映。今天对于我们探讨联绵词的起源仍然具有重要的启示。以下他大量的举例，几乎每一种类型都有许多联绵词的例证，可以说，联绵词在这篇文章中是证明古有复辅音的最强有力的证据。例如："齐人谓槌为终葵，僖二十五年《左传》寺人勃鞮注云：即寺人披。此皆远在应劭以前之反切法也。""《容斋三笔》所谓切脚语，如以蓬为勃笼，槃为勃阑，铎为突落，团为突栾，角为矻落，蒲为勃卢，螳为突郎，茨为蒺藜，实皆二声共一韵之联绵字。世或不信古有复声母之说，并联绵字而亦谓为切语，实为颠倒见。"

看他证明的各类型举例：窟窿、角落、虎落（篱笆）、蠪落（见《尔雅》）、即来（椋，见《尔雅》）、虎櫐（见《尔雅》）、蛣螂、国貉、果蠃、蛤蜊、枸篓、箜笼（见《方言》）、曲纶（见《方言》）、钾鑪（见《方言》）、穹隆、痀偻（见《庄子·列御寇》）、菰芦（见《史记·司马相如列传》）、瓠卢、扈卢、壶卢、葫芦（以上均见《汉书·司马相如传》及张晏注）、奎娄、降娄（见《尔雅·释天》）、栝楼（见《尔雅》），证明有［gl］复辅音。

土蝼、地蝼（即蛄，见《说文》）、趡龙（见《吕氏春秋》）、舵龙（见《广雅》）、烛龙（见《天问》）、大蝼、杜狗、土狗（见《尔雅》郭注）、螳螂、螗螂、堂螂、刀螂（见《尔雅》郭注）、童梁、蜻蜓、蜩蟧、蚗蟧、蛁蟟、蟪蝶（见《夏小正》）、鰶鳞（见《广雅》）、貂蟟（见《淮南子·道应训》高注）、德劳、都卢、都蟟、玓瓅（见《史记·司马相如列传》）、鞮鞻（见《周礼》）、侏离、兜离、陀螺、得乐，证明古有［dl］。

李缆、不律、不来（见《礼记·大射仪》郑注，"霾曰不来"）、貔貅、貉貍、豺貍（以上均见《方言》郭注）、伯劳、博劳、百鹩、蚾蟊、负劳、蒲卢、毗刘、暴乐、伦离、霹雳、泼剌、撇列、泼辣、拨拉、肤腴，证明古有［bl］复辅音。

蟪蛉、朦胧、迷离、孟浪、莽浪、芒砀、靡丽，证明古有复辅音［mpl］；酩酊、懵懂，证明古有［md］复辅音。

但陈氏的研究毕竟是筚路蓝缕，不外乎是将林语堂讲过的几种方法稍作加强而已，并没有在类型学上提出系统的体系来。后来的复辅音研究还是遵循这个路子，运用谐声、又读、假借、异文、声训、联绵字、借贷字、同源语等材料，但在系统性方面有许多突破，方法上也有创新。例如：上古声母研究最主要的材料是谐声偏旁，可偏偏在这个问题上有很多问题不明真相。为什么不同声类可以通谐？有没有一个通谐的标准？都是现在尚未解决的问题。董同龢《上古音韵表稿》共收谐声字 12068 个，并且标明不规则谐声字。根据周法高先生的统计，不规则谐声计 814 个，约占 6.74%，这与高本汉《汉文典（修订本）》中的 670 除以 7095 等于 9.44% 有较大出入。但基本上不超过 10%，所以一般认为汉字谐声系统还是有规律的。那么，如何判定是有音理关系的谐声，还是例外呢？陆志韦先生做了有益的探索。本来高本汉在《中日汉字分析字典》（Analytic Dictionary of Chinese and Sion-Japanese）导论中就对 6000 多个汉字的谐声情况进行归纳，提出若干原则，陆志韦 1940 年在《燕京学报》第 28 期上发表《说文广韵中间声类转变的大势》一文，根据《说文》谐声字来说明《切韵》音的 51 声类在谐声系统中的相互关系。后来加以增订，写进《古音说略》（1947）一书，收集得声关系字 9791 次。（附表《广韵 51 声母在说文谐声通转的次数》）对于例外谐声问题，陆志韦提出"几遇数"的判别方法，认为实际相谐次数大于几遇数就可以认为二者有音理关系。其实是说，超过相谐次数的平均值就认为二者有音理关系。假定"1"声母和其他声母总的相谐次数为 100，相谐声母为 10，则几遇数为 10。两个声母相谐次数低于 10 次的或可认为是例外，超过 10 次的不能视为例外。

后人的研究主要集中在复辅音类型方面。高本汉拟定了一套复辅音声母，如 pl-、phl-、bhl-、ml-、tl-、thl-、dl-、kl-、khl-、hl-、sl-、sn-等，李方桂先生则认为除了有 hm-、hn-、hng-等一套不带音鼻声母（即清声母），还应该有 st-、sk-，他们是把 s 当作词头来看的，但是他不是十分确定（参见《上古音研究》）。到了后来，严学宭先生拟定八组二合复辅音，还有六组三合复辅音（见《原始汉语复辅音声母类型的痕迹》一文）。竺家宁 1981 年发表博士论文《古汉语复声母研究》，拟定五类十七组共 60 个复辅音声母。现在，我们来看看严学宭体系。

二合复辅音声母：

第一组：

pt-、pth-、pd-、pdh-、pts-、ptsh-、bth-、bd-、bts-、pk-、pkh-、bk-、bkh-、pgh-。共 14 个，根据发音部位不同的塞音不常互谐的现象构拟。

第二组：tts-、ttsh-、tdz-、tdzh-、dts-、dtsh-、ddz-。共 7 个，根据舌尖塞音一般不跟舌尖的塞擦音互谐的现象构拟。

第三组：kt-、kth-、kd-、kdh-、kts-、ktsh-、kdz-、gd-、gt-sh-、gdz-。共 10 个，根据舌根塞音不常与舌尖塞音和塞擦音互谐的现象构拟。

第四组：mp-、mph-、mb-、mt-、mth-、md-、mn-、mts-、mk-、mkh-、mg-、ngp-、ngph-、ngm-、ngt-、ngth-、ngd-、ngn-、ngtsh-、ngdz-、ngk-、ngkh-、ngkh-、ngg-、np-、nt-、nd-、nts-、ntsh-、nk-、ng-。共 31 个，根据鼻音不跟同部位和不同部位的塞音和塞擦音互谐的现象构拟。

第五组：xp-、xph-、xm-、xt-、xth-、xd-、xn-、xts-、xtsh-、xdz-、xk-、xkh-、xg-、xng-、ɣp-、ɣb-、ɣm-、ɣt-、ɣth-、ɣd-、 ɣh-，ɣk-，ɣkh-，ɣg-，ɣng-。共 25 个，分为 x \ ɣ 两套，根据喉音与唇舌喉可互谐的现象构拟。但他又说：从清浊互谐，按照音位归纳法，又可合并成为 *h 的一套，类似藏文前置字母 h。

第六组：ʔm-，ʔt-，ʔth-，ʔd-，ʔn-，ʔts-，ʔs-，ʔk-，ʔkh-，ʔg-，ʔng-，共 11 个，根据喉塞音互谐的现象构拟。

第七组：sp-，sb-，sm-，st-，sth-，sd-，sn-，stsh-，sk-，skh-，sg-，sng-，sx-，sɣ-，zb-，zt-，zth-，zd-，zn-，zk-，zkh-，zg-，zng-，zx-，zɣ-。共 25 个，是根据 s 词头谐声现象构拟的。他认为：这 s 是从上古 d+j 演化而来，实际上只有 s，故 s 和 z 可以合并为一个 s。

第八组：pl-，phl-，bl-，ml-，tl-，thl-，dl-，nl-，tsl-，tshl-，sl-，kl-，khl-，gl-，ngl-，xl-，ɣl-，ʔl-。共 18 个，这是一套 ɣl- 复辅音，根据 l 声母可以与唇舌齿牙喉的辅音广泛谐声的现象拟定的。二合复辅音共计八组。

三合复辅音声母：

第一组：pkt-，pkth-，pgt-，pŋt-。共 4 个，类型是唇喉舌头。

第二组：mpt-，mpd-，mpn-，mngkh-，mngg-，nkt-，nkd-，ngt-，ngkth-。共 9 个，类型是唇音与舌头和喉音。

第三组：xdts-，xmk-，xmng-，xnk-，xkd-，xngkh-，ɣzkh-，ɣkth-，ɣkd-，ɣkdh-，ɣngk-。共 11 个，类型是喉音和唇舌音的关系。

第四组：ʔxkh-，ʔGk-，ʔGkh-，ʔngk-，ʔsk-。共 5 个，类型是喉齿音之间的关系。

第五组：spd，smd，sttsh，sdtsh，snk，skt，sgp，sngth，sngk。共 9 个，类型是齿音与唇舌喉音之间的关系。

第六组：btl-，mbl-，mdl-，npl-，ndl-，ktl-，gtl，ngkl-，xbl-，xml-，xkhl-，ɣkhl-，ʔpl-，ʔkl-，stl-，sdl-，sml-，zml-。共

18 个，类型是 CCl 式的。

从上面可以看出，这套复辅音声母体系非常严密，用来解释偏旁互谐现象几乎没有任何阻隔。可问题也就出在这里：如果真是这样，上古汉语声母将会是一种什么状态。除了完整的单辅音声母外，还有 200 个复辅音声母，我不知道世界上有没有这样的语言，也不知道这些三合复辅音怎么发出声音来。很显然，构拟者只想照顾系统的完整性和普遍性，而根本不顾音理和语言交际的需要，所以，如此繁杂的构拟实在令人怀疑。时至今日，相信上古汉语存在复辅音的人越来越多，几乎成为一种潮流。反对的声音越来越微弱，但仍还是有许多问题没有解决。

唐兰先生反对古有复辅音的说法，王力先生不相信古有复辅音，比较谨慎的相信者们如何九盈认为：远古汉语存在复辅音，但到了《诗经》时代（思陶按：指春秋战国时代），复辅音已经消失了。我们现在看到的一些例外谐声现象和联绵词反映出来的合音、嵌 l 词等，都是远古汉语复辅音声母的遗迹。了解这些痕迹，是为了弄清汉语语音史的真实面貌，弄清远古汉语和汉藏语系其他语种的关系。他赞同严学宭"说明古汉语中的音变，特别是许多稀奇古怪的又音以及形体、训诂等的许多疑难问题，而且便于寻找汉藏语系的同源词"的说法。（何九盈《关于复辅音问题》）从前人的研究可以看出，联绵词成为古有复辅音的一个证据，反过来即证明：联绵词有一部分来源于古代汉语复辅音的分化。按何九盈的说法，古代复辅音声母后来消失的途径有三种：一分为二：一个二合复辅音声母分化为两个单声母，也就是两个不可分割的单音节联绵词。例如：-pljət（笔）：pl-pjəljwət（不律），kl-kwailwai（果蠃），xt-xwantɔ（骧兜）。合二为一：二合复辅音在一定的条件下演变为一个新的单体辅音。如：远古以舌根音为主的复辅音 krj，khrj，grj，hrj，ngrj 一组（李方桂，1980，

91），后来经过舌面化的演变，成为 te teʻ deçzj（即中古照三系）。一存一亡：两个辅音声母在某一方言内脱落，另一个保存。如：kl（卵）［卢管切 lwan］［读如管 kwan］，纶［力迍切 ljwən］［古顽切 kjwən］，角［卢谷切 lwɔk］［古岳切 kiɔk］等异读现象。

从何说可以看出，联绵词来源于复辅音声母说就是紧扣联绵词是个单纯词的属性而言的，是复辅音声母分化的结果。本来就是一个音节的复辅音声母分化为两个音节，所以，它仍然是单纯词。联绵词和复辅音的关系主要就表现在此。

三　分音说

为了说明联绵词来源于古代的复辅音的观点，我们粗略地讲述了从中古上推上古汉语的声韵系统，又从研究上古汉语声母系统的谐声偏旁互谐现象介绍了古代的复辅音理论。了解了复辅音声母和联绵词的关系。但是，这只是联绵词产生的一种说法，我们可以笼统地称之为"声母分化说"，即复辅音声母分化而为两个音节，成为联绵词。这也只能说明一部分联绵词的来源。即使在复辅音声母说盛行的今天，对于联绵词的产生也还是有其他一些说法。例如，如"分音说"即认为联绵词不是复辅音声母分化的结果，而是类似于后来的反切形式的用两个音节来描摹一个音节的读音的结果。古人把这种现象称为"合音"。这是立足于原生音节的观点。我们这里为什么要称之为"分音说"呢？在现代方言研究中，有分音词和合音词的说法。这里的分音、合音是立足于后起音节来说的，着重点正好和古人相反。合音词的意思是：后代用一个音节来切合原来的两个音节。例如，吴方言中，不用＝甭，勿要＝覅；江淮方言中，怎么的＝藉，哪里（哪块）＝奈，哪个＝啰，都是合音词。分音词的意思是：后代用两个音节来切合原来的一个音节。例如晋方言中就有大量的分音词，像太原方言：摆＝薄唻，跑＝扑涝，棒＝薄浪，蹦＝薄棱，笨＝薄楞，刮＝刮腊，巷＝黑浪，环＝忽栾，裹＝骨裸，合＝黑腊，更＝屹棱，拨＝薄腊，爬＝扑拉，团＝突栾，杆＝屹榄。北方官话唐保片广灵方言：棒＝不浪，蠖＝黑辣，秆＝屹览。中原官话郑曹片荥阳方言：摆＝不来，圈＝曲连，滚＝骨轮，毂＝轱辘，锏＝轱碌，埂＝屹棱，翘＝屹料，孔＝窟窿，浑＝囫囵等。江淮官话枞阳方言：槃＝筐榄等等。而我们这里借用方言研究的概念。大家会说：实际上，复辅音声母分化说也是一种分音说，和这里所说的"分音说"有什么区别？区别在于：分音说不承认古有复辅音。分音是指一个音节的分音，不是指一个声母的分化。所以采用"分音说"的说法，也就是说，语言现象只有一种，解释却是多样的。有人认为是复辅音声母分化的结果，就是"复辅音声母"说；有人认为这是古代语言固有的一种类型，不存在分合问题。前一个音节元音模糊或丢失，造成半个音节（次要音节），依附于后面的主要音节，形成密切难分的关系。这就是"一个半音节"说。有人认为是后人像反切那样用两个音节去切合古代一个音节，就是"切脚语"，或叫"反语骈词"，或叫"切脚字"，或叫"合音"说；有人看到这类词中绝大部分有一个特点：前一个音节都是入声字，后一个音节都是 l 声母，所以，把它叫作"嵌 l 词"，这就是"嵌 l 词"说。下面分别介绍。

　　"分音"的说法还是含有动态的变化的观念，认为两个音节是一个音节分化的结果。这种观念是否合乎语言实际，是值得商榷的。因为，根据对汉藏语系中许多语言的研究结果，发现很多语言中没有复辅音，也不是分音的结果，而是有所谓的"一个半音节"的现象。"一个半音节"否认了复辅音的说法，也否认了"分音"的说法，而是认为这是汉藏语系中本来固有、普遍存在的一种语音现象。上文说过，复辅音的研究往往和汉藏语言的研究结合起来，汉藏语对音已经成为复辅音研究者一个重要的证据。在汉藏语研究中，人们发现许多语言并没有复辅音，也存在这样一个现象：一个词往往由两个音节组成，第一个音节极短，主元音很含糊，甚至略去，两个音节的声母紧缩成一个类似复辅音的情况，特别是前半个音节的声母是响音的时候，更容易失去后头的元音，自成音节，把这种词叫作一个半音节的词（sesqui-syllic word）。Shorto（1960）把这类词中的前一个音节叫作次要音节（minor sylle），以区别于主要音节（mjor sylle）。Mtisoff 则把次要音节叫作前置辅音（pre-initil consonnt）。在有些著作中，次要音节叫作词头，那是从构词平面来说的。构词平面与音韵平面并不等同，如"马蚁"中的"马"是词头，或者叫"前缀"，这是就构词平面来说的。但就音韵平面来说，它不是次要音节。还有些著作把它叫作"弱化音节"（孙宏开 1982）或"前置音"（王敬骝 1994）等等。如柬埔寨语的 ck⊦（狗，Julian1990）。如崩龙语中的干д⁊ħ.ħ（吹火筒），дɪo（板栗，王敬骝、陈相木，1984）。一个半音节词也广泛存在于传统汉藏系的各语言中。在藏缅语中，次要音节主要存在于景颇语支的景颇语、独龙语、福贡怒语、格曼僜语、达让僜语、义都珞巴语、博嘎尔珞巴语和缅语支的缅语、阿昌语、载瓦语等（《藏缅语语音和词汇》）。如缅甸语的次要音节中"功能负载主要由声母承担，没有复辅音，也没有韵尾辅音，声调只有一个，元音是松的央元音"（Julian 1990）。独龙语中的前加成分都是弱化音节，韵母读得轻而短，声调中性化为一个低降调，与其他语素构成合成词时次要音节经常脱落（孙宏开 1982）。达让僜语中，词根前加词头的构词法几乎占了词汇的一半。词头一般读轻声，声母没有出现复辅音，韵母只有三个单元音，没有出现复元音或带辅音韵尾的韵母（孙宏开1980）。在景颇语中，前缀的元音弱化，声调轻读，整个音节短而快（徐悉艰等1983）。（参见《汉藏语中的次要音节》一文）别看这种说法和"分音说"很接近，很多人都用"一个半音节"的概念在指代"切脚字"的"分音"现象，但就概念本身而言，是应当区分清楚的。首先，"一个半音节"把前面的次要音节当作一个音节，或元音模糊，或丢失元音，总之不是一个复辅音。这是它和复辅音说者的区别。再者，它是语言固有的一种现象，不是人为的"切脚"，也不是一个音节的分化。这是它与"分音说"的区别。

"切脚语"其实是一种合音说。是说后人有意识地用两个音节去切合古代的一个音节。《说郛》卷四十九宋俞文豹《唾玉集》称之为"切脚字"："俗语切脚字：勃龙蓬字，勃兰盘字，哭落铎字，窟陀窠字，黸赖坏字，骨露锢字，屈挛圈字，鹘卢蒲字，哭郎堂字，突栾团字，吃落角字，只零精字，不可叵字，即释典所谓二合字。"宋洪迈《容斋三笔》卷十六称之为"切脚语"："切脚语：世人语音有以切脚而称者，亦间见之于书史中，如以蓬为勃笼，槃为勃阑，铎为突落，叵为不可，团为突栾，钲为丁宁，顶为滴颖，角为矻落，蒲为勃卢，精为即零，螳为突郎，诸为之乎，旁为步廊，茨为蒺藜，圈为屈挛，锢为骨露，窠为窟驼是也。"切脚的意思就是反切，根据这两个宋代人的见解，似乎反切不是东汉末孙炎发明的，因为他两人都将"不可叵字""诸为之乎"算作切脚，这两个可都是反切产生之前就存在于汉语之中的，他们似乎认为，切脚语是上古汉语就有的一种语言现象。加上郭璞注《尔雅》时所说的"（笔）蜀人呼为不律"的记录，似乎可以说，切脚现象一直贯穿从上古到中古的汉语发展过程中。

另一方面，上文说过，从语言现象本质来说，切脚语、一个半音节、嵌 l 词都是一回事。那么，就地域方面而言，这种现象就不是山西方言独特的现象了。梁玉璋在《方言》（1982，1）上发表《福州方言的"切脚词"》，就分析了福州方言中有音无字的切脚词二百多个。实际上，山西、福州、河北、河南、吴方言区、粤方言区都普遍存在这类"切脚语"现象。

关于对这类语言现象产生原因的解释，大约有三种：

1. 来自上古复辅音声母。最早把这类现象归之于复辅音声母的是林语堂，他在《古有复辅音说》一文中说："按古有复辅音说，英国支那学者 Edkins 已经说过，但是他所靠的只是谐声上 p、t、k 母与 l 母互相关连的一事，虽然据理类推似为切当，而孤这一条，我们总觉得不足以充分明证此新奇的假说。"在说了这些之后，他就列举了古今俗语中复辅音的证据：孔曰窟窿、角为屹落、圈为屈挛等等，都是切脚语。后来严学宭、赵秉璇、竺家宁等无不以此为据。严学宭在《原始汉语复声母类型的痕迹》（1981）一文中说："在现代汉语方言山西的晋中、上党、雁北等地的所谓汉语骈词，实际上是 pl \ tl \ kl 二合复辅音声母的痕迹。"

2. 来自缓读现象。张崇在《中国语文》（1993，3）上发表《嵌 l 词探源》一文说："嵌 l 词来自单音词语的缓读，其后字声母 l 来自单音字声母送气成分所产生的滋生音的转化。"细品张崇的意思，大约受古人"长言短言急读缓读"的影响。《公羊传·庄公二十八年》："春秋伐者为客，伐者为主。"何休注云："伐人者为客，读伐，长言之，齐人语也。见伐者为主，读伐，短言之，齐人语也。"高诱注《吕氏春秋·慎行论》："鬨，斗也，鬨读近鸿，缓气言之。"又注《淮南子·本经训》"蚤"："沇州谓之螣。螣读近殆，缓气言之。"又注《墬形训》："旄读近绸缪之缪，急气言乃得之。"周祖谟曰："所谓内外者，盖指韵之洪细而言。言内者洪音，言外者细音。急气缓气之说，似与声母声调无关，其意当亦指韵母之洪细而言。盖凡言急气者，多为细音字，凡言缓气者，多为洪音字。"以此知道古来所谓"缓气言之"与张崇的"缓读"本不是一回事。张崇的缓读是指读一个音节衍音加长，变为两个音节。

3. 来自口语儿化。这是徐通锵的意见，他把嵌l词和山西平定方言的儿化现象结合起来考虑，认为二者是相同的语音现象。嵌l词只不过是"原先以'儿'为中缀的儿化单音节分化的结果"（见《山西平定方言的儿化和晋中的所谓"嵌l词"》，《中国语文》1981，6）。

对于以上三种说法，我们认为：第一种说法虽然为多数人所引用，但都是一种平面对照的方式，不是系统的定量的分析，所以，只是一种有待证明的假说。如果有一天，我们找到一种语言，它和汉语有成规律的对应关系，并且里面的切脚词都一一对应，而这种语言是复辅音声母，那我们就可以理直气壮地认为：切脚语是复辅音声母分化的结果。可惜目前的论证都是个别的不成系统的，很难排除偶然性。第二种说法的根据是现在仍然运用的陕北方言的缓读现象。这是有利的证据，也是不利的证据。问题是：这些现在缓读的现象为什么没有变成嵌l词的资料？从秦汉以来就产生的切脚语如果是缓读的结果，那么，为什么有了嵌l词以后，方言仍然还在缓读？这些都没有得到令人信服的回答。第三种说法是没有根据的。张崇在驳斥徐通锵的说法时说："儿化音产生在明代中期，成熟于明代后期。"而嵌l词在元代以前就出现了。况且，这类语音现象中还有许多是分音，但不是嵌l词，例如福州的"一个半音节"，这就不是用儿化可以解释的了。

关于所谓"一个半音节"问题，其实是对这类现象的不同解释而已。问题的核心是这类词到底是一个音节的分化还是本来就是两个音节。如果承认是一个音节的分化，就等于部分承认复辅音说。如果承认它们原来就是两个音节，后来前面音节元音弱化而丢失，就等于否认复辅音说。二说不可共存。但是，陈洁雯在《方言》（1984，4）上发表《上古复声母：粤方言一个半音节的字所提供的佐证》一文，认为一个半音节词是复辅音声母的证据之一。在这里她本身的论述是有矛盾的。因为我们上面说过，所谓"一个半音节"的说法，本身就是否认这是复辅音声母的说法。他们认为这是模糊或丢失元音的半个音节，不是复辅音。陈文却用这个概念来证明复辅音的存在，就有点说不通了。所谓一个半音节，倒是和张崇所说的"缓读"的现象正好相反的说法。陈文的意思是：一个音节由于延缓发音的时间，拉长其声母和韵母之间的音阶，就无形中增加了元音，变成了两个音节。一个半音节则认为：本来就是两个音节，只是次要元音由于急读而丢失了元音，变成了半个音节，好像紧紧附着在主要音节上。

我们认为：切脚语的确是和反切的原理相似。更有一种状况我们不能不考虑：不管是哪种方言，这种切脚词都占少数，并且无规律可寻，这就使我们怀疑：这种语言现象是不是语言的自然规律？会不会是一种人为的语言现象？就像通行于各地的民间"切口语"那样。明代田汝成《西湖游览志余》卷二十五《委巷丛谈》就记载这种切口语说："杭人有以二字反切一字以成声者，如以秀为鲫溜，以团为突栾，以精为鲫令，以俏为鲫跳，以孔为窟笼，以盘为勃兰。"明代江阴人李翊《俗呼小录》也记载"精谓之鲫令，团谓之突栾，孔谓之窟笼，圈谓之屈栾"等等，可见在明代，这些反切语都是民间的创造。赵元任先生曾经写过《反切语八种》，这是我国最早的一篇讨论语言集团变异的文章。有人总结各地反切语的类型时，发现竟然有许多是 CL 型或 LC 型的，例如：常州无锡多为 CL 型，广州、福州、东莞是 LC 型，还有 CB、CK 型, 恰好是 p\t\k 三种型号都有, 这必然有其语音上的理据, 不会是巧合。而这种现象也存在于方言中, 例如潘渭水《建瓯话中的衍音现象》(见《中国语文》1994, 3) 一文说, 建瓯方言中有一种衍音现象, 实际上是一种语音构词法, "构成形式很固定、明确、简单, 只需把单音节词作为将扩衍的双音节词的第一个词素, 加上一个用 [l] 声母替换原单音节声母, 保留原音节韵母和声调的新音节, 作为扩衍的双音节词的第二个词素, 就将单音节词扩展、衍生成双音节词了。" 这就是嵌 l 词的民间切脚语产生的最好说明。

在中国上古口语中, 大量存在类似反切的 "自然合音" 的声韵现象。只不过我们往往视而不见, 不加重视。所以经本植先生说: "由于前人对古书中的合音字没有进行过全面的研究, 所论只散见于一些著述之中, 而常提到的又多是 '之于' 为 '诸' 等, 因此给人造成一种错觉: 似乎这种用字现象极其个别。实则不然, 由于我国历史悠久, 古籍浩瀚, 古书中的合音字累积起来, 亦足可编成一本小型的合音字字典。" (见《古汉语文字学知识》) 其实, 这种 "合音" 只是分音的一种形式, 古人称之为 "合音字" 或 "合音词"。下面一节我们为了叙述方便, 暂时称之为 "合音"。例如:

《国语·吴语》: "三军皆哗釦以振旅, 其声动天地。" 韦昭注: "哗釦, 欢呼。" 李维琦: 哗釦, 合音为吼。

《春秋经·桓公十二年》: "谷丘", 传作 "勾渎"。"勾渎" 合音 "谷"。

《左传·宣公二年》: "弃甲则那。" 杜注: "那犹何也。"《经传释词》卷六: "那者, 奈何之合声也。"

《战国策·魏策一》: "武夫类玉。" 桂馥《说文解字义证》: "反语武夫为珷。"

《经传释词》卷七："耳，犹'而已'也。"

《孟子·公孙丑下》："必求龙断而登之。"李维琦：龙断合音为峦。

这些都是比较常见的合音形式，一般一眼能看出来。还有一些比较隐曲的形式，必须知道古人合音条例才能明白。例如：

A. 转语合音：语音稍有转变，不能直接切合。这是方音因素和语音流变的结果。例如：

《方言》卷十："秖（帮脂），不（帮之）知（端支）也。"声母同，韵母支脂旁转。

《尔雅·释草》："须（心侯），蕵（心文）芜（明鱼）。"声母同，韵母鱼侯旁转。

《方言》卷十一："螳螂谓之髦（明宵）。"《艺文类聚》卷九十七："（螳螂）齐济以东谓之马（明鱼）敫（余沃）。"声母同，韵母沃宵对转。

《诗经·鹊巢》：毛传"鸠（见幽）……秸（见质）鞠（见觉）也"。声母同，韵母觉幽对转。

《慧琳音义》卷二十七引《三苍》："叵（滂歌），不（帮之）可（溪歌）也。"韵母同，声母帮滂旁纽。

《说文解字》："胄（定幽），兜（端侯）鍪（明幽）也。"韵母同，声母端定旁纽。

《尔雅·释天》："扶（并鱼）摇（余宵）谓之猋（帮宵）。"韵母同，声母帮并旁纽。

B. 词缀合音：这种方法不是反切的拼音法，它类似一个半音节的说法，但顺序相反。它是两个音节中的下字韵母弱化而脱落，使得下字声母附着于上字韵母后，成为上字韵尾。例如：《礼记·檀弓上》："子盍言子之志于公乎?"郑玄注："盍（匣盍开一），何（匣歌开一）不（帮之）也。"考察它的演变轨迹，大约是"何"是歌部阴声韵,"不"的韵母弱化后丢失,声母附着于"何"的韵母后,变成了"kuep",即"盍"的读音。这种情况虽然少见,但我们似乎可以从中得到一点信息:为什么联绵词的形成非得是一个复辅音声母的音节的分化不可,而不能是一个音节韵尾的描写?这个问题可以深入讨论下去。

C. 倒纽合音:这也是比较奇特的现象。它和一般反切的情况正好相反,是前字取韵、后字取声拼合而成。例如:

《礼记·内则》:"舅姑若使介妇,毋敢敌耦于冢妇。"郑玄注:"虽有勤劳,不敢掉(定沃)磬(溪耕)。"倒纽合音为"榷"。是郑玄解释"敌"字为"榷"。《庄子·徐无鬼》:"则可不谓有大扬榷乎?"《释文》引《三苍》:"榷,敌也。"这里"掉磬"倒纽合音为"榷"。

《淮南子·时则训》高诱注:"蚈,马蚿(匣真)也,幽冀谓之秦(从真)渠(匣鱼)。"秦渠倒纽合音为蚿。

《急就篇》颜注:"篓(见侯),一名落,盛杯器也。"《方言》卷五:"杯落,陈楚宋卫之间……又谓之豆(定侯)筥(见鱼)。"则"豆筥"倒纽合音为"篓"。

《荀子·劝学》:"南方有鸟焉,名曰蒙(明东)鸠(见幽)。"杨注:"蒙鸠,鹪鹩也。"《方言》卷八:"桑飞,自关而东谓之工(见东)爵。"

这一类的例子不胜枚举。为什么会产生这种现象?或认为前后音节易位,然后脱落节缩为一个音节;或认为韵母换位,然后脱落前音节;或认为声母换位,然后脱落后音节;或认为前音节声母受后音节影响而产生增音,然后原来的后音节脱落;或认为韵母顺同化,然后脱落前音节,等等。孰对孰错,我们目前还不清楚。大家只是从音理上去推测,并没有确切的证据。

D. 双反合音:这是一个更有趣的现象。上下字交替组成新的反切。即用一次正纽反切，用一次倒纽反切，分别切出两个字来。这在南北朝时期的民间口语的修辞中常常用到。例如：索朗酒：郦道元《水经注·河水四》谓其为河东郡人刘白堕所酿，因成于"桑落之辰"而得名。又据刘绩《霏雪录》载，河东郡桑落坊有井，每至桑叶飘落时取水酿酒，味甚醇美，故名"桑（心阳）落（来铎）酒"。但它又叫"索（心铎）朗（来阳）酒"。"索朗"正纽合音是"桑"，倒纽合音是"落"。

《周礼·春官》："鞮（端支）鞻（来侯）氏掌四夷之乐与其声歌。"郑注："四夷之乐……西方曰洙（端侯）离（来歌）。"《说文·走部》："趧（端支）娄，四夷之舞各自有曲。"段注："今《周礼》作鞮鞻。"洙离，班固《东都赋》作"兜（端侯）离"。黄生《义府》认为："鞮鞻当音低娄，反语即为兜离，兜离转音为侏（章侯）离。"然则兜离正纽合音为趧（汉代离已经读入支韵），倒纽合音为娄。

《庄子·徐无鬼》："卷（见元）娄（来侯）者，舜也。"《释文》："卷娄犹拘（见侯）挛（来元）也。"然则拘挛正纽合音为卷，倒纽合音为娄。

《离骚》："恐鹈（定脂）鴂（见月）之先鸣兮，使夫百草为之不芳。"扬雄《反离骚》："徒恐鹏（定元）鸠（见支）之将鸣兮，顾先百草为不芳。"则"鹈鴂"和"鹏鸠"应该是同一种鸟。然则鹈鴂正纽合音就是鹏（元月阳入对转），反纽合音为鸠（支脂本来就可以不分）。双反的原理是音素换位。相邻两个音节的首辅音互易，在普通语言学上叫"首音互换"（参见傅定森《反切起源考》）。

从上面的论述可以看到，这种自然合音往往会产生联绵词。

四　外来词说

外来词就是源自其他民族语言的词，这是语言接触的产物。一个民族的语言进入另一个民族的语言会有不同的形式，在汉语中，就有所谓音译词、意译词、音义合一词等形式，其中的意译词，是用本民族的语言形式来描写外民族的概念内涵，就构词法来说，就不能认为它是外来词。但总的说来，我们还是容易理解的，因为这些不牵涉联绵词的问题，兹不赘述。

首先我们应当申明：研究汉语联绵词，本应该将音译的外来词排除在外，因为除了研究语言接触和交流，以及音韵学上的对音以外，外来音译词只是形式上和汉语联绵词相同或近似，但它并不能帮助我们去了解汉语联绵词的音义关系和形态特征，也无助于我们对汉语联绵词族的语源研究。并且这种形似而性质不同的资料往往会使我们的研究发生误解或偏差。这是比较好理解的。但是，实际情况又容不得我们如此简单武断地来对待这一语言现象。因为，当我们来面对这一语言现象时，我们发现：对于早期的汉语外来词，我们简直无法判断。我们首先面临的是外来词的时间断限问题。什么时候的外来词进入汉语就算外来词？外来词和方言词有什么区别？例如，春秋时代的大量的古越方言进入中原汉语词汇，它们面貌各异，如何论定？所以，我们不得不在论证汉语联绵词来源时从语言文化背景方面来辨析这个问题。

根据考古学家的意见，周代祖先来源于山西，在殷商和周代早期，所谓后来的华夏民族和戎夷蛮狄民族是交叉混居的，华夏民族不大，其他民族不小。引用王玉哲先生《中华远古史·自序》中的话来说："中国的中原地区（黄河中下游），战国以后基本上已是清一色的华夏族的天下。可是在春秋以前中原地区除了华夏族人建立的几个或几十个据点（城邑）外，周围环绕着的还有不少不同种姓、文化高低不同的少数民族杂处其间，这是一种'华戎杂处'的局面。这种现象，越往上推就越普遍。西周时期和其以前的夏、商，在中原的黄河南北两岸同时并存着无数的小氏族、部落。当时的所谓'国'，实际上是一个大邑，所谓'王朝'（如夏、商）也不过是一个大邑统治着在征服各地后建立的若干据点小邑。大邑与其统治的小邑之间的地区，还分布着许多敌对的不同种姓的小方国。它们中有些还没有文字，与华夏语言也不同。所以，它们之间以及与华夏之间，都各自为政，互不干犯，有时又相互战争。它们只有势力大小的不同，还没有谁服从谁的一统的思想。所以，当时人所想到的王朝国土，只会有分散在各地的几个'据点（小邑）'的概念，还没有以大邑为中心的'整个面'的概念。在这种群'点'并立的情况下，自然更不会有'王朝边界'的概念了。"顾颉刚先生曾考证认为：春秋中叶，在山西境内，垣曲县为东山皋落氏之狄，阳曲县为廧咎之狄，长治县是潞氏和铎辰之狄，屯留县是留吁之狄。从而得出结论说："白狄所占区域绵及陕西、山西、河北、山东四省，其广袤几与楚同，而远轶晋、齐矣。"而《古本竹书纪年》记载：当王季时候，是殷商武乙、文丁时代，已进入殷商末期，周民族还只是山西境内的一个小邦而已，和西落鬼戎、燕京之戎、余无之戎、始呼之戎、翳徒之戎发生战争。而这些戎族基本在今山西境内。据考证：西落鬼戎即鬼方，在今山西长治。燕京之戎又名"管涔"，在今山西汾阳附近。余无之戎或名"徐无"（《左传·成公元年》）、"涂吾"（《山海经·北山经》）、"图虚"（《兮甲盘铭》）、"余吾"（《汉书·地理志》），在今山西长治屯留区。一直到西周初，这些戎族都还在。而这些地名如燕京山、管涔山、余吾县等，都保留在汉语中，形成一大批地名联绵词。我们再来看作为华夏语"雅言"基础方言的周民族的早期语言，从周先王先公的名字可以看出一点痕迹来：根据《史记·周本纪》记载的周世系是：后稷名弃—不窋（《史记会注考证》根据旧抄本作"不窟"）—鞠陶（《史记·周本纪》作"鞠"，此据《世本》和《国语·周语》公序本）—公刘—庆节—皇仆—差弗（《国语》明道本韦注作"羌弗"）—毁隃（《史记索隐》引《世本》作"伪榆"）—公非（《史记索隐》引《世本》作"公非辟方"）—高圉（《史记索隐》引《世本》作"高圉侯侔"）—亚圉（《史记集解》引《世本》作"亚圉云都"）—公叔祖类（《史记索隐》引《世本》作"太公组绀诸盩"）—古公亶父—季历—文王昌—武王发……从文王之前，周先公名字均字无定字，不类汉语人名用字习惯。如果固守汉民族语言的话，这些无疑是外来词。《左传·襄公十四年》戎子驹支回答晋国范宣子说："我诸戎饮食衣服不与华同，赘币不通，言语不达。"可见春秋时代，山西境内还有很多戎族存在，并且和华夏族操不同言语。可是，向熹在《汉语探源》中说："中国即中原地区，指河南一带，这里曾是夏、商和东周的政治中心。雅言就是以中原语言为基础的华夏共同语。春秋时期，夷人已华夏化。""事实上戎子驹支的华语非常流畅而富有文采。当时入居中原的夷狄大都能以华语进行交际了。"不知证据何在。《周礼》虽然是汉代的作品，但肯定是根据周代文献整理编成的，符合周代的社会情况。《周礼·秋官·大行人》"属象胥，谕言语，协辞命"就是大行人的职责之一。这"象胥"就是翻译专员。原文的意思是：国王每七年召集负责各诸侯国翻译工作的"象胥"们来学习周王朝的语言，协调彼此的翻译和外交辞令。这恰恰证明周王朝并没有在诸侯国推行"共同语"或"官话"，只有少数的"象胥"一类的人才需要学习周王朝的语言。推而广之，戎族也有自己的翻译才能彼此沟通。《左传》的这句话或许是通过象胥翻译而记录下来的，或戎子驹支本人就有象胥的本事。总之，华戎那时的语言是不同的，这是确定无疑的。这已经是春秋晚期的事了。事实上，在春秋时代之前，周王朝也只是一个大邑，各诸侯国除了各自根据等级每年或几年去朝聘一次外，和周王朝几乎没有往来。绝不像后来大一统的国家形式形成一个网络似的官僚机构，从中央到地方，官僚之间交往频繁，必然有所谓的"官话"用于交流。试想一下：楚国和晋国的大臣们除了个别的往来朝聘认识外，多数人是终其一生不相见的，很难想象他们都要学习一种终身用不了一两次的"官话"。再说，周王朝虽然为诸侯领袖，实际上是偏居一隅的一个大邑而已。各诸侯国各有一套统治体系，各自为政，鲁国不同于齐国，齐国不同于楚国，在这样一个政令不一的局面中，要推行一种标准语性质的"官话"几乎是不可能的。

楚国当时也是一大方言区，说着和中国不同的言语。这从《左传》《孟子》《荀子》《吕氏春秋》的书中可以知道。《左传》记载楚国攻打郑国时，为保守军事秘密，用楚语说话。说明楚语和郑语互相是听不懂的。《左传·宣公四年》还记载："楚人谓乳谷，谓虎於菟。"陆德明释文："於，音乌。"《汉书·叙传上》作"於檡"，颜师古注："檡字或作'菟'。"《孟子·滕文公下》："有楚大夫于此，欲其子之齐语也，则使齐人傅诸，使楚人傅诸？曰：使齐人傅之。曰：一齐人傅之，众楚人咻之，虽日挞而求其齐也，不可得矣。"这也可以证明齐楚语言区别很大。齐楚大夫之间没有所谓"官话"语言的。《荀子》说"越人安越，楚人安楚"，就是说楚越的言语俚俗与中国不一样。所以，《吕氏春秋·用众》："戎人生乎戎、长乎戎而戎言，不知其所受之；楚人生乎楚、长乎楚而楚言，不知其所受之。今使楚人长乎戎，戎人长乎楚，则楚人戎言，戎人楚言矣。"这与孟子的意思是一样的。可见戎楚之间语音的悬绝。而从上文我们知道，当时的华戎完全是一种犬牙交错的杂处状况，语言当然也是如此。

古吴越国的语言更与中国不一样。例如扬雄《方言》第八："虎，陈魏宋楚之间或谓之李父，江淮南楚之间谓之李耳（虎食物值耳即止，以触其讳故），或谓之於㹮（於音乌，今江南山夷呼虎为㹮，音狗窦），自关东西或谓之伯都（俗曰伯都事抑虎说）。"老虎这种动物，韩语叫 HUTORI，日语叫 TORA，楚国的令尹子文，名叫作縠於菟，於菟是虎的意思，当时发音可能是HUTORA，老虎还有几个念法古代有些方言或古语写作"李父""伯都"。伯都可能是东人语，李父就可能是周语。"虢"这个字从酻（李父），所以猜想有虎方的可能。"李耳"见于焦延寿《易林》，如"比"之"丰"说："李耳汇鹊，更相恐怯。"又"随"之"否"说："鹿求其子，唐伯李耳，贪不可取。"由此可知，我们现在所见文献典籍中不见"李耳""李父"，但汉代是活跃在口语中间的。

《左传·襄公十年》："会吴子寿梦也。"正义引服虔："寿梦，发声，吴蛮夷，言多发声，数语共成一言。寿梦，一言也。"可见当时的吴语与华夏语言差距很大。再如吴地地名的词头"于越""勾吴"。"于""勾"都是发声词。《左传》："吴王夫差败越于夫椒"，"夫" pja 与侗台语"石山"的 pja、pha、pa（岜）对应，"夫椒"即"椒山"。

古百越族春秋时散居于长江以南地区，是现在壮侗语的源头。在《越绝书·吴内传》中，"越王句践反国六年，皆得士民之众，而欲伐吴。于是乃使之维甲。维甲者，治甲系断。修内矛赤鸡稽繇者也，越人谓'人铩'也。方舟航买仪尘者，越人往如江也。治须虑者，越人谓船为'须虑'。亟怒纷纷者，怒貌也，怒至。士击高文者，跃勇士也。习之于夷。夷，海也。宿之于莱。莱，野也。致之于单。单者，堵也。"就记载了与当时中国语言不一致的古越语。西汉刘向《说苑·善说》载有《越人歌》，写道："会钟鼓之音毕，榜枻越人拥楫而歌，歌辞曰：'滥兮抃草滥予？昌枑泽予？昌州州𩫁。州𤈢乎秦胥胥，缦予乎昭澶秦逾渗。惿随河湖。'鄂君子皙曰：'吾不知越歌，子试为我楚说之。'于是乃召越译。乃楚说之曰：'今夕何夕兮搴舟中流。今日何日兮得与王子同舟。蒙羞被好兮不訾诟耻。心几顽而不绝兮得知王子。山有木兮木有枝。心说君兮君不知。'于是鄂君子皙乃揄修袂行而拥之，举绣被而覆之。"据《史记·楚世家》载，子皙是楚共王的儿子，是楚康王（名子招）、楚灵王（名子围）的同母弟。子皙曾于公元前 528 年短期任过楚令尹。按此推算，《越人歌》的故事发生于子皙"官为令尹"之时，应该是公元前 528 年的作品。20 世纪 80 年代，经中国社会科学院民族研究所壮族语言研究学者韦庆稳先生深入研究，认为这首《越人歌》是一首古老的壮族民歌（现今的壮族是与古越族有着密切的渊源关系的一个部族）。他从语言的角度加以剖析发现，原歌的记音和壮语语音基本上是相同或相近的，而且构词很有壮语的特点。他把拟构的上古壮语按原歌记字顺序加以排列，作了词对词、句对句的直译：

〔原记音《越人歌》〕

滥兮抃草滥予？

昌枑泽予？

昌州州𩫁。

州𤈢乎秦胥胥，

缦予乎昭澶秦逾渗。

惿随河湖。

〔壮语直译《越人歌》〕

晚今是晚哪？

正中船位哪？

正中王府王子到达。

王子会见赏识我小人感激感激，

天哪知王子与我小人游玩。

小人喉中感受。

为了让读者看得明白，容易理解其意思，韦先生根据壮语直译的《越人歌》，又作了意译：

今晚是什么佳节？

舟游如此隆重。

船正中坐的是谁呀？

是王府中大人。

王子接待又赏识，

我只有感激。

但不知何日能与您再来游，

我内心感受您的厚意！

一些学者又利用侗台语解读了《越绝书》中的越王勾践发出的命令，进一步证明了古吴越语和侗台语同源。"越绝书"之"绝"古音 dzod，与泰文 cod［tsod］"记录"音义相近。《越绝书》别称"越录""越记"，"绝"即"记录"。《吕氏春秋·知化》："吴王夫差将伐齐，子胥曰：'不可。夫齐之与吴也，习俗不同，言语不通，我得其地不能处，得其民不得使。夫吴之与越也，接土邻境，壤交通属，习俗同，言语通，我得其地能处之，得其民能使之，越于我亦然.'" 可见那时吴国与齐国之间的语言是不相通的，所以没有"官话"用来作为统治工具。

古蜀语言与华夏也不同。蜀人"笔"呼"不律"。《华阳国志·蜀志》记载"乐"曰"荆"，"酒"曰"醴"等，《蜀王本纪》却说蜀左言，就是与中国语言有别。文献中提到蜀开明王亲自作歌，曲名有《奥邪歌》、《龙归之曲》（一作《陇归之曲》）、《幽魂之曲》等，但都没能保存下来。它的消亡，其根本原因就是种族的消亡和语言的封闭性。

到了战国时代，更是"言语异声，文字异形"（《说文解字叙》）。

《论语》说孔子读书用"雅言"，郑玄说："读先王法典，必正言其音，然后义全，故不可有所讳。礼不诵，故言执也。"按照郑玄的意思，"正言"就是直言、不避讳的意思，所谓"《诗》《书》不讳，临文不讳，庙中不讳"（《礼记·曲礼上》）是也。"故不可有所讳"是对"不可有所避讳"的归结。直到清人刘宝楠才把"雅言"说成是官话。先秦时人们读书是不是用官话我们无从考索，说用是孤证，说不用也没有确实的例证，只能根据语言发展的文化背景做一些推测。但是，汉代人读书不用所谓的官话而用方音，这是有根据的。在扬雄《方言》中，用"通语""凡语"来作为区别方言或次方言的通行语的概念，却不用"雅言"这一概念，可见扬雄时代人们并不认为《论语》的"雅言"就是"通语"或"凡语"。这是间接的证据。直接的证据来自《经典释文序录》所引汉代郑玄的话，他在讲到假借现象的产生时说："其始书之也，仓卒无其字，或以音类比方假借为之。趣于近之而已。受之者非一邦之人，人用其乡，同言异字，同字异言，于兹遂生矣。"张守节《史记正义·论音例》也引了这条。张守节对这段话的理解是："然方言差别固自不同，河北江南最

为钜异，或失在浮清，或滞于重浊。"可知自东汉历经南北朝到
唐代，读书人用方音使生"轻重讹谬"的情况没有改变。当然，
我们在这里论述联绵词问题，完全可以忽略汉代以后的方音问
题。只是想说明：认为先秦时代就有统一的汉语标准语的说法是
需要进一步论证的。

　　论述了先秦时代语言的文化背景，我们认为：汉语在战国之
前还处在逐渐融合生成阶段，它是逐渐整合许多当时和华夏族杂
处交流的小的部族语言而最后成型的。即使在战国时代，华夏语
内部的方言分歧也是很大的，比如古越语和楚方言。因此，我们
对联绵词形成中的非汉语词应该有一个历史辩证的看法。对于一
些很早就进入华夏语言，早已成为联绵词的非汉语词，我们很难
把它们看作外来词进行研究。例如：

　　皋比：《左传·庄公十年》："自雩门窃出，蒙皋比而先犯
之。"杜预注："皋比，虎皮。"孔颖达疏："《乐记》云：倒载干
戈，包之以虎皮，名之曰建櫜。郑玄以为兵甲之衣曰櫜。櫜，韬
也。而其字或作建皋。"这虎皮显然是汉语词，而皋比则是非汉
语词，所以，需要进行注释。但它早就进入汉语，也许在汉语形
成的过程中就成为其中的一词。使用这种词语的氏族也许早就成
为汉民族的一分子，我们如何将之定义为外来词呢？语言应用情
况也是如此，后来人们在交流实践中运用这个词，并据以引申出
许多新义，成为一个能产的基本语素。例如：据《汉语大词典》
的引申义项就有：因为古代武将的座席蒙以虎皮，以增威严，所
以又引申泛指坐具。明刘基《卖柑者言》："今夫佩虎符，坐皋比
者，洸洸乎干城之具也，果能授孙吴之略耶？"又因为古人坐虎
皮讲学，后因以指讲席。唐戴叔伦《寄禅师寺华上人次韵》之
二："禅心如落叶，不逐晓风颠。猊座翻萧瑟，皋比喜接连。"宋
朱熹《横渠先生画像赞》："早悦孙吴，晚逃佛老。勇撤皋比，一

变至道。"还据此引申为"传诵""讲习"义。姚华《曲海一勺》:"猥谈琐记,尚目录于缥缃;瞎话盲词,亦皋比于妇孺。"

战国时代至汉代,一统的汉民族的国家形态已经定型,并且疆域已经圈定,汉民族和周边少数民族的语言分类界限已经清晰,这时候的汉语和非汉语当然能够言之凿凿地区分清楚。所以,产生于汉代的许多外来词,我们都能够指出其母语渊源所自。

音译外来词虽然形式上和联绵词一样,但语音上还是有区别的。汉语联绵词上下字语音有联系的占绝大多数(约80%),或双声,或叠韵,或有语音通转关系。但外来音译词和音节之间却不一定有这种语音联系。它要视母语词的情况而定。例如:玻璃和琉璃:玻璃亦作"玻瓈""颇黎"。是一种从西域传来的天然的类似水晶的透明物体,或称"水玉"。明李时珍《本草纲目·金石二·玻璃》:"本作'颇黎'。颇黎,国名也。其莹如水,其坚如玉,故名水玉,与水精同名。"又《集解》引陈藏器曰:"玻璃,西国之宝也,玉石之类,生土中。"《太平广记》卷八一引《梁四公记》:"扶南大舶从西天竺国来,卖碧玻璃镜,内外皎洁……置五色物于其上,向明视之,不见其质。"《新唐书·西域传下·吐火罗》:"劫者,居葱岭中……武德二年,遣使者献宝带、玻瓈、水精杯。"可知玻璃本是外来物品,其名当然是外来词。但琉璃却不一定。它有两种所指:一种是自然之物的琉璃:《西京杂记》卷一:"杂厕五色琉璃为剑匣。"宋戴埴《鼠璞·琉璃》:"琉璃,自然之物,彩泽光润逾于众玉,其色不常。"但与玻璃不一样,玻璃是透明的,琉璃并不透明。《西京杂记》卷二:"〔昭阳殿〕窗扉多是绿琉璃。"《隋书·何稠传》:"时中国久绝瑠璃之作,匠人无敢厝意,稠以绿瓷为之,与真不异。"《魏书·西域传·大月氏》:"其国人商贩京师,自云能铸石为五色琉璃。于是采矿山中,于京师铸之。既成,光泽乃美于西来者……自此中国琉璃遂贱。"

这里的"琉璃",乃是"玻璃"的别称,是人们混淆了"玻璃""琉璃"而产生的误解。清赵翼《陔余丛考·琉璃》:"俗所用琉璃,皆消融石汁及铅锡和以药而成,其来自西洋者较厚而白,中国所制,则脆薄而色微青。""厚而白"者指玻璃的原生物,类似天然水晶的"水玉"。"脆薄而色微青"才是中国的原生"琉璃"。从命名上来看,"玻璃"二字在语音上没有联系,而"琉璃"(来幽、来支)双声而韵母支幽旁转。语音是很接近的。可以推测,"琉璃"本是汉语词,但水玉传入中国后,译名称"玻璃",质地类似琉璃,于是人们易混淆为一物,有时也以"琉璃"称之。

综上所述,我们对进入汉语的外来语联绵词的判别作一论证标准:首先,追索母语词,进行语音对照以确定其源所在,这是最确实的。其次,看其语音上有无联系,这是辅助手段。因为有些音译外来词语音上同样有联系,例如下文所举的"苜蓿"(明觉、心觉)叠韵,"琉璃"双声等等。但这只是偶然巧合而已,并不像汉语联绵词那样有普遍的语音联系。

对于汉代以后的外来语词,我们要追本寻源,这是重要的工作。不然,我们很难将它们和汉语固有联绵词判别开来。

例如:葡萄:《汉书·西域传上·大宛国》作"蒲陶"。云:"汉使采蒲陶、目宿种归。"亦作"蒲萄""蒲桃"。南朝梁何思澄《南苑逢美人》诗:"风卷蒲萄带,日照石榴裙。"唐李颀《古从军行》:"年年战骨埋荒外,空见蒲桃入汉家。"可见这是汉代传入的外来语。所以,明李时珍《本草纲目·果五·葡萄》:"葡萄……可以造酒……《汉书》言张骞使西域还,始得此种,而《神农本草》已有葡萄,则汉前陇西旧有,但未入关耳。"

祁连山:匈奴语意为"天山"。《汉书·霍去病传》:"去病至祁连山。"颜师古注:"祁连山即天山也,匈奴呼'天'为祁连。"清赵翼《张甥圣时俸满告归》诗:"疏勒泉清禾满野,祁连山迴雪弥天。”

苜蓿：《史记·大宛列传》：“〔大宛〕俗嗜酒，马嗜苜蓿。汉使取其实来。于是天子始种苜蓿、蒲陶肥饶地。及天马多，外国使来众，则离宫别观旁尽种蒲萄、苜蓿极望。”所以，葡萄原产于西域各国，汉武帝时，张骞使西域，始从大宛传入，又称怀风草、光风草、连枝草。花有黄紫两色，最初传入者为紫色。一年生或多年生豆科植物，可供做饲料或做肥料，亦可食用，“苜蓿”的名字就是古大宛语 buksuk 的音译。

到了南北朝时期，随着汉民族与西北少数民族以及南方少数民族的大融合，佛教传入中国和中西文化交流的日益频繁，汉语中进入大量的外来词。这些音译的外来词都是联绵词性质的。简单举几个例子：

嚈哒：古代西域国名。为大月氏的后裔，一说为高车的别种。五世纪中分布于今阿姆河之南。北魏太安以后，每遣使节至北魏。后为突厥木杆可汗所破，部落分散。《魏书·西域传》有“嚈哒传”。或作“挹怛”“挹阗”，见《隋书·西域传》和《西番记》。又作“嚈哒”，见《周书·西域传》。或作“厌怛”，见《续高僧传》。或以为即“huna”（匈奴）的音译。见印度《摩诃婆罗多》以及迦梨陀娑的《罗怙世系》。六世纪天文学家彘日《广集》称之为“Sita Huna”，意思是“白匈奴”。

还有：

蠕蠕、芮芮、柔然。

粟弋、粟特、肃特、属繇、粟赎、傚伭。（Sogdiana）

奄蔡、阿兰、阿兰聊。（Aorsi）

悉万斤、飒秣建。（Samarkand）［撒马尔罕］

等等，都是如此。由于魏晋南北朝时期大量的汉译佛经，佛教词语也大量地进入汉语中，形成大量的联绵词。

　　另一个重要时代是金元时期。这主要表现在史书和元明戏曲中。这里举一个例子：作家出版社1958年出版了一部著作，就是戴望舒著、吴晓铃编的《小说戏曲论集》。里面收了戴望舒的一篇文章《谈元曲的蒙古方言》，文章写道：《孤本元明杂剧》所收关汉卿《邓夫人苦痛哭存孝》第一折李存信云："米罕整斤吞，抹邻不会骑。弩门并速门，弓箭怎的射？撒因答剌孙，见了抢着吃。喝的莎塔八，跌倒就是睡。若说我姓名，家将不能记。一对忽剌孩，都是狗养的。"这其中"米罕""抹邻""弩门""速门""撒因""答剌孙""莎塔八""忽剌孩"都是蒙古语音译词。戴先生说："《华夷译语》这部小书，都把这些字眼的意义告诉了我们。在饮食门，你找到'酒'字，下注'答剌孙'。'肉'字，下注'米罕'。在鸟兽部，你找到'马'字，下注'抹邻'。在器用门，你找到'弓'字，下注'弩门'。'箭'字，下注'速门'。在人物门，你找到'贼'字，下注'忽剌孩'。在通用门，你找到'好'字，下注'撒因'。在人事门，你找到'醉'字，下注'莎黑塔八'。这样，上文的意思完全明白了，那就是说：肉整斤吞，马不会骑，弓箭也不会射，好酒见了就抢着吃，喝的醉了，跌倒就睡。若说我姓名，家将也不能记。我们是一对贼，都是狗养的。"

　　再举一例：吴晓铃先生曾写过一篇《巴图鲁——剧考零札之八》（见《戏剧电影报》1983年第15期），其中说道："京剧和一些地方剧种里每当'番邦'主帅或将领号令进军的时候，差不多总有一句官中台词：'巴图鲁，杀！'最为人所熟知的例子是《挑滑车》里的金邦四太子完颜宗弼（兀术）在奠酒祭旗后的发布总攻牛头山军令：'巴图鲁，催军！'无需精通女真语的专家来做解释，观众不难理解'巴图鲁'正好相当于'众将官'。"吴先生这是在解释满洲语"巴图鲁"。但是"众将官"只是一般的意义，和满语中的"巴图鲁"意义并不能完全对应。清人陈康祺《郎潜纪闻》卷五："'巴图鲁'译言'好汉'。与《元史》称'拔都''拔突''霸都鲁'等类，字异义同。国语重在声音，凡同音之字皆可假借，故翻译互有同异。我朝开国时，礼亲王代善首膺'古英巴图鲁'赐号。盖其时太祖征乌拉，进攻屯寨，代善最为奋勇。"则"巴图鲁"在满语中是"勇士"之意。但是我们查《元史·兵制》"宿卫四怯薛"："又名忠勇之士曰霸都鲁，勇敢无敌之士曰拔突。"似乎"霸都鲁"和"拔突"是两个不同的词。检点《元史·刘国杰传》："赐号霸都，国杰行第二，因呼之曰刘二霸都而不名。霸都，华言敢勇之士也。"王恽《秋涧先生大全文集》卷四八《开府仪同三司中书左丞相忠武史公家传》："枣阳之役，城小而坚，主帅忿其攻久不拔，命径乘其城，公率冯、程二拔都先诸将登。"注："国朝语谓勇猛士曰拔都。"黄溍《金华黄先生文集》卷二五《湖广等处行中书省平章政事赠推恩效力定远功臣光禄大夫大司徒柱国追封齐国公谥武宣刘公神道碑》："昔在世祖皇帝，有名将曰刘公，赐号霸都。霸都者，言其勇敢无敌也。"《元朝秘史》："八阿都儿"旁译"勇士"。《元史语解》卷九人名门："巴图尔，勇也。"《华夷译语》人物门："把阿秃儿，勇士。"这些都是指"勇士、勇敢的人"，或作拔都，或作巴图儿，即《蒙古语词典》的"badur"。《元史》又有"拜延八都鲁传"。彭大雅《黑鞑事略》："有过则杀之，谓之按答奚。不杀则罚充八都鲁军。"注："犹汉之死士。"又曰："武酉健奴，自鸠为伍，专在主将之左右，谓之八都鲁军。"这里的"死士"云云，不是专指勇敢而言，而是重其忠勇不二也。所以，日人羽田亨《满和辞典》认为，即满语 baturu 的音译，义为"勇敢、勇敢的人、豪杰"，是不对的。满语"baturu"应该对应"八都鲁"，义为"忠勇之士"。

弄清了这个词，我们来看元杂剧马致远《汉宫秋》三折番王白："我想来人也死了，枉与汉朝结下这般仇隙。都是毛延寿那厮搬弄出来的。把都儿，将毛延寿拿下，解送汉朝处治。"

郑德辉《老君堂·楔子》高熊白："巴都儿来报大王呼唤，不知有何将令。"

无名氏《苏武牧羊》第六出大靼子白："咱是边关一把都，鼻高眼大口含糊。"都是"勇士"的意思。（以上参看方龄贵《元明戏曲中的蒙古语》）

但是，外来词考释中也应注意，不精通原文是很容易出错的。例如，明代杨慎《滇载记》载梁王杀害段功，阿福公主作诗吊段功，因为阿福公主是梁王杷匝剌瓦尔密之女，所以认为是蒙古语。诗曰："吾家住在雁门深，一片闲云到滇海。心悬明月照青天，青天不语今三载。欲随明月到苍山，误我一生踏里彩（锦被名也）。吐噜吐噜段阿奴（吐噜，可惜也），施宗施秀同奴歹（歹，不好也）。云片波粼不见人，押不芦花颜色改（押不芦，乃北方起死回生尊名）。肉屏独坐细思量（骆驼背也），西山铁立霜潇洒（铁立，松林也）。"《炎徼纪闻》《罪惟录》都如此说。可是蒙古语锦被作款只勒（困只勒）或察麻困只勒，可惜作合亦剌蓝（或译"吐噜"为"无知"，见《焚古通纪浅述》），无知作据律篾迭杷，"歹"更不是蒙古语，《元朝秘史》"卯兀"旁注"歹"，或作卯温、卯危。彭大雅《黑靼事略》："饥寒艰苦者谓之觯。"自注："觯者，不好之谓。……见其物则欲谓之撒花，予之则曰捺杀固，靼语好也；不予则曰冒乌，靼语不好也。"可见"卯兀"（冒乌）是蒙古语。押不芦即曼陀罗果，对音是 yabruh，是阿拉伯波斯语，见南宋周密《癸辛杂识》。骆驼，蒙古语"铁篾延"（temegen），疑"肉屏"是汉语比喻词。松，蒙语作"纳剌速""纳剌孙"，林作"委亦"。我们讲古汉语时，都讲"站""歹"是蒙语词，其实错了。

第四章　关于联绵词几个问题的讨论

一　联绵词的单纯词性质问题

要清楚地叙述我们的观点，还是先要从联绵词定义说起，不然，无法说清楚来源。现在，大家一致的意见就是"联绵词是双音节单纯词"，强调的是它的"不可分割的单纯词性质"。上文说到的几种说法，都是复述前人的话，我们不能仅仅根据字面意义来加以分析，就说古人这是什么什么意思。我们不光要听其言，还要观其行，看看他们在自己的研究实践中是如何做的，从中找到他所说的话的真正含义，看看这些是不是符合我们现代联绵词的定义。下面我们选择其中具有代表性的说法，来考察一下再下结论。（以下以刘福根《历代联绵字研究述评》为例）

张有《复古编》首次提出联绵字这个概念，我们不能不考察。《复古编》卷六为《联绵字》。这也是"联绵字"一词的最早使用。《复古编·联绵字》共收 58 个词语，如：劈历、滂沛、廖廓、氤氲、消摇（逍遥）、徘徊、岂弟、左右、差沱、筹箸（踌躇）、崎岖、踟蹰、缤纷、坳垤（凹凸）、阿娜、坎坷、溱渭、憔悴、蓓蕾、丁宁、踪迹、儋何、觀龇、褕裱、千秋（秋千）、空侯、伏羲、昆仑、目宿、族累、车渠、疏离（琉璃）、余皇、薏苡、枇杷（琵琶）、詹诸（蟾蜍）、卑居、魍魉、蜿蜒、橐佗（骆驼）、芦菔、提携、加沙（袈裟）等。以现在"双音节单纯词"的标准衡量，其中有 45 个是联绵字，占 78%。这个比例与以后众多联绵字词典或联绵字专编相比，是非常高的。只是《复古编》本是释字之书，字头之下均分析形义，因而偶尔也免不了对联绵字之上下二字进行说解。如："加沙，梵云袈裟，此言不正色。加从力、口，古牙切；沙从水、少，所加切。葛洪《字苑》别作袈裟，非。"这里看上去好像是对"袈裟"分释，那是为了遵循全书体例而进行的对上下二字之形义进行解说，与承认"加沙"等是联绵字不存在根本性的矛盾。但是可以看出，还有 22% 的非单纯词羼杂其中，所以，张有对联绵字的认识是不彻底的。

第一次大量收录联绵字的专著，要数明代朱谋㙔的《骈雅》。"此书皆刺取古书文句典奥者，依《尔雅》体例分章训释，自《释诂》《释训》以至《（释）虫》《（释）鱼》《（释）鸟》《（释）兽》凡二十篇。其说以为联二为一，骈异为同，故名曰《骈雅》。"（《四库提要》语）后世所谓"骈学"，盖源于此。书分七卷，容量颇大，内中所释有大量的联绵字。如卷一《释诂》："仿佛……依稀，疑似也。""霍靡……阿那，柔弱也。"但全书所收词语至少有一半以上不是联绵字，而是并列复合词、词组、重言、通假字、异体字之类，条例完全仿照《尔雅》。如卷一《释诂》："郁毓、殷辚、殷赈、缤纷、沸渭、丰沛、璀错，盛多也。""陆离、岑峨……携互、回沉、参差、差池，不齐也。"卷二《释训》："忸怩……主臣、屏营、正（怔）营……惭悚也。"一条之下罗列庞杂繁乱，每条均冠以简单的"某也"作释，失之笼统，并且不举用例，亦未标明出处。客观地说，《骈雅》本是为了作文者摘文选词服务的，并不是一部联绵字专书。

在明代人的著作中，杨慎号称博学第一，他写过《古音复字》一卷，《古音骈字》一卷，开启明代研究重言和联绵字的先声。但第一次对联绵字进行科学化研究的，是明朝的方以智。方以智《通雅》卷六至卷八有"䜋语"三卷，收录"䜋语"355组，其中大部分是单纯词性质的联绵字。他的联绵字研究有三点值得我们注意：1. 指出联绵字上下字的语音联系。方以智在《通雅》中为"䜋语"下了一个定义："䜋语者，双声相转而语䜋謱也。《新书》有连语，依许氏加言焉。如崔嵬、澎湃，凡以声为形容，各随所读，亦无不可。"据此，我们知道，他的"䜋语"皆为两个音节，并且这两个音节在语音上存在着密切的联系。"崔嵬"二字叠韵，"澎湃"二字双声，因此，方氏所谓"声"是指声音，不是单指声母，包括今人所谓的双声和叠韵。也可以说，方氏的䜋语界定是偏重于声音的，强调上下字双声叠韵的关系，这恰好是汉语联绵词一个重要的特征。所以，《通雅》卷六到卷八所收的"䜋语"所释355组语词中，有181组是"双音节单纯词"的联绵字。2. 在意义上，他强调联绵词意义的单一性。再看他的训释实践。例如"逶迤"一词，他罗列了委蛇、逶蛇、委佗、遗蛇、委它、倭迟、倭夷、威夷、威迟、郁夷、委他、委移、归邪等32个变体，注明"其连呼声义则一也"。"声义则一"是他一个重要的发现，但这是一个有歧义的语句。什么叫"声义则一"？是指我们现在所说的单纯词的意义单一，不可拆分呢？还是指上下字意义相同，不可别释？我们先来看他所说的"声"，既然是指上下字声音上的联系，而不是指声音上的单一性，那么，"义"也应该是指上下字意义上的相同，而不是指不可分训。这在下面的论述中将得到证实。3. 方以智认识到联绵词形体各异的特征。"仿佛"条云："放物即方物也。然古读物如与弗近。……如旧说'不可放物'为不可比方其物，又何尝非臆决乎？"纠正了前人望文生训、不明词义的错误。他还说："智今举所知，凡三十二变，学究亦不须此。……见当以声通义如此，岂欲学者用之哉?"他说明自己列出众多写法的目的,仅仅是为了指出该词的不同写法只有语音上的联系,实际上是一个词。并且他不主张人们平常就使用这样多的写法。他在"逶迤"条中说:"《左传》引《诗》'委蛇'。苏秦嫂'委蛇蒲伏',《索隐》曰:'面掩地而进,若蛇形。'此缘《国策》作'蛇行蒲伏'。蛇音移,言逶迤也。……古人原以逶迤之状名之。……后因加虫作蜲蛇,岂可反本此说以解逶迤邪?"方以智认为理解这类词的意义不能以字形为依据,他说:"古人形容,俱是借字,如状宫室用潭潭,赞人曰渊源,必曰此言水也,又当作何字乎?"这种认识只有在对联绵词性质有了深刻把握之后才能做到。他试图突破字形,因声求义,以求正解。其所释的 181 组联绵字,基本上以音义为线索,将同一词语的不同变体汇集在一个条目之下,辅之以丰富的材料加以考证、训释。这给我们今天认识联绵词以非常重要的启示。

但是,我们同样不能据此就断定方以智所界定的联绵词符合我们今天的界定。因为上文我们讲到,"声义则一"是一个有歧义的语句,仔细考察方以智在《通雅》中所收的联绵词,并不完全符合单纯词的界定。《通雅·謰语》所收词语近一半不是联绵字,而是通假字、异体字、古今字、并列复合词、双音节词组等。例如:"条畅,一作条邖、条昶。《汉志》'条邖该成',《长笛赋》'清和条昶',即条畅也。魏王昶,字文舒,可知取舒畅之意矣。"此为复合词,上下二字可以分别释义。义云:"风裁,一作风采、风彩、丰采";"收责,即收债;责家,即债家";"惰懒,即懒惰";还有"缪绁""慢侮"都是如此。此其一。卷八中,方以智罗列了 34 个以"然""若""尔""如""焉"附于词根之后的派生词,姚燮称"若""然"等为"助语",说明它们在这里只能依附于前面的语素而存在,不能独立运用,即我们今天所说的后缀合成词。此其二。此外,"謰语"中还收有相当一部分词组。例如："功苦，一作攻苦、功沽。《国语》'辨其功苦'，功与攻同，坚也。《诗》'我车既攻'。精专曰攻，粗恶曰苦。……古读假为沽，如纯嘏与土字叶，家之为姑，皆其声也。今京师言行滥物曰假沽，犹以二字连称。""功苦"显然是一个词组。此外，"收责（债）""目击"等亦属此类。此其三。总之，通过考察我们知道，《通雅·謰语》对联绵词的界定抓住了联绵词的重要特征，见识的确超越了前人。但方氏"謰语"同样不能和今日之单纯词性质的联绵词等而视之。

清代王念孙在《读书杂志·汉书第十六·謰语》中说："凡连语之字，皆上下同义，不可分训。说者望文生义，往往穿凿而失其本指。"常常被今人认为是关于古代"謰语"的经典阐述。但是，同样需要我们来考察他的训诂实践。这时，我们就会发现：他的界定是距离我们今天的联绵词概念最远的一种。先看他在《读书杂志·汉书第十六·謰语》一篇中的举例：

迤：他先指出世俗解释流迤为"无有差次，不得流行"是错误的。接着说："迤读与施于中谷之施同。叙传曰：迤于子孙，迤即施也。《周南·葛覃》传曰：施，移也。故今人犹谓移封为迤封。《丧服传》：绝族无施服。郑注曰：在旁而及曰施。《大传》施作移，是施与移通也。……此诏借迤为流移之移，则非重次第之谓矣。"他的意思是：迤假借作移，与流同义。

奔踶：《武纪》："故马或奔踶而致千里。"师古曰："踶，蹋也。奔踶者，乘之即奔，立则踶人也。"念孙案："师古分奔踶为二义，非也。踶亦奔也。踶之言驰，奔踶犹奔驰耳。"这里王念孙强调的是"奔踶"二字同义，不可分别解释为不同的意思。

劳倈：《平当传》："使行流民幽州，举奏刺史二千石，劳倈有意者。"师古曰："劳倈谓劝勉也。劳者，衅其勤劳；倈者，以恩招倈之。"念孙案："劳来双声字，来亦劳也。字本作勑，《说文》曰：勑，劳勑也。……师古训为劝勉，已失其指，又以俫为招俫，而分劳俫为二义，愈失之矣。"这里王念孙还是强调"劳俫"二字同义，不能分别释为不同的意思。

陵夷：《成帝纪》："帝王之道，日以陵夷。"师古曰："陵，丘陵也。夷，平也。言其颓替，若丘陵之渐平也。"念孙案："师古以陵为丘陵，非也。陵与夷皆平也。《文选·长杨赋》注引薛君《韩诗章句》曰：四平曰陵。是陵丘之陵本取陵夷之义。非陵夷之取义于丘陵也。"这里王念孙还是强调"陵与夷皆平也"的上下二字同义关系。

狼戾：《严助传》："今闽越王狼戾不仁。"师古曰："狼性贪戾。凡言狼戾者，谓贪而戾。"念孙案："师古以狼为豺狼之狼，非也。狼亦戾也。戾字或作盭。《广雅》曰：狼戾，很也。又曰：狼，很盭也。是狼与戾同义。《燕策》曰：赵王狼戾无亲。《淮南要略》曰：秦国之俗贪狼。狼戾、贪狼皆两字平列，非谓如狼之戾，如狼之贪也。"这里就更明确，王念孙用了"平列"一词，意思是"这两个字是平行并列的关系"，这就明确表示并列关系的同义复词的概念。诸如此类的词，王念孙共分析了23个，全部强调它们上下字同义并列的关系。所以，王念孙的"謰语"指的是同义语素构成的并列式合成词。至此，我们对王念孙"謰语"概念中的"二字同义"就有了新的认识：它是指二字是同义语素，而不是同一语素。他说的"不可分训"，是指不可用不同的义项去训释，而不是不可拆分。

近人王国维的界定是："联绵字，合二字而成一语，其实犹一字也。前人《骈雅》《别雅》诸书，颇以义类部居联绵字，然不以声为之纲领，其书盖去类书无几耳。……若集此类之字，经之以声，而纬之以义，以穷其变化，而观其会通，岂徒为文学之助，抑亦小学上未有之事业欤！"（《古文学中联绵字之研究》）

"合二字而成一语，其实犹一字也"，这应该是单纯词性质的表述了吧。可是我们考察王氏所做研究，还是无法把它和单纯词联系起来。首先，王氏肯定《骈雅》《别雅》所收是联绵字，只不过是以义类部居的方式不合理而已。那么，上文分析了《骈雅》《别雅》所收都不完全是单纯词。所以，我们可以知道，在王氏的意识中，还没有确定联绵词的单纯词性质。再看他的《联绵字谱》，这书是按照他"经之以声，纬之以义"的设想来编纂的。全书共收 2730 个联绵词。其中双声之部 1333 个（叠音词 830 个，双声词 503 个），叠韵之部 686 个，非双声叠韵之部 711 个。但是，像"递代""逾越""和协""奸宄""反覆""奋飞""思索""施舍""晦明"等双声词，"想象""经营""迁延""牵连""提携""协洽""愚陋"等叠韵词，"英华""婚媾""刚健""久远""过火""瘝瘵""凝滞""琼瑶""张弛""低昂""离散""流亡""离析""廉洁""离别""柔顺""离合""聪明""精气""正直"等非双声叠韵词，也非常之多。不但有同义并列的，还有反义并列的结构。再从王国维《"肃霜""涤场"说》来看，他考证"肃霜"之"肃"和"霜"都有"清白"义。他说："肃霜、涤场，皆互为双声，乃古之联绵字，不容分别释之。肃霜犹言肃爽。涤场犹言涤荡也。《春秋左氏传》定三年有两肃爽马。正义：爽或作霜。贾逵云：色如霜纨。马融说：肃爽，雁也，其羽如练，高首而修颈。马似之，是肃爽，白马也。……《中山经》：沅澧之风交潇湘之渊。《水经·湘水注》：潇，水清深也。《湘中记》曰：湘川清照五六丈，下见底石如樗蒲矢，五色鲜明，白沙如霜雪，赤崖若朝霞，是纳潇湘之名矣。案：潇字，《说文》本作瀟，瀟湘亦以水之清白得名矣。"是王氏认为"肃"与"霜"都有"清白"义。这和王念孙的同义复词无甚区别。可知王国维的联绵词概念也不是单一语素的单纯词。

　　综上所述，古人联绵词概念中，不但包含双音节单纯词，还包括同义并列结构复词，比现代联绵词定义的外延要广。那么，现代联绵词概念和古代联绵词概念之间到底是什么关系？有人认为是今人对古人联绵词概念的"误解"，有人认为不是"误解"，是有意"挪用"。我们认为：这是一个历史发展过程。由不缜密到缜密，由不科学到科学，人类对客观的思维莫不如此。但是，问题是我们如何来认定联绵词？是承认历史，重新定义联绵词的概念外延，还是舍弃往日的模糊意识，强调概念的精确性，保持现代人对联绵词性质的认识，或者能够找到一个合理的解释来贯通古今？我们说，联绵词本身就是一个历史的范畴，代表的是古人对汉语这一类词的认识，我们无法割断这种认识的成果。如果我们坚持单纯词的性质，我们完全不必使用"联绵词"这一名称，而采用更精确的"双音节单纯词"的定义。但我们使用"联绵词"这一概念时，我们就已经承接了历史的认同感。所以，我们认为联绵词和单纯词的概念是这样一个图示：

　　深色代表复合词，浅色代表单纯词，其中相交部分则是联绵词中的同义合成词部分。这里需要说明的是：同义合成词部分经过历史的演化，显性义素已经变成了隐性义素，

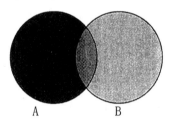

A　　　　　　B

它们已经失去了构词能力，这一部分联绵词在现在也是不能单独使用的。只有通过我们的训诂实践，将这部分隐性义素勾索出来，我们才能看出其合成词的结构。王念孙最大的功绩就是肯定了这部分词的隐性义素的性质，并加以证明。

　　我们现在可以给联绵词下一个比较合理的定义：联绵词是汉语在漫长的历史演化中形成的一种词类。它包括显性义素的多音节单纯词，也包含部分隐性义素的合成词。由于隐性义素已经失

去构词功能，所以在词用方面，联绵词是作为一个单纯词来使用的。这是一个历时的、动态的描写性的定义。它承接了历史，描写了现状，说明了原因，是从汉语语言研究的基点出发来论述的，把外来语译音词彻底排除在外。

二 联绵词的来源问题

由于明确了联绵词的性质，对于它的来源我们就好阐述了。根据上面的讲述，我们总结联绵词（除了外来语译音词）来源如下：

A. 音变造词：这是重要的来源。这里面包括我们前面讲过的重言衍音、复辅音声母的分化、嵌 l 词的分音词和类似反切的合音词。其实，虽然说法各异，但方式不外两种：一种是缓读和急读，一种是长言和短言。首先看重言。我们认为：重言是衍音的结果。它们最早的产生动力可能是文学修辞的需要。即《荀子·正名》里所说的"单足以喻则单，单不足以喻则兼"的意思。它可以分为两类：一类是叠词，一类是重言。构成叠词的两个音节都是词素，都有构词能力和理性含义。所以，叠词是修辞的需要，是衍义的结果。例如："笑笑"不等于"笑"，除了笑这一动作以外，还含有频率的规定，等于"笑一笑"，还含有挑逗和喜爱的色彩含义。而重言本质上是衍音的结果，除了凑足音节，延长音长以外，与单音节词没有意义的变化。"漉漉"是"漉"的音节延长，"依依"是"依"的音节延长而已，意义上并不发生羡余。也许这种衍音只是为了音节的和谐，是修辞的需要，但正是这种衍音的大量运用，导致音变的产生，例如：蠓＝蠓蠓＝蠛蠓，混＝混混＝混沌，夭＝夭夭＝夭娆，斑＝彬彬＝缤纷，阔＝扈扈＝廓落，纷＝纷纷＝纷纭……先衍音，再音变，往往产生联绵词。其他上文已经讲过，不再重复。重要的是，先由于重言衍音，成为双音节，再后来是其中一个音节音变而产生的联绵词，都是双声、叠韵或双声叠韵的关系。这是造成联绵词双声、叠韵占绝大多数的原因之一。复辅音问题比较复杂，我们在前文讲过，虽然大多数人相信古代汉语有复辅音声母，但反对的意见也不能忽视，因为有些证据的确是难以成立的。如果我们承认复辅音声母存在，并且认为这也是产生联绵词的源头之一，那么，复辅音声母分化而变成联绵词，其实也是分音词。而嵌 l 词又常常被解释成证明上古汉语有复辅音声母的一个证据。于是，嵌 l 词只是复辅音声母分化的一个类型而已。而这一切又可以归结为分音词。所以，从语音分化的角度来说，复辅音声母分化，其中的"~l"类型分化，和类似反切的分音词，本质上都是单音节分化为双音节的结果。只是前面两种类型是缓读的方式造成，后面的一类是反用反切原理造成的。我们前文已经说过，反切的原理不是反切注音法产生以后人们才认识到的，而是先秦时期人们就在语言使用中自觉不自觉地大量运用这种方法来修辞。而最初的不自觉的行为的潜动力，恐怕也是缓读的结果。所以，我们相信，正是语言使用过程中的急读缓读现象，造成了节奏音变，产生了联绵词。所以，蒋云从（礼鸿）先生在《读〈同源字论〉后记》一文中说："缓读则一音分为二音，急读则二音合为一音。如：'不律：笔'、'窟窿：空'、'奈何：那'（《左传》宣公二年："弃甲则那？"）、'不可：叵'、'扶摇：飙'、'细腰：箫'、'蜾蠃：蜩'。现代北方话的甭，吴语的㑚、俉，也属此类。"蒋先生这里的举例讲的就是分音词。所以，我们说音变造词的第一个方式就是急读缓读。

音变造词的第二个类型是古代的长言短言，蒋云从（礼鸿）先生称之为"赢缩"。赢是相对长言而言，缩是相对短言而言。

一个单音节词长言之，或前或后，添加了某种成分，就成为双音节。相反，双音节词丢失了某一成分就成为单音节，这就是短言。蒋先生在同一篇文章中说明赢缩时说："一个字（词）加上一个与之为双声或叠韵的字为头或尾而变成双音词。拿去头尾，依然成词。如古代的吴地称'勾吴'，勾与吴为双声……春秋时的邾国称'邾娄'，邾娄古音为叠韵。"这种语音的羡余在古代语言中也不乏例证，特别是在名物词中经常有这种情况，我们想，这也许和名物词往往接近于口语有关。例如，《史记·秦本纪》："自蜚廉生季胜已下五世至造父，别居赵。赵衰其后也。恶来革者，蜚廉子也，蚤死。"而《赵世家》却说："赵氏之先，与秦共祖。至中衍，为帝大戊御。其后世蜚廉有子二人，而命其一子曰恶来，事纣，为周所杀，其后为秦。恶来弟曰季胜，其后为赵。"证明"恶来"就是"恶来革"。同一人名，尾音多一个"革"。顾颉刚先生认为：这就是上古入声字［k］尾的音值描写。（见《浪口村随笔》）顾先生还举过"华夏"的例子。认为"夏"与"华"上古同音，"大夏"即"睹货逻"的音译。他说："'大'之对音为'睹'，'夏'之对音为'货'，直是吴音，可见吴音保存古音之多。末'逻'字则是国名之尾声，犹匈与倭之加一'奴'音耳。"又说："中国方块字固为单音节，但中国语则非亦如此……予因举'句吴''攻吾''于越''邾娄'诸名，渠（按：指吴世昌）云：称邾为'邾娄'，正如今上海人称猪为'猪啰'耳。《左传》襄十年：'春，会于柤。会吴子寿梦也。'服虔《解谊》：'寿梦，发声也。吴，蛮夷，言多发声，故数语共成一言。'寿梦'，一言也。《经》言'乘'，《传》言'寿梦'，欲使学者知之也。'……'乘'而出其收声m，即为'寿梦'矣。襄二十六年《传》'寺人惠墙伊戾'，服注：'惠''伊'皆发声，实为墙戾名。"（以上见《顾颉刚学术文化随笔》）这在上古文献中经常能够见到。例如：《左传·僖公二十五年》"寺人勃鞮"即《僖公五年》之"寺人披"。《左传·襄公十四年》的"庚公差"，《孟子》作"庚公之斯"。《墨子·所染》："吴阖闾染于伍员、文义。"《吕氏春秋·尊师》云："吴王阖闾师伍子胥、文之仪。"高诱曰："文，氏；之仪，名。"或在词头，或在词尾，或在中间，不拘一格，都是衍音的结果。正像粤语"甚"，衍为普通话的"什么"。

　　B. 形变造词：主要是历史、地域造成的不同的写音手法和选择。形变是就汉字表达词义来说的，似乎和语音没有关系。但是，说到底其实也是音变造成的。为什么呢？这里有一个写音问题。从汉字和汉语的关系出发，我们来看汉字是如何表现汉语的。一般认为，汉语里的汉字以构形为主要特征，词以表义为主要特征。徐通锵在《"字"和汉语研究的方法论》一文中认为汉语以"字"为结构本位，没有词这个概念，词是印欧语的基本结构单位。他说："'字'是汉语的最基本、最重要的结构单位，它与印欧系语言的'词'不同，具有自己一系列特有的特点。这可以概括为：结构简明，语法功能模糊，表义性突出。'字'的结构简单而明确，是一个以'1'为基础的'1×1=1'的层级体系，或者简单地说，它是表达一个概念（意义单位）的一个音节，形成'一个字·一个音节·一个概念'的一一对应的结构格局。"孙常叙先生研究了汉字的结构，提出了字是词的书写形式学说，他把字的构造与词的表达统一起来，认为汉字是写汉语词的。裘锡圭先生在《文字学概要》中有与此一致的表述："如果不是按照一般习惯以'书写的基本单位'当作字的定义，而是以'语素或词的符号'当作字的定义的话，只有'达鲁花赤'这个整体才有资格称为假借字。"事实果真如此吗？

　　纵观联绵词的发展过程，我们现在知道，人们对联绵词的认识也是一个发展的过程：联绵词的表义性贯穿始终。人们对如何索义却经历了两个阶段。首先是以形表义的认识阶段，后来是以声表义的认识阶段。在以形表义认识阶段，人们注重的是字形，从"字"来求索其意义。所以，我们不得不考察一下汉字形体与其表义功能之间的关系。

我们知道，人们对于词义的认识是很复杂的。有人认为词义就是意指的对象本身。认为词本身是一种符号，符号与它所指代的对象之间发生联系，那么，词义就代表所指称的对象。这显然是不完整的。如果词义等同于所代表的对象，那么，指称同一个对象的两个词的词义应该完全相等。实际上，爸爸—父亲，妈妈—母亲，生日—诞辰，是不能在任何场合都可相互置换的。另一种观点认为词义是概念的外化形式，高名凯、石安石《语言学概论》中有最经典的表述：词义就是某一语言中词的语音形式所表达的内容，是客观事物在人们意识中的概括反映。而后一句话恰恰是"概念"的定义。《辞海》（第七版）说：概念是"人们通过实践，从对象的许多属性中，抽出其特有属性或本质属性概括而成"。可是，词义的确是代表概念的，但它不等于概念本身。正如上面的举例，如果概念相同，在同一语言中是可以互相置换的，可词义不行，它比概念的内涵要大。并且，在汉语中，词和概念并不全是一对一的关系。同一概念，可以用不同的词来表示，可以是单音节的，也可以是双音节的。例如盐—氯化钠之类。这种分析给我们一点启发，既然词和概念之间不能一一对应，那么作为词的书写形式的汉字，当然更不能和思维成果的概念对应表达了。就是说，当人们要表达一个概念时，他不一定要选择一个汉字来对应表达。可是，我们现在所看到的汉语原始的字和意义的结合往往表达为一个固定的结构。比如章太炎先生在《语言缘起说》中指出："何以言雀？谓其音即足也。何以言鹊，谓其音错错也。何以言雅？谓其音亚亚也。何以言雁？谓其音岸岸也。何以言駕鵝？谓其音加我也。何以言鶡鶒？谓其音磔格钩辀也。此皆以音为表者也。"这是太炎先生吸收了西方语言学的语言起源于摩声和感叹说的理论。他用印度哲学的古胜论派的观点来说明语言起源问题，从实（实体）德（性状）业（功用）三方面来说明语言起源。我们分析一下他举的例子。雁的叫声"岸岸"，由此人们把它起名"岸岸"，可是，在用文字表达这一概念时，战国时代的人们却只画了一个类似于鸟立在岸边的图形。（甲骨文没有"雁"字，却有"鸿"字，鸿即雁，《庄子·天运》："鸿不日浴而白。"所以今人还称鸿为"天鹅"。参见马叙伦《说文解字六书疏证》卷七）可是，在人们的实际读音中，还是读作"岸岸"。"鹅"也是如此，口头语音是"舸鹅"，实际用文字来表达时，就画一个鸟类的图形。而在当时的实际读音，恐怕还是读成"駕鵝"的，因为扬雄《方言》卷八就明确说："雁，自关而东谓之舸鹅。"在先秦时代，鹅就是雁。婚礼六礼纳吉，赘礼其实就是一只鹅，书上说成是雁。所以，许慎《说文解字》说："厓（雁），鹅也。"这些都说明，在文字表现语言的初始阶段，形体和语音是脱离的。人们注重于形体的表义功能，并不注重其表音功能。所以，口头语音和书面文字之间不是一对一的关系。这种音形不一致的情况在文献语词中也有反映。例如，先秦汉语中的合音词就是一类："之于＝诸""何不＝盍""不可＝叵""之也＝焉"等等，都是在先秦汉语中使用频率很高的词。"诸"字形是一个，而读音却是两个音节。于是，有的时候就被描写成两个音节的"之于"。再如："禹"字在春秋金文中作"禹"，是"虫"和"九"两个形体组成的。丁山先生认为，这就是《楚辞·天问》中"雄虺九首"神话的象形。而语音应该是"勾龙"。后来之所以读作"禹"，是借用了求雨的"舞"的音。

而"舞"字呢，本身就是求雨之祭。甲骨文作"霋"，语音读作"舞雩"，"雩"，吁也。边舞边吁，是求雨之祭的场面，表现这个场面的语音是"舞雩"，而字形则作"霋"。（参见丁山《古代神话与民族》）按照丁山先生的考证，这两个字都是形音不符的。于是，我们设想：汉语的字表示概念经过了写义阶段，这一阶段的特点是：形音是分开的。人们的口语语音可能是多音节的，但用象形、指事和会意造出来的字，只需要一个形体。正像金文里我们所见到的"合文"符号一样。符号是一个，但表示的义素和读音的音节都不是单一的。第二阶段是写音阶段。随着形声字的出现，人们逐渐意识到文字的符号性本质特征，这一特征可以用来启发人们写音的思路。于是，声符也是一个汉字，既然声符可以表音，那么，任何汉字也都可以直接表音。于是，原来一个表义形体就可以用两个表音形体代替，联绵词就产生了。后来，由于衍义造词出现了，词义互相引申，创造新词。

这种假设可以有以下几方面意义：

首先，符合汉语语音从单音节向多音节发展的总趋势。

其次，符合联绵词产生的进程。

再次，可以对古代联绵词分用现象做出解释。

还有，对形声字产生的研究有启示作用。

C. 同义类聚造词：隐性义素的同义（或近义）联合组成合成词。上面我们已经说过，前人给我们指出的同义复词由显性词素变为隐性词素，于是合成词就变成了单纯词，而这类联绵词往往两个音节是同义类聚的关系，正如王念孙在《读书杂志·谦语》中所分析的那样。这类由复合词词素退化而来的联绵词也不在少数。要论述这个问题，首先要谈谈联绵词分用问题。当我们批评颜师古分释"犹豫"的时候，我们应当注意到，在颜师古之前，的确有将"犹豫"一词分用的现象。我们看《老子》："豫焉若冬涉川，犹兮若畏四邻。"还有将"犹豫"独用的。例如：
《荀子·非十二子》："世俗之沟犹瞀儒，嚾嚾然不知其所非也。"
杨倞注："沟读为佝。佝，愚也。犹，犹豫也，不定之貌。"而
《楚辞·九章·惜诵》"壹心而不豫兮"，又《楚辞·九章·涉
江》"予将董道而不豫兮"，都是单用"犹豫"。不仅仅是"犹
豫"，很多联绵词都可以分用、独用、倒用或变易用，并且有许
多类型。这说明两个问题：首先，可以说明双音节联绵词来源于
单音节。再者，这类联绵词本是并列结构的复合词。所谓"联绵
词不可分用"的定义也将打上问号。

《诗经·郑风·野有蔓草》："野有蔓草，零露漙兮。有美一
人，清扬婉兮。邂逅相遇，适我愿兮。野有蔓草，零露瀼瀼。有
美一人，婉如清扬。邂逅相遇，与子偕臧。"这里"清扬"是个
联绵词。《毛传》："清扬，眉目之间，婉然美也。"可是，《齐
风·猗嗟》却说："猗嗟昌兮，颀而长兮。抑若扬兮，美目扬兮。
巧趋跄兮，射则臧兮。猗嗟名兮，美目清兮。仪既成兮，终日射
侯，不出正兮，展我甥兮。猗嗟娈兮，清扬婉兮。舞则选兮，射
则贯兮，四矢反兮，以御乱兮。"既有分用，又有合用。这只能
说明，"清扬"这个联绵词可分可合，"清""扬"本来就是同义
（近义）的并列关系。

综合同义复词衍为联绵词的情况，可分为三种类型（参见曹
莉亚《同义复词凝结成联绵词的类型初探》，《湖南科技学院学
报》2005年第4期）：

第一类同义叠加，这是最常见的类型。这种类型将联绵词两
个音节分开，各是两个同义近义词，且意义和合用的联绵词一
致。例如荒唐：《诗经·大雅·公刘》："度其夕阳，豳居允荒。"
毛传："荒，大也。"《说文》："唐，大言也。"可知"荒""唐"
都有"大"义。而"荒"通"皇"，《后汉书·班固传》："汪汪

乎丕天之大律，其畴能亘之哉！唐哉皇哉，皇哉唐哉。"而《庄子·天下》："荒唐之言，无端崖之辞。"成玄英注："荒唐，广大也。"即可分可合，意义不变，这一类我们称之为"同义叠加"。需要说明的是：荒唐的"大"的义素，在当时是显性的，这种叠加或许是修辞的需要。但后来，两个自由的语素长期固定凝结，就逐渐失去了自由结合的能力，使其中的显性义素变得隐晦起来，以至于后来因为词义的变迁，人们已经不知道其中一个词的显性义素了，于是，只能将这两个并列词作为一个词来用。这时，同义的复合词向联绵词转化就完成了。

再如"倏忽"：班固《幽通赋》："辰倏忽其不再。"颜师古注："倏忽，疾也。"联绵词"倏忽"其义是"疾"。可是，"倏忽"是可以分用的。《庄子·应帝王》："南海之帝曰倏，北海之帝曰忽。"虽然是寓言，但分用"倏忽"却是实例。考"倏"与"忽"都有"迅疾"的意思，是个同义互训词，二者分用时都表"迅疾"之义。所以，《后汉书·张衡传》："倏眩眩兮反常闾。"李贤注："倏，忽也。"《助字辨略》卷五："忽，倏也。"可以为证。如：《文选·木华〈海赋〉》："倏如六龙之所掣。"张铣注："倏，疾也。"屈原《离骚》："忽反顾以游目兮。"吕延济注："忽，疾也。"又"忽奔走以先后兮"，洪兴祖补注："忽，疾貌。"所以，"倏忽"无疑是同义叠加的联绵词。

第二类偏义聚合。即上下两个词并不完全同义，只是意思相近。这样聚合以后形成的联绵词偏向其中一个单词的意义，另一个义素完全泯没，形成一个偏义的关系。例如："络绎"的意思是"连绵不绝"。李白《答杜秀才五松见赠》诗"飞笺络绎奏明主"。王琦注引《韵会》曰："络绎，连属不绝也。"而在单用时，《广雅·释诂》："络，缠也。"王疏："凡绳之相连者曰络。"《山海经·海内经》："有九丘，以水络之。"郭注："络犹绕也。"

《楚辞·招魂》："郑绵络些。"注："络，缚也。"那么我们知道："络"单用时是"缠绕"的意思，而"绎"单用时却是"连接不断"的意思。如《说文》："绎，抽丝也。"引申有"抽引不断"的意思。《论语·八佾》："绎如也。"朱熹集注："绎，相续不绝也。"又《诗经·大雅·常武》："徐方绎骚。"朱熹集注："绎，连络也。"我们知道，"缠绕""连络"义近，所以，并列成联绵词"络绎"，并非意义的叠加，而是偏重于"绎"的"连绵不断"的意思。

再如"怊怅"：《楚辞·七谏·谬谏》："然怊怅而自悲。"王逸注："怊怅，恨貌也。"王俭《褚渊碑文》："怊怅余徽。"《文选》刘良注："怊怅，悲恨貌。""怊怅"的意思是"怨恨的样子"。可是，分用的时候，《楚辞·九章·哀郢》："怊荒忽其焉极。"蒋骥注："怊，悲也。"《说文》新附"怊，悲也"。而《说文》："怅，望恨也。"司马相如《长门赋》："怅独托于空堂。"李善注亦引《说文》同。《资治通鉴·唐纪四十》："不免怅望。"胡三省注："怅，怨也。"谢朓《晚登三山还望京邑》："佳期怅何许。"《文选》吕延济注："怅，恨也。"我们知道，"怊"的意思偏重于"悲伤"，"怅"的意思偏重于"怨恨"，意义有关联。可是类聚成联绵词以后，"怊怅"就偏重于"怨恨"了，"悲伤"的意义减弱，以致后来消失，由"怨恨"引申到"失意"。

第三类转类引申，即两个单字和组成的联绵词意义并不相当，其中一个是以转相引申、假借义来组合的。例如俺憸。《方言》卷一："俺，爱也。"《广雅·释诂》同。郭注："俺憸，多意气也。"意思是："喜欢意气用事。"而俺本身是"爱怜"的意思。和联绵词的"俺憸"意思相差很大。《说文·心部》："憸，憸诐也。""憸诐"的本义是"能言善辩"。能言善辩是慧的表现，所以，《广雅·释诂一》："诐，慧也。"俺和憸在这个意义上相近。可是"诐"在文献词汇中常常假借作"颇",即"偏颇不正"的意思。所以,《说文·心部》"憸"段注:"憸,盖险字之误。诐,同颇,古文以诐为颇也。"经过这一番假借,"俺憸"结合,"爱怜"的意思全然没有了,只剩下由"偏颇"意思而引申的"多意气"。这是以假借义来类聚的联绵词。再如"佝偻","佝"和"偻"都是"屈曲"的意思,但"偻"的"曲"义是由"曲胫"引申来的。在形成联绵词以后,"曲胫"的意思完全没有了。而取引申义"屈曲"来与"佝"类聚,《庄子·达生》:"仲尼适楚,出于林中,见痀偻者承蜩,犹掇之也。"郭庆藩《集释》:"痀偻,老人曲腰之貌。"《左传·昭公七年》:"故其鼎铭云:'一命而偻,再命而伛,三命而俯。循墙而走,亦莫余敢侮。饘是,鬻于是,以糊余口。'"则是"佝偻"分用的例子。可见"佝偻"是以抽象引申的意义来类聚成为联绵词的。

综上所述,我们这里的着重点在于音和义的分化和聚合,至于字形的不同,因为不是联绵词来源的基本原因,所以,我们不放在这里论述,留待后面用专章论述。最后,我们要强调的是,根据上面的分析,我们在判别并列复合来源的联绵词时,一定要掌握三点判别方法:

a. 两个反义词不可能构成类聚的联绵词。

b. 两个单词必须和类聚的联绵词有共同义核。如果是偏义聚合的话,其中有一个显性义素应当消失。不然,不能或只能是并列结构复合词,而不是联绵词。

c. 必须在前代的文献中找到分用的实例。而且这种分用是不改变义核的分用。而在定型后就一般不再分用。

三 联绵词与同源词问题

（一）语源学和同源词

先重温一下训诂学的知识。什么叫声训呢？用声音相同或相近的词来训释另一个词。它根据的原理是什么？"声同义通"。只要声音相同或相近，意义就相通。那我们来具体看看实例："天，颠也。""天"和"颠"意义完全不相同，也不相近。"雨，羽也。""女，如也。"则是完全不相干。我们可以说这是声训的错例。可是，在古人那里，这应该是正确的，他们觉得非常有道理，不然，怎么会明着胡说八道呢？我们能说许慎、刘熙不知道"天颠""雨羽"的区别么？知道了还要这样训释，必有他的原因。

为了说明这个问题，我们先来看看西方有关词义问题的学科分类。牵涉到语言学里的词义问题，他们有三个主要学科：词汇学、语义学和词源学。西方的词源学是不同于语义学、词汇学的学科。一个词，以它的理性意义为重要内涵的叫"词义"（meaning），它是语义学、词汇学的研究对象。一个词，以它的词源结构为重要部分的叫"内部形式"（innerform）或叫"理据"（motivation），"内部形式"或"理据"是词源学的研究对象。这是非常明确的分类。近代西方语言学理论传入中国后，区别了语言中的"词"与书面形式的"字"，传统训诂学旧时用的"字义"就叫作"词义"（指单音词），或仍简称作"义"。这是在词汇学领域。在词源研究领域，吸纳西学本来应该首先引进"理据""内部形式"等概念以帮助说明传统词源研究的"义"，然而实际上是先引入了语义学、词汇学的"词义"（meaning）。因此，在讨论音义关系特别是同源词意义关系时，用 meaning 来与词源的

"意义"对接，用语义学、词汇学的理论来阐释、理解汉语词源研究原理。联系上面我们的声训举例，我们就知道了：我们理解的"声近义通"的"义"是词汇学范畴的"词义"，而古人所说的"声近义通"的"义"却相对于西方语言学的词的"内部形式"或"理据"。之所以造成这种混乱，就是因为传统汉语词源研究此前缺乏较系统的理论总结和指导，引进上述西方有关理论来指导该领域研究之后，没有全面考察术语之间的区分，致使传统词源研究的原理在一些学者的观念里不知不觉被改造变质了。从而，词源学的"义"被偷换概念。而且，在引进了"理据"等术语后，又没有去辨析词汇意义取代词源意义的错误，结果造成了理论上两套说法并存的局面。

那么什么是"内部形式"和"理据"呢？很简单，就是中国传统训诂学里面所说的"得名之由"，就是万事万物之所以得名的根据。张永言说："用作命名根据的事物的特征在词里的表现就叫做词的'内部形式'，又叫词的理据或词的词源结构。""这实质上就是我们现在所说的依据古音，系联同族词或同根词去揭示词的内部形式。"（张永言《词汇学简论》）

我们在学习训诂学的时候都知道，训释字词的形式是：直训、义界、推因。训诂学的步骤是：求证据、求本字、求语根。这里面所言有两点其实是一个事物的两个角度，即推因和语根。推因是从训诂方式角度说的，语根是从训诂目的角度说的。这是训诂的最高阶段、最高境界。所谓推因，就是推究事物得名的原因和由来。所谓语根，就是事物得名的原因和由来。这在现代语言学理论中被称为"词的内部形式"。张永言有《关于词的"内部形式"》一文，他说："语言的词汇是不断地发展丰富的，发展的主要途径是创造新词，而新词的创造又多半是在已有的语言材料和构词方法的基础上进行的。因此，新词的语音形式和意义内容之间的联系，一般说来并不是偶然的。这就是说，除了一些'原始名称'以外，语言里的词大多是有其内部形式可寻，或者说有其理据可说的。"所以，同一语根的一组词形成一个词族，同一词族内部的各个词都互为同源词。但我们说"同源词"时，是在说明两个或两个以上的词的同源关系，而不是就单独一个词而言。

关于同源词的定义，我们必须说明，所谓"同源词"，其实包含两方面的含义：一是指亲属语言之间词与词的同源关系，例如，法语的"vache"（母牛），意大利语的"vacca"（母牛）和西班牙语的"vaca"（母牛），我们说是"同源词"。我们进行汉藏语言比较时，会说藏语的"bris"（写）和汉语的"不律"同源，藏语的"gagi"（什么）和汉语的"何居"（《礼记·檀弓》"何居"，郑玄注："居读如姬姓之姬，齐鲁之间语助也。"）同源。这是指亲属语言之间的词与词的同源关系，这不是我们这里要讨论的问题。二是指同一语言内部的词与词的同源关系。在一个语言内部，由于语言发展衍变，某些词意义或用法发生分化，语音随之发生微变，有了细微的差别，但追溯它们的来源，则这两个或两个以上的词有一个共同来源，即由一个语源孳乳出来的，我们管这些词之间的关系叫"同源关系"，这些词相互被称作"同源词"。

确定同一语言内部的"同源词"的同源关系，一般都认为有两个条件：一是"意义相同或相近"，即意义有相通之处。二是"语音非常接近"。不管这一原则是否周密，就是这样一个认识，前人也是经过了长期的讨论才逐步明了的。汉代人刘熙的《释名》最早讨论"名原"问题，但他没有"同源"的概念，我们以后再去评价。中国真正讨论汉语"语源"的第一人是章太炎，他作的《文始》最先讨论汉语同源词问题，是一部真正意义上的语源学著作。他以《说文》的独体字作为初文，以指事等独体加符号而成的字作为准初文，共 510 个。经之以义，纬之以声，将 5000 多个汉字串成族，形成 457 条，即 457 个字族。并由此总结出文字音义变化的两个原则：孳乳和变易。他在《文始叙例》中说："音义相雠，谓之变易（即五帝三王之世改易殊体者），义自音衍，谓之孳乳。"就是说：音义全同，或音近义同而字形不同，别作一字，这叫变易，即我们今天的异体重文或古今字。如果声音转化或意义引申，而有转化引申的轨迹可以寻求，叫作孳乳，即我们今天讲的同源词。这两条一直被作为传统训诂学描述音义关系的经典术语。章先生这部书名虽然叫《文始》，但不是讲文字变化的书。由于古代汉语的一个字基本上就是一个词，所以，《文始》也是我国第一个推求同源词的著作。章太炎先生的小学成就是以《文始》的问世而达到最高峰的，它也是中国传统小学走向现代语言学的开始。他的学生黄侃先生参与了《文始》条例的讨论，所以黄侃先生说："凡字，不但求其义训，且推其字义得声之由来，谓之推因。"（《文字声韵训诂笔记》）并且终身谨守太炎先生的推源理论和方法，他在《论变易孳乳二大例》一文中（见《黄侃论学杂著》）总结说："变易之例，约分为三：一曰字形小变；二曰字形大变，而犹知其为同；三曰字形既变，或同声，或声转，然皆两字，骤视之不知为同。"关于孳乳，黄先生说："一曰所孳之字，声与本字同，或形由本字得，一见而可识者也；二曰所孳之字，虽声形皆变，然由训诂展转寻求，尚可得其径路者也；三曰后出诸文，必为孳乳，然其词言之柢，难于寻求者也。"这就将章先生的理论进一步精确细化，更趋科学化。他在《文字声韵训诂笔记》中论述语源时说："文字训诂亦非以音韵为之贯串，为之钤键不可。""语音虽随时变迁，然凡言变者，必有不变者为之根。""语言不可求根，只限于一部分之民族。自是而外，凡有语义，必有语根。言不空生，论不虚作，所谓名自正也。""语言之变化有二：一、由语根生出之分化语；二、因时间或空间之变动而发生之转语。"非常明确有条理。

1934 年，瑞典汉学家高本汉写了一本《汉语的词族》（《Word Families in Chinese》），在这本书中，高本汉第一次将"词族"的概念引进上古汉语研究。王力先生将这本书批得一塌糊涂，他说："他不列'初文'，不武断地肯定某词源出某词，这是他比章炳麟高明的地方。他只选择比较普通的流行的词来作分析，这也是严谨可取的。但是，章炳麟所有的两大毛病——声音不相近而勉强认为同源，意义相差远而勉强牵合——高本汉都有，而且，高本汉的汉文水平比章炳麟差得多（许多汉字都被他讲错了）。因此，他的《汉语的词族》也不是成功的著作。"这些话是否正确我们后面再说，但从中可以看出高书的大致情况。

此后，汉语同源词研究渐渐为人重视起来。如杨树达《积微居小学金石论丛》《积微居小学述林》等书，既有理论，也有实践。他有"说字之属"60 篇，都是推求同源词的文章。又有《字义同缘于语源同例证》考释同源词 54 组。《字义同缘于语源同续证》又考释 21 组。《形声字声旁有义略证》，提出形声字声符有假借用法、不同声符可表同一语义、同一声符可表不同语义等等观点，虽然形式上似乎走小学"右文说"的路子，实际上都是语源学上的创举。

沈兼士先生是当时研究语源学最有心得的学者之一。他作《声训论》一书，始终围绕汉语"语根字族"的研究。他说："余近年来研究语言文字学有二倾向：一为意符之研究，一为音符之研究。意符之问题有三：曰文字画，曰意符字初期之形音义未尝固定，曰义通换读。音符之问题亦有三：曰右文说之推阐，曰声训，曰一字异读辨。二者要皆为建设汉语字族学之张本。"
他的所谓"字族学"就是语源学。他有一篇著名的文章就是《右
文说在训诂学上之沿革及其推阐》，他说："语言必有根，语根
者，最初表示概念之音，为语言形式之基础。""求中国之语根，
不能不在此等音符中求之。"他总结了语源孳乳分化的一般规律，
提出"右文一般式、本义分化式、引申义分化式、借音分化式、
本义与借音混合分化式、复式音符分化式、相反义分化式"七种
类型。声符可以承载两个相反的意义而分化成为字族，是他的
创见。

他还有《联绵词音变略例》一文，是探讨联绵词词族的，在
这里，他最先触及汉语语词形式类化问题。联绵词形式类化表现
为偏旁同化，可产生不同形体。

刘师培也是这个时代研究同源词的大学者。他在《字义起于
字音说》一文说："造字之初，重义略形，故数字同从一声者，
即该于所从得声之字，不必物各一字也。及增益偏旁，物各一
字，其义仍寄于字声。"即论述语源义问题。

前辈对同源词研究最有成就的学者就是王力。王力在1982
年出版了《同源字典》。在这本书的前言叫《同源字论》，是代表
上一辈学者研究汉语同源词的总结性著作。王力在这里把从章太
炎到高本汉等人的著作批评一通以后，提出了自己的同源字的观
点。综合起来，王力还是遵循传统语源学研究的路子，从声音和
意义两个方面探究同源词。他认为章太炎、高本汉等人的观点和
方法是对的，但失之过滥，就造成"声音不相近而勉强认为同
源，意义相差远而勉强牵合"。所以，他为了谨慎起见，"把同源
字的范围缩小些，宁缺毋滥，主要是以古代训诂为根据，避免臆
测"，这是在意义方面。声音方面，他根据自己的古音学系统，
分33组29部。规定了双声、准双声、旁纽、准旁纽、邻纽的声

母语音变化关系，叠韵、对转、旁转、旁对转、通转的韵母语音转化关系。形成一个后人可资操作的系统，这是他在总结前人音转实践基础上提出来的一个创见。王力的《同源字典》是以批评前辈学者失误的面貌出现的，但出版才 20 多年，同样遭到学者的批评。

了解了语源学研究的概况，下面我们来详细说说同源词的定义：

什么叫"同源词"？我们首先看王力先生的定义。王力说："凡音义皆近，音近义同，或义近音同的字，叫做同源字。这些字都有同一来源。"（《同源字典》）可以看出，王力先生同源字的概念就是抓住音和义来说的，这本身没有错。但是，王力先生在《同源字论》一文中，批评章太炎把"因声求义"绝对化，就产生音不同而牵强的错误，可自己在这里也将同源字的音义关系绝对化。

首先，王力在探求同源词时还是遵循传统语言学的"音义相生""因声求义"的畛域，这并没有什么创新和突破。只是在前人广泛运用声训方法来求同源词的基础上收敛了应用的范围，说是为了谨慎起见。但在客观效果上也正因为这个原因，使得《同源字典》成为按声编排的《经籍纂诂》，并没有形成完整的系统。

其次，他在概念运用上存在根本的错误。例如，他把书名叫作"同源字典"，就混淆了同源字和同源词的概念。这是一个非常严重的错误，给后人的研究带来不小的负面影响。以致后来学者不得不重新论证同源字和同源词的关系。本来这不是王力先生一个人的问题，这是当时一些学者的共识。例如，朱星在他主编的《古代汉语》中就说："同源字，是指音义俱近或音近义同的字。由于汉字是方块字，一个字一般都具有音、形、义三个部分，一个字就相当于一个词，所以，同源字实际上也就是同源词。"周祖谟先生在《中国大百科全书·语言文字卷》说："在汉字里有许多音同义近，或者音近义同的字。这类字往往是语出一源。如广与旷、坚与紧、孔与空、宽与阔、改与更之类，语义相通（或相同），声音相近或相通转，所以称之为同源字。……同源字实际上也就是同源词。不同文字的同源等于是追溯语源。""类聚同源字的意思也是在寻求语源。同源字的研究，实际上就是语源的研究。"但是，这种模糊的概念一旦被王力先生采纳，就为这种概念模糊说找了一个冠冕堂皇的理由，他说："同源字的研究，其实就是语源的研究。这部书之所以不叫做《语源字典》，而叫做《同源字典》，只是因为有时候某两个字，哪个是源，哪个是流，很难断定。例如'麸'和'肤'二字同源，'麸'是麦皮，'肤'是人的皮肤，二字同源。到底先有麦皮的'麸'，后有皮肤的'肤'呢，还是相反，很难断定。""但是，在多数情况下，源流还是可以断定的。"我们认为，编一部同源词典，只要指出两个词有一个共同的词源意义，这就够了。并不要求推定谁是源，谁是流。刘熙《释名》之所以失之过滥，就是他想追究"得名之由"，追溯源头，这就好比是射覆，没有标准和原则，是很难射中的。再者，我们不能因为少数词源流不好遽定，就采用一个性质不同的概念来代替，这是研究者起码的常识。所以，蒋礼鸿先生《读〈同源字论〉后记》对王力先生以同源字称同源词的做法提出不同意见："讲训诂，探求语源，如若不严格区分'词'和'字'的概念，就会在实践上产生若干难于解释的麻烦，或自陷于矛盾。"后来，王蕴智进一步分析说："同源字和同源词是两个概念……凡语音相同相近，具有同一语义来源的词叫同源词。同源字的定义应该是：凡读音相同或相近，具有同一形体来源的字叫同源字。同源词的着眼点在于词的音义来源和音义关系上，而同源字的着眼点主要在于字的形体来源及其形义关系上。""同源词属于词义系统问题,同源字则属于字形系统问题。"任继昉也说:"字源意在文字形体的来源、造字的理据,而语源意在词的音义来源、造词的理据。"(《汉语语源学》)现在的学者一致摈弃了"同源字"就是"同源词"的观念。严格地将"同源字"和"同源词"分属两个不同研究范畴。

再次,王力先生在《同源字论》一文中花费大量篇幅去辨别同源字和同义词的关系。认为:"同源字必然是同义词,或意义相关的词。但是,我们不能反过来说,凡同义词都是同源字。""音义皆近的同义词,在原始时代本属一词。后来由于各种原因(如方言影响),语音分化了,但词义没有分化,或者只有细微的分别。这种同义词,在同源字中占很大的数量。"接着,他又将这一类同源字分为"完全同义"和"义有微别"两类。从中可以看出,在王先生看来,同源字是同义词的一部分,它们是从属关系。不然,怎么能说"同源字必然是同义词"而不能说"同义词必然是同源字"呢?这是非常错误的分类。究其原因,的确是王力先生混淆了词源意义和词汇意义。同源词和同义词本是两个不同性质的概念,互相之间有渗透,但绝不是从属关系。第一,研究对象不一样,同源词研究的是同一族词的语根,即它的词源意义。由这个词源意义衍生的一族词,只要有一个共同的语素就行了,并且,这个语素往往是隐性的。那么,近义词、转义词都有这个共同的语素,当然都是同源词。不同的词性也可以是同源词。但这些都不符合"一义相同"的同义词的定义。因为同义词研究对象是一组词的词汇意义,是显性的词义。第二,研究的途径不一样。同源词是研究历时的一族词的源流关系,而同义词则是研究共时的一组词的平面义项。第三,研究的重点也不一样。同源词研究的重点是异中求同,同义词研究的重点是同中求异,着重辨析共同义项中的不同含义。第四,判断标准也不同。同源词强调以声音来贯穿词族，任何同源词必须有声音上的联系，声音是判断同源词的一个重要标准。同义词则强调以词义来分析，任何同义词必须有共同的词汇义项，同义是判断同义词的重要标准。有了这四点，我们还能说同源词从属于同义词么？实际上，在同源词族中，词汇意义表现出各种各样的情况：有词汇意义相同的，如"背"和"负"、"代"和"递"。或相近的，如"耄"和"耗"、"竭"和"涸"。有完全不同的，如"颠"和"巅"。颠是头顶，巅是山顶。就词汇意义来说，是指称不同事物，意义当然不一样。但从语源角度来说，却是一样的。还有词汇意义相反却是同源词的，如"买"和"卖"、"受"和"授"。所以，我们认为，王力先生的《同源字典》，是总结前人的语源学研究成果而成的，自己创新的方面极少。它的最大成就是在语音通转方面，将前人的成果系统化，使之成为一种可以规范的操作系统。但就语源研究来说，错误的认识不少，是应该仔细检讨的。王力先生在批评章太炎、高本汉后，小心翼翼地谨守语音的通转标准，谨守词义的古代训诂，希望通过这种谨守而避免滥用的错误。其实，理论标准错了，实践不可能正确。请看王宁先生的文章里举出的他的失误：

《同源字典》在"职部群母"下，认为"极"与"穷"同源，列举了《说文》《楚辞》注、《吕氏春秋》注中七个"极"与"穷"互训的例子来证明。"极"与"穷"的声纽同为"群母"，韵部的关系《同源字典》以"职侵通转"来说明。事实上，"极"的本义是古代房屋的最高的大梁，它以居中极而得名。与"亟""革"等字同源，其词源意义是"空间紧迫（时间促迫）"。"穷"与"究"等字同源，词源意义是（封闭空间的）尽头。因此，"极"与"穷"虽有共同的义项"顶端"，因而能够互训，但来源是不同的。又如《同源字典》在"铎部明母"

下，以《说文》、《诗》毛传、《诗》郑笺、《论衡》等"莫（暮）晚"互训的训诂材料来证明"莫""晚"同源。两字的声纽同为明母，韵部的关系《同源字典》用"铎元通转"来说明。事实上，"莫（暮）"与"漠""茫"等字同源，词源意义是"茫昧""广漠"。而"晚"与"末"同源，是取"末尾"的理据来造词的。二者不同源。

再如，《同源字典》在"鱼部疑母"下，以"语，言也"的训诂材料和一些将"言""语"并提的训诂材料来证明"语"与"言"同源。两字声纽同为疑母，韵部的关系《同源字典》用"鱼元通转"来说明。事实上，"言"和"谚"同源，以"交相传递"为词源意义。而"语"与"五""午""迕""牾""晤"等字同源，以"交迕""交逆"为词源意义。二者不同源，它们只是在"说话"这个词汇意义上构成同义词。正因为词源意义不同，才使它们的区别表现在"言"是主动说话，"语"是对话。

我们讲述了王力先生的"同源词"定义，其实也就是讲述了传统的同源词的定义。那么，我们现在对"同源词"的认识有什么不同呢？最大的不同有两点：

第一，彻底廓清"词汇意义"和"词源意义"。关于词汇意义大家都明白，就是我们学词汇学的时候所讲的词义，它是显性的。每个词有多少义项，都是人们研究了它在不同语境中的用法之后给它概括出来的，它的义项一般记录在词典中。而什么叫"词源意义"呢？就是上文所说的词的"内部形式"或"理据"。这是王宁先生对汉语词源学理论研究的重大贡献，她有两篇文章是不可不看的，一篇是《汉语词源的探求与阐释》（见《中国社会科学》1995 年第 2 期），另一篇是《词源意义与词汇意义论析》（见《北京师范大学学报》2002 年第 4 期）。在这里她分析说："词源意义是同源词在滋生过程中由词根（或称语根）带给同族词或由源词直接带给派生词的构词理据。""词源意义是内部形式,是隐性的,它居于词汇意义的下一个层次而不直接出现在具体语境的言语里,它的基本意义单位不是义项,完全不等同于词汇学范畴的义项,特别是,它与依文字形体而言的本义不同。""同源词词源意义之间的关系,是理据的相同、相通,而不是义项的差异问题。"

第二,强调意义分析法,不拘泥于声音的绝对标准。历来的学者,包括现代的一些学者,在运用"声通义通"原则时,都强调声音。认为声音相同相近,才能断定意义相通。例如王力先生在《同源字论》中说:"值得反复强调的是,同源字必须是同音或音近的字。这就是说,必须韵部、声母都相同或相近,如果只有韵部相同,而声母相差很远,如共 giong、同 dong,或者只有声母相同,而韵部相差很远,如当 tang、对 tuət,我们就只能认为是同义词,不能认为是同源字。"虽然王先生这里说的并没有错,但是,王先生这里强调的重点显然是先考虑声音,后考虑意义。声音标准是第一位的,意义标准是第二位的。实际情况并不是如此,很多声音相同或相近的词并不是同源词。例如我们上文所举的王力先生《同源字典》中的那些错误的例子,无一不是声音相同或相近的,但语源意义并不相同。我们知道,一个词要孳乳变易为另一个词,首先是语言表达的需要,语言中需要表达不同的概念,才创造新词。同源词之所以同源,是由于在需要创造的新词与已有的成词之间是由语源意义辗转引申得来的。也就是说,先有了要表达的义,然后因义赋音,采纳与之语源意义相同或相近的音来命名此义,并不是因声赋义,先有个相同的声音,再赋予相同的语源意义。所以,在同源词研究中,我们必须牢牢把握"义"这根主线,遵循"义"去求同源词。换句话说,我们认为,在判断两个词同源与否的时候,语源意义是第一标准,语音是第二标准。也就是说，语音是确定同源词的充分条件，但不是必要条件。这里要注意两点：首先，"义"是指语源意义，而不是指词汇意义，上文已经分析过了。再者，这里并没有认为可以忽略语音的意思。

　　这里的论述已经够明确了，但是，我们认为，这里还不是最准确的表述。上面我们一直采用王宁的说法，称词的内部形式为"词源意义"。但是"词源意义"到底是指"词"的语源意义还是指"语音"的语源意义呢？我们知道，词和语音是有区别的。词是指具体的形音义结合体，而语音是概念的音理表达形式。就古代汉语来说，基本上是一个文字表达一个词，所以，人们会将"同源字"和"同源词"混淆。但一个语音并不对应一个汉字，或一个汉语的词。一个音节中包含着许多同音字，也就是许多同音异义的词。所以，任继昉1989年写作《汉语语源学》的时候，开宗明义地说："语源，是语言中的词和词族的音义来源。语源是一个总概念，它又可分为词的语源和词族的语源这两个层次。"这里所说的"词的语源"即词的词源意义。"词族的语源"即语音的"音源意义"。按照任继昉的说法，词的语源即"一个具体的词的音义最初结合的缘由"。词族的语源即先将同一音义来源的所有词汇集到一起，按照音义关系将它们分成若干层次，构成一个完整的词族。这样的一个词族的共同语源就是词族的语源。也就是张永言所说的"依据古音，系联同源词或同根词去揭示词的内部形式"。举例来说：侏儒，这个词的语源是"短"，凡是"短小""矮小"的意义，都可以用"侏儒"这个音来形容。"短"就是"侏儒"的语源意义。我们怎么知道的呢？主要是运用类比的方法知道的。因为"侏儒"上古音是［tjew, rjew］（章侯合口三等、日侯合口三等），和"蜘蛛"［tieY, tiew］非常接近，又和"属镂"［djewk, liew］只有清浊区别，而"属镂"义为"剑把",亦粗短形状,而"侏儒"合音则为"杵"[tiay],这些都有一个共同的义素——"粗短"。由此我们知道"侏儒"这个词来源于"粗短"义。所以,我们在研究语源时,应该明确,我们的目的是求"语根"而不是"词根",即求语源意义而不是词源意义,这样就更明确地表示语源的研究是紧扣语音,而不是拘泥于词形的。

(二) 语源意义的产生和索求方式(用王宁说)

1. 语源意义的实质和内涵

上面说过,语源意义是同源词在滋生过程中由语根带给同族词或由源词直接带给派生词的构词理据。作为术语的"理据(motivation)"是从西方引进的概念,但汉语语源学有不同于西方词源学的内涵和研究对象,我们对语源意义的理解,也有西方的"理据"所不能包含的内涵。

"理据"本指词产生时命名的根据,这是从名称与事物发生关系的角度来揭示语源意义的所在。汉语语源学的早期,古代训诂中探讨得名之由来的工作,往往是用声训的形式系联被训词与表示理据的训释词。这些训释词的合理部分,是探求同源词关系的材料。早期的汉语语源研究,基本是以对单个词的得名根据的推测或考求为特征的,因此,表现为两两系源的形式。在这种情况下,所得的理据只是一个词的概念。如,《说文·示部》:"祳,社肉,盛之以蜃,故谓之祳。"《渔部》:"渔,捕鱼也。"《周礼·小宰》郑注:"祼(guàn)之言灌也。""祳""渔""祼"的理据分别是"蜃""鱼""灌"。

在两两系源为特征的词的理据推测或考求达到一定的量以后,声音相同相近的词的理据之间的关系有了可以类比的条件,人们就会发现:音同音近的词之间经常呈现理据相同相通的现象。对这种现象的思考促进了对理据理解的深入。如果若干词的命名理据都与某种事物特征联系，这个理据就有了概括性、抽象性的意义。如"犞"是白牛，"鹤"是羽毛白的鸟，"皬"是鸟之白，"骦"是马之白额，"晓"是明。它们有共同的理据即白色。白色作为一种抽象的"理据"，现代有的学者称之为"词义特点"。这样，从工作性质而言，语源研究就从一种推测性很强的两两系源，进入到一定科学性的综合归纳。

若干个词义特点之间，义可以发生规律性的联系。认识这一点有助于对语源意义实质的进一步认识。如上举"犞""鹤""皬""骦""晓"都有白这一意义特征，又《说文》："皎，月之白也。""杲，明也。"与"晓"相关联，皆有白的特征。"恔，憭也。"是心之明白。"膏，肥也。"应与脂肪白有关系。都可系联为同源词。

通过大量的语源意义和词汇意义对应关系的考察，我们发现，在上古汉语词义系统中，语源意义为"高"义和语源意义为"明"义常常有规律性的联系。例如"堂"，词汇意义指北面位置最高的房子，而语源意义则是因为其宽敞明亮而得名为"堂"。从语音特征上来追溯，如"高""乔""尧"都有"高"的语源意义，古音都在宵部、牙音。所以"犞""鹤""骦""晓""皎""嚣""皦""杲""高""乔""尧"，都可以系联为一族。从语源意义上来说，这一族有"白"和"高"两个特征，而"高"这个特征是由"白"联想而来的。又如，《说文》："邵，高也。""卓，高也。"皆有高义。"昭，明也。""焯，明也。"皆有明义。是又为一族。又"亢，人颈也。""京，人所为绝高丘也。"皆有高义。"景，日光也。""光，明也。"皆有明义。是又为一族。进入词义特点归纳层面的理据考求，不但使同源词系联范围扩大，更重要的是对同源词意义实质认识更深入一步。我们从语源意义的探求中，可以利用事物内在特征之间的引申去扩大同源词的求索范围。而这种引申的线索就是合理的联想和想象。

但我们必须清楚，词义特点的归纳往往要与词所表示的事物的特征联系。反过来，我们不能认为，相同的事物特征就一定归纳为相同的词义特点。如果持这种看法，容易导致人们把"词义特点"当作物质世界的"事物特征"在意义范畴的投影。也就是说，跨越了认知与客体的界限，就把二者完全对应或对等了。即认为事物特征相同则词义特点相同。这样的认识导致了很大的错误。从命名上即词的构成上说，这容易导致一种误解，以为凡根据相同相近的事物特征命名的，就必然名称相同相近，就必然是同源词。从对语源意义的认识来说，它阻碍了对这种意义实质的进一步理解。汉语词源研究的许多实践表明，这很容易把词源研究引上歧途。清代程瑶田《果蠃转语记》以"不方""变动不居"的特征为判断标准，把"果蠃""蒲卢""噢咻""容与""扶摇""婆娑"……系为一族，其做法已经引起很多学者的不满和批评。但近代、现当代还有不少学者沿袭这种做法。究其原因，人们多认为程氏的错误在于对声音标准把握不严，而鲜有人指出其错误的根子在于对语源意义理解的偏颇、错误。其意义标准的背后，正反映把事物特征与词义特点等同起来的观念。

为什么事物特征并不等同于词义特点呢？因为：事物特征是客观存在的，词义特点是人们对事物特征认识的结果。它们有客观和主观的区别。同样一个事物特征，人们可以从不同角度对它进行认识、归纳、表述，那么，作为表述的成果必然不一样。

把事物特征与词义特点画等号，必然导致同源词声义关系判断标准的混乱。《果蠃转语记》云："双声叠韵之不可为典要，而唯变所适也。"近人齐佩瑢归纳表示"圆形的物事"的"蝌蚪疙瘩"族的音式说："若言其音，则不出下列数式：g-g-，或 k-k-；g-l-或 k-l-；b-l-或 p-l-；g-t-或 k-t-；d-l-或 t-l-；d-d-或 t-t-；l-l-。"

今人也有类似的见解。如任继昉在《汉语语源学》书中认为"滚圆的树木果实""桃、橘、枸橼、柚、柑、檄、泡、栾、条、橙都是从'果蠃'孳乳",甚至认为"今天的一些果名,如杏、梨、李、棠……大都可能来源于'果裸'……",可是我们通过分析知道,这些词的古音是相去甚远的。

为了避免这种认识上的误区,我们就必须分析人们根据事物特征归纳词义特点的途径和方式。这就有必要引进"意象"这一"概念"。意象,指命名时认识上对事物特征的理解和取意。对同一种特征可以有不同的理解,遂有不同的取意。对事物特征的理解和取意,在认识上构成意象,命名时作为依据,作为成素而蕴含、积淀在词的意义中,就是语源意义。清代陈澧说:"盖天下事物之象,人目见之则心有意,意欲达之则口有声。意者,象乎事物而构之者也;声者,象乎意而宣之者也。"其"心有意"即是取意,但他的"意"跟"事物之象"是一对一相对应的。刘师培说:"名起于言,言起于意,意起于心。人心有感物之能,心物相感则致我之知以及于物。"提出"意"是人心对事物的感知。又说:"盖意由物起,既有此物,即有此意,既有此意,即有此音。"把此物和此意视为一对一的关系。他提出:"古人观察事物,以义象区,不以质体别,复援义象制名。""试观古人名物,凡义象相同,所从之声亦同。"在这里,"义象"只是"物象"的同义语。

对同一种经过认知的事物特征,命名取意可以是多样的。就是说,对同一种事物特征可以有不同的感知,形成不同的意象,从而有不同的名称。比如,由于长期观察,人们对人的肢体、草木的枝条、江河的支流、山峦的支脉、道路的歧径……会感到都有一种相同相近的事物形象特征:丫(可以是卜,方向不定)。这可以以古文字的造形作旁证。甲骨文"大""木""脈""行"

"彳"等，都由事物的主干和分支构成，分支和主干的关系可归纳、抽象为"丫"，这种文字构形有很强的概括性，正是当时认识高度抽象化的反映。

在语言中，同样的特征，动物上肢称作"臂"，下肢称作"髀"，江河支流称作"派"，析木从一端破入称作"劈"，血管派分者称作"脈⋯⋯"这是取意于"从主干派分"这一意象的，语音则是唇音（b、p、m）。又：胳膊称作"肢"，鸟翼称作"翅"，条枚称作"枝"，又称作"梃"，水道歧分，交汇处有小洲称作"汥"⋯⋯这是取意于"由主干挺伸而出"这一意象，语音则是齿音（zh、ch、sh）。又，下肢歧分处称作"奎"，画圆的工具两脚岔开称作"规"，道路两分称作"歧"，分出小路称作"径"，四通的道路称作"街"，山脉两分称作"岐"，大江支流称作"溪"，多余的指头称作"跂"⋯⋯这是取意于"歧分"这一意象，语音则是喉音（g、k、h）。不同的取意，构成不同的意象，称以不同的声音，遂为不同的词族。臂、髀、派、劈、脈为一族，肢、翅、枝、梃、汥为一族，奎、规、歧、径、街、岐、溪、跂另为一族。可见，从同样的事物特征可以感知、形成不同的意象。这里从判定对事物形象特征"丫"就有三种（实际不止三种，仅以所举例为说）不同的取意，形成三个词族。我们不能认为这原本是同一个词族而后派分为三组。除了上述对这些词的词义特点的观察、归纳，还要在更广的范围内考察与之有关的意义系统。比如，并、姘、併、骿都有两者并合之意，这与"臂、髀"等的"派分"义是对立统一的，"稗、鞞"都有"别副"义，跟"派分""并合"义相通。又如"挺、踢、适、霆、打"都有"挺伸""挺出"的动作，"镝、嫡、蹄、顶"都是一支的"正顶端"的义，跟"挺伸""挺出"义相关。又，"齮、弽、芰都有"歧隅"义，"倾、顷、欹、顾、危"都有"不正"义，与

"歧分"义相关。各个词族的若干相关意义，相互印证，同时又在意义系统上构成各词族与其他词族的区别。追根寻源，都是源于对"丫"事物特征的不同认识和感知。

再一个问题是：意象的形成，在于对运动的认识。人们对事物特征的理解，往往用运动的观点来理解这特征的形成过程或作用。事物的特征，从视觉范畴来说，一是实物的状态特征，一是物体运动轨迹或结果所构成的状态特征。二者归根到底都跟运动有关。前者即实物的状态特征，也跟运动直接相关。有的实物本身就是不断运动的，如"渊"是回水，"沄"是流转，"圜"是天体在运动。人们认识到这一点，于是命名也都是根据其运动特征。相对不动的实物，人们对其特征的认识也往往与运动相联系。如《说文》："丸，圜也。倾侧而转者。""券，契也。"训诂上以动作说明实物，往往意在阐明运动对此物形成的关系，这种训诂应是更早时代人们认识的遗存。如果对词族做较全面的观察，会对运动之于认识事物特征的作用有更多的了解。后者即物体运动轨迹或结果构成的状态特征，本身指物体运动。如"韦（韋）"，古文字从口（音围）四周有四趾或二趾，表示对城邑的包围。"韦"的运动轨迹就构成"圆"的状态特征（古音圆、韦对转，韦、围同音）又如，履是沿着一个领域的周围走一圈，《大簋》："履大锡里。"《五祀卫鼎》："率履求卫厉田。""履"都是勘踏正疆界之义。"礼，履也。""礼"的词义特点就是圆围，取象于原始社会的集体娱乐。苗族山寨人家手拉手围成一圈载歌载舞，恐怕就是上古"礼"的语源意义的取象。

综上所言：初期人类对于客观世界的观察，由于长期的反复感受、认知和体验，从根本上说，进入其思想认识的是与运动联系着的事物特征。用运动的观点理解事物特征，就是对特征的形成过程（运动本身的特征则已经显示其形成）作运动学的形象理解。这种经过高度归纳抽象之后的形象理解就是"意象"。意象是就人的认识而言的，进入语言，它就成为蕴涵、积淀为语义的一个成素，就是语源意义的实质和内涵。

2. 对语源意义的表述

对语源意义的表述建立在对语源意义研究和认识的基础之上，但它反过来又影响对语源意义的讨论。在汉语中，对语源意义的认识与对语源意义表述在方式方法方面，总是存在一定矛盾。因为语源意义的抽象性、隐含性，以及它在语义结构中的层次（不在义位层次音源层次），不直接在语境中体现义值等特点，所以，造成我们对语源意义的表述存在相当大的困难。

根据语源意义的抽象性和它在语义结构中所处的层次，王宁借鉴西方语义学的义素分析法，用两分法分析词的意义内部结构，给观察到的"词义特点"定称。对具体一组同源词的相同意义，即理据称"核义素"，从强调语源意义的角度则称"源义素"。核义素小于一个义位（义项）在语义内部结构中居于不易直接观察倒的里层，与可以直接观察到的"类义素"相对。

核义素是对词的意义内部结构进行分析的结果。如：

稍=/禾类/+/叶末端渐小处/

艄=/船类/+/尾端渐小处/

霄=/云霞类/+/最高（顶端）视觉之渐小处/

鞘=/鞭类/+/（系于）顶端而细小处/

梢=/树木类/+/末端渐小处/

经过结构分析，从中概括抽取这组同源词的共同的核义素/尖端—渐小/。

目前，同源词的核义素、源义素的记录、表述受到表述工具的限制，削弱了定义的精确性。核义素的单位小于义位，而表述核义素又不得不用词、词组（如/尖端—渐小/），这就无法做到表述和描写的精确。词在交流中实现的义值是一个义位，用一个义位表述、记录一个义素，义素的区别性特征无法显现。这不只是导致研究结果的表述不精确，它还直接影响研究整个过程。王念孙作《释大》，拿一个"大"义项作语源意义标准（相当于我们的核义素），以之系联 19 个声母的一串词，而忽略其中义素之间的区别，必然失之于滥。再如：王力先生举例说明有一系列的明母字表示黑暗或有关黑暗的概念，如暮、墓、幕、霾、昧、雾、灭、幔、晚、茂、密、茫、冥、蒙、梦、盲、眇等。这也相当于说，拿"黑暗"的义项来表述核义素，所以，"晚""灭"之间的义素区别就无法显现，这样极容易导致以概念即词汇意义来代替语源意义。

语源意义表述和记录方式的设定要充分注意它的两个最主要特征。单位上小于一个义位，性质上区别于词汇意义。在核义素的记录和表述中揭示、说明意象，无疑有助于对语源意义的定义。

（三）同源词研究的方法

1. 义素分析法（用黄易青文）

在归纳的基础上，把同源词的义位切分为两部分即源义素和类义素的方法，就是同源词义素分析法。它的作用是对同源词意义的内部结构进行分析。通过这种分析，可以从一组同源词中归纳出词源意义，即构词的理据。

2. 同源词义素分析的方法和原则

王宁先生在上文所举从"小"得声的一组同源词例子以后，她说："经过分析的两个部分，显示了词义的内部结构，而每一部分都小于一个义项（义位）。"她借鉴西方语义学的义素分析法，把这两部分定为义素。含有词义类别的称为"类义素"，用/N/表示；含有词义特点的称为"核义素"或"源义素"，用/H/

表示。由此，她得出表示同源词意义关系的公式：

Y［X］=／N［X］/+/H/

上举一组同源词的意义关系可以表示为：

Y［5］：／禾类、船类、云霞类、鞭类、树木类/+/尖端—渐小/

这样就可看出："同源词的类义素是各不相同的；而核义素是完全相同的或相关的。"(《汉语词源的探求与阐释》)

这就是王宁所说的"义素分析法"。义素分析的方法，是以传统词源学在音近义通的一组词中平面归纳词义特点的方法为基础的。王念孙说："虽或类聚群分，实亦同条共贯"，"引伸触类，不限形体"(《广雅疏证序》)，章太炎说："物有同状而异所者，予之一名"(《文始·叙例》)，沈兼士归纳右文公式为"（ax，bx，cx，dx……）：x"。(《右文说在训诂学上之沿革及其推阐》)……都是在使用归纳法。义素分析法抽绎源义素，是以归纳法为基础的。王宁先生说："科学的汉语词源学应当首先继承这一点，并进一步完善有关这一工作的操作方法。"所以，它首先是对传统方法的继承。在继承前人的基础上，王宁认识到前人在归纳时片面强调词义特点，忽视词义类别，从而忽略了对词义特点的意义单位的考虑，理所当然地认为它相当于交流中的一个完整意义，从而又导致无法说明词义特点与词的概念在词义运动与传达信息中的区别。于是提出离析类义素和核义素的观点，这就较好地解决了词义特点在词义运动和传达信息中的区别。义素分析法不但注意词义特点即源义素，也注意它的对立面类义素的存在。所以，王宁先生特别指出同源词意义内部结构的"每一部分都小于一个义项（义位）"。

关于两种义素对于同源词滋生的作用，她说："同词性的同源词的意义关系建立在核义素相同的基础上，它们因类义素的对立互补而区别为不同的词。"依据源义素、类义素的切分和它们的定义，我们知道两者在词义运动中的作用，同时避免把它们与进行信息交流的概念混淆。这是归纳法所没有达到的。比如，"境"与"界"，在概念上是相同或相近的，是同义词。它们是不是同源词，不能根据相当于一个义位的概念的异同来判断，而必须根据源义素是不是相同来判断。"境"的意义结构是"/土地/+/穷极/"，"界"的结构是"/土地/+/中介/"。它们是类义素相同，源义素不同，显然不是同源词。人们容易把它们看作同源词，除了类义素同的原因之外，词义引申导致异源同流而使概念相近，是一重要原因。这样，义素分析法就既是从归纳法出发，而又有自己新的发展、新的内涵。

同源词义素分析法的原则主要是：离析类义素和核义素，重视源义素。这两个原则，可以结合义素分析法的原理来讨论。

3. 同源词义素分析法的原理

汉语词汇中，从名称的区别作用看，每个词都包含两方面的内涵：事物的类属和事物的特征。这是特殊与一般的关系，又是个体与系统的关系在人们头脑中的反映。任何一个词，作为独立的个体，它都具有区别于其他事物的特征，人们对这种特征的感知、认识和思维，产生了词义特征来源的"意象"，据此赋予它词义特征。但是，任何一个事物都不是孤立存在的，它总是依存于一个统一体中，形成一个周密的系统。所以，孤立的个体是不存在的，任何事物都和系统内部的它事物发生联系，反映这种联系的就是分类学。换句话说，任何事物都在一定的分类中显示个体。个体特征是特殊的关系，类属的联系是一般的关系。反映在词义系统中，我们只需用二维的坐标系就可以标出每一个词的位置，反映出区别于其他词的内容。比如，"麤"包含的是"麋属+雄性"，"麂"是"麋属+雌性"，"羔"是"羊属+幼子"……每一个词所要区别于其他的，只有这两方面内涵。

这里要注意两点：1. 类属是一个相对的概念。生物学上称之为分类树，可见它是多层次的。如"麇、鹿、麈"可以合为更大的一个类。另外，根据不同的标准，也可以分出不同的类属。2.这里区别特征是指词的理据所在但并不是指理据本身。同是豕子既可以叫"豚"，又可以叫"彀"，就是理据不同。

通过上面的分析，我们知道，汉语同源词中，从词义引申到新词派生、文字孳乳，都以词源意义为条贯，以物类为依载。这反映出同源词的意义结构也是两分的。如，人之初为胎，亦为始，令人宜子之草为"茉苡"，米糵煎者为饴，竹萌为箈，末端为樨，水崖为涘，崖亦端。又如，孕曰娠，口端曰唇，水崖曰漘。物类不同，而都有"端始"义。这些都是在相对一个平面内。

但是仔细考察这些同源词，我们就可以勾勒出这样一个絮状花形图案：

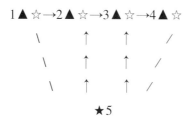

在这里 1、2、3、4 的词义都是可见的，就是我们平时所说的词汇意义。它们各不相同，都显示自己的特征。所以说，词汇意义是显现的，是第一层次的。而他们中间都蕴涵有 5 个核义素。而核义素相对于第一层次来说，它处于第二层次，所以是隐性的。这里面就告诉我们两个问题：a. 求索核义素必须从分析词汇意义开始。所以，我们前面着重强调研究同源词首要的是分清词汇意义和语源意义，但并不是说，词汇意义的研究在同源词求索过程中不重要，恰恰相反，它是求索的第一步。b. 因为核义素是隐性的，需要通过求索才能实现，所以，类比的方法特别重要。没有音义相近的词的词汇意义的类比互证，我们无法从中间抽绎出核义素来。所以传统的同源词研究的比较互证法仍然是我们研究的基本方法。从上面的图形我们可以看山，如果第一层次只有一个词，我们无论如何也无法了解核义素。所以，传统的声训往往是为了追溯同源词。但是，它们总是用一个想当然的同声词去射覆另一个词的语源意义。没有比较和归纳这个步骤，所以，《释名》的求名原纯是射覆，原因就在这里。

既然源义素是事物特征的提炼，是思维对命名事物某一特征的主观理解，它是认识在词义中的积淀，所以，源义素必然是客观存在于词义之中。但是，人类的思维对具体事物及其特征的理解，是在漫长实践过程中不断反复地分析归纳而形成的。从具体的分析到一股的归纳，又从一般的归纳到具体的验证，反反复复推演，才最终形成比较接近真实的、被人们约定俗成的抽象的认识。源义素从本质上就是反映人们抽象思维的认识成果，而人们主观上对客观事物特征的理解，又是借助于形象来进行的，这种凝聚对客观物象做出理解的主观形象，我们把它叫作"意象"。意象是概括抽象的图像。下面举"华""刳""辜""罅"一组同源词为例说明。

华：华、花一字。未发为蓓蕾，发则为华，故"华"用作动词即开花之义，《礼记·月令》："季春之月……桐始华。"又曰："桃始华。"华的理据在于它的开放，取蓓蕾绽开，花瓣之间上部披开而下部连于花萼之象。上部分裂而下部连着，就是"华"的形象。《尔雅·释木》："瓜曰华之。"邢昺疏："此为国君削瓜之礼也。华谓半破也。降于天子，故破而不四析也。"《礼记·曲礼上》："为天子削瓜者副之……为国君者华之。"郑注："华，中裂之不四析也。"不四析是上部判分但是底部还都连着的意象。

刳："华"与"刳"音近义同，"刳"谓剖开一端而掏空其中，也是没有判分到底。郝懿行疏《尔雅·释木》云："华犹刳也。盖言析之而不绝也。《夏官·形方氏》云：'无有华离之地。'音义并与此同。"按郑玄注《形方氏》云："华读为觚哨之觚。正之使不觚邪离绝。"贾疏："觚者，两头宽，中狭。"从中间对折起来也是析之而不绝的形象。《说文》："刳，判也。"段注曰："刳谓空其腹。《系辞》'刳木为舟'，亦谓虚木之中。""刳木为舟"就是《说文》"俞"字下所谓"空中木为舟"，即从上面掏空木头成为独木舟。这也是"破而不四析"。

辜："刳"与"辜"音近义同，《周礼·大宗伯》："以副辜祭四方百物。"陆宗达先生指出，"副辜"就是先剖牲畜之胸，又刳出牲畜的内脏。（《说文解字通论》）"辜"也是掏空，并没把牲体判为两半。

罅：《说文》："罅，坼也。"（"坼，裂也。《诗》曰：'不坼不副。'"）是有裂缝而两头还连着，与"罅"音义同，"罅，裂也。缶烧善裂也"。罅也是中有裂缝，两头连着，都是析而不离绝。"罅"与"华""刳""辜"并音近。

花开放而花瓣连于花萼，剖瓜中裂而不四析，掏空木头中心，剖开腹腔挖出内脏，物体中间裂缝……事类不同，而都可以构成相同的意象：刳空，使成弧形。这种意象是对一种具有普遍意义的特征的理解，与名称结合后，积淀为语义成分，就是源义素。

类义素则是人们对客观事物分类认识的反映。客观事物的分类，虽然对象是客观的，但过程却是主观的。因为，分类本身就是一种本质的认识，基于这种对本质特征的认识，才能进行形而上学的离析，将不同质的事物区别开来，将相同质的事物归纳成一类。如，植物与动物之别，飞禽与走兽之别，草与树之别，都是在认识了它的本质区别特征以后，才进行的物类划分。所以，类的划分说到底也是主观对客观的作用。既然是主观的，那么，不同的角度、不同的标准，都可以导致不同的分类。也就是说，对事物分类，又是相对的主观行为。古文字里，从瓦与从缶，从鸟与从隹，从豸与从犬，等等，是经常混用的。猴、狐、狼皆非犬属而字从犬，麙字从鹿而训为"山羊而大者"，瓶和缾其实是一个字。拿现在的科学分类衡量是跨类的。即使分类清楚，事理的交叉也是存在的，如从口与从言、从欠，从火与从日，从止与从足，从走与从彳，多是事理的交通。所以类义素有客观属性，但仍然是主观认识的产物。类义素不能简单与客观物类相对应。也不能拿现代的科学分类标准去规范。

名词的类义跟事物分类较密合，因为名称的产生与对物类的认识分别基本上是同步的。但是，对于形容词的类义素来说，情况就复杂得多。因为，形容词的词性决定了它们都是人们对事物性质状态的认识结果，而这种认识往往是经历了长期的反复的验证过程。所以，对同一事物性状的认知，古今有差别，此地和彼地也不相同，而且，这种性质状态往往是托实物以概括抽象的道理，所以本身它就很难归入一个类别之中。例如《说文》："准，平也。"段注曰："谓水之平也。天下莫平于水。水平谓之准……因之凡平均皆谓之准。"而"天下莫平于水"，只是当时人的认识。而它要形容的是普遍的"平均"状态。我们决不可以因为它形旁是水而将它归入水类。所以，单从字形来确定类义素的做法，是很不科学的。我们在分析类义素时，需要把握的是：类义素是限定成分，它一般是限定义域的。在意义系统中，互补性是同源词类义素的最主要的特性。

源义素小于一个义位，所以不是直接体现在言语交流中，它不在交流中实现义值，而是在词义运动中起关联作用。词义运动包括词义引申和词的派生，派生是从引申开始的，二者都与源义素相关联。以"间"字为例，新版《辞源》在三个读音下共列了17个义项。表明有17个义位：【一】安静，【二】闲暇，【三】中间，【四】顷刻，【五】量词（"一室曰间"），【六】干犯，【七】空隙、空子，【八】嫌隙，【九】更迭，【十】隔，【十一】差别，【十二】参与，【十三】离析、离间，【十四】伺候、刺探，【十五】间谍，【十六】乘间、私自，【十七】病痊愈或好转。这样排列起来，我们无法进行义素分析。既然类义素是区别性特征，我们就先来给它们用类义素区别开来。

【三】中间，【七】空隙、空子，【十】隔，【十三】离析、离间，都是从空间方面来说的，归为一类。

【六】干犯，【九】更迭，【十二】参与，【十四】伺候、刺探，【十五】间谍，都是从动作及其结果方面来说的，归为一类。

【一】安静，【八】嫌隙，【十一】差别，【十六】乘间、私自，【十七】病痊愈或好转，都是从性状来说的，归为一类。

【二】闲暇，【四】顷刻，都是从时间角度来说的，门为一类。

【五】量词（"一室曰间"），是从数量来说的，独立一类。

这样分类以后，我们一看就知道，这里大部分义类是和空间相关联的。嫌隙是由空隙引申，刺探是由离析引申，闲暇是由空子引申，间是由隔引申。所以，空间部分应当是它的语源意义所在。《说文》："间，隙也。"造意取象于门隙，以明两边相夹这个特征。所以，空间部分的"间""隔""空"是词汇意义的核心，把它化为"意象"就是"两扇门中间缝隙"。这个意象可以形成/中空、相间、相夹/的源义素。这十七个词汇意义都可以从这个源义素演绎出来。如果所有的词典都用这种方法来编写，词义引申的脉络就清晰了。

通过这种分析，我们知道，源义素是词义运动中决定运动方向的内因，类义素是实现词语派生的外因。事物分类界限的认识决定了词与词的区别，从而完成了词的外延的界定，也就是实现了词的派生。

4. 义素分析法运用过程中虑注意的问题

运用义素分析法我们必须明确这样两个问题：a. 汉语词义的衍化具有层累性，词的义层的变化往往导致义域改变，在运用义素分析法时，一定要注意这种层累性变化。b. 汉语音义关系的历史性和词义产生的主观性都与人类文化紧密联系在一起，所以，同源词的确定需要经过文化标准的验证。

先讲第一点（据洪成玉《词的义层》）：层累这个概念是从神话学研究开始的，由顾颉刚先生最先提出来。他的观点是：神话是随着时代变化而一层层累积起来的，愈往后，时间越古。从汉语史的观点来看，汉语的多义词也是在长期的发展中逐渐形成的。多义词的各个意义往往呈层积状，有着可以分析的时代层次，而不是处在同一层面上。早在 20 世纪 50 年代，罗常培先生就郑重地提出："对于语义的研究……应该用古生物学的方法分析各时代词义演变的'累积基层'。"（《语言与文化》）罗先生在这里所说的"词义演变的'累积基层'"，就是指呈层积状的词义衍变现象，这种词义现象就叫词的义层。

例如"寺"是个多义词，《辞源》音 sì 的义项一共列了三个：①奄人。②官署，官舍。③僧众供佛、居住之所。顾炎武《日知录》卷二十八说："三代以上凡言寺者，皆奄竖之名"；"自秦以宦者任外廷之职，而官舍通谓之寺"；东汉时期，"又变而浮屠之居亦谓之寺矣"，这就是说，"奄竖"是先秦时期的意义，"官署，官舍"是秦汉时期产生的意义，"僧众供佛、居住之所"是东汉时期才产生的意义。词义的衍变按时代分出层次。

例如"醒"，共有四个义项：①酒醉、麻醉或昏迷后恢复正常状态。②睡眠状态结束，人脑皮层恢复兴奋状态。③醒悟，觉悟。④使看得清楚。这四个义项虽然反映了词义的层次，但与词义的时代顺序不完全相符。

第一个义项"酒醒"产生于先秦时期。先秦时期的"醒"只有这个意义。《左传》中共有两个"醒"："姜与子犯谋，醉而遣之。醒，以戈逐子犯。"（僖公二十三年）"归而饮酒……醒而后知之。"（襄公三十年）两个"醒"都表示酒醒义。《国语》中也共有两个"醒"："夙之事君也，不敢不悛。醉而怒，醒而喜，庸何伤？"（鲁语下）"姜与子犯谋，醉而载之以行。醒，以戈逐子犯。"（晋语四）两"醒"字也都是酒醒义。《韩非子·外储说右上》："齐景公之晋，从平公饮……景公归，思，未醒。""醒"也是表示酒醒。

第三个义项"醒悟，觉悟"，产生于两汉。"醒悟，觉悟"，都是酒醒的引申义。例如："先醒，辟犹俱醉而独先发也。"（《新书·先醒》）"古谓知道者曰先生，犹言先醒也。"（《韩诗外传》卷六）"陆贾说以汉德，惧以帝威，心觉醒悟，蹶然起坐。"（《论衡·佚文》）以上三例都引自汉人的作品，最后的一例，还是"醒""悟"连用。看来，"醒悟，觉悟"义应该排在第二。

第二个义项睡醒义，产生较晚，但最晚也不会晚于唐代。如杜甫诗集中用了22个"醒"。其中有的表示酒醒义，如《路逢襄阳杨少府入城戏呈杨员外绾》"兼将老藤杖，扶汝醉初醒"，有的表示睡醒义，如《早发》"烦促瘴岂侵，颓倚睡未醒"。因此，睡醒义应该排在第三。

第四个义项"使看得清楚"，是睡醒的引申义，约产生于唐宋时期，如"醒目"。《辞源》《汉语大词典》最早的书证都取自唐宋作品，而且开始用于睁眼难眠的意思。经过分析，我们有理由认为，"醒"的这四个词义，约经历一千余年的发展才逐渐累积而成的，而且是比较完整地保存着"醒"这一词义的层积状。

蒋绍愚《古汉语词汇纲要》说："一个词可以只有一个意义，但多数情况下有多种意义。每一个意义称一个义位。"按照这个解释，构成词的义层的意义与义位相当。两者都表示同一个词中的一个意义。而"义域"呢，这个语义学术语是蒋绍愚先生第一次提出来的。他把"义域"界定为"是某一个词或义位在语义场中所占的区域"。（《关于"义域"》，以下引文同）这就是说，"义域"有词的义域和义位的义域。"词的义域就是它各个义位的义域的总和。如果是单义词，那么词的义域就是义位的义域。"上面我们分析了词的义层，根据对词的义层的分析，我们知道，义层和义域是密切相关的，义域也不是平面的表层的结构，而是立面的纵深的结构。义位的义域在词的义域内，就像地质年代的土层那样，是按义位形成的年代顺序，一层叠着一层。还是以"寺"的义域为例。最底层的义位是"奄人"；"奄人"以上的义位是"官署，官舍"；"官署，官舍"以上的义位是"众僧人供佛、居住之所"；最表层的义位是"教徒礼拜、讲经的地方"。一个义位表示一个义层，一个义层相当于一个义位。而其义域也是随着义层的改变而改变其范围的。

有语源关系的词与词之间，也存在着义层现象。如听（聽）和厅（廳），现在是分别独立的两个词，但在古代用一个词表示。厅常的"厅"，最初只是"听"的一个义位。"听"有听治的意思，古代办理重大的公务活动用"听"表示。如"听政""听事""听狱""听讼"等。《集韵·青韵》："厅，古者治官处谓之听事，后语省，直曰听，故加'广'。"据研究，厅堂的"厅"，汉、魏都写作"听"，六朝以来才开始加"广"，写作"廳"，从

"聽"中分化出来而独立成词，而且词性也不同。从词源关系看，也存在义层的关系。

义层不但和义域密切相关，还直接影响到词义结构。由于义域的改变，同一个词可以有选择地和相关的词形成词义结构，但是这种选择最终受义层制约，并且也呈现层次性。如"寺"，在先秦时期是"奄人"的意思。这个时期的"寺"一般只和"人"结合。《诗经》中的"寺人"有二见。如《秦风·车邻》："未见君子，寺人之令。"《小雅·巷伯》："寺人孟子，作为此诗。"《左传》中有十三见，其中有十次，"寺人"后面紧跟人名，如"寺人罗"（哀公十五年）、"寺人貂"（僖公二年、十七年）、"寺人披"（僖公五年、二十四年）、"寺人勃鞮"（僖公二十五年）、"寺人柳"（昭公六年、十年）。其他《周礼》等先秦作品中也有"寺人"，都是"寺"和"人"连用，或再在"寺人"后面加名字。因为这一时期"寺"只有这"奄人"一个意义（通假为"侍"义的除外），义域就在"用于人"这范围之内，所能选择的词义结构是十分有限的。

两汉时期，"寺"产生"官署、官舍"义，义域扩大了，有了"用于空间"的意思。这一意义的"寺"也就相应地选择相关的词形成新的词义结构"官寺""府寺""寺署"等。例如：

a. 及为刺史行部，吏民数百人遮道自言，官寺尽满。（《汉书·朱博传》）

b. 羌虏桀黠，贼害吏民，攻陇西府寺，燔烧置亭，绝道桥，甚逆天道。（《汉书·冯奉世传》）

c. 今灾眚之发，不于它所。远则门垣，近在寺署，其为临戒，可谓至切。（《后汉书·蔡邕传》）

例中的"官寺""府寺""寺署"就是官府的意思。在先秦，"寺"绝不可能与"官""府""署"等词结合而形成词义结构，尽管这些词先秦就有。

"寺"的佛教庙宇义，约自东汉时期产生。义域也由"用于空间"扩大为"用于宗教"。于是，像"寺刹""寺院""寺庵""寺庙""寺观"等这样的结构出现了。这在先秦、西汉是不会有的。

词义在发展中，常常因词义系统内部的调整而形成新的义层和义位。如"宦"在先秦，是仕宦或学仕宦的意思，偶尔也用于在贵族家当隶仆的意思。在两汉时期，由于"寺"产生新的义位"官署，官舍"，开始形成新的义层，而"寺人"的义位就由"宦"来承担。于是促使"宦"产生新的义位"宦官"，形成新的义层。从两汉开始，表示宦官义的词，主要是以"宦"或表示宦官特征的"阉（奄）"（阉去生殖器）构成。如"宦者""宦夫""宦吏""宦侍""宦寺""宦官""宦儒""宦竖""奄人""奄寺""奄官""奄竖""阉人""阉寺""阉官""阉宦""阉竖"等。"寺"有时还与"宦""阉""奄"相连用，表示宦官义，但已退居次要地位。至于"太监"，是唐开始设立的官名，在宫内侍奉皇帝，逐渐成为宦官的专称。

根据以上的分析，我们在进行义素分析法分析源义素和类义素时，特别是类义素，一定要仔细分辨词义衍变的层累关系，分清它们的义域改变轨迹，这样才能做到用发展的观点、用变化的观点看待词义系统，才能做到准确缜密。

第二个问题也是非常重要的。在进行义素分析法过程中，必须运用实证的方法进行验证。传统语源学者对音义关系的考察非常精到，对文献词义的互证也是实事求是的。但是，他们往往凭一己之见，而缺乏验证的意识和验证手段。举例来说，刘熙《释名·释车》："车，古者曰车声如居，言行所以居人也。今曰车声近舍，行者所处若车舍也。"这样的求源不像"女，如也"那样一看就是错的，这里看上去似乎很有道理。但是，说者主观上以为必是如此，我们听的人可不能一味盲从。我们必须代替说者加以验证才能知道。

　　"车"和"居""舍"在声音上相通是没有问题的。但是，这三个字是不是同源词却是必须经过验证才能确定的。我们知道，《墨子》《荀子》《吕览》《左传》《世本》介绍的"奚仲造车"的传说虽然不足为证，但从1999年秋季至今，中国社会科学院考古研究所二里头工作队对素有"华夏第一都"之称的偃师二里头遗址，进行了又一轮大规模考古发掘，考古工作者在宫殿区南侧大路的早期路土之间，发现了两道大体平行的车辙痕。发掘区内车辙长5米多。车辙辙沟呈凹槽状，两辙间的距离约为1米。这两条车辙的发现，为探索我国古代车的起源提供了重要的资料。虽然目前还不能据之断定这就是中国最早的双轮车的起源，但至少可以证明，夏代已经有了车这种运载工具。而双轮车必定是在独轮车的基础上改造而成的，如此说来，车的发明比夏代还要早些。从甲骨文看，车的形体都是突出两个轮子和车辕，没有突出车厢的。可见商代的车不是用来居人的，人只能立在车上，所以有"绥"，即是今天抓乘的扶手带。又有"轼"，即扶手的横杆。这些也都符合立乘的要求。1959年中国科学院考古队在河南安阳殷墟孝民屯南发掘出两座殷商车马坑，其中一号坑有一辆车，车轮直径1.22米，车厢只有1.34×0.83米，可以看出当时的车的确是无法居人的。所以，"居""舍"不可能是"车"的造词理据。这只是举个例子来证明验证的重要性。

　　再就王力先生的《同源字典》来说，王先生的学识渊博自不待言，王先生对探求同源词的态度也是极其严谨认真的。他看到前人在声义关系方面的混乱，就创造性地规定了声义关系联系的准则，把声音的通转定在同音和音近的范畴，规定了双声叠韵、旁纽、邻纽、旁转、对转、通转等等原则，义将词义的联系分为义同和微别两大类，分出十五种关系等原则。其实就是想用一条条界限这种办法来避免滥用声训。但是，这里面有两点直接影响王先生的同源词求证的科学性。一个就是将语音看成一个严密的系统，忽视了时间的因素，排除了一切例外，看似严密，实际上是极不科学的。因为，王力先生的大前提就是有问题的。他说："同源词还有一个最重要的条件，就是读音相同或相近，而且必须以先秦古音为依据，因为同源词的形成，绝大多数是上古时代的事了。"王先生的"上古时代"，大约是指战国时代以前。因为我们现在研究的上古音，主要是依据诗经音和楚辞音，以及先秦诸子韵文材料得出的，一般参考文字谐声，而忽略汉代韵文材料。也就是说，王先生的上古音和汉代的实际语音还是有距离的。况且从殷商时代到战国时代，中间一千多年，语音又处于融合定型阶段，其间怎么可能没有变化？而是一个严密的系统呢？通过前面的考察，我们知道，同源词产生绝非一时一地的现象。将一个上下上千年、纵横数万里的语音硬性归纳为一个系统，本身就是不严肃的，又还规定了这些条条框框，要求人们不能有例外，这无论如何不是客观的。所以，用王先生的声音原则，很难充分地联系同族词，研究它们之间的语源关系。当然，王先生的本意是宁缺毋滥，态度是严谨而认真的。但如果我们把它看成一个不变的教条，就成为阻碍同源词研究的绳索了。王先生第二个问题就是缺乏验证。王先生吸取前人任意联系的教训，将注意力集中在声义关系的限制上，以为只要声义关系理顺了，同族词的系联就有章可循，就是科学的。殊不知如上所述，声义两方面都有例外，而且王先生的原则都不能涵盖完全。所以，所求的结果必须经过验证。

　　同源关系的验证主要从三个方面进行：一是文化方面，二是思维方面，三是语言方面。

　　先谈第一个问题，语言是文化的载体，又是文化的符号。所以，语言与文化的关系非常密切。在这种关系中间，文化始终是第一位的。从语言生发的角度来说，语言的产生就是文化发展的需要。文化人类学者和语言研究者面对语言这门人类最重要的交际工具时，表现兴趣的着重点是不一样的。文化人类学家说："今天的知识分子使用的方法实质上仍然是野蛮人的方法，只不过在使用的细节上有所扩大和改良罢了。塔斯马尼亚人和中国人，以及格陵兰人和希腊人，他们的语言确实在结构上各不相同，但是这种不同是次要的。从属于使用方法上的首要的相似性，即发出声音表达思想，而这些声音又都是他们各自惯用的。经调查，现在已知的所有语言中都包含有直接来自自然和直接可以理解的那种人类发出的声音。这就是感叹的声音和具有模仿特征的声音，这些声音的意义不是从父母那里继承来的，也不是从外国人那里借鉴来的，而是直接取自于声音世界而转入意义世界的。人们将这些表意的声音看作是一切语言的基础成份，其中某些至今仍然明显地、或多或少地保留了其原始状态，所有语言中的大量的词汇都是由这些表意的声音在漫长的适应性变化和变异的过程中产生出来的，但是在这些词汇中，意义和声音之间的联系已经无法确定了。"（泰勒《原始文化》）他们总是认为语言和其他文化事象一样，声义之间一定存在因果关系，尽管这种关系我们现在未必能够揭示。这是有一定道理的。因为，哲学首先"承认自然界的统一性，自然法则的固定性和因果关系的限定性，每一事件都有前起之因，后续之果"。毕达哥拉斯有"万物有序"的信条，亚里士多德认为自然界并不像一场蹩脚的悲剧那样，充满杂乱无章的插曲。直到莱布尼兹所说的"事物的形成不会没有充分的理由"。那么，为什么在人类语言问题上，我们就一定要抱着"无理据性"的教条不放呢？如果承认声义之间的理据性，就等于承认了同源词语源意义的可验证性。泰勒举了一个例子说："某些民族仅仅用作感叹的既没有书写形式，也不能用文字记录的声音，却被另一些民族利用于他们的发声语言中。这种情况发生于被称为'吸气音'的噪声中。用来指纳马部族及其同族部落的 Hottentots（霍屯督族，西南非洲一土著民族）这个名称，看来不是一个本地的名称，而是一个原始的仿声词，是由荷兰人为表达'hot en tot'的搭嘴音而创造出来的，而由此词派生出来的 Hottentotism 一词，则一直被用作表示某种口吃的一个医用术语。"（泰勒《原始文化》）如此看来，表示霍屯督族的名字这个词和表示口吃的医用术语，都是有内部形式的词。如果明了了这一文化背景，我们就可以用之于验证这个语源的同源词（如果有的话）。同样的道理，我们可以运用于汉语同源词的验证。例如《释名》一书，声训现象历来为语言学家所诟病，可是没有人对之做过细致的验证工作，大多数都是统而言之说，失之过滥。或者从声音通转的界限上，或者从词汇意义的衍化联系上，分析其音转过于宽限，义转过于牵强等，无非是对声义关系的准确性进行的验证。其实，有许多情况下我们完全可以不从我们至今还不能准确把握的声义关系方面去验证，而是另辟蹊径，像上文我们所举的"车""舍""居"的验证一样，从文化事象方面来验证刘熙声训的准确性。

从文化方面进行验证，必须明了这样几项原则：

首先，强调文化演进的序列。文化的演进是渐进而不间断进行的，其事象发生必然有序，古人类生活密迩者，其命名必在先，疏远者必在后。在后者始有承先的可能，这种序列是不可逆反的。如《释名·释山》："山锐而高曰乔，形似桥也。"桥乃人力所造，在人类文化演进中必然为后起之事，不能作为自然物山体的语源。《释名·释形体》:"肢,枝也。似木之枝格也。"显然不符合文化演进的序列,因为原始人类首先认识的必然是自身。在一切文化事象中,人类自身的名称应该是第一位的。而对于"树枝"的认识,倒有可能因为其和人类的四肢相似。再例如《释名·释形体》:"颐……或曰辅车,言其骨强,所以辅持口也。或曰牙车,牙所载也。或曰颔车。颔,含也。口含物之车也,亦所以载物也。或曰䶪车,䶪鼠之食积于颊,人食似之,故取名也。"这里所说的"辅车""牙车""颔车""䶪车"的语源意义都是来源于车的载物,取类比联想,以为颐也是载物的,所以取"车"为义。又说"䶪鼠之食积于颊,人食似之,故取名也"等等,其实都经不起文化标准的检验。因为,车的发明距今最多四千年,而颐的命名比之要悠久得多。再如《释名·释形体》:"阴,荫也。言所在荫翳也。"这也经不起文化标准的检验。根据文化人类学者的研究,人类遮蔽阴部是很晚的事,乃是了解了男女生殖功能以后,为保护起见而加以遮蔽的,最初并不是羞耻的需要。所以,我们无法断定人类何时给阴部命名,但它语源意义是"荫翳"显然是以后推前。《释名·释用器》:"斧,甫也。甫,始也。凡将制器始用斧伐木已,乃制之也。"以斧作为人类工具之始,也是违反人类文化发生序列的。

第二,注意文化的时空背景。文化的演进是受时空限制的,在一定的时间和空间出现的文化事象,会随着文化的演进而消亡或变易。我们必须弄清文化背景,先寻求这种文化事象产生的时空条件,用相同的文化形态去验证。例如,古代原始先民的生活,内陆地区和沿海地区必然不一致,所出现的文化遗存也不一样,我们必须就一定的时间和空间去分析验证,切不可一统言之。举例来说:《释名·释用器》:"镰,廉也。体廉薄也。其所刈稍稍取之,又似廉者也。"对于这个字的语源意义,我们可以联系"廉""溓""蠊""簾"等字来认识。《说文》:"廉,仄也。"《说文通训定声》:"按堂之侧边为廉。《仪礼·乡饮酒礼》:设席于堂廉东上。注:侧边曰廉。"《论语·阳货》:"古之矜也廉。"皇侃疏:"廉,隅也。"朱熹集注:"谓棱角削厉。"《广雅·释言》:"廉,棱也。"《礼记·聘义》:"廉而不刿"。孔颖达疏:"廉,棱也。"《吕氏春秋·孟秋》:"其器廉以深。"高诱注:"廉,利也。"《国语·晋语》:"弑君以为廉。"韦昭注引贾侍中说:"廉犹利也。"于是我们知道,廉的本义是边棱。物的边棱薄而削厉,引申为仄薄、锋利二义。溓,《说文·水部》:"溓,薄水也。一曰中绝小水。"桂馥《义证》:"所谓溓,则水之浅薄者也。"《玉篇·水部》:"溓,薄也。入水中绝,小水出也。"《广韵·琰韵》:"溓,薄冰。"《集韵·琰韵》:"溓,冰其薄者。"《集韵·蒹韵》:"溓,味薄。"所以,溓取义于"薄"。蠊,《说文·虫部》:"海虫也,长寸而白,可食。"《玉篇·虫部》:"蠊,小蚌。"是由"仄小"义引申而来。簾,《说文通训定声》:"缕竹为之,施于堂户,所以隔风日而通明者也。亦曰薄,今曰箔。其布者曰幓。"

由此我们可以推知,"镰"的语源意义可能是"边缘薄小",即《释名》所说的"体廉薄也",对于后面的"其所刈稍稍取之,又似廉者也"的猜测,无疑是错误的。可是,镰的"体廉薄"是否有据,我们是必须经过验证的。文化人类学者告诉我们,在初民时代,劳动工具一般都是就地取材,先有石器,然后有木器、铜器以至铁器。生活在海边河边的民族,曾经就地取材,使用蚌壳为工具。例如,作为交换中介的货贝的"朋",出现在甲骨文中。我国是个原始农业国家,农业工具极其发达。甲骨文的"农"字本身就是从"辰",其字象以手持辰在田间薅草。马叙伦先生认为"辰晨农辱"本是一个字,这是有道理的。《淮南子·氾论训》："古者剡耜而耕，摩蜃而耨。"就是真实记载了上古时代的农耕情况。蜃即辰，即是大蚌壳。先民的耕具有以蚌壳者，所以郭沫若说："辰实古之耕器，其作贝壳形者，盖蜃器也。""辰本耕器，故农（農）、辱、蓐、耨均从辰。"从这条线索出发，我们知道，古代先民有以蚌壳为农具和器皿的事。蚌镰用来除草和收割，蚌铲用来翻地，蚌刀用来切割，完整的蚌壳用来作盛器。如《说文·示部》："祳，社肉，盛之以蜃，故谓之祳。"而后来这类工具器皿从我们的生活中消失了，到了刘熙时代，就不能明确地了解"摩蜃而耨"的文化事象，才出来"所刈稍稍取之，又似廉者也"的杜撰。通过对先民使用蚌器这一文化事象的分析，我们不但验证了刘熙所说的"镰"的内部形式是"廉薄"的正确性，还找到"廉""溓""蠊""帘（簾）"等词的语源意义。所以我们要进行语源意义的验证，一定要了解文化的消亡和传播，了解时空对文化演进的影响。

第三，文化各个方面的互证。文化是多元的复杂的体系。我们追溯前代的文化，可资借鉴的材料并不多。一般来说，考古材料是最确实的材料，但我们也要相应地借用其他学科的成果，例如人类学、神话学、民俗学、社会学，甚至古代医学、古生物学、科学技术等等方面的成果。全面地考察当时的文化背景，才能正确地把握文化的规律，准确地验证我们的语源研究工作。例如，《释名·释地》："土黑曰卢，卢然解散也。"按刘熙的意思，土地黑的"卢"源于"卢然"。孙诒让《札迻·释名·释地》"土地黑曰卢"，按曰："即《草人》之埴垆也。"《草人》埴垆，指《周礼·地官·草人》："埴垆用豕。"郑玄注："埴垆，黏疏也。"是以"垆"为疏松的土壤。因为"埴"是黏土，所以相应的"垆"就是不黏的"疏土"。那么，刘熙这里的意思即土黑叫垆，垆的意思就是疏松容易散开的意思。对不对，我们要以

"卢"来检验。"卢",《尚书·文侯之命》:"卢弓一,卢矢百。"孔传:"卢,黑也。"曹植《求自试表》:"卢狗悲号。"刘良注:"卢,黑也。"《汉书·司马相如传》:"于是乎卢橘夏熟。"颜师古注:"卢,黑色也。"《尔雅·释鸟》"鸬,诸雉。"郝懿行疏:"黑色曰卢。"瓐,《广雅·释地》:"碧瓐,玉。"王念孙疏证:"碧瓐,盖青黑色玉也。瓐之言矑也。"旅,《左传·僖公二十八年》:"旅弓矢千。"杜预注:"旅,黑弓也。"鸬,《说文·鸟部》:"鸬,鸬鹚也。"段玉裁注:"今江苏人谓水老鸦,畜以捕鱼,鸬者,谓其色黑也。"《慧琳音义》卷七十九:"鸬鹚,水鸟也,色黑如乌,入水底捕鱼而食之也。"矑,《说文·黑部》:"齐谓黑为矑。"《广雅·释器》:"矑,黑也。"王念孙疏证:"矑、庐、垆、旅、泸,义并同也。矑,字通作卢。黑土谓之垆,黑犬谓之卢,目瞳子谓之矑。黑弓谓之旅弓,黑矢谓之旅矢,黑水谓之泸水。黑橘谓之卢橘,义并同也。"泸,诸葛亮《前出师表》有"故五月渡泸,深入不毛"的句子,明代杨慎《升庵集》卷七七《渡泸辨》解释道:"孔明出师,五月渡泸……即黑水也。其水黑,故以泸名之耳。"泸水又叫诺水、若水,唐朝樊绰《蛮书》卷二说:"孙水……与东泸水合。东泸水,古诺水也,源出吐蕃中节度北,谓之诺矣江。"北宋乐史《太平寰宇记》卷八〇说:"泸水,一名若水,出牦牛徼外。"而若水正是黑江、黑河的意思。清代陈登龙《蜀水考》卷二说:"黑惠江,或名纳夷江,即古若水也。"所以《后汉书·光武帝纪》:"拔卢奴。"李贤引《水经注》曰:"水黑曰卢,不流曰奴。"是"卢"作黑色无疑。原文《水经注》:"卢奴城内西北隅有水,渊而不流……水色正黑,俗名曰黑水池。或云水黑曰卢,不流曰奴,故此城藉水以取名矣。"黎,《汉书·鲍宣传》:"苍头庐儿皆用致富。"颜师古注引孟康曰:"黎、黔皆黑也。"鬵,《楚辞·九叹·逢纷》:"颜霉黧以汩败兮。"王逸注:"黧,黑也。"鵹,《说文·隹部》:"鵹,黄也……一曰楚雀也,其色黧黑而黄。"通过上述分析,我们知道,刘熙说的"卢"的内部形式是"疏松"显然是不对的。应该是"黑色"。黑色名卢,因为肥沃的土地往往呈现黑色,而肥沃的土壤不像黏土,往往是疏松的,所以他错误地认为"卢"的语源意义是"疏松"。我们的验证就需要贯通生物学"鸬""鵹"、地理学"泸""卢"、地质学"玈"、古器物"玈弓"等方面的常识。另外,词的内部形式一般起源都很早,与之同时的文化形态比较简单,今天往往没有材料可以直接证明。与之相对应的文化形态往往是神话。神话虽然是人类天真时代的产物,其中有大量虚构和想象的成分,但是,正如文化人类学家泰勒所说:"神话的虚构,也像人类思想的一切其他表现一样,是以经验作基础的。""有些原始的传说,确定无疑地保留了历史真实性的内核。"所以,神话和传说也可以作为我们验证时所取证的材料。因为原始的神话和传说更能反映原始人类的思维特征,所以,它对于论证词的语源意义似乎更有说服力。例如,《释名·释疾病》:"懈,解也。骨节解缓也。"懈与解自是古今字,所谓变易形体。然而"解"是何义?《说文》:"解,判也,从刀判牛角。"我们所学的庖丁解牛的故事,都是解牛,没听说判牛角。"肢解"一词都是指解判肢体,为什么造字时却要取义判牛角呢?作为"分解"意义的"解"带上一个不必要的部件"角"必有原因。如果我们知道蚩尤被肢解的神话,对这个字的造字理据就有了新的认识,从而对"解"的义域就有了确定的意见。即"解"用于分解肢体,是不能用来分解牛角的。晋代任昉《述异记》说:"今冀州有蚩尤川,即涿鹿之野。汉武时太原有蚩尤神昼见……其俗遂为立祠。""秦汉间人说,蚩尤氏耳鬓如剑戟,头有角,与轩辕斗,以角抵人,人不能向。今冀州有乐名蚩尤戏,其民两两三三头戴牛角而相抵。"汉代的角抵戏就是模拟这件事的。《路史·后纪四·蚩尤传》："（黄帝）执尤于中冀而诛之，爰谓之解。"《梦溪笔谈》："解州盐泽……卤色正赤，在版泉之下，俚俗谓之蚩尤血。"南阳汉画像石记载的"应龙战蚩尤"图，即中间为熊，象征黄帝有熊氏。左边为龙，即应龙。右边为牛，锐其角，即蚩尤。下面有一个旱魃形象，操刀解牛。这正是黄帝大战蚩尤，实则发源于河套草原部族的黄帝族和发源于南方后来扩展至东方的炎帝族的战争。黄帝肢解蚩尤，肢解处就是解州。而蚩尤部族以牛为图腾，头上有装饰的角。为了突出蚩尤部族的图腾，所以特别强调这个角，并不是当时人真的长有犄角。通过这个神话，我们知道，《说文》"解牛角"的说法欠准确，而《释名·释形体》说"角者，生于额角也"，也肯定是不对的。

　　同源词的验证也要用到民俗文化。例如，《释名·释宫室》："灶，造也。创造食物也。"灶与造同音，见于《周礼·春官·太祝》"二曰造"注"故书'造'作'灶'，杜子春读灶为造次之造"。刘熙的声训是否正确，我们要用民俗的材料加以验证。中国民间有灶神，虽然在古人诸神中神性不重，却是家家都有的民众之神，而且"上天言好事，下地保平安"，与人们的生活有密切关系，所以被称为"司命"，意思是"主管人们命运的神"。《淮南子·氾论训》："炎帝于火，死而为灶。"把灶神扯到炎帝身上。德国人叶乃度说："旧中国还认识一些特别的保护家庭之神。这些神灵都是和家庭的最重要的分子是一体的。在这些保护家庭的诸神之中，最贵重体面的便是灶神。按照灶字所形出之证据来说，乃是一个蟾蜍居于炉灶之中。"他这里所说的蟾蜍，即是《说文·宀部》："竈，炊竈也。从穴，鼀省声。"我们要奇怪的是：灶为什么要从"鼀"省声？徐锴《系传》说："竈，炮竈也。从穴，鼀省。鼀，黾也。象灶之形。"徐锴认为这不是一个形声字，而是一个象形字。穴象房子，黾象灶的形状。可是黾就是蛙，怎么会象灶的形状呢？根据考古学发掘的材料，陶灶就是一个蟾蜍的样子。可是，陶灶毕竟不是最早的灶形，最早人们命名"灶"是怎么和蟾蜍牵扯上关系。我们先看几则文献资料：《庄子·达生》："沈有履，灶有髻。户内之烦壤，雷霆处之。东北方之下者，倍阿、鲑蠪跃之。西北方之下者，则泆阳处之，水有罔象，丘有峷，山有夔，野有彷徨，泽有委蛇。"意思是：寝室里的鬼叫履，灶神叫髻，门内土中，有神叫雷霆，东北方墙下，有倍阿、鲑蠪的鬼在跳跃，西北方则有泆阳鬼，水神叫罔象，小山神叫峷，大山神叫夔，原野有鬼叫彷徨，大泽有鬼叫委蛇。马叙伦先生疏证认为，鲑蠪即《广雅·释鱼》的"苦蠪""胡猛"，鲑应该作黾，即蛤蟆。有人认为亦即《白泽图》说的"宅中诸神"之一的"傒龙"。而传说中的灶神的"髻"本来就是穿着红衣服的状如美女的神。《酉阳杂俎》前集卷十四："灶神名隗，状如美女，又姓张名单，字子郭。夫人字卿忌。"这里混淆了灶神的性别。灶神由原来的美女变成了男子。隗即鲑，而卿忌即髻。母系社会灶神本是女性，到了父系社会，神性也改变了。原来的灶神不得不降格为灶神夫人，这在神话演变过程中是常有的事。俞正燮《癸巳存稿》卷十三："《荆楚岁时记》云：灶神名苏吉利，《魏志·管辂传》云：王基家贱夫人生一儿，堕地即走入灶中，辂曰：直宋无忌之妖，将入其灶也。"《史记·封禅书》索隐引《白泽图》云："火之精曰宋无忌。吉忌俱近髻。"认为髻是火精，所以穿红衣，但统统都是男性了。但是，灶神与蛙与造到底什么关系呢？我们看《夏小正》："鸣蜮。蜮也者，或曰屈造之属也。"清人黄相圃《夏小正分笺》："《淮南子》：鼓造辟兵。许慎注：鼓造，盖枭也。亦曰蛤蟆。屈造即鼓造欤？毕秋帆考曰：《诗》有戚施，《说文》作黾黿，黾与造古音相近，然则造即鼋字也。丁小雅曰：屈造戚施，鼋鼄象其状，蜮、蛤、鼋象其声，颇能鸣。屈造不能鸣，故云之属。"此即本《说文·黾部》："鼋，鼄鼋，詹诸也。"段注："《邶风·新台》文，今《诗》作戚施。"黄侃《蕲春语》曰："今《诗》作施。海宁语谓之癞鼋，亦曰癞鼋格博，格博即嘏蟆音转也。"究其得名之由来，应该是许慎的说法较为正确。《说文·黾部》："鼋，先鼋，詹诸也。其鸣詹诸，其皮鼋鼋，其行先先，从黾从先，先亦声。鼄，鼋或从酋。"按许慎的意思，鼋和鼄是一个字。例如《释名·释形体》："人，仁也，仁生物也。故《易》曰：立人之道曰仁与义。"从声音上来说，蜮和蝈本是一字（见《说文解字诂林》）。《周礼·秋官·蝈氏》："蝈氏掌去鼃黾，焚牡蘜以灰洒之则死。"郑玄注："牡蘜，蘜不华者。齐鲁之间谓鼋为蝈。黾，耿黾也。蝈与耿黾尤怒鸣，为聒人耳，去之。"屈，古音溪母物韵；蝈，见母职韵；蛤，见母辑韵；鼋，影母支韵。而"造"从"告"得声，古音当在见系，同声符有诰、郜、鹄，梏，都是见母觉韵字，觉、职、物都是旁转、通转关系，声音应该是非常近的。如果"屈造"即"鼓造"的音转不误，那么，蛤蟆名"蝈""鼋""鼃""造""屈"，都是从鸣叫声得名的。而灶（竈）和鼋联系，完全是上古生殖神话的原因。上古时代，女人生子，要去温暖处，无如灶前最合适。灶前不但干燥，而且草木灰可以止血，即女娲补天时所谓"芦灰止水"的神话原型。所以，鼋在神话时代常常象征女阴。《楚辞·天问》曰："水滨之木，得彼小子。夫何恶之，媵有莘之妇？"王逸注："小子，谓伊尹。媵，送也。言伊尹母妊身，梦神女告之曰：臼灶生鼋，亟去无顾。居无几何，臼灶中生鼋，母去，东走，顾视其邑，尽为大水。母因溺死，化为空桑之林。"这就是伊尹生空桑的神话。而《吕氏春秋·本味》、《列子·天瑞》张湛注、《水经注·伊水》讲述这一节神话大同小异，只是"臼灶生鼃"改成"臼出水而东走，勿顾"。而《史记·孔子世家》正义引晋代干宝《三日记》，认为孔子也是生于空桑："征在生孔子空桑之地，今名空窦。"纬书《春秋演孔图》说："孔子母征在游大泽之陂，睡梦黑帝使请己已往，梦交，语曰：汝乳必于空桑之中。觉则若感，生丘空桑。"而《吕氏春秋·古乐》则记载颛顼也是生在空桑："帝颛顼生自若水，实处空桑。"可见所谓"空桑生人"的神话，即原始先民对女子生产的一种联想。所谓"臼灶生鼃""臼出水"都是女人生产过程的神话原型。所以，桑林成为殷商时代祭祀神灵的场所，也是男女幽会的场所。从神话和民俗中我们知道，灶得名于造，决不是创造饮食，而是因为鼃名屈造，是为灶神的原因。缘由是原始先民的生殖神话。

第二个验证的标准是思维方面。词义本身就是人类思维的成果，无论是词义的产生还是词义的分化，无不是人类思维的成品，所以，研究词的内部形式，一定要熟悉人类的思维推演形式。而人类思维能力又是逐渐发展起来的。根据人类学家的意见，人类思维经过了原逻辑思维阶段和逻辑思维阶段。要说明这个问题，我们先要从人类认识的进程说起。一般来说，我们都把认识的过程分为感性阶段——理性阶段。

所谓感性阶段，即客观世界的事物刺激人的感觉器官，从而产生人的感觉，用以反映客观对象的局部特征，使人对之产生初步认识的阶段。感就是外物刺激，觉就是主体反应。人类接受外物刺激的器官如眼、肤、舌、耳、鼻等，佛家称之为"根"；人类感觉的形式包括视觉、触觉、味觉、听觉和嗅觉，佛家称之为"尘"。例如，我们用手去触摸火，产生的感觉是"烫"，这"烫"就是人对火的某一特性的初步认识。用舌头去尝白糖，感觉是"甜"，"甜"就是人类对糖的某一特性的初步认识。这里要说明两点：这种刺激后的反应是动物本能，是人和动物共有的，它并不是感性认识的全部。当这种反应被人类储存在记忆中，成为一种"印象"，我们称之为"记忆印象"，这种"记忆印象"沉淀在人的意识中，成为后来再认识的思维材料时，这就是"感性认识"了。因为它只反映客观对象的局部特征，所以，它所给予人类的认识只能是客观的、局部的认识。由此，我们知道，感性认识无论怎么提升，也都是借助于形象进行的局部的认识，不可能一跃而上升为用概念和逻辑去推理的理性认识。

知性认识是感性认识的升华。大量的感性"印象"储存在人的记忆中，在需要再认识的时候，人类的记忆就会调动各种储备的印象，运用联想，把这些局部的印象连缀起来，形成对客观对象的完整的、全面的认识。这就是知性认识。例如，在感性认识阶段，我们认识了糖的一个特征——白色结晶状。可是，白色不一定是糖，盐也是白色的结晶状。我们又认识盐的另一个特征——咸。于是，在需要辨别糖和盐时，我们储存在记忆中的糖的各种特征就会连缀在一起，产生人们对糖的各种特征的混合印象：味甜色白的结晶体。于是，人们就将糖和盐区别开来了。知性认识就是借助于感性认识的各种"印象"，进行联想和综合，得出对客观事物的整体形象的认识。需要说明的是：知性认识是在人的大脑中进行的，不再借助于感官。另外，知性认识仍是借助形象进行的，成果也是以形象的方式标注储存的，这就是"表象"。表象是指客观对象在人的思维中所呈现的完整的表面的形象。所以，知性认识是一种形象的思维。形象地说，感性认识的局部印象好比砖瓦木石等建筑材料，知性认识则是用这些材料构建的房子的总体形象。

理性认识则是对知性认识的各种"表象"进行分析、概括、抽象，形成概念。在概念基础上，人们对客观对象有了本质的认识，通过表象之间的关联来分析它们的联系和系统，从而发现和确定它们之间的同一性和矛盾性、排中关系和因果关系，从而建立符合形式逻辑的规律。所以，理性认识是人类运用概念、判断和推理的逻辑思维的阶段。

文化人类学家将人类思维分为原逻辑思维阶段和逻辑思维阶段就是源于这种认识。原逻辑思维阶段，或者称为"前逻辑思维阶段"，主要用知性认识的方式。

原逻辑思维的概念是19世纪法国文化人类学家列维—布留尔接受杜尔干的"集体表象"理论提出来的。简单地说，他认为原始人类的思维形式和我们完全不同，他们完全不借助于逻辑，他们的思维从不追究逻辑因果关系，也不回避矛盾。这种思维的结果就是拥有无数世世代代相传的神秘的"集体表象"，这种表象是世代相传的，它不仅有具体的形象，而且它的组成还包含情感和运动的因素，以至于接触这种"集体表象"的人们潜意识中就产生"憧憬""崇敬""敬畏""恐惧"等等情感，并由此决定了人们的行动，是喜爱、保护，还是逃避、驱除。所以，"集体表象"和我们上文所说的"表象"还不完全一致。它除了将完全客观的"印象"连缀成形象外，还加入了人们的主观意识。神话中的许多"牛首人身""蛇首人身""人面马头"等怪形象，都是这种思维的产物。

这许多通过感性认识得来的"印象"是如何变成"集体表象"的呢？布留尔说，主要是联想和想象。这种联想和想象不是基于逻辑基础上的形象思维，而是一种"前关联"。这种"前关联"只有时间上的先后，没有逻辑上的因果关系。这许多"集体表象"之间完全没有逻辑关系，也不受逻辑的支配，只是靠存在物和客体之间通过一定的方式，像巫术、接触等等，占有其他客体。布留尔将这种方式称为"互渗"。所以我们很难说清楚"龙"这种怪物为什么"角似鹿，头似驼，眼似鬼，项似蛇，腹似蜃，鳞似鱼，爪似鹰，掌似虎，耳似牛"（《尔雅翼·释鱼》引东汉王符说），这些"印象"是如何连缀到一起的。

布留尔还指出："集体表象"是"先于个体，并久于个体而存在的"。意思是：集体表象是整个社会集团内部的集体无意识产物，不属于任何个体。举例说，有人创造了一个"表象"的怪物，它还不是"集体表象"，因为它是否适合于集体内部的人们的心意，是否能加进人们的主观意识还不确定。如果，集体内部的人们不能对之产生共同的主观意识，它就会被淘汰。而经过这种筛选定型的"集体表象"都是人们约定俗成的。所以，"集体表象"就是集体认同的"表象"。那么，我们以"集体表象"来研究原始人的思维，研究"它们所表现的特征不可能以研究个体本身的途径来得到理解"。这一点很重要。譬如，大禹是一个动物的形象，是一个"集体表象"，我们不可以把它看作是一个个体的帝王或英雄来研究它的特征，只能把它看作是那一个时代、一个氏族的产物，才能理解它的种种神性。

综上所述，原逻辑思维就是用"互渗律"来关联各种"表象"，用"集体表象"来作为思维工具的思维形式。原始人的思维就是以这种互渗律支配的"集体表象"为基础的神秘的思维。明确这个原理，对我们验证词语的内部形式很重要，因为大部分词语的内部形式都是产生在原始先民时代。列维—布留尔在论述原始思维和语言的关系时说："我们见到了原始民族的语言'永远是精确地按照事物的行动呈现在眼睛里和耳朵里的那种形式来表现关于它们的观念'，这些语言有个共同倾向：它们不去描写感知着的主体所获得的印象，而去描写客体在空间中的形状、轮廓、位置、运动、动作方式，一句话，描写那种能够感知和描绘的东西。这些语言力求把它们想要表现的东西的可画的和可塑的因素结合起来。"(《原始思维》)所以，总结原始先民思维的特点，应该注意以下几方面：

第一个特征就是主客观的混一不分，在原始人类的思维中，没有自然和超自然的区别。在他们的眼中，世界是惟一的，既是自然的客观的物质世界，也是超自然的主观的精神世界。它们把现实世界和虚幻世界合而为一，任何时候，任何地方，"看得见的世界里的事件都取决于看不见的力量"。所以，在这个世界里，人神是杂糅的。《国语·楚语》说："民神杂糅，不可方物，夫人作享，家为巫史"，就是这样的状况。韦昭注曰："方犹别也。物，名也。""不可方物"就是事物无法根据它的自然属性来命名。为什么呢？因为每一个事物既是自然的，又是超自然的。所以，人们都将主观和客观视为一体的。

用以检讨《释名》的声训，会有许多迎刃而解之处。例如《释天》："虹，阳气之动也。虹，攻也，纯阳攻阴气也。又曰蝃蝀，其见每于日在西而见于东，啜饮东方之水气也。见于西方曰升，朝日始升而出见也。又曰美人，阴阳不和，婚姻错乱，淫风流行，男美于女，女美于男，互相奔随之时，则此气盛。故以其盛时名之也。"这一段代表的是刘熙时代人们对虹这种天文现象的认识。就其思维来说，符合人神合一的思维特征。但就其语源关系来说，是有疑问的。因为虹这种现象出现在天空中，应该是人类始生时代就经常看到的自然现象。而对自然世界的本源的探讨，却是进入抽象思维以后的事。人类认识虹并为之命名之初，还没有阴阳二气相攻的理论。而蝃蝀自是联绵词，可能来源于当时不同的语言，也绝不是啜东方水气的意思。只有将"虹"称为"美人"，可能的确是产生很晚的一种比拟说法。取其色彩艳丽如美人之容颜。之于虹为淫气，出现在男女淫奔之时，则有是以后代文化事象律前代，当然是错误的了。

《释天》："雹，跑也。其所中物皆摧折，如人所蹴跑也。"则是不明白"雹"取意于"包"。凡从"包"声，有语源意义"滚圆形"的义项。如"胞""饱""苞""孢""髱""窀""鲍"等都是如此。在人、在草木、在物都一体看待。

《释名·释州国》："齐，齐（脐）也。地在渤海之南，勃［如］齐之中也。"意思是：齐国之地在渤海之南，以为天下之中，犹如人体的肚脐部位，所以名"齐"。验以《史记·封禅书》"齐所以为齐，以天齐也"的说法，可见这种说法由来已久。齐国都城临淄南郊山下有天齐泉，《史记·封禅书》说："一曰天主，祠天齐。天齐渊水，居临淄南郊山下者。"司马贞《索隐》曰："顾氏按：解道彪《齐记》云：临淄城南有天齐泉，五泉并出，有异于常，言如天之腹齐也。"所以，《水经注·淄水》引《地理风俗志》曰："齐所以为齐者，即天齐渊名也。"这也正是《尔雅·释地》："齐曰营州"，郝懿行义疏曰："齐者，以天齐渊水而得名"的根据。据此，我们知道，齐国的得名是由于"天齐渊"。而进一步追溯，"天齐渊"为什么叫"天齐"？却是来源于人身的肚脐。渊，回水也。渊名天齐，是说水的回旋，象肚脐形状，所以名"脐"。《庄子·达生》："与齐俱入。"《释文》司马云："齐，回水如磨齐也。"这才是天齐渊得名的理据。总之，因为水的漩涡象人的肚脐，就将水名"天齐"，水所在的国也就名"齐国"。《尔雅·释地》："齐曰营州。""营"与"环""还"音同通假，也是"回旋环绕"的意思，《释名·释言语》："私，恤也。"毕沅疏证引《说文》引《韩非子》"自营为厶"，《韩非子》本文作"自环为厶"。《汉书·地理志》引《诗》："子之营兮"，《毛诗》作"还"，《齐诗》作"营"。这些都可以作为"齐"取义"肚脐"回旋状的佐证。而肚脐在身体的位置位于中间，所以，"齐"有"中"的意思。《尔雅·释言》："殷、齐，中也。"
邢昺疏："皆谓正中也。"《尚书·吕刑》："天齐于民。"马注：
"齐，中也。"都证明"齐"有"中间"的意思。王引之《经义
述闻》引王念孙说："天中之为天齐，亦犹中州之为齐州。"可是
具体到齐国而言，是东夷故地，却不是天下之中。所以，刘熙说
"地在渤海之南，勃〔如〕齐之中也"是勉强的。我们认为，齐
国得名于"天齐渊"是对的。这就像神话中盘古的身子化成天地
万物一样的道理。

第二个特征是联想和想象。这种知性思维阶段的联想和想象
不同于建立在逻辑思维基础上的形象思维的联想和想象，它是没
有任何逻辑因果关联的联想和想象。根据列维—布留尔的描述，
它们的联想和想象全被神秘的神灵包围着，是一种"前关联"。
所谓"前关联"，就是只有时间上的先后，没有逻辑上的因果关
系的联想和想象。但我们不能说这种思维没有因果关系，它们也
有自己的因果，发生在前面的事件，不管有没有必然的联系，往
往被原始人类看成是发生在后面的事件的因。发生在此地的事
件，不管有没有必然联系，也往往看成是发生在彼地的事件的
因。例如，残留在我们的记忆中的许多"前关联"的思维现象，
都成为我们某一文化集团的集体表象而存在于风俗、信仰、禁忌
中。"左眼跳祸，右眼跳财"，"早跳祸事晚跳财，中跳财宝滚进
来"，"打喷嚏是有人在思念你"之类的信念，深入我们的脑海，
可没有人会追究眼跳和财祸之间是否有关联，打喷嚏和思念之间
是否有关联。这就是我们今天还能看到的"前关联"思维的
事象。

"前关联"的思维是根据"相似律"和"接触律"来进行
的。这是弗雷泽在《金枝》一书中为研究巫术而总结的巫术思维
的形式。相似律的表述是："把彼此相似的东西看成是同一个东

西"。接触律的表述是："把相互接触过的东西看成是总是保持接触的。"（弗雷泽《金枝》）《汉书》里记载的戾太子巫蛊案的"桐木人"身上扎针，传说中的顾恺之戏邻女，在画像的心口处插上棘针，江淮之间的许多山上都有"打子洞"，妇女打子求子。就是根据相似律的原理进行的。这种观念表现在中国传统文化的各个方面，只是我们平时不注意罢了。比如说：过去有一段时间，永春县的强盗老是到泉州取抢掠，并且都能满载而归。于是，风水先生就据此引申出一段传说来：泉州城形状像条鲤鱼，永春县城形状像张渔网。根据相似律，鱼要被渔网捕获是因，泉州遭永春强盗掠夺就是果。后来，在泉州城造了两座高塔，使它撑起渔网不能下落，当然也就破解了这种鱼和网的因果。接触律的例子更是屡见不鲜，例如曹操割发代首，就是认为身体的一部分能够代替他的身体。还有豫让剑击赵襄子的衣服，竟然有血痕出现。汤剪发爪桑林祷雨。都是文献记载的接触巫术的例子。古代丧礼中有招魂一项，就是用死者的衣服代替死者，象四方招魂。衣服为什么能代替死者呢？因为死者接触过。我们小时候换牙时，乳齿落下后，长辈总是嘱咐：要把它扔在角落里，别让人家看见。这是因为，角落是老鼠经常出没的地方，要它和老鼠接触，这样，孩子长出来的牙齿就会像鼠齿一样整齐细致。这些都是民俗中间的例子。这种"前关联"的因果律是原始人类知性思维的重要特征。

根据这一特征，我们知道，只要相似的表象，原始人常常由此物推衍至彼物，其间不必有逻辑。这从文字声训可以看出，我们华夏民族的先民习惯于以自己为中心来看待世界自然，他们总是以"我"为参照物，来观照比附自然万物。例如：颠是人的额头，巅则是山的额头。领是人的脖子，岭则是山的脖子。嗌是人的咽喉，隘则是山的咽喉。止是人的脚部，址则是山的脚部。可见山的这些名称都是以人类自身的名称比附的。这就是《周易·系辞》所说的"近取诸身，远取诸物"，也就是孔子所谓"推己及人"，《荀子》的所谓"以近知远，以一知万"。其思维的线索则是本于相似律。

《释名·释形体》："手，须也。事业之所须也。""手"在书母幽韵，"须"在心母侯部。声音相近。可是"须"的初始义为"面毛也"，（见《说文·须部》）即"颐下毛"的胡须，后来通用于"等待"义的"俟"始有"待"义，再引申为"有所待"的意思。而手为原始人类最主要的劳动工具，人类产生之初，手脚的分工为最早，必得最先为手脚命名。从思维角度来说，"事业之所须"必是人类思维发展到能够认识因果关系以后才产生的认识。所以，"手"得名于"须"不符合人类原始思维的规律。考察《说文·手部》："手，拳也。"段注说："今人舒之为手，卷之为拳，其实一也。"《急就章》："卷捥节爪拇指手"，颜师古注："及掌谓之手。"是古人所谓"手"即今人手指部分。而朱骏声《说文通训定声》说："手，通杻。""杻"字和"杻"通用，《广雅·释宫》："杻谓之梏"，王念孙疏证："杻与杻同。杻之言纽也。"朱骏声《通训定声》认为即"丑"之或体。"丑"在甲骨文中，象人被枷锁住双手之形，所以《说文·丑部》："丑，纽也。十二月，万物动，用事。象手之形，时加丑，亦举手之时。"其字即"杻"字。《慧琳音义》卷十三"杻械"注引《考声》："枷，梏也。杻，桎也。此皆拘执系固之具也。以木在项曰枷，在手曰杻也。"《周易·蒙卦》："用说桎梏。"郑玄注："在足曰桎，在手曰梏。"所以，手、丑、杻、杻、纽等都是同源字。考察这组同族词有词源意义"纽曲"。《广雅·释言》："丑，纽也。"王念孙疏证："《律书》云：丑者，纽也。言阳气在上未降，万物厄纽未敢出也。"厄纽，就是屈曲纽结的意思。也就是《释名·释天》所说的"丑者，纽也，寒气自屈纽"的意思。《晋书·乐志》也说："丑者，纽也。言终始之际，以纽结为名也。"而"杻"同"杽"，《广雅·释宫》王念孙疏证："杽之言纽也。"《管子·枢言》："先王不约束，不结纽。"所以王逸注《楚辞·九叹》说："纽，结束也。"联系"手，拳也"的解释，我们知道，"手"的得名由来应该是手指的纠曲。大约原始人观察手的形状，将一个躯干前面分开的形状叫"个"，"个"与"干"同音，即后来的"干"字。将一个掌面前面纠曲多个分支的形状叫"丩"。《广雅·释诂》："摎，束也。"王念孙疏证："丩，义亦与摎同。"《说文·丩部》段玉裁注："丩卷双声，故谓卷为丩。"所以，"拳"与"卷"，手之卷曲为"拳"，舒开为手，手亦丩也。《说文·丩部》："一曰瓜瓠结丩起。"即指瓜蔓之藤缘物虬缦，好比人手的攀援。所以，《汉书·五行志》："而叶相摎结。"颜师古注："摎，绕也。"而"觓"与"觯"同，《广韵·幽韵》："觯，匕曲貌。"《集韵·幽韵》："觓，角曲貌。"然而，屈曲与掌相连，乃是手的外形对视觉的刺激，善于纠结，用于攀援，乃是人的知性思维对手认识的表象。所以，就用"丩"的语源意义来命名"手"。

但是，在这里我们要强调一点：古人的"前关联"思维，在逻辑上没有因果关系，在时间和空间上却是有前后、彼此的关联的。我们再现这种思维成果时，绝不可以颠倒这种"前关联"的因果关系。例如：

《释名·释形体》："肝，干也。五行属木，故其体状有枝干也。凡物以木为干也。"这条明显是错误的。五行的观念在人类的思维进程中，是抽象思维出现后的产物。将人体五脏配以五行，更是五行观念非常完备时期的事，不可能产生在人类认识自身形体之初。况且，以五行配五脏本身就有多种分配法。例如，在汉代，古文家解释《尚书》的五行就以肝属金，见高诱注《吕氏春秋·孟秋》"祭先肝"和《淮南子·精神训》"肝主耳"，还有许慎《五经异义》卷下引《古尚书》说。而金和木恰恰是相胜的关系。所以，因为肝五行属木，就以表木之"榦"来释"肝"的语源，显然是牵强的。例如：《释名·释形体》："足后曰跟，在下方着地，一体任之，象木根也。"在刘熙看来，足跟的"跟"来源于木的"根"。其实，这正是颠倒了因果。原始人类必是先认识自身的足部，为之命名，然后推己即物，命名木之本曰"根"。其实，"跟"有"止"义。《后汉书·张衡传》："陟焦原而跟止。"限从艮，训为"阻也"（《说文》），"界也"（《广雅·释诂》），"度也"（《广韵·产韵》），都是"极限""止度"的意思。"艮"《周易·艮卦》："艮其背，不获其身。"孔疏："艮，止也。"《释名·释天》："艮，限也。时未可听物生，限止之也。"是"限""艮"都有"限止"之义。而《说文通训定声》："艮，假借为跟。"是"跟"取义于"止"。这里是"极限"的意思。人之"止"也是取义于"极限"。人体到"止"为止，不可再向下延伸。即称之为"止"，后写作"趾"。其极处即命名为"跟"，也是到了极限之意。"止""限""艮"与"底"义近，所以，或曰"根底"，或曰"底止"，都是极限的意思。人足跟皮肉坚韧，树根木质坚韧，所以引申有"坚"义。扬雄《太玄坚》司马光集注："艮为山石，又为木多节，皆坚之貌。"《方言》卷十二，《广雅·释诂一》皆曰："艮，坚也。"皆是其证。所以，足跟之"跟"，语源意义是"极限"义的"止"，和"趾""址"本来取意是相同的。引申为"根本""根底"，再引申为"坚固"，又根据"固"引申为"固执"的"很"。就像上文说过的"颠"—"巅"、"颈"—"茎"、"领"—"岭"、"嗌"—"隘"、"趾"—"址"一样，"跟"—"根"才是树木"根"部的语源。

第三个检验标准是语言方面。关于人类语言的产生问题，一直是语言学家探讨的重要理论问题之一。上文我们说过，在这个问题上，语言学家和文化人类学家关注的重点不一样，结论也不一样。语言的起源和人类的起源一样久远。可是，人类用书面记录的语言材料只有几千年，在这之前上万年的语言情况我们几乎不知道。可是，至今所有关于语言起源的解释，都不过是一种假说。其中重要的假说有如下几种：

A. 有人提出"神授说"，他们在人类社会科学并不发达的时候，选择宗教来解释语言的起源。古希腊哲学家苏格拉底曾断言，上帝给地上万物和众生赐予了名称，所以词是神圣之物，能通神，富有魔力。古代西方观点认为，语言是上帝创造的。在《圣经·旧约》的《创世记》，《圣经·新约》的《约翰启示录》里面都谈到了语言的诞生，提到上帝赋予亚当给万物起名的至高权力。

B. 有人提出"感叹说"，认为语言起源于表达感情的感叹词。推定最初的语言是表达，通常不是很愉悦的情绪反应，此种说法被诋毁者称为"呸呸"理论。让·雅克·卢梭的《论语言的起源》这样说道："看来，需要造就了第一句手语，激情逼出了第一句言语……人的第一需要（指食物）不是语言诞生的原因，倒是使人分离的原因；认为它形成了人的拎结的诸种方式，这是荒谬的。那么语言起源于何处？精神的需要，亦即激情。激情促使人们联合，生存之必然性迫使人们彼此逃避。逼迫着人类说出第一个词的不是饥渴，而是爱、憎、怜悯、愤怒。"

C. 有人提出"摹声说"，认为语言起源于对自然界原有声音的模仿。比如古人类看到荒野中的狗在叫，人类学狗的叫声叫"汪汪"，以后慢慢便用"汪汪"声来指代狗。此被称为"汪汪"

理论。

D. 有人提出"动作说",认为语言起源于有语音伴随的手势,例如"达达"发声的舌头动作和手势等。举例来说,我们看到美味可口的食物时,会做出抚摸肚皮和舔嘴唇等动作,口中同时发出"姆姆"的声音,这种说法就是被戏称的"姆姆"理论。

E. 有人提出"劳动号子说",认为语言起源于繁重劳动中的喊叫。除了我们熟悉的马克思主义语言起源理论,认为劳动创造语言,最初的语言是在劳动中从号子发展而来的理论外,理查德·利基在《人类的起源》第七章"语言的艺术"中写道:"我们不得不追问,一种欠发达的语言会给我们的祖先带来什么样的好处。最明显的答案是,语言提供了有效的沟通方式。当我们祖先开始进行初步的狩猎和采集时,这种能力对我们的祖先确实会是有益的。狩猎和采集是一种比猿的更具有挑战意义的生存方式。随着这种生活方式日益复杂,社会和经济协调的需要也增加。在这种情况下,有效的沟通变得越来越有价值。自然选择会因此而稳步地提高语言能力。结果,古猿声音的基本组成部分——可能类似现代猿的喘气、表示蔑视不满的叫声和哼哼声——会扩大,而它的表达会变得更有结构性。像我们今天所知道的,语言是因狩猎和采集的迫切需要而出现的,或者似乎是如此。"

F. 有人提出"唱歌说",认为语言起源于原始仪式中不清晰的赞歌。

G. 有人提出"自然说",这是 19 世纪初出现的"叮当理论",即自然主义理论。这种理论认为世界上任何事物都有本质,本质发出声音来都会出现回声,这种回声创造很多词汇,比如英文中的 ball,b 代表弹性,all 代表一种圆滚滚的物体。这种说法被嘲笑为"叮咚"或"水桶"理论,且根本不足以说明人类语言的任意性与抽象性。

H. 有人提出"任意说",认为最初语音和意义是随意结合的,经过不断的重复使用,音义之间形成了固定的非随意联系,该说法称为"随意定型"理论。从 19 世纪起,欧洲的许多语言学家就拒绝再讨论语言起源问题,因为他们认为这个问题的答案无法得到证实。于是,现代语言学之父索绪尔就说:"人们什么时候把名称派分给事物,就在概念和音响形象之间订立了一种契约——这种行为是可以设想的,但是从来没有得到证实。我们对符号的任意性有一种非常敏锐的感觉,这使我们想到事情可能是这样。""任意说"就这样产生,并且成了语言符号的头等重要的特征和关于语言符号的第一原则。但是我们要说,这是一个偷懒的、未经实证的假说,却被许多人接受,成为"真理"。

中国学者普遍接受这种说法,并且写进《普通语言学》课本中,作为首先灌输给学习者的基本原则。但近年来不少学者对此提出异议。牟作武说:"人们在共同的劳动、渔猎和与异族的争斗中,产生和发展了语言。先是相互呼叫、应诺、表示赞同、反对或愤怒、喜悦等,后来进而产生了各种事物的名称。如'虎''鸭''蛇'等,利用这些动物的叫声来认定它们的命名。直到动词的产生便有了最初的语言。不过古人类最初的语言是极其简单的,很难表达细腻的感情和复杂的信息。他们还用手语(比画)、图示、标招、徽记、图腾等语言以外的手段表达意图,展示意念,传递各种信息。与语言差不多同时出现的手语、图示、标招、徽记、图腾等都带有最早文字的萌芽和直观功能。"(《中国古文字的起源》)在这里,牟作武是在谈文字的产生,却赞同"模仿说","牛""狗""猫"的读音,似乎都与动物的叫声有关。

大体说来,关于语言的进化之源有两种观点:第一种观点把它看作是人的一个独有的特征，是随着我们脑子的增大而产生的一种能力。这样，语言被认为已跨过认识的门槛，它是晚近时期迅速出现的。第二种见解认为，口语是在非人的祖先中通过作用于各种认识能力——包括但并不限于交流信息——的自然选择而进化的。在这所谓的连续性模式中，语言是随着人属的进化而开始，在人类史前时期逐渐进化产生的。

除了探究人类语言起源外，很多语言学家还致力于探究人类第一个词是什么。古埃及的一位国王曾为探究人类最初的语言到底是什么而采取出人意料的办法：有一次，一个孩子降生，他就下令让一个牧人把孩子放到荒郊野外，命令他不许和孩子说任何话，还要一边放羊，一边照顾这个孩子，等这个孩子说第一个词时马上来报告。一年多以后，孩子说出第一个词汇 bekos。国王立即召集学者研究这个词的出处，后来发现是弗吉里亚语中面包的意思，国王就认为人类最早开始说的词就是"面包"。

在对被认为是印欧语系语言之祖的立陶宛语的研究中，专家发现其中最早的词汇有"狼""树"以及表述生产工具的词汇。这些在其他语言中得到印证，而表述热带气候情境的词汇并不存在，由此说明最早产生印欧语系语言的时候处于温带，说明人类最早那些词也产生在温带。

1934 年，土耳其曾经召开全国的语言学大会，研究世界上第一个词到底是什么，与会专家一半猜测，一半比较，提出"太阳"是人类最早会说的词汇。而其中得出结论的具体过程，因为记载缺失已经弄不太清楚。

现代社会中很多人都从自己的生活经验推测，古人类最先会说的词应该是"妈妈"，然而最新一期《新科学家》杂志却报道称，法国语言学和史前人类学研究联合会的科学家日前对"爸爸"一词进行了考察，结果发现，人类 14 个主要语系中基本上都存在这个词。而在大多数语系中，"爸爸"一词的意思都是父亲或者是父亲一方的男性亲属。负责此项研究的科学家说，"'爸爸'在各种语言中的统一性只能有一个解释：是从人类早期延续至今的"。

关于人类语言的语音方面，一些专家是从生理上加以研究，他们发现，m、b 和 p 发音比较容易，这些字母开头词汇，是人类最容易发音的词汇，婴儿即使在没有牙齿时，m、b、p 的音都是容易发的，如果这种声音和最先接触的事物相联系，就诞生了最早的词汇。目前是 b、p 在先还是 m 开头的单词哪一个在先出现也没有考证，但在西方语言中以 m 开头的单词占有重要地位确是事实。以英语为例，其中和 m 有关的词汇非常之多，表述生命之源、抚育、关爱、本质、行为、记忆、食物、性格等方面的词汇中，有大量都是 m 开头的。

关于人类语言的词性方面，一位美国语言学家认为，最早出现的语言是名词，应是生活中最常接触的事物，如各种食物；其次应是形容词，比如描述花草、树木特征的东西；第三是呼语，指用来呼叫、表达指令的词汇。这些与交流有关的词汇与人类生存密切相关。此种说法从认知的角度，认定语言的诞生应和人类生存和社会发展有关，确实有一定的科学依据。

参考文献

著作类

《尔雅》

魏张揖《广雅》

明方以智《通雅》

明朱谋㙔《骈雅》

清夏味堂《拾雅》

清洪亮吉《比雅》

清史梦兰《叠雅》

清吴玉搢《别雅》

清王念孙《广雅疏证》

清程瑶田《果臝转语记》

（殷孟伦《果臝转语记》疏证）

章太炎《文始》

陈独秀《连语类编》（手稿）

王国维《联绵字谱》

朱起凤《辞通》

符定一《联绵字典》

高文达《新编联绵字典》

高本汉《汉语词族》（Word Families in Chinese）

殷焕先《联绵字简论》

王力《同源字典》

张希峰《汉语词族丛考》《续考》

殷寄明《汉语语源义初探》

论文类

魏建功　连绵词及古成语释音

张寿林　三百篇联绵词研究（《燕京学报》第 13 期，1933）

杜其容　部分叠韵连绵词的形成与带 l- 复声母之关系　United College Journal（《联合书院学报》Vol. 7，1968 ）

曹先擢　诗经叠字（《语言学论丛》第七辑，商务印书馆 1980）

曹宝麟　诗骚联绵字辨议（《语言学论丛》第九辑，商务印书馆 1982）

吴庆锋　麻胡讨源（《山东师范大学学报》，1983，3）

房建昌　程瑶田与《果蠃转语记》（《江淮论坛》，1983，5）

经本植　古汉语合音字例释（《汉语论丛》，《四川大学学报丛刊》第 22 辑，1984）

俞　敏　化石语素（《中国语文》，1984，1）

巢宗祺　苏州方言中"勒笃"等的构成（《方言》，1986，4）

唐钰明　金文复音词简论——兼论复音化的起源（《人类学论文选集》，中山大学出版社，1986）

冯　蒸　古汉语同源联绵词试探（《宁夏大学学报》，1987，1）

李国正　联绵字研究述评（《语文导报》，1987，4）

陈瑞衡　当今"联绵字"——传统名称的挪用（《中国语文》，1989，4）

金小春　王念孙连语说等四种释例及重评（《杭州大学学报》，1989，1）

殷焕先　联绵字和古音（《徐州师范学院学报》，1990，2）

姚淦铭　王国维的联绵字研究（《古汉语研究》，1990，4）

李运富　王念孙父子的"连语观"及其训解实践（《古汉语研究》，1990，4—1991，2）

李运富　是误解不是"挪用"——兼谈古今联绵字观念上的差异（《中国语文》，1991，5）

张惠英　"兀底、兀那"考（《方言》，1993，4）

何九盈　商代复辅音声母（《第一届国际先秦汉语语法研讨会论文集》，岳麓书社1994）

杨　琳　汉语词汇复音化新论（《烟台大学学报》，1995，4）

贾齐华、董性茂　连绵词成因追溯（《人大复印资料 语言文字》，1996，11）

张　博　先秦并列式连用词序的制约机制（《语言研究》，1996，2）

关　童　联绵词语源推阐模式刍议（《浙江大学学报》，1996，3）

董性茂、贾齐华　联绵词成因推源（《古汉语研究》，1997，1）

刘福根　历代联绵字研究述评（《语文研究》，1997，2）

王　宁　训诂学与汉语双音词的结构和意义（《语文教学与研究》，1997，4）

曾晓渝　论说联绵词（《纪念马汉麟先生论文集》，南开大学出版社1998）

李海霞　《诗经》和《楚辞》连绵词的比较（《浙江大学学报》，1999，3）

王小莘　博白地佬话双声叠韵连绵词（《方言》，1999，3）

王云路　中古诗歌附加式双音词举例（《中国语文》，1999，5）

梁宗奎　从《诗经》看联绵词的形式和起源（《语海新探》，香港文化教育出版社2002）

王松木　联绵词的构造、功能与发展——循认知径路找寻误释联绵词的原因（2004 南大学主办第 12 届国际中国语言学学会年会论文）

郭　珑　语源研究与连绵词的释义（《广西大学学报》，2004，3）

沈兼民　叠韵联绵词的声调（《李新魁教授纪念论文集》，中华书局1998）

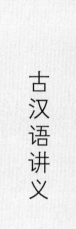

古汉语讲义

第一章　绪论

中国是一个历史悠久的国家，是世界文明古国之一，留给我们的是极其丰富的文化遗产。它不仅是中国，也是世界文化宝库中的最璀璨的精品。这些人类进步、文明的记录，这些古代文学、哲学、自然科学、艺术、军事、政治、宗教等方面的智慧的结晶，最大部分是用古代汉语的书面形式保存下来的。历史是无法割断的，这就决定我们必须批判地继承这一份珍贵的遗产。可是要批判、要继承，首先就得弄清其内涵。比如我们整天高喊僵死的八股文是束缚读书人的绳索，严格的近体诗格律只能束缚青年人的思想，可是我们只是人云亦云而已，谁真正懂得八股文是个什么样子？谁能做一首合乎格律的近体诗？所以，你的批判只能是隔靴搔痒，谈不上有的放矢，更谈不上有力。假如我们学了几篇八股文，学过近体诗格律，亲手做过几首近体诗，知道其中甘苦，你才有分析批判的发言权。否则劝你少安勿躁，学学再来。这也就是说，在批判继承的过程中，我们首先要克服的是语言文字障碍，只有这样，才能弄清其内涵的实况，才有可能着手扬弃。学习古代汉语正是为了增进阅读古书的能力，帮助大家克服接触古典文献时碰到的语言文字的困难，所以，古代汉语是一门基础课，是接触古典文献的人必须掌握的工具和钥匙。

中国存世的古代典籍总数应在八万种以上：清《四库全书总目提要》（包括存目）所收多是清代以前特别是元代以前的存本

书目，共 10254 种。《中国丛书综录》收录丛书子目 38891 种，并不包括佛经。《贩书偶记》有未入综录的单行本一万种左右，多是清刻本。再有《中国地方志综录》收地方志 7413 种，外加通俗小说、戏剧、佛经、家谱，总数亦在万种以上。这些典籍用"汗牛充栋"来形容实不为过。在这些宝贵的遗产中，有数不清的菁华等待我们去汲取，有许多闪光的思想成为推动现代文明发展的动力。例如一部《周易》竟然成为计算机技术的启迪之父，一部《孙子兵法》竟能成为商业运筹的法宝。这些我们毋须多说。且看在科学技术领域，我们的祖先留给人类文明进步的足迹吧！在目前，我国是古代天文资料最丰富的国家，在甲骨文中就有日食、月食的记载。世界最早的天象记录是《尚书·尧典》中的"四仲星"记载。最早的地震记录是《竹书纪年》记载的公元前 1831 年的山东泰山地震。在《周礼·考工记》中，有世界上第一张铸器调剂表，调和铜锡的比例（"六分其金而锡居其一"）。一部《诗经》记载植物一百多种，动物两百多种，乐器二十七种。如果你从事服装设计，可以去参考《尚书》《诗经》里面的"玄衣""衮衣""黄裳""绣裳"；如果你练气功，那么《庄子·刻意》告诉你："吹呴呼吸，吐故纳新，熊经鸟申，为寿而已矣。此道引之士，养形之人，彭祖寿考者之所好也。"还有，《国语·晋语》中"侏儒扶卢"，那是爬竿活动的最早记录。《庄子·徐无鬼》说是楚国勇士宜僚双手同时接九个丸铃，八个在空中，一个在手上，这是杂技的最早记录。《战国策·齐策》说："其民无不吹竽鼓瑟……蹹鞠者（蹹鞠即踢球）。"《孟子·告子》中记载的奕秋，是全国围棋天元，可见当时围棋已蔚成风气。《礼记·月令》中说："孟冬之月……天子乃命将帅讲武，习射、御、角力。"可见当时摔跤运动也已盛行。说说这些，当然不是夜郎自大，明耻是为了教战，弘扬也是为了鼓气，并不是说学古代汉语就是钻故纸堆，绝对不是，相反，它与我们当前的现代科学发展有着直接的联系。例如，一部《周易》，我们至今没有弄懂其中的奥秘，这不但牵涉到古代哲学，还牵涉到生物学（生命场，意觉敏感度）、生命学，很可能是揭示生命、预感、意识等起源的重要关口，但我们没有弄懂主要是语言障碍，过不了语言关。

语言本身是没有阶级性的，现代汉语是古代汉语的直接发展，它必须带有古代汉语的印记，例如，我们经常会碰到文言语词和文言句式，要想彻底准确地弄清楚，就必须有一定的古代汉语知识。"文化大革命"中，大字报上经常出现"是可忍，孰不可忍"的话，"忍"都作为"忍受"的意思来用，其实，这里的"忍"是"忍心做出来"，"不慈"才叫"忍"。还有"学而优则仕"也倍受批判，其实"优"即熟练、游刃有余的意思，学习不费力气，仍有空余时间，就可以去管管政事，这有什么不好？再例如，鲁迅先生在《孔乙己》中说："对呀！对呀！……回字有四样写法，你知道么？"这就活画出迂腐落魄的孔乙己的潦倒穷酸相。可是一九五六年版的《鲁迅全集》第一卷注释说："据字书记载，回字只有三种写法：回囘囬。"言下之意，鲁迅搞错了。可人家在日本时，去听过章太炎的讲课，小学（古文字）基础很好的，翻阅《说文解字》，回字还有古文写法"囘"。可见，没有一定的古代汉语知识，你想注解鲁迅的白话文也不是易事。还有，在现代汉语中，有很多词是日语借词，似乎是从日本借过来的。其实，日本人的古代汉语知识很丰富，他们先借用了古代汉语词语来译欧洲语言，我们说日本借来只是回娘家而已，如（revolution）革命：《易·革·象》："汤武革命，顺乎天而应乎人。"（education）教育：《孟子·尽心》："得天下英才而教育之。"（教：上所施，下所效也；育：养子使作善）（literation）

（应作 literature）文学：《论语·先进》："文学：子游，子夏。"
（文章，博学）（culture）文化：《说苑·指武》："凡武之兴，为不服也；文化不改，然后加诛。"（文德教化）（civilization）文明：《易·乾·文言》："天下文明。"（有文章而光明）机械：（machine）《庄子·天地》："有机械者必有机事。"（桔槔之类提水工具）（comrade）同志：《国语·晋语》："同姓则同德，同德则同心，同心则同志。"（志向相同）总之，掌握一定的古代汉语知识，对于正确理解和使用现代汉语也是很必要的。

什么算古代汉语？原则上讲，五四运动以前，汉族人民历代使用的语言就是古代汉语。这里面应包括两个系统：一是以先秦口语为基础加工而成的书面语言，我们平时称之为文言文，例如十三经、先秦诸子以及《史记》《汉书》等文史典籍，都是以文言文写成的。二是六朝以后，以北方方言口语为基础形成的古白话，例如诗话、宋元话本以及《三国》《水浒》《西游》《红楼梦》等古白话小说都属此类。具体到我们古代汉语课程所接触的应该是文言文，它包括先秦的典籍，两汉及后代模仿秦汉的文言文作品（诗赋、古文、韵文、骈体文）。

上面已经讲到，古汉语这门课程是基础中的基础，学习这门课的目的是培养学生阅读古书的能力，以便从事一切有关中国古代典籍的研究工作。那么，古汉语是个什么样子？它与现代汉语有何不同？我们在学习过程中要注意哪些问题？这必须首先和同学们互通情况，俾使大家心中有数。在中学，我们都接触过一些文言文作品，所以一提古汉语，大家心中先就不以为然：吾知之矣！其实，作为古代汉语课所讲授的内容，与中学学习文言文有很大相异处。首先，中学课程中的文言文学习所占比重小，每学期学习几篇，常使大家感到头疼，而我们作为一门课程，就得大量地讲授文言文作品，使大家有感性认识。再者，中学学习文言文先生讲学生听，一字一句地解释清楚，弄清文章大意就算达到教学目的，没有系统性可言。学完一篇以后，学生知道本篇大意，再来一篇新的，依然瞠目结舌，因为大家都是知其然而不知其所以然，所以总是"学生"（生疏）。古代汉语课的学习就是引导学生去追寻所以然，把大家的感性认识提升到理性的高度，从语音、词汇、语法、修辞等方面去探索古代汉语的内部规律。通过这种系统的、大量的、逐步的学习，我们对古代汉语就有一个全面的、理性化的认识，在今后的学习和工作中，接触到古代典籍，我们就能举一反三，用我们学过的知识去独立阅读、研究，而不是拘泥于一词一句的解释，或者人云亦云。

那么，我们这门课具体要讲授哪些内容呢？大家知道，世界上任何一种有声语言，都有语音、词汇、语法三要素，古代汉语也是这样，从语言本身来说，我们将系统讲授古代汉语语音、词汇、语法方面与现代汉语不同之处。从语言的运用方面来说，我们还要讲修辞、诗词格律和一些必要的文化史知识。

一　语音方面

在学习现代汉语的时候，我们学了一些语音知识，知道任何一种有声语言的语音是成系统的，是不断变化着的，古代与现代语音不同，此地与彼地也相异。例如唐刘禹锡《金陵石头城》："山围故国周遭在，潮打空城寂寞回。淮水东边旧时月，夜深还过女墙来。"在今天念起来就不押韵了，但刘禹锡作诗之时是不会不押韵的。唐贺知章《回乡偶书》："少小离家老大回，乡音无改鬓毛衰。儿童相见不相识，笑问客从何处来。"可见在唐代"回"和"来"韵母肯定与现代不同，两者读音相同或相近，我们看看以"回"作声符的字有"徊"至今读 huí，可见"回"的字音古今已发生变化。再如金昌绪《春怨》："打起黄莺儿，莫教枝上啼。啼时惊妾梦，不得到辽西。"以"儿、啼、西"相押，今天看来也是不押韵的，可是李益的《江南曲》大家都很熟："嫁得瞿塘贾，朝朝误妾期。早知潮有信，嫁与弄潮儿。"也是"儿"与"期"相押。可见唐代"儿"的韵母应当与［i］相近，今天我们还有姓"倪"的，以"儿（兒）"为声符。这种语音的变化牵涉到词义的解释，就必须要求我们学点古音韵知识。在《尚书·尧典》中，有句话叫："共工方鸠僝功。"（共工氏广为聚敛，以显示其功）注解说"方"就是"旁"的假音字，"旁"就是"溥"的意思，广泛的意思。你会问为什么"方"假借字是"旁"？《诗经·小雅·常棣》："常棣之华，鄂不韡韡。""不"是"柎"的假借，花萼的意思，为什么呢？原来古代没有轻唇音［f］，凡今天读 f 声母的字，古代都读［p］［p´］，所以"方"与"旁"同音，"不"与"柎"同音，可以假借。知道这些，对于四川"涪陵"市和广东的"番（pān）禺"县的读音也就不奇怪了。因而在古代汉语课中，我们将介绍一点音韵常识，介绍字音通假的原则，和古典作品中的具体读音原则，具体接触一点古代声母、韵母，声调系统，俾使大家以后进一步学习音韵学、训诂学和方言学时不至茫然。

二　词汇方面

在一种语言中，词汇材料与社会生活的联系是最直接的，因而它反映社会变化是最快的，这就导致词汇系统内部的激烈变化，旧词不断消亡，新词不断产生，以适应社会上不断出现的新事物、新概念、新思想的表达。高尔基有一篇小说叫《磁力》，其中有一位历史学家可索洛夫说："老年是一件痛苦的事，我在这里，听着人们说着熟悉的字句，而那意义我已经不了然了。"可索洛夫的苦恼是由于历史的原因造成语言隔阂而引起的，这很好理解，如果我们的孔夫子今天复生，恐怕诸如"迪斯科""珠丽纹""电子计算机"之类，他也一窍不通，可是他并不是不认识这些字，字是认得的，意思不懂。我们学习古代汉语语词，情况就是这样。例如：《尚书·尧典》开头四个字"曰若稽古"，我们都认得，但都说不出它是什么意思，这是因为古今词义发生变化的缘故。再过几十年，我们告诉孩子们，什么"工宣队"呀，"三结合"呀，他们也不知道。我们学习的是千年以前的语言，困难当然更大。这是我们学习古代汉语最困难的部分，语音、语法、文字都好办一些，所以词汇的学习是我们这门课的重点之一。古今词义的变化大致有三种情况：

第一，基本词汇意义一般不易发生变化，这部分不会给我们学习带来困难。例如曹丕的诗"秋风萧瑟天气凉，草木摇落露为霜"。《史记·滑稽列传》："魏文侯时，西门豹为邺令。"《论语·学而》："有朋自远方来，不亦乐乎？"这些都是比较好懂的。

第二，古今词义发生明显的变化，古代的意义在今天不复存在，而现代的意义在古代也不曾有。这类词不多，对我们来说，你得丢开脑子里固有的词义，把它作为一个新词来学习。唐诗里有一句"走马截雕飞"，这里的"走"以我们今天的意思就是"蹓马"，这如何能"截雕飞"呢？原来古代的"走"相当于现代的"跑"。《释名·释姿容》说："徐行曰步，疾行曰趋，疾趋曰走"，所以，"走马"就是"跑马"，当然快可截雕。"走狗"就是跑得快的狗，"走舸"就是跑得快的战船。这个意义在现代是没有的，那么，我们看杜甫《石壕吏》"老翁逾墙走"，就是"翻墙逃跑"，这"逃跑"的意义也是现代所没有的。我们在看《赤壁之战》的时候，黄盖说："操军方连船舰，首尾相接，可以烧而走也。"也就明白了。另外,"走"还可以用作名词,被人使唤的人。张衡《东京赋》说:"走虽不敏,庶斯达矣。"这个意义也是现代汉语所没有的,而现代汉语中的"慢慢步行"的意思,又是古代汉语所没有的,所以,我们就得丢开现代汉语的意义,专记住"走"在古代汉语中的意义。类似的情况还有"塘",谢灵运的名句"池塘生春草",以现代意义来理解是不通的。池塘里生春草除非是严重的春旱,可是"塘"在唐代以前都没有我们现在水塘的意思,而是指堤防、堤坝,所以《庄子·达生》才说:"数百步而出,被发行歌而游于塘下。"再如"去",其意义正好与现代汉语相反,我们今天说"去北京""去上海",古代得说"适""之""如",就是不说"去",一说"去北京",那就是在北京住烦了,要离开北京。所以《诗经·魏风·硕鼠》说"逝将去女,适彼乐土","去"和"适"是分得很清的。"再"这个词也很怪,今天我们告别时说"十天再会",要是古人听起来就成了"十天之间见了第二次面"。"再"就是"第二次"而不是重复一次的意思,不是"又"的同义词。也许它们之间有联系,但在上古,"再"都应该看作是"第二次"的意思,相当于我们现代汉语的"一而再,再而三"。所以《左传·僖公五年》说:"晋不可启,寇不可玩,一之谓甚,岂可再乎?"对于这些词,我们就得记住古义,忘掉现代汉语中的意义,等于学一个新词。

　　第三,古今词义有联系又有变化。这类词数量多,最难理解,最易疏忽出错,所以学习起来最困难,在词汇一节,这应该是我们学习的重点之一。例如:

　　爱:我们现代汉语中的意义相当于"喜欢""疼爱","爱人"就是"疼爱之人",这在古代汉语中也有,《触龙说赵太后》:"左师公曰:'父母之爱子,则为之计深远。'"由"疼爱"

引申出"爱惜"之义，现代汉语就没有。《左传·僖公二十三年》："若爱重伤，则如勿伤；爱其二毛，则如服焉。""爱"就是"惜"的意思，用现代汉语来说，就是"怜悯"。由"爱惜"引申为"吝啬"，现代汉语中也没有此义。《孟子·梁惠王》说："吾何爱一牛？"并不是说他喜欢一头牛。在这个词的运用上，常常会与现代汉语的意义弄混了，因为古、现有通用的词义，而那些不通用的古义又有联系，理解稍微一偏，就出现问题了。

再如：

怜：现代汉语"可怜"，在古代汉语中，除了"可怜悯"以外，还有"可爱""可羡""可惜""可怪"等意思。

"自名为罗敷，可怜体无比"是"可爱"；"可怜仙女爱迷人"是"可爱"；"可怜飞燕倚新妆"是"可爱"；"弟兄姊妹皆裂土，可怜光采生门户"是"可羡"；"可怜无定河边骨，犹是春闺梦里人"是"可叹"；《邓州西轩书事》"瓦屋三间宽有余，可怜小陆不同居"（陈与义）是"可惜"；陆游《平水》"可怜陌上离离草，一种逢春各短长"是"可怪"。在这里，"怜"有"爱"的意思，这在现代汉语中是没有的，即使"可怜"一词，除了"可怜悯"与现代汉语共通外，其他意义现代汉语都不具备，要是把上面的"可怜"都理解成"可怜悯"，那是大错特错了。

兵：上古主要指"兵器"，战国以后又有"军队"的意思。《山海经·大荒北经》说："蚩尤作兵，伐黄帝。"这里的"作兵"不是"起兵"，而是"制造兵器"，因为《管子·地数》记载："葛卢之山发而出水，金从之。蚩尤受而制之，以为剑、铠、矛、戟，是岁相兼者诸侯九。"战国后，"兵"有"军队""战争"的意思，《触龙说赵太后》"必以长安君为质，兵乃出"，就是指"军队"；《庄子·则阳》"今兵不起七年也"，就是指"战争"；《战国策·西周策》"进兵而攻周"，则是指战士了。

乳：本义是"生殖"。《史记·扁鹊仓公列传》："菑川王美人怀子而不乳。"就是孕而不生的意思，这在现代汉语中是没有的，而现代汉语中的"乳房""奶汁"的意义，古代汉语中就有。汉·焦赣《易林》说："胎卵胞乳，长大成就，君子万年，动有福佑。"《魏书·王琚传》："常饮牛乳，色如处子。"就是指乳房和奶汁，但是除外，"乳"在古汉语中有哺乳期动物的意思，现代汉语中也没有。《荀子·荣辱》："乳彘触虎，乳狗不远游。"指的是哺乳期的母猪、母狗，千万不能按现代汉语"乳燕"的意思，说成是小猪、小狗。

总之，古代汉语的词汇学习是很困难的，需要扎实的工夫，来不得半点虚假。要想读懂古书，至少要掌握四到五千字，三万个词，因为《论语》一万二千七百字，《孟子》三万四千六百八十五字，《诗经》三万九千二百二十四字，《左传》十九万六千八百四十五字。当然如果论单字，也就要不了许多了，但不能少于四到五千字，因为一部《春秋经传》所用单字就是三千七百左右。

我们在词汇部分的学习中，首先要掌握一部分基本词，这主要靠阅读典范作品，从中学习一些基本词的特殊意义。另外，在分析词汇的本义与引申意义的时候，有意识地掌握一些成语也是一个好办法。例如"每况愈下"这个成语，现在意义是情况愈来愈糟，"况"的意义是"情况"。可是，如果你知道这个成语的来源，你就弄懂了"况"的另一个意义。这个成语出自《庄子·知北游》原意是说市场上的人评猪的肥瘦，用脚踩猪，越踩在猪的下部，即猪的脚胫上，就越能估量出猪肥瘦的真实情况。所以《庄子》的原文是"每下愈况""况"是对照而明显的意思，后来意义变了，结构也变了。

再如"完"，现代汉语中"终尽"的意思，可是在古代汉语中，它还有"全、完整"的意思，反映在成语中"覆巢之下安有完卵""金无足赤，人无完人""完璧归赵"等。

再如"回"，现代汉语是"返、归"的意思，可在古代汉语中，它有"回旋、曲折"的意思，成语有"峰回路转""回黄转绿""回肠九转"等。再如"猜"，现代汉语是"揣测"的意思，可在古代汉语中，它还有"凶狠"的意思，如"猜鹰鸷隼"，又如"两小无猜"。

总之，古汉语最难的是词汇学习，这部分除了下苦功夫以外，别无其他的南山捷径。

三　语法方面

语法是语言中最稳固的部分，几千年以来，汉语在语法方面变化很少。但也不是完全没有变化，而且就是这些很少的变化，却也给我们的学习增加了很大困难。这是因为语法具有概括性，不像词汇，我们学了一个词，知道了它有哪些义项，那么无论它出现在什么样的句子中，总不离这几个义项。可语法不同，它总是以不同的面目出现在句子中，需要我们去分析、概括才能得知。例如，《尚书·大诰》中说"民献有十夫予翼"（有一群人辅助我），我们说，这里是代词作宾语，放在动词前面，我们称它为代词宾语前置，其实，这却是上古汉语正常的词序，无所谓倒置。这一句话的语法现象我们弄懂了，可是到《小雅·节南山》中我们还是要分析，它说："赫赫师尹，民具尔瞻。"我们还是要一个个弄清词义，然后才知道这里也是代词宾语放在动词前。到了范仲淹的《岳阳楼记》："微斯人，吾谁与归?"我们分析以后，也说是代词宾语放在动词之前。可这回又错了，它是代词宾语放在介词之前。可见语法现象离开了具体语言环境的具体分析，我们就很难记住那些条文，条文一定要记，但要在分析具体的句子中去记，这样才记得牢，会应用。

在语法方面，我们主要是讲授那些与现代汉语不同的语法现象。例如：在《论语·阳货》："阳货欲见孔子，孔子不见。归（馈）孔子豚，孔子时（伺）其亡也，而往拜之。"这句话很不好解释，为什么阳货要见孔子，孔子不见，他要送孔子一只蒸熟的小猪呢？原来当时的礼节："大夫有赐于士，不得受于其家，则往拜其门。"（《孟子·滕文公下》）孔子是自称最知礼的，阳货就利用这一点，趁孔子不在家送小猪去，这样孔子就必须去登门拜谢，他也就见到孔子了。所以，这里的"见"是使动用法，"使孔子来见自己"，这在现代汉语是没有的，我们就得讲。此外还有意动用法，名词状语，宾语位置，判断句和被动句的表示法等，都是我们在语法方面讲的内容。

总之，在内容方面，我们从语音、词汇、语法三个方面来掌握，就抓住了纲要。但是要学好古代汉语，也还得需要一些其他方面的知识。《诗经》中有"三星在天""定之方中""七月流火"。《左传·昭公十七年》："有星孛于大辰……宋卫陈郑将同日火。"遇到这种情况就得有天文学方面的知识。读"自子之东，首如飞蓬"，"自牧归荑，洵美且异"，就必须有植物学知识。读"关关雎鸠，在河之洲"，"五月斯螽动股，六月莎鸡振羽"，就要有动物学知识。读《乐记》，就要有音乐知识，读《山海经》就得具备地理知识、历史知识、民俗知识。所以，在这门课的学习过程中，我们还要简单地跟大家谈及天文地理等文化史知识。

大家看过古白话小说，那里面经常谈到古代人的学习："十载寒窗无人问，一举成名天下知。"这就是说，古人"十年寒窗"，才把古代汉语学到手，常常是五六岁请先生开蒙，读四书五经，十一二岁先生开讲，才知道以前学的是什么意思，尔后学写文章。把一部王守溪的稿子读得滚瓜烂熟，然后学"破题、破承、起讲、题比、中比、成篇"。

二十岁左右，大约可粗通古代汉语，并可用来写八股文。今天我们当然不要这样死记硬背，可是适当的背诵还是必要的。如果你真想学会古代汉语，不背会几十篇古文，那都是隔靴搔痒、纸上谈兵。因为背诵是增强我们感性认识的唯一途径，而学习语言、语感是十分重要的。只有背会文章，对古代的词义语法才有切实透彻的理解。常常看到有些人，语法理论一套套，词汇理论一套套，一接触具体古书，却是它认识你，你不认识它。这种虚浮的学习方式切切不可用之于古代汉语学习。

另外，并不是死记硬背你就能学会古汉语，因为我们起步太晚，古人专学一门，尚且要十年，我们只是将古汉语作为一门工具，要是花个十几年工夫，那就是很大的浪费。所以，我们不能那样笨，我们得找捷径。我们熟读背诵作品，不但要知其然而且要知其所以然，然后举一反三，执简驭繁。那么，这就要求我们在理性认识的指导下去进行阅读。首先掌握词序、词义、语法等范畴的基本理论，在此指导下去精读一定数量的作品，同时还要广泛涉猎一些其他文献，培养阅读古文的语感，这样才能使古汉语的学习收到事半功倍之效。总之，我们提倡的学习方法是：感性认识与理性认识相结合。

第二章　工具书及其使用法

一　工具书的功能与作用

"工欲善其事，必先利其器"，工具书就是我们学习的利器。郭锡良主编的教材将工具书与检索分开来讲，并且先讲使用，这是本末倒置。先连工具书的分类都不清楚，还谈查法有什么用，所以我们将"怎样查字典辞书"和中册的"古汉语常用工具书"合在一章来讲，这样等于在学习本课程之前先给大家指明一条自学的门径。希望大家能熟悉并且方便地使用它们。这对今后的学习真是如虎添翼。

所谓工具书，主要指字典和辞典，周代儿童八岁入小学，首先学识字、分析汉字构造，到了汉代，认得九千字才能做小史。可见古人对识字是很重视的。今天我们学习古汉语，不但可以从字典辞典中查到生字，僻词。而且，字典辞书本身还是知识的汇集，从中可以找到许多研究古代社会的资料。例如《说文》："班，分瑞玉，从珏、刀。"这就是说，"班"的意思是分玉，双玉连在一起为"珏"，中间加一刀就是"班"，这就印证了《尚书·舜典》中的"班瑞于群后"，说明古代是有分瑞玉给诸侯的礼仪。另外，《说文》对"五脏"的解释说："心，人心，土（火）臧也"，"肺，金臧也"，"肾，水臧也"，"肝，木臧也"，"脾，土臧也"。以阴阳五行来解释五藏，可见在东汉时，五行学说无孔不入，是很盛行的。这些古代典章制度，礼仪方面的记载开卷即得，所以若要搜集研究材料，字典辞书是最方便的地方。

二　工具书的分类

概括说来，工具书可分为两大类：字典和辞典。在我们平时的学习研究中，经常会接触到这样的问题：这个字怎么写，读什么音，是什么意思。每个汉字都有自己的形、音、义，那么，在字典里面，由于上古汉语单音节词占绝大多数，几乎一个字就是一个词，所以字典和辞典并不是截然分开的，在这个基础上，我们把字典分为三小类：

（1）偏重字形的以《说文解字》为代表，后来有《玉篇》《字林》《干禄字书》《康熙字典》等。

（2）偏重字音的以《切韵》为代表，后来有《广韵》《礼部韵略》《集韵》等。

（3）偏重字义的以《尔雅》的"释诂""释言"为代表。后世如《一切经音义》《经籍纂诂》等。

对于辞书，我们也可以分为三小类：

（1）偏重语词、成语、典故的《辞源》《辞海》《佩文韵府》。

（2）偏重典章制度、人名、地名的《通典》《古今地名大辞典》《中国人名大辞典》《历代人物年里碑传综表》。

（3）偏重虚词的《助字辨略》《经传释词》《词诠》。

三　工具书查法（检索法）

古人作字典辞典，开始是没有索引的，检索非常不方便，例如《说文解字》，收集了九千多字，按照五百四十部排列开去，你要想从中查一个字，先得弄清楚它在哪一部，然后逐个翻下去。《尔雅》分十九篇，你要查一个词，先要弄清它的类别，然后在所属的篇中细细翻寻。《玉篇》也是如此，收了二万三千六百四十七字，分为五百四十二部，检索也如同大海捞针。幸亏后人给它们做索引，才免得我们查起来如此困难。后来的字典有按韵排列的，检索起来也非常麻烦。近代字典辞典编纂时就考虑到检索，因此，总是采用一定的方式编排，查起来很方便。下面介绍几种检索方法：

（一）音序检字

早期字典有按字音排列的。例如《切韵》《佩文韵府》等。《切韵》分为平、上、去、入四大部分，共 206 韵。每个大韵中又按照声母把同音字收在一起，形成小的韵类，要查一个字，先得知道这个字在古代属于哪一声调、哪一韵、哪个声母，这也就麻烦了。遇到这一类字辞典，我们就得先查丁声树编的《古今字音对照手册》。然后再去查《切韵》或《广韵》。近世的音序排列简明清楚，按照汉语拼音方案的次序，开卷即得。下面举两个检索实例：

稂（lang）：我们先查《古今字音对照手册》的"ang"韵"l"母，知道它是"鲁当切"，宕开一平唐来，我们就到《广韵》平声部分（卷二）查到"唐"韵。第二个小韵是"郎"，第三字是"稂"。注说："草名，似莠。"莠，狗尾草。这还是比较麻烦的，如果我们查《新华字典》，就不存在这样的问题了，它是按照汉语拼音方案的次序来列字的，我们可以直接翻到所要查的字。

（二）部首笔画检字

最早的字典《说文》就是按部首排列的，它将汉字分为 540

部，由于部首太多，查起来也麻烦。由于它的字的形体是小篆，我们要是查楷书，往往无法断其部属。例如"要"，它不在"西"部，也不在"女"部，它在"𦥑"（音居玉切）部，因为小篆"要"写作"𦥑"。后世的字典减至二百多部，并且归字是按楷写体来定的，所以比较易查。《康熙字典》沿用214部。《辞海》分250部，《新华字典》的部首检字分为189部，由于汉字的简化，有些字部首归属发生了问题。例如：刀—刂，阜—阝（左），邑—阝（右），水—氵，肉—月，火—灬，心—忄，辵—辶，手—扌，艸—艹，攴—攵，衣—衤，示—礻等，都需要大家记熟。

部首检字弄清了字的归属以后，还得查笔画，因而产生一种直接的笔画检字，如新《辞海》就附有笔画检字，数清一个字的笔画以及开头两笔的写法，就可以查到所要查的字。

（三）四角号码检字

这是一种较方便的检字法，不管字的部首，不要字的笔画，也不需要知道字的读音，就可以直接翻检。它截取每个字的四角，组成四个数字，没有就作"〇"。它的口诀简单易学："横一垂二点是三，叉四插五方块六，角七八八九作小，点下有横变零头。"如颜0128、截4325、烙9786，但是，遇到繁体与简化字，号码也就改变了，例如"動"2412、简化后变成1472；"張"1123，简化后变成1223。这些都需要我们时刻注意的。

四　查形、音、义的工具书

在古代汉语学习中，我们经常会遇到这种情况，需要查一个字的小篆写法、查一个字的本来意义、查一个字的古代读音。这样，我们就有下面几种字典辞典可以利用：

（一）《说文解字》

这是我国第一部系统比较完备的字典，它分 540 部，收字 9353 个。据行系联、按字形来求索字的本义，并以"六书"来说明汉字形体构造。

作者许慎，据清严可均在《说文校议》卷十五《许君事迹考》一文考证，他大约生在明帝时，卒于桓帝时，活八十多岁（公元 58—公元 147）。他是东汉著名的古文经学家，河南汝南郡人，在汉和帝永元八年（公元 96）的时候他跟贾逵学经，时人称他"五经无双许叔重"。当时，今文经学家认为隶书就是"古帝先王之书"，而对解释不通的词，他们便据隶书形体随意曲解。《春秋说》以人十四心为德，《诗说》以二在天下为西，《汉书·光武纪论》以泉为白水真人，桓谭《新说》以金昆为银。更为滑稽的是人们用这种解字方法来解释法律条文，任意曲解。汉代律法说，苛人受钱，与贪赃受贿，假借不廉（变相索贿）同类治罪，因为隶书"苛"写成"苟"，于是解释法律的人说"苛人"就是"止句人"，制止而句取钱财，即追回赃款，下不为例。而实际上，"苛人"即"呵人"，犹云"牢头子"，相去甚远。许慎的《说文解字》就是有感于此而作的。全书写了四年，可是过了二十一年，直到安帝建光元年（121）许慎在病中才叫儿子许冲把这本书献上。

《说文解字》的特点是：

（1）第一次给汉字制订偏旁部首，首列偏旁分部方法，成为后代汉字字典编纂的一种主要体例。

（2）抽绎出汉字的结构条例。古人造字，对字体结构安排总有一定依据，许慎接受班固、郑众的观点，分析抽绎汉字的造字条例，并用之于分析字形，总结为"六书"。（象形、指事、会意、形声、转注、假借）

（3）释义多用于本义。许慎解释字义，是他分析篆文形体得来的，所以比较科学。对于语词本义的解释，大都是可靠的。例如："隹，短尾禽。""焉，黄色鸟。""吕，脊骨也。""彡（欠），张口气悟也。"（象气从人口出之形）这一特点使《说文解字》具有极高的价值。我们今天要查一个字的本义，首先要查《说文解字》，另外，学习甲骨文、金文等古文字，也得从《说文解字》入手，学习古汉语的人，是不可以不熟悉《说文解字》的。

《说文解字》是近两千年的著作，由于时代的局限，它也有它本身的缺点：

（1）释义有不精确之处。因为许慎是根据小篆的形体来解释字义的，他没有见到文字最初形体，所以有些字释义就不是很精确。如"躲（射）"，许慎说："弓弩发于身而中于远也，从矢、从身。"实际上，金文的"射"根本不是从身，而是箭在弦上将发之形，再如"为"（爲）字，许慎说："母猴也，其为禽好爪。"其实这是错误的，"为"的本义是"劳作"，引申为"作为"。另外在《说文》中还有许多阴阳五行、谶纬迷信的解释，如"甲象人头""乙象人颈""一贯三为王"等等。

（2）部首烦琐，检索不便。有些字我们很难确定它们在哪一部。例如：牧，在"攴"部、"翼"（翼）在"飞"部、"瓶"（缾）在"缶"部，"朽、桑"不在木部、"愧"（媿）、"恺"不在"心"部。由于部首的烦琐造成检索的不便，今天的《说文解字》书后都附有黎永椿编的通检，可以帮助我们比较方便化检索，但是，大家查起来就知道仍然是很困难的。

（3）释义过于简略。《说文》的释义一般就是几个字，时人看上去也许很明白。我们如今看起来，就有点丈二和尚摸不着头脑了，比如："皞，皓旰也。"（皓旰即光明之义）"死，澌也。"（"澌""索"相转，"尽"的意思）"争，引也。"（引夺而归于己也）加之有转注这一道，更是使我们茫然。"考，老也"，"老，考也"，就是这样。幸亏有清人段玉裁给我们做了注释工作，一部《说文》，我们今天才可以看懂。所以我们若是参考《说文解字》，一定要看段玉裁的注。此外，还有朱骏声《说文通训定声》，桂馥《说文解字义证》，王筠《说文句读》。

（二）《康熙字典》

《康熙字典》是我国第一部现存的官修字典。它是清圣祖（玄烨）康熙四十九年（1710）命张玉书、陈廷敬等三十人开始编撰的，经过六年，1716 年成书。在《康熙字典》之前，明代较大型的字典时梅膺祚的《字汇》、张自烈的《正字通》。《字汇》首先合并了《说文》的部首为 214 部、收字 33179 个，《正字通》又重加订正收字 33000 个。而《康熙字典》正是在《字汇》《正字通》的基础上编成的，它完全仿照两书的体例，沿用 214 部，以十二辰标分十二集，共收字 47035 个（古文字 1995 不在此数，此据清陆以湉《冷庐杂识》卷二"字典"条所载）。和其他字典比较起来，《康熙字典》有以下两个特点：

（1）收字多。一般字典上查不到的字，在这里可以查到。如"㺯"（"恼"之或体）、"𥴫"（音笈）、"𪔂"（"挤"之俗体）、"厬"（楼之或体）。

（2）释义时对义项分列比较明了。它排列古注旧说，按义项分列，并引例为证。

例如：

　　壻：《广韵》苏计切。《集韵》《韵会》《正韵》思计切，并音细。女之夫曰壻，妻谓夫亦曰壻。《左传·文八年》："晋侯使解扬归匡戚之田于卫，且复致公壻池之封。"注：公壻，晋君壻。池，其名。《尔雅·释亲》："江东呼同门为僚壻，两壻相称为亚壻。"又家贫出赘妻家为赘壻。《史记·滑稽列传》："淳于髡，齐之赘壻。"又孟康曰："西方谓亡女壻曰丘壻。丘，空也。"又公壻，楚地名。《左传·定二年》（当为定公五年）："战于公壻之谿。"又乡名，壻乡在汉中城固县。《华阳国志》："唐公房成仙之日，其壻未还，约此川为居，因名其乡曰壻乡，水曰壻水。《说文》："从士胥声。"或从女作婿，义通。徐曰：胥有才智之称。又长也，壻者，女之长也。别作婿、聓、聟、壻。

这里排列了三个义项：

（1）女之夫、妻谓夫，释词有：公壻、僚壻、亚壻、赘壻、丘壻。

（2）楚地名：公壻之谿。

（3）乡名：壻乡，壻水。条理清楚，征引详尽。

它的缺点也可以总结为两条：

（1）舛误颇多：有引书错误，有文字错误，俯首即得。我们可以从中获得资料线索，千万不要以之为准，引文引书一定要核实。有清一代，因为它是官修，无人敢批评，王锡侯《字贯》之祸以后，更无人敢道个不字，直到道光皇帝命王引之作《字典考证》十二卷才纠正了错误 2588 条，这也不过是其中的一部分。兹举几例：

① "韦"部"韩"字注："又三韩，国名，辰韩、示韩、马韩也，见《后汉书·光武纪》。"应该是《后汉书·东夷传》，且"示韩"应当作"弁韩"。

② "艸"部"菼"字注引《诗经·王风》："毳衣如菼"，"《传》郭璞曰：菼，草色如雗，在青白之间。"毛亨居然引郭璞

的话，甚可怪也，他把孔疏当作毛传。

③"人"部"僿"字注："扬子《方言》：僿，西䃰农夫之丑称也。"而《方言》原文是"僿䃰，农夫之丑称也。"

（2）注音方法落后。《字典》运用三种注音方法：（A）反切法、（B）直音法、（C）叶音法。由于古今语音的变异，反切有时切不出音来。例如：豆，徒候切；蔌（音菊），渠竹切。直音有时无字可注，例如：偋，音屛（偋婷、伶偋）；俸，音罅。至于叶音，那是一种错误的注音法。由于不懂得古今语音的变化，于是就临时变通某些字的读音，以求歌诗押韵，这在宋代很流行。朱熹作《诗集传》也用这种方法。例如《诗经·周南·关雎》："参差荇菜，左右流之。窈窕淑女，寤寐求之。求之不得，寤寐思服（叶蒲北反）。悠哉悠哉，辗转反侧。"这使得一个字无固定读音。明人陈第、清初顾炎武早就批评过这种做法，而《康熙字典》仍然袭用。

《康熙字典》是以十二辰标分十二卷的，而它的部首也按笔画多少排列，所以检索起来非常方便。这里介绍几句检索口诀：

　　一二子中寻，三画问丑寅。
　　四笔卯辰巳，五午六未申。
　　七酉八九戌，十画亥内存。

十画以上的部首，当然也在亥集之内了。

（三）《经籍纂诂》

清阮元主编，是我国第一部汇辑经传子史等各类古书注解的字典，它的收文收注以唐为限。共一百零六卷，是阮元督学浙江时，以臧庸为总纂，在嘉庆三年（1798）完成付刻的。

《经籍纂诂》编排体例依据《佩文韵府》，按照106韵排字，每一韵为一卷。每字之下，将唐代以前各种古书对此字的注释罗列其下，每项先列解释，后列举出处。这样有一个好处，它仅仅罗列别人的解释，不加自己的意思，显得比较客观。当然，唐以前人的注释也不一定都正确，但因为许多注释排在一起，我们可以自己去比较，也有利于看出词义的发展线索。

因为它采用的是韵目排列法，由于古今语音的不同，我们今天有些字的韵母就不符合平水韵，这就给我们检索带来不方便。在查一个字之前，我们先得知道它在哪个韵中，当然我们可以去查《诗韵》，这样就麻烦了，幸亏1936年世界书局有影印本附有《目录索引》，按笔画排字，我们可以按笔画去检索。

五 查语词典故、名物制度、人名地名

在古汉语学习过程中，我们不仅仅接触那些单词只字，还会接触一些双音词、成语典故、人名地名和古代的名物制度，例如"一字师""岑参""符离""童生"等等。对于这些问题，我们就得去查与此有关的工具书，如《辞源》《辞海》等等。

（一）《辞源》

《辞源》是近代第一部以语词为主，兼包典故文物、典章制度等的大型辞书。从1908年到1915年以五种版式出版，商务印书馆编撰，参与其事的有陆尔奎、方毅、傅运森等50多人。它收单字一万多个，词目十万左右，内容包括一般词汇、成语典故、典章制度、天文地理、人物书名、音乐技艺、医卜星相、花草树木、鸟兽虫鱼等社会科学和自然科学的语词。

它以单字为字头，每字先用李光地的《音韵阐微》反切标音，并注直音，然后解释字义。一字有数音，分别注音，一字有数义，分条解释，接着罗列以本字为字头的词，按第二字笔画多

少排列。

《辞源》有三个特点：

（1）内容较广泛。它包含字、词、文、史、百科常识的词条，给我们提供以前辞书所没有的内容，是我们学习古汉语的常用工具书之一。

（2）条理分明。《辞源》在单字下分列义项，在词条下先释义，后引书证，或加按语，条理都很清楚，以切合实用为原则，以多种方式解说。

（3）尽可能指出词语典故的出处。《辞源》的名义就是追溯语词的渊源，所以，它所引的例句都尽可能以最初见于何书为标准。例如，"回日楼台非甲帐，去时冠剑是丁年"，是有名的借对，其中"丁年"一词，《辞源》就引李陵文"丁年奉使，皓首而归"为证，这就是说"丁年"一词最早见于李陵《答苏武书》。

但是，旧版《辞源》错误也不少。不但引书未经校对，颇多讹脱，而且不列篇目、卷次，不便复核，而且有些解释编者自己也没有弄清楚，误己误人。例如："举将"一词，《辞源》说："旧时祈举之将"，又引《三国志》"吴郡太守朱治，孙权举将也"。意思是：朱治是孙权举荐的将领。其实，朱治是孙坚的部下，坚卒佐策，领吴郡太守。孙权才15岁，他举荐孙权为孝廉，是孙权的父执辈。他的嗣子朱然与孙权是好朋友，况且《后汉书·郑弘传》中说："元和元年，代邓彪为太尉，时举将第五伦为司空，班次在下。"第五伦在做会稽太守时曾举荐郑弘为孝廉，所以称为"举将"，意为"举荐提携人"，旧《辞源》明显错了。这些都给我们的查阅带来了困难，从1958年开始，在国家统一规划下，对《辞源》进行修订，分为四册，现已出版。修订后的《辞源》在收词、注音、释义、体例方面都有较大的改进，成为阅读古籍和古典文史工作者的重要工具书，成为一本古汉语专门词典。

《辞源》新版有部首笔画索引和四角号码检字索引。

（二）《辞海》

中华书局编撰的《辞海》出版于 1936 年。舒新城、张相等 100 多人参与编辑，它是一部以百科性知识为主的词典。它的编辑体例和《辞源》差不多，收单字 13000 余个，复词十万多条，用部首排列法。由于它比《辞源》晚出 20 多年，后出转精，纠正了旧《辞源》的一些错误，改进了一些体例：

（1）它引书注篇名细目。如"一鼓作气"，《辞源》注"《左传》"。《左传》十九万多字，到哪儿去找。《辞海》就注明了"《左传庄十年》"，就好找多了。

释义较《辞源》精确。例如"抛砖引玉"一条。《辞源》说："赵嘏至吴，常建以其有诗名，必游灵岩寺，建先题二句。及嘏游寺，为续成之。人谓建乃抛砖引玉。"这里既没有出处，也是一条错误的故实。因为常建是唐开元进士（714—742），赵嘏武宗会昌二年（842）才进士及第，这时常建已死去多时，怎么"抛砖引玉"呢？《辞海》就弃去这一解释，采用《五灯会元》的原文。

（2）《辞海》采用新式标点。旧《辞源》使用圈点，《辞海》这点也是一个改进。

但是旧《辞海》也有不少错误。有的照抄《辞源》，承袭它的错误。例如在"攴"部"敛迹"一条中，引入了《后汉书·李膺传》和《周纡传》为证。其实，这二传中都没有这个词，它是抄《佩文韵府》抄错了。从 1958 年开始，国家便组织人力修订为综合性的工具书，偏重于百科知识方面，现在已经全部出齐。修订后的《辞海》收单字 15000 多，词条九万多，释义精审。例如上面的"敛迹"，新《辞海》就改引《新唐书·刘栖楚传》为证。除了合订本外，还分二十个分册出版，有部首检字、笔画检字、音序检字，使用起来异常方便。

（三）《佩文韵府》

在学习古汉语过程中，我们常常要查找一句诗、一个词的出处和意义，有点像前两年的智力竞赛。譬如说："不妨持节散陈红。"《天雨花》上有两句说："女命若坐桃花星，花前月下定偷情。"《桃花扇》上也说："天上从无差月老，人间偏有错花星。"等等。要弄清这些，我们就得去查一种辞藻汇编成的词典，这里我们介绍《佩文韵府》。

《佩文韵府》也是康熙命张玉书等人编的。从康熙四十三年（1704）开始编纂，到康熙五十年（1711）修成。全书四百四十四卷。按106韵部次字词，每个单字下面将尾字与之相同的词罗列在一起。例如：上面的"不妨持节散陈红"一句，我们查卷一"东"韵"红"字下，有"陈红"一词，于是知道这是苏轼的诗。在这里，你还可以插到题红、长红、剪红、映山红、一丈红、玉白花红、烛影摇红、练红、榴红、离红等三四十个收尾是"红"字的词及其解释和出处。但是这部书太难查了，先得查语词尾字的归类，然后按类去查才行，幸亏商务印书馆出的"万有文库"本附有"四角号码索引"，并且有首字部首索引，给予我们很大的方便。讲到《佩文韵府》，顺便提一下《骈字类编》，这也是康熙命儒臣张廷玉等修编的，它按天地、时令、山水等，共分十二门，二百四十卷，这种编排有点别致，然后将双音词的首字按其词义编入相应的门，例如上文说到的"花星"一词，我们就得查"花"字，它收在"草木门"，注说："《帝京景物略》："夜不以小儿女衣置星月下，曰：女怕花星照。"可知这两本书，一齐首字，一齐尾字，是相辅相成的。但《骈字类编》因为分门别类，只收了1600多单字，字头太少，范围狭，以致很多词查不到，但它引书注篇名，引诗文注题目，又比《佩文韵府》体例完善得多。《骈字类编》有上海同文书店石印本。

（四）《中国人名大辞典》

要查古今人名，有臧励龢编的《中国人名大辞典》。它收罗人名40000多个，上起太古，下迄清末，但清代人物遗漏不少。每个人名之下，先注朝代，次注籍贯，然后简述生平，特别是对那些古今同姓名的人，它这样一分，给了我们很大的方便，例如"徐邈"，一个是三国魏人，字景山，一个是东晋人，字仙民，在《中国人名大辞典》上一查，就一清二楚。但它毕竟是20世纪上半叶编成的，对于其中人物的评价，我们仅作参考，对于其中的材料，我们引用时定须核实。它有四角号码索引可供检索。

如果我们简单了解一个人的生平，查《中国人名大辞典》就够了，要详细了解，还得看二十五史中的"本传"，这就得利用《二十五史人名索引》。

（五）《中国古今地名大辞典》

这是目前查古今地名最详尽的一部辞书，它也是臧励龢编的，商务印书馆1931年初版，收罗地名四万多条，并且分列各词条之下的古今地名沿革，是一部使用比较方便的地名工具书。它也有四角号码检字。

六　查阅虚词的工具书

大家在中学学过韩愈的《圬者王承福传》的时候，有一句说："食焉而怠其事。"中学课本在解释的时候说："吃饭而不尽力工作。"是因为不了解虚词"焉"的用法而误释，这个"食焉"是"食于此"之义，解释成现代汉语不是"吃饭"而是"靠这个吃饭"。可见虚词在学习中的困难是很大的。实词有基本意义，临文应用中的临时意义可以凭借上下文来推定，而虚词使用频率高，用法复杂，弄错了会影响整句文意，所以虚词要比实词更难学。

查阅虚词意义的几部辞典以清刘淇《助字辨略》、王引之《经传释词》、近人杨树达《词诠》最为有名，下面分别介绍。

（一）《助字辨略》 五卷

清刘淇著。淇字武仲，又署龙田，号清泉，确山人，寓居济宁。《助字辨略》康熙五十年（1711）由海城卢承琰刊刻，新中国成立后，中华书局曾出校注本。本书取材广泛，从先秦到元代，凡经传、诸子、史书、诗词、小说中的虚词用法，都作为搜集对象。共收476字，按四声分部次，其解释时有精彩之处，但总的来说，体例欠统一，收词标准也前后不一致。

（二）《经传释词》 十卷

清王引之著。引之字伯申，清著名音韵训诂学家王念孙之子，江苏高邮人。书成于嘉庆三年（1798），到1819年刊刻行世。这是研究文言虚词的一本重要参考书，共收字254个，分160条，按古声母排列，材料来源俱在汉代以前，比较确实，引证丰富，解说也比较精审，体例统一，都超过《助字辨略》，但是它收字少，而且检索不便。现在通行的有王氏家刻本，1956年，中华书局把《经传释词》和后来孙经世撰的《补》和《再补》合刊为一帙，1982年，岳麓书社又重新校点，天头上附有黄季刚和杨树达的批语，是目前最好的版本。

（三）《词诠》 十卷

近人杨树达著。树达字遇夫，湖南长沙人，近代著名的语言学家。这本书1928年出版，它总结了刘淇、王引之、马建忠等人的成果，对文言虚词做了详尽的辨析，有许多超越前人的地方。它结合词类，具体指出虚词的语法作用，分类极细致，所引例证范围也很广泛，不管是特殊用法还是常见用法都比较精确地详加解说，是目前研究文言虚词必参考的工具书之一。

举例："且"，（一）"助动词，将也"，引15例。（二）"表态副词，姑也"，引8例。（三）"副词，附于数词之前以表'几近'之义"，引4例。（四）"副词，犹也，今言'尚且'"，引7例。（五）"提起连词"，引7例。（六）"等列连词，又也，今语云'而且'"，引10例。（七）"选择连词，抑也，或也"，引8例。（八）"转接连词，与'抑'同"，引3例。（九）"假设连词，若也"，引7例。（十）"连词"，引4例。

一个"且"字，分析为10项，列举了73个例证，可见此书的精审详赡。

全书以注音字母编次，收词532个（1928年出版）。1954年中华书局刊行、1965年再版，前面有部首检字，后面附音序检字，用起来比较方便。

第三章　汉字篇

一　文字的概念与汉字的产生

（一）文字的概念

1. 文字是记录语言的符号系统。大家知道，语言是用来进行社会交际的，离开了社会的交际功能，语言便没有生命力。但是，语言有两个缺点受时空的限制，即瞬息即逝、不能传远，文字恰好为弥补有声语言的这两个缺点应运而生。所以清人陈澧在《东塾读书记》中说："声不能传于异地，留于异时，于是乎书之为文字。文字者，所以为意与声之迹也。"这就是说，文字就是以一种社会公认的符号把语言记录下来，使之传久传远。

每种语言的书写符号都是成系统的。汉字是记录汉语的符号，它也是系统井然的，这个系统包括全部汉字的一整套声符、意符，一整套书写规则，一整套标点符号。

2. 文字的三要素及其社会性。任何有声语言都有声音和意义。文字作为记录符号，还有一个符号形体问题，因此每种文字都有三个要素：形、音、义。

文字和语言一样，是使用这种语言的社会全体人约定俗成的，任何个人都不能主观创造文字或消灭文字。武则天造出个"曌"（音照）字，取"日月双悬"之义，至今没人承认。南汉刘䶮造出个"龑"（音俨）字，取义"飞龙在天"，至今也没人理睬它。相反，今天，我们把"煤"写成"灳"，把"蔬菜"写成"茉芧"，假如写的人多起来，大家见怪不怪，也就通过了。这就是文字的社会性。

（二）汉字的产生（参看张舜徽《广文字蒙求》）

恩格斯认为文字应当产生在阶级社会。汉字具体的产生时间，目前众说纷纭，仍不好确定。但是我们认为：汉字至少已有五千年的历史，因为四千多年以前的殷商卜辞，就已经是成熟的文字了。

汉字的产生有许多传说。《淮南子·本经训》中说："昔者仓颉作书而天雨粟，鬼夜哭。"这是流传最广的仓颉造字说。《说文解字》的"叙"也采用这种说法，认为仓颉是皇帝的史官，看见不同的鸟兽有不同的足迹，知道不同的形状可以判别不同的意义，于是据以造字。相传"番"就是熊的足迹（番）。又说有一次出门，见一秃子伏在禾中，因而造了"秃"字。这当然是一种传说，仓颉是否实有其人还不能确定呢！我们认为：综合汉字的实际情况，大概它的产生有两种可能：一是图画，像甲骨文中的一些象形字龟（鱼）虎（虎）鹿（鹿），就很像实物的原形。二是契刻，像甲骨文中的一些指事字：一二三亖，就明显是刻痕以表示数目。《易传》上说："上古结绳而治，后世圣人易之以书契。"验之以现在某些少数民族的实际，大约是可信的。所以鲁迅在《门外文谈》一文中说："但在社会里，仓颉也不止一个。有的在刀柄上刻一点图，有的在门户上画一些画。心心相印、口口相传，文字就多起来，史官一采集，便可以敷衍记事了。中国文字的由来，恐怕也逃不出这例子的。"其实，刻图画画还不能算文字，文字必须是大致固定的、与语音语义相结合的符号。所以，这些劳动人民在生产劳动与社会交往过程中创造的图画、刻痕，一旦经过整理，代表了一定的声音和意义，为社会所承认，就产生了文字。这种整理的功劳，恐怕要归之于史官和巫了。仓颉既被说成是黄帝的史官，或许他对汉字进行过整理工作。总之，从图画和契刻中整理出汉字，至少是五千年以前的事了，我们今天见到的最早的，较系统的汉字是甲骨卜辞，那是殷商时代的产物。

二　汉字的形体流变

汉字是世界上最古老的文字之一，也是世界上最独特的文字之一。这种几何方块图案赋予汉字以独特的艺术基因，产生于汉字书法这门艺术。

目前，我们所知的最早汉字是甲骨文，从甲骨文到现在的汉字，在形体方面经过了脱胎换骨的变化，已经是面目全非了。根据我们目前认识的一千多甲骨文字看来，大多是象形、指事类的字，也就是说，还未摆脱图画与契刻的范畴，例如：ᛞ（其）象箕之形，ᒼ（陟）象足一前一后登阶之形，ᒼ（降）与"陟"之足有上下之分，ᐵ（癸）就是一定的符号刻痕，ᐟ（卯）亦然。ᛞ（贞）、ᐱ（丙）都是这样。

几乎就在甲骨文的同时，刻在钟鼎上的铭文就以另一种风格出现。我们称之为"钟鼎文"或"金文"。甲骨文是因为刻在坚硬的骨头或龟甲上的，所以瘦硬，圆钝的笔画不多，字体趋于简单。钟鼎文因为是凿在或铸在铜器上的，带有徽号性质，所以笔画粗润，喜繁复，多圆滑。例如"责"字甲骨文"ᚷ"，金文"ᚷ"；"岁"字甲骨文"ᛝ"，金文"ᚸ"；"躲"（射）字甲骨文"ᚠ"，金文"ᚫ"。到了周代，西周适行一种大篆体，也就是收入《史籀篇》中的字体，习惯上称为"籀文"，这是一种未脱离金文而稍为齐整的文字，例如"钟"籀文作"ᚳ"，"戎"籀文作"戌"，"台"籀文作"合"，等等。可见其基本风格仍似"金文"，不过简省而齐整一些。到了东周时代，列国纷争、各国文字风格不一，西方秦国通行大篆，也与西周的大篆风格略异。到了秦始皇统一中国，要求"书同文，车同轨"，于是命李斯以秦国大篆为基础，删繁就简、整齐划一，每个字规定一个标准形体，除去形体纷乱的异形字。这就是收入《说文解字》中的小篆。例如上文的"钟（鍾）""戎""台"三字，小篆统一为"鎯""𢦏""𠖟"。就在小篆出现的同时，社会上出现一种通行的简便书写体——隶书。因为从金文到小篆都没有摆脱圆折笔画的束缚，而圆折笔画严重影响了书写速度。在多事之秋的秦末，一种不利于迅速书写的文字必然要被淘汰。所以圆转笔画必然要被方折的笔画所代替，这就产生了隶书，它通行于汉代。隶变是汉字演变史上最伟大的一变，隶书是汉字形体演变的转折点。它破坏了汉字构形的有理性，把汉字从绘图法的构形升华到标号性的构形，真正符合了文字符号性的特点。例如"命"，小篆作"命"，隶书作"命"；"爲"，小篆作"爲"，隶书作"爲"，这就为后来的楷书奠定了基础。隶书分为古隶和今隶。古隶尚未完全脱离于小篆，仍有一些篆势。后来，由古隶渐生波磔，笔画方折有致，完全摆脱小篆意味，这叫八分体。由八分体稍做草率书写，以求迅疾，即成章草。兼隶书的严谨和章草的遒劲，就形成了楷书，一直通行到今天。楷书快速书写成了草书，介于楷、草之间的是我们平常的手写体——行书。

　　以上所讲是字体流变的总括，至于其中许多末节，在汉字形体变化上并没有产生多大影响，大家略知道就行了。据《说文解字叙》说，秦书有八体：大篆、小篆、刻符、虫书、摹印、署书、殳书、隶书。汉代有六书：古文（孔子壁中书，实则大篆或籀文）、奇字（六国时文字）、篆文（小篆）、左书（古隶）、缪篆（摹印文字）、鸟虫书（旗、幡、信、玺文字）。这些大家做一般了解就行了。

三 "六书"与汉字的形体结构

（一）"六书"理论

上面我们讲到：隶变破坏了汉字造字的有理性，也就是说，汉字造字之初，都是有道理可讲的。为什么"雨"叫"雨"，因为这就是一幅下雨的图画。为什么"爻"叫"文"，因为交错的线条就叫"文"（纹）。⊙就像太阳，☽就像月亮，魚就像鱼形，🔨（斤）就像斧形，來就像麦形。要想了解一个字的本义，我们必须从分析字形入手，来追寻造字的有理性。

分析字形来探求字义，前人早就运用这种方法。《左传》上说"止戈为武"，《韩非子》上说"背厶为公"，都属于这一类。《三国志·薛综传》说："综下行酒，因劝酒曰：'蜀者何也？有犬为独（獨），无犬为蜀，横目苟身，虫入其腹。'奉曰：'不当复列君吴邪？'综应声曰：'无口为天，有口为吴，君临万邦，天子之都。'"这纯粹是以楷书形体来做文字游戏了。

分析汉字形体结构，总结造字的方式，前人有"六书"的说法。它最早见于《周礼·地官·保氏》，说"六书"为国子所要学习的六艺之一。《周礼·地官·保氏》："掌谏王恶，而养国子以道，乃教以六艺：一曰五礼，二曰六乐，三曰五射，四曰五驭，五曰六书，六曰九数。"东汉郑众注《周礼》，解释"六书"为"象形、会意、转注、处事、假借、谐声"。汉班固在《汉书·艺文志》中说："周官保氏掌养国子，教之六书，谓象形、象事、象意、象声、转注、假借，造字之本也。"东汉许慎在《说文解字叙》中又说成是"指事、象形、形声、会意、转注、假借"。由此可见，"六书"只是战国以后的人根据汉字形体结构和使用情况加以分析归纳，得出来的六种汉字形体构造分类。但这种分类有利于我们从字形分析上去探求字义，所以，对我们今天学习古汉语仍起一定的作用。

许慎"六书说"的排列次序，显然不符合汉字造字的实际情况。我们做了一些调整，下面分别介绍：

1. 象形。许慎说"象形者，画成其物，随体诘诎，日月是也。"也就是说，用线条图写事物的全体或部分特征，形成文字，这类字叫象形字。例如：𠕇、𠕁，大家一看就是一幅下雨的图画。𠤳（函）象箭匣之形，《说文》根据小篆形体说"𠤏，舌也，象形"，这是不对的。但许慎认为它是象形字，又是正确的。来，是一种麦的名称。《诗经·周颂·思文》："贻我来牟。"朱熹注说："来，小麦；牟，大麦。"可见它也是个象形字。大家再看"行"（𠘧），它的本义是"十字路口"，大家一看不就明白了吗。再看教材上的举例"𦍌"，似乎不太像"羊"的形状；还有"𠀌"也似乎不太像牛。但大家应知道，这正是古人的高明之处，这是文字，不是图画，只要能够作为一个语言符号，起到交际功能就行了，形体当然是越简单越好，只要抓住了事物的主要特征，描摹出来就行了。羊的主要特征是"∧∧"形角，牛的主要特征是"∪∪"形角。大家再看"𤣥""𤣦"两个形体，一是豕，一是犬。可见先民造字时观察实物是多么细致入微的。

2. 指事。许慎说："指事者，视而可识，察而见意，上下是也。"也就是说，用记号指出事物特点，表明本符号的意义所在，这种方法造出来的字叫指事字。汉语中有个成语叫"穷形尽相"，可见用象形的方法来造字，总有行不通的时候。因为一些实体性的物有形可描，一些抽象的事物却无形可画。"上"如何画，"下"如何画，这些都必须借助于另外一种方法来产生符号表示，于是指事法应运而生。从逻辑上来推论，指事应当产生在象形之后。指事字必须是以一个大家都熟悉的符号为准的，然后再加上另外的指示符号，来表明含义所在。所以，那个基准符号必须是大家一看就明白的（"视而可识"），然后，仔细观察指事符号的位置，就能知道这个字的意义。所以叫"察而见意"。大家都了解这个符号是"刀"，所以你再加上一个符号"·"，别人就明白你这是指刀刃。假若大家都不知道这个"刀"字，你加个"·"，大家就更莫名其妙了。大家都知道"大"是个人形，你加两"·"大家也明白指腋下。若我们把"大"当作"大"字，你加两点也就不通了。至于"二""二"的"一"，倒不是实指什么物体，而是人们一个约定俗成的符号，用来表示一切物体的平面。那么，平面之下加一点就表示"下"义，平面之上一点就表示"上"义。

3. 会意。许慎说："会意者，比类合谊，以间指㧪，武信是也。"这就是说，将两个符号合并成一个形体，使这两个符号的意义也融汇组合成一个新的意义，这种方法造出来的字叫会意字。这种汇合而成的新的意义也需要人们去体会。所以"会意"的"会"有"会合"和"体会"两方面的意思。上文我们讲到的"止戈为武""背厶为公"，就是属于这一类。当然这一类字更是一种抽象的表示了。再举几个例子："步"是由"止"和"少"（右足）组成，一前一后表示一步；"男"是由"田"和"㠯"（耒）构成，用耒与田表示男人的事。还有"休"（休）"杲"（杲）、"集"（集）、"美"（美）、"乏"（乏）等。必须指出，会意的意是根据汉字的初形会出来的，后来字形变了，据此是会不出正确的意来的。现在我们仍然在用会意的办法简化字解字。例如："小土"为"尘"；"上小下大"为"尖"。宋代王安石解释"霸"字说"西方主杀伐"，有人说"霸"上是"雨"

字，他马上接口"如时雨之化"。这是"字为我用"的典型的例子。有些小学老师教儿童识字说："丰衣足食为裕"（衣+谷=裕），也就是一种新的会意法。

4. 形声。许慎说："形声者，以事为名，取譬相成，江河是也。"也就是说，用字的"形旁"表示字义所指称的事物大的类别范畴，用字的"声符"表示字的读音，这种方法造出来的字叫"形声字"。简言之，形声字可以分为两部分：形符和声符。形符表示字的义类，声符表示字的读音。"以事为名"，段注"谓半义也"，说是这一半代表字义的归属；"取譬相成"，段注"谓半声也"，说是这一半譬拟着字的声音。

从文字学的观点看，形声字已超越了表义体系的范畴，运用了表音的方法，是造字方法的一大进步。用这种方法可以造出无限多的字，因为任何事物的属性都有一个归属的类别，任何事物的名称都可以找到一个同音的符号来表示。一些新发现的化学元素我们就是用这种方法来命名造字的：氨、氮、氢、铝、汞等。形声字的重要性就在于它的能产性。

以上我们讲了象形、指事、会意、形声四类字，这四类字的界限是很清楚的。象形和指事都是由一个有意义的符号组成，是独体，古人称之为"文"。会意和形声都是由两个有意义的符号组成，古人称之为"字"，属合体，所以又有"独体为文，合体为字"的说法。但是，具体到某个字，文字学家往往说法不一，例如"齐""飞"，许慎列为象形，王筠却认为是指事。"高"和"夹"，许慎认为会意，王筠也算作指事。如果拿我们以上的理解来衡量，"齐"象麦穗出齐的样子，"飞"象展翅上飞的鸟，都是象形字。高象高台上的房子，是象形字。"夹"象人两腋下偷藏着东西，是指事字。对于这些，我们并不要求一定要确定它归属哪一类，只要求大家会分析字的结构，不要弄错了字的组成部分就可以。例如旗、旌、施、旐等字都是从"㫃"而不是从"方"。这样，我们也就知道了这些字都是形声字。但是同样是形声字的"拖"却是从手，它声（拖本它声作扡）。

5. 转注和假借。六书的另外两书是"转注""假借"，许慎说："转注者，建类一首，同意相授，考老是也"，"假借者，本无其字，依声托事，令长是也"。这两书历来众说纷纭，北大教材以为不是造字原则，故而略省不谈，这是把"造字"二字理解得太死。他们认为，产生新的形体才算造字，否则不算造字。而转注和假借都不产生新的形体，因而不算造字原则。下面我们先谈谈这两书的定义，再来谈这个问题。

先谈转注，对许氏的定义历来分歧最大。我们认为："建类"的"类"是声类，在一连串的同义近义词中，统一成为一个部首，这就是"建类一首"的含义。"同意相授"是说这一串词既然是同义、近义词，就可以互相解释。例如"考"和"老"这两个词，属同义词，因而统一其部首为"老"，然后分别据其声类而建字，下面加上"丂"就是"考"。"丂"和"考"声音是相近的，"考"与"老"又是同义，可以互相解释，所以《说文》说："考，老也"，"老，考也"。

分析"老""考"这两个形体，"老"应该是会意字，由 ⺹ 人 乚 这三部分组成，意为"变成了长发的人"。而"考"显然是个形声字，"⺹"是它的形符，"丂"是它的声符。可是，这类形声字的形符并不代表事物的类别，而是代表一个抽象的概念。

再看假借，本来没有这个形体来表示这个意义，叫"本无其字"，找一个同音字来代表这一意义就叫"依声托事"。大家知道，语言是以音来表义的。我们平时说话，不是把音变成形体才表达意思，而是直接通过声音来表情达意。所以，如果一个字的读音和一个概念相同，那个这个形体也可以用来表示这个意义。

例如，"来"本来是象形字，象牟麦之形，它与"来去"的"来"同音，我们就可以用来表示"来去"之义。"亦"本来是指事字，指代人的腋下，但它又与虚词的表"也"义的"亦"同音，于是就借它来表示虚词义。"不亦乐乎"（不亦乐乎）四个字全是借用其他的形体，所以有人说古书十之八九是假借。（吉林大学古文字研究室统计，甲骨文时代假借字占 90%）可见假借在汉字使用过程中的重要作用。可以说，没有假借，汉字就无法充当汉语的表意符号。假借的重要性主要表现在两个方面：

一，扩大了汉字的使用范围，使汉字以有限的形体表达出无限的意义。如果每一个意义都规定一个符号，那么，我们现在的汉字就不是 4 万、5 万，而是这个数字的几十倍、几百倍。甲骨文有一句话叫"其自东来雨"（其自东来雨），或认为这是中国现存最早的谚语，这里"其"是"箕"，"自"是"鼻"，"东"是一种类似口袋的东西，"来"是麦，只有"雨"是名副其实的原义。我们很难想象，再造出语气词的"其"、介词的"自"、方位词的"东"、动词的"来"将是什么样子。

二，假借诱导了新形体的产生。例如，"其"一旦用作虚词，使得汉字中又产生了"箕"。"求""裘"、"莫""暮"、"亦""腋"，都是这种情况。

假借字虽然很重要，但许慎所举的两个例字都是错误的。令（令），招集号召众人的符节（△：召集；弓：符节），引申为"发号施令"。后来词义范围扩大，用以指"发号施令的人"。这二者之间联系密切，不是"本无其字，依声托事"的。至于"长"（chāng）与长（zhǎng）原义到底是什么，至今还没有弄清。（长）小篆的形体已看不出本义，有人强为之解释，说是"亻"是倒"止"，表变化之义兼声旁，兀即兀，表高远，匕即化，表变化，那么这个形体原指长（chāng）后来借作"年长"

的"长"（zhǎng）。可是甲骨文的"长"字形体很清楚，，象长发老人拄拐杖，那么它的本义应当是"年长"。无论是"长"（chāng）也好，"长"（zhǎng）也好，都是一个概念外延的扩大。由年纪长而及其头发长，或者由头发长而判断其年纪长，二者的密切关联是显而易见的，不像"麦"和"来"，"朋"和"凤"之间没有一点瓜葛，所以我们说，许慎的定义是对的，而他的例证却是错的。

那么，这里的假借与后来的文字通假又是什么关系呢？它们的区别在于一个是本无其字，一个是本有其字。

严格地讲起来，转注和假借都不产生新的形体，不能算造形原则，是文字在使用过程中的权变现象，应该是用字原则。但这个用字原则同样重要，特别是假借。它是汉字成为汉语的符号系统的重要一步，使汉字摆脱有限的形体和无限的义项之间的局限，圆满地完成表情达义的功能任务。

作为造字和用字条例的"六书"理论，我们就讲到这里，这是一书也不能少的。但是单纯从分析汉字的形体结构而言，"六书"只有"四书"适用于我们的分析，如果进一步归纳，则"四书"可以分为两大类：（A）不带表音成分的纯粹表意字，这是指象形、指事、会意三书。（B）带表音成分的形声字。

汉字从很早的时候形声字就占绝大多数。在《说文》的九千多字中，形声字占百分之八十以上。越到后来，形声字的比重越大。所以，形声字可以反映汉字的一般情况。在形声字的学习中，我们把握的关键是弄清哪部分是形、哪部分是声，这样有利于我们通过分析形声字来了解字的本义。

学习文字、分析汉字的形体结构，最终目的是通过分析来了解造字的本义。我们一开始就讲过，汉字属表意体系的文字，每个形体都是根据意义造出来的。因此即使汉字造字的有理性受到破坏，但我们通过对最初形体的分析，仍然可以追溯这种有理的意义。例如，《诗经·七月》"九月叔苴"，这里的"叔"是何义，我们必须分析分析"叔"的字形。它是个形声字。"尗"是声符，"又"是形符。我们知道，形符从"又"的都与"手"的动作有关，例如"取"（以手割耳以计军功）是会意字，"受"（两手传递物体），从又，舟声，是个形声字，都与"手"的动作有关。所以"叔"也一定与"手"的动作有关。而"叔"就是"拾"的意思。

再如《诗经·鄘风·相鼠》："相鼠有皮，人而无仪。"这里的"相"是"仔细审察"的意思，为什么呢？因为它从"目"，与眼睛有关。所以这些离开了对汉字字形的具体分析是无法办到的。

汉字的形体结构，特别是形声字的结构，并不是千篇一律的。尽管它大多数采用左形右声形式，但许多其他形式的形声字我们也应该知道，不能影响我们分析字形的准确性。归纳起来，它主要有六种：

（A）左形右声：江　棋　诂　超
（B）右形左声：攻　期　胡　邵
（C）上形下声：空　箕　罟　苕
（D）下形上声：汞　基　辜　照
（E）内形外声：辩　哀　问　闽
（F）外形内声：阁　国　固　裹

这是六种主要形式，有些字形由于楷书或其他原因，已经使我们很难看出它的形声结构了，这应该引起我们特别的注意。例如："徒"，从辵，土声；"宝（寶）"，从宀、玉、贝，缶声；"施"，从㫃，也声；而"拖"却是从手它声。这就告诉我们，根据形旁来推求本义，一定要注意两个问题：

一，根据字的最初形体；

二，准确判断形旁与声旁。

宋代王安石作《字说》根据楷书形体，把形旁与声旁的关系看得太死，闹出很多笑话。"波者，水之皮也"，苏轼则反驳说："滑者，水之骨乎?"这就是把声旁也固定在一个含义上，其实，这里的"皮""骨"仅仅是取它们的读音罢了，并不取"皮""骨"的实际意义，大家一定要注意。

也就是在宋代，王圣美提出著名的"右文说"，以为"声旁也表义"。例如，"戋，少也，水之少者曰浅……贝之少者曰贱"。其实在这里，他并不是指明具体每个字的声符表意问题，而是无意识地提出一个有名的语言学论点：意义是由声音表示，同音之字往往意义相近。这就开了后代声训的先河，如"胞、饱、袍、匏、泡、疱、雹、包"都含有"裹圆形"的意思。

这在以后的训诂一章中要专门讲这个问题。下面我们就来具体讲一下某些部首（形符）的意义问题。

四　汉字的部首

部首是许慎撰《说文》的时候首先总结出来的，一般地说，部首就是意符。就一个形声字来说，一部分叫声符，一部分叫意符或形符。如果集中一大批同形符的字，这个共同的意符就是部首。

部首标示着该部字本义的意义范畴。所以，通过对部首的分析去探究字的本义，是执一驭繁的方法。下面，举例讲讲某些常用的部首。

（一）行为动作

1. 口　口：象形，"人所以言食也"。从口的字，多是与口相关的名称和口的动作。

噭 噭（jiǎo）：口也，从口敫声。

喙 喙：口也，从口彖声。

吻 吻：口边也，从口勿声。

嚨 嚨：喉也，从口龍声。

哆 哆：张口也，从口多声。

呱 呱：小儿嗁声，从口瓜声。

喑 喑：宋齐谓儿泣不止曰喑，从口音声。

咳 咳（hài）：小儿笑也，从口亥声。

噍 噍：齧也，从口焦声。

噫 噫：饱出息也，从口意声。

衍而为舌，从舌之字与"言语"有关：

評 評：召也，从言乎声。

谚 谚：傅言也，从言彦声。

譜 譜（zhè）：大声也，从言昔声。

諼 諼：诈也，从言爰声。

衍而为"舌"，从舌之字亦与口动作有关：

舚 舚（tà）：歠也，从舌沓声。《广韵》："噠，饮也。"

舐 舐（即舐）：以舌取食也，从舌易声。

衍而为"音"，从音之字亦与口动作有关：

響 響：声也，从音鄉声。

韽 韽（àn）：下彻声（微声也），从音酓声。

2. ㄋ 又，手也，象形，凡从又之字，多与手的动作有关。

曼 曼：引也（拉长），从又冒声。

叔 叔：拾也，从又未声。

度 度：法制也（伸臂一寻，以手取法），从又庶省声。

衍而为 ㄉ、（拱），从 ㄉ 之字亦与"手"动作有关。

奉：承也，从手、𠬞，丰声。

弇（yǎn）（掩）：盖也，从𠬞，合声。

𢀈（qī）：举也，从𠬞甘（jī）声。

弄：玩也，从𠬞玉。

兵：械也，从𠬞持斤，并力之皃。

𡙇：持弩拊，从𠬞肉声（肉古读若逑）。

衍而为"共"（共），从共之字亦与手的动作有关：

龔：给也，从共龍声。

衍而为"𠬞"，从攀之字亦与手动作有关：

攀：（扳）鷙不行也，从𠬞、棥声。

挛：樊也。

3. 止 止，下基也，象艸木出有阯，故"以止为足，象形，凡从止之字多与脚部名称和脚的动作有关。

踵（踵）：跟也，从止重声。

堂（掌）：距也（即脚掌，古名堂距），从止，尚声。

叔（諔）：至也，从止，叔声。

歸 歸：女嫁也，从止，从婦省，自声。

衍而为"足"，从足之字多与脚名称动作有关：

蹏（蹄）：足也，从足虒声。

跟：足踵也，从足𣎆声。

踝（huái）：足踝也（小腿与足的交接处），从足果声。

跪：拜也，从足危声。

躋（jī）：登也，从足齊声。

衍而为"辵"（chuò），从辵之字亦与足的动作有关：

巡：视行也，从辵，川声。

延：正行也，从辵，正声。

通：达也，从辵，甬声。

遁 遁：迁也，从辵，盾声。

4. 心 心、忄、小多与心理状态有关，如：快、怀、惧、想、感、念、慈、慕、恭、思、想。

（二）物产器用

貝 贝：从贝之字多与财货有关，如：财、赂。

宀 宀（mián）：从宀之字多与宫室有关，如：宫、室、穴、寮、安、向。

衣 衣：从衣之字多与衣服有关，如：初、补（補）、裹、衷、装、裂、袭、裁。

糸 糸（mì）：从糸之字多与丝有关。糸，象束丝之形。

隹 隹（zhuī）
鸟 鸟 ｝ 从隹、从鸟之字多与禽有关。

彡 彡（shān）：毛饰画文也，从彡之字多与须毛有关。

石 石：从石之字多与石头有关，如：砬、礌、碗。

木 木：从木之字多与木有关，如：桐、柏、柳、栽、植。

艸 艹：从艸之字多与草有关，如：萍、茱、芳、菀。

阜 阜：从阜之字多与山陵有关，如：陵、阴、阳、陟、隙。

邑 邑：从邑之字多与地理区划有关，如：都、郊、鄂、鄢、鄙。

五　古今字、异体字、繁简字、通假字

从小篆以来，汉字经历了两千多年的发展过程。在这中间，除形体方面系统的演变外，还有古今字、异体字、繁简字、通假字等现象，给我们阅读古籍、正确理解字义都带来一定困难，所以我们要具体分别介绍。

（一）古今字

在不同的时代，表示同一个意义用不同的形体，这两个相异的形体称为古今字。

例如，《论语·学而》："学而时习之，不亦说乎！"这里的"说"不是说话的意思，而是相当于我们现在的"悦"。也就是说，"喜悦"的"悦"，古代用"说"来代替。"说"字身兼二职，一是说话之"说"，二是喜悦之"悦"。后来人们发现，说话和喜悦并不是一回事，一个是发音动作，一个是心理状态，不能用同一个形体来表示，于是根据"喜悦"是心理状态这个特点，把"说"字的"言"旁改为"心"旁，造出"悦"字。于是，两个不同的意思就分别用不同的形体来表示了，这两个字我们称为古今字，"说"相对来说是古字，"悦"相对来说是今字。古今是指时间的先后，都是相对而言，并非指古代与现代。

在先秦时代，汉字的数量比现在少得多，一部《四书》（大学、中庸、论语、孟子）共用了 4466 字，到《说文》时代，所收也不过 9353 字。这并不意味着古人概念贫乏，不需要表达复杂的感情，相反，古人讲起哲理来是很深刻的，如名家白马非马论，就将名与实讲到近似诡辩的程度。那为什么用字是那样少呢？因为古代汉字兼职现象多，不像现在一字一用或基本上一字一用。例如，"辟"字：

避　《左传·宣公二年》："（晋灵公）从台上弹人，而观其辟丸也。"

闢　《孟子·梁惠王上》："欲辟土地，朝秦楚，莅中国而抚四夷也。"

嬖　《论语·季氏》："友便辟，友善柔，友便佞，损矣。"

僻　《孟子·梁惠王上》："苟无恒心，放辟邪侈，无不为已。"

譬　《中庸》："君子之道，辟如行远必自迩；辟如登高必自卑。"

这五项意义都用同一个形体来表示，后来的人当然感到不便，于是根据不同的内涵，分别加以不同的偏旁，就有了不同的形体。所以说，古今字的产生是字有专司的分化结果。

在讲"六书"假借一节时，大家也许还记得，我们讲到假借的两个作用，一是扩大了汉字的适用范围，二是诱导了新形体的产生，这第二条就是指产生古今字。例如："其"本来是"箕"的意思，后来被代词的"其"假借，"其"形体就身兼两个意思了。再后来，人们觉得这样兼职不妥，应该分开才明确，但是虚词的"其"无法造出新字，只好在"其"上加个"竹"，让它去专司"箕"这一概念，从此"其"本义出让给"箕"，自己专指代第三人称了，"其、箕"形成一组古今字。像"求、裘""莫、暮""亦、腋"都是如此。所以，它的演变公式：分（假借）合（古今字）分。

下面举几组常见的古今字：

a：大太、弟悌、閒間、說悅、孰熟、竟境、隊墜、涂塗、赴訃、馮憑、賈價、屬囑、厭饜、県懸。

b：共供、知智、昏婚、田畋、戚慼、反返、错措、卷捲、尸屍、责债、莫暮、然燃。

c：女汝、藏臟、奉俸、见现。

（二）异体字

音义完全相同，在任何条件下都可以相互代替的两个或两个以上的形体互为异体字。

前面我们说过，文字并非某一个人创造，是人民群众集体智慧的结晶。那么，在字的形体方面就不可能那样整齐划一，就会造成同一个字的不同形体。这些异体字出现在古籍中，给我们阅读造成一定的困难，所以，我们有必要学点有关异体字的常识。

异体字的产生有时、地和造字方法三方面的原因。由于汉字形体的演变由繁到简或者由简到繁，还有篆书隶化、隶书楷化方面的原因，会产生一些异体字，例如：籀文"折"（折），意为"以斧头砍草"，小篆统一为"折"，与"手"混而为一，这样"折""折"二个形体就成了异体字。"剱"是籀文的写法，"劒"是小篆的写法，经过篆书隶化就成为两个异体：劍、劔。繁简、正俗的过程也是一个异体的过程，例如：北魏时期，把"亂"简化成"乱"，但并不是像我们现在这样，一旦简化繁体字就不再使用，那时是繁简并用，这样"亂""乱"就成为两个异体字。还有古书中，特别是小说，刻工图省事，往往用一些俗体，例如"學"刻成"孝"，"覺"刻成"觉"，"雪"刻成"彐"等等，也是产生异体的原因。

再一个就是地域方面的原因。由于对事物有不同的看法和观点，形成不同的分类。于是，造形声字时就取不同的形旁；由于方言的不同也会取不同的声旁，也就产生了不同的形体。

例如：甲地人把陶瓷归为"石头"一类，因而造出"碗"；乙地人则认为陶瓷与瓦同类，因而"碗"就成了"瓺"；丙地人认为碗是器皿一类，因而造出的字是"盌"；丁地人根本没见过陶碗，他们那里是剜木为碗，于是那里的碗字写作"椀"。这几个不同的形体，反映了人们对碗的不同认识和归类。就声符来说也是如此，"蛤蟆"的"蟆"，甲地人读音如"莫"，于是造出"蟆"字；乙地人读音如"麻"，于是写作"蔴"。甲地人读"蚊"如"民"，于是写作"蟁"；乙地人读"蚊"如"文"，于是写作"蚊"。当然，对于形声字的不同结构也可以造成异体字，如："蚊"和"蚉"、"蟆"和"蟇"、"慚"和"慙"、"鵝"

"躼""鵽"、"咊"和"和"、"雜"和"襍"。

不同地方、不同时代的人用不同的方法来造字，也就产生了异体字，例如"嶽—岳"，前者形声，后者会意，"憑—凭""巖—岩"都是如此。

总之，异体字是就字的形体而言的，形体相异才是异体字，但这里要注意两点：

（1）音义完全相同。有些字意义相近或相通，后代读音也相同，但古代读音不同意义也不完全相同，因而不能算异体字，例如"置"与"寘"，现在读音相同，都有"放置"的意义，但是"寘"是"安置"的意思，所以《正韵》说："纳之也，尤言安著也"，后来引申为"舍也""废也"，而"置"一开始就是"弃置"的意思，所以《说文》解释为"赦也"。徐锴说："置之则去之也。"一个是褒义词，"安排停当"；一个是贬义词，"放弃""丢开"。所以，刘禹锡的诗："巴山楚水凄凉地，二十三年弃置身。"不能写成"弃寘"。

另外，"置"还有"设立""驿站"二种意义，是"寘"所没有的，例如，《汉书·霍光传》："置园邑三百家。"这里的"置"犹如我们今天所说的"购置"，是不能用"寘"的。苏轼《荔枝叹》："十里一置飞尘灰。"这里的"置"是"驿站"的意思，也不能用"寘"。

况且，"寘"古音［tjek］（锡部照母），"置"［tzhək］（知母职部），语音并不相同，所以"寘"字又读［tián］。寘颜山，在匈奴境，即今蒙古杭爱山的南面支派。

（2）任何条件下都可以互相替代。有些字音义的确完全相同，但是使用范围并不完全一样，在有些条件下不能替代，例如"游"与"遊"，用于"遊玩""遊行"等意思时，"游"完全可以替代"遊"，但在"游泳""游水"时，"遊"却不能代替，也就是说：你任何时候写"游"都不错，但不能任何时候都写"遊"，所以，这两个字也不是异体字。同样的情况还有"沽""酤"，在具体行为上可以通用"沽酒""酤酒"都行；在抽象行为上不相通，"沽名"不可以作"酤名"。任何时候写"沽"不会错。

还有些字，在古代的确是异体字，后来意义各自有了分工，就不算异体字了。例如："谕"和"喻"，在古代，意义完全一样：

① 《战国策·魏策》："寡人谕矣。"　　｝知晓，懂
② 《论语·里仁》："君子喻于义，小人喻于利。"｝得
③ 《孟子·梁惠王上》"王好战，请以战喻。"　｝譬喻
④ 《汉书·贾谊传》："谊追伤屈原，因从自谕。"｝

现在，"知晓"义只用"谕"，"手谕"不能写成"手喻"，"比喻"义只用"喻"，不用"谕"。

总之，不符合以上两个条件中的任何一条，都不能算异体字。

（三）繁简字

由于简化的原因，新生的形体笔画少于原形体笔画，于是原形体为繁体，新形体为简体。

可见，繁简字完全是就形体的笔画而言的，从这种意义上说，两个异体字，若有笔画多少之分，也是一对繁简字。

文字要求便于书写，所以古来就有简化的趋势。在《说文》中，"星""晨"都还有另外的写法："曐""曟"。现在"星""晨"流传下来，"曐""曟"不被采用而湮灭，就可以看出简化的趋势。在晋代"鐵"就被简化为"尖"，在唐代，"口"普遍简化作"厶"，例如"句"作"勾"。高彦休《唐阙史》卷上还记载了一则故事：进士单长鸣求试得中，向主管官吏投诉说：

"我姓单（音丹），张榜的人却信笔写成單（音善），單虽然是个不常见的姓，作为官吏，也不该这样侮辱我的祖宗。"那位长官先还不明白怎么回事，后来才弄清，说："方口，尖口，还不是一样。"长鸣厉声说："不对。如果你以为方口尖口是一样，那么'台州吴儿'就成了'吕州矣儿'了。"可见在唐代，"口"写成"厶"是常事，以致"厶"与"口"竟不能分别。宋元以来，简化字更是常见于刻书者之手。例如"孃"和"娘"，意义本来区别很大。《木兰辞》"旦辞爷孃去，暮宿黄河边"，绝不能写成"爷娘"。而《西厢记》中的红娘，也不能写成"孃"。到了元代，爷娘字就被少女字所兼并了。但直到新中国成立前，这种简化都是自发而不是自觉的。

1956 年，国务院公布《汉字简化方案》，到 1964 年公布《简化字总表》，共简化汉字 2338 个。

繁简字一般都是一对一的，但也有少量一对二、一对三的，例如：升昇陞、发髮發、干榦幹乾。

汉字简化方法主要有四条：（A）采用历代俗体中的笔画简者。如：亂→乱、體→体、進→进、論→论等。（B）采用笔画少的异体字或古字：如禮→礼、無→无、個→个、網→网等。（C）采用同音替代：丑醜、里裏、后後等。（D）利用草书楷化法：書→书、為→为、偉→伟、東→东。

简化字前面说过，有些是异体字，但我们不能说异体字就是繁简字，因为有的异体笔画是一样多的，无所谓繁简。例如：壻婿、唾涶、嗥獆、歾朽、寓厲、沙沙、媿愧等，都是异体字，却不是繁简字。反过来，我们也不能说繁简字都是异体字。因为那些一对二、一对三的繁简字都不是异体字，它们的来源都不是一个，而是两个以上。例如"后"和"後"就不是异体字，"发""髮""發"当然更不是。类似的情况还有"征"和"徵"，人们往往分别不清。《论语·八佾》："夏礼吾能言之，杞不足徵也。"沈佺期《古意》："九月寒砧催木叶，十年征戍忆辽阳。"这两个"征"字绝不是一回事。现在都简为"征"，所以"徵求""徵引""徵用""徵兆""徵君"都写成"征"了。另外，古代结婚六礼之一是"纳徵"，绝对不能用"征"，以免有抢婚之嫌。"徵"又读 zhǐ，为五音之一，也是"征"不能代替的。这些是我们读古书时应特别注意的。现在对外交流很多，我们出去少不了要用繁体字。如果我们把"徵用"写成"征用"，恐怕严重的会丢掉一笔生意。1978 年 12 月 27 日《光明日报》图片说明："图为火车奔驰在枝柳铁路的源江大桥上。"这"源江"在哪儿，原来是"沅"江。有人把"资源"的"源"写成"沅"，于是报社怕出错，把"沅"改成了"源"，殊不知"源""沅"本来是不相同的。

下面介绍一些一对二、一对三、一对四的繁简字：

摆擺襬　复復複覆　获獲穫　汇滙彙　台臺檯颱　坛壇罎

丰豐　才纔　干幹乾榦　伙夥　几幾

价價　荐薦　尽盡儘　卷捲　里裏　么麼

历歷曆　帘簾　蒙濛懞矇　面麵　宁寧

辟闢　签簽籤　适適　术術　松鬆　系係繫

余餘　郁鬱　云雲　折摺　征徵　钟鐘鍾

（四）通假字

在古书中，因为音同或音近，使意义毫不相干的两个字互相替代，称为文字通假。

简单说，通假现象就是我们今天的别字。在古代，文字并没有经过整理规范。古人书写时，或因为手下大意，或因为偶尔遗忘，一时记不起本字，就随手写个同音字来代替。于是出现文字通假现象，这在古代是允许的。从近年来发掘的帛书看来，通假现象比比皆是。

1. 文字通假现象的产生

主要有三种：

a. 避嫌避复。这是有意识地写错，以避免嫌名或俗名的出现。例如，北京八面槽有个"迺兹府"，名字很雅。其实，它是明代的"奶子府"，是勾结魏忠贤的明熹宗乳母客氏的府第。鼓楼东大街有个"寿比胡同"，原来却是"臭皮胡同"。

新街口北大街有个"时刻亮胡同"，原名却是"屎壳郎胡同"。江西彭泽县江中有小孤山，苏轼《题江中绝岛图》说："舟中贾客莫轻狂，小姑前年嫁彭郎。""小孤"写成了"小姑"，"澎浪矶"，变成了"彭郎矶"。还有姓氏方面，"史"在有些方言里与"死"同音，于是姓"史"改为姓"高"，春秋战国时陈国大夫陈完为了避乱逃到齐国，改"陈"为"田"。韩国被秦国灭亡后，韩的子孙逃到江淮之间，惧怕追杀，改"韩"为"何"。

b. 方音差别。由于方言的不同，此地人讲的这个字到彼地变成了另外的字。《后汉书·冯衍传》："饥者毛食。""毛食"就是"没有食"，本来应该写作"无"，荆楚一带人读"无"为"冇"，今天还是这样。于是就取与"无"声音相近的字"毛"来用一下，佛经翻译"南无阿弥陀佛"，还是读"那模恶米拖复"。白居易的诗《问刘十九》："绿蚁新醅酒，红泥小火炉。晚来天欲雪，能饮一杯无。""无"在这里又假借为"么"。《文苑滑稽谈》记载：山东有一个学官，读到一份考卷，里面夹了一张字条，上面写着："同邑某相国，童生乃是其亲妻。"于是，他在卷上批到：

"该童既系相国亲妻，本院断不敢娶。"这里可以看出，在这个童生的方言中，入声字已经消失，若是南方保留入声的方言，"戚"只会写成"七""乞""吃"，不可能写成平声"妻"。

　　c. 临文写别字。这是最常见的现象，我们现在也常出现这种现象，校园内常常看见大"启示"。一千年以后，人们来研究我们现在的语言，就会说我们把"事"假借成"示"。所以郑玄说："其始书之也，仓卒无其字，或以音类比方、假借为之，趣于近之而已。"《诗经》中处处皆是，兹举两例：

　　《周南·葛覃》："害浣害否。"（"什么要洗，什么不洗"）"害"就是"曷"的假借。

　　《魏风·陟岵》："夙夜无寐。"我们要解成"没有睡觉"就错了，"寐"是"沫"的假借字，沫，已也。

　　2. 文字通假的原则

　　声音相同或相近，意义毫不相干。

　　文字通假首先必须是声音相同或相近，不然不会写成别字的。有一个相声，说诸葛亮母亲姓何，周瑜母亲姓纪，来源于"既（纪）生瑜，何生亮"，就是利用同音字。可见我们平时说话，是不追究这个字是什么，只要听懂这个音就明了意思了，五代人李可及说滑稽，说三教首领全是女人，就是利用同音字，如果他写出来，谁也不会笑了。所以一旦我们写不出本字，很自然地就出了个同音或音近字来代替，使耳朵听起来还是表达同一意思。另外是意义毫不相干。这是容易理解的，"强自取柱，柔自取束"，如果按"柱"来解释，只能是牵强附会，因为"柱"与"祝"在意义上毫无共同之处。

　　那么，文字通假与六书的通假又有什么区别呢？一是"本有其字"与"本无其字"的区别。二是不定义项（或称临时义项）与固定义项的区别。

3. 文字通假条例举例

a. 同音通假

有—又　《论语·公冶长》："子路有闻，未之能行，惟恐有闻。"

归—馈　《论语·阳货》："归孔子豚。"归，女嫁也。

芸—耘　《论语·微子》："植其杖而芸。"芸，似苜蓿之草。

而—能　《淮南子·人间训》："国危不而安，患结不而解，何谓贵智。"王念孙云："而读曰能……后人不知而与能同，遂改为国危而不安，患结而不解。"能音耐。

适—啻　《淮南子·道应训》："跖之徒问跖曰：盗亦有道乎？跖曰：奚适其有道也，夫意而中藏者圣也，入先者勇也，出后者义也，分均者仁也，知可否者智也。五者不备而能成大盗者，天下无之。"今人不知"适"通作"啻"，改为"奚适其无道也"。以为"适"齐鲁之"适"。

b. 双声通假

古人把发音分为五个大类：喉牙舌齿唇，这里的双声，并不是指同一个声母，同一个声类也算双声。

衣—殷　《礼记·中庸》："壹戎衣而天下定。"《尚书·康诰》作"殪戎殷"。殪，尽也。戎，拔也。

栗—裂　《诗经·豳风·东山》："有敦瓜苦，烝在栗薪。"（有个葫芦团又团，破在柴堆没人管）瓜苦即瓜瓠，古人行合卺礼，一瓠分二瓢。

毒—笃　《尚书·微子》："天毒降灾荒殷邦。"《史记·宋微子世家》作"天笃下灾亡殷国。"笃，厚，重也。印度古写作"身（yuān）毒"。

c. 叠韵假借

光—横　《尚书·尧典》"光被四表"，班固《两都赋》有

"横被六合"，结构完全相同。其实"光被"就是"横被"，"横"
古代读音与"光"同韵，它的异体字作"桄"，我们现在"廣"
字还从广，黄声。（阳韵）

　　湿—暵　《诗经·王风·中谷有蓷》："中谷有蓷，暵其湿
矣。"而第一、二首是"暵其干矣""暵其脩矣"。"蓷"即益母
草，"暵"即"干枯"的意思，"脩"也是"干"，下面来个
"濕"是不符合文例、文意的。"濕"假借为"暵"，将干之义，
同是合韵。

　　许—所　《诗·小雅·伐木》"伐木许许（hú）"，《说文》引
作"伐木所所"。陶渊明《五柳先生传》"先生不知何许人也"，都
作"所"解。《礼记·檀弓下》注："高四尺所。"《史记·留侯世
家》"父去里所，复还"，都解作"许"（同在模韵）。

　　4. 假借字的读音

　　有人认为，假借字应该读本字的音，如：

八月剥（pū）枣	《诗经·七月》
尺蠖之屈，以求信（shēn）也	《周易·系辞下》
今也则亡（wú）	《论语·雍也》
无使滋蔓（wú）	《左传·隐公元年》
主（zhū）者门里，筦（guān）闭	《墨子·号令》
内（nà）之沟中	《孟子·万章》
始也我以女为圣人邪（yé）	《庄子·天地》
城郭不辨（bàn）	《荀子·议兵》
而亡（wàng）其富之涯乎	《韩非·说林下》
增（céng）冰峨峨	《楚辞·招魂》
唐尧逊位，虞舜不台（yí）	《太史公自序》

　　但是，也有人认为古人假借字不读本字音，赵天吏举例说：

　　a.《诗经·邶风·谷风》："何有何亡，黾勉求之；凡民之丧，

匍匐救之。"　"亡"与"丧"押韵，读 máng。《论语》一书，凡
"无"假借作"亡"的，陆德明都注音"武方切"，或"如字"。

b.《礼记·大学》："举而不能先命也。"郑注："命，读为
慢，声之误也。"王念孙说："读之，说之也。"段玉裁说："读
为、读曰者，易其字也，易之以音相近之字。"若郑玄也以为
"命"有"慢"的音，读作"慢"，就不会说"声之误"了。

这个主张是有一定的道理的：

a. 假借与本字既然古代音同或音近，古人就没有区别读音的
必要，我们现在区别，只是自找麻烦。

b. 我们现在学习古汉语，主要是目治，而不是耳治，一篇文
言文，不管我们把字音读得多么准确，听者也难以理解，所以没
有必要复古。

c. 古籍中有些假借字我们还分辨不清，有的读本字，有的又
不读，造成不统一。

5. 常用假借字

（芸　耘）（柱　祝）（亡　無）（亡　忘）（长　常）（干
岸　捍　乾）（信　伸）（亨　烹）（剥　攴）（任　妊）（黨
儻）（常　嘗）（骚　掃）（由　犹）（歸　馈）（歸　愧）（黎
鹜）（倍　背）（惠　慧）（逝　誓）（鄂　愕）（共　恭）（無
毋）（者　诸）（罢　疲）（革　亟）（害　曷）（关　贯）（公
功）（康　空）（述　仇）（汤　荡）（特　独）（亭　定）（植
置）（方　比）（将　请）（率　帅）（蚤　早）（内　纳）（離
羅）（而　能）（谊　义）（趣　趋）（裁　才）（距　拒）（罔
網）（辩　辨）（邪　耶）（增　層）（台　怡）（特　直）

第四章　词汇篇

一　字和词、实词和虚词

（一）词的构成：字和词

《文心雕龙·章句篇》说："夫人之立言，因字而生句，积句而成章，积章而成篇。篇之彪炳，章无疵也；章之明靡，句无玷也；句之清英，字不妄也。"在这里，刘勰告诉人们，字是文章的基础，一篇好的文章，是从"字不妄"开始的。所以，我们要想学好古人的文章，就必须从弄清古人一字一句入手，字句意思未弄清楚而要明了古人文章的意思，真是痴人说梦。所以，我们学习古代汉语，就是要学会"咬文嚼字""抠字眼"的本领。

在现代汉语词汇中，双音节词占绝大多数。一般来说，一个字只是一个词素，不能算一个词。而在古代汉语中，却是单音节词占绝大多数，一个字就是一个词。中国古代第一本字典叫《说文解字》，对"文"的解释是"错画也，象交文"。而最古老的文字就是笔画交错而成的图案，所以，"文"有"文字"的意思，《左传·昭公元年》："于文，皿虫为蛊。"就是在解释字的构造。而"字"呢，《说文解字》解释为"乳也"。"生育""孵化"的意思。引申为"蕃衍""滋乳"。所以，《说文解字叙》说："仓颉之初作书，盖依类象形，故谓之文；其后形声相益，即谓之字。字者，言孳乳而浸多也。"这就是"独体为文，合体为字"

的意思。而"词"的意思，在《说文解字》解释是"意内而言外也"。这就相当于我们现在说的"虚词"。就是说，内在的意思通过声音表达出来。所以五代徐锴《说文系传通论》说："词者，音内而言外，在音之内在言之外也。何以言之？惟也，思也，回也，兮也，斯也，若此之类皆词也，语之助也。"为什么"词"在古代会有这样的解释？因为在古代汉语中，"文"和"字"就相当于词，"词"只好用来表示有语法意思而无词汇意义的虚词。古今汉语词汇的这个差异我们应该首先弄清楚的。

（二）实词和虚词

汉语词汇是遵循着由单趋复的途径发展的。在秦汉以前的汉语中，单音节词占绝对优势。秦汉以后，复音词有所发展，双音节词大量出现，在构词法上呈现多样灵活的态势。唐宋以后，双音节词渐渐占据优势。近代以来，特别是鸦片战争以后，译音词多起来，三音节、四音节词开始出现在汉语中，如德律风（tele-phone）、机关枪、无线电（wireless）、鸡尾酒（cocktail）、冰激凌（ice-cream）等。但从词汇意义的角度来分类，古代汉语词汇在古人看来，只有实词、虚词之分。他们把有实在的意义（即现代汉语语法认为的有词汇意义）的词称为"实词"，没有实在意义（即只有语法意义）的词称为"虚词"。在古代韵文中，如诗歌、辞赋、骈文、对联等文体中，是很讲究虚实之分的。特别是对联，要讲究虚对虚，实对实。应该说明的是，古人的所谓"虚""实"和现代汉语语法中所讲的虚词、实词，有联系又有区别。一般说来，名词、动词是实词，助词（语气叹词）、量词、副词、介词、连词是虚词，古人也如是说，但对于形容词、数词、代词三类上，古今人的看法就不完全一致了。清人袁枚《随园诗话》载：清人尹继善论诗之对仗，有"差半个字"之说，如唐诗"夜琴知欲雨，晚簟觉新秋"，以为"欲雨"和"新秋"差半个字，不能属对。是以知古人副词、形容词有虚实之分也。按照尹继善的意思，下句应改为"晚簟恰宜秋"，才符合"虚字对虚字，实字对实字"的规则。但是，在古人的对仗中，往往又将它作为虚词。所以，形容词在做谓语时，它是实词，作修饰成分时，它又是虚词，介于虚实之间。代词也是这样，有指代词古人多将其作为实词，无指代词则又作为虚词；数词作为一个特别的词类，在古人认为是实词，但属对时要专对，即数词对数词。这又是与现代汉语不同的地方。

我们学习古代汉语，初始阶段最难的是实词的词义，因为随着历史的发展，词义迁贸，给我们学习带来困难。但这并不是不可解决的。学习古汉语词汇，最难的在于虚词。

古汉语构词法

在古代汉语词汇中，构词规则和构词类型都已经具备。我们从不同的角度可以对汉语词汇系统进行分类：

1. 从语音形式方面来分析，可分为单音节词和多音节词。

2. 从内部结构方面来分析，可以分为单纯词和合成词。

3. 从语法意义上来分析，可以分为词根词素和附加词素（词缀）（实词和虚词）。

下面我们就来简单分析一下古汉语词汇。首先，我们从词的内部结构方面来分析。

A：单纯词

定义：不论音节多少，本身只包含一个词素，不能再分割成更小的意义单位。

单纯词里根据音节多少可以分为：单音词、象声词、叠音词、联绵词和外来词。

（1）单音词。只含一个音节的词。在先秦古汉语中占90%以上是单音词，这些词直到现在大多还是基本词汇。如：天、地、人、花、草、山、石、土、木、鸟、兽、虫、鱼……

（2）象声词。模拟各种声音的词，有单音节的，也有多音节的。古汉语中这类词不多，多用作修饰词。

单音节：如《庄子·秋水》："鸱得腐鼠，鹓鶵过之，仰面视之曰：吓!"《史记·项羽本纪》："唉! 竖子不足与谋。"

双音节：如《诗经》中《周南·关雎》："关关雎鸠。"《郑风·风雨》："鸡鸣喈喈"，"鸡鸣胶胶"。《魏风·伐檀》："坎坎伐檀兮。"《唐风·鸨羽》："肃肃鸨羽。"《秦风·黄鸟》："交交黄鸟。"

三音节：如《梧桐雨》："疏剌剌刷落叶被西风扫。"《杀狗劝夫》："古鲁鲁肚内雷鸣。"

（3）叠音词。古人称之为"重言"，由单音词语音重叠而来。象声词中有重言，但重言不仅象声，更多的是用来描写景物和形容动态。刘勰在《文心雕龙》中极力称赞这类词，《物色篇》说："写气图貌，既随物以宛转；属采附声，亦与心而徘徊。"他举例说：

zhuó zhuó	灼灼状桃花之鲜。（《周南·桃夭》："灼灼其华。"）
yī yī	依依尽杨柳之貌。（《小雅·采薇》："杨柳依依。"）
gǎo gǎo	杲杲为日出之容。（《卫风·伯兮》："杲杲出日。"）
biāo biāo	瀌瀌拟雨雪之状。（《小雅·角弓》："雨雪瀌瀌。"）
jiē jiē	喈喈逐黄鸟之声。（《周南·葛覃》："其鸣喈喈。"）

yāo yāo　　　喓喓学草虫之韵。(《召南·草虫》:"喓喓
　　　　　　　草虫。")

这类叠音词《诗经》里很多,清人王筠汇集有《毛诗重言》
一书。后来,《楚辞》直到汉唐人的诗歌里,也都大量运用叠音
词,清人史梦兰有《叠雅》一书,共十三篇,收集叠音词 4300
多个,是收叠音词的专门著作。

(4)联绵词。由两个或两个以上的词素连缀而成,成为不可
分割的最小的意义单位,只能按一个整体词来解释,有时有不同
的书写形式,叫联绵词。"联绵词"的称呼起于宋,明清人咸称
之为"謰语""连语"。

联绵词可分为三类,分别是:双声类、叠韵类、非双声叠韵
类。(参见本集《联绵词讲疏》,为避免重复,此处从略。——整
理者)

(5)外来词。由其他词语或少数民族语言传入汉语的词
称为"外来词"。其实这种叫法并不是很严密的。因为外来词
传入汉语形式有两种:一种是音译词,一种是意译词。音译
词毫无疑问是外来的,但意译词只有概念是外来的,构词方
式和词素都是汉语原有的。例如,"葡萄"是音译词,"胡
瓜"却是意译词。"胡"和"瓜"两个词素都是汉语原有的,
即"胡地的瓜"。"阎罗"是音译词,"地狱"却是意译词,
如果音译,应是梵语"泥犁"。这里统作"外来词",只是为
了叙述的方便。

汉民族在与其他民族交往中,必然受到其他民族语言的影
响。在先秦,就有象、译、狄、鞮来充当翻译,这就必然存
在语言转换。在转换的过程中引用或借用是很正常的事。

商周时代开始,汉民族与周边民族就长期杂处,所谓东夷、
西戎、南蛮、北狄。有时是犬牙交错的形势,如礼乐文化保存最

好的鲁国与原东夷民族郊为近邻。在周代，特别是匈奴族，在燕赵、韩、魏之地，都是杂处的。晋文公娶骊戎之女为骊姬，褒姒之难犬戎打到京都，周平王被迫迁都。在与匈奴民族的交往过程中，大量匈奴语的词进入汉语，这时汉语外来词的最早的形态，现在有些已经难以分辨了。如：

师比：本是匈奴语带钩的意思，或写作"犀比""犀毗""胥纰""鲜卑"。

胭脂：花名，红蓝花。或译作"焉支""燕支""燕脂""臙脂"。

皋比：虎皮。

古代汉语外来词大致可以分为十类：

a. 匈奴族

单于、阏氏（与"胭脂"同源）：天子和帝后。

谷蠡：族官号，在屠耆之下，主军事、行政。

且渠：族官号。

祁连：天，祁连山即天山。

b. 西域

葡萄（蒲陶、蒲萄、蒲桃）

苜蓿（目宿、牧蓿、木粟）

师子（狮子）、槟榔、玻璃（玻瓈）、柘枝、八哥、没药等

c. 鲜卑族

可汗（可寒）：官家。

阿干：尊者、长者。

宇文：天君。

俟汾：草。

磨敦：母。又作阿摩敦。

莫贺：父。

恪尊：妻。

秃发：被子。

d. 突厥族

可敦：妻之号。

特勤：子弟之号。

叶获：大臣之号。

附离：狼。

空侯：又作箜篌、坎候、火不思、虎拍词等。

e. 吐蕃族

赞普：君长之号，意为雄健威武大丈夫，又作"赞府"。

蒙末：赞普之妻。

大拂庐：与赞普联帐篷而居者，号大拂庐。

拂庐：帐房，吐蕃人居。

f. 佛经（西域印度）

浮屠：又作浮图、佛陀。汉译净觉。释迦尊称。原义为觉悟、启蒙。

三昧：又作三摩地、三摩提等。汉译心定、禅定。

刹那：又作刹拏、叉拏。汉译极短时间（一弹指六十刹那）。

涅槃：又作涅槃那、泥曰、泥畔、泥丸等。汉译灭度，超脱生死的境界。

般若：又作般罗若、般赖、钵若、波罗嬢、钵贤禳、波。汉译智慧，如实了解一切事物的智慧。

摩尼：汉译宝珠。

菩提：汉译觉，彻悟，无上道。

伽蓝：又作僧伽蓝摩、僧伽罗摩等。汉译佛寺。

和尚：正译是"乌波底夜耶"。印度语"亲教师""乌杜""和社"的讹译。

阿兰若：又作兰若、阿难若、阿练茹、阿兰陀、曷刺等。汉译林中寂静处。僧舍、僧院。

比丘：又作比呼、苾刍、煏刍、毗。汉译和尚。佛出家五众之一，已受具足戒，男性。

比丘尼：汉译尼姑。（同上，女性）

菩萨：梵语"菩提萨埵"。汉译觉悟有情。

阎罗：阎摩罗阇。汉译鬼王。

罗汉：又作阿罗汉、阿梨呵、阿罗诃、阿夷。汉译佛家圣者。原意为佛果，小乘理想的最高果位。

世界：《楞严经》："世为迁流，界为方位。汝今当知，东、西、南、北、东南、西南、东北、西北、上、下为界；过去、未来、现在为世。"汉译宇宙。"四方上下曰宇，往古来今曰宙。"

g. 蒙古族

歹：南宋绍定时传入。初译"觲"。南宋灭亡，以藏文字母书写之，作"歹"。

站：宋元之间传入。汉语"站"是"久立"的意思。"车站"之"站"是蒙语借来。

胡同：元代传入。

h. 满族

吉林：义为"临江"。

松花江：义为"天河"。讹为"松花"。

戈壁：义为"沙漠"。

i. 西欧

鸦片：英语。

公司：见魏源《海国图志》。

运渠：同上，即铁路。

量天尺：寒暑表、温度计。

千里镜：望远镜。

自来火：火柴。

水门汀：又作士敏土、西门土、泗门汀、塞门脱。（英）cement

拿摩温：工头。

阿屯：原子。

烟士披里纯：神来、灵感。

j. 日本

日本人用汉字来译西洋概念，中国人顺手借来，其实不是日本语的概念，有许多是日本利用汉语古语，是从古汉语借去的，我们又要了回来。汉语真正从日本引进的音译词很少，如"瓦斯""浪漫"等。

革命：《易·革》："汤武革命，顺乎天而应乎人。"

教育：《孟子·尽心》："得天下英才而教育之。"

文学：《论语·先进》："文学：子游、子夏。"

文化：《说苑》："凡武之兴，为不服也；文化不改，然后加诛。"

B. 合成词

古汉语合成词和现代汉语构成方面一样，这里只略出示例以说明之。

由两个或两个以上的有意义的构词成分构成的词称合成词。分为两大类：一、实词素合成词；二、辅助成分合成词。实词素合成词是指词的各个构成成分都有词汇意义；附加成分合成词是指词的构成成分中有只含语法意义的附加成分。

（1）实词素合成词根据其构成形式可分为四类

a. 联合式（并列式）

如：人民、群众、土地、风雨、甲兵、骨肉、干戈、纵横、尊卑、求索、婚姻、治理。

在这类词中要注意：有些词是联合式，但在具体语言环境中却只有一个词素意义为主，我们称之为偏义词。如：国家、兄弟、人物、利害、祸福、缓急、长短、是非。

b. 偏正式（主从式）

以一个意义为中心，另一成分的意义用来修饰或补充中心意义，如：农夫、诗人、天河、乡心、朝阳、马匹、书本、压倒、引进、花朵。

c. 动宾式（支配式）

两个构词成分按动宾关系组成。如：革命、执事、控弦、将军、从事、推毂、结褵、破瓜。

d. 主谓式（述说式）

两个构词成分按主谓关系组成。如：技痒、人定、夏至、心计、自然、天行、地震、头痛。

（2）附加成分合成词

这类词分基本成分和附加成分。基本成分表实在的词汇意义，附加成分不表示实在词汇意义。它们或表示词类，或表示语感，或是不可或缺的构词成分。根据附加成分在词中的位置，我们把这类词分为"前加""后缀"两类。

a. 前加成分

阿——阿爷、阿母、阿女、阿戎、阿鼠

老——老杜、老元

有——有夏、有虞、有苗、有苏、有帝、有政、有室、有家、有邦、有司

b. 后缀成分

然——油然、沛然、怅然、茫然

焉——潸焉

尔——率尔、莞尔

如——晏如、突如、侃侃如

若——沃若、惕若

乎——确乎、荡荡乎、巍巍乎

（3）节缩词

节缩词也是实词素合成词，我们把它单独作为一类来讲，主要是它形成的方式不一样，它是由词组成一句话节缩而来，起着词组甚至是一句话的作用，体现了汉语的精练性。可以分为四类：逻辑重音节缩、意义抽绎节缩、同类排比节缩、特殊修辞节缩。

a. 逻辑重音节缩。选择逻辑重音，舍弃其他非重点音节，形成节缩词。

如：吕览——《吕氏春秋》"八览"，丘明——左丘明省略其姓，左传——《春秋左氏传》，马迁——司马迁。

b. 意义抽绎节缩。抽绎主要意思，加成分构成节缩词。如：

二南——《诗经》中的《周南》《召南》。

四始——风、小雅、大雅、颂中为首之篇：《关雎》《鹿鸣》《文王》《清庙》。

三光：日、月、星。

三才：天、地、人。

三古：上古、中古、下古（伏羲，上古；文王，中古；孔子，下古）。

五岭：大庾岭、桂阳骑田岭、九真都庞岭、临贺萌渚岭、始安越城岭（见邓德明《南康记》）。

六甲：甲子、甲寅、甲辰、甲午、甲申、甲戌（见《汉书律历志》）。

c. 同类比并节缩。将同类事物整合起来，节缩成新词。如：

黄散——黄门侍郎和散骑常侍两官。

乾嘉——乾隆、嘉庆时期。

勃碣——勃海和碣石两地。

汤武——成汤和周武两王。

孔孟——孔子、孟子两人。

d. 特殊修辞节缩。还有一种运用特殊修辞方法产生的新词，也是一种节缩。（我们将放在修辞部分来论述它的方法，这里只就构词而论）

①指代节缩

而立：《论语·为政》："三十而立，四十而不惑，五十而知天命。"于是有"而立""不惑""知天命"之年的说法。

弱冠：《礼记·曲礼上》："人生十年曰幼，学；二十曰弱，冠；三十曰壮，有室。"由于前人句读错为"二十曰弱冠"，遂用"弱冠"指代"二十岁"时。

②藏词节缩

古修辞有一种叫"藏词"，就是以歇后的形式来表意，也产生很多节缩词。如：

友于：《尚书·君陈》："惟孝友于兄弟，克施有政。"《后汉书·史弼传》说："陛下隆于友于，不忍遏绝。"杜诗、曹植、陶渊明、高适诗皆有。

刑于：《诗经·大雅·思齐》："刑于寡妻，至于兄弟。"成为"夫唱妇随"的词语。

于飞：《左传·庄二十二年》："凤凰于飞，其名锵锵。"成为"夫妻恩爱"。

孔怀：《诗经·小雅·常棣》："兄弟孔怀。"成为"兄弟"指代。晋·陆机从祖弟士璜死后，机《与长沙顾母书》说："痛心拔脑，有如孔怀。"

周余：《诗经·大雅·云汉》："周余黎民。"藏"黎民"。

　　指代节缩是有理可寻的，古籍中就以之作为一种代体特征来表述。二十岁时，冠是一种特征。"不惑"就是"四十岁"的特征。可藏词节缩是无理可寻的，纯粹是一种随心所欲的截取，如果你不知道出处原文，你就不知所云。如韩愈《符读书城南》诗："岂不旦夕念，为尔惜居诸。""居诸"是什么意思？你必须知道《诗经·邶风·柏舟》里有"日居月诸，胡迭而微"的句子，于是才知道"居诸"就藏了"日月"两字。在诗中，"日月"又借为"时光""光阴"，不过是劝人珍惜光阴而已。

二　词义演变与发展

（一）词义是生活的反映

　　语言是文化的载体。汉语词汇是汉族人民生活的反映，它忠实记录了汉民族文明发展的轨迹。在世界四大文明古国中，三国的文明都发生中断或转移，唯有汉民族的华夏文明千古一贯，中间虽然包容了很多其他文化的质子，但内核仍然是连绵不断的。随着文明的演进，汉语词汇也在不断演变和发展。例如，《孟子·滕文公上》记载上古之世人民的生活状态是："草木畅茂，禽兽繁殖，五谷不登，禽兽逼人。兽蹄鸟迹之道交于中国。"一派草莽洪荒的景象。反映在古汉语词汇中，如"无恙"一词，《说文》："它，虫也。从虫而长，象冤曲垂尾形。上古草居患它，故相问曰：'无它乎？'……蛇，它或从虫。"《说文·虫部》："虫，一名蝮。"象一蛇盘曲昂首吐信之状，头大，为蝮蛇之象。《说文·心部》："恙，忧也。"段玉裁注认为"无恙"即"无它"。《玉篇》释"恙"为食人心之虫，这本是《易传》的说法，见《史记·刺客列传》司马贞"索隐"引："上古之时，草居露宿。恙，啮虫也，善食人心，俗悉患之，故相劳云'无恙'。"宋人王楙《野客丛谈》也持这种说法，引《风俗通》说："恙，毒虫也，喜伤人。古人草居露宿，故相问必曰无恙，此意与'无它'同。东方朔《神异经》谓北方大荒中有兽食人，咋人则病，名曰猰。尝近村落，入人室，皆患之，黄帝杀之，由是得无忧病，谓之无恙。"这或是许慎解释"无忧"的由来。从"无它乎""无恙乎"的问候语中，我们可以知道，远古禽兽逼人的生活场景。

《庄子·盗跖》篇说："古者禽兽多而人少，于是民皆巢居以避之。昼拾橡栗，暮栖木上，故命之曰'有巢氏之民'。"《韩非子·五蠹》说："上古之时，人民少而禽兽众，人民不胜禽兽虫蛇，有圣人作，构木为巢，以避群害，而民说之，使王天下，号曰'有巢氏'。"就不是说一群人，变成一个人了。《礼记·礼运》："昔者先王未有宫室，冬则居营窟，夏则居橧巢。"

说了居住，我们再来看一个饮食的例子。《礼记·礼运》说："（昔者）未有火化，食草木之实、禽兽之肉，饮其血，茹其毛。……后圣有作，然后修火之利。"这是说古人在未发明火之前的饮食状况，我们常常说是"茹毛饮血"时代。这在《韩非子·五蠹》中表述为："上古之世……民食果蓏蚌蛤，腥臊恶臭而伤害肠胃，民多疾病。有圣人作，钻燧取火，以化腥臊。"可是我们要问：饮血是可能的，如何不食肉而茹其毛？其实，"毛"就是草，"血"就是水。《左传·隐公三年》："涧溪沼沚之毛。"注曰："毛，草也。"我们今天还说"不毛之地"，就是不长草的地方。而"血"《说文·血部》作""，像器皿里所盛的东西。比较""（益）""（盥）只是上面水多少的差别，何以确定"~"即是"血"呢？其实，"血"就是"水"，《管子·四时》："寒生水与血。"认为"水"是地之"血"。而《淮南子·要略训》则作"茹草饮水"。

再看"炮"这个词,《说文·火部》:"毛炙肉也。"段玉裁注为"谓肉不去毛炙之也"。即我们今天的烤肉。在南方有一种作鸡法,将鸡杀死,用黄泥连毛包起来,放在火中煨烤。待熟后,砸开黄泥,鸡毛也随之去尽,叫"叫花鸡",就是这种炮法。这是从生食到熟食的进化反映在词汇中。

再举一例,《左传·昭公十一年》:"楚子城陈蔡不羹。"孔颖达正义:"羹,古者羹臛之字,音亦为郎。"意思是说,在古代,"羹臛"的"羹"也像这里地名的"不羹"一样,读"bù láng"。"羹"读"láng",其实就是我们现在说的"汤"。今南方人都把肉水汁、菜水汁称"汤",和"热水"之义不同。《说文·䰜部》:"鬻五味盉羹也。……《诗》曰:'亦有和羹。'……羹,小篆从羔从美。"是说"五味调和的肉菜汁"叫"羹"。《说文》还记录了一个异体是"鬻",就是把羊放在鬲里煮,并不加调味品的,所以说"太羹不和"。所以《尔雅》说"肉谓之羹",即我们今天讲的水煮肉。后来,这种连汤菜肉加上五味调和,就叫"和羹",《诗经·商颂·烈祖》:"亦有和羹",郑玄笺曰:"和羹者,五味调。"

从这些生活中的实例还可以推演出古人观念的产生。比如,上文所说,古代祭祀用"玄酒大羹"。祭祀是古人非常重视的事,为什么反而如此简略?直到今天,乡俗祭祀还是猪头、猪肉仅煮几成熟,用糙米饭。《礼记·乡饮酒义》说:"尊有玄酒,教民不忘本也。"郑注曰:"太古之羹无盐菜,古者祭祀时陈之,示不忘本也。"原来这是在怀念那个吃肉喝水的时代,这就是后来儒家"追终慎远"观念的萌芽,直接导致封建社会的主导思想"孝"的产生。

我们再来看三个字:農、祳、耨。都有"辰"。祳是祭名,

《说文·礻部》说:"社肉,盛之以蜃,故谓之祳。"祭土神之肉为什么要用蜃壳(大蚌壳)来盛呢?原来这和远古使用蚌器有关。在金属发现之前,有石器和蚌器。石器不易腐朽,今天的考古发掘还出土有石刀、石斧、石镞等。蚌器不易保存,发现较少。但古代用蚌刀切肉,所以祭祀也用蚌壳盛肉。用蚌壳耨草,见于《淮南子·氾论训》:"古者剡耜而耕,摩蜃而耨。"甲骨文、金文的"辰"字,就是蚌壳的形状。耨(辱)草的器具叫"辰",除草的动作就叫"耨",除草之人就叫"農"。这些词都真实地反应上古使用蚌壳的情况。

总而言之,词汇是密切反应社会生活的。生活变化,文明进化,思维发展,都最先反映到语言的词汇中。我们学习古汉语词汇,必须密切联系它们的产生背景,必须注意它的发展演变过程和方法,才能正确地理解词义。

语言是思维的外壳,词义的变化其实是思维的变化。上古人们在生产活动中和社会活动中,思维日趋精密,辨别事物各种属性的能力越来越强。作为思维的工具——概念,外延和内涵也必然随着思维发展而变化。概念外化就是词义,所以词义也是处在不断的演变之中。

(二) 词义发展演变的四种形态

古代汉语词义的发展演变,一般呈现四种形态。

第一,词义的扩大。

原来词义的范围小,随着指称的对象范围扩大而扩大。例如:

江:郦道元《水经注·三峡》:"江水又东,经三峡。"《诗经·周南·汉广》:"汉之广兮,不可泳思;江之永兮,不可方思。"《诗经·召南·江有汜》:"江有汜,之子归,不我以。"等等。这里的"江""汉"都是指"长江"和"汉水"。

　　河：《诗经·周南·关雎》："关关雎鸠，在河之洲。"《诗·卫风·硕人》："河水洋洋，北流活活。"都是指黄河。《孟子·滕文公上》说："决汝汉，排淮泗而注之江。"又《孟子·滕文公下》："江、淮、河、汉是也。"

　　这里的"江""河"都是指"长江""黄河"，不能泛指一般河流，指一般河流水道古人用"川"或"水"。《论语·子罕》："子在川上曰：'逝者如斯夫！不舍昼夜。'"后来，词义范围扩大了，可以指一般的河流，如珠江、汉江、漯河、北戴河等。

　　雌、雄：《诗经·小雅·正月》："谁知鸟之雌雄。"所以"雌""雄"二字都从隹。《说文·隹部》："雌，鸟母也。""雄，鸟父也。"可见这二字本来只限于飞禽的性别，后来词义范围扩大为指一切动物的性别，如《木兰辞》："雄兔脚扑朔，雌兔眼迷离。"就是指兽类。再后来，进一步扩大为指一切事物之性别，如今天植物学上的"雄株""雄藻""雌株""雌藻"。

　　秋：上古只分一年为两季——春秋。春种秋收，所以以"春秋"代表年岁历史的时间概念。但单独一个"秋"字，依然是指"季"的概念。《尚书·盘庚上》："若农服田力穑，乃亦有秋。"是说春力种，才有秋季的收获。《管子·四时》："秋聚收，冬闭藏。"还是指秋季。所以《说文·禾部》还说："秋，禾谷熟也。"可在先秦，这个词义就已经指代年岁了。如《诗经·王风·采葛》："一日不见，如三秋兮。"就是指三年。《史记·梁孝王世家》："上与梁王饮，尝从容言曰：'千秋万岁后传于王。'"我们现在还有成语"千秋万代"。

　　岁：岁从步，戌声。本来是星名，岁星即木星。古人以木星每十二年绕太阳一周，即在木星轨道上划分为十二等分，为十二次，每行一次约一年，遂以"岁"为年。后来，用以作为人的年岁。《史记·秦始皇本纪》："年十三岁，庄襄王死，政代为秦王。"

第二，词义的缩小。

词义的范围由广变狭。如：

朕：第一人称代词。《尔雅》："朕、余、躬，身也。"《诗经·大雅·抑》："莫扪朕舌，言不可逝矣。"《离骚》："朕皇考曰伯庸。"后来，秦二世胡亥定为帝王自称，遂成为专用名词。

恶："不好"的反义词。与"善"相对，也与"美"相对。《论语·乡党》："色恶不食，臭恶不食。"就是泛指"不正常，不好"的意思。

《三国志·蜀志·诸葛亮传》："无恶不惩，无善不显。"则是与"善"相对，与现代汉语的"凶恶"意同。《韩非子·说林上》："今子美而我恶。"则是与"美"相对，相当于现代汉语的"丑"。所以苏轼的《薄薄酒》还说："薄薄酒，胜茶汤；粗粗布，胜无裳。丑妻恶妾胜空房。"这里并不是指"凶恶"的妾。现在"丑"意消失了，只留在双音节词"丑恶"中。

臭：气味。包括香气和秽气。《广韵》说："臭，凡气之总名。"就是这意思。《尚书·盘庚》："若乘舟，汝弗济，臭弗载。"疏："古者香气秽气皆名为臭。"而同篇："无起秽以自臭"，则指秽气。《周易·系辞》："二人同心，其利断金。同心之言，其臭如兰。"则指香气。而《左传·僖公四年》："一薰一莸，十年尚有臭。"则指气味。现代汉语则专指秽气味。

舅姑：指舅父、公公和姑母、婆婆。舅父、姑母的用法保存到现代汉语。公婆的意义却已经消失了。《尔雅·释亲》："妇称夫之父曰舅，称夫之母曰姑。"唐代朱庆馀《近试上张水部》："洞房昨夜停红烛，待晓堂前拜舅姑。妆罢低声问夫婿，画眉深浅入时无。"还是指公婆。

宫：指房屋，与"室"同义。《墨子·号令》："父母妻子，皆同其宫。"所以《说文·宀部》:"宫,室也。"后来则专指帝王宫室。《史记·秦始皇本纪》:"作宫阿房,故天下谓之阿房宫。"

金:一切金属。《说文·金部》:"五色金也,黄为之长。久薶不生衣,百炼不轻。"又说:"银,白金也。""铅,青金也。""铜,赤金也。""铁,黑金也。"所谓"五色金"即指这些。《荀子·劝学》:"锲而不舍,金石可镂。"还是指一切金属。后来专指黄金。《史记·孝文帝纪》:"不得以金银铜锡为饰。"

第三,词义的转移。

词义范围发生转移,原来的内涵已经不用,产生新的内涵。

人类在认识客观世界过程中,把现实事物本质属性抽绎、概括成概念时,往往从某一方面入手,很难反映事物的多面性和不同层面的特征。随着思维的缜密和认识角度的切换,常常引起概念一般性和特殊性的运动,这种运动常常导致概念在内涵和外延方面的转移。这种运动往往遵循两条途径:(一)词义相似性的原理。(二)事物之间的相互联系的原理。如:

去:"离开"的意思。《韩非子·外储说左下》:"阳虎去齐走赵。"就是离开齐国跑到赵国去了。因为离开此地就等于去到彼地,所以后来"去"代替了"之""适""往"而成了"到……去"。而"离开"的意思则由"离"来承担,仅仅在"去国离乡"中,我们还看到"去"的原义。

信:本义"守信用"。《左传·襄公二十七年》:"言以出信。"就是说:人言应该是真实守信的。《老子》:"信言不美,美言不信",就是"真实"的意思,引申为"的确""确实"。刘禹锡《天论上》:"文信美矣!"就是"确实美好"。由"守信用"引申作"使臣",即"守信用的人"。如《世说新语·文学》:"司空郑春驰遣信阮籍求文。"《世说新语·雅量》也说:"谢公与人围棋，俄而谢玄淮上信至，看书竟，默然无言。"书和信是分得很清的。直到唐代，杜甫的诗中还说："书信中原阔，干戈北斗深。"是既无使者，又无家书。"诗好岁时见，书城无信将。"（《寄彭州高三十五使君》）更明白说明"信"是"送信的人"。可就是在杜甫的诗中，已经有了以"信"代"讯息"的用法。例如《得广州张判官叔卿书，使还，以诗代意》诗中说："忽得炎州信，遥从月峡传。"如果"信"仍指"使者"，就不得云"忽得"。这里是指来自炎州的消息。因为信使的到来往往带来讯息，所以据以引申是很自然的事。再过几十年，到了白居易、贾岛的时候，"信"就有了"书信"的意思了。贾岛说："寄信船一只，隔乡山万重。"白居易诗云："红纸一封书后信，绿芽十片火前春。"后来就彻底转移到"书信"意义上，"信使"的意义就消失了。而在某些成语中，还保留了"信"的本义。如"信誓旦旦"（真实）、"言而有信"（守信用）。

　　涕：古代指眼泪。《诗经·陈风·泽陂》："涕泗滂沱。"毛传："自目曰涕，自鼻曰泗。"可见鼻涕在古代称"泗"。大约在汉代，"涕"由泪水转鼻涕，王褒《僮约》："目泪下落，鼻涕长一尺。"即使如此，在后世的文学作品中，"涕泪"连用时，还是指眼泪。如杜甫《野望》："海内风尘诸弟隔，天涯涕泪一身遥。"《闻官军收河南河北》："初闻涕泪满衣裳。"《登岳阳楼》："戎马关山北，凭轩涕泗流。"

　　第四，词义感情色彩变异。

　　汉语中的词由于表达对象的不同，总是反映使用者的感情色彩，或爱好，或厌恶，或中性，即褒义、贬义和中性词。由于时间的推移，这种词义的感情色彩也会随着人们对客观事物看法的改变而变化。如：

　　爪牙：《诗经·小雅·祈父》："祈父，予王之爪牙。"是说祈父是周王的辅佑之臣。因为爪牙对于野兽来说是护身的利器，相当于人身旁护卫的武士，所以用来比喻。《左传·成公十二年》："略其武夫，以为己心腹、肱骨、爪牙。"《汉书·李广传》："将军者，国之爪牙也。"都是这个意义，是褒义词。后来，由这个比喻义产生了部下、党羽的意思。如《史记·酷吏列传》："而刻深吏多为爪牙用者，依于文学之士。"《三国志·吴书·董袭传》："张昭秉家事，袭等为爪牙也。"再后来就转到贬义上。

狗：古人认为狗是义犬，所以将人比作狗并不含恶意。《史记·孔子世家》："郑人或谓子贡曰：'东门有人……累累若丧家之狗。'"是说有丧事人家的狗，并不是嘲笑孔子。《吴越春秋》："狡兔死，走狗烹；敌国破，谋臣亡。"将谋臣和走狗比并，也没贬义。直到郑板桥还刻了一方私印"徐青藤门上走狗"。

诽谤：诽和谤都是指出别人过失的意思，并不是指恶意的中伤。《战国策·齐策一》："群臣吏民，能面刺寡人之过者，受上赏；上书谏寡人者，受中赏；能谤议于市朝、闻寡人之耳者，受下赏。"《国语·周语》说："厉王虐，国人谤王。"都是批评的意思。诽是私下批评，谤是公开批评。古代有"谤木"的说法，《史记·孝文本纪》："古之治天下，朝有旌善之旌，诽谤之木，所以通治道而来谏者。"《索隐》韦昭云："庶政有阙失，使书于木，此尧时然也。"郑玄曰："一纵一横为午，谓以木贯表柱四出，即今之华表。"崔浩以为木贯表柱四出名"桓"，陈楚俗"桓"声近"和"，又云"和表"，则"华"与"和"又相讹耳。

《左传·襄公十四年》："史为书，瞽为诗，工诵箴谏，大夫规诲，士传言，庶人谤，商旅于市，百工献艺。"可见"谤"是庶人的职责。

到了汉代，"诽谤"常连用，就有了诋毁的意味。《史记·始皇本纪》："卢生等吾尊赐之甚厚，今乃诽谤我，以重吾不德也。"

又同篇"群臣谏者以为诽谤"。是"诽谤"就由中性词变为贬义词了。

（三）词的本义·引申义·比喻义·假借义

以上我们从词义变化的形态方面来说的。有扩大、缩小、转移、变化等形态。如果我们就词的义项之间的关系来分析，我们还可以把一个词的几个不同义项分为本义、引申义、比喻义、假借义，从而确定它们之间的不同关系，理清它们变化的轨迹。

1. 本义。词的初始义。在这里，我们讲的是一个词产生之初的义项，是形、音、义三者初始结合时的义项，是人们对这个形体、声音所代表的客观事物的最初本质特质的概括。这种概括只能是单一的，人们只能截取一个方面或一个角度来赋予词形以一定的认识，所以，词的本意只有一个。

这里要注意的是：我们所说的词的本义是指形、音、义最初结合时的义项。在文字产生并固定词义以前，音和义早就结合成口头语言，这种音和义的最初结合的义一般称之为原始义，训诂学上称之为"语源"，和我们讲的本义是有区别的。首先一音可以多义，如"nóng"可以是"浓""秾""农""弄""酰""侬""脓""哝"等，音义结合不是单一的。而词的本义相对于音、形来说是单一的。其次，音义的结合是无理的，而词的本义是有理的。如"弄"象双手持玉，是赏玩的意思，所以《说文·收部》说："弄，玩也。""玩"字《说文·玉部》解释"弄也"。这是有理的。如果我们要问："玩弄"的意思为什么要用"nòng"这个音？最初的音义结合有没有条件？我们只能说：它是无理的。

我们为什么要分析词的本义呢？因为本义是人们制定形体时对客观事物本质特征的最初概括，而且是唯一的。换句话说，后来的词义变化都是以本义为基础进行的。了解了本义，就掌握了词义变化的关键，就能加深对其他义项的理解，便于理清变化思路，描绘正确变化轨迹。其次，词义的变化是非常纷纭复杂的，抓住了本义，就能执一驭繁，顺利地区分出词义的异同。

由于本义是形、音结合之初的义项，所以，人们往往通过分析字形来了解本义。《说文》就是通过分析字形来确定本义的著作。例：

𩅓（朝）：《说文·倝部》："旦也。"即"朝"字，由此通过分析字形，我们知道它："从倝舟声。""倝"（音 gàn）的说解是"日始出光倝倝也"。所以，"朝"的本义不是"朝廷"，而是"早晨"。

方（方）：《说文·方部》："并船也，象两舟省，总头形。"将两舟并在一起，船头以一木总合之，就是"方"，字形就像两船并头。《三国志·吴书·吕蒙传》："兵追蹙击，获马三百匹，方船载还。"谓以并船载还也。

𠈇（作）：《说文·人部》："作，起也。"据此我们知道"作"的本义是"站起"的意思。《礼记·少仪》说："客作而辞。"就是用的本义。

由于本义是制形之初的义项，所以，分析本义一般由辨析字形入手。辨析字形当然要追溯最早的形体，后来经过规范的字形就不足为训了。例如《说文·臣部》："臣，牵也，事君也，象屈服之形。"这个形体为什么"象屈服之形"，许慎没有说。我们看甲骨文的"臣"，作"𦣞""𦣝"，像一只眼睛的形状。郭沫若认为这是奴隶低眉竖目的象征。于省吾认为古代有竖目人种，后来被灭绝，此字就是以竖目人作为俘虏的象征字。其实仔细分析甲骨文的字形，会发现眼睛上有一黑点，这里可不是瞳仁，是古代对待俘虏的一种酷刑。刺瞎其眼，防其逃跑。发展而成为后代的瞽瞍（乐师），直到封建社会，还有戕害奴隶的事。弄清了"臣"

是俘获的战俘作为奴隶的意思，我们就好理解"宦"：自戕的奴隶。"臤"（贤）抓获奴隶，所以有"劳苦"义。"竖"，侍立的奴隶。

2. 引申义。由本义派生出来的意义。在古代汉语的词汇中，只有一个义项的词不多，大多都有引申的义项。上面所讲的扩大、缩小、转移，都有可能产生引申义。词义引申一般有两种途径：

A. 直接引申（放射式）

以本义为中心，引申出几个独立的义项。各义项之间可能有联系，可能没联系，但它们都与本义发生联系。

伮（作）：本义为起立。

引申为抽象的"兴起"：《易·乾》："圣人作而万物睹。"

引申为"发生"：《老子》："万物并作。"

引申为"制作"：《考工记》："作舟以行水。"

引申为"创作"：《诗经·小雅·何人斯》："作此好歌。"

引申为"发作"：《孟子·离娄下》："今日我疾作。"

这些都是从本义上直接引申的，都和本义有关。

B. 间接引申（连锁式）

𠂤（方）：本义是"并舟"。两舟相并，引申为一般的比并。《后汉书·马防传》："临洮道险，车骑不得方驾。"由"一般比并"抽象为"对比"：《论语·宪问》："子贡方人。"由对比引申为"相等"：《考工记·匠人》："凡为防广与崇方。"由音同借为"匚"，《荀子·王霸》："犹规矩之于方圆也。"由规矩方圆引申为"标准"：《诗经·大雅·皇矣》："万邦之方。"由"标准"引申为"法则、方法"：《论语·雍也》："可谓仁之方也。"由"法则"引申为"道理"：《论语·先进》："且知方也。"由于"标准"不可改变，故引申为"常"。《礼记·玉藻》："出不易方。"

𣣦（朝）：本义是"早晨"。早晨是上朝时间，所以引申为"朝见"：《左传·成公十二年》："朝而不夕。"疏："旦见君曰朝。"引申为一般的拜见：《史记·司马相如列传》："临邛令缪为恭敬，日往朝相如。"引申为"朝见的地方"：《史记·萧相国世家》："赐带剑履上殿，入朝不趋。"引申为"朝代"：唐·张籍《赠道士宜师》："两朝侍从当时贵。"

词义引申是个极为复杂的情况，绝不是我们所举例那么简单。更为普遍的是两种途径都使用。因为人们的思维不拘一格，只要有和本义相似的特征，就可以产生引申义，所以人们常常把两种方法交替使用。如：

高（高）：《说文》："崇也，象台观崇高形。"这是本义。《荀子·劝学》："不登高山，不知天之高也。"引申为"高大"（高堂），引申为"父母"。又由"高大"引申为"高明"（高敞之处），又引申为"地位高的人"：《尚书·洪范》："无虐茕独而畏高明。"又引申为对人的敬称：《后汉书·孔融传》："（李）膺大笑曰：高明必为伟器。"又引申为"高尚"。又引申为"权贵之家"：高第。由"崇也"引申为"树梢"：高标。又引申为"山尖"，李白《蜀道难》："上有六龙回日之高标。"又引申为"高尚的榜样。"由"崇"也又引申为"年纪大"："高寿"。

总之，分析引申义，抓住本义是关键。

3. 比喻义。比喻义也是引申义的一种。它不是由本义推衍引申的，而是由于使用比喻的修辞方式而产生的固定的词义。例如上面我们讲的"爪牙""走狗"等都是。再如：

布衣：《史记·李斯列传》："夫斯乃上蔡布衣。"诸葛亮《出师表》："臣本布衣，躬耕于南阳。"

虎狼：《战国策·西周策》："今秦者，虎狼之国也。"

白丁：刘禹锡《陋室铭》："谈笑有鸿儒，往来无白丁。"

狼子野心:《左传·宣公四年》:"初,楚司马子良生子越椒,子文曰:'必杀之。是子也,熊虎之状,而豺狼之声,弗杀,必灭若敖氏矣。谚曰:狼子野心。是乃狼也,其可畜乎?'"

藁砧:古乐府:"藁砧今何在?山上复有山。何当大刀头?破镜飞上天。"权德舆《玉台体》:"昨夜裙带解,今朝蟢子飞。铅华不可弃,莫是藁砧归。"

比喻义和修辞上的比喻不同。虽然它是用比喻或其他特殊修辞手法产生的,但一旦产生,就成为永久的义项。而修辞上的比喻只是临时比方,离开了特定的语言环境,喻体就消失了,意义也就消失了。我们说:"生活像彩虹一样多彩。"在词义上,"生活"没有"彩虹"的义项,"彩虹"也不因此而增添一个"生活"的含义。

比喻义在产生时,选择喻体总是带有使用者强烈的主观情感,所以,比喻义总是带有明显的感情色彩,一看就知道使用者的憎恶和喜爱。

第五章　语法篇

一　人们是按公式说话的

世界上一切事物都是按自己的规律运行发展的，语言也是如此。譬如大家说话，都是按照一定的公式进行的。对此，大家可能要否认，可是仔细想想：是不是主语总是在谓语前？"我看着你"，不能说成"看着我你"或"你看着我"，不然意思就变了。可见"主+谓"是一个公式，大家在说话中不知不觉都在遵行这一公式，只不过你并非有意为之，而是在不知不觉中进行的。这个公式就是语法。

有人说，我不懂语法，但我说出话来也不会错，所以，语法是不需要的。这不正确。我们说话时，之所以不用事先选好一些公式，然后再把词填进去，是因为千百年来形成的语言习惯在起作用。小孩子说话时往往不合语法，大人会马上纠正，这种潜移默化的训练是长期进行的，直到完全会说出符合语法的话来，所以，是社会把我们训练得不懂规则也能说出正确的话语来。不然，你换一个语言环境试试，比如英语，我们初学英语，常常喜欢犯一些用汉语套英语的错误，过去有一个笑话：father mother 敬禀者：son 在校中读 book，各门功课都 good，English 不及格，老师罚我 stand……这里不仅是汉英词汇间杂问题，你就是把所有的词都换成英语，美国人还是听不懂。为什么？语法不一样。

语法也是变化的。大家知道，在语言三要素语音、词汇、语法中，词汇的变化是最快的，其次是语音，也在随时随地变化。唯独语法，是三要素中最为稳定的要素。我们看三千多年的甲骨文：

王逐鹿。（前编3·32·3）

西卜，王往田，从来杀犬、禽。（战后沪宁新获甲骨集1·394）

和现在没有区别。

再看《论语》：

子见南子，子路不说。（《雍也》）

子在齐闻韶，三月不知肉味。（《述而》）

和今天我们所说没有区别，结构、词序都差不多。但是，不变是相对的，变化是绝对，世界上不可能有永远不变的东西。语法在数千年使用中，也在逐渐变化，逐渐改变自己的规则，"用新的规则充实起来"（斯大林《马克思主义与语言学问题》）。例如，《尚书·大诰》："民献有十夫予翼。"

翻成现代汉语就是：民间有一群人协助我。这有点像日语，动词总是放在最后。我们有些地方的方言也总是把副词放在语尾，如"我食先"。

再举两例：

不患人之不己知，患不知人也。（《论语·学而》）

王送知罃，曰："子其怨我乎？"对曰："二国治戎……臣实不才，又谁敢怨？"（《左传·成公三年》）

这些都和现代汉语不同。我们要讲的，正是这些不同之处。

二　词类活用

（一）什么是词类

按照词的语法功能和语法意义划分的类别叫词类。

以形容词为例：

a. 前加"很"
b. 后加"的""了"　　红、壮、快、好、干净、大方

语法意义：

a. 作谓语　桃红柳绿

b. 作定语　绿柳红桃

（二）词的分类

实词：名、动、形、数、（代）（据朱德熙《语法讲义》）

实词表示事物名称：猪、牛、羊、人

实词表示动作：打、骂、跳、跑、走

实词表示行为：归、有、是

实词表示性质：脆、刚、硬、软、尖刻

实词表示状态：干净、大方、文弱、凶恶

实词表示处所：北京、图书馆、邮局

实词表示时间：今天、早晨、星期二

虚词：代、副、介、连、语气、叹词、量

虚词没有实际词汇意义，只起语法作用。

的：表示所属关系，构成"的"字结构

把：构成"把"字句，表示承受使动关系

被：构成被动句，表示被动关系

　　有些书认为古代汉语中没有量词。这是不确切的。《论语·雍也》："一箪食，一瓢饮。"《孟子·告子下》："一匹雏。"都是量词。只不过古代汉语量词多是由名词演化来，于是人们就将其归入名词类，不另分类。

（三）词类活用

　　正如上面所说，各类词在句子中充当什么成分是固定的，例

如名词，可以担任主语、宾语、定语，不可以担任谓语和状语。我们可以说"他很努力"，不可以说"他很学生"。但如果有一类词在具体的句子中临时用作另一类词，改变了自己的语法功能，我们就称这种临时用法为词类活用。

词类活用的现象现代汉语也有，但不如古代汉语普遍。如："他很女人。""他铁了心了。"古代汉语词类活用主要在名、动、形容词三类上，下面分别介绍：

1. 名词活用

名词的特点是可以受数词修饰，如：一支笔、三本书、几件事。不可受副词修饰，如不可以说：很勇气、早同学、不青年。

（1）名词可用作动词

普通名词用作动词：

①孟尝君怪其疾也，衣冠而见之。（穿衣戴帽）（《战国策·齐策》）

②火烛一隅。（照耀）（《吕氏春秋·士容》）

③冬雷震震，夏雨雪。（下）（《汉乐府·上邪》）

④范增数目项王。（用眼看）（《史记·项羽本纪》）

⑤徐庶见先主，先主器之。（《三国志·诸葛亮传》）

⑥子谓公冶长："可妻也，虽在缧绁之中，非其罪也。"以其子妻之。（《论语·公冶长》）

⑦勇士入其门，则无人门焉者。（《公羊传·宣公六年》）

方位名词用作动词：

①南人不得北，北人不得南。（《墨子·贵义》）

②卫鞅复见孝公，公与语，不自知膝之前于席也。（《史记·商君列传》）

③少女缇萦伤父之言，乃随父西，上书曰："妾父为吏，齐中称其廉平，今坐法当刑。（《史记·仓公列传》）

△ 判断是否名词用作动词，要结合句意和文义，看词的相互关系才好确定。例如：

> a. 汉明帝时，有司马叔持者……手剑父仇。（潘岳《马汧督诔序》）
>
> b. 曹子手剑而从之。（《公羊传·庄公十二年》）

> a. "手剑"后跟名词作宾语，所以"剑"是用作动词。
>
> b. "手剑"和"从之"中间用"而"连接，表示两个动作，所以"手"用作动词，意思是"用手提持"。

> a. 勇士入其门，则无人门焉者。（《公羊传·宣公六年》）
>
> b. 门其三门。（《左传·襄公九年》）

> a. 后一"门"有"无人"作为主语，"焉"作宾语。
>
> b. 前一"门"有"其三门"作其宾语。

由此可知，词类活用会给我们带来概念不明确和不易分辨的问题。古代汉语词汇量不大，所以活用情况非常丰富。现代汉语双音词发展快，词汇丰富，不同的概念总是用不同的词来表达，所以活用情况很少。只是有时作为一种修辞方法来用，可以收到形象生动、富有表现力的效果，如：

土豪劣绅有鱼肉农民的劣迹。（毛泽东《湖南农民运动考察报告》）

△ 判断一个名词是否用作动词，我们往往看：

a. 后面是否带名词、代词或名词性词组作宾语。如："火烛一隅""数目项王""先主器之"。

b. 前面是否有副词、介词结构或助动词作状语。如："再火令药熔。""子谓公冶长可妻也。""南人不得北。"

c. 后面是否有介词结构作补语。如："则无人门焉者。""不自知膝之前于席也。"

（2）名词作状语

　　在现代汉语中，普通名词是不能做状语的，只有时间名词可以。如：我们今天上古汉语课。

　　但在古汉语中，普通名词直接做状语的现象很普遍，这是和现代汉语不同的地方。根据意义和作用，我们把它分为三类：

　　a. 表示行为方位处所（方位名词和地点名词）

　　河渭不足，北饮大泽。（《山海经·海外北经》）

　　夫以秦王之威，而相如廷叱之。（《史记·廉颇蔺相如列传》）

　　群臣能免此寡人之过者，受上赏。（《战国策·齐策》）

　　草行露宿。（文天祥《指南录后序》）

　　翻译时，加"在……（地方）""往……（方向）"

　　b. 表示行为的工具和依据

　　太祖累书呼。（《三国志·华佗传》）

　　木格贮之。（沈括《梦溪笔谈》）

　　笼养之。（《聊斋》）

　　予分当引决。（文天祥《指南录后序》）

　　翻译加"以……"

　　c. 表示态度和特征

　　彼秦者……虏使其民。（《战国策·赵策三》）

　　君为我呼入，吾得兄事之。（《史记·项羽本纪》）

　　齐将田忌善而客待之。（《史记·孙子吴起列传》）

　　嫂蛇行匍伏。（《战国策·秦策》）

　　老人儿啼。（《史记·循吏列传》）

　　罴之状，披发人立。（柳宗元《罴说》）

　　少时，一狼径去，一狼犬坐于前。（《聊斋》）

　　兽伏而出。（《聊斋》）

　　翻译加"像……一样"。

2. 动词形容词活用

在古汉语中，动词和形容词又常常活用为名词。

这种现象也较常见，常常因为与修辞指代、借喻相似而被忽视。

a. 动词用如名词：

殚其地之出，竭其庐之入。（柳宗元《捕蛇者说》）

黔敖左奉食，右执饮。（《礼记·檀弓下》）

b. 形容词用如名词：

白马之白也，无以异于白人之白也。（《孟子·告子上》）

夺我身上暖，买尔眼前恩。（白居易《重赋》）

知否知否，应是绿肥红瘦。（李清照《如梦令》）

c. 象声词用如动词：

惠子曰："……（鹓雏）非梧桐不止，非练实不食，非醴泉不饮。于是，鸱得腐鼠，鹓雏过之，仰而视之曰：'吓！'今子欲以子之梁国而'吓'我邪？"（《庄子·秋水》）

d. 形容词用如动词：

丰一屋，华一簀。（白居易《庐山草堂记》）

3. 使动用法

在我们学习现代汉语语法时，我们知道主语是施动者，谓语的动作就是由主语发出的。如：

我们踢球。

我们学习古代汉语。

但在古代汉语中，我们经常可以看到这种情况，句中的动作不是主语发出的，而是宾语发出的。例如：

江晚正愁予，山深闻鹧鸪。（辛弃疾《菩萨蛮》）

"愁"这一动作是宾语"予"的表现。我们把这种现象称之为"使动用法"。为什么称为"使动用法"呢？因为在这种句子类型中，它实际上是用动宾结构的形式表达递系结构的内容。例如，上面的例句其实是个递系结构：江晚正使我愁。

$$\begin{cases} \text{曹植《杂诗》：沈忧令人老} & \text{递系结构（兼语式）} \\ \text{光阴老人} & \text{动宾结构（使动）} \end{cases}$$

$$\begin{cases} \text{齐使田忌将而往} & \text{递系结构（兼语式）} \\ \text{齐威王欲将孙膑} & \text{动宾结构（使动）} \end{cases}$$

其实这种现象在现代汉语中也可以见到，只不过不如古代汉语普遍罢了。例如：

这场春雨太喜人了＝春雨使人喜

一懒生百病＝一懒使人百病生

这节目太差，演了一半，台下走人了＝使台下人走了

使动用法可以分为动词、形容词、名词三种：

a. 动词使动用法

使宾语所代表的人或事物产生谓语动词的动作。

使华元夜入楚师，登子反之床，起之。(《左传·宣公十五年》)

当时是也，商君佐之……外连横而斗诸侯。（贾谊《过秦论》)

公子率五国之兵，破秦军于河外，走蒙骜。(《史记·魏公子列传》)

舍相如广成传舍。(《史记·廉颇蔺相如列传》)

使赵不将括即已，若必将之，破赵军者必括也。(《史记·廉颇蔺相如列传》)

以上是不及物动词后面带了宾语，我们说它们是"使动"，因为不及物动词本来不应带宾语的。但即使如此，有些现象必须借助上下文意来分辨。例如：

是狼为虞人所窘，求救于我，我实生之；今反欲咥我，力求

不免，我又当死之。(马中锡《中心狼传》)

"生之""死之"，形式上是一样的，一为使动，一不是，主要看文意，谁是"生""死"动作的发出者。

▲ 不及物动词用作"使动"时，宾语也可以省略。

这时就更不易分别，只有理解了句意文意才可推知：

养备以动时，则天不能病。(《荀子·天论》)

可烧而走也。(《资治通鉴·赤壁之战》)

▲ 不及物动词的使动用法，后来演化为两种形式。

①兼语式：烧而走＝烧而使他们走

②加他词复合为及物动词：起之＝唤起他

▲ 及物动词用作"使动"的现象比不及物动词少，但也有，如：

又何吝一躯啖我而全微命乎！(马中锡《中山狼传》)

晋侯饮赵盾酒，伏甲将攻之。(《左传·宣公二年》)

朝诸侯于甘泉宫。(《汉书·武帝纪》)

止子路宿，杀鸡为黍而食之，见其二子焉。(《论语·微子》)

这里在形式上与一般用法没有区别，因为及物动词本来就可以带宾语。我们只能从意义上来判断。

▲ 判断一个词是否"使动"用法，务必带入"使（宾语）怎样"，看是否符合上下文文意。

b. 形容词使动用法

形容词作谓语，本来都是描述主语性状的，后面都不带宾语。如果带上宾语，而作为谓语的形容词是用来描述宾语性状的，就是形容词"使动"用法。现代汉语也偶尔有之，如：

风吹庄稼，肥了乌鸦；死神来临，肥了毛拉。(蒙古歌谣)

你先上炕，暖暖被窝。

但在古代汉语使用更普遍：

敞南甍，纳阳日，虞祁寒也。（白居易《庐山草堂记》）

雨荒深院菊，霜倒半池莲。（杜甫《宿赞公房》）

故明王峭其法而严其刑。（《韩非子·五蠹》）

足下深沟高垒，坚营勿与战。（《史记·淮阴侯列传》）

判断形容词使动用法和判断动词一样，还原成递系结构，看文意是否产生"（使宾语）如何"的意思。

c. 名词使动用法

使宾语所代表的人和事物成为谓语名词所代表的人和事物，称名词使动用法。如：

项羽欲自王，先王诸将相。（《史记·项羽本纪》）

昔殷纣乱天下也，脯鬼侯以飨诸侯。（《礼记·明堂位》）

是欲臣妾我也，是欲刘豫我也。（胡诠《戊午上高宗封事》）

纵江东父兄怜而王我，我何面目见之。（《史记·项羽本纪》）

吾见申叔，夫子所谓生死而肉骨也。（《左传·襄公二十二年》）

公若曰："尔欲吴王我乎？"遂杀公若。（《左传·定公十年》）

名词使动若后面不加宾语，则更不易辨。

天子不得而臣也，诸侯不得而友也。（刘向《新序·节士》）

4. 意动用法

在古代汉语中，还有一类活用为动词的不是使宾语产生谓语动作，而是认为宾语具有谓语的性质或状态，我们称之"意动用法"。定义是：主语主观上认为"宾语具有谓语的性质"的意思。在意动用法问题上，我们要弄清两点：

一是意动用法所表明的宾语具有谓语的性质，只是主语主观上的看法，和实际不一定相符。例如：孔子登东山而小鲁，登泰山而小天下。"以为鲁国小"，"以为天下小"只是孔子登山后的主观看法，鲁和天下并不因此而真的"小"。

二是动词无论是否使动，都是客观实在的表达，不存在主观虚拟问题，所以，动词不存在意动用法，只有名词、形容词有意动用法。下面分别叙述。

（1）名词意动用法

公式：把宾语当作（看作）谓语。

粪土当年万户侯。（毛泽东《沁园春·长沙》）

毋金玉尔音。（《诗经·小雅·白驹》）

侣鱼虾而友麋鹿。（苏轼《前赤壁赋》）

不如吾闻而药之也。（《左传·襄公三十二年》）

息妫将归，过蔡。蔡侯曰："吾姨也。"止而见之，弗宾。（《左传·庄公十年》）

夫人之，我可以不夫人之乎？（《谷梁传·僖公八年》）

以诸侯而师匹夫。（《盐铁论·刺复》）

天下乖戾，无君君之心。（柳宗元《封建论》）

君君，臣臣，父父，子子。（《论语·颜渊》）

令我百岁后，皆鱼肉之矣。（《史记·魏其武安侯列传》）

判断意动用法，关键是联系上下文，看是否可以带入"以（宾语）为（谓语）"的公式。

（2）形容词意动用法

定义：主观上认为宾语具有谓语形容词的性质或状态。例如：

上贤而释之。（《史记·汲黯列传》）

时充国年七十余，上老之。（《汉书·赵充国传》）

太祖苦头风。（《三国志·华佗传》）

人主自智以愚人，自巧以拙人。（《吕览·知度》）

渔人甚异之。（陶渊明《桃花源记》）

农夫渔父过而陋之。（柳宗元《钴鉧潭西小丘记》）

登东山而小鲁，登泰山而小天下。(《孟子·尽心上》)

怪之可也，而畏之非也。(《荀子·天论》)

今之县令一日身死，子孙累世絜驾，故人重之。(《韩非子·五蠹》)

使动意动比较：

工师得大木则王喜……匠人斫而小之，则王怒。(《孟子·梁惠王下》)

孔子登东山而小鲁，登泰山而小天下。(《孟子·尽心上》)

左右以君贱之也，食以草具。(《战国策·齐策》)

赵孟之所贵，赵孟能贱之。(《孟子·告子上》)

所以，具体分析语境，考虑上下文关系，衡以主观客观，带以"使（宾语）怎样""以（宾语）为怎样"的公式，一般是可以分清的。

5. 词类活用条件

仅从形式上来说明，并不能概括全部活用情况。具体确定是否活用，还是要看文意。这里仅举名词、形容词的某些条件。

（1）两名词连用，既非并列结构，又非偏正结构。

①遂王天下。(《韩非子·五蠹》)

②擅爵人，赦无罪。(贾谊《治安策》)

①既非"王和天下"，亦非"王之天下"。②既非"爵和人"，亦非"爵之人"。则①为"统治"，②为"授爵"。

（2）名词、形容词置"所"后。

因为"所"是个辅助性代词，常置动词前，指代动作对象，与后面动词构成一个名词性词组。如：他所说、他所作所为。

①乃丹书帛曰"陈胜王"，置人所罾鱼腹中。(《史记·陈涉世家》)

②故俗之所贵，王之所贱也；吏之所卑，法之所尊也。(晁

错《论贵粟疏》)

（3）名、形置能愿动词后。（能、可、足、欲、将……）

因为能愿动词只能修饰动词。

①寡人欲相甘茂，可乎？（《史记·甘茂列传》）

②问其深，则其好游者不能穷。（王安石《游褒禅山记》）

（4）名词置副词后。

①从弟子女十人所，皆衣缯单衣。（《史记·滑稽列传》）

②不足生于不农。（晁错《论贵粟疏》）

（5）名词、形容词后有人称代词作宾语。

①高之，下之，小之，臣之，不外是矣。（《荀子·儒效》）

②既臣大夏而君之。（《汉书·张骞传》）

（6）名词后有介词结构作补语。

①请句践女女于王。（《国语·越语》）

②不知膝之前于席也。（《史记·商君列传》）

（7）名词与"而"连结。

因为"而"作对等结构连词时，只能连动词、形容词、短语，不能连名词。

①不耕而食，不蚕而衣。（《盐铁论·相刺》）

②汉败楚，楚以故不能过荥阳而西。（《史记·项羽本纪》）

三　词　序

（一）词序是汉语重要的表达手段

汉语是孤立语，不是黏着语。它不像英语、俄语，英语名词有数、格变化，俄语此外还有性的变化，英语动词也有位的变化，这些汉语都没有。汉语每个都是孤立的，没有任何黏着成分。只有靠词语排列的次序来表示相互间的关系。所以，词序是汉语重要的表达手段。

词序是由语言的特点决定的，是全社会约定俗成的，一旦约定，被全社会接受后，就不会轻易改变。像在汉语的方言地区，词序也有与共同语不同的。广州"我食先"，大家都能懂得，就没有必要把它规范成"我先食"。傈僳语"你们火烧"，也没有必要规范成"你们烧火"。

词序作为一种语法现象是相对稳定的。例如"主+谓"这一句式千百年来没有改变过。

十年春，齐师伐我。公将战，曹刿请见。（《左传·庄公十年》）

这句话里，主语在谓语前，直到现在仍如此。像《列子·愚公移山》中的"甚矣！汝之不惠"，只是为了表强烈的语气，表示逻辑语气的强调，才把谓语提到主语前的，并不表示主谓次序可以随意颠倒。在现代汉语，遇到这种情况我们也常说：

太气人了，你！

太过分了，你！

真有意思，那个人！

我们这样说并不是表示古代汉语和现代汉语词序完全一样。古今汉语在词序方面也有些不一样的地方，主要表现在宾语的位置上。具体来说，在三种情况下，宾语放在谓语前。需要强调的是：这三种情况是古汉语正常的词序，有些教材认为是宾语提前是不准确的。

（二）宾语词序

现代汉语中，宾语在谓语之后；古汉多数情况也是如此。

丈人不悉恭，恭做人无长物。（《世说新语》）

村中闻有此人。（陶渊明《桃花源记》）

但在下列三种情况下，宾语要放在谓语动词前面。

1. 疑问代词作动词宾语时，多置动词前。疑问代词指：谁、孰、何、奚、安、曷……

（1）壮士行，何畏！（《汉书·高帝纪》）

（2）王者孰谓！谓文王也。（《公羊传·隐公元年》）

（3）沛公安在？（《史记·项羽本纪》）

（4）王曰："缚者曷为者也？"对曰："齐人，坐盗。"（《晏子春秋》）

（5）王送知罃曰："子其怨我乎？"对曰："二国治戎，臣不才，不胜其任，以为俘馘。执事不以衅鼓，使归即戮，君之惠也。臣实不才，又谁敢怨？"王曰："然则德我乎？"对曰："二国图其社稷，而求纾其民，各惩其忿以相宥也，两释累囚以成其好。二国有好，臣不与及，其谁敢德？"（《左传·成公三年》）

（6）彼且奚适也。（《庄子·逍遥游》）

这里大家要注意三点：

一是一般代词作宾语不置前。

王者孰谓？谓文王也。（《公羊传·隐公元年》）

子其怨我乎？（《左传·成公三年》）

二是如果动词谓语带助动词，疑问代词宾语置于动词前。

又谁敢怨？（《左传·成公三年》）

三是"必须放在动词前"的说法太绝对，应为"多"放在动词前。

a. 子夏云何？（《论语·子张》）

b. 诸将云何？（《汉书·陈平传》）

c. 武帝问："言何？"（《汉书·酷吏传》）

d. 采之欲遗谁？（《古诗·涉江采芙蓉》）

2. 疑问代词作介词宾语，一般置前，"于"例外。

（1）何为不去也？（《礼记·檀弓下》）

（2）子归，何以报我？（《左传·成公三年》）

（3）吾谁与为亲？（《庄子·齐物论》）

（4）君子去仁，恶乎成名？（《论语·里仁篇》）

（5）何以验之？（《论衡·问孔》）

（6）学恶乎始，恶乎终？（《荀子·劝学》）

介词是"于"则置后：

（1）所谓伊人，于焉逍遥。（《诗经·小雅·白驹》）

（2）彼人之心，于何其臻。（《诗经·小雅·菀柳》）

3. 否定句中代词宾语，一般置动词前，否定词后。（否—代—动）

否定词：非、匪、不、弗、毋、勿、未、否、无……

（1）是区区者不余畀，余必自取之。（《左传·昭公十三年》）

（2）我无尔诈，尔无我虞。（《左传·宣公十五年》）

（3）子路有闻，未之能行，惟恐有闻。（《论语·公冶长》）

（4）邻国未吾亲也。（《国语·齐语》）

（5）今郑人贪赖其田，而不我与，我若求之，其与我乎？（《左传·昭公十二年》）

这里也要注意两点：

一是宾语不是代词，不前置。

a. 君子不重伤，不禽二毛。（《左传·僖公二十二年》）

b. 若不许君，焉将用之。（《左传·昭公四年》）

c. 我非子，固不知子矣。（《庄子·秋水》）

二是此条不严格。先秦置前多于置后，汉后反之。

a. 不知我者谓我何求！（《诗经·王风·黍离》）

b. 美哉水，洋洋乎！丘之不济此，命也夫！（《史记·孔子

世家》)

c. 狐曰：“子无敢食我也。”(《战国策·楚策》)

d. 公怒，归之，未绝之也。(《左传·僖公三年》)

4. 强调性宾语前置。为了强调宾语语气。

现代汉语中“唯利是图”“唯命是听”“唯你是问”，都是从古汉语沿袭而来，固定结构为：唯……是（之、寔）……

（1）去三十里，唯命是听。(《左传·宣公十五年》)

（2）余虽与晋出入，余唯利是视。(《左传·成公十三年》)

（3）荀偃曰：“鸡鸣而驾，塞井夷灶，唯余马首是瞻。”(《左传·襄公十四年》)

（4）心无杂念，唯鱼是求。(《列子·汤问》)

“唯”强调行为单一性、排他性。这种句式表示一种激切语气。有时可以不用“唯”。

（1）戎狄是膺，荆舒是惩。(《诗经·鲁颂·闵宫》)

（2）先君之好是继。(《左传·僖公四年》)

（3）且吴社稷是卜，岂为一人？(《左传·昭公五年》)

（4）裹粮卷甲而来，固敌是求！(《左传·文公十三年》)

这种句式发源很早，金文中就有：

三寿是利。(《晋姜鼎》)

邾邦是保。(《邾公华鼎》)

关于这种结构，教材认为“是”是代词，用以复指前置宾语。我们不同意，理由如下：

（1）复指是没有道理的。上古汉语宾语位置很灵活，可以放在动词前，也可以放在动词后，放在动词前毋须复指。

a. 画鹿禽。(画擒获了鹿)(《粹编》)

b. 其唐白麋逐。(只逐白麋)(《粹编》)

c. 惟土物爱。(只爱土物)(指五谷)(《尚书·周书·酒

诰》)

d. 肆王惟德用。(现在国王只推行德政)(《尚书·周书·梓材》)

(2)"是"可以用"之""寔"来置换。

a. 牝鸡之晨,惟家之索。(《尚书·周书·牧誓》)

b. 不知稼穑之艰难,不闻小人之劳,惟耽乐之从。(《尚书·无逸》)

c. 岂无他人?惟子之好!(《诗经·唐风·羔裘》)

d. 鬼神非人实亲,唯德是依。(《左传·僖公五年》)

e. 其非唯我贺,将天下实贺。(《左传·昭公八年》)

f. (叔向)对曰:"……有楚国者,其弃疾乎!君陈、蔡,城外属焉。苟慝不作,盗贼伏隐,私欲不违,民无怨心。先神命之,国民信之。芈姓有乱,必季实立,楚之常也。"(《左传·昭公十三年》)

我们认为,"是"是个语气助词,帮助舒缓一下两个逻辑重音之间的语气,使前后都处于强调位置。所以,不用"唯"照样表示强调。况且先秦汉语中用"之"作语气词的人名如"庾公之佗"即"庾公佗"。

(三) 行为量词位置

量词可分两类:一、表事物单位的叫"物量词"(个,枚,尺)。二、表动作次数、频率的叫"动量词"(下,声)。

物量词可放在中心词前,也可放在中心词后:

三斤萝卜——萝卜三斤　一只小鸡——小鸡一只

动量词一般放在动词后:

打一下≠一下打　说一声≠一声说

在古汉语中,两类都不常用。物量稍多,动量更少。所以教材上说上古汉语不用动量词。

物量词可放中心词前，也可放在后面，与现代汉语同：

（1）一箪食，一瓢饮。（《论语·雍也》）

（2）一匹雏。（《孟子·告子下》）

（3）军书十二卷，卷卷有爷名。（《木兰辞》）

（4）有不速之客三人来。（《周易·需卦》）

主要是动量词不同。上古一般不用动量词，直接把数词列在动词前作状语。（而现汉是放后面作补语）

- a. 三顾茅庐。
- b. 到草堂去了三次。
- c. 三过家门而不入。
- d. 经过家门三次都没进去。

古代汉语中，数词要是放在动词后，就不是作"补语"了，一定是作"谓语"，所以，要在动词后加个"者"，把动词变为名词性词组，用来作主语。

（1）鲁仲连辞让者三，终不肯受。（《战国策·赵策》）

（2）范增数目项王，举所佩玉玦以示之者三。（《史记·项羽本纪》）

古代汉语中极少见的动量词，如：

（赵襄子）先具大金斗。代君至，酒酣，反斗而击之，一成，脑涂地。高诱注："一成，一下也。"（《吕览·长攻》）

四　判断句

（一）判断句定义

判定思维对象的类别、属性，用一定的语言形式表达出来，就形成判断句。现代汉语判断句通常用系词来表示判断：你是王铃，这是书。

（二）古代汉语判断句不用系词，它的句式有下列几种

（1）……者，……也。

《齐谐》者，志怪者也。（《庄子·逍遥游》）

楚左尹项伯者，项羽季父也。（《史记·项羽本纪》）

廉颇者，赵之良将也。（《史记·廉颇蔺相如列传》）

"者"用来提顿，表示这里需要停顿，又表示强调主语，即"这个"，因而教材上称为复指。"也"语气助词，表示判断。这是古汉判断句标准句式。以下变式：

（2）……者，……。

虎者，戾虫。（《战国策·秦策》）

天下者，高祖天下。（《史记·魏其武安侯列传》）

陈婴者，故东阳令史。（《史记·项羽本纪》）

（3）……，……也。

周公，弟也；管叔，兄也。（《孟子·公孙丑下》）

制，岩邑也。（《左传·隐公元年》）

（4）……，……。

刘备，天下枭雄。（《资治通鉴·赤壁之战》）

大将军，忠臣。（《汉书·霍光传》）

先秦否定判断，在谓语前加"非"。

（三）用"是"与"为"

先秦汉语中，"是"多不作判断词。当它出现在句首主语位置时，很像判断词，但它仍是指示代词：

（1）是知津矣。（改：是知津者也）（《论语·微子》）

（2）是吾罪也。（《左传·襄公三十一年》）

（3）故美之者，是美天下之本也。（《荀子·富国》）

（4）是民之表也。（《礼记·缁衣》）

在以上这些例子中，"是"虽然是指示代词，但除复指前面的主语外，还有是认下文的作用，用来表明主语和说明语之间的关系，表明主语对说明语的确认作用，和纯粹指示代词不同。试比较：

是心足以王矣＝是予所欲也

是区区者而不余畀，余必自取之＝是吾与尔为篡也

前者纯粹指代，引领主语，译为"这个""这些"。后者必须译为"这是""这些是""这样是"。

如果我们在前面加一个副词"则"，就会看得更清楚。前类不可以加"则""皆"，后者可以加"则""皆"，如：

（1）不识王之不可为汤武，则是不明也；识其不可，然且至，则是干泽也。（《孟子·公孙丑下》）

（2）为人下而不能事其上，则是上下相贼也。（《墨子·尚同下》）

（3）东道之不通，则是康公绝我好也。（《左传·成公十三年》）

由于这种是认下文的功能和加副词修饰的特点，渐渐地便过渡到系词：

（1）后桀伐岷山，进女于桀二人，曰琬，曰琰。桀受。二女无子，刻其名于苕华之玉，苕是琬，华是琰。（《古本竹书纪年》）

（2）小者是燕爵，犹有啁噍之顷焉。（《荀子·礼论》）

（3）俄又复得一，问人曰："此是何种也？"对曰："此车轭也。"（《韩非子·外储》）

（4）钟犹是延鼎也。（《墨子·非乐上》）

（5）居于砥石迁于商，十有四世，乃有天乙是成汤。（《荀子·成相》）

（6）王曰："今是何神也？"（《国语·周语》）

王力先生是认为魏晋时"是"才作系词,后来学者均反对,提出很多反证,又改为汉代,举《史记·刺客列传》"此必是豫让也"为例。其实《史记》《论衡》中都有用例,当发源于先秦。

先秦还有一个判断词"为"。

(1)长沮曰:"夫执舆者为谁?"子路曰:"为孔丘。"曰:"是鲁孔丘与?"曰:"是也。"(《论语·微子》)

(2)"尔为尔,我为我,虽袒裼裸裎于我侧,尔焉能浼我哉?"(《孟子·公孙丑上》)

以上"为"字,显然只能译作"是",所以,我们认为"为"在先秦是可以作系词的。

(四)判断句灵活运用

判断句是表示判断的,但有些判断句形式上是判断句,意思上并不表示判断,我们称之为灵活运用。主要情况有两种:

(1)以判断句式起修辞作用

a. 夫鲁,齐晋之唇。(《左传·哀公八年》)(比喻)

b. 君者,舟也;庶人者,水也。(《荀子·王制》)(比喻)

c. 曹公,豺虎也。(《资治通鉴·汉纪五十七》)(比喻)

d. 夫战,勇气也。(《左传·庄公十年》)(强调)

e. 百乘,显使也。(《战国策·齐策》)(夸张)

这时,主谓之间不是同类关系,所以构不成判断。

(2)用判断句说明原因,起陈述作用。

a. 良庖岁更刀,割也;族庖月更刀,折也。(《庄子·养生主》)

b. 轻辞天子,非高也,势薄也;重争士橐,非下也,权重也。(《韩非子·五蠹》)

五　被动句

（一）被动句的定义

主语不是施事者，而是谓语动词的受事者，这种句式称为
"被动句"。

现代汉语被动句：

（1）那幢房子早就拆掉了。⎫
（2）所有的办法都试过了。⎬逻辑被动句

（3）敌人被我们打败了。　⎫
（4）他的意见为我们所接受。⎬形式被动句

（二）逻辑被动句

只能从逻辑去推测主语是受事者，形式上没有表示被动的标
志。称逻辑被动句：

（1）人心齐，泰山移。　⎫
（2）任务提前完成了。　⎬现代汉语

再看下面例子：

a）苍天补，四极正；淫水涸，冀州平。（《淮南子·览冥训》）

b）鲁酒薄而邯郸围。（《庄子·胠箧》）

c）昔者龙逢斩，比干剖，苌弘胣，子胥靡。（《庄子·胠箧》）

d）兵挫地削。（《史记·屈原列传》）

这一类往往是及物动词做谓语而不带宾语，借用主动句式表
达被动意思。

另一类是带"可""足"等副词的句子，往往表被动：

（1）蔓草犹不可除，况君之宠弟乎？（《左传·隐公元年》）

（2）锲而不舍，金石可镂。（《荀子·劝学》）

（3）抑为采色不足视于目与？声音不足听于耳与？（《孟子·梁惠王上》）

（三）形式被动句

春秋之前多逻辑被动句，春秋以后，稍见形式被动句。其形式有以下几种：

（1）"于"字句

西周金文中就有："侯乍册麦易金于辟侯"，意思是：君侯的使官名麦者被君侯赏赐了金。由于逻辑被动句不出现主动者，所以在句后用"于"引入主动者，就成了"于"字句。如：

a. 故（怀王）内惑于郑袖，外欺于张仪。（《史记·屈原列传》）

b. 先发制人，后发制于人。（《汉书·陈胜传》）

c. 君子役物，小人役于物。（《荀子·修身》）

d. 劳心者治人，劳力者治于人。（《孟子·滕文公上》）

注意：一、在这里，"于"是介词，与后面主动者形成介宾结构，做补语。二、"于"本身并不表被动，只是引进主动者。翻译时调到动词前做状语。

由于"于"本身不表被动，又是放在动词后作补语的，从形式上就与表时间、处所的"于"字句一样，容易产生歧义，要仔细分辨。如：

孙嘉聘于齐。
郤克伤于矢。

我们要弄清古代汉语"聘"词义，但有些是不易分辨的，须了解历史背景，如：

及寡人之身，东败于齐，长子死焉；西丧地于秦七百里，南辱于楚。（《孟子·梁惠王上》）

"东败于齐"是齐地，还是齐国？结合背景，才知是国。

（2）"为"字句

与"于"一样,"为"也是介词,本身不表被动义,只是引进主动者。不一样的是,它放在动词前作状语,有时可以不带宾语,直接放在谓语动词前。如:

a. (楚怀王)身客死于秦,为天下笑。(《史记·屈原列传》)

b. 多多益善,何为为我禽?(《史记·淮阴侯列传》)

c. 不为酒困。(《论语·子罕》)

d. 吾属今为之虏矣!(《史记·项羽本纪》)

e. 诚令成安君听足下计,若信者亦已为禽矣!(《史记·淮阴侯列传》)

f. 父母宗族,皆为戮没。(《战国策·燕策》)

有种情况,也会产生歧义,如:

若民不为己用,不为己死,而求兵之劲,城之固,不可得也。(《荀子·君道》)

是"不被己用"还是"不为我去出力"。据下文可知是"不为我出力",所以不是被动句。

后来产生"为……所"的句式,来明确表示被动:

a. 吾闻先即制人,后即为人所制。《史记·项羽本纪》

b. 其后楚日以削,数十年竟为秦所灭。《史记·屈原列传》

c. 卫太子为江充所败。(《汉书·霍光传》)

(3)"见"字句

一、"见"是助动词,置于动词前,本身表示被动。二、"见"不能引进主动者,若要引进主动者,用"于"字做补语。不加"于"例:

a. 百姓之不见保,为不用恩焉。(《孟子·梁惠王上》)

b. 信而见疑,忠而被谤,能无怨乎?(《史记·屈原列传》)

c. 思见正也。狂童恣行,国人思大国之正己也。(《诗经·褰裳序》)

d. 见诬两端，受疑二国。(《北齐书·文襄帝纪》)

e. 入门见嫉，蛾眉不肯让人。(骆宾王《讨武曌檄》)

加"于"例：

a. 且夫臣人与见臣于人，制人与见制于人，岂可同日而道哉！(《史记·李斯列传》)

b. 晖刚于为吏，见忌于上。(《后汉书·朱晖传》)

"见……于……"句式，先秦两汉常用之，六朝以后，口语中渐渐消亡，仿古文言中还有残存。

（4）"被"字句

注意："被"作为表被动的句式标识，大约战国末期出现，开始时，"被"是助动词，和"见"一样，放在动词前，不能引进主动者，如：

a. 万乘之国，被围于赵。(《战国策·齐策》)

b. 国一日被攻，虽欲事秦不可得也。(《战国策·齐策》)

c. 忠而被谤。(《史记·屈原列传》)

后来很快就可用来引进"主动者"，"被"就变成了介词，与"为"相似。但直到南北朝时，还有许多不引进主动者的"被"字句：

a. 孔融被收，中外惶怖。(《世说新语·德行》)

b. 牵牛娶织女，借天帝两万钱下礼，久不还，被驱在营室中。(《荆楚岁时记》)

c. 众鲲奔涌，游鳞横集，触饵见擒，值钩被执。(潘尼《钓赋》)

同时也有带主动者的例子：

a. 祢衡被魏武谪为鼓吏。(《世说新语·言语》)

b. 亮子（庾亮之子）被苏峻害。(《世说新语·方正》)

这是现代汉语"被"字句的源头。

第七章　文体篇

一　文体及分类标准（缺）
二　文体源流（缺）
三　诗歌（缺）

四　辞　赋

（一）辞和赋

"辞"的名称来源于"楚辞"，楚辞就是楚地的诗歌，所以，辞基本还是属诗歌这一类。楚辞和其他地方的诗歌不尽相同，以《诗经》为例，《诗》一般是四字句，语气词"兮"的使用不多，《楚辞》则多为五字句、六字句、七字句，多至十字句，句式灵活，语气词不但广泛使用"兮"，而且还有"些"，这就形成了《楚辞》的独有特点。

"赋"的名称来源于《诗经》六义：风雅颂赋比兴，本来，风、雅、颂是诗歌的音乐分类，赋、比、兴是诗歌的创作手法分类，前人将它们混为一谈，称为《诗》之六义。赋就是铺，铺陈事物，直接加以扩写，这种手法叫"赋"。作为文体的"赋"正是汲取《诗》的这种表现手法，采取《楚辞》的那种语言形式创作的一种文体。赋的出现大约在战国秦末和汉初时期，相传宋玉作的《风赋》《高唐赋》《神女赋》《登徒子好色赋》和贾谊的

《吊屈原赋》《鵩鸟赋》等，都是赋的早期作品。

辞与赋的区别在于：辞是抒情的，是诗的一种；赋是纪事的。可是在最初，赋由于脱胎于《楚辞》，所以也往往即事抒情，不像后来的赋那样铺陈其事。例如贾谊《吊屈原赋》、司马迁《悲士不遇赋》等，这种赋与《楚辞》没有多大区别，所以称为"骚赋"，也就是说，它是楚辞向赋的过渡阶段产物。后来到了汉代中期，赋坛出现了大家，像司马相如、枚乘、班固等，他们的赋过多地汲收先秦散文的因素，篇幅增大，俗称为汉大赋，又称为"古赋"。古赋的特点是韵散兼陈，开始一段散文，近似序，中间是赋的本身，用韵文形式，极力渲染夸张，气势非常宏大，这中间时常夹杂着散文用来叙述，它已经不用骚赋的"兮"字句了，并且多四言和六言，也有三言和五言。结尾部分，常常又来一段散文，以寄托讽谕之旨。可见古赋其实是楚辞的进一步散文化。至此，赋体大备。楚辞形式已为大赋所代替，辞则以另一种形式出现。汉代的所谓辞，其实是短小的散文诗，如汉武帝《秋风辞》、晋陶渊明的《归去来兮辞》等。

到了魏晋六朝时期，骈体文大兴，它的一些特点影响到赋，于是在古赋中出现许多对偶的句子，一般也是四六句，讲究平仄，堆砌典故，成为有韵的骈体文，但却保留了大赋铺陈夸张的特点。像江淹《别赋》、庾信《哀江南赋》、王粲《登楼赋》、鲍照《芜城赋》。

唐宋时期，科举以诗赋取士，诗是五言律诗。祖咏参加考试，题为《终南望余雪》，他写了"终南阴岭秀，积雪浮云端。林表明霁色，城中增暮寒"四句，就搁笔不写了，以为意尽就不必强赘。尽管写得很美，但还是没有考中。这时考赋便是骈赋，格律要求很严，又称"律赋"。这时，赋体已走向极端，不但内容贫乏，形式也僵化了。这时，散文界兴起古文运动，散文取代了骈体文的正宗地位。这影响到赋，也给赋体带来了革新。唐代古文家的赋，摆脱骈偶平仄的束缚，减少了铺排浮夸和藻饰习气，形成新的散文化赋体——"文赋"，如苏轼的《赤壁赋》。

这就是辞与赋的源流演变与发展。

（二）辞赋押韵与句式

辞赋的押韵规则和诗歌差不多。辞和骈赋的押韵规则较严，汉赋和唐宋古文家的文赋押韵规则较宽。概括起来有两种形式：

（1）偶句用韵，篇首和换韵奇句也押韵。

> 不抚壮而弃秽兮，何不改乎此度？
> 乘骐骥以驰骋兮，来吾道夫先路。（《离骚》）

> 风萧萧而异响，云漫漫而奇色。
> 舟凝滞于水滨，车逶迟于山侧。（江淹《别赋》）

> 君不行兮夷犹，蹇谁留兮中洲。（《九歌·湘君》）

> 月明星稀，乌鹊南飞，此非曹孟德之诗乎？（苏轼《赤壁赋》）

（2）句尾是语气词时，语气词前一个字押韵。

> 恍兮忽兮，聊兮栗兮，混汩汩兮。（枚乘《七发》）

> 赋有凌云之称，辩有雕龙之声。

谁能摹暂离之状，写永诀之情者乎？（江淹《别赋》）

以上是楚辞、骚赋、古赋、骈赋的押韵情况。这里要说明的是，古赋和文赋押韵较自由，有句句韵、隔句韵、三句韵，有时韵散兼行，很多句不用韵。

辞赋的句式也与《诗经》不同。《楚辞》以六字句为主，加上虚词"兮"成为七字句，例如：

帝高阳之苗裔兮，朕皇考曰伯庸。
摄提贞于孟陬兮，惟庚寅吾以降。（《离骚》）

操吴戈兮被犀甲，车错毂兮短兵接。（《国殇》）

其后，古赋就以错落的句式出现了，以四字句与六字句为主，少到一字句，多到十几字句。

《楚辞》的第二个特点是不用连接词，而赋则相反，它汲取散文的特点，凡层次关联之处，都用连接词。例如：

是以行子肠断，百感凄恻。
故别虽一绪，事乃万族。
至若龙马银鞍，朱轩绣轴。
乃有剑客惭恩，少年报士。
或乃边郡未知，负羽从军。
至如一赴绝国，讵相见期。（江淹《别赋》）

总之，辞还是属诗歌之流，句式较为整齐，而赋则是诗与散文的结合，故句式比诗歌自由得多，比散文又整饬得多。

五　散　文

（一）散文及其分类

由口头语规范而成，无格律束缚，行文自由的一种文体，它相对于韵文和骈文。散是指它格律自由，无拘无束，并非结构松散。在唐宋人中，它又称为"古文"，这是相对骈体文被称为"时文"而言。散文即以规范的先秦口语进行写作，无须押韵，不讲究平仄与对仗，所以极易表情达意，它通行于各个领域，是汉语文章的正宗。

散文分类一般分为四类：史传、论说、杂记、应用文。史传文是指历史散文和传记散文，以记事记人为主，例如《春秋三传》《史记》等。论说文以阐述道理为主，要求逻辑严密、观点明确、论据确实，政论、文论、史论、学术论文都属此类。杂记文是指笔记小说和山川景物人事记。这是在散文中占有相当数量的一类，如柳宗元《永州八记》、徐霞客《徐霞客游记》、沈括《梦溪笔谈》、纪昀《阅微草堂笔记》都属此类。应用文主要指人们日常生活中应酬交往所应用的文字，种类繁多，实用价值大，即使在今天，学一点应用文也是很有用的。

（二）史传文

这类文章可分三类：编年体、纪传体、纪事本末体。按年代顺序来记叙史实称为编年体，如《春秋三传》、宋司马光《资治通鉴》。纪传体是司马迁的发明，通过记载人物活动来反映历史进程。从《史记》到《清史稿》的二十五史，基本都是这种体裁。纪事本末体是南宋袁枢的发明，他根据《资治通鉴》的材料，写了《资治通鉴纪事本末》。全书分二百三十九个专题来论述，以历史事件为纲，每个历史事件的来龙去脉都交代清楚，例如"秦并六国""高帝灭楚""匈奴和亲""七国之叛"等等。它和纪传体是一从事件角度，一从人物角度来反映历史。

（三）论说文

论产自先秦，荀子有《天论》。其实，先秦诸子，特别是墨子、荀子、韩非的文章，说理透彻、逻辑性强。孟子笔锋犀利，能一针见血；庄子汪洋恣肆，机趣横生，都是论说文的典范。但论与说是有区别的：论以论证为主，说以说明为主。论庄重，强调逻辑与哲理；说短小而精粹，活泼自由，常常借物以喻理。所以评论人物或重大的政治问题，常用论不用说。例如苏轼《留侯论》、欧阳修《朋党论》、柳宗元《封建论》、范缜《神灭论》，和韩愈《师说》、柳宗元《捕蛇者说》、周敦颐《爱莲说》是有明显区别的。

论说文中有一类称"辩"，相当于我们现代的驳论文章，反驳一个错误观点或错误史实。韩愈有《讳辩》，用以驳正避嫌名的错误。柳宗元《桐叶封弟辩》，则是驳正桐叶封弟的错误。

论说文中有一类叫"原"，它始于唐代。韩愈写过《原道》《原毁》，皮日休写过《原谤》《原刑》。原就是追索渊源的意思，对一种现象、一种制度、一种理论、一种学术、一个道理，追索其产生，从根本上来考察，这文体叫"原"。

（四）杂记文

杂记文不同于杂文，杂文属说理文，而杂记文则以记叙为主，除了史传、碑志、行状外，全部记叙文都可以归入杂记文，杂记文其实是一种随记性质的记叙文。

杂记文包括两大类，即游记文和笔记文。

游记文以记载山川景物、名胜及人事为主，如郦道元《水经注》、柳宗元《永州八记》、杨衒之《洛阳伽蓝记》、欧阳修《醉翁亭记》，都是记景物名胜的。方苞《狱中杂记》、蒋士铨《鸣机夜课图记》、张溥《五人墓碑记》等，皆记人事，这一类的杂记文，唐宋古文八大家、明清古文大家都有不少名篇。

杂记文另一类是笔记文，其体例与我们现代的所谓随记相仿佛，它篇幅短小、内容冗杂，历史掌故、奇闻轶事、风土人情、随笔短论、文字考证、读书心得、科技小品、神话传说，莫不包囊。它与小说有千丝万缕的联系，早期的一些笔记文和小说很难分辨，例如《世说新语》可以算小说，也可以算笔记。所以过去大家统称之为"笔记小说"。这种文体产生很早，《论语》可以说是一部较早的笔记。后来汉末有应劭《风俗通义》、蔡邕《独断》。魏晋南北朝时期，这种文体有了长足发展，如葛洪《西京杂记》、梁宗懔《荆楚岁时记》等。隋代有张鷟《朝野佥载》。唐代更多，像封演《封氏闻见记》、段成式《酉阳杂俎》、苏鹗《杜阳杂编》、《苏氏演义》。宋代，欧阳修《归田录》、沈括《梦溪笔谈》、苏轼《东坡志林》、叶梦得《石林燕语》、吴曾《能改斋漫录》、洪迈《容斋随笔》等。到后来愈出愈多，直到清顾炎武《日知录》、纪昀《阅微草堂笔记》等，其中很多资料都可补正史之不足。无论什么学科，都可以从中搜集研究材料。因此，这类文献是迄今尚未很好开发的宝库。

（五）应用文

应用文是从文章的应用范围上来划分的，因此它常与其他体类发生冲突，例如书信，是人们交际之间的表情达意的工具，可是它少数属抒情散文，多数应归之于说理文，例如《报任安书》《答司马谏议书》都可算论说文。还有一些诏令、檄文，例如汉武帝《贤良诏》、骆宾王《为徐敬业讨武曌檄》等都可看作骈体文。这里讲的应用文，是指人们在社会交往过程中应用的文字。

1. 奏议

包括奏、议、上书、疏、表、状、封事、劄子、对策。

向皇上上书议论他人得失叫"奏弹"。如沈约《奏弹刘整》、任昉《奏弹曹景宗》等。

对国家政事发表自己的见解叫"议"。如贾让《治河议》。

为自己或与自己有关的事向皇上表明自己意见叫"表"。如诸葛亮《出师表》、桓温《荐谯元彦表》、刘琨《劝进表》。

对皇上某一观点或措施表示自己的不同看法,或申述自己不同意见,需要用很长篇幅来陈述,叫"上书"。例如李斯《谏逐客书》、邹阳《狱中上梁王书》、枚乘《谏吴王濞书》等。

就皇上的某一事、某一观点或某一道理,向皇上疏通讲明道理,叫"疏"。例如贾谊《论积贮疏》、晁错《论贵粟疏》。疏重在疏通,分条陈述。

向皇上进奉或有所要求时用"状"。例如曾巩《进奉熙宁四年明堂绢状》《奏乞回避吕升卿状》等。

有机密事直接向皇上呈奉,信件封口必须严封,称为"封事"。如胡诠《戊午上高宗封事》。

"劄子"(即"札"),是宋代产生的一种公文,它也是用来对国家政治或事务提自己意见或建议的。如王安石《本朝百年无事劄子》、曾巩《再议经费劄子》。

考试时,将某一问题写在试卷上,向考生征求答案,考生的答卷称为"对策",试卷称为"策问"。如董仲舒《贤良对策》、曾巩《本朝政要策》。

2. 皇上给臣下的文告

战国时皇帝给臣下的公告称"令",如《逐客令》《垦荒令》。秦时称"制"。汉代分为四类:敕、制、诏、诫。封王、封侯时的命令称"敕",颁布制度文告称"制",颁布命令公告称

"诏","诫"是颁布禁止性的文书公告。

3. 教

诸侯王对臣下的文告。如诸葛亮《与群下教》。

4. 笺

下级对上级的文书。如繁钦《与魏文帝笺》、阮籍《为郑冲劝晋王笺》。

5. 檄

是敌对两方在战争之前伸张自己的观点、揭发敌人罪行的文告。如司马相如《喻巴蜀檄》、骆宾王《为徐敬业讨武曌檄》、陈琳《为袁绍檄豫州》。

以上是官用公文。民间人与人交往，则有书信、赠序、墓志、铭、诔、哀、箴、颂、祭文、赞等。书信我们大家都很熟悉，如《报任安书》《答李翊书》《答司马谏议书》等。我们这里从略。

6. 赠序

赠序是从唐代才有的，它与文集作序不是一回事。古人本有临别赠言的习惯，这种赠言篇幅长了，用以畅述友情、寓理其间、涵讽劝谕，以求相互勉励的文字叫"赠序"，例如韩愈《送孟东野序》、曾巩《赠黎安二生序》等都是这样。

7. 墓志

相传始于汉代。见《宋史·何承天传》所记鄞邯墓有石铭。古人死后，怕山陵变迁，坟墓埋没，后人不识，故以两块方形石，一盖一底，盖上刻铭文，底上刻死者生平传略，合起来葬于圹中，称为墓志。最先之时，有志不必有铭，有铭不必有志，后来是既有志，也有铭，称为墓志铭。墓志之作，犹如人的生平小传，用以宣扬他的事迹。志一般用散文，有的纯叙事迹，称为正体，有的加以议论，称为变体。铭则用韵文，或三言、四言、七言不等。

8. 碑碣表文

墓碑、墓碣和墓表都相当于现在的墓碑文。古人五品以上的官可以立墓碑，它高而大，又称丰碑。五品以下的官可以立碣，它比碑小，而且上面是弧圆形。平常百姓也可以立表，它比碑碣更小。因为它立于墓前的墓道之上，墓道又称神道，所以又有神道碑、神道表的称呼。这上面的文字与墓志差不多，有志又有铭，不过因为是写给世人看的，所以志更详细罢了。欧阳修有《泷冈阡表》，没有铭文，可见有志无铭也是可以的。墓表分三种：刚死之时所作称灵表，未葬所作称殡表，树于神道称阡表。

蔡邕《郭有道碑文》："先生讳泰，字林宗，太原界休人也。其先出自有周……于是树碑表墓，昭铭景行。俾芳烈奋于百世，令问显于无穷。其辞曰：于休先生，明德通玄……。"

曾巩《赠职方员外郎苏君墓志铭》："君讳序，字仲先，眉州眉山人。……铭曰：苏氏徂西，值蜀崩分。三世高逝，以笃吾仁……。"

9. 哀辞

是哀悼死者的文辞，通常的哀辞与墓志铭没有多大区别。前面是散文，历叙其人生平事迹，后面是韵文。不过前面的散文较墓志简略，后面的韵文不像铭文常用四言，而是常用骚体，中间加"兮"。

曾巩《苏明允哀辞》："明允姓苏氏，讳洵，眉州眉山人也……乃为其文曰：嗟明允兮邦之良，气甚夷兮志则强……。"

10. 祭文

这是在祭奠死者时宣读的，重在宣扬亡者功德烈绩，表示生人的哀悼之情。它与墓志、哀辞不同，前面简单一个小序，讲明祭奠人与被祭奠人，及祭奠年月日，后面通篇是韵文，多是四言，往往一韵到底，间或中间换韵。有些祭文连前面小序也用韵文。

王僧达《祭颜光禄文》："维宋孝建三年九月癸丑朔十九日辛未，王君以山羞野酌，敬祭颜君之灵：呜呼哀哉！夫德以道树，礼以仁清。惟君之懿，早岁飞声……敬陈奠馈。申酌长怀，顾望歔欷。呜呼哀哉。"

因为这是奠祭时宣读的，一般最后加上"尚飨"两字，希望神灵来享受馨香。

11. 诔

主要是宣扬功德的，一般在人死后不久，不像祭文在祭奠时宣读，它的格式和墓志铭差不多，不过它不必陈述死者生平姓氏，只要称颂死者功德。后来，诔与祭文就差不多了，只是应用场合有不同，诔不一定在祭奠时。例如《红楼梦》中贾宝玉作的《芙蓉女儿诔》，实际上是一篇祭文，但却骈散兼陈。

潘岳《杨荆州诔》："维咸宁元年夏四月乙丑，晋故折冲将军荆州刺史东武戴侯荥阳杨使君薨，呜呼哀哉。夫天子建国，诸侯立家……爰作斯诔。其辞曰：邈矣远祖，系自有周。昭穆繁昌，枝庶分流……哀有余音，乌呼哀哉。"

以上都是哀悼之文。平常在人们日常生活中，还要有铭、箴、赞、颂。这些是用之于生人的。

12. 铭

铭是刻在物品上用以庆功或自警的韵文，来源于金文。形式不拘，短小精粹，押韵即可。如班固有《封燕然山铭》，刘禹锡有《陋室铭》。铭的特点是精粹。到后来，一句警策的话也可以是铭。

最有趣的是后世人们即兴而作的物铭，刻在自己珍视的器物上，如纪昀的砚铭，一拘一格，短小精粹：

① "石则新，式则古。与其雕锼，吾宁取汝。"

② "瓦能宜墨即中砚材，何必汉未央宫、魏铜雀台？"

③ "斑斑墨锈自何时，老友封题远见贻。忽似重逢孟东野，古心古貌对谈诗。"

④有一块砚石，随他谪戍新疆，因题："枯研无嫌似铁顽，相随曾出玉门关。"

⑤任《四库》总纂官时，他的砚铭是："检校牙签十万余，濡毫滴渴玉蟾蜍。汗青头白休相笑，曾读人间未见书。"

崔瑗《座右铭》："无道人之短，无说己之长。施人慎勿念，受施慎勿忘。世誉不足慕，唯仁为纪纲。隐心而后动，谤议庸何伤？无使名过实，守愚圣所臧。在涅贵不淄，暧暧内含光。柔弱生之徒，老氏诫刚强。行行鄙夫志，悠悠故难量。慎言节饮食，知足胜不祥。行之苟有恒，久久自芬芳。"

13. 箴

箴是规诫的意思，作为文体的一种，常用来规诫自己。扬雄有《九牧箴》，全是用韵文写成。国家发布的针砭时弊的禁戒规谕文告称为官箴，私下里的自我警策之言称为私箴。

张华《女史箴》："茫茫造化，二仪既分。散气流形，既陶既甄……女史司箴，敢告庶姬。"

14. 赞

赞是用来赞扬历史人物，一般也是四言韵语。多数前面加以序言，叙述其功德事迹，后以四言韵语为赞。例如夏侯湛《东方朔画赞·并序》与墓铭没有多大区别，前面是散文，后面是四言韵语。

15. 颂

颂也是歌功颂德的。它与赞的区别在于它纯用韵语，不带序，也不限四言，如刘伶《酒德颂》："有大人先生，以天地为一朝，万期为须臾，日月为扃牖，八荒为庭衢。行无辙迹，居无室庐，幕天席地，纵意所如。止则操卮执觚，动则挈榼提壶，唯酒是务，焉知其余……"

这里补充讲一点八股知识：八股又名"时文""时艺""制义""四书文"。八股文源出论说文，元代定为科举考试之法，有人造为定式，明初又重定体式。明宪宗成化后，更规定字数。其格式有：

①破题：两句话，道破全题要义。

②承题：申明破题之义。

③起讲：（原起）开始论述之处。

④提比：（提股）起讲后入手处。（论证开始）

⑤虚比：（虚股）接提比而过渡到论据。（后来渐废）

⑥中比：（中股）重点论证之处。

⑦后比：畅发中比未尽之义。（反复论证之处）

⑧大结：一篇之总结。

①②为立论，③为过渡，④⑤⑥⑦为论证，⑧为结语（论）。

顺治时定 450 字，康熙时定 550 字，后来 600 字。

第八章　修辞篇

一　为什么学习修辞

在《现代汉语》课程学习时，大家都学了修辞。修辞学习的作用有两个方面：一、指导阅读。使我们在阅读时对作者的原意有准确地理解。二、指导写作。使我们平时写文章更准确、鲜明、生动、完美。古代汉语不要求写作，我们今天不提倡大家来写文言文。为什么还要学修辞呢？这就是用来指导我们去阅读。古人对修辞是很讲究的。如果我们不懂得一点修辞知识，往往会看不懂古人到底在说什么。况且，古汉语修辞章里讲的许多修辞格都是古代汉语所特有的，因而我们说：古代汉语修辞与现代汉语修辞的学习侧重点不同，内容也不一样，所以我们需要向大家系统介绍一下。

语法讲的是规范地遣词造句的科学，而修辞是讲在规范的基础上如何增强语言的表达效果。古人运用语言和今人一样，都想增强说服力和感染力，于是特别讲究修辞。由于古人和今人的语言存在差别，运用的方式也就不可能一样，该直说的，往往曲折说来；该实说的，往往夸张言之；该明说的，而又隐讳起来。诸如此类，造成多种多样的修辞方法。如果我们不懂，就无法理解当时的语境，就无法理解文意，所以，古汉语修辞的学习重在阅读理解。

二　文言修辞史略

讲到修辞，马上有两种意见。一种意见是：那玩意儿高深莫测，是写小说者的事儿，我们平时说话，用不着修辞。请看："哥俩在街上碰了头，他一看见他就把这好消息告诉了他。"

这三个"他"一用，听者就糊涂了，所以，用词造句也是修辞。

第二种意见是：那玩意儿是"咬文嚼字，卖弄文字技巧"。对！无论写文章还是说话，都要讲究技巧，以最少的载体传播最大的信息。为什么刘禹锡的"道是无晴却有晴"（《竹枝词》）读起来回味无穷？为什么"瓦罐不离井上破，将军多在阵前亡"使人警策生畏？这是因为一是运用"双关"，一是运用"映衬"的修辞手法。

汉代王充并不理解这一点，他在《论衡·艺增篇》中谈到夸张，他认为古人"著文垂辞，辞出溢其真，称美过其善，进恶没其罪"。使"纯朴之事，十剖百判"。他举例说：

传语曰：圣人忧世，深思事勤，愁扰精神，感动形体，故称尧若腊，舜若腒，桀纣之君，垂腴尺余。夫言圣人忧世念人，身体赢恶，不能身体肥泽可也，言尧舜若腊与腒，桀纣垂腴尺余，增之也。（《语增篇》）

儒书言：……（荆）轲以匕首擿秦王，不中，中铜柱，入尺。……"夫言入铜柱，实也；言其入尺，增之也。（《儒增篇》）

其实，大家一看便知，这种夸张是很常见的修辞手法，如若不用那是很难写文章，王充完全是强辩。就是在他的《论衡》一书中，这类夸饰也开卷即得：《命义篇》他说："春秋之时，败绩之军，死者蔽草，尸且万数；饥馑之岁，饿者满道；瘟气疫疠，千户灭门。"这不也是夸张吗？对这点，他倒不如先他几百年的孟轲。《孟子·万章篇》说：

> 说《诗》者不以文害辞，不以辞害志，以意逆志，是为得之，如以辞而已矣。《云汉》之诗曰：周余黎民，靡有孑遗。信斯言也，是周无遗民也。

《诗经·大雅·云汉》形容周宣王时大旱之灾的深重，孟子提出了一个正确理解夸张手法的原则："不以文害辞，不以辞害志，以意逆志。"可见在很早的时候，前人就已经注意到修辞的研究了。

到了晋代，陆机作《文赋》，其中有很多论及修饰的地方。梁代刘勰的《文心雕龙》，是汉语修辞史上一部重要著作。它的《章句篇》谈到遣词造句，《声律篇》谈到文章音节，《比兴篇》谈到比喻，《夸饰篇》谈的是夸张，《事类篇》谈的是引用，《隐秀篇》谈的是含蓄委婉，这都是一些重要的修辞方法。

北齐的《颜氏家训》（颜之推）也谈到"避忌""引用"和"藏词"的问题。

唐刘知几在《史通》中谈到了"省略""委婉"的修辞方法。

宋代沈括在《梦溪笔谈》中发现古人一个重要的修辞方法——倒置，把它取名叫"相错成文"。后来的一些修辞著作又称之为"错综"。

宋代的陈骙有一部《文则》，是修辞学史上又一部重要著作，他第一次对修辞方式进行细致的分析，举例甚详，提出"倒语""重复""含蓄""排比"等修辞手法，光是"譬喻"一种，他就析为十类，分别举例说明：直喻、隐喻、类喻、诘喻、对喻、博喻、简喻、详喻、引喻、虚喻。虽然其中不乏可议之处，但用这种归纳分析法来研究汉语修辞，却是一个创举。

金代王若虚《滹南遗老集》有《文辨》四卷，非常注意用实证法来说明修辞格，举例很多。

清代汪中著有《述学》一书，对修辞学有卓越的贡献，他对"曲"（委婉）"形容"（夸张）论述得都很精当。特别是《释三九》一篇，指出古人用"三"和"九"往往是虚指而非实数，这些都是前人所未发的。

清代俞樾又作《古书疑义举例》七卷，用大量实例论证"错综""借代""省略""倒装"等修辞手法，并创造性地提出"映衬"的修辞格。

但上述这些，都是对修辞现象的微观的、个别的研究，零星而不成系统。1923 年，唐钺出版了《修辞格》一书，这才是科学地讨论修辞格的第一本著作。他将二十七种修辞格排成五个子系统，形成一个大体系。当时，这步工作刚开始，其中不乏可商榷之处，但总的说来是颇得当的。

1932 年，陈望道的《修辞学发凡》出版，正式提出汉语修辞的比较系统的理论和方法。刘大白称之为"中国有系统的兼顾古话文今话文的修辞学书底第一部"。

1933 年，杨树达的《汉语文言修辞学》（当时名为《中国修辞学》）问世，它内容丰富，引证详赡，是客观地研究我国古代修辞学一部力作，至今仍占有重要的历史地位。

从以上我们可以看出，任何学问，都是"前修未密，后出转精"的。用新的材料、新的方法、科学地研究汉语修辞，提高汉语的表达功能，正是我们这一代的任务。

三　古代汉语的几种修辞方法

古代汉语的修辞方式很多，我们不能一一介绍，这里要讲的只是几种比较常见的修辞方法。

（一）引用

引用就是引古证今，从内容上来分，有引言、引事、引文之别。引用前代不见书本的俗语、传言、格言、谚语、歌谣、熟语等是引言；引事即用典，引用前代成语故事；引用前代见于书本的文字是引文。从引用方法上来区别，则有两种方式：明引和暗引。

（1）明引是明白地说出引语的出处

①故渔者歌曰："巴东三峡巫峡长，猿啼三声泪沾裳。"（《水经注·江水》）

②管子曰："仓廪实而知礼节。"（贾谊《论积贮疏》）

③昔穆公求士，西取由余于戎，东得百里奚于宛，迎蹇叔于宋，来丕豹、公孙枝于晋。（李斯《谏逐客书》）

④（刘）表受后妻之言，爱少子琮，不悦于琦。琦每欲与亮谋自安之术，亮辄拒塞，未与处画。琦乃将亮游观后园，共上高楼，饮宴之间，令人去梯，因谓亮曰："今日上不至天，下不至地，言出子口，入于吾耳，可以言未？"亮答曰："君不见申生在内而危，重耳在外而安乎！"琦意感悟。（《三国志·蜀书·诸葛亮传》）

以上举例，或引言（俗谚），或引文，或引事，使我们一看而知是引用，这是明引。

（2）暗引是化用前人的言语或故事，形式上却是今人的口气，使人不易觉察是引用。

⑤怒发冲冠，凭栏处，潇潇雨歇。（岳飞《满江红》）

⑥我居北海君南海，寄雁传书谢不能。桃李春风一杯酒，江湖夜雨十年灯。持家但有四立壁，治病不蕲三折肱。想得读书头已白，隔溪猿哭瘴烟藤。（黄山谷《寄黄几复》）

⑦今兹捧袂，喜托龙门。（王勃《滕王阁序》）

例⑤暗用《史记·蔺相如列传》"相如持璧却立，怒发上冲冠"的成语。例⑥暗用《左传·僖公四年》"君处北海，寡人处南海，唯是风马牛不相及也"。第三句用宋之问《寒食还陆浑别业诗》意"旦别河桥杨柳风，夕卧伊川桃李月"。第五句用《汉书·司马相如传》故事，司马相如和卓文君驰归成都，"家徒四壁立"。第六句用《左传·定公十三年》"三折肱知为良医"语。例⑦用的是《后汉书·李膺传》的故事："膺独持风裁，以声名自高。士有被其容接者，名为登龙门。"

像这类用典，如果对古典文献不熟，是不会发现是用典的，所以我们读书时，应特别注意。

（二）譬喻

为了把事物说得具体、明了，把抽象的道理说得形象生动，我们常常打比方，打比方就是譬喻。要想使我们的说话和文章显得活泼、深刻、简练、幽默，常离不开譬喻这种修辞手法。

譬喻有明喻、隐喻、借喻三种情况。

（1）明喻的正体和喻体全都出现，中间用譬喻词（好像、犹、如、若，譬如、譬之、比等）。

①孤儿泪下如雨。（《孤儿行》）

②君子之交淡如水，小人之交甘如醴。（《庄子·山木》）

③人比黄花瘦。（李清照《醉花阴》）

④问君能有几多愁，恰似一江春水向东流。（李煜《虞美人》）

（2）隐喻的正体和喻体也都出现，但譬喻词不出现，或者把正体和喻体混而为一，用判断句也表示。

①君者，舟也；庶人者，水也。（《荀子·王制》）

②天地为炉兮，造化为工；阴阳为炭兮，万物为铜。（贾谊《鹏鸟赋》）

③水是眼波横，山是眉峰聚。（苏轼《卜算子》）

④夫天地者，万物之逆旅；光阴者，百代之过客。（李白《春夜宴桃李园序》）

（3）借喻的正体不出现，只出现喻体。以喻体代正体，正体喻体的关系极其密切。

①然则君之所读者，古人之糟魄已夫。（《庄子·天道》）

②民以为将拯己于水火之中也。（《孟子·梁惠王下》）

③谁言寸草心，报得三春晖。（孟郊《游子吟》）

④缫成白雪桑重绿，割尽黄云稻正青。（王安石《木末》）

例①"糟魄"就借喻古书的"粗劣部分"。例②"水火"就喻"水深火热的境地"。例③"寸草""春晖"的关系就喻母子的关系。例④"白雪"喻丝，"黄云"喻麦。

古人还有所谓"博喻"的说法，这是譬喻的一种形式，并不是一种方法。它是指以几个喻体来比方一个正体。

①其声呜呜然，如怨、如慕、如泣、如诉，余音袅袅，不绝如缕。（苏轼《赤壁赋》）

②狡兔死，走狗烹；高鸟尽，良弓藏；敌国破，谋臣亡。（《史记·淮阴侯列传》）

③（白妞）那双眼睛，如秋水，如寒星，如宝珠，如白水银里养着两丸黑水银。（刘鹗《老残游记》第一回）

（三）代称

鲁迅在《写于深夜里》一文中，有这样一段描写："一间阴暗的小屋子里，上面坐着两位老爷，一东一西。东边的一个是马褂，西边的一个是西装……马褂问过他的姓名、年龄、籍贯之后，就又问道：'你是木刻研究会的会员么？'"

这两个人都没有名字，一个就称之为"马褂"，另一个称之为"西装"。为什么要换一个名字呢？因为叫张三或者叫李四，都是些泛泛的名字，缺乏鲜明的特征。而叫"马褂"叫"西装"可就不同了，一下子有了鲜明的个性特征，引起读者许多想象，使我们的语言新鲜生动。这种换一个名称的说法，在修辞学上称为"代称"。

代称和譬喻不同，譬喻是突出两者之间的相似关系，即使借喻的正体不出现，也使人一眼就看出：正体象喻体。而代称则强调两者之间的依存关系，乙就代替了甲。举例来说：

①缲成白雪桑重绿，割尽黄云稻正青。（王安石《木末》）

②朱门酒肉臭，路有冻死骨。（杜甫《自京赴奉先县咏怀五百字》）

"白雪"代"丝"，是说"丝如白雪"；"黄云"代"麦"，是说"麦似黄云"。"朱门"代"显贵"，不能说"显贵"像"朱门"，或"朱门如显贵"。总之，比喻是平行的概念之间的对比。甲如乙，是说甲、乙都是平行的概念，二者之间有相似之处。代称是主流的概念之间的替代。甲代乙，是因为甲是乙特征的一部分。

代称常常有以下几种情况：

（1）以事物的特征之一相代，如上面的"马褂"。

①马氏五常，白眉最良。（《三国志·马良传》）

②纨绔不饿死，儒冠多误身。（杜甫《赠韦左丞》）

③知否知否，应是绿肥红瘦。（李清照《如梦令》）

④人不寐，将军白发征夫泪。（范仲淹《渔家傲》）

这里大家要注意，每个事物的特征不止一项，而代称每次只用一个，所以，同一事物往往有不同的代称。

⑤汉皇重色思倾国，御宇多年求不得。（白居易《长恨歌》）

⑥后宫佳丽三千人，三千宠爱在一身。（白居易《长恨歌》）

⑦长门事，准拟佳期又误。蛾眉曾有人妒。（辛弃疾《摸鱼儿》）

⑧秋晚红妆傍水行，竞将衣袖扑蜻蜓。（花蕊夫人《宫词》）

这里的"倾国""佳丽""蛾眉""红妆"都是代"美女"。

（2）以质地、产地、工具相代。

⑨田园寥落干戈后，骨肉流离道路中。（白居易《望月有感》）

⑩何以解忧，唯有杜康。（曹操《短歌行》）

⑪愿斩三人头，竿之藁街。（胡铨《上高宗封事》）

⑫食顷，有一人控大宛，汗流驰至。（白行简《李娃传》）

⑬我二十五年矣，又如是而嫁，则就木焉。（《左传·僖公二十三年》）

（3）部分和全体相代。

⑭一日不见，如三秋兮。（《诗经·采葛》）

⑮过尽千帆皆不是，斜晖脉脉水悠悠。（温庭筠《望江南》）

⑯梁惠王曰："晋国天下莫强焉，叟之所知也。"（《孟子·梁惠王上》）

⑰子无谓秦无人，吾谋适不用也。（《左传·文公十三年》）

⑱满地黄花堆积。（李清照《声声慢》）

（四）并提

这是古代汉语一种特有的修辞方法。古人为了简洁，常把两句话才能表达的意思压缩用一句话来表达。例如我们学过的课文上有：

①非亭午夜分，不见曦月。（《水经注·三峡》）

②侍中、侍郎郭攸之、费祎、董允等。（诸葛亮《出师表》）

例①"亭午"是"正午",本来就不见"月"。"夜分"是半夜,本来就不见"日"。这句话要是用现代汉语来说就是:自非亭午不见曦,夜分不见月。

例②同理,应该说成"侍中郭攸之,侍郎费祎、董允等"。这其实是一种语病,它会造成表达不清、意思含混的毛病。例如《后汉书·光武十三传赞》说:"中山临淮,无闻夭丧。"李贤注说:"二王早终,名闻未著也。"其实,临淮王在封王之前就死了,是早终;而中山享国五十二年,怎么能叫"早终"?这里是并提,李贤不知而错注,本来应说成"中山无闻,临淮夭丧"。这种并提还未打乱顺序,有些连顺序也打乱了,就更易产生误解。

例如:

③齐楚遣项它、田巴,将兵随市救魏。(《汉书·魏豹传》)

我们即使知道这是并提,也会认为齐遣项它,楚遣田巴。其实是齐遣田巴,楚遣项它。

④九月,封故楚、赵傅、相、内史等前死事者四人子。(《汉书·景帝纪》)

这句话不看注词,你就弄不清这四人的官职。文颖注说:"楚相张尚、太傅赵夷吾、赵相建德、内史王悍,此四人各谏其王,无使反,不听,皆杀之。"

这是因为有这种不明确的毛病,现代汉语不用这种修辞方法,但古人运用很多。我们阅读时不可不知。

(五)互文

"互文"又叫"互文见义""互见",与"并提"恰好相反。它是把用一句话就可以表达的意思分开用两句话表达,上下文义互相补充、呼应。例如:

①"公入而赋,姜出而赋。"(《左传·隐公元年》)

从字面上看，我们会认为公入隧道时赋诗，姜出隧道时赋诗。其实，公姜都住在地面上，他们在隧道中相见，都有一个出入的过程。这句话用现代汉语来表达，就是：公和姜在隧道见面后，分别赋诗。

②吴师克东阳而进，舍于五梧，明日，舍于蚕室。公宾庚、公甲叔子与战于夷，获叔子与析朱鉏，献于王。王曰："此同车必使能，国未可望也。"（《左传·哀公八年》）

这里讲的是吴鲁之间的一场战争。吴师攻下东阳以后，驻军于五梧，次日，又驻扎在蚕室。公宾庚、公甲叔子和析朱鉏同乘一辆车，在夷与吴军打了一战，三人都战死了，吴军得到了三人的尸体，献给吴王。吴王说："同一辆车子上的人能一同殉难，鲁国肯定用了很有才能来管理军队，要想战胜它，把握还不大呢！"这一段我们要不看杜预的注，也是很难搞清楚的。所以，它与并提一样，也有不够明确的毛病。

（六）夸饰

夸饰就是夸张，有些书上称"扬厉"。它是运用突出的、形象的语言，描述事物的部分属性与特征，旨在引起读者注意，使表达对象更加突出鲜明。杜甫《古柏行》有这样两句："霜皮溜雨四十围，黛色参天二千尺。"沈括却批评说："四十围乃是径七尺，无乃太细长乎？"沈括不懂得夸张与真实的区别，我们说，夸张不等于说假话，因为在一定的语言环境，不违背事物的真实性原则，使大家都知道是夸张。说一个人个子高，他大概有九尺多，这是假话。说他的身影立在那儿，像棵白杨树，这是夸张。古人写文章，最喜欢用夸张：

①崧高维岳，峻极于天。（《诗经·崧高》）
②谁谓河广，曾不容刀。（《诗经·河广》）
③张袂成荫，挥汗成雨。（《晏子春秋》）

④白发三千丈，缘愁似个长。（李白《秋浦歌》）

⑤边庭血水成海水，武皇开边意未已。（杜甫《兵车行》）

（七）倒置

倒置又叫"错综"，不同于我们讲语法的时候讲的那种"倒装"，这种倒装是今天我们取的名字，古人不认为是倒装，而是正格。要是像今天这样不倒过来，那才是错误的。这里我们讲修辞上的"倒置"，是指古人认为的"倒置"，也就是说是古人有意识地将词序交错安排。这种安排一般是符合古汉语语法的。

①猿狝猴错木据水，则不若鱼鳖；历险乘危，则骐骥不如狐狸。（《国策·齐策》）

②疾风而波兴，木茂而鸟集。（《淮南子·主术训》）

③附枝大者贼本心，私家盛者公室危。（《汉书·萧望之传》）

④弓善反，弓恶反；善马狠，恶马狠。（《太玄·止次八》）

例①"骐骥"当在"历险"之上。例②"疾风"当为"风疾"。

例③"公室危"应当作"危公室"。例④"弓善""弓恶"当为"善弓""恶弓"。善谓柔弱，恶谓强劲。反，反故处也。善马谓良马，恶马谓烈马。狠，有勇力也。

这种倒装显示出行文的同中有异，跌宕多姿，避免单调和呆板，增强语势。在诗词写作中，更重要的是适应平仄的需要。例如：

⑤裙拖六幅湘江水，鬓耸巫山一段云。（李群玉《赠郑相并歌姬》）

⑥香稻啄余鹦鹉粒，碧梧栖老凤凰枝。（杜甫《秋兴八首》）

⑦吉日兮辰良，穆将愉兮上皇。（《九歌·东皇太一》）

⑧其仆维何？釐尔女士。釐尔女士，从以孙子。（《诗经·既醉》）

"仆"附属也。天命所附也。釐：授予。"女士"即"士女"。"从"，"随"也。孙子，子孙也。

（八）**委婉**

在日常生活中，我们有时不能直接表达心中的意思，但又非说不可，于是就采用委婉的修辞手法，婉转含蓄地表达出自己的意思，这种修辞方法叫委婉。说话为什么要委婉，主要有两个原因：

（1）避免忌讳粗俗

有些粗俗的村话，在一定的场合不能说。有的话虽然不粗俗，但对某些人讲就刺伤了对方的感情，特别是对皇帝和尊长，更要求避讳，这时就得说话含蓄一点。例如：

①荒侯市人病，不能为人。（《史记·樊郦列传》）

②权起更衣，肃追于宇下。（《资治通鉴·赤壁之战》）

③上与梁王燕饮，尝从容言曰：千秋万岁后传于王。（《史记·梁孝王世家》）

④虽少，愿未及填沟壑而托之。（《国策·赵策》）

⑤假令愚民取长陵一抔土，陛下将何以加其法乎？（《史记·张释之传》）

⑥（衍）口未尝言钱。（妻）郭欲试之，令婢以钱绕床，使不得行，衍晨起见钱，谓婢曰："举阿堵物却。"（《晋书·王衍传》）

这类特别多，像"没于地""不可讳""弃天下""弃世""升遐""迁神""归素"等等。

（2）追求谦恭典雅

在一些庄重场合，对别人说话必须谦恭、典雅，以显得自己礼数周到，这时就用委婉的辞令。

以前我们学过《鞌之战》中韩厥对齐侯的一段话，就是典型的委婉说法。古人写信，特别是给尊长或平辈的信，一般措辞都非常客气，说到自己都很谦恭，说到对方都很尊敬。

有时候，为了追求典雅，使用委婉的说法，如：令尊、令堂、尊夫人、令郎。今天我们问别人，"同志，您贵姓?"就比直接问显得有礼貌。但这也是有限度的，一味追求典雅，就变成滑稽，例如："鄙人坐在贵室的宝梁之下，一时疏忽，惊动了尊鼠，尊鼠跑动时打翻了令油瓶，贵油洒在小可的敝衣之上，因此，鄙人在尊驾面前露了丑态，万望尊驾海涵海涵。"

在外国有所谓"沙龙语"与此相似，法国贵族把日历叫"将来的记录"，森林叫"乡村的装饰"，入座叫"满足这把想拥护您的椅子的愿望"。《死魂灵》中描写 N 城贵妇擤鼻涕时说："轻松了一下鼻子"，吐了痰叫"用了用手帕"，等等。

或是有难言之隐，运用委婉说法，产生意在言外的效果，这种手法有些书上叫"烘托"。例如：

①新来瘦，非关病酒，不是悲秋。（李清照《凤凰台上忆吹箫》）

②遣人向市赊香粳，唤妇出房亲自馔。（杜甫《病后遇王倚赠饮歌》）

③玉阶生白露，夜久侵罗袜。欲下水晶帘，玲珑望秋月。（李白《玉阶怨》）

例①写相思之苦扰得人瘦，不说相思使人瘦，却说不是病酒使瘦，也不是悲秋使瘦。例②写王倚家的贫困，"赊"言外之意是"穷"，"亲"言外之意是"困"，家无余童，妻子亲自下厨。例③通篇没有一点怨意出现，平平淡淡地叙事。但读后使人觉得：这个女子之所以久久坐在玉阶上，以致白露打湿罗袜，她还不忍离去，只是放下门帘，隔帘望着玲珑的秋月发呆，其怨已极深了。

但委婉不同于隐语，隐语是一种临时性的或是应用范围极小的隐秘真意修辞法，但很可能使对方不理解，而委婉是一种意义明确的含蓄，不管如何含蓄，交际双方心中都是清楚的。

（九）省略

我们这里所说的省略，不是指语法上句子成分的省略，而是指思路不连贯、语意不完整的行文省略，这是为了表现当时说话的语境而采用的一种修辞手法。读者从情境方面去意会，自然会领会原文意思，如果我们把它补出来，反而会失去原文意蕴。例：

①故有国者不可以不知春秋，前有谗而弗见，后有贼而不知。为人臣者不可以不知春秋，守经事而不知其宜，遭变事而不知其权。(《史记·太史公自序》)

例①中，前句的意思为"有国者应当熟悉《春秋》"，与后面意思正好相反，乃省略了"不知春秋"一句。下"为人臣者"亦同。

②魏武侯谋事而当，群臣莫能逮，退朝而有喜色。吴起进曰："亦尝有以楚庄王之语闻于左右者乎?"武侯曰："楚庄王之语何如?"吴起对曰："楚庄王谋事而当，群臣莫逮，退朝而有忧色。……楚庄王以忧而君以喜。"武侯逡巡再拜曰："天使夫子振寡人之过也。"(《荀子·尧问》)

这里，吴起的话还没讲完，武侯马上领会了他的意思，打断了他的话，这种勇于改过的急切心情，补出来反而体现不出来了。

③五年……诸侯及将相相与共请尊汉王为皇帝……汉王三让，不得已，曰："诸君必以为便便国家。"甲午，乃即皇帝位氾水之阳。(《史记·高祖本纪》)

这里把刘邦假意推让帝位的情态惟妙惟肖地表现出来。《汉书》这句话作"诸侯王幸以为便于天下之民则可矣"。补出"则可矣"三字，逊色多矣。

④子曰："由也，女闻六言六蔽矣乎？"对曰："未也。""居，吾语女！"（《论语·阳货》）

这是孔子教诲子路的话，"未也"后省略"曰"字，这是对话时孔子的语态急切，故记录的人未加"曰"字，这类情况很多，俞樾《古书疑义举例》就有"两人之辞而省曰字例"一条。

以上所举，都是文情语气的需要而省略有关字句，使句势或突兀，或跳脱，显得摇曳多姿。古书上还有一种省略被称为"藏词"，其实是一种不规范的遣词造句方法，由于比较特殊，古人也常用到，所以有必要介绍大家知道。藏词之格，魏晋时期相当流行，有藏头语如"年始志学"（十五）、"而立之年"（三十）、"齿在逾立"（三十）、"行向不惑"（四十）、"涉乎知命之年"（五十）、"年垂耳顺"（六十）。例如：

⑤有王子侯，梁武帝弟，出为东郡，与武帝别，帝曰："我年已老，与汝分张，甚以恻怆。"数行泪下，侯遂密云，赧然而出。（《颜氏家训·风操》）

⑥陆机与长沙顾母书，述从祖弟士璜死，乃言"痛心拔脑，有如孔怀"。（《颜氏家训·文章》）

⑦友于著睦，贻厥有光。（颜真卿《郭汾阳家庙碑》）

以上这些词，从字面上都无法解释，若我们了解这是藏词，才能弄懂文意。例⑤"密云"，意为不掉眼泪，梁武帝泣下数行，他弟弟只是做出悲伤的样子，却无眼泪。"密云"是"密云不雨"的省略。《周易·小畜》："密云不雨。"例⑥"孔怀"就是兄弟，陆机此言无非是说士璜之死，他就像失去自己亲兄弟一样，因为《诗经·小雅·常棣》："死丧之威，兄弟孔怀。"原意"孔怀"是非常怀思，却被省略为"兄弟"的代称。例⑦"友于"也是

"兄弟"，是《尚书·君陈》"友于兄弟，施于有政"一句的省略。"友"原意是"友爱"。"贻厥"是"子孙"的藏词。《尚书·五子之歌》："明明我祖，万邦之君，有典有责，贻厥子孙。""贻厥"原意是"留下这些给"。

这种修辞方法是毫无道理的省略，是不规范的，但古人相沿成习，很多名人都习用，如陶诗有"再喜见友于"，杜诗有"山鸟幽花皆友于"。韩愈诗有"岂谓贻厥无基址"，所以我们还是应当了解的。

（十）双关

双关也是古人一种重要的修辞手法。它巧妙地利用汉语语音和意义上的多重关系，达到一句话具有明、暗双重含意的效果。古人特别喜爱这种修辞方式，创造出许多格言警句。双关有音相关和意相关两种，意相关是用一词多义方法造成（同形词），音相关是用同音词造成。

多意双关（同字多义）：

①玉焚不改白，竹剖不改节。（意双关）

②未出土时先有节，及凌云处总虚心。（意双关）

③千锤百击出深山，烈火焚烧若等闲。粉身碎骨全不顾，只留清白在人间。（意双关）

④春蚕到死丝方尽，蜡炬成灰泪始干。（意相关）

⑤莫为采莲（怜）忘却藕（偶），月明风定好回船。（音双关）

⑥杨柳青青江水平，闻郎江上唱歌声。东边日出西边雨，道是无晴却有晴。（音相关）

特别是南朝民歌的子夜歌，多用谐音双关语，不知双关意，你不知道他在说些什么。例如："隐隐露芙蓉，见莲不分明。""桐树生门前，出入见梧子。""朝看暮牛迹，知是宿蹄痕。""明灯照空局，悠然未有棋。""芙蓉腹里萎，莲子从心起。"苏轼诗说："莲子劈开须见薏，楸枰著尽更无棋。破衫却有重逢处，一饭何曾忘却匙。"

其实这种修辞手法乃是借用民间歇后语来的，有些歇后语正是用这种同音双关构成。

《六院汇选江湖俏语》等书上载：

四十岁寡妇不动心———一把好守（手）

荷包里鬼叫———腰精（妖）

和尚拆屋———废寺（费事）

婆媳守寡———没公夫（工）

火烧城隍殿———庙灾（妙哉）

母亲寄在伞铺里———油他娘（由）

下雨出日头———假晴（情）

哑子看书———读在肚里（毒）

梳头姐姐吃盐梅———油手好咸（游、闲）

墙头上种菜———没园（缘）

桅杆上挂灯笼———有明的光棍（名）

亡八中解元———龟举（规矩）

荷花荡里点灯———藕燃而已（偶然）

狗长牴角———羊气（洋气）

（十一）隐语

隐语又称"廋辞"，在特定的语言环境中，用隐秘的言语进行交际，言在此而意在彼，听者心有意，达到交际目的。像谶语、谜语、析字等都是这样，后世的江湖黑话基本也属这类。

《左传·宣公十二年》："冬，楚子伐萧……遂傅于萧。还无社与司马卯言，号申叔展。叔展曰：'有麦曲乎?'曰：'无。'

'有山鞠穷乎?'曰:'无。''河鱼腹疾,奈何?'曰:'目于智井而拯之。''若为茅绖,哭井则已。'明日,萧溃,申叔视其井,则茅绖存焉,号而出之。"

这一段要叫我们来句读是很困难的,因为我们不解隐语,不知所云。这里讲的是楚萧二国相争。萧大夫还无社和楚大夫司马卯和申叔展素来要好,无社在危急中就和司马卯通话,让他喊来申叔展,向申求救。申叔展在两军阵前不好公开通敌,就造了这样一段隐话:麦曲和山鞠穷都是抵御寒湿的药物,申叔展是想让还无社躲在水中,所以需要御寒湿的药物。无社没弄懂意思,所以都答说没有。申叔展问:"没有这些,就得像河鱼一样肚子膨胀起来,怎么办呢?"这一下还无社会意了,于是说:"看到一口枯井就是我躲避的地方,你就把我救出来。"申叔展说:"这里枯井多了,谁知道是哪一口,况且你在下面怎么知道上面是我来救你呢?你这样办:拿茅草编个带子放在井台上,我便知道是你在下面,我对井大哭,你就知道上面是我了。"

隐语发展到后来成为谜语,在《荀子》一书中已有端倪。《荀子》有赋五篇:"礼""知""云""蚕""针"都是用隐语写成的。先讲一通与真意有点联系的话,最后点明要讲的事物,犹如先摆谜面,最后点明谜底。举《蚕赋》为例:

他先说有一物"屡化如神""功被天下""名号不美,与暴为邻"(蚕,古音与"残"近),"功立而身废,事成而家败","食桑而吐丝,前乱而后治","夏生而恶暑,喜湿而恶雨",等等,最后才说:"夫是之谓蚕理。"这就很像我们今天的谜语了。

隐语只能用来图象品物,讲明潜在的意思就算解开了底面,谜语范围更扩大,大概在汉代,就有"体目文字"的产生,这就是字谜。例如：

①"刘秀发兵扑不道，卯金修德为天子。"（《后汉书·光武纪》）

②"八厶子系，十二为期。"（《后汉书·公孙述传》）

③"千里草，何青青；十日卜，不得生。"（《后汉书·五行志》）

到后来，有把自己的姓名离合而作字谜的，字谜又叫"析字"。如孔融有一首诗叫《离合作郡姓名字诗》："渔父屈节，水潜匿方（鱼）。与时进止，出寺施张（日）（鲁）。吕公矶钓，阖口渭旁（口）。九域有圣，无土不王（或）（國）。好是正直，女回于匡（子）。海外有截（叀），隼逝鹰扬（乚）（孔）。六翮将奋，羽仪未彰（鬲）。蛇龙之蛰，俾也可忘（虫）（融）。玟璇隐曜，美玉韬光（文）。无名无誉，放言深藏（與）。按辔安行，谁谓路长。（卂）（举）"

这种字谜，纯粹是文字游戏，没有什么实在意义，我们了解这种修辞方法，不至于被它弄糊涂就行了。类似的文字游戏还有回文诗，我们这里不讲，但大家必须知道读法多样。如窦滔之妻苏若兰的《璇玑图》载在《镜花缘》中。

第九章　音韵篇

一　音韵学分期与名词简释

研究汉语语音的学问叫汉语音韵学。

大家知道，语音是不断变化的，在语言的三要素中，语音变化是最快的。一百年前的语音不同于我们现在，一百年后的语音我们也无法预测。甲地的语音不同于乙地，乙地的语音又不同于丙地。但是在这纷纭复杂的语音变化之中，有一定相对稳定的阶段。也就是说，语音的变化是渐变而不是突变，要是昨天与今天语音突然变得面目全非的话，我们谁也听不懂。地理的因素也是如此，有一个稳定的缓冲地带，例如：上海——无锡——南京——徐州——山东这条线，徐州人能听懂山东话和南京话，但听不懂上海话，但无锡人既能听懂南京，也能听懂上海话。因此，我们学习音韵学，就要牢牢记住这种相对稳定性，没有这一点，就陷入不可知论。但同时，我们又应该恪守两条原则：时的概念和地的概念。

（一）语音分期

由于我们目前的学术水平对古代语音的地域差异研究不够，也就是说，对古方言研究不够，所以，我们无法对古代语音的地域概念做出清晰的描绘，我们这里所讲的音韵学上的分期主要是指时的分限。并且这种分期只是指语音明显不同的大限，其中具体、小的差异仍没有包括在内。根据前人研究成果，汉语语音的发展可分为四个阶段：

1. 上古语音（主要是指秦汉语音）

上古音以《诗经》音作为代表。那时既没有拼音形式可以直接记录音值，也没有专门研究音韵的书，所以要弄清上古音系，只有依靠先秦两汉典籍里面的零星的语音材料。因为诗歌是押韵的，所以《诗经》《楚辞》及两汉的辞赋成了人们研究上古音的重要资料，又由于汉字的形成多是利用语音来造字（形声字），所以《说文》一书也是人们研究语音的重要材料。经过前代学者的研究，我们现在大致弄清上古音的声、韵、调情况：三十二声母、三十部韵母、两个声调。

2. 中古语音（主要指隋唐时代语音）

南北朝时期由于民族大迁徙，汉语语音发生很大变化，隋唐时代语音的研究主要依据《切韵》系统的韵书和等韵学著作来进行的。《切韵》是流传至今最早一部韵书，隋陆法言作，按韵编排，但由于原本一直未见（后来发现残帙），所以，人们研究中古音都从宋代陈彭年等编的《广韵》入手，《广韵》是增补《切韵》而成，它基本保存了《切韵》音系。根据前人研究，我们大致知道，中古音有：四十一声类、六十一韵类、四个声调。

3. 近代语音（主要指元、明、清时代语音）

这个时期留下诸多韵书，其中以元代人周德清的《中原音韵》为代表，这部书是归纳元代北曲用韵而成的。在这里，周德清根据当时北方语音的实际情况，对《广韵》的声韵系统做了较大的调整，重新以实际读音建立了一个新的系统。经过前人研究，我们知道近代语音有：二十声母、十九韵类、四个声调（平分阴阳，入派三声）。

4. 现代语音

以北音语音为基础的普通话语音，大家都熟悉二十二声母、三十九韵母、四个声调。

（二）音韵学上的重要名词

上面我们将汉语语音做了大致的分期，请大家注意，这种分期只是为了研究的方便，归纳这一时期语音的大致特点而划的大限。其实，语音总是在不断变化的，就上古音来说，先秦与汉代语音已大不相同，西汉与东汉也有差异。但这种差异毕竟比先秦语音与隋唐语音的差异要小得多。下面，为了今后学习的需要，我们把音韵学上的一些重要名词先做些说明解释。

1. 《广韵》音系

上文我们讲过，隋代陆法言著《切韵》一书，那是在开皇初年，颜之推、刘臻等八个人在陆法言家中讨论当时汉语语音情况，大家都为南北语音分歧而担忧，于是提议编一本切合当时语音的正音韵书，综合南北古今的语音实际情况，由陆法言执笔写了提纲，后来陆法言就据此提纲写成《切韵》一书。今天，《切韵》的原本已不存在，我们已发现几个唐人的抄本，并且都不完整。到了宋代，陈彭年奉敕编纂的增订本《广韵》，流传至今。近代学者认为《广韵》与《切韵》基本体例是一样的，音系也大致无异，韵目《切韵》是 193 个，《广韵》多出 13 个，成为 206 韵，如果除去四声的分别，就是 61 类，也就是说，《广韵》音系有 61 个韵母。通过对《广韵》反切上字的考察，得出 41 类，也就是说，《广韵》音系有 41 类声母。

2. 守温三十六字母

大家知道，汉语的音节是由声母、韵母、声调构成的。我们现在用标音符号来表示声母、韵母和声调，是很方便的。但在古代没有标音的符号，他们要想标明这些声母，就用一个一个的汉字。所以，标明古代汉语语音声母的字称为"字母"，标明古代汉语语音韵母的字称为"韵目"。举例来说：标明 [p] 声母，我们现在用汉语拼音方案的"b"这个符号，古人就用与"b"同声母的汉字"帮"来表示。所以"帮"就成了表示 [p] 声母的

"字母"。我们现在用 b、p，古人用"帮""滂"，这是声母标目
字。韵母也是如此，我们用〔oŋ〕，古人用"东"，我们用
〔aŋ〕，古人用"江"，"东"和"江"就成了"韵目"。

　　中古的声母标目字，流传最广的是"守温三十六字母"，它
相传是唐末僧人守温参照梵藏文的字母创制了 30 个，宋代等韵
学家又增加 6 个，形成"三十六字母"，它大致能代表唐宋间汉
语语音的声母，它们是：

（国际音标标音）	〔p〕〔p'〕〔b〕〔m〕	帮　滂　并　明	b　p　　m	拼音方案拼音
	〔f〕〔f'〕〔v〕〔ɱ〕	非　敷　奉　微	f　　v	
	〔t〕〔t'〕〔d〕〔n〕	端　透　定　泥	d　t　n	
	〔ȶ〕〔ȶ'〕〔ȡ〕〔ȵ〕	知　彻　澄　娘		
	〔ts〕〔ts'〕〔dz〕〔s〕〔z〕	精　清　从　心　邪	z　c　s　z	
	〔tɕ〕〔tɕ'〕〔dʑ〕〔ɕ〕〔ʑ〕	照　穿　床　审　禅	j　q　x	
	〔k〕〔k'〕〔g〕〔ŋ〕〔o〕	见　溪　群　疑　影	g　k　ŋ　h　y　l	
	〔x〕〔ɣ〕〔ʐ〕〔l〕〔hvʑ〕	晓　匣　喻　来　日		

　　对照排列如下：

发音部位新名	发音方法 / 发音部位旧名		全清	次清	全浊	次浊
双唇	唇	重唇	b 帮〔p〕	p 滂〔p'〕	并〔b〕	m 明〔m〕
齿唇		轻唇	f 非〔f〕	敷〔f'〕	v 奉〔v〕	微〔ɱ〕
舌尖中	舌	舌头	d 端〔t〕	t 透〔t'〕	定〔d〕	n 泥〔n〕
舌面前		舌上	知〔ȶ〕	彻〔ȶ'〕	澄〔ȡ〕	娘〔ȵ〕

（续表）

发音部位新名	发音方法 发音部位旧名		全清	次清	全浊	次浊
舌尖前	齿	齿头	z 精 [ts] s 心 [s]	c 清 [ts′]	从 [dz] 邪 [z]	
舌面前		正齿	j 照 [tɕ] x 审 [ɕ]	q 穿 [tɕ′]	床 [dʑ] 禅 [ʑ]	
舌根	牙		g 见 [k]	k 溪 [k′]	群 [g]	疑 [ŋ]
	喉		影 [o]			
舌根			h 晓 [x]		匣 [ɣ]	
舌面中(半元)						y 喻 [j]
舌尖中	半舌					l 来 [l]
舌面前	半齿					日 [ŋʐ]

3. 双声与叠韵

声母相同称为双声，韵母相同称为叠韵，这是我们大家都知道的，但我们必须注意两点：

A. 古人双声的标准是较宽的，同声母可以是双声，声母相近也可以是双声。例如皮日休的诗《溪上思》全诗用双声：

疏杉低通滩，冷鹭立乱浪。

（生生端透透）（来来来来来）

草彩欲夷犹，云容空淡荡。

（清清以以以）（云以溪定定）

从这个例子，大家可以看出，"低"与"通"，有送气不送气的区别。"云"与"以"都属"喻"母，与"溪"不但不同音，而且有喉、牙的区别。可是，古人把喉牙音看成一大类，所以也可以称为双声。叠韵也是如此，韵头不同，古人也算叠韵。

　　B. 由于古今语音的变化，有些在古代是双声，现代音却不是，有些在古代不是双声，现代音却是双声。所以，古汉语所指的双声，是以古代音为标准，不同于现代汉语所说的双声。例如：浮萍、频繁、微茫、缤纷、鬚发，在古代都是双声。相反，矫（见）、捷（从）、嫁（见）娶（清）、求（群）情（从）现在读起来是双声，可古代并不是双声。这些我们必须充分注意。

　　古代汉语中的双声叠韵现象很多，很普遍。我们以前因为没有学习音韵，对这种现象视而不见，忽略了汉语的音乐美。其实，从《诗经》开始，直到现在的文学作品，都在有意无意地运用双声叠韵这一语音特点。例如：

　　①元首丛脞哉，股肱惰哉，万事堕哉。（相传舜时《赓歌》）

　　"丛脞""股肱"都是双声。特别在《诗经》中，大量运用双声叠韵造成音乐美：

　　②陟彼高冈，我马玄黄。（《诗经·卷耳》）

　　③伊威在室，蟏蛸在户。町畽鹿场，熠燿宵行。（《诗经·东山》）

　　四句连用双声，这些我们已经不能欣赏了，至于"角枕粲兮，锦衾烂兮"（《诗经·葛生》），我们所了解的就是"粲"与"烂"相韵，可是"锦衾"叠韵，"角锦"双声，就不是我们今天所能了解的了。古人对此理解得比我们要深刻得多，并能自觉地运用在他们的写作中。例如杜甫的诗，常常在上句用双声叠韵的地方，下句相对地也运用双声叠韵。例：

　　①信宿渔人还泛泛，清秋燕子故飞飞。（《秋兴》）

　　信宿、清秋，双声相对。

　　②怅望千秋一洒泪，萧条异代不同时。（《咏怀古迹》）

怅望、萧条，叠韵相对。

③支离东北风尘际　漂泊西南天地间。(《咏怀古迹》)

支离，叠韵；漂泊，双声。

④风尘荏苒音书绝，关塞萧条行路难。(《宿府》)

荏苒，双声；萧条，叠韵。

后代诗人不独杜甫，大家都遵行这一不成文的信条。这是由于时人对双声叠韵知识很熟悉，钱大昕说："六朝人重双声，虽妇人女子皆能辨之，自明以来，士大夫谈话，各立门户，聚讼繁兴，而于双声之显然者，日习焉而不知。"这就是我们现在的情况。

据《北史·魏收传》记载，博陵崔岩曾以双声嘲魏收曰："愚魏衰收。"魏答曰："颜岩腥瘦，是谁所生。羊颐狗颊，头团鼻平。饭房笒笼，著札嘲玎。"

《南史·羊戎传》也载有这样的故事：

> 江夏王义恭尝设斋，使戎布床，须臾，王出，以床狭，乃自开床，戎曰："官家恨狭，更广八分。"

这种在日常生活中喜用双声的结果，导致了诗歌中的一种双声体，这纯粹是一种文字游戏了。例如：

苏轼《西山戏题武昌王居士》：

> 江干高居坚关扃，犍耕躬稼角挂经。
> 篙竿系舸菰茭隔，笳鼓过军鸡狗惊。
> 解襟顾景各箕踞，击剑赓歌几举觥。
> 荆笋供脍愧搅聒，干锅更戛甘瓜羹。

通篇都是双声，自属罕见。我们了解双声叠韵，除上述功用外，还有重要一条，就是古代的联绵词多是双声叠韵的，双声叠韵的联绵词，一般都可以从语音上推溯它的同源关系，而非双声叠韵的联绵词，我们应怀疑它来源于古代不同语音的译音词。

双声：蜘蛛、蟋蟀、颠倒、踟蹰、熠耀、仿佛

叠韵：螳螂、薜荔、徘徊、栖迟、崔嵬、窈窕

还有一种现象为清代人钱大昕在《十驾斋养新录》中所指出，即秦以前人取名字多双声叠韵：

与夷、黎来、涛涂、鞠居、弥明、弥牟、澹台（音谈台）灭明、王孙由于、莤翰胡、曹翰胡、离娄（双声）

皋陶、台骀、鉏吾、公子围龟、斗韦龟、公子奚斯、奚齐、先且居、斗谷於菟、乐祁黎、蒯聩、陈须无、伶州鸠、叔孙州仇、庞降、狄虒弥、滕子虞母（叠韵）

秦始皇的大儿子扶苏（叠韵）、小儿子胡亥（双声）。汉代还有鄂千秋、田千秋（双声）、严延年、杜延年（叠韵）等。

4. 直音、反切和叶音

这点我们都能理解，古代标音法也是有个进化的过程。

反切作为一种标音法，有它一定的科学性，在它产生以后的历史时期，起着非常重要的作用。它起于东汉末年，在它产生以前，汉语标音大致有三种情况：譬况、读若、直音。

譬况是一种简单的语音描写，例如：

《吕氏春秋·慎行篇》："崔杼之子相与私闉。"注："闉读近鸿，缓气言之。"

《释名·释天》："天，豫司兖冀以舌腹言之，天，显也，在上高显也。青徐以舌头言之，天，坦也。""风，兖豫司冀横口合唇言之，风，氾也……青徐言风，踧口开唇推气言之，风，放也。"

　　这种譬况虽是描写法，但概念不清，释说含糊，令我们难以捉摸。

　　读若是用近音词来注音的方法，《说文》大量采用，如："采，读若辨。""珣，读若宣。""茇，读若急。"

　　直音，就是用一个同音字来标音。例如：

　　"厶，音司。""恕，音庶。"这种方法简单明了，一见可知，但也有局限性，遇到没有同音字或生僻同音字就黔驴技穷了，例如：

　　糗（qiǔ），没有同音字来注音。

　　"朗"（lǎng）这个音节同音字有两个。"蓢烺"要是我们注说"朗，音烺"，那还不如不注。但直音法那种简明实用的特点毕竟是个长处，所以我们今天的许多字典还用它作为注音法之一，像《辞海》《学习字典》等都是如此。

　　反切是用两个汉字来替一个汉字注音，它带有拼音的性质，在汉字注音方法演进史上有重要的进步意义，使用了一千多年，现在仍在不少场合使用。它的构成方法是"上字取声，下字取韵及声调"。

红：胡笼切　　　　h+óng＝hóng

专：职缘切　　　　zh+uān＝zhuān（平声不分阴阳）

坎：苦甘反　　　　k+ǎn＝kǎn

檀：徒丹反　　　　t+án＝tán（平声不分阴阳）

　　反切来源于民间的"反语"，《三国志》曾记载一首诅咒诸葛恪的《童谣》，"于何相求常子阁"，按照当时语音，"常阁"切出"石"，"阁常"切出"岗"。果然恪死时苇席裹身，篾束其腰，投之石子岗。

　　梁武帝建同泰寺，特地开了一个大通门对寺的南门，这在我们看来不过是平常的两件事，可是这里是挺有讲究的，"同泰"

切"大"（音代），"泰同"切"通"。

这些例子说明一个道理，反切开始时，是人人都理解，人人都会用的，可是到了后来，由于语音的发展，成为"绝学"，所以李汝珍在《镜花缘》中借黑齿国紫衣女子之口说："昔人有言，每每士大夫论及反切，便瞪目无语，莫不视为绝学。"

今天，我们学习反切，一个重要的目的是了解古书文字的读音，但大家要注意，你要是不了解反切，连句读也弄不清。例如：

檀徒丹木名

唐代以前称"反"或"翻"，唐代人忌讳这个音，改为"切"，多数书上是标明"反"或"切"的，但有的书上就省了这两个字，成了上面的文字。你要把"檀"释成"徒丹木"，那才错了呢！

叶音法是前人早就批判过的注音法。由于前人不了解语音的演变，用后代的语音去读《诗经》，遇到不押韵的地方，就临时改变字音，以求协韵。

例如《诗经·邶风·燕燕》："燕燕于飞，下上其音。之子于归，远送于南。瞻望弗及，实劳我心。"

这里"音、南、心"押韵。但"南"字以后来音读之，已经不押韵了。于是陆德明在《经典释文》中引梁末沈重的《诗音义》说为"南"字注音："协句，宜乃林反"，意思是"南"在这里应当读"nín"，可是，在别处仍读"那含反"（nán），这就造成一字多音，显然是不科学的。宋朱熹全面主张"叶音说"，他的《诗集传》遇到不通的地方就"叶音"，造成很多混乱。

明代末，有一个研究音韵的学者叫陈第，他根据发展的观点来研究古音，认为古人的读音是一定的，只是"时有古今，地有南北，字有更革，音有转移"，造成不押韵现象，这就促进他写出了《毛诗古音考》《屈宋古音考》两部书，试图说明《诗经》《楚辞》的古代读音，这在当时是非常进步的。但他对古代音韵研究还处在初级阶段，用直音法来注音也不是很确切的。这毕竟引起人们对古音研究的兴趣，开辟了一条古音研究的正确方向。后来的学者彻底摒弃"叶音"说，才有可能对上古音进行科学的研究。

5. 清浊

这也是一对古音研究的概念，是分析发音方法的专门术语。我们学习现代汉语时，都还运用这一术语。简言之：不带音是清音，带音是浊音。

普通话中，浊音声母有 m、n、l、r 四个，而在古代语音中，浊声母是很多的，古人根据其他发音方法，又分为全清、次清、全浊、次浊四类。

全清：不送气不带音的塞音、擦音和塞擦音。三十六字母是：帮、非、端、知、精、心、照、审、见、影、晓。

对应于拼音字母，现代音是：b、f、d、s、z、j、x、g、o、h。

次清：送气不带音的塞音、擦音、塞擦音。三十六字母是：滂、敷、透、彻、清、穿、溪。

对应于拼音字母，现代音是：p、t、c、q、k。

全浊：带音的塞音、擦音、塞擦音，我们今天全发不出来。（吴语区人、湘方言区人例外）三十六字母：并、奉、定、澄、从、邪、床、禅、群、匣。

对应于拼音字母，现代音是：v。

次浊：鼻音、边音、半元音。三十六字母：明、微、泥、娘、疑、喻、来、日。

对应于拼音字母，的现代音是：m、n、y、l。

6. 喉、牙、舌、齿、唇

这也是一组古人分析发音部位的术语。古人把发音部位分为五类，后来又加上半舌、半齿，称为七音。

舌根（舌面中）　喉：影、晓、匣、喻

舌根　牙：见、溪、群、疑

舌尖中　舌头：端、透、定、泥

舌面前　舌上：知、彻、澄、娘

舌尖前　齿头：精、清、从、心、邪

舌面前　正齿：照、穿、床、审、禅

双唇　重唇：帮、滂、并、明

齿唇　轻唇：非、敷、奉、微

齿尖中　半舌：来

舌面前　半齿：日

有的书上又把七音与音乐名词相混，宫1商2角3徵5羽6，半徵，半商。唇为羽，舌为徵，牙为角，齿为商，喉为宫，半舌为半徵，半齿为半商。有人说，这种相对是有意义的：如徵属舌音（知母），角属牙音（见母），商属齿音（审母），羽虽然不属唇音，但撮口圆唇与唇音发音相仿佛，宫发音也与晓匣两母颇近，但这毕竟是一种附会说法，没有根据。甚至有的书把五音附会为金木水火土、君臣民事物、东西南北中等，更无道理。

二　古今语音的异同

解释完上述名词，我们就可以具体来谈音韵学了。今天我们大家对普通话都很熟悉，普通话是以北京语音为基础的，北京语音有它的来源，我们就来一个逆水行舟，带领大家坐在船上，逆流而上，去寻找它的源头。

初学音韵学的人，以为学了音韵学就知道某个字在古代读什么音，其实不是这回事。读一首诗很容易，但你要知道它为什么读这种音，可就难了。我们不要求大家去读个别字的唐音、上古音，而是让大家识别古音韵系统。例如金昌绪《春怨》，用唐音读起来：

打起黄莺儿　　　ˬtɐŋ，ˬkî，ɣwaˉŋ，ˬʔɐŋ，ˬȵie

莫教枝上啼　　　mɑk，ˬkau，ˬtɕieˉ，ʑiɑŋˀ，ˬdîei

啼时惊妾梦　　　ˬdîei，ˬʑi，ˬkieˉŋ，tsîɛp，muŋˀ

不得到辽西　　　piuət，tək，tauˀ，ˬlieu，ˬsiei

下面我们正式讲古今语音异同，也就是带着大家出发了，首先我们讲韵母部分，然后讲声母部分。

（一）**韵母部分**

十三辙大家都知道，这是我们现在的诗韵：

中东　　　əŋ，iŋ，uŋ，yŋ

江阳　　　aŋ，iɑŋ，uɑŋ

衣期　　　ɿ，ʅ，i

灰堆　　　əi，uəi

姑苏　　　u，y

怀来　　　ai，uai

人辰　　　ən，in，un，yn

言前　　　ɑn，iɑn，uɑn，yɑn

梭波　　　o，uo，e，ɛ（ə，ɛ）

麻沙　　　a，ia，ua

乜斜　　　ie，ye

遥迢　　　ao，iao

由求　　　ou，iu

《中原音韵》里面也记载了这种很简单的韵部，是十九部：把十九部和我们十三辙对照，大家就一目了然了：

中东 { 东钟 uŋ，yŋ
　　　庚青 əŋ，iŋ

江阳——江阳 aŋ，iaŋ，uaŋ

衣期 { 支思 ʅ，ɿ

　　　 齐微 i，əi，uəi

灰堆

姑苏——鱼模 u，y

怀来——皆来 ai，uai

人辰 { 真文 an，in，un，yn
　　　侵寻 im

言前 { 寒山 ɑn
　　　桓欢 on
　　　先天 iɛn，yɛn
　　　监咸 ɑm
　　　廉纤 iɛm

梭波——歌戈 o，uo

麻沙——家麻 a，ua，ia

乜斜——车遮 iɛ，yɛ

遥迢——萧豪 au，iau

由求——尤侯 əu，iu

从这里可以看出，除了多出闭口韵"侵寻、监咸、廉纤"外，十九部和十三辙相异很小，这就是说，近代语言和现代语言最大相异处是多出闭口韵。

如果我们再向上推，那就到了中古语音。这时《诗韵》（平水韵）就可以作为材料了。我们说，中古音是指隋唐语音。以《广韵》为代表，它是 206 韵。如果不算声调的话，它有 61 个韵类。可是，并不是隋唐的实际语音有 61 个韵类。在讲《切韵》时我们讲过，它是读书音的综合，总原则是"从分不从合"。而代表唐代实际语音的是《诗韵》，它有 106 韵。除去声调的关系，有 30 韵类。也就是说，唐代大约有 30 个主要韵母。

从唐到元代，韵类从 30 个到 19 个，变化看起来是极大的，其实不然。根据我们上面标音可以看出，十九韵部不等于 19 韵母，一部里面有几个韵母，这很好理解。我们现在作诗用十三辙，谁要是以为现在汉语语音只有 13 个韵母，那就大错特错了，道理是一样的。近代十九部包含有 38 个韵母。那么，从中古到近代，就是 30 韵类演变为 38 韵母的历史。

《平水韵》的 30 韵类是：

东冬江支微鱼虞齐佳灰真文元寒删

先萧肴豪歌麻阳庚青蒸尤侵覃盐咸

如果我们与《中原音韵》的十九韵部对照，则如下：

①东钟　　东、冬

②江阳　　江、阳

③支思　　支

④齐微　　齐、微

⑤鱼模　　鱼、虞

⑥皆来　　佳、灰

⑦真文　　真、文

⑧寒山　　寒、删

⑨桓欢　　寒

⑩先天　　先、元

⑪萧豪　　萧、肴、豪

⑫歌戈　　歌

⑬家麻　　麻

⑭车遮　　麻

⑮庚青　　庚、青、蒸

⑯尤侯　　尤

⑰侵寻　　侵

⑱监咸　　咸、覃

⑲廉纤　　盐

我们再向上推，就到了《广韵》61 类。

19 辙	平水韵	广韵
东钟	东	东
	冬	冬、钟
江阳	江	江
支思	支	支、脂、之
齐微	微	微
鱼模	鱼	鱼
	虞	虞、模
属齐微	齐	齐（祭）
皆来	佳	佳、皆（卦）（夬）
	灰	灰、咍（废）
真文	真	真、谆、臻
	文	文、欣
	元	元、魂、痕

（续表）

19 辙	平水韵	广韵
桓欢	寒	寒、桓
寒山	删	删、山
先天	先	先、仙
萧豪	萧	萧、宵
	肴	肴
	豪	豪
歌戈	歌	歌、戈
车遮、家麻	麻	麻
已属江阳	阳	阳、唐
庚青	庚	庚、耕、清
	青	青
	蒸	蒸、登
尤侯	尤	尤、侯、幽
侵寻	侵	侵
监咸	覃	覃、谈
廉纤	盐	盐、添、严
已属监咸	咸	咸、衔、凡

（外加祭、卦、夬、废四个去声韵）

（二）声母部分

韵母我们已推到了《广韵》，下面我们来看声母。

普通话声母 22 个：

子夜久难明，喜报东方亮。此日笙歌颂太平，众口齐欢唱。

而《中原音韵》的声母以兰茂的《早梅诗》为准：

东风破早梅，向暖一枝开。冰雪无人见，春从天上来。

和现代音比较：

东 东 d		向 喜 x		冰 报 b		春 唱 ch	
风 方 f		暖 难 n		雪 颂 s		从 此 c	
破 平 p		一 夜 o		无　 v		天 太 t	
早 子 z		枝 众 zh		人 日 r		上 笙 sh	
梅 明 m		开 口 k		见 久 j		来 亮 l	

这是以现代音来读，大家可以看出，少了 g，h，q 三个音，多了个 v。

"雪"字字音也不对。语言是有系统性的，不可能只有"k"，没有"g""h"；只有"j""x"，没有"q"。所以，我们不能这样读，而应该按当时的语言来读，那就是：

b 冰	d 东	g 见	z 早	zh 枝	o 一
p 破	t 天	k 开	c 从	ch 春	r 人
m 梅	n 暖	h 向	s 雪	sh 上	
f 风	l 来				
v 无					

比现代普通话多了个"v"，少了个"j、q、x"。对于"v"，我们可以理解，"u"开口的零声母，在很多地方念成"v"。

可是，现在读 j、q、x 的这些字，在近代没有这种声母，它读什么音呢？回答是：一部分字读 z、c、s；另一部分读 g、k、h。例如：

g＝家、嫁、句、窖、系、教、江、讲、角、觉、向、拣
k＝嵌、去、企、起、窍、恰、掐、壳、倾（坑）
h＝虾、瞎、下、夏、分、咸、峡、匣、街、巷、苋、项
z＝挤、酒、尖、煎、剪、即、精
c＝取、悄、切、枪、清、妻、秋、姜
s＝须、萧、新、相、息、星

这种变化大约在 17~18 世纪间完成的。

到此为止，我们已经到了近代（元），再向上溯，就是三十六字母，如果我们比较 36 字母与早梅诗的关系，那就是：

早梅诗与守温字母对照表（大致）：

b	冰	帮　（仄）[步　白　傍　暴]　←—并
p	破	滂　（平）[蒲　培　旁　袍]
f	风	非　敷　奉
m	梅	明
v	无	微[文　武　亡　物]
d	东	端　（仄）[定　调　毒　淡]　←—定
t	天	透　（平）[亭　条　徒　甜]
n	暖	泥　娘
l	来	来
g	见	见　（仄）[近　健　共　局]　←—群
k	开	溪　（平）[群　乾　穷　强]

h	向　晓　匣
o	一　影　喻　疑
z	（早）精　　（仄）［就　聚　族　昨］ 　　　　　　←——从
c	从　清　　（平）［前　残　曹　徂］
s	雪　心　邪
zh	枝　知　照　　（仄） 　　　　　　←——澄、床
ch	春　彻　穿　　（平）
sh	上　审　禅
r	人　日

总结上文，结论如下：

声母部分：

（1）全浊声母在中古到近代的发展中全部消失，按"平声送气，仄声不送气"的原则并入相应的清声母。

（2）轻唇音在中古到近代的发展中并为一类（f）。

（3）舌上（知系）与正齿（照系）并为一系（zh、ch、sh）。

（4）"影、喻、疑"并为零声母，微母在近代仍读 v，现代并入零声母。

（5）"见、精"分化出 j、q、x。

韵母部分：

（1）古代分韵细，越向后越接近实际语音。

（2）在近代向现代发展中闭口韵消失。

（三）声调

从现代到中古，声调的变化是很明显的，现代音普通话四个声调：阴、阳、上、去。在中古也是四个声调：平、上、去、入。两相比较，可以看出两点：

①平声分化为阴平、阳平。（平分阴阳）

②入声消失。（入派三声）

平声分阴、阳是在 14 世纪以前完成的，《中原音韵》就把平声分为阴平、阳平，这种分化是：清声平声归阴平（声母是非、敷、帮、滂、端、透、知、彻、精、清、心、照、穿、审、见、溪、影、晓），浊声平声字念阳平〔声母并、明（奉、微）、定、泥、澄、娘、从、邪、床、禅、群、疑、匣、喻、来、日〕

各地方言声调很复杂，湘北方言五声、客家六声、闽七声、吴七至八声、粤八至十声。其中八个声调最合古系统：阴平、阳平、阴上、阳上、阴去、阳去、阴入、阳入。

入声既是个声调问题，也是个韵母问题，因为古代入声与阴声、阳声韵尾是不一样的，阳声无韵尾、阴声收〔m、n、ŋ〕，入声收〔p、t、k〕。

入声在《中原音韵》里就消失了，所谓"入派三声"，是说入声消失后，分派到平、上、去三个声调里，根据现代普通话的对照，情况是这样：

A. 全浊归阳平，如：拨钹勃白雹别伐伏服笛狄敌蝶迭独读毒突夺族昨贼席俗直泽舌食十石熟及报杰局合核滑活匣学协。

B. 次浊归去声，如：末寞没麦密木勿纳蜡力裂历烈鹿六洛入热肉玉月叶阅亦易育欲。

C. 清声派入四声，阴阳上去都有，无规律可循。

对北方方言区来说，最难的是识别入声字。写格律诗平仄弄不清楚，往往是因为入声字分辨不出来。这一点，直到如今也没有什么好的方法一通百通，但毕竟还是有些窍门的。下面介绍一下辨认常用入声字的方法：

最常用的入声字不多，大约 200 多个，我们可以采用三种方法来辨认：

A. 排除法

现代韵母鼻尾音 （阳间山谈荡党）（n、ng）

m、n、l、r 阴阳平

uei、uai、i、iou 四个韵 （例外：六）

外加 er 韵无入声

B. 肯定法

不送气音（b、d、g、j、z、zh）念阳平，z、c、s 拼 a、e 韵。卷舌声母（zh、ch、sh、r）与 uo 拼，重唇舌尖（b、p、m、d、t、n、l）接 ie、üe 韵。

答　德　敌　则　足　卒　节　职　啄　卓　格　革　急

法　伐　发　扎　杂　咂　擦　杀　洒

测　厕　侧　则　责　啧　泽　昃　色　瑟　啬

绰　戳　齪　涿　琢　桌　捉　苗　说　朔　硕　妁

鳖　别　撇　瞥　贴　帖　铁　摄　蹑　捏　蘖　蝶　跌

例外：嗟　瘸　靴

C. 类推法

这二百多个常用字，如果你记得 40 多个声符，就完全可以类推出来，例如：

①甲：押　鸭　钾　胛　岬　呷　匣　狎

②夹：狭　侠　峡　郏　袷　惬　箧

③耳：茸　缉　辑　諿　楫　揖　戢　稆

④合：恰　鸽　盒　哈　洽　颌　答　嗒　拾

⑤各：胳　铬　客　恪　貉　咯　洛　落　骆　络　额

⑥曷：喝 渴 褐 遏 谒 歇 揭 蝎 竭

⑦卓：桌 婥 倬 绰 踔 淖

⑧卒：猝 窣 晬 淬 瘁 萃 捽

三　上古音概说

中国近代、现代语音的演变情况我们已大概了解，现在，我们来看看秦汉语音的情况。在第一节里面，我们讲过研究中古、近代语音都有韵书可据，还有等韵学著作可查，因而问题比较清楚，结论也比较肯定。研究上古音，没有这些东西，情况就比较复杂，困难也比较多，但是，前人在这个领域里的研究用力最多，所以依然取得了很大的成绩，基本上弄明白了上古音的概貌。下面我们分别论述。

（一）研究上古音的材料和方法

1. 研究上古音韵部所利用的材料

研究韵母当然离不开诗歌的押韵。《诗经》是押韵的，因而，《诗经》是主要材料。此外，先秦散文如《老子》《荀子》《庄子》等，中间也有许多韵文，也可以用来参照。再往下，《楚辞》也是押韵的，当然可以作为当时南方语音（主要是楚地语言资料）。到了汉代，乐府诗歌、汉大赋都是韵文，所以都成为研究上古音的材料。

在我们讲文字的时候，讲到汉字80%以上是形声字。这个字的声符应该是和本字声音相同或极相近的，所以形声字成为研究上古声韵的重要材料。上古最重要的字典是《说文解字》，因此，《说文》不但是研究汉字的重要工具书，也是研究音韵的重要资料。

2. 古人研究上古韵部的方法

根据上面的材料，我们可以进行这样的分类：一、韵文；

二、形声字。对这两大类材料，古人有不同的研究方法。对于韵文，古人是采用"系连法"（丝牵绳贯法）。我们来看下面几首诗：

范成大《田家》
昼出耘田夜绩麻，村庄儿女各当家。
童孙未解供耕织，也傍桑阴学种瓜。

杜牧《泊秦淮》
烟笼寒水月笼沙，夜泊秦淮近酒家。
商女不知亡国恨，隔江犹唱后庭花。

刘方平《月夜》
更深月色半人家，北斗阑干南斗斜。
今夜偏知春气暖，虫声新透绿窗纱。

李商隐《隋宫》
紫泉宫殿锁烟霞，欲取芜城作帝家。
玉玺不缘归日角，锦帆应是到天涯。
于今腐草无萤火，终古垂杨有暮鸦。
地下若逢陈后主，岂宜重问后庭花。

范诗"麻，家，瓜"同一韵，杜诗"沙，家，花"同一韵，刘诗"家，斜，纱"同一韵，李诗"霞，家，涯，鸦，花"同一韵。四诗都有"家"字，可见押的是同一韵，那么，剔去相同的字，就可以断定"麻、家、瓜、沙、花、斜、纱、霞、涯、鸦"十字属于同一韵。

这就叫"丝牵绳贯法"或"系连法"。其实，不必四首诗同有"家"字，只要分别有一个字相同，就可以系联整个一首诗。

这种方法是江永最先提出的。但他做得很粗疏，没有什么创见。其后的陈澧把这种方法具体化、科学化，使之完善。他用这种方法来研究《广韵》的反切上下字，写出了《切韵考》一书，对切韵音系的声母、韵母都做了细微的分析，取得卓越的成就。

第二类材料是形声字。根据形声字的造字原理，清人段玉裁提出一个惊人的伟大原理："同声必同部。"这就产生了"偏旁类推法"。用这一方法，不但弥补了"系联法"的不足，而且可以单独应用而不穷，只要是形声字，马上可以给它归部。

3. 研究声母的材料与方法

对于声母的研究，要比韵母困难得多，因为韵文的材料对此毫无用处，剩下的谐音材料因为太复杂不能分析其系统，所以不能作为唯一根据。比如说，"都"与"猪"声符相同，"都"属中古端母，"猪"属知母。我们可以说，上古端系和知系混而为一，那么是古有端系，还是古有知系，不得而定了。所以，古人研究声母，常用综合比对法，像上面所讲的"都""猪"是一类材料，再综合异文，例如，春秋上的陈完，《史记》写作"田完"，"陈"是中古"知"系，"田"是中古"端"系，也反映了端知合一的现象。再用现代方言来对照，现代所有的方言中，只有把"知"系念成"端"系的，而没有把"端"系念成"知"系的。例如按闽方言的读音是："知"［ti］"珍"［tiŋ］"猪"［ty］（所举福州话）。这就说明，古代确定是"古无舌上音"。

（二）上古韵母

研究古音的人有一句口头禅："前修未密，后出转精。"其实，任何一门学问莫不如此，后人总是胜过前人，若不胜过前人，这门学科就没有发展的前途了。

古音在清人手中，研究开展广泛，名家很多，成绩卓著。到了近代，基本上已解决上古韵部问题，声母也解决大部分，剩下的问题直至今天仍无定说，现代人对古音的研究，都没有什么突破性的进展。

顾炎武把古韵分为十部，那是很粗疏的，因为他是开创性的工作。顾炎武是明末清初人，他的母亲（嗣母）曾经断指疗姑疾，受了崇祯皇帝的封号。明朝灭亡后，她对顾炎武说："我虽然为妇人，但也受了封号，国有变乱，我必死之。"听说京城陷落，遂绝食死，临终诫炎武不事二姓。顾是江苏昆山人，同里同年有归庄，人称庄奇顾怪。二人一起起兵抗清，明亡以后，周游四方，几次被清廷征召，皆不就，每年都要到明孝陵去哭祭一次，是个抗清志士。他的学风是敛华就实，主张"读万卷书，行万里路"，开有清一代朴学的风气，是民族志士、学者和诗人。

过了六十八年，就在顾炎武死去的头一年，清朝皖派创始人江永在婺源出生。他读书特别精细，对三《礼》尤其熟悉，桐城方苞曾经向他问一些《礼经》方面的事儿，对他大为折服。他把古韵分为十三部，比顾氏多出三部。

又过了四十二年，戴震在安徽休宁出生，他是清代有名的思想家，极力反对理学，提出"后儒以礼杀人"的口号。他是江永的学生，又是一位语言学、朴学大师，在音韵学研究方面有重大突破。他的学生就是注《说文解字》的段玉裁，段氏比他的老师先提出古韵应为十七部，但是他们都没有认识到古代入声韵不仅是个声调，而且韵尾不同。戴震的研究就提出了这一问题，他把古代的入声韵分出来，独立成韵部，与阴声、阳声相配，这就是他"阴、入、阳对转说"。入声一独立，韵部就增多了，所以他分韵为九类二十五部。

清代对古韵研究有成就的还有孔广森、王念孙、江有诰等。到了近代，章炳麟（太炎先生）把古韵分为二十三部，别看他分部少，他可是把没有入声独立出来。前人研究古韵最杰出的是黄侃，湖北蕲春人，早年参加旧民主主义革命，被清廷追捕，逃亡日本，拜在章太炎门下。民国成立以后，不满世事，转而研究国学，先后执教于北京大学、金陵大学、中央大学，他分古韵为二十八部，至此，韵部研究已达到较科学的地步。黄侃的二十八部是（用通用名）：

阴	入	阳
之 ə	职 ək	蒸 əng
支 e	锡 ek	耕 eng
鱼 ɑ	铎 ɑk	阳 ang
侯 o	屋 ok	东 ong
宵 ô	沃 ôk	
幽 u	觉 uk	（冬）ung
脂 ei	质 et	真 en
（微）ie	物 ət	文 ən
歌 ɑi	月 ɑt	元 ɑn
	缉 əp	侵 əm
	盍 ap	谈 ɑm

今人的古韵研究大抵在这个圈子之内，王力先生从"脂"韵里面分出"微"韵，王力的学生们又从"东"韵里分出"冬"韵，至今仍未得到公认。现在古韵研究方面的主要成绩是给古韵拟定音值，即所谓"拟音"。别看上古只有二十八部，其实犹如我们现在的十三辙，每部只是主要韵母相同，韵头是不同的。每部都有不同的"呼"和"等"。

清代人说，古读"家"如"姑"，读"明"如"芒"，是不是说"家"与"姑"同音，"明"与"芒"同音呢？虽然我们现在也是将"家""姑"放在同一韵部里，但我们认为这两字不完全同音，如果完全相同，后代又根据什么原因分为不同的音呢？于是我们就来假设说它的不同在什么地方。"家"和"姑"都是"鱼"韵字。根据后来等韵学的分类，"姑"是开口一等字，那么我们就把它定为［a］，合口一等就应该是［ua］，开口二等就应该是［ea］，合口二等就应该是［oa］，开口三等就应该是［ia］，合口三等就应该是［iua］，开口四等就应该是［ya］，合口四等就应该是［yua］。"家"是开口二等字，"家"和"姑"有等的不同，于是我们可以写出它的读音：家［kea］，姑［ka］。"明"与"芒"是一样的，都是"阳"韵字，"明"是开口四等，"芒"是开口一等，那么，我们来写出它的读音：明［myang］芒［mang］。至此，如果我们再学了等韵学，我们就能写出任何一个字的读音了。

（三）上古声母

在本章一开头，我们讲上古韵母是十三部，声母三十二个。我们已讲过韵母二十八部，王力先生把"脂"部中又分出"微"部，至今未得到学术界公认。他考察《楚辞》是三十部，于是他的学生就把这十三部写进教材中，从"东"韵中又分出"冬"部。"东""冬"的区分，在汉代确实是这样，但我们讲上古音是以《诗经》音为代表的，《诗经》音中也确实是有二十八部。王力先生到晚年也承认，就《诗经》而言，确是没有分出"脂""微"的必要。

韵母是如此复杂，声母更复杂百倍，所以，我们讲声母，不能采用一家的定论，我们需要把目前对上古声母的研究现状告诉大家，可以肯定的就肯定，不可肯定的就存疑，最后说明我们自己的看法。

教材上讲声母是三十二个，大家可以和三十六字母比较一下，它有以下几点不同：

①轻唇并入重唇，非系并入帮系。

②舌上并入舌头，知系并入端系。（包括娘入泥）

③正齿（照系）分为两类。（照、穿、床、审四母）

④喻母分为两类，一类并入匣母。

除此之外，和三十六字母没有什么区别了。下面我们就来分别叙述这四点是如何得来的。

A. 古无轻唇音

这是清人钱大昕在《十驾斋养新录》里最先提出来的。他认为"非敷奉微"四母在上古是没有的，凡读这四个声母的字上古都读"帮滂并明"。他举例说：

副—判　《说文》："副，判也。"《字林》："副，匹亦反。"

敷—布　《书·顾命》："敷重篾席。"《说文》引作"布重莫席"。《诗》："敷政优优。"《左传》引作"布政优优"。

（奉）伏—庖　伏羲又作庖羲。

逢—蓬　《孟子》里有人名逢蒙，今姓改为"逢"（páng），《诗》："鼍鼓逢逢。"释文注："逢，薄相反。"

负—背（倍）　《书·禹贡》："至于陪尾。"《史记》引作"负尾"。《汉书》作"倍尾"。《释名》："负，背也。"

缚—（博音）　上海话捆扎为"缚牢伊""扎牢伊"（绑也）。

（微）汶—岷　《书》："岷山之阳"，"岷山导江"。《史记·夏本纪》皆作"汶"。

勿—勉　《诗》："黾勉说事。"《刘向传》引作"密勿"。《礼记·祭义》："勿勿诸其欲其飨之也。"注："勿勿犹勉勉。"

无—模　《说文》："无，或说规模字。"汉人"模"作"橆"。《诗》："德音莫违。"笺："莫，无也。"

上面都是书面证据，综合起来，我们可以知道，古代帮系与非系是同一类的，但是据此不能断定古代是有帮系还是有非系。我们可以说，前面读成后面的音（古无轻唇），也可以说，后面读成前面的音（古无重唇）。要想确定其具体读音，还得有其他材料印证。

生物界有遗传现象，儿子总有点像老子。语言也是如此，现代每种方言都来自古代语言，或多或少保留了一点古代语言的影响，把这相似的各个方面综合起来，我们就能画出古代语言大致形貌。所以，以现代方言来印证是最确实的证据。

①闽方言（闽北、闽南）至今没有轻唇音，只有重唇音。

②客家话有很多轻唇字念重唇，却不曾把重唇字念入轻唇（新妇→新逋）。

③现代口语也有例证：

笔者方言：

（帮）父：爸

（滂）秿：麦［pú］

（并）逢：碰

孵（音布）：抱

浮（漂）：潮州读［fú］

妇：广州话"新妇"叫"心抱"，客家话叫"新逋"。"老妇"其实就是口语"老婆子"。

问：上海话"问人"读成"闷"

防：吴语读成［bɔŋ］

④人名、地名或译音有的仍保存古音。

费（山东）：音秘

番（广东）：音［pān］

南无：至今犹读"那模"

阿房：应读作［ə］［páng］

浮屠：原音 buddha［búdá］，到唐代，"图"音发生变化，不再念［dá］了，所以改译成"佛陀"。

有以上证据，才可以证明古代没有轻唇音。

（我们必须申明：并非古代方言中也无轻唇音）

B. 古无舌上音（包括娘母入泥）

这也是钱大昕在《十驾斋养新录》中指出的。他说："舌音类隔之说不可信。"意思是古代的知彻澄三母应归"端透定"。他举例说：

（知）中—得　《周礼·师氏》："掌王中失之事。"故书"中"为"得"，杜子春注云："当为'得'，记君得失。"《汉书·周勃传》："子胜之尚公主，不相中。"注："中，得也。"按：今人云"中意"即"得意""甚得心意"。承诺之间，方言有"晓得""要得""使得""着""中"俱同意。"中"音即为"得"。

竺（zhù）—毒　《汉书·张骞传》："吾贾人往市之身毒国。"李奇注："一名天竺。"《后汉书·杜笃传》："摧天督。"注："即天竺国。"可见古音毒、督与"竺"同音。

（彻）抽—搯　《诗》："左旋右抽。"《说文》引作"左旋右搯"。他牢反。（案：即今"掏"字）

（澄）陈—田　《说文》："田，陈也。"齐陈氏后称田氏。《春秋》"田骈"《吕览》作"陈骈"。

池—沱　《诗》："滮池北流。"《说文》引作"滮沱"。即今之"滹沱"。

重要的是方言证据，闽北方言和闽南方言都是端知合一，读为：

知：[ti]　　置致 [ti]　　朝 [tiou]　　着 [tu]　　追 [tui]

彻：耻 [t'i]　　抽 [tiou]　　畅 [t'yoŋ]　　彻 [tiek]

澄：池 [ti]　　长 [tioŋ]　　召 [tiou]　　尘 [tiŋ]

客家话有个别字也还保存知母读成端母的音，却没有把端母读成"知母"的情况，所以我们说古无舌上音。

C. 正齿（照系）分为两类

照系声母的字只有二、三等，没有一、四等，也就是说，照、穿、神、审、禅五个声母只拼 e、i 为介音的韵母，不拼无介音韵母和以 y 为介音的韵母。（这只是大致的说法）照系的二等字和三等字又分为两类，各有不同的来源，这是黄侃的发明。他认为照系二等字应归入精系，三等字应归入端系，现各举几例：

（照二归精）捉—足

窗—聪　《释名·释宫室》："窗，聪也；于内窥外，为聪明也。"

崇—丛　《尚书·酒诰》："矧曰其敢崇饮。"传：崇，聚也，通作"丛"。

数—速　《周礼·考工记》："不微至，无以为戚速也。"注："速，或作数。"

以上四例，前面都是照系二等字，后面都是精系字。

不过这种意见目前仍没有被音韵界公认。王力先生认为：照三与端系只是相近而不相同，原因有二：一、方言没有证据；二、如果上古音相同后来的分化就没有道理。但到晚年，他又承认是一类。

下面我们稍稍涉及一下上古声调。

上古声调是个最纷纭复杂的问题，至今仍无定论，但我们可以肯定，上古到中古在声调方面的变化是很大的。从《诗经》押韵来看，四声是互相押韵的，所以大家众说纷纭，迄无定说。顾炎武认为"四声一贯"，也就是说，古到今，汉语声调都是四声，只不过在《诗经》中，四声是不固定的，可以临时改变与其他声调相押，这看上去有点像"叶音"说。到了江永，他也承认古有四声，不过他不承认四声可以临时改变，他认为《诗经》四声可以互相押韵。段玉裁主张古有三声，他认为"古无去声"，从《诗经》押韵和中古声调对照来看，古无去声是对的。中古的去声字有两个来源：一、上古入声；二、上古上声（浊声母）。黄侃认为古代只有平入两声。到了王力先生，则认为上古阴阳入各有两个声调，一长一短，阴阳的长调到后来成为平声，短调到后代成为上声；入声的长调到后代成为去声，短调到后代仍为入声。

大家可以看出，这是调和二声说和四声说，兼顾三声说。

其实王力先生此论的实质是古有二声：平调与入调。二调各分长短两类：平调长声即后来的平声，平调短声即后来上声；入调长声即后来之去声，入调短声即后来之入声。

王力后来又采纳段玉裁"古无去声"说法，认为上古声调是四个：

平

上

阴入

阳入

第十章　训诂篇

一　训诂与训诂学

《说文·言部》："训，说教也。""诂，训故言也。"这就是说，训和诂在古代是有区别的，训是通过解释来教育人，诂就是解释古代语言以教育人。这本来都是动词，可是《尔雅》十九篇，其第一、第二篇就是《释诂》《释训》，这就产生了训诂二字的第二层意义——名词解释的语言叫训，被训释的古代语言叫诂。所以段玉裁说："《毛诗》云故训传者，故训犹故言也，谓取故言为传也。取故言为传，是亦诂也。"《汉书·刘歆传》曰："初，《左氏传》多古字古言，学者传训故而已。"

总之，训诂二字连用，有两种含义：一、解释的意思；二、解释的言语。

训诂是解释，训诂学就是解释的学科。近人黄侃对此有论述："训诂者，用语言解释语言之谓。若以此地之语释彼地之语，或以今时之语释昔时之语，是属训诂之所有事，而非构成之原理。真正之训诂学，即以语言解释语言，初无时地之限域。且论其法式，明其义例，以求语言文字之系统与根源是也。"

这里将训诂与训诂学分开：以语言分析语言，解释语言，正确理解语言的具体实践过程是训诂。探讨训诂规律与条理，研究训诂方法，这是训诂学。

我国传统的语言学旧时称之为小学,它包括音韵、文字和训诂三部分。音韵学研究汉语语音的结构及其演变,文字学研究汉字形体结构及其演变,训诂学则研究汉语字、词、句意义的产生、演变及解释,所以,训诂学对象中心是汉语字、词、句的意义。

有人将训诂学称之为词汇学或语义学,这是不确切的,诚然训诂学与词汇学、语义学有交叉,但它们是不能互相包容的。训诂学不但研究词的意义,还研究字和句的意义,传统的语法研究是包括在训诂之中的。另外,对一些修辞问题,以及典章、名物、制度、地理的诠释问题,抽绎读书条理,串讲章旨,分析语法,不是语义学所能包括的。所以,训诂学是我国特有的一门语言学学科,是一门最古老而又最新鲜的学科。

二 训诂的产生及作用

(一) 训诂的产生

训诂就是解释,凡是影响语言交际的都必须解释。所以,训诂是随着语言的产生而产生。早在周代,就有类似今天翻译的官。《礼记·王制》说:"五方之民,言语不通,嗜欲不同,达其志,通其欲,东方曰寄,南方曰象,西方曰狄鞮,北方曰译。"我们也可以推知,人类语言产生之初即有隔阂,没有翻译,人们如何能正常交际?在先秦的一些著作中,早就有书面的训诂出现,《孟子·梁惠王下》:"老而无妻曰鳏,老而无夫曰寡,老而无子曰独,幼而无父曰孤。"我们今天的辞典,恐怕也是这样解释的。

《离娄上》还有一段话:"《诗》曰:'天之方蹶,无然泄泄。'泄泄犹沓沓。"也就是说,到了《孟子》的时代,人们对

《诗》里的"泄泄"一词已不能明白，所以孟轲才解释说，泄泄就等于沓沓，是多言的意思，全句意为："上天正在震怒，不要这样喋喋不休。"这是因为地的关系造成言语不通。此地说"泄泄"，彼地说"沓沓"。

唐人白居易《琵琶行》说："自言本是京城女，家在虾蟆陵下住。"唐代李肇在《国史补》中说："昔汉武帝幸宜春苑，每至此墓下马，时人谓之下马陵。"此陵在陕西长安县，是汉儒董仲舒的墓，可见唐人已讹传为虾蟆陵了，李肇这是解释的前朝语言。这是时的原因造成的。

宋代欧阳修在《归田录》卷二中说："今世俗言语之讹，而举世君子小人皆同其谬者，惟'打'（丁雅反）字耳。"他举出"打船"、"打车"、"打水"、"打饭"、"打伞"、"打黏"（以糊黏纸）、"打量"（以尺量地）等词，以为世人皆误，此字当读"din"，不知为何读"da"，而张世南在《游宦纪闻》卷二中，解释此字云："丁，当也，以手当之也。"这是宋代人解释宋代语言，这是地的原因造成言语隔阂。

所以，训诂的产生正如陈澧所说："盖时有古今，犹地有东西有南北，相隔远则言语不通矣。地远则有翻译，时远则有训诂。有翻译则能使别国如乡邻，有训诂则能使古今如旦暮。所谓通之也，训诂之功大矣哉！"（《东塾读书记》卷十一）

（二）训诂的作用

训诂既是以语言解释语言，那么，它的作用也是不言而喻了。总括起来，约有以下三点：

1. 是批判继承文化遗产的工具。大凡我们所接触的古代文化典籍，没有几本不用注释我们就能看懂的，这些注释就是训诂。训诂帮我们沟通了古今语言，使我们能比较正确地理解古人的思想，而这种理解正是批判继承的前提。

2. 促进汉语本身的丰富与发展。言语在自己发展过程中遵循渐变的原则，新的语言因素不断产生，旧的因素不断消亡，而训诂正是将古今语言做了形式上的转换，这种转换过程保存了不少旧的因素，使它们濒于灭绝，又促成了不少新的因素，使它们迅速约定俗成。

例如上面举的"打"的例子，经过张世南的训诂，就找到了它生存的合理因素，使它迅速地被稳定下来。

我们读《隆中对》一文，有一句话不好理解。刘备对诸葛亮说："孤不度德量力，欲信大义于天下，而智术短浅，遂用猖獗，至于今日。"这里"猖獗"二字，解释成今天的"凶猛、猖狂"就讲不通。"金将张柔为蒙古所败，质其二亲，柔叹曰：'吾爱国厚深，不意猖獗至此。'"（赵翼《陔余丛考》卷二十二）也是如此，赵翼考证了多条，证明"猖獗"一词还有一个意思就是"倾覆"。

正是这种训诂，使今天汉语具备了丰富的意义内涵，加强了汉语的表达能力。

3. 解决语言交际中的困难。训诂既是翻译，就不光是解决"时"的语言障碍，也解决"地"的语言障碍。今天的翻译指的是两种语言之间的形式转换。方言之间呢？据说改革开放已使得上海几万人学粤语，一些方言写成的文艺作品也要转换成普通话。这些也当称之为训诂。

三　训诂体制

总结前人的训诂实践，训诂体制不外乎两种形式：一、随文释义；二、专书训诂。

（一）随文释义

很多训诂都是跟随被释的原文的。前面是原文，后面紧跟着解释。这种随着原文进行注释疏解的方式称为随文注疏。我国古代绝大部典籍的注解都采用这种形式。这里面也分好多种，我们择要讲解：

1. 训诂

训和诂都是解释的意思，不过严格分析起来，训常用以解释双音节的联绵词、名物等，诂常用以解释前代语言。用作训诂体制的训和诂，我们认为没有区别。如汉代贾逵《春秋释训》、何休《论语注训》、晋代刘兆《周易训注》、清洪亮吉《春秋左传诂》、孙诒让《墨子间诂》、钱澄之《庄诂》等。

2. 传述

传即是按本义传达，述是遵循原义解说，二者都有"述而不作"之意。古代的"传"往往叙事，解史多于解释字词，后来其实与注解没多大区别。如"春秋三传"，汉代张生、欧阳生之《尚书大传》，宋刘敞《七经小传》，朱熹《诗集传》，晋王尚《老子述》，汉刘炫《尚书述义》《毛诗述义》等。

3. 注疏

注本义是灌，引申为加入，把自己的解说加在原文之下，就是注，其实与解说没有什么两样。疏，本义是通，把原文不懂的地方，通过注解，使之文义疏通。疏的名称出现较晚，唐人注解经文，不但要注解原文，就连前人对原文的解释也要注解。所以，疏也对前人的注解做出解释，这是疏的特定含义。我们看看现在的十三经注疏：

《易》：魏王弼、晋韩康伯注，唐孔颖达疏

《书》：毛亨传、汉郑玄笺，唐孔颖达疏

《周礼》：汉郑玄注，唐贾公彦疏

《仪礼》：汉郑玄注，唐贾公彦疏

《礼记》：汉郑玄注，唐孔颖达疏

《左传》：晋杜预注，唐孔颖达疏

《公羊》：汉何休注，唐徐彦疏

《谷梁》：晋范宁注，唐杨士勋注

《论语》：魏何晏集解，宋邢昺疏

《孝经》：唐玄宗注，宋邢昺疏

《尔雅》：晋郭璞注，宋邢昺疏

《孟子》：汉赵岐注，宋孙奭疏

4. 章句

作为解释的名称之一，与训、诂、传、疏等都不一样，它不但解释词义，还串讲文句和段落大意。但是，它又本于原文，不像传那样离开原文而生发。汉代章句体大行，《易》有施氏、孟氏、梁丘氏章句，《尚书》有欧阳章句，大、小夏侯章句。东汉有蔡邕《月令章句》。著名的是赵岐《孟子章句》、王逸《楚辞章句》流传至今。

5. 集解

一种是汇集前代各家解说成为集解。例如魏何晏的《论语集解》就包含了孔安国、包咸、马融、郑玄、王肃等人的注释。后世的集注、集释都是如此。另一种是通释经传，合而解之。如晋杜预的《春秋经传集解》，就是把《春秋》和《左传》合到一起解释。

6. 正义

唐代由孔颖达编的五经注疏又称五经正义。那么，正义就应该同于注疏。实际上，它与注疏有些区别。注疏是注解疏通，解经也解注，前面已说过。正义就是正前人的义疏。它强调学有所宗，专主一家，对于旧注只能引申解说，而不能另立新义，所谓

"疏不破注"。

此外，训诂的随文释义体式很多，比如：音义、义疏、诠、解、释、笺、记、说、学、证、微、隐、疑等等，这里略而不论。

（二）专书训诂

专书训诂指的是那些通释字词的专书，它不是随原文来解释某一字词在特定语言环境中的意义，而是对某一字词进行全面考察研究，给予它音义的训释。其实就是训诂学门内的字典、辞典等工具书。

按照内容，这类专书可分为通释字词、汇集训诂和探索语源三大类。

1. 通释字词

这就是字典和辞典。如《尔雅》以及雅类：《小尔雅》（孔鲋）、《广雅》（魏张揖）、《埤雅》（宋陆佃）、《骈雅》（明朱谋㙔）、《拾雅》（清夏味堂）、《比雅》（清洪亮吉）、《叠雅》（清史梦兰）、《别雅》（清吴玉缙）、《辞通》（近人朱起凤）、《联绵字典》（近人符定一）。

还有通释方言俗语的《方言》（汉扬雄）、《续方言》（清杭世骏）、《新方言》（清章太炎）、《吴下方言考》（清胡文英）、《通俗文》（汉服虔?）、《恒言录》（清钱大昕）、《通俗编》（清翟灏）

还有解释虚词的、外来语的，如清刘淇《助字辨略》、清王引之《经传释词》、近人杨树达《词诠》、无名氏《番尔雅》、清周春《佛尔雅》。

还有形音义合释的《说文》、《字林》（吕忱）、《玉篇》（顾野王）等字典。

2. 汇集训诂

这类专书一类是将前代人对某字某词的注释原文汇集在词类

之下，分条排列，不加己意，极有利于后人择善利用。如清阮元的《经籍籑诂》就将唐代之前古籍中的训诂总汇在一起，排列在每字之下，照录原文，不予增减改易，对后人从事古汉语研究、辞典编纂、古籍整理都是极其有用的工具书。

类似的还有清王念孙《读书杂志》、王引之《经义述闻》、俞樾《群经平议》《诸子平议》。

王念孙父子是清代著名语言学家，父亲对《逸周书》《战国策》《史记》《汉书》《管子》《晏子春秋》《墨子》《荀子》《淮南子》等古籍有训诂和考订，一条条汇集起来，成《读书杂志》。王引之对《周易》《尚书》《毛诗》《周礼》《仪记》《大戴礼》《礼记》《左传》《公羊》《后梁》《国语》《尔雅》诸书加以考辨，其中训释，大都是转述其父王念孙说，故称"述闻"。

俞樾的两部平议，共平议先秦和汉代典籍三十种，经部和子部几乎都全部在内，其考证方法与王氏父子相同，以古音求古义，不限形体，不过他不如王氏父子严谨罢了。

3. 探索语源

我们学习"语言学概论"的时候，大家还记得老师谈音义关系时的一个理论，就是"声音与意义的最初结合是无理据的，是随意的，是说不出道理的"。但这只能说是最初，到了一个词演变为几个词的时候，就不再是任意的了，在语音和意义上，这一串词都有关涉，如英语"自行车"为"bicycle"，其中"bi"意为双的，"cycle"意为环、圆、双轮、双环，就是取自行车的外貌。我们汉语叫"自行车"，则取自它的动力特征，不用动力。"单车"取自它的功用，"只能寄一个人的车"。"脚踏车"取自它的驱动特征，"用脚踏的车"。这就是说，"车"为什么叫"车"，这可能是任意的（刘熙认为也是有意义的，"车，居也"，可以居人），但由"车"组成的新词肯定是有意义的。

推而广之，汉语中的词哪些是原始阶段的、无理据的，哪些是衍生阶段的、有理据的，就不容易分析了。即使在原始阶段（本生阶段）是不是一切词都是无理据的？章太炎不是这样认为的。他说，鹅、鸭、鸡、羊、马，都是得名于它们的叫声。恐怕是很有道理的。所以，我们认为，即使是本生阶段，也不是所有的词都是无理据的。这就使我们产生了追求语源的兴趣。特别强调的是：我们这里所说的语源，不是本生阶段的命名之义（虽然有时涉及），而是一组线之间的声音和意义上的联系，寻求同源词。

古人这类著作是从《释名》开始的。这本书是东汉末年北海（山东昌乐西）人刘熙（成国）撰，他写这本书是要追究万物得名的由来。这里有本生阶段的词，也有衍生阶段的词，而且他当时只能凭主观猜测来探究万物得名的由来，所以带有很大程度的盲目性和主观性。如"河"刘熙说："河，下也。随地下处而通流也。"（上海同学读"下"与"河"近）。但一切水流不都是"随地下处而通流"吗？为什么独"河"叫"河"呢？"天"他一会儿说"颠也"，一会儿说"显也"。总之，《释名》一书，虽然又顿开探索语源先路的功劳，但就其研究语源的科学性来说，附会牵强，绝大多数是不可取的，当然也有些猜对了。

到了清代，人们开始对语源有了比较明确的认识。他们不是在探索"语初"，而是探索词与词之间的音义通转关系。重要著作有戴震《转语》、程瑶田《果赢转语记》、王念孙《释大》、章太炎《文始》等。

总之，训诂学以解释字词和经籍文意为初步，以研究词的音义演变为中枢，以研究同源词（词族与名词之间的音义联系）为归宿。

四 解释字词的形式与方法

（一）解释字词的形式

主要有三种：

1. 直训

用等义词、同义词、近义词或反义词直接解释。

《诗经·周南·关雎》："关关雎鸠，在河之洲。窈窕淑女，君子好逑。"

毛传："淑，善也"，"逑，匹也"。

《说文》："淑，清湛也。从水，叔声。""善，吉也。"水清湛则美好，性和善则吉，吉也美好，在这一点上二者共通，因此用"善"来解释"淑"，至于为什么"善"与"淑"相当，则不加任何说明。这是近义词训释。

《说文·辵部》："逑，敛聚也。又曰怨匹曰逑。"这是说"逑"字有两种解释：一是鸠聚的意思，一个是怨家仇敌的意思，这都与这里的"好逑"不相符合，毛传就的"匹"就是"匹对"的意思。本字应该写作"仇"，这个字含有正反两方面意思：怨耦和嘉耦。毛传取"嘉耦"的意思。我们今天称"爱人"曰"怨家"，大约与此有关。可见这也是用近义词训释。（"匹"是不含好坏的，"仇"是含怨、嘉二义，此处用"匹"训"逑"，应只取"仇"的"嘉耦"义）

下面我们讲讲反义词训释，这就是训诂学中的"反训"。

在《尚书》这本书中，一共用了四十九次"乱"字，其中三十二次表示"纷乱"，十七次表示"治理"。同一个"乱"字却有截然相反的两个义项。这种现象在训诂学中称为"反训"。例如：

臭：《周易·系辞》"其臭如兰"，是指香气。

《国语·晋语》"惠公改葬申生，臭彻于外"，是指秽气。

《尔雅·释诂》"在，存也"，又，"在，终也"。

日语まいる【参る】，既表示来，也表示去。这些例子不胜枚举。形成反训的原因大约是：

（1）词义分化

如上文的"臭"，本指一切气味，包括香秽，从不同的方面去运用，就形成对立的两概念。

祥：征兆 ⎰ 吉兆　《中庸》："国家将兴，必有祯祥。"
　　　　 ⎱ 凶兆　《左传·昭公十八年》："郑之未灾也……将有大祥。"

贾：生意 ⎰ 买
　　　　 ⎱ 卖

毒：浓烈 ⎰ 毒药　《荀子·不苟》："愚则毒贼而乱。"（毒害）
　　　　 ⎱ 好药　《素问》："毒药攻邪。"（毒，厚也）

诱：引导 ⎰ 引从善　《论语·子罕》："夫子循循然善诱人。"
　　　　 ⎱ 引从恶　《荀子·正名》："彼诱其名，眩其辞。"

世上万物无不包含两个对立的方面，由于人们对事物的分析日趋精密，就会由原来认为是统一的概念里析出相反的方面，于是原来表示这个统一体的概念就生成了两个相反的义项。

（2）词义演申

在讲到词义引申的时候，我们讲到辐射式（直接引申）和连锁式（间接引申），这种连锁式间接引申的结果也会出现反训。例如"左"字，本义是"左手"，引申为"左手所在的一边"，即"左方"。左手是帮助右手的，所以有"辅助""辅佐"的意思。先秦人以左方为客位，右方为主位，对客人必须尊敬，所以"左"有"尊贵"的意思。如《史记·魏公子列传》："公子于是乃置酒，大会宾客。坐定，公子从车骑，虚左，自迎夷门侯生。"

所以今天有成语"虚左以待"。

但左手毕竟不方便，所以又有"不便"的意思，不便即不顺，不顺即不适当，不适当就相反，相反就"不正"。释迦从摩耶夫子右胁生下来，故佛教尚右，以"左"为"贱"。《史记·孝文本纪》："右贤左戚。"韦昭注："左犹下也。"于是有"左迁""右转"等词语。

这两种意思向不同的方向引申，得出相反的结果。

再如"乱"字，杨树达《积微居小学述林·释𤔤》认为应从爪从又，都是手的意思，人以一手持丝，又一手持互以收之，则有条不紊，故字训治，训理。所以，"乱"的本义是"清理乱丝"。但是必须有乱丝才有清理的必要，所以，清理是乱，被清理的对象也是乱，这就引申出"乱也"的意思。

（3）语急而省略

因为说话语气急速，有时漏掉一个字，有时用一个合音词来代替，正好造成相反概念。

如有"如"，又有"不如"的意思。例如：

《左传·僖公二十二年》："若爱重伤，则如勿伤；爱其二毛，则如服焉。"

"盍"有"何"又有"何不"的意思。例如：

《论语·公冶长》："子曰：盍各言尔志？"（盍，何不）

《广雅·释诂》："盍，何也。"

《楚辞·九歌·东皇太一》："盍将把兮琼芳。"王逸注："言灵巫何持乎，乃复把玉枝以为香也。"

总之，反训是个客观存在，需要搞词义研究的人去好好研究。

2. 义界

即"下定义"。用几个词或几句话来规定一个词的意义界限。

有些词没有一对一的同义词或近义词来解释，就必须给它们下定义。事物的种类、属性、颜色、形状、用途、数量、质地、处所、性别等等，都可以成为一事物区别于其他事物的界限，都可以用来下定义。例如：

形状：谷不熟为饥，蔬不熟为馑，果不熟为荒，仍饥为荐。东方有比目鱼焉，不比不行，其名谓之鲽；南方有比翼鸟也，不比不飞，其名谓之鹣鹣。（以上《尔雅》）

颜色：柿，赤实果。樛，青皮木。（《说文·木部》）

数量：籁谓之箫，大者二十四管，小者十六管，有底。（《广雅》）

性别：美女为媛，美士为彦。（《尔雅·释训》）
　　　　騋，牝；骊，牡。（《尔雅·释畜》）

声音：喈喈，和声之远闻也。镗然，击鼓声也。（《诗经毛传》）

用途：鸟罟谓之罗，兔罟谓之罝。（《尔雅·释器》）

3. 推因

推究事物得名的原因或由来，又称"推原""求原"。这是运用声训原理来解释事物最初得名意义的方法。它最初肇自《易》传"乾健""坤顺"的释词方式，就是一种声训方式。但声训是手段，推因是目的，所以，声训是训诂手段，推因是解释字词的形式，二者还不可混为一谈。总之，推因相当于外国的语源学（真诠学），声训只是语源学所采用的一个基本手段（工具）之一。

我国古代第一部可以称得上是"推因"的著作是东汉末年刘熙（成国）的《释名》。他在序言中就很明确地说，他的著作就是究万物得名之意的。他说："夫名之于实，各有义类，百姓日称而不知其所以之意。故撰天地、阴阳、四时、邦国、都鄙、车服、丧纪，下及民庶应用之器，论叙指归，谓之《释名》。"但是，《释名》一书是否做到了这一点呢？不但刘熙当时做不到，我们现在也做不到，下面我们来看具体推因的例子：

日：实也，光明盛实也。(《释名·释天》)
日：实也，形体光实。(《礼统》)

雨者辅也，言辅时生养也。(《释名·释天》)
雨者辅时生养均遍，故谓之雨。(《礼统》)

春，蠢也，万物蠢然而生也。(《释名·释天》)
春者，蠢也，蠢蠢摇动也。(《风俗通·祀典》)

夏，假也，宽假万物使生长也。(《释名·释天》)
夏，假也，物假大，乃宣平。(《汉书·律历志》)

冬，终也，物终成也。(《释名·释天》)
冬之为言终也。(《白虎通》)

像这种例子在《释名》中不胜枚举。因此，我们可以说，《释名》是总结汇集前人声训成果的一部著作，它受到了当时阴阳五行学说的深刻影响，明显带有纬书的色彩。这是历史的局限，我们不能以此来苛求刘熙，他那筚路蓝缕的功劳还是不可没的，其中也有些至今看来是较为合理的部分，如：

　　齐人谓革履曰屝。屝，皮也，以皮作之。或曰不借，言贱易有，宜各自蓄之，不假借人也。齐人云搏腊，犹把作，粗貌也。荆州人曰粗，丝麻韦草皆同名也。(《释名·释衣服》)

这一段有对有不对的地方，"不借"为不假借是不对的。"不借"就是"搏腊""把作"。"不惜"，是"屝"字的缓读，亦即"鞵"字合音。正如"綦"字作"綼"字一样，"鞵"字亦作

"不"声。但刘熙说,搏腊犹把作,是粗糙的样子,这正是讲出草鞔名叫"不借"的得名之由。这种鞋不管皮编的也好,还是麻、草编的,都是质地粗劣的粗糙货色,所以汉文帝穿不借视朝,就被传为美谈。再如:

> 枇杷,本出于胡中,马上所鼓出。推手前曰枇,引手却曰杷,象其鼓时,因此为名也。(《释名·释乐器》)

《风俗通》卷六:"琵琶近世乐家所作,不知谁也,以手批把,因以为名。"这是以演奏技法名之,应当说有些道理。

> 以丹注面曰旳。旳,灼也,此本天子诸侯群妾当以次进御,其有月事者,止而不御,重以口说,故注此丹于面,灼然为识。女史见之,则不书其名于第录也。(《释名·释首饰》)

"灼"字与"焯"字通,"重",难也。不管这种风俗是否如此,但以丹砾点在白皙的面部,确实是旳然明白。

总之,《释名》一书,本是循声音来寻求得名之义理的,但由于当时语音学研究水平所限,不可能达到较为科学的程度,但却启发了后人。到了宋代,王圣美倡导"古文说",清代王念孙、段玉裁等人据之形成音训理论。章太炎集前代人之大成,写了《文始》一书,把传统的语源、字源学发展到一个新阶段。他分析了《说文》的九千多字,找出510个独体的"初文",其余的叫"准初文",然后按声音和意义进行系联,把声音相近、意义相近的字连在一起,一共连了四百三十条,共五六千字。也就是说,他认为每一条的字都是一个来源,这个源叫"初文",后来的字都是从这个"初文"衍申出来的。

例如"丽"字：原意为旅行（相互依附而行），有相并的意思。古文作丽，象两人并立，孳乳为"俪"，伉俪即两人相耦也。声音稍变又为"连"，车并行叫连，又写作"辇"，又作"联"。联，连也。又变为"李"，一乳两子，有相耦之义。又变为"麗"，草木相附着于土而生。又变为"謰"，謰语即联绵词。联又转为"邻"，相连两家为邻。又转为"鳞"，相联排比叫鳞。又变为"涟"，水波相联也。

用反训不傅丽则为"离"，此字本是黎黄鸟名（黄鹂）。分离之离当是"誃"，又变为"缡"，用丝来装饰鞋，则丝附着于鞋，相附着即恋，故又变为"恋"，有恋则爱，故又为"怜"。

双音节的词如：枸篓，奄也。（饭，笨两读，车篷也）。岣嵝，山颠。疴偻，驼背。瓯窭，小高地。篝笼，竹笼。簋（公）笼，枸篓也。蚼蟓，害虫名。反言之，罗锅，驼背状。蝼蛄，即蚼蟓，又名土狗。它们都有中间高、两边低的特点。所以，这个词就来源于此。

（二）解释字词的手段

汉语中的每个词都有形、音、义三种形态，那么，从三个方面来解释，就产生三种不同的解释样式：形训、义训、声训。

上文我们讲了形式，这里我们讲样式。但它们与方法既有联系又不相同：一个是表现范畴，一个是方法论范畴。用什么方法来解释词是方法问题，训释的成果用什么方式表达出来是形式问题，不可混为一谈。但它们的联系是很密切的。例如，直训和义界，常常是形训和义训的结果，也就是说，运用形训和义训得出某个词的意义，常常用直训和义界的方法表达出来。而推因必须运用声训，因为从声音上推求得名之因是最确实的。

1. 形训

汉字是一种特殊的文字，是中国第一代文明的真实记录，根据形体可以部分地了解汉字字义是它的一大特点，这在讲文字部分时已讲过。形训就是根据这个道理去进行的。因为文字部分对形体的分析讲得很多，这里就略讲。从字形来分析字义，一定要注意下列三方面：

（1）必须以小篆以前的字形为准

《尚书》里有一篇文章名叫"高宗肜（róng）日"，历来对这个"肜"字解释纷纭。有的认为是个祭名，第一天祭了，第二天又祭，在商代就叫"肜"。我们今天的《辞海》上还是这样解释的。可是到了甲骨文发现后，孙诒让发现甲骨文里的"易"字写作"𢘢"或"𢲈"，并且就有"日𢲈"（易日）的合文，可见在当时是个常用的词，和"肜"字形体很像，于是，他断定"肜日"即"易日"，古代占卜日期，得了不吉的卦，改卜其他的日子叫"易日"。

《尚书》里有个成语叫"不吊"，经常出现。《大诰》："弗吊，天降割于我家。"《费誓》："无敢不吊。"《君奭》："弗吊，天降丧于殷。"《左传·哀公十六年》也有鲁哀公诔孔子说的"闵天不吊"的话。清代王引之据此把"不吊"解释成"不淑"，即"不善"的意思。可是"吊"怎么会有"淑"的意思，王引之解释不出来了。原来在甲骨金文里"淑"写作"未"（𣎵、𣎵），和"吊"（𣎵、𣎵）字是很难区别的。

（2）必须准确地分清"六书"结构

形训只能根据象形、指事字、会意字来解释意义。不能根据形声、假借来释义，那样就会和宋代王安石一样闹很多笑话。他据《字说》解释"霸"字说，西方主杀气，所以"霸"，有人告诉他，霸字上面是"雨"字，他马上改口说：对！如时雨之化。

解释"波"为"水之皮",苏东坡说:滑,就是水之骨。他问苏轼"鸠"为什么从"九",苏东坡开他的玩笑说:《诗经》上说"鸤鸠在桑,其子七兮",连爹带娘,正好九个。这些错误的形成,都是因为把六书弄错了,把形声字当会意来分析,当然要错。

例如:天,许慎说"颠也",从一大。其实连许慎也不知道,这个字在甲骨文中作"🧍"或"🧍",明明是指人的头,是个指事字。他没见过甲骨文,所以只好用声训来解释。《山海经》上的"刑天",其实就是"断头"。相类似的有"元",许慎说"始也"。其实它与"天"一样,是个指事字。《左传·僖公三十三年》:"(先轸)免胄入狄师,死焉,狄人归其元,面如生。"《孟子·滕文公下》:"志士不忘在沟壑,勇士不忘丧其元。"都是指脑袋。

再如"行",许慎说:"人之步趋也,从彳,从亍。"他是将我们现在的"行走"义认为是本义。其实在甲骨文中,它是个象形字"🚶",本义是"道路",即我们现在"行列"的"行"。《诗经·周南·卷耳》:"嗟我怀人,置彼周行。"《豳风·七月》:"女执懿筐,遵彼微行。"都是用的本义。这与上面的第一条有密切联系,因为不知道古形体,以致把"六书"划分错了,所以解释也就不准确。

(3)必须懂得一些古人造字规则

古人造字有些规则,如果不懂,就很难理解字形的含义。例如,甲骨文的形体可以正,也可以反,可以上,也可以下,可以分也可以合。如"年"(🌾、🌾)、"和"(🌾、🌾)、"杞"(🌾、🌾)、"十朋"(🐚、🐚)、"十羊"(🐑、🐑)、一豕(🐖、🐖)。有些概念还可以用不同的形体来表示,例如"牝"(🐂、🐂、🐂、🐂、🐂)、"牢"(🐂、🐂、🐂)。

再者，会意字常常以三个字相同的形态重叠来表示数量众多。例如：

①鑫。

②森，木多貌。

③淼，大水也。

④焱，火华也。

⑤垚，积土使高也。音尧。

⑥犇，走也。音奔。

⑦骉，众马貌。音彪。

⑧羴，羊臭也。音膻。

⑨麤，行超远也。音粗。

⑩鱻，众鱼也。音义：鲜。

⑪猋，疾也。音赴。

⑫猋，犬走貌。音标。

⑬龘，众龙行貌。音沓。

⑭毳，兽细毛也。音脆。

⑮众，人多也。

⑯惢，心疑也。（多心）音琐。

⑰晶，精光也。

⑱磊，众石貌。

（4）必须懂得一些古文化常识

造字是在一定的历史文化背景之中完成的，人的一切创造都是文化，当然受文化的影响。我们在分析字形时，要了解一些时代、历史、文化的背景，才能准确理解词义。

如"武"字，许慎根据《左传》的解释，以"止戈为武"为准，清代俞樾提出疑问，认为《释名》的解释是对的："武，舞也，征伐行动，如物鼓舞也。"但他不可能看见甲骨文，不知道下面的"止"表示行动、行走，所以他仅是怀疑而没有证据。如果了解了古代人"舞"与"武"的关系，即能知道"荷戈"的意思，战争、狩猎有收获都是"舞"，所以有"韶虞舞象"的话。

再如"臧"字，《方言》认为："齐之北鄙，燕之北郊，凡民男而婿婢谓之臧。"看来是"男性奴仆"的意思。可是这字从臣从戈，懂得文化史的人就知道，古代奴仆的来源有两个：一是随女出嫁的陪嫁，谓之媵；一是通过战争俘获者，谓之臧获。晋灼注《汉书》时还说过："臧获，败敌所被虏获为奴隶者。"所以这个词的本义应是"男战俘"，后引申为"男性奴隶"。

再例如，今天我们称之为"外婆"的，是母之母也，可很多方言却称为"家婆"，"家"和"外"是相反的意思。今天我们称之为"岳父"的，古代称为"外舅"。最有趣的是：自己姊妹的丈夫，称自己的父亲为舅，称自己也为舅。后代人不可理解，产生了随子叫称的解释，意思为"生了儿女就降一辈"，例如未生子女以前你叫她妹妹，生了子女就跟子女称她为姑姑。其实，你要是画一张图表，把男的绝对列在奴隶的地位，小时候以母亲为中心，长大以后以妻子为中心，你就发现古人的称呼是很合理的。小时候在自己家的都叫甥，别人家的都叫舅，所以外公、家婆（以后为了对应才叫起家公、外婆），而母亲的兄弟为舅，自己却是甥。到了成年以后，你自己就没有地位，到了妻子家中，称呼正好翻个个儿。进到母亲家里来的妹姊的丈夫成了甥，你自己成了出家的舅。妻子的兄弟成了舅，你成了甥。自从你进入妻家之后，新奴隶驱逐了旧奴隶，你的岳父被赶出家门成了外舅，你也成了甥。父系和母系的权力之争是人类历史最残酷的争斗，是妇女用血和泪作代价换来的最辉煌的失败。只到今天，对于外孙和孙子来说，外公、外婆总是表现不同，外公总是喜欢自己的孙子，外婆总是喜欢自己的外孙，这恐怕是人类心理上最伟大的怀旧。了解这些，你对新生曰甥，去旧为舅大约有更新的理解吧！

再一个例子就是"灋"字，《说文》从廌从去，本义为"去"，牵涉到神判问题。

2. 义训

观境为训，一个词有本义和引申义等多个义项，在具体的语言环境中，每个词都不能兼有二义，只能身兼一任。分析语言本身所表示的意义，直接训释出来，叫义训。它不通过字形的分析，也不通字音的联系，只根据具体语言环境来推究。

（1）类比法

分两种情况：

a. 确定

通过具体语言环境的类比来确定词义。

例如《古诗十九首·行行重行行》："浮云蔽白日，游子不顾反。"一般解释"反"为"返"，那么"顾"呢？我们看同类的情况：

《韩非子·外储说》："曾子之妻之市，其子随之而泣。其母曰：'女还，顾反，为女杀彘。'"

《史记·乐毅传》："具符节，南使臣于赵，顾反，命赵兵击齐。"

这样一类比，我们可以说：顾即反，反即顾，同义并列。

《水浒传》第九回："这锭银子权为利物。"第六十一回："若赛锦标社，那里利物管取都是他的。"

比较《前武林旧事》卷二"登门肆赦"条：

"金鸡竿长五丈五尺，四面各百戏一个，缘索而上，谓之抢金鸡。先到者得利物，呼万岁。"利物是"缬罗袄子一领，绢十匹，银碗一只，重三两"。可知"利物"即"奖品"。

b. 排斥

通过语言环境的对比来排斥错误的义项。

杜甫《秦州杂诗》："迟回度陇怯，浩荡及关愁。"

有人解释："陇，指陇山，亦名坻坂。关，指坻关，亦名大震关。陇坂九折，故曰迟回，关势高峻，故曰浩荡。生活无着，前遥茫茫，故胆怯心愁。"

其实，"浩荡"一词，从《楚辞》开始用，直到现在，都没有高峻的意思。杜诗出现浩荡共十五次，没有一次用着高峻义。所以，可以断定这种解释是错误的。

杜甫《负薪行》："夔州处女发半华，四十五十无夫家。更遭丧乱嫁不售，一生抱恨长咨嗟。……至老双鬟只垂颈，野草山花银钗并。"

有人解释："嫁不售，嫁不出去。""因穷，故野花山叶与银钗并插。"根据上下文意，即可知道这种解释前后矛盾。

柳宗元《钴鉧潭西小丘记》说："问其主，曰：'唐氏之弃地也，货而不售。'问其价，曰：'止四百。'余怜而售之。"这里，"售"也被解释成"卖出去"，而"怜而售之"又被解释成"买"。然后自圆其说这是反训。比较"嫁不售"绝不是"卖"或"买"的意思，跟今天的"售货员"即"卖货员"不同。再对比《诗经·抑》传："雠，用也。"我们才知道，售就是"用"，"不售"就是"不用"，用今天的话来翻译，就是"选中""没选中"。没选中的原因是贫穷貌丑，所以下文的"并"绝不是"并插"，而是"比并"，把野草山花比作（当作）富家女的银钗。

（2）印证法

用现成的词的义项解释来印证，直接训释。也分两种情况：

　　a. 利用书面材料（辞书或旧注）

　　辞书汇集了一个词的多种义项，我们选择一个合适的义项，与本句的语言环境相印证，就可以直接训释。例如：

　　①《楚辞·九章·怀沙》："曾伤爰哀，永叹喟兮。"王逸解释："爰，于也。"我们可以直接选择《方言》的解释"爰，哀也"，同义并列。

　　②《孔雀东南飞》："媒人去数日，寻遣丞请还，说有兰家女，承籍有宦官。"

　　大家知道，仲卿姓焦，兰芝姓刘，怎么冒出兰家女呢。《列子·说符篇》："宋人有兰子者，以技干宋元。"张湛注："凡人物不知其生出者谓之兰。""兰家女"即"某家女"也。

　　b. 利用方言印证古语

　　①《三国演义》第一回："（关云长）面如重枣，唇如涂脂，丹凤眼，卧蚕眉。"

　　鲁迅在《脸谱臆测》中说："重枣是怎样的枣子，我不知道，要之，总是红的罢。"而元杂剧关汉卿《单刀会》中的关羽则是"面如挣枣红"，印证今日山西方言将全熟而发软、鲜红饱满的枣子叫挣枣，可知"重枣"即"挣枣"，山西方音"挣""重"同音。

　　②司马相如《子虚赋》："罢池陂陁，下属江河。"有人解释为：极目所见，靡迤不尽。又：罢池即坡池。蒋礼鸿先生认为都不确。罢池不是坡池，因为这里描写云梦泽的山峦情状，不可能忽然提到"坡池"。罢池也不是极目的意思，而是和"陂陁"同义的联绵词，即靡迤，连绵不断的意思，所以下属江河。我认为这里应该指云梦四周的山峦云雾缥缈、迷茫不见真相。证以吴语即"迷眵""迷瞅""迷齐"。

　　吾邑方言"呲牙撩吾"，初不识何字。实即"龇龃撩牙"，亦即"龃龉逆牾"。

③北齐颜之推《颜氏家训·治家》:"然则女之行留,皆得罪于其家者也,母实为之。至有谚女:'落索阿姑餐。'此其相报也。""落索"一词,有人释为"连绵不断"义,有人释为"冷落萧条"义,可是"连绵不断""冷落萧条"怎么能"餐"呢?我认为这里的"落索"就是吴语的"擸攞""攞擸"。今日山东文登话犹称漂浮在水面的蛋花为"落索"。

3. 声训

声训是最重要的训诂方法。上文我们已经讲过,推因主要是运用声训原理来进行的。声训产生很早,我们说先秦的"乾健坤顺"就是有名的声训例子。汉代声训的方法应用很广泛,全面使用声训的是东汉末年的刘熙的《释名》。但这个时期的声训,完全是凭当时语音的相同行事,既没有理论作为指导,也缺乏科学的依据,所以我认为这是声训方法的盲目阶段,即使其中有些声训接近事实,那也只是偶然猜对罢了。

到了宋朝,王圣美提出"右文说",才是声训方法的理论萌觉阶段。其实,在晋代,杨泉就在《物理论》中论述了"右文说"的实例,他认为"在金石曰坚,在草木曰紧,在人曰贤",说是"臤"这个声符有"质地好"的意思。只是杨泉没有把这个推阐为一般原理,所以我们仍说是王圣美提出"右文说"。

沈括在《梦溪笔谈》中说:"王圣美治字学,演其义以为右文。古之字书,皆从左文。凡字其类在左,其义在右。如木类其左皆从木。所谓右文者,如戋,小也。水之小者曰浅,金之小者曰钱,歹而小者曰残,贝之小者曰贱,如此之类,皆以戋为义也。"而宋人张世南也提出:"自《说文》以字画左旁为类,而《玉篇》从之,不知右旁,亦多以类相从。如戋有浅小之义,故水之可涉者为浅,疾而有所不足者为残,货而不足贵重者为贱,木而轻薄者为栈。青字有精明之义，故日之无障蔽者为晴，水之无涸浊者为清，目之能明见者为睛，米之去粗皮者为精，凡此皆可类求。"（《游宦纪闻》卷九）可见宋代倡"右文说"的，不止王圣美一人。王圣美、张世南举了几个例子，这是容易的事，我们还能举一些，但是，是不是可以成为一个原理，则就不是一个两个例子可以证明的了，必须有自己的理论基础。从这点上讲，我们认为右文说有两个致命的缺陷，使它不能成为一种比较科学的理论。

第一，它舍弃了时的概念，不符合汉字实际，犯了以偏概全的错误。汉字的形体经过时间的演变，变得非常复杂，某个声符经历不同时期、采用不同方法，常常有几个不同的意思，不是右文说所能说明的。例如：非，表示"违背、违反"义，造字有"诽、排、扉"等，都是如此，可是"绯、菲、翡、痱"都含有"红"义，而"腓"（腿肚子）、"餥"（干粮）、"菲"（地名）都与"非"义没关系。这就说明这些字是不同的历史时期造成的，或者是用不同的方法造成的（借假声符），所以用一个笼统的"右文"就无法解释。

第二，右文说看起来是声训，但它并没有突破字形的局限，还是从形体的相同（声符的相同）来解释字义，没有真正触及声音和意义的本质问题，以"农（農）"字为例，从"农"的字多有"厚多"义，如"秾"（花厚大）、"醲"（酒厚）、"浓"（露多）、"襛"（衣厚），可是"农"本身并没有"厚多"义。相反"遇、晤、连、迎、逆、迓、逅、邂、逻"声符并不相同，却同有"碰遇、对逢"的意思。

这就告诉我们，几个字词义的相同，不一定是声符相同，那么，是什么使得词义同源呢？

由于上述原因，迫使我们从别的途径去寻求声义关系的真正原因。我们舍去声符，因为声符虽然是表声的，但它仍然是字形的一部分，我们舍去它，就彻底摆脱了字形的束缚，只从声音和意义上来研究，于是得出"同声多同义"的著名法则。这个原则准确地表达应当是：

> 在汉字中，声音相同或相近的，多数是意义也相同或相近。

应该注意的两点是：一、相同或相近；二、多数不是全部。别看这个原则与"右文"说只不过把"声符"换成了"声音"，却有本质的区别：首先，它舍去了字形；其次，它引进了时、地的概念。因为大家都知道，声音有古今的区别，有方言的区别。所以，它就显得比较科学。

例如：市（音 pèi）有"遮掩"的意思，与此相同的音多数也有这个意思。例如：蔽（遮掩），芾（蔽膝）又作"韍""韠""黻""绂""绋"，箅（蔽甑底），覕（蔽不相见）。

再例如：恳，有"诚挚"的意思，"款""惓""卷""拳""悃"都有"诚挚"的意思。

可以这样说，到目前为止，声训还不是十分完善的训诂方法，无论是从理论上还是训诂实践上都需要加强。前人运用这种方法，曾经在经学、史学、语言学领域取得了突破性的进展，可以说，造成清代学术高峰的主要因素是语言学的发展，而语言学的发展标帜就是科学声训的产生，它刺激着音韵研究更臻精密，给经学、史学和其他传统国学带来生机。但是，清人在运用声训方面也有不少错误之处。正是因为声训是一个非常有用的方法，一切学者没有不会用的，这样的鱼龙混杂就造成了声训的滥用，带来很多弊病。到了后来，愈演愈烈，直到现在，还有人根本不懂声训的通则而滥用声训。20 世纪 30 年代，有人说庄子的《在宥》就是"自由"，杨朱就是庄周；40 年代，有人说"五月渡泸，深入不毛"的"不毛"，就是缅甸的"八莫"；现在也有人考证"扶桑"就是"富士山"，都有异曲同工之妙。下面我就给大家讲讲声训的通则：

（1）声音相同或相近

声音是指古音，古到汉代以前。如果是唐代以来产生的词，自可以当时语音证明之。

声音相同不需论证。声音相近，近到什么程度算近，我们必须列一下上古韵母表和声母表：

韵母表

	之 ə	支 e	鱼 a	侯 o	宵 ô	幽 u
甲类	职 ək	锡 ek	铎 ak	屋 ok	沃 ôk	觉 uk
	蒸 əŋ	耕 eŋ	阳 aŋ	东 oŋ		
乙类	微 əi	脂 ei	歌 ai			
	物 ət	质 et	月 at			
	文 ən	真 en	元 an			
丙类	缉 əp		盍 ap			
	侵 əm		谈 am			

说明：

（1）同韵者为叠韵。（韵母相同）

（2）同类同直行为对转。（主要元音相同，韵尾发音部位相同）

（3）同类同横行为旁转。（主要元音相近，韵尾相同）

（4）不同类同直行者为通转。（主要元音相同，韵尾发音部位不同）

声母表

喉		影 o						
牙		见 k	溪 k′	群 g	疑 ŋ		晓 x	匣 ɣ
舌	舌头	端 t	透 t′	定 d	泥 n	来 l		
	舌面	照 tɕ	穿 tɕ′	神 dʑ	日 ȵ	喻 ɣ	审 ɕ	禅 ʑ
齿	正齿	庄 tʃ	初 tʃ′	床 dʒ			山 ʃ	俟 ʒ
	齿头	精 ts	清 ts′	从 dz			心 s	邪 z
唇		帮 p	滂 p′	并 b	明 m			

说明：

（1）同纽者为双声。

（2）同类同直行、舌齿同直行为准双声。

（3）同类同横行为旁纽。

（4）同类不同横行为准旁纽。

（2）有其他材料证明

清人之所以运用声训出现错误较少的一个原因就是他们学识渊博，往往言之有据，拿出很多证据，名言是"例不十，法不立"，"例不十，法不破"。

所以，进行声训，先得看这两个字声音是否相同或相近。例如：我们说，止，已也。这个声训能不能成立，首先得分析声音。按上古音：止，照母之韵；已，喻母之韵。

照喻，同类同横行为旁纽，叠韵，属第六，声音是比较近的，标出来应当是止［tɕiə］、已［ʃiə］。

再例：子，崽也。子，精母之韵。崽，精母之韵。同音。

其实子［tsiə］、崽［tsə］，只有尖团的区别。

斯，析也。斯，心母支韵。析，心母锡韵。双声对转，第二位，声音极近。标出来则是：斯［sie］、析［syek］。

（3）声训的作用

我们举一个例子足以证明：

王献唐先生再《炎黄氏族文化考》一书中说："蚩尤之名，亦出邾娄，蚩邾、尤娄音近，以其言语邾娄，呼之曰蚩尤。既名其族，复名其地，又名其人，例实一贯。蚩尤亦非正名，后世所谓诨号者也。古无人名，人名皆诨号，浩呼既久，遂以诨号为正名。如尧为高，因其高而诨号曰高。舜为俊，因其俊而诨号曰舜。桀为杵，因其任强而诨号曰桀。纣为缪，因其执缪而诨号曰纣。"在这里，先生提出两个问题：

a. 太古的地名、人名、族名是一致的；

b. 太古人无名，名都是诨号，并且诨号具其自身特征。（类谥）

我们不懂声训的人，看不懂是什么意思，或者以为先生说得很有道理，盲目信从。学了声训，我们就可以分析一下，先生说的是否全有道理，抑或全无道理。我们排列如下：

蚩　尤　邾　娄　　　蚩　邾　准旁纽旁转（8）
昌　喻　端　来

之　幽　侯　侯　　　尤　娄　准双声旁转（5）
［tɕiə］［ʎiu］［to］［l̥o］

尧（疑宵）［ŋô］　高（见宵）［kô］　旁纽叠韵（6）

舜（心文）［syən］　俊（精文）［tsyən］　旁纽叠韵（6）
（按照三分舌齿）

桀（群月）［gat］　杵（端屋）［tok］　｛端群不会混　屋月也不会混　不可能

纣（定幽）［du］　缪（明幽）［mu］　邻纽叠韵　不可信

由此我们可以看出，王献唐先生的声训，只有蚩尤和邾娄在有例证的情况下可以成立。至于"尧"，本身就是"高"的意思。

舜，又名"帝俊"，都是前人的声训。而他举的"桀""纣"，是不可信的。

再举一个例子：

丁山先生在《中国古代宗教与神话考》中说：东方朔《神异经》里记载："西北有兽，有翼能飞，知人言语，闻人斗，辄食直者；闻人忠信，辄食其鼻，闻人恶逆不善，辄杀兽往馈之，名曰穷奇。"也就是《左传》里所说的四凶（浑敦、穷奇、梼杌、饕餮）中的穷奇。《吕览》《山海经》《淮南子》都有记载。郭璞注《山海经》时，引了汉人的《穷奇铭》："穷奇之兽，厥形甚丑。驰驱妖邪，莫不奔走。是以一名，号曰神狗。"即天狗星，见则"破军杀将"，是吉星。在金文里，穷奇纹（芮公鼎、克鼎）是 ，作两头蛇形，类似甲骨文的 形，即甲骨文的"虹"字。郭沫若释为"蜺"，"像雌雄二虹而两端有首"，也就是《诗经·鄘风·蝃蝀》中的"蝃蝀"又名"挈贰"，蝃蝀合音为虹，挈贰合音为隮，就是"霓""蜺"。《文选·西都赋》注引《尸子》："虹蜺为析翳。"翳与羿，音形俱近。《楚辞·天问》说："白蜺婴茀，胡为此堂？安得夫良药，不能固藏？"而《淮南子·览冥训》则说："羿请不死之药于西王母，姮娥窃之以奔月。"这就是"白蜺不能固药"不死之药的本事。古书记载羿有两大本事：一、造弓，二、善射（射九日）。在《说文》中，羿就写成"弓"，从弓。《墨子》《吕览》都说"夷羿作弓"，而《世本》《荀子》则曰倕、挥作弓，倕就是挥，也就是羿。羿在两周文献中，常称夷羿，有穷后羿。而《白虎通》说："天弓，虹也，又谓之帝弓，明者为虹，暗者为霓。"据此，丁山先生认为：羿就是蜺，因为蜺象弓箭之弓，总是弧度向日，演出射日的神话，于是造弓的人也就是羿了。蜺又叫虹，虹就是"穷"的本字，也就是"穹"，所以也离不开弓，也就是"穷奇"，犹如说"虹蜺"，犹如说"羿"，犹如说"析翳"，犹如说"挈贰"。因为虹蜺出现在东方为多，所以甲骨文上称"东方曰析"。羿就成了东方之神，东方属夷地，所以听"夷羿"。

我们来检验他的声训：

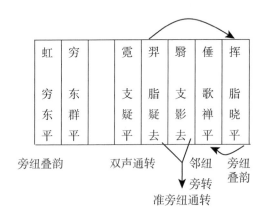

由此可知，虹与穷有道理，羿与挥也有道理，羿与霓勉强，但要有证据，羿与翳也是如此，挥与倕是不行的。

因此，声训这种方法的作用就在于：自己在研究中可以通过声训，把不足以作为旁证的材料串联到一起，当作旁证来使用。也可以检验别人的声训成果，支持或驳斥别人的论证，作为检验的准则的来使用。

第十一章 诗律与词律 （缺）

第十二章　天文篇（缺）

第十三章　地理篇（缺）

第十四章　职官篇（缺）

第十五章　姓氏名号篇

一　古代的姓氏

（一）姓氏的由来

姓名是人们身份的标志。人们在交往过程中首先要了解的是：我在和谁打交道。于是会问"您贵姓"，或自报家门。

人类的交往是从猿到人的重要的步骤，正是交往产生了协作，产生了动作讯息传递，产生了语言。在人们语言能力极其低下的时候，更需要了解对方是谁，以及自身如何进行标识。就是说，"姓名"产生在语言之前。这时候的标识物是什么？经过人类学家的研究证明，是图腾。

"图腾"（totem）为北美印第安人的奥季布瓦语，意为"他的亲族"。这是西方人类学家最先在美洲印第安人部落发现的一种文化现象。后来在非洲、澳洲原始部落都有发现，可以证明是原始人类一种普遍的文化现象。这些原始部落中，同一氏族通常用同一动物、植物、天象甚至矿物、地形来作为自身标识物。或者佩戴在身上，或者悬挂在居地外。全氏族都崇拜此物，常常形成图腾禁忌。在特定的节目中，全氏族都化装为图腾形象，模仿图腾动作，或者共享图腾圣餐。图腾命名、图腾崇拜、图腾禁忌、图腾神话、图腾仪式等文化现象合称图腾制度。

图腾命名是图腾制度的核心内容，可以说图腾制度本质上就是一种原始命名制度。法国现代社会学家埃米尔·迪尔凯姆指出，万物有灵论者从思维方式入手对图腾的解释是经不起推敲的。图腾实际上是社会体系的象征系统。一个氏族、家族、民族要想稳定，就必须有一个具体的象征，才能使抽象的、弥散化的系统有形象的、神圣的、足以使全氏族为之向心的"徽志"，使全体成员每人都有自身的标志，使之对这个社会体系有一种归属感。这就是图腾作为一种实物的、象征化的命名体系的社会学解释。换句话说：图腾是一种血缘关系的标志，以同一图腾为徽志的人属同一血缘氏族，这和后代姓氏的功能是一样的。"五百年前是一家"，这对图腾和姓氏都适用。也就是说，人类社会的命名制度是由图腾制度发展而来的。

如果我们再追溯一下图腾又是如何产生的，这才触及命名制度的渊源。一般认为，图腾制度是和氏族制度一同产生的。在形成氏族的过程中形成图腾制度，有了自己的图腾制度，表明一个氏族完全形成。氏族是如何形成的？现成的解释是血缘纽带。这其实是倒果为因。不是血缘形成氏族，而是氏族区分了血缘。因为血缘是微观的生物化学现象，最初的人类是不明白血缘的。对血缘关系的认识是在人类对自身生殖有了初步认识以后的事。

现代社会学家认为：氏族是一种社会形式，只能是人类社会交往的产物。这样似乎又回到马克思主义劳动创造了人这一点上，氏族似乎是人们在共同劳动中凝聚成的一定的社会群体。但这种观点用于一个核心家庭或许是正确的，用于一个氏族则不完美。因为在劳动生产力十分低下的时候，劳动与其说让人们联合，不如说让人们竞争和疏远。而真正使人们凝聚在一起的是庆典，是非功利的庆典、祭祀、游戏。娱乐是动物和人类共同需要的。所以，在庆典中，疏远和对立的人们都可以欢聚一堂，产生群族的同情心和认同感。"社会"一词即是"祭祀的群体"的意思。"社"是庆祝丰收的祭祀,"会"就是"伙",也就是群体的意思。"社会"是原始人的狂欢节,在这个节日上,展示自己是本能,他们把采集、狩猎所得的战利品佩在身上向人炫耀。或者扮成自己最熟悉的猎物形象载歌载舞。这就是后代"方相氏""傩戏"的源头,也就是《尚书·尧典》:"击石拊石,百兽率舞"的实际场景。通过对原始部落的研究我们知道,这种庆典化装有醒目性和稳定性的特点,庆典之后,这种化装的佩物也戴在身上,或标识于居住地,就成为一面族类认同的旗帜,将人们紧紧团结在一起,这就是图腾的产生。

图腾制度演变为姓名制度大约经过三个阶段,对应三种组织形态:①图腾阶段——氏族(血缘)社会;②符号阶段——部落(亲缘)社会;③姓名阶段——政治(地缘)社会(民族)。

氏族——血缘关系、共同相先、同一图腾。

部落——亲缘关系、虚拟共同始祖、共存图腾。

民族——地缘关系,共同利益和近似的观念、姓名制度。

氏族社会图腾被神圣化,部落社会图腾则被符号化和图案化。如图腾柱、饰件、壁画、文身、面具等。这就使之成为领地和财产占有权的标志,这就是"族徽"。直接启发了后代"以地为氏"。当象形文字产生以后,族徽最先进入这个系统。金文中的"徽识文"就是图腾符号化的产物。这就是由图腾演变为姓氏的最明晰的例证。

图腾(实物)——符号化图腾——族徽(徽识文)——文字(姓氏)

下面的炎黄为例。

炎:姜姓。姜,𦍋;羌,𦍙。《说文·羊》:"羌,西戎,羊种也。"商人为东方民族,子姓,鸟图腾。《诗·玄鸟》:"天命玄鸟，降而生商。"子即鸟卵（鸡子），甲骨文常有"获羌""用羌"，可见两民族争斗之烈。姜、姬集团联合而败商。《史记·齐太公世家》："（太公）姓姜名牙，炎帝之裔。"

黄：《史记·五帝本纪》："黄帝者，少典之子，姓公孙，名曰轩辕。"《国语·晋语》："黄帝为姬，炎帝为姜。"《史记集解》引徐广："号有熊。"正义："黄帝，有熊国君，乃少典国君之次子，号曰有熊氏。"《史记·五帝本纪》："炎帝欲侵凌诸侯，诸侯咸归轩辕，轩辕乃……教熊罴貔貅豞虎，以与黄帝战于阪泉之野。"楚国国君熊姓，《史记·楚世家》曰："黄帝之孙。"

（二）姓氏的性质和区别

《左传·隐公八年》记载象仲对鲁隐公的话："天子建德，因生以赐姓，胙之土而命之氏。诸侯以字为氏，因以为族。官有世功，则有官族。邑亦如之。"

从这里可以看出：姓是一个人血统的标志。氏是一个人财富和社会地位的标志。

1. 姓是血统的标志

《说文》："姓，人所生也。古之神圣母感天而生子，故称天子。从女从生，生亦声。"

人类最初是群婚制，一个氏族女子共同以另一个氏族的男子为丈夫，反之亦然。这种血缘关系只知其母不知其父，确定血缘只能以母亲一系为依据，所以"姓"字是由"女""生"二字会意而成的。所以古代的姓多从"女"旁，如：黄帝姓姬，炎帝姓姜，少皞姓嬴，舜姓姚（一说姓妫），禹姓姒，商始祖契之母姓娀，周姓姬。还有妫、妊、姞、偃、妘、嫚、始、妘、嫪等，占了古代已知姓的一大半。

所以古代有许多女性始祖感神而生得姓的传说。如禹母修己，有莘之女，吞薏苡而怀孕生禹，禹就姓姒。商人始祖契母亲简狄，有娀氏之女，河边洗澡吞燕卵（玄鸟疑似鸥鹣）而生契，于是商人子姓。子即鸟卵。

2. 氏是财富和社会地位的标志

"胙之土而命之氏"，表明有土才有氏，"土"是领地的意思，是权力、财富的象征。晋文公周游列国时遇野人赐土的故事，说明"土"在古人心目中的地位。地坛用五色土就象征统治四方，都是同一取意，有了土，就有了经济、政治的权力。

那为什么男子有氏，女子没有氏呢？不是说在母系社会中，女子是社会的中心么？美国人类学家罗伯特·F·墨菲《文化与社会人类学引论》说："在母系社会里，血统家系经由女性，但权力仍通过男人传递。"战争、外交、狩猎等仍然需要生理优势的支持，这正是男人的优势。只不过当时性未觉醒，妊娠、生育、哺乳是女人的本能，而人口的繁殖对于氏族来说是头等重要的大事，男人并不知道自己也参与了其事，把人口繁衍的功劳全部归到女人身上，认为血缘是女性实现的，所以以女性为中心罢了。而政治权力还是通过男人来实现，这是一个所谓"女子动口不动手"的时代。

随着母系氏族人口的不断繁衍，其原有领地的资源已无法满足日益增长的人口的需求，于是就要求增加领地。增加领地的途径有二：一是向周边扩展，并吞周围氏族，造成图腾的融合，这是消极的扩张。因为如果周边也是僧多粥少的氏族，这就无法实现。第二就是分家迁徙，由一个强有力的男性领导者率领一部分氏族成员，迁到一个新的地方，拓展一个新的环境。这是积极的拓展。这个新的分离的氏族仍然保持原来的姓，因为他们的血缘关系没有改变。如何来标志他们和原氏族的区别呢？如何来确认他们对这片新领地的占领，确认这新氏族的政治经济权力呢？于是，就给这氏族一个"氏"。这就是"氏"的来源。可以说，姓是一个氏族永恒不变的象征，氏是一个氏族内部子系统，是可变的权力地位的标志。

姓和氏的区别不仅表现在性质和来源上，更重要的是表现在它们的功能上。

宋人郑樵《通志·氏族略》："氏所以别贵贱，贵者有氏，贱者有名无氏。故姓可呼为氏，氏不可呼为姓。姓所以别婚姻，故有同姓、异姓、庶姓之别。氏同姓不同，婚姻可通；姓同氏不同，婚姻不可通。三代之后，姓氏合而为一，皆所以别婚姻，而以地望明贵贱。"

这里把姓氏的区别说得明明白白：

姓标志血缘，所以别婚姻。同姓不婚。

氏标志地位，所以别贵贱。代之以地望。

这里需要说明一点：《左传·僖二十三年》："男女同姓，其生不蕃。"明确提出春秋时代的人们就知道同姓近亲结婚的危害。但这种认识到底是基于遗传学的分析，还是基于生殖经验，甚或其他社会现象的制约呢？

首先，春秋时的"同姓"绝对不是血缘关系。因为从血缘上来讲，当时距离同血缘已经不知多少代。据顾炎武统计，春秋时只有20几个姓，有的几个国家同一个姓，血缘关系已经非常遥远，像周王朝和南方的吴国，据说吴的祖先是泰王古公亶父的儿子，周文王的叔叔，到周平王就已经是十四代了，可是，吴仍然是周王朝的同姓之国。

其次，如果是源于生殖现象的观察经验，则应是长期对家庭病史的追踪观察记载，才能得到"其生不蕃"的经验论。这在当时社会动荡，观察手段、方式都不完备，自然灾害频仍，人们寿命不长的外在因素多种多样的情况下，也是不可能的。

所以，春秋时的"同姓结婚禁忌"只能是来自一种社会功能的认识而非生物学功能的认识。根据人类学家的研究，这种"其生不蕃"的认识，其实是来源于对人类早期族外婚制度和同姓婚禁忌的回忆。人类为什么由族内群婚过渡到族外群婚制度、为什么族内婚成为一种普遍的禁忌，绝不是认识了"其生不蕃"的亲缘联姻的后果，而是由于社会的原因使"其生不蕃"。英国的马林诺夫从功能主义出发来解释，认为如果族内异性通婚，必会造成族内男性争斗，兄弟反目，父子成仇，家族内讧，"其生"当然"不蕃"。美国 L·怀特则认为，同姓婚族群封闭隔绝，孤立弱小，最后必然被族外婚联合族群所消灭，故"其生不蕃"。族外婚是原始人类"物竞天择"的结果。法国列维·斯特劳斯则认为，族外婚是原始族群合作交流的产物。最初的交流是从互赠妇女开始的，妇女是生育的象征，赠妇女就等于赠人口。为了维护这种合作关系，以对付共同的敌人，两个群族形成长期的互赠妇女，为了维护这种制度的神圣性，同时也形成了族内婚的禁忌。这三种解释也只是假说，但比认为原始人类就已经懂得同姓婚姻遗传危害性的观点要合理。

因为姓是由图腾蜕变来的，"同姓不婚"其实就是同一图腾的婚姻禁忌。这就是"姓"的社会功能。

氏"别贵贱"的功能是因为氏本身就是领地、财产、政治权力的标志。有这些才能"命之氏"。到了后来，由于宗法制度形成了以血缘关系远近为标准的"嫡长子继承制"，分家族内部的嫡长子为大宗，其他都是小宗。大宗有主祀、继承、择嗣等特权，所以，大宗就可以永远是贵族，而小宗往往沦为庶族。因此，氏也是宗教和文化地位的象征。

到了战国时代，由于生产力的变化，奴隶成为自由民，有些获得贵族封号，阶层发生了变化。氏"别贵贱"的作用丧失，逐渐成为血缘的标志。秦汉时代，姓氏合一至今。

（三）先秦姓氏的几种情况

1. 男子称氏的几种方式

在先秦，据统计只有 22 个姓：妫、姒、姬、嬴、任、姞、姜、偃、妘、子、风、己、祁、芈、曹、董、归、曼、熊、隗、漆、允。还有姚、婤、姶、妚、嫪。

总之，不会超过三十个姓。第一部记载古代帝王世系的《世本》其氏族篇只记载 20 个姓，175 个氏。可现存《世本》是辑佚本，肯定不是先秦姓氏的全部。到了后代姓氏合一，唐林宝编《元和姓纂》就有 1233 个，宋人编的《姓解》收录 2568 个，明人陈士元《姓觿》收 3625 个，王圻《续文献通考》收 4657 个。现代，《中国姓氏大全》收 5600 多个，《中国姓氏汇编》收 5730 个，《中国姓符》收 6363 个，《姓氏词典》高达 8000 多，而专家估计，历代使用过的姓氏，不会少于 12000 个，可谓世界之最。

由 20 几个姓发展为许多姓氏，可见氏在古代是纷纭复杂的。举例来说：

殷为“子”姓，氏有：殷、来、宋、稚、空桐、目夷、北殷……

周为“姬”姓，氏有：孟、季、孙、周、常、林、游……

齐为“姜”姓，氏有：申、吕、许、崔、马……

不要以为“孔”氏就一定是“子”姓，鲁国有孔氏，子姓；卫国有孔氏，姞姓；陈国有孔氏，妫姓；郑国有孔氏，姬姓。

男子最重要的是权力、地位，所以有氏就足够了，不必标姓。女子最重要的是婚姻，所以命名必须带姓，因此，先秦男子有氏，女子有姓。

男子命氏的方法主要有以下几种：

（1）诸侯以国为氏：郑文公（郑捷）、蔡庄公（蔡甲午）、宋成公（宋王臣）。

（2）大夫以封邑为氏：屈完、知罃、羊舌肸、解狐。

（3）大夫以居地为氏：东门襄仲、北郭佐、南宫适、傅说（傅岩）。鲍，姒姓，禹之后；周有鲍叔，食采于鲍邑，遂以为氏。

（4）大夫以官名为氏：卜偃、祝鮀、师旷、司马牛。

（5）大夫以祖先字号为氏：鲁公子牙，字叔，其后叔孙得臣。鲁公子庆父字仲，其孙仲孙阅。宋桓公之子公子目夷字子鱼，其孙鱼莒。郑穆公之子公子騑，字子驷，孙驷带、驷乞。

2. 女子标姓的几种方式

"同姓不婚"在古代是非常严格的禁忌，直到姓氏合一以后才密禁渐弛，但直到近代，在民间风俗中，同姓结婚还要受人议论。例如刘大白贺王世颖与王小姐新婚联就是：打倒同姓不婚，拥护本家合作。

只是因为"本家合作"被人议论，刘大白才有此联。为了明血缘，女子是没有地位和权力的，所以名字中不必冠氏，但一定要带姓。先秦女子标姓方式有以下几种：

未嫁 { 排行冠姓：孟姜、叔隗、伯姬、季姞
娘家国名冠姓：齐姜、晋姬、秦嬴、陈妫

已嫁 { 以夫君国名冠姓：秦姬、息妫、江芈、芮姜
以夫君邑名冠姓：赵姬、孔姬、秦姬、棠姜

夫殁　以夫及己谥冠姓：武姜、昭姬（齐昭公妻）、共姬（宋共公妻）、敬嬴（鲁文公妻）

3. 有关外来姓氏和赐姓及其他

中国有句俗话，"大丈夫行不更名，坐不改姓"，可见古人对自己的姓名是非常看重的。它是与肉体、灵魂三位一体的东西，

不到万不得已，是不会变更姓名的。特别是姓，关涉到祖先的尊严，更是不可改变的。除非是类似国亡家破的灾难，才足使一个人改变自己的姓氏。例如陈完奔齐，改同音的"田"氏。田釐子（田乞）、田成子（田常）三代买国，终于由田成子曾孙田和代齐为诸侯。汉淮阴侯韩信被杀后，后裔改氏"韦"，取"韦"之半。明方孝孺被杀，族人改姓"施"，取意为"方人也"。明宗室在明亡后，改姓"牛"，取"朱"之上层。都与原来姓氏保持关联，表示不忘根本。

在古代，许多外来民族因为向往中原文化而纷纷改汉姓，在历史上形成文化内向的潮流，特别是在魏晋南北朝时期。北魏孝文帝鲜卑族的拓跋宏下令鲜卑人改姓，他自己改姓"元"。于是拓跋改长孙氏，达奚改奚氏，乙旃改叔孙氏，邱穆氏改穆氏，步六孤氏改陆氏，贺赖氏改贺氏，独孤氏改刘氏，贺楼氏改楼氏，勿忸氏改"于"氏，尉迟氏改尉氏，共改 144 个鲜卑姓。还有非鲜卑族的，如：贺葛改葛，是娄改高，去斤改艾，古引改侯，屈突改屈，若干改苟，秃发改源，地骆拔改骆，独孤浑改杜，阿史那改史等。

其中元、长孙、宇文、于、陆、源、窦为贵姓。

外来姓氏反映在汉语中，还有：万俟（mòqí）、慕容、尉迟、呼延、乞伏、仆固、哥舒、贺兰等。

与此相反的文化现象是帝王的赐姓。古人认为最早的姓就是上天所赐。如大禹因治水之功，"皇天嘉之，祚以天下，赐姓曰'姒'，氏曰有夏"。后来，帝王因功赐姓成为定制。秦国先人伯益因为佐禹治水有功，赐姓曰嬴。汉赐娄（敬）氏、项氏为刘氏。南北朝时，从北魏改汉姓到北周宇文觉而回归鲜卑文化，复元氏为拓跋，一律恢复汉化复姓，又赐姓汉臣：李弼赐姓"徒河"，赵贵赐姓"乙弗"，杨忠赐姓"普六茹"，李虎赐姓"大

野"，王勇赐姓"库汗"等。不过这只是昙花一现的反动。唐代
赐徐、邴、安、杜、胡、郭、弘等氏为"李"姓。太宗赐鲜卑拓
跋赤辟、玄宗赐库克（二人都是契丹首领）为"李"姓。玄宗时
沙陀族朱邪赤心亦然。宋代，神宗赐西藩木征及其诸弟皆姓赵
（赵思忠等），赐西羌降赞姓赵，即西夏赵元昊之祖先。金元时期，
郭药师赐姓"完颜"。元太祖赐张荣姓"兀速赤"，刘敏"玉出
干"。元宪宗赐刘世亨姓"塔塔儿"，弟刘世济姓"散祝台"。

　　明代赐姓更多，明初一大批功臣明将被赐国姓。胡大海、兰
玉、沐英、丁德兴等。脱欢本蒙古人，赐姓"薛"名"斌"。丑
驴，鞑靼人，赐姓"李"名"贤"。火里火真，回族人，赐姓
"霍"名"英"。到了明末，还赐郑成功为"朱"姓，人称"国
姓爷"。航海家郑和本是阿拉伯血统，是元功臣赡思丁的后裔，
姓马，被明军俘入皇宫成为太监，赐姓"郑"。

　　赐姓的结果降低了姓标明血统的功能，"五百年前是一家"
成为虚语。例如"李"姓是现在第一大姓，但可能在唐代之前绝
大部分不姓李，甚至多是西域血统，像李白，父亲就是西域鲜卑
人。总之，一姓多源和多姓一源使汉民族姓氏非常复杂，从而产
生专门的"姓名学"。

二　古代的名号

（一）名字是人文化的镜像

　　每个人都有名字，姓名是一个人特定的符号标志。它把每个
个体和其他个体区别开来。在人类早期，没有个体行为，一切都
是一种群体行为，所以，以图腾来作为标志。即使如此，在共同
的劳作中，协作是不可避免的，统一的行为要求每个个体有统一
的讯息，这就不可避免地将群体里面的个体做区分，这就产生了

个体命名的必要。

一个人的名字包含有四方面的意义，分别是指称意义、社会意义、美学意义和文化意义。

1. 指称意义

这是名字最基本的意义，人在社会生活与人际交往中，需要独特的标志将一个人和其他人区别开来，不至于发生张冠李戴的事，这就需要用姓名来标志个人身份。《说文》："名，自命也。从口从夕。夕者，冥也。冥不相见，故以口自名。"清楚表明名字的指称功能。

2. 社会意义

人是社会的动物，社会就是由众多的个体组成，一个人只有置身于特定的社会关系中，才能成为特定的人。人的名字不仅是个体的指称，也是社会关系或权力结构的标志，它能揭示出一系列社会结构和相互关系，这种功能是名字的社会意义。例如，就汉氏族名字来说，司马相如，表示他慕蔺相如，可见汉代初期人们建功立业的思想很浓。宋柳开，少年名"肩愈"，后来觉得应开一代风气，遂改名"柳开"，可知宋初文风之盛。明李自成原名李鸿基，后来认为男儿当横行天下，自成一家，遂名"自成"。新中国建立之初，孩子多起名"建国""国庆"，之后是"改田""有田""社发"、"跃进""超英"、"红卫""卫东"。这些名字就是一部中国现代史。

3. 美学意义

名字既然是个符号，对符号的选择就一定会折射出起名者的精神境界、文化素养和审美情趣，我们把这种表现性称为名字的美学意义。以《红楼梦》人名为例，袭人原名花珍珠，是贾母之婢，给了宝玉。宝玉见她姓花，古诗有"花气袭人知昼暖"的句子，遂改名"袭人"。比较这两个名字，从指称意义上来说，都是指同一个人，没有区别；从社会意义上来说，还是婢女身份，也没有区别；可从美学意义上来说就不一样了。"珍珠"是富贵老太太起的名，是将女婢视同家中珍珠一样的财富，虽惜爱，而又是自己的财产。而"袭人"一名，不仅表现了宝玉的平等思想和多情的怜香惜玉的性格，还可看出宝玉是以一种赞美、纯真、净化的态度来对待这位女婢的。还有那"甄士隐"去，"贾雨村"言；还有那"元应叹息"（元、迎、探、惜），都寓含作者的审美情趣。连"贾政""焦大""狗儿""尤二姐"等次要人物的名字，也无不符合人物形象的审美要求，不是率意为之的。

4. 文化意义

除了以上三个显性的意义之外，名字往往还折射出一些隐性的意义，例如观念、思维、风俗等文化意义上的功能。我们把名字背后所寓含的文化方面的隐性功能称之为文化意义。例如：《西游记》三十三回，太上老君看炉童子的紫金葫芦和羊脂玉净瓶的魔力，只要拿着它站在"高山绝顶，将底儿朝天，口儿朝地，叫一声'孙行者'，他若应了，就已装在里面……一时三刻化为脓水了"。《封神演义》中，殷商大将张桂芳也是如此，只要临阵大叫一声"某某不下马更待何时"，对手就会滚落马下，百试不爽。鲁迅在《从百草园到三味书屋》中也说，百草园有一条美女蛇，叫人的名字，谁要答应，就会被吸干脑髓。这些传说的背后有一个隐喻：名字其实就是人本身。所以，吕叔湘先生才说："在一切祝福和诅咒中，名字是关键。一个人的名字跟他的人或灵魂是神秘地联系在一起的，一定要小心保护。"这里反映的其实是一个文化学上的主题：名字就是人灵魂的象征。这种交感巫术的思维曾经长期制约着我们的思维，并由此产生很多有趣的现象。史书记载的汉武帝太子的巫蛊事件，就是将桐木刻成人形，写上汉武帝的名字，就象征着汉武帝本人。晋代大画家顾恺之咒棘针的故事也是如此，画一张邻女的肖像，写上名字，这根棘针才起作用。《红楼梦》第二十五回"魇魔法姊弟逢五鬼"，那马道婆收了五百两欠契，伸手先抓起银子，"又向裤腰里掏了半晌，掏出十个纸铰的青面白发的鬼来，并两个纸人，递与赵姨娘，又悄悄道：'把他两个的年庚八字，写在这两个纸人身上，一并五个鬼都掖在他们各人的床上就完了。我只在家里作法，自有效验。'"这种巫术最重要的一环就是名字，写上谁就对谁产生魔力，就像过去农村中两人吵架扎草人诅咒一样。

还有南朝刘宋大将王镇恶，大家别以为这名字代表武勇，其实也是与俗文化有关。他是农历五月初五出生的，因为这一天相传是屈原投江日，所以是恶日，生子不举。东汉应劭《风俗通义》说：五月五日生子，男克父，女克母。所以起名"镇恶"，希望镇住这恶日，逢凶化吉。

（二）古代人的名字

1. 古人的"名字变轨制"

古代人与现代人在名字方面最大的不同就是"字"的有无。古人不但有名，还有字；现代人已经很少有字的了。

根据《礼记·内则》的记载，古代人给孩子起名的仪式是很郑重的。孩子出生三个月后，选一个吉日，剪头发。男孩在囟门两边留两个"角"，女孩在头顶纵横各留一行叫"羁"。通知所有宾客到来，大家沐浴更衣，按照职位穿戴整齐。母亲带孩子去见父亲。父亲进入侧室的门，从主人走的台阶上走上去，面西而立。母亲抱孩子出房门，立门楣前，面东而立。女师在母亲侧面稍前处为其传话："孩子的母亲××，今天带孩子来见父亲。"父亲回答："严格恭敬地教育他，使他成为一个完美的人。"说完，下来，一手握孩子右手，一手托孩子下巴，为孩子起名。母亲等父亲起好名后回答："我一定记住您的话，使他将来有所成就。"然后将孩子交给女师。女师抱孩子遍视各位女宾，告知孩子的名字。母亲就抱孩子进房。父亲再将孩子的名字告诉一位同宗长辈，由长辈告知所有同宗客人，并让家族记事官在竹简上记下："某年某月某日某人生。"于是，孩子在宗族中就取得了合法地位。如果祖父在世，孩子生下来见祖父，祖父也可以代替父亲起名，礼仪同上，只是没有对答辞。

为什么出生三月要起名呢？《白虎通义》认为，孩子生下来三个月，眼睛能看人，与大人有所交流，这时起名称呼他，让他知道有人在叫他，关心爱护他。这就是说，名的作用有二：一是取得合法身份，犹如现代报户口；二是表达亲情。由于第二个作用，先秦人们的名有很多是非常有趣而鄙俗的，类似于我们现在的乳名、小名。齐桓公名小白，郑庄公名寤生，鲁成公名黑肱，晋文公名重耳，晋成公名黑臀，陈宣公名杵臼等都是如此。叫起来也特别亲切。

《礼记·檀弓上》："幼名冠字，五十以伯仲，死谥，周道也。"这是周代一个人一生中不同时期的称呼规定。幼时称名，到行冠礼时即称字，五十岁之后以排行相称，死后称谥号。可见出生三个月时父亲给起的名字在古人眼中并不重要，只在幼年时称呼。而幼年时的生活圈子不过是家庭和私人生活的小范围。而到了成人，行加冠礼之后，人们就进入了社会，社会角色发生了根本的改变，有了家族议事权、社会事务决议权、继承权、婚姻生育权，同时也承担服兵役、任公职、养父母等义务。在自然条件相对恶劣的上古时代，可以说，行冠礼以后才表明你是一个社会的人。所以，冠礼是人生最重要的转折标志。这时候取字，其实是象征人生新阶段的开始：由生物的人转为社会的人。所以，《礼记·冠义》说："冠者，礼之始也。""成人之者，将责成人礼焉也。责成人礼焉者，将责为人子、为人弟、为人臣、为人少者之礼行焉。……孝悌忠顺之行立，而后可以为人。"意思就是：只有冠而后，开始承担为人子、为人弟、为人臣、为人少的责任，才进入社会角色，其标志就是冠和字。

如何起表字呢？据《礼记·冠义》记载：男子到二十岁，女子到十六岁，要举行冠礼。先在家庙中占卜加冠日期，取得吉兆后，遍告宾客，选择最合适为之加冠的人。此人先假意推辞三次，以示郑重。到了那天，经过一套非常烦琐的仪式之后，主持人念道："今日良辰吉日，给你戴上黑布冠，从此长大成人，幸福健康平安。"然后把黑布冠戴在孩子头上。如此重复三次，戴上皮冠、爵弁，然后取字。主持人也先念祝词："礼仪都齐备，时辰也吉祥；给你取表字，美好又安康；德行来相配，长久美名扬。"然后决定表字是什么，遍告宾客。通过祝词我们可以看出，字不是随便起的，是需要和德行相配的，这就是名和字的又一区别："名以正体，字以表德。"（《颜氏家训·风操》）

总而言之，名与字的区别在于：

（1）名是供家庭内部称呼的，字是供全社会称呼的，通行范围不同。

（2）"名以正体"，表明一个生物的人出现，常带身体的特点。"字以表德"，表明一个社会的人产生，必须选择表德的字眼。

需要注意的是：

（1）先秦时代，只有贵族才有名有字，贫贱者只有名，没有字。像什么寺人披、百里奚等，都是表明身份的名。直到汉初，刘邦手下的一群穷弟兄都有名无字，刘邦字季（老小），打鱼彭越、杀狗樊哙、织薄曲周勃、卖丝绸灌婴都是。而出身贵族的张良字子房。

（2）汉代以后，人们不再"幼名冠字"，而是出生后名、字一次起好。

（3）先秦贵族女子也有字。我们现在称一位尚未出嫁的女子叫"待字闺中"，这个"字"就是女子的字。《礼记·冠义》说："已冠而字之，成人之道也。"行冠礼命字，是成人的象征。上面讲到，古者男二十、女十六行冠礼，可知女子也是有"字"的。可是在《礼记·曲礼》中却说："男子二十，冠而字；女子许嫁，笄而字。"又是许嫁才字，所以，"待字"又成了"待嫁"的标志，女子一旦有字，就是名花有主了。先秦所见的女子称字的很少。春秋时期铸公簠铭文有"孟妊车母"。于氏叔子盘有"仲姬客母"，王国维考证说，这就是俩女子的字。其中"仲""孟"表排行，"妊""姬"表姓，"车""客"表字，"母"表女性。"孟妊车母"，就是"妊家大闺女车"；"仲姬客母"，就是"姬家二闺女客"。因为称字是表敬的，先秦对女子称字的极少。

2. 名和字的关系

上文讲到"名以正体，字以表德"，它们的性质来源都不一样。按照《白虎通义》的解释，"傍其名而为之字"，可见"字"不是胡乱起的。因为名代表父亲对孩子的祝福、要求、希望，所以，起字的人也不能不考虑父母对孩子的冀希，往往在起字的时候参考他的名字，这就造成"名"和"字"之间的联系，"闻名即知其字，闻字即知其名"（《白虎通义》）。这句话说起来容易，真正实践起来就难了。先秦时代，人们起名比较客观质朴，不尚浮华，像孔子是当时著名学者，生儿子时，正好鲁国君送来一条鲤鱼，遂名孔鲤。可是到了后来，特别是魏晋时期，文风趋于华丽，逞奇炫博，或含隐曲，或寓典故，名与字之间的关系就变得曲折起来。概括来说，古人名和字之间大约有两种联系：

（1）名字形联，在字形上有一定关联，或者同形，或者析形。

同形的如：

谢安→安石　　杜牧→牧之

荆浩→浩然　　李白→太白

杨业→继业　　阮元→伯元　　孔安国→子国

孟浩然→浩然　　戚同文→同文　　郭暖→暖

析形的如：

谢翱→皋羽　　昭晔→日华　　许恕→如心

许舫→方舟　　张位→立人　　毛奇龄→大可

林侗→同人　　张羣→羽军　　程尚志→心之

（2）名字义联，这种情况比较更复杂。

a. 同义：

屈平→原（《尔雅·释地》："广平曰原。"）

魏延→文长（《尔雅·释诂》："延，长也。"）

班固→孟坚

危素→太朴

寇准→平仲（《说文》："准，平也。"）

欧阳修→永叔

曾巩→子固

b. 近义：

展获→禽（擒获）

周瑜→公瑾（瑜、瑾同为美玉）

陆游→务观 ⎫
秦观→少游 ⎭

周缙→伯绅（缙，赤帛；绅，衣带）

曹操→孟德（操行品德）

梁鸿→伯鸾（鸿：天鹅；鸾：凤鸟）

崔豹→正能（能：似熊的野兽）

张飞→翼德（飞则有翼）

c. 反义：

曾点→皙（点，黑；皙，白）

公孙黑→子皙

端木赐→子贡（上之下曰赐，下之上曰贡）

吕蒙→子明（蒙，不明）

朱熹→元晦（熹，明亮）

杜如晦→克明

尚野→文蔚（质胜文则野）

d. 相关：

白居易→乐天（《礼记·中庸》："君子居易以俟命。"《礼记·哀公问》："不能安土，不能乐天。"）

公子班→子如（《周易·屯卦》："乘马班如。"）

赵云→子龙（《周易·乾卦》："云从龙。"）

钱谦益→受之（《尚书·大禹谟》："谦受益。"）

胡东皋→汝登（陶渊明《归去来辞》："登东皋而赋诗。"）

蒋介石→中正（《周易·豫卦》："六二，介于石，不终日，贞吉。象曰：不终日，贞吉，以中正也。"）

孔丘→仲尼（生于尼山；丘，山也）

崔护→殷功（《吕览·古乐》："汤于是率六州以讨桀罪，功名大成，黔首安宁，汤乃命伊尹作为《大护》。"）

李商隐→义山（《史记·伯夷叔齐列传》："义不食周粟，隐于首阳山。"）

苏易简→太简

刘过→改之（《论语·卫灵公》："过而不改，是谓过矣。"）

高凤翰→西园（张说《丽正殿书院应制诗》："东壁图书府，西园翰墨林。"）

了解名与字的关系，可以训诂，可以纠正人名之误。《焦氏笔乘》曰：

> 新安吴敬甫，精意字学，一日，余与论古人名有传讹者，即其字可是正之。如焦隐君名，《书》《传》一为先，一为光。即字孝然，知其为光。范冉，一作丹，即字史云，知其为冉无疑。敬甫深然之，因略举数人。如蔡雍，少为顾雍所爱，顾以其名与之。《诗》："雍雍喈喈"，因字伯喈，今作邕者非。谢朓，字玄晖，知从月不从日，其兄名朏，可以类推。王简栖，作头陀寺碑者，杨用修辨其名为中，音彻，不为巾，亦非也。《说文》："竹，从两个、个，竹枝也，一作箇"，据字简栖，知其为个耳。巾与个，篆相似而误。

3. 男子字的表示法

古代男子命字，一般两种表示法：

（1）排行命字：或前加排行，或后加排行。在封建宗法制社会，嫡长制继承盛行，排行是一个人社会地位的反映。早期排行是（伯）孟、仲、叔、季，后来也用次、幼、少、长、稚等字。

管仲→仲父，耿弇→伯昭，邓禹→仲华（舜名重华），曹操→孟德，隗嚣→季孟，孙策→伯符，武韶→叔夏，曹爽→昭伯，崔骃→亭伯，缪袭→熙伯，刘子舆→希孟，卫宏→敬仲，蔡伦→敬仲，傅毅→武仲，欧阳修→永叔，刘秀→义叔，赵壹→元叔，黄霸、桓宽、盖宽饶皆字次公，淳于衍→少夫，夏侯胜→长公。

（2）美称命字：古代男子美称是"甫（父）"和"子"。加"父（甫）"是规定的男子命氏的格式。《仪礼·士冠礼》说："伯某父。仲、叔、季，唯其所当。"

孔丘，字仲尼父。或称仲尼，或称尼父，这是完整的命字格式。后来但取两字。如伯禽父，《左》称其为"禽父"，又称"伯禽"。又如：

赵鞅→志父，刘敞→原父，杜密→周甫。

加"子"的如：刘向→子政，刘歆→子骏，扬雄→子云，司马迁→子长，曹丕→子桓，曹植→子建，张良→子房，严光→子陵，鲁肃→子敬，吴道玄→道子，陈子龙→卧子。

4. 名和字的礼俗

因为名是小时候起的，是通行于家族之内的，所以，称名体现的是父母尊长对晚辈的昵爱之情，也象征着尊长的等级威权。字是成人后步入社会用的，是社会通行的称呼，所以，同事、朋友之间，晚辈敬上等关系都称字，显示的是平等或敬意。正如《仪礼·士冠礼》所言："冠而字之，敬其名也，君父之前称名，他人则称字也。"

中国古代有自谦的称呼习惯。自谦是贬损自己而抬高对方。例如，本来父母对子女、尊长对下属称名，是表示亲昵或威权的。当一个人在尊长面前自称时，为了尊重对方，理所当然要称名。可面对朋友时，古人自称也称名，而称呼别人则是举其字。这就是一种把自己处于卑地，抬高对方的自谦。相反，尊长在下属面前本应称名，可有时为了表示器重对方，也称字。总之，称名表示威权和昵爱，称字表示尊敬和平等，掌握这一基本原则，就可以类推了。

总结古人称呼的场合如下：

（1）称名的情况：

尊长对幼卑称名。

对尊长自称称名。

对朋友自称称名。

尊长前称平辈称名。

（2）称字的情况：

平辈之间相互对称称字。

幼卑对尊长称字。（当面连字也不称）

尊长称幼卑之字以示器重。（少见）

以上原则在古代是很严格的，称呼错了，往往闹出笑话甚或事端。

《三国志·蜀志·马超传》注引《山阳公载记》说：马超投刘备后，备待之甚厚，马超就疏忽了君臣之别，常在刘备面前称刘备的字。关羽听了，请处死马超，可见对君主而言，称字都是大不敬，别说是名了。同书《司马朗传》记载：司马朗9岁时，有客人当面称他父亲的字，他说："慢人亲者，不敬其亲也。"来客羞，惭改容而道歉。可见对别人父亲称字也是不敬的，别说称名了。

《唐语林》记载：杜甫在成都做严武的幕僚时，有一次醉酒后，对严武说："不谓严挺之乃有此儿！"严挺之是严武的父亲名，严武听后大怒："杜审言之孙欲捋虎须耶？"差点要杀了他。

相反的例子是1929年，蒋桂大战时，冯玉祥的部下韩复榘攻克武昌，受到蒋介石接见，称之为"向方兄"。"向方"是韩复榘的字。韩复榘对此感激涕零，想起冯玉祥一直直呼其名，现在蒋介石居然称他的字，所以决意倒冯投蒋。最终却被蒋以"临阵脱逃"罪名处决。

还有一点：名字连说时，先字后名。姓名、字连说时，先名后字。

5. 古人命名的原则

《左传·桓公六年》记载：鲁桓公的儿子，就是后来的鲁庄公出生时，鲁桓公向申繻请教起名的法则，申繻回答说：

名有五：有信，有义，有象，有假，有类。以名生为信，以德命为义，以类命为象，取于物为假，取于父为类。

信：根据孩子出生的真实情况命名，如郑庄公寤生，就是信。

义：寄托父亲对孩子的希望和要求，以表彰其美德的字眼命名。如周文王名昌，欲昌大周室。周武王名发，欲发展周疆之类。

象：根据孩子自身的特征命名。如：《国语·周语》记载：晋成公出生时，其母梦神人以黑涂孩子臀部，遂名"黑臀"。老子名李耳，字聃，后人考证老子无耳轮。郑国有游眅，就是白眼睛。孔子名丘的又一说法是象其头之"反圩"，中间低而四周隆起。

假：借其他物类的名称。如：孔子有学生名司马牛。郑国有公孙虿，虿即蝎子。晋国有董狐，羊舌鲋、羊舌黑、羊舌虎。郑国有罕虎，晋景公名獳。齐景公名杵臼。

类：选择与父亲有关联的字眼，其实是古代父子联名制的孑遗。如鲁桓公与儿子同一天生日，就命子为"同"（鲁庄公）。

在列举了上述五种命名原则之后，申繻又申述了古人命名的六种禁忌："不以国，不以官，不以山川，不以隐疾，不以畜牲，不以器币。"就是不用国名、官职名、山川名、疾病名、畜牲名、祭器名。可是，考察先秦人名，这六种禁忌并没有贯彻到底。例如：魏舒（魏献子）、孙周（晋悼公）都是以国名；孔丘、屈巫、魏绛（魏庄子）、公子鲍（宋文公）都是以山名；像黑臀、点、重耳等都是以隐疾名；像司马牛、晋僖侯名司徒、宋武公名司空，是以官职为名。可见这些禁忌并不是严格执行的。

6. 小名与别号

《二十年目睹之怪现状》中记载有一首词："恩爱夫妻年少，私语喁喁轻悄。问到小字每模糊，欲说又还含笑。被他缠不过，说便说，郎须记了：切休说与别人知，更不许人前说叫。"词牌名是《忆汉月·美人小字》。这小字就是"小名"，是一个人幼年时候在家庭成员和玩伴之间的称呼。所以，长大后，社会角色的更换，要求树立自己严肃端正的形象，那些带亲昵、戏谑或粗俗的小名当然就成为禁忌，否则破坏了现在角色的形象。所以，小名带有私密性和禁忌性，只能用于幼年或最亲密的人之间，不可公之于众。

《红楼梦》第五回贾宝玉神游太虚境时，警幻仙"醉以灵酒，沁以仙茗，警以妙曲"之后，"再将吾妹一人，乳名兼美，字可卿者"，许配宝玉。贾宝玉便与她柔情缱绻，软语温存，然后同游迷津。"许多夜叉、海鬼将宝玉拖将下去，吓得宝玉汗下如雨，一面失声喊叫：'可卿救我！'""却说秦氏正在房外嘱咐小丫头们好生看着猫儿、狗儿打架，忽听宝玉在梦中唤她的小名，因纳闷道：'我的小名这里从没人知道的，他如何知道在梦中叫出来？'"侄媳妇的"小名"在小叔的嘴里叫了出来，暗示的是贾宝玉和秦可卿非同一般的暧昧关系，正是焦大口中骂出来的"扒灰的扒灰，养小叔子的养小叔子"。所以，小名是不能随便被人叫的，特别是那些结婚成家的人，小名更是不能轻易示人的。一个身为人父母的人，一旦小名被孩子辈知道，就是他被打回儿时的状态，威信扫地不说，还会有无颜见人的尴尬。所以，小名成为一种禁忌，绝对禁止别人窥探。

先秦人名虽然鄙俗，但没有小名。小名起于汉代。像刘邦的皇后吕雉小名"娥姁"，汉武帝外祖母小名"臧儿"，司马相如小名"犬子"都是。这些大约都相当于先秦的名，后来名尚奢华，觉得这些不雅，于是另起新名，这个就成为小名。产生小名的另一个原因可能是在汉代就有贱名、丑名好养的观念。受这观念影响，所以出现许多贱名、丑名。

以志趣命号才真正反映别号的功用，因为别号是自己对自己志趣的表述。像元王冕喜梅花，号"梅花庵主"；明朱耷号似哭似笑的"八大山人"；柳永号"奉旨填词"；郑板桥号"徐青藤门下走狗"；杨守敬钦羡苏轼，号"邻苏老人"；唐吕岩号"天下都散汉"；梁启超号"中国少年"；鲍廷博号"知不足斋主人"。

以年岁命号的如：辛弃疾年登六十一岁时，号六十一上人。汪璐号"九一翁"。高凤翰在丁巳年患风痹右手致残，号"丁巳残人"。

以爱好命号的如：欧阳修"六一居士"；清金农家藏砚一百零二坊，故号"百二砚田翁"；齐白石治印，号三百石印富翁。

以信仰命号的如：晋皇甫谧"玄晏先生"；晋葛洪"抱朴子"，取《老子》"见素抱朴"义，以为道号；晋杨曦"上清真人"，晋王元甫"中岳真人"，晋彭宗"太清真人"。可见晋代玄风和道教是很盛的。

别号最长的如清代成果和尚："万里行脚僧小浮山长统理天下名山风月事兼理仙鹤粮饷不醒乡侯。"共二十八字。

一人别号最多的如明遗民傅山：公之它、公它、朱衣道人、石道人、随厉、六持、丹崖翁、丹崖子、谒堂老人、青羊庵主、不夜庵老人、传侨山、侨黄山、侨黄老人、侨黄之人、酒道人、酒肉道人、酒肉居士、老蘗禅、真山、侨黄真山、五峰道人、龙江道人、龙池闻道下士、观花翁、大笑下士等二十六个之多。

近代人的笔名其实也是别号的一种。有些笔名的意思是很曲折隐晦的。如鲁迅曾名"宴之敖"。根据《说文》，宴，从宀从女；敖，从出从放。"我是被家里的日本人逐出的"，他自己如是说。夏衍在香港《华商报》工作时，笔名有冯由、浑海、余约、姜添，谐音：凤游云海，鱼跃江天。聂绀弩笔名"二鸦"，谐音是"耳耶"，三耳也。

　　与别号相类的是绰号，一般是别人起的，或褒或贬，都寓含人物形貌品性特征。如《水浒》一百零八人都有诨号。张鷟《朝野佥载》：武则天时，张元一善为名流起诨号。苏征轻薄，号"失孔老鼠"。以赵廓渺小，起家御史，谓之枭坐鹰架。孔鲁丘为拾遗，有武夫气，谓之鸷入凤池。苏味道有才识，为九月得霜。王方庆体质鄙陋，为十月冻蝇。娄师德长大而黑，一足蹇，为行辙方相。吉顼长大，好昂头行，视高而望远，为望柳骆驼。自己腿短肚大，被人称为"逆水蛤蟆"。

（三）取名应注意的事项

1. 注意字义

　　《左传·桓公二年》记载："初，晋穆侯之夫人姜氏以条之役生大子，命之曰仇。其弟以千亩之战生，命之曰成师。师服曰：'异哉，君之名子也！夫名以制义，义以出礼，礼以体政，政以正民。是以政成而民听，易则生乱。嘉耦曰妃，怨耦曰仇，古之命也。今君命太子曰仇，弟曰成师，始兆乱矣，兄其替乎？'"可知在古人眼中，名字寓意是一种象征。所以起名的时候不能不考虑其字义。《刘子》书中讲了这样一个故事：一位母亲养了两个儿子，大儿子叫"盗"，小儿子叫"打"。一天大儿子抱衣服出去晒，母亲在后面叫"盗……盗！"恰好有个巡查官吏经过，看见有人抱衣服跑，有人在后面追"盗"，就不由分说将大儿子抓起来。后面母亲急了，忙喊小儿子去解释，就喊"打……打！"巡官就把大儿子揍个半死。这和马三立的相声"逗你玩"异曲同工，都是由于名字字义引起误会。所以，起名时不能随便，一定要注意字义。

由于注意字义，有很多人名取义于成语、谚语、熟语，形成比较别致的寓意。如：

马致远、颜如玉、柳如风、云朝霞、罗衣轻、贺寿、王侯喜、温如玉、冷于冰、万象春、黄河清、云说龙、史可法、连城璧、石韫玉。

现代人如：

张天翼（作家）、成方圆（歌唱家）、牛得草（演员）、郑重（记者）、甘霖（律师）。1984 年中央电视台春节晚会征联：

碧野田间牛得草；金山林里马识途。

都是人名。

吴组缃曾写过一首《野望》："望道郭源新，卢焚苏雪林。烽白朗冀野，山草明霞村。梅雨周而复，蒲风叶以群。素园陈瘦竹，老舍谢冰心。"也是由人名成诗。

2. 注意字形

字义是一般人起名都会注意的，但字形却没有多少人去讲究。其实字形和字义一样，也会给人造成麻烦。明朝有两个举人，一名孙曰恭，一名徐镐，看起来是没有问题的名字，可偏偏在考中以后被人告发，说："曰恭"二字重新组合是"暴"，而"镐"拆开则是"金害"，"金"又和"今"同音，就成了"当今一害"。这就终止了二人的政治生命。

太平天国洪秀全，原名洪仁坤，后改名，拆字为"禾乃人王"，其乡音"禾"与"我"同。

有人评《红楼梦》为反清复明之作。理由是宝玉象征明玉玺，故喜吃胭脂。黛玉象征明朝，故号绛珠仙子。宝钗象征清朝，"钗"拆开是"又一金"，清为后金也。

《镜花缘》载：有王姓兄弟八人，要求别人给起名，不离"王"形，每人加一绰号。于是：老大王主（硬出头），老二王玉

（偷酒壶），老三王三（没良心），老四王丰（扛铁枪），老五王五（硬拐弯），老六王壬（歪脑袋），老七王毛（甩尾巴），老八王全（不成人王八）。

也有人变姓的字形为名，是起名一法。如西汉大将军王匡，近代国民政府主席林森，当代作家李季，是增笔；商汤宰相伊尹，宋太学生陈东，清学者阮元，现代音乐家聂耳，是减笔。而舒舍予则是拆字。

贺铸字方回，他的两个儿子：贺房、贺廪。

3. 注意字音

名是让人叫的，语音会使人产生联想，所以不可不注意。清代小说《豆棚闲话》有"范少伯水葬西施"，讲范蠡故事，作者认为范是好色、贪赃、阴毒小人，西施则是貌平平、水性杨花之女子。范平日贪贿，怕越王追究，故带旧日情人逃跑。"陶朱"者，"逃诛"也。后事情败露，在杭州西湖把西施推水灭口，"鸱夷子"者，"鸱"即"枭"，西施小名"夷光"，即"杀夷光的人"。就是利用谐音来讲述故事的。

据说宋太祖赵匡胤率师进伐之前，有一人前来送信，细问姓名，来人姓宋名捷，于是大赏来人。

《明史》记载一个真实故事：韩国公李善长的女儿许嫁锦衣卫指挥使宋忠。当议亲的人来到李府时，李卧病在床，随口问了问未来乘龙的名字，于是大怒，好事泡汤。

宋代宋庠原名宋郊，早年官居知制诰时，被李淑参了一本，罪名是：国家正与辽国媾和之际，你要把"大宋交出去"，这人怎么能当官，于是宋仁宗改他为"宋庠"。

有人总结汉民族人名的音韵，认为男性多洪音，常用江阳、中东、言前、发花韵，如：杨、阳、浩、超、华、亮、东、洪、建、强、峰、鹏、海。

女名多细音，多用乜斜、姑苏、齐等韵，如：姬、娟、婷、娥、媚、娇、娴、娜、英、芝、莉、薇、绮、玉、珊、美、丽、云、月、雯、怡、贞、淑、静、慧等。

4. 注意性别特征

汉字的表意性使之有刚柔之别，而这种差别会导致对一个人评价的差异。哥伦比亚大学和巴那德大学的学生们被叫去看三十张吸引人的陌生姑娘的照片，并被要求按照喜欢、漂亮和聪明这样的分类，分别写出自己对每个姑娘的评语。两个月后，他们又被叫去看这些照片，这时这些照片已经被标上了姑娘们的名字。结果发现，那些标有漂亮名字的姑娘照片被评为喜欢、漂亮的增多了，尽管此前她们曾不被认为是漂亮、喜欢；而标有不很优雅名字的姑娘的照片被评为漂亮、喜欢的大大减少，尽管此前她们曾被评为漂亮、喜欢。

还有一则资料：在没人介绍的情况下，问一个在大学学习的男大学生，在他的第一次约会中，是喜欢对方叫李胜利、张万有呢？还是谢淑静、陈婉莹？答案全是后者。这就是中国长期以来形成的性别文化对名字的性别要求。如果我们一看见一个女性叫"王铁汉"，就很难引起温柔雅静的联想来，哪怕她实际上柔情似水。所以，在起名时应充分考虑性别特征，这不是性别歧视，只是防止别人产生性逆转的心理疑惑。

古来也有男人女名或女人男名的事例，虽然不多，也足以成为佳话。如男人女名有：

帝王女娲、鲁隐公息姑、《春秋》石曼姑、《孟子》冯妇、《庄子》偊女高、《史记》恶来之子女防、《史记·荆轲传》徐夫人匕首、《汉书·郊祀志》丁夫人、《三国志·陆抗传》暨艳、《宋书》鲁爽小字女生、《梁书》马仙婢、《魏书》后魏昭成帝子阏婆、《后周书·蔡佑传》望弥姐、《唐书》李君羡小字五娘、

《五代史》后唐卫州刺史李存儒原名杨婆儿、钱镠小名婆留、《宋史·太宗纪》罗妹。

女子有男子名的如：

汉代相绛侯"三岁而侯"许负。应劭注："负，河内温人，老媪也。"后封鸣雌亭侯。《汉书·外戚传》薄姬友赵子儿，武帝皇后卫子夫，子夫姊君孺、少儿。霍光夫人女医淳于衍，字少夫。汉元帝皇后政君，妹君力、君弟（姓司马）。鲍宣之妻桓少君。

三国吴孙权长女鲁班，少女小虎。

南北朝宋武帝女会稽公主兴弟、豫康公主次男、山阴公主荣男。陈武帝皇后要儿（章姓）。《北史·列女传》郿县女子孙男玉。

《金史》邓国长公主雀哥，海陵王妃定哥、石哥。

即使外来译名都是如此，像鲁迅所反对的用轻靓艳丽字样来译外国女人的姓氏，加些草头，女旁，丝旁。不是"思黛儿"，就是"雪琳娜"。(见《咬文嚼字》) 其实是鲁迅大错，不遵行约定俗成的原则，不符合汉名的翻译传统，往往会被大众自然淘汰。例如：

好莱坞影星 Shirley Temple，广州人译为"莎梨·谭宝"，似乎符合鲁迅的意思，结果呢，大家选择了上海人的翻译"秀兰·邓波儿"，因为它一看就符合中国女性命名的特点，有阴柔之美。

5. 避免重名

曾参在费县时，有重名者杀人。有人告知曾子之母："曾参杀人。"曾子母不为所动。但有第三个人来告知曾子母"曾参杀人"时，曾子母经于坐不住了，逾墙而逃。

战国时，赵国平原君门客毛遂自荐与平原君去楚国，胁迫楚国答应合纵。就在此时，赵国又一毛遂堕井而死，有人报告平原君，平原君大惊，后来一查，才知不是门客毛遂。有意思的是：宋代有一个永丰典史毛遂，明代蓟州指挥史毛遂。

《史记》中有两个韩信。一个封淮阴侯，一个封韩王。

汉文帝名刘恒，其实是汉惠帝美人的女儿名。

汉代阳城侯刘德，官宗正。就在他同时，河间献王、定敷思侯、广平侯、剧魁康侯、高城乡侯都名刘德，后汉还有四位刘德，汉代共有十位刘德。刘德之子刘更生，编订《战国策》，后来他发现汉武帝时袭封牟平侯的齐孝王曾孙也名刘更生，于是就改名刘向。不想又和剧魁侯、昌成侯重名了。刘向子刘歆，新莽时为国师，也与祁烈伯、浮阳侯重名，还有一位字细君的刘歆。祖孙三代难逃重名。

汉代有两位王莽。唐代有两李益，宋两张先。

清代查礼有《铜鼓书堂遗稿》，第十五卷中有一首诗《题蒋介石处士松林独坐图，偕朱玉阶学使游七星岩，即以志别》。二百年后，真有蒋中正（介石）、朱德（玉阶），真是无奇不有。

王力字了一，用反切法。起名不久，发现《小说月报》上"饶了一"，后来发现刊行了《西儒耳目资》的就叫"了一道人"。

20 世纪 40 年代，上海市市长吴国桢，处理一名叫吴国桢的罪犯极刑，引起轰动，进而调查，上海竟然有 13 个吴国桢。

有一资料显示：上海市 13000 个王小妹；沈阳 4800 个刘淑珍，4300 多个王玉兰，3000 多个王伟、李伟、李杰；天津张颖、张力、张英、张健各 2000 多；广州陈妹、梁妹各 2000 多。我国重名比例占人口 26.72%。避免重名的办法：①双名、三字名，不起单名，②分散用字。

三　古代的谥号和避讳

（一）谥号之产生及其意义

后人根据死者的生平事迹和品德修养给予一个带褒贬评判性质的称号，即谥号。所以，谥号是一个人死后的评价，所谓"盖棺论定"。

宋郑樵在《通志·谥略》中说："有讳则有谥，无讳则谥不立。""岂有称生之号有隆，而命死之号有亏乎？"可知谥号是由于对死者避讳而产生的，它便于人们称呼已故者。《礼记·檀弓上》："幼名冠字，五十以伯仲，死谥，周道也。"可见谥法是从周代才开始的。一个人出生父命名，寄寓长辈希望，冠取字，标明自己的德性。五十知天命，对社会、人生都有领悟，身份地位都已确定，所以命号，古代号以伯仲，表明自己对一生的总结。但这一生在社会上、在众人中到底实践得怎样，只看死后的这个谥的评价了。所以，谥有三重意义：

（1）讳故死者名。

（2）标故者身份。贵者有谥，贱者无谥。

（3）对故者一生之评价。

（二）谥号的类型

谥分"公谥"和"私谥"两种。

古代显贵的人故去后，由亲朋或主管司拟定其一生行为处事的事迹，称为"行状"，或"行述""行略""事略"，要求客观真实地反映一个人一生的待人接物，立身行事，以供官方议定谥号或史臣作国史时立传之用。根据"行状"，按照谥法，选择适当的字眼作为死者的谥号，公之天下，这是"公谥"。有些人品行高洁，名声很大，或者学问深湛但却未做官，死后便由亲戚、门生议定谥号，这是"私谥"。

谥号据其内容分为：①褒义性，②贬义性，③哀悯性。

最早谈到谥号内容的是相传周公所作的《逸周书·谥法解》。其中褒义性的如：

经纬天地曰文（周文），威强睿德曰武（周武）；

圣闻周达曰昭（周昭），行义悦民曰元（汉元）；

温柔好乐曰康（周康），布义行刚曰景（周景）；

柔质慈民曰惠（晋惠），安民立政曰成（周成）……

贬义类如：

乱而不损曰灵（汉灵），好内远礼曰炀（隋炀）；

杀戮无辜曰厉（周厉王），名与实爽曰缪（缪丑）……

哀悯类如：

恭仁短折曰哀（汉哀），在国逢难曰闵（鲁闵）；

慈仁短折曰怀（卫怀）……

上古谥号多用一个字，间或有两三个字，如：楚考烈王、赵孝成王、卫睿圣武公。

后世多用两个字，如：文成侯（张良）、武穆王（岳飞）、宣成侯（霍光）、文忠公（欧阳修）。

再到后来帝王谥字多至几十字，如清太祖：承天广运圣德神功肇纪立极仁孝睿武端毅钦安弘文定业高皇帝。

私谥也是一种尊崇。如东汉陈寔谥文范先生，晋陶渊明谥靖节征士，宋黄庭坚谥文节先生。

（三）谥号的文化意义

谥号是盖棺论定，是一种人为的评价系统，它与诔辞、悼词一样，体现了人们对身后名声的重视。明代正德十一年（1516），吏部尚书、文华殿大学士李东阳病危，内阁派杨一清来探视。杨询问李未了之事，李即托以"死后易名"，即谥号问题。杨答应回去后为李求取"文正"，李感激涕零。因为"文正"是大臣最高美谥，范仲淹、司马光、耶律楚材等都获此谥。后来李东阳真获此谥，此后就成了"李文正公"。可见古人对谥号这个身后名是何等重视。

谥号的起源应该是很早的，在原始公社时期即有对帝王的民主评价之风，只不过那时不是制度。谥制应该是西周时期形成的。这时的议谥或许还有反映民意的一面。后来，谥号的授予权掌握在帝王手中，成了帝王垄断的"符号资源"，加上在操作过程中，都是当代人评价当代人，这就造成了虚假不实的议谥。最典型的例子是秦桧死后竟被同党谥为"忠献"，而岳飞死后竟然无谥。后来平反后谥为"武穆"，而秦桧则成了"缪丑"。正应了那一句"历史是任人打扮的小女孩"。可见从长远的观照来看，历史毕竟有其公正性，如果因此而否定谥法也是不唯物的。谥法虽然被统治者利用，有时失去客观性，可在极度专制不民主的社会中，它毕竟显示一点民主的威慑力，露出一点形式上的民主。不然就不会引起暴君、恶臣的忌恨了。秦始皇一上台，就下诏废除谥法：

> 朕闻太古有号无谥，中古有号，死而以行为谥。如此，则子议父、臣议君也。甚无谓，朕弗取焉。自今以往，除谥法。（《史记·秦始皇本纪》）

可见"子议父、臣议君"在集权者眼中还是有所忌惮的，使他们顾及身后名而不得恣意妄为，必欲除之而后快。

刘邦死后，群臣议曰："帝起细微，拨乱世反之正，平定天下，为汉高祖，功最高。"谥为"高皇帝"。正是他出身细微，才了解谥法在下民眼中的作用，所以，汉承秦制，却恢复了被秦废除的谥法。后来帝王掌握谥权，把一切美谥都揽集到自身，谥的民主性和公正性就谈不上了。

（四）古代的避讳

避讳制度是绵亘中国历史文化二千多年的一种非常重要的制度，是中国传统文化中一种非常独特的文化现象，是一种对君父尊长名字的禁忌制度。

陆游《老学庵笔记》卷五："田登作郡，自讳其名……举州皆谓灯为火。上元放灯，许人入州治游观，吏人遂书榜揭于市曰：本州依例放火三日。"

这田登不但因此丢了乌纱，还留下一个"只许州官放火，不许百姓点灯"的笑柄。

避讳的制度是伴随着姓名禁忌和"为尊者讳"的观念一同产生的。早在春秋时代，避讳就已经开始，只是不像后来那样严密罢了。《左传·桓公六年》申繻说："周人以讳事神，名，终将讳之。"这就是说，避讳是周代产生的事，并且，早期的避讳只是"事神"，一个人死后避讳，生前并不要求讳名的，所以，周厉王名"胡"，其后周僖王却起名"胡齐"。周穆王名"满"，周襄王时，王室就有人名"满"，周定王时还有王孙满。

避讳严格是从秦代开始的，秦始皇名政，于是把"正月"读成平声。秦庄襄王名子楚，于是把"楚国"一律称为"荆国"。到了汉代，避讳更加严格，不但国君的名字要避讳，尊长的名字也要避讳，形成一整套的避讳制度。经过魏晋南北朝时朝，到了唐时，避讳成为一种人人都要遵从的禁忌，甚至到了荒唐的地步。李贺的父亲名李晋肃，李贺去考进士，即遭到指斥。因为"进"士与"晋"同音，如果考中，成为进士，就犯了家讳。这里连同音字也要避的。韩愈为此写了一篇《讳辩》，说如果其父名"仁"，儿子就不能做人了吗？可是，因为这篇文章，韩愈也受到指斥，《旧唐书》称此文为"纰缪"。到了宋代，讳网愈密，田登之事，只是全豹之一斑而已。直到清代，避讳都是最严格的禁忌制度，并因此对中国传统文化产生重要影响，以至形成专门的避讳之学。

1. 先秦避讳的原则

先秦时代，避讳还不是很严格。根据《礼记·曲礼上》的记载："卒哭乃讳。礼不讳嫌名。二名不偏讳。逮事父母则讳王父母；不逮事父母，则不讳王父母。君所无私讳，大夫之所无公讳。诗书不讳，临文不讳，庙中不讳。夫人之讳，虽质之君前，臣不讳也。妇讳不出门。大功、小功不讳。入竟而问禁，入国而问俗，入门而问讳。"还有《礼记·檀弓下》的"舍故而讳新"。《孟子·尽心下》的"讳名不讳姓，姓所同也，名所独也。"等等，我们可以从中看出先秦避讳的发展来。

（1）生不讳而死讳：所谓"卒哭乃讳"，是指"死三日而殡，三月而葬，遂卒哭。将旦而祔，则荐"。"犹朝夕哭，不奠。三虞，卒哭，明日以其班祔。"（《仪礼·既夕礼》）

（2）已祧不讳：所谓"舍故而讳新"。后来讳五代。

（3）不讳同音字：所谓"不讳嫌名"。

（4）直讳而不曲讳：所谓"父母前讳王父母，不在父母前则不讳"。

（5）公私讳各有分限：所谓"君所无私讳，大夫之所无公讳"。

（6）书面不讳：所谓"诗书不讳，临文不讳"。

（7）丧祭不讳：所谓"大功小功不讳"，"庙中不讳"。

（8）妇讳不出门：所谓"妇讳不出门"，"夫人之讳，虽质之君前，臣不讳也"。

可是后来，这些原则几乎都被打破。例如："生不讳死讳"不用说，在先秦就被打破。生似乎比死讳更重要。

已祧不讳：如唐开成石经是文宗时刻，对已祧的高、中、睿、玄四宗讳名皆不避。但到宋代绍熙元年四月，下令曰："今后臣庶命名，并不许犯祧庙正讳，如名字见有犯祧庙正讳者，并合改易。"则已祧也讳。

不讳同音字：孙权之子名孙和，改禾兴为嘉兴。汉宣帝名询，《史记》改"荀卿"为"孙卿"。李贺不能举进士即属此类。田登亦是。

二名不偏讳：南齐的萧道成为高帝，薛道渊因为犯其偏讳改为薛渊。

唐代李世民出，"世"改"代"或"系"。《世本》改为《系本》。"民"则改"人"或"户"。机构"民"部则改为"户"部。大臣李世勣只好改为李勣。宋太祖赵匡胤，则将匡城、胤山二县名字统统改掉。

讳名不讳姓：姓是天下公有，名是一人独有。可到了后代，姓亦讳。如唐李姓，禁天下食鲤鱼。明朱姓，明武宗朱厚照下令天下禁止养猪食肉。幸亏没有姓范、蔡二姓做皇帝。

避讳到了清代，登峰而造极。满族人为国，本有忌讳，惟恐名不正，所以忌讳颇多，修四库全书，凡"胡、虏、金、蛮、夷、狄"等字样一律剜去。乾隆时，广西学政使内阁学士胡中藻用《周易》为试题"乾三爻不像龙"，被人告发首尾嵌"乾隆"二字，结果满门抄斩。其父雍正时即有先例，礼部侍郎查嗣庭督学江西，以《诗经·大雅·玄鸟》"维民所止"为试题，结果说成"雍正"无首，判斩。一边如此行事，一面却下诏说："朕览本朝人刊写书籍，凡遇'胡、虏、夷、狄'等字，每作空白，又或改易形声，如以夷为彝，以虏为卤之类，殊不可解。揣其意盖为本朝忌讳，避之以明其敬慎，不知此固背理犯义不敬之甚者也。嗣后临文作字及刊刻书籍，如仍蹈前辙，将此等字样空白及更换者，照大不敬律治罪。"似乎也知道这种讳字是欲盖弥彰，可当时士子，谁敢将性命去实践试法。据陈垣《旧五代史辑本发覆》统计，"虏、戎、胡、夷狄、犬戎、蕃、酋、伪、贼"等还是照讳。

2. 避讳的分类

总结历朝避讳情况，共分四类：

国讳：当朝天子及皇帝的祖先（一般是五代），如汉代刘邦开国，"邦"字要永避，所以《诗经》"邦风"改为"国风"。惠帝刘盈，文帝刘恒，"恒山"遂改"常山"。景帝刘启，"微子启"改为"微子开"。武帝刘彻，蒯彻改为"蒯通"。最有意思的是《史记·天官书》："气来卑而循车通者。"集解："车通，车辙也，避武帝讳，故云车通。"竟然连意思都不通。更有甚者是吕雉，不能叫雉，只能叫"野鸡"。避恶名也是一种"国讳"，"人从宋后休名桧"。

家讳：家讳又叫私讳，古人重人伦者，"天地君亲师"。亲为尊长，名字也是要避讳的。《红楼梦》第二回贾雨村听见冷子兴说贾赦、贾政有一个胞妹名唤"贾敏"，马上就想起他教的那个女学生林黛玉，拍案笑道："怪道这女学生读至凡书中有'敏'字皆念作'密'字，每每如是，写字遇着'敏'字，又减一二笔，我心中就有些疑惑，今听你说的，是为此无疑矣。"这就是避家讳。

避家讳在古代是异常严格的，所谓"入门而问讳"，到人家作客人，不了解他家五代家讳，说话不小心触犯了，主客都不大败兴。晋代王忱去看望桓玄（桓温之子），桓玄设宴，王忱刚服五石散，不宜吃生冷，见酒冷，就说："温酒来。"桓玄听了，痛哭不已，你想，主客还能尽欢吗？南朝时殷均侍永兴公主，公主厌之，每次招其来，令座上人书其父讳"叡"字，殷均则每次放声大哭而退。闻父名必哭，这是古人避家讳的一种表现。

上文所举韩愈为李贺作《讳辩》的事，这在前代是有先例的，只是韩愈不说罢了。南朝范晔，因为父亲名泰，便推辞"太子詹事"之官不做，正如唐人要求李贺的相同。更有甚者，唐袁德师父名"高"，终身不吃糕。刘温叟父名"岳"，终身不游五岳。徐积父父名"石"，终身不踩石头，过桥让人背着。北宋吕希纯是吕公著的儿子，死也不肯做著作郎。更有甚者，《北齐·杜弼传》记载：高祖父名高树生，属下辛子炎来问事，把"暑"读成"树"，高祖大怒，用棍笞之。杜弼阻道："礼二名不偏讳，子炎可恕也。"高祖转而大骂杜弼。

《北史》记载：熊安生去拜见徐之才、和士开二人，徐父名雄，和父名安，于是他就自称"触触生"。意思是第一、二字都触讳。

朝廷有时也为有权势的大臣避家讳。如周密《齐东野语》卷四记载：后唐郭崇韬父名弘，以弘文馆为崇文馆。建隆间慕容彦钊、吴延祚皆拜使相，而钊父名章，延祚父名璋，制麻中为改同中书门下平章事为同二品。绍兴中沈守约、汤进之二丞相父皆名"举"，于是改提举书局为提领书局。此则朝廷为臣下避家讳也。

圣贤讳：为古先圣贤人避讳以示尊崇。有朝廷颁令规定的避圣贤讳。如宋代政和八年在为孔子避讳之后，又规定："太上混元上德皇帝名耳，字伯阳，及谥聃。见今士庶，多以此为名字，甚为渎侮，自今并为禁止。"（《能改斋漫录》卷十三）金代明昌三年（1192）规定："如进士名有犯孔子讳者避之，著为令。"直到清代，朝廷明令避讳且民间最普遍的是"丘"字。或空格，或作"𠀉"，一律读为"某"。遇见"丘"音，不读"区"就读

"休"。宋代规定，姓丘的必须加耳"邱"。

也有后世崇拜者自发避讳的，如《齐东野语》记载：宋人郑诚敬仰孟浩然，经过郢州浩然亭，遂改之为"孟亭"。宋时有任昉村、任昉寺，因南朝任昉来游而得名，虞藩任刺史时，改为任公村、任公寺。

宪讳：对上司名字避讳，民间又称之为"官讳"。宋蔡京任宰相时，权势炙手可热，下僚纷纷为其避讳。门下有蔡昂者，约法家人，触讳受笞刑。一天在家中自己犯蔡京讳，家人指出，昂自抽嘴巴。

五代时冯道为长乐老，门下读《老子》"道可道，非常道"，则云："不敢说，可不敢说，非常不敢说。"

宋时杨万里任监司，巡查某州，歌妓为歌《贺新郎》，有词"万里云帆何日到"，万里曰："万里昨日到。"于是太守下令下歌妓狱。

有笑话说，有人名赵宗汉，规定下属避"汉"，改为"丈夫"。有一天，夫人去拜罗汉，儿子在读《汉书》，其仆曰："夫人去拜罗丈夫，公子在读《丈夫书》。"

但这种官讳毕竟不是国讳，硬是有人不理睬。《齐东野语》卷四载：宋宣和间，有官名徐申干，任常州知府。有属下一县一日来报事，说某事已经多次申报州府，未见施行。徐申干大怒："小小县宰，难道不知知州的名讳么？是不是故意侮辱我呀！"只见来人从容回答："如果申报州府得不到答复，我再申报监司；不见批复，我再申报户部，申报尚书台，申报中书省，申来申去，直到身死，我才罢休。"然后长揖而去。

3. 避讳方法

分口头避讳和书面避讳两种：

（1）口头避讳。改读近音字：如林黛玉读"敏"为"密"。

读"某"：如称孔丘为"孔某"。

（2）书面避讳。改字：用同义字或同音字改写。如苏轼祖父名序，所以他为人作序，都改成"叙"。唐人避高祖李渊讳，把"陶渊明"作"陶泉明"。空围：沈约修《宋书》，刘裕都作"刘□"。标讳：明确标明是讳。《说文》作者作于汉和帝刘肇时，肇字直标明"上讳"。缺笔：历代"丘"作"丄"。清代"玄"作"亥"。改称："雉"名"野鸡"，"蜂蜜"名"蜂糖"，"薯蓣"为"山药"。"中书"因避隋文帝父杨忠而改为"内史"。李渊祖父名"虎"，魏征修《晋书》时改沈约先人沈浒为沈仲高，石虎为"石季龙"。

山东大学中文专刊

鲍思陶 著

鲍思陶文集

第二册

文化语言学讲义
中国古典文献学讲义
古代天文学讲疏
酒经五种注译
酒文化概说

齐鲁书社
·济南·

本册目录

文化语言学讲义

中国古典文献学讲义

古代天文学讲疏

文化语言学讲义

第一章 概 论

一 文化的概念与文化语言学

（一）文化、语言的概念

"文化"是近年来点击率最高的词之一。文化的研究之所以成为热点，就如同我们研究空气、鱼研究水一样。我们整天游弋其中，但我们不知道它是什么，所以就要研究。一切研究都是从好奇开始的。

可是，研究"文化"、阐释"文化"的著作用我们汉语的"汗牛充栋"来形容绝不为过，但至今还没有一个大家公认的确切的"文化"的定义。据说1920年之前，关于文化只有6种定义，到1952年陡然增加到160多种。时至今日，恐怕翻一番已没有疑义。择其重要者介绍如下：

1. 文化（culture）最初的意思是栽培和耕种。引申为培养、修养；再引申为有修养、文明。

2. 英国人类学家爱德华·伯内特·泰勒对文化的定义是："包括全部的知识、信仰、艺术、道德、法律、风俗以及作为社会成员的人所掌握和接受的任何其他的才能和习惯的复合体。"[①]这是一个包含性定义，而不是一个界定性定义。这个定义之所以

---

① E. B. Tylor：〈The Origins of Culture〉（《原始文化》）P. I，Harper and Brothers Publishers，New York，1958.

有名是因为泰勒有名。

3. 美国福特大学威廉·A. 哈维兰的定义是："文化是一系列规范或准则。当社会成员按照它们行动时，所产生的行为应限于社会成员认为合适和可接受的变动范围之中。"可以看出，英国和美国学者理解的文化偏重于精神方面。

4. 苏联学者萨哈罗夫认为："文化从广义上讲，就是人类创造的结果的总和。"①人类的创造，当然包括精神文明和物质文明成果。所以，苏联谢班斯基就明确指出："文化是人类活动的全部物质和精神成果、价值以及受到承认的行为方式。"这里关键是"行为方式"。

5. 美国人类学家克鲁柯亨的定义是："（文化是）整个人类环境中由人所创造的那些方面，既包含有形的，也包含无形的。所谓'一种文化'，它指的是某个人类群体独特的生活方式，他们整套的'生存式样'。"这就更进一步肯定"文化是一种生活方式"的意义。

据此我们知道，在纷纭复杂的"文化"定义中，无非是两大类：一类把文化视为人类精神方面创造的总和。另一类是把文化看成是人类活动创造的一切成果的总和。通常人们把前一种视为"狭义文化"，而把后一种视为"广义文化"。

我们认为：文化是一群人共同进化而产生的生存方式和延续这种方式的系统。它包括生活方式、思维方式和行为特征。

我们同意美国人类学家罗伯特·F·莫菲的解释：

---

① 苏联的"总和"说其实是建立在这样一个基础上，即文化的主体是人，是人化的自然或人的物化形式。也就是说，无论是自然的，还是社会的，只要经过了主体的实践，能动地显现了人类的本质力量，其结果就是文化。所以，它和第五条并没有本质区别。

"文化是人类知识、技术、社会实践的总和。文化是一个知识技术体系。包括人们的行为标准、价值观念、道德标准以及独特的宇宙观。我们依靠这一体系来适应周围的物质环境。文化还是一个社会中人与人相互关系的规范系统。是知识、信仰、规矩的总和。我们通过文化来理解宇宙的意义，和确立我们自身的位置。文化最突出的一个作用在于它规定了人与人交往的方式，不单有规范的语言，还有一系列关于风度、礼节、手势和表情的规范模式。这就使人与人之间的交往成为可能。"

这里包含这样几点：

一、文化是人类特有的。文化这一概念其实是人类思维的成果，任何其他动物都没有人类所指称的这种文化。我们经常说"宠物文化""茶文化""酒文化""农耕文化"等等，都是在指称人对这些动植物及行为的看法和思考。宠爱阿猫阿狗是人类的心理行为，对茶和酒也是如此。人类对茶、酒的嗜好、研究、规制、应用等产生了茶文化、酒文化。否则茶就是一株灌木，酒就是发酵的果汁。

二、文化是一种"生存样式"。① 它不纯是物质的，也不纯是精神的。虽然它赖此二者而生存发展，但并不是二者本身。人类思维是产生文化的重要步骤，但它也不是文化本身。精神产品是文化积淀和发展的动力，物质产品是文化生存和发展的基础，但二者不等同于文化。我们通常所指的某一种文化，指的是这种文化区别于另一种文化的特质。也许这种文化的精神产品和另一种文化的精神产品有共通之处，物质产品更是这样。精神、物质产品的输入输出并不改变人们的生存方式，所以不改变文化的特质。如果一种文化的人们的生存方式改变了，这种文化就消亡了。

----

① 文化是一种创造、拥有、发展这种文化的人们的"生存样式"。

三、文化作为一种"生存样式"，是一个动态系统。一般说来，这个系统也包含三个方面：物质的层面、制度的层面、心理的层面。① a. 物质层面是显性的，即人类生存所必需的物品。b. 制度层面也是一种显性的子系统，例如社会制度：劳动制度、教育制度、道德、风俗、宗教、礼仪、法律、政治、艺术、国家、军队等等，都有具象的规定和抽象的理论相支持，生活在这一文化群的人们都了解并约定俗成地遵守。c. 心理层面是隐性的。生活在一个文化群的人们并不一定了解，虽然他们都各自按照这些积淀和惯性在行动，也在不断地发展和补充，但他们并不一定知道自己为什么这样，所以它是文化中最深的层次。例如，思维方式、审美情趣、价值观念、信仰意识等。正是这深层次的东西不容易改变，决定文化的特质。例如：一个小偷进入一个家庭，中国孩子和美国孩子的表现会大不一样；对待别人一句"你真美"，中国女人和外国女人反应不一样（"流氓"和"谢谢"）。这就是文化差异。中国汽车和美国汽车的差异不是文化差异。

讲完了文化，我们来看看语言。语言有狭义、广义之分。

我们学《语言学概论》时，老师说："语言是人类最重要的交际工具，是一个符号系统。"并且给我们分析，在这个系统里的元素有声音形式、意义内容、音义结合体组织三个层面。语言这个系统有：一、层级关系；二、组合关系；三、聚合关系，等等。

其实，人类进行交际时，远比这些复杂得多，例如，我们进

---

① 物质层面：生产技术、生计知识、生态系统、生活方式、饮食、居住、服饰等。制度层面：婚姻家庭、社会组织、政治组织、等级和阶级、法律、道德、风俗、宗教。心理层面：思维方式、心理意识、审美情趣、价值观念。

行一场比赛之前的"V"手势，这算不算语言？"点头不算摇头算"是违反常规的，必定不能交际，而"摇头不算点头算"是不是语言？你说是肢体语言，你就承认它是语言了。

我们的意思是：语言也有狭义、广义之分。

狭义的语言包括：口头语言、书面语言、文字。

广义的语言包括：狭义语言加准语言。

准语言包括：

听觉的：1. 伴随音，如咂舌、哼啊、支吾等。2. 音乐语言。3. 有意义的声响，如军号、汽车喇叭等。

视觉的：1. 表情、体态（如旗语、手势）。2. 图表公式。3. 绘画语言。4. 舞蹈语言。5. 各类标志，如交通标志、信号灯、旗帜、徽章等。6. 其他有意义的视觉信号，如烽火、消息树、鸡毛信等。

触觉的：主要指盲文。

所以，可以说，广义的语言就是人类用来交际的一切符号。这就是我们用来研究文化语言时使用的语言概念。

我们也对这类语言抽绎出几个特点：

1. 语言是人类特有的符号系统

坚持这一点，即坚持文化是人类特有的。动物也有交际，也有鸣叫声，这种声音、动作也能表示意义，如母鸡寻到食物时用声音来招呼小鸡，母狮发情时用竖尾动作来通知公狮，放哨的大雁遇到危险时用尖叫来通知同类，蚂蚁找到食物时用碰触角的动作来通知同类等，这些都不是我们所讲意义上的语言。它们都是一种本能的行为，是在长期进化的过程中产生的，是进化的需要。而人类的语言是自觉约定的，是不断变化的。例如，上面说的大雁遇险时的反应，类似于人类的烽火和信号灯，但其实有本质的区别。人类的烽火和信号灯是事先约定的，是可以改变的，例如我们把红灯约定成放行、绿灯约定成禁止，一纸公告，大家马上就能改过来，而动物不行。有时为了迷惑对方，这一群人可以约好，烽火不代表战事敌情，这样马上就能达到迷惑对手的目的。动物不行，碰触角永远代表"顺着我的来路回去"，不管那里有没有食物。这就是所谓"猩猩能言，不离走兽，鹦鹉能言，不离飞禽"的道理。①

2. 语言是一种制度文化

上文说过，文化是指人类一切物质、精神的创造物的总和，是一群人特定的"生存样式"。生存最重要的活动就是交际，要维持这种样式，交际是最重要的手段。所以，人类在生存需求中创造了语言，语言毫无疑问是属于人类文化的一部分。

文化是人类特有的，就像语言是人类特有的一样。因为文化不受基因的遗传影响，不是与生俱来的，而是后天获得的，这又和语言是一样的。像打喷嚏是与生俱来的，人与动物都有这种生理现象，可是打喷嚏表示有人思念，这是某一人群的文化。例如吐唾沫到某个人身上，在中国是鄙夷，在法国是不高兴，在东非的查加兰是一种祝福。再如对性、对排泄物的避讳，也是如此。语言也是通过后天学习才会的，这些都证明语言是文化的一部分。

文化是拥有这种文化的人群所共享的，语言也是社会所共享的。文化中间的制度文化是一种符号性质的显性文化，具有象征意义。例如鼎，将它作为炊具的时候，它只是物质文化。当它不作为炊具而作为礼器时，除了物质的性质外，它又成为社会权力的象征。楚庄王问鼎，绝不是在问炊具，秦始皇泗水捞鼎，也不是在捞炊具，这时候它已经成为一种符号，成为王权的符号。再

---

① 所以说，动物的交际手段大多是本能的反映，不具有切分性、组合性、易境性。即不能切分成小的语言单位，不能组合成更大的语言单位，不能表述过去和未来。

像法律制度，是用法律条文的形式公之于社会的，这条文就是制度的一种符号。而语言是最重要的象征符号。制度是一种权威，是全社会约定并在全社会通行的，语言也是如此。所以，语言是属于制度文化的。①

3. 语言与文化密不可分，是一种特殊的文化现象

说语言是属于制度文化的，并不是否认语言的特殊性。语言不同于一般的制度文化现象，而是一种特殊的文化现象。②

语言首先是记录文化的载体。一种文化的沉淀、辐射、传播和发展，完全离不开语言的记录。以汉语为例，我们学习古代文化，首先要了解古人的语言，因为他们的一言一行，作为文化现象的实录，是用他们的语言记录下来的。外国人要了解中国文化，同样要先了解汉语。

语言又是文化发展的核心工具。我们知道，我们的思维工具是语言，人们认识世界、认识未来，是用语言来思维的。所以，离开了语言，文化既不能生存，也不能发展。③

语言作为一种文化现象，和其他文化现象之间，有一种相互联系、相互影响的关系。比如结婚撒帐的习俗，北方用枣子、栗

---

① 中国台湾学者王财贵说："人类之所以伟大，一种文化之所以可以传下去，就靠语言。你要传承前人智慧，继承所谓传统，你就要学习本民族语言，对我们就是文言文。不读文言文，就表示他不能了解自己的祖先，这样只好被当做一个从零开始的原始民族。如果接收到外来文化，他只有全盘的吸收，所以台湾文化叫全盘西化。"

② 美国语言学家萨丕尔（Edward Sapir）说："语言的背后是有东西的。而且语言不能离开文化而存在，所谓文化就是社会遗传下来的习惯和信仰的总和，由它可以决定我们的生活组织。"——《Language》P. 221

③ 文化对语言的影响：如："稽首"一词的消亡。温州人忌"虎"，称之为"大猫"，长沙亦然，"腐乳"都叫"猫乳"，现在也在说"老虎钳""老虎灶"了。

子，而在闽南则是用花生，这是因为语言而影响风俗。江淮之间称姓"史"为姓"高"，也是语言影响文化。而上海话把"洗"叫"汰"，"马大嫂"就是"卖汰烧"，这是因为"洗"和"死"音近而避讳，这又是文化影响语言。像韩、日语言中的大量汉语借词，像上海的洋泾浜英语，都是文化在传播过程中对语言的影响。

（二）文化语言学

明了了文化，明了了语言，我们就知道了什么是文化语言学。文化语言学就是研究语言和文化关系的学科。

那么，这里的"文化"和"语言"是偏正结构还是并列结构呢？

有人认为，文化语言学，说到底就是人类语言学，也就是"语言学"。因为文化是人类特有的，研究这种文化的语言，也就是研究人类的语言。这是将文化语言学和语言学混同起来。

又有人认为，文化语言学是语言学的一个分支，它的重点是"语言学"，是通过文化来研究语言。它与社会语言学、心理语言学一个层次，是从不同角度切入语言学而已。这种观点是把文化语言学局限于语言学科之内。

我们的观点异于斯。综观现代研究关于学科的划分，大致分两种情况：一种是以研究某类事物的内部结构、发展规律、表现形式为重点，我们称之为"本体学科"。另一种是以研究某类事物与他类事物之间的关系为重点，通过研究它们之间的联系、制约、融合和变易，从而揭示出其系统和发展方向。这就是我们通常称为"交叉学科"的研究，我们可以称之为"关系学科"。现代科学对学科研究昭示的这两个特点，实际是人类思维方式的反映。一方面研究日趋精细，继续形而上学的思维方式，用解剖的方法深入到事物内部，揭示其本质。另一方面研究向系统的方向发展，继续用整体的思维模式、网络的方法理清事物之间的联系，寻求其相互作用和整体发展生存态势。表现在学科上，前者如语言学，主要研究语音结构、语义结构、词汇结构、语法结构。虽然它也讨论语用、语境、修辞等语言与社会的关系，但这些研究都是为研究内部结构服务的。明确这一点，对于我们确定文化语言学的学科性质很有必要，我们说：文化语言学属于关系学科，不属于本体学科。它既不是语言学的分支，也不是文化学的分支。所以，文化语言学的"文化"和"语言"是并列结构。

文化语言学的研究对象又有哪些?

首先是语言和文化的对应关系。包括文化与语言、地域方言、社会方言（如秘密语、行业语）和亚文化有无对应关系。

其次是语言对文化的影响。语言在文化的形成、积累、传播、发展、变迁、融合、冲突中的作用，还有语言是怎样影响文化的，它的方式和特点是什么。

再次是文化对语言的影响。在语言的产生、发展、变易过程中，文化是怎样影响语言系统、语言运用和语言观念的。文化是怎样规范语言环境、制约语言性质的。

通过上述研究，来揭示文化与语言关系的实像，规范语言环境，从而预测文化发展的趋势。

二　文化语言学方法论

人类科学研究的方法，最基本的是归纳、分析、类比和推理。具体应用于文化语言学科，大致上可以承袭文化人类学者的研究方法。

（一）比较法（历史比较语言学是最常用的方法）

比较法属于方法论中的类比，是鉴别事物、发现异同、进行归纳分析不可或缺的方法。将比较的方法用之于文化人类学研究，大约在18世纪和19世纪前期，这时文化人类学作为一门学科刚刚开始，受当时其他学科比较方法运用的影响，如生物学家用现存有机体相比较解释化石；语言学家比较希腊语、拉丁语、哥特语、克尔特语和梵文，来说明其同源关系；地质学家将现代古代地质形态相比较，排成序列；天文学家比较星星的距离，研究进化位置等等。于是人类学家在进化论的指导下，比较现代文明民族和土著居民的生活状态，研究原始文化的生存样式，并给予原始文化以全新的解释。

把这种比较方法用之于文化语言学，需要注意的是：

1. 文化语言学的比较方法应该是文化层次上的比较，而不是语言结构的比较。相对于语言学来说，它是一种深层次的背景的比较。例如，对英语和汉语称谓系统[①]的比较，语言学的着重点在于找出它们的相异之处和对应规律，指导翻译。文化语言学的比较着重于语言的背景层次：为什么英国人舅舅和叔叔、姑姑和姨姨不分，而中国人却分辨得非常仔细？这种分与不分是如何产生的？它对人类的社会和生活方式产生怎样的影响？

2. 上文说到，文化是分层次的，表层是物质文化，中层是社会制度文化，深层是心理文化。运用比较方法时，我们一定要注意共层比较。比较的对象可以不是一类，但比较必须在同一文化

----

① ［美］默多克《社会结构》一书认为，世界有六大称谓系统：爱斯基摩型、夏威夷型、易洛魁型、苏丹型、奥马哈型、库洛瓦型。

中国称谓有叙述型和类别型两种。叙述型，类似于苏丹型，严格区分尊卑，并且表明血缘关系之远近（直系旁系）。类别型如云南的纳西族，贵州舟溪地区的苗族、土家族等，不区分直系旁系，只表明尊卑，父亲、叔叔、舅父都是一个称呼，类似易洛魁型。

层次进行。

《说文解字》解释"巅""顶""颠""槙"四个字，都有顶部的意思，也就是说，从语言学角度来分析，这些都是同源关系。但文化语言学不是在这一层次来进行研究，而是在心理层次进行解说。文化语言学认为，这一组字反映的是汉民族人们早期思维的特点，即直观和类比的思维方式。① 也就是《说文解字叙》中所说的"仰则观象于天，俯则观法于地，视鸟兽之文与地之宜，近取诸身，远取诸物"。从这一点出发，我们可以有类似的比较材料：福汞傈僳语把"虹"叫作"黄马吃水"，路南撒尼（彝族）语称"月蚀"为"狗吃月亮"，昆明近郊的倮倮（彝族）语把"冰"称为"锁霜条"，路南撒尼语把雷叫"天响"。同样的"飞机"，贡山的俅子（独龙族）语叫"飞房"，片马的茶山叫"风船"，路南撒尼叫"铁鹰"，滇西的摆夷（傣族）又叫"天上火车"。这些在语言学范围内都是无法比较的，但在文化语言学范围内都是同一层次的比较资料，即第三层次的比较，"以所知喻未知，以直观喻抽象"（举例见罗常培《语言与文化》第三章：从造词心理看民族的文化程度）。文化语言学的比较可以在同一种语言背景下进行，也可以在不同的语言背景下进行；可以同一历史阶段不同语言进行比较（共时比较），也可以不同历史阶段的同一语言进行比较（历时比较）。但无论如何，都应是语言文化背景的比较，都须在同一层次上进行。

（二）整合分析法

这是进行文化语言学研究经常用到的一种方法，其实是用系

---

① 颠—巅；领—岭；益—隘；趾—址。从汉民族文化来比较，可以和"女娲补天""夸父逐日""精卫填海"相提并论。都是以人事象征天事。即"察人而知天地万物"的一统论思维。

统论的观点去归纳文化背景中的联系。它是以这样的理论为基础的：每种文化都是相对自足的结构系统，它由若干子系统构成。每个子系统都以其相对部分的存在为前提，部分功能也依赖于相对部分功能的整合。某部分消失，必定影响其相对部分消失或功能改变。

整合归纳法就是通过对各子系统及其相对部分关系和功能的归纳，找出其中的联系，用以解释文化语言学现象。

举例来说：社会是一个系统，伦理关系是一个子系统，亲属称谓又是子系统中一个相对小的系统。每一个亲属称谓系统中，又分出许多相对的子系统。如"亲"和"属"，就是相对的两个子系统，"亲"指血亲系统，"属"指血缘系统。在这样一个复杂的、联系的系统中，我们首先要进行分析，剖析每一个子系统的层次和它相对部分的联系，从而找出它们相互影响的因素。然后层层上溯，直至我们需要阐述的层面。具体来说，在现在汉语称谓系统中，父亲和母亲有融合的迹象。即"爷爷、奶奶"和"姥爷、姥姥"将合二为一。"旁系"有消失的迹象，即"姑姑、叔叔、姨姨、舅舅"等将不复存在。如果这种情况变成现实，语言学给人们描绘的是"汉语词汇系统中，亲属称谓变得越来越简单"这样一个事象。而文化语言学不仅描绘这样一个事象，而且要描绘事象背后的深层的文化影响。

要达到这个目的，我们要分析称谓系统在整个民族文化大系统中的层次和作用，要分析称谓系统和其他文化因素之间的关系和相互影响，要分析称谓系统内部各子系统的分布和联系。通过分析，我们才知道，称谓系统不仅仅是语言学的问题，而且反映的是社会的伦理文化，反映的是人与人的关系，反映的是社会的结构形式。它的功能决定了它要与一定的生产力水平相适应，等等。然后我们才能知道汉民族现行称谓系统的改变意味着什么！

使用整合分析法也要注意两个问题：

一是切分必须持统一标准。从整合的观点出发进行分析，首先必须对对象进行分类，分出层次，分出每个层次中间的平行子系统，这就必然要运用切分。切分首先是标准问题，其实就是分析的角度问题。当我们进行一项分析时，必须坚持统一的标准，才能将一项分析工作进行到底，否则，你切分出来的诸因子将不是在同一个平面上，你的分析必然得不出科学的结果。举例来说，我们来分析称谓系统，就可以有多种切分标准，也就是说，我们可以从不同的角度入手来分析。例如：从血缘上，可以有直接血缘关系、间接血缘关系、无血缘关系；从性别上，有父亲系列（父党）、母亲系列（母党）；从人际交往的频率上，有紧密型、较密型、疏远型等各种分法。当我们进行一项分析时，只能选择一个标准，并将它坚持到底，否则就易混乱。如"表兄妹"这一称呼，当我们以血缘关系为标准，它属于间接血缘关系，而"父亲"则属于直接血缘关系。在这里，"表兄""表妹"是一样的，属一个类别。要是以性别为标准，我们的切分就必须弄清"姑表兄妹"和"姨表兄妹"了，因为"姑表兄妹"属"父党"而"姨表兄妹"属"母党"。况且还要分辨"表兄"和"表妹"，因为在汉民族传统的婚姻关系中，"姑表妹"是不可以嫁给其表兄的，这称之为"骨血倒流"，而舅表妹是可以嫁给表兄的。《红楼梦》中贾宝玉不娶林而娶薛，这一点起了很大作用。当我们研究血缘在文化中的作用时，我们要坚持以血缘为标准来切分，反之亦然。

二是要注意对应关系。分析的目的是理清各子系统之间的联系或功能的影响，也就是理清它们之间的关系。但是，在分析过程中，我们一定要注意事物的复杂性，有些并不是简单的一对一的关系。还是举称谓系统为例，父母和子女的关系看起来很简单，我们上文说过，一个子系统是以与之相对的范畴为存在前提的，相对部分消失和改变必然引起子系统的消失或改变。我们没有说"必然引起消失"，因为它们常常不是一对一的关系。简单的举例是：在一个称谓系统中，"父亲"这个称谓消失了，是不是"儿子"也就不存在了？答案是否定的，因为"儿子"这一称谓对应的"父"和"母"。"女儿"亦然，父母儿女都是双重对应的。"父亲"消失只能引起功能改变：婚姻关系肯定会发生巨大变化（民知其母而不知其父），随之变化的是社会血缘关系，等等。

（三）田野调查法

从方法论的角度说，田野调查是一项工作而不是严格意义上的方法，它本来是文化人类学者获得第一手资料的途径，是一项实地研究的重要途径。因为它的许多长期形成的调查手段和调查方法为广大文化人类学者普遍采用①，形成一个较固定的方式，

---

①　文化人类学家要求与当地土著一起生活，学习他们的土语，直接观察了解，从而获得第一手资料，又名参与观察法。功能—结构学派代表人物英国的马林诺夫斯基曾三次去新几内亚调查。

1914年9月—1915年3月，吐伦岛的美鲁人。

1915年6月—1916年5月，特罗布里恩德岛。

1917年8月—1918年8月，特罗布里恩德岛。

他最初用掺杂当地土语的洋泾浜英语调查，三个月后就能用土语和当地人交谈，并用当地方言记录。他住在土著人的茅草房中间，参加他们的重要节日和宴会。他认为：偶然与当地人接触和真正投入其中，其效果是完全不同的。所谓"钻进他们的心灵，听取他们的意见"。（李安宅译《巫术科学宗教与神话》，中国民间文艺出版社1986年版）其学生R·费思总结出三原则：1. 真正科学的目的、民族学的价值和标准。2. 住在土人中间，便有好的工作条件。3. 像猎人一样主动寻找、核实、收集、处理各种材料，问题越多越深入越好。

后来又被其他学科如考古学、语言学者所采用，大家就将其视为一种手段和方法。

文化语言学借用文化人类学者的这一方式，是因为它们有太多的共通之处，几乎很难区分。在文化人类学的研究中，语言是一个重要的研究领域，没有一个文化人类学者可以忽视语言这一研究对象。所以，在他们进行田野调查时，必然要进行语言的调查。我们只是把它作为一种方式单独提出来而已。

田野调查就是指研究者将自己融入被考察的文化群体之中，长期一起生活，耳濡目染，浸润其文化特质，记录其文化事象及其表达方式，才能用被调查者观念、思维、心理来合理解释这些事象①。所以，这种调查一般分为两步：一是融入其中。二是去

---

① 例如虱子。［美］罗伯特·路威《文明与野蛮》中记载：

格陵兰人的好朋友没事的时候，最喜欢干的工作就是相互在头上捉虱子，捉到后，"端端正正地放在虱主的两齿之间"，咯嘣一下咬出声来。路威还提到拉德罗夫博士还亲自数过自己的西伯利亚土人向导一分钟之内捉到八十九枚虱子。

《晋书·王猛传》记载：大将桓温进兵关中时，前秦王猛前来谒见，一边侃侃而谈，纵论天下大势，一边扪虱，于是有了成语"扪虱而谈"。而在《世说新语·任诞》篇中，刘伶喝醉酒以后说："我以天地为栋宇，屋室为裈衣，诸君何为入我裈中？"是把别人讥为虱子。阮籍在《大人先生传》中说："且汝独不见夫虱之处于裈中，逃乎深缝，匿乎坏絮，自以为吉宅也。行不敢离缝际，动不敢出裈裆，自以为得绳墨也。饥则啮人，自以为无穷食也。……汝君子之处区内，亦何异夫虱之处于裈中？"

1393年，一位法国著名作家教他的女性读者为丈夫去跳蚤的六种方法。直到1539年，法国出版一篇去蚤、去虱、去臭虫的论文。18世纪，欧洲贵夫人的高髻中还有大批虱子。可见当时无论贵贱，虱子是满身都是的。

你要以为那时人不讲卫生就错了，因为格陵兰人的格言是："船将沉，鼠先逃；人将死，虱先跑。"原来人虱共生，人身上要是没有虱子，是将死的征兆。

伪存真。

　　融入其中是指在情感上与被调查者打成一片，参与他们的一切生活，深入底层，才能获得真确的一手资料。因为一般说来，调查者与被调查者都存在行为、信仰、传统、心理、习惯、风俗等第二层次或第三层次的差异，有些甚至是难以接受或无法理解。被调查一方对调查者往往又有猜忌或戒备心理，影响调查的真确性。调查者只有从行为到情感上都真正融入其中，使之视为被调查者群体的一员，他们才能显现隐性的心理、思维的特点，调查者也才能设身处地地理解其文化特色，从而得出科学的调查结论。这就是所谓"沉下去"。像珍·布里格斯为了了解爱斯基摩人，成为爱斯基摩人女儿的事被传为美谈①。

　　去伪存真是指"浮上来"。如果你沉入一种文化之中，你必须会被大量的纷纭复杂的文化事象所感染。但作为调查者，必须分清哪些是具有系统类型的模式，哪些是一般生活的枝叶末节。要详细调查那些能反映系统类型模式的文化事象，不把目光专注于那些支离破碎的个体特异上。要及时弄清每种语言形式和范畴的文化意义，以及与其他文化要素的联系，而不放过一点有特质的文化因子。

　　去伪存真另一个意思是对材料来源的辨别。由于各种原因，在被调查群体中往往有作伪现象。这就要求调查者事先要慎重选择，慎密策划，挑选合适的调查人，安排合适的调查氛围和合适的场地。一旦出现人为作伪，调查者有识别的能力。

---

　　① ［美］摩尔根（Lewis H. Morgan 1818—1881）专门研究美洲印第安人，29岁时被易洛魁人中的塞内卡部落鹰氏族收养为成员。其主要著作有：1851年《易洛魁族盟》、1862年《人类家族和亲属制度》《古代社会》、1881年《美洲土著的房屋和家庭生活》。

田野调查往往采用统计法、列表法和概率论，甚至采用靶集理论，这都在以后详析。

4. 三重印证法

所谓"三重印证"是指对所得材料或结论的一种检验方法。"三重"是指文化规律、语言规律和思维规律。这三点在我们进行研究的过程中不可或缺。我们无论进行怎样的分析、归纳和类比，我们都应当进行印证：这种研究是否符合文化发展、演变和传播的总体规律，是否符合语言发展变化的规律，是否符合人类思维的习惯。否则，你的研究不是误入歧途，就是劳而无功。举例来说，有人研究道家的符箓，得出的结论是：道家的符箓是一种神秘的语言，它不是全民语言，进而推论宗教语言不是全民语言。这看起来似乎很有道理，其实是站不住脚的。首先从文化事象上看，宗教本身具有神秘性，没有神秘性的宗教是很难让人们信仰的。这种神秘性的要求用信息论来解释，就是要传达一种不准人们直接反馈的讯息。但并不是不要人们反馈，而是需要人们进行间接反馈，这就是：你不可知道符箓本身传达的意思，但你必须反馈你对言语神秘性的敬畏，这是宗教采用神秘语言的文化解释。其次，从文化语言规律来说，语言的功能就是交际，除此无二。如果失去交际功能，语言等同于禽言兽语，交际要看对象，与人交际用人类约定俗成的语言，与神交接当然要用神秘语言。如果用人们都懂的语言，神还有什么神秘性可言？所以，要造一些人们不懂的音来故神其技，这不是人类语言，也不是宗教语言，只是人神沟通的一种巫术工具，像桃枝和水晶球一样。以此作为宗教语言是错误的。就宗教来说，其语言仍然是全民语言，不然它的道义（教义）无人能懂，如何布道，如何传教？我们就来举几个道家的例子，与人交往或向人传授，看他们用什么样的语言：

1. 道士三时食饭咒：

> 琼浆玉液，北帝将来；王母亲示，玉童捧杯。
> 五藏受正真之气，双眸朗耀一顾，百神变作尘埃。
> 敢有当我，太上灭摧。急急如律令。

这个是不是标准的汉语文言？

2. 凡道士浴身及洗手面时，先临水叩齿三通，咒曰：

> 四大开朗，天地为常。玄水澡秽，辟除不祥。
> 双皇守门，七真卫房。灵津灌练，万气混康。
> 内外利贞，保兹黄裳。

毕，又叩齿三通，乃洗手面浴身。此名澡秽除凶七房咒法，常能行之，目明血净，辟诸凶气。

3. 去三尸符法：

▨▨▨这种符号是神秘的。

> 太上曰：三尸九虫，能为万病。病人夜梦战斗，皆此虫也。可以用桃板为符，书三道，埋于门阃下，即止矣。每以庚申日书带之，庚子日吞之，三尸自去矣。……敕符咒曰：日出东方，赫赫堂堂。某服神符，符卫四方。神符入腹，换胃荡肠。百病除愈，骨体康强。千鬼万邪，无有敢当。知符为神，知道为真。吾服此符，九虫离身。摄录万毒，上升真人。急急如律令。

这就是一首四言诗。这和"天皇皇，地皇皇，我家有个哭夜郎。走路君子念三遍，一觉睡到大天光"没有什么区别。至于像藏传佛教六字真言的"唵玛尼呗咪吽"，只不过是梵语音写，在梵语中也是有意思的：

唵：佛部心，读此时，身应佛身，口应佛口，意应佛意，身口意与佛一体。

玛尼：如意宝，宝部心。此宝出龙王脑，得之上山无珍不聚，下海无宝不聚，故为聚宝。

呗咪：莲花。莲花部心。法性如莲花之纯。

吽：金刚部心。依靠佛力，达到正觉，成就一切。

可见，一切宗教语言，只要是用做交际的，都必须是全民语言。

再用思维习惯来印证。无论是传教者还是受教者，思维习惯、方式和结果都是一种逻辑或者形象的途径，如佛教的因果关系和中国古代的报应、余荫观念，都能找到对应。语言作为思维的工具，参与了全部的宗教思维。无论是演绎教义还是图解教义，语言都参与其中。从来没有一位布道者不用一定的语言去思维。所以，从三重法去检验，宗教语言不是全民语言是不对的。

三重印证法其实是一种联系的方法，要求我们对社会文化系统深入了解，需要多学科知识来共同印证。所以，使用者必须具备广博的知识面。有一个方面不了解，很可能前功尽弃。举一个反面的例子：有学者考察"阑干"一词，在壮侗语民族中调查，发现当地人称房屋为"阑"。于是联系"干阑"，指高脚房屋。这是不错的。但用来印证时，举《魏书》："依树积木，以居其上，名曰干兰。干兰大小，随其家口之数"，已经不是高脚房屋了。再得出结论：这是壮侗族语言，由汉人记音书写的。汉语南方方言的"栅栏""牛栏""羊栏""栏干",粤方言的"鱼栏""菜栏""果栏"等都来自侗壮族。再进一步推测:《说文》只有"牢"而无"栏"字,说明东汉北方汉语尚未使用此词。直到宋元时代,北方话中才使用"栏",如演戏用的"勾栏"。最后得出的结论是:干栏式建筑,历史上曾广泛分布于南方地区,至宋代才流播北方地区。

我们说,这种解释是有问题的。

第一,"干阑""干栏"不同于"栏干",也不同于"勾栏",更不同于"栏"。虽然都取义栏干,干栏式是建筑专用名词。侗族是百越一支,本来就是学汉人建筑,何以又北迁?干栏式杉木屋亦取义栏干,穿檐式鼓楼和干栏式吊脚楼都有栏干。

第二,《说文》:"阑,门遮也。"《说文·木部》:"楯,阑槛也。"段注:"今之阑干是也。""阑楯",梁元帝《摄山栖霞寺碑》:"七重阑楯。"《晏子春秋·谏下十九》:"今公之牛马老于栏牢。"《墨子·天志下》:"逾人之栏牢,窃人之牛马者。"怎么是来自壮侗语?怎么到东汉还没有?

第三,李白"解释春风无限恨,沉香亭北倚阑干。"梁代王筠《奉和皇太子忏悔应诏》:"栏干若珠玙。"勾栏取义于瓦舍中竖曲折栏干为演出棚,四周围起,上封顶,有门卖票。戏台与神楼对,腰棚逐层加高。

三 文化语言学研究简史

古人很早就注意到语言和文化的关系,注意到二者的互动和联系。综观古来对汉语与汉文化关系的研究,我们可以分之为以下几个阶段:

（一）发轫时期（先秦时代）

随着中国文化由"神守"向"社稷守"转化的完成，汉语也逐渐形成统一的语言。尽管目前对汉语形成的研究很薄弱，但我们知道，甲骨文中就已经有丰富的词汇、系统的语法和较高阶段的文字了。但那时候并没有统一的共同语，甚至可以说，汉语的完整形态还没有形成。周代社会最后完成"神守"向"社稷守"的转化，号称"八百诸侯"的周初，还有不少"神守"之国，后来逐渐融合。这种政治形态的统一首先表现在文化的统一上，文化的认同和文化的异化使得周代人对华夷之分异常看重，所谓"非我族类，其心必异"。于是政治上严华夷之限。华夏民族终于有了明确的界限，东夷、西戎、南蛮、北狄都出现了。有了这种分别，才有了所谓的"中国"（中原地区）。在这种文化的整合和统一中，语言起到非常重要的作用。所谓"南蛮鴃舌之人"，即是从语言上来分其族类的。那时候在中原大地上，犬牙交错的居住着许多不同族类的居民，像山戎和骊戎与晋国就是交齿状居住的。犬戎主一夜就到了周都镐京，可见距离很近。与鲁邹紧邻的"邾"国，却是言语暧昧不清的。在鲁国的国中，还有主管祭祀蒙山的"神守"之国——"东蒙"。到了列国时代，语言不但没有统一，方言的分歧反而越来越大，以至于"言语异声，文字异形"，这是说的列国内部。文化的高度发达，在"中国"出现了百家争鸣的局面，其中就有研究文化与语言关系的"名学"。

先秦"名"学是世界上最早的逻辑学。《汉书·艺文志》："名家者流，盖出于礼官。古者名位不同，礼亦异教。孔子曰：'必也正名乎！名不正则言不顺，言不顺则事不成。'此其所长也。"所以，"名""正名"都是为了宗法制社会服务的。所谓"名实"之辨，无非是循名责实，如荀子所言："故王者之制名，名定而实辨，道行而志通，则慎率民而一焉。"（《正名》）① 所以，文化的变革也带来语言中部分因素的变革。"若有王者起，必将有循于旧名，有作于新名。"（《荀子·正名》）即使"名学三宗"② 之一的公孙龙子对此也坦然承认："至矣哉！古之明王，审其名实，慎其所谓。"所以，中国历史关于"名言"的逻辑形式基本上是服务于封建伦理的，用政治逻辑代替形式逻辑，这也是为什么中国名学成为绝学而希腊智者学派成功地创立形式逻辑的原因之一。

先秦的"名学"虽然源于礼官，但儒家和道家都不是主流③。儒家提出的"正名"是政治的需要，上文已经说过。道家也过分地夸大语言的局限，老子否定语言在认识中的可能性和必要性，他认为"道可道，非常道；名可名，非常名""知者不言，言者

---

① 关于先秦名实之辨，有许多例子：

1. 齐有黄公者，好谦卑。有二女，皆国色。以其美也，常谦辞毁之，以为丑恶。丑恶之名远布，年过而一国无聘者。卫有鳏夫，失时冒娶之，果国色。然后曰："黄公好谦，故毁其子不姝美。"于是争礼之，亦国色也。国色，实也；丑恶，名也。此违名而得实也。（事见《尹文子·大道上》）

2. 郑人谓玉未理者为璞，周人谓鼠未腊者为璞。周人怀璞，谓郑贾曰："欲买璞乎？"郑贾曰："欲之。"出其璞，视之，乃鼠也。固谢不取。（事见《尹文子·大道下》）

3. 庄里丈人之长子曰盗，少子曰殴。盗出行，其父在后，追呼之曰：盗盗。吏闻因缚之。其父呼殴喻吏，遽而声不转，但言殴殴。吏因殴之，几殪。（事见《尹文子·大道下》）

4. 康衢长者字僮曰善搏，字犬曰善噬。宾客不过其门者三年。长者怪而问之，乃实对。于是改之，宾客复往。（事见《尹文子·大道下》）

5. 楚令尹子元伐郑，入郑都外郭，见内城门大开，疑有伏焉，于是"楚言而出"，说"郑有人焉"。（事见《左传·庄公二十八年》）

② 名学三宗：惠施、公孙龙子、墨子。

③ 一旦名学成为一种思辨哲学的时候，儒道家就认为：六合之内，圣人论而不辩；六合之外，圣人存而不论。（见《庄子》）

不知""信言不美，美言不信，善者不辩，辩者不善""是以圣人处无为之事，行不言之教"（均见《老子》）。庄子更在基础上提出"言意之辩"的命题："道不可言，言而非也。知形形之不形乎。道不当名。"（《庄子·知北游》）由老子的"不可名"到庄子的"不当名"，是从怀疑到否定言语在认识中的作用的。所以，庄子主张："言者之所以在意，得意而忘言。吾安得夫忘言之人而与之言哉!"（《庄子·外物》）认为过分追求"名言"，"能胜人之口，不能服人之心"（《庄子·天下》）。

真正使"名学"成为一时显学的都是一班小人物，创始人邓析是郑国人，大概与孔子、子产同时。然后是墨翟，钱穆认为，"墨"是刑徒，即面部刺字，"翟"是狄人。（有人说是"黑人"，即印度人）最典型的是公孙龙子。他是"六国时辩士也。疾名实之散乱，因资材之所长，为'守白'之论。假物取譬，以守白辩，谓白马非马也""以正名实而化天下焉"（《公孙龙子序》）。[①]

《指物论》是公孙龙子的代表作。也是先秦名家的代表作。全篇只有 269 个字，却至今无人能真正解释清楚，举例如下：

> （1）物莫非指而指非指。（2）天下无指，物无可以谓物，非指者天下，而物可谓指乎？（3）指也者，天下之所无也；物也者，天下之所有也。以天下之所有，为天下之所无，未可。（4）天下无指，而物不可谓指也。不可谓指者，非指也。非指者，物莫非指也。（5）天下无指而物不可谓指

---

① 道家：1. 否认语言技巧。2. 强调语言神秘性。3. 以意代言，意内言外。

儒家：1. 讲究语言技巧。2. 夸大语言的作用。3. 为政治服务。

名家：1. 主张研究语言，强调名实关系。2. 辨析语言逻辑。

者，非有非指也。非有非指者，物莫非指也。物莫非指者，而指非指也。（6）天下无指者，生于物之各有名，不为指也。不为指而谓之指，是兼不为指。以有不为指之无不为指，未可。（7）且指者，天下之所兼。天下无指者，物不可谓无指也。不可谓无指者，非有非指也；非有非指者，物莫非指。（8）指，非非指也。指与物，非指也。使天下无物，谁径谓非指？天下无物，谁径谓指？天下有指无物指，谁径谓非指？径谓无物非指？（9）且夫指固自为非指，奚待于物而乃与为指？

译文：（1）万物无非受指（客观事物），但能指（符号）不是受指（客观事物）。（2）如果世上没有能指（符号），此物又不能指称彼物，在（只有物而）没有能指（符号）的世界里，万物可以被指称吗？（3）能指（符号）是世上本来没有的，万物是世界上本来就有的。用世上原来就有的，去迎合世界上原本没有的，是不对的。（4）世界上原本没有能指（符号），所以万物不能被指称。万物不能被指称，是因为万物本来就不是能指（符号）。万物不是能指（符号）的原因，是万物皆是受指（存在）。（5）虽然世界上没有能指（符号），固而万物不能被指称，但只要有了能指（符号），万物没有不能被指称的。万物无不能够被指称的原因是，万物无一不是受指（存在）。虽然万物无一不是受指（存在），但能指（符号）却不是受指（存在）。（6）（有了语言后）世上依然没有能够指称事物的能指（符号），是因为万物把原本可以用作能指（符号）的名词占用为专有名词，一旦成了专用名词，就不再是能指（符号）了。不能再用作能指（符号）的词语却称之为能指（符号），这样（能指和受指）就解除了指称与被指称的关系。使客观万物不能再被指称。（使世上原本）没有的（语言）不能再用于指称，是不对的。（7）况且能指（符号）这个东西，本来就是世间万物所共有。（儒家）（造成了）万物没有能指（符号）的现象是暂时的，不必像（道家）（那样悲观地认为）万物不能被能指（符号）所指称。不足以断言万物不能被（符号）指称的原因，是因为万物皆是受指（存在）。万物无一不是受指（存在），是因为万物无非是受指（存在）。（8）能指（符号）并非不能充当受指（存在），只不过能指（符号）与万物相联系、相比较时，不是受指（存在）罢了。如果世上能指（符号）不用来指称万物，［只用此能指（符号）来指称彼能指（符号）］，谁又能断言能指（符号）不能做形式受指（存在）呢？如果世间没有万物，谁又能断言什么是受指（存在）？如果世间只有能指（符号）而没有被指称的万物，谁又能断言能指（符号）不是受指（存在）？谁又能断言万物无一不是受指（存在）？（9）况且能指（符号）仅仅是自己［被另一能指（符号）指称而成为形式受指（存在）时］（才相对而言）不是能指［实际上它依然可以是用作能指（符号）的］。又何必等到它指称具体事物时才认定它是能指（符号）呢？

公孙龙子的《指物论》是如此深奥，他的《白马篇》却异常简单，可以说，简直不是一个逻辑命题，却在中国流行了几千年，经久不衰，以致人们一提起公孙龙子就是"白马非马"的诡辩术。可是，只要我们回首看一下，古希腊的智者学派和中国的墨辩学派，在逻辑的初级形成时代，无一例外地呈现诡辩的表征。我们来看看"白马非马"论，原文是：

> 白马非马，可乎？曰：可。曰：何哉？曰：马者所以命形也；白者所以命色也。命色者非命形也。故曰：白马非马。

　　意思不难理解。可是，这反映的是什么问题呢？我只能说，这只是废话，不是问题。硬要说是问题，它反映的是：汉语没有复数形式。谓予不信，我们转换成英语试试："A white horse is not hourses."这不是废话是什么？公孙龙子其实是非常明白这一点的，他在《白马论》中说："独以马为有马耳，非以白马为有马。故其为有马也，不可以谓马马也。""马马"就是"马"的复数形式。公孙龙的意思是"马马"这个"马"的复数形式，在汉语中是"不可以谓"的。除此之外，汉语在提到名词单复数形式时，先秦汉语允许有省略量词，"马"可以省"一匹"，所以和复数在形式上就没有区别了。这就是"白马非马"论给我们的文化语言学的启示。

　　儒家的"正名"学说虽然不是这种思辨性的逻辑学，但同样阐述了语言与文化的关系。孔子在《论语》中与子路的一段对话最能说明问题：春秋末年，礼崩乐坏，奴隶制社会的秩序已经紊乱，在这样一个"邦分崩离析"的时候，子路曰："卫君待子而为政，子将奚先？"子曰："必也正名乎！"子路曰："有是哉！子之迂也！奚其正？"子曰："野哉，由也！君子于其所不知，盖阙如也。名不正则言不顺，言不顺则事不成，事不成则礼乐不兴，礼乐不兴则刑罚不中，刑罚不中则民无所错手足。故君子名之必可言也，言之必可行也。君子于其言，无所苟而已矣！"原来儒家的"正名"，全是为了政治的目的。儒家把语言提高到规范社会秩序，保障社会机器有条不紊地运作这样一个高度，这是中国历史上第一次阐述语言的文化功能，对语言的社会功用做出明确的阐述。在这里的"名"是事物的名分，即概念的名称，名称必须符号概念的内涵。在《左传·成公三年》中，孔子说："唯器与名，不可以假人。"可见孔子对语义在社会实践中的作用是有明确的认识，并给予高度重视的，这就是"通意""喻事""稽实""定教"的功能，所以申小龙认为这是一种"重视语言的人文性和世界性的实践语言观"。

先秦还有一个学派比较怪异，即墨家。墨子提出"取实予名"的原则，这和儒家"以名证实"正好有因果相反的观点。墨子说："子墨子曰：问于儒者：何故为乐？曰：乐以为乐也。子墨子曰：子未我应也。今我问曰：何故为室？曰：冬避寒焉，夏避暑焉，室以为男女之别也。则子告我为室之故矣。今我问曰：何故为乐，曰乐以为乐也。是犹曰何故为室，曰室以为室也。"（《墨子·公孟》）

在这里，墨子坚持"实"是第一性的，"名"之所以为"名"，是"实"的要求，也应当受到"实"的检测。墨子举例来说明当时的名实关系，他说："夫名，以所名正所不智……若以尺度所不智长。"（《墨子·经说下》）非常形象地说明：语言就是一种观察世界的尺度。所以，他提出"名""实""合""为"的语言文化观："所以谓，名也；所谓，实也；名实耦，合也；志行，为也。"（《经说上》）。如此看来，墨子与孔子的名实论，都是建立在实践论基础上的，只是对于名实关系正相悖反。

荀子出生较晚，他是先秦名实关系辩论中的总结性（终极）辩手。他对文化语言学的贡献主要表现在两个方面：

其一，具体阐述语言的社会功能：别同异、明贵贱。别同异的意思有两方面：首先是认知世界。"名也者，所以期累实也。"意思是通过"名"把客观的"实"的本质特征表现出来。没有"名"，人们就无法把握事物的本质特征，人们对客观事物就没有一个共同的了解。其次是社会交流。通过对"名"的解释，一部分人对事物的内涵定义会很快交流到另一部分那里，借此帮助他们认识世界。例如，我们并没有见过"旒"，可通过字典对"旒"的解释，我们也知道"旒"的本质特征及其象征意思。"万国衣冠拜冕旒",我们也能懂得其内涵。"鼎"也是如此,"问鼎"绝不是问一种食器。

"明贵贱"讲的是对语言功能的政治伦理作用。《荀子·非相》说:"人之所以为人者,非特以二足而无毛也,以其有辨也。"辨就是人们通过"名"来审视"分",认知社会的伦理秩序。所以"辨莫大于分,分莫大于礼""名定而实辨,道行而志通"(《荀子·正名》),从这里说,荀子还是儒家的政治观。人们明确了"名"的内涵,就了解了"分",即在社会系统中的地位、责任、义务等,这种了解就是"辨"。于是各安其分,就会形成一个礼制的社会。"故君子之于言也,志好之,行安之,乐言之,故君子必辩。"(《荀子·非相》)

其二,荀子对语言的"名"的形成提出了科学的见解,即"约定俗成"的原则。"名无固宜,约之以命。约定俗成谓之宜,异于约则谓之不宜。名无固实,约之以命实,约定俗成谓之实名。"(《荀子·正名》)即所谓"名",不是自生的,不是天赋的,是同一社会的人们在实践中共同认可而固定下来的,是共同遵守而流传下来的。这种社会约定论的深刻含义远远超出语言学概论中所讲的"词与概念之间没有必然联系"的道理,也不能仅仅用"得名的无理据"来概括。荀子其实要阐明的是:语言从本质上来说是社会性的,由全社会共同认知、约定而产生,又用之于全社会。

(二) 发展时期 (汉——明中叶)

汉代承袭先秦"循名责实""正名审分"的文化语言观念,开始对先秦的"名"进行正审,于是产生了《尔雅》《方言》《说文》和《释名》专门"释名"的专书。在西汉经学家编纂的《礼记》中,他们就对当时的亲属称谓、禁忌语、宗教语言进行定义。如"天子之妃曰后,诸侯曰夫人,大夫曰孺人,士曰妇,庶人曰妻"(《礼记·曲礼下》)。这里反映的不仅是语言学中的称谓系统,而是反映社会阶层、阶级、婚姻等人伦关系。对照《尔雅·释亲》中的亲属称谓多至十三代的情况,可以知道当时对宗法制度是何等重视!在讲训诂学时,我们讲到《尔雅》是从词义方面来说的,它是中国乃至世界上最早的综合性词典。可是我们用文化语言学的目光来审视它,看它的分类:释诂、言、训、亲、宫、器、乐、天、地、丘、山、水、草、木、虫、鱼、鸟、兽、畜。这里分为四部分:语言(诂、言、训)、人类社会(亲、宫、器、乐)、自然界(天、地、丘、山、水)、生物界(草、木、鸟、兽、虫、鱼、畜),当然,你也可以将自然界和生物界合并,或将生物界分为植物和动物。但这说明两个问题:一,《尔雅》的这种分类是有意为之,它反映语言在当时人心中的位置。在先秦人们的文化知识结构中,语言是首要的,词义的理解与阐释或许就是正名的需要,所以位置十分重要。二,从语言到人类再到自然界,也反映了古人取譬的原则:近取诸身,远取诸物。人类是由近及远来认识世界结构的。这是一种普遍的思维方式。

汉代扬雄的《方言》是第一部方言词汇汇编,也是第一部方言比较词典。方言是共同语的区域性变体。在文化语言学的研究史上,《方言》是一部极有价值的著作,因为这是我们窥视汉代以前汉语面貌的唯一直接镜子,是联系汉以前汉语与文化背景的最有价值的纽带。人类语言无疑是随社会发展而变化的,先秦从夏代到战国末(公元前22世纪——公元前4世纪),大致相当于汉平帝元始元年(公元元年)至20世纪,我们知道,从汉代到20世纪,汉语发生了面目全非的变化。而从夏代到战国时代,社会的变革之巨一点也不亚于后来,语言难道没有变化么?今天我们的研究者却把"先秦汉语言"作为一个固定的概念来使用,而且是作为一个完整的系统来研究，比如音韵学研究《诗经》《楚辞》以及先秦诸子中的韵文，把它们都系联起来，成为上古韵部，这种方式的科学性有多少？它首先是建立在这样一种观念之上：即周代有一种"共同语"。否则，这种系联就是张冠李戴的大杂烩，是毫无理据可言的。那么，从文化人类学的角度来看，先秦（周代）是不是有刘宝楠所说的"官话"，袁家骅所说的"文学语言"，一般人所说的"共同语""标准语"呢？也就是《论语·学而》中的"雅言"呢？至少是我们目前没有任何一条直接的证据来证明周代有所谓的"雅言"。相反倒有许多例证证明（间接）没有"雅言"。例如：①周代以前都是分封制，各诸侯国自相为政，是无法推行共同语的。②《周礼》中记载外交、宣传、教化方面的职官，像怀方氏、职方氏、撢人等，但没有司职语言统一工作的官职，如果一个国家推行标准语而又没有这种语言的标准，如普通话的声韵系统及制定者和管理者（今称语委），也是不可想象的。相反，周王朝有"象胥"，象胥就是专门学习周王朝语言，每七年到周王朝首都去培训一次，然后回诸侯国担任翻译外交辞令。如果有共同语各诸侯国还需要"象胥"么？③《孟子·滕文公下》："有楚大夫于此，欲其子之齐语也，则使齐人傅诸，使楚人傅诸？"曰："使齐人傅之。"如果有所谓"官话"，齐楚大夫之间都可交流，其子何须学习齐语，只须学习官话即可。④《吕氏春秋·知化》说："吴王夫差将伐齐，子胥曰：不可，夫齐之与吴也，习俗不同，言语不通，我得其地不能处，得其民不得使；夫吴之与越也，接土邻境，壤交通属，习俗同，言语通，我得其地能处之，得其民能使之。"如果有共同语，吴齐就不可能如此。⑤汉代去古未远，扬雄《方言》中用"通语""凡语""通名""通义""总语"等名目来指代通行区域较广的方言词，概念内涵很不一致。如果先秦有"雅言"，汉代扬雄不会不知道，何至于造出许多模糊的名称来。⑥最关键的还是语言本身。汉民族语言在周末汉初到底是一种怎么样的状态？是否有产生共同语的可能？如果我们分析一下当时的语言环境就知道：汉语当时还在融合之中，还没有形成一种固定的形态，别看它已经作为许多著名的哲学著作的载体。例如大量的通假直到汉代后期才改变。再如联绵词，正是在这一时期大量产生，难道没有文化背景方面的原因？再例如《方言》中的方音现象：虎—李父、豹—程至……这种背景下的语言产生共通语是很困难的。所以，《方言》一书不仅仅是研究秦汉方言的资料，更是我们研究秦汉汉语文化背景的重要资料。

《说文》在语言学研究上的作用自不待言，我们要说明的是它在文化语言学上的价值。张舜徽先生有一本著作叫《广文字蒙求》，他在绪论部分说："尝以为文字可以考史，举凡远古人类生活活动图影、悉保存在文字中。加以近岁涉览译本新书，对于有关人类起源、阶级分析学说，略有窥悟，就古文字证说远古史迹，颇有贯通之益。"所以这本书有两个方面的内容：①从汉字演变看古代社会生活。他就以《说文解字》为主，附证以甲金文字，从史实流传、巢居穴处时代、用火熟食时代、渔猎时代、畜牧时代、母系转入父系、皇帝名称出现（社稷守）、奴隶生活和妇女生活、阶级和阶层、劳动创造世界等方面来论证，其材料全是《说文》和甲金文字互证，实际上是中国早期的一部文化文字学。这不但是中国早期的文化语言学著作，而且给《说文》的研究开拓了一个新领域。②从古代社会发展规律来论证古人造字思维，这是本书的第一部分内容。他从社会文化和思维的角度系统分析了许慎的"六书"理论，是《说文》研究的别开生面的深化和拓展。所以，《说文》不仅仅是一部字典，还是一本古代文化资料汇编。

　　到了东汉末年，北海刘熙的《释名》问世。这是第一部以"释"名为主旨的著作。因为"名号雅俗，各方多殊"（《释名·序》），所以刘熙想借助于前人的声训成果，从客观事物的"实"来推求得"名"由来。虽然它主要是以语音为联系线索，但最终的训释还是落实到意义上。例如，"女，如也"，这是指明"女"和"如"的声音关系，但这并不是刘成国要索求的"女"的得名由来，"女"为什么取"如"之音呢？这才是刘成国索求的命名之由："妇人外成如人也。故三从之义：少如父教，嫁如夫命，老如子言。"这是"如"的含义："如，从随也。""女"取"如"之音以命名，即取从随于人的意思。（但刘熙不知文化语言学之知识，所以"女，如也"肯定是错的。"女"并不是产生在从夫居以后）再如"天，坦也"。只说明"天"与"坦"音近，并不说明"天"为什么取"坦"音以命名。解说为"坦然高而远也。"就把"天"音与"坦"义联系起来了。（《说文》：天，颠也）现在研究语音者，只注意《释名》的声音，谓之声训。其实，从文化语言学角度来观察，《释名》是通过语音的联系把一个词义嫁接到另一个词身上。这种嫁接在古人眼中是合理的，但在学过文化人类学的现代人眼中，就不一定是合理的了。所以，《释名》说到底是一部研究"名""实"关系的专著。再者，《释名》记载大量的古代名物、典章制度、风俗习尚等资料，本身就是一部文化史著作。例如卷四："以丹注面曰旳。旳，灼也。此本天子诸侯群妾当以次进御，其有月事者，止而不御，重以口说，故注此丹于面，灼然为识。女史见之，则不书其名于第录也。"这里记载的古代宫廷进御事。《诗经·静女》传曰："古者后夫人必有女史彤管之法，史不记，过其罪杀之。后妃群妾以礼御于君所，女史书其日月，授之以环以进退之。生子月辰则以金环退之，当御者以银环进之，著于左手；既御，著于右手。事无大小，记以成法。"可能是更早出现的习俗，这说明女子着旳绝不是来自印度佛教。总之，《释名》一书不仅仅是语言学史上第一部讲声训的著作，在文化语言学研究史上也占重要地位。

总之，汉代的语言学研究基本上开创了中国传统语言学研究的全部领域，后人只是在这些路数上再深入、细化，如文字学、方言学、语音学、词汇学等。但汉代的研究因为是开创，因为去古未远，所以不自觉地把语言和文化联系在一起，如上所述，最著名的四部根柢书，既是语言学的专著，又是文化语言学的名著，这是汉代语言研究的特色之一。

汉化的另一类文化语言学材料是纬书。纬是相对经而言的，其实是经书的另一种解释。纬书的作者以经书的内容来宣扬比附符箓占验，宣扬天人感应思想。例如"河图洛书"之说，就是出自纬书。但纬书都是附经的，借经以说事，与谶言不同。《文心雕龙·正纬》说："经显，圣训也；纬隐，神教也。"基本抓住纬书的特征：①附经，②言语隐晦，③宣扬秘密原始宗教思想。在汉代，七经皆纬，世称"七纬"。

一，《易》八种：乾坤凿度、乾凿度、稽览图、辨终备、通卦验、乾元序制记、是类谋、坤灵图。

二，《尚书》五种：璇玑钤、考灵曜、刑德放、帝命验、运期授。另有《尚书中候》十八篇，简称候。

三，《诗》三种：推度灾、氾历枢、含神雾。

四，《礼》三种：含文嘉、稽命征，斗威仪。

五，《乐》三种：动声仪、稽曜嘉、叶图征。

六，《春秋》十四种：感精符、文耀钩、运斗枢、合诚图、考异邮、保乾图、汉含孳、佐助期、握诚图、潜潭巴、说题辞、演孔图、元命苞、命历序。另有《春秋内事》。

七，《孝经》九种：援神契、钩命诀、中契、左契、右契、内事图、章句、雌雄图、古秘。

纬书在东汉时最为兴盛，南朝宋开始禁止，隋尽焚纬书，所以，以上见于明孙瑴所辑《古微书》和清马国翰《玉函山房辑佚书》者，都是从古书注疏中辑佚出来的。

纬书虽非专门的语言学著作，但因为是附经，它也以解经的形式出现，大量运用声训。因为声训运用过滥就可以随心所欲地比附。另外，它的内容多涉古代天文、历法、地理、神话传说等，保存很多文化资料。从文化语言学的角度来说，纬书是很重要的研究材料，因为在正统的语言学研究之外，我们还知道一种另类的研究、另类的思维、另类的经学文化。而这种思维曾经在东汉风行一时，差点成为一种主流文化，以至后来的人们或多或少受其影响。而这种另类思维不是以造谣惑众的谶言谣俗形式出现的，而是以语言学中的注疏体形式出现的，更能使人相信，所以，对汉语语言的研究也有影响。例如《白虎通》里面的声训资料就很多。

魏晋南北朝时期战乱频仍，自五胡乱华后，汉民族不但是语言上，而且在整个文化色彩上都发生了质的变化，华夷界线已经不甚分明。东晋政权的南迁使国家政治文化中心南移，原来的吴楚越文化发展起来，语言融合进一步密切。这个时期看颜之推的《颜氏家训》，在"音辞篇"中，他说："南方水土和柔，其音清举而切诣，失在浮浅，其辞多鄙俗；北方山川深厚，其音沉浊而钝，得其质直，其辞多古语。"在这里，他对语音的清浊分析虽失之简单，但与地理环境结合起来，实是地理语言学的尝试。这种尝试无疑属于文化语言学的范畴。他认为"南染吴越，北杂夷虏，皆有深弊"。因此，当他与陆法言等人讨论《切韵》体例时，便能够从文化语言学的观点出发，"共以帝王都邑，参校方俗，考核古今，为之折衷，摧而量之，独金陵与洛下耳"。这是根据政治、文化中心地区方音情况来确定标准音。就是将语言和文化综合起来进行考虑的。所以，他们编出来的《切韵》成为后来统治者确认的国家标准音。

唐代佛教兴盛，佛教语言成为唐代文化语言学的一大特色。最著名的语言学著作是密宗学僧慧琳的《慧琳音义》。这部佛学翻译词典把语言和宗教结合起来，许多梵语音译词不仅是研究唐代语音时可资采撷的对音材料，也保存很多佛文化的概念和史实，反映了佛教对汉语的影响。

宋代有徐锴的《说文解字系传》。它是对许慎《说文解字》的解释，但更多的是偏重于用文化语言学的方法来注释文字。例如：与甲骨文作与，以手举杖以教，如同今日之教师，所谓"先生"，一定大于学生，故以年长者为"父"，后写作"甫"。所以《说文》说："父，巨也。家长率教者。"所谓"家长"，不一定指父亲，而是指"家中长者"。古代以家为教，类似私塾。徐锴则发挥说："君子曰：鞭扑不可废于家，刑罚不可废于国。家人有严君焉，父之谓也。故于文，彐举丨为父。彐者手也，丨杖也。举杖而威之也。"这里就带进了家长制的文化意识。这种做法直接影响后来的王安石，他在《字说》中大量运用这种方法来释汉字，试图从文化背景方面说明汉字之源。他说：汉字"其声之抑扬、开塞、合散、出入，其形之横纵、曲直、斜正、上下、内外、左右皆有义，皆本于自然，非人私智所能为也"。根据这种观念，他解释"伪"说："人为之谓伪。"一切人为之物都非自然造物之情，所以为"伪"。"讼者，言之于公。"讼取义于到公共场合言明申诉。与《说文》比较一下："伪，诈也，从人为声。"《说文》认为此字是形声，王安石解为会意。其实，王安石的解释是有道理的。段玉裁在注《说文》时，就采用这种说法，他说："诈者，欺也。……经传多假为为伪，如《诗》'人之为言'

即'伪言'。《月令》'作为淫巧',今《月令》云'诈伪淫巧'。古文《尚书》'南伪',《史记》作'南为'。《左传》'为'读'伪'者不一。盖字涉于作为则曰伪。徐锴曰:'伪者,人为之。非天真也。'故人为为伪是也。荀卿曰:'桀纣,性也;尧舜,伪也。人之性恶,其善者伪也。不可学不可事而在人者谓之性,可学而能、可事而成之在人者谓之伪。'又曰:'生之所以然者谓之性,心虑而能为之动谓之伪。'虑积焉、能习焉而后成谓之伪。荀卿之意,谓尧舜不能无待于人为耳。玉裁昔为谢侍郎墉作《荀卿补注》曾言之。"可见段氏是全取徐、王二家之意。这里把《荀子》"性恶论"又牵扯进来,以为造字之初,人们是相信"性恶论"的,所以把一切违背天性的人为之事都说成"伪。"将动物本能称之为"性",将人性称之为"伪"。他们认为动物本能是恶的。"为"即"做",我们今天还说"做作"。人为加以克制,压抑恶的本性,就是"伪"。"伪"没有贬义。直到"伪"与假装联系起来,才有贬义。

讼:《说文·言部》:"讼,争也。从言公声。"一曰歌讼。也认为是形声字。段玉裁解释说:"公言之也。《汉书·吕后纪》:'未敢讼言,诛之。'邓展曰:'讼言,公言也。'"这也是采用会意的说法。这是以古代典制来释字义。可知诉讼制度在原始社会就存在,起源极早。至于"讼"是否会意造字则另当别说。"讼"与"公"的确同音。但"松"不是"公木","忪"不是"公心"。

我们说,从徐锴《系传》到王安石《字说》,从语言学角度来说,并无多大价值。但从文化语言学角度来说,它反映当时人们对汉字的一种认识,一种结构类型学的观念,而"右文说"也产生在宋代,则是语音类型学的观念,这不是偶然的,反映宋代的一种学风——创新与探索。不满意过去的成见,想开创一种新的汉字阐释思路。只是当时的文化人类学和语音学理论还不足以支持这种探索，以致"右文说"产生绝对化的弊病。《字说》更是牵强会，闹出很多笑话，例如：

波者水之皮。

诗为寺人之言。

明代文化语言的发展主要表现在对流俗语源的探究方面，杨慎有《俗言》，是较早运用文化知识来解释语言的作品。如"跳出"，《魏晋仪法》："写表章别起行头者谓之跳出，今曰台头。"最重要的如李时珍《本草纲目》，虽然不是语言学专门著作，但在解释名物方面能实事求是，代表了当时名物训诂的最高水平。兹举几例以明之：

A. 守宫：即壁虎、蝎虎。从《汉书·东方朔传》："置守宫盂下。"颜师古注："守宫，虫名也。术家云：以器养之，食以丹砂，满七斤，捣治万杵，以点女人体，终身不灭。若有房室之事则灭矣。言可以防闲淫逸，故谓之守宫也。"是以道家方术来释词。这是魏晋之间术士的说法，本无凭据。"宫"在学古代汉语时我们都知道就是"室"，也就是"壁"，"守宫"即"常在室壁上"。本是以生活习性来命名的。方术士偏把它解释为"子宫"。《本草纲目》卷四十三引陶弘景《名医别录》："蝘蜒喜缘篱壁间，以朱饲之，满三斤，杀，干末以涂女人身，有交接事便脱，不尔，如赤志，故名守宫。"这是指出颜师古注的说法来源。接着他说："守宫善捕蝎、蝇，故得虎名。……点臂之说，淮南《万毕术》、张华《博物志》、彭乘《墨客挥犀》皆有其法，大抵不真。"否认了颜注的准确性。时至今日，电视剧《贞女烈女》中，还有佟善群在儿媳方瑾离家时在她手臂上点"守宫"的情节。

B. 钟馗：一般认为起于唐明皇之梦。《事物原会》卷三十三："《天中记》引《唐逸史》载：开元中，明皇讲武骊山翠华，还宫，不悦，因痁疾作，昼寝，梦一小鬼，衣绛犊鼻，跣一足，履一足，腰悬一履，搢一笏扇，盗太真绣香囊及上玉笛，绕殿奔戏上前。上叱问之，小鬼奏曰：臣乃虚耗也。上曰：未闻虚耗之名。小鬼奏曰：虚者，望空虚中盗人物如戏；耗即耗人家喜事成忧。上怒，欲呼武士。俄见一大鬼顶破帽，衣蓝袍，系角带，鞁朝靴，径捉小鬼，先刳其目，然后擘而啖之。上问大者曰：尔何人也？乃奏云：臣终南山进士钟馗也。因武德中应举不捷，羞归故里，触殿阶而死。是时奉旨赐绿袍以葬之。感恩发誓与我王除天下虚耗妖孽之事。言讫梦觉，疟疾顿瘳。乃诏画工吴道子曰：试与朕如梦图之。道子奉旨，恍若有睹，立笔成图，进呈，上视久之，抚几曰：是卿与朕同梦尔。赐以百金。"这是唐太宗游地府式的荒诞传说。明代就有人怀疑，郎瑛《七修类稿》说："予尝读《北史》，有尧暄，本名钟葵，字辟邪。意葵字传讹，而捉鬼事起于字也。昨见《宣和画谱·释道门》云：六朝古碣得于墟墓间者，上有钟馗字，似非开元时也。按此正合其时。"可见钟馗提鬼的传说南北朝时就有。李时珍在《本草纲目·钟馗》条下自注说："时珍谨按：《尔雅》云：钟馗，菌名也。"《尔雅》："中馗，菌。"郭注："地蕈也，似盖，今江东呼为土菌，亦曰馗厨，可啖之。"《考工记》注云：终葵，椎名也。菌似椎形，椎似菌形，故同称。俗画神执一椎击鬼，故亦名钟馗。好事者因作《钟馗传》，言是未第进士，能啖鬼，遂成故事，不知其讹矣。清代顾炎武（顾炎武《日知录》卷三十二）、赵翼（《陔余丛考》）、郝懿行（《证俗文》卷六）都取这种说法。可是到了现代，有人把"钟馗"解释为"即商汤时与巫咸、伊尹、老彭诸神巫齐名之巫相仲虺也"（见何新《诸神起源·钟馗考》），认为即《天问》中的"雄虺九首"。"九首"合文是"馗"。更有人认为即"重黎"，因"重黎"又被写作"重回"，到了商代变成"仲虺"，二者音近。又分释了联绵词。

且不说"仲虺"之"仲"是否是排行,"虺"之"兀"与"九"是否对应,只是"馗"字绝不取意于"九首"合文。因为《说文》说:"馗,九达道也。似龟背,故谓之馗。馗,高也。"是说"馗"即"逵",与"龟"取意,象龟背形。九道相通为"馗"。而"钟馗"是联绵词,不可以分释"馗"字,钟馗、终葵、中蘲等都是一个意思。最初就是象头大身小之物状,所以菌名钟馗、大棒名终葵。古代傩戏的"方相氏"带一顶菌形的帽子,也叫"钟馗"。方相氏驱鬼,就有钟馗驱鬼的传说。推其语源,"终葵"即"椎"的合音。《周礼·考工记》:"大圭长三尺,杼上终葵首。"郑玄注:"终葵,椎也。"

C. 八哥:这也是一个聚讼纷纭的词。有人认为是外来词,《汉语外来词词典》首先列出词源为"阿拉伯 babgha、babbagha",认为即其来源,后又列三种说法:①即唧唧,并非外来词。明罗愿《尔雅翼》:"鸜鹆飞辄成群,字书谓之唧唧写。"②李煜改鸜鹆为"八哥"。顾文荐《负暄杂录》:"南唐后主李煜讳煜,改鸜鹆为八哥。"③以其飞姿。《聊斋·鸲鹆》:"八哥",吕湛恩法:"本草:鸲鹆身首俱黑,两翼下各有白点,飞则见,如书'八'字,俗谓之八哥。"《辞海》即取这种说法:"八哥,亦称鸲鹆……翼羽有白斑,飞时显露,呈'八'字型,故称八哥。"

首先,这种鸟不是外来,《左传·昭公二十五年》:"有鸜鹆来巢。"《考工记》:"鸜鹆不逾济。"可证这是中国原有的鸟类,那为什么人们舍弃原有称呼而改用阿拉伯语称呼呢?势必有说。"八"字之说也不准确。试想所有的鸟类只要两翅带斑点的,飞起来都是"八"字形,只有鸜鹆名"八哥"。再者,呈"八"字形我们是看不见的。李时珍《本草纲目·禽部》:"唧唧,其声也。"又云:"鸜鹆,亦象声。今俗呼为牛屎唧哥,为其形似鸲鹆而气臭也。"认为是由叫声得名的,这是有一定根据的。像"鹅"

"鸭""鸡"都是由叫声得名的。当然,《本草纲目》也有不科学的地方。

D. 酒:古人饮酒,量过一石的很多,如《史记·滑稽列传·淳于髡》能饮一石。《汉书·于定国传》记载他饮酒数石不乱。《后汉书·蔡邕本传》载他应邀去饮酒,及门闻琴声中有杂机而返,原来弹琴者见螳螂捕蝉而心焦。但明人谢肇淛《五杂俎》、夏树芳《酒颠》、清郎廷极《胜饮编》均记载蔡邕能饮一石,常醉卧道上,人称"醉龙"。刘伶"天生刘伶,以酒为名,一饮一石,五斗解酲,妇人之言,慎不可听"。《晋书》载周频能饮一石,《南宋》《北史》亦有类似记载。一石即十斗。沈括《梦溪笔谈》和叶梦得《石林燕语》对此都有考察。沈括说:汉一石相当宋时二斗七升。别说酒,水也装不下许多。如果一石是衡数,则为汉代百二十斤,宋时约三十二斤,亦喝不下。叶梦得折合为宋制十九斤多,亦装不下。这里牵涉到:一,古代是什么酒?二,一石是多少。宋代以前未见文献记载有蒸馏造酒法,都是20度以下的甜酒酿性酒。大约宋元时代才有蒸馏提纯的酒(烧酒)(宋代火迫酒只是煮酒而不是烧酒)。所以,李时珍《本草纲目》说:"烧酒非古法也,自元时始创。其法用浓酒和糟入甑,蒸令气上,用器承取滴露。……其清如水,味极浓烈,盖酒露也。""与火同性,得火即燃,同于焰硝。"这是至今文献中对烧酒的产生最准确的记录。

明朝还有吕道燨的《字学源流》,讲文化与文学的联系;孙楼《吴音奇字》、焦竑《俗书刊误》、杨慎《古音骈字》、方以智《通雅》、朱谋㙔《骈雅》等,都是文化语言学必读之书。

俗语是文化范畴内一个重要部分,明代李翊《俗呼小录》、陈沂《询刍录》、岳元声《方言据》、李实《蜀语》、杨慎《俗言》都是方言、俗语的著作。

明代又是一个中西文化交流频繁的时期，许多反映这种语言交流方面的著作出现，如火源洁《华夷译语》、薛俊《日本寄语》等。

清代小学开始于顾炎武，他在《日知录》中研究了姓氏、避讳、称谓、方音等许多文化语言学问题。

另外，研究避讳学的有钱大昕《十驾斋养新录》、刘锡信《历代诸名考》、黄本骥《避讳录》、周榘《二十二史讳略》，一直到民国时期的张惟骧《历代讳字谱》《家讳考》和陈垣的《史讳举例》。

研究称谓是文化语言学的一个重要分支，清代梁章钜作《称谓录》、李调元作《奇字名》、周象明作《称谓考辨》、俞樾作《春秋名字诂补义》、郑珍作《亲属记》、胡元玉作《驳春秋名字解诂》、王萱龄作《周秦名字解诂补》等。

研究中西语言文化交流的有：傅恒《西域同文志》、无名氏《西番译语》、唐咏裳《译雅》等。

清代关注文化语言学最有名的是阮元，他从语言入手来阐述古代文化，作《论语论仁论》《孟子论仁论》（见《揅经室集》卷三），认为"仁"的观念在夏、商时代不见，是周的发明，"此字明是周人因'相人偶'之恒言而造为'仁'字"。

傅斯年《性命古训辨证·引语》："（阮氏）方法则足为后人治思想史者所仪型。其方法唯何？即以语言学之观点治思想史中之问题。"

后来遂成风气。如章太炎，不但著有《新方言》，而且有一篇著名的论文《原儒》。他在《国故论衡·原儒》中说：

> 儒有三科，关达、类、私之名。达名为儒。儒者，术士也。……儒之名盖出于"需"。需者，云上于天。而儒亦知

天文、识旱潦。何以明之?鸟知天将雨者曰鹬。……鹬冠者,
亦曰术士冠,又曰圜冠。庄周言:儒者冠圜冠者知天时,履
句屦者知地形,缓佩玦者事至而断。明灵星舞子吁嗟以求雨
者谓之儒。……古之儒知天文占候,谓其多技,故号遍施于
九能,诸有术者悉晐之矣。类名为儒。儒者,知礼乐射御书
数。《天官》曰:儒以道得民。说曰:儒,诸侯保氏以六艺以
教民者。《地官》曰:联师儒。说曰:师儒,乡里教以道艺
者。此则躬备德行为师,效其材艺为儒。……私名为儒。
《七略》曰:儒家者流,盖出于司徒之官,助人君顺阴阳、
明教化者也。游文于六经之中,留意于仁义之际,祖述尧
舜,宪章文武,宗师仲尼,以重其言。于道为最高。

胡适在 1934 年《史语所集刊》第 4 卷第 3 期发表文章《说
儒》,称赞章太炎《原儒》,他说:

太炎先生这篇文章在当时真有开山之功,因为他是第一
个人提出题号由古今异的一个历史见解,使我们明白古人用
这个名词有广狭不同的三种说法。太炎先生的大贡献在于使
我们知道"儒"学的意义经过了一种历史的变化,从一个广
义的包括一切方术之士的"儒",后来竟缩小到那"祖述尧
舜,宪章文武,宗师仲尼"的狭义的儒,这虽是太炎先生的
创说,在大体上是完全可以成立的。

胡适进一步考证说:"需"与"耎"相通,凡从需的字多含
有柔弱或濡滞的意思。所以,儒不但指外表懦弱、文质彬彬的样
子,也是指忍辱负重、温良恭俭让的柔道人生观。这是因为儒起
源于殷遗民。商之名起于殷贾,儒之名起于殷士。进而论证:殷

遗民在周代政治上受压迫，文化上却是先进的。他们的一群术士在周代从事一种宗教职业，因为熟悉礼乐，为他人治表相礼，受人轻视，却有倨傲，始终有民族复兴的梦想，《商颂·玄鸟》就是他们的预言诗，孔子就是他们"五百年必有王者兴"的圣人。但孔子却大胆冲破民族界限，宣称"吾从周"，把"儒"文化融合到周文化中，改变柔弱的"儒"为刚毅进取的"儒"，才形成"儒"家学说。这就是孔子的新儒教。

再后来，徐中舒先生在解释甲骨文"夵"时，即运用这种说法，把原来解释作"汏"的字，重新解释为"需"。认为儒的本义就是沐浴濡身，所以《礼记·儒行》说："儒有澡身而浴德。"浴德就是斋戒。因为他们是术士，"斋戒沐浴则可以事上帝"（《礼记·祭义》）。所以，沐浴对他们是非常重要的事。

这就是从一个"儒"字的方解释引起的文化阐释。后来，这种从语言文字入手来探究文化的方法成为一种时尚，例如古史辨派，几乎都是从语言入手来考证古史真伪的。如丁山《中国古代宗教与神话考》、王献唐《炎黄氏族文化考》等，都是把语言和考古材料相互印证来考证文化的，即我们常说的王国维的"三重证据"，其实是从清代阮元的文化语言研究开始的。

开近代文化语言学研究的是刘师培，他有《论小学和社会学之关系》《物名溯源》等。还有一部著名著作是郭沫若的《中国古代社会研究》，其中有一篇《卜辞中的古代社会》。在这里，作者考证罗振玉所辑卜辞 1169 条，其中 538 条为祭祀，197 条讲渔猎（其中 186 条为田猎，11 条是捕鱼）。田猎的主人差不多都是"王"，已经用车马打猎，有 6 条发现百数以上的猎获物，有一次获得 384 头鹿。少见虎豹和雉兔。工具有弓箭、犬马、网罗、陷阱。继而推断：当时社会已经脱离渔猎时代，进入奴隶社会，渔猎带有游乐性质。黄河流域中部有很多未开辟的地方。并论及当时牧畜、农业、工艺、贸易等状况。

从语言入手来追寻古代文化已成为当时一种时尚，后来学者无不运用这种方式。只是阮元之前学者们在从事解经的同时无意识地引用这种方式，不像后来学者自觉运用这种方式而已。

但从文化入手来研究语言，即在文化的背景下来研究语言的倾向出现得很晚。前辈学者在研究语言，特别是训诂和音韵学研究中，运用文化理论来解释语言的不胜枚举。可是自觉地运用文化学理论成方法来研究语言的并不多见。

例如，按照一般的研究程序来说，我们对某一对象进行研究之前，必须清楚其历史文化背景，必须明了它的分类及其联系，不然是无法进行的。但现代语言学的研究却不是如此，大家都是盲目地把研究对象纳入一个既定的框架之中，削足适履式的研究必然导致理论与实践脱节。像汉语语法研究，至今没有自己的语法体系，全是套用外国的语法系统，连范畴也不肯改变。试想，汉语和其他语言的差异有多大，适合别的语言的语法系统如何能硬套在汉语头上？申小龙说：

> 印欧语的句子组织是以动词为核心的，句中各种成分都以限定动词为中心明确彼此关系。这种句子格局本质上反映的西方民族焦点透视的思维方式。西方绘画的构图，其每一部分都可以通过透视线与视焦作直观的、几何学的联系。汉语的句子的思维不是采用焦点透视的方法，而是采用散点透视的方法。我们古人认为焦点透视在思维上受很大限制，拿绘画来说，山川胜景，变化无穷。古人希望从整体上把握平远、深远与高远，以景外鸟瞰、景内走动的思路使千里之景收于一幅，因而创造了移动视点的运动透视法。……汉语句子不以某个动词为核心，而是用句读段散点展开，流动铺

排，有头有尾、夹叙夹议、前因后果地表达思想。这种句子铺排之"散"，并不是一种随意而杂乱的"散"，而是"形散而神不散"。这里的"神"，就是汉语句子的表达功能和句子铺排的逻辑事理。

这是讲汉语多点、动态和印欧语的一点、静态句型特点是思维方式的反映。他又认为："英语句子以定式动词为核心，运用各种关系词组成关系结构的板块，前呼后拥，递相叠加，这正是一种空间型的构造。"而汉语"搜句忌于颠倒，裁章贵于顺序；事乖其次则飘寓而不安，在造句上采用句读逻辑事理的铺排的方法。这正是一种时间型的构造。"虽然我们觉得这样的分析有些简单而牵强，但这种观念和思路大体是不错的。既然是思维方式不同，运用思维材料（语言）的方式也必然不同，那么，生搬硬套的语法系统如何能适合用来分析汉语？再拿我们的汉字来说，世界上没有一种文字像汉字这样既是表意的符号又是观念的符号，所以，真正的文字学，我认为只有中国有，拼音文字固定的那些字母有什么可研究的？只不过是研究它们的排到顺序而已，这又成了词汇学的事了。相似的是书法，真正意义上的书法也只有汉字才有。连外国语言学家都懂得这种差异是何等巨大。结构主义语言学家索绪尔说："对汉人来说，表意字和口说的词都是观念的符号。在他们看来，文字就是第二语言。"而他认为西方语言和文字的关系却是相貌和照片的关系。那么，如果我们拿外国文字学的理论来套汉字，不是女婿头痛灸丈母娘脚跟吗？

不幸的是，今天的汉语言学研究的事实还是如此。举几点来说，语法是这样，词汇学也是这样，语音学也是如此。没有人把特定的语言放在特定的文化坐标系中去考查，没有人先从文化背景入手来研究语言。做得最好的是方言学，也只不过是研究一下历史背景和移民问题，至于特殊风俗、地理环境、文化交流似乎都不产生影响，以至于对民俗语言的研究至今仍十分薄弱。从古音韵研究来说吧，现在的研究者把《诗经》《楚辞》的韵脚，与先秦诸子中的韵文等系联起来，得到上古韵部。这个韵部不管是二十八部、二十九部还是三十部，它到底是个什么性质的语音系统呢？首先，你得承认上古有一个"共同语"存在，叫"雅言"也好，叫"官话"也好，叫"文学语言"也好，必须是一个统一的系统，不然，你这种系联是不同语言的语音系统大杂烩。即使那个时候汉语已经成为一种独立的语言，而不是各种地域语言的"混合语"。（李葆嘉称之为"混成语"）那么，《诗经》中的十五国风却实实在在是"引车卖浆者"的声音，是方音。顾炎武说："五方之音，圣人所不能改。"这是他在研究孔子《易传》押韵之后得出的结论。至于那时的方音是个什么样子，是不是等同或类似于现在共同语之下的地域方言，我们无法知道，但我们通过王献唐的研究，知道"邾娄"国虽然与鲁国邻近，但语言是不相通的，所以鲁人称之为"邾娄"。我们还通过俞樾、章太炎、顾颉刚、杨向奎等前辈学者的研究知道，春秋时代的中原大地仍然是一个神守和社稷守交并的时代，周初的"八百诸侯"真正是社稷守的只有一百四五十个，其余都还是神守的社会，像"季氏将伐颛臾"中的"颛臾"国。在这种情况下，是否能有一个共同语是极有疑问的。摩尔根在《古代社会》中说："有多少种方言，就有多少个部落，因为当方言尚未出现差异之时，部落也就还没有彻底分离。""在美洲土著当中，一个部落包括操不同方言的人民的例子是极其罕见的。凡遇到这样的例子，那都是由于一个弱小的部落被一个方言很接近的强大的部落所兼并的结果。"我们现在看到的古代典籍，特别是先秦典籍，哪一本不是经过整理的呢？即使像《国语》那样的国别体史料，左丘明的加工也是必不可少的。比较《楚辞》中的方言词汇和《越人歌》，就可以窥见古代的史料如果按原样流传下来，绝不会是现在这个样子。所以上古也不可能有一个像《诗经》那样的语言系统。

我们现在的研究只是一种近似的、宏观的、模糊的模式，进一步研究恐怕就要首先弄清先秦汉语的文化背景，把先秦中原和周边地区的交流情况弄清楚，把夏、商、周三代对汉语的整合情况弄清楚。在此基础上描绘出先秦汉语文化背景的全貌，然后才谈得上分类的研究。

这种研究也不是没有，但都是在宏观语言学的范畴之内进行的，并且现在都还处在"假说"阶段。例如：汉藏同源论、汉南（南太平洋诸岛）同源论、汉阿（阿尔泰）、东亚南洋混成论（李葆嘉）等等，这些学说都试图从语源学入手弄清上古汉语的文化背景，这也是目前文化语言学方面最热门最有生机的研究之一。

总之，中国文化语言学产生很晚，20世纪的40年代才开始萌芽，如1947年潘懋鼎出版《中国语原及其文化》、1950年罗常培出版《语言与文化》等，都是萌芽阶段的产物。后来，因为"文化"必须"避讳"，不能再谈，就突然中断了这一学科的发展。直到1985年，陈建民在社科院研究生院开设"文化语言学"的课程，才首次在中国提出这一术语，于是这一学科又勃然大兴。1988年，吕叔湘发表四十四年前写的《南北朝人名与佛教》，是文化语言学的微观研究。

到了1990年，邢福义《文化语言学》和申小龙《中国文化语言学》出版，宣告中国文化语言学理论基本形成。

中国当代文化语言学是20世纪80年代一批中青年语言学家在激烈的汉语语言学回顾和反思中创立的。这一批语言学家不满意长期以来中国语言学完全依赖西方语言学理论现状，特别是结构语言学的理论，过分强调形式分析、分布分析和层次分析，这种方法排斥语言的人文属性，不适合汉语的文化背景。为此，这些学者力图从不同角度来审视汉语，例如社会（社会语言学）、心理（心理语言学）、交际（交际语言学）、历史（历史语言学）。综合起来，便有了"中国文化语言学"产生的思想准备。

现在的中国文化语言学面临最大的任务还是理论建设。直到昨天，这一学科的性质还没有确定。大致可分三种观点：

A. 交叉学科。以游汝杰、邢福义为代表，就是我们开始讲的双向交叉的学科。

B. 交际学科。以陈建民、辜正坤为代表，强调从社会变异与交际功能入手，探索语言的文化内涵。

他们的理论比较薄弱，有点倾向语用学，认为语言只有在交际中才会实现其功能，而应对交际中语言的文化因素予以重视，还应重视不同场合的语言变异，要求从动态角度观察语言。所以，陈建民也认为："文化语言学与社会语言学交叉在一起。"（《文化语言学中国潮》）所以，持这一观点者多是对外汉语教学者。

C. 认同学科。以申小龙为代表。他认为语言具有世界现和本体论的性质，是一个民族思维的工具，也是使用者思维的产物。所以，文化语言学的研究就是在对语言结构、逻辑、模式的分析基础上，寻求语言精神与规律，进一步探究这种精神与规律和全民族文化的结构、精神与规律的深层的文化通约性。在他看来，汉族人的思维特点是"整体思维""散点透视""综合知解"，所以，汉语语法规律是"句读本体，逻辑铺排，意尽为界"。汉语与汉民族文化一致，都具有"人治"的特点，而西方语言则是一种严格的"法治"语言。这其实是一种文化哲学的视域。

我们主张关系学科，但我们认为申小龙的研究是有价值的，它应当成为研究语言与文化关系的一个问题，而不是文化语言学的全部。同样，交际论者的观点也只是文化语言学成果是应用的一部分，而不是文化语言学本身。

第二章　语言中的物质文化层面

　　前文说过，语言是人类特有的，文化也是人类特有的。为什么呢？因为只有人类能够借助于语言来思维。有人也不辞劳苦地做过实验，教一只猩猩说话，费了三年时间，终于会说16个词，到了六岁时，增加到30个，并且在自己口渴时会说"杯子"，似乎证明动物也用语言思维。可是，我们看看人类的孩子，六岁时一般能掌握6000个单词，这还只是数量多寡，不足以说明问题。关键是，教了六十年的猩猩，也不可能用所学的单词组成一句能表达自身意愿的句子，而六岁的儿童可以随心所欲地组合句子，这才是用语言思维的例子。在人类生活中，"所有的文化都基本上依赖符号，尤其是依赖发言清晰的语言而产生并永存"（怀特《文化科学》）。从这个方面来说，文化的一切因子都借助于语言而发生、流传、保存。

　　前文我们说过，文化有三个层面：物质、制度、心理。这三个层面同样折射并沉淀在语言中。通过对语言的分析，我们就可以探究文化的三个层面在不同历史时期的状况。

　　所谓文化的物质层面，即人类改造自然界的方式和物质成果的总和，相当于我们通常所说的"物质文明"。它是文化系统中的基础部分和发展动力产生地，属于社会政治学的经济基础范畴。它是人类本身种群生衍繁殖的物质基础，同样可以积累、输出和遗传（如劳动技能）。而语言呢，它本身就是"现今仍然活着的古代遗物"（贝尔纳《历史上的科学》）。所以这"遗物"中必然包含古代文化的物质层次的记录。罗常培先生在《语言与文化》中一开始就举了一个例子："pen"，它来源于拉丁语的"penna"，意思是"羽毛"。当它进入英语表示"书写工具之一种"的时候，这工具必然和"羽毛"有关，实际上当时是"quille pen"（鹅毛笔）。后来笔的质料变了，名字却没有变，还是用含有"羽毛"意义的"pen"来表示金属和塑料做成的笔。罗先生还举了一个"墙"的例子：印欧语的"Wall"实际上与"wicker-work"（柳条编的东西）或"wattle"（枝条）有关，甚至德语的"wand"从动词"winden"（编织）变来，所以，在印欧语词源中，"墙"就是"枝条编织的东西"。这怎么能是"墙"呢？而史前遗址的考古偏偏有许多证据证明，当时的墙是枝条编成后糊上泥巴再烧结实而成的。顺便说一句，在我国何尝不是如此，杜甫的诗"隔篱呼取尽余杯"，现在都解释成"隔着篱笆呼邻翁过来尽余欢"，可实际上"隔篱"即"隔壁"，广州话"隔离"就是"隔壁邻居"的意思。陈原先生举了一个更有意思的例子：cassette。在 18 世纪，它的意思是贵妇人的小首饰盒，这是封建贵族文明的产物。19 世纪，它的意思是装摄影底片的干板盒，这是资本主义物质文明的产物。到了 20 世纪，它变成"盒式录音带"，这是现代文明的产物。

　　总之，语言是直接反映文化的物质层面的。下面我们就汉语的情况分类来谈一谈。

　　首先需要说明的是，我们今天用来追溯古代文化的物质材料只有文字。语音无法遗传下来，由于汉字本身的特点，字和词往往是一体的，所以，在大多数情况下，字即是词。这种象形表意的体式决定了汉字本身就包含词的信息，所以，有日本人认为："汉字信息量很大，它本身是一种 IC（集成电路）。"中国学者也认为："方块汉字作为一种信息载体，是中国文化的缩微系统。"所以，我们可以从汉字中去追溯古代文化因子，提炼古代文化信息。

文化人类学者认为，大约在 12 万年前，现代人类的女性始祖出现。（"夏娃理论"是美国威尔逊小组通过种族胎盘线粒体DNA 的遗传研究得出的假说）

大约 10 万年前，人类祖先开始直立行走。（英国与荷兰科学家用检查提供平衡感的内耳机制发现）直立行走才促使咽腔发育，提供语言生理条件。之后，现代人类神经系统成熟，导致前语言产生。这时的人类祖先进入中东地区，并向欧亚大陆迁徙。

大约 5.9 万年前，现代人类的男性体质成熟。这是人类学家理查德·道金斯的假说，所谓父系"焦点祖先""亚当理论"。美国斯坦福大学研究父系传递的 Y 染色体，得出结论是：男性体质成熟比女性要晚 6 万年。英国科学家根据男性婴儿发育程度比女性晚 4~6 周的平均值支持这一结论。这时，成熟的语言出现。

大约 4.5 万年前，现代人类进入欧洲。英国科学家据线粒体DNA 分析：99%的欧洲人是由 4.5 万年前进入欧洲的七位女性祖先繁衍的。而另一些科学家对欧洲男性的 Y 染色体研究则表明，他们的基因可分为十个组，但 80%来自一位男祖先，时间也是 4万年前。3 万年前，欧洲人皮肤白化。

大约 3 万年前，现代人进入东亚。中美科学家联合研究，以中国境内 28 个群落的遗传情况与全球其他 11 个人口群落相比较，遗传基因大致相同。又对东亚、东南亚、大洋洲、中亚、西伯利亚的 12127 位男性 Y 染色体进行研究，无一例外地发现 7.9 万年前产生于非洲的特有遗传标志——M168G 突变位点。所以，基因遗传学不支持黄种人独立起源说。最好的解释是：3 万年前，非洲现代人类来到亚洲，逐步取代当地原居人种。

中国人分为两大类：南方人和北方人。就是说，3~4 万年前，新人从中东出发，分两条路线进入东亚大陆。北支从帕米尔高原向东进入黄河流域再向北；南支从印度次大陆，经东南亚进入珠江和长江流域。虽然属于蒙古利亚人种，但检测中国人的G1M 单信型频率，可明显分为两大类型，以长江为地理分界线。北方人 G1Mag 0.29—0.54，南方人只有 0.03~0.25，相反 MG1afb则北方人 0.08~0.39，南方人 0.46~0.81。

从语言方面来说，东亚南部先民形成孟高——南岛语群：珠江流域西南支扩展到长江流域，分化为孟高、苗瑶语群。长江下游的东北支，扩展到淮河，北迁到山东半岛、辽东半岛、朝鲜半岛、日本列岛，成为东来语群。长江以南的太湖流域没有扩展，成为侗台（百越）语群。

黄河中上游的东亚先民，进入新石器时代形成藏缅语群。也分为三支：黄河中上游的北支是氐羌语群，进入缅甸的南支为缅甸语群，进入西藏的西南支为喜马拉雅语群。表现在词汇上的是，南方水流多称"江"，北方则叫"河"。

根据目前考古学提供的证据，中国境内在新石器时期大约有三大文化系统：一，青莲岗水耕文化（包括龙虬庄、河姆渡、大汶口），以水稻农业为主。二，仰韶旱耕文化（包括半坡早期），以在河谷地区种粟为主。三，大漠游牧文化，属北方细石器文化。分别对应的语言是苗蛮、氐羌、胡狄语。对应的神话是：一，伏羲太昊→九夷；二，神农炎帝；三，有熊黄帝。（黄帝后裔骊戎、狐戎、鲜虞都是戎狄族。黄帝造车，是使马的民族。《史记》："匈奴，其先祖夏后氏之苗裔。"夏后氏即禹，称"戎禹"）对应的三次战争：一，蚩尤和共工之涿鹿之战（伏羲支与神农支）；二，蚩尤与炎黄联盟之冀州之战；三，黄炎之阪泉之战（神农支与轩辕支）。

于是，伏羲支统治南方，轩辕支统治北方，两支交替强大迭兴。就是所谓的五帝时代：

高阳氏颛顼，夷越支，兴起于河南。

高辛氏帝喾，夷越支，兴起于河南。

陶唐氏帝尧，胡狄支，由汾水进入中原。

有虞氏帝舜，夷越支，兴起于河南。

夏后氏戎禹，胡狄支，由河套进入中原。

这时的夷越语、氐羌语、胡狄语逐渐融合为原始华夏语。所以，现在语言学界有所谓"汉藏同源""汉南（南岛）同源""汉台侗同源""汉阿（阿尔泰）同源"的种种说法，都似乎有理。

讲完文化背景的大概情况，我仍要从纵的方面来谈一谈人类社会的发展阶段。上面讲背景时，我们都截取了一个横截面。如伏羲氏、神农氏，都是摩尔根所说的"野蛮时代"的氏族酋长。但从社会发展史来说，人类是由蒙昧时代、野蛮时代进入文明时代的。根据汉族的神话和传说，大约是：

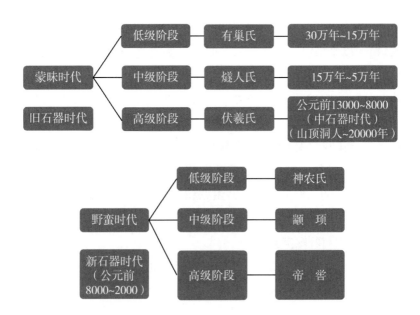

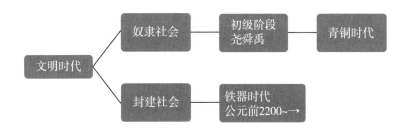

从蒙昧时代开始，人类的生活状况是无史料记载的，只有口耳相传，直到文字出现。这是一个相当长的历史时期，是神话和传说发生期。这从"古"字的造字可以看出。《说文》："古，故也，从十口，识前言者也。"十口相传，就是古代的传说，所以徐铉认为："十口所传，是前言也。"徐锴曰："古者无文字，口相传也。"等到有了文字记录下来，就成了古史。

神话和传说免不了夸张和想象，实有其事则夸张，解释不通则想象。可司马迁认为这种夸张和想象"不雅驯"，所以在把神话传说定格为史实时，以自己所认为的真实性为原则加以抉择，这样必使好多神话和传说失传。因为有了文字，孩子们可以自己去看竹简缣帛，不需要祖母再向你传授"从前的事"了。但造字之初，还是代表那时候人们的思维认识的，所以，许多从后代史实中找不到的史前文化的痕迹，我们可以从当时人们的语言遗迹，即流传到今天的文学词义中索解。

以下我们从居住、火的使用、服饰、渔猎、畜牧和种植、茶与酒等几个方面，略做探讨。

一　居　住

我们先来看看有巢氏时代的生活。根据章太炎的说法，人类最初是居住在山洞里的，占山为王，一个山头就是一个氏族部落。但居住的山洞都较低，不然无法到平原丘陵来活动。

到了大洪水时代，山洞灌满了水，山下是一片汪洋，人们只好"出自幽谷，迁于乔木"（《诗经·小雅·伐木》）。《孟子·滕文公上》把这种情况看成一个发展时代，孟子说："吾闻'出于幽谷，迁于乔木'者，未闻下乔木而入于幽谷者。"其实巢居只不过是穴处时代趋吉避凶的措施而已。我们把《说文》中的从"穴"的字联系起来看：①穴，土室也。②窞，北方谓地空，因以为土穴为窞户。段注："因地之孔为土屋也，《广雅》：窞，窟也。"③窨，地室也。④覆，地室也。段注："《诗·大雅》：陶复陶穴。笺云：复者，复于土上，凿地曰穴，皆如陶然。庾蔚之云：复谓地上累土为之，穴则穿地也。""覆于地者谓旁穿之，则地覆于上；穴则正穿之，上为中霤。"思陶按：按照段注的意思，覆和穴是有区别的：覆是在坚土的地上斜穿的洞穴，穴是在柔壤的地面直凿的洞穴。如陕西的窑洞像复，半坡遗址复原的住所像穴。⑤突（深），深也。这就是"深"字。深的原意是测量洞穴深浅，本和水之深浅无关。⑥窠，空也。一曰鸟巢也，在树曰巢，在穴曰窠。思陶按：此字即后来的"窝"字声变，《诗经·卫风·硕人》作"蝺"。⑦穵，空也。思陶按：此字即今之"挖"字，掏空为穴曰挖，所以段玉裁注曰："今俗谓盗贼穴墙曰穵是也。"穵的本义是掏土为穴，后人因为要用手而加"扌"。⑧窞，坎中更有坎也。思陶按：此字象洞中小坑，一人陷在其中，似乎是原始洞穴。⑨窐（闺），空也。思陶按：此即今"闺"字，《礼记·儒行》："筚门圭窬。"郑注："门旁窬也，穿墙为之如圭矣。"这是讲的古代的居住环境，洞穴中再穿一个小圆洞，以供氏族长者居住。古代猛兽很多，住山洞并不安全，男子在外洞守护，母系家长住"窐"。后世称少女之室为"闺房"，也是指其隐秘安全而言的。⑩窴、窒，窒（音塞）也。思陶按：这两个字都训"塞"。大家注意，今天"堵塞""边塞"都写成"塞"，古代是两个字："堵塞"作"窴"，"边塞"作"塞"，是"隔绝"的意思。"填（窴）、窴"都是讲古代穴居时，到了冬天要把露出地面部分堵死封上。所谓"窴向墐户"。⑪穷（穷）：极也。思陶按：有意思的是这个字，古人选择山洞都是封闭式的，前后相通的山洞是无法居人的。所以，人到了洞穴中，也就无路可走了。

总之，人类最早的居住地是天然山洞或人工挖掘的土室。人工洞穴有直立式和移动式两种，穴式上面覆以半庵形，开通气孔。下雨时，防雨水从孔中漏下，叫"扃"，也叫"霤"，后世称之为"天井"。都是人工掏挖而成，有的甚至分内房和外室。有深有浅，里面必须铲平，免得窘人，到了冬天就把对外的孔穴封塞起来。这是穴居的大致情况。我们再来看"宀"（音绵），"家""室""宫"都从"宀"不从"穴"。那么，"宀"和"穴"有什么区别呢？《说文》说："宀，交覆深屋也。"段注："古者屋四注：东西与南北，皆交覆也。有堂有室，是为深屋。""冂，象两下之形，亦象四注之形。"其实，段玉裁这里的说法并不准确。甲骨文作"冂"就是一个洞穴的门，和"穴"字中有"八"不同，许慎不知道这"八"是什么意思，把"穴"定为形声字，说："从宀，八声。"其实这是个象形字。"宀"是后来构木为架的建筑，其门当然可以扩展。陶穴之居，不论山洞还是土洞，门都要防止坍塌，所以，都以物体支撑起来，"八"就是两旁支撑的样子。

《庄子·盗跖》："古者禽兽多而人民少，民皆巢居以避之，昼拾橡栗，暮栖木上，故命之曰有巢氏之民。"《韩非子·五蠹》："上古之世，人民少而禽兽众，人民不胜禽兽虫蛇。有圣人作，构木为巢，以避群害，而民悦之，使王天下，号曰有巢氏。"《礼记·礼运》也有同样的记载："昔者先王未有宫室，冬则居营窟，夏则居橹巢。"这表明巢居与穴处是同一时代的事，临时环境不同而已，这是较好的说法。《周易·系辞下》说："上古穴居而野处，后世圣人易之以宫室。"

表现在语言文字上，我们还是从《说文》来看：

《说文·桀部》："桀，磔也。从舛在木上。"段玉裁没有弄清楚，只是笼统地引裴骃所引《谥法》的解释说："贼人多杀曰桀。"是相信许慎的说法，把"桀"看成"磔裂"之"磔"。我们看"舛"（舛），《说文·舛部》解释为"对卧也"。段注说："谓人与人相对而休也。引伸之，足与足相抵而卧亦曰舛。其字亦作僢，《王制》注释'交趾'云'浴则同川，卧则僢足'是也。又引伸之，凡足相抵皆曰僢。"其形是"ㄓ""ㄚ"相背。两人对卧与"木"有什么关系？为什么下面要加个"木"？"磔"是形声字，许慎用来释"桀"是不对的。但"桀"有高义，引申为高大特出，这与"对卧"又扯不上。如果你明白我们的祖先住在树上，这就不难理解。木上对卧，当是"巢于木"的意思。为什么要巢于木？以避禽兽也。在高树上筑巢，当然"桀"有高的意思。《诗经·小雅·甫田》"维莠桀桀"，就是指高出一头的意思。引申说来，出类拔萃、高于一般就称"桀出"。如《诗经·卫风·伯兮》："邦之桀也。"

那么人类巢居是如何居住的呢？与"桀"同部的有一个字"乘"（乘），就是在"桀"上面加个伞盖一类的东西。许慎解释说："覆也。从入桀。桀，黠也。军法曰乘。乘，古文乘从几。"段玉裁说："加其上曰乘。人乘车是其一耑也。入者，覆之意也。""入桀者，谓笼罩桀黠。各本夺'入桀'二字，则不可通。"显然段玉裁并没有分析对。许慎说上面"入"为覆是对的。而"桀，黠也"以下七个字则是后人读《说文》的旁注混入正文，本不是许慎的话，所以和上文"覆也"的训解毫不连贯。我们联系甲骨文，看到"宀"作"⌂"作"⌂"，即《说文》所谓"交广深屋"。"桀"既是巢居之状，上面也需要遮蔽风雨的东西覆盖，所以这东西也用象征穴居覆盖意的"宀"。你要把它解释为"入"，当然是讲不通了。甲骨文"乘"作"桼""桼""桼"，都是"人在木上"之意。金文作"桼"（克钟，周晚）、"桼"（虢季子白盘，周中）。大家要注意的是：甲骨文的"木"作"木"，金文或作"木"，都没有"木"形的首部。根据陈邦怀的考证，"木"不是"木"字，是櫱（音孽）字，即"伐木余也"（见《说文·木部》），即"蘖"字。《说文》曰："櫱，伐木余也。《商书》曰：若颠木之有由櫱（今作"由蘖"，《盘庚》文）。糵，櫱或从木，薛声。木，古文櫱，从木无头。㭬，亦古文櫱。"这里已经很清楚，甲、金文的"木"就是《说文》"櫱"的古文木，金文桼就是《说文》"櫱"的或体"㭬"去"木"。这就向我们透露了一个重要的讯息：上古先民巢居时，是选择高大茂密的树木，砍伐主干树梢，然后学鸟营巢的办法，把周围树枝编织起来，上面可能覆盖一些草叶和树皮以遮蔽雨水。所以称之为"构木"，而"构木"是经过一番修建改造，并不是被动地栖在枝杈上的。

二　火的使用

人类的发育是从火的使用开始的。体质人类学者告诉我们，火的作用不仅仅是照明、驱兽、取暖，更重要的是熟食。熟食不仅仅使人类脱离茹毛饮血的时代，而且给人类补充了大量的蛋白质，促进大脑的发育。而这一点恰恰是人类脱离低级动物界的重要标志。黑猩猩和猩猩的脑量是 400 毫升，智人的脑量是 300～1200 毫升，而现代人的平均脑量是 1400 毫升。人脑有 1 亿个神经细胞，每秒钟能形成 10 万种不同的化学反应，每天的记忆量达到 8600 条，这是任何动物无法达到的。而在人脑的进化中，劳动是重要的促进因素，而充分的蛋白质则是物质保证。而只有熟食才能保证人类对肉类蛋白质的充分吸收。

人类使用工具至少在 200 万年前，而人类使用火大约在 50 万年前，可知在有工具、会劳动而没有火的情况下，人类体质的进化是多么缓慢。

1927 年发现的"北京猿人"的山洞里，就有用火烧过的石块、骨骼，还有木炭和灰烬。这使我们知道，那时就有用火熟食的历史，这是距今四十五万年前，旧石器时代初期的事。这时可能保存的是天然火种，比我们神话传说中的燧人氏要早。

《韩非子·五蠹》篇云："上古之世……民食果蓏蚌蛤，腥臊恶臭而伤腹胃，民多疾病。有圣人作，钻燧取火以化腥臊。"《礼记·礼运》也说："昔者……未有火化，食草木之实、鸟兽之肉，饮其血，茹其毛。……后圣有作，然后修火之利。"这里需要说明一下，《礼记》的这句话是"茹毛饮血"的出处。汉《白虎通义·号》（班固）也说："（古者民）饥即求食，饱即弃余，茹毛饮血而衣皮苇。"可见汉代流行这一说法。可是仔细想一想，除了吸血蝙蝠之类的嗜血动物外，人类和绝大多数动物一样，何尝"饮血"？人类先民即使不会熟食，像爱斯基摩人一样吃生肉，至少是把野兽皮毛剥去，何曾咽下动物的"毛"？"衣皮苇"之说，就是指动物的皮毛。如果连毛都吃，何尝有"衣皮苇"？所以，"茹毛饮血"绝不是《汉语大辞典》解释的那样："谓原始人类不知用火，连毛带血生食禽兽。"现在我们常说"不毛之地"，就是"不长草的地方"。《左传·隐公三年》："涧溪沼沚之毛。"注云："毛，草也。"再看"血"。甲骨文"𥁑""𥁋"，金文未见，陶文"𥁑"，小篆作"𥁑"（《说文》）。和"益"字形相比较：甲文"𥁑""𥁑"，金文"𥁑"（盠方彝，周晚）、"𥁑"（毕鲜毁，周晚)，而小篆“”(《说文》)形体是一样的，只是上面的液体有多少之分。但从来没有人把“益”解释为“器皿里盛着血溢出来”。那为什么器皿里盛的一滴就一定是“血”呢?《管子·四时》:“寒生水与血。”注:“血亦水之类。”原来古人认为水是地之血，这与草为地之毛是一样的比拟。不信大家看《淮南子·要略训》就写作“茹草饮水”。其实是说:原始人饿了就采点野菜充饥，渴了就掬点水解渴，这和牛马吃草喝水是没有什么两样的。我们再来看《说文》。

①(灰):死火余烬也。从火又。又，手也。火既灭可以执持。此是古人保持火种的象形。《汉书》:“死灰可以复燃。”灰即暗火，不是今天讲的“灰烬”。相类似的字有“”(熄)，《说文》曰:“畜火也。”段注:“畜当从艸，积也。熄取滋息之意。”上古先民把明火扑灭以保留火种。所以《说文》又说:“亦曰灭火。”“灭火”称“熄火”，正如段注所说，是为下次再滋息火。

②(煙):火气也。从火垔声。，或从因。，古文。籀文从宀。思陶按:许慎认为“煙”为形声字，其实是会意。上古人民穴居烧火，室内最大的问题就是煙，壁上开小孔以出烟，“”象烟气上升之形。后人以“”与“鸟巢”的“西”相似，误为“垔”。籀文、古文都看得很清楚。还有一个“”字，家中火起就是灾。籀文也是象火起上扬之形。只有“烟”和“扷”才是“煙”和“灾”的形声字。

③(炙):炙肉也。从肉在火上。凡炙之属皆从炙。，籀文。段注:“《小雅·楚茨》传曰:炙，炙肉也。《瓠叶》传曰:炕火曰炙。正义云:炕，举也。谓以物贯之而举于火上以炙之。按:炕者俗字，古当作抗。手部曰:抗，扞也。《方言》曰:抗，縣(县)也。是也。《瓠叶》言炮、言燔、言炙，传云:毛

曰炮，加火曰燔，抗火曰炙，燔炙不必毛也。抗火不同加火之逼近也。此毛意也。笺云：凡治兔之首，宜鲜者毛炮之，柔者炙之，干者燔之。此申毛意也。……《生民》传曰：传火曰燔，贯之加于火曰烈。贯之加于火即抗火也。《生民》之烈即炙也。《礼运》注曰：炮，裹烧之也。燔，加于火上也。炙，贯之火上也。"

思陶按：段注解释此字非常清楚。这是古代先民最早使用的方法之一，与"燔"的方法难分先后。

④燔（燔）：许慎说："爇也，从火番声。"认为是形声字，而"爇，烧也"。所以"燔"就是烧烤，直接把肉类放在火上烧。但我总怀疑这个字为什么是形声。"番"在"釆"部被解释为"兽足谓之番，从釆田，象其掌"。所以熊掌叫"熊蹯"。我们今天还叫"脚脖子"。那么这个字也许解释为会意更合适：把动物的掌脚放在火上烤。大约动物的脚掌是最不易弄的，无法剥皮，不好去毛。有了火以后，一烧了事，非常方便。后来，就把一切烤肉都叫"燔"了。烧烤要近火，炙热难耐，也许最早就以木棍穿制食物放在火上烤，这就是"炙"。所以，"炙""燔"两种烹饪方法孰先孰后是很难说的。

⑤炮（炮）：毛炙肉也。从火包声。段注："毛炙肉，谓肉不去毛炙之也。《瓠叶》传曰：毛曰炮，加火曰燔。……《周礼·封人》'毛炰之豚'，郑注：毛炮豚者，爓去其毛而炮之。《内则》注曰：炮者，以涂烧之为名也。《礼运》注曰：炮，裹烧之也。按：裹烧之即《内则》之涂烧。郑意《诗》《礼》言毛炮者，毛谓燎毛，炮谓裹烧。毛公则谓连毛烧之曰炮。为许所本。《六月》《韩奕》皆曰'炰鳖'。笺云：炰，以火孰之也。鳖无毛而亦曰炰，则毛与炮二事，郑说为长矣。"

思陶按：段注解说"毛"为"燎毛"，"炮"为"裹烧"，至为精确。但由于段玉裁推崇许慎，不敢破他的六书说，还是把

"炮"当形声字。其实这是个会意字。"炮"就是"包"起来放火上烧。用什么包裹呢？"涂"即泥巴。大家看我们现在的名吃"叫花鸡"，那就是"炮"。因为先民发现把肉直接放火上燔炙，难免烧焦。《说文·火部》有"爑"和"爨"两个形体音同意近，虽然解"爑"为"火把"，"爨"为"焦伤"，但二字其实都是与"燎"同源。鸟兽毛最易燎烧，兽肉耐烧而禽肉易焦伤，所以选择"隹"来示意。在烧烤手艺渐趋娴熟之后，先民发现火小就不焦伤食物，于是用东西将食物包起来烧。什么东西既不怕火又易取材呢？泥土。所以，以泥巴包裹烧之。大约先是在火上把毛燎净再炮，后来发现这道手续没有必要，泥巴烤干后会把毛衣粘净，又美味又省事，遂成为一种风行的手法。

同样，烾（衷，音温）字也是"炮炙也，以微火温肉"。这里的"从火衣声"也不确，"衣"就是"包裹"的意思。现代我们叫"煨"或"煴"，与"炮"相比，就是火大火小的问题。

在罗伯特·路威的《文明与野蛮》一书中，他记载现代土著民族用火的实例说："在内华达州，巴悠特妇女在柳条篮里面炒谷实。她捡两块通红的煤块放在篮子里，随即很快地把它抛来滚去，不让它烧焦篮子。很巧妙地一播弄，炒熟了的谷实滚在一边，烧残了的煤屑滚在另一边。"这种高超的技艺我们现代人望尘莫及。他又说："蕃古洼岛（Vancouver Is.）印第安人把水和肉装在木匣子里头，然后拿烧热的石子往水里丢，加州印第安人不用木匣而用不漏水的篮子。在平原印第安人中，地上竖四根木棒，中间挂一个皮袋，或者在地上掘一个窟窿，四周辅以牛皮，然后搁水、搁食物、搁烧热的石块。"

这些表明：原始人类在陶器未发明之前，就已经有了"煮"的手法和"炒"的手法，不仅仅是肉类，还有谷类食物也要用火来烹饪。《礼记·礼运》就有"燔黍捭豚"，郑玄解释说："释米捭肉，加于烧石之上而食之，今北狄犹然。"这种情况反映在文字中，有"燓"字，《说文·火部》："以火干肉也。"爒，籀文不省。段注："《方言》作'熮'，凡以火而干五谷之类。自山而东齐楚以往谓之燓，关西陇冀以往谓之熮，秦晋之间或谓之㷅，省作煁，又或作焙。"思陶按："肉"字是后人所加。段注"干五谷"之类是正确的，观籀文从"黍"可知，正如《说文·火部》："𤎅（熬），干煎也。""熬"字或体又作"䬈"从"麦（麦）"，先是指焙五谷之类。我们今天的少数农村地区还有炒面的食品，先将麦子炒煮磨成面，如黑芝麻糊之类。这在古人那里是重要的食品。南方有一种炒米，即古代称之为"糒"的干粮。《说文·米部》："糒，干饭也。"段注：《周礼·廪人》注："行道曰粮，谓糒也；止居曰食，谓米也。"又"糗"，《说文·米部》："熬米麦也。"段注也认为"熬谷未粉物也"。如此说来，《孟子》的"饭糗茹草"，赵岐注曰"糗，饭干糒也"就不准确了，因为"糒"本来就是"干饭"。再者，我们知道"熬"与今义是不一样的，古代的"熬"今天叫"焙"。

三　服　饰

猿人与人形体上最大的差别是毛发。猿人全身由毛覆盖，并未脱离动物形体。大约旧石器时代早期还是如此。何时他们脱尽毛衣呢？在我国境内的云南元谋人和北京周口店人都是有毛的，大约三十万年前，智人就已经脱毛了。是什么使他们脱毛的呢？说法不一，地理决定论者认为是他们的迁徙造成自身生活环境的改变，因气候不一样而脱毛。那为什么当他们迁徙到寒冷地方而没有重新长出毛来呢？

劳动决定论者认为是狩猎的劳动使人类脱了毛。快速、长距离的奔跑使毛衣成为一种负担，出汗不畅，所以必须脱毛。因为直立后的人们虽然两手解放了，但两腿的负担却加重了，奔跑时更是如此。

关于服饰的起源有三种说法：实用说、羞耻说、美饰说。我们赞成实用和美饰说。衣饰大约产生在晚期智人时代（新人时代），距今约 10~5 万年左右。20 世纪 80 年代在我国辽宁海城小孤山仙人洞遗址中就发现有骨针，此遗址比山顶洞人（27000 年前）还要早。那是旧石器时代中期，人类还在群婚杂交向母系社会的对偶婚过渡时代，不可能有性器羞耻感，完全不需要穿衣服。最初的衣饰是树叶和兽皮、羽毛，最初的遮掩部位是阴部，这是不是美饰的要求？那时候贝壳已经挂在脖子上，羊角可以戴在头上，那么阴部呢？这是原始人认为的最重要的器官呀！路威在《文明与野蛮》中介绍说："诺登瑟·德看见瓦利族（Huari）的妇女赤裸裸地跑来跑去，男子的性器官也遮掩得不周到。有时候，那个遮掩的物件产生的效果正和由羞耻而来者相反。巴布亚人本来是赤裸裸的，单单把他的生殖器藏在一个葫芦里，这不能算是遮掩，简直要算是表扬了。这种掩藏法令人回忆十五六世纪欧洲服装中的怪东西——那个怪可笑的口袋，往往做得花团锦簇的，彰明较著地挂在紧束两腿的裤子正中间。在那个上衣上没有小口袋的时代，钱包、手套、手巾，甚至水果，一股脑儿全装在这个花口袋里头。"大家注意：原始人类是有羞耻感的，只是不在这里而已。路威又举了一个例子：就是前面那位诺登瑟·德先生看见的赤裸裸的瓦利族妇女，但诺登瑟·德提出要买她鼻子上的塞子时，"她立刻涨红了脸，疾疾跑去再找一个塞上"。

原始人把身体装饰看得异常重要，他们用椰子油涂身，用草木汁洗皮肤，用香花和贝壳做项圈。世界上原始部落大多有文身习惯，我们的《山海经》中就记载有"黑雕国""凿齿国"。新西兰的原始部落酋长面部全刺上螺旋花纹，是用木梳染上颜料，用小锤敲打，使梳齿刺入皮肤。可是群岛上的原始部落全身都要刺花。如果不刺花，终身不准你吃人肉，犯者杀无赦。

服饰在原始人那里，或许还有另外的文化含义。如中国人的冠笄一样，荷匹族处女把头发包住两耳成压花式，马赛伊已婚女子戴铜项圈表明自己已罗敷有夫。菲律宾巴哥波人（Bagobo）凡杀过两个人以上，就可以扎一条香灰袋子在头上，杀四个人就有资格穿血红的裤子。戒指在中国据说是为戒警女人私通的，如今成了美饰品，一个妇女如果结婚没有戒指岂不是白活此身。可是，它除了不同的戴法暗示不同的意思以外，最初在原始人的巫术中却是辟邪和治疗痛风和痔疮的。但不管怎么说，服饰的最初的含义是美饰的功用大于实用的功用。那些认为服饰是为了御寒而产生的人们真的是以今律古，认为我们现在怕冷，原始人也一定怕冷。但是在澳大利亚中部人类学家发现在零下好几度的天气里，土著照样赤裸着，那里有的是袋鼠皮，可他们从不以之做衣服。但是，我们说服饰的起源在原始社会不是为了实用，一定也不否认服饰有实用的功能。在一些世界上最不适合人类居住的环境中，像北冰洋和西伯利亚，你如果没有爱斯基摩人和西伯利亚土著的一套完整的服饰，顷刻让你成为冰冻僵尸。服饰的确具有御寒的一面，但这绝不是服饰最初的起因。西伯利亚的瑜卡吉尔人本是外衣紧盖在围裙上面，后来却露出了肌肤，因为他们看中南边的通古斯人的服饰，于是不得不为美丽而"冻人"。如果我们细想一下自己身上的服饰，多少是为了实用的？帽子、领带、围巾、内衣……

最初的服饰原料必是天然的，这无须证明，树叶和兽皮就是最好的原料。《韩非子·五蠹》说："尧之王天下也……冬日鹿裘，夏日葛衣。"

这已经是文明的时代了，还是如此。在孟子生活的时代，优待老人，七十岁才能"衣锦""吃肉"。可见汉代桓宽在《盐铁论·散不足》中所讲的"古者庶人耋老而后衣丝，其余则麻枲而已，故命曰布衣"，是有根据的。反映在文字中的，如：

①秄（求）：即古"裘"字。段注："求之制，毛在外，故象毛文。"思陶按：《说文》在解释"裘"（裘）字时说："与蓑同意。"大约是用手拿一块兽皮，向腰间一围就行了，没有什么上衣下裳的分别。至于蓑（衰），也是衣饰，并不像后代专门用来作雨衣。《公羊传》有"不蓑城"，何注："若今以草衣城。""衰"（蓑）就是"覆盖"的意思，后来发现这种草衣可以披雨，才专用作"雨衣"。它的古文"蓑"更像只用艸编起来围住下身，俨然草裙。书上都解作艸，是草是树叶还是很难说呢。清人陈鼎《滇黔纪游》说，云南的少数民族"彝妇纫叶为衣，飘飘欲仙。叶似野栗，甚大而柔，故耐缝纫，亦可却雨也"。这完全符合"衰"字的造型。其实，我们看一看甲骨文就知道，裘、衰本来就是一个字。甲文"裘"作衾，金文作"衾"（卫盂，周中），而甲文"帚"下部表示编草的"帚"正是这种象形。所以，兽皮叫"裘"，草编叫"衰"，形制都是一样的。

②袯（被）：《说文·衣部》认为"被"是形声字，解作："寝衣，长一身有半。"今天我们称"滚草窠的朋友"，"草窠"就是指代睡觉的地方。这句话实在古老，原始时代衣被是不分的，编草为褥，白天披在身上是"衣"，晚上盖在身上是"被"。宋代周去非《岭外代答》说到少数民族这种情况："昼则披，夜则卧，晴雨寒暑，未始离身。"罗常培先生在《语言与文化》第三章也说："又如倮子把麻布、衣服和被……这三样东西是'三

位一体'的。它的质料是麻布，白天披在身上就是衣服，晚上盖在身上就是被。在他们的物质生活上既然分不出三种各别的东西来，所以在语言里根本没有造三个词的必要。"了解这些，大家对汉代王章夫妻"牛衣对泣"就更了解了。《汉书·王章传》："章疾病，无被，卧牛衣中。"颜师古注："牛衣，编乱麻为之，即今俗呼为龙具者。"宋代程大昌《演繁露·牛衣》："牛衣者，编草使暖，以被牛体，盖蓑衣之类也。"

③黹（黹）：《说文·黹部》："箴缕所紩衣也，从黹丵省。"段注："箴当作鍼。箴，所以缀衣；鍼，所以缝也。紩，缝也；缕，线也。丝亦可为线矣。以鍼贯缕紩衣曰黹。"金文作"𣆘"（颂鼎，周中）、"𣆘"（颂毁，周中）、"𣆘"（卫鼎，周中）等形，甲文作"𣆘"。可以明显地看出，是把两块东西连缀在一起。"𐎠"是皮毛还是树叶已经无从知道，但此字绝不是许慎所说的形声，而是地地道道的象形。《说文》记载用来缝纫的工具有二：《金部·鍼》：所以缝也；《竹部·箴》：缀衣箴也。可见，金、竹皆可为针。但细究起来，竹箴反而在金前，大约5万多年前，我们的先民就有骨针。磨骨为针没有竹针方便，可见用针的演变当是竹——骨——金。有了针，就可以把两片兽皮、树叶或其他东西连缀成更大一片用来遮蔽身体了。

有针就有线。最初的线当是天然的藤麻类植物纤维或动物皮筋，至今的鄂伦春、鄂温克族还是用鹿皮抽筋做缝纫用。治麻是人工制线的第一步，直接影响到后世的纺织，用麻线加上编织工艺就是后来的纺织了。

④麻（麻）：《说文·麻部》："麻，枲也。从林从广，林，人所治也，在屋下。"段注说："林，必于屋下绩之，故从广。然则未治谓之枲，治之谓之麻。以已治之称加诸未治，则统谓之麻。"可是我们看金文字形，都是从"厂"（hàn）不从"广"。"厂"

和"广"是有区别的，《说文·厂部》："厂，山石之厓岩，人可尻（居）。"是山岩可以居人。"广，因厂为屋也。"是天然生成的断岩为"厂"，因断岩而建的屋叫"广"。所以，从"厂"的字都与山岩石头有关，如厓、岸、石、厝（厝石也）、㞎（石地也）、厖（大石也）、厉（旱石也）、底（柔石也）。而从"广"都与房屋有关：府、庠、序、庐、庭、庵（楼墙也）、廦（墙也）、廛（二亩半一家之居）。那么，"麻"从"厂"不从广，绝不是房屋下治麻的意思，而是野生的"枲"，长于山石下的"枲"。《诗经·陈风·东门之池》："东门之池，可以沤麻。""东门之池，可以沤纻。"就是指大麻和纻麻。考古发现揭示，至少在距今 6000 多年前，中国就有麻布了。苏州郊区的草鞋山遗址，属于马家浜文化，距今 6 千年左右，在这里发现了三片以苎麻为原料的炭化纺织品，这也是我国最早的纺织品。在河南荥阳青台村遗址，还发现粘着于陶器上的苎麻、枲麻布，距今也有 5500 多年。在河北武安的磁山文化遗址里，还发现陶纺轮、骨梭、角梭、网梭，这是距今 5400~5100 年前的东西，可见当时的纺织业已经开始。

关于治麻的事，反映在汉语中有一个"㪔"（散）字。

⑤㪔（㪔）：《说文》："分离也。从攴，从林。林，分㪔之意也。"

段注："散，潜字以为声，散行而㪔废也。"是以㪔、散为一个字。而《说文·肉部》："散，杂肉也。……从肉㪔声。"段注却认为这是个会意字："从㪔者，会意也。㪔，分离也。"而金文"散"字不从"㪔"，而作"𢿙"（散伯卣，周中）、"𢿙"（散盘，周晚）、"𢽅"（散姬鼎，周晚）、可见"散"是用竹签把肉戳烂，或切割成"井"字方块，所以"杂肉"是对的，"从肉㪔声"或与"㪔"会意是不对的。在金文中也有"㪔"字，作"𣃚"（㪔车父叚，周晚），意思是治麻。麻在水中沤一段时间后，捞出来用手剥下其纤维就是"木"（pín），这样太慢，人们后来知道，可以数支一起用棍棒敲打，使麻秆茎破裂而纤维不断，也能分离纤维，于是造了个"敊"字。

从公元前 5 世纪直到公元 6 世纪，中国都是世界上唯一的养蚕、缫丝、织绸的国家。在河南荥阳青台村遗址中，我们在发现麻布的同时还发现了包裹童尸的平纹绢和绛色罗。同时，在浙江吴兴钱山漾遗址中，也发现绢片、丝带、丝线，经过鉴定，这是用家蚕丝织成的，这是全世界最早的丝织品。这与我国神话传说中的嫘祖相当的。嫘祖，黄帝元妃，西陵氏女，是传说中最早养蚕的人，历代帝王都祀之为先蚕（蚕神）。在《说文·糸部》有一个"绮"字，许慎解释说："文缯也。"段注："谓缯之有文者也。文者，错画也。错画谓之道其介画。缯为这道方文，谓之文绮。"但在沈福伟的《中西文化交流史》中，他说公元前 5 世纪到 3 世纪，古波斯人称中国为"支尼"，古印度人称中国为"支那"，古希腊人称中国为"赛里斯"，都分别是古代汉语"绮"的对音。"所以波斯文中有锦、绢、绸、绫等名称，而无可与绮相当的字；梵文中锦、绢、绫、绣、丝各有专名，而无绮。绮、绫相仿，而传入这些国家的词汇都是先有绮，后有绫，由此可以揣测，'支那'得名实由于'绮'。"季羡林先生也赞同这一说法，他认为是秦代丝绸传入波斯后，波斯人据此指称"秦"。这是目前对"China"一词最好的解释。至于"瓷器"那是汉代以后的事，还有"茶"的译音，说是由茶马古道传入西藏以后，再西传的，则更晚。茶大约西汉才有的。

不管怎么说，都无法改变中国是世界上丝绸纺织最早的国家这一事实。直到公元前 45 年，恺撒大帝在罗马大剧场穿着中国丝绸长袍亮相，仍然激起轩然大波，人们在惊叹之余，认为这位希腊罗马统治者奢侈之极。可见这时期，中国丝绸在罗马人那里还是极罕见之物。此后，罗马贵族纷纷仿效，穿起绸纱来。当时著名的学者普林尼写了一本《博物志》，他不无卖弄地写道："赛里斯国以树林中出产的丝闻名于世。这种细丝生在树上，先用水浸湿，再加以梳理，织成缯帛。罗马仕女用制衣料，穿后光耀夺目。"

在甲骨文中，从糸（mì）的字就有一百多个。"蚕"写作"𧊅""𧑁"，就是蚕的形状。"糸"作𢇳→𢇳→𢇳，就像一束丝的形状。而"系"作𢇳→𢇳，则象手执几束丝。"丝"则象两束丝并列，作"𢇶"→"𢇶"，到战国时，文字有总其头，作"𢇶"。到《说文》时代，从丝的字已经增加到 384 个，除了复体"素""䋃""率"和重文、新附外，还有 353 个。可见当时的人们对养蚕、缫丝、织绸的分析和思维是何等细致。

四 渔 猎

从服饰到纺织，其实这中间横跨了上万年的历史。在人们那个茹毛饮血、兽皮遮身的时代，攫取的生活物质就是靠渔猎。据说那是伏羲时代的事：《周易·系辞》说："古者庖牺氏之王天下也……作结绳而为网罟，以佃以渔。"佃就是田猎。陆德明《释文》引马融说："取兽曰田，取鱼曰渔。"追寻伏羲的时代，大约相当于蒙昧时代的高级阶段（距今 13000～8000 年）。"伏羲"作"包牺""庖牺"这毫无疑问，"包""庖"我们讲过，就是用火时代一种古老的烹饪方法"炮"，"牺"直到现在还是"动物的肉"的意思。"伏羲"暗示的就是狩猎时代的食肉生活。

渔猎的工具是从网罟和弓矢开始的。

网（网）：《说文·网部》："庖牺氏所结绳，以田以渔也。"从冂（mì，即冪），下象网交文。从网的字很多，以下举十几例。

罾（罾）：鱼网也。段注引颜师古："形如仰繖，盖四维而举之。"今天长江边上还可以见到，用两根竹竿交叉弯起，下缀网布的"罾"。

罩（罩）：捕鱼器也。段注："《小雅·南有嘉鱼》：烝然罩罩。《释器》曰：篧谓之罩。毛传曰：罩，篧也。"都是说的一种竹编的捕鱼器，只在浅水中使用，今南方水乡仍见。

罪（罪）：捕鱼（竹）网。秦以为辠字。段注："《文字音义》云：始皇以辠字似皇，乃改为罪。按经典多出秦后，故皆作罪。罪之本义少见于竹帛。《小雅》畏此罪罟，《大雅》天降罪罟，亦辠罟也。"

罠（罠）：鱼罟也。

罶（罶）：曲梁寡妇之笱，鱼所留也。段注："曲梁别于凡梁，寡妇之笱别于凡笱。曲梁者仅以薄为之，寡妇之笱，笱之敝者也。"段注不确。曲梁者，今所谓"迷魂阵"也。所谓寡妇笱者，诱鱼之笱也。这种捕鱼法乃诱鱼深入，曲迷其径，鱼只可入不可出，故云"鱼所留也"。

以上这些都是用于捕鱼的网。网还可以施之于陆地用来捕鸟和小兽。见于《说文》的如：

罗（罗）：以丝罟鸟也。《尔雅·释器》："鸟罟谓之罗（罗）。"

罬（罬）：捕鸟覆车也。段注引《尔雅·释器》："繴谓之罿。罿，罬也。罬谓之罦。罦，覆车也。郭云：今之翻车也。有两辕，中施罥，以捕鸟。"

罻（罻）：捕鸟网也。

罝（罝，即"罜"字）：兔罟也。

罝（罝）：兔网也。

　　这些都是用来田猎的。所以，"罟"，《说文·网部》曰："网也。"段注："罟实鱼网，而鸟兽亦用之。"《说文·网部》共三十五字，水陆约各一半。

　　弓箭相传是黄帝时候发明的。《世本·作篇》说："牟夷作矢，挥作弓。"挥是黄帝的臣子。甲金文的弓箭都象弓矢形。如"弓"甲骨文作"𢎘""𢎘""𢎘"，金文作"𢎘"（父癸觯，商）；矢甲骨文作"𢎘""𢎘"，金文作"𢎘"（小盂鼎，周早）、"𢎘"（虢季子白盘，周中）。而"射"字最初就象形放箭之形𢎘，金文多画一只手"𢎘"。

　　描写打猎的场景如𢎘（麑）：《说文·互部》："豕也。后蹄废谓之麑。从互（音jì）从二匕，矢声。麑足与鹿足同。"段注："废，钝置也。麑之言滞也。豕前足仅屈伸，后足行步蹇劣，故谓之废。"这真是望文生义。许慎下文说"麑"足与鹿足同，是说二"匕"代表两个足。鹿足以快捷称，何尝废滞。甲金文无一例外都是箭射野猪之形。甲骨文作"𢎘""𢎘""𢎘"，金文作"𢎘"（卫盉，周中），战国文字作"𢎘"，就已经看不出"豕"来了，但"矢"一直是很突出的。

　　甲骨文中有一个"冢"字，字形作"𢎘"，象豕落下陷阱的形状，以表墜（坠）落。金文变成"𢎘"就不太明白字义了，陶文增事踵华，又写作"𢎘""𢎘""𢎘"，渐与小篆"𢎘"相近。可见当时对付兽的办法既可以网捕，又可以射杀，还可用陷阱。从进化角度来说，围追用阱可能是较原始的方法。罗伯特·路威的书中记录南非洲的布西门人（Bushmen）掘许多陷阱，用泥盖好来捕获大象。美国爱达荷（Idaho）洲勺勺尼印第安人（Shoshone Indians）掘坑围歼兔子、羚羊、野牛等野兽。而弓矢的发明当在此之后，原始人会头顶鸵鸟的头，学鸵鸟行走，然后靠近鸵鸟再拿标枪去投掷。弓矢也许就是在石块和标枪基础上改进的。在西班牙史前文化的山洞里，就有执弓箭射猎的场景。

姜太公直钩钓鱼的传说人人皆知，可为什么会有这种传说呢？从文字角度去演绎，又是一番景象。《说文·石部》："磻，以石箸惟缴也。"段注："以石箸于缴谓之磻。"原来这是一种捕鱼方法，以石针形状的石头系在绳子上，在水边静立，看见有鱼浮上来，尽力射去，然后慢慢收紧丝绳。丝绳一用力，石针在鱼体内就横过来，就把鱼卡住了。这如同用带丝线的箭射鸟一样。陕西宝鸡市东南的磻溪，又名璜河，是当初人们用此法捕鱼的地方，所以以"磻"命名。姜尚也许是当时的能手，故传他以直钩钓鱼。其实不是钓，是卡。这种方法也是古上传下来，并不是姜尚的发明。时至今日，南方水乡的人还运用这种方法捉鳖。

五　畜牧和种植

人们在长期的渔猎中，改进了工具和方法，懂得野兽的习性，所获也必然渐多，除了饱食之外，还可以储备起来在收获少的时候享用，这必然要饲养，夏天捕到的动物要养到冬天食用。又渐渐发现饲养动物也有收获，如鸟可产卵，兽可下仔，于是开始有意识地驯养。所以，畜牧业是从饲养动物开始的。

据说人类最早驯化的动物是狗。大约1.1万年前，地球变暖，冰块融化，更新世结束，全新世开始。大洪水以后，四处漂泊的人类开始定居，人口急剧增多，男人们除了当猎手之外，还从事驯养猎物的工作。狗的祖先是狼。早在大洪水之前的更新世，狼早已不是人们的对手了，只有犀牛、大象、猛犸之类的大型动物才需要人类合力去捕捉。人们猎狼的同时把狼崽带回家饲养，而狼又是智力很高的猎杀动物，有社会行为和等级结构，这些都和人类相似，所以，猎手、猎物之间就开始合作，狗成为人们狩猎的好帮手。

除狗之外，牛、羊是人们最热衷驯养的对象，狗的驯养是作为人类的帮手，而牛羊的驯养才真正是为了畜牧。甲骨文中有两个字反映了这种情况。牧（牧）：《说文·攴部》："养牛人也。"可是在甲骨文中，或作"牧"，也作"牧"，所以，养牛、养羊都称"牧"。牛和羊是一同被畜养的。还有一个"牢"字也是如此，或作"牢"或作"牢"，还有作"圈"的，可见牢牛、牢羊、牢马都是圈养的动物。

圈养牛羊主要是为了吃肉。如"半"（半）："物中分也，从八从牛。牛为物大，可以分也。""胖"（胖）："半体肉也，一曰广肉。"段注："膴、胖，皆谓夹脊肉。""义"就是"牺"，甲骨文的"义"（義）就象以戈杀羊。后来发现牛羊除了食用外，还有其他用途，才有"牵"（牵），《说文·牛部》："引而前也。"段注："挽牛之具曰牵。""辈"（辈）："两壁耕也。"段注："一田中两牛耕，一从东往，一从西来也。""犕"（犕）：《说文》："《易》曰：犕牛乘马。"段注："以车驾牛马之字当作犕，作服者假借耳。""犁"（犁）："耕也。"《山海经》："后稷之孙曰叔均，是始作牛耕。"郭注："始用牛犁也。"这时，牛已经可以用来驾车和耕地了。

根据今人对甲骨文的研究，甲骨文中"六畜"（马、牛、羊、鸡、犬、豕）都已经齐全，并且各畜都有不同的分类，可见商代之前，畜牧生产就已经很发达了。到了《尔雅》时代（战国末）"释畜"篇详细记载当时的六畜名称多达109个。其中以"马"最多，达51个，而牛18个，羊11个，犬10个，猪13个，鸡只有6个。可见商周时代对既能驾车又能耕田的马的重视。关键是商周车战，马是最重要的战具。农耕的发展使牛仅次于马成为六畜中重要的牲口之一。

与畜牧同时的是种植业。最早的人类采集野果、野菜充饥。《诗经》里还记载妇女大规模的采集活动。例如"采采芣苢，薄言采之"（《周南·芣苢》），"春日迟迟，采蘩祁祁"（《豳风·七月》）。"采集"之"采"本身就是一个会意字，象征用手采取树木的果实。后来无意间看到遗弃的种子发芽，古人萌发了种植的念头。因为种植是有意为之，比单纯的采集更有保障，所以逐渐为人们所重视，农业就产生了。最初的农业生产是妇女的事，男子专门打猎畜牧，女子采集以维持家庭和氏族。当种植的收获固定而又丰富时，从事打猎的男子也转行从事农业了，农耕的生活取代渔猎游牧的生活。这是文化人类学者给我们描绘的。

我国的农业生产相传起于神农氏。"神"是治理的意思，"神农"就是治理农耕的人。神农氏的出现标志农耕生活的开始。最早的农业是广种薄收的，放火烧荒后，撒下种子，秋天就可以收获，多寡不论。所以，农耕生活是从春季放火烧山开始的。反映在语言中，"神农氏"又名"烈山氏"，就是《孟子·滕文公上》所说的"烈山泽而焚之"。"烈"本意就是指火势大，"炎"也是火势大的意思，所以烈山氏又号炎帝。《国语·鲁语上》："昔烈山氏之有天下也，其子曰柱，能殖百谷百蔬。"韦昭注："烈山氏，炎帝之号也。"后来"烈山"传为"厉山"，说是湖北随州市有个"厉山"，是神农氏出生地，见于《水经注·溳水》："（溳水）分为二水，一水西，径厉乡南，水南有重山，即烈山也。山下有一穴，父老相传是神农所生处。"总之，放火烧山和"神农""炎帝"这些名字是有瓜葛的，也就是和上古农耕有联系。

《周易·系辞》说："神农氏作，斲木为耜，揉木为耒。"耒和耜就是最原始的农具了。耜的样子我们不知道，《说文·耒部》："耒，耕曲木也。从木推丰，古者垂作耒枱。""枱：耒端也。"郑玄注《考工记》曰："耒以木，耜以金，沓于耒刺。"京房云："耜，耒下耔也；耒，耜上句木也。"综合三个人的说法，我们知道耒是一种上部弯曲的农具，耜是耒的尖端的楔子。大约耒是用较软的木条楺制而成，耜是用木质坚硬的木头斩斫而成，固为尖锐且坚硬，有利于刺地。至于郑玄说的耜用金，显然是后来的事。在甲骨文中，我们看到一个"耤"字，就是藉田的"藉"，作"𦥑""𦥑""𦥑"，原来就是一种双齿的叉，和我们今天的"锹"差不多。用这样的工具来翻土，全靠脚来踩，一人居然能种十亩田，不知当时是如何完成的？《淮南子·主术训》："一人跖耒而耕，不过十亩。"讲的就是这种事呀！

回过头来说，这还是发明农具以后的事呢。在发明人工农具之前，先民们所利用的当然是天然农具。这在《淮南子·氾论训》中也有记录："古者剡耜而耕，摩蜃而耨。"原来是削个树枝戳一个洞就播下种子，把一个大蚌壳磨锋利了用来除草。这在古代语言中有一个特定的字："耡。"金文中的形体是"𦥑"（天亡殷，周早），这就是《淮南子·氾论训》中的文字画。到了《说文》中变成了"𦥑"，已经看不出来了。"蜃"从虫，是古人把蚌当作水虫之故，"辰"才是它的初文。甲骨文"辰"有作"𠬝"形，金文作"𠬝"形，都象贝壳之形。《说文·辰部》："辰，震也，三月阳气动，雷电振，民农时也。物皆生。从乙匕，匕象芒达，厂声。辰，房星，天时也。从二，二，古文上字。凡辰之属皆从辰。"已经看出许慎不知如何解释好了。以时令、星象来解释文字，绝非初义。其实，辰就是"蜃"，大蚌，其壳作翻土收获的农具，所以農（农）耕也叫"辰"，意思是动用大蚌壳的时候。古代用"蜃"去薅草，所以甲骨文"𦥑""𦥑"，就是"农人"的事，其实这也是"薅"（蓐）字了，从甲骨文

"蕎""蕎"等字形，完全清楚地看出是执蜃于草间的意思。所以"农"在金文中也作"蕎""蕎"等形，是执蜃田间的意思。

进入农耕社会以后，"农业是整个古代世界的决定性的生产部门"（恩格斯语），我们的先民开始了对农作物的广泛育种和栽培。反映在语言文字中，我们先有粟、黍，再有稻、麦。大约到了《诗经》的年代，栽培作物的品种已经非常繁多了。例如：

谷类：稷、黍、秬（秠）粟、粱、糜、芑、麦、来、稻、秫。

豆类：菽、荏菽、藿。

麻类：麻、苴、纻（苎）。

"稷"为不黏的黍，"秬"是黑黍。粱、糜、芑都是粟类品种。麦是小麦，来是大麦，秫是粳稻。菽是豆类总称，荏菽是大豆，藿是豆苗。《诗经·豳风·七月》中就有："黍稷重穋。"可见这时人们已经知道谷物种植的生长期了。

六　茶与酒

大家知道，中国是茶的故乡，在世界三大饮料中，茶是最健康的饮料。中国具体是何时发现茶饮料，目前尚无定论。但在现存的先秦文献中，我们没有发现有关茶饮料的记载。上面说过有人认为"中国"一词来源于"茶"，是一千多年前由茶马古道传入西藏后，进而传到印度、尼泊尔乃至西方。"茶"在汉语中文名"槚"，藏语音译作"甲"，直到今天藏族称祖国内地叫"甲拉"，意思是"生产茶叶的地方"。西方的"China"就是"甲拉"的音译。"l"与"n"不分不仅仅是现代有，古代也是有的，例如"秜"从"尼"得声，《玉篇》和《广韵》都作"力脂切"，通作"离""稽""秴""旅"。

"茶"在汉语中最初写作"荼"，大约在唐代才有"茶"这个字。宋人魏了翁《邛州先茶记》说："茶之始，其字为荼。如《春秋》书齐荼，《汉志》书荼陵之类。陆（德明）颜（师古）诸人虽已转入茶音，而未敢辄易字文也。若《尔雅》，若《本草》，犹从艹从余，而徐鼎臣训荼，犹曰即今之茶也。惟自陆羽《茶经》、卢仝《茶歌》、赵赞《茶禁》以后，则遂易荼为茶。"《说文》没有"茶"字，只收"荼"，而解释为"苦叶也"。《诗经·邶风·谷风》中的"谁谓荼苦，其甘如荠。"《大雅·绵》："堇荼如饴。"皆指苦叶。先秦"荼"还有一个意思为"茅秀"。《郑风·出其东门》："有女如荼。"郑注引《周官》云："荼，茅秀。"都不是指后代的茶。有人引《晏子春秋·内篇杂下》里的异文认为先秦就有茶。其文曰："晏子相景公，食脱粟之饭，炙三弋、五卵、茗菜而已。"这其实是根据郑注的异文而言的，原文"茗"作"苔"，郑注："苔一作茗。"所以这不能作为"茶"的根据。《尔雅》中有"苦荼"，郭注云："叶可炙作羹饮。"这是指茶了。可《尔雅》一般认为是汉代成书的。郭璞则更是魏晋时人。

汉代肯定产生了饮茶之事。王褒作于汉宣帝神爵三年（前59）的《僮约》一文中，有"武阳买茶"和"烹茶尽具"的话，是今天发现最早的文献资料。魏晋时代饮茶已成风气。吴末帝孙皓密赐韦曜"茶荈以当酒"，被认为是荣宠的事。晋司徒王濛的"水厄"，南北朝时王肃的"酪奴"，都是饮茶的著名典故。这是茶的起源。

唐顺宗永贞元年（805）日本散澄禅师回国带回茶种，在近江（滋贺县）种植。815年，嵯峨天皇到滋贺县梵释寺饮茶后，下令推广，日本遂有茶。宋代，日本荣西禅师从中国回国，制定饮茶礼仪，著有《吃茶养生记》，日本才有茶道。1560 年，欧洲人才第一次听到"茶"这个词。再过五十年（1607），荷兰人才把茶叶带进欧洲，英国人则是在 1631 年至 1650 年才喝上茶。那时候，一磅茶叶卖到 15 先令到 50 先令，只有有钱的贵族才喝得起。直到 1712 年，英国最差的茶叶还要卖到 10 先令。这么贵重的饮料，功效自然是好的，所以那时候的欧洲医学界普遍认为茶能包治百病，痛风、风湿、癫痫、疝气、痢疾结石、胃溃疡、结膜炎、消化不良都能治。但不管茶在国外如何风行，终没有把饮茶提高到艺术的高度来看待，只有在中国，从唐代就产生了"茶道"，这才是真正的"茶文化"。

随着茶文化的生发，汉语中出现一大批茶文化的术语。

茶具有：

筹筥：又叫"芘莉"，采茶时放置茶芽的筥筐。

育：放茶叶的烘箱。

则：量茶末的量器。

水方：盛水的木器。

鹾簋：盐罐。

滓方：放茶滓的木箱。

茶艺有：

鱼目：一沸之水。

蟹眼：二沸之水。

上投：先汤后茶（夏）。

下投：先茶后汤（冬）。

旗：茶之嫩叶。

枪：茶之嫩干。（一旗一枪）

乌蒂：带长梗的茶芽。

白合：两叶抱生的茶芽。

压黄：蒸好的茶叶没有及时焙制。

盗叶：初生的新条叶而白者。

茶品有：

龙团凤饼（大龙团、小龙团）、胜雪、云腴、水芽、罗齐、顾渚紫笋、阳羡、蒙顶。

水品有：

南零（云脚、粥面）、惠山、竹沥。

茶的传播表现在语言学上也非常有意思。前面我们说过，"茶"在唐代以后才有"chá"的读音，以前都读"tú"。学过音韵学的都知道，"知"系归"端"，也就说，中古声母是"知彻澄娘"的，古代都读"端透定泥"舌头音，所以"荼"到中古演化成"茶"。但读舌头音的例子仍保存在方言中，例如广东局福建的古闽粤语区。问题不在这里，考察现在世界各种语言中的"茶"的读音，大致可分为两大系列：

读舌头的：

荷兰 thee、英国 tea、法国 the、意大利 te、西班牙、马来西亚、匈牙利、丹麦、挪威、瑞典 te、斯里兰卡 thay、朝鲜 ta、中国闽粤 te、ta。

读舌面音的：

中国绝大多数地区 cha，日本、泰国、印度、伊朗、葡萄牙 cha，俄罗斯 chai，阿拉伯 shai，土耳其 chay，蒙古 qiz，哈萨克斯坦 hay，吉尔吉斯斯坦 shay，中国维吾尔族 qai。

于是我们从"茶"在不同国家的不同语言中的对译找到了茶文化传播的途径：中国茶叶分两条途径传向国外，北方从陆路传播，所谓"茶马古道"。这一类按北方读音作"chá"及其近似音。南方沿海地区从海运输出，宋用南方方音名之，所以名"tea"。

　　见有报载这样一则故事：说是在香港有一规定，凡进口物品征收关税重，有一经销葡萄酒的公司被科以重税，公司主管去税收部门理论，税收人员以葡萄酒产地并非中国，所以按进口商品过税。这位主管随口吟诗："葡萄美酒夜光杯。"税务人员才大惊失色，知道葡萄酒产地原来在中国，急忙改正税率并道歉。报道的最后说：不只是宰相需用读书人，普通公司职员也要求有点文学素养。结论是对的，但举例并不对。葡萄酒的产地还真不在中国。根据罗伯特·路威的说法：葡萄酒的酿制发明权应该属于中东。在公元前3000年前的埃及古墓中，就已经有了酒坛子，上面封口的印泥上还烙上举杯作乐的印记。在伯尼哈散（Beni-Hasan）古墓的壁画上，男绅士喝得像一把扫帚一样被人抬出，女太太们也都喝得花容失色，大吐特吐。这里还记录了当时的话语：一位太太对下人说："再给我来十八杯，你不知道我要一醉方休吗？我肚子里像干柴似的呢！"可见当时的埃及饮酒风气是何等风行。于是无花果和石榴都用来代替葡萄酿酒。

　　啤酒也是埃及的国粹。路威如是说。在公元前1800年左右，宫廷每天啤酒用量是130多坛。在巴比伦，人们还发现公元前2800年的酿酒方子。

　　公元前2000年左右的《汉谟拉比法典》（Code of Hammura-bi）就专门规定酒家只能收谷子，不得收客人的钱，否则一经查出，下场是扔到河里喂鱼。

　　在我们中国素来只有野生的山葡萄，国人也不用它来酿酒。直到公元前126年，张骞出使西域，才从大宛和安息带回葡萄种子，但张骞并没有带回酿酒技术和人才，所以，葡萄在汉代还只是一种水果。直到魏文帝曹丕时代，在与吴质的信中，他写道："（葡萄）酿以为酒，甘于曲蘖（糵），善醉而易醒。"但大家不要相信这就是后来"葡萄美酒夜光杯"的液体，这只不过是发酵的葡萄汁而已。因为中国那时候还没有烧酒酿制法，只有曲蘖加上糯米、高粱饭发酵的醴酒酿制法。所以李时珍在《本草纲目》中说："酿者取汁同曲，如常酿糯米饭法。……魏文帝所谓葡萄酿酒甘于曲米，醉而易醒者也。"直到贞观十四年（640），唐太宗破高昌国（今新疆吐鲁番的哈拉和卓堡），"收马乳蒲桃实，于苑中种之，并得其酒法，帝自损益造酒。（酒）成，凡有八色，芳辛酷烈，味兼缇盎。既颁赐群臣，京师始识其味"。这才有了后来的"葡萄美酒"。

至于烧酒，产生时代还要晚。国人唐代以前的所谓酒都是醴酒和黄酒。酒的起源，传说最多的有三种：一，仪狄作酒。仪狄是禹时人，《战国策·魏策二》："梁王魏婴觞诸侯于范台，酒酣，请鲁君举觞。鲁君兴，避席择言，曰：昔者帝女令仪狄作酒而美，进之禹，禹饮而甘之，遂疏仪狄，绝旨酒，曰：后世必有以酒亡其国者。"二，起于神农时，《神农本草》载有酒的特性，《黄帝内经》中也谈到酒能治病，于是有人认为起于神农黄帝时。三，起于杜康。又说杜康即少康，夏代中兴之主。曹操的诗中就有"何以解忧，唯有杜康"的话。其实，先秦时代的所谓"旨酒"，就是发酵的果汁，原本不是某一个人发明的。果子成熟坠落，堆积而发酵，就是天然的果酒，有人胆敢尝试一下，以为味道好极了，酒就发明了。所以，近代人都认为酒起自天然，甚至有人认为起自猿猴。晋江统《酒诰》说："酒之所兴，肇自上皇，或云仪狄，又云杜康。有饭不尽，委余空桑。郁积成味，久蓄气芳。本出于此，不由奇方。"还有人引用明代李日华《紫桃轩杂缀》的记载："黄山多猿猱，春夏采杂花果于石洼中，酝酿成酒，香气溢发，闻数百步。野樵深入者或得偷饮之，不可多，多即减酒痕，觉之，众猱伺得人，必嚼死之。"

根据考古学的资料，四川广汉三星堆文化遗址中，就有酒器。大汶口文化酒器更常见，有一尊陶缸上还刻有滤酒的图案，可以想见，至少是传说中的黄帝时代，国人就知道酿酒了。

相传殷人好酒，商纣王有"肉池酒林"的奢侈。我们从现在出土的殷商青铜器来看，的确有大量的酒器，像爵、尊、罍、斝之类。周公东征，灭了武庚以后，把殷商旧地和遗民封给康叔，就是后来的卫国。并且作了一篇《酒诰》，以殷商的灭亡为鉴戒，载在《尚书》。

《说文·酉部》："酉，就也，八月黍成，可为酎酒。"其实，这就是古代的"酒"字的初文。甲骨文作"＄""＄"，都象酒器之形。而《说文》又收"酒"，解释说："就也，所以就人性之善恶。从水酉，酉亦声。一曰造也，吉凶所造起也。古者仪狄作酒醪，禹尝之而美，遂疏仪狄。杜康作秫酒。"真是强为之解释。从文化的角度来说，把八月配以"酉"，是十二支产生以后的事，绝不是如段注所说"以水泉于酉月为之"所以叫"酒"。如果追究声训的理据性，我们宁肯相信"酉，就也"。"就"就是"成"的意思，酒以黍以秫，都要待秋成而为之，所以以"秋成"为意。"秋"也是取"成就"之意。《文选·秋兴赋》注引作"秋，就也，言万物就成也"。所以，《史记·律书》："酉者，万物之老也。"《释名》："酉者，秀也。秀者，物皆成也。"都是讲"成就"的意思。综合说来，"秋""酉""就"皆同源。

酒产生以后，最重要的文化意义是祭祀和礼仪。用在祭祀的"太羹玄酒"，《礼记·礼运》曰："故玄酒在室，醴醆在户。"孔疏曰："玄酒，味水也。以其色黑，故谓之玄。而太古无酒，此水当酒所用，故谓之玄酒。"《荀子·礼论》："大飨，尚玄尊。"《吕览·适音》："大飨之礼，尚玄尊而俎生鱼。"《礼记·乐记》："大飨之礼，尚玄酒而俎腥鱼。大羹不和，有遗味者矣。"郑注："大羹，肉湆，不调以盐菜。"这是说古代祭祀先王和天地礼时，用的是清水当酒，鱼肉不煮熟，肉汁也不加调味。为什么呢？荀卿说"贵食饮之本"，意思是不忘记那种吃肉喝水（茹毛饮血）的时代，象征不忘本。但酒在祭祀中不是可有可无的。《说文·酉部》有个"酋"（音缩）字，就是《左传·僖公四年》的管仲责备楚子时的尔贡包茅不入，王祭不供，"无以缩酒"的"缩"。"缩"是假借字，正字应该作"酋"，即用茅草扎成束漉酒。许慎解释说："礼祭，束茅加于裸圭而灌鬯酒，是为酋，像神饮之也。"而对于等级的礼仪来说，酒就更显得重要。

第三章　语言中的文化制度层面

文化中的制度层面，是指社会种种制度及其体制，是保证人类社会文化有序运行、保证人类群体生存发展的组织规程，也是协调文化内部各子系统正常发挥功能的程序。它具有规范性、强制性的特点，并且随文化的发展而不断变化其方式，以便更好地适应群体文化。它的具体表现可定为风俗和制度。

制度是协调人们内部关系的一套规程，而风俗则是制约人们个体行为的一套社会性惯例。制度常常带较明显的强制性，风俗则更具道德约束力。具体的制度文化范畴，诸如国家、法律、政治、军队、礼仪、宗教、经济、婚姻、亲属、家庭、教育等社会生活制度；风俗则诸如艺术、娱乐、习惯、禁忌等。语言也属于一种制度文化，它和制度文化的其他子系统一样，不是由先天获得的，而是学习得来的，具有共享性、符号性和象征意义。它的特殊性在于它用来表述一切制度文化的其他范畴。一切制度和风俗都依靠语言来表述、交际、传承。所以，制度文化也必然反映在语言这种符号中。

一　古代的阶级与国家制度

经过文化人类学者的研究，我们知道人类社会普遍存在一个"民知其母不知其父"的母系氏族社会，然后才逐渐过渡到父系氏族社会。这中间有一个奇怪的现象，即神话传说中的上古帝王如伏羲、神农、轩辕、尧、舜、禹等都是男性，只有女娲是女性。但女娲不在三皇五帝之列，只是伏羲的妹妹兼老婆而已，况且《帝王世纪》还说她是伏羲的弟弟（娲皇），住在汝水，所以叫"汝蜗"，后来为了和伏羲配对，才写成"女娲"。直到清代，人们见到的女娲神像还有塑成男性的。回答这个问题确实比较难，因为造成这种现象的原因比较复杂。文化人类学者有一种意见认为，即使在母系氏族社会，也只是在血缘方面由母系传承，由女人掌握，而在经济上、政治上（当时主要是原始祭祀）都由男人执行。一个氏族部落如果男人懦弱，将会在兼并中被消灭，不会延续的。甚至认为最初的人类群体是肉食动物，靠男人打猎而生活，女人的采集只是为了穿衣。后来的种植谷物也只是为了酿酒，等等。另一种意见认为，这些神话传说都是发生于父系氏族社会的事，或者只有男人才需要传统，当父系氏族社会产生后，男人们把神话传说加以改造，失败的女性始祖神话消失了，只留下男性始祖的神话，以证明人类文明是男人创造的。这种说法也只是推测，燧人、有巢等神话传说肯定产生在母系氏族社会之前。如果以今律古的话，"母亲是人们的第一老师"。过去的神话传说都是口耳相传的，都是由祖母、母亲教会下一代，祖父、父亲辈很少抱着孩子讲故事。何况女性对"伟大的失败"并不甘心，即使男人们改造了神话传说的内容，他们也未必照此宣讲的。第三种解释认为，这些神话传说最初并无性别差异，甚至像燧人、伏羲、有巢等等，都不是一个人名，而是一个部落的名称。像伏羲等人都活了很长，伏羲在位110年，子孙59姓，传世五万余岁。神农在位120年，传世530年。黄帝活了110岁，在位百年，或言寿三百岁。孔子觉得太荒诞，只好打圆场说："人赖其利，百年而崩；人畏其神，百年而亡；人用其教，百年而移，故曰三百年。"少昊在位百年；颛顼在位78年，98岁；高辛氏帝喾在位 75 年，105 岁；尧帝也活了 118 岁，在位 98 年；舜在位 50 年，112 岁。禹"年二十始用，三十二而洪水平，年百岁崩于会稽"（《帝王世纪》）。只有颛顼最年轻，活了 98 岁。可那时人类的平均寿命只有 21 岁。也有人说，帝王有特别享受所以长寿，可实际上是尧"茅茨不翦，采椽不斫，粝粢之食，藜藿之羹。冬日麑裘，夏日葛衣"（《韩非子·五蠹》）。舜"自耕稼陶渔以至为帝"（《孟子·公孙丑上》）。禹是"身执耒臿以为民先"（《韩非子·五蠹》），"八年于外，三过家门而不入"（《孟子·滕文公上》）。他们都是"菲饮食，恶衣服，卑宫室"（《论语·泰伯》），以至于"尧若腊舜若腒"（《论衡·语增》）。这样还能活到 100 多岁，是不可想象的。所以，合理的解释就是他们都是部落名。所谓燧人氏，就是发明火的部落；伏羲氏，就是发明熟食的部落；神农氏，就是发明耕种的部落，如此类推。这样，一个部落延续几百年，就成为可能了。了解了这些，对上古的社会制度也就有了大致的了解。我们要解释的是"皇""帝"两个字。

　　皇：《说文·王部》："大也，从自王。自，始也。始王者，三皇，大君也。自读若鼻，今俗以始生子为鼻子是。"段玉裁解释了一大通三皇五帝、九皇六十四民之后，也没有弄清楚"皇"的意思，只解决了"自"与"鼻"不但义同而且音同的问题。其实，"皇"的解释可以从文化学方面来寻求。首先从字形上说，"皇"的上面根本不是"自"，金文作""""等形。"王"，是从二从的形体，不从三画，为古文火，二为地，所以"王"字的意思绝不是许慎所说的"一贯三为王"，而是"地中有火其气盛"的意思。"王"字甲骨文作""""""等形，罗振玉也认为""即金文""，周甲骨文是用刀刻，只好刻画其边缘轮廓。所以张舜徽先生认为"皇"和"王"是同义的。"王"是地上之火,"皇"是日出地上。因为火与太阳有一个相同的特性,能给人以温暖,烤火与晒太阳在先民那里是没有区别的,所以,都称之为"光"。但他们对此物何以能给人们带来温暖是不明白的,总以为这是神赐,就如希腊先民认为火是从天上偷来同一思维,于是对"火"与"太阳"就产生崇拜,并且把太阳与火看成是同一物。直到汉代王充在《论衡·诘术》中还说:"日,火也,在天为日,在地为火。""皇"就是太阳与火的合体,我们今天形容亮得刺眼的现象称为"明晃晃"。所以,"皇"就是"照临下土"的太阳神,在先民那里是万物的主宰。所以,太阳崇拜几乎出现在各个先民部族中。火也是如此,直到文明世界出现之后,人们还有所谓"拜火教""火把节",以回忆先民对火的崇拜。既然太阳与火在天上地上是如此神圣,而在"万物有灵"思想支配下,太阳与火都是有神灵掌管的,这个神灵就是"皇",在天曰"天皇",在地曰"地皇"。所以《史记·秦始皇本纪》记载嬴政统一,讨论国制名号时,大臣们就建议说:"古有天皇,有地皇,有泰皇。"司马贞《索隐》说:"天皇、地皇之下,即云泰皇,当人皇也。"泰皇即太皇,"太"与"大"是一个字,形作"大",象人形,故泰皇即人皇也。所以,天上、地下、人间的支配主宰者都称"皇"。究其实:天皇即天火(太阳),地皇即地火,人皇即发明和掌管火种的氏族。其他部落看见他们有火,并且要从他那里得到火,就融进他们的氏族,尊之为"皇"。推而广之,把受尊崇的对象都命之为"皇"。也就是后来的"王"。

帝:《说文·二部》:"谛也。王天下之号。"包括段注,二人都未解释为什么"帝,谛也"。甲骨文"帝"作"呆""羸""杲""釆",张舜徽先生不同意这是"花蒂"的初文,他认为"釆"的形状也是太阳光芒四射的样子,只不过是甲文刻圆不便,所以刻成方形，遂晦本义。演化过程当是：光→尚→朱。而古音"娘日归泥"，已被章太炎氏所证实，古代都读舌头音，与"帝"声母同类。在现代方言中还有读"日"为舌头，与"帝"相近的例子。所以"帝"也是太阳崇拜的产物。《易传》说："帝出乎震。"震是东方。《周易·益卦》六二王弼注："帝者，生物之主，兴益之宗。"而《尚书·汤誓》："时日曷丧，吾与汝谐亡。"《诗经·君子偕老》："胡然而天也，胡然而帝也。"以"天帝"对举，犹如以"天日"对举。《公羊传·昭公二十五年》何休注："日为君。"《左传·哀公六年》杜注："日为人君。"都是以"日"来指代"帝"的。秦王自称"始皇帝"，其实就是"第一太阳神"的意思。太阳神并非他第一，可把"皇帝"二字连在一起用，确实他是第一个。

我们在讲文化史常识时讲到"阶级""阶层"时，说过"天有十日，人有十等"。《左传·昭公七年》："天有十日，人有十等，下所以事上，上所以共神也。故王臣公，公臣大夫，大夫臣士，士臣皂，皂臣舆，舆臣隶，隶臣僚，僚臣仆，仆臣台。"我们只是简略讲述各等名称的意思，并没有追溯其文化意义上的源头。这里我们再来分析几个例子，看看他们在语言学上的反应。

臣：《说文·臣部》："臣，牵也。事君者，象屈服之形。"段注只说明"臣，牵"是同韵关系。按许慎的意思这是个象形字，象屈服。至于何以象屈服之形，许慎、段玉裁都没说，章太炎《文始》说："其形当横作ᐸᑐ，曳缚伏地，前象其头，中象手足对缚着地，后象尻以下两胫束缚，故不分也。《礼·少仪》言：'献臣则左之。'注：'臣谓囚俘。'此牵之而至也。"章氏的解释是从文化学角度出发，古代对于战俘的态度先是杀以祭祀，后来豢养以做苦力，这就是"臣"。郭沫若说："象一竖目之形。"（见《甲骨文字研究》）以此表示屈服，果真如此，我们只能推测"瞪目反抗"的意味，哪有屈服之意，于省吾解竖目为"惊瞿貌"。

与"臣"相联系的一些字，要与俘囚有关。如"臤"，《说文·臤部》："坚（堅）也，从又臣声。"段注："谓握之固也。"金文作"臤"，就是象用手抓取俘囚之行来会意。因为手执俘囚，恐其逃脱，所以要抓紧，这就是一个"紧（緊）"字。"緊"，即用绳索捆紧之意，许慎解作"缠丝急也"。这个字的别体就"紙"，用丝绳紧缚俘囚。所以古代有"俯首称臣"的话，那么古人的"臣"并非有权势者，一如清代大臣自称的"奴才"。

尹：《说文·又部》："尹，治也。从又丿，握事者也。"甲骨文作"ㄐ""ㄣ"。我们来和"父"比较一下："父"甲骨文作"ㄑ""ㄍ"，二者的区别是"｜"画长而下延者为"尹"，短而上延者为"父"。《说文·又部》："父，巨也。家长率教者也。从又举杖。"段注："《学记》曰：'夏楚二物，收其威也。'故从又举杖。"原来这样的字形是用手举杖鞭打的象形。所以，甲骨文中的"尹""多尹"，金文中的"尹氏"，《尚书·大诰》中的"尹氏"，《皋陶谟》中的"庶尹"，都是统治者范畴。于是，以口发号施令指使尹者谓之"君"。《说文·口部》："君，尊也。从尹口，口以发号。"

再举一个例子就是"十等"中不载的"奚"。《说文·大部》："奚，大腹也。从大，𢎘省声。𢎘，籀文系。"段玉裁不明原因，因而释为："'豕部'豯下曰：豚生三月腹豯豯皃，古奚豯通用。《周礼·职方氏》：'豯养。'杜子春读豯为奚，许艸部作奚养。"我们并不清楚"豯"和大腹有什么关联。查甲骨文作"ㄓ""ㄓ""ㄓ"，还有烦琐一些作"ㄓ"作"ㄓ"，明显看出是一个人跪在地上，用绳索缚住脖子和头，用手拖牵之形。金文"ㄓ"（丙申角，商）看得更明白，似乎是被吊起的形状。所以"奚"的意思绝不是腹大之皃。《周礼·天官·序官》："奚三百人。"郑玄注:"古者从坐男女,没入县官为奴,其少才知,以为奚。今之侍史官婢。或曰:奚,宦女。"《春官·序官》:"奚四人。"郑玄又注:"奚,女奴也。"《秋官·禁暴氏》:"凡奚隶聚而出入者,则司牧之。"郑注云:"奚隶,女奴男奴也。"所以,"奚"应该是最下等的、没有人身自由的奴隶,整天被械系以服劳。这正是《说文·女部》的"嫨"字,许慎解释说:"嫨,女隶也。"段注以为:"《周礼》作'奚',假借字也。"从文字学发展角度来说,"嫨"应当是"奚"的后起字。《孟子·梁惠王下》:"係累其子弟。""係"字《说文·人部》云:"挈,束也。""挈束"就是捆绑。"累"字古作"纍",《说文·系部》:"纍,缀得理也。一曰大索也。"段注也是强为"缀得理"作解释:"合著得其理,则有条不紊,是曰纍。"其实,"纍"就是"缧",这是古今字。"纍"与"糸"被混淆以后,都被写成"累",为区别"缚束"义而加"糸"旁作"缧"也。所以,"奚""傒""係""缧"都是一个意思:捆绑束缚。或指动作,或指对象。

反映被统治者阶层的称谓还有:

奴:《说文·女部》:"奴婢,皆古之罪人也。"这也印证《周礼》中说的:"其奴,男子入于罪隶,女子入于舂藁。"都是罪人苦力。

妾:《说文·女部》:"有罪女子给事之,得接于君者,从辛从女。《春秋》云:女为人妾。妾不娉也。"所以,妾也是犯罪之女性没为奴隶者。

所有这些都是上古社会阶级和阶层的制度反映。即大致分为奴隶主阶级和奴隶阶级。

反映上古国家制度的是部落社会后期的事。《说文·口部》:"国(國),邦也。从囗从或。"段注:"邑部曰:邦,国也。按邦国互训,浑言之也。《周礼》注曰:大曰邦,小曰国。邦之所居亦曰国，析言之也。戈部曰：或，邦也。古或、國（国）同用，邦封同用。"段氏在这里把这几个字讲得异常清楚。國（国）就是"或"的今字。"𢧆"，许慎说："邦也。从口，戈以守其一。一，地也。"意思就是用"戈"（代武器）来守卫一定范围的土地。在金文中，"或"与"國"不分，或作"𢧉"（𣪘钟，周晚），作"𢧈"（保卣，周早），或作"國"（录卣，周中），或作"域"（蔡侯钟，春秋）。古书中"或"与"域"又是同一字。《说文·口》释"域"字曰："或，或从土。"段氏注为："后起之俗字。"因为"一"是"地"，就代指"土"了。后人不明此意，才又加"土"。《集韵》："或，越逼切。"即音"域"。"或"训"有"，秦汉都如此，如《尚书·大禹谟》："罔或于予正。"孔安国传："或，有也。"《孟子·公孙丑下》："夫既或治之。"赵岐注："或，有也。"《礼记·祭义》："庶或飨之。"郑玄注："或犹有也。"而"域"也训"有"。如《诗经·商颂·玄鸟》："正域彼四方。"毛传："域，有也。"王念孙《广雅疏证·释诂》说："域，有一声之转。"《诗经·商颂·玄鸟》"奄有九域"，韩诗作"域"，毛诗作"有"。所以冯登府疏证说："古域字作或，或即域，亦即有字，此韩诗以域为有，古义也。""有"是什么呢？即"囿"之初文。《诗经·大雅·灵台》："王在灵囿。"毛传："囿，所以域养禽兽也。"孔疏曰："囿者，筑墙为界域，而禽兽在其中。"《国语·楚语上》："王在灵囿。"韦昭注："囿，域也。"

　　由此我们知道，最初所谓"國"者，即是"域"，亦即"囿"，是四周筑墙以养禽兽的地方。到了文明时代，园囿是游猎的场所。初民的养禽兽可不是为了游猎，完全是为了生计。一个部落的男人们去狩猎，所获有多余就豢养起来，以备冬季之用，筑墙或泥篱加木桩以圈养。为防别的部落来劫，或动物逃逸，要派人荷武器以守卫，这就是"國"（国）。即公共的苑囿。

　　至于"邦",《说文·邑部》:"邦,国也。"段注:"邦之言封也。古邦封通用。《书序》云:邦康叔,邦诸侯。《论语》云:在邦域之中。皆封字也。《周礼》故书:乃分地邦而辨其守地。邦谓土界。"

　　"邦""国"通用是无疑的。《诗经·国风》汉代以前叫"邦风",因为避刘邦讳改"国风",有出土简书为证。《周礼·天官·大宰》:"以佐王治邦国。"郑玄注:"大曰邦,小曰国。"所以,"国"的意思在文明时代以后引申为二,一是诸侯曰国,二是都城曰国。《文选·西都赋》:"国藉十世之基。"吕延济:"国,诸侯国也。"《孟子·离娄上》:"皆曰天下国家。"赵岐注:"国,为诸侯之国。"《周礼·春官·职丧》:"凡国有司。"郑玄注引郑司农云:"凡国,为诸侯国。"《吕氏春秋·明理》:"有狼入于国。"高诱注:"国,都也。"《礼记·学记》:"国有学。"孔疏:"国谓天子所都。"这是符合封建等级制度的。天子之国大谓之邦,诸侯则谓国。诸侯之国则相当于天子之都邑,都是大城,邑是小镇。所以,居人的围就是"邑"。那么,"邦"的初义是什么呢?从甲骨文看是"栽木于田",从金文看是"栽木于邑",都是与"种树"有关。"封"字也是"种树"。段玉裁已经不识古文"邦"作"峕"的意思,认为上面是"之",他说:"从屮田。之,适也。所谓往即乃封。"《说文·土部》:"封,爵诸侯之土。从之土,从寸。寸,守其制度也。公侯百里,伯七十里,子男五十里。"这就是所谓"守其制度"。段注也附和说:"凡法度曰寸。"是把那只栽树的手解释为"法度"。

　　"邦"得义于"封",这是确定无疑的。"封"为疆界,"邦"也是指"疆界"。《周礼·地官·大司徒》:"制其畿疆而沟封之。"郑玄注:"起土界也。"贾公彦疏曰:"穿沟出土于岸即为封。"《礼记·王制》:"不封不树。"郑玄注:"封,谓聚土为坟。"《国语·吴语》："今天王既封植越国。"韦昭注："壅本曰封。"自此我们才仿佛弄清楚"封"的含义。原来"封"并非单纯地"据土为疆界"，而是要在这土上植树，形成一条树林带，这便是"邦"的界限的标识。所以，"封"还有"标识"的意思：《史记·秦本纪》："封殽中尸。"贾逵曰："封，识也。"《尚书·舜典》："封十有二山。"蔡沈集传："封，表也。"用植树来表疆界，在文献中是有例证的。《国语·周语中》周定王派单襄公去聘宋，假道于陈国，入境时见"道列无树""垦田若薮"等等，断言陈国必亡。其理由是"《周制》有之曰：列树以表道，立鄙食以守路。国有郊牧，疆有寓望。"这里的"道""路"就是疆界。所以，古代有"封人"，《左传·隐公元年》中颍考叔是颍谷封人。《周礼·地官·封人》："封人……为畿封而树之。"直到《宋史·食货志》还说："凡田方之角，立土为垄，植其野之所宜木以封表之。"联系前面的"囿"，在甲骨文中也是树木的地方"䍐"。

因此，最初的"国"只是氏族圈养动物的地方，因为这对氏族生计来说极为重要，遂为一氏族居地的代称即"都城"，渐至引申为"国家"之国。"邦"是在邑的基础上扩充而来的，四周圈地挖沟，出土为堤，植树作标记，这就是氏族的土围子，国界的雏形。

恩格斯在《家庭、私有制和国家的起源》中说："子女继承财产的父权制，促进了财产积累于家庭中，并且使家庭变成一种与氏族对立的力量。财产的差别，通过世袭贵族和王权的最初萌芽的形成，对社会制度发生反作用。奴隶制起初虽然仅限于俘虏，但已经开辟了奴役同部落人甚至同氏族人的前景。""一句话，财富被当作最高的价值而受到赞美和崇敬，古代氏族制度被滥用来替暴力掠夺财富的行为辩护。所缺少的只是一件东西，即这样一个机关：它不仅可以保障单个人新获得的财富不受氏族制度的共产制传统的侵犯，不仅使以前被轻视的私有财产神圣化，并宣布这种神圣化是整个人类社会的最高目的，而且还会给相继发展起来的获得财产，从而不断加速财富积累的新的形式，盖上社会普遍承认的印章。"而这样的机关也就出现了，国家被发明出来。"

恩格斯的意思很明确：私有财产产生了"家"，"家"的产生破坏了氏族共产制度，而又要寻求合法化的保护，由此产生了"国家"。据此，我们来看看汉语的"家"所反映的是什么制度。

家：《说文》："居也。从宀，豭省声。"段注："《释宫》：牖户之间谓之扆，其内谓之家。引伸之，天子诸侯曰国，大夫曰家。……按此字为一大疑案，豭省声读家，学者但见从豕而已。从豕之字多矣，安见其为豭省耶？何以不云叚声而纡回至此耶？窃谓此篆本义乃豕之居也。引申假借以为人之居，字义之转移多如此。牢，牛之居也，引伸为所以拘罪之陛牢，庸有异乎？豢豕之生子最多，故人居聚处，借用其字，久而忘其字之本义，使引伸之义得冒据之，盖自古而然。许书之作也，尽正其失，而犹未免此，且曲为之说，是千虑之一失也。"段是固守"疏不破注"信条，不敢指摘许氏之谬，独此条不为之讳，实在是认为这一条许氏解得太离谱，牵强之说一见皆知。甲骨文"家"字作"命""命"等形，豕在宀下是显而易见的，还有双豕的，如何是"豭"声？商代金文作"命"，更是豕形。于是学者的解释就纷纭不一了。如段注言，家是豕居处，引申为人居，如牢例。又说豕是群居动物，寓意聚族而居之义。又说豕为先民重要家产，以豕示家所有。又说上古家畜昼牧于野，夜宿于家，人畜同居。或以为甲文有"命"的写法，"勹"即"豭"字，讹作"勹"。并举《诗经·柏舟》"实维我特"为证，以公牛相比和以公猪相比是一个意思。如果我们用民俗学的眼光来观察，其实可以作另外一种解释，在仰韶文化遗址上，如临潼姜寨遗址，居住区中心是广场，周围有几组房屋，每组都有一个大房子，然后附近有若干小房子。据民俗学家说，这是族外对偶婚居住的场所。至于大房子，一般认为是公共活动场所，而当时最重要的活动是献出猎物。每人每天所获的大兽要献出来充公。就是《诗经·豳风·七月》说的："言私其豵，献豜于公。"六个月的小猪自留，三岁的大猪献出，周代还是这样，亦即《周礼·大司马》说的"大兽公之，小兽私之"。这个交野兽的大房子就是"家"，以豕为多，所以圈养豕的大房子叫作"家"，这也是平均分食这些大野兽的地方，所以叫"公家""家族"。直到后来血缘关系的范围越来越小，母系社会彻底崩溃，人们在父系社会开始时以保留私有财产为特征，留在自己房子里不再献出，共产制才消亡。但长期以来把圈养公豕的地方称为"家"，现在就在自己房子里，所以，自己的房子也叫"家"。如果照此说法，公猪体型都较大，人们献的往往是公猪（豭），"家"从"豭"得声也不是不可能。但"家"结构是会意，不是形声却是不疑的，只能说其得名之由是来自"豭"。

现代家庭的核心是夫妻，由夫妻双方组成一个按血缘关系排列的族类。但最初的社会是"民知其母不知其父"，这时候还没有家的制度。到了向父系社会转化的时候，有了私有财产，才有了家。这种说法似乎家是以男人为中心的，可是语言传达的信息并非如此。"安"字就是家中有女才为安，女在家庭中是占重要地位的。直到现在，口语中还说，"没有个女人不成家"。家庭的主要关系是婚姻关系，由婚姻组成家庭，可"婚""姻"两字都被人加上"女"旁。正是由于"家"最初并不代表私有财产的单位，所以在后来的汉族语言中，还有代表氏族的影子，如"家族""国家""家邑"等，都不是单个家庭的名称。

二　古代的婚姻制度

代表私有制的家是以婚姻为主干组织起来的，而婚姻乃是一个文明社会中最重要的制度之一，按照恩格斯的说法：蒙昧时代是群婚，野蛮时代是各种形式的对偶婚，文明时代是一夫多妻制。被恩格斯称之为"婚姻俱乐部"的风俗，即像印度纳伊人的三四个男子共一妻，但他们同时又可以拥有第二个或第三个妻子。这些婚姻习俗，在中国的文字中都有端倪可寻。

关于"姪"字。

《说文·女部》："姪，女子谓兄弟之子也。"段注："《释亲》曰：女子谓昆弟之子为姪。《丧服大功》章曰：女子子适人者，为众昆弟姪，丈夫妇人报。传曰：姪者何也？谓吾姑者吾谓之姪。经言丈夫妇人同谓之姪。则非专谓女也。《公羊传》曰：二国往滕，以姪娣从，謂妇人也。《左传》曰：姪其从姑。谓丈夫也。不谓之犹子者，女外成别于男也。今世俗男子谓兄弟之子为姪。是名之不正也。"又解释"至"声曰："从至者，谓虽适人，而于母家情挚也，形声中有会意也。"段注只解释了"姪"兼男女而言，并未解释为什么女子对兄弟之子称"姪"，而男子对兄弟之子不称"姪"。正如贾公彦在解释《仪礼·丧服》"谓吾姑者吾谓之姪"时说："名唯对姑生称，若对世叔唯得言昆弟之子，不得侄名也。"一句话，女子对兄弟之子有一个专称"姪"，男子对兄弟之子没有专称。商代没有"叔""伯"等专称，"伯、仲、叔、季"只是用来表示排行，和"一、二、三、四""甲、乙、丙、丁"没有区别。商王武丁称呼其父辈为"父甲、父乙、父丙、父丁"就相当于"大爸、二爸、三爸、四爸"。而周人称犹子为"伯子、仲子、叔子、季子",也即"大儿、二儿、三儿、四儿"。至于这儿子是自己的还是兄弟的并不知道,所以也无需分别。这正是远古族外对偶婚的遗迹,也就是说,历史到了殷商时代,"民知其母不知其父"的意识在语言中还有残留。所以,神话中的各氏族之首领也都是不知其父的。伏羲氏是母华胥在雷泽履大人之迹而生的;神农炎帝是母任姒在华阳被龙头触了一下而生的;黄帝是母附宝见大电光绕北斗,感而怀孕二十五个月而生的;少昊氏是母女节梦见大星如虹,接触了她的下体而生的;颛顼是母景仆(即女枢)被大星瑶光贯月后感而生的;尧是母亲庆都在黄河边上遇上赤龙相交而生的;舜帝是母亲握登被大虹有感而生的;大禹是母亲修己在山中行走时,被流星贯昴,梦交而后,吞下神珠薏苡,从胸部生下禹的;殷的先人契是母亲简狄吞下燕子蛋而剖背生的,开国的成汤又是母亲扶都见白气贯月,感而有孕而生的;周代的始祖稷是母姜嫄踩到大人脚印有感而生的。大家看,直到周代,追述自己先人的历史还是无父有母的。这又带来一个"姓"字。《说文·女部》:"姓,人所生也,古之神圣人。母感天而生子,故称天子。因生以为姓。"段注引《五经异义》,齐、鲁、韩三家《诗》,《春秋公羊》都说"圣人皆无父,感天而生"。所以,先秦的姓多从女,如:姜(姜水神农)、姬(黄帝)、姞(伯鲦)、嬴(少皞)、姚(舜,姚墟)、妫(舜,妫汭)、妘(祝融)、姺、燃、姒、娸等。

关于"娶"字。

当农业生产的发展使男子在其中占主导地位的时候,婚姻制度也发生了变化,从妇居改为从夫居,母系社会变为父系。虽然现在很多人类学家不同意掠夺婚作为一种婚姻形态,但掠夺婚的风俗的确是存在的。不仅《周易·屯卦》之"屯如邅如,乘马班如，匪寇，婚媾"，是掠夺妇女的场景描写。还有刘师培考证的"婚"，即乘婚夜行窃掠的意思。"娶"字取义"取"，"取"之义即获捕奴隶，以馘记功。现在加"女"旁作"娶"，也是取意于像捕获奴隶一样去获得妇女的。

从夫居的婚姻，并不能改变族外对偶婚的实质，它还不是一夫一妻制。但反应在语言系统里已经有变化了。这就是"舅""姑"和"甥"。《尔雅·释亲》说："妇称夫之父曰舅，称夫之母曰姑。"相当于今天的"公公""婆婆"。这在汉语称谓系统中，二者为一表明实际身份的一体和社会角色的统一。即既是舅舅，又是公公，那当然是姑娘女儿嫁给舅舅的儿子；既是姑姑，又是婆婆，当然是舅舅女儿嫁给姑娘的儿子。所以，这两句话所反映的是两合氏族的亚血缘婚姻曾经盛极一时。

关于"甥"字。

《说文·男部》："谓我舅者吾谓之甥。"我们知道，"舅"有二义，甥也有七义，其中："姑之子为甥，舅之子为甥。"这是好理解的。但《尔雅·释亲》又说："《释名》妻之昆弟为甥，姊妹之夫为甥。"这就不好理解了。段玉裁注《说文·男部》："甥"说："《释名》妻之昆弟曰外甥一条，最为无理。"我们根据芮逸夫《释甥之称谓》一文所列，"甥"在先秦有七种指称：

①妻之昆弟：《释亲》："妻之昆弟为甥。"（小舅子）

②姊妹之夫：《释亲》："姊妹之夫。"（姐夫、妹夫）

③舅之子：《释亲》："舅之子为甥。"（内表兄弟）

④姑之子：《释亲》："姑之子为甥。"

⑤女之夫：柳宗元《韦道安》："纳女称舅甥。"蒋之翘辑注："甥，婿也。"（女婿）

⑥姊妹之子：今同。《仪礼·丧服》郑注："甥，姊妹之子。"（外甥）

⑦女之子：《诗经·齐风·猗嗟》："展我甥兮。"毛传："外孙曰甥。"（外孙）

芮逸夫认为：称妻之昆弟为甥，是因为己身取姑之女为妻而来；称姊妹之夫是由己身的姊妹嫁姑之子为妻而来；称舅之子为甥是由己身娶舅之女为妻或己身的姐妹嫁舅舅为妻而来；称女之夫为甥是由己身之女嫁姊妹之子为妻而来。这里面的情况是相当复杂的。这不仅仅是两合婚姻制度的产物，还有先秦的"媵妾制"掺和其中。从中可以分析出很多上古婚姻文化的讯息。

毕竟婚姻后来是两个人的事，我们来看看古人的夫妻关系。"夫"没有异议，《说文·夫部》："丈夫也，从大一。以象先（簪）。周制八寸为尺，十尺为丈，人长八尺，故曰丈夫。"段注补："冠而后簪，人二十而冠，成人也。"是说男子头上插一簪即为"夫"。无论是象人形还是头上插簪形，对于理解男子为"夫"是没有疑问的，而"女子以夫为天"，这当然是后来的意思。

再看"妻"字。《说文·女部》："妻，妇与己齐者也。从女，从中，从又。又，持事，妻职也。𡚽，古文妻，从肖女。肖，古文贵字。"

这里是非常微妙的关系。以"齐"释"妻"，以为妻与夫齐，所以《诗经·小雅·十月之交》"艳妻煽方处"，郑笺："敌夫曰妻。"《仪礼·丧服》："妻为夫。"贾公彦疏："妻，齐也。"《白虎通·嫁娶》说："妻者，齐也，与夫齐礼。"甚至还超过丈夫，如《礼记·哀公问》："妻也者，亲之主也。"《孝经·孝治章》："而况于妻子乎？"唐玄宗注："妻子，家之贵者。"这与许慎的"贵女"为妻的释字倒有些相像。可是，这与"妇以夫为天""女，如也，在家如父，出嫁如夫""乾健坤顺"的观念都是不合的。我们只能解释"妻"的称呼产生很早。以手秉中，当时采某植物的形态。联系"妇"之执帚、"妹"之纺织、"委"之载禾、

"妜"之制衣、"娥"之执钺、"婡"之采摘等，当时妇女的劳作可知一二，除了不执弓箭狩猎外（执戈是护家），家中之事都赖女性。所以那时的"妻""婦"等自然可与男子齐等。说是地位齐等也是不对的，"齐等"是后人的解释。"齐"是中心的意思。《诗经·小雅·小宛》"人之齐圣"，孔颖达疏："中正谓齐。"《尚书·顾命》"底至齐"，刘逢禄集解："齐，中也。"《释名·释州国》："齐，齐也。地在渤海之南。勃齐之中也。"齐通"脐"，"脐"即中心的意思。所以"齐州"王琦注李贺诗注引《尔雅》邢昺疏曰："齐，中也。中州，犹言中国也。"妻为一家之中心，即"亲之主""家之贵"的意思。从"安""妥"从女，我们知道："家中有女即安""凡事女以手为之则妥"。这都是以女为一家中心的造形。后来，女子从夫居，此字也跟着从夫居，所以"女子适人"为妻，或"以女嫁人"为妻。在后来和"婦"一样，成为男子配偶的名词，才衍出"平等"之义，绝不像"女"作动词时，是"纳女于人"的意思。今人常说"明媒正娶"即要求平等之义。

当私有制产生以后，社会进入父系为中心的体制，男子为了将财产留给自己的后代，保证不旁落，明确血缘是非常重要的。随之而来的才有贞操观念。反应在婚姻制度之中就是嫡庶制度，这直接和继承制密切相关，所以，封建社会的继承制是与婚姻血缘密不可分的，反映在人们的口头语言中，还有"母以子贵""子以母贵"等说法。

关于"嫡"字。

《说文·女部》作"嫡"。段注认为："俗以此为嫡庶字，而许书不尔，盖嫡庶字古只作适。适者，之也。所之必有一定也。"这种迂曲的解法有些勉强。《说文·辵部》："适，之也。"段注曰："女子嫁曰适人。""适人"即嫁人也。这是指从夫居以后的出嫁。从男方言之称"归",从女方言之称"適",所生之子即"嫡子"。由此可见,"嫡"总是和女方婚姻有关。"嫡"从帝得声,我们讲"帝"时,认为"帝"是生殖崇拜的象征。"帝"移作生育神,到父系社会更移作父。殷人称神为"帝",称已故之父也为"帝"。帝生下己身,己身即为"嫡子",正统的"帝"之子也。

关于"庶"字。

《说文·广部》:"庶,庶:屋下众也。从广炗。炗,古文光字。"段注以为"光取众盛之义"。这都是因为"庶"有"众"义,以此来牵合,比附字形。在甲骨文中,"庶"作"圂""庶""圂""圂"等形,金文作"庶",都与石和火相关。我们在讲火的应用时讲过,初民以烧热的石头投入水中来煮食物,其实这就是"煮"的意思。因为"口"讹变为"廿","炗"就从了"光"的古文,表示"厂"的形体就成了"广"。如果是这样,"圂"则是"屋中有屋",是讲不通的。由于热石头投水有沸腾现象,所以引申为"盛",至今词语里还有"鼎盛"的说法。由"盛大"再引申为"众盛""众多"。"庶子"就是"众子",除嫡子以外的其他孩子都是庶子。但"庶"只是后起义,在殷商时代与之对应的是"介"。卜辞中常见"介子""介兄""介父""介母""介祖"。"介"是"次""副"的意思,次卿称"介卿",副使称"介"。《礼记·曾子问》:"曾子问:'宗子为士,子为大夫,其祭也如之何?'孔子曰:'以上牲祭于宗子之家。祝曰:孝子某为介子某荐常事。'"《礼记》中还有"介妇",是和冢妇相对的一个词。可知商代是帝—介的对应,周代是嫡—庶的对应。

"婚姻是家族间的一种契约",这是初民社会普遍的现象,其实"两情相悦"是不存在的,除非在混同兽类的群婚时代。当社会进入私有制以后,经济主宰一切,在婚姻这个契约中也成为主要条款。女子在经历了那次"伟大的失败"后，已经变成和奴隶差不多的财产，属于男子私有。既然如此，就没有白白送人的道理，所以许多如此相关的风俗便产生了。像买卖婚姻，在初民看来不但不可耻，且是荣光的和必需的。试想一下，男子恋爱结婚，空手套白狼，将无博有，这与偷盗有什么两样？如果男子拿十匹马来换一个女子，则女子大有身价；如果是三十头牛，则更是身价十倍。在加拿大西北的土著人中，不用财产娶来的女子所生的孩子，被看作私生子。如"娉"字，《说文·女部》："娉，问也。"是"娉"与"聘"同。但"娉则为妻，奔则为妾"，是从女的取义。娉从甹声，甹与俜同，轻财为甹，是"娉"亦取义于"轻财"。婚姻虽结两姓之好，但一开始就与财分不开。"太昊、伏羲制嫁娶，以俪皮为礼"。俪皮即一对鹿皮，这在后世看似微不足道，但当时是很重要的财物。这直接导致后来婚姻六礼中"纳采"的礼仪。在汉语中，"纳采""纳征"都是"纳币"。"币"即礼物，民间叫"下财机"。《春秋·庄公二十二年》："公如齐纳币。"《北齐书·袁聿修传》记载一个这样的事：司徒录事参军卢思道，私贷库钱四十万，聘太原主义女为妻，而王氏已先纳陆孔文礼聘为定。即是以高额聘礼来诱惑女家毁约。

由于经济原因而带来的婚姻陋俗很多，例如，交换婚、赘婿、从妻居、接续婚、典妻、收继婚等。这里讲一下娣媵制这种奇异的婚姻制度。

先列举几例资料：

①《诗经·大雅·韩奕》："诸娣从之，祁祁如云。"传："诸侯一娶九女，二国媵之。"（西周时有娣媵制）

②《左传·隐公三年》："（卫庄公）又娶于陈曰厉妫，生孝伯，早死。其娣戴妫生桓公，庄姜以为己子。"

③《左传·庄公二十八年》："晋伐骊戎，骊戎男女以骊姬，

归，生奚齐；其娣生卓子。"

④《左传·闵公二年》："闵公，哀姜之娣叔姜之子也。"

⑤《左传·文公七年》："穆伯娶于莒曰戴己，生文伯。其娣声己，生惠叔。戴己卒，又聘于莒。莒人以声己辞，则为襄仲聘焉。"

⑥《左传·襄公三十一年》："立敬归之娣齐归之子公子裯。"

⑦《左传·哀公十一年》："（卫太叔）疾娶于宋子朝，其娣嬖。"

⑧《左传·僖公二十三年》："秦伯纳女五人，怀嬴与焉。"（此共嫁重耳）

这些都是说明：一、娣媵不仅行于邦君，亦行于大夫。二、娣媵之子权利同于嫡出，娣媵有继室之权利。

《左传·哀公十一年》："（卫太叔）疾娶于宋子朝，其娣嬖。子朝出，孔文子使疾出其妻而妻之。疾使侍人诱其初妻之娣。寘于犂，而为之一宫，如二妻。"

由此可知，出妻同时必须出娣，想不出娣则需娘家同意或诱之他处安置。所以。婚约是连带的，离婚也是连带的。春秋时代，出娣是有条件的。一般是嫡女出嫁，以庶娣一同出，如同后世姊妹共夫制。宋桓夫人和许穆夫人为同母姊妹，许穆夫人不随宋桓夫人为娣可征。

三　古代的政治制度

政治，说到底是在一定的范围内统治一定数量的人民的制度系统。政治制度的终极目的是维持社会秩序，使统治机构能够有条不紊地运行。每个社会的生产水平的发展，必然引起政治制度的变化，这种变化首先反映到语言中来，并且有许多讯息会沉淀在语言中，使我们能够对古代社会的政治制度做些追溯。

在国家一节中，我们讲到古代社会的权力机构，这些机构行使权力的外化形式就是政治制度。我们在这里主要谈刑法、军队和祭祀。

（一）刑法

刑法并不是阶级社会才有的，并不是一个阶级镇压另一阶级的工具。在初民的原始社会中，就有许多禁会。这种禁会的严厉程度比后代的刑法要酷烈得多，人们执行的自觉性也大得多。譬如在原始社会，有这样一条风俗：一个女子可以和她认识的许多少年同居。可在结婚以前，绝不允许和未婚夫同居，一旦被发现，这两人都将被杀死。路威的书中记载这样一件事："一个克洛印第安人，哪怕他的丈母近在咫尺，他也不能对她说话；倘若非说不可，他可以请他的太太或别人代为传达。东非洲的查加人禁止女婿和丈母会面，要等养了外孙以后才解禁。倘若路上遇见丈母，他得赶快找个地方躲起来。倘若她出其不意地到了他的门口，他也得赶快躲避。上尼罗的兰哥人更进一步，倘若必须在丈母住的村子里头经过，先就得打发人去送信给她，让她预先躲藏起来，免得在路上碰见。倘若她要到女婿村子里来避难，必得用抬架抬了去，全身用牛皮蒙好，等女婿把她的住处布置好，离开了那个村子，她才可以把牛皮揭去。有一回，一个女人把她的母亲请了来，事先没有告诉她的丈夫；他回来知道此事，说她不懂礼，痛打一顿，连她的娘家人都说他打得有理，虽然他回家的时候那位老太太早已回去，两人并没有见面。据说是，倘若犯了这条禁例，丈母、女婿、女儿、外孙里头必有一人要有性命之忧。"（《文明与野蛮》）这就是先民的法律，它以禁忌的形式出现，禁忌比法律力量要大得多。

到了阶级社会，原始的禁令根本无法约束人事繁杂的生活局面，国家就以法律条文的形式公布刑和法。

我们先来看看"灋"字。"灋"字从廌，牵涉到的是原始社会的神判制度。廌是像牛一样的独角兽，相传是神人送给帝的神兽，食荐草，"夏处水泽，冬处松柏"，这种野兽的作用就是作为神判工具。《后汉书》注引《异物志》曰："东北荒中有兽名獬豸，一角，性忠，见人斗则触不直者，闻人论则咋不正者。"王充《论衡》认为是"一角之羊"。不管是牛是羊，皋陶曾经以它来治狱。皋陶是尧时大理，直到封建社会的大理寺还是国家的检察和司法机关。獬豸官也成为中国法官的标志性头饰，从法字就反映了原始社会的法律状况，也就可以了解中国法律的起源。难怪日本人说："汉字本身就是一个集成电路。"如果我们把"灋"换成"law"试试。你能从中看出法律的初始形式是"神判"么？

"神判"又叫"天罚"，它是借助于神的力量为定夺诉讼纷争或确定罪犯，而对当事人或嫌疑者施行考验的原始审判方式。这里有个前提，施行神判必须在双方都相信神是正直公正的，神是有力量判断是非曲直的，不然神判就无从谈起。神判的方式非常多，例如汉族的"走铁板"，将一块铁板烧红，让诉讼双方从上走过，忍受不了的一方败诉。再比如"吃毒药""捞油锅"。彝族"捞油锅"由巫师主持，在高山上支起锅将油烧沸，巫师念咒语后向其中撒一把米，诉讼双方去捞米。景颇族还有"斗田螺"的方式。失物者和嫌疑人各捉一只田螺放在同一碗中，以田螺相斗的输赢来定胜败。阿昌族则是"点蜡烛"，以燃烧时间长短来决是非。藏族有"火判"，在火塘炭火中烧一块石头或一块铁，用手捡出，未烧伤者胜。壮族是踏火堆。佤族还有血判，双方在头人巫师监督下，各伸一手相互摩擦，规定时间，都出血或都不出血则战平两罢，一方出血另一方不出则出血者输。可见初民的法律形式每个社会都有。

　　"刑法"的"刑"从井从刀，《说文》不入刀部而在井部，是有其深意的。在《说文》中，刑法的"㓝"意思是"罚罪也。从刀井，《易》曰：井者法也"。段注以为这是个会意字，并引《春秋元命苞》曰："荆，刀守井也。饮水之人，入井争水，陷于泉，刀守之，割其情也。"又曰："网言为罜，刀守罜为罚。罚之为言内也，陷于害也。"段玉裁接着说："夫井上争水，不至用刀，至于罜骂当罚。五罚断不用刀也。故许以罚入刀部，谓持刀骂罜则应罚。以刑入井部，谓有犯五刑之罪者，则用刀法之。同一从刀，而一系诸受法者，一系诸执法者。且从井，非为入井争水。视《元命苞》之说，正如摧枯拉朽，安置妥帖矣。"段氏以为"井"不是入井争水，这是对的，但他相信从井即是水"井"之义却有问题。我们来看"井"的造形，《说文》以为"象构形"，即井阑，井上围着的木栏。其实许慎说法是错的，"井"不是井上栏，而是"井"的造形。河姆渡遗址挖掘的古井，距今5800年左右，是一口浅水井。边长2米，每边井壁打下几十根排桩，用一口由榫卯套接而成的方木框下于井底，以防四周井壁排桩倾倒。井口框架由16根圆木构成，深1.35米，外围有28根栅栏桩，推断井上应有井亭。河南洛阳汤阴白营遗址发掘有12米的深井，井口近乎方形。上口5.7米见方，半米处收至3.7米见方，底部只有1.5米见方。井内有14层井字形木架加固井壁。

　　考古发现告诉我们："井"形不是象井栏，古代井是方形，四周圈以井形木，以防井壁坍塌。俯视图"井"即井。但"井"为什么和"法"产生联系呢？

　　这要从"井"木的排放讲起。井形木堆架也有讲究，14层不是一次摆架的，初民先在底部放第一层，等水溢满后，看水从哪边溢出，就垫高哪边，直到水平为止，犹如今人的水平仪。就过样一层层叠加，一层层填土，直到井口。这就在人们的心目中形成一种观念，借助于水可以让"井"形木达到平衡。等到"法律"产生后，人们知道它的作用就是达到公平，所以用"井"形木来代表公平，用刀来代表执行使之公平。这就是"荆"。

后来到了青铜器时代，人们铸造青铜器时，要先用模型来铸造，也就借助于"井"型木的这种形式，"荆"和"型"就成了古今字。而"型"就是"范"，"范"是由"法"声变过来的，意为模型、样子、规范，由此而孳乳出另外一个字就是"刱"（创）。《说文·井部》："刱，造法创业也。""创业"是后来的意思。"创"本义是"造"，造法，即依范，用型就能铸出物体来，所以从"刑"。至于从刀的"刑"，《说文·刀部》："刑，到也。""到，刑也。"二字互训，其实是一个字，与"荆"根本不相干。《说文·耳部》："聅军法以矢贯耳也，从聅，《司马法》：小罪聅之。中罪刖之，大罪到之。""到，颈也。横绝之也。"以刀抹脖子叫"刑"，又叫"到"，今天还叫"自到"（自尽）。所以，"刑法"和"刑罚"是两回事。"荆"是仪型、规范，与"法"义近。"刑"是到割，引申为后来的受刑。

从以上的分析我们可以知道，中国古代的法律最先来自禁忌，和"神判"有关。而"刑法"一词，含有公平、规范的意思，是中国古代法律制度的表述。

皋陶的神判当然还不是真正意义上的法律，《尚书》中的《吕刑》是我国现存的文献典籍中最早的法律文献。吕侯是吕国国君，兼周穆王的司寇，主管刑法。他遵照周穆王的命令，在夏代赎刑的基础上，制作周代的法律条文和法律思想。全篇从蚩尤时代的五刑讲起，"惟作五虐之刑与法"，即：劓、刵、椓、黥、大辟。到了周代，五刑定为：墨、劓、剕、宫、大辟。当时执行的刑罚是："墨辟疑赦，其罚百锾，阅实其罪。劓辟疑赦，其罚惟倍，阅实其罪。剕辟疑赦，其罚倍差，阅实其罪。宫辟疑赦，其罚六百锾，阅实其罪。大辟疑赦，其罚千锾，阅实其罪。"这时的法律一定要讲究证据，证据不足，稍有疑问，宁可罚金，也不可行刑。

"墨罚之属千，劓罚之属千，剕罚之属五百，宫罚之属三百，大辟之罚其属二百。五刑之属三千。"可见当时法律条文是何等详细尽致。

在汉字中还有一个"则"字，经常也作"法则""原则""准则"讲。所谓"有典有则"，就是指规范性质的条文。《说文·刀部》："则，等画物也。从刀贝。贝，古之物货也。𠚖，古文则。𪔂，籀文则，从鼎。"段注曰："等画物者，定其差等而各为介画也。今俗云科则是也。介画之，故从刀。引伸为法则，假借之为语词。""物货有贵贱之差，故从刀介画之。"用刀来介画货物，定其等差就叫"则"。这是无法使人信服的。如果是指货物，则应当说"从刀、货省。"贝是泉货，不是货物。泉货之价格等差在形制上就表现出来，不须用刀再去分别介画的。所以，"则"字应当另有解说。我们来看金文的"则"（甲骨文未见"则"），没有一个从贝的，如"𪔂""𪔂""𪔂""𪔂"等形，下面的鼎足还是很明显的。所以，"则"从"贝"肯定错了，应当是"从鼎省"。那么，"则"和"鼎"是什么关系呢？我们结合文献来看，《左传·昭公六年》："三月，郑人铸刑书。叔向使诒子产书曰：'……将弃礼而征于书，锥刀之末，将尽争之，乱狱滋丰，贿赂并行。终子之世，郑其败乎？肸闻之，国将亡，必多制。'"是郑国子产把郑国刑法铸在鼎。二十三年后，《左传·昭公二十九年》："冬，晋赵鞅、荀寅帅师城汝滨，遂赋晋国一鼓钱，以铸刑鼎，著范宣子所为刑书焉。"这是春秋时代两次铸刑书于鼎的事。铸刑法要用刀把字刻在鼎上，这就是"则"，将法律条文铸于刑鼎，使天下人以之为准则。

　　和古代法律有关的还有"報"字。"報"在甲骨文中是从"羍",作"🔒""🔒"等形,象一个人被刑具枷锁双手,背后又有一手执之。"羍",《说文·羍部》:"所以惊人也。"段注以为"𢆉音干","干者犯也,其人有大干犯而触罪,故其义曰所以惊人也,其形从大干,会意。"虽然也牵扯到犯罪上,但在字形解释上太迂曲。其实,甲骨文的"羍"作"🔒""🔒"等形,完全是一个枷锁刑具之形,一望明了。凡是从"羍"的字都与犯罪有关。"罣,司视也,今吏将目捕罪人也。""執(执),捕罪人也。""圉,囹圄,所以拘罪人也。""𥃲,引击也,从羍支,见血也。""鞠(鞠),穷治罪人也。"所以"報,当罪人也",亦即"处分论報(报)",《汉书·苏建传》苏林注:"報(报),论也。断狱为報(报)。""当"即为罪犯定罪的意思。

　　古代有一种刑法叫"刖",《说文·刀部》:"刖,绝也。"刖鼻之刑名劓,刖足之刑曰跀。《说文》没有"剕"字,剕刑即除去膝盖骨。其实,"剕"即"剶",《书·吕刑》"剕辟疑赦",孔安国传:"刖足曰剕。"《汉书·百官公卿表》"正五刑",颜师古注:"剕,去髌骨也。"《书·吕刑》"剕辟疑赦",伏生书作"髌辟"。《汉书·刑法志》引《书》作"髌"。钱大昕《十驾斋养新录》"古无轻唇音":"剕与膑通。剕罚之属五百,《史记·周本纪》引作'膑'。"既然刖足曰剕,又说去膝盖骨为剕,那么,刖就是去膝盖骨了。今人解释孙膑的"膑"字就是如此。但我们看甲骨文,刖刑绝不是去膝骨,"🔒""🔒""🔒"等字形,明显都是用锯子锯掉一条腿。这就是"刖",也叫"剕"或"膑"。

　　大辟即斩首。是五刑中最重的一种。但我们从语言方面来考查,发现斩字从车从斤。《说文·车部》:"斩,截也。从车斤。斩法,车裂也。"段玉裁说:"斩以铁钺,若今腰斩也。杀以刀刃,若今弃市也。本谓斩人,引申为凡绝之称。""盖古用车裂,后人乃法车裂之意而用铁钺，故字亦从车。"这样就使人迷惑了。造这个字的时候，斩到底是车裂还是铁钺呢？车裂又是什么呢？既然斩从车，造字之初的斩刑必定与车有关。那么"斩"就是车裂之刑。据说商鞅是受车裂之刑的，以五匹马曳绳拴住人四肢及头部分别往不同方向赶马，所谓"五马分尸"，常言所说的"车裂"即此。其实，证诸文献，有不确之处。《说文·车部》："轘，车裂人也。从车瞏声。《春秋传》：'轘诸栗门。'"《左外方内传·桓公十八年》："齐人杀子亹而轘高渠弥。"《左传·襄公二十二年》："楚观起有宠于令尹子南……王遂杀子南于朝，轘观起于四竟。"既然轘是车裂，为五马分尸之刑，如何"轘于四竟"？从瞏得声之字多有回环往复义，所以有人解释车裂不是五马分尸，乃是将罪犯缚于车后，驱车疾驰，将人活活拖死，渐至粉碎，故称车裂，洵为有理。

有意思的是，就是这位受车裂之刑的"商鞅"，自己就是酷刑的制造者。在殷商时代的刑法中，据说有一条"弃灰于道者断其手"，即今天乱扔垃圾断其手。《韩非子·内储说上》："殷之法刑弃灰于街者，子贡以为重，问之仲尼。仲尼曰：'知治之道也。夫弃灰于街必掩人……虽刑之可也。且夫重罚者，人之所恶也；而无弃灰，人之所易也。使人行之所易而无离所恶，此治之道。'"到了商鞅，弃灰就不是断其手，而是弃市了。明代张萱《疑耀·秦法弃灰》说："秦法：弃灰于道者弃市。此固秦法之苛，第弃灰何害于事而苛酷如此？余尝疑之，先儒未有发明者。偶阅《马经》，马性畏灰，更畏新出之灰，马驹遇之辄死。故石矿之灰，往往令马落驹。秦之禁弃灰也，其为畜马计耶？"

宫刑是五刑中仅次于死刑的一种酷刑。大约始于殷商。《尚书·吕刑》中就有宫刑，而周初刑法是直接继承殷商的。孔传"宫辟疑赦"的解释是："宫，淫刑也。男子割势，妇人幽闭，次死之刑。"历来注家对男子的行刑是没有疑义，但对女子行宫刑却有两种不同的解释：①破坏生殖机能。②禁闭宫中为奴。最先议论这个问题的是鲁迅，他在《且介亭杂文·病后杂谈》中说："谁都知道从周到汉，有一种施于男子的宫刑，也叫腐刑，次于'大辟'一等。对于女性就叫'幽闭'。向来不大有人提起那方法，但总之是决非将她关起来，或者将它缝起来。近时好像被我查出一点大概来了。那办法的凶恶，妥当而又合乎解剖学，真使我不得不吃惊。"但鲁迅并没有详述他所查出来的是什么。我想鲁迅查出来的，无非是南阳县县衙女牢中的五刑画像中的"椓阴"之刑。《尚书·吕刑》中记载蚩尤之时，"杀戮无辜，爰始淫为劓、刵、椓、黥。"孔安国传："截人耳鼻。椓阴黥面。"孔颖达疏："椓阴即宫刑。"后来郑玄注《诗·大雅·召旻》"昏椓靡洪"也说："椓，椓毁阴者也。"清代袁枚在《续新齐谐·麒麟喊冤》中说："（戴圣）言椓是椓妇人之阴，此是《景十三王传》中之事，三代无此惨刑。"思陶按：《汉书·景十三王传》记载：汉景帝时，广州王刘去和他的王后阳城昭信，残害姬人陶望卿，望卿被逼投井，昭信使人捞出其尸，"椓杙其阴中"。这是历史文献记载的最早的"椓阴"。但大家请注意：这完全是个人泄私愤的手段，不是刑罚名。还有见于记载的是《隋书·酷吏传·元弘嗣传》："（弘嗣）每鞫囚徒，多以酢灌鼻，或椓弋其下窍，无敢隐情，奸伪屏息。"这也不是刑罚名，并且不专施于女性。可以说，"椓"字的本义是"槌打"，"椓阴""椓窍"都是指捶打下体，本身并不是刑罚名，唐代以前至少是这样。唐代孔颖达在解释"椓"字时，说"椓阴"即宫刑，又说"幽闭"是"闭于宫，使不得出也"。可见孔颖达认为是椓阴幽闭。现代研究者一般相信古人一定比后人残酷，所以想象古人的刑罚一定比后人恐怖。其实不一定如此。根据《荀子·正论篇》的说法，"古无肉刑而有象形"，墨黥是为了和一般人相区别以示惩戒。《初学记》卷二十引《白虎通》说："犯宫者履杂扉。"扉就是草鞋，穿一种特殊的草鞋罢了。《汉书·刑法志》也认为："禹承尧舜之后，自以德衰而治肉刑。"古来宫刑的目的是惩治淫佚罪，《太平御览》卷六四八引《尚书大传》说："男女不以义交者，其刑宫。"刘向《列女传·楚平伯嬴》也说："士庶人外淫者宫割。"只要能达到不准其交合的目的，"幽闭"是幽禁完全是可能的。而《礼记·文王世子》说："士族无宫刑，不翦其类也。"

《吕刑》中的"五罚"，都是古人"慎刑"的表现。到了明代，对于女子幽闭就有了新法，徐树丕认为明初施行的"幽闭"是像阉割雌性牲畜一样割去其卵巢。但这种刑罚在当时医疗条件下犯人大半要死亡，后来就不用了。到了清代褚人获在《坚瓠续集·妇人幽闭》中说："《碣石剩谈》载妇人椓窍，椓字出《吕刑》，似与《舜典》宫刑相同，男子去势，女子幽闭是也。……椓窍之法：用木槌击妇人胸腹，即有一物坠而掩闭其牝户，止能溺便，而人道永废矣。是幽闭之说也。"鲁迅所查到的无非是这些，但这不能说明一开始的幽闭即用此法。总之，《吕刑》中记载的"椓"是不是刑名尚有可疑。女子"幽闭"之刑如"椓阴"在唐代以前未见实例。鲁迅所说，大致是明代以后的事，不足为据。但古往今来，明代是一个最荒淫的社会，自宫者比比皆是，太监宫女在明代蔚成风气，刑名酷烈也大胜前代，例如朱元璋时监察御史张尚礼做了一首《宫怨诗》："庭院沉沉昼露清，闭门春草共愁生。梦中正得君王宠，却被黄鹂叫一声。"因对后宫生活描摹太细微而被处以宫刑，致张死于蚕室。明成祖朱棣将景清剥皮揎草，将铁铉下了油锅。魏忠贤的下场是被浇上热沥青，等其冷却后，剩下的就是一具完整的人皮。那位永历帝收的张献忠养子孙可望杀李如月的事和景清恰为呼应，鲁迅说，明朝以剥皮始，剥皮终。

（二）军队

战争是人类社会每个阶段的必须活动之一，即使在原始氏族社会，人们在与大自然搏斗的同时，也在实行同类群体的争斗和兼并。有人做过统计，自从神农氏以来，到辛亥革命时，中国境内共发生战争3791次。平均不到两年发生一次。（见《中国汉字文化大观·汉字与军事》）结果是如何统计出来的我们不得而知，但战争的大致情况告诉我们：人无宁日。

战争的主体是军队，最初的战争就是械斗性质的打群架。一个部落、一个氏族和另一个部落、氏族械斗，就是战争。所以甲骨文有个"衆"字，作"🀄""🀄"，象许多人聚集在一定领地上。而"鬥"字作"🀄""🀄"，象两人争斗之形。后来，发明了武器。战争形势发生变化，反映在语言中，一切与战争有关的语言都与使用的工具有关，所以，我们来看古代的战争，工具是重要的标识。例如，军队的编制最早是"師"，《说文·币部》："師，二千五百人为師，从币从𠂤。𠂤，四币，众意也。"段注："五人为伍，五伍为两，五两为率，五率为旅，五旅为師。師，众也。""小𠂤而四围有之，是众意也。"古文字中"币"和"師"同字。《说文》以为"𠂤"是"小阜"，即"魁""堆""墩"，所以因四匝皆人而引为众义。但甲金文之"🀄""🀄""🀄""🀄""🀄"与"阜"之"🀄""🀄""🀄"不同，无论是何时代，"阜"都不做"🀄"形，其中的"🀄"都是直的，所以，"🀄"疑不当与"阜"连缀而及。段注在解释"𠂤"通"魁""堆""墩""追"之后说："追"即"𠂤"的假借字。李善注《七发》曰："追，古堆字。《诗》'追琢其章'，追亦同𠂤，盖古治金玉突起者为𠂤，穿穴者为琢。"这是正确的，"🀄"像琢一块玉，像个"槌"的形状。这是古代命将的凭信。甲骨文𠂤即"遣"字，作"🀄""🀄"

等形，即是双手持玉。《说文·畠部》作"畾"，字形错了。但他解释说："畾商，小块也。""块"又与"魁"音义俱近。高明《古文字类编》说："古文畾通作遣。"无疑是正确的。"官"字从宀从𠂤，《说文·𠂤部》解为"吏事君也。从宀𠂤，𠂤犹众也，此与师同意。"段注："人众而帀口之，与事众而宀覆之，其意同也。"这是因为不知"𠂤"是班玉的意思所做的牵强说法。在屋内班给他玉信"𠂤"，就是命之为官。官，管也。符信有玉，有金，有竹。或可见古代出师打仗，班个玉槌给他，让他领众前去，这就是"帅"。金文《毛公鼎》《晋公盦》的"帅"都有一横，与"师"类似。金文"達"（即率领之义）作"𤱿"，中间就有"𠃌"形。"帀"我怀疑是"旆"的古体，象旗帜之形。甲骨文中的"放"作"𠂉"，其实是半边"帀"，所以它总是作为字的偏旁，加上别的符号以足成一个字。例如金文《放爵》（商代）"放"作"𠂉"，如果并立则是"𠂉""𠂉"，合并中间则成"米"。如果甲骨文的"旅"，作"𣂰""𣂰"，就是众在旗下。"族"作"𣂰""𣃃"，旗下有箭。甲骨文没有"旆"字，金文有一个"𣃃"字，正是作"𣃃"，右边和"帀"全同，高明《古文字类编》注："古同帀。""师"与"周匝"之义无关，不当从"匝"。"师"卜辞作"𠂤"，是玉槌为发师之凭信，后代以旌旆代之，于是在"𠂤"旁再加一"帀"之形。"帀"其用亦为印信之类。后代"牙"与"帀"相混，段氏知"周匝"而不知"师"，但许氏仍知"𠂤，犹众也。此与师同意"（《说文·𠂤部》）。但许氏说"二千五百人为师"，也是以后代解释前代。《殷契粹编》五九七："丁酉贞，王作三𠂤，右、中、左。"又《殷墟书契前编》三·三一·二："丙申卜，贞，戎马左、右、中人三百，六月。""戎马左、右、中"，人数是三百，是三族，每族只一百人。殷商时代，王室以百户为一族，族即是行政单元，又是军事单元。每户出一人为兵士，则百户百人为“一族”，《诗经·周颂·良耜》中的“以开百室”，郑玄解释：“百室，一族也。”可见周初用的是商代制度。商代武丁时代的王族有三族，即三百户。到康丁时代，王族有五族，可征调的士兵有五百人。另外，卜辞中还有左旅、右旅、右众、左众，所以师、旅、众都是殷商王族的卫队性质的军事组织。旅、众不详人数，师大概是每师一万人。到了周代，“师”引申为军队代称，每师约万人之多。《史记·周本纪》记载：周武王灭商时，动用兵力：“戎军三百乘，虎贲三千，甲士四万五千人。”而当时周代是“六师”，《吕览·仲夏纪·古乐》记载：“武王即位，以六师伐殷。”金文中所说的“西六𠂤”，即周初的六师编制。同样是军事组织，“族”是在㫃下聚集之义，“[illegible]”是在围中聚集之义，“师”也应该是在“旆”下聚集之义。

旅，《说文·㫃部》：“军之五百人。从㫃从从。从，俱也。[illegible]，古文旅。古文以为鲁卫之鲁。”段注：“《大司徒》：五人为伍，五伍为两，四两为卒，五族为旅，五旅为师，五师为军，以起军旅。”此也是讲周后期的军队建制。甲骨文“旅”作“[illegible]”“[illegible]”等形，象旗下聚众。现代人认为，殷商时代大概以千人为旅。旅也分左、中、右。但根据刘钊的说法，师是王朝正规的军队，旅是王朝掌管的临时征集的军队，“族”则是由族长指挥的民兵组织，而“众”则是用来征伐的奴隶。

《木兰辞》说：“出门看火伴，火伴皆惊惶：同行十二年，不知木兰是女郎。”火伴即战友，“火”又写作“伙”，是最小的军队编制，五人（或说十人）为伙，战争时用刁斗作锅，五人共炊，夜间又作为巡夜的更具，所以唐李颀《古从军行》：“行人刁斗风沙暗，公主琵琶幽怨多。”根据《史记·李将军列传》：“及出击胡，而广行无部伍行阵，就善水草屯，舍止人人自便，不击刁斗以自卫。”裴骃集解引孟康曰：“以铜作鐎器，受一斗，昼炊饭食，夜击持行，名曰刁斗。"

一斗大约管五个人的饭食，所以五人为一火。火就是共一刁斗而饭食。所以，根据行军时挖灶做饭的数目，就可以计算军队人数，这就是孙膑增兵减灶的策略。一火也称一伍，这个"伍"比"火"还有讲究，古代兵器大类为戈、矛、殳、戟、弓矢五种，每人惯使一种兵器，组成一个战斗单位为"伍"。所以现在有"行伍""队伍""部伍"等词。五人为一小组，是古代军队最小编制单位。

与伍相关联的是"两"。五伍为"两"，即二十五人为"两"。《说文·㒳部》之"㒳"，训"再也"。"两"训"二十四铢为两"，均没有"辆"字之义。这里的"两"即"辆"，与车战有关。周代实行车战，每车共 25 人，五伍共卫一车。车有两轮，其单位为"乘"，又为"辆"。到了车战大为普及的时代，队伍就用带车战标志的"军"来代替，"军"也成了比"师"还大的编制单位。所以，甲骨文至今没有发现"军"字，春秋时期的"金文"才有"𩵋"。

"卒"也曾作为军队编制。《说文·衣部》："卒，隶人给事者为卒。古以染衣题识，故从衣一。"《方言》卷三："楚东海之间亭父谓之亭公，卒谓之弩父，或谓之褚。"郭璞注："主儋幔弩导幨，因名云。"古代十里一亭，亭有亭父，掌开闭扫除。又有求盗，掌逐捕盗贼。亭长旧名负弩，汉代改为亭长。弩父即负弩。所以，"卒"的本义是乡里掌管捕盗的役使，犹后代捕快。本来是捕快穿的衣服染以红色，上面有标记。后来，穿此衣服的人也称"卒"。到春秋时，士兵中的步兵军服前后也有标记。《左传·隐公元年》"具卒乘"，陆德明《释文》："卒，步兵也。"杜预注："步曰卒，车曰乘。"《左传·成公十八年》"使训卒乘"，孔颖达注："从车曰卒，在车曰乘。"再后来，"卒"也成为军队编制。《周礼·地官·小司徒》："四两为卒。"既然五伍为两，四两为卒，即一百人为卒。《左传·隐公十一年》："郑伯率使出犹。"杜预注："百人为卒。"《周礼·夏官·序官》："百人为卒。"郑玄注曰："军、师、旅、卒、两、伍，皆众名也。"那么，现在我们知道：五人为伍，二十五人为两，百人为卒。那么"旅"呢?《说文·㫃部》："旅，军之五百人为旅。"《诗经·大雅·皇矣》："爰整其旅。"郑玄笺："五百人为旅。"《周礼·地官·小司徒》也说："五卒为旅。"但《管子·小匡》说："十连为乡，故二千人为旅。"这是讲的周代早期的民兵制。"师"因此也有两种说法：《周礼·地官·小司徒》："五旅为师。"即两千五百人，《说文》也是这种说法，郑玄注《周易·师卦》："师，贞，丈人吉，无咎。"曰："军二千五百人为师。"自此，战国以后的军制大约是"五"进位。五人为伍，五伍为两，四两为卒，五族为旅，五旅为师。但殷商和周初的师却有万人。

"军"为后起，人数说法也不一。《说文·车部》："军，圜围也。四千人为军。从车，从包省。军，兵车也。"许慎认为"军"的本义是兵车，军队驻扎时，四周以兵车围之，一百六十辆兵车围成一圈，就是一军，共四千人。但另一种说法是，一万两千五百人为一军。《诗经·鲁颂·閟宫》："公徒三万。"郑玄注："万二千五百人为军。"《周礼·地官·小司徒》："五师为军。"曹操注《孙子兵法·谋攻》"全军为上"说："一万二千五百人为军。"第三种说法：《国语·齐语》"万人为一军"，韦昭注："万人为军，齐制也。周则万二千五百人为军。"第四种说法：《史记·孔子世家》："军旅之事未之学也。"裴骃集解引郑玄说："万二千人军。"第五种说法：《文选·刘歆·移让太常博士》："理军旅之阵。"刘良注："二千五百人为军。"这又与师一样了。

总之，殷商到周初，军制并不健全，大概以“师”为最高军制，约万人为师。一国有三师。这是正规军队。此外有旅，每旅约千人，是国家临时征召的军队。还有“族”，是由族长掌管的民兵性质的军队，每族百人。后来由于车战的发展，军制逐渐健全，到战国时代，形成“五人为伍，五伍为两，四两为卒，五卒为旅，五旅为师，五师为军”的军制。古代的学校称为“庠”“校”“序”。《孟子·滕文公上》：“设为庠序学校以教之。庠者，养也；校者，教也；序者，射也。夏曰校，殷曰序，周曰庠，学则三代共之，皆所以明人伦也。”春秋以前，学在官府，学校都是国家办的，专用培训贵族子弟。即使如此，在三代学校中，文化的学习占的比重很小，主要是军事教育。如孟子所说，庠即养。甲骨文“养”写作，隶定写作“”，“羊”是声符，义符即是“攴”，这是指棍棒等技能的训练，使之有军事素养。甲骨文“教”作“”，指儿童入学，以鞭扑督促他，用“爻”来教他。“爻”即“算筹”，是指计算。教的内容是六艺：礼、乐、射、御、书、数。礼乐是为从政从军服务的，军中有军礼不可不习。射御是军事技能，书数则为文化知识。即“教”字暗寓传授的是文化知识和军事技能。“学”今文作“斆”，与“教”取义完全相同。“射”甲金文都像“射箭”之形。可见三代的学校都是进行军事技能培训的地方。除了学校进行军事训练外，民间的活动也有军事训练的内容，如乡射礼、投壶礼、狩猎等，都是军事训练。《论语·子路》说：“以不教之民战，是谓弃之。”这在当时是最不仁的事，《左传》中就讲到农闲时进行军事训练的事，可见当时军事训练制度多么重视。

军事训练还和娱乐结合起来。韶、濩、武、象，是古代名乐，但都与战争有关。

韶：“孔子在齐闻韶，三月不知肉味。”《说文·音部》：

"韶,虞舜乐也。书曰:箫韶九成,凤皇来仪。""九成"就是九段舞曲,"箫韶"又作"韶箾",《左传·襄公二十九年》:"见舞《韶箾》者。"杜预注:"舜乐。"孔颖达疏:"杜不解'箾'义,'箾'即'箫'。《尚书》'箫韶九成,凤凰来仪',此云'韶箾',即彼'箫韶'也。"孔颖达意思是《韶》舞用箫,所以叫《箫韶》。但《说文·竹部》解释"箾"说:"以竿击人也。从竹削声。虞舜乐曰箾韶。"段注:"《左传》:舞象箾、南籥。杜曰:象箾,舞所执。南籥,以籥舞也。箾不知何等器,岂以竿舞与?"段以为"箾"不知何等器,其实"箾"就是个竹签,竹竿一头削尖,亦上古武器之一。以竹竿为舞,作击人状,正是模拟战斗之情景。《山海经》以为"左手操翳,右手操环"。

濩:《史记·礼书》:"骤中韶濩。"裴骃集解引郑玄曰:"濩,汤乐也。"《吕氏春秋·古乐》:"汤命伊尹作为大濩。"《诗经·商颂·那》:"置我鞉鼓。"郑玄笺:"定天下而作濩乐。"曰:"殷汤乐曰大濩。"《汉书·礼乐志》:"濩,言救民也。"综上所述,我们知道一点《大濩》的大概情况:商汤灭了夏桀以后,为了宣扬自己救民于水火的功劳德行,让伊尹创作了舞曲《大濩》。"濩"假借作"镬",《诗经·周南·葛覃》:"是刈是濩。"《释文》:"濩,又作镬。"唐石经作"濩"。"镬"或训煮,乃是后起义。"镬"在这里也当训刈割。推测《大濩》之舞主要表现的就是伐桀时斩杀刈获的场景再现。也是军中舞曲。

武:《庄子·天下》:"武王、周公作武。"陆德明《释文》:"武,乐名。"《史记·礼书》:"步中武象。"裴骃集解引郑玄曰:"武,武王乐也。"可知"武"是周武王的乐曲名。《荀子·儒效》:"于是武象起而韶濩废矣。"杨倞注:"《武》《象》,周武王克殷之后乐名,《武》亦周颂篇名。"根据《乐记》的研究,《大武》描写的是武王伐纣的军事行动。先击鼓合众，然后长歌誓师，然后进行战争表演。一人饰王，一人饰大将，两人手摇铎分列舞队两边，表演战斗动作；然后分行前进，表示战争胜利。可知《武》纯是军事舞曲。

象：据说也是周武王伐纣后创作的舞曲。《墨子·三辩》说："武王胜殷杀纣，环天下伺立为王，事成功立，无大后患，因先王之乐又自作乐，命曰象。"《荀子·礼论》也说："象，周武王伐纣之乐也。"《史记·礼书》："步中舞象。"裴骃集解引郑玄："《象》，武舞也。"这里到底是战争舞曲还是指武王舞曲不明，但《诗经·周颂·维清序》"维清，奏《象》舞也"，陈奂疏："《象》，文王乐。象文王之武功曰象，象武王之武功曰《武象》。有舞，故云'象舞'。"陈奂是将《象》列为文王舞曲，《武象》是武王舞曲。但不管分属何人，《象》是象征武功的舞曲是确定的。

综上可知，古代传说最有名的四大乐曲，几乎都是战争舞曲，其训练战争技能、宣扬战争功德的目的是很明显的。所以，在殷商甲骨文中，有卜辞说："丁酉卜，其呼以多方小子小臣，其教戒。""教戒"就是对贵族子弟进行习乐和习武两方面教育。"戒"一为持戈警戒，一为持戈而舞。（说见沈灌群《中国古代教育和教育思想》）在周代的教育体系中，"十有三年，学乐、诵诗、舞勺；成童（十五岁）舞象，学射御。"（《礼记·内则》）其中"舞勺""舞象""学射御"，都带有军事训练性质。通过音乐语言，我们也可以窥见古代的军事教育。

（三）祭祀

在先秦时代，对一个社稷守的国家来说，战争是他们拓展疆域，立于民族之林的手段，可在他们内心中，"万物有灵"的思维总是影响他们行动，所以，终春秋时代，"畏天命"总是排在

"畏大人，畏圣人之言"的前面。(见《论语·季氏》)上帝的影子总是徘徊在他们的脑海中，上帝的意志支配着"大人"的行动。集中表现就是祭祀和占卜。整个殷商时代，几乎都是巫术政治的时代。周初也是巫史分治的时代。

人类进化的历史非常复杂。西方人类学理论在摩尔根"部落联盟"不能解释"前国家"现象时，普遍采用"酋邦"理论。这种理论是美国人类学家伊尔蒙·R·塞维斯（Elman·R·Service）在《原始社会组织》（《Primitive Social Organization》）一书中提出来的。张光直先生把他介绍到中国来，他在《中国青铜时代》一书中运用塞维斯的分类理论来分析中国古代史，画出了这样一张表：

		文化名称	新进化论	中国社会
距今2~3百万年		旧石器时期	游团	原始社会
1万~8千年		中石器时期	游团	原始社会
8千~5千年	新早	仰韶文化	氏族	原始社会
5千~4千年	新晚	龙山文化	酋邦	原始社会
4千~2.5千年		三代到春秋	国家	奴隶社会
2.5千~1.8千年		战国、秦、汉	国家	封建社会

再回到祭祀上来。根据文化人类学者的研究，祭祀几乎是伴随人类的思维一同产生的。当人类进化到有思维、有崇拜的时候，就有思想的追求和探索，探索而迷惘，就产生崇拜，就产生泛灵论。有人认为"泛灵论"是由德国化学家和医学家施泰尔（George Ernst Stahl，1660—1734）最早提出，但把它移植到文化人类学理论之中，系统提出"万物有灵"观点的是英国杰出的人

类学家，被称作人类学之父的泰勒（Edward Burnett Tylor，1832—1917）。他没进过大学的，却在牛津大学的讲堂上，成为讲授文化人类学的第一人。他在1871年出版的《原始文化》一书中，系统详细论述"万物有灵论"（Animism），全书共十九章，有七章都在讲"泛灵"。他认为万物有灵根源于原始人的奇思怪想，他们对死亡、影子、梦境等现象的产生进行思索而得不到答案，于是产生肉体与灵魂、真实与影像的双重观念，认为在人的肉体之外，在现实世界之外，还有另一个世界存在。他们相信人在梦中或病中灵魂会离开肉体，死亡则是灵魂永远地离开。他在这种观念支持下，提出宗教的起源就是由多神信仰发展为一神信仰，认为"万物有灵论"实际上是原始人和文明人共有的宗教哲学基础。从泰勒提出"万物有灵"后，人类学、神话学、哲学、宗教的研究普遍接受万物有关，成为风靡一时的学说，这对推动宗教起源的研究无疑是进步的。它是以历史发展过程中的一致性和文化发展过程中的进步性为出发点的，所以，至今仍有很大影响。尽管后来的研究证明万物有灵并不是最早的宗教观念。

后来在1886年，罗伯逊—史密斯出版了《闪族宗教讲演集》，提出宗教信仰与宗教仪式之间的关系问题，认为是仪式活动奠定了宗教的基础。他把原始人类的社会活动看得比思维重要。

英国剑桥大学教授詹姆斯·乔治·弗雷泽1890年出版了他的巨著《金枝》，1900年推出第二版，1915年竟然修订成长达5000页的十二卷本。在这本书中，弗雷泽涉及世界各民族的原始信仰，包括灵魂观念，自然崇拜，神的死而复生，巫术和禁忌等等问题，资料非常丰富。在此基础上，他提出宗教起源于巫术的观点。他的公式是：巫术—宗教—科学。

（以下缺）

中国古典文献学讲义

第一章 绪 论

一 文献溯源

文献二字连用，始见《论语·八佾》："夏礼吾能言之，杞不足征也；殷礼吾能言之，宋不足征也，文献不足故也。足，则吾能征之矣。"在这里，"征"是"再现"的意思。杞国的开国公是夏禹的后裔东楼公，宋国开国公是商纣王庶兄微子启，所以孔子说杞、宋不足征。朱熹在注释"文献"二字时说："文，典籍也；献，贤也。"《尚书·大诰》："民献有十夫予翼。"注："四国之民贤者有十夫来翼佐我周。""四国之民"指管、蔡、商、淮夷之民，"献"就是"贤者"，和朱熹的解释是一样的。《逸周书·谥法解》："聪明睿哲曰献。"都是指贤明的意思，朱骏声在《说文通训定声》中认为，"献"之所以有"贤"的意思，是声近而假借。总之，"文献"一词在古代和现代意义上是不同的，古代是指历史典籍、文件和当时的贤者。

后来，"文"没有发生变化，仍指旧时的典籍，"献"由"贤人"衍化为"贤人的言语"，也就是"耆旧言论"，就像我们今天所说的传说、故事。传说、故事并非全是不经之谈，其中有很多真实的史料，因为上古时代，记载语言的工具尚未产生，一切都靠口耳相传，很多史料也因此得以保存下来。

干宝在《搜神记·序》中说："虽考先志于载籍，收遗逸于当时，盖非一耳一目之所亲闻睹也，亦安敢谓无失实者哉！卫朔失国，二传互其所闻；吕望事周，子长存其两说，若此比类，往往有焉。"

《左传·桓公十六年》："初，卫宣公烝于夷姜，生急子，属诸右公子。为之娶于齐而美，公取之，生寿及朔，属寿于左公子。夷姜缢。宣姜与公子朔构急子。公使诸齐，使盗待于莘，将杀之。寿子告之，使行。不可……及行，饮以酒，寿子载其旌以先，盗杀之。急子至，曰：我之求也。此何罪？请杀我乎！又杀之。二公子故怨惠公。十一月，左公子洩、右公子职，立公子黔牟。惠公奔齐。"《谷梁传·桓十六年》："卫侯朔出奔齐，朔之名，恶也，天子之召而不往也。"

《史记·齐太公世家》："吕尚……以渔钓奸周西伯。西伯将出猎，卜之，曰：'所获非龙非螭，非虎非罴；所获霸王之辅。'……载与俱归，立为师。或曰：太公博闻，尝事纣。纣无道，去之……而卒西归周西伯。或曰：吕尚处士，隐海滨。周西伯拘羑里，散宜生、闳夭素知而招吕尚。"

司马迁的《史记》，大家现在都把它看作信史，可他写《史记》时，就搜集了许多前贤的传说。他"二十而南游江淮，上会稽，探禹穴，窥九疑，浮于沅、湘，北涉汶、泗，讲业齐鲁之邦，观孔子之遗风，乡射邹、峄，戹困鄱、薛、彭城，过梁、楚以归"。正是这种经历，使他得到大量的口头传说资料，他在《淮阴侯列传》中说："吾如淮阴，淮阴人为余言，韩信虽为布衣时，其志与众异。其母死，贫无以葬，然乃行营高敞地，令其旁可置万家。"其乞食漂母、胯下之辱的生动细节，即得自淮阴父老口中。

在《孟尝君列传》中，他说："吾尝过薛，其俗间里率多暴桀子弟，与邹、鲁殊。问其故，曰：'孟尝君招致天下任侠，奸人入薛中盖六万余家矣。'世之传孟尝君好客自喜，名不虚矣。"
传说孟尝君好客养士，无分好赖，一概收容。这些都是从滕县
（薛）父老口中听来的，一旦收进《史记》就成了正史资料，
"献"主要就是指这些前贤的传说。传说当然以越古越真实详尽，
倘若是讲旧中国生活，听祖母讲总比听妈妈讲更生动，所以，古
代的学者都把"献"（特别是古老的传说）看得与"文"同样重
要，古代的笔记小说中就有大量的轶闻、蒐逸类。像袁枚的《子
不语》、纪昀的《阅微草堂笔记》，都汇集了道听途说的故事，有
些足以补充正史，有些则可供后人研究某种奇异的现象。这就是
古人所说的"征文考献"。

到宋末元初时期，宋末宰相马廷鸾的儿子马端临，继唐代杜佑
《通典》之后，写成一部"典章经制"的专著《文献通考》。他
在自序中说："凡叙事，则本之经史而参之以历代会要，以及百
家传记之书，信而有征者从之，乖异传疑者不录，所谓文也；凡
论事，则先取当时臣僚之奏疏，次及近代诸儒之评论，以至名流
之燕谈，稗官之记录，凡一话一言，可以订典故之得失，证史传
之是非者，则采而录之，所谓献也。"明白地表明此书材料来源
有二：一是书本记录，一是名流口头议论。并且在书中加之区
别：顶格写的是书本材料，退一格写的是口头材料。这是一部真
正的文献汇编，所以他第一次用"文献"二字自名其著作，这部
三百四十八卷的著作就叫《文献通考》。

到了明代，明成祖朱棣敕编世界最大的类书《永乐大典》，
最初取名《文献大成》，这里的"文献"二字就专指各类图书了。
今天，"文献"的概念有了变化，我们说的古典文献，只相当于
古代的"文"，专指各类典籍和档案材料，包括文学、史学、哲
学、宗教、民族、政法、方志、科技、特种文献。

古典文献是前人从事社会实践的全部内容和经验的实录，也

是人类文明的足迹的实物载体，是前人精神和智慧的宝库。文化的定义据称有一百七十多个（一定社会或民族隐性和显性行为、行为方式、行为成果以及观念和态度的总和）。

可是我们的祖先是用"文明"和"教化"来概括的，古典文献既是文明的记录，又是教化的工具。我们每个人从一生下来就受到一定文化氛围的熏陶。这种熏陶包括两方面：环境和教育。环境是客观的，教育是主观的。环境是客观的教育，教育是主观的环境，所以决定人们生活方式的最终力量是教育。古典文献作为教化的工具，每个人都直接或间接地受它的影响。提高一步来说，只要你承认历史无法割断，那么，你从事的任何一门学科的研究都得借助于古代文献，它是一切学问的发源地。摸清了发源地的情况，摸清了前人研究的状况，你才有可能向本学科的纵深领域发展。对这个发源地的情况不熟悉，你即使能迈开一两步，肯定也是摇摇晃晃，不稳当也不长久的。我们不要相信半路出家的话，郭沫若先生如果不是自小对古代典籍相当熟悉，对古典的历史和文字音韵学有深厚的功底，他纵有天大本事，也不会在古文字研究中做出如此卓越的贡献。也就是说，只要你想学知识，就得接触文献。但是，学习古代典籍，接触古典文献并不是从事文献学研究，文献学是以文献本身为研究对象的学科。

二　文献学的范围与任务

文献包括内容与形式两个方面，作为知识的载体，它所记录的内容属内容方面，它所采用的形态是形式方面。文献学既然以文献本身为研究对象，那么，整个文献内容与形式两方面所涉及的知识都是我们研究的范围。内容方面：文献的目录与提要、文献的校勘与辨伪、文献的注释与考证等；形式方面：文献形态及其演变、文献的编排与索检、文献的购求与流通、文献的修补与藏弄等。具体地说，即根据文献的内容，编出文献的分类目录和提要，对内容加以矫正和辨伪，对内容进行注释和考证。根据文献的形式，研究文献形态以及其演变规律，寻求合理的编排和检索方法，进行文献购求、流通、修补、藏弄方面的研究。

文献学既然以文献本身为研究对象，那么，它的基本任务就是继承历代文献学家传统的经验与方法，依照"忠于历史，实事求是"的原则，对历史的和新产生的文献材料进行整理、编纂、辨别、保存，使之系统化、条理化、通俗化，为今所用。并进一步辨章源流，甄论得失，以新体例、新观点，编述新的学术史。

每个从事文献学研究的人都要学会对杂乱无章的文献资料进行分门别类的整理，把他们系统地、条理化地编纂起来；对文献本身的真伪进行甄别，去伪存真，使之恢复历史原来面目；对内容艰深、文辞古奥以及濒于湮沦的典籍要通过注释、考证、辑纂，使之通俗化、明朗化；对于损坏丧失的文献要修补、辑佚，用科学方法结合文献形态特点予以保存；对于新发现的文献要尽力购求，保证流通便捷，最大程度发挥古典文献的效用。每一项工作都有其规律和方法，找出最合理的规律和最科学的方法，就是文献学研究的内容。这些工作的总原则是"忠于历史，实事求是"，这些工作的目的是"为今所用"。

从上面可以看出，文献学不光是图书馆、博物馆里的事，考证、注释、辨伪几乎又是每个学者的事。对于我们来说，将来专门从事文献学研究的人毕竟较少，那我们为什么学习文献学呢？原来学习文献学除了发展文献学本身以外，还有一个运用文献学知识，为其他学科研究服务的功用。因此，这是个"为他人作嫁衣裳"的事，经过我们的整理，研究者就可以使用很多原来不能直接使用的文献，给他们提供方便，节省时间。

　　当然，我们的工作不完全是"为他人作嫁衣裳"，整理、保存只是我们的手段，不是我们最终目的，只是我们工作的开端，而不是落脚点。讲了半天，大家以为从事文献学研究就是钻故纸堆，当书蠹，其实不然，我们只是通过对古代文献的整理，熟悉各学科的专门知识，以此作为专门研究的基础。

　　当代是一个广泛联系的时代，形而上学的思维模式正受到广泛的挑战。社会发展就是一个从无序到有序再到无序的循环反复过程，中国人叫"分久必合，合久必分"。为了寻求新的思维模式，以适应整体的、联系的、有序的思维特点的需要，原来分门别类的不同学科都开始了横向渗透和融合。所以，当代的知识系统是一个多维交感的立体体系，孤立地了解本学科的专门知识不可能再有新的成就。你必须博然后才能专，广博的知识就得来源于文献学的学习。文献学学习的目的，就是通过古代典籍的整理，使我们熟悉各学科的知识，掌握本学科登堂入室的门径，为今后的专门研究打下基础。

　　过去的一切有成就的学问家都是文献学家，司马迁作《史记》是"绌史记石室金匮之书"而成的；班固作《汉书》是"探纂前纪，缀辑所闻"（《汉书·叙传》）而成的，这与他的兰台令史和校书郎生涯是分不开的。（兰台是汉代皇家收藏图书的地方，《后汉书·班超传》："永平五年，兄固被诏诣校书郎。"）司马光作《资治通鉴》，先作长编；想写《资治通鉴后纪》，先作《涑水纪闻》。马克思作《资本论》，几乎翻检了伦敦图书馆的全部经济档案。范文澜先生欲作《中国通史》，先研究中国古典文献；鲁迅作《中国小说史略》，全得力于他的《古小说钩沉》的文献学功力。可见做总结性的工作，一是造福于后来，使来者沾惠；二是提高自己，使自己充实。

三　中国古典文献的概况

我国古典文献，是我国人民文明进化的物质见证。作为世界四大文明古国之一，我国古典文献的数量占世界首位，内容也极其丰富。

浩如烟海的汉民族古典文献，任何人也无法确切知道它的数量。据前人的考证和最低估计，我们认为，汉民族古典文献至少在 8 万种以上，根据是：

①中国丛书综录（上海馆，1959 年）收入丛书的为 38891 种。

②《贩书偶记》及《续编》（孙殿起）载单行清人著述约 16000 种，清以前单行约 10000 种。

③1978 年全国 180 家图书馆联合普查的地方志为 8500 多种。

④通俗小说、佛经、道藏、戏剧、谱牒、唱词、档案、金石拓本估计约 10000 种。

这些典籍 80%以上是文史哲典籍，但科技文献也不少。以农书和医书为例，从战国时的《神农》《野老》到汉代农书（《礼记》中的《夏小令》也可看作农业长篇著作），如《氾胜之十八篇》《四民月令》等，历代农书名著甚多，其荦荦大观者有南北朝《齐民要术》、唐《四时纂要》、宋《农书》、元《农桑辑要》、明《便民图纂》《农政全书》、清《授时通考》等。1924 年，金陵大学毛君雕编有《中国农书目录汇编》，搜集农书 2000 种左右，当然这是存佚并举的。1957 年，王毓瑚编《中国农学书录》，对现存的 420 种古代农书做了内容提要。1959 年，北京图书馆编了《中国古农书联合目录》，收古农书 626 种，这里面有很多天文、律数、岁时、植物、动物、制造、水利、化学常识，恐怕今天对我们来说仍是茫然无知的。

医书比农书更丰富，日人丹波元胤曾著《中国医籍考》，认为中国古代医籍有三千多种，可是 1961 年中医研究院和北京图书馆对全国 59 个图书馆进行联合普查，就得医书 7661 种。1966 年，四川省图书馆一个馆藏有医书 1332 种，估计全国古中医典籍当在万种以上。战国时的《黄帝内经》是我国最早的中医文献，《神农本草》是世界第一部药物学专著，收中草药 365 种。汉代张仲景的《伤寒杂病论》被分为《伤寒论》和《金匮要略》，合《内经》《本草》为"中医四典"。晋代王叔和的《脉经》是诊脉学根柢书，隋代巢元方的《诸病源候总论》是病源学根柢书，唐孙思邈《千金药方》是汤剂学根柢书，宋代唐慎微的《政和本草》、明李时珍的《本草纲目》是药物学根柢书，清代吴鞠通的《温病条辨》是临床根柢书。除了学中医的同学，我们知道多少？大家不要以为古典科技文献对我们中文系的同学没用处，可以不知道。其实关系很大，例如阴阳五行的运用，在中医中表现得最为具体，研究中国古代文学的人能不了解吗？

对中医知识茫然无知，你将看不懂《华佗传》，你不会知道荆轲献的督亢地图是怎么回事，你一点也不能欣赏曹雪芹笔下"冷香丸"的妙处。

上文我们讲到汉民族古典文献概况，需要一提的是，现在，国外仍有很多汉文文献流落异邦无人知晓，据《新民晚报》说，这部分古典文献占现有文献的三分之一。此外，还有少数民族古典文献，例如佉卢文、突厥文、回鹘（纥）文、焉耆—龟兹文、八思巴文、彝文、纳西文、傣文、于阗文、察合台文、藏文（古）、契丹文、蒙古文、西夏文、女真文、满文等，我们这门课所要讲述的主要是汉文文献，并且以五四运动以前的汉文文学、历史方面的文献为主，因此，在这里首先简要介绍一下主要少数民族的民族文献情况，以备将来之需。

（A）藏文文献

藏文来自梵文，据藏族史书记载，藏文创制于7世纪。公元7世纪时，松赞干布派图弥三菩札前往印度留学，学成归藏，参照梵文创制了藏文。在敦煌石窟中，发现了用藏文在唐顺宗以后写成的（公元9世纪）历史文献五千卷，1908年被劫，分藏在法、英图书馆，其中有的被拍照。现存藏文典籍最早的刻本是明永乐九年（1411）刻的。现在最大篇幅的藏文文献是三十卷本的长篇说唱体英雄史诗《格萨尔王传》，一千万多字，是世界最长的英雄史话，用古藏文写成，现已整理。今天，在拉萨布达拉宫里，保存了原西藏地方政府的档案资料三百万件，另外，用二十八间房子堆放了两万多部经书，有世界上保存最多的贝叶经，都亟待整理。

（B）焉耆—龟兹文文献（吐火罗文）

吐火罗文渊源我们至今还不清楚，20世纪初在新疆库车、焉耆、吐鲁番等地发现，使用的是印度婆罗米字母的斜体，属印欧语系Centum语组。其中有佛经故事、剧本、诗歌等，如《托胎经》《饿鬼经》。我国现存最早最古的剧本就是其中的二十七幕长剧《弥勒会见记》。可惜的是，这些绝大部分被劫运国外，分藏柏林、巴黎、伦敦、新德里、东京、圣彼得堡等地图书馆。可参看冯承钧《吐火罗语考》、季羡林《吐火罗语的发现与考释及其在中印文化交流中的作用》。

（C）彝文文献

又称"爨文""韪书"，至少产生于唐代。《大定府志》载："唐时纳垢酋，居岩谷，撰爨字，字如蝌蚪，三年始成。字母一千八百四十，号曰韪书。"1939 年，商务馆出版《爨文丛刻》甲编，内有《说文》《帝王世纪》《献酒经》《解冤经》《天路指明》《权神经》等。新中国成立后，贵州毕节地区民委征得古典文献 280 余部，其中《西南彝志》二十六卷，三十七万多字。现已翻译，对于我们研究西南民族史极有价值。它描写了彝族古代的神话传说、社会政治制度、民情风俗、文化艺术等各方面情况。近年又发现 257 部，共四百一十万字。在云南楚雄彝族自治州，也发现 300 多部彝古文献，其中最有价值的是明代万历年间的彝文医书。

（D）契丹文献

契丹文字创制于公元 10 世纪。《书史全要》记载："辽太祖（872—926）多用汉人，教以隶书之半增损之，制契丹字数千，以代刻木之约。"辽金时代通行，金章宗明昌二年（1191）下令停用。今不见书籍，惟有残碑墓志出土。

（E）傣文文献

傣族在我国云南省，历史上原有四种文字，分别使用于不同地区：（1）傣哪文，使用于德宏傣族景颇族自治州；（2）傣仂文，使用于西双版纳傣族自治州；（3）傣绷文，使用于澜沧、耿马瑞丽傣族中；（4）金平傣文，只使用于红河哈尼族彝族自治州金平县傣族中。1954 年，在傣哪文和傣仂文的基础上进行了改革，成规范的傣文。在傣族古典文献中，以傣仂文（西双版纳）典籍最丰富，内容有历史、农业、天文占卜、经典文学故事唱词、政府文书等。《泐史》是西双版纳最古的编年史，它从南宋淳熙七年（1180）就开始记载。《三棵金竹》《千瓣莲花》等都是傣族文学名著。《腕纳巴微特》则是傣族医典。但其中最多的仍是贝叶经（佛教经典，以贝多罗树叶写成）。

（F）西夏文文献

西夏文字创制约在 10 世纪，是我国古代党项羌族的语言文字。西夏景宗李元昊大庆年间（1036—1038），野利仁荣等人搜集了原先赵德明等创制的符篆文字（据《辽史》记载："（赵德明）制蕃书十二卷，又制文字，若符篆。"）整理为西夏文字，共六千余字，并从之译《孝经》《尔雅》《四言杂字》等书。元朝中叶仍流行于甘肃、宁夏一带，明代中叶以后消亡。现在国内收藏的西夏文典籍有大量的佛经、碑文、题记、汉文译典、文书资料等，如《瓜州审判记录》《音同》《文海》《掌中珠》等。国外以苏联为最多，1963 年，苏联出版了柯兹洛夫黑城西夏文献考订书目，收佛经 345 种，《论语》《孟子》《孝经》《孙子》等汉译典籍 60 余种。另外，英国、日本也有相当可观的收藏。

（G）女真文献

金太祖天辅三年（1119）制成并颁行"女真大字"。到了金熙宗天眷元年（1138）又制新字，并在皇统五年（1145）颁行，这是"女真小字"。直到明代中叶，东北地区才渐渐无人使用女真文字。现存的女真文文献，有明代所编的《华夷译语》中的《女真馆来文》《女真馆杂字》，还有一些著名石刻。

（H）蒙古文文献

蒙古文创制于 11 世纪左右，是在回纥的字母基础上创制的。由 31 个字母组成，是拼音文字。蒙古文文献保存下来的很多，1979 年《全国蒙古古旧图书资料联合目录》就收入 1500 余种，7000 余册，其中《蒙古秘史》记载了成吉思汗至窝阔台汗时代的社会历史。后来收入《永乐大典》，改名为《元朝秘史》。

（I）回纥（鹘）文文献

古代维吾尔人（古称回鹘或回纥）很早就创制了文字，他们采用粟特文创制的文字一直使用到 15 世纪（明代中叶），后来的蒙满文字都由它演变而来。现存回纥文典籍有宗教经典、民歌、字书、医书等，像《福乐智慧》和《高昌馆来文》，还有一些碑刻。

（J）满文文献

明万历二十七年（1599），清太祖努尔哈赤命额尔德尼和噶盖创制文字，于是他们在蒙古文基础上创制了满文，后经清太宗天聪六年（1632）达海的改进，更趋方便实用，前称"老满文"。清代定满文为"国语"，用来翻译汉典、编写历史、书写公文。1979 年《北京地区满文图书资料联合目录》收录图书 814 种，另外《北京满文石刻拓片目录》又收入拓片 642 种。研究清代历史离不开它。

这就是我国古典文献的概况，但百分之九十未经我们整理，了解了这些，我们不仅自豪，而且感到责任重大，因而也就可以眉开眼笑地说：这是一个大有作为的天地。

第二章　中国古典文献的源流与发展

一　文献形态的演变

我国古代的四大发明之一是纸（蔡侯纸），这对人类文化的辐射与传播所起的作用是无法估量的。直到现在，人类仍然以纸为最主要的传播文化的载体。但纸是公元前 2 世纪发明的，唐玄宗天宝年间（742—755），具体说是天宝十年（751）才西传阿拉伯，南宋高宗绍兴二十年（1150）才传到欧洲，16 世纪才传到北美洲。在纸张发明之前，人类曾探索各种书写材料：印度用棕榈树叶，巴比伦用泥板。（世界上最早的英雄叙事诗《吉尔伽美什》就是用楔形文字分别记叙在十二块泥板上，共三千多行）前时在叙利亚发现的世界上最古老的辞书也是由一千五百张黏土薄片组成的。斯里兰卡古都阿努拉的一座古庙中，发掘出一部金书，用七张纯金箔制成，上记古印度史传。在缅甸的大释迦提寺，供奉着一本石书，每页高 1.5 米，上面刻着佛经。古埃及用纸草，罗马人用腊板，小亚细亚人用羊皮。

我国古代用甲骨、玉片、金石、竹简、绢帛。直到汉代发明了纸以后，书籍才用纸。

（一）甲骨

根据确凿的材料证明，在商代汉字就用于记事，这就是我们常说的甲骨文。甲骨文是用来占卜吉凶祸福的，将占卜的经过和应验与否（贞与卜）全用小刀刻在龟板的腹甲和牛骨上，当时巫与史是不分的，这些占卜材料由史官保管，真实地记载了殷商时代的史实，所以这就是距今三千多年的重要历史文献。

甲骨文字据传是 1899 年山东福山王懿荣发现的。

王懿荣，字濂生，是光绪进士，当过翰林侍读、国子祭酒，谥曰文敏。他长期住在北京，精研训诂、金石文字。1899 年，王懿荣去药店购药，内有龙骨一味（历来医家都把地下挖出来的朽骨号为龙骨），拿回一看，上面有刀刻的痕迹。他是位金石收藏家，仔细一琢磨，这些刻痕有的竟与金石文字相似，于是托古董商四处购求，一共搜集约有千片。他死后，甲骨为丹徒刘鹗所得。

刘鹗，字铁云，江苏镇江人，精于考古和算学。1888 年，黄河在郑州决口，他参加了治河工程，得力于算学而有功，名声始起。后来因得罪朝廷被流放新疆，死于途中。他在王懿荣的基础上又托人购求了一些，被浙江上虞罗振玉发现。

罗振玉，字叔蕴，号雪堂。罗振玉清代末年做过学部参议，京师大学堂农科监督，辛亥革命后侨居日本，以清遗老自居，始终对溥仪执臣下礼，1934 年又出任伪满洲国官职，为此，世人都瞧不起他，郭沫若竟然破口大骂他"卑劣无耻"（见郭著《历史人物》）。即使如此，人们始终无法抹杀他在学术界的地位。他对于甲骨文、金石刻辞、汉晋木简、敦煌石室佚书、内阁大库档案的搜集、整理、保存之功是前无古人后无来者的，连郭沫若也不得不在《中国古代社会研究》自序中说：

> 在中国的文化史上，实际做了一番整理工夫的，要算是以满清遗臣自任的罗振玉，特别是在前两年跳水死了的王国维。……罗振玉的功劳，即在为我们提供了无数的真实的史

料。他的殷代甲骨的搜集、保藏、流传、考释，实是中国近三十年来文化史上所应该大书特书的一项事件。还有他关于金石器物、古籍佚书之搜罗颁布，其内容之丰富，甄别之谨严，成绩之浩瀚，方法之崭新，在他的智力之外，我想怕也要有莫大的财力才能办到的。

就是这样一个人，至今无一人去研究他，大家把他的成就千方百计地硬栽到他的学生王国维身上，《辞海·语言分册》竟然没有他的名字。他十九岁就写成了《读碑小笺》《存拙斋札疏》，当他看到刘鹗的甲骨片时，立刻意识到这是"汉以来小学家所不得见"的宝贝，便怂恿刘鹗拓印出来，1903 年，刘氏选好千余片，印成《铁云藏龟》，凡六册，世人第一次亲眼见到了三千多年以前的汉字。瑞安孙诒让据此在 1904 年写成中国第一部甲骨文字研究专著《契文举例》二卷，开始了甲骨文的考释工作。1906 年，罗振玉自己开始搜集甲骨，并派人到安阳发掘，很快搜集了三万片以上，成为国内最富有的甲骨收藏家，编印了《殷虚书契》八卷、《菁华》一卷、《后编》二卷、《续编》六卷。四十九岁时（1914），写成《殷虚书契考释》三卷。古文字学家唐兰先生在《中国文字学·前论》中说："罗振玉作《殷虚书契考释》建立了殷虚文字这一个学科。"

这个学科建立起来以后，很快蔚为大观。

甲骨发现于河南安阳小屯村。最初当地农民刨地刨出甲骨，称之为龙骨，贱卖给中药铺。人们看了 1909 年罗振玉的《殷商贞卜文字考》一书之后，对河南安阳的小屯村产生浓厚的兴趣，奸商、愚民、骗子、学者、洋人都知道这龟甲是中国国宝，是三千多年以前殷商档案文献，于是争相来收集、发掘，也就身价百倍了。直到 1928 年，国民党政府看到英、美、日、苏、法等国争相抢夺，才组织了中央研究院史语所的梁思永、董作宾、李济主持有计划的发掘，先后进行十五次，掘出甲骨近三万片。现在，世界各地共有甲骨文献十五六万片。（中国内地十万片，中国港台地区三万片，日、加、美、英、苏、法、瑞士、比利时、西德、韩国等三万六千多片）近几年，又在陕西周原地区发现周代甲骨，约有一万五千片。（以上数字参看胡厚宣《甲骨合编编辑的缘起和经过》一文）周代甲骨有穿孔痕迹，可知周人开始将甲骨穿起来作为"典册"档案而加以保存，不像殷商把它们分坑埋起来。这就印证了《尚书·多士》上"惟殷先人，有典有册"的话，"册"字古文作"𠕋"，历来以为穿简成册，可我们还没有发现周代以前的竹简，可这"册"字早就在周代以前出现，所以我认为，这是穿编甲骨的形体。甲骨文作"𠕋""𠕋""𠕋"，这样，中国目前最早的文献资料就有三千多年的历史了。这里面，对中国古代社会的经济、政治、战争、边疆、风俗、帝王世系、灾害、疾病等都有记载，是研究殷周时代的珍贵资料。

研究甲骨文著名的是"四堂"（罗雪堂、王观堂、郭鼎堂、董彦堂），还有容庚、唐兰、商承祚、于省吾、胡厚宣、张政烺、陈梦家、孙海波、闻宥等。现在，如我们要查一个字的最早形体，可以查社科院考古所编的《甲骨文编》，全书收 4672 字（目前甲骨卜辞所见的金部单字总数是 4500 左右）。

运用甲骨文资料进行古代文化研究最有成就的是王国维、郭沫若、丁山。

（二）玉片

在发掘殷墟的过程中，曾经发现了玉残片，这些玉残片作用是什么人们并不知道。1952 年在河南辉县固围村二号战国墓发现没有文字的五十枚玉简，引起学界重视，人们开始注意玉片，但对玉片是否作为文献材料仍一无所知。1965 年 12 月，在山西侯马晋遗址中，人们发现了 5 千多件写有文字的玉片，被称为《侯马盟书》，1/3 玉片，2/3 石片，有的薄得像纸片。毛笔朱写，因为其内容是记录赵鞅和家族其他人，还有其他国家之间订定的誓约文字，从中可以考知当时晋国一些重要的历史史实，成为具有重大资料价值的古代文献。

（三）金石

我国是第一个知道用铜锡合金制青铜器的国家，《周礼·考工记》中记载世界第一个铸器铜锡合金调剂表："金有六齐：六分其金而锡居一，谓之钟鼎之齐；五分其金而锡居一，谓之斧斤之齐；四分其金而锡居一，谓之戈戟之齐；参分其金而锡居一，谓之大刃之齐；五分其金而锡居二，谓之削杀矢之齐；金锡半，谓之鉴燧之齐。"相传九州贡金，禹铸九鼎，由此中国铸造青铜器的历史，就可以追溯到公元前二千二百多年。《左传·宣公三年》："昔夏之方有德也，远方图物，贡金九牧，铸鼎象物，百物而为之备。"可是历史学界都认为这不是实录而是传说，原因是夏王朝的有无都是个未知数，古史否定论者根据"层累造成的古史"观以为夏禹是条虫，"或是九鼎上铸的一种动物"（顾颉刚《古史辨·自序》），并非实有其人。可骆宾基在《金文新考》中却提出三条证据：

（1）青海诺木洪遗址发掘的铜制斧、刀、钺，经碳 14 测定，为公元前 2177 年（±110 年）时制作。

（2）辽西赤峰蜘蛛山发掘出古代青铜冶炼场地，经碳 14 测定年代为公元前 2410 年左右，比唐尧嗣位还早，证明了《尧典》"金作赎刑"的可能。

（3）地质部自然研究所化验室，保存了临潼出土的两件铜器，碳 14 测定为公元前 4000 年左右的遗物。

如果这是确实的话，古史的确应当重新考查。目前就我们可以论定的，在公元前十三四世纪，人们便在青铜器上刻字，这是无疑的。象物造鼎，一般是将赐金作器，以求子孙永宝，于是一定要刻上自己的名号或氏族名号作为标志。或将作器原因、经过、用途、时间都刻在上面，成为一篇铭文，也就保存了当时的历史资料，成为珍贵的文献。从出土的青铜器来看，青铜器铭文最长的当是周时的《毛公鼎》，全文491字。其他还有《大盂鼎》《散氏盘》《虢季子白盘》，都很长。从这些文辞上，可以发掘出很多有价值的真实历史资料。对于我们来说尤为重要。

一，判断古书时代。《尚书·尧典》历来被认为是我国最古的图书文献，有"百姓如丧考妣三载"一句，而西周春秋铜器铭文总是以"妣"与"祖"、"考"与"母"相配（《诗经》也是如此），考妣相配是战国后期的事。

学者把《仪礼》中的"士丧礼""既夕礼"所记随葬物品与出土器物对照，发现是战国后期的铜器。

二，校正古书错误。《尚书·费誓》记载鲁侯与徐戎作战前的誓师之辞："马牛其风，臣妾逋逃，勿敢越逐，祇复之，我商赉尔。"（马牛相诱而奔佚，臣妾逃亡的，不要杀戮追逐，应恭敬地归还，我奖赏你们）《伪孔传》释为："我则商度汝功赐与汝。"其实，清末学者方濬益和刘心源早已指出，刘说："商用为赏，古刻通例。"（《奇觚室吉金文述》卷一）而今天《辞源》"商"字条仍以"计量"来释"我商赉尔。"《诗经·鲁颂·闷宫》："牺尊将将。"毛亨、郑司农都以为是装饰、花纹得名（牺尊饰以翡翠，象尊象凤凰，或曰象牙骨饰），独有王肃根据魏太和年间山东曲阜出土的牛形尊认为：牺尊牛形，象尊象形。唐孔颖达认为：未知孰是。北宋时发现象尊，王肃之说完全正确。

郭沫若校《大学》"苟日新，日日新，又日新"，乃是《汤之盘铭》"兄日新，祖日辛，父日辛"之误。（《汤盘孔鼎之扬

摧》)

金文的研究始于宋代，最先开始搜集古器的人是刘敞，最先集录铭文的是欧阳修，欧阳《集古录》开研究金文一门。后来出现很多名家，如吕大临（《考古图》十卷）、赵明诚（《金石录》）、王黼（《博古图录》三十卷）、薛尚功等。而到了清代，金文研究最有成就，梁诗正曾奉敕编了《西清古鉴》四十卷，吴大澂有《恒轩所见所藏吉金录》《愙斋集古录》，阮元以铜器铭文来解经，有著名的《积古斋钟鼎款识》，形成一代风气。

青铜器连同铭文，都是极宝贵的文献资料，前人常常从中勾索出很多有用的东西。因为它确实，所以常常不易被推翻。

《尧典》中有"日中星鸟，以殷仲春"，"日永星火，以正仲夏"，"宵中星虚，以殷仲秋"，"日短星昴，以正仲冬"的记载，日本天文学家新城新藏、法国的比约和德莎素都认为这是公元前2300 年左右的实际星象，似乎《尧典》确实是尧时传下来的典籍。但郭沫若在《释考妣》中考证《尚书·尧典》中的"百姓如丧考妣三载"一句时，根据西周、春秋的铜器铭文中总结出一条规律："妣"总是与"祖"相对而言，"考"总是与"母"相对而言，"考妣"不连用，《诗经》也是如此。直到战国后期"考妣"才相搭配，因此得出结论，《尧典》至少是经过战国后期人掺假的。

今天，我们如果要查找金文字形和释义，可以查郭沫若的《两周金文辞大系图录》《两周金文辞大系考释》和香港中文大学周法高主编的《金文诂林》（收金文 2 万多字，引书籍论文 631种，器物 3128 件）。前两书主要查寻青铜器铭文及释文、考证。后一书主要查寻金文每个字的各种释义。

本来，把文字刻在青铜器上，是想"子孙永宝"，但青铜器上刻字取材不易，且很麻烦，不如刻在石头上来得简便，也能长久流传。于是，战国末期，便有刻石之风。世传最早的刻石是石鼓文，到秦始皇以后，开始刻碑。宋代郑樵在《通志·金石略》中说："三代而上，惟勒鼎彝，秦人始大其制而用石鼓，始皇欲详其文而用丰碑。自秦迄今，惟用石刻。"

石鼓文是唐代初年在陕西天兴县（今宝鸡市）南二十里地之三原時出土的阳刻石上的文字，共有十个，高一尺六七寸，直径二尺多，呈鼓形，每鼓刻四言诗一首，歌咏国君渔猎之事，字体似大篆，书法极为精妙。唐代张怀瓘《书断》云："体象卓然，殊今异古。落落珠玉，飘飘缨组。仓颉之嗣，小篆之祖。以名称书，遗迹石鼓。"时人称之为"猎碣"。杜甫有《李潮八分小篆歌》，韦应物、韩愈、苏轼都有《石鼓歌》。全文七百余字，宋初从凤翔搬入汴梁，入保和殿，用金将字填塞，以防别人再摹拓。金人灭北宋时，将石鼓掳至燕京，剔去其金。几经劫难，石鼓字迹多漫灭。从唐代起拓本很多，或 462 字（天一阁藏《北宋拓本》），或 464 字（杭州学府本），或 465 字（欧阳修所录），宋代拓本仍有 467 字，今存北京故宫博物院，所存不上 200 字。

对于石鼓文，唐人就有考证，韦应物认为是周文王器，韩愈认为是周宣王器，近人考定为秦代始皇整理文字以前之物，但也有穆公、灵公、孝公的纷歧。

这些大家可以看马叙伦《石鼓文疏证》郭沫若《石鼓文研究》。

除石鼓文外，秦始皇巡幸天下的刻石很多，每至一处都要勒石铭功，著名的有：

（1）泰山刻石（28 年）（残石在岱庙中，存十字）。

（2）琅琊刻石（28 年）（无存）。

（3）峄山刻石（28 年）（无存）（被野火烧毁，有枣木传刻本）（今传乃南唐徐铉摹刻）。

（4）之罘刻石（29年）（无存）。

（5）碣石刻石（32年）（没入水中）。

（6）会稽刻石（37年）（无存）。

到了汉代，刻石之风大兴，最早以经书刻石的是汉平帝元始元年（公元元年），王莽命甄丰摹古文《易》《书》《诗》《左传》于石。汉灵帝熹平三年（174）命书法家蔡邕把《尚书》《周易》《鲁诗》《仪礼》《春秋》《公羊》《论语》七部书刻在石碑上，称为"熹平石经"，树在洛阳太学门外，共四十余块石碑，以供天下学子校正讹误，每天有千余辆车堵塞街道。到了隋开皇六年（586），石经已"文字磨灭，莫能知者"。隋文帝把它从洛阳移到西安（京师大兴），命刘焯、刘炫考定文字。

魏明帝正始年间（240—249），又用古文、篆、隶三体，由邯郸淳书丹刻《尚书》《春秋》，称为"三体石经"。北周大象元年（579）二月，周宣帝把邺城石经迁到洛阳。

唐文宗开成二年（837）又用楷书刻了十二部经书。今传《唐开成石经》摹刻本。五代后蜀孟昶命毋昭裔依雍都旧本九经加论、孟，延张德钊楷体为书，刻石于成都学堂，北宋太宗翻刻。南宋高宗御书五经于杭州，吴氏续刻之。清乾隆间，诏刻十三经于太学，嘉庆八年（1803）加以磨改。

历代保存的碑志拓本数目至巨，都是丰富的石刻文献。陈彬龢《中国文字与书法》一书附录"重要碑目"就有八百多种。

（四）简牍

甲骨也好，金石也好，都不是直接为抒发感情、传布文化的目的而作，都是有它们自己的直接目的，所以都不可算严格意义上的书籍文献。中国最早的书籍文献是以简牍开始的。郭沫若认为，殷商一定有简策。（《奴隶制时代》）今人提出很多证据，可暂作论定。

《礼记·中庸》篇说:"文武之道,布在方策。"《仪礼·聘礼》:"若有故则卒聘,束帛加书将命,百名以上书于策,不及百名书于方。"注:"策,简也;方,板也。"可见周代就盛行以竹木记事。竹木取材方便,是较理想的书写材料。以竹为之称"简"或"策",以木为之称"方"或"牍"。根据《仪礼·聘礼》记载,我们知道:简策是用来写长篇文章的,方版是用来写不上一百字的短文的。简策方版上的字是用毛笔蘸墨或漆写上去的,写错了可以刮掉再写,所以孔子"为《春秋》,笔则笔,削则削,子夏之徒不能赞一辞"(《史记·孔子世家》)。

将竹截削成简,刮去其青皮,这叫"杀青"(刮皮),以火炙烤使它出油(又称"汗青"),防止以后变质生虫,然后剖开成片,在上面书写。后来书写成定稿叫"杀青",史册书籍也叫"汗青",都是引申之义。汗青之后,剖开成片,就可以书写了。方板则按一定长度做成长方形,两面刨光即可书写。

竹简长短不一,视文献的内容而定,最长的竹简为特制的三尺简(汉制),专门用来书写法律条文,以示庄重,所以后世有"三尺法"之称。用来书写儒家经典的竹简,长为汉制二尺四寸,约55.5～56.5厘米。在武威出土的《礼记》简书,正是二尺四寸。其次,医简在一尺左右,还有八寸简、六寸简不等。最短的竹简是五寸长,用以记传记杂文。因为长度不同,每支竹简所写字数也不一致,多到三十多字,少则八字,一般在二十二字到二十五字之间。

一篇文章,要用很多竹简,编连而成册,"策"与"册"通,所以《春秋左传序疏》云:"单执一札谓之简,连编诸简乃名为策。"简策首两根不写字,称"赘简"或"首简",作为卷简册的核心,类似后来书的廓页。编策又有两编、三编、五编之分,武威医简(1972年出土)上下中间都留有空格,属三编。编简用丝绳称"丝编",从前人们认为用牛皮绳称为"韦编",相传孔子晚年读《易》,"韦编三绝",就是说翻了很多遍。可是至今未见牛皮编的竹简出土,只有麻绳和丝绳。因此,商承祚认为:韦是纬字,横编。可也有说不通的地方,难道还有竖编的么?

木牍是用来随身记事、写信和记录短文的,大版又称"业",乐器架上的饰板、筑墙的大版也都叫"业",今天"毕业"即"读完了大版"。

《仪礼·聘礼》说:"百名以上书于策,不及百名书于方。"(名即字)它相当于今天的短笺之类。把木头削成方形,刨平即可书写。一般木牍作一尺长,所以书信又称"尺牍"。用来书写公文,所以公文称"案牍"。牍,《说文》说:"书版也。"《史记·周勃世家》载有人告周勃谋反,周勃不知如何辩白,以千金去贿赂狱吏,"狱吏乃书牍背示曰:'以公主为证。'"公主就是孝文帝的女儿、周勃的儿媳妇。这里的牍就是指公文簿。

简牍(主要是竹简)在历史上多次发掘过。1. 西晋太康二年(280),河南汲县(汲郡)人盗掘魏王墓,得竹简数十车,凡七十五种,十万余言。经当时学者束皙整理成书的有十六种,流传至今的还有《竹书纪年》和《穆天子传》。这是最大的一次。2. 1908 年,英人斯坦因在新疆、甘肃等地盗掘简牍一千多枚,法国学者沙畹为之考释,在伦敦印行。罗振玉知道后,写信给沙畹,沙畹把手校本寄给了他,他和王国维分工研究。罗氏整理"小学、术数、方技方面的书籍"和"简牍遗文",王国维整理主要部分"屯戍丛残"。共选简牍 588 枚,编为《流沙坠简》一书,对汉代边疆、烽燧制度有详细记载。3. 1930 年,在甘肃居延烽燧遗址中发掘简 77 枚,有《汉永元兵物簿》一书,反映汉代西域驻防情况。4. 1959 年,甘肃武威磨咀子六号汉墓出土简牍 460 多枚,内容是汉抄《仪礼》一部分。5. 1972 年,在山东临沂银雀山一号汉墓得简四千九百四十二枚，有失传 1700 余年的《孙膑兵法》，还有《六韬》《尉缭子》，证实二书并非伪书。还有《管子》《墨子》《晏子》等书。二号汉墓竹简三十二枚，是《汉元光六年历谱》。6. 1972—1974 年，甘肃居延又发掘汉简二万余枚，是汉代档案史料集。7. 1972 年，甘肃武威旱滩坡汉墓得医方简九十二枚。8. 1973 年，河北定县西汉中山王墓发现《论语》《文子》竹书残本。9. 1975 年，湖北云梦睡虎地十一号秦墓首次发现秦简，是一些年谱与法律文书，共十种，一千一百五十五枚。10. 1977 年，在安徽阜阳双古堆西汉汝阴侯墓发现《诗经》《仓颉篇》残本；1983 年，江陵张家山西汉墓发现《汉律》《奏谳书》等。

竹简可以编成册，容量较大，所以挖掘出来的整部著作对古籍整理的作用是十分重要的。原来从宋代起，疑古风兴，它推动了学术的进步，也带来一些弊病，例如不少先秦著作被疑为伪书，如今本《晏子春秋》《六韬》《尉缭子》等，都被银雀山汉墓竹简证明是先秦作品。过去，因为未见《孙膑兵法》，世人多疑《孙子兵法》作者不是孙武而是孙膑，甚而怀疑孙武是否实有其人，银雀山的发现澄清了这点。《文子》被怀疑为根据《淮南子》编成的伪书，河北定县中山王墓的《文子》残简与今本《文子》大致相同。反过来，有些未被怀疑的典籍分合情况和流传作伪情况也从竹简出土中真相大白。甘肃武威出土的《仪礼》，可证《丧服》篇的"传"原是单行的，银雀山竹书《王兵》篇是佚书，内容分见于《管子》"参患""七法""地图""兵法"等篇，可证"参患"等篇经后人改写过。

竹简的出土还刷新了很多学术定论。山东银雀山二号汉墓出土的《汉元光六年历谱》，比西方《儒略历谱》早 80 多年，使之不成为现存最早历谱。甘肃武威旱滩坡的医方竹简，比东汉张仲景的《伤寒杂病论》早一百多年，使之不成为我国第一部汤剂医方专著。

（五）缣帛

竹简木牍，体大量重，一部《史记》50 多万字，每策写 30 字，要 17550 多根。庄周说惠施学富五车，也不过今天两三本书。秦始皇每天看两石公文，一石 120 斤，两石共 240 斤，也不过今天的几份文件。东方朔给汉武帝写一篇奏章，竟然要用三千根竹简，由两人抬进宫。一旦韦编断绝，整个书籍就乱了次序，整理起来又非易事。于是，几乎在通行简牍的同时，就出现了以缣帛为书写材料的文献。

缣帛轻而软，舒卷自如，长短可以随意，不但做衣服，作书写材料也实在方便得很。《论语·卫灵公》记载：子张问行，孔子回"言忠信，行笃敬……"子张怕遗忘了，就"书诸绅"。绅就是丝腰带，是春秋就有在缣帛上写字的习惯。所以《墨子·鲁问篇》就有"书于竹帛，镂于金石"的话。缣本指比较精细的丝织品，色微黄。这里缣帛连称，则指用于书画的丝织品总称，常常以素白颜色为主。帛也可以称素，缣比素要粗疏。《古诗·上山采蘼芜》"新人工织缣，故人工织素"，"将缣来比素，新人不如故"。最初的缣帛用来作书写材料时，要用朱砂画上界栏，后来干脆织成界栏。

缣帛不受篇幅限制，可以任意折叠舒卷，携带又轻又方便，比简策优越得多，可是它有个致命的缺点：造价昂贵！所以不像简策那样普及。把竹简编成一编叫"篇"，卷成一捆叫"卷"，后来把缣帛卷成一卷也叫"卷"。一般说来，竹简一篇相当于缣帛一卷，但也有很多时候并不相当，所以古人篇卷常常混用，并且往往是卷比篇幅制长。按照幅制长短裁下来，准备用来书写的缣帛又称"幡纸"，纸字本义就是指缣帛，所以从系，《后汉书·蔡伦传》说："自古书契，多编以竹简，其用缣帛者谓之为纸。"后来用植物纤维造纸，才失去了纸的本意。

春秋至汉代，帛书是很流行的。虽不及竹简那样应用广泛，但有能力的人还是喜欢用缣帛。《齐民要术》引范蠡的话说："以丹书帛，致之枕中，以为国宝。"汉扬雄调查方言时，也是随身带着一块上过油的绢。（写后可以抹去，七十多年前在新疆楼兰遗址发现过）所以在古代，竹帛常常用来代称文献典籍。《史记·孝文本纪》："然后祖宗之功德，著于竹帛。"《韩非子·安危》："先王寄理于竹帛，其道顺。"《吕览·情欲》："故使庄王功迹，著乎竹帛。"一直到唐章碣的《焚书坑儒诗》还是说："竹帛烟销帝业虚。"帛书的发现，最早可以追溯到七十多年前对新疆楼兰遗址的发掘。今天出土的帛书实物有：1942年长沙战国楚墓帛书，可惜不存了。1973年马王堆三号汉墓出土了大量的帛书，共二十多种，十二多万字，有《老子》《法经》《战国纵横家书》《五星占》《周易》《左传》《医经》《相马经》等，这是目前我们第一次看到的帛书实物，也是帛书实物出土最多的一次。根据目前已整理的材料，我们可以知道以下三点：

（A）《老子》甲、乙两抄本对照，知道老子书名是《道德经》，并订正今本《道德经》的讹脱。

（B）根据《战国纵横家书》理清了《史记》记载的苏秦、张仪的时间错误，张仪活动年代在苏秦前。

（C）根据《五星占》，我们知道了汉初70年间金、木、土三星的运行位置。

（六）纸

上文说过，纸的本义是缣帛，《说文》："纸，絮一箈也。"箈就是晒纸的竹帘，絮就是丝绵。我国是世界上最早养蚕的国家，从蚕茧上把丝抽下来叫缫丝，先要把蚕茧放在沸水里煮，使丝胶溶化，并抽出丝头，然后放在席子上，没入水中，反复捶打，将蚕衣捣碎，蚕丝散开就成了丝绵，这叫漂絮。漂絮以后，一些残段丝絮总是留在席子上，晒干之后，就成了薄薄的一片。人们由此得到启发，制成丝绵纸。所以，纸是缫丝的农人发明的。世传蔡伦造纸之说，见于《后汉书·宦官列传》："伦乃造意用树肤、麻头及敝布、鱼网以为纸。元兴元年奏上之。帝善其能，自是莫不从用焉，故天下咸称蔡侯纸。"但是，北宋的郑樵在《负暄野录》中说："盖纸，旧亦有之，特蔡伦善造尔，非创也。"这是千真万确的。1933年在新疆罗布淖尔（淖尔即蒙古语之"湖泊"）的汉代烽燧遗址中发现西汉宣帝（前73—49）时的麻纸。1957年在西安灞桥汉墓中发现八十多片麻纸，年代为公元前二世纪。1976年甘肃居延汉燧塞遗址发现两片麻纸，还有麻筋、线头和破布块，年份分别是西汉宣帝甘露二年（前52）和哀帝建平以前。1978年，陕西扶风汉窖藏发现宣帝时三片麻纸，也是宣帝时的实物，有一定的光泽和抗折性，质量已相当好。文献记载有应劭《风俗通》为证："光武车架徙都洛阳，载素、简、纸经凡二千两。"这里素、简、纸是分得很清的。不过正是蔡伦改进了造纸术，监制造出一批良纸，才促进了造纸业的发展。

纸兼备竹简"取材容易，造价低廉"和帛"舒卷自如，便于携带"的优点，于是在魏晋时代就完全代替了竹简和缣帛，成为主要书写材料。并很快传入朝鲜，公元610年又传入日本，唐玄宗天宝十载（751）西传阿拉伯，1150年由阿拉伯传到欧洲，16世纪传入北美洲。

二　文献的散佚

中国封建社会为期特别长，也创造了人类进化史上灿烂的学术文化，留下记载文明成果的古代典籍真是"汗牛充栋"不足以形容。可是这也不过全部古典文献的十之一二，绝大部分都归于散佚。

汉哀帝时（前6—前1）刘歆编成的《七略》是中国第一部图书目录，班固据此修成《汉书·艺文志》，载图书三十八种，五百九十六家，一万三千三百六十九卷。到了梁代普通四年（523）阮孝绪编成《七录》，相去仅五百年，亡佚五百五十二家，仅存四十四家。（见《广弘明集》卷三附载"古今书最"）古典的散佚由此可见一斑。隋代牛弘在开皇初年做秘书监，曾上表请开献书之路，指出古今书籍的五次大灾厄。后来，明代胡应麟又总结隋代以后的五次大厄，还不包括清代与近当代。

1. 嬴政焚书

秦始皇削平六国，统一宇内，为统一思想，结束百家争鸣的局面，在三十四年（前213）下令焚书。《史记·秦始皇本纪》载："臣（李斯）请史官非秦纪皆烧之。非博士官所职，天下敢有藏诗书百家语者，悉诣守尉杂烧之。有敢偶语诗书者弃市。以古非今者族。吏见知不举者，与同罪。令下三十日不烧，黥为城旦。所不去者，医药、卜筮、种树之书。若有欲学法令，以吏为师。制曰可。"于是这一下便烧毁了大批典籍，罪过也就记在秦始皇一人账上。但是，秦始皇也不过是效法前人故事，早在秦始皇之前，就有焚书的事，例如：《左传·襄公十年》："子孔当国，为载书。以位序听政辟，大夫诸司门子弗顺，将诛之。子产止之，请为之焚书……乃焚书于仓门之外。"《左传·襄公二十三年》："斐豹谓宣子曰：'苟焚丹书，我杀督戎。'"丹书即漆书。《孟子·万章下》："诸侯悉其害己也，而皆去其籍。"《韩非子·和氏》："商君教秦孝公以连什伍，设告坐之过，燔诗书而明法令。"由此可知，战国之时，就有焚书灭籍者。即使秦始皇焚书，也是在于愚民而不是自愚，博士官所职的书，还不在焚烧之列。就是民间私藏，也不是全都焚毁，私自藏起来的也不少。发现了只不过黥为城旦，还不至于犯死罪。所以，陈涉起义的时候，孔甲能"持孔子之礼乐往归陈王"，"为陈涉博士"。(《史记·儒林列传》) 而另一个儒生孔鲋更公开申明要私藏图书。"魏人陈余谓孔鲋曰：'秦将灭先王之籍而子为书籍之主，其危哉！子鱼曰：'吾为无用之学，知吾者惟友；秦非吾友，吾何危哉！吾将藏之，以待其求，求至，无患矣！'"(《资治通鉴》卷七) 秦始皇未尝尽焚诗书，倒是项羽入关，纵火焚烧秦宫，三月不灭，于是博士官所职、秦宫所藏典籍荡然无存。萧何进入咸阳，只知道收藏律令图书（册簿）等有关经济的书籍。所以，把焚书之罪记在秦始皇一人头上也是不公平的。

2. 更始焚书（赤眉之乱）

西汉初，高祖自以为马上得天下，并不重文章，常在儒生的帽子里撒尿。直到文帝时始除挟书之令，然而孝惠好武力功臣，孝文好刑名之言，孝景不任儒，窦太后尚黄老（中国文化其实是黄老文化，独尊之儒术也是董仲舒改篡的儒术，加入了"天人感应"、谶纬五行阴阳之说）。直到孝武之世，才广开献书之路。据刘歆《七略》云："武帝广开献书之路，百年之间，书积如丘山，故外有太史博士之藏，内则延阁广内秘室之府。"(《太平御览》六百十九卷引) 到了刘玄天始元年（23）讨莽之兵入长安，莽败死，焚未央宫，二年，刘玄入长安。更始三年，赤眉樊崇数万人入关，刘玄部降，赤眉焚烧长安宫室为丘虚，城中无行人，汉中秘藏书，化为灰烬。所以《后汉书·儒林传叙》说："昔王莽更始之际，天下散乱，礼乐分崩，典文残落。"

3. 初平焚书（董卓之乱）

东汉开国之初，光武就雅爱经术，迁都洛阳的时候，经牒秘书装了两千余车。（《后汉书·儒林传》）明帝使班固、贾逵校书秘府，和帝多次到东观听讲。到了东汉末，藏书已增益三倍，约有六千余车。有东观、兰台、石室、鸿都、宣明诸藏书处。到了董卓之乱，李催、郭汜大交兵，"马前悬男头，马后载妇女"，"长安之乱，一时焚荡，莫不泯焉"（《后汉书·儒林传》），"符策典籍，略无所遗"（《后汉书·董卓传》）。帛书大者裂为帷帐，小者制为縢囊。

4. 永嘉焚书（八王之乱、永嘉之乱）

魏代汉以后，刻意采集图书，魏秘书郎郑默制《中经》，秘书监荀勖作《新簿》，分甲、乙、丙、丁四部，收书二万九千九百四十五卷。然而到了惠怀之时的八王之乱，诸王迭相攻入洛阳。愍帝建兴四年（316），汉刘聪攻陷长安，西晋灭亡，宗族南迁，称为永嘉丧乱。《隋书·经籍志》说："惠怀之乱，京华荡覆，渠阁文籍，靡有孑遗。"

5. 太清焚书（侯景之乱）（周师入郢）

经过永嘉丧乱之后，到东晋又渐渐鸠集。著作郎李充拿着荀勖的《新簿》来校对，只剩下三千零一十四卷。可是到了宋元嘉八年（421）谢灵运作《四部目录》时，已收书一万四千五百八十二卷。元徽元年（473）秘书丞王俭又造《七志》，收书一万五千七百零四卷。一百六十年间能搜求如此众多的遗书，实在不是件易事。其间经过齐末兵火，梁武帝萧衍于501年兵入建康，兵火延烧，秘阁经籍有所散佚，但损失并不大。在梁武帝为政期间，又广为搜求，在文德殿内收藏图书。阮孝绪在普通年间（520—526）写成《七录》，收书六千二百八十八种，四万四千五百二十卷，可算得空前巨制了。谁知道在太清三年（549）侯景攻破建康，饿死萧衍，立萧纲为帝，旋废杀，又立萧栋，551年逼令禅位，自立为汉帝，后被陈霸先、王僧辩所败，出逃途中，被部下杀死船中。这是延续三年的"侯景之乱"。侯景初破建康时，占据东宫，宫中有伎女数百人，分与军士，夜置酒奏乐，失火焚烧东宫，图籍数百厨，焚之皆尽。但是这次东宫秘籍虽被焚烧，文德殿图书却还保存，梁元帝萧绎在江陵即位后，遣将打败侯景，将文德殿图书七万余卷送往荆州。等到555年，西魏兵攻破江陵，梁元帝自知不济，入东阁行殿，命舍人高善宝焚古今图书十四万卷，人问其故，曰："读书万卷，尚有今日，是以焚之。"自己也想投火自焚，被宫人拉住，待到火灭以后，拔宝剑砍折庭柱，叹道："文武之道，今夜穷矣。"从此江左典籍，遂至沦亡，陈继位后，也不易求得了。

以上是隋牛弘论及的五次书厄大概情况。明胡应麟又从隋代开始，论及另外五次书厄：

1. 广陵焚书

隋初，经过270余年的兵乱，国家归于一统，文帝杨坚雅爱儒术，采纳牛弘的建议下诏：献书一卷，赏绢一匹。校写既定，本即归主，于是天下争相献书。连刘炫也伪造《连山易》《鲁史术》百余卷，领赏而去。这些书收藏秘阁，凡三万余卷。隋炀帝即位，更是着意访求图书，秘阁之书，限写五十副本，分为三品，上品红琉璃轴，中品绀（深青带红的颜色）琉璃轴，下品漆轴，藏于东都的观文殿东西厢，此时原来流散在北朝的典籍也都渐渐聚集。618年，宇文化及发动兵变，在江都绞死隋炀帝。炀帝临死之前，他还把广陵藏书三十七万卷一齐焚毁。《挥麈后录》卷七引唐著作郎杜宝的《大业幸江都记》云："炀帝聚书至三十七万卷，皆焚于广陵，其目中并无一叶传于后代。"

2. 天宝焚书（安史之乱）

唐高祖李渊在农民起义烈火中夺得天下，即着意访求图书。622年，李世民打败王世充的伪"郑"以后，把他收藏的隋都图书用船运回长安。船行至砥柱，图书漂没，仅存十之一二。到武德初年，积有图书八万卷。太宗李世民又着意访求，经过130年的太平时光，到唐玄宗开元年间，设弘文、崇文两馆以校书列经史子集四库以藏之。开元九年（721）元行冲上《群书四部录》二百卷，收书四万八千一百六十九卷，稍后的毋煚据此撰成《古今书录》，收书五万一千八百五十二卷，而欧阳修修《新唐书·经籍志》，根据开元时文献目录著录五万三千九百十五卷，又补进唐人著述二万七千一百二十七卷，可见当时藏书之富。可惜好景不长，"渔阳鼙鼓动地来，惊破霓裳羽衣曲"，安禄山造反，两都震灭，唐玄宗仓惶逃蜀，典籍亡散殆尽。伪托柳宗元写的《龙城录》卷上有一条"开元藏书七万卷"说："有唐惟开元最备文籍，集贤院所藏至七万卷。当时之学士，盖为褚无量、裴煜之、郑谭、马怀素……凡四十七人，分司典籍，靡有阙文。而贼遽兴，兵火交裂，两都灰烬无存，惜哉！"

3. 广明焚书（黄巢之乱、唐末之乱、南唐后主焚书）

安史之乱平定后，肃宗、代宗又募购图书，代宗时，以元载为相，以千钱购书一卷。又命拾遗苗发等，使江淮括访。这样渐渐聚集，到了文宗开成初内府藏书又增至五万六千四百七十六卷。（见《唐书·经籍志》）再过四十余年，唐僖宗广明元年（880）黄巢攻入长安，韦庄的《秦妇吟（吟）》诗说："内府烧为锦绣灰，天街踏尽公卿骨。"于是从此以后，尽管唐昭宗又延续了二十多年，再也兴不起聚书之典了。《旧唐书·经籍志》说："广明初，黄巢干纪，再陷两京，宫庙寺署，焚荡殆尽。曩时遗籍，尺简无存。行及在朝诸儒，购辑所传无几。昭宗即位，志弘文雅，秘书省奏曰：'当省元掌四部御书十二库，共七万余卷，广明之乱，一时散失，后来省司购募，尚及两万余卷，及先朝再幸山南，尚存一万八千卷。'"可是后来军人占据长安，把这些典籍又损毁一空。

五代之时，图书已很稀少，虽然印刷术已发明，各国君主也着意搜求，终不能完聚，所以欧阳修说："五代礼乐文章，吾无取焉。"（《新五代史·司天考》）举一个例子，周世宗柴荣是个开明的君主，显德二年（955）秘书少监许逊，被贬为蔡州别驾，罪名是他借窦氏家藏图书，隐而不还。可知当时书籍之珍贵。

梁（朱温）唐（李存勖）晋（石敬瑭）汉（刘知远）周（郭威）五代全都在中国北方，那时候，南方的文物典籍，全归南唐李氏收藏。975 年，宋太祖赵匡胤遣大将曹彬征伐江南，李煜投降，陈彭年《江南别录》和《南唐书·保仪黄氏传》都记载说：李煜妙好笔札，经过三十年访求，宫中图籍万卷，钟繇、王羲之墨迹最多。都城南京将陷之时，李煜对保仪黄氏说："此皆吾所宝惜，城若不守，即焚之，毋使散佚。"于是十一月城陷之时，黄氏一把火烧光了。为了不散佚，就把它烧掉，真是愚蠢之至。就在这第二年，宋开宝九年（976）宋太祖派太子洗马吕龟祥去南京，把南唐图书收罗一下，还剩二万卷，运回史馆。后来宋太宗赵光义还下了一道诏，让李煜任意观看崇文院图书。并且讥笑他："闻卿在江南好读书，此简策多卿之旧物，归朝来颇读书否？"李煜默默无言，赵光义哪里知道好的全烧了，剩下的才被他弄来了。

4. 靖康焚书

宋初立国，有书一万二千卷（见杨万里《诚斋挥麈录》卷上）。后来削平诸国，又搜罗了一路，但离隋代的三十七万卷和唐代的八万卷差得太多，于是太祖、太宗、真宗又开始聚书。太祖乾德四年（966）下诏募上书，太宗按《开元四部书目》所列，宋廷没有的，都于待漏院出榜募求。真宗还在大臣家中借书来抄。苦心孤诣，费尽心力。到了仁宗庆历初编《崇文总目》，收书三万六百六十九卷，只抵得上隋嘉则殿的十分之一。谁知得天有不测风云，1127年，金人攻陷东京开封，连徽、钦二宗都被掳去了，何况典籍图书。但是，宋府图书倒不是在此时散失的，金人本来也雅爱儒术，他们把图书作为议和条件，掳去了钦宗之后，提出要浑天仪、铜人刻漏、古器、秘阁三馆书籍、印本监版、古圣贤图像、明堂辟雍图、皇城宫阙图、四京图、大宋百司并天下州府职贡、宋人文集、阴阳、医卜之书。宋人没有办法，只好派鸿胪卿康执权、校书郎刘才等人押送金营，金人对于九鼎看了看，却没有拿走，偏偏把三馆图书收下了。裹挟二帝向北走，这时候，勤王的大军来了，三面包抄，于是金人当然先丢图书，于是"秘阁图书，狼藉泥中"。（见《靖康要录》卷十五）宋朝二百年来的积蓄，扫地殆尽。

5. 德祐焚书

宋高宗赵构在登上皇帝宝座（1127）之后，曾一度降诏购书，到了宋孝宗淳熙四年（1177），图书已经聚集不少，秘书少监陈骙奏请编目录，于是仿效《崇文总目》，五年书成，居然有书四万四千四百八十六卷。到了1220年，秘书丞张攀又编了个《续书目》，收书一万四千九百四十三卷。再过五十年，南宋的藏书应当不止这些，当时临安西湖歌舞，书坊林立，是全国刻书的中心。当1276年元将伯颜率军进逼临安，谢太后率幼帝赵㬎投降时，图书礼器，被抢运一空，运往燕京，加以兵火，焚毁无数。

以上是明胡应麟总结的五次书厄。明代以后，私家藏书兴盛起来，但也不能逃脱焚毁的厄运，损失比较大的有以下几次：

1. 甲申之厄（李自成军入北京）

明代开国以后，徐达入北京，首先封存元代图书。朱元璋在至正二十四年（1364）削平陈友谅，马上下诏访求遗书。明成祖朱棣在永乐初也开始访书工作。永乐十九年（1421）建都北京，把南京文渊阁图书装了十余船运到北京。又建一文渊阁藏之。明英宗正统六年（1441），杨士奇等奏上《文渊阁书目》，收书四万三千二百册，一部《永乐大典》就收书二万二千九百三十七卷。又经过二百多年的收藏，北京成了全国藏书中心，李自成军队1644年攻入北京，图籍毁坏不少，更有多尔衮入关，明府藏图书逐渐流散焚毁殆尽。

2. 庚子焚书（八国联军）

清代立国之初，修有《古今图书集成》，收书一万卷，分为五百七十六函。初名《文献汇编》，康熙四十五年（1706）书成进上，赐名《古今图书集成》。另外，明《永乐大典》至清初雍正时还有万册（大典一共一万一千九十五册），后来大典移贮翰林院，无人过问，遂至散失。乾隆间修《四库全书》，发现《大典》中保存的古佚书可资辑录，于是引起人们注意，共辑书四千九百二十六卷入《四库全书》。于是，偷的人就多了，据缪荃荪《艺风堂文集》所载：当时翰林院的人早上入院时，用包袱包一件马褂，恰好两本《大典》那样大小，晚上出来时，穿上马褂，换上两本《大典》，守门人难以发觉。就这样，像文廷式一人就盗走100多本。那时，翰林院离各国使馆很近，偷出一本《大典》，外国人给银十两，所以到了光绪元年（1875），翰林院重修衙门时，清点《大典》只剩下五千册，二十年后，到1894年翁田和入翰林院检查，只剩下八百多册了。到咸丰十年（1860）美法联军进入北京，四库全书在圆明园遭到焚毁，英人劫走大典最多，1900年，八国联军再次进京，东交民巷的翰林院与使馆区相接，侵略者见《大典》二寸厚，一尺长，恰与砖头相当，就拿它当砖头，垫那些军用物。太史刘葆真捡得几册，一看是《永乐大典》，真正是斯文扫地，这次又是英人劫取最多。事后，译学馆官员刘可毅还见到几十册。《大典》从此以后在国内就荡然无存了。新中国成立后，经四处搜集影印，也不过百余册。

　　3. 东方图书馆焚书

　　1932 年上海一二八抗战事起，日军焚毁了上海商务印书馆设的东方图书馆。东方图书馆的前身即涵芬楼，是远东著名的图书馆。当时海内除了北平图书馆和故宫图书馆外，没有能和它比拟的。(《中国出版史料补编》载，当时东方图书馆藏书共五十一万八千余册，方志一项就有六万五千六百八十二册) 这次灾厄，损失普通中文书二十六万八千册，西文书八万册，善本书二万九千七百一十三册，何氏善本书约四万册，地方志两万五千六百八十二册。珍贵文献几乎毁于一旦。

　　以上所论述的十四次典籍散佚焚毁，大都由于战乱，这些都是有案可查的。还有一些统治阶级人为的原因，致使典籍无形地摧毁，其数目更胜于战乱。例如唐太宗下令整理五经义疏，一百八十卷的五经正义出来后，原来的经籍全都废弃。他又令房玄龄改编晋史，出了一百三十卷的《晋书》，原来十八家晋史全废。另外，清代修《四库全书》，必须重新检查图书中的反清思想。于是在全国进行大清查，1774—1788 年十四年间二十四次下令禁书，销毁一万三千八百六十二部。整个清代，据孙殿起统计，大约禁毁图书三千种，六七万部以上。再加上历代藏书的潮湿腐烂、虫蛀鼠咬、自燃焚毁，更是不计其数，书籍之厄实在是数不清。

三　文献的整理

　　文献作为我们中华民族灿烂文化的遗产而流传，这中间就少不了历代的搜求与整理。从上面讲过的我们大致可以看出，每个朝代开国之初，国力强盛之时，都要进行大规模的文献整理工作，正是如此，一些珍贵的文献资料才能保存到今天。

（一）汉代以前的文献整理

文献整理工作，相传最早出现在周代。《国语·鲁语》中有一段记载鲁大夫闵马父回答景伯的话："昔正考父校商之名颂十二篇于周太师，以《那》为首。"正考父就是孔子的七世祖，西周末宋国的大夫，宋是殷商的后裔。商代礼乐虽然亡散，但商颂犹存，正考父恐其舛谬，所以到周太师那里去校对，然后定其以《那》为首篇。（今本《诗经·商颂》正是以《那》为首）春秋以前，国无私学，典籍都保存在周室，所谓"六经非孔氏之书，乃周官之旧典也，《易》掌太卜，《书》藏外史，《礼》在宗伯，《乐》隶司乐，《诗》颂于太师，《春秋》存乎国史"。（章学诚《校雠通义》卷一）到了孔子时期，相传他整理过《诗》《礼》《易》《书》，还删修了鲁史官的《春秋》作为他教学的课本。他在《论语·子罕》中说："吾自卫反鲁，然后乐正，雅颂各得其所。"又在《论语·卫灵公》篇中说："吾犹及史之阙文也……今亡矣夫!"可以断定，孔子的确整理过古典文献。《吕氏春秋·察传》曰："子夏之晋过卫，有读史记者曰：'晋师三豕涉河。'子夏曰：'非也，是己亥也，夫己与三相近，豕与亥相似。'至于晋而问之，则曰：'晋师己亥涉河'也。"这是偶尔校书，其实也是整理文献。

（二）汉代的文献整理

大规模进行文献整理是汉代的事。早在汉高祖初得天下之时，就让"萧何次律令，韩信申军法，张苍为章程，叔孙通定礼仪"。（《汉书·高帝纪》）到了汉成帝河平年间（前28—前25），刘向受诏典校书籍达二十余年，《汉书·艺文志》说："至成帝时，以书颇散亡，使谒者陈农求遗书于天下，诏光禄大夫刘向校经传、诸子、诗赋，步兵校尉任宏校兵书，太史令尹咸校数术，侍医李柱国校方技。每一书已，向辄条其篇目，撮其指意，录而奏之。"可见这次大规模的校书工作是刘向董理其事而总成之，其余的都是以专家各司其职，所以，这是第一次大规模的有组织的文献整理。刘向河南沛县人，是汉皇室宗亲，楚元王刘交的四世孙，直言敢谏，汉成帝时任光禄大夫，中垒校尉。这次校书，他的儿子刘歆也参加了，后来刘歆继承父志，完成了这次校书工作。汉武帝时，虽然广开献书之路，书积如丘山，但那时的文献，不是竹简就是缣帛，因为流传时间的久远，传抄的人手又繁杂，错字、错简、残缺的现象严重，加上先秦书籍多不定目次，不分章节，又无篇题，所以无异于一堆杂乱无章的文献材料，要把它们梳剔清楚，就要做过细的整理工作。刘向父子校书的具体工作，张舜徽先生总结出以下六条：

（1）广罗异本，仔细勘对（搜罗版本）

《管子叙录》："所校雠中《管子》书三百八十九篇，大中大夫卜圭书二十七篇，臣富参书四十一篇，射声校尉立书十一篇，太史书九十六篇，凡中外书五百六十四篇，以校。"

（2）彼此互参，除去重复（校订篇章）

《晏子叙录》："凡中外书三十篇，为八百三十八章，除复重二十二篇，六百三十八章，定著八篇二百一十五章，外书无有三十六章，中书无有七十一章，中外皆有以相定。"

（3）校出脱简，订正讹文（校订文字）

《汉书·艺文志》："刘向以中古文校欧阳、大小夏侯三家经文，酒诰脱简一，召诰脱简二，率简二十五字者，脱亦二十五字。简二十二字者，脱亦二十二字，文字异者七百有余，脱字数十。"《晏子叙录》更具体提到："中书以夭为芳、又为备、先为牛、章为长，如此类者多。"

（4）整齐篇章，定著目次（校订篇目）

《礼经》十七篇，定士冠礼第一，少牢下篇第十七。晏子八篇，定内篇谏上第一，外篇不合经术者第八。孙卿书三十二篇，定劝学篇第一，赋篇第三十二。

（5）摒弃异号，确定书名（校订书名）

《战国策叙录》："中书本号或曰国策，或曰国事，或曰短长，或曰事语，或曰长书，或曰修书。臣向以为战国时期游士辅所用之国，为之策谋，宜为战国策。"

（6）每书校毕，写成叙录（撰写叙录）

每书篇目首先在叙录中列出，然后介绍本书作者生平、行事、思想、本书内容、写作价值及学术源流、校雠经过。

刘向校书的叙录部分本来分在各书后面，后来把这些叙录编纂起来，成为一部"辨章学术，考镜源流"的目录解题书，这就开了后代解题（书目提要）的先河。因为它是离开本书而单独行于世的，故称《别录》。刘向死后，刘歆又删繁就简，修成《七略》。这次校书的结果，使原来一大堆杂乱无章的古代文献稍能部序有次，可供采览。

继刘向、刘歆父子以后，汉代校书的还有东汉明帝、章帝时班固校书于东观，傅毅、贾逵共参典掌。汉灵帝熹平初，蔡邕"拜郎中，校书东观"（见《后汉书》卷九十），还立了熹平石经来校正六经文字。汉末的郑玄在山东高密又私下里设帐讲学，做了大量的校书工作。（他为《易》作赞，为《诗》作谱，为三礼作目录，为《论语》作"篇目子弟注"，都是整理文献的结果）

（三）魏及三国的文献整理

曹魏代汉以后，典籍散而复聚。藏在秘府中外三阁，魏秘书郎郑默考核旧文，删省浮秽。中书令虞松谓曰："而今而后，朱紫别矣！"郑默以后写成《中经》一书。吴国景帝孙休践祚（258—264），韦昭为中书郎、博士祭酒，景帝命韦昭依刘向故事，校定群书。

（四）晋代的文献整理

晋武帝泰始十年（274），秘书监荀勖和中书令张华，依照刘向《别录》的校书原则，整理论籍。这是首次把"整理"二字用之于文献。据《北堂书钞》卷一百〇一引荀勖让《乐事表》"臣掌著作，又知秘书，今覆校错误，十万余卷"等语，可见当时校书的规模很大。晋武帝太康二年（281）汲郡人不准盗发魏襄王墓，墓道幽暗，见有竹简，取以照明，后得竹书数十车，有《纪年》十三篇，《易经》两篇，《易繇阴阳卦》两篇，《卦下易经》一篇，《公孙段》二篇，《国语》三篇，《名》三篇，《师春》一篇，《琐语》十一篇，《梁丘藏》一篇，《缴书》二篇，《生封》一篇，《帝王所封大历》二篇，《穆天子传》五篇，《图诗》一篇，杂书十九篇，加上一些烧毁的残简断札不计其数，王国维说这是中国考古史上第二次大发现（第一次孔壁古文）。这些竹简全部用战国文字写成，晋武帝让秘书阁校缀次第，以通行文字书写，荀勖与束皙都参与了此事，流传到现在的有《古本竹书纪年》《穆天子传》二书，还有荀勖的《上穆天子传序》。这些竹书篇目都收进了《中经》。《中经》首次将图书分为甲、乙、丙、丁四部，虽然不像后来的经史子集那样明白，却是四分法的萌芽。东晋有李充、徐广两次文献整理，李充在穆帝永和五年（349）以后开始校书，根据晋元帝遗留的图书编成《晋元帝书目》；徐广在晋孝武帝宁康元年（373）受诏校书秘阁，共三万六千卷，编成《晋义熙四年秘阁四部目录》。

（五）南北朝的文献整理

南朝的刘宋时，有殷淳校书于秘阁，撰成《四部书目》四十卷。但是《隋书·经籍志》记载：宋元嘉八年（431），宋秘书监谢灵运造《四部目录》，大凡六万四千五百八十二卷。《古今书最》又载：宋元嘉八年秘书阁四部目录有书一万四千五百八十卷，根据后来的《元徽（473—476年）四部书目》载书一万五千七百〇四卷推知：《隋志》的"六万"乃是"一万"之误。（四十余年间不可能减少或增加五万多卷书）谢灵运在元嘉五年就托疾归东，从此再没有入建业，不可能八年又撰书目，前人著书往往署长官之名，谢灵运官职高于殷淳，所以《四部目录》应当是殷淳所作。（姚明达已有论述）

待到废帝元徽元年（473），秘书郎太子舍人王俭先时上表要求典校书籍，并且依据《七略》体制编了《七志》四十卷。这一年，他又写成《元徽四部书目》，收书一万五千七百〇四卷。

梁代继承了宋齐的遗业，武帝时大力提倡整理文献，特别是佛经文献，诏命任昉躬加部集，手自校雠。殷钧撰成《梁天监六年四部书目录》四卷，又命令刘孝标撰成《文德殿四部目录》，僧绍、僧宝唱撰成《众经目录》。但这些整理古籍的人学力有限，多因袭前人，很少有自己的创新，所以规模虽然很大，却没有什么卓越的成就可以为后世法。梁元帝虽然藏书十四万卷，除掉会烧以外，既不会看，也不会整理。陈代和北朝都有过几次小规模的整理，不是供皇太子读书，就是钞赐大臣，无有可称道者。

（六）隋唐时代的文献整理

隋代虽然为时很短，文帝、炀帝却都喜欢整理图书，其中有记录的有四次：开皇三年（583）秘书监牛弘上表请搜访民间异本，撰成《开皇四年四部目录》。这次其实谈不上全面整理，只是调查、搜集古代散佚典籍。到了隋灭陈后，后主的藏书都被收进隋朝秘府，但这些书字法拙劣，用纸也不良，于是召天下工书之士，有京北韦霈、南阳杜頵等，在秘府修补残缺，每一书钞成正副两本，藏在宫中，共整理了三万多卷，编成《开皇九年四部目录》，这是规模较大的一次。到开皇十七年（597），许善心当了秘书丞，上表提到让李文博、陆从典等人正定经史错谬，还写成《七林》一书，仿照阮孝绪的《七录》。规模最大的一次是在隋炀帝时，这是个风流皇帝，特别爱好图书，他命令把秘阁所藏的图书，限写五十副本，分为红琉璃轴的上品、藏青琉璃轴的中品、漆轴的下品，一起藏在洛阳（东都）观文殿。又收藏很多名字画和道佛经，并撰有《大业正御书目录》九卷。这次古籍整理的规模前代只有汉成帝的刘向校书可以比拟，后代也只有唐玄、宋仁、清高可以比拟。到了唐代，一开始就注重文献整理。贞观二年（628），魏徵奏引学者校定四部书，《唐书》卷一百九十卷："太宗命秘书监魏徵写四部群书，将进内贮库，别置雠校二十人，书手一百人。徵改职之后，令虞世南、颜师古等续其事。至高宗初，其功未毕。显庆中，罢雠校及御书手，令工书人缮写，计直酬佣，择散官随番雠校。"这次整理，直到高宗咸亨（670—673）中，前后至少有四十五年之久。

唐玄宗时，典籍搜罗丰富，于是在开元三年（715）光禄卿马怀素、左散骑常侍褚无量侍宴，谈起了文献整理的事儿，唐玄宗认为内库太宗、高宗时的典籍多残缺错乱，未遑补辑，便让他们二人总督其事。开元六年（718）八月十四日，经过三年时间，才将内库的书整理清楚。玄宗令百官都到乾元殿去观书，大家惊骇异常。玄宗随即下令褚无量为丽正殿学士，徙书于丽正殿完成余下的整理工作，并造为目录。可惜到了开元八年（720），褚无量病死了，临死之前还念念不忘丽正殿校书的事。再说马怀素，他选擢了二十多人，日以继夜地从事这项工作，但他不善于写书，所以没有搞出一本目录提要来，他在开元六年就死了，褚无量推荐元行冲总代其事。等到褚无量死了以后，元行冲等人在开元九年（721）奏上《群书目录》二百卷，收书二千六百五十五部，四万八千一百六十九卷，这种庞大无比的目录，只有清代的

《四库全书总目提要》可以拟比。几年之间，靠二十几个人的力量是不可能完成这样一项工作的，靠的是在前人的基础上做些总成的工作。所以毋煚《古今书录序》说它："所用书序，或取魏文贞；所分书类，皆据隋经籍志。"

（七）宋元时代的文献整理

北宋馆藏图书重复的很多，仁宗景祐元年（1034）因为三馆秘阁所藏的典籍多谬滥不全，皇帝命令翰林学士张观，知制诰李淑、宋祁进行校勘，著为目录。经过三年，四部书成，宝元元年（1038），翰林学士王尧臣等新修《崇文总目》六十卷，收书三万〇六十九卷，参加编著的有王洙、欧阳修、张观、宋庠等人。徽宗宣和四年（1122），朝廷又进行一次大规模的校书，建立了补辑校正文籍所，校理了全部馆阁藏书七万三千八百七十七卷。元代虽然有经籍所、编修所、兴文署，但不进行文献的整理工作。

（八）明清时代的文献整理

明成祖定都北京，造文渊阁藏书，可是这仅是用来搜集图书的，并不是整理。英宗正统六年（1441），大学士杨士奇曾命人编成《文渊阁书目》，收书四万三千二百册，也只不过是按目比次，没听说有整理校雠的事。即使明成祖命解缙编成《永乐大典》，都是全抄故书，依韵分部，并不加以删修勘对，所以，明代几乎没有整理文献的事。相反，由于书坊林立，刻书之业大兴，坊间书贾本来就没有多高的学问，却偏偏增删涂改，往往把一部书弄得面目全非，因此，俗言"明人刻书而古书亡"。

有清一代，最大的文献整理是清高宗命纂的《四库全书》。为了钳制知识分子的反清思想，颂扬大清一统的好古右文之美，朝廷令各省访求遗书，并派官到《永乐大典》中去采辑古籍。具体办法是：把中选的图书照一定格式抄录下来，内中有反清之语可以任意删改；未入选的书存其目录，不抄入全书。反清思想最烈的图书一律焚毁，每书抄成七份分藏各处。这件事从乾隆三十八年（1773）开始，由安徽学政朱筠倡议，军机大臣刘统勋、于敏中为总裁，纪昀、陆锡熊、孙士毅为总纂官，陆费墀为总校官。下分四部：戴震主经，邵晋涵主史，周永年主子，纪昀主集。王念孙、任大椿、俞大猷、翁方纲、朱筠、姚鼐、卢文弨都参加了具体编辑工作。直到乾隆四十七年（1782）编成，已历十个寒暑了。它包括四部书三千四百六十一种，七万九千三百〇九卷，分装三万六千多册。先抄成四部，分藏圆明园文源阁、宫城文渊阁、热河文津阁、沈阳（奉天）文溯阁，此即"内廷四阁"。后来又抄三部，成于乾隆五十三年（1788），分藏扬州文汇阁、镇江金山寺文宗阁、杭州西湖文澜阁，即"江浙三阁"。又抄副本一部，藏翰林院，又编成《荟要》两部，共三十一万二千册，九亿九千七百余万字，页页相连，达4000公里。

《四库全书》现在还存四部，三部在大陆，一部在中国台北。文源阁毁于英法联军，与圆明园同归于尽；文宗、文汇二阁毁于太平军攻入镇江、扬州时，文溯阁在"九一八"中被日寇掳去，日本投降后归还，现存沈阳；文澜阁在太平军二次攻入杭州时散失，后抄补齐，今藏西湖文澜阁；文津阁书1925年由热河运到北京，今藏北京图书馆；文渊阁书1933年由北京运至上海，商务馆曾影印二百三十种，定名《四库全书珍本初集》，后来运到重庆一品场，解放前夕运往台湾，现由台湾影印。

清代学者上承汉学风气，极重考据，因而私家校书的也很多，乾隆时候的卢文弨、钱大昕、王念孙、王引之父子，还有清末的俞樾、严元照等都是著名的校勘学家。卢文弨"喜校书，自经传子史，下逮说部诗文集，凡经校览，无不丹黄"。钱大昕"家藏图籍书万卷，手自校勘，精审无误"。王念孙《读书杂志》、王引之《经义述闻》、卢文弨《群书拾补》、俞樾《古书疑义举例》，都是校勘学的精审著作。

第三章　中国古典文献的分类与编目检索

中国古典文献的类别有哪些？

中国古典文献汗牛充栋，情况纷纭复杂，可以从各个不同的角度来分类。从内容上，可以分为经、史、子、集；从形式上，可以分为图书典籍、档案资料、实物文献等，这些都将在以后的章节中谈到。这里讲的类别，主要是从产生的角度来谈。

古典文献的产生，和其他事物的产生一样，有些是独创的，有些是改进的，有些是仿制的。古人把从前没有过、时人独创的文献典籍称之为"著作"，"著"的意思是"刻"，与"作"同义。古人把在前人著作的基础上增删改进，编为一种新的文献的做法称为"编述"，或称为"述"。"述"的意义本来是"遵循"，《说文·辵部》："述，循也。"《尚书·五子之歌》："述大禹之戒以作歌。"注曰："述，循也。"遵循前人的思想系统立言立论，也就是申述前人的思想、主张、道理，这叫"述"。所以，《仪礼·士丧礼》"不述命"，注曰："既受命而申言之曰述。"可是，古人的所谓"述"还含有编修的意思。《汉书·艺文志》说："祖述尧舜"，颜师古就注曰："述，修也。"而《正韵》则说："述，缵也，撰也，凡终人之事，纂人之言者皆曰述。"孔子在《论语·述而》中说："述而不作，信而好古，窃比于我老彭。"就自称是"述"，而不是"作"。那么，孔子的"述"涵义是什么？看看他从事的工作就知道了。孔子说："吾自卫反鲁，然后乐正，《雅》《颂》各得其所。"（《论语·子罕》）司马迁《史记·孔子世家》记载："孔子之时，周室微而礼乐废，《诗》《书》缺……《书传》《礼记》自孔氏。……古者《诗》三千余篇，及至孔子，去其重，取可施于礼义，上采契、后稷，中述殷周之盛，至幽厉之缺，始于衽席。""孔子晚而喜《易》，序《彖》《系》《象》《说卦》《文言》。""上纪唐虞之际，下至秦缪，编次其事。"可是，据后人考订，《书传》《礼记》并非出自孔氏，《易》的"十翼"也不是全出自孔氏。可以断定出自孔子之手的是整理了《诗》《书》《易》《礼》《乐》，编次了《春秋》。整理《诗》《书》的工作是"去其重"，编订其次，这和据各国史料、以鲁国《春秋》为主线编成《春秋》一书是同一种性质的工作。所谓夫子的修《诗》《书》《礼》《乐》，赞《易》，编《春秋》，同是一种古籍整理的工作，因此，孔子说的"述而不作"主要意思是指保存整理前代文献而不是自己创作。如果《易》的"十翼"里的确有孔子的作品，那么，"十翼"是解释本经的，是一种注释性的工作，超出古籍整理的范畴，所以《易正义》说："夫子赞明易道，申说义理。"

古代文献第三种产生形式是抄纂，或称"纂辑"。"纂"的本义是把红色的丝编织成物，所以许慎在《说文解字·系部》说："纂，似组而赤。""似组而赤"的编织物用为动词，产生"纂集"的意思，犹如"编"由"文织"的意思引申为编次竹简。贯穿竹简的丝绳称"编"，编次竹简的动作也就叫"编"。"纂"又与"集""辑"同义，就是"聚攒"的意思，所以，《文选·潘岳·笙赋》"咏园桃之夭夭，歌枣下之纂纂"，李善注曰："古《咄暗歌》曰：枣下何攒攒，荣华各有时。……攒，聚貌。纂与攒古字通。"据此，"纂"就是收罗攒聚的意思。

前无古人，自家独创谓之"著作"。《礼记·乐记》说："作者之谓圣。"疏曰："作者之谓圣，圣者通达物理，故作者之谓圣，则尧、舜、禹、汤是也。"依据这条标准，能够真正称得上"创作"的作品太少了。儒家修养的三进程是：君子、仁人、圣人。圣人已是人格修养的最高阶段，唯有圣人能够创作，例如，八卦是伏羲创作的，文王拘于羑里，演八卦为六十四卦，那只不过是"述"而已。《史记·秦本纪》："夫自上圣黄帝作为礼乐法度，身以先之，仅以小治。"后世对于礼乐法度之增益更损，只不过是"述"而已。推之于一切事物，如《礼记·乐记》上说："圣人作为鞉、鼓、椌、楬、埙、篪。"黄帝作历，伶伦作律，神农作耒耜，马钧作司南车，仓颉作书，共鼓、货狄作舟等等，无不是因为创作而成为圣人。那么，后世的音乐、农具、文字、交通用具，无论发展到多么先进的阶段，也都是这些原始制作的"述"而已，这是难以自圆其说的。以古典文献为例，一定是前无古人的作品才是"著作"，那么，恐怕连《周易》《尚书》《春秋》都不能算著作，因为《周易》之前有《连山》《归藏》；《尚书》既然是周代以前的政府档案，那么，实物性档案则有殷商甲骨。何况在《尚书》之前，明明载有"伏羲、神农、黄帝之书，谓之《三坟》；少昊、颛顼、高辛、唐虞之书，谓之《五典》"（唐·孔颖达《尚书序》），《尚书·舜典》曰："诗言志，歌永言。"则歌诗的起源，远在《诗三百》之前；《春秋》为"鲁史记之名"，而远在夏代，相传就"有典有册"，而周代史官"大事书之于策，小事简牍而已"（唐·孔颖达《春秋序》）。就是整理《春秋》的孔子本人，也还见过"史之阙文也"（《论语·卫灵公》），所以《春秋》也不是创作的作品。如此说来，在我们现在看到的古典文献中，竟没有"著作"类的作品，岂不是荒唐！

张舜徽先生在《中国文献学》中说："将一切从感性认识所

取得的经验教训，提高到理性认识以后，抽出最基本最精要的结论，而成为一种富于创造性的理论，这才是'著作'。"这种标准从理论上来说是圆通的，可是用来律中国古典文献的实际，就有点枘凿不入。按说，先秦诸子，特别是儒、道两家的著作，应该算是"一种富于创造性的理论"了，可是，它们之间更多的是互相兼容，互相贯通，互相阐述。

一 目录的渊源与功用

（一）目录的渊源

面对浩如烟海的古代文化典籍，我们将如何从中找到我们所需要的材料，这就是最大的学问。梁任公认为，学问就是我知道到那里去查我所需要的东西。对此，我们不得不依靠目录，不得不学点目录学知识。

目，原始义是人的眼睛。人身重要的是眼睛，引申之，书的重点就是目。录，刻木之声。《说文》："录，刻木录录也。"太古时代，书契本刻木为之，后引申以指书契。汉代刘向校书时，"每一书已，向辄条其篇目，撮其指意，录而奏之"（《汉书·艺文志》）。因此，目是"条其篇目"（目次），"录"是"撮其旨意"（内容提要）。包括篇目次序与内容提要两项，和我们今天光指篇目次序的"目录"略有不同。晋代以后，常称书的篇目为录，如阮孝绪《七录》、元行冲《群书四部录》等。

至于目录学的功用，古来有校雠派（章学诚、张舜徽、程千帆）与目录派（王鸣盛、余嘉锡）的不同。校雠派认为，目录学不能独立地成为一个学科，他只是校雠学的一部分，所以校雠的功用就是目录学的功用，主要是"辨章学术，考镜源流"。目录派认为，目录学不是校勘的副产品，而是一门独立的学科。校雠的工作是是正文字的工作，而目录学是检索的工作，所以余嘉锡说："渔仲（郑樵）实斋（学诚）著书论目录之学而目为校雠，命名已误。"（《目录学发微》）他们认为，目录学的功用在于指示人们求学的门径，王鸣盛在《十七史商榷》中多次提到这点，他说："目录之学，学中第一要紧事，必从此问途，方能得其门而入。"（卷一）又说："凡读书最切要者目录之学。目录明，方可读书，不明，终是乱读。"（卷七），还引金榜的话说："不通《汉书·艺文志》，不可以读天下书，《艺文志》者，学问之眉目，著述之门户也。"（卷二十二）这的确是他一生治学的心得之言。对于校雠派、目录派的争持，我们不必纠缠其中。我们认为，两派各有偏颇，校雠派把校勘范围推衍太广，一切与校勘工作相关的知识都囊括。目录派割裂了目录学为独立学科最重要的部分，即自身的规律，还是局限于目录为其他学科服务这一点，强调这一点，其实混同于校勘派，同是方法、手段问题。从社会分工愈来愈细、学科分类也愈来愈品目繁多的现实情况来看，目录学已不能局限于校雠的框子中了，它已发展成为一门独立的学科。它不再仅仅是校勘古书的基础知识，在其他任何学术研究中，都需要目录学知识。目录学的功用不但在于即类求书，还在于固书究书。张之洞在《輶轩语·语学·论读书宜有门径》一文中指出，"泛滥无归，终身无得。得门而入，事半功倍。或经，或史，或词章，或经济，或天算地舆。经治何经，史治何史，经济是何条，因类以求，各有专注。至于经注，孰为师授之古学，孰为无本之俗学；史传孰为有法，孰为失体，孰为详密，孰为疏舛；词章孰为正宗，孰为旁门；尤宜抉择分析，方不至误用聪明，此事宜有师承。然师岂易得？书即师也，今为诸君指一良师，将《四库全书总目提要》读一过，即略知学术门径矣。"就我们今天来说，只读《四库提要》显然是不够的，到图书馆，我们要懂得几种目录系统，才能找到你需要的材料，这几种目录系统是怎么分的，你必须清楚。《诗经索引》和《爱情诗选》放在一起卖，这就是因为我们的书店卖书人对整个学术系统搞不清楚，所以在他们看来，酱油和醋颜色差不多，只能放在一起。学点目录学，就会把这一切分得很清楚，利人利己。

（二）目录学的功用

1. 了解古书概况及历代学术著作升降（辨章学术）

如果我们比较了《汉书·艺文志》和《隋书·经籍志》，会发现这样一种情况：《汉志》里有《春秋》二十三部，其他史籍十一家，这是有关史籍著作的全部情况；到《隋志》里，单独有史部，与经、子、集方驾齐驱而规模更大，分正史、古史、杂史、霸史、起居注、旧事、职官，仪注、刑法、杂传、地理、谱系十三类。由此可见，史学在汉后隋前的发展是很快的。从中细析，还可以看出：（1）谱系学在这一时期勃然兴起，《隋志》记载的谱系类有：帝王、百官、族姓、外谱、钱谱、竹谱等。（2）宗教勃兴，《隋志》记载史料 2329 部、7414 卷。（3）私史发展，在《隋志》里，《后汉书》已经代替了《东观汉记》。

从上面可以看出，每一门学术的盛衰情况在目录学著作会得到最明显的反映，格学术史的人无法离开目录著作。

2. 了解古书源流竟委（考镜源流）

即使我们平时看书也离不开目录学知识，因为我们有目的地去看一部书，首先得了解本书的一般情况，才不至于被版本所误。例如宋叶梦得有一本书叫《岩下放言》三卷，明代的商维濬刻《稗海》丛书时，改为《蒙斋笔谈》三卷，作者改成了"湘山郑景望"。唐代刘肃的《大唐新语》十三卷，明冯梦桢、俞安期把它和李垕的《续世说》伪本合刻在一起，就改名为《唐世说》，到《稗海》时，在本书自序中加入"世说"二字，后人就更难考证了。我们如果读此书，这种情况必须首先知道，何况一本书有初刻、再刻、全本、节本、残本之分，就更应该注意了。看《大唐新语》，你看《稗海》丛书本，就缺了《总论》一篇，不如看冯梦桢的刻本。

3. 考求古书的阙佚（即类求书）

有些书现在已经不见了，我们有时要追寻它的线索，以便访求，这就得靠目录学的知识来帮忙。例如晁公武的《郡斋读书志》被称为书目一璧，与陈振孙《直斋书录解题》合为双璧，可是一直佚而不见。我们可以从目录著作中见到有关它的记载，于是1925年突然在故宫发现时，立刻被印行出来。曾巩的文章有一个选本，是金刻本，弥足珍贵，从来也没有翻刻的，多次见于目录著作，可是从《天禄琳琅书目后编》记载后，其他目录著作就不见记载，不但知道传世无多，还估计可能藏在内府，果然近世从故宫中散出，为赵元方收藏，捐给了北京馆，那上面的行款、格式、钤印与《后编》记载的完全一致，便知此书世无二帙。

4. 剖析古书的真伪得失

从事辨伪工作，离不开目录学知识，因为目录是古书分门别类的账簿，查查账簿，就能知道它真存还是假冒的情况。例如《伪古文尚书》并不见于晋以前的目录学著作中，到东晋时突然冒出来，我们就有理由怀疑它的真实性，再仔细核实它的内容，大致可断定它是晋代人伪造的。

5. 弄清古佚书的性质、部类及其基本内容

一部古书亡佚了，我们只要有可能，就要给它做辑佚工作，尽量使它恢复原来的面目。它的材料散见于其他书中，我们千辛万苦一条一条搜集来，但怎样排列、归类，才符合原书的真面目？这就必须知道原书的基本情况，如：多少篇，篇名是什么，

大致内容如何等等，这样我们的材料才有归属。

6. 依据目录去分清学问门类（因书究学）

我们从事研究，必须站在前人的肩膀上。怎样才能知道自己研究的学术范围前人有哪些成果？首先得去查查目录。例如进行杜甫研究，我们首先是查周采泉编《杜集书录》：现存（见）全集校笺书 86 部，选注本 132 部，辑评考订书目 189 部，杂著 16部，存疑 9 部，伪书 15 部，类书 13 部，声韵格律书 5 部。存目（闻）全集校笺书 88 部，选注本 135 部，年谱考证书 82 部，集杜、和杜、戏曲书 72 部。附有：一，近人杜学著作举要。二，历代总集、诗话、笔记，于杜诗有重要论述的著作简介。三，朝鲜、日本、杜集著作知见书目。大家想想，顺着这本书指引的路子去研究杜甫，少走多少弯路。看了这部书，你就知道历代杜甫研究的概况，这就是因书究学。

二　目录的体制流变

目录学是文献的账簿，但这个账簿是分类明细账，不是杂乱无章的流水账。它是有自己严密分类的系统。我们今天讲目录，实际包括两种情况，即篇目和书目。

上面我们讲过，目是指篇目，录是指序或提要。今天我们拿到一本书，翻开第一页就是目录，但并没有序或提要，严格地讲，这只能叫目次，有目次，有目录后记才能叫目录。一部书的目录，现在在书的前面，过去一直放在书的后面，例如《易》经，后面才是《序卦》，把六十四卦排了个次序，这是《易》的目录。《史记》一百三十篇，最后是《太史公自序》，说明为什么《五帝本纪第一》等。用竹帛为书写材料，必须写完以后才能作序，这只好放在后面，不像现在可加在前面。

一本书为什么要有个篇目呢？概括起来，有以下几点用处：

（1）显示内容以便稽查。书籍产生之初，重在保存资料，并不需篇目，后来，编定成册时就有一个稽查的方便问题，为此要立一个目次。一开始，目次与内容是无联系的，例如《论语》"学而第一"取自"子曰：学而时习之，不亦说乎"句首两字，第二篇首句"子曰：为政以德，譬如北辰，居其所而众星共之"，取首二字名曰《为政第二》。《诗经》也是这样，如《氓》《桃夭》《静女》，都是无意识地随便拣开头两个字来作题目，目的是为了便于查阅。到了后来，这篇目就不是随便定了，得把篇目和内容联系起来，得显示内容，和我们现在的主题相仿佛，如《荀子》的《劝学篇》，通篇讲的是学习的重要性，劝大家好好学习。《韩非子》的《说难》篇，通篇讲的是游说的困难，教给人们如何掌握对方的心理，变换方法以说服别人。这样，后人一看到篇目，便可以知道内容的大概了。

（2）考定分合以防错乱。古典文献有两个条例，这是清代大目录学家章学诚发现的的，这就是别裁和互著。别裁就是把古书中的某一部分单独抽出，作为一部独立的书，就是"另外裁出"的意思，类似于今天的单行本。例如《小戴礼》中的两篇《大学》《中庸》，被宋代朱熹合《论语》《孟子》订为四书，这就是从《小戴礼》中裁出的，《礼记》编定在汉代，《四书》编定在宋代，假如《小戴礼》没有篇目的话，我们很难发现这两篇是从它这里别裁出来的。互著是在目录学的著作分类中，有些书兼有两类性质，就把它两属。例如《汉书·艺文志》中《管子》《鹖冠子》既著录在"诸子"中，又著录在"兵家"中，马贵与《经籍考》一书把陆德明的《经典释文》分别著录于"经解类"和"小学类"，把郭茂倩的《乐府诗集》既著录于"乐类"，又著录于"总集类"。像这种情况，《隋志》最多。这两类中的同名书，是同一书呢，还是同名异书？只有看目录才清楚。因为有目录著作，我们从这些分合情况中也大致可以看出时人对此书的认识。

如果一本书散乱了，我们可以根据篇目把各篇重新编排起来，不至于前后错舛，这也是篇目的一大作用。

（3）辨别真伪以便辑佚。有了篇目，一本书就算编定，首尾也就完整了，后人假造的托名之作就不容易混进去。例如宋朝人编定李杜的诗集，每一种本子都有一个篇目，后来发现的"李白"的诗，因为不见于以前的篇目，后人归之为"新附"，"新附"诗都是些来路不明的诗。天津师院的詹瑛先生写过一本书《李白诗论丛》，考出李白的许多"新附"假诗。可见一本书有篇目，对于辨伪工作作用是很大的。

另外，一本书散亡了，只要有篇目在，我们就可以根据篇目做好辑佚工作。什么叫辑佚？就是从现存的古籍中，把已经亡佚的古书中零零碎碎材料收集起来，尽可能恢复古书原貌。没有篇目，我们收集的材料一条一条的，哪一条在前，哪一条在后，就没法知道。如果有了篇目，就可以据此迅速归类。例如，东汉桓谭做过《新论》十六篇，全书散亡，篇目却保存在《后汉书》本传的注释中，清代人搞辑佚，就是根据这个篇目。

以上讲的是一部书的目录（篇目），下面讲一下群书目录（书目）：

群书目录从刘歆的《七略》开始。它包含三个要素：书名、序例、解题。因此，书目形态基本上也是这三种情况：

（1）分类记录书名。这种目录作用不大，是最简单的目录形态，如宋郑樵《通志·艺文略》。

（2）分类记录书名，类前有序。这是《汉书·艺文志》采取的方法，后世沿袭下来。每个类别的前面有小序，小序大体介绍这一类学术的源流派别。

（3）分类记录书名、有序例和解题，这是最详细的一种目录形态。如《四库提要》《楚辞书目五种》《杜诗书目提要》。我们从事研究工作，最注重这种书目，它可以一目了然地给我们提供我们的必需书目。下面我们要简单介绍一下书名、序例和解题的一般情况。这样，既帮助我们了解目录著作的内容，也锻炼我们怎样去著录书籍，怎样写目录著作。我们要著录一本书，首先得记载以下内容：

（A）书名。一本书的书名和作者，对一个读者来说是一个领路的向导，特别是那些能够显示内容的书名。可是随着文献数量的增加，出现了同书异名、异书同名等情况，这些，我们可以从目录学著作中查知。通常情况下，一部书只有一个名字。但由于不同的人从不同的角度去看待这本书，就给它以不同的名字。例如《老子》按照诸子书的惯例，我们叫它《老子》，取其作者是老子李聃，和《列子》《庄子》取义是一样的。后来，人们认为《老子》里面讲的是有关"道"与"德"方面的事，遂更其名为《道德经》。唐朝开元时候，唐玄宗忽然高兴了，认为老子是他的祖先，道教也应受到尊崇，遂下诏把《庄子》称为《南华真经》，《列子》称为《冲虚真经》。再如汉刘安作《淮南鸿烈》，班固却在《汉志》中称它为《淮南子》，而现代学者刘文典又作《淮南鸿烈集解》。汉代有个蒯通，曾为韩信辩护，写个一本书叫《隽永》。刘歆的《七略》直称其为《蒯子》，把它们作为子书。

随着时代的变迁，人们对旧有书名又有增改，也是形成一书多名的原因。汉代的刘向有一本书叫《世说》，后来亡佚了，刘义庆因此做了本《世说新书》。可是到了宋朝忽然一下子就改其名为《世说新语》了。缩减与简称也是造成一书多名的原因。《太史公书》简称《史记》（"史记"在汉代意指史官所记）。《白虎通德论》简称《白虎通》，《风俗通义》简称《风俗通》，《吕氏春秋》缩成《吕览》等等，都是这类情况。还有一种是增改，是因为时代的推移、风尚的改变造成，例如《诗》是本名，因其内容而名《诗三百》，后人尊经，又名为《诗经》。韩愈在《进学解》中讲到"诗正而葩"，于是有人称之为《葩经》。《春秋》本来是鲁史，到孔子修《春秋》，绝笔于获麟，所以后人称《春秋》为《麟经》。

由于版本不同，使得一书多名的现象更为普遍。刘禹锡的文集一叫《刘梦得文集》，一叫《刘宾客文集》。王绩的诗文集《王无功集》，一叫《东皋子集》。李贺的诗集称《李义山集》或《玉谿生集》，清人陈本礼为之作注，又起了个怪名字叫《协律钩元（玄）》，因为李贺曾做过协律郎的官。杜甫的诗集有《杜甫集》《杜拾遗诗集》《杜少陵集》《杜工部集》《杜子美集》《草堂诗笺》等名，还有一本叫《杜文贞诗》，因为杜甫在元朝曾被封为"文贞公"。

从系统的观点出发，有时也改动书名，造成一书多名，例如《古今小说》，就是后来的《喻世明言》，因为《警世通言》《醒世恒言》出书后，为了凑成"三言"的数，就改了。明朝的郎奎金刻了一部《五雅》，收了《尔雅》《释名》《小尔雅》《广雅》《埤雅》五部书，其中《释名》不带"雅"字，就改为《逸雅》。

由于政治原因也有改变书名的。《能改斋漫录》作者吴曾，政治上依附秦桧，名声很臭，后人刻书改为王氏《复斋漫录》。《广雅》在隋代称《博雅》，是因为杨广登九五之故。唐牛僧孺作《玄怪录》，杨慎因朱元璋而改《幽怪录》。

以上讲的是同书异名，下面谈谈异书同名。这种情况一般是由于作者不同造成的，例如：《隋书·经籍志》中，凡是纪传体的晋代史书就叫《晋书》，共有十家，编年体的就叫《晋纪》，共有六家。宋代金履祥做有六卷本《濂洛风雅》，收在《金华丛书》

中；清代张伯行也做了一本《濂洛风雅》，九卷本，收在《正谊堂丛书》中。如果不明作者去查《濂洛风雅》，就会牛头不对马嘴了。像现在的《唐诗选》《诗经选》多如牛毛，名字是一样，内容可就大相径庭了。所以，在一部目录学著作中，必须记录书名和作者。

（B）篇目卷数。篇和卷是由书籍的物质形态构成的，把竹简编成一捆叫篇，把缣帛卷成一捆叫卷。篇和卷在古代是不统一的，例如《汉志》载《诗》二十八卷，三百篇抄了二十八捆，一卷大约要抄十篇左右。这是卷大于篇，而《韩非子》有《难一》《难二》《难三》《难四》，一篇分为四卷，这又是篇大于卷。目录著作在记录了书名、作者之后，紧接着记录本书的篇卷。为什么要记录一本书的篇目卷数呢？一，记录篇目卷数，可以看到一本书的分合变迁情况，以便考订书籍的残全。一部书流传到现在，是完整的还是残缺的；其中的篇目是作者定的，还是后人定的，都可以从这里看出。例如《孟子》一书，原本只有七篇，到东汉赵岐注释时，把每一篇分为上下两篇，所以现在十三经本与朱熹集注本都是十四篇。东汉的桓谭作过一本《新论》，原书十六篇，可是我们现在看《新论》，却著录了二十九篇，到底是不是同一本书呢？原来汉光武读这本书时，觉得每篇太长，捧在手上不方便，下命令把其中较长的十三篇，全分为上下两篇，这样，我们在理解文意时，上下两篇应看成一个整体，才不致与前人思路发生龃龉。这些情况，都要靠目录著作所著录的篇目卷数才能了解。至于有些书残缺了，更要看目录著作的记载篇卷情况，才知道这书在何时散失的。二，记录篇卷还有一个作用，可以考查学术升降兴衰情况。举例来说，中国文学史上，各种文体互相渗透融合往往是产生新文体的先声，从诗到史到骚到赋到骈文，两致是由单笔走向复笔，由质而文，反映在史籍方面，《史记》单笔，《汉书》复笔，建安以后，风尚渐变，推崇复笔因而骈文兴，《汉书》也兴，看《隋志》就知道，那里研究《汉书》的古文献卷数大大超过研究《史记》的篇目卷数，这时《汉书》学超过《史记》学。再说李商隐的作品，《新唐书·艺文志》中记载不多，到了《宋史·艺文志》中，篇目卷数大量增加，这是因为，北宋初年作《新唐书》时，李商隐正在提倡，研究的人原不多，到了西昆派风行之后，过去许多鲜为人知的李作都被发现并传播开来，所以他的诗集篇卷也就有所改变，根据这些，我们就可知道一个时代的学术风尚。

（C）版本、序跋。目录著作在记录了一部书的书名、篇卷之后，往往记录版本和序跋。记录版本是从宋代尤袤的《遂初堂目录》开始。读书要选择最好的版本，大家众所周知。怎样算好的版本？一般认为精校精注的基本就算好版本，这些就可以从目录著作出查出。

版本著录的作用有二：一是指示人读书，什么书的版本最好，一比较就明白。二是便于辨别和存佚，例如我们校书选择底本，追溯版本源流，都得先知道一共有多少版本，然后才能鉴别，确定好坏，追溯来源。有此目录学著作著明未刊本，对我们也很重要，我们可以按图索骥，去追寻，例如王先谦《两唐书合注》、杨守敬《水经注疏》，都还未刊出，目录著作中有，我们可以追寻下落，先用作参考。

我们说过，记录版本是从宋代尤袤的《遂初堂书目》中开始，后代目录著作多记录版本。（包括边框高度、黑白口、单双鱼尾、行款、钤印等）也有只记载印刻者的，如：红豆山庄本、知不足斋本、宋淳化本、明隆庆本等等。

《四库全书总目提要》是比较精良的一部目录著作，直到现在，还没有一部著作能超过它（虽然其中很多观点是不能被我们接受的）。《续提要》已由中国台湾印行，但数量、质量都不如大陆将出的《续提要》。但是《提要》有一个很大的缺点，就是不注版本，只注书籍来源，例如："江苏巡抚采进本""兵部侍郎纪昀家藏本"。这到底是什么版本不得而知，我们今天来看《四库全书》，还得一个个确定其版本。对此，清代很多人想做补正工作，《四库提要》二百卷，看起来不方便，清代便出了本《四库简明目录》，版本学家邵懿辰就在上面标注增补版本，搞了一辈子，孙子邵章接着干，又补了很多，孙诒让、缪荃孙又接着补。这就是我们现在看到的《四库简明目录标注》。把它和《四库总目》结合起来看，版本知识可以得到补充。专门搞四库版本的还有叶启勋的《四库全书目录版本考》，《在图书馆学季刊》和《金陵学报》上发表过。另外有胡玉缙《四库提要补正》。

私家著录版本的目录著作较好的也有几种。

钱曾，字遵王，江苏常熟人，著《读书敏求记》。钱谦益族曾孙，绛云楼焚后，书归他。他选最好版本，亲自题跋，收书601种。他论断版本有独到的见解，提出从书籍形态的版式、行款、字体、刀刻、纸墨来确定版刻年代，主张从祖本、子本、原版、修定版来确定一书的价值，很有见地。每书都记载它的成书经过、内容梗概、流传经历和优劣得失。《岁寒堂诗话》《西清诗话》等，我们要研究它的成书及版本，都不得不看此书。

黄丕烈是个大藏书家，字绍甫，号荛夫，江苏吴县人。他最喜欢收藏宋元善本，收集了毛氏汲古阁、钱曾述古堂、也是园、季振宜"沧苇"、徐乾学传是楼不少宋元传刻。黄丕烈著《士礼居藏书题跋记》收书三百一十九种，各书的题跋以版本为主，把宋本、影宋本、金本、元本、影元本、残元本、明抄本、毛抄本、校抄本等注得详详细细，其次说明版本的流传情况、版式优劣、行款字数、校勘情况。读了此书，对一些珍善本书籍的概貌便会一清二楚。

傅增湘是近代大藏书家，精通版本、目录学，所著《藏园群书题记》十四卷，收书三百一十篇，对古书目录、版式、行款叙述较详，刻抄流传分析较细，校勘得失评述恰当，很有参考价值。新中国成立以后，其子整理出《藏园群书经眼录》也是一部类似的题解书目，收书更多，可资参考。

以上几种书目，记载版本都较详细，我们研究一书的各种版本，首先得翻翻它们。其次，我们要讲讲序和跋。一开始，序与解题是一个东西，例如刘向作解题，其实就是各书的序。到后来，校订书的人不一定同时编定目录，于是作序的人作序，编目录的人自编目录，二者分家了。我们今天看一部书，既有目录，还有很多序。序是校订者的心得之言，跋是读者的心得之言。其中保存本书写作、印刻、流传的真实材料，以及它的优缺点和价值。这样，那些写提要的人，就不得不参考序、跋了。对于序和跋的材料的使用有两种情况：一是像《四库全书提要》那样，把许多序跋材料打乱，加工，溶铸成一篇提要。二是不改变序跋原文，只是把各种重要的序跋、各种评论材料罗列在一起，就像资料汇编。因为序跋等都是原始材料，对读者比较有用，所以我们更看重这一类。像马端临《文献通考·经籍考》、朱彝尊《经义考》、谢启昆《小学考》、智昇《开元释教录》、晁公武《郡斋读书志》、陈振孙《直斋书录解题》、姚振宗《汉书艺文志条理》《隋书经籍志考证》等，读书之前查一下，可以订正很多书的错误，对从事研究的人来说，也可以从中搜集到各类资料。

（D）存佚与真伪。记载了版本情况和序跋以后，还要在解题中记载存佚和真伪情况。记载存佚是很重要的，它告诉读者，这部书还在不在，如果不在了，我们也可以查出它亡佚于什么时间。记载存佚情况一般为四注法：存、佚（亡）、阙（残）、未见。这虽然是从清朱彝尊的《经义考》开始的，但《隋志》已经在有些书下注明"梁有今亡"。梁，是指梁阮孝绪的《七录》，作《隋志》时，《七录》还在，把它拿来一对照，就知道哪些书梁代有当时没有了。存，就是著录时仍可见到。佚（亡），就是著录时已经没有了。阙（残），就是著录时已经残缺不完。未见，就是著录时没有见到，但又不能断定其是否已亡佚。如何算亡佚，如何算未见呢？孙诒让在《温州经籍志》中大致划了一个时间范围：二百年来无人提及就算它亡佚了。其实这也是没有办法的办法，因为有些书二百年以后重新发现的例子多得很。在范晔著《后汉书》以前，谢承有本《后汉书》，明末清初的傅山、全祖望等人都提到过，三百年来无人提及，现在是否就亡佚了呢？很难说。明朝的王嗣奭，研究杜诗很有名，有一本书叫《杜臆》，仇兆鳌注杜时引用很多，一直未见其书，新中国成立后，突然被发现并影印出来。特别是现在，考古之事大兴，许多地下材料得以重见天日，更不能拿二百年来束缚，例如《战国纵横家书》《刘知远宫词》《孙膑兵法》等都超过二百年。但又有什么更好的办法来著录呢？我想，最好的办法是三注法，只著录未见不著亡佚。

下面再谈谈真伪问题，目录著作除记录存佚外，还要记载真伪情况，向读者介绍图书，说了半天，是本伪书，实在是贻误读者。如果我们尽可能做了辨伪工作，把情况记录在解题中，这样读者自然知道怎样来利用这些伪书中的材料。记载真伪，也是从《汉书·艺文志》开始的，它中间记载了《文子》九篇，下面有个小注：说文子是老子的弟子，孔子问礼于老子，那么文子当与孔子同时人，而《文子》书中提到周平王向文子请教，平王是东迁之主，在春秋之始，而孔子是春秋末人，所以《汉志》认为："似拟托也。"这就定了《文子》是本伪书。辨伪问题到后来成为专门学问，在目录著作中，尽可能附上辨伪的成果，是非常重要的。

（E）学术与风格。解题的中心部分，是要向读者介绍古书的内容、优劣之处。对于哲学、历史、语言学家的著作来说，要介绍此书的学术价值；对于文学家来说，还要介绍本书的艺术风格，使读者有个大致的了解。这就要求写解题的人有学识、秉公心，"爱而知其恶，憎而知其善"。这是不容易做到的，我们读解题的人，尤其要注意这一点，例如晁公武对王安石很反感，所以在《郡斋读书志》中，对王的著作评价往往是不公正的。纪昀是汉学家，反对宋儒，所以《四库提要》中对于宋儒的书总是微文讽刺，我们都必须了解这些。而我们做解题，必须努力做到实事求是，客观评价，正如荀子《正名篇》所说："以仁心说，以学心听，以公心辨。"

上文讲到的篇目与书目，是目录的两大类别。但是，总群书之目录为一帙，建立群书账簿，并且是分类明细账而不是流水账，才便于查阅，这道理大家都懂，可真正做到绝非易事。因为我们首先遇到的是如何分类问题。

世界是个有序的世界，是个万类品汇的整体。类别是由它自身的内容和形式而决定的，是区别于异类的标识。可是，每一类型都与其他类型有千丝万缕的联系而不是绝然独立的。这种有序的联系构成了世界的丰富多彩，研究者的目的是要发现并分析出各类自身的特征和与他类的联系，所以，分析方法往往是研究的第一步，没有分析很难产生比较和归纳。

可是，面对浩如烟海的中国古代典籍，要给它分析归类，谈何容易！它们的形式和内容都极其复杂，而我们又需要从不同的角度去利用它们。它有它的形态，我们有我们的需要，怎样才能使它们的形态最大程度适应我们的需要，使我们随心所欲地找到所需要的古代典籍？为此，我们的先人不知进行了多少尝试，至今还没有找到一种满意的答案。

今天我们走进一个目录系统比较健全的图书馆，大概可以见到下列几种文献编排法的分类目录卡：

（1）内容分类编排法。按文献内容特征进行科学分类而编排文献目录。这是我们传统目录学的编排法，从刘歆的《七略》到清代的《四库全书总目提要》都是如此，这里又有"六分法""七分法""四分法""十二分法"等区别。

（2）主题编排法。这其实也是一种内容分类法，不过它舍去了学科的差异，把各学科中不同的文献中所阐述的事物或问题抽绎出来，用规范化的名词术语加以概括，然后按主题词的笔顺排列来检索文献。我国已编制了《汉语主题词表》，就是为了规范文献主题编排法中的主题词的。例如，我们无论写一篇什么文章，必须按主要内容归纳出几个主题词，放在内容提要的下面，把这几个主题词按笔顺排起来，你就可以从几个不同的角度去检索。这种检索方法便于将不同学科的同一性质的问题综合研究，更接近于现代人思维方式的需要，弥补传统内容学科分类的不足，便于计算机检索。但也有缺点，它拆散了按事物属性建立起来的学科体系。有利于归纳而不利于分析，有利于整体思维而不利于形而上学思维，往往会把完全不相干的两类事物扯到一起。再者，同一主题词下会出现多少文献，还是不便于检索。

（3）编年编排法。按文献写作、发表、出版时间的次序来编排。这只适用于历史性要求较强的文献，这样可以看出史的线索，如传记书目、出版年鉴、马列主义经典著作目录等，这种编排法可以看出学科的发展情况。

（4）地区编排法。接文献中论及的地区来编排，其实是按文献内容所涉及的地理位置来分类。对研究局部区域文化有很大便利。如地方文献、地方志、农业区划等等，多用这种编排法。

（5）字顺编排法。纯粹是按文献外形特征来编排，如书名、篇名、著者等。这里又分"音序编排""形序编排"。古典文献还有按音韵体系来编排的。这种方法严格地讲，不能起到指导我们读书的目的，因为在进入图书馆之前，我们必须先知道要读那一本书，甚至是谁写的。

在中国古典文献分类中，从刘歆的《七略》到清代《四库全书总目》都采用内容分类的方法。目前，国内各图书馆的古籍部基本还是采用这种分类法，所以我们有必要讲讲它的源流与发展。

1. 刘歆《七略》的"六分法"

汉代刘向、刘歆父子是第一个对文献进行分类的人。刘向的《别录》汇总校书提要，随书附上，别录一份，汇为一书，故称《别录》。虽然刘向校书时，尚未有目录之分类的记载，但他们已有分工，刘向校经传、诸子、诗赋，步兵校尉任宏校兵书，太史令尹咸校数术，侍医李柱国校方技。（《汉书·艺文志》）这些经传（六艺）、诸子、诗赋、兵书、数术、方技，正是六大类，与刘歆的《七略》所分相同，可知刘向时已对古典文献进行了分类。到刘歆时，正式将这种分类见于目录著作中，这就是《七略》的分类体系。《七略》已经亡佚，我们现在见到的只是后人辑录本，但它的纲目内容完整地保存在《汉书·艺文志》中，所以，研究《汉志》即研究《七略》的分类体系。根据《汉志》，我们知道，当时人把天下图书分为六大类：

（1）六艺略（九小类）

易、书、诗、礼、乐、春秋、论语、孝经、小学。

这一类就是刘向的"经传"，也就是后代的"经部"。

（2）诸子略（十小类）

儒、道、阴阳、法、名、墨、纵横、杂家、农、小说。

这一类即刘向的"诸子",也就相当于后代的"子部"。

(3) 兵书略（四小类）

兵权谋、兵形势、兵阴阳、兵技巧。

这一类即步兵校尉任宏校的"兵书",也就相当于后代诸子中的"兵家",属"子部"。这里单独作为一大类,反映了从春秋战国开始到汉代,军事著作迅速发展,非常受人重视,在刘向校书之前,就有"张良、韩信序次兵法,凡百八十二家,删取要用,定著三十五家"。"武帝时,军政杨仆捃摭遗逸,纪奏《兵录》,犹未能备。至于孝成,命任宏论次兵书为四种"(《汉志》)。可见对兵书整理的重视,所以,他们不认为兵家只是诸子中间的一家,而认为兵家是一个独立的部类。

(4) 数术略（六小类）

天文、历谱、五行、蓍龟、杂占、形法。

这一类即太史令尹咸所校的"数术",也就是相当于后人的"子部·天文算法、数术类"。

(5) 方技略（四小类）

医经、经方、神仙、房中。

这一类即侍医李柱国校的"方技",也就是相当于后人的"子部·医家、道家类"。

(6) 诗赋略（五小类）

屈原赋、陆贾赋、孙卿赋、杂赋、歌诗。

这类即刘向校的"诗赋",也就相当于后人的"集部"。通过比较,我们得知《汉书·艺文志》的"六分法"与后来经、史、子、集"四分法"的主要对应关系是:

六艺略　经

诸子略、兵书略、数术略、方技略　子

诗赋略　集

另外缺少史部；子部析出兵书、数术、方技。

2.《隋志》的"四分法"

晋代秘书监荀勖曾作过一部书，叫《中经新簿》，它是在魏秘书郎李充《中经》的基础上增补而成的。荀勖"更著新簿，分为四部，总括群书。一曰甲部，纪六艺及小学等书；二曰乙部，有古诸子家、近世子家、兵书、兵家、术数；三曰丙部，有史记、旧事、皇览簿、杂事；四曰丁部，有诗赋、图赞、汲冢书"（《隋志》）。这就是"四分法"的开始。《中经新簿》与《七略》比较，有下列不同：

（1）并兵书、术数于诸子。

（2）特设史部。

但荀勖之分类有误，如"图赞、汲冢书"之类应该入丙部而不应在丁部。

到了东晋，著作郎李充重新整理国家藏书，以《中经新簿》为根据，调整了他的部次。乙丙相调，就是"经、史、子、集"的顺序了。完成"四分法"的是《隋书·经籍志》，经部分 9 小类，史部分 13 小类，子部 14 小类，集部 3 小类，后代都以此为准。

三　重要目录著作介绍

（一）《艺文志》与《经籍志》

1.《汉书·艺文艺》（简称《汉志》）

班固编纂，见《汉书》卷三十，据刘歆《七略》删补而成，为后代史书目录的楷模。属于分类著录书名，每类前有小序，说明学术来源。前有一篇总序，说明国家藏书情况及部类划分。我们要考察汉代图书情况，可以翻检。后人对它考补、注释、笺疏的很多，主要有：

（1）宋王应麟《汉艺文志考证》十卷 ⎫
（2）清姚振宗《汉书艺文志拾补》六卷 ⎬ 全见《廿五史补编》本
（3）清姚振宗《汉书艺文志条理》八卷 ⎭

（4）清王先谦《汉书艺文志补注》一卷（《汉书补注》）

（5）清刘光蕡《前汉书艺文志注》一卷

（6）清王仁俊《汉书艺文志考证校补》十卷（上海馆藏稿本）

（7）康有为《汉书艺文志辨伪》（《新学伪经考》卷三）

（8）姚明辉《汉书艺文志注解》（上海大中书局印本）

（9）张骥《汉书艺文志方技补注》一卷

（10）许本裕《汉书艺文志笺》（《国故》1~4期）

（11）顾实《汉书艺文志讲疏》（东南大学丛书本）

（12）孙德谦《汉书艺文志举例》一卷

（13）余嘉锡《汉书艺文志索引》（稿本）

（14）瞿润缗《汉书艺文志疏证》（《国故》2~4期）

（15）李笠《汉书艺文志汇注笺释》（厦门大学油印本）

（16）张舜徽《汉书艺文志释例》（积石丛稿本）

2.《隋书·经籍志》（简称《隋志》）

唐初李延寿初编，魏徵删订，见《隋书》卷三十二至三十五。它和《汉志》一样，是古代文献目录的重要典籍。它用经、史、子、集四部分类法，并在撰者以下标有存佚情况，考察隋代以前之典籍可以翻检。后人对《隋志》的考补疏证工作也很多，著作重要者有以下十种：

（1）章宗源《隋书经籍志考证》十三卷（仅存史部十三卷）

（2）姚振宗《隋书经籍志考证》五十二卷

（3）章学诚《隋书经籍志考证》一卷

（4）杨守敬《隋书经籍志补》

（5）陈逢衡《隋书经籍志疏证》

（6）洪饴孙《隋书经籍志考证》

（7）康有为《隋书经籍志纠谬》

（8）张鹏一《隋书经籍志补》二卷

（9）李正奋《隋代艺文志》一卷

（10）潘令华《隋代经籍志现存书目》一卷

除了东汉、三国、魏晋、南北朝各史缺志外，其余各代史书中都有《艺文志》或《经籍志》，体例基本相因，都不是解题目录。但东汉以降，各史缺志也多由后人补上，例如：姚振宗的《后汉书艺文志》《三国志艺文志》；丁国钧《补晋书艺文志》四卷，补遗、附录、勘误各一卷；黄逢元《补晋书艺文志》四卷；王仁俊《补宋书艺文志》《补梁书艺文志》各一卷，稿本，藏在上海馆；李正奋《补后魏书艺文志》稿本，藏北京馆；徐崇《补南北史艺文志》三卷；陈汉章《南北史合八代书丛目》（稿本），藏浙江馆。《艺文志》及《经籍志》情况大略如此。

（二）解题书目

1.《郡斋读书志》，宋晁公武撰。

晁公武，字子止，山东巨野人，晁冲之之子，时称昭德先生，是当时著名藏书家。金兵入侵以后，举家迁往四川。在1140—1147年间，他投靠当时的四川转运使井度，成为帐下的一名属官。井度是南宋初年四川一位"风雅"大吏，喜好图书，并且自己写书、编书、刻书。到他在1147年罢官后，就把二十多年收藏的五十箧书全都送给晁公武。晁公武一直到1170年还在四川做官，1171年调回京师做临安少尹，几个月后，又做了吏部侍郎，晚年回到四川嘉定。他是个利欲熏心的官吏，不是什么清官，但却喜欢读书，很有学问。1151 年，他在四川镇守荣州的时候，就开始编《郡斋读书志》，分经、史、子、集四部，共分四十四类，有总序，叙述成书的经过。每部前有大序，每类前有小序，小序收在第一部书的提要中。《郡志》对每部书的提要，偏重于考订方面，力图客观地评价，"善恶率不录"。《郡志》初刻四卷本约在 1157 年，后来过了八九十年，黎安朝翻刻四卷本于宜春郡斋，这就是所谓"袁本"，由赵希弁校刻的。赵是宜春的没落子弟，从祖父手上就开始藏书，于是他根据自己家的藏书，增补《郡志》，编成"附志"，著图书 486 种，恰好弥补了晁书出版后一百年间的新书。也就是在赵希弁校刻《郡志》的那一年（1249），游钧又在信安郡所翻刻了姚应绩的重编二十卷本，这就是所谓"衢本"。衢本比袁本多 435 种，8245 卷，又由赵希弁编为"后志"，附于五卷本之后。我们今天看《郡志》，当然是王先谦的校本最全、最好。

2. 《直斋书录解题》，宋陈振孙撰。

陈振孙是浙江安吉人，是"永嘉九先生"之一周行己的外孙。大约在 1217 年以后，他在江西南城做官，开始收藏图书。后来，他又到福建莆田做兴化军通判，莆田当时刻书业很盛，藏书家很多，这是他收藏图书的大好时期。他后来又在浙江等地一共做了二十多年地方官，到他 1238 年做国子监司业时，私人藏书已经很丰富，成了藏书家，于是开始编写《直斋书录解题》。前后经历十五年，直到退休以后，还在手不停笔，终于写成《直斋书录解题》。共著录图书 51180 卷，3039 种，分为经、史、子、集四录，原本 56 卷，没有大序，只在需要说明的地方才加小序，例如宋代的《孟子》编入四书，又入十三经，他就创立了一个"语孟类"，这一类是他首创的，需要加以说明，就有一个小序。陈振孙对古籍分类是有创见的，他把音乐从经部移出来，认为古来乐书已亡，乐府、教坊、琵琶、羯鼓之类不可充乐，于是便另设音乐类，放在杂艺类之前，就是新的见解。但是，在解题内容方面，大家阅读时应注意，他比晁公武更保守，他虽然生在永嘉学说盛行时期，又是周行己的外孙，但他却不赞赏永嘉学派的经济实用功利主义学说，却热衷于朱熹和道学家的学说，他认为外公、陈传良、叶适的学说"未得为纯明正大"（《习学记言》解题），对改良的王安石的学说也一概排斥。

3. 《玉海·艺文》宋王应麟撰。

王应麟的时代，南宋政治更趋腐败，他十九岁考中进士，可是对于这种沽名钓誉的举业，他一点也不在意，自己立誓闭门发愤，要步入博学鸿词科。于是他采取当时读书人共用的方法，藏小册子在袖中，入秘府，见书就记，一条一条地排列，每条有一个题目，就像如今做卡片。材料多了，再分类编成一条一条的资料集，称为"编题"，这是为了应付博学鸿词科的考试。终于在三十四岁那年（1256），中了博学鸿词科，以后，除了到外地做过短期文官外，一直在中央政府做文官。后入秘书监工作，1271年做了秘书监。五年以后，南宋灭亡，他很有民族气节，从此杜门不出，过了二十多年的讲学著书生活。他的遗著共三十一种，七百多卷，《玉海·艺文》二十八卷。《玉海》本是一部类书，是一部"与它类书体倒迥殊"的类书。《玉海·艺文》的成就在于它包括丰富的图书目录的历史文献资料，其参考价值可以抵上解题目录。它著录图书，一般以《新唐书·艺文志》为基础，以《中兴馆阁书目》辑释，以各史艺文志与宋代官私目录作补充，广泛利用所有的历史文献资料。凡是十三经注疏、十七史及前四史的诸家注解，《文选》注、《世说》注、《水经》注等重要类书，宋代会要、实录等古籍，只要有与图书目录相辅相成的地方，全都收在《玉海·艺文》中，有极高的参考价值。

4.《文献通考·经籍考》，宋元马端临撰。

马端临比王应麟小三十一岁，就在王应麟死后十多年，他撰成了三百四十八卷的《文献通考》。他没见过《玉海》，在学术思想上受杜佑（《通典》）和郑樵（《通志》）影响。马端临的父亲马廷鸾是南宋的右丞相枢密使，1273 年，因与奸相贾似道政见不合而辞官，马端临就跟父亲一起回到饶州乐平。这时他刚刚中了进士，1276 年，元兵攻陷南宋，他从此绝意仕途，杜门不出，一心从事历史资料的整理和史学研究。自从 1273 年跟随父亲回到故乡以后，直到 1290 年马廷鸾去世，他跟父亲学习了十七年，同时收集大量资料，准备编纂《文献通考》。父死之后，他开始正式纂修，前后二十多年，大约在 1315 年左右完成。1322 年在饶州路付梓时，马端临已是 69 岁的风烛老人了。

《文献通考》其实是一部上古至宋代的中国通史，共 24 考，348 卷，其中第十九考是《经籍考》，共 76 卷，实际上是一部中国文献史。在这里，他按经史子集分类，参照汉、隋、唐、宋四代史书的艺文志。当时《宋史》还未出，他参照的是吕夷简的《三朝国史艺文志》、王珪的《两朝国史艺文志》、李焘的《四朝国史艺文志》和《中兴四朝国史艺文志》。只有当时存世的书，他才著录，所以共收书三千八百三十四部，比郑樵《通志·艺文略》和王应麟《玉海·艺文》少得多。但是，他按类部次，每类前有总序，简述藏书源流，每部书目之下有解题，把有关作者身世、书籍的卷数、内容及诸家评论的资料详细收集在一起，通条排列，成为资料汇编性质的解题目录。虽然没有个人见解，但各说详备，引用资料丰富，对于后人的研究极有用处。这些材料大多来自诸家书目、史志，如《崇文总目》《中兴艺文志》和四种国史艺文志，这些低一格编排，晁、陈二家解题、《朱子语类》、《石林总集》、高似孙《子略》、周氏《涉笔》等，以及撰人传志、原书序跋、诗话文集中的评论则低两格编排，有些地方还加上自己的按语，把凡"可以纪其著作之本末，考其流传之真伪，订其文理之纯驳者"，都编在自己的目录中。这一方法后来被更多地采用来编补史艺文志和地方艺文志。

（三）联合目录

现在我们做学问，研究一个问题，不但要求从微观上来分析，还要求从宏观上来把握，找出各部分的联系，才能寻求规律性的东西，才能预示发展趋向，这样就要求我们研究问题尽可能地全面，怎样才能全面地收集资料和可资参阅的书目呢？联合目录就会给我们帮大忙。联合目录就是把许多地方藏书的书目总汇到一起，假如你要找一本书，打开它，全国各地所藏全都在一起，对我们提供了极大的方便。新中国成立前，各自为战，要靠私人力量搞一个联合目录不容易，但朱士嘉先生就搞了个《中国地方志综录》，要查地方志，可去查它。新中国成立后，条件成熟了，上海图书馆搞了《中国丛书综录》，这是一本了不起的书，它收了全国四十一个大图书馆的二千七百九十七种丛书。大家知道，丛书这个名称唐代就有，如陆龟蒙有个《笠泽丛书》，但那时"丛书"只是"文集"的意思，不是说把许多书收在一起。到了明代，丛书就是许多书的聚集体了，如程荣的《汉魏丛书》，专门收集汉魏人的著作。从此以后，直到现在，我们还在出丛书，如"大学生丛书""青年自学丛书""中国古籍读本丛书""文化史丛书""哲学小丛书"等，一种丛书包含许多种书。《丛书综录》就是把现存的所有丛书包含的各种书都介绍给大家，它精装三册，第一册是子目，告诉我们每部丛书都包含哪些书。现在我们出丛书，大多是按学术分类的，从前可不是这样，如"知不足斋丛书"什么都收，这"子目"一册就告诉大家每部丛书的子目，谁编的、什么地方刻的、什么时候刻的、现在收藏在哪里。但这对我们研究学问还是不方便，我们研究杜甫，希望把从前人研究杜甫的书全摆出来，研究《说文》也是这样，不要紧，第二册就是从学术角度分类，指导我们去找书，研究杜甫的，你去查集部、总集类或评论类，在杜甫名下，所有书名全有了，并告诉你收在什么丛书中，作者、卷数、版本、藏弆地点，一目了然。第三册是四角号码索引。这是一部目录空前巨著，功用之大也是空前的，我们不做学问便罢，做学问就得学会使用它，而且不限于社会科学，自然科学也包括了，如"中国水利史""中国植物图录"。

还有最近全国档的《中国善本书联合目录》，如果你要查一个人文集或者一部书的珍本、孤本、善本、稿本、抄本、罕见本，就去翻它，有没有，在哪里，还可查这个人或这类书还有哪些珍善本，既方便又实用。

再还有前面讲过的《北京地区满文图书资料联合目录》《全国蒙古古旧图书资料联合目录》等都属这一类。

（四）专科目录

专科目录是针对某一具体学术部类做的目录，后来发展到专人、专书，都可做目录，例如研究乐府诗，陈代就有释智匠的《古今乐录》，唐代有吴兢的《乐府古题要解》，郗昂（或题王昌龄）的《乐府古今题解》，沈建的《乐府广题》，这些论述乐府的专科目录都被郭茂倩编《乐府诗集》时利用过。晋武帝读《文选》的《六代论》，当时认为是曹植做的，他就问曹植的儿子曹志，曹志说：他家有"先王手作目录"。等他查过以后，回答晋武帝说，他爸爸没做过这篇文章。这是专人目录，这类目录有俞樾《春在堂全书录要》、赵万里《王静安先生著述目录》等。唐宋人热爱《文选》，于是常宝鼎编有《文选著作人名目》，尹植也编有《文枢秘要》，这是用来检阅《文思博要》和《艺文类聚》的。现在《史记三家注引书目录》《汉书引书目录》《汉书所据史料考》算是专书目录，但最多的还是专科目录，下面分经史子集略作介绍：

1. 经部：如朱彝尊《经义考》和翁方纲的《经义考补正》。《经义考》三百卷，专收经学方面的典籍，每部书附有解题，并有诸家序跋和考证，翻检便利，但时有漏误，所以翁方纲替它做了个《补正》。

谢启昆《小学考》，是补朱氏书不足之处的，本来小学附于经学，但朱氏书不收小学（语言学）书籍，所以谢氏做《小学考》，把语言文字学的书籍编排在一起，按朱氏的体例，但比他精审得多。

胡元玉《雅学考》，是收专门研究《尔雅》的；崔骥《方言考》，是专门研究扬雄《方言》的；丁福保《说文解字诂林》，是专门研究《说文》的，收罗资料极为丰富，所有研究《说文》及文字学的著作包罗殆尽，体例与上同。还有《广韵》《广雅》未有专科目录，大家有志者可续之。

吕思勉的《经子解题》是个普及性的专科目录，吕思勉是大史学家，他介绍群经和诸子，写得精彩极了，大家要是读一遍，能增加很多知识。

2. 史部：最著名的是章学诚的《史籍考》。经过十六个学者之手，搞了六十多年，在咸丰六年被烧掉了。接着的是谢国桢的《晚明史籍考》和《清开国史料考》，此后有武新立《明清稀见史籍叙录》、陈乃乾《共读楼所藏年谱目》、杭州大学《历代名人年谱录》、来新夏《近三百年名家年谱知见录》等。

3. 子部：如宋高似孙有《子略》四卷，专著录古代诸子。清代的王仁俊写过一部《周秦诸子叙录》，收罗子书是比较完备的。原北京大学图书馆系主任王重民先生做过《老子考》，著录研究老子的著作。

4. 集部：集部书目如黄文旸的《曲海总目提要》，是关于戏曲方面的书目。早在新中国成立前，钱杏祁就以一粟署名搞了《红楼梦书录》，把研究《红楼梦》的著作、文章都一个做了介绍。研究杜甫，必须看杭州大学周来泉的《杜诗目录》，他把所有杜甫研究著作都做了提要介绍，并辑录了很多序跋。再一类就是诗文系年目录，如赵子栋《杜工部草堂诗年谱》、方松卿《韩文年表》、孙汝聪《三苏年表》、今人邓广铭《稼轩词编年笺注》，都是很好的诗文系年目录。

（五）版本目录

版本目录是在书目的下面记有各种不同的版本，不管善本也好，非善本也好，只要是异本，就记载下来，对于研究版本的人，是非看不可的工具书。这一类很多，各私家藏书目录几乎都载有版本，这里主要介绍几部以记载版本为主的书目：

1. 《天禄琳琅书目》。据清内府图书馆整理编纂，收宋明各朝书一千零六十三部，按版本时代分类。

2. 邵懿辰《四库简明目录标注》。由邵懿辰开始，经孙怡让、黄仲弢等人增补，到邵懿辰孙子邵章才整理出来，就《四库全书》中的书目，标注了它们的不同版本。

3. 张之洞《书目答问》与范希曾的《补正》。也是以介绍版本为主的，所收多是常用书，不如《标注》多。

4. 孙殿起《贩书偶记》。孙殿起是老书商，卖了一生书，把他见过的、卖过的所有书都记下来，什么版本，何时刻印，有何特点，一目了然，并有很多罕见本。

（六）辨伪目录

例如姚际恒《古今伪书考》，黄公眉《补正》。张心澂《伪书通考》。

第四章　中国古典文献的整理与注释

一　版本与校勘

我们要整理一部文献，首先当然是清查目录著作，看看它有多少不同版本，收集版本是为以后的校勘服务的。

（一）版本名义

所谓版本，严格地讲，是有雕版印刷以后才有版本，而我们现在讲的版本学，则包括抄本、稿本、校本。书籍称本，从刘向开始，他在《别录》中解释校雠之谊说："一人读书，校其上下，得谬误，为校；一人持本，一人读书，若怨家相对，为雠。"这里的"本"就是书本。到了南北朝时，颜之推著《颜氏家训·书证篇》，就举出很多本子来，什么江南本、河北本、俗本、旧本、古本等等，以此，不同式样的书就普遍称本了。"版本"二字连用，大概始见于宋人笔记，叶梦得《石林燕语》说："版本初不是正，不无讹误。世既一以版本为正，而藏本日亡，其讹谬者遂不可正，甚可惜也。"他这里是拿版本与藏本对举，意指印刷的通行本和家藏的旧钞本比较。再如《海岳题跋》卷一："唐僧怀素自叙，杭州沈氏尝刻板本。"是"版"字又可作"板"字。《齐民要术》葛祐之序："此书乃天圣中，崇文院版本。"王明清《挥麈录》："蜀中始有版本。"陆游《老学斋笔记》："尹少稷强记，日能诵麻沙版本书厚一寸。"朱熹《上蔡语录跋》："熹初到括苍，得吴任臣写本一篇，后得吴中版本一篇。"等等。

中国的雕版印刷说保守一点，大约始自中唐，前代学者或言始于隋代。据说新疆出土一片残文，上有字："……延昌三十四年甲寅……家有恶狗，行人慎之。"延昌是高昌国鞠文泰年号，延昌三十四年相当于隋开皇十四年（594）。这一残片，现存英国，英人说是雕版印刷的，但原物无从得到证明，不敢妄下结论。中唐时期，有1966年在韩国庆州佛国寺发现的《无垢净光大陀罗尼经咒》，约印于武则天到玄宗时。元稹给《白氏长庆集》作序时说：二十年间，朝堂、官府、道观、寺院、旅店墙壁之上，到处都写有白居易的诗句，上至王公贵族，下至妇女牧童，人人都会吟白居易的诗。以至于有人摹刻刊印白诗，拿在市上叫卖，有人用来换茶酒。扬州、越州一带，很多人把白诗和我的杂诗刊刻印刷，在市上叫卖。时在长庆四年（824）。《全唐文》卷六百二十四载有冯宿《请禁印时宪书疏》一文，明载："剑南、两川及淮南道，皆以板印历日鬻于市。"事在文宗大和九年（835）十二月，这是中唐有雕版的明证。到了唐僖宗年间（873—888），江东的雕版已经很盛行了，《唐语林》记载：僖宗入蜀，周围道路不通，太史颁发历书无法送至江东，于是人们争相印日历，以至朔望互相差异发生争执，常为此打官司。唐人柳玭中和三年（883）随僖宗到四川，休暇日到重城东南书肆中看书，就见许多雕版印刷的阴阳杂说、占梦、相宅、九宫五纬等迷信书，还有识字课本和语言方面的书。由以上诸例可得出结论：公元824年之前，唐代已刻书。雕版刻书，大约始于五代，据《旧五代史·后唐明宗纪》："长兴三年（932）二月辛未，中书奏请依石经文字刻九经印版，从之。"这就是当时有名的冯道奏刻九经（冯道当时是宰相），刻书之前，非常谨慎，先依开成石经选择专业人士校勘，初校以后，还要请当时有名学者五人充当校官，再校至的确无讹以后，然后召那些书写好手，端楷写在木板上，然后雕刻，从长兴三年（932）直到后周广顺三年（953）六月，九经才刻成，历时二十二年完成，其精校精写精刻精印的水平可想而知，足可以作为宋版的楷模。这时候，四川的毋昭裔也刻《文选》。据王明清《挥麈录》记载：毋昭裔贫困时，曾经向友人借《文选》，友人面有难色，毋昭裔发愤说，将来发达时，一定雕版印刷，分赠学者。后来他做了后蜀后主孟昶的宰相，就出私财刻印九经，又令门人孙逢吉书《文选》《初学记》《白氏六帖》镂而刊行。清光绪年间，敦煌发现了五代印本《唐韵》《切韵》细书小板，现藏在巴黎图书馆。1924 年 8 月 27 日，杭州西湖的雷峰塔忽然倒了，从中发现了经卷，是吴越王钱俶刻的《陀罗尼经》，刻印在太祖开宝八年（975），当时钱俶仍未纳土归宋，所以还是五代之物。总之，五代时期，雕版印刷已很普遍了。不同时期，不同地方的雕版形式不一样，于是便产生了版本的差异，或者叫版本。

（二）雕版书籍形态简介

版本明了了，我们就要讲讲版本的形式，今天我们借到一函线装书，它的版面式样一般如下图：

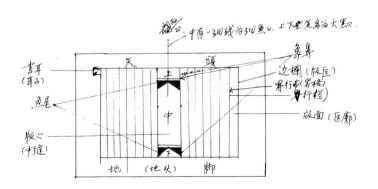

版心又称版口、书口，有黑口、白口的区别。由鱼尾分为三栏。鱼尾有单鱼尾和双鱼尾，有顺鱼尾和对鱼尾的区别。鱼尾上下到版框为止，空格地方叫象鼻，象鼻空白叫白口，有一细墨线的叫细黑口，或小黑口，墨线粗的叫大黑口。上栏一般刊刻页数，后来把中栏的书名移至此，也有刻上出版家名称的。中栏一般题写简单书名、卷次、页数。下栏原来是记刻工姓名，后来多记出版家名或丛书总名。

书耳在宋版书中是用来记书中篇名的。边栏是四周单线的，叫单边，后来发展到左右双边，又叫左右双夹线，俗称文武边。后来又发展为四周双边。还有卍字栏、竹节栏、花栏等。界行有乌丝栏、朱丝栏，皆来源于缣帛的朱线或乌线织的界行。

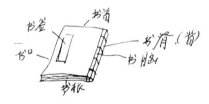

版式的情况搞清楚了，我们还得讲讲积页成册的一些知识。

北宋一般为蝴蝶装。（蝴蝶装就是把印字的两面按中缝对折，然后把折缝粘在包背纸上，每翻一页有两张背面。）有少数旋风装与经折装。旋风装将两头用褾纸粘起，首尾不脱，翻阅时状如旋风。南宋时，出现包背装，但不常用。

元刻本装帧以包背装为主（多以纸捻装订），极少蝴蝶装，佛经多用经折装，线装也不见。（包背装与线装相似，区别在于包背上封皮与下封皮为一张，线装为两张。）

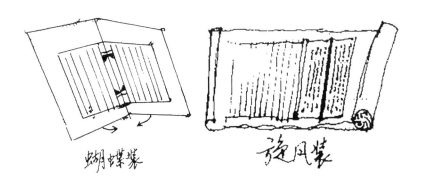

蝴蝶装　　　　　旋风装

我们现在翻开一本书，第一页有题本书书名的现象，我们称之为"扉页"，在过去称为封面或内封面（现在的书封面页，以前都叫书皮或护封，附于书皮内的空白纸才叫扉页，有前扉、后扉之分，衬在封面前叫前扉）。在书名页的背面，往往有刊记或牌记，记载刊行年月、地点、刊行人，也有的书把刊记或牌记刻在目录或序的后面。紧接扉页的是序、凡例或目录，之后是正文。正文之后，有些书有附录材料或跋，往往合成一卷，称为卷末，也有的书把附录放在正文或目录之前，称为卷首。

（三）读书必须选择版本

一本书经过手抄、雕版、流传下来，其间不知经过多少人的手，这些人有的是硕学名儒，有的却是俗夫浅学，加上流传日久，烂断、删削、节抄、脱误、增补，不能没有错误。我们读书，如果不选择校勘精审的版本，那么，误己误人，留下千古笑柄。这样的例子并不少见，早在宋代，有一位教官出题考试，题目就是《乾为金，坤亦为金，何也?》考生面面相觑，不知所措，因为大家从来没见过这句话，这些饱读经书的人只知道《周易·说卦》上讲到：乾为金，坤为釜。不知哪里来了个"坤亦为金"。于是一个大胆的考生站起来硬着头皮问考官，怕不是老先生弄错了吧，教官一检原书，果然错了，他看的是麻沙本，把"釜"字上面的两点给丢了，监本并不是这样。还有一位考官，也是读麻沙本《周易》，那上面六十三卦都有象辞，用来断每一卦的吉凶，唯独"井"卦无象，于是他就出了个考题："井卦何以无象?"也是为难了学生，闹出一个笑话。(以上见《石林燕语》)这些还不过是闹闹笑话，改过来以后，状元还照样考，可有些却差点要人性命。明初有个名医叫戴元礼，他在南京见到一位医生，来求看病的人很多，元礼想，想必他有点本事，就天天站在医生门外观看。有一天，医生追出门来，对一位求药的病人说："煎药时，别忘了加块锡。"元礼觉得奇怪，从来没听说以锡入药，连忙上前请教，医生说是古书上说的，他忙找来一对，原来医生家的书把"饧"字错成"锡"字了，急忙为他更正。这一错不要紧，轻者煎药无效，重者恐怕就要性命攸关了。《颜氏家训》上记载：北魏有一人新得《史记音》，"颛顼"的"顼"本是"许录反"，却成"许缘反"，他就以为是自己一大发现，就到朝堂上讲，"颛顼"应读"专暄"。

在古代典籍中，一部书的不同版本往往不能一版，这是非常正常的现象。《文心雕龙》是一部文学理论名著，元代一刻，明弘治一刻，嘉靖三刻，万历一刻。其中的《隐秀》篇一直有目无文，明钱允治得宋本，为之补足，至今还引起学术界的怀疑。特别是南宋建阳书坊，每刻一部书，都请些文墨不通的人任意增删改换，标新立异，务求速成，使古书多失真。到了明代，人们不是扎实地做学问，多抄书改书，这在顾炎武的《日知录》卷十八中就痛斥过。一本书经过明代一刻，往往面目全非，例如《朱子集》，本来多至三百卷，明代一编定，成了四十卷。《说文》里面掺进《五音韵谱》，唐杜佑《通典》中，却有宋人的议论，真是怪事百出。何良俊作《何氏语林》，模仿《世说新语》。有人把宋代《太平广记》卷193~196中唐代剑侠的篇章照抄下来，题名

《剑侠传》。有人把宋人乐史《广卓异记》一字不落摘抄下来，题为《广夷坚志》，题名杨慎作。所以余嘉锡先生在《目录学发微》中，谈到版本选择的重要性时，他说："吾所举为足本，而彼所读为残本，则求之而无有矣；吾所据为善本，而彼所读为误本，则考之而不符矣；吾所引为原本，而彼所读为别本，则篇卷之分合，先后之次序，皆相刺谬矣。"我们今天读书和从事文史研究的人，读了这段话，恐怕也深有感触的。

（四）版本种类及名释

版本的种类，从不同的角度，可以有不同的分类。

按时代来划分，如唐五代刻本、宋元刻本、明刻本、清刻本。

从刻书者和刻书地来分，如官刻本、坊刻本、家刻本。官刻中又可分国子监本、兴文署本、经厂本、武英殿本、内府本、府学本、郡庠本、州学本、县学本、藩府本、书院本、书局本。坊刻本又以书棚、书肆、书铺、书堂、书局名号划分，犹如今天各出版社。家刻本又有以书斋名号的，如世彩堂本、晦明轩本、汲古阁本、知不足斋本，不可胜数。也有以人名为名号的，如黄善夫本（宋）、周必大本（宋）、吴勉学本（明）、许槤本（清）等等，或者简缩以姓名号，如王本史记（明王廷喆）、凌刻本（凌濛初）。

从刻书地来分，那就更多，如浙本、闽本、蜀本、平阳本（山西临汾）、朝鲜本（高丽本）、日本本（东洋本）、越南本等等。浙本中又分杭州本、衢州本、婺州本、台州本。闽本中也可细分为建宁本、建阳本、麻沙本。蜀本又分出眉山本。

根据刻印质量又可分为精刻本、写刻本、单刻本、丛书本、家藏本、道藏本、抽印本、翻刻本、影本、递修本、百衲本、三朝本、通行本、邋遢本、书帕本、祖本、原刻本、初印本、重刻本、后印本等。

从印刷的字体字形与颜色来分，可分为大字本、小字本、巾箱本、袖珍本、蓝印本、红印本、朱墨本（二色）以及三色、五色、六色套印本。活字本中又分泥、木、铜、磁、铁活字本，清乾隆以后，统统称为聚珍本。

从内容的评注增删情况又可分为增订本、删本、节本、足本、残本、批点本、评注本等。

根据使用价值又分为孤本、秘本、珍本、善本等。

至于非雕版印刷的书，还有稿本、抄本、拓本、摹本、写本等名目。下面我们择其重要名目作点解释，以便今后在版本鉴别时应用。

官刻本：历代官家所设机构刻印的书称官刻本。如宋代的国子监、秘书监、转运司、漕司、茶盐司、郡庠及府、州、县学所刻。明代南京、北京国子监、经厂所刻。清代武英殿、官书局以及藩王所刻。

监本：五代冯道请令判国子监田敏校正九经，刻板印刷，后代就把国子监刻本称监本。明代有南北二京国子监刻印经史，南京称"南监本"，北京称"北监本"。

经厂本：明代司礼监所属机构，用来刻印佛经的地方，同时也刻印了许多其他的书。多是宦官主其事，刻的书宽大、字大、黑口，初印本多盖有"广运之宝"的印，但校对不精，重形式而不重内容，所以讹误很多。

藩刻本：明代各地藩王所刻。有名的如辽藩宝训堂（《昭明太子文集》）、徽藩（《词林摘艳》）、潞藩（《古今宗藩懿行考》）等。

内府本：明清两代宫廷内部刻印之书。如嘉靖怀易堂（朱载轩《陶渊明集》）、乾隆明善堂（怡亲王府《杜工部诗》）较有名等。

殿本：清代康熙年间，武英殿开始刻书，刻印精工，纸墨考究，称"殿本"。

聚珍本：清乾隆三十九年（1774）刻印《四库全书》中的善本，金简奏请用枣木刻成活字，成为木活字版。清高宗以为活字名称不雅，改为"聚珍"。刻印书籍在武英殿，故称"武英殿聚珍版"，共刻活字二十五万三千五百个，共印书约一百四十八种。后来各地官书局亦纷纷仿效，于是，武英殿聚珍本称"内聚珍"，各官书局之本称"外聚珍"。

书局本：清同治、光绪年间，曾国藩倡办书局刻书，委托好友莫友芝主其事。于是官家书局在各省刻的书称"书局本"。著名的如江苏书局、金陵书局、浙江书局、淮南书局、江西书局、湖北崇文书局，浙江书局刻的书质量好，崇文最差。

家塾本：私家刻书，不是为了卖钱的，都称"家塾本"。宋代如陆子遹（《渭南文集》）、廖莹中的世彩堂（《五经》《韩柳集》）、黄善夫宗仁家塾（《史记正义》），元代平阳府梁宅（《论语注疏》）、古迂陈氏（《尹文子》），明代吴郡袁褧嘉趣堂（《世说新语》）、胡文焕（《格致丛书》），常熟毛晋汲古阁（从万历到清顺治初，刻书四十年，六百多种，版心下多题"汲古阁"三字，世称"汲古阁本"）更是举世有名。到了清代，如纳兰成德的通志堂、顾嗣立的野草堂、鲍廷博的知不足斋、黄丕烈的士礼居，都刻了不少书。家刻本不是为了赚钱，所以校勘精，刻印讲究。

闵、凌刻本：明万历、天启间吴兴的闵齐伋、凌濛初两家刻书，都有共同的特点，纸白、行疏、无界行，正文用墨，批校用朱套印，所以世称"闵刻本""凌刻本"。闵多刻经史子集，凌多刻戏曲小说，并且二人首先采用五色套印。

眉山本：蜀本的一种。当时眉山刻书多用大字、颜体，如井宪孟的《七史》著称于世，所以"眉山本"又称"蜀大字本"。

建本：宋代福建刻书以建宁、建阳、麻沙三个地方最盛，所以福建本称"闽本"，又称"建本"。这里分"建阳本""建宁本""麻沙本"。麻沙是建阳县西七十里一个集镇的名字，南宋时，这里书坊林立，并且盛产榕树，雕刻最易，为了卖钱，印书快而滥，所以叶梦得《石林燕语》说："天下印书，以杭州为上，蜀本次之，福建最下。"福建本即指麻沙本。

平阳本：平阳即山西临汾，又称平水，是金代刻书中心，又盛产纸，所刻称"平阳本"，传今的如《刘知远诸宫调》。

巾箱本：巾箱是古代装头巾的小箧子，为了携带方便，古人常将书写成小书，置巾箱中，后代刻印的小本书就叫巾箱本。后世藏入怀袖中的"袖珍本"涵义与此相似。

祖本：一种书的最初刻本叫"祖本"，如《农政全书》有贵州本、曙海楼本、山东本、石印本、万有文库本、平露堂本，平露堂本刻印最早，故是"祖本"。祖本与原刻本不同，原刻是针对重刻、翻刻而言的。祖本与其他本子之间不一定是同一系统，而原刻与翻刻之间一定是同一系统，所以，所谓"祖本"都会是一种版本系统的原刻本，原刻本却不一定是祖本。

初印本：雕版以后的第一次印刷本，它字划清晰，原刻初印历来为藏书家所珍视。

复宋本：按照宋本原样，不作任何改动重刻的书称"复宋本"（同样有复元本、复明本）。它与仿宋本不同，仿宋本是刻书家模仿宋本刻书，字体板式都差不多，但不完全一样。

焦尾本：书籍不幸遭火焚，略受损伤的余烬之书称"焦尾本"，取名黄鲁直的诗集《焦尾集》（《避暑录》载：鲁直诗有千余篇，中岁焚三分之二，存者无几，故自名"焦尾集"。）

精刻本：清代刻书多用"硬体字"，就是今天的仿宋体，横平竖直，板滞生硬。许多私家刻书力求考究，多用手写楷书，字体秀劲，称为"软体"字，这些刻印俱精的书称"精刻本"，或称"写刻本"。如郑燮写的《板桥集》、林佶写刻四种（《渔洋精华录》《古夫于亭稿》《尧峰文抄》《午亭文编》）等都是精刻本。

道藏本：根据道藏刻印的书称"道藏本"。

梵夹本：根据释藏刻印的书称"梵夹本"。

百衲本：百衲是和尚身上的用许多方布头联缀而成的衣服，用许多不同书板拼凑印成一部完整的书，就叫"百衲本"。清初的宋荦，把宋本两种、元本三种印成《史记》八十卷，称为"百衲本史记"。近人傅增湘印成"百衲本资治通鉴"，商务印书馆印成"百衲本廿四史"。

递修本：前代刻印的书板，经过后世修补重新印出的，称"递修本"。例如宋本《三国志》，明代的弘治、正德年间两次补版重印。

三朝板：有些古书，书板经过三个朝代的修补重印，称为"三朝板"。南宋时期，都城临安国子监中所藏的许多监本书版，元代全部收入西湖书院，其中多有残缺，但基本是修补后又出书，到明代洪武八年（1380）被搬到南京国子监，又修补一次，著录者称这种印本为"三朝板"。

邋遢本：这类书籍大约都是前代旧刻，字迹漫漶模糊，用来印刷的书，版面极不整饬，故称"邋遢本"。宋绍兴间四川刻的七史，到元代重印，即这种本子。

书帕本：明代初，翰林官新上任或奉旨出使回京，必刻一种书，以一帕包一部馈赠当道和署中书库，以表示自己的风流儒雅，这本书就叫"书帕本"。后来，这类书大都刻而不校或妄加删削，质量应在坊刻之下。

书院本：历代书院刻书称"书院本"，宋代如鹭洲书院刻大字本《汉书》，元代抚州临汝书院刻《通典》、西湖书院刻《文献通考》，明正德年间白鹿洞书院刻《史记集解》、嘉靖五年陕西正学书院刻《国语》，都是很著名的书院本。

朝鲜本（高丽本）：朝鲜刻的书称"朝鲜本"或"高丽本"，刻印精美，书品宽大，多软体写刻，纸洁白坚韧。

日本本（东洋本）：日本刻印，印工也很精巧，多用美浓纸，洁白坚韧，与高丽本仿佛，但字体与装订远不如高丽本。

毛抄本：晚明藏书家毛晋请人精心抄写的书籍，多影写宋本，字画挺秀，一丝不苟，与宋本形神俱肖，几可乱真，一直为书林称重，称为"毛抄"。现存最精美的是社科院文学研究所的十五卷《石林奏议》。

（五）版本鉴定手段

上面介绍了各类版本的名称，下面我们要具体讲讲鉴定版本的根据及有关程序。我们接触一部书，来鉴定它出版年代，这是一种纯技术性的工作，除了从书本上学习以外，更重要的是实践，是目验，见多才能识广，日积月累，版本知识丰富了，大致就可以一目了然地了解其出版年代的大限。当然也有例外，例如"毛抄本"要是不细心鉴别，光凭目治，可能会误认为宋刻。一般来说，大致年代是不会错的。但是，目治也是来源于版本知识的丰富，没有丰富的版本鉴别知识，还是无法谈目治的。下面我们就几项常见的鉴定版本手段谈谈其普遍的规律，以作为版本鉴定时的参考。

1. 牌记、封面与序跋

上文我们说过，历代刻书多在封面后或序目后，还有的在书末刊刻牌记，如宋刻本《周贺诗集》卷末题有"临安府棚北睦亲坊南陈宅书籍铺"一行；元刻本《静修先生文集》卷首末有"至

顺庚午孟秋宗文堂刊"双行牌记；明正德刻《文献通考》卷末刻
"皇明正德己卯岁慎独斋刊行"双行牌记。明清两代，还有刻在
封面上的，如明万历金陵陈氏继志斋刻《夜半雷轰荐福碑》，在
封面上就题有"镌出像半夜雷轰荐福碑杂剧继志堂原板"字样。
这些可以帮助我们判断此书年代，一般是可靠的。但有时后人翻
刻时，也将原牌记照样刻入，或者后代重刊正文用原板，只换一
下封面，就会造成刻印时间的参差，这样，我们可以参照书的前
序和后跋，那里有的人作序跋专讲刻印缘起，有的不讲这些却有
个落款年代，也能帮助我们判断。

2. 历代版本目录记载

明清以降，目录学发达，版本鉴别成为一项重要内容，许多
书目都记载版本，我们可以在鉴别版本时用作参考，那里记载的
行款、格式与我们鉴定的书相同，大致可以知道其年代，然后再
考量其他方面，综合论定。一般来说，从前的图书都有书目记载
在案，可供查考。现在的《全国善本书联合目录》更是版本鉴定
的重要参照材料。

3. 书名虚衔和名家藏印

从前的刻书人，在提到本朝时，往往以"皇朝""国朝"
"昭代"等字来称颂，这也成为我们鉴定版本的根据，例如《皇
明世法录》《皇明英烈传》全是明刻，到了清代刻这些书，就直
呼明朝了。还有些书的内容提到这些字，也可用来鉴定版本，例
如如果书中提到"国朝戴震"，则肯定是清刻本。历代藏书家在
收到一部书时，往往出识语和钤印，往往叙明板刻时代、版本源
流和收藏经过，这些也是鉴定版本的参考资料。

4. 避讳字

避讳是我国特有的一种学术现象，它始于周代，行于秦汉，
盛于隋唐，严于赵宋，滥于明清。《礼记·檀弓下》记载，先秦

的避讳是不严格的，其中，临文不讳、同名不讳、兼名不讳。孔子的母亲名征在，孔子是讳征不讳在，讳在不讳征的，所以他说过："文献不足故也，足，吾能征之。"可是到后来，二名偏讳，同音也讳，田登的"只许州官放火，不许百姓点灯"，就是此证。李贺的父亲名晋，李贺就不能去举进士，韩愈说谁的父亲要是名仁，那这个儿子也就无法做人了。本来只是口头上说说而已，临文是不避讳的，后来，"昬"得写成"昏"，"葉"得写成"菜"，因为这中间有唐太宗李世民的"世民"两个字。可见避讳是越来越严了。

避讳的表达方式有两种，即口头避讳与临文避讳。我们考查书籍版本，主要考查它的临文避讳。临文避讳中又分"国讳""家讳"两类，在古代，犯讳是件极不可赦的错误，所以入乡问俗，入室问讳。临文避讳主要有下列几种形式：

（1）同音相代。用一个同音字来代替避讳的字，这是发生在不避同名的时代。若严格避讳，同名也避，这样是不行。孔子名丘，于是"商丘"县就改成"商邱"。苏轼的爷爷名"序"，于是苏洵为人作序都称"引"，苏轼又改作"叙"。清末有个词人况周仪，在宣统上台后，他改名周颐，就属于这一类。

（2）同义相代。用一个同义字来代替讳字。这是后代比较普遍的一种避讳方法。秦庄襄王名子楚，于是秦人称楚国为"荆"；秦始皇名"政"，于是"正"改为"端"，琅琊刻石"端平法度"就是这么来的；汉高祖名邦，于是《论语·微子》的"去父母之邦"就成了"去父母之国"；汉文帝名恒，《史记》中"恒山"被改为"常山"；汉明帝名"庄"，于是《左传》上"鲁庄公"成了"鲁严公"；隋炀帝名广，于是《广雅》被改成《博雅》；唐太宗李世民，于是"世"改为"代"，"民"改为"人"，《世本》一书也改为《系本》；唐高宗名治，"治国"就成了"理国"；淮南王刘安的爸爸名长，《淮南子》里面的"短长相形"就得写成"短修相形"；给《国语》作过注的韦昭，在《三国志·吴书》里面成了"韦曜"，那是因为它跟司马昭同名；在《隋书·经籍志》中，"春秋"曾被改作"阳秋"，这是因为晋简文帝的太后名"春"，真是雌威盖世。

（3）改变名称。这种方法与上面讲的类似，只不过是连带事物的全名整个改变了。五代时候，杨行密（合肥人）占据了扬州，扬州人把"蜜"叫成"蜂糖"，一直到现在还是这样，这种阴威延续了一千多年。这还不算，还有更早的呢，刘邦的老婆名"雉"，于是"雉"永远改名叫"野鸡"。宋英宗名赵曙，薯从此就被改名成"山药"。由此看来，还是人定胜天。问题是，这些避讳现象久已成习，看不出来了，谁也不会想到，野鸡会冲撞吕后。

（4）空字与墨丁。这种避讳方式来得痛快，干脆空一格，打个方框"□"，在版本学上，这叫"空围"，把空围涂上墨，就叫"墨丁"。还有一种间接空围办法是写上"讳"字，沈约修《宋书》称刘裕为"刘讳"。许慎撰《说文》，遇到"庄"字则老实写明"上讳"，这就清楚多了。

（5）缺笔与"同"字。如果说空围有什么不清楚的话，大家又创造了缺笔，这是一个迫不得已的办法，自欺欺人，与郑庄公掘地见母一样，"孔丘"就写成"孔𠀉"，大家又看出他就是孔丘，而又不完全是"丘"字，就算避了讳。宋真宗赵恒的"恒"呢，就写作"恒"，清世宗胤禛的"胤"，就写作"胤"，不伦不类。读也不能读原音，一律读为"某"，"孔𠀉"就念成"孔某"。另外，在《史记》中，还有一种特殊的避讳方法是用个"同"字，表示这个字和我不敢说出来的那个字相同，比如"张孟谈"写成"张孟同"，"赵谈"写成"赵同"，原因是司马迁他爸爸叫司马谈。

（6）避名称字。这一般是用于人名，唐人修《晋书》，石虎（字季龙）一概称"石季龙"，因为李渊的祖父叫李虎。

总之，避讳的内容复杂，牵涉面广，单是这个，就是一门大学问。你一天与多少人打交道，既不能触犯别人的家讳，也还要避自己家讳。比如司马光见韩持国，开口就喊"韩秉国"，要是改不过来就跟他爸爸司马池冲突了，那了不得。大家有兴趣，可以去看陈垣的《史讳举例》。我们在这里之所以学避讳学，是为版本鉴定服务的。上面讲的，避讳反映在书面材料上，多是改动文字，这样就给我们留下鲜明的标记，据此，我们就可以大约知道版本的年代了。例如，我们发现一个钞本，上面遇到"隆"字、"基"字都避，我们就可以断定，这个抄本不会早于唐玄宗时代。有一个宋本，避"眘""慎"字，我们想不能是宋孝宗以前刻的。同样，避"玄""烨"字的，也只能是康熙以后的版本。这里我们就定了一个版本的上限，这就大大缩小了版面鉴定的范围，而且很可靠。一般来说，当代人避当代讳（避经讳），一个版本通过避讳考查，大略可定其年代，避宋代讳的，不可能是明代刻本，它没有必要替宋人避讳，所以，精通避讳学，版本下限也就基本上可定了。但也必须注意几种情况：

（1）五世不避。"君子之泽，五世而斩"，所以避讳最长的是避五世。也就是说，当皇帝的第六代孙可以不避他开国祖先的讳，这样，唐肃宗时期刻的书，就不避高祖李渊的讳，当然也不避李虎的讳。如果我们看到一部书上避"世""民"，那么它的下限也不会超过代宗时期。另外知道这一点，对一些古书不避讳现象也就不必奇怪了，更不能在其他证据确凿的情况下，只因为它不避讳，就反证它不是当时的版本。

（2）后人改讳。上文我们说当代人避当代讳，后人往往把前人避讳的字又改过来，这也是造成我们现在看上去不避讳的原因。唐人避的讳，宋人不避，宋人刻书，就把唐人的避讳改过来，给我们现在造成混乱。但是，这些回改者并不是专门来改讳字的，他不可能一个个查着改，所以往回改不尽，我们仔细查对，还会发现其避讳的痕迹的。

5. 行款格式

各代刻书，其行款格式不会是完全一样的，一般的线装书，在我们外行人看来都差不多，行家里手一看，差距可就大了。比如看行款格式的特点，包括字数、行数、字体、纸张、墨色、刀法、板式、装帧、刻工等，这是版本鉴定的主要手段，又是最复杂的技术，不是靠课本知识就可以去鉴定版本了，还得不断实践，多接触古籍，慢慢地才能摸索理解。甲地和乙地刻书不同，固然有不同的风格，前朝和后代的崇尚各异，板式字体也不会一样。我们这里讲的，是一般情况，使大家脑中有个大致的概念，且不可拘泥于此。下面我们按朝代来分别介绍：

（1）宋刻本

a. 字体：北宋早期多用欧（阳询）体，劲瘦秀丽，字形略长，转折笔画轻细有角，神似欧阳询《九成宫醴泉铭》。其后逐渐改为颜体，胸围开阔，略显肥胖，间架有血有肉，神似颜真卿书《麻姑仙坛记碑》。

南宋以后，柳体增兴，它比颜体略瘦，有笔势，劲拔有力，起笔与落笔都有顿，横轻竖重，过笔略细，神似柳公权《玄秘塔碑》。

以地区论之，汴梁、浙本多欧体，蜀本多颜体，闽本多柳体，江西刻本兼有欧、柳。麻沙本最特殊，起笔落笔转笔都带棱角。

b. 墨色：宋本质料精良，浓黑如漆，虽着潮湿水濡，亦无漂迹。

c. 刀法：宋代刻工刀法要求极精细，一丝不苟，虽是板刻，一般与手书无二致，不失其神，尤其是官本，更为认真。

d. 用纸：北宋汴梁、南宋的浙、蜀，主要用白麻纸，这种纸正面洁白光润，背面略粗糙，质地薄韧耐久，帘子纹较宽，约有一指半。再者，这种纸两面差不多，宋本有两面印的现象，即拿写过的公文纸来印书，这对我们鉴别宋版，很有帮助，如《治平类编》四十卷，印纸是元符二年到崇宁五年的公私文牍。《北山小集》四十卷，印纸是乾道六年的簿籍，还盖着归安、乌程县的大印。南宋时期的闽本则用黄麻纸，建本书多用麻沙纸，麻沙当时造纸业也很发达，麻沙纸与黄麻纸差不多，色略黄，比白麻纸稍厚，也很韧坚。

e. 板式：早期一般是四周单边，白口，单鱼尾，行宽字疏，版心记字数，下记刻工姓名，书名记在上鱼尾下。到后来，板式逐渐演变为左右双栏，而且上下栏线细，左右粗。宋刻板式有两个特点：①每行字数虽然相同，但横过来看，字的间隔排列大都不整齐。②序文目录和书中正文往往连接不分。如宋刻《白氏长庆集》《临川王先生文集》《刘梦得文集》都是这样。到了南宋后期，间或也有黑口的。

f. 装帧：北宋一般为蝴蝶装。（蝴蝶装就是把印字的两面按中缝对折，然后把折缝粘在包背纸上，每翻一页有两张背面）有少数旋风装与经折装。（都是折子装，旋风装将两头用褾纸粘起，首尾不脱，翻阅时状如旋风）南宋时，出现包背装，但不常用。

（2）金刻本

金当时与宋并存，中心在平阳（山西临汾），流传到今天的刻本已极少见，当时应当与监本（汴梁）差不多，很多是监本原板被掳去。从我们见到的北京图书馆藏金刻如《萧闲老人明秀集注》《南丰曾子固集》和《玉篇》《集韵》来看，字体近于柳，结构瘦俏有神，起落顿笔，转笔也有棱角，横轻竖重，显得特别精神。纸、墨、刀法、板式与宋刻无异，也多是左右双栏，上下单边，上下栏线细，左右外线粗，但行款校宋刻稍密。

（3）元刻本

a. 字体：元代刻书，一个显著的特点就是用赵（孟頫）体，秀逸柔软，活泼圆润，不像宋刻那样板正，但也缺乏宋刻书的骨力。到元代后期，字画起笔落笔往往还带回锋。

b. 墨色：元刻墨色，宋濂斥之为"秽浊"，但与明代后期相比，还是好得多，只是比不上宋刻之用墨精良而已。

c. 刀法：元代刀法显得柔弱，少刚劲之气，版心所刻字数还往往用草体。

d. 用纸：早期白麻纸、黄麻纸兼用，以黄麻纸居多，可是后来渐渐被竹纸代替。其颜色比宋纸稍黑，皮纸极薄，略显粗黄，但也有洁白坚韧的好纸，如《范文正公事迹》元延祐刻本和杭州大学藏的《玉海》元版，纸张都是坚白而极薄的。

e. 板式：元刻又一个显著特点是多黑口，白口书籍很少见。大多是四周双栏，花鱼尾，版心刻字数，下刻页码和刻工姓名。行窄字密。大多有牌记。

f. 装帧：以包背装为主（多以纸捻装订），极少蝴蝶装，佛经多用经折装，线装也不见。

（4）明刻本

明代时间长，刻书也多，得分时分地来论述，不可一以律之。

a. 字体：明代内府刻书，归司礼监领管，所刻称经厂本，多用赵体。地方刻书，在前期（洪武至弘治），还承元人风气，多用赵体。自正德到嘉靖间，字体变为方体字，极力摹仿宋人，大兴翻刻宋本之风，字体方正齐整，僵硬呆板，劣者骨瘦形销，很不美观。万历以后，字体又一变，横轻竖重，类似颜体，却笨拙异常，字形变长，成为"长宋体"。自此亦可以看出明代国运衰微，毫无气势。但是有些私人刻书，写板雕刻，字多行书上板，却宛转可爱，如安徽、金陵、建阳等地刻的民间通俗读物。新安汪一鸾刻的《淮南鸿烈解》，用颜体；赵秉忠刻《琪山集》，用欧体；四明万表刻《玩鹿亭稿》用赵体等，不一而足。

b. 墨色：明代之印书，墨色好的不多，万历以后，用烟煤和面粉代墨汁，明万历刻本《南京礼部编定印藏经号簿》一开始的条例中明明写着："作料：烟煤五篓，银一两；面五百斤，银三两。"这种代用品，印书成大花脸，又易于脱落，明季刻本，往往这样，令人一见生厌。这种墨色，明代非常普遍，大家一见就认识，很少有几家用墨精良的。

c. 刀法：明代刻书刀法以地而论，优劣不一，苏州、常州、徽州等地刻镂最精，姑苏章仕、吴曜、吴时用、黄周贤、黄金贤都是当时名刻工。黄家弟兄刻的书，其刀法纯似宋本，《天禄琳琅书目后编》误为宋刻。徽州名刻工也很多：黄鋑、黄应泰、黄应瑞、黄应组、黄应光、黄一楷、黄一彬、汪文宦、汪士珩等。其他地方如金陵、四川等地，就抵不上吴兴、徽州，刀法委钝，镂刻不精，而以福建最下。福建的麻沙、崇化两地，自宋以来，专以刻书为业，听说有好的书，马上翻印，其板用榕树，镂刻至易，印不多久，就面目全非了。而且只图偷工省料，刀法轻率，刻书多而不精。

d. 用纸：明人用纸，官刻及家刻多用白绵纸，其中以永丰（江西）绵纸为上，极白极薄，其价高，坊刻不大用这种纸。坊刻多用竹纸。还有少数用罗纹纸、毛边纸的。这是就刻书家来说。从时间而论，明初多用绵纸，从万历以后，渐改为竹纸居多。竹纸也有两种，一种细密坚韧，是上品；一种质粗而松，是下品。明代用纸，其帘纹不像宋代，它只有一指宽，或不到一指，这点大家要特别注意。

e. 板式：明代初期，从洪武一直到弘治，一般都是粗黑口，少数是细黑口，四周双边。经厂本行宽字大，很有气派。自正德、嘉靖以后，专一摹仿宋刊，黑口改为白口，很少有用黑口刻书的，这时单双边兼而有之。一般是板心刻字数，下刻刊工，有时还刻上写工姓名。

f. 装帧：嘉靖以前多包背装，万历以后改为线装。

（5）清刻本

a. 字体：清初刻本，多仿效明刻，与之并无二致，以长宋体居多，横细竖粗。到了康熙以后，字体大变，盛行两种字体：硬体和软体。硬体也叫仿宋体，这在清刻中最为常见，它的笔画横轻竖重，撇长而尖，捺拙首而肥，右折横笔粗肥，形似我们现在的铅字（仿宋），与长宋体大不一样，大家一看就清楚。这种字体秀丽美观，可是道光以后，这种字体也变得少生气，刻工可以任意雕琢，所以称为匠体。加上字排得很密，眼睛稍差一点，只见黑乎乎一片。另外盛行的一种是软体，软体就是手写体，这种手写体是楷书，端楷上板，大多出自名家手笔，例如著名的林佶（王士禛学生）四写（《渔洋精华录》《古夫于亭稿》《尧峰文钞》《午亭文编》）。

b. 墨色：清代用墨，虽无宋代精良，但绝不像明代那样滥劣，不像宋代浓厚，亦还点画清晰。

c. 刀法：清代无论前期后期，刻工也还精细，其硬体自道光后，刻工擅改较大，刀法犀利，使其体失去原写面目，所以称为匠体。至于那些软体精刻本，大多出自私刻，刀法极精细，不失原写模样。

d. 用纸：清代纸品繁多，不能一一尽述，最好的是开化纸（南方称为桃花纸），这种纸原产浙江开化县，无帘纹，质地细腻洁白，薄而韧。清代前期（顺康雍乾）内府、武英殿、扬州书局刻书多用此纸，家刻用的较少。乾隆以后，刻书多用粉连纸，它洁白匀净，很像绵连纸，正面光润，背面略粗。普通刻本，以竹纸为多。其他如开化榜纸、云南绵纸、贵州绵纸、毛太纸、玉版纸，现在都很罕见。

　　e. 板式：一般左右双栏，间或有四周双栏和单栏的。以白口居多，少数黑口。字行排列一般密而整齐。在封面上一般刻有三行字：中间大字书名，右行编撰者，左行刻家或藏板者，也有的在封面反页刻上雕印地址、牌记和年月。

　　f. 装帧：线装。坊刻、私刻等以齐下栏为定规，上面线脚则不求一致，只有殿本书板框大小要求较严，整齐划一。

　　（以下缺）

古代天文学讲疏

导 言

天文学是最古老的学科。远在人类文明的早期，在埃及、巴比伦、印度、墨西哥和我国，天文学都是当时最发达最璀璨的学问之一。马克思在《资本论》中，谈到埃及数学时说："计算尼罗河水的涨落期的需要，产生了埃及的天文学。"在《自然辩证法》中，他又说："必须研究自然科学各个部门的顺序的发展，首先是天文学——游牧民族和农业民族为了定季节，就已经绝对需要它。"生物界的动物有天生了解节候的本能，蛇到冬天就冬眠，紫貂到冬天就长出细密的毛，大雁到春天就回到北方，大马哈鱼到春末夏初就溯黑龙江而产卵，但是人类没有这种本能。节候对农业、畜牧业的重要性是不言而喻的，人类掌握节候就比什么都重要。最初的测量节候变化是从天空开始的。恩格斯曾经说过："在自然科学的历史发展中最先发展起来的是关于简单的位置移动的理论，即天体的和地上物体的力学。"原始人类首先注意的正是日月星辰的运动、变化和联系，以此来掌握四季变化，指导农业生产。人类的生活和工作离不开时间，而昼夜交替、四季变化的严格规律须用天文方法来确定，这就是时间和历法的问题。如果没有全世界统一的标准时间系统，没有完善的历法，人类的各种社会活动将无法有序进行，一切都会处在混乱状态之中。所以说，天文学是人类最古老的学问之一。

天文学是古代人类人人皆知的学问。正是由于生产和生活的需要而产生了天文学，所以，天文学对古代人来说，是生产生活必需的知识，是人人都必须掌握、能够掌握的知识。顾炎武在《日知录》卷三十中说："三代以上，人人皆知天文。七月流火，农夫之辞也；三星在天，妇人之语也；月离于毕，戍卒之作也；龙尾伏晨，儿童之谣也。后世文人学士有问之而茫然不知者。"就是这个意思。"七月流火"是《诗经·豳风·七月》中的句子，"七月流火，九月授衣"。"三星在天"是《诗经·唐风·绸缪》中的句子，"绸缪束薪，三星在天。今夕何夕，见此良人？""月离于毕"是《诗经·小雅·渐渐之石》中的句子，"月离于毕，俾滂沱矣。武人东征，不皇他矣。""龙尾伏辰"是《左传·僖公五年》中的句子："八月甲午，晋侯围上阳。问于卜偃曰：'吾其济乎？'对曰：'克之。'公曰：'何时？'对曰：'童谣云："丙之晨，龙尾伏辰，均服振振，取虢之旂。鹑之贲贲，天策焞焞，火中成军，虢公其奔。"其九月、十月之交乎。丙子旦，日在尾，月在策，鹑火中，必是时也。'"现在，"文人学士有问之而茫然不知者"这不能怪我们。因为，首先时间久远，天体在不停地运动，古代很多天文常识已经改变，我们不能了解。其次，天文知识在不断更新，当时的天文知识领域很窄，记住一点目测的天象，知道一点季节的变化就够了。就像我们现在都能说一点牛郎织女的传说一样。现代天文学和古代天文学无论在理论上、实际观测上和计算方面，都有了质的发展。古代是地心说的时代，近代是日心说的时代，现在是无中心说的时代，当然一切都改变了。古代是目测为主，现代的观测手段是射电望远镜，所获得的讯息当然不一样。先秦的农夫农妇、戍卒儿童如果生在现在，他也一样的茫然不知。

　　中国古代天文学的几个特点：对于中国古代天文学的成就，中国的天文学家虽然讲了很多，但总是没有西方人金口玉言，说了就准。我们用李约瑟《中国科学和文明》（J. Needham：《Science Civilisation in China》，Vol. Ⅲ，Cambridge University Press. 171—494）中的话说：

1. 中国人完成了一种有天极的赤道坐标系，它虽然和希腊的一样合乎逻辑，但却显然有所不同。

2. 中国人提出了一种早期的无限宇宙概念，认为恒星是浮在空虚无物的空间中的实体。

3. 中国人发展了数值化天文学和星表，比其他任何具有可与媲美的著作的古代文明早两个世纪。

4. 中国人把赤道坐标（本质上即近代赤道坐标）用于星表，并坚持使用两千年之久。

5. 中国人制成的天文仪器一件比一件复杂，以十三世纪发明的一种赤道装置（类似"改造的"的黄赤道转换仪或"拆开的"的浑仪）为最高峰。

6. 中国人发明了望远镜的前身——带窥管的转仪钟，和一系列巧妙的天文仪器的辅助机件。

7. 中国人连续正确地记录交食、新星、彗星、太阳黑子等天文现象，持续时间较任何其他文明古国都来得长。

我国古代天文学的特点也是在这些成就中总结出来的。

首先，我国古代天文学具有朴素的唯物主义和辩证法思想。就拿元气理论和宇宙理论来说。《史记·天官书》："星者，金之散气。""汉者，亦金之散气。"认为恒星和银河都是气体组成的，而这种理论的由来不是实验得来的，是古代哲学家思辨的结果。早在战国时代，宋钘、尹文一派就说："凡物之精，此则为生，下生五谷，上为列星。流于天地之间，谓之鬼神，藏于胸中，谓之圣人，是故民气。杲乎如登于天，杳乎如入于渊，淖乎如在于海，卒乎如在于己。"（《管子·内业》）这里是说，万物都是气生成的，而"气"是一种物质。这是认为"气"高于"五行"、是第一性的元气本体论。《淮南子·天文训》说："天墬未形，冯冯翼翼，洞洞灟灟，故曰太昭。道始于虚霩，虚霩生宇宙，宇宙生气。气有涯垠，清阳者薄靡而为天，重浊者凝滞而为地。清妙之合专易，重浊之凝竭难，故天先成而地后定。天地之袭精为阴阳，阴阳之专精为四时，四时之散精为万物。积阳之热气生火，火气之精者为日；积阴之寒气为水，水气之精者为月；日月之淫为精者为星辰，天受日月星辰，地受水潦尘埃。"这是我国古代最早的天体演化说。三国时代的杨泉在《物理论》中说道："气发而升，精华上浮，婉转随流，名之曰天河。一曰云汉，众星出焉。"这是世界上最早的认为银河是星星构成的表述。他又说："夫天，元气也。皓然而已，无他物也。"这直接产生了"宣夜派"的看法：地球表面是大气，这大气就是"天"。这是多么接近现代天文学的论点。而这一切都是由"气"生发出来的哲学思辨，并不是来自直接观测实验的结果。如果按照西方形而上学的思辨方式，是绝对得不到这种结论的。例如，直到1825年，法国实证主义哲学家孔德还断言："恒星的化学组成是人类绝不能得到的知识。"写出《大众天文学》的著名的天文学家弗拉马里翁说："要解决行星世界上的温度问题，我们所要知道的资料是我们永远得不到的。"这种狭隘的实证主义永远也不能打破人类感官的局限。这种比较可以使我们知道，朴素唯物主义和辩证思维方法比形而上学更能引导人们接近真理。

其次是无限的和发展的观念。以宇宙结构体系为例。中国古代最原始的宇宙结构论是"天圆地方"。到了东汉，就有"周髀"（盖天）、"浑天"、"宣夜"三种模式。盖天说基本是"天圆地方"说的变体，蔡邕说："所谓《周髀》者，即盖天之说也。其本庖牺氏立周天历度，其所传则周公受于殷商，周人志之，故曰《周髀》。髀，股也；股者，表也。其言天似盖笠，地法覆盘，天地各中高外下。北极之下为天地之中，其地最高，而滂沲四隤，三光隐映，以为昼夜。天中高于外衡冬至日之所在六万里，北极下地高于外衡下地亦六万里，外衡高于北极下地二万里。天地隆高相从，日去地恒八万里。日丽天而平转，分冬夏之间日所行道为七衡六间。每衡周径里数，各依算术，用句股重差推晷影极游，以为远近之数，皆得于表股者也。故曰《周髀》。"（《晋书·天文志》）而盖天说本身就有三家："盖天之说，又有三体：一云天如车盖，游乎八极之中。一云天形如笠，中央高而四边下。一云天如欹车盖，南高北下。"（祖暅《天文录》）所以《晋书·天文志》说："《周髀》家云：天圆如张盖，地方如棋局。天旁转如推磨而左行，日月右行，随天左转，故日月实东行，而天牵之以西没。譬之于蚁行磨石之上，磨左旋而蚁右去，磨疾而蚁迟，故不得不随磨以左回焉。天形南高而北下，日出高，故见；日入下，故不见。天之居如倚盖，故极在人北，是其证也。极在天之中，而今在人北，所以知天之形如倚盖也。日朝出阳中，暮入阴中，阴气暗冥，故没不见也。夏时阳气多，阴气少，阳气光明，与日同辉，故日出即见，无蔽之者，故夏日长也。冬天阴气多，阳气少，阴气暗冥，掩日之光，虽出犹隐不见，故冬日短也。"

浑天说在古人认为最为合理，《晋书·天文志》引《浑天仪注》云："天如鸡子，地如鸡中黄，孤居于天内，天大而地小。天表有水，天地各乘气而立，载水而行。周天三百六十五度四分度之一，又中分之，则半覆地上，半绕地下，故二十八宿半见半隐，天转如车毂之运也。"

　　宣夜说认为："天了无质,仰而瞻之,高远无极,眼眚精绝,故苍苍然也。譬之旁望远道之黄山而皆青,俯察千仞之深谷而窈黑,夫青非真色,而黑非有体也。日月众星,自然浮生虚空之中,其行其止皆须气焉。是以七曜或逝或住,或顺或逆,伏见无常,进退不同,由乎无所根系,故各异也。故辰极常居其所,而北斗不与众星西没也。摄提、填星皆东行,日行一度,月行十三度,迟疾任情,其无所系著可知矣。若缀附天体,不得尔也。"宣夜说被古人认为"最无师法",(《晋书·天文志》)它只是说日月星辰都漂浮于气体之中,至于为什么漂浮?如何运行?它没有回答。因此这种说法一出现,就有人担心日月星辰会掉下来,《列子·天瑞》出现"杞人忧天"的故事。所以,晋代的虞喜用"安天"来补充。《晋书·天文志》说:"会稽虞喜因宣夜之说作《安天论》,以为:'天高穷于无穷,地深测于不测。天确乎在上,有常安之形;地块焉在下,有居静之体。当相覆冒,方则俱方,圆则俱圆,无方圆不同之义也。其光曜布列,各自运行,犹江海之有潮汐,万品之有行藏也。'"这也只是告诉人们,日月星辰都按一定的规律运行,不会掉下来。为什么?不知道。但这是古人所能达到的最思辨的假说。因为宣夜说表明的是一种宇宙无限思想,而不是一种具体的宇宙模式。李约瑟对这种思想极为称许,他说:"这种宇宙观的开明进步,同希腊的任何说法相比,的确都毫不逊色。亚里士多德和托勒密僵硬的同心水晶球概念,曾束缚欧洲天文学思想一千多年。中国这种在无限的空间漂浮着稀疏的天体的看法,要比欧洲的水晶球概念先进得多。"(水晶球概念,即指托勒密的行星体系,他和亚里士多德一样,认为地球是天球的中心,太阳和月亮都是绕地球转的,这是一轮;行星又是按照一个假想的中心在运转,转动的轨道叫"本轮",本轮又是围绕地球转的,它的轨道叫"均轮"。)

再次，中国古代天文学认为天象的运动是第一位的，是自身的运动。这以张载《正蒙·太和》最为明确，他说："太虚不能无气，气不能不聚而为万物，万物不能不散而为太虚。"一切都是在这种回圈中运动。《正蒙·参两》："地有升降，日有修短，地虽凝聚不散之物，然二气升降其间，相从而不已也。"这是说运动是无限的，永不停息。他又说："凡圜转之物，动必有机，既谓之机，则动非自外也。"这就是自动的观念，与西方的"上帝是第一推动力"的观念相比，有天壤之别。

第一章　神话与天文

　　马克思说："'神'只是人本身的相当模糊和歪曲了的反映。"（《马克思恩格斯全集》第1卷），神话是人类儿童时代的天真。传说中却折射出远古时代原始文化的真实。我们要了解太古社会，了解人类儿童时代的心理、思维和他们的世界，神话是最好的媒介。在前文字时代，不借助于神话，我们对中国天文学就一无所知。在山东大汶口文化遗址中，一个陶器上的"旦"字是目前我们掌握的唯一的天文资料，还众说纷纭。而神话中反映出来的古代天文学知识，有可能产生于更古的年代。比如，屈原的《天问》就是一片色彩奇异的上古神话的渊薮，其中反映出来的天文学知识渊源相当古老。但我们也必须指出，神话不是信史，它是当时现实的一种镜像的反映，所以我们要做的工作就是去伪存真，勾索其文化核子，还其真实的原貌。

一　浑　沌

　　浑沌的观念反映了我国的原始人类对天地起源的想象，代表一种朴素的天体演化思想。从浑沌的一团元气中生成天地，这是原始人类的共识。古希腊的希西阿德《神谱》说："首先出现的浑沌，第二出现的是胸襟广阔作为万物永恒基础的大地。……从浑沌中产生了黑暗和夜晚，它和黑暗交配之后，又从黑暗中产生了天和白日。"印度的《奥义书》说:"在最初的时候是空洞无物的,后来,有物出现,它逐渐成长,成为一个鸡卵,经过一年,它分裂成二,一半是金的,一半是银的,银的变为大地,金的变为天宇。"古巴比伦长诗《埃努马·伊利什》认为:世界的原始是浑沌,浑沌就是水。然后浑沌的大水分为清水、海水和云雾。由此产生拉赫姆和拉哈姆两个神,他们自行交配,生下安萨尔和吉萨尔一对神,安萨尔是天,吉萨尔是地。《圣经·创世记》成了一周七天内创世:第一日,神在黑暗、浑沌和水的大地创造光、昼夜。第二日,神创造天,将上面的水和下面的水分开。第三日,神分离陆地和海洋,创造出种子植物。第四日,神创造出日、月和星星。第五日,神创造出水生动物和飞鸟。第六日,神创造出牲畜、昆虫、野兽和男女。第七日,神安息了。

我们的浑沌又是什么呢?

《庄子·应帝王》云:"南海之帝为儵,北海之帝为忽,中央之帝为浑沌。儵、忽乃相遇于浑沌之地,浑沌待之甚善。儵与忽谋欲报浑沌之德,曰:'人皆有七窍以视听食息,此独无有,尝试凿之。'日凿一窍,七日而浑沌死。"

儵、忽都是时间,这则寓言的含义就是:混沌是一种浑浑噩噩、无知无识的状态,是时间改变了它。正像《淮南子·精神训》说:"古未有天地之时,惟像无形,窈窈冥冥,芒芠漠闵,澒蒙鸿洞,莫知其门。有二神混生,经天营地,孔乎莫知其所终极,滔乎莫知其所止息。于是乃别为阴阳,离为八极,刚柔相成,万物乃形,烦其为虫,精气为人。"原来,我们的浑沌是朦朦胧胧的气,这就是后来的成为万物本原的"元气"。此外,我们的混沌还是一条狗:《神异经》:"昆仑西有兽焉,其状如犬……名为浑沌。……空居无为,常咋其尾,回转仰天而笑。"有人说它就是那条作为人类始祖的狗——盘瓠。

《后汉书·南蛮西南夷列传》："昔高辛氏有犬戎之寇，帝患其侵暴，而征伐不克。乃访募天下，有能得犬戎之将吴将军头者，购黄金千镒，邑万家，又妻以少女。时帝有畜狗，其毛五采，名曰盘瓠。下令之后，盘瓠遂衔人头造阙下，群臣怪而诊之，乃吴将军首也。帝大喜，而计盘瓠不可妻之以女，又无封爵之道，议欲有报而未知所宜。女闻之，以为帝皇下令，不可违信，因请行。帝不得已，乃以女配盘瓠。盘瓠得女，负而走入南山，止石室中。所处险绝，人迹不至。于是女解去衣裳，为仆鉴之结，著独力之衣。帝悲思之，遣使寻求，辄遇风雨震晦，使者不得进。经三年，生子一十二人，六男六女。盘瓠死后，因自相夫妻。"

高辛之犬名曰盘瓠，妻帝之女，乃生六男六女，自相夫妻，是为南蛮。不知什么时候，狗又变成了人。

二　盘古

关于盘古的记载非常多，例如三国的吴人徐整《三五历记》：

天地浑沌如鸡子，盘古生在其中，万八千岁。天地开辟，阳清为天，阴浊为地，盘古在其中。一日九变，神于天，圣于地。天日高一丈，地日厚一丈，盘古日长一丈，如此万八千岁。天数极高，地数极深，盘古极长，故天去地九万里，后乃有三皇。天气蒙鸿，萌芽兹始，遂分天地，肇立乾坤，启阴感阳，分布元气，乃孕中和，是为人也。首生盘古，垂死化身。气成风云，声为雷霆，左眼为日，右眼为月，四肢五体为四极五岳，血液为江河，筋脉为地里，肌肉为田土，发为星辰，皮肤为草木，齿骨为金石，精髓为珠玉，汗流为雨泽。身之诸虫，因风所感，化为黎甿。

这就是原始人类对天地开辟的想象。

三　重　黎

重黎是"绝地天通"的人物。这是人第一次从神中走出来，开始了人是人、神是神的生活。有人说，这反映的就是图腾制社会被氏族公社制所代替。其实，重黎是传说时代的最早的天文官，在羲和之前。《史记·天官书》："昔之传天数者，高辛之前重黎，于唐虞羲和。"《国语·楚语下》："昭王问于观射父，曰：'《周书》所谓重、黎实使天地不通者，何也？若无然，民将能登天乎？'对曰：'非此之谓也。古者民神不杂。民之精爽不携贰者，而又能齐肃衷正，其智能上下比义，其圣能光远宣朗，其明能光照之，其聪能听彻之，如是则明神降之，在男曰觋，在女曰巫。……及少昊之衰也，九黎乱德，民神杂糅，不可方物。夫人作享，家为巫史，无有要质。民匮于祀，而不知其福。烝享无度，民神同位。……颛顼受之，乃命南正重司天以属神，命火正黎司地以属民，使复旧常，无相侵渎，是谓绝地天通。其后，三苗复九黎之德，尧复育重黎之后，不忘旧者，使复典之。以至于夏、商，故重黎氏世叙天地，而别其分主者也。其在周，程伯休父其后也，当宣王时，失其官守，而为司马氏。宠神其祖，以取威于民，曰："重实上天，黎实下地。"遭世之乱，而莫之能御也。不然，夫天地成而不变，何比之有？'"

少昊、颛顼之际，社会生产力又进一步发展了，并已跨进了文明社会的门槛，以至"民神杂糅""家为巫史""民神同位"，各族各部落均可自由信仰，信神敬神的特权业已丧失。这是阶级对立的反映，但它与部落联盟的统一权威与信仰特权却是相悖的，所以颛顼从加强自己的权威出发，必须在宗教信仰上做出重大改革，以"绝地天通"，集部落联盟军事首领（"人"）和宗教领袖（"神"）于一身，这样，原始宗教的色彩也就随之暗淡或消失。（参见魏昌《楚国史》）

神话中的重黎是两个人，一会儿是羲和，一会儿又成了火神祝融。《山海经·大荒西经》："大荒之中，有山，名曰日月山，天枢也，吴姖天门，日月所入。有神，人面无臂，两足反属于头上，名曰嘘。颛顼生老童，老童生重及黎。帝令重献上天，令黎卬下地。下地是生噎，处于西极，以行日月星辰之行次。"《尚书·吕刑》："乃命重黎，绝地天通，罔有降格。"孔传："重即羲，黎即和。尧命羲和世掌天地四时之官，使人神不扰，各得其序，是谓绝地天通。言天神无有降地，地祇不至于天，明不相干。"意谓使天地各得其所，人于其间建立固定的纲纪秩序。《国语·郑语》记史伯语："夫黎为高辛氏火正，以淳耀敦大，天明地德，光照四海，故命之曰'祝融'，其功大矣。"韦昭注："淳，大也。耀，明也。敦，厚也。言黎为火正，能理其职，以大明厚大天明地德，故命之曰'祝融'。祝，始也。融，明也。大明天明，若历象三辰也。厚大地德，若敬授民时也。光照四海，使上下有章也。"

《史记·楚世家》："楚之先祖出自帝颛顼高阳。高阳者，黄帝之孙，昌意之子也。高阳生称，称生卷章，卷章生重黎。重黎为帝喾高辛居火正，甚有功，能光融天下，帝喾命曰祝融。共工氏作乱，帝喾使重黎诛之而不尽。帝乃以庚寅日诛重黎，而以其弟吴回为重黎后，复居火正，为祝融。"可见火正亦称祝融，祝融是火正的尊称。火正本来是天文官，观测大火以"敬授民时"

的，也就是《左传·襄公九年》所说的"陶唐氏之火正阏伯居商丘，祀大火而火纪时焉。相土因之，故商主大火"。所以《汉书·五行志》云："古之火正，谓火官也，掌祭火星，行火正。"每年大火傍晚出现在东方的时候，就是春季播种的季节。所以"司地"的意思就是管理大地的播种收割事宜。后来竟然成了"火神"。

原来在原始社会，名字是氏族共有的，所谓重黎，即使两个氏族的名字，他们世世代代干着观察天象、敬授民时的工作，从高辛帝时候起，一直到唐尧时代，所以重黎也是官名。《史记·自序》："昔在颛顼，命南正重以司天，北正黎以司地。"在这里，《国语》中的"火正黎以司地"又变成了"北正"。那么，南正重司天又是指什么呢？原来是指观察太阳正当南方中天的时间，天文学上叫作"上中天"。这有四点作用：1. 精确地测定方位，先确定南方，据此确定其他三方。2. 定出每天的中点——午时。3. 确定夏至和冬至。4. 确定回归年长度。立一根八尺长竹竿，每天测日影长度，每天最短的时刻就是午时。这时影子所指的方向是正北。长期测量的结果，就知道午时影子最短的一天是夏至，午时影子最长的一天是冬至。连接两个夏至或者两个冬至的日期就是一个回归年的长度。可见，司天的工作就是制历，司地的工作就是农事。这则神话最早确定了天文官的职能，即制历和农事两大项。那么，为什么把管农事的黎叫"火正"？只有一个解释：农事和火有关。心宿二叫"大火"，并不是因为它的颜色是红的，参宿四、毕宿五都是红色的，单单把它叫大火，也是它的出现和火有关。它是每年春季傍晚出现在东天的，这时正是放火烧荒播种的季节，所谓"刀耕火种"，就是原始农业的耕作时代，也是中国天文学产生的时代。

四　羲和、常仪与嫦娥

　　《尚书·尧典》："乃命羲和，钦若昊天，历象日月星辰，敬授人时。分命羲仲，宅嵎夷，曰旸谷。寅宾出日，平秩东作。日中，星鸟，以殷仲春。厥民析，鸟兽孳尾。申命羲叔，宅南交。平秩南讹，敬致。日永，星火，以正仲夏。厥民因，鸟兽希革。分命和仲，宅西，曰昧谷。寅饯纳日，平秩西成。宵中，星虚，以殷仲秋。厥民夷，鸟兽毛毨。申命和叔，宅朔方，曰幽都。平在朔易。日短，星昴，以正仲冬。厥民隩，鸟兽鹬毛。"意思是：尧就命令羲氏、和氏谨慎专一地去顺应上天，推算观测日月星辰天象运行状况，制定历法，恭谨地教给人民从事农事。命令羲仲住到东方的嵎夷一个叫旸谷的地方，让他恭待日出，细心观察日出时刻，以辨别安排春天农事次序。白天和黑夜一样长，黄昏时鸟星见于南天，以此来定准春分。这时农民散在田野，鸟兽开始交配繁衍。命令羲叔住到南方的交趾之地，分别安排夏天农事次序。对太阳回归南方的极长和极短的情况加以恭谨地测量，白天最长，黄昏时大火星见于南天，以此来定准夏至。这时农民相依在田野劳作，鸟兽的毛变得稀少。命令和仲住到西方一个叫昧谷的地方，让他恭待日落，细心观察日落时刻，以辨别安排秋天农事次序。白天和黑夜一样长，黄昏时虚星见于南天，以此来定准秋分。这时农民开始收割，鸟兽长出新毛。命令和叔住到北方一个叫幽都的地方，以辨别安排冬天改岁更序的事。白天最短，黄昏时昴星见于南天，以此来定准冬至。这时农民到室内，鸟兽长出新羽毛。

　　这里的羲和等作为天文官已经很具体细致了。《尚书·胤征》篇还记载夏朝仲康时代发生一次日食，因为羲和醉酒没有进行预报，导致"瞽奏鼓，啬夫驰，庶人走"的一场慌乱，仲康就派胤侯出兵诛杀了羲和。《左传·昭公十七年》也有这样的记载。但在更古的神话里，这四人本是一个，名叫"羲和"，《竹书纪年》便只说"命羲和历象"，直到汉代王充《论衡·是应》篇还说"尧候四时之中，命羲和察四星以占气"，并未写成四人。后来羲和又成了"日御"，驾着六龙之车，送太阳每日巡行天空。《离骚》："吾令羲和弭节兮，望崦嵫而勿迫。"《天问》："出于汤谷，次于蒙汜。自明及晦，所行几里？""羲和之未扬，若华何光？"《初学记》引《淮南子》："爰止羲和，爰息六车，是谓悬车。"《别国洞冥记》："东北有地日之草，西南有春生之草……三足乌数下地食此草。羲和欲驭，以手掩乌目，不听下也。"后来才学得分身法术，一而变四。不但如此，神话中的羲和还是女的，是太阳的母亲。《山海经·大荒南经》："东海之外，甘水之间，有羲和之国。有女子名羲和，方浴日于甘渊。羲和者，帝俊之妻，生十日。"郭璞注："沐浴运转之于甘水中，以效其出入。"《山海经·海外东经》："下有汤谷，汤谷上有扶桑，十日所浴。在黑齿北，居水中，有大木，九日居下枝，一日居上枝。"《大荒东经》也有类似的记载。这就是更早期的神话了。可见羲和有一个变化的过程，即由四个人到一个人，由天文官到日御，由男人到女神，日御到日母，越来越接近原始神话状态。本来历象和民时，都跟太阳有关的。这则神话的意义是古人对太阳的认识。这里要注意的是"十个太阳"的说法。《左传·昭公五年》："明夷，日也。日之数十，故有十时，亦当十位。"这就是说十进位制和十个太阳有关。马克思《数学手稿》引鲍波《从最古到最新时代的数学史》说："最古老的民族——没有考虑中国人和鞑靼人——已经按十数数了。他们通过两只手的手指就一定会想到这一点。"《左传·昭公七年》："天有十日，人有十等。"杜预注："甲至癸也。"是说"十日"就是指天干记日。《左传·襄公三十年》：

"二月癸未，晋悼夫人食舆人之城杞者。绛县人或年长矣，无子，而往与于食。有与疑年，使之年。曰：'臣小人也，不知纪年。臣生之岁，正月甲子朔，四百有四十五甲子矣，其季于今三之一也。'吏走问诸朝，师旷曰：'鲁叔仲惠伯会郤成子于承匡之岁也。是岁也，狄伐鲁。叔孙庄叔于是乎败狄于咸，获长狄侨如及虺也豹也，而皆以名其子。七十三年矣。'史赵曰：'亥有二首六身，下二如身，是其日数也。'士文伯曰："然则二万六千六百有六旬也。""这段文字的大意是：二月癸未，晋悼夫人发救济粮，绛县老人以年老无子为由来要求救济。人家怀疑他的年龄，他辩解说："臣小人也，不知纪年。臣生之岁正月甲子朔，四百有四十五甲子矣，其季于今三之一也。"季，就是最后一个甲子。三之一，是过去 20 天了。所以总日数是 26660 天（445×60＝26700 −40＝26660），年数整 73，比精确值只差两三天。那么此老不是"不知纪年"，是故意要惊动大人们。果然，在场的吏人都不懂，跑去朝堂找人问。盲乐师师旷记性好，能回忆历史，知道 73 年前发生的事；专业天文官史赵则说了句俏皮话："亥字是二为首六作身，往下再加两个六，就是他的日数。"士文伯说："那不就是二万六千六百六十天么？"

这故事实际上是给出一道算术题。那时候把"十日"称作"一旬"，"有六旬"即"六十日"。即来自古代把一日分为十时，和后来的十二时辰不同。现在二十四时显然是十二时的演变。可是铜壶滴漏的刻度还是每天一百刻，《说文》解道："漏，以铜授水，刻节，昼夜百刻。"一百刻显然是十的倍数而不是十二的倍数，这正是古代有十时纪日的痕迹。究其实，天有十日就是讲的十天干的起源。据郭沫若的研究，十天干"甲乙丙丁"都和鱼有关。戊己庚辛壬癸都和武器有关，可见产生于渔猎时代。用十天干记日的初始阶段，会发生紊乱，这就是《淮南子·本经训》所说的

"尧之时十日并举"的情况。后来又分羲和为四个人,是因为这个时候产生了方位的概念,日入日出是两个方向,和他们垂直的又是两个。所以《尸子》说:"古者黄帝四面,信乎?"

羲和不但是日神,而且是月神,又名"常羲"。实际上就是嫦娥。《山海经·大荒西经》:"有女子方浴月。帝俊妻常羲,生月十有二,此始浴之。"袁珂先生说:娥、羲在上古语言中是同音的。常羲就是嫦娥,是日和月的母亲,这说明中国日、月神话有共同的起源,所以郭璞注《山海经》说:"羲和盖天地始生主日月者也。""空桑之苍苍,八极之既张,乃有夫羲和,是主日月,职出入,以为晦明。"《山海经》郭璞注引《归藏·启筮》:"昔嫦娥以不死之药奔月","昔嫦娥以西王母不死之药服之,遂奔月为月精"。《淮南子·览冥训》:"譬若羿请不死之药于西王母,嫦娥窃以奔月,怅然有丧,无以续之。"常羲最大神性就是生下十二个月亮,这无疑是出自对一年十二个朔望月的观察。《尔雅·释天》:"夏曰岁,商曰祀,周曰年,唐虞曰载。"说的都是阴历年,这是一个祭祀周期。而农业生产的"年"即"稔",是与太阳回归年(365.1/4)有联系的。由于太阳有十个,每天一个,周而复始,于是人们想象月亮也是一样,十二个轮值一年,周而复始。每月的新月出现(初三)叫"朏"又叫"初吉",这就是原始人的月首。十二个月的月首月亮所经过的天空背景是不一样的,为了记住每个月,就要记住月首的坐标。把这时候的坐标系上的星星连接起来,形成一个个的图案,就产生了十二支。于是十二又成了一个有趣的数位。《左传·哀公七年》:"周之王也,制礼上物,不过十二,以为天之大数。"《周礼·春官》:"冯相氏掌十有二岁,十有二月,十有二辰。"《尚书·舜典》:"舜受终于文祖……肇十有二州,封十有二山。"等等。后来又和木星(岁星)联系上,产生了十二次。

五　共　工

　　共工的神性有二：一是水神，一是治水神。《国语·周语》："昔共工弃此道也，虞于湛乐，淫失其身，欲壅防百川，堕高堙庳，以害天下。皇天弗福，庶民弗助，祸乱并兴，共工用灭。"韦昭注："贾侍中云：共工，诸侯，炎帝之后，姜姓也。颛顼氏衰，共工氏侵陵诸侯，与高辛氏争而王也。"《淮南子·天文训》："昔者共工与颛顼争为帝，怒而触不周之山，天柱折，地维绝。天倾西北，故日月星辰移焉；地不满西南，故水潦尘埃归焉。"《史记》司马贞补《三皇本纪》："当其（按指女娲）末年也，诸侯有共工氏，任智刑以强，霸而不王，以水承木，乃与祝融战，不胜而怒，乃头触不周山崩，天柱折，地维缺。"《山海经》里记有"禹攻共工国之山"；又讲"共工之臣相繇，九首蛇身，自环，食于九土。……禹湮洪水，杀相繇。其血腥臭，不可生谷，其地多水，不可居也。禹湮之，三仞三沮。乃以为池，群帝是因以为台"；《荀子·成相》说"禹辟除民害逐共工"。

　　我们要注意的是：共工为什么头触不周山就使得苍天倾斜呢？原来，古老的"天圆地方说"认为圆圆的天被八根柱子撑起，悬在空中。这就是屈原的《天问》："斡维焉系？天极焉加？八柱何当？东南何亏？九天之际，安放安属？隅隈多有，谁知其数？天何所沓？十二焉分？日月安属？列星安陈？"而这不周山就是一根柱子。原始社会时代，居住在黄河中下游一带的人们，看到的山地多在西北，地势是西北高，东南低，河流都是由西向东流。日月星辰都是从东方升起，往西北方落下，所以，"天倾西北，地不满东南"的想法，其实就是原始人根据自己的地理位置对宇宙结构的认识。

六　阏伯和实沈

《左传·昭公元年》："晋侯有疾，郑伯使公孙侨如晋聘，且问疾。叔向问焉，曰：'寡君之疾病，卜人曰："实沈、台骀为祟。"史莫之知，敢问此何神也？'子产曰：'昔高辛氏有二子，伯曰阏伯，季曰实沈，居于旷林，不相能也。日寻干戈，以相征讨。后帝不臧，迁阏伯于商丘，主辰。商人是因，故辰为商星。迁实沈于大夏，主参。唐人是因，以服事夏、商。其季世曰唐叔虞。当武王邑姜方震大叔，梦帝谓己："余命而子曰虞，将与之唐，属诸参，其蕃育其子孙。"及生，有文在其手曰"虞"，遂以命之。及成王灭唐而封大叔焉，故参为晋星。由是观之，则实沈，参神也。'"这则故事是说高辛氏有两个儿子，阏伯和实沈。高辛氏一说就是帝喾，五帝之一。他因为两个儿子天天打仗，就把老大阏伯派到商丘，主管大火（心宿二），所以又称"商星"。老小派到大夏，主管参星。在天体坐标上，这两个星遥遥相对，大火从东方升起的时候，参宿正从西方落下。所以杜甫《赠卫八处士》说："人生不相见，动如参与商。"那么，这则神话又反映什么问题呢？实沈的"大夏"原来就是夏朝活动中心地区，他们观测的主星是参宿。商朝灭夏朝后，把这里封给唐叔，建立了一个方国叫"唐"，所以《左传·定公四年》说："封唐叔于夏墟。"到了周成王的时候，又把唐国封给了自己的弟弟虞叔，称为"唐叔虞"，这就是晋国的始祖。参宿就成了晋国的主管星，所以晋侯生病，卜巫说是实沈作祟。我们来看看能不能从天文学上来寻找这则神话的根据：参宿是一个壮丽的星群，参宿一现在赤经 5 时 40 分，公元前 2100 年前后，即夏朝时期，约在赤经 2 时 20 分，即春分点东面 35 度左右。这时候，在三晋地区，现在的山西一带，傍晚时分，西方地平线上最明亮的就是它。夏朝人选择参宿作为观测的主星来确定春天播种的季节是再合适不过的了。所以，夏朝人祭祀参宿。到了商朝兴起，灭亡夏朝，那是500多年以后的事，由于岁差的原因，参宿赤经成了2时44分。在河南商丘附近来观测，由于是平原地区，参宿傍晚时分还在西方地平线很高位置。于是它失去了标志星的资格，再加上商灭亡了夏，必须改制，所以，商族就要重新选择标志星。这时，恰好出现心宿二，赤经13时（现在是16时15分），春分季节傍晚出现在东方地平线上。于是，商代人采用前人的标志星，改观大火，祭祀大火星。并且以战胜者的姿态，把大火称为"老大"，参宿变成"老小"。这就是这则神话天文学的意义。

七 夸父、羿和其他

夸父逐日见于《山海经》，且见于多处。

《海外北经》："夸父与日逐走，入日。渴欲得饮，饮于河渭；河渭不足，北饮大泽。未至，道渴而死。弃其杖，化为邓林。"毕沅云："邓林即桃林也，邓、桃音相近。高诱注《淮南子·墬形篇》云：'邓，犹木。'是也。《列子·汤问篇》云：'邓林弥广数千里。'盖即《中山经中次六经》所云'夸父之山，北有桃林'矣。其地则楚之北境也。"

《大荒北经》："大荒之中，有山，名曰成都载天。有人珥两黄蛇，把两黄蛇，名曰夸父。后土生信，信生夸父，夸父不量力，欲追日景，逮之于禺谷。将饮河而不足也，将走大泽，未至，死于此。应龙已杀蚩尤，又杀夸父，乃去南方处之，故南方多雨。"郭璞云："上云夸父不量力，与日竞而死，今此复云其为应龙所杀，死无定名，触事而寄，明其变化无方，不可揆测。"袁珂案："郭以玄理释神话，未免失之。夸父乃古巨人族名（茅盾《中国神话研究初探》说），非一人之名也。'夸父逐日'与'应龙杀蚩尤与夸父'盖均有关夸父之不同神话，非如郭注所谓'变化无方'也。应龙杀蚩尤与夸父事已见《大荒东经》。"

《海外北经》："博父国在聂耳东，其为人大，右手操青蛇，左手操黄蛇。邓林在其东，二树木。一曰博父。"

《大荒东经》："大荒东北隅中，有山名曰凶犁土丘。应龙处南极，杀蚩尤与夸父，不得复上。故下数旱，旱而为应龙之状，乃得大雨。"

《西山经》："西次三山之首，曰崇吾之山，在河之南，北望冢遂，南望䍃之泽，西望帝之搏兽之丘，东望蠵渊。有木焉，员叶而白柎，赤华而黑理，其实如枳，食之宜子孙。有兽焉，其状如禺而文臂，豹虎而善投，名曰举父。有鸟焉，其状如凫，而一翼一目，相得乃飞，名曰蛮蛮，见则天下大水。"郭璞云："或作夸父。"袁珂案："郝懿行云：'《尔雅》云："豦，迅头。"郭注云："今建平山中有豦，大如狗，似猕猴，黄黑色，多髯鬣，好奋迅其头，能举石掷人，玃类也。"如郭所说，惟能举石掷人，故经曰善投，因亦名举父。举、豦声同，故古字通用；举、夸声近，故或作夸父。'按：如所说，则夸父者，猿类之兽也。《东山经》犲山有兽，'状如夸父而彘毛，其音如呼，见则天下大水'；《北次二经》梁渠之山有鸟，'状如夸父，四翼一目，犬尾，名曰嚣，其音如鹊，食之已腹痛，可以止衕'。均形似猿猴之怪鸟兽也。而神之多力奋迅者，亦或以夸父名矣。"

《北次二经》："又北三百五十里，曰梁渠之山，无草木，多金玉。修水出焉，而东流注于雁门，其兽多居暨，其状如彙而赤毛，其音如豚。有鸟焉，其状如夸父，四翼、一目、犬尾，名曰嚣，其音如鹊，食之已腹痛，可以止衕。"

《东山经》："又南三百里，曰犲山，其上无草木，其下多水，其中多堪孖之鱼。有兽焉，其状如夸父而彘毛，其音如呼，见则天下大水。"

在这里，夸父一会儿是人，一会儿是兽，反映这则神话产生时代古老，大约是原始氏族部落联盟时代，人兽不分其实就是图腾时代的人神不分，也就是上面所说的还没有绝地天通之前。我们现在要注意的是：夸父为什么要逐日？为什么"弃其杖化为邓林"？其实《大荒北经》讲得很明白，夸父追的不是日，而是日影。看一看，夸父手执木杖，从早晨开始就追随日影，直至太阳落山。这不是测量日影又是什么？手杖呢，当然就是后代八尺长的日表了。

羿射九日的神话在屈原《天问》中："羿焉彃日？乌焉解羽？"王逸注："羿仰射九日，中其九日，日中九乌皆死。堕其羽翼。"

《淮南子·本经训》："逮至尧之时，十日并出，焦禾稼，杀草木，而民无所食。猰貐、凿齿、九婴、大风、封豨、修蛇皆为民害。尧乃使羿诛凿齿于畴华之野，杀九婴于凶水之上，缴大风于青丘之泽，上射十日而下杀猰貐，断修蛇于洞庭，禽封豨于桑林，万民皆喜，置尧以为天子。"

《山海经》里有几则后羿的神话："羿与凿齿战于寿华之野，羿射杀之。在昆仑虚东。羿持弓矢，凿齿持盾。一曰戈。""帝俊赐羿彤弓素矰，以扶下国，羿是始去恤下地之百艰。"

我们这里要问的是：为什么羿射落的是太阳，落下的却是乌鸦的羽毛？结合《淮南子·精神训》"日中有骏乌"，《春秋元命苞》"日中有三足乌"的说法，天文学家认为这就是上古时代对太阳黑子的观测。我国古代对太阳黑子的观测记录很早，

《汉书·五行志》就有"河平元年三月乙未，日出黄，有黑气，大如钱，居日中央"的记录，后来的记录更多，"如钱""如卵""如枣""如飞鹊"等等。三足乌的羽毛恐怕只能做这样的解释。

《绎史》卷九引《田俅子》："尧为天子，萱荚生于厅，为帝成历。"任昉《述异志》也有类似的记载。说是萱荚生于阶，每月从初一起，每天结一个豆荚，从十六日开始，每天落一个豆荚。如果是大月就落尽了，如果是小月，就有一个不落。这反映的是那时候的历法，人们已经知道一个朔望月有三十天和二十九天。后来的张衡还真的做了一个萱荚。

第二章　古籍中的天文知识

一　殷虚卜辞

日月星辰诸神崇拜。日和月与人们的生产和生活密切相关，殷周时期的人们对之十分崇拜。殷墟卜辞中保留了一些殷人祭祀日神的记录：

> 癸未贞，其卯出入日，岁三牛，兹用？出入日，岁卯……不用？（《屯南》890）
> 出入日，岁三牛？（《粹编》17）
> 辛未卜，又于出日？（《粹编》597）
> 辛未，又于出日，兹不用。（《佚存》86）

参照传世文献的记载，大概在某些特定的时间，人们从事迎日、送日的宗教活动。殷卜辞中屡记"宾日"：

> 乙巳卜，王宾日？弗宾日？（《佚存》872）
> 甲午卜，争贞，王宾成日？（《乙编》7250）

这在《尚书·尧典》中可以找到痕迹："寅宾出日，平秩东作""寅饯纳日，平秩西成"。人们不但向东"宾日"，还向西

"纳日"。周代的情形大致与此相似。《礼记·郊特牲》："郊之祭也，迎长日之至也，大报天而主日。"《礼记·祭义》："祭日于东。"《大戴礼记·保傅》："三代之礼，天子春朝朝日。"《国语·鲁语》："天子大采朝日，与三公九卿……"与此同时，人们又祭月神。殷墟卜辞中有两位女神，被称为"东母"和"西母"。丁山认为，她们是月母和常羲，都是月神。有卜辞云：

> 贞，燎于东母三牛？（《后编》上·23·7）
>
> 燎于东母九牛？（《续编》1·53·2）
>
> 壬申卜，贞，有于东母、西母若？（《后编》上·28·5）

只是周代月神逐渐处于配角的地位，不像殷代那样逐个神灵地祭祀。此外，还祭星神。据历史文献记载，殷人崇祀的星辰是"大火"。《左传·襄公九年》："陶唐氏之火正阏伯，居商丘，祀大火，而火纪时焉。相土因之，故商主大火。商人阅其祸败之衅，必始于火。"周人崇拜箕星和毕星。《尚书·洪范》："星有好风，星有好雨。"孔安国注云："箕星好风，毕星好雨。"《周礼·大宗伯》有祭"风师""雨师"之事，郑玄注："风师，箕也；雨师，毕也。"贾公彦疏："《春秋纬》云：'月离于箕风扬沙。'故知风师箕也。云雨师毕也者，《诗》云：'月离于毕，俾滂沱矣。'是雨师毕也。"可见，周人把箕星作为风神，把毕星作为雨神。

从卜辞看，殷人崇拜云：

> 兹云，其雨？不其雨？（《燕》553）
>
> 贞，兹云其有降？其雨？（《乙编》3294）
>
> 庚午卜，贞，兹云其雨？（《续存》1·107）

殷人也崇拜风：

> 其风，三羊、三犬、三豕。（《续编》2·15·3）

此种祭风之俗，延于后世而有"磔狗"止风者。《尔雅·释天》："祭风曰磔。"郭注："今俗，当大道中磔狗，云以止风。"《淮南子·万毕术》："黑犬皮毛烧灰扬之，以止风。"这表明，自殷代以后，祭风之俗是绵延不绝的。

二　《尚书》

《尚书·尧典》里的天文记载前面已经讲过："乃命羲和，钦若昊天，历象日月星辰，敬授人时。分命羲仲，宅嵎夷，曰旸谷。寅宾出日，平秩东作。日中，星鸟，以殷仲春。厥民析，鸟兽孳尾。申命羲叔，宅南交。平秩南讹，敬致。日永，星火，以正仲夏。厥民因，鸟兽希革。分命和仲，宅西，曰昧谷。寅饯纳日，平秩西成。宵中，星虚，以殷仲秋。厥民夷，鸟兽毛毨。申命和叔，宅朔方，曰幽都。平在朔易。日短，星昴，以正仲冬。厥民隩，鸟兽鹬毛。"

三　《诗经》

《诗经·召南·小星》："嘒彼小星，三五在东。肃肃宵征，夙夜在公。实命不同！嘒彼小星，维参与昴。肃肃宵征，抱衾与裯。实命不犹！"

《鄘风·定之方中》："定之方中，作于楚宫。揆之以日，作于楚室。"

《唐风》："绸缪束薪，三星在天。今夕何夕，见此良人？子兮子兮，如此良人何？""绸缪束刍，三星在隅。""绸缪束楚，三星在户。"

《诗经·豳风·七月》："七月流火，九月授衣。一之日觱发，二之日栗烈。无衣无褐，何以卒岁？三之日于耜，四之日举趾。"

《诗经·小雅·大东》："维天有汉，监亦有光。跂彼织女，终日七襄。虽则七襄，不成报章。睆彼牵牛，不以服箱。东有启明，西有长庚。有捄天毕，载施之行。维南有箕，不可以簸扬。维北有斗，不可以挹酒浆。维南有箕，载翕其舌。维北有斗，西柄之揭。"

《诗经·小雅·十月之交》："十月之交，朔月辛卯。日有食之，亦孔之丑。彼月而微，此日而微；今此下民，亦孔之哀。"

第三章　观象授时

"观象授时"出自《尚书·尧典》："历象日月星辰，敬授人时。"后来清代毕沅在《夏小正考证》中首先使用这个词。意思是在没有日历之前，人们通过直接观测自然现象来确定农事。

一　物　候

人类在渔猎阶段，总是从生活中积累知识，掌握时令。从河姆渡文化遗址大量的稻谷来看，我们知道在六千年前，我国就有一定水平的农业生产。可以说，这时候人们就一定掌握了四时变化的知识。《说文解字叙》谈到古人造字的时候说"近取诸身，远取诸物"，这是原始人类普遍的思维规律，观象授时也是如此，原始人最早掌握节候的变化是从自然现象开始的。树叶的萌芽和凋落，花开花谢，鸟兽孳生和蛰伏等等，都是他们的参照物。宋代王应麟《玉海》卷十说："尧之作历，仰观象于天，俯观事于地，远观宜于鸟兽。"就是这意思。讲到古代的物候学著作，《大戴礼记》中的《夏小正》是我国现存最早的具有丰富物候知识的著作。关于《夏小正》的来历，据《礼记·礼运》说："孔子曰：'我欲观夏道，是故之杞，而不足征也，吾得夏时焉。'"郑玄注："得夏四时之书也，其书存者有《小正》。"这就是《夏小正》。另外，《史记·夏本纪》说："孔子正夏时，学者多传《夏小正》云。"一般认为,现存的《夏小正》有经、传之分,其中的经是孔子编订过的。《夏小正》按照一年中月份的顺序,对各个月份的物候、气象、天象和农事活动分别做了记载,涉及天文、气象、动植物等多方面的知识。如:

正月:启蛰。言始发蛰也。雁北乡。雉震呴。鱼陟负冰。农纬厥耒。初岁祭耒始用畼。囿有见韭。时有俊风。寒日涤冻涂。田鼠出。农率均田。獭献鱼。鹰则为鸠。农及雪泽。初服于公田。采芸。鞠则见。初昏参中。斗柄县在下。柳稊。梅、杏、杝桃则华。缇缟。鸡桴粥。

二月:往耰黍,禅。初俊羔助厥母粥。绥多女士。丁亥万用入学。祭鲔。荣堇、采蘩。昆小虫抵蚳。来降燕。剥鳝。有鸣仓庚。荣芸,时有见稊,始收。

三月:参则伏。摄桑。委杨。䍽羊。螜则鸣。颁冰。采识。妾、子始蚕。执养宫事。祈麦实。越有小旱。田鼠化为鴽。拂桐芭。鸣鸠。

四月:昴则见。初昏南门正。鸣札。囿有见杏。鸣蜮。王萯秀。取荼。秀幽。越有大旱。执陟攻驹。

五月:参则见。浮游有殷。鴂则鸣。时有养日。乃瓜。良蜩鸣。匽之兴,五日翕,望乃伏。启灌蓝蓼。鸠为鹰。唐蜩鸣。初昏大火中。煮梅。蓄兰。菽糜。颁马。将闲诸则。

六月:初昏斗柄正在上。煮桃。鹰始挚。

七月:秀雚苇。狸子肇肆。湟潦生苹。爽死。荓秀。汉案户。寒蝉鸣。初昏织女正东乡。时有霖雨。灌荼。

八月:剥瓜。玄校。剥枣。栗零。丹鸟羞白鸟。辰则伏。鹿人从。鴽为鼠。参中则旦。

九月:内火。遰鸿雁。主夫出火。陟玄鸟蛰。熊、罴、貃、貉、貚、鼬则穴，若蛰而。荣鞠树麦。王始裘。辰系于日。雀入于海为蛤。

十月：豻祭兽。初昏南门见。黑鸟浴。时有养夜。玄雉入于淮，为蜃。织女正北乡，则旦。

十一月：王狩。陈筋革。啬人不从。陨麋角。

十二月：鸣弋。元驹贲。纳卵蒜。虞人入梁。陨麋角。

《诗经·豳风·七月》："七月流火，九月授衣。春日载阳，有鸣仓庚。女执懿筐，遵彼微行，爰求柔桑。春日迟迟，采蘩祁祁。""蚕月条桑，取彼斧斨。以伐远扬，猗彼女桑。七月鸣鵙，八月载绩。"

与此是多么相似。

不但汉族，在我国少数民族也有自己的物候自然历，如云南的爱伲族就有这种歌："且拉月（三月），鲜艳的杯佰花开了，新种的谷子长得旺。"东北的鄂伦春族就把一年分为"鹿胎期（2～3月）"、"鹿茸期（5～6）"、"鹿交尾期（7～8）"、"鹿打细毛期（9～1）。云南傈僳族分一年为十个月：花开月（3）、鸟叫月（4）、熄火山月（5）、饥饿月（6）、采集月（7、8）、收获月（9、10）、酒醉月（11）、狩猎月（12）、过年月（1）、盖房月（2）。佤族也有类似的名称：建寨月、盖房月、播种月、发芽月、催忙月、大忙月、吐穗月、空碓月、祭谷月、收谷月。而且，无独有偶，在古希腊公元前8世纪，诗人希西阿德写了一篇这样的书《田工农事》，和这个倒是十分相像："当宙斯结束了冬至六十天的冬日时，牧夫星座正离开海洋的神圣波涛，第一次在黄昏升上发光。之后，鸣声尖叫的潘狄翁的女儿燕子来到人间，春天刚刚开始，正式修剪葡萄藤的好季节。"也是十二个月都是如此。可见原始人类观察物候定时是一种普遍的文化事象。

汉族用物候记月的名称是：

一月：肇岁、芳岁、华岁、嘉月、三微月

二月：令月、竹秋、丽月、酣月、杏月、花月

三月：蚕月、莺时、桃月、桃浪、桐月、樱笋月

四月：麦秋、麦序、清和、槐夏、朱明、梅月、麦月

五月：恶月、鸣蜩、榴月、蒲月

六月：焦月、徂暑、荷月

七月：兰月、兰秋、凉月、瓜时、瓜月

八月：桂月、桂秋、竹小春

九月：菊月、霜序、青女月

十月：小阳、小春

十一月：龙潜、葭月、畅月

十二月：冰月、嘉平、星回月

二　日　月

除了原始的物候观测外，人们目光最先瞄准的就是天空中不停运转的肉眼能见的最大发光体日和月了。

对太阳的观察是从它的方位移动开始的，大汶口文化所画的符号不管是什么字，但大家都承认和太阳有关，是太阳从山峰升起的象征。不同的季节太阳升起的山峰不一样，经过一回归年，又重复从春天的山峰升起，于是一年的长度就确定了。直到今天，在我国大小凉山的彝族村落，还有一个经验丰富的老人专司此事，他选定一个地方，每天观察日落的位置，以一块石头为标记，来确定播种季节，据说误差不会超过五天。《山海经·大荒东经》就记载了六座山："大荒之中，有山名曰大言，日月所

出。""大荒之中，有山名合虚，日月所出。""大荒之中，有山名明星，日月所出。""大荒之中，有山名鞠陵，于天东极离瞀，日月所出。""大荒之中，有山名猗天苏门，日月所出。""大荒之中，有山名壑明俊疾，日月所出。"而《大荒西经》里记载的"日入之山"也是六座："方山""丰沮玉门""日月山""鏖鏊巨""常阳之山"和"大荒之山"，这也许不是巧合。你看：一月份日出最北一座山，逐渐南移，六月份到了最南一座山；七月份还在最南一座山，但已经向北移了，到十二月份又到了最北一座山。长期观察的结果，人们把一回归年的长度定为365天左右。需要指出的是：这种观测是经验型的，是不准确的，也只能在一定的范围内有用。随着对时间测定的要求越来越严格，人们就开始测量日影。这就比以前精确得多。至少在春秋中期，我国就根据实测得到一回归年的长度是365.1/4天。365当然好测量，这1/4可不是那么好测量的。大家都这样说，可具体怎么得来并不知道。直到公元85年，李梵要制定《四分历》，长时间不间断地测量日影，发现每年的冬至并不一样长，直到第五年的冬至日影才和第一年一样长。这就是说，四年之间的总日数是：4×365+1＝1461天，这才确定了古人的365.1/4天是正确的。

月亮最明显的变化是"月有阴晴圆缺"，所以，观测月亮就从朔望开始。月亮圆缺有相当准确的周期性，这是古人最先知道的。他们长期观测的结果是月亮一个周期大约是29天。我国的独龙族人外出的时候，在一根长绳上打结，每走一天打一个结。到了目的地数数多少结就知道过了多少天。返回时每天解一个节，解到最后一个结就快到家了。这是原始人的记日法，古书上叫"结绳记事"。记月法也是如此，佤族人每见月亮圆一次，就在木盆里放一颗小石子。最后发现大约放十二颗时，一年就过完了。于是知道大概一年是十二个月。可是，月亮的变化周期有五种：回归月、近点月、交点月、恒星月和朔望月。

回归月：月球两次通过地球春分点或秋分点所需时间。为27.3215817 天。

近点月：月球两次通过它的轨道上的近地点或远地点所需时间。为27.5545505 天。

交点月：两次通过白道和黄道交点所需时间。为 27.212220 天。

恒星月：月亮从西向东在恒星背景中间移动一周，也就是月亮围绕地球运行的真正周期，时间是 27.321661 天。

朔望月：月球接连两次合朔或两次望的间隔时间。因为月亮在围绕地球运动时，地球自身也从西向东运动，一个恒星月周期地球自身大约行进 30 度，所以月亮的月相朔望变化周期比恒星周期长，是 29.530589 天。我们现在的日历都是用朔望月。

这样，必定有的月 29 天，有的月 30 天。如何来判断月大月小呢？古人是有办法的。以今律古，爱伲人是每月初二的晚上看新月，如果看到一点月牙，就是小月。如果一点月牙看不到，这月就是大月。佤族人是每月的十六一大早起来看西方地平线上的月亮是否有点缺，有点缺就是小月，否则是大月。知道了月亮的周期以后，人们把一个月分为四等分，并以四个点来表明：朔——哉生魄（霸）——望——既死魄（霸）——晦。殷商到周代，经传和金文中往往出现"哉生霸""既生霸""哉死霸""既死霸"等词。很多学者加以考证，说法不一。

综合经传的说法是：朔（初一）—死霸或旁死霸（魄）（初二）—朏、哉生明（初三）—恒、上弦（初七、八）—几望（十四）—望（十五）—既望、生霸、哉生霸（魄）（十六）—既生魄（十七）—下弦（二十三）—晦（二十九、三十）

王国维《生霸死霸考》的"月相四分"为：初吉（1—7、

8) —既生霸（7、8-15、16）—既望（15、16-22、23）—既死霸（22、23-29、30）。肯定是不正确的。如果月相横跨如此长的时间，周人频频记载月相就失去意义了。金文《公姞鬲》："唯十又二月既生霸，子中渔□池。"不能从初七到十五都在打鱼。《趠曹鼎》："唯七年十月既生霸，王在周般宫。"王不可能从初七到十五都在周般宫。这种记日有什么意义？所以，王国维又说，既表间隔，又表定点。这样自乱其例。所以，既然用来记日，就一定是定时的月相。举"初吉"为例，又称"月吉""吉"，指的就是朔日。《诗经·小雅·小明》："二月初吉。"毛传："初吉，朔日也。"《国语·周语上》："自今至于初吉。"韦注："初吉，二月朔日也。"《论语·乡党》："吉月必朝服而朝。"孔安国注："吉月，月朔也。"《周礼·大司徒》："正月之吉，始和布治于邦国都鄙。"郑玄注："正月之吉，周正月朔日也。"又注《周礼·天官》："吉，谓朔日。"又注《周礼·族师》："月吉，每月朔日也。"可见"初吉"就是朔日。检查金文《令彝》铭文说："唯八月，辰在甲申。……唯十月，月吉癸未。"据郭沫若、陈梦家考证，这为周成王十五年（前1090）器，同年的青铜器有《员鼎》，铭文说："唯正月既望，癸酉。"综合起来推算，正月朔戊午，既望是癸酉，周代一般闰月在年终，那么，八月朔日必是甲申，九月朔日大甲寅、小癸丑，十月的朔日都是癸未。所以，"月吉""初吉"都是指朔日（初一）的意思，不是指好几天。

　　按照一般天文学家的说法是：

　　朔（初吉、吉、月吉、辰）指初一。

　　朏（哉生霸）指新月初见，初二、三。

　　既生霸指初七、八。

　　望指十五、六。

　　既死霸指二十二、三。

旁死霸指二十九、三十。

后来人们又把月亮运行一周期分为"朔—朏—上弦—望—既望—下弦—晦"。

朔，每月的最初一天（初一）。

朏，新月初出的一天（初三、初四）。

上弦，月亮在太阳东面成 90 度（上半月初七、八）。

几望，月亮近圆（十四日）。

望，月亮和太阳遥遥相望（小十五、大十六、有时十七）。

既望，望后一日（十六日）。

下弦，月亮在太阳西面成 90 度（下半月二十二、三）。

晦，每月最后一天（二十八、九—月底）。

这并不是定论，大家正可以进一步探讨。

三 恒 星

除了日月以外，人们观测的物件就是恒星了。《公羊传·昭公十七年》："大火为大辰，伐为大辰，北极亦为大辰。"这到底什么意思？何休解诂："大火谓心星，伐为参星，大火与伐所以示民时之早晚。"所以，日本学者新城新藏在《东洋天文史研究》一书中说："辰"的意思就是古人观象授时时"所观测之标准星象，通称之谓辰"。

我国古代作为"辰"的恒星是：

1. 参星（伐）。三颗星成一字排列，在中国古代参宿一、二、三三星的南面，是伐一、伐二、伐三。上面说过，参星是夏民族的主星，夏民族观测以定农时。

2. 大火（火）。即心宿二，是商民族的主星，所以又称"商星"。这颗星的观测时间比参星长。在《尚书·尧典》中，就有

"日永星火，以正仲夏"。《夏小正》也说："五月初昏，大火中。"《诗经》有"七月流火"。《左传·昭公三年》："火中，寒暑乃退。"《昭公十七年》："火出，于夏为三月，于商为四月，于周为五月。"从它叫"大火"的原始时代开始，横跨了好几千年。

还有一点大家要注意的是，商代人并不是一直观察大火的。《左传·襄公九年》说："古之火正，或食于心，或食于咮，以出内火。是故咮为鹑火。"柳、星、张三宿在南天，形成一只大鸟形状，这只鸟的嘴就是柳宿。古人观测主要是柳宿一。原因有人解释说，殷商的祖先阏伯被封为火正的时代大约是舜（前2200年左右）时代，这时的大火星在春季初昏东升，随着岁差的积累，到了商代中叶（前1400年左右），春天到来，还不见大火升起。这时，南方的中天，柳、星、张正好当值，于是，商代人就改观咮。因为原来一直是观测大火，也就习惯把咮叫作"鹑火"。

3. 四仲星。我们在"羲和"一节中讲到《尚书·尧典》"四仲星"："乃命羲和，钦若昊天，历象日月星辰，敬授人时。分命羲仲，宅嵎夷，曰旸谷。寅宾出日，平秩东作。日中，星鸟，以殷仲春。厥民析，鸟兽孳尾。申命羲叔，宅南交。平秩南讹，敬致。日永，星火，以正仲夏。厥民因，鸟兽希革。分命和仲，宅西，曰昧谷。寅饯纳日，平秩西成。宵中，星虚，以殷仲秋。厥民夷，鸟兽毛毨。申命和叔，宅朔方，曰幽都。平在朔易。日短，星昴，以正仲冬。厥民隩，鸟兽氄毛。"朱熹《书传》说："主春者张，昏中可以种谷；主夏者火，昏中可以种粟；主秋者虚，昏中可以种麦；主冬者昴，昏中可以收敛。"这就是说，四仲星的观测纯粹是为了农事的。但具体是说法有不同：孔安国认为："日中，谓春分之日。鸟，南方朱鸟七宿。殷，正也。春分之昏，鸟星毕见。以正仲春之气节，转以推季孟则可知。……永，长也，谓夏至之日。火，苍龙之中星。……虚，玄武之中星，亦言七星。皆以秋分日见，以正三秋。……日短，冬至之日。昴，白虎之中星，亦以七星并见，以正冬之三节。"按照孔安国的解法，这不是四个标准星，而是四象。马融、郑玄都认为是四颗星。孔颖达赞成他祖先的说法。这是中国古代最完整的观测天象的记录，所以古来很多学者加以研究，著名的如李淳风、梁启超、竺可桢、郭沫若、新城新藏、能田忠亮、饭岛忠夫、桥本增吉、宋君荣、陈遵妫、刘朝阳、王红旗、龚惠仁、郑文光等。（参看陈遵妫《中国天文史》）可以说，只要对中国古代天文学研究有点成就的都研究过四仲星。而结论至今还不统一。问题如下：

（1）四仲星到底是不是尧时代的实际天象？梁启超认为是，新城新藏认为是公元前2500年，能田忠亮认为是公元前2000年。竺可桢仔细推算以后，认为四仲星中，只有昴宿是4000年前的天象记录，符合尧的时代，其他三星都是商末周初时代的天象。王红旗认为大约是公元前5000多年前的记录，龚惠仁认为肯定是公元前2000年的记录，陈遵妫认为是春秋时记录，饭岛忠夫认为是公元前400年左右的记录。

（2）仲春、仲夏、仲秋、仲冬到底是季节的中点，还是二分二至点？一般都认为是二分二至。宋君荣假定为二分二至，按照汉初的星宿位置进行推算，得出结论平均是公元前2476年。陈遵妫同意二分二至。饭岛忠夫认为如果初昏是下午七时，夏至这天，太阳还没有下山，无法观测，进而推断，只有冬至的观测是实际进行的，其他三星都是据以推算的。郑文光认为不应用现代天文学的知识去律古代的记录。恒星的中天位置、记时不准确都会使古人的记录发生年代偏差，观察时间差半小时，年代就差五百年；中天位置偏五度，年代就差三百年。所以这只是古人四季观测的几个标准星而已。

（3）鸟、火、星、昴到底指什么星？星鸟的距星有张宿一（长蛇座γ）、星宿一（长蛇座α）两种，星火的距星有心宿二（天蝎座α）、房宿二（天蝎座π）两种，星虚的距星只有虚宿一（宝瓶座β）一种，星昴的距星有昴宿六（金牛座η）、尸气（昴星团）两种。

四　北　斗

古人另一个观测的对象就是北斗星。因为地球轴是倾斜的，一头正对天球北极，黄赤交角为 23.5 度。这样旋转的结果对于北半球的我国来说，就在北天区划了一个终年可见区域叫恒显圈。我国黄河中下游地区为北纬 36 度，因此，天球北极也高于北方地平线 36 度，以之为半径划一个圆圈就是恒显圈。在地球的一个定点上，看恒星在天体上的投影，就有了周日视（地球自转）和周年视（地球公转）运动。天球北极是不动的，恒显圈内的恒星看起来都在绕北极点旋转，始终不隐入地平线。北斗星正在恒显圈内。它的形状像一个大勺子，斗柄所指的方向即能显示不同的季节。北斗七星的名称依次是：天枢、天璇、天玑、天权、玉衡、开阳、摇光。四“天”为斗身，古人叫它“魁”，又叫“璇玑”。玉、开、摇为斗柄，古人叫它“杓”，又叫“玉衡”。把天枢、天璇二星连接起来，延长五倍的距离，就是今天的北极星（小熊座α星）。北极星是天上最重要的星，《史记·天官书》上记载的北极星是小熊座β星，古人认为它是天上最尊贵的神太一常居的地方，普天的星辰都朝向它，《论语·为政》：“子曰：为政以德，譬如北辰，居其所而众星共之。”朱熹集解：“北辰，北极，天之枢也。居其所，不动也。共，向也，言众星四面旋绕而归向之也。”所以，它是帝星，它发生什么变化，预示着人间帝王的变化。在它的周围，有太子、庶子、后。勾陈四星是后妃：依次为勾陈四（小熊座 ζ）、勾陈三（小熊座 ε）、勾陈二（小熊座 δ）、勾陈一（小熊座 α），勾陈一是正妃。周围还有东西藩十二藩臣、三台六星、文昌宫六星、天理四星、北斗七星是帝车。组成中宫七十八星。这简直就天上的朝廷。这里需要说明的是：

1. 北极星并不在天球北极点，而且从来没有一个星在北极点上。

2. 由于岁差的原因，天球北极在不停地改变。什么是岁差呢？我们知道，地球是一个扁的球体，根据万有引力定律，面对天体的一面比背对天体的一面的摄引力要大，这就造成引力的不均匀，在运动过程中，这两个不相等的力使得地轴缓慢的改变方向。天文学上称之为"地轴的进动"。这种进动使得垂直于地轴的赤道沿黄道向西滑行，黄赤交点（二分点）也在黄道上缓慢地向西退行。二分二至点的退行，使得太阳在一回归年的长度里并不能回到去年的冬至点。每年约退行 50.3 角秒，每 71.6 年退行一度。这就是岁差。这是公元 330 年前后天文学家虞喜发现的。地轴的改变使得原来指向天球北极的位置也在不停地改变。公元前 1000 前后，北天极在小熊座 β 即《史记·天官书》记载的北极星附近。南北朝时候，天北极移到离纽星只有一度的地方，于是以纽星为北极星。到了北宋时代，沈括测量出北极离纽星三度多。今天，我们又以勾陈一为北极星。13500 年以后，北极星是织女星。

我们再来谈北斗星。

《夏小正》："六月：初昏斗柄正在上。"可知《夏小正》时代就有观测北斗的习惯。《鹖冠子·环流》："斗柄东指，天下皆春；斗柄南指，天下皆夏；斗柄西指，天下皆秋；斗柄北指，天下皆冬。"就反映了比较原始的斗柄定四时的知识。《淮南子·时则训》更是详细记载了十二个月的斗柄指向：

　　孟春之月，招摇指寅，昏参中，旦尾中。其位东方，其日甲乙，盛德在木，其虫鳞，其音角，律中太蔟，其数八，其味酸，其臭膻，其祀户，祭先脾。东风解冻，蛰虫始振苏，鱼上负冰，獭祭鱼，候雁北。

　　仲春之月，招摇指卯，昏弧中，旦建星中。其位东方，其日甲乙，其虫鳞，其音角，律中夹钟，其数八，其味酸，其臭膻，其祀户，祭先脾。始雨水，桃李始华，苍庚鸣，鹰化为鸠。

　　季春之月，招摇指辰，昏七星中，旦牵牛中，其位东方，其日甲乙，其虫鳞，其音角，律中姑洗，其数八，其味酸，其臭膻，其祀户，祭先脾。桐始华，田鼠化为鴽，虹始见，萍始生。

　　孟夏之月，招摇指巳，昏翼中，旦婺女中，其位南方，其日丙丁，盛德在火，其虫羽，其音徵，律中仲吕，其数七，其味苦，其臭焦，其祀灶，祭先肺。蝼蝈鸣，丘蚓出，王瓜生，苦菜秀。

　　仲夏之月，招摇指午，昏亢中，旦危中，其位南方，其日丙丁，其虫羽，其音徵，律中蕤宾，其数七，其味苦，其臭焦，其祀灶，祭先肺。小暑至，螳螂生，鵙始鸣，反舌无声。

　　季夏之月，招摇指未，昏心中，旦奎中，其位中央，其日戊己，盛德在土，其虫赢，其音宫，律中百钟，其数五，其味甘，其臭香，其祀中霤，祭先心。凉风始至，蟋蟀居奥，鹰乃学习，腐草化为蚈。

孟秋之月，招摇指申，昏斗中，旦毕中，其位西方，其日庚辛，盛德在金，其虫毛，其音商，律中夷则，其数九，其味辛，其臭腥，其祀门，祭先肝。凉风至，白露降，寒蝉鸣，鹰乃祭鸟，用始行戮。

仲秋之月，招摇指酉，昏牵牛中，旦觜巂中。其位西方，其日庚辛，其虫毛，其音商，律中南吕，其数九，其味辛，其臭腥，其祀门，祭先肝。凉风至，候雁来，玄鸟归，群鸟翔。

季秋之月，招摇指戌，昏虚中，旦柳中，其位西方，其日庚辛，其虫毛，其音商，律中无射，其数九，其味辛，其臭腥，其祀门，祭先肝。候雁来，宾雀入大水为蛤，菊有黄华，豺乃祭兽戮禽。

孟冬之月，招摇指亥，昏危中，旦七星中，其位北方，其日壬癸，盛德在水，其虫介，其音羽，律中应钟，其数六。其味咸，其臭腐，其祀井，祭先肾。水始冰，地始冻，雉入大水为蜃，虹藏不见。

仲冬之月，招摇指子，昏壁中，旦轸中，其位北方，其日壬癸，其虫介，其音羽，律中黄钟，其数六，其味咸，其臭腐，其祀井，祭先肾。冰益壮，地始坼，鹖鴠不鸣，虎始交。

季冬之月，招摇指丑，昏娄中，旦氐中，其位北方，其日壬癸，其虫介，其音羽，律中大吕，其数六，其味咸，其臭腐，其祀井，祭先肾。雁北乡，鹊加巢，雉雊，鸡呼卵。

招摇就是斗柄，这里是按照十二支来排五方的。东方一支寅卯辰，南方一支巳午未，西方一支申酉戌，北方一支亥子丑。所以这与《鹖冠子·环流》所载完全一致。

　　用斗柄的指向来定四时叫"斗建"，后来编制历法时，借用这个名词，如"夏正建寅，殷正建丑，周正建子"。所代表的含义就是：夏代的历法以现在的正月为岁首，殷代的历法以现在的十二月为岁首，周代历法以现在十一月为岁首。

　　用观测北斗的方式来定四时成岁是世界古代天文学独一无二的方式，这与我国的地理位置有关。它表明我国古代天文学两大系统：观察赤道附近的恒星东升中天河西落的过程和观察北斗星。后来这两大系统融合形成三垣、二十八宿和十二次的恒星分群体系。

第四章　坐标系统

　　我们坐车的时候都有体验，车的飞驰是感觉不到的，只看到车窗外的树向相反的方向飞快退去。但我们的目光移向远方时，那种退行的速度就变得很缓慢，但我们还是感到这种移动。那是因为我们有更远的静物作为背景坐标在比较。要观察动的物体，就必须选择静的物体作为参照物，这是常识。同样的道理，古人在观测天象时，就要选择天空背景上的静物作为参照，这就是古代观测天象的坐标系统。

　　中国古代天象观测的坐标系统主要有：三垣、二十八宿（四象）、十二次（十二辰）等。

　　三垣：紫微垣、太微垣、天市垣。紫微垣包括北天极附近的天区，大体相当于拱极星区；太微垣包括室女、后发、狮子等星座的一部分；天市垣包括蛇夫、武仙、巨蛇、天鹰等星座的一部分。三垣五官对于我们初学没有多大意思，所以，我们主要讲二十八宿和十二次。

　　在唐代，三垣二十八宿发展成为中国古代的星空划分体系，类似现代天文学中的星座。

　　二十八宿又称为二十八星或二十八舍。"宿"的意思和黄道十二宫的"宫"类似，表示日月五星所在的位置。到了唐代，二十八宿成为二十八个天区的主体，这些天区仍以二十八宿的名称为名称。和三垣的情况不同，作为天区，二十八宿主要是为了区划星官的归属。二十八宿从角宿开始，自西向东排列，与日、月视运动的方向相同。

东方七宿：角 12、亢 9、氐 15、房 5、心 5、尾 18、箕 11；

北方七宿：斗 26.1/4、牛 8、女 12、虚 10、危 17、室 16（营室）、壁 9（东壁）；

西方七宿：奎 16、娄 12、胃 14、昴 11、毕 15、觜 2、参 9；

南方七宿：井 33（东井）、鬼 4（舆鬼）、柳 15、星 7（七星）、张 18、翼 18、轸 17。

唐代的二十八宿包括辅官或辅座星在内总共有星 183 颗。

奇怪的是，二十八宿既不是按赤道排列的，也不是按黄道排列的。它有些在赤道附近，有些在黄道附近。并且宽仄不一，最宽的井宿横跨 33 度，最仄的鬼宿不到 3 度。这些至今都是个谜，引起大家不尽的争论。

古代中国、印度、阿拉伯都有二十八宿。所以对二十八宿的争论是非常激烈的。首先的问题是，二十八宿是根据什么划分的？

中国古代认为二十八宿是月躔所系，即月亮在天空中的视运动的轨迹。前面说过，月亮的恒星月是 27.321661 太阳日。取其整数，就是二十八，在天空中取二十八点，每日月亮经过一宿。宿者，舍也，即月亮每天的居处。所以，《吕氏春秋·圜道》："月躔二十八宿，轸与角属，圜道也。"王充《论衡·谈天》："二十八宿为日月舍，犹地有邮亭，为长吏廨矣。"日本新城新藏也认为，二十八宿的划分，是为了定朔日用的，由朏日推算朔日。李约瑟则认为是由望日推算朔日用的。我国的学者也大多认为是月躔所系。但时郑文光不同意这种说法，他提出二十八宿起源于土星周期说。土星又叫"填星""镇星"。古代人认为土星恒星周期是 28 周年。现在测量的结果是 29.46 年，早在马王堆汉墓帛书中，人们已经知道土星恒星周期是 30 年了，可是《史记·天官书》《淮南子·天文》中仍然使用 28 这个数字。到了《汉书·历律志》中它已经精确到 29.79 年，但后来的书中还是记载 28 年。在马王堆汉墓帛书中有一个《五星占》，详细记载了秦王政元年（前 246）到汉文帝三年（前 177）70 年间土星的位置。郑文光就根据这个表选择第二个恒星周期，即前 216—前 187 年共三十年的数据进行研究，发现基本是每年一宿，只在室宿和井宿个跨了两年。井宿宽达 33 度，所以每年移动 12~13 度，跨两年是正常的。室宿宽度是 16 度，跨两年是因为土星会合周期是 378 天，而地球回归年是 365 天，每年相差 13 天，所以逐年积累，造成逐年后移，三十年之间实际只有 29 次晨见东方。从《五星占》的数据表中可以看出，土星在井宿停留两年是在汉高祖元年（前 206），这是土星晨出东方的时候，地球正在远日点，速度放慢，土星晨出东方的间隔就长，造成在井宿停留两年。总之，由于土星在一个会合周期内有顺、逆、留的关系，会造成行度不均匀，每个会合周期的前半段，土星行度只有 2~3 度，后半段却达 11 度，这就是我们的祖先为什么设计的二十八宿宽度不一的原因。这只是郑文光的一家之言，并没有被学术界接受。还有很多问题他也解释不通。

可这样就带来第二个问题，现在的二十八宿距星有十五个在黄道±10 度以内（角亢氐房心箕斗牛女虚娄昴毕井鬼），而在赤道±10 度以内的有七宿（女虚危觜参柳星）。可是根据竺可桢精密的推算，在公元前 4300—公元前 2300 年间，二十八宿有 18~20 个在赤道±10 度附近。因此，大多数学者都认为包括古代的《淮南子·天文训》《汉书历律志》都认为二十八宿是按照赤道划分的。李约瑟就认为是"赤道上的标准点"。但是月躔（白道）与黄道较为接近，与赤道的交角很大，似乎又没法解释。所以新城新藏认为是沿“黄道附近的天空”划分的。

第三个问题是，二十八宿产生于何时？1978年出土的湖北随县擂鼓墩曾侯乙墓漆箱盖上，绘有北斗和二十八宿名称以及青龙白虎图，据考是战国早期的作品。所以，最迟在战国时代，我国的二十八宿已经形成。这是下限。上限是多少？竺可桢认为是公元前2400年左右，后来修改为周初；郭沫若认为是战国初年，钱宝琮认为是战国，新城新藏认为是周初，饭岛忠夫认为是前396—前382年。具体来说，二十八宿体系的形成经过了一个漫长的过程。早在《尚书·尧典》中就有“火鸟虚昴”四仲星。火虚昴就是后来东北西三象的主星。《礼记·郊特牲》：“季春出火，为焚也。”就是讲的大火晨见东方的时候放火烧山。《左传·昭公四年》：“古者日在北陆而藏冰，西陆朝觌而出之。”《尔雅》说：“北陆，虚也；西陆，昴也。”日在虚宿，是季冬，一年最冷的季节，所以是藏冰的好时候。日在昴宿是孟夏，马上就要热起来了，所以是出冰的季节。可见虚和昴很早就是人们观察的主星。“鸟”是什么呢？前面讲到有张宿一和星宿一两种说法。无论张宿或星宿，都在南方七宿。在甲骨文中，记载的星名有“火”“鸟”“𩇯”“娓”“卯鸟”五个，丁山认为娓即婺女（宝瓶座ε），在虚宿旁边以代虚宿。有人认为卯鸟连读，指昴宿。那么，四仲星都见于甲骨文。《夏小正》中提到六颗星：参、昴、火、织女、南门和鞠。李约瑟认为鞠就是柳宿（长蛇座δ）。《诗经》中已经提到心、箕、斗、牵牛、织女、室、壁、参、昴、毕等主要的二十八宿距星，可见这时二十八宿已经渐成体系。战国时代成书的《礼记·月令》载有二十五宿。《开元占经》所载的《石氏星表》据考也是战国作品，却载有二十八宿的全名。二十八宿名称全部见于古典文献的是作于公元前170年的马王堆三号汉墓出土的帛书。在《史记·律书》《淮南子·天文训》也有记载，只是名字略有不同。任何事物的形成都有一个过程,二十八宿形成体系大约在《诗经》时代。

这样又带来第四个问题,二十八宿是起源我国还是起源外国?因为巴比伦(伊朗)、印度和阿拉伯都有二十八宿,伊朗的二十八宿一般认为由印度传入。印度的二十八宿叫"纳沙特拉"(Nakshatra),阿拉伯叫"月站"(Al-Manazil)。这个"月站"就表明它是名副其实的月亮的宿舍,月亮每天行经一宿。这显然和中国二十八宿不是一个体系。印度二十八宿距星相同的有角氐室壁娄胃觜轸八宿,距星不同但在同一星座的有房心尾箕斗危昴毕参井鬼柳十二宿,完全不同的是亢牛女虚奎星张翼八宿。所以人们认为二者是一个源头。但是,二者的差别是相当大的。夏鼐曾经指出:印度有二十八宿和二十七宿两个系统,经常使用的是二十七宿,而它的二十七宿是等分的,这与中国的二十八宿宽仄不一完全不同。(参见夏鼐《从宣化辽墓的星图论二十八宿和黄道十二宫》)再者,在印度二十八宿中,距星多选择亮星,而中国多选择暗星,只有一颗一等星,而有八颗四等以下的星,鬼宿一竟然是一颗肉眼很难见的六等星。(参见竺可桢《二十八宿起源之时代和地点》)所以印度二十八宿和中国二十八宿的关系就不是这么简单了。多数人是肯定其同源的,但谁在前谁在后呢?十九世纪中叶,韦伯驳斥俾俄二十八宿起源中国说,认为中国起于角宿,印度起于昴宿。以昴为春分点比以角为秋分点的时间早一千多年,所以印度在前,中国在后。其实这是一条主观的推测。按照他的说法,把岁差和赤经一起计算,结果是:起昴距今3830多年,即公元前1800年左右。而起角的才1530年,即公元440年左右。如果说中国二十八宿起源于公元440年,即六朝宋齐年间,先前的许多文献记载都不算,那不是笑话吗?而且,《尚书·尧典》里面的"日中星鸟,以殷仲春"四仲星,就明确当时春分点起于昂，夏至点起于狮子座，秋分点起于心，冬至点起于虚。一般认为，印度的二十八宿是从中国传过去的。例如什雷盖尔《星辰考源》（Gustave Schlegel：Uranographie Chinose）、得索诸尔《中国天文学》（De Saussure：Le Crigines de I'astronomie Chinoise）和新城新藏《二十八宿起源说》、竺可桢《二十八宿起源说》、夏鼐《从宣化辽墓的星图论二十八宿和黄道十二宫》。新城新藏更明确指出，二十八宿起源中国有五个证据：1. 中国二十八宿可追溯到周初。2. 印度二十八宿相当于中国二十八宿的初始状态。3. 二十八宿发源地应当以北斗为观测的标准星象。4. 二十八宿发源地应当有牛郎织女的传说。5. 二十八宿传入印度有停顿在北纬43度的痕迹。所以他认为：二十八宿是在中国周初时代或更早的时代所设定，而在春秋中期以后从中国传出，经由中亚细亚传入印度，更传入波斯、阿拉伯等地方。

接着就是第五个问题，二十八宿的距星为什么都是暗星？这是中国二十八宿和印度二十八宿的差别之一。上面说过，中国二十八宿的距星只有一颗一等星，甚至还有六等星。并且在形成过程中，人们有意把亮星换成暗星，例如：原来的河鼓（天鹰座α）是一等星，织女（天琴座α）是零等星，都是非常亮的。后来换成三等星的牛宿一（摩羯座β）和四等星的女宿一（宝瓶座ε）。心宿二是一等亮星，从来就是用来观测的标准星"大火"，但后来却不用来作距星，而改用三等星心宿一（天蝎座δ）。毕宿一（金牛座ε）和毕宿五（金牛座α）都在赤道和黄道附近，毕宿距星不用一等星毕宿五而用四等小星毕宿一。这些都是原来不解的问题。现在似乎支持中国二十八宿为土星视运动的一种说法，如果是以月躔来划分，应该选择亮星才便于观测。如果是依据土星的视运动，则亮星会与土星相混淆，所以，在二十八宿形成过程中人们把亮星逐渐换成暗星作距星。只有角宿保持亮星，乃是因为角宿是二十八宿开头。

二十八宿归为四象，分别是：

东青龙七宿：角、亢、氐、房、心、尾、箕。

北玄武七宿：斗、牛、女、虚、危、室、壁。

西白虎七宿：奎、娄、胃、昴、毕、觜、参。

南朱雀七宿：井、鬼、柳、星、张、翼、轸。

在《尧典》四仲星中，就有东南西北四个方位的心虚昴张四颗星，也就是说，这个时候，四象的观念已经形成。但并不以之来配二十八宿。到了擂鼓墩曾侯乙墓漆箱盖上，明确地画上二十八宿环绕北斗，有青龙和白虎。有人说，因为漆箱盖是长方形的，绘图又是为了装饰，不是天文资料，所以两旁的朱雀、玄武因为宽度不够没画出来，要是正方形箱盖，就会划出完整的四象二十八宿北斗星空图。但也有人说，二十八宿和四象没有关系，这里只是一种装饰。后人把二十八宿配四象是错误的。

四象是从南方朱雀开始的。因为中国古代是农业为主，是春天的天文学。春分前后，井鬼柳星张翼轸七宿横亘南天，以星宿一为中心，像一只大鸟，这就是《尧典》的"日中星鸟，以殷仲春"。如果我们把四仲星连接起来：心连昴，虚连张（星），基本上是十字形。并且从二十八宿的分布度数来看，星宿是南方七宿112度的中点，房宿是东方七宿75度的中点，昴宿是西方七宿80度的中点，虚宿是北方七宿98度的中点。只有南方不用房宿而用心宿，乃是因为心宿一直是古来观测的大火，人们太熟悉了，并且房心在一起，仅相差5度。所以，《尧典》四仲星就是后来四象的萌芽。另一个证据是在《左传·昭公十七年》有一段非常有意思的话：

　　　　秋，郯子来朝，公与之宴。昭子问焉，曰："少皞氏鸟名官，何故也？"郯子曰："吾祖也，我知之。昔者黄帝氏以云纪，故为云师而云名；炎帝氏以火纪，故为火师而火名；共工氏以水纪，故为水师而水名；大皞氏以龙纪，故为龙师而龙名。我高祖少皞挚之立也，凤鸟适至，故纪于鸟，为鸟师而鸟名。凤鸟氏，历正也。玄鸟氏，司分者也；伯赵氏，司至者也；青鸟氏，司启者也；丹鸟氏，司闭者也。祝鸠氏，司徒也；鴡鸠氏，司马也；鳲鸠氏，司空也；爽鸠氏，司寇也；鹘鸠氏，司事也。五鸠，鸠民者也。五雉，为五工正，利器用、正度量，夷民者也。九扈为九农正，扈民无淫者也。自颛顼以来，不能纪远，乃纪于近，为民师而命以民事，则不能故也。"仲尼闻之，见于郯子而学之。既而告人曰："吾闻之：'天子失官，学在四夷'，犹信。"

历来的学者都注意到他这里讲到的图腾崇拜，其实这里还讲到古代天文学上一段很有名的公案，记载少昊的年代，人们就观察南中天的鹑首、鹑火、鹑尾，即四象中间的朱雀来定四时，并且二分二至四立都已经很确定了。所谓启就是立春立夏，闭就是立秋立冬。其实就是说，在春秋时代，人们传说朱雀的产生比《尧典》时代要早很多，早到仰韶文化时代的少昊氏。

接着产生的是龙和虎。《周易·乾卦》就有"见龙在田""飞龙在天"的话，这里说的绝不是生物的龙，《说文》对此解释得很好："龙，鳞虫之长……春分而登天，秋分而潜渊。"前人用生物的龙来解释，除了说龙是神物以外，是没有其他说法可以说通的。所以，王安石写诗说"神物登天扰可骑，如何孔甲但能羁？"如果我们知道春分时候，东方苍龙晨见东方，秋分时候苍龙七宿晨伏西方看不见了，你就知道龙对古人是多么重要。"二月二，龙抬头"到底是什么意思了。《尚书·益稷》说："日月星

辰，山龙华虫作会。"把日月星辰和龙虎放在一起，不就是擂鼓
墩漆箱盖的描述吗？《左传·僖公五年》"龙尾伏辰"，《国语·
楚语下》"日月会于龙䝏"（龙䝏即龙尾），证明这时候四象龙早
就产生了。

白虎的产生也很早，因为有擂鼓墩漆箱盖可证。而《左传·
昭公十七年》郯子的话也可以旁证。古人确定二分，春分看朱
雀，秋分就是看白虎，《淮南子·天文训》说："西方金也，其帝
少昊，其佐蓐收，执矩而治秋，其神为太白，其兽白虎。"这与
郯子的话完全一致。1987 年盛夏，河南濮阳西水坡 45 号墓被发
掘，一位身高 1.79 米的男性墓主头南脚北地仰卧于墓中，周围
是三具人殉。特别奇怪的是，在墓主骨架两旁有用蚌壳摆塑的图
形，东方是龙，身长 1.78 米，西方是虎，身长 1.39 米，龙虎头
的朝向均为北，而腿则均向外。墓主的脚下，有一个用蚌壳摆塑
而成的三角形，与三角形连在一起的，是两根人腿骨，腿骨指向
东方，指向龙的脑袋。另外，在 45 号墓室以外的同一层位上，
还有两处用蚌壳摆塑而成的龙、虎、鹿等动物图形，这两处图形
和 45 号墓在同一子午线上。该墓葬的年代，无论从考古地层学
上推断，还是用碳 14 测定，都在公元前 4500 年左右，相当于仰
韶文化时期，正是那个黄帝封少昊的时代。而那两根人骨头和一
个三角形，被中国社会科学院的冯时考证为"二象北斗星象图"，
这就与公元前 433 年左右的擂鼓墩漆箱盖上的图画一样了，中间
相隔 4000 年，是不是就不知道了。在 45 号墓正南 20 米、45 米
处，还分别出土有同属在 45 号墓主人的两组依次被编为 2 号和 3
号的蚌塑遗迹。2 号遗迹中有蚌龙、蚌虎、蚌鸟、蚌麒麟（一说
是鹿）四图像，3 号遗迹中有蚌人骑龙、蚌虎等。在中国科学院
原院长卢嘉锡总主编、中国科学院科技史研究所研究员、夏商周
断代工程专家组成员陈美东主编的《中国科学技术史·天文学

卷》中，第一章第一节就是《濮阳龙虎北斗图与龙虎鸟麟四象图及其授时功能》。《中国科学技术史·天文学卷》中说："龙、虎、鸟、麒麟四图像相匹配出现实非偶然，特别是考虑到后世龙、虎、鸟、麒麟四象系统的存在，有理由认为它们应是该四象系统的早期图像。"濮阳西水坡 6500 年前的蚌塑天文图，比埃及金字塔中的天文图早 2000 多年，比巴比伦的界标天文图早 3000 余年。因此，无论是从文献学还是考古学上，我们的天文学都是世界古天文史上最先进的。照这种说法，我国的天文观测真的是不可想象的。

最后是玄武。这种龟蛇合体的怪物很是奇怪，因为四象中只有它是合体的。正如上面所说，玄武最初是麒麟。麒麟，雄曰麒，雌曰麟，羊头，鹿身，马足，狼蹄，牛尾，笞一只或一对肉角。有人考证就是麋鹿，俗名"四不像"，有人考证就是今天的长颈鹿，可麒麟是有角的呀。在古人心目中，麒麟属于仁瑞之兽，是"毛虫之长""毛类之俊""四灵之首"。它"含信怀义，音中律吕，步中规矩"，它"择土而践"，"不履生虫，不折生草"；麒麟还罕见地长寿，少则活一千年，多则达三千岁。它还特别喜欢有德行的君王，"王者至，仁则出"。如"黄帝时，麒麟游于郊薮"，"唐虞之世，麟凤游于田"，"禹时麒麟步于庭"，"成王时麒麟游苑"，"章帝时麟五十一见"，等等。所以孔子有泣麟之事。显然，中国古代也有麒麟崇拜。相传孔子将生未生之时，有麒麟吐玉书（另说为玉石）于山东曲阜阙里人家，孔子的母亲颜征在明白这是祥瑞的征兆，就将一条绣绂（绂为古代系玺印的丝绳）系在麒麟的角上。麒麟便带着这条丝绳儿，在阙里歇宿了一夜，第二天才离去。不久，孔子，这位未来的大圣人就降临到人间。从此，便有了"麒麟送子"的说法。但奇怪的是，湖南、湖北一些地方，常让龙扮演"麒麟送子"的角色。当龙灯舞到门前时，那些希望生子的妇女，往往加钱加物，让"龙"绕一绕自己的身体，并让一个小男孩骑到龙背上绕着厅堂转一圈。对此，有人作诗道："妇女围龙可受胎，痴心求子亦奇哉。真龙不如纸龙好，能作麒麟送子来。"看来麒麟和龙是有关系的。明代有一个人叫沈德符，他认为，"龙极淫，遇牝必交。如得牛则生麟，得豕则生象，得马则生龙驹，得雉则结卵成蛟，最为大地灾害。"明代人夏原吉就认为麒麟具备"龙首""凤臆"和"龟文"，他在《麒麟赋》中描绘道："丰骨神异，灵毛莹洁。霞明龙首，云拥凤臆。星眸眩兮昆耀，龟文灿兮煜熠。牛尾拂兮生风，麇身动兮散雪。蹴马蹄兮香尘接腕，耸肉角兮玉山贯额。"可见麒麟古来就和龙凤龟有关系，四灵本来就是模糊不清的。大约在殷商时代，龟文化兴盛起来，龟成为甲虫之长，龙成为鳞虫之长，凤成为百禽之长，虎成为百兽之长，所以龟要进入四象之中，而麒麟这时候却又偏偏有了不常见的说法。但麒麟的影响是必须得到尊重的，于是龟就代替了牛和龙发生关系。在龟的身上加上龙的雏形蛇的样子，变成龙和龟的合体，也就是龙和龟相交生麒麟的意思。

到了战国时期，四象已经在典籍中间频繁出现。《考工记》："龙旗九斿以象大火也，鸟旟七斿以象鹑火也，熊旗六斿以象伐（参）也，龟蛇四斿以象营室也。"《礼记·曲礼上》："前朱鸟而后玄武，左青龙而右白虎。"都是说战国时期北方已经是龟蛇怪物了。

与古代天文学相关的还有十天干和十二地支。

在甲骨文中，有几块胛骨没有火灼的痕迹，上面整整齐齐地刻着十天干配十二地支的六十干支表。这一发现证明殷商时代已经有了一整套干支纪时法。上文我们讲过，《淮南子·天文训》中已经有把北斗观象和十二地支结合起来的纪月法。为此，我们首先来谈天干地支的来源。

近年，在神农架地区发现了汉族创世史诗《黑暗传》。其中有一个讲述干支来历的故事："开天辟地之初，玄黄骑着混沌兽遨游，遇到女娲。女娲身边有两个肉包，大肉包里有十个男子，小肉包里有十二个女子。玄黄说：'这是天干革命地支神，来治理乾坤的。'于是，为他们分别取名，配夫妻，成阴阳。男的统称天干，女的则为地支。"这一创世神话故事，讲干支，讲玄黄神、女娲神，讲乾坤阴阳，将干支的"身世"推溯得十分久远。

但它毕竟是神话，我们考察十干的来源，应该是与我们的双手有联系。文化人类学和数学史的研究证明，人类自然的数数往往不过三，超过三就必须借助于他物，最好借用的就是我们的双手手指，所以，十进位制应当产生较早。

关于天干起源，说法很多：

《释名》：甲，孚也，万物解孚甲而生也。乙，轧也，自抽轧而出也。丙，炳也。物生炳然皆著见也。丁，壮也，物体皆丁壮也。戊，茂也，物皆茂盛也。己，纪也，皆有定形可纪识也。庚，犹更也，庚坚强貌也。辛，新也，物初新者皆收成也。壬，妊也，阴阳交物怀妊也，至子而萌也。癸，揆也，揆度而生乃出之也。

《说文》：甲，从木戴孚甲之象。乙，像春草木冤曲而出。丙，位南方，万物成炳然。丁，夏时万物皆丁实。戊，中宫也，象六甲五龙相拘绞也。己，中宫也，象万物辟藏诎形也。庚，位西方，象秋时万物庚庚有实也。辛，秋时万物成而熟。壬，位北方，象人怀妊之形。癸，冬时水土平，可揆度也。

《太乙经》：甲头、乙颈、丙肩、丁心、戊胁、己腹、庚脐、辛股、壬胫、癸足。

现代有人解释：甲就是"铠甲"，指万物冲破"甲壳"而突出之意。乙就是"轧"，指万物伸长之意。丙就是"炳"，指万物茂盛之意。丁就是"壮"，指到达"壮丁"之意。戊就是"茂"，指万物繁茂之意。己就是"起"，指万物奋起之意。庚就是"更"，指万物更新之意。辛就是"新"，指万物一新之意。壬就是"妊"，指万物养育之意。癸就是"揆"，指万物萌芽之意。

郭沫若有一篇著名的论文《释支干》。他认为十天干来源于渔猎时代，有两大系统：

1. 来源于鱼。甲象鱼鳞，乙象鱼肠，丙象鱼尾，丁象鱼枕。
2. 来源武器。戊象戚，己象弋缴，庚象钲，辛象削，壬象镤，癸象癸。

最为有理。但郭沫若的十二地支解释可就是无理了。他认为十二地支来源于黄道十二宫。我们还是先来看文献的解读。

《释名》：子，孳也，阳气始萌孳生于下也。丑，纽也，寒气自屈纽也。卯，冒也，载冒土而出也。辰，伸也，物皆伸舒而出也。巳，巳也，阳气毕布巳也。午，仵也，阴气从下上与阳相仵逆也。未，昧也，日中则昃向幽昧也。申，身也，物皆成其身体各申束之使备成也。酉，秀也，秀者物皆成也。戌，恤也，物当收敛矜恤之也，亦言脱也落也。亥，核也，收藏百物核取其好恶真伪也。亦言物成皆坚核也。

《说文》也基本上运用声训：子滋，十一月阳气动，万物滋（象人子）。丑纽，十二月万物动用事（象手）。寅髌，阳气动，阴尚强，不达髌（象膝盖骨）。卯冒，二月万物冒地而出（象天门）。辰震，三月阳气动，雷电震（象芒达）。巳巳，四月阳气巳出，阴气巳藏（象蛇）。午牾，五月阴气忤逆阳，冒地而出。未味，六月滋味也（象木重枝叶）。申神，七月阴气成体自申束

（象持臼）。酉就，八月黍成，可以酎酒（象酒坛）。戌灭，九月阳气微，万物毕成，阳下入地也。亥荄，十月微阳起接盛阴（象怀子）。

还有人把十二支和十二生肖对应起来，认为这是十二种动物的象形。

子—鼠　丑—牛　寅—虎　卯—兔　辰—龙　巳—蛇　午—马　未—羊　申—猴　酉—鸡　戌—犬　亥—猪

现代人还有用声训来解释的：子就是"孳"，表示万物繁茂。丑就是"纽"，表示绳子捆住不放。寅就是"演"，表示万物生长。卯就是"茂"，表示万物茂盛。辰就是"伸"或"震"，表示万物震动。巳就是"已"，表示万物已成。午就是"忤"，表示万物已过盛，是阴阳相交之时。未就是"味"，表示万物已经有了滋味。申就是"身"，表示万物具形体。酉就是"老"，表示万物成熟。戌就是"灭"，表示万物消灭归土。亥就是"核"，表示万物变回"种子"。

郭沫若《释支干》认为，子像孩子，丑象手爪，寅象弓矢，卯象开门，辰象耕具，巳象孩子，午象绳索，未象果实，申象一线连二物，酉象壶樽，戌象钺，亥象二首六身怪物。

但这次他并没有解对。根据郑文光的研究，结果如下：十二支是上古人们观察天空的十二个星座的星图，即十二个朔望月的每个新月初见时（朏）附近的星座。

1. 子

是参宿和觜宿的连线（即猎户座）。

《诗经》"三星在天"的三星即猎户座 ζ、ε、δ 三星，也就是参宿一、参宿二、参宿三。唐地是夏代的旧墟，夏代观测参星我们在神话"阏伯实沈"里讲过。根据推算，公元前 2100 年的夏代，春分时节新月初见时，在参宿五（猎户座 γ）附近。这时黄河流域一带开始春耕，所以这时是十二支之首。

2. 丑

子月以后的第二个月，新月出现在参宿东面 30 度（月行 30 度），到井宿。井宿没有亮星，所以把附近南河三、北河二和井宿较亮的星连在一起，就是丑。

3. 寅

下一个朏月又东移 30 度，到了轩辕星（狮子座头部）。

4. 卯

下一个朏月又东移 30 度，到了轸宿翼宿一带。这一带没有什么亮星，但《史记·天官书》说："轸为车。"轸就是车厢，象卯字。

5. 辰

下一个朏月东移 30 度，就到了角、亢。把角亢连线就是辰字，但这里只有角宿一（室女座 α）是颗亮星，所以要加上西面各星，整个室女座就更像了。

6. 巳

下一个朏月东移 30 度，到了房心尾三宿（天蝎座）。这就是著名的"大火"所在，是商代观察的主星。在甲骨文中，"子"和"巳"写法一样，都是孩子的象形。在天空中，还真的找到了这种相似。我们顺着房心尾三宿往北找，几乎在同一赤径上，也有一群恒星：天纪四星、河中、河间、贯索、帝座、蜀。把它们连起来，就是一个"子"字。这是一个非常奇怪的问题。有人认为这是中国的双子座。但在作为偏旁时两个字是有区别的。所以房心尾三宿应该是"巳"。

7. 午

第七个朏月东移 30 度，到了箕斗二宿。甲骨文象马策。连结斗宿就象马策。而且这一带天区的星名常和马有关：《史记·

天官书》说:"房为府,曰天驷,其阴,右骖。""房南众星曰骑官。"《诗纪历枢》:"房为天马,主车驾。"

8. 未

下一个朏月东移 30 度到了牛宿附近,连接那里的天津九星和附近小星,即天鹅座,就是"未"字。

9. 申

下一个朏月东移 30 度到了虚危附近。可以连接的星星很多,但是这一带没有亮星,无法对应,我们知道"申"在古文字中都作"神"的古字,像雷电之形。恰好这一带有星名"雷电""霹雳",或许与"申"的命名有关。

10. 酉

下一个朏月东移 30 度,到了室、壁(飞马座)。飞马座是秋天初昏十分显著的星象,连接飞马座附近的其他星,就是一个酒樽形状。

11. 戌

下一个朏月东移 30 度,到了娄、胃宿。这一天区只有娄宿一(白羊座 α)较亮,没有其他星可以连接。但我们有一个推测,戌和岁在甲骨文中是通用的。而岁的意思就是丰收,所谓"得岁"。而《史记·天官书》:"娄为聚众,胃为天仓,其南众星曰廥积。"《史记正义》:"娄三星为苑,牧养牺牲以供祭祀。""胃主仓廪,五谷之府也。"其附近的星有"天囷""天廪""天仓"。这大概就是古人把这里叫作"岁"、后来因为与岁星混淆而写作"戌"的原因吧。

12. 亥

下一个朏月东移 30 度到了昴、毕宿,这里的星星较多,找到这种连线很容易。但是,有一个解释更值得注意:毕宿像一个捕鸟的小网,呈"丫"形,而昴宿则是一个星团,俗名

"七姊妹"，其实是十分密集的六颗亮星聚在一起。连接起来，就是《左传·襄公三十年》对"亥"字的解释："亥有二首六身。"

知道了干支，我们再回过头来看看"北斗"一节中提到的《淮南子·天文训》里面讲到的"斗建"：

> 孟春之月，招摇指寅，昏参中，旦尾中。
> 仲春之月，招摇指卯，昏弧中，旦建星中。
> 季春之月，招摇指辰，昏七星中，旦牵牛中。
> 孟夏之月，招摇指巳，昏翼中，旦婺女中。
> 仲夏之月，招摇指午，昏亢中，旦危中。
> 季夏之月，招摇指未，昏心中，旦奎中。
> 孟秋之月，招摇指申，昏斗中，旦毕中。
> 仲秋之月，招摇指酉，昏牵牛中，旦觜中。
> 季秋之月，招摇指戌，昏虚中，旦柳中。
> 孟冬之月，招摇指亥，昏危中，旦七星中。
> 仲冬之月，招摇指子，昏壁中，旦轸中。
> 季冬之月，招摇指丑，昏娄中，旦氐中。

这又是和观察新月初见时的星空完全不同的一套观察系统，是北斗的周年视运动。观察北斗和观察新月谁先谁后我们不敢遽定，但这一套系统肯定在十二支产生以后。也许对北斗的观察很古老，一开始并不是这样配的。我们现在看它这样整齐地配上十二支，所以把它放在十二支之后来讲。

这里要注意的是，首先，《公羊传·昭公十七年》说："大火为大辰，伐为大辰，北极为大辰。"北极就是指北斗，不是指当时的北极星。其次，沈括《梦溪笔谈》120条说："今考子丑至于戌亥，谓之十二辰者，《左传》云：日月之会谓之辰。一岁日月十二会，则十二辰也。"这种说法是后来事，最早的十二辰是指北斗斗柄所指的十二支方位。为什么这么说呢？因为日月的周年视运动方向都是自西向东的。而这里的十二辰排列是自东向西，而自东向西只适合于恒星的周年视运动。这只有北斗。

在我国春秋时代，还出现过另外一套天空区划，人们通过观测岁星（木星）来确定时间，木星的视运动周期是 11.86 年，可是古人确认为是 12 年，于是沿着天球赤道自北向西向南向东画出十二等分，叫"十二次"。《左传·庄公三年》："凡师，一宿为舍，再宿为信，过信为次。"也就是说，次和宿是一个意思，就是驻舍。十二次就是木星驻舍得地方，木星每年行经一次，依次是：星纪—玄枵—娵訾—降娄—大梁—实沈—鹑首—鹑火—鹑尾—寿星—大火—析木。

上面讲过，古代的二十八宿也是沿天球赤道自西向东划分的，也是背景坐标，可见它们都是观察行星的坐标。那么，它与二十八宿是什么关系呢？二十八除以十二不能整除，所以马王堆三号汉墓帛书有"岁星居维，宿星二""岁星居中，宿星三"的说法。这又是一个很有趣的问题。维就是"角"，中就是中间。我们来看这种排列：

这种排列与"天圆地方"说有关，《淮南子·天文训》："帝张四维，运之以斗。"圆的天盖住方的地，必定有四角包不住的，于是，木星运行到角落上就要拐弯，路线就短了，所以只过两宿；直行时畅通无阻，所以经过三宿。

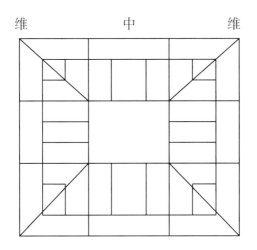

十二次和十二辰又是什么关系呢?

首先是它们方向相反:十二辰是由东向西,十二次是由西向东。

其次是它们都是十二,在用于纪年时有对应关系。

《左传》中有以下几条岁星纪年的话。

《襄公二十八年》(前545):"二十八年春,无冰。梓慎曰:'今兹宋、郑其饥乎? 岁在星纪而淫于玄枵,以有时菑,阴不堪阳。蛇乘龙。龙,宋、郑之星也,宋、郑必饥。玄枵,虚中也。枵,耗名也。土虚而民耗,不饥何为?'"

《襄公三十年》(前543):"于子蟜之卒也,将葬,公孙挥与裨灶晨会事焉。过伯有氏,其门上生莠。子羽曰:'其莠犹在乎?'于是岁在降娄,降娄中而旦。裨灶指之曰:'犹可以终岁,岁不及此次也已。'及其亡也,岁在娵訾之口。其明年,乃及降娄。"

《昭公八年》(前534):"晋侯问于史赵,曰:'陈其遂亡乎?'对曰:'未也。'公曰:'何故?'对曰:'陈,颛顼之族也。

岁在鹑火，是以卒灭，陈将如之。今在析木之津，犹将复由。'"

《昭公十年》（前532）："十年春，王正月，有星出于婺女。郑裨灶言于子产曰：'七月戊子，晋君将死。今兹岁在颛顼之虚，姜氏、任氏实守其地。居其维首，而有妖星焉，告邑姜也。邑姜，晋之妣也。天以七纪。戊子，逢公以登，星斯于是乎出。吾是以讥之。'"

《昭公十一年》（前531）："景王问于苌弘曰：'今兹诸侯，何实吉？何实凶？'对曰：'蔡凶。此蔡侯般弑其君之岁也，岁在豕韦，弗过此矣。楚将有之，然壅也。岁及大梁，蔡复，楚凶，天之道也。'"

还有两条注文，即《襄公十八年注》"岁在豕韦（娵訾）"，《昭公三十二年注》"岁在星纪"，都是岁星纪年的例证。

我们来检查一下：

星纪丑	玄枵子	娵訾亥	降娄戌	大梁酉	实沈申	鹑首未	鹑火午	鹑尾巳	寿星辰	大火卯	析木寅
	545	544	543	542	541	540	539	538	537	536	535
	襄28	29	30	31	昭1	2	3	4	5	6	7
534	533	532	531	530	529	528	527	526	525	524	523
昭8	9	10	11	12	13	14	15	16	17	18	19
522	521	520	519	518	517	516	515	514	513	512	511
昭20	21	22	23	24	25	26	27	28	28	30	31

这里有一个问题，什么叫"岁在星纪而淫于玄枵"？淫就是过分、过头，所以这一年《左传》记载：裨灶曰："今兹周王及楚子皆将死。岁弃其次，而旅于明年之次，以害鸟帑。周、楚恶

之。"原来按照推算岁星应该在星纪，实际观测却跑到玄枵去了。超过了一次，这叫"超辰"。原因是，木星的会合周期是11.86年，每个周期相差0.14年，约七个周期就差一次。我们再看，昭公八年应该在星纪，但他却在"析木之津"，就是在析木与星纪的边缘。昭公十年，在"颛顼之墟"，《姓纂》记载："韦出自颛顼大彭之后，夏封于豕韦，苗裔以国为姓，家彭城。"豕韦也就是娵訾。娵訾对应二十八宿的室壁，所以在"维首"。昭公十一年在降娄，也就是说，蔡侯般弑其君已经十三年了，该死了。果然在第二年复了蔡国。昭公三十二年星纪也是对的。可见春秋时代确实有过岁星纪年的事。

《国语·周语下》："王将铸无射，问律于伶州鸠。……王曰：'七律者何?' 对曰：'昔武王伐殷，岁在鹑火，月在天驷，日在析木之津，辰在斗柄，星在天鼋。星与日辰之位，皆在北维。'"就这么短短的几句话，成为武王伐纣的唯一的典籍记载资料，也是现在争论最激烈的事件之一。但我们千万不要相信它是真的，因为岁星纪年仅仅见于春秋时代，周初没有岁星纪年，这里说的是春秋时代人用岁星纪年法对武王伐商的复述，它无非是说：那一年是午年，月在房宿（《史记·天官书》："房为府，曰天驷。"），日在析木星纪之间，斗柄指向辰（三月），即是午年三月寅日而已。但那时的人们并没有考虑岁星的超辰问题，所以，我们如果照这个去推算，势必不合适。

这样不准确的纪年法使古人伤透了脑筋，所以，岁星纪年很快就废止了。但这种十二数纪年的方法并没有废止。因为，十二在古代是一个非常重要的数字。《尚书·舜典》："舜让于德，弗嗣。正月上日，受终于文祖。……肇十有二州，封十有二山，浚川。"《左传·襄公九年》："晋侯曰：'十二年矣! 是谓一终，一星终也。'"《周礼·春官》："冯相氏：掌十有二岁、十有二月、十有二辰、十日、二十有八星位，辨其叙事，以会天位。冬夏致日，春秋致月，以辨四时之叙。"屈原《天问》："天何所沓，十二焉分？"《山海经·大荒西经》噎鸣"生岁十有二"。既要废止这种不准确的纪年法，又想保留十二等分的划分方式，以便和北斗观察的十二个辰和十二个日月交会点（朔日）对应，于是就把它纳入十二辰的范畴。但它们的方向相反，这真是一件难事。但古人是有办法的。于是，古人就展开想象，假想一个星体叫"太岁"，和木星一样的速度，只是运行的方向相反，这样就和十二辰对应了。例如：

岁星	星纪	玄枵	娵訾	降娄	大梁	实沈	鹑首	鹑火	鹑尾	寿星	大火	析木
太岁	星纪	析木	大火	寿星	鹑尾	鹑火	鹑首	实沈	大梁	降娄	娵訾	玄枵

所谓"岁星为阳，右行于天；太岁为阴，左行于地"。（《周礼》注）可是，这并没有解决岁星的超辰问题，过不了多久，这种一对一的关系就被打破，所以只好废止岁星纪年，把太岁纪年合并到十二辰中，变成了纯粹的干支纪年。但太岁纪年的痕迹仍然保存在《尔雅》那一套古怪的名称中，这就是太岁表示的十二岁阴太岁在寅曰摄提格，在卯曰单阏，在辰曰执徐，在巳曰大荒落，在午曰敦牂，在未曰协洽，在申曰涒滩，在酉曰作噩，在戌曰阉茂，在亥曰大渊献，在子曰困敦，在丑曰赤奋若。可是干支纪年是干和支两套组合而成的，有支就有干，于是配上十干，叫"岁阳"，表示十二支叫"岁阴"。岁阳的名字是：

太岁在甲曰阏逢，在乙曰旃蒙，在丙曰柔兆，在丁曰强圉，在戊曰著雍，在己曰屠维，在庚曰上章，在辛曰重光，在壬曰玄黓，在癸曰昭阳。

至此，用太岁来表示干支纪年就有了一套固定的名称。譬如：屈原《离骚》说"摄提贞于孟陬兮，惟庚寅吾以降"，就是说摄提格的这一年孟陬月庚寅日出生。太岁在寅叫摄提格，正月叫陬，这是月名。夏历正月建寅，所以就是寅年寅月寅日。

譬如去年癸未年，就可以写成：昭阳协洽之岁，或者岁在昭阳协洽。今年是甲申，就可以写成：阏逢涒滩之岁，或者岁次阏逢涒滩。明年乙酉，就是：旃蒙作噩之岁。

既然岁有岁阳、岁阴，月也就有一套怪名字，但只有十干叫月阳，却没有月阴，因为月建的地支是固定的，就叫月名，可以单独使用。《尔雅·释天》：

> 月在甲曰毕，在乙曰橘，在丙曰修，在丁曰圉，在戊曰厉，在己曰则，在庚曰窒，在辛曰塞，在壬曰终，在癸曰极。——月阳。
>
> 正月为陬，二月为如，三月为寎，四月为余，五月为皋，六月为且，七月为相，八月为壮，九月为玄，十月为阳，十一月为辜，十二月为涂。——月名。

至此，干支用来纪年、纪月、纪日都固定了。至于纪时，在十二支纪时之前，有物候记事。夏以平旦为日始，殷商分武丁、祖甲两期，见下表：

	白天							黑夜				
武丁	明	大采	大食	中日	昃	小食	小采	夕				
祖甲	明	朝	大食	中日	昃	小食	暮	昏	妹（昧）		分（曦）	
周	日出	食时	隅中	中日	日昃	晡时	日入	黄昏	入定	夜半	鸡鸣	平旦
汉	卯	辰	巳	午	未	申	酉	戌	亥	子	丑	寅

现代则以子为日首，把一昼夜也分为十二等分：

子	丑	寅	卯	辰	巳	午	未	申	酉	戌	亥
23-1	1-3	3-5	5-7	7-9	9-11	11-13	13-15	15-17	17-19	19-21	21-23

至此，我们讲了年、月、日、时的记法和来源。年的干支是固定的。月支我们知道，干要推求。日因为月大月小的原因，没有规律。时支知道，干需要推求。从前算命排四柱，年是不成问题的。日就要记朔日干支然后推一个月。月与时天干的推法有歌诀：

甲己丙作首，乙庚戊为头。丙辛寻庚上，丁壬壬寅留。戊癸何方起，甲寅好追求。（月）

甲己还生甲，乙庚丙作初。丙辛从戊起，丁壬庚子居。戊癸何方发，壬子是真途。（时）

我们总结一下：十干分五对，奇数相转流。推日从头数，推月下三求。

甲己　乙庚　丙辛　丁壬　戊癸——（推月下三流）丙3、戊5、庚7、壬9、甲1

甲己　乙庚　丙辛　丁壬　戊癸——（推日从头数）甲1、丙3、戊5、庚7、壬9

古代占星家为了用天象变化来占卜人间的吉凶祸福，将天上星空区域与地上的国州互相对应，称作分野。具体说就是把某星宿当作某封国的分野，某星宿当作某州的分野，或反过来把某国当作某星宿的分野，某州当作某星宿的分野。如王勃《滕王阁序》："豫章故郡，洪都新府。星分翼轸，地接衡庐。"是说江西南昌地处翼宿、轸宿分野之内。李白《蜀道难》："扪参历井仰胁息，以手抚膺坐长叹。"参宿是益州（今四川）的分野，井宿是雍州（今陕西、甘肃大部）的分野，蜀道跨益、雍二州。扪参历井是说入蜀之路在益、雍两州极高的山上，人们要仰着头摸着天上的星宿才能过去。最初的分野也许从实沈配赵、大火配宋、鹑火配周开始的，大约是在产生十二次的同时的春秋时代。二十八宿与国分野各说不一，《淮南子·天文训》中的对应关系如下：

一　国与分野

郑	宋	燕	越	吴	齐	卫	鲁	魏	赵	秦	周	楚
角亢	氐房心	尾箕	斗牛	女	虚危	室壁	奎娄	胃昴毕	觜参	井鬼	柳星张	翼轸

二　州与分野

兖州	豫州	幽州	江湖	扬州	青州	并州	徐州	冀州	益州	雍州	三河	荆州
角亢氐	房心	尾箕	斗	牛女	虚危	室壁	奎娄胃	昴毕	觜参	井鬼	柳星张	翼轸

第五章　古代历法

一　阴历、阳历、阴阳合历

历法的基本数据是以太阳回归年为基础，即按照每年 365.25 日来计算，这种历法叫"阳历"。按照月亮的朔望周期为基本数据制定的历法叫"阴历"，即一个朔望月为 29.53059 日。调和这两个基本数据，使之循环往复的历法叫"阴阳合历"，我们现在所使用的"农历"就是阴阳合历。

二　古六历与"四分历"

相传我国在汉代以前实行过六种历法，即"古六历"：黄帝历、颛顼历、夏历、殷历、周历、鲁历。古六历的具体内容谁也不知道，只是在《汉书·律历志》中有记载。所以有学者怀疑是汉代人的附会，其实只有一种历法，就是"四分历"。所以祖冲之说："古之六术，并同四分。"四分历有如下几个重要特征（均见《汉书·律历志》）：

1. 先用圭表确立冬至点。定一回归年 = 365 又 1/4 天。再定恒星月天数："日行十九周，月行二百五十四周，复会于端。"即日月会合的一个周期：$254 \div 19 = 13.7/19$ 恒星月。

2. 再定一月的天数：$365.1/4 \div (13.7/19 - 1) = 29.499/940$，

即每个朔望月的天数。

3. 然后以一回归年的天数为一个常数，以朔望月的天数互相配合，等到相差一个朔望月的时候就需要安排闰月。

4. 规定时日月年的最大公倍数，以便甲子循环。古人通过测算，发现冬至 19 次和月朔 235 次的日数相等，按照每年 12 个朔望月算，19 年只有 228 个月，所以每 19 年就闰 7 个月，才能达到 235 个月。这样太阳年和朔望月日数就相等了，几乎没有余数，所以就定十九为年和月的公倍数。叫作"章"。其公式是：

$365.2422 \times 19 = 6939.60$

$29.53059 \times 235 [(12 \times 19) + 7] = 6939.69$

但是十九年的总日数（$6939.60 \div 60 = 115.66$）并不是六十甲子的倍数，也就是说，每过十九年，年和月的总日数是对应了，但干支对应不了。于是规定一个更大的周期，经过四个循环，时的干支才差不多整数周期（$76 \times 365.25 \times 12 \div 60 = 5552$），即时的干支重复了 5552 个周期，于是每 76 年叫作"蔀"。蔀循环了时的干支，但日的干支还没有重复，要有更大的公倍数：蔀×20 = 1520 年（$1520 \times 365.25 \div 60 = 9253$），这时日重复了 9253 个干支周期，时重复 111036 干支周期，所以把 1520 年叫作"纪"。每一纪日时都能恢复到建历的干支，但年月还不行。于是，纪×3 = 4560 年（$4560 \times 365.25 \div 29.53056 \div 60 = 940$），月干支循环了 940 周。这时年干支（$4560 \div 60 = 76$），恰好循环 76 周期。所以把 4560 年叫作"元"。一元终了，年月日时干支循环的周期分别是：年 76、月 940、日 27750、时 333108，都是整数。所以每经过一元，年月日时四个干支又完全重合，举例说：四分历建历甲寅，即从甲寅年、甲寅月、甲寅日、甲寅时开始，经过 4560 年，又回到甲寅年、甲寅月、甲寅日、甲寅时。所谓"一元复始"。

5. 安排二十四节气。$365.1/4 \div 24 = 15.7/32$，所以基本上 15

天为一气，即由一节到一气的天数。余数 7/32 积余到一日时就加上一天。所以，二十四节气是以太阳历为基础的。根据现代天文学知识，分黄道为 360 度，地球在 0 度为春分点，每 30 度行一气，成为"中气"。为 15 度为一节，合起来二十四节气。

黄　经

十二宫名	中气	黄径度	十二次	农历月	节气含度	农历月
双子宫	雨水	330°~360	实沈申宫	正月中	惊蛰 345°	二月节
巨蟹宫	春分	0°~30	鹑首未宫	二月中	清明 15°	三月节
狮子宫	谷雨	30°~60	鹑火午宫	三月中	立夏 45°	四月节
室女宫	小满	60°~90	鹑尾巳宫	四月中	芒种 75°	五月节
天平宫	夏至	90°~120	寿星辰宫	五月中	小暑 105°	六月节
天蝎宫	大暑	120°~150	大火卯宫	六月中	立秋 135°	七月节
人马宫	处暑	150°~180	析木寅宫	七月中	白露 165°	八月节
摩羯宫	秋分	180°~210	星纪丑宫	八月中	寒露 195°	九月节
宝瓶宫	霜降	210°~240	玄枵子宫	九月中	立冬 225°	十月节
双鱼宫	小雪	240°~270	娵訾亥宫	十月中	大雪 255°	十一月节
白羊宫	冬至	270°~300	降娄戌宫	十一月中	小寒 285°	十二月节
金牛宫	大寒	300°~330	大梁酉宫	十二月中	立春 315°	正月节

从冬至开始，奇数属"中气"，偶数属节气。天文学上认为中期含节气度数，即春分从 0—30，如此类推。二十四节气是按照太阳历来计算的，所以公历的节气日期差不多是固定的，就是所谓"上半年逢六廿一，下半年逢八廿三"。可是到了阴历里面可就不行了。并且节气是用来指道农业生产的，必须和物候相关，不能不照顾到阴历。譬如闰月问题，就必须考虑到什么时候

闰月才能和节气不矛盾。所以，制历的时候都必须考虑。春秋时候，闰月一般放在岁尾，叫"闰月"。春秋后期随便置闰，造成历法不统一。大约到汉代，明确规定没有中气的月份为闰月。这就和二十四节气挂上了钩。这样虽然便于推算，但接着又出现问题，人们发现太阳的"盈缩"现象。因为地球轨道是椭圆的，所以相对于黄径角度来说，地球不是匀速运动的：从春分到秋分，需 186 天多；从秋分到春分，只要 179 天。所以有"春前秋后各三天"的说法，即春分前三天昼夜平分，秋分后三天昼夜平分。知道盈缩以后，二十四节气平分 360 度的办法就不科学了，各节气之间的距离不能相等，应该在 14—17 天之间。于是，以前的平分法叫"平气"，后来的不等分法叫"定气"。太阳的盈缩是北齐张子信通过三十多年的观测发现的，定气的提出是隋代的刘焯。这一个发现带给历法上的变化就是，运用平气的方法置闰，一年十二个月都可能有闰月。运用定气的办法置闰，地球在远日点（夏至）附近运动慢，两个中气的时间间隔要长些，所以，没有中气的机会就多些；地球在近日点（冬至）附近正好相反。这就是为什么现代闰月一般都在四、五、六、七、八月，九、十月很少，而不出现于十一、十二、正月的原因。

三　三正说

在春秋时代，历法处在始创阶段，各地的历法不一。相传夏代是以现在的正月为岁首，叫"建寅"；殷代以现在的农历十二月为岁首，叫"建丑"；周代以现在的农历十一月为岁首，叫"建子"。这就是所谓的"三正说"。《左传》等先秦古籍纪月比较混乱，常常自相矛盾。不了解三正就无法读通这些典籍。齐鲁宗周，以子月为岁首；三晋和楚国以寅月为岁首；秦始皇因此而别出心裁，宣布"建亥"，以十月为岁首。这里有一个问题很迷惑人：三代岁首不同，是不是历法就不一样？答案是否定的。尽管岁首选择的月份不一样，都是用的四分历是没有疑问的。例如：张汝舟先生详细考证《左传》用历，基本和《孟子》是一样的。隐公三年寅月己巳朔，这一天日食。《春秋》写作"二月己巳，日有食之。"是因为《春秋》以建丑为岁首，称呼寅月当然是"二月"。到了桓公三年六月，按推算又是日食，这一年还真记载了："七月壬辰朔，日有食之。"可见也是建丑。到了僖公以后，却又变成了建子。其实这正是春秋立法还不健全的标志，置闰安排不当，马上就可能造成失闰失朔，所以差一个月不能说明他又换了一种历法。所以，大家一定要记住，"三正说"并不是如某些人所说的"战国时代，各国历法不同"。历法是一样的，只是对月份的叫法不一样。我们看《史记·魏其武安侯列传》说元光五年（前130）十月杀灌夫，十二月晦杀魏其，"其春，武安侯病，专呼服谢罪"。这是因为汉初承秦制，以十月为岁首，正月当然和十月、十二月同在一年。

四　《历术甲子篇》讲解

《史记·历书》有《历术甲子篇》，历来被认为是最早的四分历的表述，可就是没人能读懂。直到张汝舟先生作《〈历术甲子篇〉浅释》，才把这个问题弄清楚。我们来看看这篇应该怎么读。原文：

> 太初元年，岁名"焉逢摄提格"，月名"毕聚"，日得甲子，夜半朔旦冬至。正北。十二。无大余，无小余；无大余，无小余。

思陶按：这里的"太初"是指历法创始之初，就是所谓的"天正甲寅元"，理想的历法起始点是甲寅年甲子月甲子日甲子时冬至合朔。张汝舟先生认为司马迁所记载的这个历法实行于周考王十四年（前427），这一年，是甲寅年，十一月是甲子月，但是朔日不是甲子，而是己酉，不能充当历元，只能算是"历元近距"。从前427年往上推，要过十五蔀（76×15＝1140＋427＝前1567年甲寅年十一月甲子月初一甲子日半夜子时冬至）才是理想的历元。这里司马迁是告诉人们理想的历元是怎样。正北：这是章首加时。古人把一年的日数分为四个象限（360度），天左行（逆时针方向），自子（正北）开始，第一年1/4日加时在第一象限（子），第二年在卯（正东），第三年在午（正南），第四年在酉（正西），第五年又到正北。《史记》这里只记一章章首，第一章首在正北，第二章首在正西，第三章首在正南，如此类推。（前）大余、小余：这是用来计算月朔甲子日名的数据。也就是说，根据这个数据来计算所求年正月朔日到计历始点之间的总天数（积日），除去若干干支倍数（即60周期）以后，剩余的不满一甲子的日数。整日数为大余，不满一日的零数为小余。因为这里是历元（起始点），所以大余小余都是零。

　　　　焉逢摄提格太初元年。十二。大余五十四，小余三百四十八；大余五，小余八。

思陶按：这里的"太初元年"历来学者都解释成汉武帝太初元年。据张汝舟说就是指周考王十四年，而不是汉武帝"太初元年"。"十二"是指这一年有十二个月，即这年不闰月。因为纪日周期都是按60甲子顺序排列的，所以第一个"大余"其实指的就是朔日干支序号。

1 甲子	11 甲戌	21 甲申	31 甲午	41 甲辰	51 甲寅
2 乙丑	12 乙亥	22 乙酉	32 乙未	42 乙巳	52 乙卯
3 丙寅	13 丙子	23 丙戌	33 丙申	43 丙午	53 丙辰
4 丁卯	14 丁丑	24 丁亥	34 丁酉	44 丁未	54 丁巳
5 戊辰	15 戊寅	25 戊子	35 戊戌	45 戊申	55 戊午
6 己巳	16 己卯	26 己丑	36 己亥	46 己酉	56 己未
7 庚午	17 庚辰	27 庚寅	37 庚子	47 庚戌	57 庚申
8 辛未	18 辛巳	28 辛卯	38 辛丑	48 辛亥	58 辛酉
9 壬申	19 壬午	29 壬辰	39 壬寅	49 壬子	59 壬戌
10 癸酉	20 癸未	30 癸巳	40 癸卯	50 癸丑	60 癸亥

　　大余五十四，大余外算，就是说，这一年正月朔日的干支应该是第 55 位的戊午。这个数字怎么得出来的呢？大家想想，平年十二个月，每个月是 29.499/940 日，29.490/940 × 12 = 354.348/940，除去五个甲子周期 300 天，还余 54.348/940，54 是大余，348 是小余。那么，怎么推算这一年十二月朔日的干支呢？就在十一月朔日的数据上大余加 29，小余加 499，小余等于或超过 940 就加一天，这个月就是大月。小余不够 940，就是小月。我们算一下：54+29−60＝23，348＋499＝847，不够 940，所以，二月是小月，（前）大余 23，小余 847。查甲子序数表，大余算外，第 24 位是丁亥。所以这一年二月朔日丁亥。求三月朔日：大余 23+29＝52，小余 847+499＝1346，超过 940，应该在大余加一日，得 53 日。小余 1346−940＝406。所以三月为大月，大余 53，小余 406，朔日干支是第 54 位的丁巳。如此类推。后面的"大余 5，小余 8"又是什么意思呢？我们把这个称为"后大余、后小余"。这是冬至甲子日法的计算数据。就是去年历元日到所

求年冬至日的积日余分。我们知道，历元那年的冬至是从甲子日甲子时开始的，到第二年，只要加上 365.1/4 日，第 366 日即是冬至。甲子循环 6 周期是 360 日，余 5.1/4 日。而每个节气的时间是 365.1/4÷24＝15.7/32。为了便于计算，把 1/4 也化为 8/32。所以，第二年的冬至积日余分是：大余 5，小余 8。现在我们来求这一年的小寒、大寒：方法和求朔日是一样的，大余加 15，小余加 7，大余满 60 除去，小余满 32 则进一日到大余。这一年的小寒节大余：5+15＝20，小余 8+7＝15；查前面的表，知道这年的十二月甲申日（21 位）交小寒。大寒节大余：20+15＝3515+7＝22。十二月己亥日（36 位）交大寒。如此类推。

　　　　端蒙单阏二年。闰十三。大余四十八，小余六百九十六；大余十，小余十六。

　　我们来看看这一年的月朔。冬至十一月大余 48，小余 696。那么，十二月大：大余 48+29＝17+1＝18，小余 696+499＝255，正月小：大余 18+29＝47，小余 255+499＝754。二月大：大余 47+29＝16+1＝17，小余 754+499＝313。三月小：大余 17+29＝46，小余 313+499＝812。四月大：大余 46+29＝15+1＝16，小余 812+499＝371。五月小：大余 16+29＝45，小余 371+499＝870。六月大：大余 45+29＝14+1＝15，小余 870+499＝429。七月小：大余 15+29＝44，小余 429+499＝928。……因为太阳回归年长度是 365.1/4 日，而朔望年的长度只有 354 或 355，每年要相差 11（10）.1/4 日，每三年就超过 30 日，所以每三年就必须安排一次闰月。那么，这一年就应当闰月了，所以"闰十三"。那到底闰几月呢？我们说，没有中气的那个月就是前一个月的闰月。我们来看：后大余、小余是安排节气的数据。这里"大余十，小余十六"，也就是说，这一年的冬至中气在十一月（子月）甲戌日（第 11 位），依次推算如下：这年十二月大余 18，朔日就是第 19 位壬午。初一壬午，十一壬辰，二十一壬寅，甲辰则是二十三日。如此推下去：

小寒　　大余 10+15=25，小余 16+7=23；

大寒　　大余 25+15=40（12 甲辰 23）　小余 23+7=30

立春　　大余 40+15+1=56，小余 30+7=5

雨水　　大余 56+15=11（正乙亥 25），小余 5+7=12

惊蛰　　大余 11+15=26　小余 12+7=19

春分　　大余 26+15+41，（二乙巳 25）　小余 19+7=26

清明　　大余 41+15+1=57　小余 26+7=1

谷雨　　大余 57+15=12（三丙子 27），小余 1+7=8

立夏　　大余 12+15=27，小余 8+7=15

小满　　大余 27+15=42（四丙午 27），小余 15+7=22

芒种　　大余 42+15=57，小余 22+7=29

夏至　　大余 57+15=13（五丁丑 29），小余 29+7=4

小暑　　大余 13+15=28，小余 4+7=11

大暑　　大余 28+15=43（六丁未 29），小余 11+7=18

立秋　　大余 43+15=58，小余 18+7=25

处暑　　大余 58+15+1=14（七戊寅 30），小余 25+7=0

这里就出现问题了。七月小，没有 30 日，七月 30 日其实是八月初一。那么，七月就没有中气，于是，我们把七月叫作"闰六月"，原来八月改作七月，然后类推下去。需要说明的是，这里用的是平朔法，就是按照地球匀速运动的构想，春分秋分平分黄道的意思来置闰的，后来用定朔的办法。朔日按照地球实际的位置来定，春分到秋分长，秋分到春分短。朔日变了，节气的推算当然也就变了。所以，没有中气的月份不出现在农历 11、12、正月里。

（以下缺）

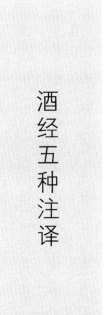

酒经五种注译

北山酒经

宋·朱肱

　　《酒经》又名《北山酒经》，三卷，北宋朱肱（字翼中）著。朱肱，北宋时期浙江吴兴人，曾在杭州开办酒坊。该书的成书年代没有准确记载。在朱肱之后，宋代李保曾经作《读北山酒经》一篇，其实是李保的跋语，或误作《续北山酒经》，以为李保的续作。李保在《读北山酒经》中写道：朱肱先生壮年勇退，著书酿酒，侨居西湖而老焉。《读北山酒经》写于1117年，所以《北山酒经》当在此之前。北山即杭州西湖旁的北山。《北山酒经》载有酒曲13种，除传统罨曲外，还出现了风曲和曝曲，作曲全部改用生料，且多加入各种草药，表明北宋时制曲工艺技术比魏晋南北朝时要进步得多。关于酿酒技术，《酒经》特别强调酸浆的重要，它能调节发酵醪的酸度，提供酵母菌良好的营养料，抑制杂菌生长，有利酵母菌的繁殖。《酒经》还记载了当时加热酒液杀菌保存的新技术。兴旺发达的酿酒业，使《北山酒经》成为当时实践的总结和理论的概括。

《北山酒经》卷上

【原文】

　　酒之作尚矣。①仪狄②作酒醪，杜康秫酒③，岂以善酿得名，盖抑始于此④耶!

　　酒味甘辛⑤,大热有毒,虽可忘忧⑥,然能作疾,所谓腐肠、烂胃、溃髓、蒸筋⑦。而刘词《养生论》⑧:酒所以醉人者,曲蘖气⑨之故尔。曲蘖气消,皆化为水。昔先王诰庶邦庶士无彝酒,又曰:祀兹酒,言天之命,民作酒,惟祀而已。⑩六彝有舟,所以戒其覆;六尊有罍,所以禁其淫。⑪陶侃剧饮,亦自制其限。⑫后世以酒为浆⑬,不醉反耻。岂知百药之长⑭,黄帝所以治疾⑮耶。大率晋人嗜酒,孔群作书族人⑯:今年得秫七百斛,不了曲蘖事;王忱⑰三日不饮酒,觉形神不复相亲。至于刘、殷、嵇、阮之徒⑱,尤不可一日无此,要之⑲酣放自肆,托于曲蘖以逃世网⑳,未必真得酒中趣尔。古之所谓得全于酒㉑者,正不如此。是知狂药㉒自有妙理,岂特浇其礧磈㉓者耶!五斗先生㉔弃官而归,耕于东皋之野㉕,浪游醉乡,没身不返㉖,以谓结绳之政已薄矣㉗。虽黄帝华胥之游㉘,殆㉙未有以过之。由此观之,酒之境界岂哺歠㉚者所能与知哉!儒学之士如韩愈者,犹不足以知此,反悲醉乡之徒为不遇㉛。大哉,酒之于世也!礼天地,事鬼神㉜,射乡㉝之饮,鹿鸣之歌㉞,宾主百拜㉟,左右秩秩㊱,上至缙绅,下逮闾里㊲,诗人墨客,渔夫樵妇,无一可以缺此。投闲自放㊳、攘襟㊴露腹,便然酣卧于江湖之上;扶头解酲㊵,忽然而醒,虽道术之士炼阳消阴,饥肠如筋㊶,而熟谷之液㊷亦不能去。惟胡人禅律㊸以此为戒,嗜者至于濡首败性㊹,失理伤生,往往屏爵弃卮,焚罍折榼㊺,终身不复知其味者。酒复何过耶?平居无事,汙樽斗酒㊻,发狂荡之思,助江山之兴㊼,亦未足以知曲蘖之力、稻米之功。至于流离放逐,秋声暮雨,朝登糟丘,暮游曲封㊽,御魑魅于烟岚㊾,转炎荒㊿为净土,酒之功力其近于道耶。与酒游者,死生惊惧交于前而不知[51],其视穷泰违顺,特戏事尔![52]彼饥饿其身,焦劳其思[53],牛衣发儿女之感[54],泽畔有可怜之色[55],又乌[56]足以议此哉！鸱夷、丈⑤人，以酒为名⑧，含垢受侮，与世浮沉⑨。而彼骚人，高自标持，分别黑白，且不足以全身远害，犹以为惟我独醒⑩。善乎，酒之移人⑪也！

【注释】

①酒之作尚矣：酒的发明很久远了。

②仪狄：相传是大禹时人，是酒的发明者。《初学记》卷二十六引晋皇甫谧《世本·作篇》："仪狄始作酒醪，辨五味。"

③杜康秫酒：杜康或作少康，相传是夏时人，是秫酒的发明者。《尚书正义》引晋皇甫谧《世本·作篇》："杜康造酒。"而《太平御览》卷八百四十三引晋皇甫谧《世本·作篇》："少康作秫酒。"

④盖抑始于此：酒大概就是其时开始酿造的。

⑤甘辛：甜而辣。宋元以前的酒未经蒸馏，味稍甜。

⑥忘忧：忘记忧愁。曹操《短歌行》："何以解忧，唯有杜康！"

⑦蒸筋：使筋骨发热。

⑧刘词《养生论》：未详。疑为"刘词《颐生录》"之误。《宋史·艺文志·道家》载："处士刘词《混俗颐生录》一卷。"

⑨曲蘖：本意指造酒的酒曲，《礼记·月令》："乃命大酋，秫稻必齐，曲蘖必时。"后来也作为酒的代称。《尚书·说命》："著作酒醴，尔惟曲蘖。"

⑩先王诰庶邦庶士无彝酒，又曰：祀兹酒，言天之命，民作酒，惟祀而已：《尚书·酒诰》："乃穆考文王，肇国在西土。厥诰毖庶邦庶士，越少正、御事，朝夕曰：祀兹酒。惟天降命肇我民，惟元祀。天降威，我民用大乱丧德，亦罔非酒惟行。越小大邦用丧，亦罔非酒惟辜。文王诰教小子，有正、有事，无彝酒。

越庶国饮，惟祀，德将、无醉。"意思是：周文王每天告诫诸侯、卿士和各级官员："只有祭祀时才用酒。"民因为饮酒而大乱其德，大小国家的灭亡，饮酒成风也是罪过之一。不要沉湎于酒，诸侯国只有祭祀时才饮酒，要用德来约束，不要喝醉。

⑪六彝有舟，所以戒其覆；六尊有罍，所以禁其淫：彝和尊都是古代的饮酒器具。舟是尊彝下部的托盘，防止彝倾倒，所以说"戒其覆"。罍是瓦缶，盛酒供臣下饮用，防止臣下饮用过度，所以说"戒其淫"。《周礼·春官·司尊彝》："司尊彝：掌六尊、六彝之位，诏其酌，辨其用与其实。春祠、夏禴，裸用鸡彝、鸟彝，皆有舟。其朝践用两献尊，其再献用两象尊，皆有罍。诸臣之所昨也。秋尝、冬烝，裸用斝彝、黄彝，皆有舟。其朝献用两著尊，其馈献用两壶尊，皆有罍。诸臣之所昨也。凡四时之间祀、追享、朝享，裸用虎彝、蜼彝，皆有舟。其朝践用两大尊，其再献用两山尊，皆有罍。诸臣之所昨也。"大意是：司尊彝的官主管六种酒尊和六种酒彝的存放位置。报告滤酒的方法，辨别酒的不同用途。春夏秋冬四时祭祀所用的尊彝都不同。彝尊下面都有托盘，还要摆上瓦缶，供臣下饮酒用。

⑫陶侃剧饮，亦自制其限：《晋书·陶侃传》："侃每饮酒有定限，常欢有余而限已竭，浩等劝更少进，侃凄怀良久曰：'年少曾有酒失，亡亲见约，故不敢逾。'"

⑬以酒为浆：浆指热水。《黄帝内经·素问·上古天真论篇》："以酒为浆，以妄为常，醉以入房，以欲竭其精，以耗散其真，不知持满，不时御神，务快其心，起居无节，故半百而衰也。"

⑭百药之长：《汉书·食货志》："（王）莽知民苦之，复下诏曰：'夫盐，食肴之将；酒，百药之长，嘉会之好。'"

⑮黄帝所以治疾：这里指假托黄帝的《黄帝内经》中所说用

酒治病的事。《黄帝内经·素问·汤液醪醴论篇》："岐伯曰:'古圣人之作汤液醪醴者,以为备耳,夫上古作汤液,故为而弗服也。'"王冰注:"圣人不治已病治未病,故但为备用而不服也。"

⑯孔群作书族人:秫是一种黏性的粟米。《晋书·孔群传》记载:孔群字敬林,是孔严的叔父。性嗜酒,"尝与亲友书云:'今年田得七百石秫米,不足了曲蘖事。'其耽湎如此"。又《世说新语·任诞》:"(孔)群尝书与亲旧:'今年得七百斛秫米,不了曲蘖事。'"

⑰王忱:字元达,小名佛大,东晋时太原晋阳人。太元中曾官至荆州刺史。性任达不拘,尤嗜酒,一饮连月不醒。《世说新语·任诞》:"王佛大叹言:'三日不饮酒,觉形神不复相亲。'"意思是:几天不饮酒,人就会形体消败,精神萎靡,好像不再是自己的一般。

⑱刘、殷、嵇、阮之徒:刘指刘伶,字伯伦,沛国(今安徽宿县)人,魏晋名士、文学家。仕魏为建威参军。后与阮籍等同隐,"竹林七贤"之一。放情肆志,澹默少言,嗜酒放达。著有《酒德颂》。殷,不详所指。或以为指殷浩,然殷浩有清谈之誉,没有嗜酒之名,恐未必洽和。刘、嵇、阮都是"竹林七贤",如此推之,应为山涛或向秀。嵇指嵇康,字叔夜,谯国铚(今安徽宿县)人。文学家、思想家。曾任中散大夫,世称"嵇中散"。自言平生"浊酒一杯,弹琴一曲,吾愿毕矣"。其醉时"如玉山之将颓"。阮指阮籍,字嗣宗,陈留尉氏(今河南尉氏)人,仕魏为从事中郎、步兵校尉。博览群书,尤好老庄。嗜酒,旷达不羁。

⑲要之:要略言之。

⑳世网:指当时的政治罗网。

㉑得全于酒:靠饮酒来保全自身。《庄子·达生》说,醉汉

从车上坠落，和常人从车上坠落，所受的伤害是不一样的。因为醉人思虑集中，不知惊惧。"彼得全于酒而犹若是，而况得全于天乎？"这里指像阮籍那样以酗饮来逃避司马氏的政治迫害。

㉒狂药：《晋书·裴楷传》："长水校尉孙季舒尝与崇（石崇）酣宴，慢傲过度，崇欲表免之。楷闻之，谓崇曰，'足下饮人狂药，责人正礼，不亦乖乎？'崇乃止。"后代遂称酒为"狂药"。唐代皮日休《酒中十咏》序："夫圣人之诫酒祸也大矣，在《书》为沉湎，在《诗》为童羖，在《礼》为豢豕，在《史》为狂药。"

㉓浇其磈磊：磈磊，即垒块，聚结不平的土块。这里指"胸中垒块"，即胸中的郁闷不平之气。《世说新语·任诞》："王孝伯问王大：'阮籍何如司马相如？'王大曰：'阮籍胸中垒块，故须酒浇之。'"

㉔五斗先生：指唐代王绩。或以为指陶渊明，不确。观下文多櫽括王绩《醉乡记》的语意，应以指王绩为是。王绩，字无功，绛州龙门（今山西万荣县）人。初唐诗人。隋末授秘书省正字，唐初以原官待诏门下省，后归隐于北山东皋，自号"东皋子"。著有《东皋子集》五卷。喜酒，撰有《酒经》《酒谱》各一卷，并有《杜康庙碑》《醉乡记》《五斗先生传》等酒文。《五斗先生传》："有五斗先生者，以酒德游于人间。有以酒请者，无贵贱皆往，往必醉，醉则不择地斯寝矣。醒则复起饮也。常一饮五斗，因以为号焉。"

㉕东皋之野：《旧唐书·隐逸传》："（王）绩尝躬耕于东皋，故时人号东皋子。或经过酒肆，动经数日，往往题壁作诗，多为好事者讽咏。"东皋是指东面的高地。王绩号"东皋子"是仰慕晋代陶渊明的为人，取陶渊明《归去来兮辞》的句子"登东皋以舒啸，临清流而赋诗"语意，并非有地名"东皋"。

㉖浪游醉乡，没身不返：意思指沉溺于饮酒，至死不回头。王绩《醉乡记》："阮嗣宗、陶渊明等数十人并游于醉乡，没身不返，死葬其壤，中国以为酒仙云。"

㉗结绳之政已薄矣：结绳之政，指中国传说的上古伏羲以前的时代。《尚书·序》："古者伏羲氏之王天下也，始画八卦。造书契，以代结绳之政。"薄，这里指习俗浇薄，不醇厚。王绩《醉乡记》："昔者，黄帝氏曾获游其都，归而杳然丧其天下，以为结绳之政已薄矣。"

㉘黄帝华胥之游：华胥是传说中的古国名，相传在今陕西阆中南池一带。《列子·黄帝第二》："黄帝即位十有五年……三月不亲政事。昼寝而梦，游于华胥氏之国。华胥氏之国在弇州之西，台州之北，不知斯齐国几千万里；盖非舟车足力之所及，神游而已。其国无师长，自然而已。其民无嗜欲，自然而已。"王绩《醉乡记》："嗟呼，醉乡氏之俗，岂古华胥氏之国乎？何其淳寂也如是！"

㉙殆：大概。

㉚铺歠：指饮酒。歠，同"饮"。《楚辞·渔父》："世人皆浊，何不淈其泥而扬其波？众人皆醉，何不铺其糟而歠其醨？"

㉛悲醉乡之徒为不遇："醉乡之徒"指王绩。不遇，指不遭逢明时而出仕。韩愈《送进士王含秀才序》："吾少时读《醉乡记》，私怪隐居者无所累于世，而犹有是言。……吾又以为悲醉乡之徒不遇也。"

㉜礼天地，事鬼神：祭祀天地神祇。《周礼·春官·大宗伯》："以玉作六器，以礼天地四方。……以礼乐合天地之化，百物之产，以事鬼神，以谐万民，以致百物。"

㉝射乡之饮：当为"乡射之饮"。指古代的乡饮酒礼和乡射礼。《礼记·射义》："古者诸侯之射也，必先行燕礼；卿、大夫、

士之射也，必先行乡饮酒之礼。故燕礼者，所以明君臣之义也；乡饮酒之礼者，所以明长幼之序也。"

㉞鹿鸣之歌：指《诗经·小雅·鹿鸣之什》的开头三首诗歌，包括《鹿鸣》《四牡》《皇皇者华》。古代乡饮酒、乡射礼的宴会上常演奏这三首诗。《仪礼·乡饮酒礼》："相者东面坐，遂授瑟，乃降。工歌《鹿鸣》《四牡》《皇皇者华》。"

㉟宾主百拜：古代行乡饮酒礼和乡射礼时，宾主都是在答拜揖让中体现等级制度和礼让精神的。《仪礼·乡射礼》："乡射之礼。主人戒宾，宾出迎，再拜。主人答再拜，乃请。宾礼辞，许。主人再拜，宾答再拜。"

㊱秩秩：端庄矜持而有礼的样子。《诗经·小雅·宾之初筵》："宾之初筵，左右秩秩。"

㊲上至缙绅，下逮闾里：缙绅，指官绅。逮，及，到。闾里，指里巷百姓。

㊳投闲自放：指被贬谪。投闲，投身闲地。《宋史·乔行简传》："天下未知其得罪之由，徒见其置散投闲，倏来骤去，甚至废罢而镌褫，削夺而流窜，皆以为陛下黜远善士，厌恶直言。"自放，自我放逐。是古代讳言被放逐的说法。《楚辞·渔父》："何故深思高举，自令放为？"

㊴攘襟：撩起衣襟。

㊵解酲：指解除宿夜的醉酒而清醒。

㊶炼丹消阴，饥肠如筋：炼阳消阴，指道家炼丹服食之士。饥肠如筋，指道家辟谷之士。

㊷熟谷之液：指酒。因为古代酒是五谷酿制的。

㊸胡人禅律：指外来的佛教戒律。

㊹濡首败性：濡首，淋湿了头。《周易·未济卦》："上九：有孚于饮酒，无咎，濡其首，有孚失是。象曰：饮酒濡首，亦不

知节也。”是说酒后乱性，泼洒余酒，以致弄湿头发。后来就用“濡首”形容酒后乱性的样子。

㊺屏爵弃卮，焚罍折榼：“屏”同“摒”，弃去。爵、卮、罍、榼都是酒具。这里指废弃一切酒具。

㊻平居无事，汙樽斗酒：平居，在家闲居。汙樽斗酒，指无节制的饮酒。

㊼助江山之兴：指登临游览时以酒助兴。唐王勃《越秋日宴山亭序》：“南国多才，江山助屈平之气。”

㊽糟丘、曲封：都是指酒。言酒糟堆积如山丘，酒曲堆积如长堤。《史记·殷本纪》张守节正义引：“《括地志》云：‘酒池在卫州卫县西二十三里。’太公《六韬》云：纣为酒池，回船糟丘而牛饮者三千余人为辈。”唐陆龟蒙《中酒赋》：“有殛狄放杜之君，臣能执御，聿当拔酒树，平曲封，培仲祛，碎尧钟。”

㊾御魑魅于烟岚：御，抵御。魑魅，古人认为山中的鬼怪。烟岚，指山野之地。

㊿炎荒：未开辟的莽荒之地。

(51)不知：此言酒可壮胆，不知惊惧之事。

(52)穷泰违顺，特戏事尔：穷泰违顺，指得志与不得志、顺利与不顺利的境况。特戏事尔，确是如游戏一般。

(53)焦劳其思：使思虑焦躁劳苦。

(54)牛衣发儿女之感：牛衣，古代披在牛身上御寒的草褥。牛衣之感，指因贫寒而悲伤。《汉书·王章传》：“初，章为诸生学长安，独与妻居。章疾病，无被，卧牛衣中，与妻决，涕泣。”

(55)泽畔有可怜之色：指被放逐的人徘徊忧愤的神情。《楚辞·渔父》：“屈原既放，游于江潭，行吟泽畔，颜色憔悴，形容枯槁。”

(56)乌：何，哪里。

(57)鸱夷、丈人：鸱夷，古代盛酒的皮囊。这里指酒徒。宋张世南《游宦纪闻》："吴王取伍子胥尸，盛以鸱夷革，浮之江中。应劭曰：'取马革为鸱夷榼形。'范蠡号鸱夷子皮。师古曰：'若盛酒之鸱夷。'扬子云《酒箴》：'鸱夷滑稽，腹大如壶。'师古云：'鸱夷，革囊以盛酒也。'"丈人，联系上文引用扬雄《酒赋》和下文刘伶等酒事，当作"大人"。这里都指酒徒。刘伶《酒德颂》："有大人先生者，以天地为一朝，万期为须臾，日月为扃牖，八荒为庭衢。"

(58)以酒为名：《晋书·刘伶传》："（刘伶）尝渴甚，求酒于其妻。妻捐酒毁器，涕泣谏曰：'君酒太过，非摄生之道，必宜断之。'伶曰：'善！吾不能自禁，惟当祝鬼神自誓耳。便可具酒肉。'妻从之。伶跪祝曰：'天生刘伶，以酒为名。一饮一斛，五斗解酲。妇儿之言，慎不可听。'"

(59)含垢受侮，与世浮沉：指忍受耻辱，顺应世俗潮流而行。《左传·宣公十五年》："瑾瑜匿瑕，国君含垢。"南朝梁张缵《让吏部尚书表》："山巨源（涛）意存赏拔，不免与世浮沉。"

(60)惟我独醒：指自己能看清世俗形势。《楚辞·渔父》："屈原曰：'举世皆浊我独清，众人皆醉我独醒，是以见放！'"

(61)移人：改变人的品性。

【原文】

惨舒阴阳①，平治险阻②。刚愎者，薰然③而慈仁；懦弱者，感慨而激烈。陵轹王公④，给玩妻妾⑤，滑稽不穷⑥，斟酌自如，识量之高，风味之孅⑦，足以还浇薄而发猥琐⑧，岂特此哉？"夙夜在公"⑨（《有驳》）"岂乐饮酒"⑩（《鱼藻》），"酌以大斗"⑪（《行苇》），"不醉无归"⑫（《湛露》）。君臣相遇，播于声诗⑬，亦未足以语太平之盛。至于黎民休息，日用饮食；祝史无求⑭，神具醉止⑮，斯可谓至德之世⑯矣！然伯伦之颂德⑰，乐天之论功⑱，盖未必有以形容⑲之夫！其道深远，非冥搜不足以发其义；其术精微⑳，非三昧㉑不足以善其事。昔唐逸人追述焦革酒法㉒，立祠配享；又采自古以来善酒者以为谱，虽其书脱略卑陋㉓，闻者垂涎；醋适之士㉔，口诵而心醉，非酒之董狐㉕，其孰能为之哉？

【注释】

①惨舒阴阳：惨，指郁闷不快；舒，指畅快。阴，寒冷时；阳，温暖时。言人们因时令不同而悲喜各异。张衡《西京赋》："夫人在阳时则舒，在阴时则惨。"所以刘勰《文心雕龙·物色》说："春秋代序，阴阳惨舒。物色之动，心亦摇焉。"这一段是讲酒的作用，可以使人消除"阴惨"，助人勇气。

②平治险阻：本义是平整道路，铲除险阻。引申为克服困难。《汉书·王莽传》："司空典致物图，考度以绳，主司地里，平治水土。"

③薰然：温和的样子。这里言酒可以使刚愎者变得温和仁慈。

④陵轹王公：此言就可以助人勇气，敢于冒犯王侯公卿。《资治通鉴·梁纪·天监二年》："魏散骑常侍赵修，寒贱暴贵，恃宠骄恣，陵轹王公，为众所疾。"

⑤绐玩妻妾：绐玩，哄骗，戏弄。这里指逗引妻妾，如刘伶戒酒绐妻的故事。

⑥滑稽不穷：滑稽是古代一种流酒器具。后来比喻人言辞敏捷。《史记·滑稽列传》索隐："《楚词》云：'将突梯滑稽，如脂如韦。'崔浩云：'滑音骨。滑稽，流酒器也。转注吐酒，终日不已。言出口成章，词不穷竭，若滑稽之吐酒。故杨雄《酒赋》

云"鸱夷滑稽，腹大如壶，尽日盛酒，人复藉沽"是也。'"《汉书·东方朔传》："时，有幸倡郭舍人，滑稽不穷，常侍左右。"

⑦风味之嫩：嫩（美 měi），美。言酒助人智慧，使人言辞犀利，风情滋味俱美。

⑧还浇薄而发猥琐：扭转浇薄的习俗而废除猥琐的态度。发，假借作"废"。《庄子·列御寇》："曾发药乎?"司马本"发"作"废"。

⑨夙夜在公：《诗经·鲁颂·有駜》："有駜有駜，駜彼乘牡。夙夜在公，在公饮酒。"意思是：乘坐强壮的黄马，日夜在公所饮酒欢宴。

⑩岂乐饮酒：《诗经·小雅·鱼藻》："鱼在在藻，有颁其首。王在在镐，岂乐饮酒。"意思是：有鱼大头，在水藻间优游。王在镐都，欢乐地饮酒。

⑪酌以大斗：《诗经·大雅·行苇》："曾孙维主，酒醴维醹。酌以大斗，以祈黄耇。"意思是：主人是周的曾孙，清酒浊酒都甘醇。用大斗满斟痛饮，祝老人长寿康宁。

⑫不醉无归：《诗经·小雅·湛露》："湛湛露斯，匪阳不晞。厌厌夜饮，不醉无归。"意思是：早上露珠清泠，不见朝阳不干，昨夜通宵宴饮，不喝烂醉不回。

⑬君臣相遇，播于声诗：相遇，指君臣之间相处融洽。播于声诗，凭借音乐诗歌流传开来。

⑭祝史无求：祝和史都由上古时代的巫分化而来。祝从事求神祈福的工作，史从事观天示变，载录人事的工作。无求，指万民安乐，对神无所祈求。

⑮神具醉止：《诗经·小雅·楚茨》："礼仪既备，钟鼓既戒，孝孙徂位，工祝致告，神具醉止。"意思是：各种礼仪都完备，

钟鼓乐声都奏完，孝孙回到祭位前，司仪宣告祭祀毕，神灵都有酣醉意。

⑯至德之世：指道德极高的时代。《庄子·天地》："至德之世，不尚贤！"是指无为而治的淳朴时代。

⑰伯伦之颂德：指晋代刘伶的《酒德颂》。刘伶字伯伦。

⑱乐天之论功：指唐代白居易的《酒功赞》。白居易字乐天。

⑲形容：指描摹，论述。

⑳冥搜：向隐微处搜求。

㉑三昧：反复揣摩，明其真谛。

㉒唐逸人追述焦革酒法：唐逸人，唐代的隐士，这里指王绩。王绩曾经根据当时酿酒专家太乐署史焦革的酿酒经验写成《酒经》，又在隐居地立杜康祠，以焦革配享。《新唐书·隐逸·王绩传》："时太乐署史焦革家善酿，（王）绩求为丞，吏部以非流不许，绩固请曰：'有深意。'竟除之。革死，妻送酒不绝，岁余，又死。绩曰：'天不使我酣美酒邪？'弃官去。自是太乐丞为清职。追述革酒法为经。又采杜康、仪狄以来善酒者为谱。李淳风曰：'君，酒家南、董也。'所居东南有盘石，立杜康祠祭之，尊为师，以革配。"

㉓脱略卑陋：粗疏不详，而且通俗不雅。

㉔酣适之士：嗜酒之人。

㉕酒之董狐：记录酒文化的史官。董狐，春秋晋国太史，亦称史狐。董狐秉笔直书的事，一直为我国史学界所传颂，被人们誉为"良史"。后来便作为良史的代称。事见《左传·宣公二年》。

【原文】

昔人有斋中酒、厅事酒、猥酒①，虽匀以曲糵为之，而有圣有贤[2]，清浊不同。《周官·酒正》：以式法授酒材[3]，辨五齐之名、三酒之物。岁终以酒式诛赏[4]。《月令》[5]：乃命大酋（音缩。大酋，酒官之长也），秫稻必齐，曲蘖必时，湛饎必洁，水泉必香，陶器必良，火齐必得。六者尽善，更得醯浆[6]，则酒人之事过半矣！《周官·浆人》：掌共王之六饮：水、浆、醴、凉、医、酏入于酒府，而浆最为先。古语有之：空桑秽饭[7]，酝以稷麦，以成醇醪[8]，酒之始也。《说文》："酒白谓之醙。"[9]醙者，坏饭也。醙者，老也，饭老即坏[10]，饭不坏则酒不甜。又曰乌梅女��[11]（胡板切），甜醹九酘，澄清百品，酒之终也。曲之于黍，犹铅之于汞[13]，阴阳相制，变化自然。《春秋纬》[14]曰：麦，阴也；黍，阳也。先渍曲而投黍，是阳得阴而沸。后世曲有用药者，所以治疾也。曲用豆亦佳。神农氏赤小豆饮汁愈酒病。[15]酒有热，得豆为良，但硬薄少蕴藉耳。

【注释】

①斋中酒、厅事酒、猥酒：斋中，当为"齐中"。据《晋书·刘弘传》："酒室中云齐中酒、听事酒、猥酒，同用曲米而优劣三品。投醪当与三军同其薄厚，自今不得分别。""齐"同"脐"。齐中，言饮好酒酒力可直达脐下。厅事酒，即"听事酒"，犹言官家酒，这里指公事用酒，酒品中等。猥酒，劣质酒。

②有圣有贤：清酒和浊酒的代称。《三国志·魏书·徐邈传》："时科禁酒，而邈私饮至于沉醉。校事赵达问以曹事，邈曰：'中圣人。'达白之太祖，太祖甚怒。度辽将军鲜于辅进曰：'平日醉客谓酒清者为圣人，浊者为贤人，邈性修慎，偶醉言耳。'竟坐得免刑。"

③式法授酒材：《周礼·天官·酒正》："酒正：掌酒之政令，以式法授酒材。凡为公酒者，亦如之。辨五齐之名，一曰泛齐，

二曰醴齐，三曰盎齐，四曰缇齐，五曰沉齐。辨三酒之物，一曰事酒，二曰昔酒，三曰清酒。"意思是：酒正掌管有关酒的政令，根据酿酒的法式授给酿酒人各种酿酒材料。凡是公事所需的酒，酒正也照此办理。他能辨别祭祀用酒的五种不同类型：一是糟滓上浮的酒，二是一宿而熟的甜酒，三是色白的浊酒，四是色稍红的浊酒，五是糟滓下沉的清酒。他还要辨别人饮用的三种酒的优劣：一是为专门事务而酝酿极短的薄酒，二是冬酿春熟的清酒，三是冬酿夏熟的上等清酒。

④岁终以酒式诛赏：酒正每年根据造酒人造酒是否合乎法式而对其进行责罚或奖赏。

⑤《月令》一段：指《礼记·月令篇》。"湛饎"，据他本和《礼记》原文，当作"炽"。《礼记·月令·仲冬》说："乃命大酋，秫稻必齐，曲蘖必时，湛炽必洁，水泉必香，陶器必良，火齐必得，兼用六物。"意思是：夏历十一月，天子命令掌管酿酒的长官"大酋"监督酿酒，秫稻用量要适中，放酿曲要按时，渍米炊蒸要清洁，使用泉水要甘甜，贮酒器皿要完好，酝酿时间要充分。大酋负责监管上述六项。

⑥醯浆：像醋一样的酸酒。

⑦空桑秽饭：空心的桑树中堆积着剩饭，发酵成酒。这是古人对酒的起源的一种说法。晋朝江统《酒诰》载："酒之所兴，肇自上皇。或云仪狄，一曰杜康。有饭不尽，委之空桑。郁结成味，久蓄气芳。本出于此，不由奇方。"

⑧醇醪：醇是味厚的酒，醪是连糟滓在一起的酒酿。这里指代酒。

⑨酒白谓之醙：这里所引的《说文》所载今本未见。《广韵·尤部》："醙，白酒。"明代郎瑛《七修类稿·义理类》卷十七也说："醙，白酒也。"

⑩饭老即坏：《广韵·尤部》："餿，饭坏。"可知上文的"酸"当作"餿"。老，指放置时间过长。

⑪乌梅女麹：即加以乌梅制成的酒曲。《集韵·桓部》："麹(huán)，女曲也。小麦为之，一名麹子。"

⑫甜醹九酘：醹(rú)，味道醇厚的酒。九酘，或作"九投"，多次投饭入缸酝酿成酒。意即投饭在瓮中酿酒，即今俗语所谓"落缸"。初投在曲液中，二投以下投在发酵醪中。古代酿酒分次投饭下瓮，初投、二投、三投，最多至十投，直至发酵停止酒熟为止，先投的发酵醪对于后投的饭起着酒母作用。这里的几句都是隐括唐代虞世南《北堂书钞·酒食部》的话。《北堂书钞》卷一百四十八说："空桑秽饭，饮酒之始也；九酘百品，酒之终也。"

⑬铅之于汞：铅，指道家所炼的丹。汞，水银。炼丹家以水银炼丹，成铅则谓丹成。

⑭《春秋纬》一段：《春秋纬》，指关于《春秋》的纬书。这里所引是隐括《春秋说题辞》的宋衷注。《初学记·服食部》引《春秋说题辞》曰："凡黍为酒，阳据阴，故以麦酿黍为酒。"宋衷注："麦，阴也。是先渍曲，黍后入，故曰阳相感，皆据阴也。相得而沸，是其动也。凡物阴阳相感，非唯作酒。"

⑮神农氏赤小豆饮汁愈酒病：今本《神农本草经》未见记载。《蜀本草》记载热饮赤小豆汁能解病酒，李时珍《本草纲目》也说能解酒病。

【原文】

古者，玄酒在室，醴酒在户，醍酒在堂，澄酒在下①。而酒以醇厚为上。饮家须察黍性陈新②、天气冷暖。春夏及黍性新软，则先汤（平声）而后米，酒人谓之倒汤（去声）。秋冬及黍性陈硬，则先米而后汤，酒人谓之正汤。酝酿须酴米偷酸③（《说文》：酴，酒母也。酴音途）。投醹偷甜④，浙人不善偷酸，所以酒熟入灰⑤；北人不善偷甜，所以饮多令人膈上懊憹⑥。桓公所谓"青州从事""平原督邮"⑦者，此也。酒甘易酿，味辛难酝。《释名》⑧：酒者，酉也。酉者，阴中也⑨。酉用事而为收。收者，甘也⑩卯用事而为散。散者，辛也⑪酒之名以甘辛为义。金木间隔，以土为媒，自酸之甘，自甘之辛，而酒成焉（酴米所以要酸，投醹所以要甜）。所谓以土之甘⑫合木作酸，以木之酸合水作辛，然后知酘者所以作辛也。《说文》：酘者，再酿也。⑬张华有九酝酒⑭。《齐民要术》⑮：桑落酒⑯有六七酘者。酒以酘多为善，要在曲力相及；醲酒所以有韵者，亦以其再酘故也。过度亦多，术尤忌见日。若太阳出，即酒多不中。后魏贾思勰亦以夜半蒸炊，昧旦下酿⑰，所谓以阴制阳，其义如此。著水无多少，拌和黍麦以匀为度。张籍诗："酿酒爱干和。"⑱即今人不入定酒也。晋人谓之干榨酒⑲，大抵用水随其汤（去声），黍之大小斟酌之，若投多，水宽亦不妨。要之米力胜于曲，曲力胜于水即善矣。

【注释】

①"醴酒在室"句：《礼记·坊记》："子云：'……醴酒在室，醍酒在堂，澄酒在下，示民不淫也。'"意思是：孔子说：祭祀时，甜酒摆在室中，红酒摆在堂上，清酒摆在堂下，这是示意人们不要贪得无厌。

②黍性陈新：是新收的黍米还是去年的陈黍。

③酴米偷酸：酴（tú）米，酒曲。偷酸，指在用煎熬的酸浆作配料酿酒。酸浆可以调节发酵醪的酸度，有利于酵母菌的繁殖，并提供酵母菌良好的营养料，使酒精浓度迅速增长，并对杂菌起抑制作用。

④酘醨偷甜：酘酿醨酒以甜浆作配料。

⑤浙人不善偷酸，所以酒熟入灰：浙江地方（主要指绍兴地方）的人不善于掌握以适度的酸浆作配料来酿酒，所以为了中和酸度，加速酒液澄清，往往在压榨前添加石灰。

⑥膈上懊憹：膈，膈即横膈膜，横开胸腔和腹腔的膈膜。膈上，指在胸中而未达腹中。懊憹，烦闷，难受。这句意思是劣酒酒力不济，只能达到胸部而不能入腹。

⑦"青州从事""平原督邮"：《世说新语·术解》："桓公（温）有主簿善别酒，有酒则令先尝，好者谓'青州从事'，恶者谓'平原督邮'。"任渊《山谷内集注》卷一引此并注曰："青州有齐郡，平原有鬲县。从事，谓到脐下；督邮，谓到膈上住也。""齐"谐音作"脐"，"鬲"谐音作"膈"。

⑧《释名》：东汉末北海刘熙所作的一部探究万事万物得名由来的书，用声训的方法解释事物的名源。这里所引"酒者，酉也"，见《释名·释饮食》。

⑨酉者，阴中也：这里是用传统五行说的子午流注的说法。以阴阳二气以子和午为分界而周流不息。子是阳之始，午是阳之极阴之始，而酉正是阴的中间。就一年来说，《孝经援神契》说："白露后十五日，斗指酉，为秋分，阴生于午，极于亥，故酉其中分也。仲月之节为秋分，秋为阴中，阴阳适中，故昼夜长短亦均焉。"以下都是用五行学说来解释酿酒之道。

⑩酉用事而为收。收者，甘也：这里以"收"来解释"酉"，因为夏历建寅，正月是寅月。酉就是八月，正在秋季之中。而秋季是万物收敛成熟的季节，所以说"用事而为收"。收者，甘也，物体处于收敛性状时，气味甘甜。按照《礼记·月令》的说法，"仲秋之月……其味辛，其臭腥。"因为秋天属金，色白味辛。而甘味配土，属戊己。联系下文"金木间隔，以土为媒，自酸之

甘，自甘之辛"的说法，还是以酉属金，以卯属木，于十二支是由卯而戌己而酉，于五行是由木而土而金，于五味则由酸而甘而辛。这里可能与下文误倒。

⑪卯用事而为散。散者，辛也：卯是二月，二月是仲春，万物精气发散萌芽的时节。散者，辛也，物体发散，气味辛辣。这是作者用五行学说来解释酒的性质。《礼记·月令》说："仲春之月……其味酸，其臭膻。"

⑫土之甘：《礼记·月令》："中央土。其日戊己。……其味甘，其臭香。"

⑬《说文》：酘者，再酿也：今本《说文》未见"酘"字。《集韵·侯部》："酘，酒再酿也。"

⑭张华有九酝酒：《文选·张景阳·七命》："乃有荆南乌程，豫北竹叶。"李善注："张华《轻薄篇》曰：苍梧竹叶清，宜城九酝酒。"

⑮《齐民要术》句：见北魏贾思勰《齐民要术·笨曲并酒第六十六》："七日一酘，每酘皆用米九斗。随瓮大小，以满为限。假令六酘，半前三酘，皆用沃馈；半后三酘，作再馏黍。其七酘者，四炊沃馈，三炊黍饭。瓮满好熟，然后押出。香美势力，倍胜常酒。"是桑落酒有六七酘。

⑯桑落酒：又名"白堕酒"，相传刘白堕酿于桑落时（北地农历九、十月）酿制而得名。郦道元《水经注》卷四"河水"章："又南过蒲阪县西"下记载：河东郡"民有姓刘名堕者，宿擅工酿，采挹河流，酝成芳酎。……排于桑落之辰，故酒得其名矣。……庶友牵拂相招者，每云'索郎'，……索郎，反语为'桑落'也。"用反切法，"索郎"相切为"桑"，"郎索"相切为"落"。

⑰后魏贾思勰亦以夜半蒸炊，昧旦下酿：见于北魏贾思勰

《齐民要术·笨曲并酒第六十六》："旦起，煮甘水，至日午，令汤色白乃止。量取三斗，着盆中。日西，淘米四斗，使净，即浸。夜半炊作再馏饭，令四更中熟，下黍饭席上，薄摊，令极冷。于黍饭初熟时浸曲，向晓昧旦日未出时，下酿，以手搦破块，仰置勿盖。日西更淘三斗米浸，炊还令四更中稍熟，摊极冷，日未出前酘之，亦搦块破。明日便熟。押出之。酒气香美，乃胜桑落时作者。"昧旦，即清晨天刚亮时。

⑱酿酒爱干和：见于唐代张籍《和左司元郎中秋居十首》诗："有地唯栽竹，无池亦养鹅。学书求墨迹，酿酒爱干和。古镜铭文浅，神方谜语多。居贫闲自乐，豪客莫相过。"

⑲晋人谓之干榨酒：以上几句又见窦苹《酒谱·酒之名》："张籍诗云'酿酒爱干和'，即今人不入水也。并、汾间以为贵品，名之曰干榨酒。"

【原文】

北人不用酵，只用刷案水，谓之"信水"①。然信水非酵也。酒人以此体候冷暖②尔！凡酝不用酵，即酒难发，酘来迟则脚不正③。只用正发，酒醅最良。不然则掉取醅面，绞令稍干，和以曲蘖，挂于衡茅④，谓之干酵。用酵四时不同，寒即多用，温即减之。酒人冬月用酵紧，用曲少；夏月用曲多，用酵缓⑤。天气极热，置瓮于深屋；冬月温室，多用毡毯围绕之。《语林》云："抱瓮冬醪。"⑥言冬月酿酒，令人抱瓮，速成而味好。大体冬月盖覆，即阳气在内而酒不冻；夏月闭藏，即阴气在内而酒不动。非深得卯酉出入⑦之义，孰能知此哉？

於戏⑧，酒之梗概曲尽于此。若夫心手之用⑨，不传文字，固有父子一法而气味不同，一手自酿而色泽殊绝。此虽酒人亦不能自知也。

【注释】

①酵、信水：酵，指发酵用的酵母。信水，《北山酒经》卷下详细讲述加信水的情况，说："将糜逐段排垛，用手紧按瓮边四畔，拍令实。中心剜作坑子，入刷案上曲水三升或五升，已来微温，入在坑中，并泼在醅面上，以为信水。"则信水即刷案上的曲水。所以名"信水"，是因为酒家以它来测试温度，有所凭信。北魏贾思勰《齐民要术》"白醪曲第六十五皇甫吏部家法"记有用糯米作"讯米"，《天工开物·曲蘖》称之为"信"，说："凡曲信，必用绝佳红酒糟为料。每糟一斗入马蓼自然汁三升，明矾水和化。"

②体候冷暖：指测试温度。

③醅来迟则脚不正：醅（pēi），指酿好还未过滤的酒。脚，指初酿的酒母。

④衡茅：茅屋的门头上屋檐下。

⑤用酵紧、用酵缓：用酵紧，指时间短。用酵缓，指时间长。

⑥《语林》云："抱瓮冬醪"：晋代裴启所撰世情小说《语林》，今称《裴启语林》，其中记载："羊稚舒冬日酿酒，令人抱瓮，须臾复易人，速成而味好。"羊稚舒即羊琇，字稚舒。

⑦卯酉出入：即上文所说的阴阳和投放。以酉为阴中，卯为阳中。

⑧於戏（wū hū）：假借作"呜呼"。

⑨心手之用：指酝酿过程中的内心感悟，根据具体情况而随时变化的酝酿技巧。

卷　中

【原文】

总　论

凡法：曲于六月三伏中踏造①，先造峭汁②，每瓮用甜水三石五斗，苍耳一百斤，蛇麻、辣蓼③各二十斤。剉碎，烂捣，入瓮内同煎五七日，天阴至十日，用盆盖覆，每日用杷子搅两次，滤去滓以和面。此法本为造曲多处设，要之不若取自然汁为佳。若只造三五百斤面，取上三物烂捣，入井花水④，裂取自然汁，则酒味辛辣。

内法⑤：酒库杏仁曲，止是用杏仁研取汁，即酒味醇甜，曲用香药，大抵辛香发散而已。每片可重一斤四两，干时可得一斤，直须实踏，若虚则不中⑥。

造曲：水多则糖心，水脉不匀则心内青黑色，伤热则心红，伤冷则发不透而体重⑦。惟是体轻、心内黄白或上面有花衣⑧，乃是好曲。

自踏造日为始，约一月余日出场子⑨，且于当风处井栏垛起，更候十余日，打开心内无湿处，方于日中曝干；候冷乃收之。收曲要高燥处，不得近地气及阴润屋舍，盛贮仍防虫鼠秽污，四十九日后方可用。

【注释】

①踏造：古代制曲成型有两种方法，一用手持，一入曲模用脚踩踏成型，称"踏曲"。即北魏贾思勰《齐民要术·造神曲法》所说："饼用圆铁范，令径五寸，厚一寸五分，于平板上，令壮士熟踏之。以杙剌作孔。"所以称开始制曲为踏造。

②峭汁：用来和面制酒曲的水。

③苍耳、蛇麻、辣蓼：苍耳，属菊科一年生草本植物，广布全国各地。别名苍子、苍耳子、野落苏。蛇麻，桑科律草属多年生蔓性草本植物，别名蛇麻、香蛇麻、蛇麻草、忽布等。是香料作物，茎和花多用来制酒曲和啤酒，所以又称"酵母花""野酒花"。辣蓼，蓼科植物，别名水蓼、泽蓼。生长在水边或水中，含有酵母和根霉生长素。

④井花水：清晨取第一桶井水用杓扬之，使水上有泡沫谓井花水。北魏贾思勰《齐民要术·作酢法》："日未出前，汲井花水，斗量着瓮中。"

⑤内法：指皇家大内造曲的方法。

⑥直须实踏，若虚则不中：指曲块结实。

⑦"水多则糖心"句：糖心，"糖"通"溏"，指曲块外硬内软。这是由于和曲用水过多致使曲饼中心部分水分未能散去，有益微生物不能正常生长，呈灰褐色，俗称"窝水曲"。水脉不匀，指和曲时不充分，致使干湿不匀。这样的曲饼断面常有青黑斑点。伤热，指温度过高。心红，这样的曲饼常出现红心，这是因为红曲霉菌侵入其中。伤冷，指温度过低。发不透而体重，指曲料霉化不够，所含营养物质未能被曲菌很好利用，所以硬而重。俗称"不上霉"。

⑧花衣：指曲饼上分布着的一层黄绿色曲菌。成品曲从外观上看，通常杂有青、黑、红等杂色。北魏贾思勰《齐民要术·笨曲并酒》篇"作秦州春酒曲法"所谓"五色衣成"，即此处所说的"花衣"。

⑨出场子：把长有霉菌的曲饼拿到制曲专门场地阴干。

【原文】

顿递祠祭曲

小麦一石，磨白面六十斤，分作两栲栳①，使道人头②、蛇麻花水共七升，拌和似麦饭，入下项药：

白术③【二两半】川芎④【一两】白附子⑤【半两】瓜蒂⑥【一字】木香⑦【一钱半】

已上药捣，罗为细末，匀在六十斤面内。

道人头【十六斤】　蛇麻【八斤，一名辣母藤】

已上草拣择剉碎烂捣，用大盆盛新汲水浸，搅拌似蓝淀水浓为度，只取一斗四升，将前面拌和令匀。

【注释】

①栲栳（kǎo lǎo）：用竹篾或柳条编成的用来盛物的大箩筐，周大一围半以上，高及成人腰际。

②道人头：即苍耳。明代李时珍《本草纲目·草部》："菜耳释名：亦名胡、常思、苍耳、卷耳、爵耳、猪耳、地葵、羊负来、道人头、进贤菜、喝起草、野茄、缣丝草。"

③白术：本品为菊科植物，多年生草本，根茎药用，或称"云头""白术腿""朱砂点"等。性温，味甘、苦。为常用中药。

④川芎：本品为伞形科植物，多年生草本，根茎入药。为常用中药，性温，味辛。

⑤白附子：即天南星科植物独角莲的干燥块茎，别名禹白附、牛奶白附、红南星。成品呈椭圆形或卵圆形，表面白色至黄白色，略粗糙，有环纹及须根痕，顶端有茎痕或芽痕。质坚硬，断面白色，粉性。辛，温；有毒。

⑥瓜蒂：为葫芦科一年生草质藤本植物甜瓜的果蒂。别名瓜丁、苦丁香。苦，寒；有毒。

⑦木香：为菊科多年生草本植物木香的根。别名云木香、广木香。性温，味辛、苦。

【原文】

右件药面拌时，须干湿得所①，不可贪水。握得聚，扑得散②，是其诀也，便用粗筛隔③过，所贵不作块，按令实，用厚复盖之令暖，三四时辰，水脉匀，或经宿夜气留润亦佳，方入模子，用布包裹实踏④。仍预治⑤净室无风处，安排下场子，先用板隔地气，下铺麦麴约一尺浮，上铺箔，箔上铺曲，看远近，用草人子为槸（音至），上用麦麴盖之；又铺箔⑦，箔上又铺曲，依前铺麦麴，四面用麦麴扎实风道⑨，上面更以黄蒿稀压定⑩，须一日两次，觑步体当发得紧慢⑪。伤热则心红，伤冷则体重。⑫若发得热，周遭麦麴微湿，则减去上面盖者麦麴，并取去四面扎塞⑬，令透风气约三两时辰，或半日许，依前盖覆；若发得太热，即再盖，减麦麴令薄。如冷不发，即添麦麴，厚盖催趁⑭之。约发及十余日已来，将曲侧起，两两相对，再如前罨之⑮，醆瓦⑯日足，然后出草。⑰（去声，立曰醆，侧曰瓦）

【注释】

①干湿得所：干湿适度。

②握得聚，扑得散：指拌药面的湿度是抟则成团，拍则散开。

③隔：指用筛过滤。

④实踏：即指将曲料入模具，使壮汉用脚踩使之成饼。

⑤预治：预先整理。

⑥麦麴：小麦脱粒后的麦莛和麦芒等物。

⑦箔：芦席或竹席。

⑧草人子为槸：此句意思不详。槸，即古文"契"字，无作"至"音，疑是"槸"之误。

⑨用麦麴扎实风道：用麦扎堵住通风口。此即北魏贾思勰

《齐民要术》卷七所言的"比肩相布"的分层堆积法。

⑩黄蒿稀压定：用黄蒿稀疏地压在上面。

⑪觑步体当发得紧慢：不停地看视揣摩发酵情况的快慢。

⑫"伤热"句：伤热，过热。心红，曲饼内部发红色。体重，体实重量大。参见上文注释。

⑬扎塞：即上文的用麦扎堵住风道。

⑭催趁：催促，令其发热。

⑮罨（yǎn）之：盖住。

⑯醮瓦：指曲饼两两相对的情况，即发酵期满。

⑰出草：将曲饼从堆积发酵处取出来。

【原文】

香泉曲

白面一百斤，分作三分，共使下项药：

川芎【七两】　白附子【半两】　白术【三两半】　瓜蒂【二钱】

已上药共捣，罗为末，用马尾罗①筛过。亦分作三分，与前项面一处，拌和令匀，每一份用井水八升，其踏罨②与顿递祠祭法同。

【注释】

①马尾罗：指极细的罗筛。

②踏罨：即上文的实踏和堆积发酵的过程。

【原文】

香桂曲

每面一百斤，分作五处①：

　　木香【一两】　　官桂②【一两】　　防风③【一两】　　道人头
【一两】　　白术【一两】　　杏仁【一两，去皮尖，细研】

　　右件为末，将药亦分作五处，拌入面中。次用苍耳二十斤、
蛇麻一十五斤，择净剉碎，入石臼捣烂，入新汲井花水二斗，一
处揉如蓝相似④，取汁二斗四升。每一分使汁四升七合，竹篰落⑤
内，一处拌和。其踏罨与顿递祠祭法同。

【注释】

　　①处：原文如此，根据上文应当作"分"。

　　②官桂：中药名，又名菌桂（《本经》）、筒桂（《唐本
草》）。樟科植物肉桂的干燥树皮或粗枝皮，叫"桂皮"。剥取
栽培5~6年的树皮，晒1~2天后，卷成圆筒状，阴干，即"官
桂"。明代李时珍《本草纲目》卷下："曰官桂者，乃上等供官
之桂也。"

　　③防风：中药名。为伞形科植物防风的干燥根。

　　④揉如蓝相似：即上文"顿递祠祭法"中的"搅拌似蓝淀水
浓为度"，亦即"总论"中"取自然汁"的方法。

　　⑤篰落：一种圆形阔口盛物器。

【原文】

杏仁曲

　　每面一百斤，使杏仁十二两，去皮尖，汤浸①，于砂盆内研
烂，如乳酪相似，用冷熟水②二斗四升，浸杏仁为汁，分作五处
拌面。其踏罨如顿递祠祭法同。

　　已上罨曲。

【注释】

①汤浸：用热开水浸泡。

②冷熟水：凉开水。

【原文】

瑶泉曲

白面六十斤（上甑蒸），糯米粉四十斤（一斗米粉，秤得六斤半）。

已上粉面先拌令匀，次入下项药：

白术【一两】　防风【半两】　白附子【半两】　官桂【二两】　瓜蒂【一钱】　槟榔【半两】　胡椒【一两】　桂花【半两】　丁香【半两】　人参【一两】　天南星①【半两】　茯苓②【一两】　香白芷③【一两】　川芎【一两】　肉豆蔻④【一两】

右件药并为细末，与粉面拌和讫，再入杏仁三斤，去皮尖，磨细，入井花水一斗八升调匀，旋洒于前项粉面内，拌匀，复用粗筛隔过实踏，用桑叶裹盛于纸袋中，用绳系定，即时挂起，不得积下，仍单行悬之二七日，去桑叶，只是纸袋两月可收。

【注释】

①天南星：为天南星科植物一把伞南星、异叶天南星、掌叶半夏、东北天南星等的块茎。味苦、辛，性温。有毒。全国多有分布。异叶天南星生于林下、灌丛中；分布于辽宁、陕西、甘肃及长江以南地区。掌叶半夏（虎掌）生于林下、山谷或荒草丛中；分布于河北、河南、山西、陕西、甘肃及长江以南各地。东北南星生于林下或沟边湿地；分布于东北、华北及宁夏、陕西、河南、山东。

②茯苓：为多孔菌科茯苓的干燥菌核。主产于湖北、安徽、河南、云南、贵州、四川等省。7~9月份采挖后，堆置"发汗"，摊开晒至表面干燥，再"发汗"，反复数次至出现皱纹，内部水分大部散失后，阴干，就成为"茯苓"。

③香白芷：为双子叶植物药伞形科杭白芷的干燥根。生于湿草甸子、灌木丛、河旁沙土或石砾质土中。主产浙江、四川。性温，味辛微甘，有小毒。

④肉豆蔻：为肉豆蔻科植物肉豆蔻的干燥种仁。分布于云南、广西、广东、海南、台湾等地。是著名的芳香原料。

【原文】

金波曲

木香【三两】　川芎【六两】　白术【九两】　白附子【半斤】　官桂【七两】　防风【二两】　黑附子【二两，炮去皮】　瓜蒂【半两】

右件药都捣罗为末，每料用糯米粉、白面共三百斤。使上件药拌和，令匀，更用杏仁二斤，去皮尖，入砂盆内烂研，滤去滓。然后用水蓼①一斤，道人头半斤、蛇麻一斤，同捣烂，以新汲水五斗，揉取浓汁。和搜入盆内，以手拌匀，于净席上堆放。如法盖覆一宿，次日早辰用模踏造，堆实为妙，踏成，用谷叶裹盛在纸袋中，挂阁透风处，半月去谷叶，只置于纸袋中，两月方可用。

【注释】

①水蓼：俗称水蓬蓬，一年生草本，茎直立或倾斜，多分枝，红褐色，夏秋开花，全草入药，性温、味辛。

【原文】

滑台曲

白面一百斤，糯米粉一百斤。

已上粉面先拌和，令匀，次入下项药：

白术【四两】　官桂【二两】　胡椒【二两】　川芎【二两】　白芷【二两】　天南星【一两】　瓜蒂【半两】　杏仁【二斤，用温汤浸去皮尖，更冷水淘三两遍，入砂盆内研，旋入井花水，取浓汁二斗。】

右件捣罗为细末，将粉面并药一处拌和，令匀。然后将杏仁汁旋洒于前项粉面内拌揉，亦须干湿得所，握得聚，扑得散[1]，即用粗筛隔过，于净席上堆放。如法盖三四时辰，候水脉匀，入模子内实踏，用刀子分为四片，逐片印"风"字讫，用纸袋子包裹，挂无日透风处，四十九日踏下，便入纸袋盛挂起，不得积下。挂时相离着[2]，不得厮沓[3]，恐热不透风。每一石米用曲一百二十两，隔年陈曲有力，只可使十两。

【注释】

①握得聚，扑得散：指杏仁汁和粉面拌和的干湿程度，用手可抟成团，而轻轻一拍即散开。

②相离着：相隔有空隙，不要相互黏着。

③厮踏：相互叠加在一起。厮，相互。

【原文】

豆花曲

白面【五斗】　赤豆【七升】　杏仁【三两】　川乌头【三两】　官桂【二两】　曲蘗[1]【四两，焙干】

右除豆面外，并为细末，却用苍耳、辣蓼、勒母藤②三味各一大握，捣取浓汁浸豆，一伏时，漉出豆蒸，以糜烂为度（豆须是煮烂成砂③，控干放冷方堪用。若煮不烂，即造酒出，有豆腥气）。却将浸豆汁煎数沸，别顿放④，候蒸豆熟，放冷，搜和白面并药末，硬软得所，带软为佳。如硬，更入少浸豆汁。紧踏作片子，只用纸裹，以麻皮宽缚定，挂透风处，四十日取出，曝干即可用。须先露⑤五七夜后使。七八月已后方可使。每斗用六两，隔年者用四两，此曲谓之错着水⑥。（李都尉玉浆乃用此曲，但不用苍耳、辣蓼、勒母藤三种耳。又一法：只用三种草汁浸米一夕捣粉。每斗烂煮赤豆三升，入白面九斤拌和踏，桑叶裹，入纸袋当风挂之，即不用香药耳。）

已上风曲。

【注释】

①曲蘖：酒母。

②勒母藤：不详。疑为"勤母"之误。贝母别名"勤母"，为百合科植物，分布四川、西藏、云南、甘肃、青海等地。药用为其鳞茎，这里可能指茎秆，待考。

③成砂：指煮至烂熟，可捣成豆沙状。

④顿放：安放，放置。

⑤露：指午夜曝露于外以受霜露。北魏贾思勰《齐民要术》卷第七："五日后，出着外许悬之。昼日晒，夜受露霜，不须覆盖。"就类似于这种风曲。风曲就是不经过"罨"的入曲室保温培菌的阶段，而是用植物叶子包裹，盛在纸袋中，挂在透风不见日处的培菌方式。

⑥错着水：本指淡酒。这里可能指用此曲酿酒，其味较淡。《东坡诗话》："东坡在黄州，有何秀才馈送油果，食之甚美。问：

'何名?'何曰:'无名。'问:'为甚酥?'何笑曰:'即名为甚酥可也。'东坡不能饮,有潘长官送以薄酒。东坡食之甚淡,笑谓潘曰:'此酒错着水也。'一日,油果食尽,酒尚有余。戏作一诗,以寄何生曰:畅饮花前百事无,腰间惟系一葫芦。满倾潘子错着水,更乞何郎为甚酥。"

【原文】

玉友曲

辣蓼、勒母藤、苍耳各二斤,青蒿、桑叶各减半,并取近上稍①嫩者。用石臼烂捣,布绞取自然汁,更以杏仁百粒,去皮尖,细研,入汁内。先将糯米拣簸②一斗,急淘净,控极干,为细粉,更晒令干,以药汁逐旋③匀洒拌和,干湿得所(干湿不可过,以意度量④)。抟成饼子,以旧曲末逐个为衣⑤,各排在筛子内,于不透风处净室内先铺干草(一方用青蒿铺盖),厚三寸许,安筛子在上,更以草厚四寸许覆之。覆时须匀,不可令有厚薄。一两日间不住以手探之,候饼子上稍热仍有白衣⑥,即去覆者草,明日取出。通风处安卓子上。须稍干⑦,旋旋⑧逐个揭之,令离筛子,更数日以篮子悬通风处,一月可用。罨饼子须热透又不可过候,此为最难。未干见日即裂(夏月造易蛀⑨,唯八月造,可备一秋及来春之用。自四月至九月可酿,九月后寒,即不发)。

【注释】

①上稍:同"上梢",指植物的末梢嫩头处。
②拣簸:挑拣簸扬以除去杂质。
③逐旋:指一边转动一边放入药汁的方法。
④以意度量:凭感觉来决定放入药汁的多少。
⑤为衣:指用旧曲在糯米团外包一层曲衣。

⑥白衣：指曲团经过发酵培菌而生成的白色菌毛。衣，指菌类的繁殖分布，俗有"生衣""上衣"之称。

⑦须稍干：等待逐渐干燥。

⑧旋旋：逐个地。

⑨蛀：生虫。

【原文】

白醪曲

粳米【三升】　糯米【一升，净淘洗为细粉】　川芎【一两】　峡椒【一两，为末】　曲母末【一两与米粉药末等拌匀】　蓼叶【一束】　桑叶【一把】　苍耳叶【一把】

右烂捣，入新汲水破，令得所滤汁，拌米粉，无令湿。捻成团，须是紧实。更以曲母遍身糁①过为衣，以榖树②叶铺底，仍盖一宿，候白衣上，揭去。更候五七日，晒干，以篮盛，挂风头，每斗三两，过半年以后，即使二两半。

【注释】

①糁（sǎn）：以米和羹。这里指用曲母细末黏合在米粉团上，形成一层包衣。

②榖（gǔ）树：即"楮（chǔ）树"，乔木，叶似桑，多涩毛，皮可造纸。

【原文】

小酒曲

每糯米一斗作粉，用蓼汁和匀，次入肉桂①、甘草、杏仁、川乌头②、川芎、生姜，与杏仁同研汁，各用一分作饼子，用穰草③盖，勿令见风，热透后番④，依玉友罨法出场，当风悬之，每造酒一斗用四两。

【注释】

①肉桂：樟科。药用肉桂是肉桂树皮，别名玉桂、牡桂、菌桂、筒桂。植物形态常绿乔木，芳香。树皮灰褐色，幼枝有四棱，被灰黄色茸毛。产于云南、广西、广东、福建。

②川乌头：为毛茛科植物乌头（栽培品）的母根。别名鹅儿花、铁花。分布于长江中、下游各省，北从秦岭和山东东部，南达广西北部。

③穰（ráng）草：白色柔软的禾茎。

④番：通"翻"，指将曲饼翻个儿。这是制曲必需的工艺，名"翻曲"。

【原文】

真一曲①

上等白面一斗，以生姜五两研取汁，洒拌揉和。依常法起酵，作蒸饼，切作片子，挂透风处一月，轻干可用。

【注释】

①真一曲：指苏轼官儋州（今属海南省）时所发明的酿真一酒的曲。详见苏轼《酒经》注。

【原文】

莲子曲

糯米二斗淘净，少时蒸饭摊了。先用面三斗，细切生姜半斤，如豆大，和面微炒令黄，放冷，隔宿亦摊之。候饭温，拌令匀。勿令作块，放芦席上，摊以蒿草，罨作黄子，勿令黄子①黑，但白衣上即去草，番转。更半日②，将日影中晒干，入纸袋，盛挂在梁上风吹。

已上醸曲。

【注释】

①黄子：即培养霉菌，制成黄子曲。"黄"指曲霉色素为黄色。由于菌丝体、子囊柄或孢子囊呈黄色的是好曲，古因以"曲衣"称黄色的衣服，并以"曲尘"代表黄色。

②更半日：隔半天时间。

卷 下

【原文】

卧　浆①

六月三伏时，用小麦一斗，煮粥为脚，日间悬胎盖②，夜间实盖之。逐日浸热面浆，或饮汤不妨给用，但不得犯生水③。

造酒最在浆，其浆不可才酸便用。须是味重，醡米偷酸全在于浆。大法，浆不酸即不可酘酒，盖造酒以浆为祖。无浆处或以水解醋④入葱、椒等煎，谓之合新浆；如用已曾浸米浆，以水解之，入葱、椒等煎，谓之传旧浆⑤，今人呼为酒浆是也。酒浆多浆臭⑥而无香辣之味，以此知须是六月三伏时造下浆，免用酒浆也。酒浆寒凉时犹可用，温热时即须用卧浆。寒时如卧浆阙绝⑦，不得已亦须且合新浆用也。

【注释】

①卧浆：夏天天热时所新造的酿酒酸浆。

②悬胎盖：即不完全盖实，而是留有缝隙。

③犯生水：沾惹没经过煮沸的水。

④解醋：指用水溶解酸醋。造酒用酸浆是为了调节发酵醪的酸度，有利于酵母菌的繁殖，并提供酵母菌良好的营养料，迅速增长酒精浓度，并抑制杂菌繁殖。

⑤传旧浆：相对于合新浆而言，指用从前用过的酸浆加水溶融，煎作新浆。

⑥臭：气味。这里指传旧浆酸的气味浓而香辣气味淡薄。

⑦阙绝：短缺，断绝。

【原文】

淘　米

造酒治糯为先，须令拣择，不可有粳米。若旋拣①实为费力，要须自种糯谷，即全无粳米，免更拣择。古人种秫，盖为此。凡米不从淘中取净②，从拣中取净，缘③水只去得尘土，不能去砂石、鼠粪之类。要须旋舂簸，令洁白，走水一淘④，大忌久浸。盖拣簸既净，则淘数少而浆入，但先倾米入箩，约度⑤添水，用杷子靠定箩唇取力直下⑥，不住手急打斡⑦，使水米运转自然匀净，才水清即住，如此则米已洁净，亦无陈气。仍须隔宿淘控⑧，方始可用。盖控得极干，即浆入⑨而易酸，此为大法。

【注释】

①旋拣：临到酿酒时再来挑拣。

②不从淘中取净：指不用淘米的方法来去除米里的杂质。

③缘：因为。

④走水一淘：用水很快地淘一遍。

⑤约度：根据数量多少。

⑥"用杷子"句：笤唇，笤筐的上沿边口。这句指杷子以笤唇为支点用力向下搅动。

⑦打斡：旋转搅动。

⑧隔宿淘控：指淘米后要经过一个夜晚的时间控干。

⑨浆入：酸浆容易浸入，能快速增加酸度。

【原文】

煎　浆

假令米一石，用卧浆水一石五斗。（卧浆者，夏月所造酸浆也。非用已曾浸米酒浆①也。仍先须子细刷洗锅器三四遍。）先煎三四沸，以笊篱漉去白沫②，更候一两沸，然后入葱一大握③（祠祭④以韭代葱），椒一两、油二两、面一盏。以浆半碗调面，打成薄水⑤，同煎六七沸。煎时不住手搅，不搅则有偏沸及有煿着处⑥。葱熟即便漉去葱、椒等。如浆酸亦须约分数⑦，以水解之，浆味淡即更入酽醋⑧，要之汤米浆以酸美为十分，若用九分味酸者，则每浆九斗，入水一斗解之，余皆仿此。寒时用九分至八分，温凉时用六分至七分，热时用五分至四分。大凡浆要四时改破，冬浆浓而涎⑨，春浆清而涎，夏不用苦涎，秋浆如春浆，造酒看浆是大事，古谚云：看米不如看曲，看曲不如看酒，看酒不如看浆。

【注释】

①酒浆：即"传旧浆"，指用水稀释已经用过的浸米浆，再加入葱、椒重煎的酸浆。参看"卧浆"一节。

②以笊篱漉去白沫：笊篱，一种竹编的带长柄的圆形漏水器具，常用来捞物滤水。漉，滤去。白沫，指煎浆时飘在上面的

浮沫。

　　③一大握：一大把。

　　④祠祭：指上文的"顿递祠祭曲"，用来酿造祭祀用酒的曲。这里指用来酿造祭祀用酒的酸浆。因为古人认为葱气味辛辣，属于荤腥一类，不能用于祭祀。

　　⑤薄水：稀释的面水。

　　⑥有偏沸及有㷱着：偏沸，沸腾不均匀。㷱着，烧灼，指灼焦的葱等。

　　⑦约分数：指大致测定酸度，分为不同的等级。以水解之：用水来稀释。

　　⑧酽醋：浓醋。

　　⑨涎：粘状的液体。这里指酸浆调和到一定的浓度，有黏性。

【原文】

汤　米

　　一石瓮①埋入地一尺。先用汤汤瓮②，然后拗浆，逐旋入瓮③，不可一并入生瓮，恐损瓮器。便用棹篦④搅出大气，然后下米（米新即倒汤，米陈即正汤。汤字去声切。倒汤⑤者，坐浆汤米也。正汤⑥者，先倾米在瓮内，倾浆入也。其汤须接续倾入，不住手搅）。汤太热则米烂成块，汤慢，即汤（去声）不倒而米涩，但浆酸而米淡。宁可热不可冷，冷即汤米不酸，兼无涎生。亦须看时候及米性新陈，春间用插手汤，夏间用宜似热汤，秋间即鱼眼汤，（比插手差热），冬间须用沸汤。若冬月却用温汤，则浆水力慢，不能发脱；夏月若用热汤，则浆水力紧，汤损亦不能发脱，所贵四时浆水温热得所。汤米时逐旋倾汤，接续入瓮，急令二人用棹篦连底抹起三五百下，米滑及颜色光粲乃止。如米未滑，于合用汤数外，更加汤数斗，汤之不妨，以米滑为度。须是连底搅转，不得停手。若搅少，非特汤米不滑，兼上面一重米汤破，下面米汤不匀，有如烂粥相似。直候米滑浆温即住手，以席荐围盖之，令有暖气，不令透气。夏月亦盖，但不须厚尔。如早辰汤米，晚间又搅一遍；晚间汤米，来早又复再搅。每搅不下一二百转。次日再入汤，又搅，谓之接汤。接汤后渐渐发起泡沫，如鱼眼、虾跳之类。大约三日后必醋矣。寻常汤米后第二日生浆泡，如水上浮沤；第三日生浆衣，寒时如饼，暖时稍薄。第四日便尝，若已酸美有涎，即先以笊篱掉去浆面，以手连底搅转，令米粒相离，恐有结米，蒸时成块，气难透也。夏月只隔宿可用，春间两日，冬间三宿。要之，须候浆如牛涎，米心酸，用手一撚便碎，然后漉出，亦不可拘日数也。惟夏月浆米热后，经四五宿渐渐淡薄，谓之倒了，盖夏月热后发过罨损。况浆味自有死活，若浆面有花衣浡，白色明快，涎黏，米粒圆明松利，嚼着味酸，瓮内温暖，乃是浆活；若无花沫，浆碧，色不明快，米嚼碎不酸，或有气息，瓮内冷，乃是浆死，盖是汤时不活络。善知此者，尝米不尝浆；不知此者，尝浆不尝米。大抵米酸则无事于浆，浆死却须用杓尽撇出元浆，入锅重煎，再汤。紧慢比前来减三分，谓之接浆。依前盖了，当宿即醋。或只撇出元浆，不用漉出米，以新水冲过，出却恶气。上甑炊时，别煎好酸浆，泼馈下脚亦得，要之不若接浆为愈。然亦在看天气寒温，随时体当。

【注释】

①一石瓮：容量一石的瓮缸。古代以十斗为一石。

②汤汤瓮：用沸水来烫瓮缸。

③逐旋入瓮：指顺着瓮壁打着圈儿注汤。

④棹篦：一种长柄的搅拌竹器。

⑤倒汤：先倾汤，后入米。汤，即"烫"字。

⑥正汤：先入米，后注汤。

【原文】（以下无注）

蒸醋縻

欲蒸縻，隔日漉出浆衣出米，置淋瓮，滴尽水脉。以手试之，入手散薂薂地，便堪蒸。若湿时，即有结縻。先取合使，泼縻浆以水解。依四时定分数，依前入葱、椒等同煎。用箆不住搅，令匀沸。若不搅，则有偏沸。及煿灶釜处，多致铁腥。浆香熟，别用盆瓮，内放冷下脚使用，一面添水，烧灶安甑箄，勿令偏侧。若刷釜不净，置箄偏仄，或破损并气未上，便装筛漏下生米，及灶内汤太满（可八分满），则多致汤溢出冲箄，气直上突酒，人谓之甑达。则縻有生熟不匀，急倾少生油入釜，其沸自止。须候釜沸气上，将控干酸米，逐旋以杓，轻手续续，趁气撒装，勿令压实。一石米约作三次装，一层气透，又上一层。每一次上米，用炊帚掠拨，周回上下，生米在气出处，直候气匀无生米，掠拨不动，更看气紧慢不匀处，用米枕子拨开慢处，拥在紧处，谓之拨溜。若箄子周遭气小，须从外拨来，向上如鳌背相似，时复用气杖子试之，札处若实，即是气流；札若虚，必有生米。即用枕子翻起拨匀，候气圆，用木拍或席盖之。更候大气上，以手拍之，如不黏手，权住火。即用枕子搅斡盘摺，将煎下冷浆二斗（随棹洒拨，每一石米汤，用冷浆二斗。如要醇浓，即少用水馈，酒自然稠厚），便用棹箆拍击，令米心匀破成縻。缘浆米既已浸透，又更蒸熟，所以棹箆拍着，便见皮拆心破，里外靶烂成縻，再用木拍或席盖之。微留少火，泣定水脉，即以余浆洗案，令洁净，出縻在案上摊开，令冷，翻梢一两遍。脚縻若炊得稀薄如粥，即造酒尤醇。搜拌入曲，时却缩水，胜如旋入别水也。四时并同。洗案刷瓮之类，并用熟浆，不得入生水。

<h2 style="text-align:center">用　曲</h2>

古法先浸曲，发如鱼眼，汤净淘米炊作饭，令极冷，以绢袋滤去曲滓，取曲汁于瓮中，即投饭。近世不然，炊饭冷，同曲搜拌入瓮，曲有陈新。陈曲力紧，每斗米用十两，新曲十二两或十三两。腊脚酒用曲宜重，大抵曲力胜则可存留。寒暑不能，侵米石百两，是为气平。十之上则苦，十之下则甘，要在随人所嗜而增损之。

凡用曲，日暴夜露。《齐民要术》："夜乃不收，令受霜露。"须看风阴，恐雨润故也。若急用则曲干，亦可不必露也。受霜露二十日许，弥令酒香。曲须极干，若润湿则酒恶矣。新曲未经百日，心未干者，须擘破炕焙，未得便捣，须放隔宿，若不隔宿，则造酒定有炕曲气。大约每斗用曲八两，须用小曲一两，易发无失。善用小曲，虽煮酒亦色白。今之玉友曲，用二桑叶者是也。酒要辣，更于酘饭中入曲，放冷下，此要诀也。张进造供御法，酒使两色曲，每糯米一石，用杏仁、罨曲六十两，香桂罨曲四十两。一法酝酒，罨曲、风曲各半，亦良法也。四时曲粗细不同，春冬酝造，日多即捣作小块，子如骰子或皂子大，则发断有力，而味醇酽。秋夏酝造，日浅则差细，欲其曲米早相见而就熟，要之曲细则味甜美，曲粗则硬辣。若粗细不匀，则发得不齐，酒味不定。大抵寒时化迟不妨，宜用粗曲，暖时曲欲得疾发，宜用细末。虽然，酒人亦不执：或酘紧恐酒味太辣，则添入米一二斗；若发太慢，恐酒甜，即添曲三四斤，定酒味全此时，亦无固必也。供御祠祭用曲并在，酘米内尽用之。酘饭更不入曲，一法将一半曲于酘饭内分，使气味芳烈，却须并为细末也。唯羔儿酒尽于脚饭内，着曲不可不知也。

会　醅

北人造酒不用酵。然冬月天寒，酒难得发，多攧了。所以要取醅，面正发醅，为酵最妙。其法用酒瓮正发，醅撇取面上浮米糁控干，用曲末拌令湿匀，透风阴干，谓之干酵。凡造酒时，于浆米中先取一升已来，用本浆煮成粥，放冷，冬月微温，用干酵一合，曲末一斤，搅拌令匀，放暖处，候次日搜饭时，入酿饭瓮中同拌。大约申时。欲搜饭，须早辰先发下酵，直候酵来多时，发过方可用。盖酵才来，未有力也。酵肥为来，酵塌可用。又况用酵，四时不同。须是体衬天气，天寒用汤发，天热用水发，不在用酵多少也。不然只取正发。酒醅二三杓拌和，尤捷。酒人谓之传醅免用酵也。

酴　米

蒸米成糜，策在案上，频频翻，不可令上乾而下湿。大要在体衬天气，温凉时放微冷，热时令极冷，寒时如人体。金波法一石糜用麦蘖四两（炒，令冷，麦蘖咬尽米粒，酒乃醇浓），糁在糜上，然后入曲酵一处，众手揉之，务令曲与糜匀。若糜稠硬，即旋入少冷浆同揉，亦在随时相度。大率搜糜只要拌得曲与糜匀足矣，亦不须搜如糕糜。京酝搜得不见曲饭，所以太甜。曲不须极细，曲细则甜美，曲粗则硬辣。粗细不等，则发得不齐，酒味不定。大抵寒时化迟，不妨宜用粗曲，可投子大；暖时宜用细末。欲得疾发，大约每一斗米使大曲八两，小曲一两，易发无失，并于脚饭内下之，不得旋入生曲。虽三酘酒，亦尽于脚饭中。下计算斤两，搜拌曲糜匀，即般入瓮。瓮底先糁曲末，更留四五两曲盖面，将糜逐段排垛，用手紧按瓮边四畔，拍令实。中心剜作坑子，入刷案，上曲水三升或五升已来，微温，入在坑中。并泼在醅面上，以为信水。大凡酝造，须是五更初下手，不令见日。此过度法也。下时东方未明要了，若太阳出，即酒多不中。一伏时歇开瓮。如渗信水不尽，便添荐席围裹之。如泣尽，信水发得匀，即用杷子搅动，依前盖之。频频揩汗，三日后用手捺破，头尾紧即连底，掩搅令匀。若更紧即便摘开，分减入别瓮。贵不发过，一面炊甜米便酘，不可隔宿，恐发过无力，酒人谓之摘脚。脚紧多由糜热，大约两三日后必动，如信水渗尽，醅面当心，夯起有裂纹。多者十余条，少者五七条，即是发紧，须便分减。大抵冬月醅脚厚不妨，夏月醅脚要薄。如信水未干，醅面不裂，即是发慢，须更添席围裹候一二日。如尚未发，每醅一石，用杓取出二斗以来，入热蒸糜一斗在内，却倾取出者。醅在上面盖之，以手按平。候一二日发动，据后来所入热曲，计合用曲入瓮一处，拌匀。更候发紧掩捺，谓之接醅。若下脚后，依前发慢，即用热汤汤臂膊，入瓮搅掩，令冷热匀停。须频蘸臂膊，贵要接助热气。或以一二升小瓶仁（贮）热汤，密封口，置在瓮底，候发则急去之，谓之追魂。或倒出在案上，与热甜糜拌，再入瓮厚盖合，且候隔两夜，方始搅拨。依前紧盖合，一依投抹。次第体当，渐成醅，谓之搭引。或只入正发醅脚一斗许，在瓮当心，却拨慢醅盖合，次日发起搅拨，亦谓之搭引。造酒要脚正，大忌发慢，所以多方救助。冬月置瓮在温暖处，用荐席围裹之，入麦曲、黍穰之类，凉时去之。夏月置瓮在深屋，底不透日气处，天气极热，日间不得掀开，用砖鼎足阁起，恐地气，此为大法。

蒸甜糜

凡蒸酘糜，先用新汲水浸破米心，净淘，令水脉微透，庶蒸时易软。（脚米走水淘，恐水透，浆不入，难得酸。投饭不汤，故欲浸透也）然后控干候甑，气上撒米，装甜米比醅糜松利易炊，候装彻气上，用木箆枚帚掠拨甑周，回生米在气出紧处。掠拨平整，候气匀溜，用箆翻搅再溜。气匀，用汤泼之，谓之小泼。再候气匀，用篦翻搅，候米匀熟，又用汤泼，谓之大泼。复用木篦搅斡，随篦泼汤。候匀软，稀稠得所取出，盆内以汤微洒，以一器盖之，候渗尽出，在案上翻梢三两遍，放令极冷。其拨溜盘棹，并同蒸脚糜法。唯是，不犯浆，只用葱、椒、油、面，比前减半，同煎白汤泼之。每斗不过泼二升，拍击米心，匀破成糜，亦如上法。

投　醹

投醹最要厮应，不可过，不可不及。脚热发紧，不分摘开，发过无力方投，非特酒味薄，不醇美。兼曲末少，咬甜糜不住，头脚不厮，应多致味酸。若脚嫩力小，酘早甜糜，冷不能发，脱折断多致涩慢，酒人谓之擟了。须是发紧迎甜便酘：

寒时四六酘，温凉时中停酘，热时三七酘。酘法总论，天暖时，二分为脚一分投；天寒时，中停投；如极寒时，一分为脚二分投；大热或更不投，一法只看醅脚紧慢加减投，亦治法也。若醅脚发得恰好，即用甜饭依数投之。若发得太紧，恐酒味太辣，即添入米一二斗；若发得太慢，恐酒太甜，即添入三四斤，定酒味全在此时也。四时并须放冷，《齐民要术》所以专取桑落时造者，黍必令极冷故也。酘饭极冷，即酒味方辣，所谓偷甜也。投饭寒时，烂揉；温凉时，不须令烂；热时，只可拌和停匀，恐伤人气。北人秋冬投饭，只取脚醅一半于案上，共酘饭一处搜拌，令匀入瓮，却以旧醅盖之。夏月脚醅须尽取出，案上搜拌，务要出却脚糜中酸气。一法脚紧，案上搜脚慢，瓮中酘亦佳。寒时用荐盖，温热时用席。若天气大热，发紧只用布罩之，逐日用手连底掩拌。务要瓮边冷，醅来中。寒时以汤洗手臂助暖气，热时只用木杷搅之。不拘四时，频用托布抹汗。五日已后，更不须搅掩也。如米粒消化而沸未止，曲力大，更酘为佳。（《齐民要术》：初下用米一石，次酘五斗，又四斗，又三斗，以渐待米消即酘，无令势不相及。味足沸定为熟，气味虽正，沸未息者，曲势未尽，宜更酘之。不酘，则酒味苦薄矣；第四、第五、六酘，用米多少，皆候曲势强弱加减之，亦无定法；惟须米粒消化乃酘之，要在善候曲势，曲势未穷，米粒已消，多酘为良。世又云：米过酒甜，此乃不解体候身。酒冷沸止，米有不消化者，便是曲力尽也。）若沸止醅塌，即便封泥起，不令透气。夏月十余日，冬深四十日，春秋二十三四日可上槽，大抵要体当天气冷暖与南北气候，即知酒熟有早晚，亦不可拘定日数。酒人看醅生熟，以手试之，若拨动有声，即是未熟；若醅面干如蜂窠眼子，拨扑有酒涌起，即是熟也。供御祠祭，十月造酘，后二十日熟；十一月造酘，后一月熟；十二月造酘，后五十日熟。

酒　器

东南多瓷瓮，洗刷净便可用。西北无之，多用瓦瓮。若新瓮，用炭火五七斤罩瓮其上，候通热，以油蜡遍涂之。若旧瓮，冬初用时，须薰过。其法用半头砖铛脚，安放合瓮，砖上用干黍穰文武火薰，于甑釜上蒸，以瓮边黑汁出为度，然后水洗三五遍，候干用之。更用漆之尤佳。

上　槽

造酒寒时，须是过熟。即酒清数多，浑头白醅少。温凉时并热时，须是合熟便压，恐酒醅过熟。又糟内易热，多致酸变。大约造酒自下脚至熟寒时，二十四五日；温凉时半月；热时七八日便可。上槽仍须匀装停，铺手安压板，正下砧簟，所贵压得匀干，并无箭失。转酒入瓮，须垂手倾下，免见濯损酒味。寒时用草荐麦麴围盖，温凉时去了，以单布盖之，候三五日，澄折清酒入瓶。

收　酒

上榨以器就滴，恐滴远损酒。或以小杖子引下，亦可压下酒。须先汤洗瓶器，令净控干，二三日一次，折澄去尽脚，才有白丝，即浑直候澄，折得清为度，即酒味倍佳。便用蜡纸封闭，务在满装。瓶不在大，以物阁起，恐地气发动酒脚失酒味，仍不许频频移动。大抵酒澄得清，更满装，虽不煮，夏月亦可存留。（内酒库：水酒夏月不煮，只是过熟上榨，澄清，收）

煮　酒

凡煮酒，每斗入蜡二钱，竹叶五片，官局天南星丸半粒，化入酒中，如法封系，置在甑中（第二次煮酒，不用前来汤，别须用冷水下）。然后发火，候甑箄上酒香透，酒溢出倒流，便揭起甑盖。取一瓶开看，酒衮即熟矣。便住火良久，方取下置于石灰中，不得频移动。白酒须泼得清，然后煮，煮时瓶用桑叶冥之。（金波兼使白酒曲，才榨下槽，略澄析二三日便蒸，虽煮酒亦白色）

火迫酒

取清酒澄三五日后，据酒多少取瓮一口，先净刷洗讫，以火烘干，于底旁钻一窍子，如箸粗细，以柳屑子定。将酒入在瓮，入黄蜡半斤，瓮口以油单子盖系定。别泥一间净室，不得令通风，门子可才入得瓮，置瓮在当中，间以砖五重衬瓮底。于当门里，着炭三秤笼令实，于中心着半斤许。熟火便用闭门，门外更悬席帘，七日后方开；又七日方取吃取。取时以细竹子一条，头边夹少新绵，款款抽屑子，以器承之。以绵竹子遍于瓮底搅缠，尽着底浊物，清即休缠。每取时，却入一竹筒子，如醋淋子，旋取之，即耐停不损，全胜于渚酒也。

曝酒法

平旦起，先煎下甘水三四升，放冷，着盆中。日西将衡，正纯糯一斗，用水净淘，至水清，浸良久方漉出。沥令米干，炊再馏饭，约四更饭熟，即卸在案卓上，薄摊令极冷。昧旦日未出前，用冷汤二碗拌饭，令饭粒散不成块。每斗用药二两（玉友、白醪、小酒、真一曲同），只槌碎为小块，并末用手糁拌入饭中，令粒粒有曲，即逐段拍在瓮四畔，不须令太实。唯中间开一井子直见底，却以曲末糁醅面，即以湿布盖之。如布干，又渍润之（常令布温，乃其诀也。又不可令布太湿，恐滴水入）。候浆来井中满，时时酌浇四边，直候浆来极多，方用水一盏，调大酒曲一两投井浆中，然后用竹刀界醅作六七片擘碎番转（醅面上有白衣，宜去之），即下新汲水二碗，依前湿布罨之，更不得动。少时自然结面醅在上，浆在下，即别淘糯米，以先下脚米算数（天凉对投，天热半投），隔夜浸破米心，次日晚西炊饭放冷，至夜酘之（再入药二两）。取瓮中浆来拌匀，捺在瓮底，以旧醅盖之，次日即大发。候酘饭消化，沸止方熟。乃用竹篘篘之。若酒面带酸，篘时先以手掠去酸面，然后以竹篘插入缸中心取酒。其酒瓮用木架起，须安置凉处，仍畏湿地。此法夏中可作，稍寒不成。

白羊酒

腊月取绝肥嫩羖羊肉三十斤（肉三十斤，内要肥膘十斤），连骨使水六斗已来，入锅煮肉，令极软，漉出骨，将肉丝擘碎，留着肉汁。炊蒸酒饭时，匀撒脂肉于饭上，蒸令软，依常盘搅使尽肉汁六斗，泼馈了再蒸良久，卸案上摊，令温冷。得所捡好脚醅，依前法酘拌。更使肉汁二升以来，收拾案上，及充压面水，依寻常大酒法日数，但曲尽于酘米中，用尔（一法：脚醅发只于酘饭内，方煮肉取脚醅一处，搜拌入瓮）。

地黄酒

地黄择肥实大者，每米一斗，生地黄一斤，用竹刀切。略于木石臼中捣碎，同米拌和，上甑蒸熟，依常法入酝黄精，亦依此法。

菊花酒

九月取菊花曝干揉碎，入米馈中蒸，令熟，酝酒如地黄法。

酴醾酒

七分开酴醾，摘取头子，去青萼，用沸汤绰过，纽干，浸法酒一升，经宿漉去花头，匀入九升酒内，此洛中法。

葡萄酒法

酸米入甑蒸，气上用杏仁五两（去皮、尖），葡萄二斤半（浴过，干，去子、皮），与杏仁同于砂盆内一处，用熟浆三斗，逐旋研尽为度，以生绢滤过。其三斗熟浆泼饭软，盖良久出饭，摊于案上，依常法候温，入曲搜拌。

猥　酒

每石糟用米一斗煮粥，入正发醅一升以来，拌和糟令温。候一二日如蟹眼，发动方入曲三斤，麦蘖末四两搜拌，盖覆。直候熟，却将前来黄头并折澄酒脚倾在瓮中，打转上榨。

东坡酒经

宋·苏轼

【原文】

南方之氓，以糯与秔，杂以卉药而为饼①。嗅之香，嚼之辣，揣之枵然②而轻，此饼之良者也。吾始取面而起肥之，和之以姜液，烝之使十裂③，绳穿而风戾之④，愈久而益悍⑤，此曲之精者也。米五斗以为率⑥，而五分之，为三斗者一，为五升者四。三斗者以酿⑦，五升者以投，三投而止，尚有五升之赢⑧也。始酿以四两之饼，而每投以二两之曲，皆泽以少水，取足以散解而匀停也。⑨酿者必瓮按而井泓之⑩，三日而井溢⑪，此吾酒之萌也。酒之始萌也，甚烈而微苦，盖三投而后平也⑫。凡饼烈而曲和，投者必屡尝而增损之，以舌为权衡也⑬。既溢之，三日乃投，九日三投，通十有五日而后定⑭也。既定乃注以斗水，凡水必熟而冷者也。凡酿与投，必寒之而后下，此炎州之令⑮也。既水五日乃篘⑯，得二斗有半，此吾酒之正也。先篘，半日，取所谓赢⑰者为粥，米一而水三之，揉以饼曲，凡四两，二物并也。投之糟中，熟捆⑱而再酿之，五日压得斗有半，此吾酒之少劲者也。劲正合为四斗，又五日而饮，则和而力严而不猛也。篘绝不旋踵⑲而粥投之，少留，则糟枯中风而酒病也。酿久者酒醇而丰，速者反是，故吾酒三十日而成也。

【注释】

①"南方之氓"句：氓，同"民"。南方之氓即南方人。粃，同"糠"。这里指麦麸。卉药，花卉和药材。

②楞然：空虚的样子。这里指曲饼结构松。

③烝之使十裂："烝"同"蒸"。十裂，指蒸出的饼上有许多裂纹。

④庋：吹干。《礼记·祭义》："风庋以食之。"

⑤悍：这里指效力猛。

⑥率：标准，限度。五斗为率，参见下文"炎州之令"注。

⑦三斗者以酿：三斗用来酿酒。

⑧赢：多余。

⑨"皆泽以少水"句：泽，以水润湿使之融化。散解，指曲饼见水而分化。匀停，指分化均匀，没有硬块。

⑩瓮按而井泓之：指把米饭和曲入瓮发酵，用手拍按，并在按实的米饭中心按出一个上大下小的尖底碗状井形坑，以便观察发酵情况。参见下文"炎州之令"注。

⑪三日而井溢：指井坑内酒因为发酵而涨溢。

⑫"甚烈而微苦"句：烈，指酒味道粗劣，并非酒精度高。平，平和。

⑬"投者必屡尝"句：加曲投饭时，每次都要尝试酒味，根据酒性决定所投的多寡。全凭舌头的感觉来衡量决定。

⑭通十有五日而后定：总计十五天而后酒酿成。

⑮炎州之令：指苏轼官儋州时发明的"真一酒法"。《楚辞·远游》："嘉南州之炎德兮。"所以古人把南海之州亦曰炎州。儋州在今海南省儋县。苏轼《真一酒》诗引曰："米、麦、水三一而已，此东坡先生真一酒也。"《真一酒法寄建安徐得之》："岭南不禁酒，近得一酿法，乃是神授。只用白面、糯米、清水三物，

谓之真一法酒。酿之成玉色，有自然香味，绝似王太驸马家碧玉香也奇绝！奇绝！白面乃上等面，如常法起酵，作蒸饼，蒸熟后，以竹篾穿挂风道中，两月后可用。每料不过五斗，只三斗尤佳。每米一斗，炊熟，急水淘过，控干，候令人捣细白曲末三两，拌匀入瓮中，使有力者以手拍实。按中为井子，上广下锐，如绰面尖底碗状，于三两曲末中，预留少许糁盖醅面，以夹幕覆之，候浆水满井中，以刀划破，仍更炊新饭投之。每斗投三升，令入井子中，以醅盖合，每斗入熟水两碗，更三五日，熟，可得好酒六升。其余更取醨者四五升，俗谓之'二娘子'，犹可饮，日数随天气冷暖，自以意候之。天大热，减曲半两。干汞法传人不妨，此法不可传也。"两相对照，可见苏轼这里所言即"真一酒法。"

⑯筹：古代滤酒的器具。这里用作动词，指滤酒。

⑰赢：指上文多余的五升米。

⑱熟捆：反复揉摩。

⑲不旋踵：未转身。指时间极短。

醉乡日月

唐·皇甫松

【原文】

论　饮

醉花宜昼①，袭其光也②；醉雪宜夜，乐其洁也③；醉得意宜艳唱④，宣其和也⑤；醉将离宜击钵⑥，壮其神也；醉文人宜谨节奏、慎章程⑦，畏其侮也⑧；醉俊人宜益觥盂、加旗帜⑨，助其烈也⑩；醉楼宜暑⑪，资其清也⑫；醉水宜秋，泛其爽也⑬。此皆以审⑭其宜、收其景，以与忧战⑮也。呜呼！反此道者，失饮之天⑯也。

【注释】

①醉花宜昼：对着花丛饮酒，适合在白天。

②袭其光也：（因为这样）可以分享花的色彩。

③乐其洁也：喜欢雪的皎洁。

④醉得意宜艳唱：得意的时候酣饮，适合于艳歌佐酒。

⑤宣其和也：（可以）抒发那种和谐的心境。

⑥醉将离宜击钵：将离，将要离别时。击钵，敲打盂钵。钵，一种圆形盛器，或陶制，或金属制。

⑦"醉文人"句：醉文人，文人之间酣饮。谨节奏，注意风度礼仪。慎章程，遵守约定的规章。

⑧畏其侮也：害怕因为失礼而招来羞辱。

⑨"醉俊人"句：俊人，指豪杰之士。益觥盂，增加酒杯。加旗帜，增加斗酒器具。这两句皆指加大酒量，痛快淋漓地饮酒。

⑩助其烈也：加强壮烈气势。

⑪醉楼宜暑：楼上饮酒适合在夏天。

⑫资其清也：资，借助。清，指楼头的清泠景致。

⑬泛其爽也：泛，浏览。爽，指爽朗宜人的景致。

⑭审：详细品察。

⑮以与忧战：用来消释忧愁。

⑯天：指饮酒的天然意趣。

【原文】

谋 饮

凡酒，以色清味重而饴①者为圣，色如金而味醇且苦者为贤；色黑酸醨②者为愚人；以家醪糯觞③醉人者君子，以家醪黍觞④醉人者为中人，以巷醪灰觞⑤醉人者为小人。

夫不欢之候有九：主人吝，一也；宾轻主，二也；铺陈杂而不叙，三也；乐生而妓娇，四也；数易令，五也；骋牛饮，六也；迭诙谐，七也；手相属，八也；惟欢骰子，九也。⑥

欢之征有十三：得其时，一也；宾主久间，二也；酒醇而饮严，三也；非觥盂不讴，虽觥盂而罍不讴者，四也；不能令有耻，五也；方饮不重膳，六也；不动筵，七也；录事貌毅而法峻，八也；明府不受请，九也；废卖律，十也；废替律，十一也；不恃酒，十二也；使勿欢勿暴，十三也。⑦

审此九候、十三征以为术者，饮之王道⑧也；惟欢乐者，饮之霸道⑨也。

【注释】

①色清味重而饴：颜色清亮、味道醇厚而甜。

②酸醨：带酸味的薄酒。

③家醪糯觞：自家酿制的糯米酒。

④家醪黍觞：自家酿制的高粱酒。

⑤巷醪灰觞：酒坊酿制的劣酒。

⑥"不欢之候"句：不欢之候，使人不能酣畅痛快的征兆。主人咨，主人咨啬。铺陈杂而不叙，指酒席摆设不齐全整饬。乐生，对乐曲不熟悉。妓娇，佐酒的艺伎恃娇弄宠。数易令，多次更改酒令。骋牛饮，无节制地像牛饮水一样豪饮。迭诙谐，相互开低级趣味的玩笑。手相属，相互推来扯去。惟欢骰子，只是对骰子行令感兴趣。

⑦"欢之征"句：征，与"候"同义。得其时，时间恰当。久间，久别。饮严，饮酒的场面端庄。非觥盂不讴，不用酒杯饮酒就不唱歌。意思是：只在佐酒时才唱歌。罍，比杯大的盛酒器。这句意思是：虽然也用酒杯，但却抱着坛子喝酒，也不能唱佐酒歌。不能令有耻，不会酒令就羞愧。方饮不重膳，正饮酒时不去注重菜肴。不动筵，不移动酒席。录事，执行酒令的人。参见下文"律录事"。这句意思是：执行酒令的人严肃不苟。明府，主持监督酒令者。参见下文"明府"。不受请，不徇情。废卖律，废除移令于他人的酒令。废替律，废除替人饮酒的酒令。恃酒，借酒闹事。勿欢勿暴，不狂欢滥饮。

⑧饮之王道：以道德礼仪来饮酒的原则。

⑨饮之霸道：狂欢赌狠的饮酒原则。

【原文】

为　宾

愚同柴也，僻若子张①。当宣令②乃塞耳不听，乃行令③则瞋目重问④，此陪主人⑤耳。

【注释】

①愚同柴也，僻若子张：像高柴那样愚笨，像子张那样偏激。《论语·先进》："柴也愚，参也鲁，师也辟，由也喭。"柴即高柴，孔子弟子，字子羔。师即颛孙师，孔子弟子，字子张。

②当宣令：正在宣布酒令的时候。

③乃行令：到了执行酒令的时候。

④瞋目重问：瞪大眼睛再来问。

⑤陪主人：只能算陪人喝酒的陪客。

【原文】

为　主

主前定则不繁①，宾前定②则不乱，乐前定则必畅③，酒前定则必严④。时然后欢，人乃不厌。

【注释】

①"主前定"句：主前定，事先定好主人。繁，繁杂无头绪。

②宾前定：事先定好宾客。

③"乐前定"句：乐前定，事先定好音乐。畅，指演奏时欢畅。

④"酒前定"句：酒前定，事先定好酒品。严，指饮酒场面端庄。

⑤时然后欢：时，选好合适的时候。欢，指欢饮。

【原文】

明　府

明府之职，前辈极为重难①。盖二十人为饮，立一人为明府，所以规其斟酌之道②。每一明府管骰子一双，酒杓一只，此皆律录事分配之承命者③，法不得拒。

凡主人之右主酒者，申明府，得以纠诸座之罪④。

夫酒，懦为旷官⑤，猛为苛政⑥。懦为冷也，猛为热也。若明府贪务承命⑦，猛酌席人⑧，遂使请告纷喧⑨。黩扰录事⑩，请告，谓席人请摊⑪之类。明府之辜⑫，暴⑬于四座矣。

【注释】

①重难：看重，重视。

②规其斟酌之道：规，规范，统一。斟酌之道，饮酒的条理。

③此皆律录事分配之承命者：分配给律录事去执行酒令的。

④"凡主人"句：右，古代以右为尊。这句意思是：凡是比主人身份地位尊贵的人，就可以主持酒宴，担任明府一职，来纠正在座各位的过失。

⑤懦为旷官：懦，指担当明府的人过于冷淡。旷官，无所作为，荒废职责。

⑥猛为苛政：猛，指担当明府的人过于热烈狂放。苛政，办事严酷苛刻。

⑦贪务承命：贪恋使命，倚仗权势。

⑧猛酌席人：一味猛灌饮酒者。

⑨请告纷喧：酒席上请求告饶免饮的声音繁杂。

⑩黩扰录事：轻率地干扰律录事的职责。

⑪请摊：请求分摊。

⑫辜：罪。

⑬暴：暴露。

【原文】

律录事

夫律录事者，须有饮材①。材有三，谓善令、知音、大户也。②

凡笼台以白金为之③，其中实以筹一十枚，旗一、纛一。旗所以指巡④也；纛所以指饮⑤也，筹所以指犯⑥也。宾主就坐，录事取一筹，以旗与纛偕立于中⑦。余置器⑧。右首执爵者告请骰子，命受之，复告之曰："某忝骰子令。⑨"乃条其说⑩于录事。录事告于四席曰："某官忝骰子令。"然累宣之⑪。录事之于令也，必令其词异于席人，所谓巧宣⑫也。席人有犯即下筹⑬，犯者执爵请罪，辄曰："一爵，法未当言⑭。"犯者不退，请并下三筹⑮，然告其状谳⑯，不当理⑰则反其筹以饮焉。席人刺录事亦如之。⑱

【注释】

①饮材：饮酒的才能。

②"谓善令"句：善令，善于酒令。知音，精通音乐。大户，酒量大。古人称酒量为"酒户"。

③凡笼台以白金为之：笼台，用来插酒筹器具。白金，指银。

④指巡：指示应该巡酒的人。即该谁巡酒行令。

⑤指饮：指示应该饮酒的人。

⑥指犯：指示谁违反了酒令。

⑦偕立于中：一齐放置在筵席上。

⑧余置器：其余的放在笼台中。

⑨某忝骰子令：某人有幸行骰子令。

⑩条其说：详细陈述他的意思。即详细说明怎样行酒令。

⑪然累宣之：于是多次说明行令的详情。

⑫巧宣：巧妙地宣布酒令。这句意思是：律录事听了将行令人的陈述后，向宾客宣布酒令，但要和行令者的陈述不同，不要照本宣科，要精彩，这就叫"巧宣"。

⑬有犯即下筹：有违反酒令的人就掷下一酒筹。

⑭法未当言：按照规定不该这样。

⑮并下三筹：一起掷下三支酒筹。

⑯然告其状谳：然后指出他的过失之处。

⑰不当理：没有道理，不合规定。

⑱席人刺录事亦如之：根据律录事的言行，大家决定正确与否。刺，判决。亦如之，也是如此。

【原文】

觥录事

凡乌合为徒，以言笑动众①，暴慢无节②，或累累起坐③，或附耳嗫语④，律录事以本户绳之⑤。奸不衰止⑥者，宜觥录事纠之以刚毅木讷⑦之士为之。有犯者，辄投其旗于前曰："某犯觥令。"抛法先旗而后蠡也。犯者诺而收执⑧之，拱曰："知罪。"明府饷其觥而斟焉。犯者右引觥⑨，左执旗附于胸。律录事顾伶曰："命曲破⑩送之。"饮讫，无坠酒⑪，稽首，以旗觥归于觥主曰："不敢滴沥。⑫"复觥于位。后犯者投以蠡。累犯者旗蠡俱舞。觥筹尽，有犯者不问。

【注释】

①言笑动众：高声言笑影响全席上人。

②暴慢无节：行为粗俗，态度傲慢无节制。

③累累起坐：不停地、多次或起或坐。

④附耳啜语：交头接耳，窃窃私语。

⑤以本户绳之：本户，当事者本人的酒量。绳之，处罚他。

⑥奸不衰止：这种过失还不停止。

⑦刚毅木讷：性格刚直不阿而又不善言辞。

⑧诺而收执：答应一声，然后收起旗子。

⑨引觥：举起酒杯。

⑩曲破：乐曲。唐代乐舞在中序（排遍）之后，就叫"入破"。《新唐书·五行志》云："天宝后，乐曲多以边地为名，有《伊州》《甘州》《凉州》等。至其曲遍繁声，皆谓之入破。破者，盖破碎云。"陈旸《乐书》载宋仁宗云："自排遍以前，音声不相侵乱，乐之正也；自入破以后，侵乱矣，至此，郑卫也。"是说大曲在入破后音乐就变得节奏繁促，歌舞急速而轻飔。"曲破"就是摘取大曲的入破曲。《宋史·乐志》载太宗亲制"曲破"二十九曲，又"琵琶独弹曲破"十五曲。

⑪坠酒：洒酒于席。

⑫滴沥：水珠下滴的样子。这里就指坠酒。

【原文】

选　徒

大凡寡于言而敏于令①者，酒徒也；怯猛饮而惜终饮②者，酒徒也；不动摇③而貌愈毅者，酒徒也；闻其令而不重问者，酒徒也；不停筋而言不杂乱者，酒徒也；改令及时而不涉重者④，酒徒也；持屈尊⑤而不分诉者，酒徒也；知内乐⑥而恶嚣者，酒徒也。故告饮之法⑦，选徒为根干，选酒为枝叶，选令为敷萼，则可以慎难者，断可知矣。

【注释】

①寡于言而敏于令：说话不多却对酒令反应敏捷。

②怯猛饮而惜终饮：猛饮，饮酒过快。惜终饮，舍不得最后一滴。

③不动摇：指饮酒不失态。

④改令及时而不涉重者：指对酒令反应敏捷，及时改令并且不与别人重复。

⑤持屈尊：被错误地罚酒。

⑥"知内乐"句：内乐，饮酒的自己内心的愉悦。恶嚣，外界的喧闹。

⑦"告饮之法"句：真会饮酒的方法，是把选择酒徒看作根干，把选择酒品看作枝叶，而选择酒令只能视为花萼。达到这地步，就可以谨慎不出错，这是断然可知的。

【原文】

骰子令

大凡初筵皆先用骰子，盖欲微酣然迤逦入令。①

【注释】

①大凡初宴都先选用骰子为令，这是为了让饮者在微有酒意中逐渐地转入行令。

【原文】

手　势

大凡放令①，欲端其颈如一枝之孤柏，澄其神如万里之长江，扬其睛如猛虎蹲踞，运其目如烈日飞动，差其指如鸾欲飞翔，柔其腕如龙欲蜿蜒，旋其盏如羊角高风，飞其袂如鱼跃大浪，然后可以畋渔风月、缯缴笙竽。②

【注释】

①放令：掷令。

②"澄其神"等句：澄静精神有如长江万里，张大眼睛像猛虎蹲踞，运转眼珠如烈日飞动，扠开手指如青鸟飞翔，柔活手腕如苍龙蜿蜒，旋动酒杯如旋风急转，飞动衣袖如鱼跃大浪，这以后才可以饱览景色、欣赏音乐。

【原文】

拒　泼

孟子曰："杀人以梃与刃①，有以异乎？"然则酗酒以拒与泼②，有异乎？同归酗酒也。盖有闻饮必来，见杯即拒，或酒纠不容，明府责饮，则必固为翻滟③，推作周章，始持杯而唶吁，背明烛而倾泼④。如此则俱为害乐，并是蠹饮，自当揖之别室，延以清风，展蘸叶而开襟，极茗芽以从事。⑤

【注释】

①梃与刃：棍和刀。

②拒与泼：拒饮和泼酒。

③明府责饮，则必固为翻滟：酒令官责罚他饮酒，他就把杯

里的酒故意翻泼。

④背明烛而倾泼：背着烛光又偷偷泼掉。

⑤"如此则俱为害乐"句：这都是损人欢乐的害虫，应当把他请到别的房间，只用清风招待他，让他嚼蕴叶、喝清茶。

【原文】

逃 席

酒徒有逃席之疹者，弃之如脱履。①

【注释】

①酒徒中有逃席毛病的人，就应像脱掉的鞋子一样抛弃他。

【原文】

使 酒

大凡蔑章程而务牛饮者①，非欢源也；醒木讷而醉喋喋者②，非欢源也；饰己非而尚议谦者③，非欢源也；得浅酒而诉深酌者，非欢源也；饮愈多而貌弥淡者④，非欢源也；不谕令而病敏手者⑤，非欢源也；己令谬而恶人议者⑥，非欢源也；好请罪而讳以筹者，非欢源也。此八者，盖沉酗之滥觞，纷谊之鸿渐也。⑦

【注释】

①蔑章程而务牛饮者：蔑视饮酒章程只顾自己像牛喝水一样饮酒的人。

②醒木讷而醉喋喋者：酒醒时木讷不语而醉后喋喋不休的人。

③饰己非而尚议谦者：掩饰自己过失却喜欢议论他人失误

的人。

④饮愈多而貌弥淡者：饮酒愈多而面部表情愈淡漠的人。

⑤不谕令而病敏手者：不明白酒令而怕他人抢先的人。

⑥己令谬而恶人议者：自己出令错误而厌恶别人议论的人。

⑦"此八者"句：以上八种人，只是酗酒和大声胡闹的开始者。

【原文】

进 户

进户法①：葛花、小豆花各阴干，各七两为末，精羊肉一斤，如法作生。以二花末一两，匀入于生中。如先只饮得五盏，以十盏好酒熟暖沃生服之②，三五日进一服。花尽，则户倍矣。

【注释】

①进户法：增大酒量的方法。

②以十盏好酒熟暖沃生服之：拿十杯好酒加热后把"生"冲服。

酒　谱

宋·窦苹

内篇上·酒之源一

【原文】

世言酒之所自者，其说有三：其一曰仪狄始作酒，与禹同时。又曰尧酒千钟，则酒始作于尧，非禹之世也。其二曰《神农本草》著酒之性味，《黄帝内经》亦言酒之致病，则非始于仪狄也。其三曰天有酒星，酒之作也，其与天地并矣。

予以谓是三者皆不足以考据而多其赘说也。夫仪狄之名不见于经，而独出于《世本》。《世本》非信书也，其言曰："昔仪狄始作酒醪以变五味，少康始作秫酒。"其后赵郇卿之徒遂曰："仪狄作酒，禹饮而甘之，遂绝旨酒而疏仪狄，曰：'后世其有以酒败国者乎？'"夫禹之勤俭，固尝恶旨酒而乐谠言，附之以前所云，则赘矣。或者又曰："非仪狄也，乃杜康也。"魏武帝乐府亦曰："何以消忧，惟有杜康。"予谓杜氏系出于刘累，在商为豕韦氏，武王封之于杜，传国至杜伯，为宣王所诛，子孙奔晋，遂以杜为氏者，士会亦其后也。或者，康以善酿酒得名于世乎？是未可知也。谓酒始于康，果非也。"尧酒千钟"，其言本出于《孔丛子》，盖委巷之说，孔文举遂征之以责曹公，固已不取矣。《本草》虽传自炎帝氏，亦有近世之物始附见者。不观其辨药所生出，皆以二汉郡国名其地？则知不必皆炎帝之书也。《内经》言天地生育，五行体旺，人之寿夭系焉，信三坟之书也。然考其文章，知卒成是书者，六国秦汉之际也。故言酒，不可据以为炎帝之始造也。酒三星，在女御之侧，后世为天宫者或考焉。予谓星丽乎天，虽自混元之判则则有之，然事作乎下而应乎上，推其验于某星，此随世之变而著之也，如宦者、坟墓、弧矢、河鼓，皆太古所无而天有是星。推之，可以知其类。

然则酒果谁始乎？予谓智者作之，天下后世循之，而莫能废。圣人不绝人之所同好，用于郊庙享燕，以为礼之常，亦安知其始于谁乎？古者食饮必先祭酒，亦未尝言所祭者为谁，兹可见矣。《夏书》述大禹之戒，歌辞曰："酣酒嗜味。"《孟子》曰："禹恶旨酒而好善言。"《夏书》所记，当时之事；《孟子》所言，追道在昔之事。圣贤之书可信者，无先于此。虽然，酒未必于此始造也。若断以必然之论，则诞谩而无以取信于世矣。

【译文】

世间传说酒的起源，有三种说法：一种说仪狄开始作酒，与大禹同时代。又说尧饮酒千钟，那么酒的制作是帝尧时，不是在大禹时代了。第二种说法，《神农本草经》记录有酒的性味，《黄帝内经》谈到酒与病的关系，那么，酒的始制就不是仪狄了。第三种说法，认为天上有酒星，酒的制作与天地同时了。

我认为这三种说法都经不起考据，只是一番呓语。像仪狄的名字不见于经传，而独独出自《世本》，《世本》本来就不是可信的书。它说："过去仪狄开始作酒醪以改变五味，少康开始作秫酒。"后来赵邠卿等人就说："仪狄作酒，禹饮了感到甜美，就下令戒绝美酒并疏远了仪狄。说：'后世恐怕会有因嗜酒而亡国的呢？'"禹是崇尚勤俭的，固然曾因厌恶美酒而好直言，但把上面的话附加上去，就是附会之言了。有人又说："不是仪狄，而是杜康。"魏武帝曹操的乐府诗也有"何以消忧，唯有杜康"的诗句。我认为杜氏出自刘累，在商代原为豕韦氏，周武王封豕韦氏在杜，传国到杜伯时，为周宣王诛杀，子孙逃到晋，以杜为姓，士会也是他们的后代。或者杜康确实因制酒得名于世，这也许是真的。但说作酒是杜康开始的，那肯定是错误的。说尧饮千钟酒，本出自《孔丛子》，只能是一种街谈巷语；孔融引它来责备曹操戒酒，本来就不足取的。《本草》一书虽说传自炎帝，但其中有近世的事物混杂着。你不看看它分辨药的产地，都是两汉的郡国地名，可以断言，它不全是炎帝时的著作。《内经》讲天地生育，五行盛衰，人的生命寿夭与之相联，确实是三坟时代的书，不过考据它的文章，就明白这本书的最终定稿，是在秦汉之际。所以它讲到酒，并不能作依据说明酒始作于炎帝时代。天上有酒三星，在女御星旁边，后世研究天象的可以考证它的存在。但我认为，星在天上虽然天地开辟时就有了，但地上的事物人为地反应于天上，推验天某一星象，这是随着时世变化而呈现的。比如宦者、坟墓、弧矢、河鼓，都是太古之时没有的事而天上都有这些星。由此推论，可知其他了。

那么，酒究竟是谁开始制造的？我认为是古时智者创造的，普天下的后世人照着制造，而不能废止。圣人不会禁绝人类的共同爱好，把酒作为郊庙祭享和聚会筵宴常用的礼仪，又怎能知道是由谁开始的。古时候凡饮宴必先祭酒，也未说过所祭的酒神究竟是哪一个，由此可见这个道理了。《夏书》记大禹的告诫，歌辞是："酣酒嗜味。"《孟子》说："禹厌恶美酒而喜爱善言。"《夏书》所记，是当时的书，《孟子》所说，则是对过去的追述。圣贤的书可以相信的，没有比这再早的。即使这样，酒也未必就在夏禹时才开始制造。如果断定某一个说法绝对正确，那就必然妄诞而无法取信于世了。

酒之名二

【原文】

《春秋运斗枢》曰：“酒之言乳也，所以柔身扶老也。”许慎《说文》云：“酒，就也。所以就人性之善恶也。一曰造也，吉凶所造起。”《释名》曰：“酒，酉也。酿之米曲，酉绎而成也。其味美，亦言踧踖也，能否皆强相踧持也。”予谓古之所以名是物，以声相命，取别而已，犹今方言在在各殊，形之于文，则其字曰滋，未必皆有意味也。举吴楚之音而语于齐人，不能知者十有八九。妄者欲探古名物造声之意，以示博闻，则予笑之矣。

《说文》曰：“酴，酒母也。醴，一宿成也。醪，滓汁酒也。酎，三重酒也。醨，薄酒也。醑，旨酒也。”

昔人谓酒为欢伯，其义见《易林》。盖其可爱，无贵贱、贤不肖、华夏戎夷，共甘而乐之，故其称谓亦广。

造作谓之酿，亦曰酝。卖曰沽。当肆者曰垆。酿之再者曰酘。漉酒曰醨。酒之清者曰醥，白酒曰醆，厚酒曰醹，甚白曰醙。相饮曰酳，相强曰浮，饮尽曰釂，使酒曰酗，甚乱曰酱，饮而面赤曰酡，病酒曰酲，主人进酒于客曰酬，客酌主人曰酢，酌而无酬酢曰醮，合钱共饮曰醵，赐民共饮曰酺，不醉而怒曰䤍，羡酒曰醳，其言广博，不可殚举。

《周官》：“酒人掌酒之政令，辨五齐三酒之名，一曰泛齐，二曰醴齐，三曰盎齐，四曰醍齐，五曰沉齐。一曰事酒，二曰昔酒，三曰清酒。”此盖当时厚薄之差，而经无其说。传注悉度而解之，未必得其真，故曰酒之言也略。《西京杂记》有漂玉酒而不著其说。枚乘赋云：“尊盈漂玉之酒，爵献金浆之醪。”云“梁人作薯蔗酒，名金浆，"不释漂玉之义。然此赋亦非乘之辞，后人假附之耳。《舆地志》云："村人取若下水，以酿而极美，故世传若下酒。"张协作《七命》云："荆州乌程，豫章竹叶。"乌程于九州属扬州，而言荆州，未详。西汉尤重上尊酒，以赐近臣。注云："糯米为上尊，稷为中尊，粟为下尊。"颜籀曰："此说非是。酒以醇醨，乃分上中下之名，非因米也。稷粟同物而分为二，大谬矣。"《抱朴子》所云玄曰者，醇酒也。

皮日休诗云："明朝有物充君信，擂酒三瓶寄夜航。"擂酒，江外酒名，亦见《沈约文集》。

张籍诗云"酿酒爱干和"，即今人不入水也。并、汾间以为贵品，名之曰干酢酒。

宋之问诗云："尊溢宜城酒，笙裁曲沃匏。"宜城在襄阳，古之罗国也。

酒之名最古，于今益增。唐人言酒之美者，有鄂之富水、荥阳土窟春、石冻春，剑南烧春，河东干和，蒲东桃博，岭南灵溪、博罗，宜城九酝，浔阳湓水，京城西市空、虾蟆陵。其事见《国史补》。又有浮蚁、榴花诸美酒，杂见于传记者甚众。

【译文】

《春秋运斗枢》说："酒的意思是乳，用来柔润身体，扶养老人的。"许慎的《说文》解释："酒，就是'就'，可以接近、发展人性的善恶。又可以说是'造'，人的吉凶都可由它造成。"《释名》说："酒，就是酉。用曲米酿造、浸泡而成。它的味美，又可称之为敬而不安，因为不管人能否饮酒都会勉强喝它。"我认为古人对事物的命名，大多是用谐音方法，取其分别，就有如现在各地的方言各不一样，表现到文字上，则字一天天增多，未必每个字都有深义。如用吴楚的方言跟北方齐人说话，十有八九齐人听不懂。无知者想要探求古人给物命名造声的深意，表示自己博闻，我以为是可笑的。

《说文》曰："酶，是酵母。醴，是经一夜酿成的酒。醪，是酒滓形成的酒。酎，是多次酿制的酒。醨，是质量低劣的薄酒。醑，是味美的酒。"

过去人们称酒为"欢伯"，《易林》解说过这个称法的意义。大致说酒为人喜爱，无论贵贱、贤与不肖、华夏和蛮夷，都因它甘美而喜爱饮酒，所以酒的名目就很多。

制造酒叫酿，也叫酝。卖酒叫沽。在市场卖叫当垆。重酿的酒叫酘。滤酒叫酾。酒色清的叫醥。白酒叫醛。酒质淳厚的叫醹。更白的叫酸。相对饮酒叫配。强迫饮酒叫浮。饮尽叫醮，饮酒使性叫酗。饮酒乱性叫酱。饮酒脸色红叫酡。饮酒多像得了病叫酲。主人向客献酒叫酬。客向主人进酒叫酢。在一起共饮而不酬酢的叫醮。凑钱一起买酒共饮叫醵，朝廷赏赐民众共饮叫酺。没有醉就发怒叫酨。剩余的酒叫酾。这方面的叫法很多，不能完全列举。

《周官》云："酒人掌酒之政令，辨五齐三酒之名。一名泛齐，二名醴齐，三名盎齐，四名醍齐，五名沉齐。三酒是：一名事酒，二名昔酒，三名清酒。"这是当时对酒厚薄的分别而经书并没有具体说明。历来各种传注大都是凭想象来解释，未必都正确，所以关于酒的释名只有从略。《西京杂记》记有漂玉酒名而不加说明。汉初枚乘有赋言："尊盈漂玉之酒，爵献金浆之醪。"解释说："梁人作薯蔗酒，叫金浆。"不解释漂玉酒。就是这个赋也不是枚乘所作，是后人借枚乘之名伪作的。《舆地志》一书说："村里的人汲取若下水，用来酿的酒极美，所以世人传有若下酒。"晋人张协作《七命》诗，说："荆州乌程，豫章竹叶。"乌程在九州中隶属于扬州，这里说是荆州，不知是何缘故。西汉时特别重视上尊酒，皇帝用来赏赐亲近大臣。有注释说："糯米酒是上尊，稷米酒是中尊，粟米酒是下尊。"颜籀说："这个说法不对。酒以酒质淳薄不同才有上中下的名目，并不是用酿制米来划分。况且稷米和粟米一物而二名。这个说法是大错了。"《抱朴子》所说的玄㲓，是一种美酒。

皮日休有诗："明朝有物充君信，擉酒三瓶寄夜航。"擉酒，是江南的一种酒名，也见于《沈约文集》。

张籍有诗"酿酒爱干和"，就是现在人酿酒时不加水。在并州、汾州间列为珍品，称为干酢酒。

宋之问有诗："尊溢宜城酒，笙裁曲沃匏。"宜城在襄阳郡，即古代的罗国。

酒的名目最古，至今只增不衰。唐代人说酒之美者，有鄂州的"富水"，荥阳的"土窟春""石冻春"，剑南的"烧春"，灌东的"干和"，蒲东的"桃博"，岭南的"灵溪""博罗"，宜城的"九酝"，浔阳的"溢水"，京城的"西市空""虾蟆陵"。这些都见于《国史补》。还有"浮蚁""榴花"等美酒，杂见于各种传记的很多。

酒之事三

【原文】

《诗》云："有酒醑我，无酒沽我。"而孔子不食沽酒者，盖孔子当乱世，恶奸伪之害己，故疑而不饮也。

《韩非子》云："宋人沽酒，悬帜甚高。"酒市有旗，始见于此。或谓之帘。近世文士有赋之者，中有警策之辞云："无小无大，一尺之布可缝；或素或青，十室之邑必有。"

古之善饮者，多至石余。由唐以来，遂无其人。盖自隋室更制度量，而斗石倍大尔。

　　纣为长夜之饮而失其甲子，问于百官，皆莫知。问于箕子。箕子曰："国君而失其日，其国危矣；国人不知而我独知之，我其危矣。"辞以醉而不知。

　　魏正始中，郑公谷避暑历城之北林。取大莲叶置砚格上贮酒三升，以簪通其柄，屈茎如象鼻，传吸之，名为碧筒杯。事见《西阳杂俎》。

　　晋阮籍常以百钱挂杖头，遇店即酣畅。

　　山简有荆襄，每饮于习家池。人歌曰："曰暮竟醉归，倒着白接篱。"接篱，巾也。

　　扬雄嗜酒而贫，好事者或载酒饮之。

　　陶潜贫而嗜酒，人亦多就饮之。既醉而去，曾不恡情。尝以九日无酒，独于菊花中徘徊。俄见白衣人至，乃王弘遣人送酒。遂尽醉而返。

　　《魏氏春秋》云：阮籍以步兵营人善酿，厨多美酒，求为步兵校尉。

　　唐王无功以美酒之故，求为大乐丞。丞最为冗职，自无功居之后，遂为清流。

　　北齐李元中大率常醉，家事大小了不关心，每言："宁无食，不可无酒。"

　　今人元日饮屠苏酒，云可以辟瘟气。亦曰婪尾酒，或以年高最后饮之，故有尾之义耳。

　　王莽以腊日献椒酒于平帝，其屠苏之渐乎？

　　北魏太武赐崔浩漂醪十斛。

　　唐宪宗赐李绛酴醾、桑落，唐之上尊也，良酝令掌供之。

　　汉高祖为布衣时，常从王媪、武负贳酒。贳酒之称，始见于此。

西汉以来，腊日饮椒酒辟恶。其详见《四民月令》。

天汉三年，初榷酒酤。元始五年，官卖酒，每升四钱，酒价始此。

任昉尝谓刘杳曰："酒有千日醉，当是虚名。"杳曰："桂阳程卿有千里醉，饮之，至家而醉，亦其例也。"昉大惊。乃云："出杨元凤所撰《置郡事》"。检之而信。又尝有人遗昉桪酒，刘杳为辨其桪字之误。桪音阵，木名，其汁可以为酒。

《春秋说题辞》曰："为酒据阴。"乃动麦阴也，先渍曲而投黍，是酒得阴而沸乃成。

《淮南子》云："酒感东方木水风之气而成。"其言荒忽，不足深信，故不悉载。

《楚辞》云："奠桂酒兮椒浆。"然则古之造酒皆以椒桂。

《吕氏春秋》云："孟冬命有司：秫稻必齐，曲蘖必时，湛炽必洁，水泉必香，陶器必良，火齐必得，厉用六物，无或差忒，大酋监之。"

唐薄白公以户小，饮薄酒。

五代时有张白，放逸，尝题崔氏酒垆云："武陵城里崔家酒，地上应无天上有。云游道士饮一斗，醉卧白云深洞口。"自是酤者愈众。

卞彬喜饮，以瓠壶、瓠勺、枕皮为肴。

陶潜为彭泽令，公田皆令种黍。酒熟，以头上葛巾漉之。

唐阳城为谏议，每俸入，度其经用之余，尽送酒家。

《西京杂记》：汉人采菊花并茎叶，酿之以黍米，至来年九月九日熟而就饮，谓之菊花酒。

【译文】

《诗经》说："有酒醑我，无酒沽我。"而孔子却不饮买来的酒。这是因为孔子身处乱世，怕恶人奸党害自己，所以对从外面买来的酒有怀疑就不饮它。

《韩非子》说："宋人沽酒，悬帜甚高。"酒店悬酒旗，始见于此。有的也叫酒帘。近来有文人作赋写酒旗，其中有很精辟的句子："无小无大，一尺之布可缝；或素或青，十室之邑必有。"

古时能饮酒的人，可以喝到一石多。自唐以后，再没有这样能喝酒的人了。大概自隋代重新规定了度量，斗和石都比过去增大了几倍。

殷纣王长夜饮酒连年月都忘了，向百官询问，都不知道，问到箕子，箕子说："国君忘记了年月，这国家就危险了。全国人都不知道我却知道，我也危险了。"于是假装酒醉说自己不知道。

魏正始年间，郑公谷避难到了历城的北林，摘取大莲叶放置在砚格上，倒入三升酒，用簪子穿通叶柄，把叶茎弯成象鼻的样子，轮流吸酒，命名为"碧筒杯"。事见《酉阳杂俎》。

晋阮籍常在杖头挂上一百钱，遇见酒店就酣饮一通。

山简在荆襄郡任刺史，常常到习家池饮酒。当时人作歌说："日暮竟醉归，倒著白接䍦。"接䍦，就是头巾。

扬雄喜欢喝酒而家贫穷，好事的人就时时载酒给他饮。

陶渊明家贫而嗜酒，人们也常邀请他到家饮酒。喝醉了他就离开，一点也不以去留在意。有次是九月初九重阳节，他却没酒喝，独自在花丛徘徊。过了一会看到有白衣人走来，原来是郡守王弘派人送酒来。于是他高兴得尽醉而归。

《魏氏春秋》说：阮籍因为听说步兵营有人善于酿酒，厨房里美酒很多，就请求调任步兵校尉。

唐代王绩因为想得美酒，便请求作大乐丞。大乐丞本是最冗滥之职，自王绩任此官后，便成了清流。

北齐李元中大多在常醉之中，家里的大小事都一点不关心，常说："宁可没饭吃，也不能没酒喝。"

让人在元旦这天喝屠苏酒，说可以避瘟疫毒气。又可叫婪尾酒，有人认为这酒年龄最长的人最后饮，所有尾的意思。

王莽在腊日把椒酒献与汉平帝，这大概是屠苏酒的起源吧。

魏太武帝赐给崔浩十斛漂酒。

唐宪宗赐给李绛酴醾酒、桑落酒，这都是唐时的上等酒，由酒官良酝令专门掌管。

汉高祖刘邦还是平民时，常找王媪、武负赊酒。赊酒的名称，就从这时出现。

西汉以来，在腊日饮椒酒辟恶。其详情可看《四民月令》。

汉武帝天汉三年（公元前100），初次征酒税。汉平帝元始五年（公元5），官方开始卖酒，每升酒四钱，酒价始于此时。

南朝时，任昉曾对刘杳说："酒中有千日醉，恐怕是徒有虚名。"刘杳说："桂阳程卿有千里醉，饮了之后，回到家就醉了，正是这样的例子。"任昉大惊。刘杳说："这出自杨元凤所写的《置郡事》一书。"任昉翻捡书看，果是如此。还有人送给任昉桄酒。刘杳给他辨明桄是误字。桄读音阵，树木名，其汁可以造酒。

《春秋说题辞》说："为酒据阴。"就是用麦阴，先泡曲再投入黍，酒就得到了阴沸而制成。

《淮南子》说："酒是感受了东方的木、水、风三气而酿成的。"这话荒诞恍惚，不值得相信，所以不全部录载。

《楚辞》说："奠桂酒兮椒浆。"那么，古时造酒要用桂和椒了。

《吕氏春秋》记：孟冬之月命令有关官员，秫米和稻米要准备齐，酒曲和发酵用的蘖必须适时，洗涤要清洁，泉水必须芳香，陶器必须精良，火候必须适当，严格掌握这六点，不能有差错，大酋作监工严格监督。

唐代薄白公因酒量小，就喝薄酒。

五代时有人叫张白的人，为人放诞，曾经给崔氏酒垆题诗说："武陵城里崔家酒，地上应无天上有。云游道士饮一斗，醉卧白云深洞口。"自此，买崔氏酒的人愈多。

卞彬喜欢喝酒。用壶芦、瓠勺、杭皮作下酒菜。

陶渊明作陶泽县令，所有公田都命令种上酿酒的黍。酒熟以后，用头上的葛巾滤酒。

唐代阳城作谏议大夫，每次领回俸禄，估算日用所剩的钱，全部送给酒家买酒。

《西京杂记》记：汉朝人采菊花及茎叶，用黍米同酿，到第二年九月九日成熟，称为菊花酒。

酒之功四

【原文】

勾践思雪会稽之耻，欲士之致死力，得酒而流之于江，与之同醉。

秦穆公伐晋，及河，将劳师而醪惟一钟，塞叔劝之曰："虽一米，可投之于河而酿也。"乃投之于河，三军皆醉。

孔文举云："赵之走卒，东迎其主，非卮酒无以办。"卮之事，《史记》及《后汉书》皆不载，惟见于《楚汉春秋》。

王莽时，琅琊海曲有吕母者，子为小吏，犯微法，令枉杀之。母家素丰财，乃多酿酒，少年来沽，必倍售之。终岁多不取其直。久之，家稍乏，诸少年议偿之，母泣曰："所以辱诸君，以令不道，枉杀吾子，托君复仇耳。岂望报乎？"少年义之，相与聚诛令，后其众入赤眉。

晋时，荆州公厨有斋中酒、厅事酒、猥酒优劣三品。刘弘作牧，始命合为一，不必分别。人伏其平。

河东人刘白堕善酿，六月以罂盛酒，曝于日中，经旬味不动而愈香美，使人久醉。朝士千里相馈，号曰鹤觞，亦名骑驴酒。永熙中，南青州刺史毛鸿宾赍酒之藩，路逢盗劫之。皆醉，因执之，乃名擒奸酒。时人语曰："不畏张弓拔刀，惟畏白堕春醪。"见《洛阳伽蓝记》。

【译文】

越王勾践谋划雪会稽之耻，想激励起士卒们全力奋战，便把找到的酒倾倒在长江里，和全军上下一起共饮。

秦穆公伐晋时，大军开到黄河边，想犒劳军士而只有一杯酒，蹇叔劝告说："即使只有一粒米，也可投到河里全军共用。"于是把这一杯酒倾入河，全军都喝醉了。

孔融说："赵国的士卒到河东去迎接自己的国主，如果没有卮酒就接不到。"这件事，《史记》和《后汉书》都无记载，只见于《楚汉春秋》一书。

王莽当朝时，琅琊郡海边有位姓吕的老妇人，她的儿子在县里做小吏，犯了点小过失，县令冤枉地杀了他。吕母家里向来比较有钱，于是酿了许多酒，有少年人来买酒，便加倍地多给酒。到年终也大多不收他们欠的酒钱。后来，她家慢慢贫穷了。少年们商议补偿她。吕母哭着说："我之所以接纳你们，是因县令暴虐无道，冤枉杀了我儿子，想拜托你们代我复仇，哪里是希望你们报答财物呢？"少年们认为她义气，就互相结聚，杀了县令，后来一起参加了赤眉农民起义军。

晋朝时，荆州的官厨里有"斋中酒""厅事酒""猥酒"三种品质不同的酒。刘弘作荆州太守时，才开始下令将三种酒合为一种，不必强分品质高下。大家都认为他办得公平。

河东人刘白堕善于酿酒，在六月最热时，用罂装满酒，放到太阳下暴晒，经过十天味不变反而更香美，喝了让人长醉。朝中士大夫从千里之外相互馈赠这酒，命名为"鹤觞"，又叫"骑驴酒"。永熙年间，南青州刺史毛鸿宾带着这酒上任，路途中遇上强盗劫走了，结果强盗们饮酒后都醉倒，因而全部被抓住。于是又起名叫"擒奸酒"。当时人说："不畏张弓拔刀，惟畏白堕春醪。"此事见于《洛阳伽蓝记》。

温克五

【原文】

《礼》云：君子之饮酒也，一爵而色温如也，二爵而言言斯，三爵而油油以退。

扬子云曰：侍坐于君子，有酒则观礼。

于定国饮酒一石，治狱益精明。历代有萧宠、卢植、马融、傅玄、冯政、刘京、魏舒、刘藻，皆饮酒一石而不乱。

晋何充善饮而温克。

魏邴原别传曰：原旧能饮酒，自行役八九年间，酒不向口。至陈留则师韩子助，颍川则亲陈仲弓，涿郡则亲卢子干。临归，友以原不饮酒，会米肉送原。原曰："早能饮酒，但以荒思废业，故断之耳。今当远别，因见贱饯，可一饮乎？"于是饮酒终日不醉。

《郑玄别传》：马季长以英儒著名，玄往从参考异同，时与卢子干相善。在门下七年，以母老归养。玄饯之，会三百余人皆离席奉觞。度玄所饮三百余杯，而温克之容，终日无怠。

孔融好饮能文，尝云："座上客常满，尊中酒不空，吾无患矣。"

裴均在襄阳会宴，有裴弘泰后至，责之。谢曰："愿赦罪。"而取在席之器，满酌而纳其器。合座壮之。又有一银海，受酒一斗余，亦釂而抱海去。均以为必腐胁而死，使觇之，见纱帽箕踞。秤银海，计重二百两。

李白每大醉为文，未尝差误，与醒者语，无不屈服。人目为醉圣。

乐天在河南，自称为醉尹。

皮日休自称醉士。

开元中，天下康乐，自昭应县至都门，官道之左右，当路市酒，钱量数饮之。亦有施者，为行人解乏，故路人号为"歇马杯"，亦古人衢尊之义也。

唐王元宝富而好施，每大雪，自坊口扫雪，立于坊前，迎宾就家，具酒暖寒。

梁谢譓不妄交，有时独醉，曰："人吾室者，但有清风，对吾饮者，惟当明月。"

宋沈文季，字惟贤，为吴兴太守，饮酒五斗，妻王氏亦饮酒一斗，竟日对饮，视事不废。

五代之乱，干戈日寻，而郑云叟隐于华山，与罗隐终日怡然对饮，有《酒诗》二十章，好事者绘为图，以相贶遗。

【译文】

《礼记》说：君子饮酒，饮一爵就颜色温和；饮二爵就开怀畅言；饮到第三爵，就悠然退席。

扬雄说：在君子身旁侍坐，有了酒，就可以观看古代的礼仪。

相传于定国能喝一石酒，审案更加精明。历代有萧宠、卢植、马融、傅玄、冯牧、刘京、魏舒、刘藻，都可以饮一石酒而不醉。

晋代何充善于饮酒醉不失礼。

魏国邴原的别传说：邴原原来能饮酒，但在游学的八九年中，一口酒都不喝。到陈留，就拜韩子助为师，到颍川，就亲近陈仲弓，到涿郡又亲近卢子干。到了将要回家时，朋友们认为邴原不能喝酒，就凑集了些米和肉赠送邴原。邴原说："我早年也能饮酒，但怕因酒而荒废学业，所以戒了酒。现在即将远别，又蒙大家相赠饯别，可以饮一次了。"于是开怀畅饮，终日不醉。

《郑玄别传》记：马融以英俊儒雅闻名于世。郑玄去见他研讨经书的异同，常和卢子干交好。在马融门下七年，后因俸养老母求归。在饯别郑玄的宴会上，先后有三百多人离座举杯敬酒。算起来郑玄共喝了三百多杯酒，但始终彬彬有礼，终日都不懈怠。

孔融喜欢饮酒，也很能写文章。常说："席上客常满，尊中酒不空，我就满足了。"

裴均在襄阳举办酒宴，有个叫裴弘泰的人迟到。裴均责备他，他道歉说："敬请赦罪。"从席上取所有酒器，一一斟满，饮干后把酒器全都揣到怀里。大家都佩服他有壮士豪气。席上有一个银制的大酒杯，可以装一斗多酒。他也斟满饮干后揣到怀里回家。裴均以为他会被酒腐坏胸胁而死，派人去窥看，只见他头戴纱帽箕踞坐地。称了称银海，计重二百两。

李白常常喝得大醉后作诗文，从来没有差错。与清醒的人谈论，没有人不被他折服的。人们把李白视作"醉圣"。

白居易在河南任职时，自号为"醉尹"。

皮日休自号为"醉士"。

开元年间，天下富足安乐。自昭应县到京都城门，官道的左右两边，沿路都卖酒，给钱就饮。也有施舍不收钱的，为行人解乏。所以路人称之为"歇马杯"，也正是古人说"衢尊"的意思。

唐时王元宝家富有好施舍。常在大雪天，在街坊口扫雪，站在街坊口，迎接客人到家里，摆出酒菜让客人暖寒。

晋时谢谌不随便接交朋友，有时一个人饮酒独醉，便说："进入我家里的，只有清风；陪我饮酒的，只是明月。"

宋时沈文季，宁惟贤，任吴兴太守，一次可以喝五斗酒，妻子王氏也能饮酒一斗。夫妻二人整日相对饮酒，而处理政事并无荒废。

五代时天下大乱，兵戈日起。郑云叟隐居在华山，和诗人罗隐整天怡然对饮。作有《酒诗》二十章，好事的人把它画成图，相互赠送。

乱德六

【原文】

小说：纣为糟丘酒池，一鼓而牛饮者三千人，池可运船。

《冲虚经》云：子产之兄曰穆，其室聚酒千钟，积曲成封，糟浆之气，逆于人鼻，方荒于酒，不知世道之安危也。

《史记》纣及齐威王，《晋书》王道子、秦苻坚、王悦，皆为长夜饮。

楚恭王与晋师战于鄢陵而败，方将复战，召大司马子反谋之。子反饮酒醉，不能见。王叹曰："天败我也。"乃班师而戮子反。

郑良霄为窟室而昼夜饮，郑人杀之。

《三辅决录》：汉武帝自以为功大，更广秦之酒池、肉林，以赐羌胡，而酒可浮舟。

《魏志》：徐邈字景山，为尚书郎。时禁酒，邈私饮沉醉。赵达问以曹事，邈曰："中圣人。"达白太祖，太祖怒。渡江将军鲜于辅进曰："醉客谓酒清者为圣人，浊者为贤人，此醉言耳。"

《三十国春秋》曰：阮孚为散骑常侍，终日酗纵。尝以金貂换酒，为有司所弹。

《裴楷别传》曰：石崇与楷、孙绰宴酬，而绰慢节过度。崇欲表之，楷曰："季舒酒狂，四海所知。足下饮人狂药而责人正礼乎？"

宋孔颛使酒仗气，弥日不醒，僚类之间，多为凌忽。

汉末政在奄宦。有献西凉州葡萄酒十斛于张让者，立拜凉州刺史。

元魏时，汝南王悦兄怿为元乂所枉杀，悦略无复仇之意，反以桑落酒遗之，遂拜侍中。

《韩子》云：齐桓公醉而遗其冠，耻之，三日不朝。管仲自请发仓廪赈穷三日，民歌曰："公何不更遗冠乎？"

晋阮咸每与宗人共集，以大盆盛酒，不用杯勺，围坐，相向大酌。更饮，群豕来饮其酒，咸接去其上，便共饮之。

晋文王欲为武帝求婚于阮籍，醉不得言者六十日，乃止。

胡毋辅之等方散发裸袒，闭室酣饮已累日，阮逸将排户入。守者不听，逸乃脱衣露顶，于狗窦中叫辅之，遽呼人与饮，不舍昼夜。

唐进士刘遇、刘参、郭保衡、王仲、张道隐，每春选妓三五人，乘牸小车，裸袒园中，叫笑自若，曰颠饮。

元魏时，崔儦每一饮八日。

（六译文缺，七至十二原文、译文缺）

酒之文十三

（一）酒德颂

【原文】

有大人先生，以天地为一朝，万期为须臾，日月为扃牖，八荒为庭衢。行无辙迹，居无室卢，幕天席地，纵意所如。止则操卮执觚，动则挈榼提壶。唯酒是务，焉知其余。有贵介公子，缙绅处士，闻吾风声，议其所以，乃奋袂扬襟，怒目切齿，陈说礼法，是非蜂起。先生于是捧罂承槽，衔杯漱醪，奋髯箕踞，枕曲藉糟，无思无虑，其乐陶陶。兀然而醉，豁然而醒，静听不闻雷霆之声，熟视不睹泰山之形，不觉寒暑之切肌，利欲之感情。俯观万物扰扰焉，若江海之载浮萍；二豪侍侧焉，如蜾蠃之与螟蛉。

【译文】

有位大人先生，把天地当作一朝，万年为一瞬，日月为门窗，八荒为庭院。他行不用车，住不要屋，以天作帐幕，拿地当铺席，随意自如。他停止不动时就端酒杯执酒觚，行动起来就带上榼提上壶，把饮酒作为惟一事务，哪里还知有其他。有位贵族公子和一位想做官的处士，听到我这样生活的风声，议论不已。他们撩起衣袖，怒目切齿，陈说礼法，汹汹然群起评是论非。先生这时正捧着酒罂在酒糟饮酒，端着杯子享受酒醪，须髯怒张，箕踞而坐，枕着酒曲躺在酒糟上，无思无虑，其乐陶陶。他昏然睡去，豁然而醒，静听之际也听不到雷霆之声，孰视之时也看不见泰山之形，也感觉不到寒暑侵入肌肤、利欲的动人情怀。俯视天下万物纷纷扰扰，就像是江海上的一片浮萍，贵族公子和缙绅处士在身边，也只如蠛蠓与螟蛉一样渺小。

（二）醉乡记

【原文】

醉这乡不知去中国其几千里，其土旷然无涯，无丘陵阪险；其气和平一揆，无晦朔寒暑；其俗大同，无邑居聚落；其人甚清，无爱憎喜怒。吸风饮露，不食五谷。其寝于于，其行徐徐。与鸟兽鱼鳖杂处，不知有舟车器械之用。昔者黄帝氏尝获游其都，归而杳然丧其天下，以为结绳之政已薄矣。降及尧舜，作为千钟百壶之献，因姑射神人以假道，盖至边鄙，终身太平。禹汤立法，礼繁乐杂，数十代与醉乡隔。其臣羲和，弃甲子而逃，冀臻其乡，失路而道夭，天下遂不宁。至乎末孙桀纣，怒而升其糟丘，阶级千仞，南向而望，卒不见醉乡。武王得志于世，乃命公旦立酒人氏之职，司典五齐，拓土七千里，仅与醉乡达焉，故四十年刑槽不用。下逮幽厉，迄乎秦汉，中国丧乱，遂与醉乡绝。而臣下之爱道者亦往往窃至焉。阮嗣宗、陶渊明十数人等，并游于醉乡，没身不返，死葬其壤，中国以为酒仙云。嗟呼，醉乡氏之俗，其古华胥氏之国乎？其何以淳寂也如是。今余将游焉，故为之记。

【译文】

醉乡不知距中国有几千里远，那里土地广阔无边，没有丘陵险阻；空气平和一致，没有晦朔寒热的变化；风俗有如"大同"社会，没有村落都邑。人们心境清和，没有喜怒爱憎。他们吸风饮露，不食五谷。睡觉时悠悠然，走路时慢慢的。与鸟兽鱼鳖和平相处，不知使用舟车器械。以前，黄帝曾访游过醉乡的都城，回来后便嗒然若丧地放弃了天下，认为自己的结绳而治是浅薄的。往后到尧舜，准备了千钟百壶的献酒，通藐姑射山神人的借道，曾到达醉乡的边境，得到了终身的太平盛世。夏禹、商汤建立法治，礼繁乐杂，几十代都与醉乡隔绝。他们的大臣义和，扔下政务远逃，希望到达醉乡，迷失了路而半道天折，因之天下不得安宁。到了禹汤的末代子孙桀纣，愤然登上糟丘，走上千仞高的阶台，向南远望，终于没有看到醉乡。周武王完成志向统一天下之后，命令周公旦设了酒人氏之职，管理"五齐"，拓宽国土七千里，才仅仅与醉乡相连，所以四十年里不用刑法。再往下到幽厉二王，直到秦汉，中国一直大乱，于是又与醉乡隔绝。但臣民中喜欢求道的人也常悄悄寻到醉乡的。阮籍、陶潜十多位人都游过醉乡，终身不返，死后葬在醉乡的土地里，中国人认为他们是酒仙。呵，醉乡的淳厚风俗，岂不正是古时华胥国吗？它为什么会这样淳朴清寂呢。现在我准备去醉乡，所以写了这篇"记"。

觞　政

明·袁宏道

一之吏

【原文】

凡饮以一人为明府，主斟酌之宜。酒懦为旷官，谓冷也；酒猛为苛政，谓热也。以一人为录事，以纠座人，须择有饮材者。材有三，谓善令、知音、大户也。

【译文】

凡饮酒时，先推选一人做令主，主持斟饮事项。如果他和荒废政务的旷官一样懦于管事，会让筵席冷清；如果管事严罚酒猛，有如苛政，则会使筵席热烈。再推一人为副手，专门负责对违犯酒令人的纠察。这两位都须要有饮酒之材的人充当。饮材须具备三个条件，就是精通酒令、通晓音律和酒量大。

二之徒

【原文】

酒徒之选，十有二：款于词而不佞者，柔于气而不靡者，无物为令而不涉重者，令行而四座踊跃飞动者，闻令即解不再问者，善雅谑者，持屈尊不分诉者，当杯不议酒者，飞斝腾觚而仪不愆者，宁酣沉而不倾泼者，分题能赋者，不胜杯杓而长夜兴勃勃者。

【译文】

选择酒徒，有十二条标准：说话诚恳不巧语媚人的人，气色温柔但不淫靡的人，随意行令而不重令的人，酒令一行就让满座踊跃的人，听到宣令立时就能理解不再诘问的人，善于开高雅玩笑的人，未犯令而被委曲罚酒不自我分辩的人，面对酒杯不议论酒好酒坏的人，酒杯飞传而仪容端正的人，宁可醉眠而不偷着泼酒的人，得到题目就能作诗题赋的人，不胜酒力但长夜饮宴而兴致不衰的人。

三之容

【原文】

饮喜宜节，饮劳宜静，饮倦宜诙，饮礼法宜潇洒，饮乱宜绳约，饮新知宜闲雅真率，饮杂揉客宜逡巡却退。

【译文】

饮酒高兴时应有节制，饮酒疲劳时应安静休息，饮酒倦怠时应说笑话，饮酒有礼法制约时要态度潇洒，饮酒乱性时要用礼法规矩约束自己，和新交的朋友饮酒应该雅静真诚，和圈外的杂客饮酒要须臾离开退出。

四之宜

【原文】

凡醉有所宜。醉花宜昼，袭其光也。醉雪宜夜，消其洁也。醉得意宜唱，导其和也。醉将离宜击钵，壮其神也。醉文人宜谨节奏章程，畏其侮也。醉俊人宜加觥盂旗帜，助其烈也。醉楼宜暑，资其清也。醉水宜秋，泛其爽也。一云：醉月宜楼，醉暑宜舟，醉山宜幽，醉佳人宜微酡，醉文人宜妙令无苛酌，醉豪客宜挥觥发浩歌，醉知音宜吴儿清喉檀板。

【译文】

开怀酣饮，应当有适宜的时光和场景。在花荫间酣饮，应当在白天，可以更光亮地享受花姿的美态。对着雪景饮酒，应当在夜晚，可以更好地领略雪的皎洁。饮酒得意时，应该放喉高歌以使心境更和畅。为离别而痛饮，应手击钵盂，可以壮人神色。和文人对饮，应当注意节奏、慎依章程，以免失礼招来羞辱。与才智出众的豪杰畅饮，应当增加酒杯、添插旗帜，可以显示壮烈。在楼上酣饮宜在夏日，高楼有清风降暑。在水边痛饮宜在秋天，秋水依依，更加爽人。另有一说：对月痛饮时宜登高楼，暑天酣饮最好在船上，在山间饮酒应找幽静处，与佳人饮酒到脸色微红时即可，与豪壮的客人痛饮，可时时挥动杯盏放声高歌，和知音人对饮，最适宜请吴伎拍击檀板曼声清唱。

五之遇

【原文】

饮有五合，有十乖。凉月好风，快雨时雪，一合也；花开酿熟，二合也；偶而欲饮，三合也；小饮成狂，四合也；初郁后畅，谈机乍利，五合也。日炙风燥，一乖也；神情索寞，二乖也；特地排档，饮户不称，三乖也；宾主牵率，四乖也；草草应付，如恐不竟，五乖也；强颜为欢，六乖也；革履板折，谀言往复，七乖也；刻期登临，浓阴恶雨，八乖也；饮场远缓，迫暮思归，九乖也；客佳而有他期，妓欢而有别促，酒醇而易，炙美而冷，十乖也。

【译文】

饮酒，有五种适合，十种不适合。清凉的月色、爽人的好风，疾雨刚停、适时的瑞雪，在这些时候饮酒，是一适合；鲜花开放，新酒酿成，这时饮酒，是二适合；偶然有了酒兴，端起杯子就饮，是三适合；稍喝点酒，就酒兴大发，近似癫狂，是四适合；开始愁郁，饮酒后欢畅，话也越说越利索，是五适合。太阳炙人、空气燥热，这时饮酒，是一乖；精神索漠、毫无兴致，这时饮酒，是二乖；特地排设，令饮客感到不适意，这样饮酒，是三乖；主人和宾客互相拉扯，有失大雅，这样饮酒，是四乖；草草应付，惟恐不早些收场，这是五乖；强作欢颜，内心不快，这是六乖；低头哈腰、反复诌言，是七乖；按时赴约，但乌云密布、恶雨袭人，是八乖；饮地很远，黑夜将临，急于回家，这时勉强饮酒，是九乖；客人是好友但却有他约，歌妓令人高兴但另有别的应酬，酒很醇美却换掉，烤肉很香却冰凉，这种状况是十乖。

六之候

【原文】

欢之候，十有三：得其时，一也；宾主久间，二也；酒醇而主严，三也；非觥罍不讴，四也；不能令有耻，五也；方饮不重膳，六也；不动筵，七也；录事貌毅而法峻，八也；明府不受请谒，九也；废卖律，十也；废替律，十一也；不恃酒，十二也；歌儿酒奴解人意，十三也。不欢之候，十有六：主人吝，一也；宾轻主，二也；铺陈杂而不序，三也；室暗灯晕，四也；乐涩而妓娇，五也；议朝除家政，六也；迭谑，七也；兴居纷纭，八也；附耳嗫嚅，九也；蔑章程，十也；醉唠嘈，十一也；坐驰，十二也；平头盗瓮及偃蹇，十三也；客子奴器不法，十四也；夜深逃席，十五也；狂花病叶，十六也。饮流以目眙者为狂花，目睡者为病叶。其他欢场害马，例当叱出。害马者，语言下俚、面貌粗浮之类。

【译文】

饮酒欢欣有十三种景况：时候适宜，是其一；主客久未会面，是其二；酒淳美而主人端庄，是其三；不击正规酒器不咏歌，是其四；不会行令就感到羞耻，是其五；注重饮而不重视菜，是其六；不随意搬动筵席，是其七；监酒官状貌坚毅而执法严格，是其八；主令官不受人情，是其九；不卖律，是其十；不替律，是其十一；不仗酒发疯，是其十二；歌伎童奴善解人意，是其十三。饮酒不欢欣的景况有十六种：主人吝啬，是其一；宾客轻视主人，是其二；席面杂乱无序，是其三；室内黑暗、烛光不明，是其四；乐工生疏、妓女娇气，是其五；陡意议论朝政家事，是其六；多次开不适当的玩笑，是其七；不断站起坐下，是其八；贴住耳朵悄悄私语，是其九；蔑视酒规酒令，是其十；醉语啰唆唠叨，是十一；人身在筵席而神已外驰，是十二；脱下发巾随意倒卧，是十三；客人的子女或小僮乱喊不懂礼法，是十四；夜深逃席而去，是十五；狂花病叫，是十六。饮宴中，那些怒目对人者是狂花，斜目窥人者是病叶。其他的妨碍饮酒欢欣的害马，照例须一律叱走。害马，就是那些语言粗鄙、面目可憎的人。

七之战

【原文】

户饮者角觥兕，气饮者角六博局戏，趣饮者角谈锋，才饮者角诗赋乐府，神饮者角尽累，是曰酒战。经云："百战百胜，不如不战。"无累之谓也。

【译文】

有酒量的，凭借自己酒力在杯盏上和对手争高低；有豪气的饮酒者用六博局戏来争高下；讲求饮酒趣味的，用言谈锋利和对手竞争；有才学的饮者用诗词歌赋和对手比较；有神智的饮酒者以智谋和对手较量。这些，都可以称为"酒战"。经书说："百战百胜，不如不战。"就是说饮酒无须拼战而使身心受累的意思。

八之祭

【原文】

凡饮必祭所始，礼也。今祀宣父曰酒圣，夫无量不及乱，筋之祖也，是为饮宗。四配曰阮嗣宗、陶彭泽、王无功、邵尧夫。十哲曰郑文渊、徐景山、嵇叔夜、刘伯伦、向子期、阮仲容、谢幼舆、孟万年、周伯仁、阮宣子。而山巨源、胡毋彦国、毕茂世、张季鹰、何次道、李元忠、贺知章、李太白以下，祀两庑。至若仪狄、杜康、刘白堕、焦革辈，皆以酝法得名，无关饮徒，姑祠之门垣，以旌酿客，亦犹校宫之有土主，梵宇之有伽蓝也。

【译文】

凡饮酒必先祭祀酒的始祖，这是古礼。现在祀孔子为"酒圣"，他酒量小而不醉，是酒之始祖，也是历朝酒徒的宗主。四位配祭的是阮籍、陶潜、王绩、邵雍。另有配享的十哲为郑泉、徐邈、嵇康、刘伶、向秀、阮咸、谢鲲、孟嘉、周、阮修。而山涛、胡毋辅之、毕卓、张翰、何充、李元忠、贺知章、李白及之后的著名酒徒们，祀祭在两廊。至于仪狄、杜康、刘白堕、焦革等辈，都因会酿酒出名，和好饮的酒徒无关，姑且也祀在门墙，以表彰他们是酿酒的好手，就像学宫里供有土地神、佛寺有伽蓝神那样。

九之典刑

【原文】

曹参、蒋琬，饮国者也；陆贾、陈遵，饮达者也；张师亮、寇平仲，饮豪者也；王远达、何承裕，饮俊者也；蔡中郎，饮而文；郑康成，饮而儒；淳于髡，饮而俳；广野君，饮而辩；孔北海，饮而肆。醉颠、法常，禅饮者也；孔元、张志和，仙饮者也；扬子云、管公明，玄饮者也。白香山之饮适，苏子美之饮愤，陈暄之饮骏，颜光禄之饮矜，荆卿、灌夫之饮怒，信陵、东阿之饮悲。诸公皆非饮派，直以兴寄所托，一往摽誉，触类广之，皆欢场之宗工，饮家之绳尺也。

【译文】

曹参、蒋琬都是国家重臣，他们饮酒可称之为"国饮"；陆贾、陈遵能言善辩、饮酒时放达不羁，可视之为"达饮"；张齐贤、寇准饮酒豪侈，可称之为"豪饮"；王元达、何承裕饮酒不拘小节，可称之为"俊饮"。蔡中郎喜酒而以文章著名；郑康成喜酒而为儒学大师；淳于髡身为俳优喜酒而滑稽；郦食其喜酒而能言善辩；孔融喜以酒招友，如开酒肆。醉颠、法常都是僧人而嗜酒，可称为"禅饮"；孔元、张志和远遁人间而嗜酒，可称为"仙饮"；扬雄、管辂俱为易学大师，精玄机而嗜酒，可称"玄饮"；白居易"晚年惟好静，万事不关心"而喜酒，可称为"适饮"；苏舜卿为权奸排挤，以酒消愤，可称为"愤饮"；陈暄痴迷于酒、百事皆废，可称为"呆饮"；颜延之以文名世而嗜酒，可称为"矜饮"；荆轲刺秦、灌夫骂坐，都含怒而死，他们的饮酒可以称为"怒饮"；信陵、东阿为避忌远祸以酒消悲，可以称为"悲饮"。以上这些都是不同的饮酒界别，但都是以酒寄情，我这里把他们当作标帜赞扬，还可以触类旁通、推而广之，举出更多的酒徒、酒派，他们都是欢乐酒场的宗师、饮酒人所应效法的准绳。

十之掌故

【原文】

凡《六经》《语》《孟》所言饮式，皆酒经也。其下则汝阳王《甘露经》《酒谱》，王绩《酒经》，刘炫《酒孝经》《贞元饮略》，窦子野《酒谱》，朱翼中《酒经》，李保《续北山酒经》，胡氏《醉乡小略》，皇甫崧《醉乡日月》，侯白《酒律》，诸饮流所著记传赋诵等为内典。《蒙庄》《离骚》《史》《汉》《南北史》《古今逸史》《世说》《颜氏家训》，陶靖节、李、杜、白香山、苏玉局、陆放翁诸集为外典。诗余则柳舍人、辛稼轩等，乐府则董解元、王实甫、马东篱、高则诚等，传奇则《水浒传》《金瓶梅》等为逸典。不熟此典者，保面瓮肠，非饮徒也。

【译文】

《六经》《论语》《孟子》中所写到的关于酒的饮法，都是酒经。其下唐汝阳王所著《甘露经》《酒谱》，王绩所著《酒经》，刘炫所著《酒孝经》《贞元饮略》，窦苹所著《酒谱》，朱肱所著《酒经》，李保所著《续北山酒经》，胡氏所著《醉乡小略》，皇甫崧所著《醉乡日月》，侯白所著《酒律》，以及其他饮者所写的记传辞赋等等都是关于酒的内典。《庄子》《离骚》《史记》《汉书》《南北史》《古今逸史》《世说新语》《颜氏家训》，以及陶渊明、李白、杜甫、白居易、苏轼、陆游的诗集都是关于酒的外典。词家用柳永、辛弃疾等，乐府则董解元、王实甫、马致远、高则诚等，小说则《水浒传》《金瓶梅》等都是关于酒的闲逸书典。不熟悉这些典籍的人，就是只知道往肚肠里装酒，算不得真正的"饮徒"。

十一之刑书

【原文】

色骄者墨，色媚者劓，伺颐气者宫，语含机颖者械，沉思如负者鬼薪，梗令者决递。狂率出头者惾婴，愆仪者共艾毕，欢未阑乞去者菲对履。骂坐三等：青城旦；舂；放沙门岛。浮托酒狂以虐使为高，又驱其党效尤者，大辟。

【译文】

在酒宴上，态度傲慢的要处以墨刑，故作媚态的要处以劓刑，颐气使人者处宫刑，用语讥刺他人者械。对低头沉思如有重负的罚做"鬼薪"，阻碍酒令的也要判刑发落。特别狂嚚的"慢婴"，失去礼仪的"艾毕"，欢饮未结束就请求离席的人给穿罪衣罪鞋。至于借酒骂座的分三种处罚：罚做"城旦"，罚做"舂"，或流放沙门岛。如借酒发疯，虐使他人，又驱使同伙一起虐人者，杀头。

十二之品第

【原文】

凡酒以色清味洌为圣，色如金而醇苦为贤，色黑味酸醶者为愚。以糯酿醉人者为君子，以腊酿醉者为中人，以巷醪烧酒醉人者为小人。

【译文】

酒以色清味洌为最好，称圣人；酒色黄而质醇味苦者次之，称贤人；色黑味酸质薄的最差，称愚人。用糯米酿的酒让人痛饮的是君子，用冬天酿的酒让人痛饮的是中人，用里巷买来的烧酒让人痛饮的是小人。

十三之杯杓

【原文】

古玉及古窑器上，犀、玛瑙次，近代上好瓷又次。黄白金叵罗下，螺形锐底数曲者最下。

【译文】

酒具中以古玉制成和古窑烧制成的最好，用犀角和玛瑙制成的较次，近代烧的上好瓷器则又次之。黄金、白金制的酒卮较差，特别是螺形尖底多弯曲的酒盏最差。

十四之饮储

【原文】

下酒物色，谓之饮储。一清品，如鲜蛤、糟蚶、酒蟹之类。二异品，如熊白，西施乳之类。三腻品，如羔羊、子鹅炙之类。四果品，如松子、杏仁之类。五蔬品，如鲜笋、早韭之类。

以上二款，聊具色目。下邑贫土，安从办此。政使瓦贫蔬具，亦何损其高致也。

【译文】

下酒的食品，统称"饮储"。一类为清品，比如鲜蛤、糟蚶、醉蟹之类。二为异品，比如熊白、西施乳之类。三是腻品，比如羔羊、炙子鹅之类。四乃果品，比如松子、杏仁之类。五是蔬品，比如鲜笋、春韭之类。

以上几条，聊备名目而已。乡间的穷人，怎么能有这些呢？但只要有瓦盆蔬菜，照样不妨饮酒的高雅情趣！

十五之饮饰

【原文】

棐几明窗，时花嘉木，冬幕夏荫，绣裙藤席。

【译文】

窗明几净，鲜花美树，冬有帐幕，夏有荫凉，身穿绣花裙，坐需设藤席。

十六之欢具

【原文】

楸枰、高低壶、觥筹、骰子、古鼎、昆山纸牌、羯鼓、冶童、女侍史、鹧鸪、沈茶具（以俟渴者）、吴笺、宋砚，佳墨（以俟诗赋者）。

【译文】

棋盘、高低壶、酒筹、骰子、古鼎、昆山马吊牌、羯鼓、妖艳的小童、侍女、鹧鸪、茶具（预备给渴了的人用）、吴笺、宋砚、佳墨（预备有人写诗作赋）。

【原文】

余饮不能一蕉叶，每闻垆声，辄踊跃。遇酒客与留连，饮不竟夜不休。非久相狎者，不知余之无酒肠也。社中近饶饮徒，而觞容不习，大觉卤莽。夫提衡糟丘，而酒宪不修，是亦令长者之责也。今采古科之简正者，附以新条，名曰《觞政》。凡为饮客者，各收一帙，亦醉乡之甲令也。

【译文】

我的酒量小，每次连一蕉叶的酒都喝不下。但只要听到卖酒声，便踊跃上前。和酒友一起留连饮酒，饮不通宵不罢休。不是亲密老朋友，不知道其实我并没酒量。村子里有许多酒徒，但都没有学习过酒仪，酒态不好，言行粗鲁。既然喜欢饮酒，而不守酒法、酒礼，这当然会受到长者的谴责。现在，我选些古代典籍里简明实用的关于饮酒的礼仪法则，再加些新条目，编成这本书，起名《觞政》。凡是喜欢饮酒的人，各拿一册，也算是醉乡中的律规吧。

酒文化概说

第一章　绪　论

一　文化的定义

文化是一个人从他生活的群体里得来的，这是人特有的、区别于动物的地方。黑猩猩够香蕉，它是做了一项发明，如果它教会其他猩猩，从而传给它的子孙，它们就是有文化了。可是它们不然，它们下次还会从头思考，不管它以前的好主意是否传世。所以动物永远在文化的门外徘徊。

"文化"一词，德语为 Bildung. Kultur，英语为 culture。

1690 年，安托万·菲雷蒂埃《通用词典》"文化"词条："culture：人类为使土地肥沃，种植树木和栽培植物所采取的耕耘和改良措施。"注："耕种土地是人类所从事的一切活动中最诚实、最纯洁的活动。"

1878 年，利特雷《法语词典》："culture：文学、科学和美术的修养。"

1871 年，爱德华·B·泰勒《原始文化》："（文化）是人类在自身的历史经验中创造的'包罗万象'的复合体。"

1980 年 5 月，教皇保罗二世在联合国教科文组织代表大会上演说："文化是人类'生活'和'存在'的一种特有方式。"

1981 年维克多·埃尔《文化概念》："文化首先存在于日常生活之中，它以各种各样的形式与人类生活联系在一起。"

我们的祖先认为，文化即文明、教化。《说苑·指武》："凡武之兴，为不服也；文化不然，然后加诛。"文明：物质、精神文明成果；教化：教育、思维、感化（熟化）。

二　时和地的概念

文化群体中的人也是千差万别的。东非查加兰黑人吐唾沫是祝福。玻利维亚印第安人睡睡、吃吃，白天也可以这样，无一日三餐之制。我们走马路右转弯，汽车亦然，可英国、奥地利、瑞典走道左，汽车左转弯。四川人背孩子与山东人背孩子不同。所以，一个人、一群人的一言一行为什么会这样而不那样，没有什么别的理由，只是因为他生在这样的社会当中，受到这种社会群体活动规则的制约和熏陶。这里有"时"的原因和"地"的原因，上面是"地"的原因，再看"时"的原因。同是中国，二十年前，大家清一色黄、蓝军装或中山装，谁要是穿超短裙，那是疯子，而现在谁要是穿黄蓝军装或中山装，不被看成是傻瓜，也是"土老帽"。

这就是文化。构成一个时期、一个人类群体独具特色的生活方式、生活内容、生活环境、思维方式及其成果的总和就叫"文化"。

三　文化的位移现象

企业文化、文化宫、文化馆、文化部、文化节，其中的"文化"都是指"文学或艺术"。竹文化、菊文化、蟋蟀文化，这些都是指人类文化在这些动植物身上的反映。

四 文化是什么时候开始的

伴随人类的产生。根据古人类学者的研究成果，人类产生至少有上百万年，那么，文化也产生了上百万年。可是文明人的历史只有1万年，可考的历史只有6千年，有文字记载的历史只有4千年，这4千年和25万年相比，只是长长黑夜中的一道闪电，而我们现在就觉得人类文明似乎到了尽头。看来，人类文化就像一个开窍特别晚的学徒，大半生待在幼儿园里，突然之间开了窍，小学、中学、大学，越来进步越快，这是为什么？是因为文化的传播，是教化的结果。

从前世界上有一种塔斯曼尼亚人，在赤道以南，与美国费城在赤道以北的距离不相上下。他们没有船只，和外面的世界断绝联系，文化停留在旧石器时代，比人类文明晚三万年，终于在1877年灭绝。可见传播是文化的一个重要特征。

实际也是如此，酒文化属饮食文化，看看我们的饮食吧：蔗糖是印度传来的，土豆、玉米是美洲传来的，葡萄、石榴、西瓜是西亚传来的。所以，人类文化是一种在传播中逐渐拼凑起来的"百衲衣"。

五 酒文化的定义

《孟子·尽心》："食色，性也。"饮食既是生理行为，也是社会行为。酒文化属饮食文化，是从社会文化的角度来看待酿酒、饮酒、酒俗……等一切与酒有关的人类行为。文化是人类特有的，酒文化是指酒在人类行为、人类生活方式、人类思维与创造过程中所显示的作用和意义。

　　酒文化有着很深的内涵，它涉及人们的生理、心理、政治、文学艺术、风俗习惯等等。可以说，中国传统文化的一半是酒滋润的，如书法、国画、中医、整体思维方式等。无论我们从事什么工作，只要与酒打交道，就必须了解酒在人类生活中的作用，以及如何利用酒文化知识来更好地服务于人类生活。

第二章　源与流

一　酒的起源

关于酒的起源，有多种说法。

宋窦苹《酒谱·酒之源》：

> 世言酒之所自者，其说有三：其一曰仪狄始作酒，与禹同时。又曰尧酒千钟，则酒始作于尧，非禹之世也。其二曰《神农本草》著酒之性味，《黄帝内经》亦言酒之致病，则非始于仪狄也。其三曰天有酒星，酒之作也，其与天地并矣。予以谓是三者皆不足以考据而多其赘说也。……然则酒果谁始乎？予谓智者作之，天下后世循之而莫能废。

明李日华《紫桃轩又缀》：

> 黄山多猿猱，春夏采杂花果于石洼中，酝酿成酒，香气溢发，闻数百步。野樵深入者或得偷饮之，不可多，多即减酒痕。觉之，众猱伺得人，必嚼死之。

《清稗类钞·粤西偶记》：

　　粤西平乐等府，山中多猿，善采百花酿酒。樵子入山，得其巢穴者，其酒多至数石。饮之，香美异常，名曰"猿酒"。

晋江统《酒诰》：

　　酒之所兴，肇自上皇。或云仪狄，一曰杜康。有饭不尽，委余空桑。郁积成味，久蓄气芳。"

二　饮酒小史

（1）尧

　　平原君与子高饮，强子高酒曰："昔有遗谚：尧饮千钟，孔子饮百觚，子路嗑嗑，尚饮十榼。"古之圣贤，无不能饮也，子何辞焉？（《孔丛子》）

（2）舜

　　盖闻千钟百觚，尧舜之饮也。（魏文诏朝臣）

（3）禹

　　帝女令仪狄作酒而美，进之禹，禹饮而甘之，遂疏仪狄，绝旨酒，曰："后世必有以酒亡国者。"（《战国策·魏策》）

（4）桀

桀作瑶台，罢民力，殚民财，为酒池糟堤，纵靡靡之乐。(《新序·刺奢》)

（5）商

（帝纣）好酒淫乐，嬖于妇人，爱妲己……大聚乐戏于沙丘，以酒为池，悬肉为林，使男女裸相逐其间，为长夜之饮。(《史记·殷本纪》)

（6）周

厥或诰曰：群饮，汝勿佚，尽执拘以归于周，予其杀。又惟殷之迪诸臣，惟工乃湎于酒，勿庸，杀之。(《尚书·酒诰》)

晋侯以齐侯宴，中行穆子相，投壶，晋侯先。穆子曰："有酒如淮，有肉如坻，寡君中此，为诸侯师。"中之。齐侯举矢曰："有酒如渑，有肉如陵，寡人中此，与君代兴。"亦中之。(《左传·昭公十二年》)

跻彼公堂，称彼兕觥，万寿无疆。(《诗经·七月》)

（7）汉

（高祖）为泗水亭长，廷中吏无所不狎侮。好酒及色。常从王媪、武负贳酒。醉卧，武负、王媪见其上常有龙，怪

之。高祖每酤留饮，酒雠数信。(《史记·高祖本纪》)

大角氏出奇戏诸怪物，多聚观者，(武帝)行赏，赐酒池肉林，令外国客遍观各仓库府藏之积，欲以见汉广大，倾骇之。(《汉书·张骞传》)

(8) 魏晋南北朝

太祖禁酒而人窃饮之，故难言酒。以白酒为贤者，清酒为圣人。(《魏略》)

刘伶病酒，渴甚，从妇求酒，妇捐酒毁器，涕泣谏曰："君饮大过，非摄生之道。必宜断之!"伶曰："甚善!我不能自禁，唯当祝鬼神，自誓之耳，便可具酒肉。"……伶跪而祝曰："天生刘伶，以酒为名，一饮一斛，五斗解酲。妇人之言，慎不可听。"便引酒进肉，隗然已醉矣。(《世说新语·任诞》)

高祖招延后进二十余人，置酒赋诗。臧盾以诗不成，罚酒一斗。盾饮尽，颜色不变，言笑自若。萧介染翰便成，文无加点。帝两美之曰：臧盾之饮，萧介之文，即席之美也。(《梁书·萧介传》)

阮孚性机辩，好酒，貌短而秃，周文帝偏所眷顾，常于室内置酒十瓶，余一斛，上皆加帽，欲戏孚。孚适入室，见即惊喜曰："吾兄弟辈甚无礼，何为窃入王家匡坐相对? 宜早还宅也。"因持酒归，周文抚掌大笑。(《后魏书》)

愿举太山以为肉，倾东海以为酒，伐云梦之竹以为笛，斩泗滨之梓以为筝，食若填巨壑，饮若灌漏卮，其乐固难量。(曹植《与吴季重书》)

权于武昌临钓台，饮酒大醉，权使人以水洒群臣曰：

"今日酣饮，惟醉堕台中，乃当止耳。"……昭对曰："昔纣为糟丘酒池，长夜之饮，当时亦以为乐，不以为恶也。"权默然，有惭色。(《三国志·吴书》)

(9) 隋

陀尝从家中索酒，其妻曰："无钱可酤。"陀因谓阿尼曰："可令猫鬼向越公家，使我足钱也。"阿尼便咒之归。数日，猫鬼向素家。(《隋书·外戚传》)

高祖遇疾，不时谒……炀帝问之，王氏对以疾，炀帝曰："可得死否?"高祖闻之益惧，因纵酒纳赂以自晦。(《新唐书·高祖纪》)

(10) 唐

唐明皇尝置曲清潭，砌以银砖，泥以石粉，贮三展酒一万车，以赐当制学士。

李白有诗曰："天若不爱酒，酒星不在天。地若不爱酒，地应无酒泉。天地既爱酒，爱酒不愧天。已闻清比圣，复道浊如贤。贤圣既已饮，何必求神仙。三杯通大道，一斗合自然。但得醉中趣，勿为醒者传。"

王绩初待诏门下省，宦给酒例，日给三升，陈叔达闻之，日给一斗，因号斗酒学士。

白居易以醉为号，为河南尹曰醉尹，谪江州司马曰醉司马，及为太傅曰醉傅，而总曰醉吟先生。

白居易有《劝酒歌》曰："劝君一杯君莫辞，劝君两杯君莫疑，劝君三杯君始知。面上今日老昨日，心中醉时胜醒时。天地迢迢自长久，白兔赤乌相趁走。身后堆金拄北斗，不如生前一樽酒。"

（11）宋

欧阳修知滁州，建醉翁亭。

辛弃疾《西江月·遣兴》曰："昨夜松边醉倒，问松我醉何如。只疑松动要来扶，以手推松曰去。"

陆游亦有许多诗词中有酒："温如春色爽如秋，一盏灯前自献酬。百万愁魔降未得，故应用尔作戈矛。""莫笑田家腊酒浑。""红酥手，黄縢酒。""酒是治愁药，书为引睡媒。""一尊窗下浇愁酒，数卷床头引睡书。""云逢佳月每避舍，酒压闲愁如受降。""衰极睡魔偏有力，愁多酒圣欲无功。""灯暗但倾浇闷酒，路长应和赠行诗。""捐书已叹空虚腹，得酒还浇块垒胸。"

（12）元

治曲辛勤夏竟秋，奇功今日遂全收。日华煎露成真液，泉脉穿岩咽细流。不忍泼醅掬瓮面，且教留响在床头。老怀魂磊行浇尽，三径黄花两玉舟。（许有壬《秋露白酒熟，卧闻槽声，喜而得句，可行当同赋也》）

（13）明

襄陵自昔称名酒，猗氏于今得秘方。传示故园知汝意，酿成新味与谁尝？金盘滴露泠泠白，玉碗浮春冉冉香。倚瓮题诗寄吾弟，西斋风雨忆联床。（李濂《弟洛以襄陵酒方见示，如法酿造，良佳，赋此答意》）

（14） 清

　　他处行酒猜拳，必曰五魁，四喜、三星、七巧，而济南
每际灯火初明之际，商埠中之繁盛街市，恒闻极简单之数目
呼声，自餐馆传出。（胡朴安《中华风俗志·济南》）

三　酿酒小史

（1） 先秦的酒

《周礼·天官·酒正》有"五齐""三酒"之说，"五齐"为
泛齐、醴齐、盎齐、缇齐、沈齐；"三酒"为事酒、昔酒、清酒。

泛齐：连糟一起的发酵物，糟浮于酒面。味微酸。

醴齐：连糟一起的甜酒。酒色白。

盎齐：连糟的甜酒。较醴稠，酒色白。浊酒也。

缇齐：去糟的清酒，酒色红。

沈齐：酝酿时间较长，浮糟沉底，去糟，酒味醇厚。

事酒：一般待客的酒。

昔酒：作为制酱、酢、醯等原料的酒。

清酒：祭祀或治病的酒。经过漉滤。

（2） 加料酒

桂酒（楚辞）、百末旨酒（《汉书·礼乐志》）、麦酒（《后
汉书·范冉传》）、金浆酒（枚乘《柳赋》）、椒酒、柏酒（《四
民月令》）、屠苏酒（《荆楚岁时记》）、葡萄酒（《敦煌张氏
传》）。

古代入酒的原料：秫、稻、黍、麦、芍药、桂花、梅、木

瓜、糯米、稷米、粟米、枸杞、红蔓草、葡萄。

（3）烧酒

元代朱翼中《北山酒经》介绍火迫酒造法，是目前所见的最早的蒸馏酒记载。

第三章　器　具

鎗（鐺）

釜属，有耳，三足，温酒器。

陶、匏

陶乃以瓦陶为酒樽；匏即破匏为爵，即瓢。

尊

如牺尊、阳燧尊、鲁壶尊等。

牺尊：牛形尊。

阳燧尊：晋孙绰有《阳燧尊铭》。

鲁壶尊：见于《左传·昭公十五年》。

卮（饮酒礼器）

如白玉卮、黄金卮、琉璃卮、螭首卮、匏子卮、金屈卮等。

杯（盏）

杯的类型最为丰富。

七宝杯：《乐史》载《李太白后序》：太真妃持玻璃七宝杯，酌葡萄酒。

虾头杯：《南越志》载南海以虾头为杯。

瓜片杯：《十国春秋》记载：景宗令匠锻银叶为杯，赐群下饮，银叶既柔弱，因目之为冬瓜片，又名曰醉如泥。

鹦鹉杯（螺杯）：《西阳杂俎》记载："梁宴魏使，魏肇师劝陈昭曰……俄而鹦鹉杯，徐君房饮不尽，属肇师。肇师曰：海蠡蜿蜓，尾翅皆张，非独为玩好，亦所以为罚，卿今日真不得辞责。"

桃核杯：《十国春秋》记载：景宗与刘光祚游华岳，逢道士，以桃核取瀑泉盥漱，卒以半片见授，名桃核杯。

照世杯：传说撒马儿罕国有照世杯，光明洞澈，照之可知世事。故清末暴露小说取名照世杯。

荷杯：《语林》记载：唐李宗闵暑月临池，以荷为杯。

水晶杯：《韵府》云：武法三年，西域罽宾献玻璃水晶杯。

夜光杯：《十洲记》云：周穆王时，西域献夜光常满杯，受酒三升。杯是白玉之精，光明夜照。冥夕出以向天，比明，酒汁已满，味甘而香美。唐王昌龄有诗云："葡萄美酒夜光杯。"

耳杯：即熊耳杯。邢子才诗云："朝驰玛瑙勒，夕衔熊耳杯。"

藤杯：《续博物志》云：酒杯藤出西域，藤大如臂，叶似葛花，实如梧桐，质坚可为杯，以酌酒，有文章映彻可爱，士人投酒，能消宿酲。

自暖杯：《开元天宝遗事》云：唐内库有酒杯，青玉色，纹如乱丝，其薄如纸，足上镂金字，曰自暖杯。上令取酒注之，温温然有气，少顷如沸汤。

蟹杯：以金银为之，饮不得法，则双螯钳其唇，必尽乃脱。

碗（小盂）

金碗：《韵府》云：崔少府女亡，有金碗着棺后，后卢充与之幽昏，女以金碗赠之。

玉碗：李白有诗云："玉碗盛来琥珀光。"

琉璃碗：《文士传》记载：潘尼与同僚饮，主人有琉璃碗，使客赋之，尼立成。

水精碗：《抱朴子》记载：外国作水精碗，实是合百片以作之，交广间多得此法。

壶（昆吾，圆器）

玉壶、瓠壶：《韵府》云：王方平有十二壶。又鸱夷、滑稽，腹如瓠壶。

青田壶：《珊瑚钩诗话》记载：乌孙国有青田核，莫知其木与实，而核如五六升瓠，空之盛水，俄而成酒，味甚醇美，刘章曾得二焉，集宴设之，一核才尽，一核又熟，可供二十客，因名青田壶。

瘿木壶：宋吕公著《瘿木壶》："嗟尔木之瘿，何异肉有赘。生成拥肿姿，赋象难取类。……刳剔虚其中，朱漆为之伪。貯浆挹酒醴，施用惟其利。"

爵

象雀形饮酒器。

盉

有龙首盉、麟盉、螭虬盉、熊足盉、凤盉等。

斝

殷曰斝，周曰爵。

卣

彝为上，罍为下，卣居中，中尊也。

觚

二升曰觚。

觯

三升曰觯。

斗

有柄之酌酒器，似木瓢。玉斗、方斗。

觞

实曰觞，虚曰觯。

觥

兕牛角可饮者。或称兕觥。

角

似爵，容四升。

第四章　酒礼仪

中国人饮酒的礼节繁杂，在我们日常生活中，一个最蛮不讲理的人，一个嗜财如命的人，到了酒席上也显得稍微彬彬些，也愿意自己少喝，别人多喝。为什么？因为酒礼对双方都有好处，对一方有好处而对另一方毫无好处的事，是不会获得社会承认的，礼节亦然。

一　酒礼标明了等级观念

等级是声望和地位的表示，由于社会角色的不同，不同的场合有不同的等级，如公宴和私宴。在古代，公宴中，皇帝是至高无上的，老子也得下跪称臣。私宴中，社会角色变了，父子关系占据上风，皇帝就得给老头子请安。这在《红楼梦》元妃省亲中表现尤多。也因此，等级观念不一定是尊者的特权。例如，侄儿是知府，叔叔是农夫，在家宴中，这位农夫就可以义正词严的训斥知府，把平时不敢讲的话讲出来。

酒礼的等级观念表现在敬尊崇老上，讲究贵贱有别，长幼有序。从座次、献酬、言谈中间无一不贯彻始终。现在我们开会时，秘书处往往要为座次费一番踌躇，阅读报纸的人往往会从中央的排列名次先后上推测人事变化，无一不是受酒礼的影响。

坐，请坐，请上坐；茶，献茶，献好茶。这副民间传说的对联反映的就是座次的文化内涵。座次本来是小事，坐在哪儿都不影响进食，但从原始人开始，人类就有一种追求声望的天性，或者叫陋习。权力和实利并不够浪漫，如果不加上一层声望做炫耀，人生也没有多大滋味。项羽不愿王关中而回江东，被人称为"沐猴而冠"，正是楚人爱名的写照，所谓富贵不回乡里，犹衣锦夜行。

　　敬尊、崇老、长幼有序，本身就是一种教化，并且是一种非常有用的教化。原始人对儿童是爱护倍至，任何时候都不打骂，比我们要文明得多，可他们用什么来教育孩子呢？棒头下面出孝子，不打不成器，是许多人的教育信条。其实不然，原始社会的孩子异常孝顺、守礼、懂规矩，绝不肯做流氓阿飞。他们的社会无法律，无监狱，无警察，但异常和睦，社会内部从来不会你杀来我杀去，你抢我财物我夺你妻子，就是因为当时强大的教化的力量。这种教化还保存在酒礼之中。比如一个孩子第一次到宴会上做客，大人会教育他：不要抢座，要听大人的话，坐规定的位置，别多喝酒，免得喝醉了闹笑话，吃菜要斯文。诸如此类，就已经贯穿了敬尊、崇老、长幼有序的教育。假如在宴席上，有一位大人给孩子敬酒，这孩子说"我不喝"，他爸爸马上会教育他："××大爷给你斟酒，你不能不喝，先接过，少喝一点。"这也是在教化。这种气氛使第一次赴宴的孩子心情非常紧张，唯恐自己失礼被人家笑话。在这种紧张中，敬尊者、崇老人的思想已深深印在他脑海中。看到在酒席上全体对某人表示出尊敬，以后在道上相逢，他也会自然而然地表现出敬畏来，这就是酒礼的等级文化内涵。

二　酒礼用来协调人际关系

　　世界上的万事万物，有它好的一面，就一定有它不好的一面。人与人之间的关系也是如此，制定法律，是人为地创造一种禁忌来平衡人们的言行：哪些事可以做，哪些事不可以做。可是法制化越高的社会，抢银行、强奸、拐卖、诈骗之类的案件就越多。越是人口集中的地方，人情关系、邻谊、乡谊就越冷淡，互不信任的程度就越高，人与人之间的利害冲突就越突出。我们现在好像把诉诸法律，打一场官司看作是很荣耀的事，可在古代人眼中是最荒唐可笑的事。他们解决冲突很简单，如果是不同部族的，双方坐到一起，调解人往往是年长者，点好一袋烟，由被告递给原告，原告接过一抽，大家言归于好，不然就被别人看不起。这种调解方式既明了又实用。原始人的调解方案在酒礼中间还可以找到蛛丝马迹。平时双方有隙，中间人往往是年长辈尊者，会告诉被告一方去摆一席酒，请原告来，双方坐到一起，调解人为他们举杯，被告给原告敬酒时会说"以前的事我对不起大哥，今天大哥我个面子，干了这杯酒，过去的就过去了……"等等。这些话在平时，你杀了他头，他也不会出口的，但在这酒席上，他可以轻松地讲出来。于是一切烟消云散。如果原告不接受这杯酒，愤而离席，宣告调解失败。但是被告的这桌酒并没有白请，他赢得了一个重要的舆论支持，调解人会站到他一边来。因为原告的愤而离席是驳了调解人的面子，违反了酒席上敬尊、崇老的礼数，是失礼行为。所以，在一般情况下，原告是不会这样做的，所以，曹植的《酒赋》说："和睚眦之宿憾，虽怨仇其必亲。"这就是酒礼调节人际关系的一个内涵。

酒席上，两个素不相识的人要互相信任，比在任何地方都快。通过喝酒，大致可以看出此人是豪爽实在，还是狡诈虚伪；是守礼守信，还是言而无信，不讲义气。通过一席酒，下次见面，两人就可以促膝谈心，因为酒席上的礼仪给人们创造了一种文化氛围，把平时不愿暴露的率真的一面暴露出来。其中酒礼就是一个评判标准。所谓"酒逢知己千杯少，话不投机半句多。"

《汉书》记载：楚元王每置酒，穆生不会饮，为之设醴。有一次，醴酒不设，穆生即辞去，是因为通过不设已看出楚元王待贤之慢。这是酒礼调节人际关系的又一个文化内涵。

三　酒礼为了防止酒祸

和任何事物一样，喝酒有好处，但过分就有坏处。酒礼的制订主要是为了防止喝酒为非。禹饮酒而甘便知道："后世必有以酒亡其国者。"为了防止沉湎于酒，古人就制订了酒礼，保证饮酒不超生理承受力，保证不酿成酒祸。《礼记·乐记》曰："豢豕为酒，非以为祸也。而狱讼益繁，则酒之流生祸也。是故先王因为酒礼。壹献之礼，宾主百拜，终日饮酒而不得醉焉。此先王之所以备酒祸也。"

这种情形古今中外是一致的，17世纪，法国国王不得不受酒礼的制约，无论他怎样贪杯，也无法一醉方休，因为酒礼规定，国王酒杯一干就得送进厨房，这酒礼是他自己订出来的。目的只有一个，防止自己酒后失礼。

第五章　酒与政治

一　酒与国计民生关系

因为酒与礼仪关系密切，所以，作为治国之规范的礼不得不染上酒的气味。历代的帝王、政治与酒也就产生了难以言传的微妙关系。在封建社会中，多少次你死我活的龙争虎斗是在战场上进行，多少次是在樽俎之间进行的，后者比前者要多得多，中国有句古话叫"先礼后兵"，礼往往是以酒来实现的。《晏子春秋》上的一则著名故事：晏子不越樽俎之间而折冲千里，最可说明问题。

《春秋纬》说："酒者，乳也。"王者法酒旗以布政，施天乳以哺人，好像国家的政治全是出于酒的，这从某种意义上说也不夸张。现在世界上销售量最大的饮料是可口可乐，可是与酒比起来，百不及一。如果这世界上没有了酒，所有的宴席恐怕无法让人尽兴，一切的节日也成为虚设，生活失去了许多欢乐，人生也暗淡许多。所以，饮酒已经成为人们生活中不可或缺的事件之一。

二　酒与国家财政

中国从汉武帝起就对酒开始征税，《汉书·西域传》云："至于用度不足，乃榷酒酤，管盐铁。"汉王莽时置酒士，乘传车收酒利。晋有酒丞，齐有酒史，梁有酒库丞，隋有酒坊使，唐因之，宋有酒务，宋苏辙曾监筠州酒税。清雪居士曰：熙宁酒课，载杭设十务，税三十万贯以上；苏州七务，税二十万贯以上；独于秀州有十七务，税十万贯以上。总天下而计之，其榷税有百万贯余。据《宋史·食货志》："天禧四年，转运副使方仲荀言：'本道酒课旧额十四万贯，遗利尚多。'乃岁增课九万八千贯。"明代应不止此数，清代称酒税为酒厘。现在，景芝一酒厂一年利税就上亿元，全国有多少个景芝。烟酒已成为国家利税的支柱。

三　酒与腐败政治

然而，商纣酒池而亡国，齐桓公遗冠而称霸，政治的清浊在人而不在酒，清者自清，浊者自浊，"不信有天常似醉，最怜无地可埋忧"，反映的就是那种昏醉的政治，"为此春酒，以介寿眉"，又是太平盛世的赞歌。

现在，国家三令五申严禁用公款大吃大喝，喝指的就是酒。宋人把朝夕宴会、疲于应接的生活称为"酒食地狱"。晋书载会稽王道子，执政沉湎于酒，让宫人在后宫开酒肆，水边卖酒。自己直到被亲生儿子废了，还不明白为什么被废，这种政治就可想而知了。

四　酒与劝谏

贤臣名士深知酒与政治的关系，以酒劝谏的例子不胜枚举。《太平御览》记载："桓公饮管仲酒，仲弃其半。公问其故，时曰：'臣闻酒入舌出，舌出言失，言失身弃，臣弃身不如弃酒。'"《左传·庄公二十二年》记载：陈公子完奔齐，"饮桓公酒，乐。公曰：'以火继之。'辞曰：'臣卜其昼，未卜其夜。'"《吴书》记载："权于武昌临钓台饮酒，大醉。权使令人以水洒群臣，曰：'今日酣饮，惟醉堕台中，乃当止耳。'……昭对曰：'昔纣为糟丘酒池，长夜之饮，当时亦以为乐，不以为恶也。'权默然，有惭色。"古今借酒劝谏使之政通人和的例子亦是酒与政治的间接联系。

第六章　酒与文学艺术

一　酒助思维

酒是一种致幻剂。人生束缚太多，幻中可以有醒时不同的感受，所以，醉酒时是一种异于常规的思维。像李白那些雄奇的浪漫主义色彩的诗篇，以奇特的想象取胜，是醉时最易达到的境界。"醉里乾坤大，壶中日月长"，所以张燕公诗说："醉后欢更好，全胜未醉时。动容皆是舞，出语总成诗。"

湖南洞庭君山上有酒香山，《湖州记》记载东方朔的机智说："君山上有美酒，饮者不死，汉武帝谴栾巴求得之，未进御，东方朔窃饮。帝怒，欲杀之，对曰：'使酒有验，杀臣亦不死；无验，安用酒为？'帝笑而释之。"此悖论也，是喝酒之后，人特机智。

《史记·高祖本纪》记载：高祖过沛，与父老子弟饮酒，"酒酣，高祖击筑，自为歌诗曰：'大风起兮云飞扬，威加海内兮归故乡，安得猛士兮守四方！'"

这些都是因酒而激发灵感的常例。

二　酒助抒情

苏轼《洞庭春色》："应呼钓诗钩，亦号扫愁帚。……须君湔海杯，浇我谈天口。"酒能消愁破闷，是古今一致的看法，有愤难抒，郁郁不欢时，敢怒而不敢言时，便借酒消愁，所以陆游说："日长似线愁方觉，事大如天醉亦休。"

酒能消愁的说法，由来已久，鲁迅《从百草园到三味书屋》一文说有"怪哉"一虫，怨气所化，用酒一浇就消释了，就是酒能消忧的说法。《东方朔别传》："武帝幸甘泉，至长平坂道中，有虫赤如肝，头目口齿悉具，驱还以报，上使视之，莫知之。时朔在属车中，令往视焉，朔曰：'此谓怪哉，是必秦狱处也。'上使按地图，果秦狱地。上问朔何以知之，朔曰：'夫积忧者，得酒而解。'乃取虫置酒中，立消。赐朔帛百匹。后属车上盛酒为此也。"

曹操酒后作诗："老骥伏枥，志在千里。烈士暮年，壮心不已。"

李白有一首著名的《将进酒》，就是借酒消愁："君不见，黄河之水天上来。……钟鼓馔玉不足贵，但愿长醉不愿醒。古来圣贤皆寂寞，唯有饮者留其名……五花马，千金裘，呼儿将出换美酒，与尔同销万古愁。"

还有一首《宣州谢朓楼饯别校书叔云》也非常出名："弃我去者昨日之日不可留，乱我心者今日之日多烦忧。长风万里送秋雁，对此可以酣高楼……抽刀断水水更流，举杯消愁愁更愁。"

三　酒保天真

古代者许多诗文讲到酒保天真这个话题。

不向花中醉，花应解笑人。只忧连夜雨，又过一年春。日日无穷事，区区有限身。若非杯酒里，何以寄天真。（唐

李敬中《劝酒诗》)

（陶渊明）九月九日无酒，出宅边菊丛中坐久，值弘送酒至，即便就酌，醉而后归。潜不解音声，而畜素琴一张，无弦，每有酒适，辄抚弄以寄其意。贵贱造之者，有酒则设，潜若先醉，便语客："我醉欲眠，卿可去。"其真率如此。(《宋书·陶渊明传》)

我初谪官时，帝问司酒神。曰此好酒徒，聊给酒养真。(宋张耒《冬日放言》)

山季伦为荆州，时出酣畅。人为之歌曰："山公时一醉，径造高阳池。日暮倒载归，酩酊无所知。复能乘骢马，倒着白接䍦。"(《世说新语·任诞》)

（以下缺）

山东大学中文专刊

鲍思陶文集

鲍思陶 著

第三册

中国古典诗歌创作论
得一斋文钞

齐鲁书社
·济南·

本册目录

中国古典诗歌创作论

得一斋文钞

语言文字

附　录

中国古典诗歌创作论

第一章 诗歌体式

论诗歌体式问题起源很早。早在魏晋南北朝时期，人们就开始讨论古典诗歌的体式。相传魏文帝就写过《诗格》，即使属实，应也早已佚失。今见于宋陈应行编辑《吟窗杂录》卷一的魏文帝《诗格》，有"六志""八对""八病""杂例"之说，专门辩论律诗，是后人伪托无疑，不足为凭。唐前期，继承齐梁"声病"说之后，讲论近体诗声律和对偶的书应运而生，如上官仪《笔札华梁》、无名氏的《文笔式》、元兢《诗髓脑》等均是。"髓脑"或曰"脑髓"，即脑浆，中医古籍《灵枢经·海论》谓"脑为髓之海"。《史记·扁鹊仓公列传》、刘向《说苑·辨物》等汉代典籍已用"髓脑"或"脑髓"词语。因"髓脑"是人身关键部位，故亦引申指精粹、要旨等义。元兢之前，《隋书·经籍志三》"五行类"录有《周易髓脑》二卷①，即以"髓脑"为书名。元兢《诗髓脑》等书在唐代由日僧空海（弘法大师）携回日本，引录于他所撰《文镜秘府论》中。元兢原书中土久佚，幸赖弘法大师《文镜秘府论》引录保存。中唐时期，又有白居易《金针诗格》《文苑诗格》，贾岛《二南密旨》，王昌龄《诗格》《诗中密旨》诸书，其中有的或系伪托，且所论限于形式、技巧。但皎然《诗式》《诗义》等，颇具理论价值，影响亦大，另当别论。在中唐，

---

① 《隋书》，中华书局点校本，第 4 册，第 1034 页。

近体格律大备，文士苦吟成风。至晚唐五代，"诗格"益繁，这些书都谈到诗歌体式。宋元以下，关于诗格、诗法的著述仍然不断产生。这些著述，许多是为指引初学者而作，也有些是对于诗歌体式和诗法的较深入的研究性著作。

我们参考历来有关诗格诗法的著述，先讲一讲古典诗歌的体式和结构。

第一节　诗歌体式

最初的诗歌是什么样子，我们现在不知道了。现代研究者的说法有诗歌源于劳动、源于巫术、源于狂欢、源于对偶婚的求偶游戏等等。但先秦的诗歌理论都是主张"言志"的。汉代以后，人们知道诗歌还有抒情的作用，所以陆机《文赋》就说"诗缘情以绮靡"。"言志""缘情"，都要符合"温柔敦厚"的儒家诗教，都要做到"丽则"，即美丽典雅。所以，言志和缘情的诗歌一直是古典诗歌的主流体式。

中国古典诗歌的体式，可以概略分为正体诗歌和杂体诗歌两大类。

一、正体诗歌

（一）言数体

从每句字数角度来定诗体，有二言、三言、四言、五言、六言、七言、杂言等。

二言也许是我国古代诗歌中最古老的一种诗体，如见载于多种古籍传为黄帝时的《弹歌》："断竹，续竹；飞土，逐肉。"①

---

① 逯钦立辑校《先秦汉魏晋南北朝诗》，中华书局 1983 年版，上册，第 1 页。

三言，如《文心雕龙·章句》篇说："三言兴于虞时，《元首》之诗是也。"陆侃如、牟世金注："元首：指舜。歌辞见《尚书·益稷》：'股肱喜哉，元首起哉，百工熙哉。'除语气词'哉'字，都是三字句。"① 清赵翼《陔余丛考》："三言诗，《金玉诗话》谓起于高贵乡公。然汉《安世房中歌》'丰草葽'及'雷震震'二章，《郊祀歌》之'练时日''太乙贶''天马徕'等章，已创其体，则不始于魏末矣。"② 南朝如鲍照《代春日行》，通篇三言。唐诗中如李贺《苏小小墓》，除两句五言外，其余十二句三言，可说是一首三言诗，以特别的诗体表达独特的情思，也是李贺的名篇。其诗云：

幽兰露，如啼眼。

无物结同心，烟花不堪剪。

草如茵，松如盖。

风为裳，水为佩。

油壁车，夕相待。

冷翠烛，劳光彩。

西陵下，风吹雨。③

历代三言诗作品实在太少。但三言句后来在宋词中多有采用，有的词调以三言句为主，就还很近似三言诗的格调。如《六州歌头》，以张孝祥词为例：

---

① 陆侃如、牟世金《文心雕龙译注》，齐鲁书社1982年版，下册，第182页。

② ［清］赵翼《陔余丛考》卷二十三，中华书局1963年版，中册，第450页。

③ 《全唐诗》卷三百九十，中华书局点校本，第12册，第4396页。

长淮望断，关塞莽然平。征尘暗，霜风劲，悄边声。黯销凝。追想当年事，殆天数，非人力，洙泗上，弦歌地，亦膻腥。隔水毡乡，落日牛羊下，区脱纵横。看名王宵猎，骑火一川明。笳鼓悲鸣。遣人惊。

念腰间箭，匣中剑，空埃蠹，竟何成。时易失，心徒壮，岁将零。渺神京。干羽方怀远，静烽燧，且休兵。冠盖使，纷驰骛，若为情。闻道中原遗老，常南望、羽葆霓旌。使行人到此，忠愤气填膺。有泪如倾。①

此调全篇共 39 句，而多半是三言句，句短气急，音调悲壮。

四言相传上古的歌谣如《击壤歌》："日出而作，日入而息，凿井而饮，耕田而食。帝力于我何有哉。"② 后来四言盛行于春秋以前，集中地保存在我国最早的一部诗歌总集《诗经》之中。东汉以后，五七言诗兴起，四言体渐趋衰落，唐以后四言诗则少见。当然，四言也在后来兴起的词中有很多运用，比三言的使用率要高许多。

五言、七言，是古典诗歌的主流体式，也是本书以下几章所要讲的主要诗体，此不详述。

六言，今所见最早的六言诗是汉末孔融《六言诗三首》③。唐诗中六言诗作品很少，王维有《田园乐七首》，都是六言绝句，例如其三："采菱渡头风急，策杖林西日斜。杏树坛边渔父，桃花源里人家。"其五："山下孤烟远村，天边独树高原。一瓢颜回

---

① 《全宋词》卷，中华书局 1995 年版，第 3 册，第 1686 页。

② 逯钦立辑校《先秦汉魏晋南北朝诗》，中华书局 1983 年版，上册，第 1 页。

③ 逯钦立辑校《先秦汉魏晋南北朝诗》，中华书局 1983 年版，上册，第 197 页。

陌巷，五柳先生对门。"其六："桃红复含宿雨，柳绿更带朝烟。花落家童未扫，莺啼山客犹眠。"① 南宋洪迈《容斋随笔·三笔》"六言诗难工"条说："予编唐人绝句，得七言七千五百首，五言二千五百首，合为万首。而六言不满四十，信乎其难也。"② 洪迈举例称赞了皇甫冉三首六言绝句。刘长卿有六言律诗，顾况、卢纶等也有六言诗作。唐宋词有《三台令》，为六言四句。清《御定词谱》卷一说："三台：单调二十四字，四句，两平韵。"举例为王建词："池北池南草绿，殿前殿后花红。天子千秋万岁，未央明月清风。"注云："此亦六言绝句，平仄不拘。"③

在五七言诗盛行的同时，也有杂言诗，即每句字数多少不固定的古体诗。《诗经》中已有诗句字数不齐的杂言诗篇，汉乐府诗也有杂言，字句多见三、五、六言等。南朝鲍照创以七言为主的杂言歌行，如《拟行路难》多首。唐代如李白，则偏爱拟古乐府和歌行的杂言体，其名篇佳作甚多，此不列举。

（二）骚体

即楚辞体。起于战国时楚国，以屈原《离骚》为代表作，故有"骚体"之称。此类作品突破了四言定格，句式长短参差，形式比较自由，多用"兮"字以助语势，文采绚丽，语言优美，抒情成分较浓，富于浪漫气息。汉魏时期仍有创作，唐诗中也有骚体诗，但已极少。而在李白的歌行中，时或参用骚体数句，都甚精彩，显示出楚骚对于李白诗的积极影响。

---

① 《全唐诗》卷一百二十八，中华书局点校本，第 4 册，第 1305～1306 页。

② ［宋］洪迈《容斋随笔》，上海古籍出版社 1996 年版，第 596 页。

③ 引自《影印文渊阁四库全书》，上海古籍出版社 2003 年版，第 1495 册，第 13 页。

（三）乐府

乐府原是音乐官署，汉武帝（刘彻）时始建，掌管朝会游行所用的音乐，兼采民间诗歌和乐曲。后来把汉魏南北朝乐府官署所采集、创作的乐歌，称为乐府诗，简称乐府，或称古乐府。魏晋及其后的诗人模仿乐府古题的作品，虽不入乐，也称为乐府或拟乐府。宋元以后的词、曲，因为是入乐的，有时也称为乐府。

（四）歌行

汉魏南北朝乐府诗，题名为"歌""行"的颇多。汉代题用"行"者较多，如《陇西行》《妇病行》等。南北朝题用"歌"者较多，如《子夜歌》《琅邪王歌》等。文人拟乐府的作品，诗题也常标以"歌""行"。"歌""行"有时在诗题中连用，如汉乐府民歌有《怨歌行》，曹植有拟作的《怨歌行》。"歌""行"名称虽不同，但并无严格的区别，当两者连用时，则作为一种诗体名称。歌行体的音节、格律一般比较自由，句式可用五言、七言、杂言等多种。歌行体的诗，题目并不一定都标上"歌行"字样。

（五）古风

即"古体诗""古诗"。风，即诗歌的意思，是由《诗经》中的《国风》引申出来的。唐代及后世的诗人作古体诗，还有以"古风"作题名的，如李白有《古风五十九首》。古风每首句数不拘，句式有三、四、五、六、七言和杂言等形式，后世使用五言、七言者较多。不讲求对仗、平仄等格律，用韵也比较自由。

（六）永明体

指南朝齐武帝永明（483—493）时期所形成的诗体。当时的诗歌创作，特别注重"声病"和偶对，同汉、魏、两晋的诗歌比较，在形式上有了显著的区别，因而又称之为新体诗。它还没有形成定式的格律，却因讲求避免种种"声病"，而有了接近后来律诗的作品，直接导致格律诗的产生。

（七）近体诗

亦称"今体诗""格律诗""律诗"，与古体诗相对而言。起源于南北朝，成熟于初唐。它的句数、字数、平仄和用韵等，都有严格规定，若有变化，则须按一定的规则。常见的形式有五、七言绝句和律诗。"近体诗""今体诗""格律诗"或"律诗"等名目，都是唐人的说法，沿用至今。

律诗每首八句，四韵或五韵。第二、四、六、八句押韵，首句或押韵或不押。一般押平声韵，不许换韵。不押韵的句子句尾必用仄声字。中间第三句与第四句、第五句与第六句，一般必须对仗。每句各字按节奏平仄声都有定式。

绝句即"绝诗"，亦称"截句""断句"。绝句每首四句，用平韵。形式仿佛是截取律诗的两联组合而成。但绝句实际上是始于南朝齐梁新体诗，早于律诗，如《玉台新咏》即载有"古绝句"。"截取律诗"只是晚出的为了方便解说的一种说法。唐代绝句多为律绝，属于近体诗的一种，以五言、七言绝句为主。当然也仍有非律体的古体绝句的创作。

另外有一种排律，又名"大律诗""长律"，一般都是五言，是由律诗定格的铺排延长。每首至少十句，多至二百句以上，句数必须是偶数。除首、末两联外，中间联句都须对仗。例如杜甫《秋日夔府咏怀奉寄郑监审李宾客之芳一百韵》，白居易《代书诗一百韵寄微之》等，就都是二百句一千字的长篇。宋代王禹偁更有一百六十韵的《谪居感事》五言排律一首，应是篇幅最长的大律诗了。

唐代还有一种"三韵律"，是把律诗减缩一联而成，每首六句，隔句押韵，共三韵。如李白《送内寻庐山女道士李腾空二首》：

君寻腾空子，应到碧山家。

水春云母碓，风扫石楠花。

若爱幽居好，相邀弄紫霞。

多君相门女，学道爱神仙。

素手掬青霭，罗衣曳紫烟。

一往屏风叠，乘鸾著玉鞭。①

储光羲《幽人居》，白居易《听弹〈古渌水〉》《小池二首》《枯桑》，韩愈《李员外寄纸笔》，李益《塞上》等，也都是此体。

（八）应制诗

古代臣属奉皇帝之命而作（或和）的诗，称"应制诗"。以歌功颂德、粉饰太平为主要内容，少数作品也会微含对当时政治的期望。初唐应制诗在声律、对偶等形式技巧上的追求，对于促成律诗的成熟有积极的作用。盛唐王维、岑参等应制诗也有颇获好评的作品，如王维《奉和圣制从蓬莱向兴庆阁道中留春雨中春望之作应制》：

渭水自萦秦塞曲，黄山旧绕汉宫斜。

銮舆迥出千门柳，阁道回看上苑花。

云里帝城双凤阙，雨中春树万人家。

为乘阳气行时令，不是宸游玩物华。②

明唐汝询《汇编唐诗十集》说："应制大都谀词，独此有箴

---

① 《全唐诗》卷一百八十四，中华书局点校本，第6册，第1884页。
② 《全唐诗》卷一百二十八，中华书局点校本，第4册，第1295页。

规意。"① 清沈德潜《唐诗别裁集》中说:"应制诗应以此篇为第一。"②

(九)试帖诗

也称"赋得体"。唐以后科举进士科考试所采用,多为五言六韵或八韵的排律,以古人诗句或成语为题,冠以"赋得"二字,并限定韵脚。以直接或间接歌颂皇帝功德为主要内容,并须切题。试帖诗对于诗人学习锻炼作诗技巧无疑是有作用的,但因题材限制,流传下来的应试诗,一般思想和艺术价值都不高。但钱起的《省试湘灵鼓瑟》诗,当时"称为绝唱"③,在试帖诗中属于佳作,诗云:

> 善鼓云和瑟,常闻帝子灵。
> 冯夷空自舞,楚客不堪听。
> 苦调凄金石,清音入杳冥。
> 苍梧来怨慕,白芷动芳馨。
> 流水传潇浦,悲风过洞庭。
> 曲终人不见,江上数峰青。④

平时文人亦有用"赋得体"写诗,或为预备应试的练习,如白居易《赋得古原草送别》一类;也或为寻常雅集、送别等事赋

---

① 引自孙琴安《唐七律诗精评》,上海社会科学出版社 1989 年版,第 32 页。

② [清] 沈德潜编《唐诗别裁集》卷十三,中华书局 1981 年影印本,第 183 页。

③ 《旧唐书》卷一百六十八《钱徽传》附徽父起传,中华书局点校本,第 13 册,第 4383 页。

④ 《全唐诗》卷二百三十八,中华书局点校本,第 8 册,第 2651 页。

诗,如韦应物《赋得暮雨送李胄》一类。

（十）帖子词

宋代立春、端午等节令,命翰林词臣撰词以进,贴在阁中门壁上,以迎吉祥,称帖子词,也作"贴子词"。多为五、七言绝句,大多是粉饰太平、颂扬帝王后妃的作品。如欧阳修、苏轼、周必大等人的诗文集中都有《帖子词》。明徐师曾《文体明辨序说》论曰:"然此乃时俗鄙事,似不足以烦词臣,而宋人尚之,岂所谓声容过盛之一端欤?"①

二、杂体诗歌

从"诗言志"到"诗缘情",古典诗歌都是依据这样两条路子走来。所以,唐代以前的人们还是规规矩矩地写作正体诗歌,偶有写《建除诗》和《离合诗》的,也不过是为了炫耀博学。可是到了唐代,诗歌不纯粹是言志言情了,还为了娱乐,成了"游戏人生"的利器,就好像今天的"戏说"。中唐的权德舆,唐宪宗时曾为宰相,诗名并不高,但各种游戏之作他都有,如《杂言赋得风送崔秀才归白田限三五六七言（暗字）》:"响深涧,思啼猿。暗入苹洲暖,轻随柳陌暄。淡荡乍飘云影,芳菲遍满花源。寂寞春江别君处,和烟带雨送征轩。"② 又有《五杂组》《数名诗》《星名诗》《卦名诗》《药名诗》《古人名诗》《州名诗寄道士》《八音诗》《建除诗》《六府诗》《三妇诗》《安语》《危语》《大言》《小言》等。③ 宋代作杂体诗之风气更加盛行。这主要是因为佛教的渗透,大量的诗僧参与创作,佛教"游戏三昧"的语

---

① 《文章辨体序说·文体明辨序说》,人民文学出版社 1998 年版,第168 页。

② 《全唐诗》卷三百二十四,中华书局点校本,第 10 册,第 3643 页。

③ 《全唐诗》卷三百二十七,中华书局点校本,第 10 册,第 3665～3668 页。

言艺术深入人心，用禅语"打机锋"成了一种时尚。如六祖惠能偈语"菩提本无树，明镜亦非台。佛性常清净，何处有尘埃"①。像这一类的偈语，本身是漂亮的佛理诗。于是，佛家的"打机锋"影响到俗家的诗歌语言，对诗歌语言产生很大影响，这就使得唐代后期以后，杂体诗出现很多花样。

佛教的渗透不仅增加了宋诗的理趣，而且也出现了"游戏三昧"的诗体。苏轼"借禅以为诙"（《闻辩才法师复归上天竺以诗戏问》诗句)②，即借用禅宗诙诡反常的思维方式来表达自己戏谑的人生态度。黄庭坚也常常"打诨"通禅，即把杂剧的诨趣与禅语的诙谐结合起来，表达自我完善的人格精神，于"游戏法"中见"真实相"。苏轼诗集中仅诗题有"戏"字者就有93首，而黄庭坚诗集中诗题有"戏"字者更高达114首。各种俳谐诗也大量涌现，苏轼有回文诗、集字诗、禽言诗、一字诗等等，黄庭坚更有集句诗、药名诗、建除体、八音歌、二十八宿歌等尝试。举一例，苏轼《李思训画长江绝岛图》诗：

> 山苍苍，水茫茫，大孤小孤江中央。
>
> 崖崩路绝猿鸟去，惟有乔木搀天长。
>
> 客舟何处来，棹歌中流声抑扬。
>
> 沙平风软望不到，孤山久与船低昂。
>
> 峨峨两烟鬟，晓镜开新妆。
>
> 舟中贾客莫漫狂，小姑前年嫁彭郎。③

①　郭朋校释《坛经校释》，中华书局 2012 年版，第 18 页。
②　[宋] 苏轼著，[清] 冯应榴辑注，黄任轲、朱怀春校点《苏轼诗集合注》，上海古籍出版社 2001 年版，第 2 册，第 802 页。
③　[宋] 苏轼著，[清] 冯应榴辑注，黄任轲、朱怀春校点《苏轼诗集合注》，上海古籍出版社 2001 年版，第 2 册，第 845～846 页。

前半部分和李白的《蜀道难》何其相像，后面四句突然改变风貌，以市井俚语来一回"戏说"，似乎与前面的意境不相称，却使全诗充满谐趣。正如吕本中所说："东坡长句，波澜浩大，变化不测，如作杂剧，打猛诨入，却打猛诨出也。"① 又据何薳《春渚纪闻》卷六《东坡事实》记载：

> 先生在黄日，每有燕集，醉墨淋漓，不惜与人。至于营妓供侍，扇书带画，亦时有之。有李琪者，小慧而颇知书札，坡亦每顾之喜，终未尝获公之赐。至公移汝郡，将祖行，酒酣奉觞再拜，取领巾乞书。公顾视久之，令琪磨砚，墨浓，取笔大书云："东坡七岁黄州住，何事无言及李琪？"即掷笔袖手，与客笑谈。坐客相谓："语似凡易，又不终篇，何也？"至将彻具，琪复拜请。坡大笑曰："几忘出场。"继书云："恰似西川杜工部，海棠虽好不留诗。"一座击节，尽醉而散。②

苏轼所谓"出场"，正如黄庭坚所说"作诗正如作杂剧，初时布置，临了须打诨，方是出场"③。显然，苏轼也将杂剧的"出场"，等同于诗歌的"终篇"。

以下简述一些杂体诗。

---

① ［宋］胡仔纂集，廖德明校点，周本淳重订《苕溪渔隐丛话（前集）》卷四十二，人民文学出版社1993年版，第297页。
② ［宋］何薳撰，张明华点校《春渚纪闻》，中华书局1983年版，第90页。
③《王直方诗话》卷上，引自郭绍虞辑《宋诗话辑佚》，中华书局1987年版，上册，第14页。

（一）离合诗

离合诗是逐字拆合成文，汉魏六朝时即已有之。如后汉孔融《离合诗·郡姓名诗》："渔父屈节，水潜匿方。与时进止，出行施张。吕公饥（矶）钓，阖口渭旁。九域有圣，无土不王。好是正直，女固予匡。海外有截，隼逝鹰扬。六翮不奋，羽仪未彰。龙蛇之蛰，俾也可忘。玖璇隐曜，美玉韬光。无名无誉，放言深藏。按辔安行，谁谓路长。"①全诗离合成"鲁国孔融文举"六字，见《艺文类聚》卷五十六载录。《艺文类聚》此下还录有梁元帝等人的离合诗十多首。

（二）回文诗

"回文诗"一般指可以倒读的诗篇，亦有可反复回旋读之得诗更多的巧构诗篇。有记载说此体始于晋代傅咸、温峤，诗皆亡佚。《晋书》卷九十六《列女·窦滔妻苏氏》曰：

> 窦滔妻苏氏，始平人也，名蕙，字若兰。善属文。滔，苻坚时为秦州刺史，被徙流沙，苏氏思之，织锦为回文旋图诗以赠滔。宛转循环以读之，词甚凄惋，凡八百四十字，文多不载。②

因嫌篇幅长，《晋书》并未记载苏蕙《回文旋图诗》840字原文。《全唐文》录武则天《织锦回文记》，谓"其锦纵横八寸，题诗二百余首，计八百余言。纵横反复，皆成章句"③。

---

① ［唐］欧阳询撰，汪绍楹校《艺文类聚》卷五十六，上海古籍出版社1982年版，上册，第1004页。

② 《晋书》，中华书局点校本，第8册，第2523页。

③ 《全唐文》卷九十七，上海古籍出版社1990年版，第1册，第440页。

唐代徐寅有《回文诗二首》：一、"飞书一幅锦文回，恨写深情寄雁来。机上月残香阁掩，树梢烟澹绿窗开。霏霏雨罢歌终曲，漠漠云深酒满杯。归日几人行问卜，徽音想望倚高台。"二、"轻帆数点千峰碧，水接云山四望遥。晴日海霞红霭霭，晓天江树绿迢迢。清波石眼泉当槛，小径松门寺对桥。明月钓舟渔浦远，倾山雪浪暗随潮。"① 第二首被苏轼改了几个字，成了《题金山寺》，见宋魏庆之编《诗人玉屑》卷二。这或许是因为苏轼为金山寺书写了徐寅的回文诗，流传遂以为苏轼所作。苏轼诗集原本不载，清查慎行编《苏诗补注》始从《诗人玉屑》采录。

回文诗综合了句式、词汇、声律等方面的义素，好的回文诗还具备色彩和气韵。例如一首无名氏的回文诗：

落雪飞芳树幽红雨淡霞薄月迷香雾流风舞艳花

读者可以试着读读，这 20 个字，不仅从每一个字顺读都构成一首五言绝句，而且从每一个字倒读，也都是一首五言绝句，因而共可读成 40 首五绝诗。由此可一窥汉语言的语用技巧的极其灵活和深奥。

（三）回韵体

有人称作"辘轳体"。律体为八句五韵，作此体者须作五言或七言律诗五首，将第一首起韵的全句或韵脚，分别置于其他四首韵脚位置。第一首首句与第五首末句相同。五首的韵节如辘轳旋转而下，故名。例如：

① 《全唐诗》卷七百八，中华书局点校本，第 21 册，第 8143～8144 页。

一

波心一点碧参差，柳叶冲寒细放丝。
饶舌流莺犹涩语，窥帘新月半修眉。
孤怀尽被花痕妒，老胆何妨雪影欺。
欲向西山赊翠色，却疑清气入杯迟。

二

昨夜萍星初着池，波心一点碧参差。
断崖疏笋锥破土，乳燕轻翎剪出诗。
数落苔痕因绿恼，勾留杏蕊为红痴。
幽情看到无人会，草脚迷离老大时。

三

盛年愧读北山移，辜负微风漾酒旗。
竹阵半围青隐约，波心一点碧参差。
卖花人去留遐想，唤妇鸠来启妙思。
且把春衫沽白堕，学他村叟斗残棋。

四

藜杖横挑盛酒鸦，与春前世共襟期。
擘开柳眼寻诗胆，典得榆钱解酒颐。
岚影三分红腼腆，波心一点碧参差。
新来欲写相思色，江畔无人赋楚蓠。

五

浴沂情致最难羁，入耳蛙鸣尽竹枝。
不共林泉盟逸韵，且容花鸟说时宜。
鱼鳞软浪珊瑚画，茸角新蒲豆蔻诗。
道尽灵犀鸥不语，波心一点碧参差。

但此辘轳体容易和押韵的辘轳体相混。宋代黄庭坚、陆游、杨万里都有押韵的辘轳体诗，都是押邻韵的意思，如黄庭坚《谢送宣城笔》："宣城变样蹲鸡距，诸葛名家捋鼠须。一束喜从公处得，千金求买市中无。漫投墨客摹科斗，胜与朱门饱蠹鱼。愧我初非草玄手，不将闲写吏文书。"① 前半"七虞"，后半"六鱼"，此所谓辘轳体也。

（四）一字至七字诗

从一字句到七字句，逐句成韵，或迭两句为一韵。中唐张南史有此体六首，分咏雪、月、泉、竹、花、草，其中《雪》诗是：

雪，雪。

花片，玉屑。

结阴风，凝暮节。

高岭虚晶，平原旷洁。

初从云外飘，还向空中噎。

千门万户皆静，兽炭皮裘自热。

此时双舞洛阳人，谁悟郢中歌断绝。②

白居易、元稹、王建等也有一字至七字诗，后来还有增至九字句者。此体因每句或两句字数依次递增，现代横排文字，诗形即如宝塔，故又俗称"宝塔体"。

（五）三五七言诗

一篇之中三、五、七言各两句依次成形的诗体。宋严羽《沧浪诗话·诗体》和明胡震亨《唐音癸签》卷一都说此体起于隋郑

① ［宋］黄庭坚撰，任渊、史容、史季温注，刘尚荣校点《黄庭坚诗集注》，中华书局 2003 年版，第 4 册，第 1363~1364 页。

② 《全唐诗》卷二百九十六，中华书局校点本，第 9 册，第 3360 页。

世翼诗，其诗云：

> 秋风清，秋月明。
> 落叶聚还散，寒鸦栖复惊。
> 相思相见知何日？此时此夜难为情。①

但这首诗又见于《李太白集》，郭绍虞先生著《沧浪诗话校释》认为"当是李作"②。后来刘长卿、宋代寇准等也有此体诗作。但此体显然很难灵动活泼，所以作者极少。

（六）八音诗

全诗为五言八韵十六句。从第一句起，每隔一句以"金、石、丝、竹、匏、土、革、木"八字开头。"金""石"等字代表中国古代八类乐器，称为"八音"。此体为南朝陈代沈炯始作，《艺文类聚》卷五十六陈沈炯《八音诗》曰：

> 金屋贮阿娇，楼阁起迢迢。
> 石头足年少，大道跨河桥。
> 丝桐无缓节，罗绮自飘飘。
> 竹烟生薄晚，花色乱春朝。
> 匏瓜讵无匹，神女嫁苏韶。
> 土地多妍冶，乡里足尘嚣。
> 革年未相识，声论动风飙。

---

① ［宋］严羽著，郭绍虞校释《沧浪诗话校释》，人民文学出版社1983年版，第71页。

② ［宋］严羽著，郭绍虞校释《沧浪诗话校释》，人民文学出版社1983年版，第77页。

木桃堪底用，寄以答琼瑶。①

后来唐朝权德舆有《八音诗》，宋朝黄庭坚也有《八音诗》。

（七）建除体

《艺文类聚》卷五十六鲍照《建除诗》，共十二联二十四句，每联第一句分别以建、除、满、平、定、执、破、危、成、收、开、闭等字开头。古代占卜迷信者用"建""除"等十二字与十二地支相配，附会以定日辰的吉凶，称"建除十二辰"，简称"建除"。后人遂称此种诗为建除体。此据《先秦汉魏晋南北朝诗》的校订录鲍照《建除诗》：

　　　建旗出敦煌，西讨属国羌。
　　　除去徒与骑，战车罗万箱。
　　　满山又填谷，投鞍合营墙。
　　　平原亘千里，旗鼓转相望。
　　　定舍后未休，候骑敕前装。
　　　执戈无暂顿，弯弧不解张。
　　　破灭西零国，生虏郅支王。
　　　危乱悉平荡，万里置关梁。
　　　成军入玉门，士女献壶浆。
　　　收功在一时，历世荷余光。
　　　开壤袭朱绂，左右佩金章。

---

① ［唐］欧阳询撰，汪绍楹校《艺文类聚》卷五十六，上海古籍出版社 1982 年版，上册，第 1012 页。

闭帷草太玄，兹事殆愚狂。①

（八）藏头诗

一名藏头格。有三义：一、明梁桥《冰川诗式》卷七："藏头格，首联与中二联六句，皆具言所寓之景与情而不言题意，至结联方说题之意，是谓藏头。"② 梁桥举杜甫两首诗为例，但明显与其定义并不相应，故其"至结联方说题之意，是谓藏头"的说法，与杜甫诗无关。或也如《四库全书总目》所说，实属于梁桥"杜撰"。二、明徐师曾《文体明辨序说》："藏头诗则每句头字皆藏于每句尾字也。"③ 三、将所言之事分藏于诗句之首字，如《水浒传》第六十一回吴用口歌卢俊义书写于宅中粉壁上所谓四句卦歌："芦花丛里一扁舟，俊杰俄从此地游。义士若能知此理，反躬逃难可无忧。"即于四句首字中藏"芦（卢）俊义反"四字。现在一般所谓"藏头诗"就都是这种，把要藏的四个字或八个字当每句的开头，凑句成篇。有时机缘巧合，也能凑成比较有趣味的作品，但多数时候是无聊的硬凑。有些人偏爱作这种诗，当然也自有其感兴趣的读者群。

（九）打油诗

"打油诗"又称"张打油体"，指一种词俗意浅的诗。明杨慎《升庵诗话》卷一四《覆窠俳体打油钉铰》条云：

① 逯钦立辑校《先秦汉魏晋南北朝诗》宋诗卷九，中华书局 1983 年版，中册，第 1300 页。

② ［明］梁桥《冰川诗式》，《四库全书存目丛书·集部》，齐鲁书社 1997 年版，第 417 册，第 206 页。

③ 《文章辨体序说·文体明辨序说》，人民文学出版社 1998 年版，第 162 页。

　　《太平广记》有仙人伊用昌，号伊风子，有《题茶陵县诗》云："茶陵一道好长街，两边栽柳不栽槐。夜后不闻更漏鼓，只听锤芒织草鞋。"时谓之覆窠体。江南呼浅俗之词曰覆窠，犹今云打油也。杜公谓之俳谐体。唐人有张打油作《雪》诗云："江山一笼统，井上黑窟窿。黄狗身上白，白狗身上肿。"《北梦琐言》有胡钉铰诗。①

　　杨慎记述张打油诗，主要是嫌其浅俗。大抵明清以来诗评家每以"打油诗"讥评意浅词俗的诗，当然也有诗人谦称自己的诗是"打油诗"，有时候则是特指浅白诙谐的诗。近几十年则真正浅俗庸俗的打油诗盛行，众多自以为能诗者不辨平仄不知韵部，方言土语，市井俗话，时兴口号，都写成四句或八句，自以为是绝句、律诗，不仅自我陶醉，还希求赞赏。每见此类，总会想起苏东坡所谓"士俗不可医"的话，令人无语。古典诗歌是雅文化，尚雅忌俗。即使如学习民歌的《竹枝词》《浪淘沙》等，也是学习民歌朴实的气息而能化俗为雅，这是学习古典诗歌应该明了的道理。希望有志于学诗、初入门学诗的年轻人，能记住一定不要以貌似自谦做"打油诗"为借口，实际甘心于做浅俗、低俗的顺口溜，那就学不好诗了。

　　历来所谓"杂体诗"，名目还很多，此不赘述。杂体诗起初往往表现出人们对于汉语诗歌各种可能形式的探索尝试的兴趣，并非全无意义。但一旦成为纯文字游戏，则也甚无味。南宋严羽《沧浪诗话·诗体》"论杂体"说："至于建除、字谜、人名、卦名、数名、药名、州名之诗，只成戏谑，不足

---

　　① ［明］杨慎著，王仲镛笺证《升庵诗话笺证》，上海古籍出版社1987年版，第416~417页。

法也。"① 此言甚是。

初学诗，多了解古代诗歌正体、杂体种种体式，知传统诗歌体式的变化多样，开阔眼界，丰富知识。但学作诗还是要从正体入手，以五七言古今体诗为范围，多读，多学作。言志、缘情，郑重其事。不要好异猎奇，以文字游戏的态度偏嗜杂体，则误入旁门矣。待正体学到有稳定的水平，性情幽默而多才者，偶尔作作杂体以为娱乐，则未尝不可。

第二节　诗歌结构

任何事物发展到极致，都是在追求与艺术的境界结合，即俗话所谓"熟能生巧"。"熟"是追求极致，"巧"是艺术境界。运动似乎是力的问题，但古希腊雕塑《掷铁饼者》所呈现的就不单纯是力而达到了美的境界。竞技体育的体操、跳水、滑冰、武术等，无不追求美的境界。所以，"美"是人类追求的终极目标。写文章也是如此，"真、善、美"是作文的最高准则。"真"指情感，"善"指理趣，"美"指形式。文章的形式要如何才算美呢？结构和语言是非常重要的。其中"语言美"又包括修辞和音律。讲究修辞，增加诗文的表现力和趣味；讲究音律，读起来和谐浏亮，抑扬顿挫，能加深人们的印象。所以文章的结构美是文章形式美的重要内容。

结构，亦称章法。我国古代第一个注意到文章结构美的是南北朝的刘勰，刘勰撰《文心雕龙·章句》篇就讲到文章的结构。

---

① ［宋］严羽著，郭绍虞校释《沧浪诗话校释》，人民文学出版社1983年版，第100~101页。

钟嵘《诗品》评谢朓诗"善自发诗端，而末篇多踬"①，已着眼于诗的发端和结尾的分析品评。《唐诗纪事》记上官昭容评沈佺期与宋之问应制诗，谓沈诗落句词气已竭，宋结句犹健举。② 也是讲究诗篇章法结尾须有不尽之意的事例。晚唐王叡《诗格》"一篇血脉条贯体"引李德裕《汨罗》诗解析说："李太尉诗云：'远谪南荒一病身，停舟暂吊汨罗人。'此诗首一句发语，次一句承上，吊屈原。'都缘靳尚图专国，岂是怀王厌直臣。'此二句为颔下语，用为吊汨罗之言。'万里碧潭秋景静，四时愁色野花新。'此腹内二句，取江畔景象。'不劳渔父重相问，自有招魂拭泪巾。'此二句为断章，虽外取之，不失此章之旨。"③ 其中所谓"发语""承上""颔下语""腹内二句"和"断章"，已是细分一篇章法的诗论。晚唐徐寅撰《雅道机要》"叙句度"道："凡为诗者，须分句度去着……或破题，或颔联，或腹中，或断句。"其具体论曰："破题：构物象语带容易，势须紧险。颔联：为一篇之眼目，句须寥廓古淡，势须高举飞动，意须通贯，字须子细裁剪。腹中：句势须平律细腻，语似抛掷，意不疏脱。断句：势须快速，以一意贯两意，或背断，或正断，须有不尽之意堆积于后，脉脉有意。"④

　　宋代如严羽《沧浪诗话·诗法》也讲到"发句""发端""结句"和"收拾"等，其言曰："对句好可得，结句好难得，

<hr>

① 吕德申《钟嵘诗品校释》，北京大学出版社 1986 年版，第 143 页。

② 《唐诗纪事》三。引自周勋初主编《唐人事迹汇编》，上海古籍出版社 1995 年版，第 1 册，第 60 页。

③ ［宋］陈应行编《吟窗杂录》卷十五，中华书局 1997 年影印本，上册，第 482 页。

④ ［宋］陈应行编《吟窗杂录》卷十五，中华书局 1997 年影印本，上册，第 534~535 页。

发句好尤难得。"又曰:"发端忌作举止,收拾贵在出场。"① 也是讲诗的起结的章法问题。

元明以后论诗文结构者,多以"起承转合"为说。元代杨载《诗法家数》论"律诗要法"即以"起承转合"讲律诗的结构。②《诗法家数》论"律诗要法"说:"破题:或对景兴起,或比起,或引事起,或就题起。要突兀高远,如狂风卷浪,势欲滔天。颔联:或写意,或写景,或书事,用事引证。此联要接破题,要如骊龙之珠,抱而不脱。颈联:或写意、写景、书事、用事引证,与前联之意相应相避。要变化,如疾雷破山,观者惊愕。结句:或就题结,或推开一步,或缴前联之意,或用事,必放一句作散场,如剡溪之棹,自去自回,言有尽而意无穷。"③ 杨载还说:"大抵诗之作法有八:曰起句要高远,曰结句要不着迹,曰承句要稳健,曰下字要有金石声,曰上下相生,曰首尾相应,曰转折要不着力,曰占地步。盖首两句先须阔占地步,然后六句若有本之泉,源源而来矣。地步一狭,譬犹无根之潦,可立而竭也。"④ 此后元明人论诗往往说起承转合,大约塾师教学尤便于讲授。

但既成流行说法,就难免引发异议。如王夫之《薑斋诗话》说:"起承转收,一法也。试取初盛唐律验之,谁必株守此法者?

① [宋] 严羽著,郭绍虞校释《沧浪诗话校释》,人民文学出版社1983年版,第112~113页。
② [清] 何文焕辑《历代诗话》,中华书局校点本1981年版,下册,第729页。
③ [清] 何文焕辑《历代诗话》,中华书局校点本1981年版,下册,第729页。
④ [清] 何文焕辑《历代诗话》,中华书局校点本1981年版,下册,第726页。

法莫要于成章；立此四法，则不成章矣。"① 王夫之的异议，自有其主张不可千篇一律的道理，但事实是王夫之所撰《唐诗评选》也时时分起承转结来评论诗篇。而以"起承转合"讲诗文结构章法引导初学，后来仍多有赞成和沿用者。如清初金圣叹更是认为"诗与文虽是两样体，却是一样法。一样法者，起承转合也。除起承转合，更无文法；除起承转合，亦更无诗法也"②。清王士禛（渔洋）《师友诗传续录》载刘大勤问："律诗论起承转合之法否？"王渔洋答曰："勿论古文今文、古今体诗，皆离此四字不可。"③ 文章要达到高度的谨严，必须依赖妥适结构，"起承转合"是一般文学作品常用的结构，它合乎逻辑思考的秩序。

　　近代刘坡公著《学诗百法》为学诗者指示门径，其述"章法"也以"起承转合"为说，其说简明，这里就照录原文以供参阅：

　　　　起笔突兀法

　　　　作诗起笔，有明起、暗起、陪起、反起之别。明起者，开口即就题之正意说起，虽明见题字，然不得谓之"骂题"。暗起者，不就题面说，而题意自见。陪起者，先借他物说起，以引申所咏之物。反起者，不说题之正面，而先从题之反面着笔。学者明此诸法，起笔时尤以来势突兀为胜。若一涉平淡，便觉句法不挺矣。兹录唐诗得力在起两句之一首于下，以便学诗者有所取法焉。

<hr/>

① ［清］王夫之等撰《清诗话》，上海古籍出版社 1978 年版，上册，第 12 页。
② 《金圣叹选批唐诗六百首》，北京出版社 1989 年版，第 17 页。
③ ［清］王夫之等撰《清诗话》，上海古籍出版社 1978 年版，上册，第 150 页。

《和晋陵陆丞相早春游望》以下五律

杜审言

独有宦游人，偏惊物候新。

云霞出海曙，梅柳渡江春。

淑气催黄鸟，晴光转绿蘋。

忽闻歌古调，归思欲沾巾。

右诗首句拈出"独有"二字，次句便以"惊"字作衬，有登高一呼之概。

承笔衔接法

律诗以第二联为承笔，或写意，或写景，要与上联起笔衔接，不可松泛。起笔一联，仅浑括大概。点醒题意，全在此联。且须留有余不尽之意，以开下文转笔一联。兹录唐诗中第二联最警切之一首，以飨读者，俾知醒题之法也。

《军中闻笛》

张巡

岧峣试一临，虏骑附城阴。

不辨风尘色，安知天地心。

门闲边月近，战苦阵云深。

旦夕更楼上，遥闻横笛声。

右诗第三四句写军中情状，紧接上句看见虏骑之悲感，而全题之用意醒矣。

转笔呼应法

转者，就承笔之意，转换以言之也。其法有三：一、进一层转；二、推一层转；三、反转。总以能与前后相呼应、活而不板者为佳。唐诗之注重转笔、而上下一气者，当推杜甫《春望》一首，兹特选录于下，非学到功深者，断难揣摩其万一。

《春望》

杜甫

国破山河在，城春草木深。

感时花溅泪，恨别鸟惊心。

烽火连三月，家书抵万金。

白头搔更短，浑欲不胜簪。

右诗第五句言兵祸之久，第六句言乡信之重，是全诗最着力处。而与首句写乱后景象、末句自伤衰老，通体均相应也。

合笔结束法

合者，结束全诗，俾有下落也。或开一步，或放一句，总以言有尽而意无穷者为佳构。唐诗中合笔之足以惊人、而传诵一时者，首推刘禹锡之《蜀先主庙》诗。兹亦照录于后，以为学者之模范。

《蜀先主庙》

刘禹锡

天地英雄气，千秋尚凛然。

势分三足鼎，业复五铢钱。

得相能开国，生儿不象贤。

凄凉蜀故妓，来舞魏官前。

右诗结句言蜀妓凄凉，不言蜀灭，而蜀灭之意自在其中。以此结束全题，真觉余韵悠然，有缥缈欲仙之致。①

---

① 刘坡公《学诗百法》，上海书店据世界书局 1928 年版复印，1981 年版，第 38~41 页。

　　刘坡公《学诗百法》一书，20世纪80年代初上海书店据世界书局1928年版复印再版。后来讲诗法的书，有发挥刘坡公此书"起承转合"之说者，如谓"起"有明起、暗起、陪起、反起，再各加阐述并举例参证，终究还是刘坡公此书说法的延展而已。

　　要了解学习律诗的起承转合，清代浦起龙著《读杜心解》其实是很好的参考书。清编《四库全书》将浦起龙《读杜心解》列于存目，其《提要》主要是批评此书"于分体之中又各自编年，殊为繁碎"。也批评它"又诠释之中，每参以评语，近于点论时文"，意思是说类似点评八股文。但近代杜诗研究者洪业评价《读杜心解》说："书中注解评论，与钱、朱、卢、仇立异处甚多，虽未必处处的确可依，要是熟于考证者心得之作，未可嫌其编次体例之怪，而遽轻其书也。"① 浦起龙此书有中华书局点校本，点校本1977年作的《重印说明》说此书"在章节字句的分析上也有形式主义的倾向"②。所谓"形式主义"，正是指章法结构方面，浦起龙关于杜甫诗的结构的较多解析，虽然难免受到讲论八股文形式章法的影响而有塾师气，但具体诗篇的讲解，讲得独到而精彩的也很多，还是可以启发学诗者的。例如杜甫五律的第一篇《登兖州城楼》：

　　　　东郡趋庭日，南楼纵目初。
　　　　浮云连海岱，平野入青徐。
　　　　孤嶂秦碑在，荒城鲁殿余。

---

　　① 洪业等编纂《杜诗引得》洪业《序》，上海古籍出版社1983年版，上册，第73~74页。
　　② ［清］浦起龙《读杜心解》，中华书局点校本1981年版，第1页。

从来多古意，临眺独踌躇。

浦起龙的讲解说："首、二，点事。三、四，横说，紧承'纵目'。五、六，竖说，转出'古意'。末句仍缴还'登'字，与'纵目'应。局势开拓，结构谨严。"①

再如我们都很熟悉的名篇《春夜喜雨》：

好雨知时节，当春乃发生。
随风潜入夜，润物细无声。
野径云俱黑，江船火独明。
晓看红湿处，花重锦官城。

浦起龙讲解说："起有悟境，从次联得来。于'随风''润物'悟出'发生'，于'发生'悟出'知时'也。五、六拓开，自是定法。结语亦从悟得，乃是意其然也。通身下字，个个咀含而出。'喜'意都从罅缝里迸透。"②

再看一首七律，《闻官军收河南河北》：

剑外忽传收蓟北，初闻涕泪满衣裳。
却看妻子愁何在？漫卷诗书喜欲狂。
白日放歌须纵酒，青春作伴好还乡。
即从巴峡穿巫峡，便下襄阳向洛阳。

浦起龙说："八句诗，其疾如飞。题事只一句，余俱写情。

---

① ［清］浦起龙《读杜心解》，中华书局点校本 1981 年版，第 333 页。
② ［清］浦起龙《读杜心解》，中华书局点校本 1981 年版，第 414 页。

得力全在次句，于神理妙在逼真，于文势妙在反振。三、四，以转作承。第五，仍能缓受。第六，上下引脉。七、八，紧申'还乡'。生平第一首快诗也。"①

　　如此解析讲论，对于了解杜甫诗，对于学习作诗，应该还是很有帮助的。

①　［清］浦起龙《读杜心解》，中华书局点校本 1981 年版，第 628 页。

第二章　声律论

　　我国古代五、七言诗，兴起于汉魏，发展于两晋南北朝，历时约五百年间，诗人咏歌选字造句，全凭自然语感，除了押韵外，于字音声调未有有意的安排。因此，即如读陶渊明诗，时而有五字皆平声或皆仄声的句子，是后来讲究四声平仄的近体诗所不再有的。南朝齐武帝永明年间（483—493），受翻译佛经研揣语音的启发，学者们才清晰辨识汉字有平上去入四声之别，诗人沈约、谢朓、王融等，便在诗文遣字造句时讲究回忌声病，调谐四声，有意造成高低抑扬的声韵节奏，沈约等人探索的这种具有显著新特征的诗被称为"永明体"。

　　从沈约等人的"永明体"，到初唐人探索四声在诗歌中的利用，有"四声八病"之说。"八病"即八种要避免的四声安排上不理想的搭配，很烦琐，提倡者自己也不能全都避免。但在尝试的实践中，诗人们渐渐将不可以这样、不可以那样的消极游戏规则，改变为应该这样或亦可如此等积极的规则，四声被进一步简括为两类，即平声和仄声（上去入三声并为仄声）。"仄声"的"仄"，起初也用"侧"字，读同"仄"，即不平的意思。诗律按照平仄（侧）声来约定，既简明，也就容易遵循。诗人们越来越多地写出符合理想律调的诗篇，使得完善的律诗在唐朝武则天和中宗、睿宗时期终于定型。

　　武则天和中宗、睿宗时期（公元 7 世纪末至 8 世纪初），诗人沈佺期、宋之问、杜审言、陈子昂等，创作出完善的律诗，此时成型的律诗还都是五言律诗。到唐玄宗开元、天宝时期（713—755），进入唐诗的黄金时代，文学史所谓"盛唐"时期，大诗人李白、杜甫、王维、孟浩然、王昌龄、李颀、高适、岑参等，都主要活动在这个时期。这时期诗人们已普遍精熟五律，王维、李颀、杜甫等则进一步完善了七言律诗。七言绝句也在这个时期达到成熟和兴盛。盛唐之后，五、七言律诗和绝句成为我国古典诗歌中最流行也最重要的体式。即使经历一千多年，即使遭遇20世纪白话新文学提倡者的激烈批判，五、七言律诗和绝句却至今仍为众多人所喜爱。

律诗兴起于齐梁，定型于初唐，唐朝人就称之为"律诗"，又称"近体诗"，或"今体诗"。这几种名目，从唐朝一直沿用至今。只是20世纪初提倡"新文学"者称尝试写作的白话诗为"新诗"，于是将古来相承的无论是古体诗还是律诗都称为"旧诗"。但坚持喜爱古典诗歌的人们，却很不情愿采用"旧诗"这个明显带有排斥性的概念。因此，人们还是更愿意使用"古诗"及"律诗"（或"近体诗""今体诗"）这些固有的名称，或概称"古典诗歌""古典诗词""中华诗词"等。

近体诗即律诗，也就是在形式上具有严格的律法规定的诗。近体诗的律法，除了句式（句数规定）外，主要的是声律规则，涉及用韵、平仄格律和对仗的讲究几个方面。这一章主要讲近体诗的律法这几个方面。古体诗原本是全凭自然语感造句而不拘声调平仄的，是古代的自由诗，当然押韵自有当时的音韵标准。近体诗形成后，古体诗存在参用律句和有意避用律句的两种倾向。了解了近体诗的声律，自然知道不合近体律格的诗，就都是古体诗。

第一节　句　式

五、七言古体诗没有句数和句式的限定，而近体诗则是有定型的，这是近体诗与古体诗的不同。近体诗包括五言、七言的律诗和绝句，具体说来是 4 种诗体，即：五言律诗（简称"五律"）、七言律诗（简称"七律"）、五言绝句（简称"五绝"）、七言绝句（简称"七绝"）。

五言、七言律诗，每首以八句为定式，即"五律"为五字一句，全篇八句；"七律"为七字一句，全篇八句。

五言律诗，如唐张九龄《望月怀远》：

> 海上生明月，天涯共此时。
> 情人怨遥夜，竟夕起相思。
> 灭烛怜光满，披衣觉露滋。
> 不堪盈手赠，还寝梦佳期。①

七言律诗，如杜甫《蜀相》：

> 丞相祠堂何处寻，锦官城外柏森森。
> 映阶碧草自春色，隔叶黄鹂空好音。
> 三顾频烦天下计，两朝开济老臣心。
> 出师未捷身先死，长使英雄泪满襟。②

---

① 《全唐诗》卷四十八，中华书局点校本，第 2 册，第 591 页。
② 《全唐诗》卷二百二十六，中华书局点校本，第 7 册，第 2431 页。

　　五、七言律诗八句，每两句为一个单位，叫一"联"，共四联。从第一至第四联，除了依次称第一、第二、第三、第四联外，各联又有或简约或形象的代称，第一联称首联，或起联，或起句；第二联称颔联，或次联；第三联称颈联，或腹联；第四联称尾联，或结联，或结句等。

　　五言律诗也有全篇十句以上，可以多至数十句，以至百句、二百句。这种长篇的五言律诗，唐朝诗人没有给它定名，十韵（20句）以上的诗，诗人有时在诗题后标明多少"韵"（两句一韵），以使读者预先知其为长篇。如杜甫诗题有：《敬赠郑谏议十韵》《寄李十二白二十韵》，也有三十韵、三十六韵、四十韵，最长的一篇是《秋日夔府咏怀奉寄郑监审李宾客之芳一百韵》。后来白居易和元稹学习杜甫，也作有十韵、数十韵，以至一百韵的长篇律诗。元稹曾称这种长篇五律为"大律诗"，他在《酬乐天东南行诗一百韵》自序中说"此卷唯五言大律诗二首而已"①。宋初王禹偁甚至有一百六十韵的长篇。② 这种十句以上、每篇句数无定的律诗，元明以后称之为"排律"，或"长律"。

　　五言排律，如杜甫《寄李十二白二十韵》：

　　　　昔年有狂客，号尔谪仙人。
　　　　笔落惊风雨，诗成泣鬼神。
　　　　声名从此大，汩没一朝伸。
　　　　文彩承殊渥，流传必绝伦。
　　　　龙舟移棹晚，兽锦夺袍新。

---

① 《全唐诗》，卷四百七，中华书局点校本，第 12 册，第 4530 页。
② ［宋］王禹偁《谪居感事》，北京大学古文献研究所编《全宋诗》卷六四，北京大学出版社 1991 年版，第 2 册，第 709~712 页。

白日来深殿，青云满后尘。

乞归优诏许，遇我宿心亲。

未负幽栖志，兼全宠辱身。

剧谈怜野逸，嗜酒见天真。

醉舞梁园夜，行歌泗水春。

才高心不展，道屈善无邻。

处士祢衡俊，诸生原宪贫。

稻粱求未足，薏苡谤何频。

五岭炎蒸地，三危放逐臣。

几年遭鵩鸟，独泣向麒麟。

苏武先还汉，黄公岂事秦。

楚筵辞醴日，梁狱上书辰。

已用当时法，谁将此义陈。

老吟秋月下，病起暮江滨。

莫怪恩波隔，乘槎与问津。①

　　七言律诗也有长篇，后来即称"七言排律""七排"。清人浦起龙著《读杜心解》卷五之末为"七排"，只有八首，其中最长的为三十二句。但七言律诗拉长了，不仅难写，而且即使写出来也难以生动，缺乏美感，不耐读。因此，在杜甫尝试之后，继续写作者和作品都很少，就不举例了。

　　五言、七言绝句，都是四句的诗。

　　五言绝句在南朝已很多见，均为古体。唐代以下，五言绝句仍以古体的为多，合律的五绝相对较少。古体的名篇如孟浩然《春晓》：

---

　　① 《全唐诗》卷二百二十五，中华书局点校本，第7册，第2430页。

春眠不觉晓，处处闻啼鸟。
夜来风雨声，花落知多少。①

柳宗元《江雪》：

千山鸟飞绝，万径人踪灭。
孤舟蓑笠翁，独钓寒江雪。②

合律的五言绝句，广为人知的如王维《相思》：

红豆生南国，秋来发故枝。
愿君多采撷，此物最相思。③

王之涣《登鹳雀楼》：

白日依山尽，黄河入海流。
欲穷千里目，更上一层楼。④

七言绝句，唐朝之前也已产生，但却是到了初唐才兴盛起来。七绝兴盛之时也是律诗成熟之际，因此早期七绝就较多趋向于律化。至盛唐时，七绝更是以律体为主，而且是盛唐诗最出色最具吸引力的体式之一，当时很多七绝佳作成为乐府歌词广为传

① 《全唐诗》卷一百六十，中华书局点校本，第5册，第1667页。
② 《全唐诗》卷三百五十二，中华书局点校本，第11册，第3948页。
③ 《全唐诗》卷一百二十八，中华书局点校本，第4册，第1305页。
④ 《全唐诗》卷二百五十三，中华书局点校本，第8册，第2849页。
按：《全唐诗》此首题下注"一作朱斌诗"。

唱。唐代以后，七绝也是最长久显示生命力的古典诗歌体式之
一。盛唐七绝名篇如王昌龄《出塞二首》其一：

> 秦时明月汉时关，万里长征人未还。
> 但使龙城飞将在，不教胡马度阴山。①

李白《早发白帝城》：

> 朝辞白帝彩云间，千里江陵一日还。
> 两岸猿声啼不尽，轻舟已过万重山。②

宋代七绝如王安石《泊船瓜洲》：

> 京口瓜洲一水间，钟山只隔数重山。
> 春风自绿江南岸，明月何时照我还。③

苏轼《饮湖上初晴后雨二首》其二：

> 水光潋滟晴方好，山色空濛雨亦奇。
> 欲把西湖比西子，淡妆浓抹总相宜。④

---

① 《全唐诗》卷一百四十三，中华书局点校本，第 4 册，第 1444 页。
② 《全唐诗》卷一百八十一，中华书局点校本，第 6 册，第 1844 页。
③ 刘乃昌、高洪奎《王安石诗文编年选释》，山东教育出版社 1992 年版，第 127 页。
④ ［宋］苏轼著，［清］冯应榴辑注，黄任轲、朱怀春校点《苏轼诗集合著》，上海古籍出版社 2001 年版，第 1 册，第 404 页。

第二节　押　韵

诗赋为使声韵抑扬，节奏鲜明，有规律地在某些句末用同韵的字，历来称为押韵。刘勰《文心雕龙·声律》篇说"同声相应谓之韵"①。从《诗经》《楚辞》到汉魏古诗，押韵是诗的一个必具的特点。五、七言古体诗用韵较宽，近体诗用韵基本上要严格遵守"平水韵"划分的韵部，而且只押平声韵。现代诗词爱好者有一种意见主张押韵不再按照"平水韵"，而根据现代汉语普通话的声调，凡韵母相同的字即可押韵，称之为"新韵"。我是坚决不赞成这种主张的。因为按照现代汉语普通话的声调，很多古入声字变成了平声，而按照押平声韵的规则，这些变成平声的古入声字就有可能被用来押韵，这样写出的作品，与自唐宋至明清一千多年遵循"平水韵"产生的无数诗篇，与我们所熟读的名篇佳作，在声调上就会时时有非常违拗的感觉。如果你真的"熟读唐诗三百首"，养成了品味古典诗歌声律韵调的感知力，对于变成平声的古入声字如：国、学、黑、白、得、失等，在押"新韵"的诗中都作平声字用，甚至用来押韵，那种非常违拗的感觉是令人十分难受的。也就是说用古四声写作古典诗词，已是一个我们所熟悉的声韵系统，而现代普通话的声调已逸出古四声系统，硬用普通话声调来作律诗，对于古典诗词声韵系统只能是一种扰乱，肯定也作不出令人爱读的作品。所以我坚持认为，学习创作传统的近体诗，还是要熟悉古四声，押韵还是应该遵用"平水韵"。

---

① 陆侃如、牟世金《文心雕龙译注》，齐鲁书社1982年版，下册，第168页。

一、平水韵

所谓"平水韵"，先是隋陆法言撰《切韵》以四声分193韵。唐代孙愐撰《唐韵》同。宋陈彭年撰《广韵》、丁度《集韵》都同广韵系统，四声分206韵。都是汇总南北语音的，并非当时语音实际。南宋理宗淳祐（1241—1252）间，江北平水人刘渊用"同韵"和"通韵"的办法修《礼部韵略》，四声分107韵。金人王文郁把"拯"和"迥"二韵合起来，成106部，称为《新刊平水礼部韵略》。因106部的划分符合唐宋诗歌用韵的事实，遂成为后世近体诗标准韵书，习称"平水韵"。

"平水韵"平声30韵，上声29韵，去声30韵，入声17韵。平声30韵韵目如下：

上平声十五部

一东	二冬	三江	四支	五微
六鱼	七虞	八齐	九佳	十灰
十一真	十二文	十三元	十四寒	十五删

下平声十五部

一先	二萧	三肴	四豪	五歌
八麻	七阳	八庚	九青	十蒸
十一尤	十二侵	十三覃	十四盐	十五咸

现代较常容易查阅的按平水韵分部并罗列辞藻的韵书，如清康熙时官修的《佩文韵府》，有上海古籍出版社1983年影印本，此书篇幅过巨，不便于日常参考。另有清周兆基辑《佩文诗韵释要》，由博返约，便于寻绎，有上海古籍出版社1982年影印本。民国十二年（1922）广益书局校勘刊印的《诗韵合璧》，很方便查找韵字及辞藻，上海书店出版社1982年以后多次印行。

二、押平声韵

古体诗押韵不拘平声仄声，而且一首诗中可以平仄换韵。近体诗押平声韵，不得转韵，古人认为"转韵即无力"①，这是近体诗在形成过程中为诗人们所选择并定型的一个规则。用律句成篇但押仄声韵者，有人称之为仄韵律诗，例如柳宗元《江雪》绝句："千山鸟飞绝，万径人踪灭。孤舟蓑笠翁，独钓寒江雪。"岑参七绝《武威送刘判官赴碛西行军》："火山五月行人少，看君马去疾如鸟。都护行营太白西，角声一动胡天晓。"②虽用律句，但押仄声韵，不可视为近体诗，仍应归属于古体诗，都是古体绝句。

三、韵脚

诗句押韵处叫韵脚。近体诗一般句尾隔句押韵，即绝句第二、四句，律诗第二、四、六、八句，句尾为韵脚。第一句押韵或不押韵都可以，押韵的叫"首句入韵"，也叫"引韵"。五言以首句不入韵的为多，七言以首句引韵的为多。

（一）五言首句不入韵者，五律例如常建《题破山寺后禅院》：

> 清晨入古寺，初日照高林。
> 竹径通幽处，禅房花木深。
> 山光悦鸟性，潭影空人心。
> 万籁此都寂，但余钟磬音。③

---

① 【日】弘法大师原撰、王利器校注《文镜秘府论校注》，中国社会科学出版社1983年版，第307页。
② 《全唐诗》卷二百一，中华书局点校本，第6册，第2104页。
③ 《全唐诗》卷一百四十四，中华书局点校本，第4册，第1461页。

五绝例如白居易《问刘十九》：

> 绿蚁新醅酒，红泥小火炉。
> 晚来天欲雪，能饮一杯无？①

（二）五言也有首句入韵的，相对较少。五律例如王维《使至塞上》：

> 单车欲问边，属国过居延。
> 征蓬出汉塞，归雁入胡天。
> 大漠孤烟直，长河落日圆。
> 萧关逢候吏，都护在燕然。②

近体五绝首句入韵者极少，《唐诗三百首》所录仅一首，西鄙人《哥舒歌》：

> 北斗七星高，哥舒夜带刀。
> 至今窥牧马，不敢过临洮。③

（三）七言首句入韵，七律例如韩愈《左迁至蓝关示侄孙湘》：

> 一封朝奏九重天，夕贬潮州路八千。

---

① 《全唐诗》卷四百四十，中华书局点校本，第 13 册，第 4900 页。
② 《全唐诗》卷一百二十六，中华书局点校本，第 4 册，第 1279 页。
③ ［清］蘅塘退士编，陈婉俊补注《唐诗三百首》，中华书局 1999 年版，卷七，第 9 页。

欲为圣朝除弊事，肯将衰朽惜残年！

云横秦岭家何在？雪拥蓝关马不前。

知汝远来应有意，好收吾骨瘴江边。①

七绝例如王昌龄《春宫曲》：

昨夜风开露井桃，未央前殿月轮高。

平阳歌舞新承宠，帘外春寒赐锦袍。②

（四）七言首句不入韵，七律例如刘禹锡《酬乐天扬州初逢
席上见赠》：

巴山楚水凄凉地，二十三年弃置身。

怀旧空吟闻笛赋，到乡翻似烂柯人。

沉舟侧畔千帆过，病树前头万木春。

今日听君歌一曲，暂凭杯酒长精神。③

七绝例如王维《九月九日忆山东兄弟》：

独在异乡为异客，每逢佳节倍思亲。

遥知兄弟登高处，遍插茱萸少一人。④

---

① 《全唐诗》卷三百四十四，中华书局点校本，第10册，第3860页。
② 《全唐诗》卷一百四十三，中华书局点校本，第4册，第1445页。
③ 《全唐诗》卷三百六十，中华书局点校本，第11册，第4061页。
④ 《全唐诗》卷一百二十八，中华书局点校本，第4册，第1306页。

四、借邻韵

律诗如果首句入韵，可以借相邻的韵字。例如杜甫五律《秋野五首》其一：

> 秋野日疏芜（七虞），寒江动碧虚（六鱼）。
> 系舟蛮井络，卜宅楚村墟（六鱼）。
> 枣熟从人打，葵荒欲自锄（六鱼）。
> 盘餐老夫食，分减及溪鱼（六鱼）。①

七律例如白居易《故衫》：

> 暗淡绯衫称老身（十一真），半披半曳出朱门（十三元）。
> 袖中吴郡新诗本，襟上杭州旧酒痕（十三元）。
> 残色过梅看向尽，故香因洗嗅犹存（十三元）。
> 曾经烂熳三年著，欲弃空箱似少恩（十三元）。②

七绝例如王建《宫词一百首》其十七：

> 罗衫叶叶绣重重（二冬），金凤银鹅各一丛（一东）。
> 每遍舞时分两向，太平万岁字当中（一东）。③

又如苏轼《六月二十七日望湖楼醉书五绝》：

---

① 《全唐诗》卷二百二十九，中华书局点校本，第 7 册，第 2499 页。
② 《全唐诗》卷四百四十七，中华书局点校本，第 13 册，第 5022 页。
③ 《全唐诗》卷三百二，中华书局点校本，第 10 册，第 3440 页。

黑云翻墨未遮山（十五删），白雨跳珠乱入船（一先）。
卷地风来忽吹散，望湖楼下水如天（一先）。①

因为首句本是可以不用韵的，且即使用韵也不算在韵数里，所以首句入韵用邻韵的宽松方式，宋以后诗人很乐意采用，也成为一种格式。

五、重韵、限韵、和韵、步韵和叠韵

（一）重韵，也叫复韵，是指同一首诗中出现两个词义相同的韵脚字。古诗中有不避重韵的先例，如《诗经·邶风·终风》次章云："终风且霾，惠然肯来。莫往莫来，悠悠我思。"以霾、来、来、思为韵，"来"字两见。因而唐人作古体诗也不避重韵。近体诗则要避重韵。有人举杜甫多首排律诗中重韵的例子，认为律诗也不避重韵。但所举的几例是三十韵、五十韵以至一百韵的长篇排律诗，其在作者，或许是参照古诗不避重韵，也或许是因为韵数甚多而有疏忽。而一般八句律诗，杜诗中没有重韵的。手边有本 20 世纪 90 年代初出版的某次诗词大赛选集，其中某作者《游镜泊湖》绝句："鬼斧神工堰塞湖，水光山色比明珠。为游八景寻幽境，不去漓江到此湖。"三个韵脚两次用"湖"字，如此同字重韵，实应避免。同字而在句中用义不同的，例如"耳"字两用，一用其耳朵义，一用其虚词义，则不算犯重韵。当然这种情况也是如能避免更好，不必有意为之如做文字游戏。不同字而词义却相同的，如同在"六麻"韵部的花、葩，同在"七阳"韵部的香、芳，以及同在"十四寒"的观、看等字，如果用在一首

---

① ［宋］苏轼著，［清］冯应榴辑注，黄任轲、朱怀春校点《苏轼诗集合注》，上海古籍出版社 2001 年版，第 1 册，第 318 页。

律诗中押韵，则也是犯重韵，也应避免。①

（二）限韵，指限定用某一韵部的字作诗。古代科举考试作诗一般要限用韵。平常几个人一起做诗，有时也限韵。限韵又分两种：一种是限韵不限字；又一种是限韵兼限字，即共同选定一个韵字，每个人的诗中都必须包含这个字。凡诗题有"得某字"的作品，都是这种限韵诗。例如杜甫《严公厅宴同咏蜀道画图得空字》：

> 日临公馆静，画满地图雄。
> 剑阁星桥北，松州雪岭东。
> 华夷山不断，吴蜀水相通。
> 兴与烟霞会，清樽幸不空。②

又如朱熹《九日登天湖以"菊花须插满头归"分韵赋诗得归字》：

> 去岁潇湘重九时，满城风雨客思归。
> 故山此日还佳节，黄菊清尊更晚晖。

---

① 例如20世纪90年代初正式出版的某次诗词大赛选集，其中有某作者《春日》绝句："云轻日暖昼初长，缓步春郊觅远芳。留恋风光归去晚，衣襟犹带野花香。"芳、香重韵。又一作者《梨花》七律中二联云："婷婷月下难寻偶，脉脉枝头懒着香。为掩风流甘独老，不将冶艳斗群芳。"香、芳重韵。又一作者《梨花》七律首句是"天生丽质露凝香"，末句是"移来处处馈芬芳"，香、芳重韵。又一作者七律第六句是"春秋一部等闲看"，第八句是"敢望孙阳青眼观"，看、观重韵。又一作者七律第六句是"案烛欢心绽若花"，第八句是"港台爆竹缀新葩"，花、葩重韵。此书中犯重韵的还有多例，可见现代人学诗多有不知避重韵者，是一个应加提醒的问题。

② 《全唐诗》卷二百二十七，中华书局点校本，第7册，第2456页。

短发无多休落帽，长风不断且吹衣。

相看下视人寰小，只合从今老翠微。①

朱熹这首诗的题目，标示分韵赋诗有时是用古人诗文成句来分韵字。

最严格的限韵是限定每个韵脚用字，《红楼梦》第三十七回写"秋爽斋偶结海棠社"，限定用"门盆魂痕昏"为韵作七律。虽是小说，恰好生动地描写了旧时文人雅集限韵赋诗的情形。

（三）用别人诗歌的韵作诗来回和别人，叫"和韵"。在和韵诗中，如果韵字和次序都和原诗一样，叫"次韵"，也叫"步韵"。

南宋严羽《沧浪诗话·诗评》说："和韵最害人诗。古人酬唱不次韵，此风始盛于元白、皮陆。本朝诸贤，乃以此而斗工，遂至往复有八九和者。"② 严羽指出和韵、次韵作诗的风气，始盛于唐朝元稹与白居易、皮日休和陆龟蒙之间的唱和，而宋朝诗人十分爱作和韵、次韵诗。严羽认为"和韵"实在是有害于诗的。严羽持论是从纯粹的"诗"的概念出发，彻底否定和韵诗写作的价值。元明以后，也不断有评论家与严羽一样激烈批评否定和韵诗。但事实是自宋以来，无论是出于爱好，还是由于应付风气，历代诗人又普遍在作和韵诗。客观地说，若既无情意也无才思，和韵作诗确实只是应酬文字，虚与委蛇，徒具诗的形式而已。若

---

① ［元］方回选评，李庆甲集评校点《瀛奎律髓汇评》卷十六，上海古籍出版社 1986 年版，中册，第 638 页。

② ［宋］严羽著，郭绍虞校释《沧浪诗话校释》，人民文学出版社 1983 年版，第 193～194 页。

才情俱到，和韵为诗，又并不妨碍产生好诗。例如苏轼有诸多和韵诗词，都被评论家公认胜过原唱。这是由于有些韵字用来造句，其实并不难再造出佳句来，诗人们"以此斗工"，因难见巧，也是往来唱和的一种乐趣。当然，次韵和诗也不是总要胜过原唱，能用原唱韵字再作出诗篇，诗句自然而非趁韵就好，和诗讲究的是与原唱者的同声相应，诗人的互相尊重更是主旋律。事实证明，严羽的"和韵最害人诗"之说，实属理论家的一偏之见。

（四）用自己先前的诗的韵字重新作诗，叫"叠韵"。换句话说，叠韵是和自己的诗韵再作诗。例如苏轼在黄州，于元丰四年（1081）初作《正月二十日，往岐亭，郡人潘、古、郭三人送余于女王城东禅庄院》七律一首，用"门、村、痕、温、魂"五字押韵。元丰五年（1082）作《正月二十日，与潘、郭二生出郊寻春，忽记去年是日同至女王城作诗，乃和前韵》；同日作《是日，偶至野人汪氏之居……复作一篇，仍用前韵》。元丰六年（1083）又有《六年正月二十日，复出东门，仍用前韵》一首。此外苏轼还有《红梅三首》，是一次性完成的叠韵七律。

现代名人叠韵作诗的例子，如陈寅恪1940年有《庚辰暮春重庆夜宴归作》七律一首：

> 自笑平生畏蜀游，无端乘兴到渝州。
> 千年故垒英雄尽，万里长江日夜流。
> 食蛤那知天下事，看花愁近最高楼。
> 行都灯火春寒夕，一梦迷离更白头。①

---

① 陈美延、陈流求编《陈寅恪诗集》，清华大学出版社1993年版，第27页。

1941 年，陈寅恪有《辛巳春由港飞渝用前韵》七律一首①，即叠用上一首诗韵又作一诗。

第三节　平仄格律

古典诗歌中，近体诗的字句要遵循固定的平仄声格式，四句或八句整篇，句与句、联与联之间也要遵循固定的平仄声格式，这是近体诗的一个重要特征，也是重要的律法。

所谓"平仄"，是将汉字古四声平上去入简括为"平"（即平声）和"仄"（上去入三声）两种声调，以方便在诗歌造句选字时更容易同时选择字的声调。

我们现代人要了解近体诗的平仄格律，首先要了解现代汉语普通话的四声与古四声之间发生了怎样的变化，从而清楚地认识掌握古四声。

普通话的第一声（阴平声）和第二声（阳平声）大都是古四声的平声。普通话的第三声（上声）和第四声（去声），与古上声、去声不完全对应，有些古上声字今读去声，有些古去声字如今却读上声，但好在上声和去声同是"仄声"，因而即使没有确知每个字在古四声中是上声还是去声，只要确认它属于仄声也就大致无误。普通话四声与古四声最大的分别是，普通话中已没有入声，古代入声字分派到普通话的阴平、阳平、上声和去声里去了。古入声字今读上声和去声的，因仍然在"仄声"范围内，对于阅读和学做近体诗妨碍尚不严重。古入声字今读平声的也不少，例如黑、白、得、失、国、学、德、哲等等，如果不能敏锐

---

① 陈美延、陈流求编《陈寅恪诗集》，清华大学出版社 1993 年版，第 28 页。

地确认这些今读平声的古入声字，则对于阅读欣赏和学习写作近体诗就都是严重障碍。所以，要更好地阅读欣赏、进而要学习写作近体诗，首先就要学会辨认古入声字。

一、如何辨认古入声字

南朝齐梁时期学者区分了汉语字音有四声，人们对于新认识的四声非常有兴趣，能分辨者很得意，不能分辨四声者难免见笑于人。例如梁武帝萧衍不明白"四声"，曾问大臣朱异："何者名为四声?"朱异回答说："天子万福，即是四声。"萧衍说："天子寿考，岂不是四声也?"[①] 古代当然也有教人辨别四声特征的描述讲论。例如宋代修订重刊《大广益会玉篇》末附《五音声论》中有曰："平声者哀而安，上声者厉而举，去声者清而远，入声者直而促。"[②] 清编《康熙字典》卷首《分四声法》引流传的歌诀云："平声平道莫低昂，上声高呼猛烈强，去声分明哀远道，入声短促急收藏。"

现代人以普通话为标准，要学会区分古四声，凡古今声调一直是平上去三声的字，就按普通话读，这是语音声调稳定延续的一面。古入声字在普通话中分派到平上去三声里了，因此，辨认古入声字成为掌握古四声的关键和难点。方言有入声的读者还好辨认，以同音而声调不同的一组字为例：

诗——时——史——是——石

阴平　阳平　上声　去声　入声

① ［日］弘法大师原撰、王利器校注《文镜秘府论校注》，中国社会科学出版社 1983 年版，第 100 页。

② ［梁］顾野王著，北宋修订重刊《大广益会玉篇》，中华书局 1987年影印本，第 137 页。

"石"字古为入声，普通话派入阳平声，方言有入声的同学用方言读，则能读出"直而促""短促急收藏"的入声声调。因此，方言有入声的读者要学会掌握古入声，不妨时时回想这些字的方言读音，利用方言保存了入声的优势。

但是现在毕竟很多地方方言没有了入声，尤其是教育普及，各地从小学到中学都以普通话为教学语言，即使方言有入声的地方，从小上学的年轻人对于方言声调也越来越疏离。那么以普通话为基础的同学要学会辨认古入声字，当然只有勤看入声字表，将入声字表中今读平声的字变读成去声而短促些即近似入声。"平水韵"入声字 17 部的韵目是：

一屋	二沃	三觉	四质	五物
六月	七曷	八黠	九屑	十药
十一陌	十二锡	十三职	十四缉	十五合
十六葉	十七洽			

按：本表用简化字，但"十六葉"韵目不用简化字"叶"，是因为"叶"在繁体字系统中也存在，本读"协"，也即"协"字的古文，入声，在"十六葉"部，但与"葉"本非一字。

也有一些方法能有助于辨认入声字，诸如：

（一）拼音排除法

凡带 n、ng 韵尾的字，都不是入声。

（二）拼音确定法

1. 普通话第一声声母是 b、d、g、j、z、zh 的字许多都是入声。如：白、达、得、狄、蝶、跌、铎、夺、隔、国、绩、吉、击、极、激、质、直、哲、杂、辙、泽、扎、浊、卒等。

2. 普通话 f 声母和 a、o 拼的字都是入声，如：发、法、乏、伐、佛等。

3. 普通话声母 b、p、d、t、n、m 和 ie 拼的字都是入声，如：别、瘪、灭、蔑、铁、跌、孽等。

4. 普通话声母 k、zh、ch、sh、r 和 uo 拼的字都是入声，如：括、阔、浊、拙、灼、戳、说、烁、若等。

5. 普通话 d、t、l、z、c、s 声母和 e 拼的字都是入声，如：德、特、乐、则、啧、侧、厕、色、塞等。

6. 普通话韵母是 ue 的字，除"瘸"字外，都是入声，如月、约、越、乐、绝、觉、却、虐等。

（三）声符类推法

根据形声字声符可以类推，多数是准确的，但要注意也有少数不准确。如以"白"为声符的字：伯、泊、迫、魄、粕、帛、熠、伯、舶、柏等都是入声。以"失"为声符的字如：秩、跌、迭、飐、佚、轶等都是入声。

（四）按简化字笔画数排列部分常见今已变为平声的入声字

一画	一
二画	七八十
三画	兀孑勺习夕
四画	仆曰什及
五画	扑出发札失石节白汁匝
六画	竹伏伐达杂夹杀夺舌诀决约芍则合宅执吃汐
七画	秃足卒局角驳别折灼伯狄即吸劫匣
八画	叔竺卓帛国学实直责诘佛屈拔刮拉侠狎押胁杰选择拍迪析极刷
九画	觉（觉悟）急罚屋

（续表）

十画	逐读哭烛席敌疾积脊捉剥哲捏铁酌格核贼鸭
十一画	族渎孰斛淑啄脱掇郭鸽舶职笛袭悉接谍捷辄掐掘
十二画	菊犄赎幅粥琢厥揭渤割葛筏跋滑猾跌凿博晰棘植殖集逼湿黑答插颊
十三画	福煤辐督雹厥歇搏窟锡颐楫睫隔谪叠塌
十四画	漆竭截牒碣摘察辖嫡蜥
十五画	熟蝠膝瘠骼德蝶瞎额
十六画	橘辙薛薄缴激
十七画	擢蟋蟀檄
十九画	蹶
二十画	籍黩嚼

二、诗的节奏

汉语节奏非常重要，清桐城派古文名家刘大櫆《论文偶记》说："盖音节者，神气之迹也；字句者，音节之矩也。神气不可见，于音节见之；音节无可准，以字句准之。"[1] 20 世纪美学家朱光潜《诗论》第九章说："中国诗的节奏不易在四声上见出，全平全仄的诗句仍有节奏，它大半靠着'顿'。它又叫做'逗'或'节'。它的重要从前人似很少注意过。"[2] 刘大櫆所说"音节"，即朱光潜先生讲"节奏"所强调的"顿"或"节"，这是讲古典诗文声律必须要注意的汉语现象。

----

① 刘大櫆、吴德旋、林纾著，范先渊校点《论文偶记　初月楼古文绪论　春觉斋论文》，人民文学出版社 1962 年版，第 6 页。
② 朱光潜《诗论》，生活·读书·新知三联书店 1984 年版，第 210页。

古典诗歌基本上每两个音节（两个字）一个节奏，每个节奏一个重音。当然，诗以五言或七言句为主，每句自然有一个字的单音节，这个单音节使诗句节奏有伸缩参差的变化，使诗句的旋律更为动听。这也是古典诗歌固定以五七言为基本句式的根本原因。试读五律、七律各一首，注意感受诗句的节奏。

王湾《次北固山下》：

> 客路／青山／外，行舟／绿水／前。
> 潮平／两岸／阔，风正／一帆／悬。
> 海日／生／残夜，江春／入／旧年。
> 乡书／何处／达？归雁／洛阳／边。①

杜甫《登高》：

> 风急／天高／猿啸／哀，渚清／沙白／鸟飞／回。
> 无边／落木／萧萧／下，不尽／长江／滚滚／来。
> 万里／悲秋／常／作客，百年／多病／独／登台。
> 艰难／苦恨／繁霜／鬓，潦倒／新停／浊酒／杯。②

三、诗句的平仄相间

汉语是有声调的语言，声调产生抑扬顿挫的音乐美。和节奏重音结合起来，就是平仄相间的规律。

刘勰《文心雕龙·声律》："凡声有飞沈……沈则响发而断，

---

① 《全唐诗》卷一百十五，中华书局点校本，第4册，第1170页。
② 《全唐诗》卷二百二十七，中华书局点校本，第7册，第2467～2468页。

飞则声飏不还。并辘轳交往，逆鳞相比。"① 沈约《宋书·谢灵运
传论》："夫五色相宣，八音协畅，由乎玄黄律吕，各适物宜。欲
使宫羽相变，低昂互节，若前有浮声，则后须切响。一简之内，
音韵尽殊；两句之中，轻重悉异。妙达此旨，始可言文。"②

　　沈约本人正是"永明体"新诗的创始者之一。后来成熟完善
的近体诗，在诗句声调上即形成稳定的平仄相间的格式。具体以
五言为例来说，诗句的平仄格式基本的为4种，即：

　　　　　a 仄仄平平仄，
　　　　　b 平平仄仄平。
　　　　　c 平平平仄仄，
　　　　　d 仄仄仄平平。

　　七言诗句的平仄，是在每种五言平仄格式前边加两个音节，仄
仄前加平平，平平前加仄仄，这样就也是4种基本的平仄格式：

　　　　　A 平平仄仄平平仄，
　　　　　B 仄仄平平仄仄平。
　　　　　C 仄仄平平平仄仄，
　　　　　D 平平仄仄仄平平。

　　近体律绝就都是由这几种平仄格式的诗句组成的，详见
下文。

---

　　① 陆侃如、牟世金《文心雕龙译注》，齐鲁书社1982年版，下册，第
168页。
　　② 《宋书》卷六十七，中华书局点校本，第6册，第1779页。

四、"对"和"粘"的规则

以上讲了五言、七言律诗，其实各自是由四种基本的平仄格式的诗句组成的。由句组成联，再由联组成篇（绝句，律诗），句与句、联与联之间的组合，有"对"与"粘"的规则，这是近体诗声律要求：每联的两句平仄要相对，"对"是平仄声相反的意思。因此，每联的两句，上句又叫"出句"，下句就叫"对句"。而两联之间平仄声要相粘，"粘"的具体要求是，下一联出句的第二字（第一个音节重音）要与上一联对句第二字平仄声相同。

按照这里讲的"对"和"粘"的规则，结合前面讲到的双数句句尾为平声韵脚、首句可以入韵也可以不入韵的规则，先以一首五言绝句为例，只要有了第一句的平仄谱，就可以推定以下每句的平仄格式。以李端绝句《听筝》为例，其首句是：

鸣筝金粟柱

其声谱是：平平平仄仄（c）

第二句头两字要与上句平仄声相对（相反），即确定为"仄仄"。双数句句尾是韵脚，押平声韵，所以一定为"平"。中间两字不好确定，要看第二字和第五字平仄是否一样，如不一样，中间二字平仄定不一致。这句就是这样，肯定是一平一仄，或一仄一平。到底是平在前，还是仄在前，要"向前看"（或曰"往前靠"），看前面第二字平仄确定。此句第二字是仄，即在中间两字空处填上"仄平"，即此句谱是：

仄仄仄平平（d）

原句正是：素手玉房前

第三句要求与第二句平仄相粘，"粘"是头二字（关键是第二字）平仄相同，第二句声谱已知，即确定为"仄仄"。第三句不押韵，尾字肯定是"仄"。中间二字不好定，看第二字和第五字平仄相同，可以断定中间二字平仄声一定相同，向前看（往前靠）是"仄"，前面讲到每两个字一个"节奏"，相邻的"节奏"平仄声相间，所以不可能连续四个仄或四个平声，因此这句中间二字声谱就该填上"平平"，即：

仄仄平平仄（a）

原句亦是：欲得周郎顾

第四句头两字要与上句平仄声相对（相反），即确定为"平平"。句尾押韵，亦确定为"平"。中间二字，看第二字和第五字都是平声，即可确定为"仄仄"。则句谱是：

平平仄仄平（b）

原句亦是：时时误拂弦

按照上述"对"和"粘"的规则，如果也能掌握上述"向前看"（往前靠）的推定方法，是不难熟悉和运用律诗的平仄格律的。

五言和七言可以各组成4种平仄格式。

五言绝句平仄格式：

（1）

　　　　a 仄仄平平仄，b 平平仄仄平。
　　　　c 平平平仄仄，d 仄仄仄平平。

按：近体绝句和律诗的平仄格式，以第一句的格式来表述，第一句第二字为"起"，尾字为"收"，这种第一句第二字仄声、尾字仄声不入韵，就叫"仄起仄收不入韵"式。作品例如王之涣《登鹳雀楼》：

　　　　白日依山尽，黄河入海流。

欲穷千里目，更上一层楼。

（2）

> c 平平平仄仄，d 仄仄仄平平。
> a 仄仄平平仄，b 平平仄仄平。

这种第一句第二字平声、尾字不入韵，为"平起仄收不入韵"式。这一式的作品还以前面讲到的李端《听筝》为例：

> 鸣筝金粟柱，素手玉房前。
> 欲得周郎顾，时时误拂弦。①

（3）

> b 平平仄仄平，d 仄仄仄平平。
> a 仄仄平平仄，b 平平仄仄平。

这种是"平起平收入韵"式。作品例如苏颋《汾上惊秋》：

> 北风吹白云，万里渡河汾。
> 心绪逢摇落，秋声不可闻。②

（4）

---

① 《全唐诗》卷二百八十六，中华书局点校本，第 9 册，第 3280 页。
② 《全唐诗》卷七十四，中华书局点校本，第 3 册，第 814 页。

d 仄仄仄平平，b 平平仄仄平。
c 平平平仄仄，d 仄仄仄平平。

　　这种是"仄起平收入韵"式。作品例如卢纶《和张仆射塞下曲》其三：

　　　　月黑雁飞高，单于夜遁逃。
　　　　欲将轻骑逐，大雪满弓刀。①

　　五言句短，四句才二十字，因而在第二、四句押韵，读起来舒展和谐。第一句用韵的话，显得押韵太急，抑扬起伏的旋律也不够舒展，因此五绝首句用韵的很少，"平起平收入韵"式的尤其少。

　　五言律诗平仄格式：

　　上述前两种首句仄收不入韵的五绝平仄格式，将四句格式重复一遍，第三联与第二联正符合"粘"的规则，这样就成为一首五律的平仄格式。

　　（1）仄起仄收不入韵式

　　　　a 仄仄平平仄，b 平平仄仄平，
　　　　c 平平平仄仄，d 仄仄仄平平。
　　　　a 仄仄平平仄，b 平平仄仄平，
　　　　c 平平平仄仄，d 仄仄仄平平。

　　作品例如杜甫《春望》：

----

① 《全唐诗》卷二百七十八，中华书局点校本，第 9 册，第 3153 页。

　　国破山河在，城春草木深。
　　感时花溅泪，恨别鸟惊心。
　　烽火连三月，家书抵万金。
　　白头搔更短，浑欲不胜簪。①

（2）平起仄收不入韵式

　　c 平平平仄仄，d 仄仄仄平平。
　　a 仄仄平平仄，b 平平仄仄平。
　　c 平平平仄仄，d 仄仄仄平平。
　　a 仄仄平平仄，b 平平仄仄平。

作品例如王维《山居秋暝》：

　　空山新雨后，天气晚来秋。
　　明月松间照，清泉石上流。
　　竹喧归浣女，莲动下渔舟。
　　随意春芳歇，王孙自可留。②

　　五绝首句入韵的（三）（四）两式不能直接重复一遍构成五
律格式，因为第一句平声结尾、首句入韵，若重复来作律诗的第
五句，而第五句不可以用韵，也就不能用此格式。所以，两种首
句入韵的五绝格式扩展为五律时，第五句要换用仄声结尾句式，
其他三句仍是重复前边的。其式如下：

_____

　　①　《全唐诗》卷二百二十四，中华书局点校本，第 7 册，第 2404 页。
　　②　《全唐诗》卷一百二十六，中华书局点校本，第 4 册，第 1276 页。

（3）平起平收入韵式

　　b 平平仄仄平，d 仄仄仄平平。
　　a 仄仄平平仄，b 平平仄仄平。
　　c 平平平仄仄，d 仄仄仄平平。
　　a 仄仄平平仄，b 平平仄仄平。

作品例如李商隐《风雨》：

　　凄凉《宝剑》篇，羁泊欲穷年。
　　黄叶仍风雨，青楼自管弦。
　　新知遭薄俗，旧好隔良缘。
　　心断新丰酒，销愁斗几千？①

（4）仄起平收入韵式

　　d 仄仄仄平平，b 平平仄仄平。
　　c 平平平仄仄，d 仄仄仄平平。
　　a 仄仄平平仄，b 平平仄仄平，
　　c 平平平仄仄，d 仄仄仄平平。

作品例如杜甫《月夜忆舍弟》：

　　戍鼓断人行，秋边一雁声。
　　露从今夜白，月是故乡明。

---

① 《全唐诗》卷五百三十九，中华书局点校本，第 16 册，第 6155 页。

　　　　有弟皆分散，无家问死生。
　　　　寄书长不达，况乃未休兵。①

　　以上说五言因为句子短，所以五言近体律绝首句以仄尾不用
韵的作品为多。以下讲七言律绝的平仄格式，因为七言句子较
长，如果到第二句句尾才安排第一个韵脚，会显得韵脚出现嫌
晚。因而七言近体律绝以首句平收入韵的为正格，而首句仄尾不
用韵的则相对少得多。
　　七言绝句平仄格式：
　　（1）仄起平收入韵式

　　　　B 仄仄平平仄仄平，D 平平仄仄仄平平。
　　　　A 平平仄仄平平仄，B 仄仄平平仄仄平。

　　作品例如柳中庸《征人怨》：

　　　　岁岁金河复玉关，朝朝马策与刀环。
　　　　三春白雪归青冢，万里黄河绕黑山。②

　　（2）平起平收入韵式

　　　　D 平平仄仄仄平平，B 仄仄平平仄仄平。
　　　　C 仄仄平平平仄仄，D 平平仄仄仄平平。

_____

　　①　《全唐诗》卷二百二十五，中华书局点校本，第 7 册，第 2419 页。
　　②　《全唐诗》卷二百五十七，中华书局点校本，第 8 册，第 2876 页。

作品例如王翰《凉州词二首》其一：

> 葡萄美酒夜光杯，欲饮琵琶马上催。
> 醉卧沙场君莫笑，古来征战几人回！①

（3）平起仄收不入韵式

> A 平平仄仄平平仄，B 仄仄平平仄仄平。
> C 仄仄平平平仄仄，D 平平仄仄仄平平。

作品例如韦应物《答郑骑曹青橘绝句》：

> 怜君卧病思新橘，试摘犹酸亦未黄。
> 书后欲题三百颗，洞庭须待满林霜。②

（4）仄起仄收不入韵式

> C 仄仄平平平仄仄，D 平平仄仄仄平平。
> A 平平仄仄平平仄，B 仄仄平平仄仄平。

作品例如王维《九月九日忆山东兄弟》：

> 独在异乡为异客，每逢佳节倍思亲。

---

① 《全唐诗》卷一百五十六，中华书局点校本，第5册，第1605页。
② 《全唐诗》卷一百九十，中华书局点校本，第6册，第1953页。

遥知兄弟登高处，遍插茱萸少一人。①

七言律诗平仄格式：
（1）仄起平收入韵式

B 仄仄平平仄仄平，D 平平仄仄仄平平。
A 平平仄仄平平仄，B 仄仄平平仄仄平。
C 仄仄平平平仄仄，D 平平仄仄仄平平。
A 平平仄仄平平仄，B 仄仄平平仄仄平。

这是将七绝第一种格式与第四种格式连起来，就成为七律的第一种格式。作品例如杜甫《登楼》：

花近高楼伤客心，万方多难此登临。
锦江春色来天地，玉垒浮云变古今。
北极朝廷终不改，西山寇盗莫相侵。
可怜后主还祠庙，日暮聊为梁甫吟。②

（2）平起平收入韵式

D 平平仄仄仄平平，B 仄仄平平仄仄平。
C 仄仄平平平仄仄，D 平平仄仄仄平平。
A 平平仄仄平平仄，B 仄仄平平仄仄平。
C 仄仄平平平仄仄，D 平平仄仄仄平平。

① 《全唐诗》卷一百二十八，中华书局点校本，第4册，第1306页。
② 《全唐诗》卷二百二十八，中华书局点校本，第7册，第2479页。

将七绝第二种格式与第三种格式连起来，就成为七律的第二种格式。作品例如李商隐《隋宫》：

> 紫泉宫殿锁烟霞，欲取芜城作帝家。
> 玉玺不缘归日角，锦帆应是到天涯。
> 于今腐草无萤火，终古垂杨有暮鸦。
> 地下若逢陈后主，岂宜重问《后庭花》。①

（3）平起仄收不入韵式

> A 平平仄仄平平仄，B 仄仄平平仄仄平。
> C 仄仄平平平仄仄，D 平平仄仄仄平平。
> A 平平仄仄平平仄，B 仄仄平平仄仄平。
> C 仄仄平平平仄仄，D 平平仄仄仄平平。

将七绝第三种格式本身重复一次，就成为七律的第三种格式。作品例如杜甫《野望》：

> 西山白雪三城戍，南浦清江万里桥。
> 海内风尘诸弟隔，天涯涕泪一身遥。
> 唯将迟暮供多病，未有涓埃答圣朝。
> 跨马出郊时极目，不堪人事日萧条。②

（4）仄起仄收不入韵式

---

① 《全唐诗》卷五百三十九，中华书局点校本，第 16 册，第 6161 页。
② 《全唐诗》卷二百二十七，中华书局点校本，第 7 册，第 2454 页。

C 仄仄平平平仄仄，D 平平仄仄仄平平。
A 平平仄仄平平仄，B 仄仄平平仄仄平。
C 仄仄平平平仄仄，D 平平仄仄仄平平。
A 平平仄仄平平仄，B 仄仄平平仄仄平。

将七绝第四种格式本身重复一次，就成为七律的第四种格式。作品例如杜甫《闻官军收河南河北》：

剑外忽传收蓟北，初闻涕泪满衣裳。
却看妻子愁何在？漫卷诗书喜欲狂。
白日放歌须纵酒，青春作伴好还乡。
即从巴峡穿巫峡，便下襄阳向洛阳。①

五、一三五不论，二四六分明

"一三五不论，二四六分明"，是古时相传关于诗句平仄的一个口诀，现在能够找到的较早的记载，见于明人费经虞撰《雅伦》卷十"近体入门法"所引。在接下来的"五言律格法"讲述中，费氏说："一三五不论者，谓七言律诗第一字第三字第五字，如当用平声者可用仄，当用仄声者可用平；又可平对平、仄对仄也。二四六分明者，谓第二字第四字第六字，当用平者一定用平，当用仄者一定用仄，必不可挪移也。若五言律则'一三不论，二四分明'矣。此法要知其间格律不同者，不过别调不在此例。"② 费氏其实已经指出，这个口诀是就律句的大体而论，不是一概而论的。实际

---

① 《全唐诗》卷二百二十七，中华书局点校本，第 7 册，第 2460 页。
② ［明］费经虞《雅伦》，《四库全书存目丛书》，齐鲁书社 1997 年版，第 420 册，第 182 页。

的诗句还存在"别调",而"别调不在此例"。这样表述既能帮助初学诗者掌握诗句平仄格式,又告诉初学者"此法"之外还有"别调",大体上也就说清楚了律句平仄构成的规律。

清初王士禛撰《律诗定体》,详细讲求律诗句法,其所论集中在这段话:

> 五律,凡双句二四应平仄者,第一字必用平,断不可杂以仄声,以平平止有二字相连,不可令单也。其二四应仄平者,第一字平仄皆可用,以仄仄仄三字相连,换以平韵无妨也。大约仄可换平,平断不可换仄,第三字同此。若单句第一字,可勿论。①

所谓"双句二四应平仄者",是我们前述五言 4 种平仄格式中的 b 式,即"平平仄仄平"。所谓"其二四应仄平者",是 d 式,即"仄仄仄平平"。而所谓"若单句第一字,可勿论",则包括了 a、c 两种句式。则王士禛所论也只是 b 句式第一字不可不论而已。王士禛进而说:"凡七言第一字俱不论。第三字与五言第一字同例。"七言第一字俱不论,即与"一三五不论"口诀完全相合。第三字与五言同例,也就是只有一种句式不能不论。这样说来,王士禛所论与旧传的口诀实际上并没有多少不同。但在何世璂记述的《然灯记闻》中,却记王士禛说:"律句只要辨一三五。俗云'一三五不论',怪诞之极,决其终身必无通理。"② 这

---

① 〔清〕王夫之等撰《清诗话》,上海古籍出版社 1978 年版,上册,第 113 页。
② 〔清〕王夫之等撰《清诗话》,上海古籍出版社 1978 年版,上册,第 120 页。

话与《律诗定体》中的具体所论其实已是自相矛盾。但这种对于"一三五不论"口诀几乎是完全否定的说法，对于现代研究和讲述诗律者很有影响。

王力《汉语诗律学》第一章第七节《关于"一三五不论"》说："这两句口诀不知是谁造出来的（《切韵指南》后面载有这个口诀）。其实这只是很肤浅的观察，和事实颇不相符。事实上，一三五不一定可以不论，二四六不一定要分明。因此，这口诀在表面上虽给予人们一种简单明快的感觉，实际上却极容易引起初学作诗的人的误解。现在我们把'不论'和'分明'的规律详加叙述，使大家明了近体诗的平仄并不是那样简单的。"① 其下用了很大篇幅，列举了很多例句，所讲的还是王士禛讲过的只是五言"平平仄仄平"句式的第一字、七言"仄仄平平仄仄平"句式的第三字，是不能不论的而已。这两个句式五言第一字、七言第三字的平声如果随便换成了仄声字，则整句犯所谓"孤平"。王士禛的论说是"不可令单也"，还没用"孤平"这个词语。"孤平"一词应是 20 世纪讲论诗律者依据王士禛的"不可令单也"的论断而造用的新词（关于"孤平"，后面还有具体讲述）。王力总结说："现在一般人很少知道避孤平；这样重要的规律（几乎可说是铁律）也被忽略了，我们不能不归罪于'一三五不论'的口诀。"②

其实，正如我们以上说到的，"一三五不论，二四六分明"这个口诀本来是大致符合律句平仄格式的，而古人在传述此口诀

---

① 王力《汉语诗律学》，上海教育出版社 1979 年版，第 83 页。按：王力先生说"《切韵指南》后面载有这个口诀"，查《四库全书》只有《经史正音切韵指南》，而此书未见此口诀，未详王力先生所据何书。

② 王力《汉语诗律学》，上海教育出版社 1979 年版，第 88 页。

时也附带说明有"别调"不在此例。可知无论王士禛还是王力，都因为强调要注意避"孤平"这样一个问题，就要否定这个口诀的简明合理，不仅是不公允的，而且用严重的口气把本来不复杂的律句规则说得很复杂似的，反而不免误导后来的研究者，也易使初学律诗者疑惑不解或望而却步。

六、"孤平"的两种说法

晚近讲诗律者关于"孤平"有两种说法：

一种说法是句调中两仄夹一平，即凡句调成"仄平仄"式，如崔颢诗"晴川历历汉阳树"句，"阳"字"孤平"。又如王维诗"劝君更尽一杯酒"句，"杯"字"孤平"。现今如启功先生著《诗文声律论稿》，在《律句中各节的宽严》一节中就还把这种两仄夹一平都说是"孤平"①。但这种说法并不通行。

另一种说法，就是前面讲到五言"平平仄仄平"句式的第一字、七言"仄仄平平仄仄平"句式的第三字，如果平声换成了仄声字，则犯"孤平"。王力《汉语诗律学》说"我们曾在一部《全唐诗》里寻觅犯孤平的诗句，结果只找到了两个例子"，一是高适《淇上送韦司仓》诗句"醉多适不愁"，一是李颀《野老曝背》诗句"百岁老翁不种田"②。其实唐诗中所谓"犯孤平"的这类诗句并不止此两例，王力先生也说了搜寻例句难免有遗漏。比如即使是杜甫也偶有"犯孤平"的诗句，其《玩月呈汉中王》五律首句"夜深露气清"，又《暮春题瀼西新赁草屋五首》其二末句"二年实饱闻"。再如戴叔伦五律《送友人东归》：

① 启功《诗文声律论稿》，中华书局 2000 年版，第 25~28 页。
② 王力《汉语诗律学》，上海教育出版社 1979 年版，第 99~100 页。

　　万里杨柳色，出关送故人。（仄平仄仄平）

　　轻烟拂流水，落日照行尘。

　　积梦江湖阔，忆家兄弟贫。

　　裴回灞亭上，不语自伤春。①

　　此诗第二句也是"犯孤平"一例。但总的说来，唐诗中犯孤平的诗句确实很少，可以认为诗人们在这一格式里是讲究尽可能避免犯孤平的。

　　但在实际造句时，五言"平平仄仄平"句式的第一字或许不得不是个仄声字，七言"仄仄平平仄仄平"句式的第三字可能也会如此，这种按规定应是平声却又不得不用仄声的情况叫"拗"；同理，句调应是仄声却不得不用平声也是"拗"。句调中有些"拗"是不算违律的，古口诀所谓"一三五不论"即含有此意。而如上所述这种犯"孤平"的"拗"，若不补救，则为"失调"，即违律。但看古人诗句可以知道，凡是遇到这种情况，是有补救办法的，对于拗句加以补救叫"拗救"。关于"拗救"，尤其是"孤平拗救"，后面再具体讲。

七、"三平调"和"三仄尾"

　　前述五言律句 d 式"仄仄仄平平"的第三字，七言 D 式"平平仄仄仄平平"的第五字，按律应是仄声，如果换成平声，则句尾连续三个平声，就是"三平调"。古风结尾常用三连平，是古体的一个显著特征。王维、高适、岑参以及杜甫律诗中时而有句子用"三平调"，王力《汉语诗律学》认为这是由于"杜甫和高适喜欢用古诗的平仄来做律诗"，算是变例。他说刘长卿的律诗

---

　　① 《全唐诗》卷二百七十三，中华书局点校本，第 9 册，第 3074 页。

可认为标准律诗，他的律句就绝对没有这种变例。① 按严格的标准，律诗是不可以用"三平调"的句子。

再说"三仄尾"。五言 c 式句"平平平仄仄"，第三字如果变为仄声，成"平平仄仄仄"；七言 C 式句"仄仄平平平仄仄"第五字，如果用了仄声字，成"仄仄平平仄仄仄"，就成为"三仄尾"。王士禛《律诗定体》在五言 c 式句"平平平仄仄"第三字和七言 C 式句"仄仄平平平仄仄"第五字旁，都用双圈符号标示此平声"必不可易"仄声，其实只是他的假定。

王力《汉语诗律学》列举许多例句，得出的认识是五、七言律句中"三仄尾"这两种"变例颇多"。② 王力列举的例句出自王维、孟浩然、杜甫、常建、刘长卿、李嘉祐等人的诗。我们这里就举杜甫律诗为例：

《春宿左省》

花隐掖垣暮，啾啾栖鸟过。

星临万户动，月傍九霄多。（三仄尾）

不寝听金钥，因风想玉珂。

明朝有封事，数问夜如何。③

《初月》

光细弦岂上，影斜轮未安。

微升古塞外，已隐暮云端。（三仄尾）

河汉不改色，关山空自寒。

---

① 王力《汉语诗律学》，上海教育出版社 1979 年版，第 90 页。

② 王力《汉语诗律学》，上海教育出版社 1979 年版，第 88~90 页。

③ 《全唐诗》卷二百二十五，中华书局点校本，第 7 册，第 2411 页。

庭前有白露，暗满菊花团。① （三仄尾）

《咏怀古迹五首》其二
摇落深知宋玉悲，风流儒雅亦吾师。
怅望千秋一洒泪，萧条异代不同时。（三仄尾）
江山故宅空文藻，云雨荒台岂梦思。
最是楚宫俱泯灭，舟人指点到今疑。②

《公安送韦二少府匡赞》
逍遥公后世多贤，送尔维舟惜此筵。
念我能书数字至，将诗不必万人传。（三仄尾）
时危兵甲黄尘里，日短江湖白发前。
古往今来皆涕泪，断肠分手各风烟。③

　　五律、七律就各举两首吧。事实是杜甫律诗，尤其是五律中
"三仄尾"的诗句颇多，说他是用古诗的平仄来做律诗未必妥当，
或许应该说在杜甫的"诗律"意识中，"三仄尾"本就是一种律
句。而这种情况也正是按"一三五不论"口诀可以理解其成因的。
　　如果以杜甫诗句为例不能取得认同，那就再以王力先生所称可
认为标准律诗的刘长卿的诗句为例来看，王力先生书中只举了刘长
卿《余干旅社》诗"孤城向水闭"一句，我们补充举例如下：

　　　　《使还至菱陂驿渡浉水作》

---

① 《全唐诗》卷二百二十五，中华书局点校本，第 7 册，第 2421 页。
② 《全唐诗》卷二百三十，中华书局点校本，第 7 册，第 2511 页。
③ 《全唐诗》卷二百三十二，中华书局点校本，第 7 册，第 2564 页。

清川已再涉，疲马共西还。（三仄尾）

何事行人倦？终年流水闲。

孤烟飞广泽，一鸟向空山。

愁入云峰里，苍苍闭古关。①

《湘妃庙》

荒祠古木暗，寂寂此江濆。（三仄尾）

未作湘南雨，知为何处云？

苔痕断珠履，草色带罗裙。

莫唱迎仙曲，空山不可闻。②

《赤沙湖》

茫茫葭菼外，一望一沾衣。

秋水连天阔，涔阳何处归？

沙鸥积暮雪，川日动寒晖。（三仄尾）

楚客来相问，孤舟泊钓矶。③

刘长卿律诗中"三仄尾"的诗句此外还有多例，可以认为在堪称"标准律诗"的刘长卿律诗中，"三仄尾"句式也应是"标准"的律句吧。

事实是早在清初，赵执信《声调谱》即已指出："平平仄仄仄，下句仄仄仄平平，律诗常用。"④乾隆时期，《四库全书》的

---

① 《全唐诗》卷一百四十七，中华书局点校本，第5册，第1503页。

② 《全唐诗》卷一百四十八，中华书局点校本，第5册，第1519页。

③ 《全唐诗》卷一百四十八，中华书局点校本，第5册，第1520页。

④ ［清］王夫之等撰《清诗话》，上海古籍出版社1978年版，上册，第328页。

总纂官纪昀（1724—1805），在方回选评的《瀛奎律髓》"拗字类"的评语中，也已经对方回把"三仄"认为是"拗字"提出反对意见。方回在所录黄庭坚《次韵杨明叔》一首的评语中，就第三句"身随腐草化"评曰"'腐草'之'腐'，不容不拗，缘一定字不可易"，纪昀批评说："'腐草化'得用三仄，乃正格。以为拗字，谬甚。"① 纪昀也已认为"平平平仄仄"句式第三字用了仄声，作"平平仄仄仄"句式仍是"正格"，不应认为是"拗字"。其实这个字可平可仄，正是五律确有"一三不论"的规则的实证。如此说来，王力先生称之为"变例"，未免还是受了王士禛之说的拘束，而似未注意到赵执信和纪昀的更符合事实的意见。

八、拗救四种

（一）出句单拗

《瀛奎律髓》"拗字类"录杜甫五律《上兜率寺》次联是"江山有巴蜀，栋宇自齐梁"，纪昀评语谓："此单拗法。单拗者，本句三、四平仄互换也，惟用于出句，不用于对句。"② 如果用纪昀的说法，这种句法不妨称之为"出句单拗"。

王士禛《律诗定体》在"五言仄起不入韵"体式所举"好风天上至"句下注云："如'上'字拗用平，则第三字必用仄救之。"此篇末尾也注说这是"单拗"之法。③

赵执信《声调谱》在杜牧五律诗"行人碧溪渡"句下注：

① ［元］方回选评，李庆甲集评校点《瀛奎律髓汇评》，上海古籍出版社1986年版，中册，第1112页。
② ［元］方回选评，李庆甲集评校点《瀛奎律髓汇评》，上海古籍出版社1986年版，中册，第1110页。
③ ［清］王夫之等撰《清诗话》，上海古籍出版社1978年版，上册，第113页。

"拗句。第四字拗平，第三字断断用仄，今人不论者非。"①

王力先生在《汉语诗律学》一书中，把这种"本句三、四平仄互换"句式列为"平仄的特殊形式"之一"子类特殊形式"，王先生说：

> 子类特殊形式是把那本该用"平平平仄仄"的五言句子改为"平平仄平仄"，又把"仄仄平平平仄仄"的七言句子改为"仄仄平平仄平仄"。换句话说，就是腹节的两个平仄互换；本是"平仄"，现在改为"仄平"。②

王力先生说"这种特殊形式多数用于尾联的出句"。王先生列举了很多例句，用于首联、颔联、颈联和尾联的都有。因为这种句子实在很常见，王先生说"实在不应该认为变例"，而"如果要叫做'拗'的话，我们建议叫做'特拗'"③。王力先生建议叫作"特拗"，本意是"特殊的拗救"，但也可能被误解为"特别的拗"，因此，这个"特拗"的概念并不可取。事实上，王力先生的观点还是认为这个句式"不应该认为变例"的。他在其书 1979 年版所加附注中更进而说这是"常用的律句"，其"附注十四"说：

> 仇兆鳌曰："七律中，有平仄未谐，而句中自调者。贾幼邻诗：'剑佩声随玉墀步'，'玉墀'二字仄平互调。杜少

---

① ［清］王夫之等撰《清诗话》，上海古籍出版社 1978 年版，上册，第 327 页。

② 王力《汉语诗律学》，上海教育出版社 1979 年版，第 100 页。

③ 王力《汉语诗律学》，上海教育出版社 1979 年版，第 108 页。

陵诗：'西望瑶池降王母'，'降王'二字亦仄平互调。此偶用变通之法耳。"力按：不止七律，五律也一样。不是平仄未谐，而是另一平仄格式。不是偶用变通之法，而是常用的律句。①

在 1977 年出版的《诗词格律》一书中，王力先生称之为"特定的一种平仄格式"②，这样指称一种诗句平仄格式名目太长。称之为"特拗"又容易误解，所以我们认为不妨称之为"出句单拗"，简明恰当。我们也要记住它虽被称为"出句单拗"，其实又是一种常用的律句。

正如王力先生在《汉语诗律学》中所列举的诸多例句那样，这种句子在首联、颔联、颈联和尾联中都可用，而以用于尾联出句者为尤多。为了证明此句式多用于尾联的出句，王力先生在1979 年版加"附注十五"，就《唐诗三百首》的总共五十首仄起五律（因为仄起五律的尾联出句才能用平平仄平仄）作统计说：

> 总计起来，在五十首当中，尾联的平仄是：
> 平平仄平仄　二十四首（占百分之四十八）
> 仄平平仄仄　十首（占百分之二十）
> 平平仄仄仄　八首（占百分之十六）
> 平平平仄仄　七首（占百分之十四）
> 仄平仄平仄　一首（占百分之二）③

① 王力《汉语诗律学》，上海教育出版社 1979 年版，第 956~957 页。
② 王力《诗词格律》，中华书局 1977 年版，第 28 页。
③ 王力《汉语诗律学》，上海教育出版社 1979 年版，第 958 页。

这个统计确实具有说服力，证明"平平仄平仄"，实在是律诗尾联出句最常用的一种句式。

（二）孤平自救

五言孤平句式是"仄平仄仄平"，补救的办法是将第三字变为平声，则句式是"仄平平仄平"（一拗三救）。最先指出这一规则的不是王力先生，实是方回在《瀛奎律髓》"拗字类"卷中最先说到的。《瀛奎律髓》卷二十五"拗字类"选录贾岛五律《早春题湖上友人新居》二首之二颈联是"开箧收诗卷，扫床移卧衣"，方回评曰：

> 后篇"收诗"前句不拗。只"扫床移卧衣"拗一字，"扫"字既仄，即"移"字处合平，亦诗家通例也。①

方回指出的这个"诗家通例"，王士禛却并未认识到，而他说的"五律，凡双句二四应平仄者，第一字必用平，断不可杂以仄声，以平平止有二字相连，不可令单也"，是强调"平平仄仄平"句式的第一字必用平声，以保证第二字不至于成为单一平声（即后来所谓"孤平"）。他应是没有注意到方回已经举例指出这个句式如果第一字用了仄声，则将第三字仄声换用平声以为补救，乃是"诗家通例"。

但王士禛甥婿赵执信（1662—1744）《声调谱》在杜牧五律诗"茧蚕初引丝"句下注云"第一字仄，第三字必平"②；又论

---

① ［元］方回选评，李庆甲集评校点《瀛奎律髓汇评》，上海古籍出版社 1986 年版，中册，第 1111 页。

② ［清］王夫之等撰《清诗话》，上海古籍出版社 1978 年版，上册，第 327 页。

之曰："律诗平平仄仄平，第二句正格也。若仄平平仄平，变而仍律者也（即是拗句）。"① 其说显然与上述方回说这是"诗家通例"相符合。

在方回《瀛奎律髓》"扫床移卧衣"句的评说后，纪昀有评语说"此亦单拗法"②。纪昀也是认为这种本句补救了的"单拗"，在律诗中是合律而非"失调"的。

王力《汉语诗律学》专列"拗救"一节，其中说对于"犯孤平"的补救方法是本句自救。其所列举此种拗救独用的几句：

乱山为四邻。（储嗣宗《赠隐者》）
宠深还若惊。（王禹偁《五更睡》）
举头闲望睐。（陈与义《金潭道中》）
数花摇翠藤。（赵师秀《岩居叟》）

七言孤平句式是"仄仄仄平仄仄平"，自救方法是将第五字变为平声，使句式成"仄仄仄平平仄平"（三拗五救）。所列举此种拗救独用的例如：

君向白田何日归？（李嘉祐《送皇甫冉还安宜》）
半夜对吹惊贼围。（章孝标《闻角》）
水上禹书寒磬清。（梅尧臣《送乐职方知泗州》）

① ［清］王夫之等撰《清诗话》，上海古籍出版社1978年版，上册，第328页。
② ［元］方回选评，李庆甲集评校点《瀛奎律髓汇评》，上海古籍出版社1986年版，中册，第1111页。

如王力先生所指出的，这种孤平拗救独用的例子较少，甚至在王先生列举的例子中，也有其实并非独用的，或因先生撰稿时未能一一核实而致误列于独用。

（三）对句救

所谓"对句救"，是指出句"仄仄平平仄"句式的三四拗，在对句"平平仄仄平"句式中改第三字为平声以作补救的方式。这种拗救格式，方回《瀛奎律髓》"拗字类"也已先指出，"拗字类"录杜甫五律《暮雨题瀼西新赁草屋》，其颔联"不息豺虎斗，空惭鹓鹭行"，方回评曰："'豺虎'、'鹓鹭'又是一样拗体。"纪昀评曰："上句二四不谐，下句第三字必用平声以救之，亦是定格。"①

这种出句拗、对句救的格式，又细分为三种情况。赵执信《声调谱》录杜牧五律《句溪夏日送卢霈秀才归王屋山将欲赴举》诗，颈联是"苒苒迹始去，悠悠心所期"，赵执信在出句下注曰："五字俱仄。中有入声字，妙。"在对句第三字"心"字下注"此字必平，救上句"。二句下总论曰："此必不可不救，因上句第三第四字皆当平而反仄，必以此第三字平声救之，否则落调矣。上句仄仄平仄仄亦同。"②赵执信这里指出了两种情况，即当出句"仄仄平平仄"句式中第三第四字当平却都用了仄声成五字俱仄的拗句、或第四字平声用了仄声成"仄仄平仄仄"拗句时，在对句中将第三字仄声换用平声以救之，这是定格。不如此则"落调"，即不合律调了。赵执信又专论道：

---

①　[元] 方回选评，李庆甲集评校点《瀛奎律髓汇评》，上海古籍出版社 1986 年版，中册，第 1109 页。

②　[清] 王夫之等撰《清诗话》，上海古籍出版社 1978 年版，上册，第 327 页。

起句仄仄仄平仄或平仄仄平仄，唐人亦有此调，但下句必须用三平或四平，如仄平平仄平、平平平仄平是也。

上句第三字平，下句第三字可仄；若上句第三字仄，下句第三字断宜平。此在首联，唐人亦有不拘者；若二联，则必不容不严矣。①

赵执信和王士禛在试图揭示唐律诗声调规律时，都有所得，也都有说得太绝对而未必符合事实之论。王力先生在普及性的《诗词格律》小书中讲"拗救"比较常见的三种情况，就讲得既简明又更符合唐诗的事实。其中第一种（a）所讲是孤平句的本句自救，上节已讲了。第二、第三种所讲也就是我们这里所说到的对句救，原文如下：

（b）在该用"仄仄平平仄"的地方，第四字用了仄声（或三四两字都用了仄声），就在对句的第三字改用平声来补偿。这样就成为"仄仄平仄仄，平平平仄平"。七言则成为"平平仄仄平仄仄，仄仄平平平仄平"。这是对句相救。

（c）在该用"仄仄平平仄"的地方，第四字没有用仄声，只是第三字用了仄声。七言则是第五字用了仄声。这是半拗，可救可不救，和（a）（b）的严格性稍有不同。②

按：王力先生在平仄句式中加圈的"平、仄"字是表示可平可仄，正是"一三五不论"所提示的情况。在下面的举例中，这

① ［清］王夫之等撰《清诗话》，上海古籍出版社 1978 年版，上册，第 328 页。

② 王力《诗词格律》，中华书局 1977 年版，第 31 页。

种情况也须要能辨识。因此，极力鄙薄否定"一三五不论"这个
口诀，是并不在理的。王力先生这里说的"半拗可救可不救"的
规则，符合唐诗实际，修正了赵执信"若上句第三字仄，下句第
三字断宜平"的误说。王力先生书中举的都是救的例子，我们这
里且举杜甫五律诗"半拗"可不救的几例，例如：

《范二员外邈吴十侍御郁特枉驾阙展待聊寄此作》
暂往比邻去，空闻二妙归。（"比"半拗，"二"仄不
救）
幽栖诚简略，衰白已光辉。
野外贫家远，村中好客稀。
论文或不愧，肯重款柴扉。①

《自瀼西荆扉且移居东屯茅屋四首》其一
白盐危峤北，赤甲古城东。
平地一川稳，高山四面同。（"一"半拗，"四"仄不
救）
烟霜凄野日，粳稻熟天风。
人事伤蓬转，吾将守桂丛。②

《台上得凉字》
改席台能迥，留门月复光。
云霄遗暑湿，山谷进风凉。
老去一杯足，谁怜屡舞长。（"一"半拗，"屡"仄不救）

---

① 《全唐诗》卷二百二十六，中华书局点校本，第 7 册，第 2445 页。
② 《全唐诗》卷二百二十九，中华书局点校本，第 7 册，第 2501 页。

何须把官烛，似恼鬓毛苍。①

《送灵州李判官》

犬戎腥四海，回首一茫茫。

血战乾坤赤，氛迷日月黄。

将军专策略，幕府盛材良。

近贺中兴主，神兵动朔方。（"中兴"的"中"，杜甫律诗中读去声，半拗；"动"仄不救）②

如果出句"仄仄平平仄"用了"仄仄平仄仄"（第四字拗）、或"仄仄仄仄仄"（第三第四字皆拗）的拗句，对句就必须以第四字用平声来相救。前述方回《瀛奎律髓》"拗字类"录杜甫五律《暮雨题瀼西新赁草屋》的颔联"不息豺虎斗，空惭鹓鹭行"，赵执信《声调谱》录杜牧五律《句溪夏日送卢霈秀才归王屋山将欲赴举》诗颈联"苒苒迹始去，悠悠心所期"，就是例子。这里再举几例来看，如：

杜甫《奉济驿重送严公四韵》

远送从此别，青山空复情。（"此"字拗，"空"字平救）

几时杯重把？昨夜月同行。

列郡讴歌惜，三朝出入荣。

江村独归处，寂寞养残生。③

---

① 《全唐诗》卷二百二十七，中华书局点校本，第7册，第2464页。
② 《全唐诗》卷二百三十四，中华书局点校本，第7册，第2584页。
③ 《全唐诗》卷二百二十七，中华书局点校本，第7册，第2457页。

白居易《赋得古原草送别》

离离原上草，一岁一枯荣。

野火烧不尽，春风吹又生。（"不"字仄拗，"吹"字平救）

远芳侵古道，晴翠接荒城。

又送王孙去，萋萋满别情。①

杜甫《蒹葭》

摧折不自守，秋风吹若何。（"不自"两字拗，"吹"字平救）

暂时花戴雪，几处叶沉波。

体弱春风早，丛长夜露多。

江湖后摇落，亦恐岁蹉跎。②

出句因为三四字当平却都用了仄声而变成五字全仄、对句第三字换用平声相救的例子，也时时可见，例如：

杜甫《铜瓶》

乱后碧井废，时清瑶殿深。（起句"碧井"两仄拗，五连仄；"瑶"字平救）

铜瓶未失水，百丈有哀音。

侧想美人意，应非寒甃沉。

蛟龙半缺落，犹得折黄金。③

①　《全唐诗》卷四百三十六，中华书局点校本，第 13 册，第 4836 页。
②　《全唐诗》卷二百二十五，中华书局点校本，第 7 册，第 2422 页。
③　《全唐诗》卷二百二十五，中华书局点校本，第 7 册，第 2425 页。

赵执信《声调谱》录杜牧五律《句溪夏日送卢霈秀才归王屋山将欲赴举》诗，此种拗救用在颈联：

　　杜牧《句溪夏日送卢霈秀才归王屋山将欲赴举》
　　野店正分泊，茧蚕初引丝。
　　行人碧溪渡，系马绿杨枝。
　　苒苒迹始去，悠悠心所期。（出句五仄，"心"字平救）
　　秋山念君别，惆怅桂花时。①

（四）一字双救

"孤平"的本句自救"仄平平仄平"句式很少独用，往往与前节王力先生所说（b）（c）两种句式对句相救并用，这样"孤平"的本句自救同时也补救了上句"拗"的问题，一字双救。前引《瀛奎律髓》"拗字类"贾岛"扫床移卧衣"诗句后纪昀评语说"此亦单拗法"，其下接着还说"又有一字双救者，如'高阁客竟去，小园花乱飞'是也"②。就已经指出了这种"一字双救"规则。这种"一字双救"法，诗人们很爱用，例子很多。例如：

　　郢国稻苗秀，楚人菰米肥。（王维《送人南归》）
　　木落雁南渡，北风江上寒。（孟浩然《早寒江上有怀》）
　　时有落花至，远随流水香。（刘眘虚《阙题》）
　　独见海中月，照君池上楼。（储光羲《题陆山人楼》）
　　芳草日堪把，白云心所亲。（李颀《寄镜湖朱处士》）

────────────

① 《全唐诗》卷五百二十二，中华书局点校本，第16册，第5965页。
② ［元］方回选评，李庆甲集评校点《瀛奎律髓汇评》，上海古籍出版社1986年版，中册，第1111页。

我宿五松下，寂寥无所欢。（李白《宿五松山下荀媪家》）
白玉一杯酒，绿杨三月时。（李白《赠钱徵君少阳》）
行在仅闻信，此生随所遭。（杜甫《避地》）
莫守邺城下，斩鲸辽海波。（杜甫《观兵》）
已近苦寒月，况经长别心。（杜甫《捣衣》）
春色岂相访，众雏还识机。（杜甫《归燕》）
……

以上都是出句"半拗"、对句第一字拗而第三字用平双救的例子。五律中这种双救既多，七律亦然。七言"A平平仄仄平平仄"句式的拗句"平平仄仄仄平仄"，下句用"仄仄仄平平仄平"句式，也是一字双救。元方回选评《瀛奎律髓》卷二十五"拗字类"，记"江湖"派诗人很喜爱晚唐许浑诗"水声东去市朝变，山势北来宫殿高""湘潭云尽暮山出，巴蜀雪消春水来"，称为"丁卯句法"（许浑居家京口丁卯涧，其诗集名《丁卯集》，后人因称"许丁卯"）。方回说："殊不知始于老杜，如'负盐出井此溪女，打鼓发船何郡郎'、'宠光蕙叶与多碧，点注桃花舒小红'之类是也。如赵嘏'残星几点雁横塞，长笛一声人倚楼'，亦是也。"① 所谓"丁卯句法"，正是这里所讲的七律一字双救句法。许浑名篇如《咸阳城东楼》：

一上高城万里愁，蒹葭杨柳似汀州。
溪云初起日沉阁，山雨欲来风满楼。（丁卯句法）
鸟下绿芜秦苑夕，蝉鸣黄叶汉宫秋。

① ［元］方回选评，李庆甲集评校点《瀛奎律髓汇评》，上海古籍出版社1986年版，中册，第1107页。

行人莫问当年事，故国东来渭水流。①

　　王力《诗词格律》中在列举许浑此首诗下说明道："第三句
'日'字拗，第四句'欲'字拗，'风'字既救本句'欲'字，
又救出句'日'字。这是（a）（c）两类相结合。"②许浑这种一
字双救句很多，诸如：

　　山斋留客扫红叶，野艇送僧披绿莎。（《赠茅山高拾遗》）
　　光阴难驻迹如客，寒暑不惊心是僧。（《南庭夜坐贻开元
禅定精舍二道者》）
　　一声溪鸟暗云散，万片野花流水香。（《沧浪峡》）
　　孤舟移棹一江月，高阁卷帘千树风。（《夜归驿楼》）
　　碧云千里暮愁合，白雪一声春思长。（《和友人送僧归桂
州灵岩寺》）
　　中秋云尽出沧海，半夜露寒当碧天。（《鹤林寺中秋夜玩
月》）
　　猿啼巫峡晓云薄，雁宿洞庭秋月多。（《卢山人自巴蜀由
湘潭归茅山因赠》）
　　……

　　这种七律一字双救之所以被称为"丁卯句法"，是因为许浑
一生不作古诗，专攻今体律绝，其七律中常用这种一字双救法的
对句，因而给人印象深刻，成为许浑诗的一个突出特征。
　　前述纪昀引到的"高阁客竟去，小园花乱飞"是李商隐五律

《落花》诗的首联，是出句第三第四字当平皆仄、对句第一字也
拗，而第三字用平双救的例子。李商隐此诗颈联也用了这种"一
字双救"法。这里录其全篇来看：

　　李商隐《落花》
　　高阁客竟去，小园花乱飞。（"客竟"仄拗，"小"仄
拗，"花"平双救）
　　参差连曲陌，迢递送斜晖。
　　肠断未忍扫，眼穿仍欲归。（"未忍"仄拗，"眼"仄
拗，"仍"平双救）
　　芳心向春尽，所得是沾衣。①

　　因为出句第一字是可平可仄的，因此出句第三第四字皆拗
时，就会出现出句五字皆仄声的情况，例如：

　　杜甫《蕃剑》
　　致此自僻远，又非珠玉装。（起句五仄，对句"又"字
亦拗，"珠"字双救）
　　如何有奇怪，每夜吐光芒。
　　虎气必腾趠，龙身宁久藏。
　　风尘苦未息，持汝奉明王。②

　　五字全仄句往往用于起句，起调拗峭，以造声势。但也有用
于诗的中段的，例如赵执信《声调后谱》所举杜甫《送远》就用

　　①　《全唐诗》卷五百三十九，中华书局点校本，第 16 册，第 6165 页。
　　②　《全唐诗》卷二百二十五，中华书局点校本，第 7 册，第 2425 页。

于颈联：

　　杜甫《送远》

　　带甲满天地，胡为君远行？

　　亲朋尽一哭，鞍马去孤城。

　　草木岁月晚，关河霜雪清。（出句五仄，对句"霜"字
救）

　　别离已昨日，因见古人情。①

　　赵执信《声调后谱》在"草木岁月晚"句下注曰："五仄字。
'木''月'二字入声，妙。五仄无一入声字在内，依然无调也。"②
这是他的细心观察和有意义的揭示。

　　《唐诗三百首》所录崔涂五律《除夜有作》也用于颈联出句：

　　孟浩然《岁除夜有怀》

　　迢递三巴路，羁危万里身。

　　乱山残雪夜，孤烛异乡人。

　　渐与骨肉远，转于奴仆亲。（出句五仄，对句"转"字
亦拗，"奴"字双救）

　　那堪正飘泊，来日岁华新。③

　　这种情况沿用到七律里的也有，例如：

---

　　① 《全唐诗》卷二百二十五，中华书局点校本，第 7 册，第 2423 页。

　　② ［清］王夫之等撰《清诗话》，上海古籍出版社 1978 年版，上册，
第 341 页。

　　③ 喻守真编注《唐诗三百首详析》，中华书局 1980 年版，第 203 页。

陆游《夜泊水村》

腰间羽箭久凋零，太息燕然未勒铭。

老子犹堪绝大漠，诸君何至泣新亭。

一身报国有万死，双鬓向人无再青。（出句"有万"两字拗，"报国有万死"五仄；对句"向"字仄拗，"无"字平声双救）

记取江湖泊船处，卧闻新雁落寒汀。①

上述几种律诗"拗救"的情况，各记住一两首诗例，既能熟悉其原理，在阅读前人诗作时，敏锐感知各种"拗救"的巧妙，欣赏诗歌声律的变奏之美。如果自己作诗，必要时也可以采用"拗救"法，以便于灵活选字造句，放宽了运用声律的自由度。

第四节　对　仗

一、什么是对仗

对仗就是对偶，古人单言曰"对"，复言则称"偶对""属对""对属""队仗"及"对仗"等，近代通俗又称"对对子"，指诗文造句使上下两句的句法、音节、字（词）面和语义都互相对照，是汉语充分发挥音节语言优势，有意形成抑扬顿挫的音乐美和整齐对称的建筑美，是汉语独有的一种修辞手法。

对仗是汉语很容易形成的一种语言形态。刘勰《文心雕龙·丽辞》篇已专论诗文中的对偶问题，将古来对偶归纳为四种类

---

① 朱东润选注《陆游选集》，上海古籍出版社1999年版，第84页。

型，即"言对、事对、反对、正对"，并论其难易、优劣。① 日僧弘法大师撰《文镜秘府论》南卷《论文意》引梁湘东王（萧绎）《诗评》云："作诗不对，本是吼文，不名为诗。"② 又颜之推《颜氏家训》之《文章》篇云："今世音律谐靡，章句偶对，讳避精详，贤于往昔多矣。"③ 可知南北朝时诗文必须注重对偶的时风。齐梁至唐代近体诗的形成，对偶的讲究是与平仄声律的讲究同时推进的。对仗，就成为律诗的一个必要成分。

古人把字（词）分为两大类：实字和虚字。清刘淇著《助字辨略》在序言开头说："构文之道，不过实字虚字两端，实字其体骨，而虚字其性情也。"④ "实字"今称实词，"虚字"今称虚词。实词包括名词、动词、形容词、数词；其他介词、助词等是虚词。对仗是以词的分类为基础的。对仗的基本原则是词性相对，名词对名词，动词对动词，形容词对形容词（形容词与动词也可以对），数词对数词，颜色词对颜色词，方位词对方位词，副词对副词，代词对代词，助词对助词等。

《新唐书·宋之问传》说：

> 魏建安后汔江左，诗律屡变，至沈约、庾信，以音韵相婉附，属对精密。及之问、沈佺期，又加靡丽，回忌声病，

① 陆侃如、牟世金《文心雕龙译注》，齐鲁书社1982年版，下册，第188~198页。

② 【日】弘法大师原撰、王利器校注《文镜秘府论校注》，中国社会科学出版社1983年版，第308页。

③ 王利器撰《颜氏家训集解》，中华书局1993年版，第268页。

④ ［清］刘淇著，章锡琛校注《助字辨略·自序》，中华书局1983年版，第1页。

约句准篇，如锦绣成文。学者宗之，号为"沈宋"。①

可知声律和属对是律诗的基本条件。古时近体诗的学习，应该都是从辨识四声和学对对子开始的。《唐诗纪事》卷七记骆宾王七岁咏鹅云："鹅鹅鹅，曲项向天歌。白毛浮渌水，红掌拨清波。"② 正反映出古人童年学诗明四声知属对的入门状态。杜甫《壮游》诗也说自己"七龄思即壮，开口咏凤凰"③，只是因为杜甫早年的诗都没有留存，我们已无从知晓他最初咏凤凰的诗是什么样子。但推想也应与骆宾王咏鹅相似，必有很好的对仗。

《文镜秘府论》东卷《论对》列举有"二十九种对"，是依据南朝沈约、陆厥，以及唐上官仪、王昌龄、元兢、皎然等诗格一类的书汇集罗列的，名目繁多，有些是名异而实同。但将对偶的样式分析出二十多种，还是可以显示南朝至唐代讲求诗歌对偶的兴盛情形。④

对仗是律诗的一个重要特征。严羽《沧浪诗话·诗体》说：

> 有律诗彻首尾对者（少陵多此体，不可概举），有律诗彻首尾不对者（盛唐诸公有此体，如孟浩然诗："挂席东南望，青山水国遥。舳舻争利涉，来往接风潮。问我将何适？天台访石桥。坐看霞色晚，疑是赤城标。"又"水国无边际"

---

① 《新唐书》卷二百二，中华书局点校本，第 18 册，第 5751 页。

② 引自周勋初主编《唐人事迹汇编》，上海古籍出版社 1995 年版，第 1 册，第 350 页。

③ 《全唐诗》卷二百二十二，中华书局点校本，第 7 册，第 2358 页。

④ 【日】弘法大师原撰、王利器校注《文镜秘府论校注》，中国社会科学出版社 1983 年版，第 222~270 页。另参看张伯伟撰《全唐五代诗格汇考》，凤凰出版社 2002 年版。

之篇，又太白"牛渚西江夜"之篇。皆文从字顺，音韵铿
锵，八句皆无对偶。)①

　　盛唐孟浩然和李白都有八句皆不对偶的律诗，在律诗的发展
史上属于探索性的创作，后来就很少有了。这是因为汉语整齐的
句子很容易对仗，写律诗却要八句彻首尾不对仗，倒不免要刻意
为之，反而不自然。而在每联上下句平仄声相对的情形上，刻意
使字面句意不对偶，使得诗句的对称美明显不充分，在诗人和读
者也都会感觉不称意。这应该是在孟浩然、李白等偶尔尝试之
后，彻首尾不对仗的律诗并未成为不断有人创作的一种诗型的
原因。
　　律诗形成的对仗通则是中间两联即颔联和颈联要求对仗；更
宽松些，至少有一联对仗。首、尾两联以散行为常，但也可以对
仗。以常规的律诗来说，首、尾二联散行，中间两联对仗。而对
仗的两联还要避免句法雷同，雷同则显得单调。唐诗有中间两联
句法雷同的例子，如司空曙五律《贼平后送人北归》：

　　　　世乱同南去，时清独北还。
　　　　他乡生白发，旧国见青山。
　　　　晓月过残垒，繁星宿故关。
　　　　寒禽与衰草，处处伴愁颜。

　　喻守真《唐诗三百首详析》说："律诗中句法，最宜讲究，
八句要不尽同。尤其在两联中，句法不能一样。如本诗中两联，

　　① ［宋］严羽著，郭绍虞校释《沧浪诗话校释》，人民文学出版社
1983年版，第73~74页。

就犯此病。因为四句中，动词都用在第三字，都是以一个动词贯串上下两个名词。并且四个名词，又各带着一个形容词。因此'晓月过残垒'，可对'旧国见青山'。造成四句相同的句法。明王世懋《艺圃撷余》也指摘唐人诗中很多这种毛病，谓为'在彼正自不觉，今人用之，能无受人揶揄?'他称这种病为'四言一法'，学者不可不知避免。"① 首、尾二联散行，中间两联对仗而句法不要雷同，这样四联八句诗，在语句结构上就呈现出多层次和多样化的相反相成的形式美，这也是律诗所特有的形式之美，律诗正因此而具有特别诱人的魅力。排律是律诗的拉长，规则还是一样，即除了首、尾两联可以不用对仗，中间不论加了多少联，都必须是对偶句，而相邻两联的对仗也要避免句法雷同。以下列举律诗对仗的几种诗型。

（1）颔联和颈联对仗，例如：

　　杜甫《咏怀古迹五首》其三
　　群山万壑赴荆门，生长明妃尚有村。
　　一去紫台连朔漠，独留青冢向黄昏。（对仗）
　　画图省识春风面，环佩空归月夜魂。（对仗）
　　千载琵琶作胡语，分明怨恨曲中论。②

律诗以颔联和颈联对仗为常例，为正格，此类作品最多。

（2）有时中间两联，颔联也不对仗，只有颈联一联对仗。例如：

①　喻守真编注《唐诗三百首详析》，中华书局 1980 年版，第 188~189 页。
②　《全唐诗》卷二百三十，中华书局点校本，第 7 册，第 2511 页。

王维《送岐州源长史归》

握手一相送，心悲安可论。

秋风自萧索，客散孟尝门。

故驿通槐里，长亭下槿原。（对仗）

征西旧旌节，从此向河源。①

　　唐五律诗中，这种单联对仗的不乏其例。七律颔联不用对仗的则不多见，王力《汉语诗律学》说："杜甫有时候还喜欢在颔联用一种似对非对的句子"，例如：

杜甫《咏怀古迹五首》其二

摇落深知宋玉悲，风流儒雅亦吾师。

怅望千秋一洒泪，萧条异代不同时。（似对非对）

江山故宅空文藻，云雨荒台岂梦思。（对仗）

最是楚宫俱泯灭，舟人指点到今疑。②

　　王力先生说："这种颔联，至多只能说是极宽极勉强的对偶，和颈联相比，其工整的程度就差得多了。"③ 而五律不乏只有颈联对仗的例子，使杜甫七律这种颔联看上去对仗不工整的情形令人易于理解，也使得律诗在对仗规则上放宽了自由度。

　　（3）首、颔、颈三联对仗，例如：

---

① 《全唐诗》卷一百二十六，中华书局点校本，第 4 册，第 1269 页。

② 《全唐诗》卷二百三十，中华书局点校本，第 7 册，第 2511 页。

③ 王力《汉语诗律学》，上海教育出版社 1979 年版，第 148 页。

杜甫《咏怀古迹五首》其一

支离东北风尘际，漂泊西南天地间。（对仗）

三峡楼台淹日月，五溪衣服共云山。（对仗）

羯胡事主终无赖，词客哀时且未还。（对仗）

庾信平生最萧瑟，暮年诗赋动江关。①

（4）颔、颈、尾三联对仗，例如：

杜甫《闻官军收河南河北》

剑外忽传收蓟北，初闻涕泪满衣裳。

却看妻子愁何在，漫卷诗书喜欲狂。（对仗）

白日放歌须纵酒，青春作伴好还乡。（对仗）

即从巴峡穿巫峡，便下襄阳向洛阳。②（对仗）

（5）首、颔、颈、尾四联对仗，例如：

杜甫《登高》

风急天高猿啸哀，渚清沙白鸟飞回。（对仗）

无边落木萧萧下，不尽长江滚滚来。（对仗）

万里悲秋常作客，百年多病独登台。（对仗）

艰难苦恨繁霜鬓，潦倒新停浊酒杯。③（对仗）

----

① 《全唐诗》卷二百三十，中华书局点校本，第 7 册，第 2510～2511 页。

② 《全唐诗》卷二百二十七，中华书局点校本，第 7 册，第 2460 页。

③ 《全唐诗》卷二百二十七，中华书局点校本，第 7 册，第 2467～2468 页。

　　四联全都对仗，如果造句不是十分自然，就会显得很刻板，不生动。杜甫五律、七律多有全篇对仗的作品，而对起、对结，每使人不觉，自是圣手。

　　绝句没有形成必用对仗的规则，因此绝句用不用对仗是随诗人的意愿的。绝句通常多是四句散行不用对仗，如果用对仗，就只有三种情况：

　　（1）上一联对仗，下联不对仗。例如：

　　　　白居易五绝《问刘十九》
　　　　绿蚁新醅酒，红泥小火炉。（对仗）
　　　　晚来天欲雪，能饮一杯无？①

　　　　杜甫七绝《江南逢李龟年》
　　　　岐王宅里寻常见，崔九堂前几度闻。（对仗）
　　　　正是江南好风景，落花时节又逢君。②

　　（2）上一联不对仗，下联对仗。例如：

　　　　孟浩然五绝《宿建德江》
　　　　移舟泊烟渚，日暮客愁新。
　　　　野旷天低树，江清月近人。③（对仗）

　　　　王维七绝《寒食汜上作》

---

① 《全唐诗》卷四百四十，中华书局点校本，第13册，第4900页。
② 《全唐诗》卷二百三十二，中华书局点校本，第7册，第2562页。
③ 《全唐诗》卷一百六十，中华书局点校本，第5册，第1668页。

广武城边逢暮春，汶阳归客泪沾巾。

落花寂寂啼山鸟，杨柳青青渡水人。^①（对仗）

（3）上下两联都对仗。例如：

王之涣五绝《登鹳雀楼》

白日依山尽，黄河入海流。（对仗）

欲穷千里目，更上一层楼。^②（对仗）

杜甫七绝《存殁口号二首》其二

郑公粉绘随长夜，曹霸丹青已白头。（对仗）

天下何曾有山水，人间不解重骅骝。^③（对仗）

绝句用对仗的三种情况比较，以上一联用对仗的为多，对起散结，较易谋篇。下一联用对仗的很少，上下两联都对仗的更少，这当然是由于绝句仅四句，用对仗来作结束句仍要自然生动，难度很高。

二、对仗的讲究

用现代的词类概念说，对仗要求名词对名词、动词对动词等，是大致如此的说法。科举时代从对仗的讲究上将词语细分为37门，见《诗韵合璧》所附载《词林典腋》，其门类目录为：

天文、时令、地理、帝后、职官、政治、礼仪、音乐、

---

① 《全唐诗》卷一百二十八，中华书局点校本，第4册，第1307页。
② 《全唐诗》卷二百五十三，中华书局点校本，第8册，第2849页。
③ 《全唐诗》卷二百三十一，中华书局点校本，第7册，第2549页。

人伦、人事、闺阁、形体、文事、武备、技艺、外教、珍宝、宫室、器用、服饰、饮食、菽粟、布帛、草木、百花、果品、飞鸟、走兽、鳞介、昆虫、抬头、颜色、数目、卦名、干支、姓名人物、虚字。

这里细致划分的除了"虚字"外，其实几乎都是名词。古人对于动词、副词、代词等，都没有分类，形容词中只有颜色和数目（颜色和数目有时候属于形容词，有时也是名词和代词）自成种类，其余也没有划分。这个划分有助于我们了解古人关于词类的观念，也使我们了解古代诗人们在对仗上的讲究，主要是名词门类的划分。王力《汉语诗律学》依据上述的词语门类划分略加分并，分为十一大类 28 小类，以便于对律诗对仗宽严的理解，可以参看。①

古代蒙学开始对字，如清初车万育撰《声律启蒙》，以及李渔编《笠翁对韵》，按韵分编对字，从一字对、双字对、三字对，到五字、七字句对，还有十一字（四字顿加七字句）联对，字义与平仄声皆对，声韵朗朗上口，易于记诵，使学童获得词汇、声韵和修辞等多方面知识，是学诗的基础训练。现今若是教青少年或爱好者学诗，仍然建议不妨读读这类书，也还有益于字句声调和对仗修辞的训练。

用属于同一门类的名词来相对，比如天文对天文，时令对时令，地理对地理，人事对人事，器用对器用，草木对草木，昆虫对昆虫，颜色对颜色，数目对数目，等等，叫"的（dí）对"，即贴切的对偶；也叫"工对"，即工稳的对偶。不拘门类而只要是名词对名词，则是宽对。

例如杜甫《旅夜书怀》颔联：

①　参见王力《汉语诗律学》，上海教育出版社 1979 年版，第 153~166 页。

星垂平野阔，月涌大江流。①

"星"对"月"，是天文对；"野"对"江"，是地理对。"垂"对"涌"，"平"对"大"，都是在词义上属于相同类型的动词、形容词的相对。而"阔"对"流"，是形容词和动词可以对仗的一例。

前面说到颜色和数目词在对仗分类中自成种类。颜色和数目有时候属于形容词，有时也是名词和代词，诗中用数字对数字、颜色对颜色，古人对这两类对仗特别看重。例如杜甫《绝句四首》其三：

两个黄鹂鸣翠柳，一行白鹭上青天。
窗含西岭千秋雪，门泊东吴万里船。②

两个、一行，千秋、万里，四句之中皆含数字对，数字在诗句中点醒对比，创造意境，不可或缺。因此并没有堆积数字的感觉。

王安石《南浦》绝句后两句：

含风鸭绿粼粼起，弄日鹅黄袅袅垂。③

以"鸭绿"写水色，"鹅黄"指嫩柳芽。宋叶梦得《石林诗话》称赞此联"读之初不觉有对偶"④。对仗讲究工整精切，但

① 《全唐诗》卷二百二十九，中华书局点校本，第7册，第2489页。
② 《全唐诗》卷二百二十八，中华书局点校本，第7册，第2487页。
③ 刘乃昌《王安石诗文编年选释》，山东教育出版社1992年版，第178页。
④ ［清］何文焕辑《历代诗话》，中华书局标点本1981年版，上册，第406页。

也要求自然稳顺。"读之初不觉有对偶",即是说对得很自然。

对仗讲究工整贴切,但要注意避忌"合掌"。王力《汉语诗律学》讲到"合掌"的一节说:

> 在对仗上有一种避忌,叫做"合掌"。合掌是诗文对偶意义相同的现象,事实上就是同义词相对。整个对联都用同义词的情形是罕见的。我们也很难找出完全合掌的例子。但是,近似合掌的例子则是有的,那就是《文心雕龙》所谓"正对"。《文心雕龙》说:"反对者,理殊趣合者也;正对者,事异义同者也。"所谓"事异义同",就是说典故虽然不同,但是意义相同。作者举张载《七哀诗》为例:"汉祖想枌榆,光武思白水。"《七哀诗》虽不是律诗,但是这两句话颠倒过来有点像律诗的句子,可以借此说明问题。诗句的对仗正是应该避免这类的情形。《文心雕龙》说:"反对为优,正对为劣。"正对既然被否定,合掌更应该被否定了。[①]

律诗对仗的上下两句字面不同、词义相同或相近,两句说的意思也就雷同或相近了,就叫作"合掌"。《文心雕龙·丽辞》篇所举《七哀诗》的"汉祖想枌榆,光武思白水"两句,颠倒来看(平声字结尾的上句移作下句),就如律诗对仗犯合掌之忌。但《文心雕龙》所谓"正对"并不就等于"合掌"。"正对"也未必皆"劣",后来律诗中的正对也有被称赞为"的对"的佳作。但正对若不经心,就有可能犯合掌。明胡应麟《诗薮》说:"作诗最忌合掌,近体尤忌。而齐梁人往往犯之,如以朝对曙,将远属遥之类。初唐诸子,尚袭此风。推原厉阶,实由康乐。沈、宋二

---

① 王力《汉语诗律学》,上海教育出版社1979年版,第180~181页。

君，始加洗削，至于盛唐尽矣。"① 例如骆宾王《灵隐寺》诗，明胡震亨《唐音癸签》就说"此诗属对合掌，体拗涩"②，即使其中对句不都算合掌，至少"桂子月中落，天香云外飘。扪萝登塔远，刳木取泉遥。霜薄花更发，冰轻叶未凋"这三联，都不免为合掌。明王世懋《艺圃撷余》则举郎士元诗起句"暮蝉不可听，落叶岂堪闻"，谓为"合掌可笑"③，是指上下句"不可听"与"岂堪闻"后三字完全合掌了。对仗合掌，在造句上显得腹笥贫虚，不免见笑。而且写诗作对仗，在有限的字句内应尽量多表达讯息。合掌则浪费了字句，所以要注意避免合掌。

三、几种变通的对仗

对仗自以工整贴切为准则。但若一味都工整，即使做得到，恐也不免会显得死板不灵动。而有时须要对仗处，用变通的对仗，既方便意思的表达，又不违离形式律法，而且还使形式更增加变化的灵动感。因此，对于变通的对仗技巧，应了解其规则。这既有助于欣赏近体诗，如果学诗，也有助于创作。这里就讲一讲流水对、借对、错综对、扇面对和当句对几种对仗的规则。

（一）流水对

一联对仗上下句的意思是顺承下来不间断，两句才表达了完整语意的，叫流水对。《诗经·小雅·伐木》"出自幽谷，迁于乔木"，就已是流水对。唐诗例如：

① ［明］胡应麟撰《诗薮》卷四，中华书局1958年版，第61页。
② ［明］胡震亨《唐音癸签》卷二十九，引自《影印文渊阁四库全书》，上海古籍出版社2003年版，第1482册，第696页。
③ ［明］王世懋《艺圃撷余》，引自［清］何文焕辑《历代诗话》，中华书局1981年版，下册，第780页。

杜甫七律《闻官军收河南河北》尾联：

即从巴峡穿巫峡，便下襄阳向洛阳。①

杜甫七律《秋兴八首》其二尾联：

请看石上藤萝月，已映洲前芦荻花。②

杜甫五律《放船》颔联：

直愁骑马滑，故作泛舟回。③

刘长卿五绝《听弹琴》后二句：

古调虽自爱，今人多不弹。④

（二）借对

字面上不对仗，实际上借用同音或多义字来对仗，叫借对。借对有的借用同音字为对，有的借用一字多义为对。例如：

1. 借音

孟浩然《裴司士员司户见寻》：

厨人具鸡黍，稚子摘杨梅。⑤ （借"杨"字音羊，对"鸡"。）

李白《送内寻庐山女道士李腾空二首》其一：

① 《全唐诗》卷二百二十七，中华书局点校本，第7册，第2460页。
② 《全唐诗》卷二百三十，中华书局点校本，第7册，第2510页。
③ 《全唐诗》卷二百二十八，中华书局点校本，第7册，第2472页。
④ 《全唐诗》卷一百四十七，中华书局点校本，第5册，第1481页。
⑤ 《全唐诗》卷一百六十，中华书局点校本，第5册，第1651页。

水舂云母碓，风扫石楠花。① （借"楠"字音男，对"母"。）

杜甫《哭李常侍峄二首》其二：
次第寻书扎，呼儿检赠诗。② （借"第"字音弟，对"儿"。）

杜甫《野望》：
西山白雪三城戍，南浦清江万里桥。③ （借"清"字音青，对"白"。）

白居易《西湖留别》：
翠黛不须留五马，皇恩只许住三年。④ （借"皇"字音黄，对"翠"。）

2. 借义

王维《济上四贤咏·崔录事》：
少年曾任侠，晚节更为儒。⑤ （借节操之"节"另有时节义，对"年"。）

杜甫《曲江二首》：

① 《全唐诗》卷一百八十四，中华书局点校本，第 6 册，第 1884 页。
② 《全唐诗》卷二百三十三，中华书局点校本，第 7 册，第 2573 页。
③ 《全唐诗》卷二百二十七，中华书局点校本，第 7 册，第 2454 页。
④ 《全唐诗》卷四百四十六，中华书局点校本，第 13 册，第 5007 页。
⑤ 《全唐诗》卷一百二十五，中华书局点校本，第 4 册，第 1252 页。

酒债寻常行处有，人生七十古来稀。① （借"寻常"另有长度义，对"七十"。）

刘禹锡《西塞山怀古》：

千寻铁锁沉江底，一片降幡出石头。② （借石头词尾的"头"另有顶端义，对"底"。）

温庭筠《苏武庙》：

回日楼台非甲帐，去时冠剑是丁年。③ （借兵甲之"甲"另为甲乙丙丁干支字，对"丁"。）

（三）错综对

又叫交络对、蹉对，由于声律或字义安排的需要，把上下句中对应的词颠倒位置。如：

李群玉《同郑相并歌姬小饮戏赠》：

裙拖六幅湘江水，鬓耸巫山一段云。④ （下句三四字"巫山"对上句五六字"湘江"；下句五六字"一段"对上句三四字"六幅"。）

王安石《晚春》：

---

① 《全唐诗》卷二百二十五，中华书局点校本，第 7 册，第 2410 页。
② 《全唐诗》卷三百五十九，中华书局点校本，第 11 册，第 4058 页。
③ 《全唐诗》卷五百八十二，中华书局点校本，第 17 册，第 6749 页。
④ 《全唐诗》卷五百六十九，中华书局点校本，第 17 册，第 6602 页。

春残叶密花枝少，睡起茶多酒盏疏。①（下句第四字
"多"对上句第七字"少"，下句第七字"疏"对上句第四
字"密"。）

（四）扇面对

又叫隔句对，是第一句与第三句对、第二句与第四句对的对
仗方式。例如：

杜甫《哭台州郑司户苏少监》：
得罪台州去，时危弃硕儒。
移官蓬阁后，谷贵殁潜夫。②

白居易《夜闻筝中弹〈潇湘送神曲〉感旧》：
缥缈巫山女，归来七八年。
殷勤湘水曲，留在十三弦。③

苏轼《用前韵再和许朝奉》：
邂逅陪车马，寻芳谢朓洲。
凄凉望乡国，得句仲宣楼。④

①　刘乃昌《王安石诗文编年选释》，山东教育出版社 1992 年版，第
180 页。
②　《全唐诗》卷二百三十四，中华书局点校本，第 7 册，第 2588 页。
③　《全唐诗》卷四百五十八，中华书局点校本，第 14 册，第 5200 页。
④　［宋］苏轼著，［清］冯应榴辑注，黄任轲、朱怀春校点《苏轼诗
集合著》，上海古籍出版社 2001 年版，第 5 册，第 2281 页。

（五）当句对

又称为句对或就句对，是一句之中自成工对，如此则上下句即使是宽对，也算是工对。例如：

杜甫七律《涪城县香积寺官阁》颈联：

小院回廊春寂寂，浴凫飞鹭晚悠悠。①（"小院"与"回廊"工对，"浴凫"与"飞鹭"工对。）

又杜甫七律《滕王亭子》颈联：
清江锦石伤心丽，嫩蕊浓花满目班。②

晚唐李商隐有一首七律题目即《当句有对》，诗云：
密迩平阳接上兰，秦楼鸳瓦汉宫盘。
池光不定花光乱，日气初涵露气干。
但觉游蜂饶舞蝶，岂知孤凤忆离鸾。
三星自转三山远，紫府程遥碧落宽。③

李商隐其他诗篇中用当句对甚多，是对于此种对仗特有兴趣者。

王力《汉语诗律学》讲到一种句中自对，是特别注意到用于首联的单句句中自对，而另一句不再相对。④ 王力先生所举例，如：

① 《全唐诗》卷二百二十七，中华书局点校本，第7册，第2463页。
② 《全唐诗》卷二百二十八，中华书局点校本，第7册，第2476页。
③ 《全唐诗》卷五百四十，中华书局点校本，第16册，第6206页。
④ 王力《汉语诗律学》，上海教育出版社1979年版，第179~180页。

李嘉祐《送王牧往吉州》：

细草绿汀洲，王孙耐薄游。（"细草"与"绿汀洲"为对。）

刘长卿《双峰下哭故人李宥》：

怜君孤垄寄双峰，埋骨穷泉复几重。（"孤垄"与"双峰"为对。）

白居易《登郢州白雪楼》：

白雪楼中一望乡，青山簇簇水茫茫。（"青山簇簇"与"水茫茫"为对。）

白居易《送萧处士游黔南》：

能文好饮老萧郎，身似浮云鬓似霜。（"能文"与"好饮"为对，"身似浮云"与"鬓似霜"为对。注意：句中自对不避同字。）

王力先生说这种首联单用句中自对的形式是诗人们最爱用的。记住这一项，对于学习写诗也很有意义。

四、附论对联声律问题

对联，也叫"楹联""楹帖""联语""联句""对子"等，是从律诗的对偶句演化出来的。对联起源的追溯，一般以五代后蜀主孟昶命学士为词题寝门桃符版为最初的对联写作缘起，而孟昶以学士所撰词非工，自命笔题写"新年纳余庆，嘉节号长春"①，是见

---

① 《宋史》卷四百七十九《西蜀世家》，中华书局点校本，第40册，第13881页。

于记载的最早的春联。宋代以后，对联不仅用于新桃换旧符贴春联，而且不断扩展其用于祝寿、吊挽、园林胜迹等；至明清两代，对联的用场更加广泛，内容与形式也更加丰富多样。形式上在采用五七言律句之外，进而更采用骈文律赋、词句、八股文对句等入联，上、下联字数短长不拘，长联字数可以上百字，例如著名的云南昆明大观楼所悬孙髯翁撰长联为 180 字，即上下联各为 90 字。尤其是清代以来，对联几乎存在于日常生活的各种场合，营造文化氛围，抒发情思，表现智慧，实已成为诗词曲赋之外的一种讲究声律而又广受喜好的新文体。清代梁章钜编撰的《楹联丛话》《楹联续话》和《楹联三话》，开创"联话"撰述，所录楹联蔚然大观。① 20 世纪 80 年代以来，也有新编各种对联汇编、选编、鉴赏等书籍，现实生活中也在很多场合、很多时候会看到对联，电视等媒体往往有节庆日征联评奖活动，1984 年成立中国楹联学会，各省、地方也成立诸多楹联社团，可见当代国人对于对联的兴趣仍是有增无减。

　　清代以来，由于对联应用日广，对联的类别也愈多。清人梁章钜《楹联丛话》分楹联为十大类：故事、应制、庙祀、廨宇、胜迹、格言、佳话、挽词、集句、杂缀，大体以内容和用途来分类，能够囊括当时存在的各种对联。

　　民国年间上海九州书局印行《分类楹联集成》上中下三册，分楹联为二十编，即二十类：庆贺、哀挽、廨宇、学校、商业、会馆、祠庙、寺院、剧场、第宅、园墅、岁时、名胜、投赠、香艳、集字、集句、滑稽、白话、杂俎。这既有传统类别的延续，也有民国时期新生活、新文化的内容门类。

---

　　① ［清］梁章钜《楹联丛话》，有商务印书馆 1935 年"国学基本丛书"本；中华书局 1987 年白化文、李鼎霞点校本。

当代则有顾平旦、常江、曾保泉主编《中国对联大词典》（中国友谊出版社 1991 年版）分对联为九类：名胜、题赠（格言）、喜庆、哀挽、谐讽（巧妙）、文学艺术、行业、集句、海外。另有谷向阳主编《中国对联大典》（学苑出版社 2000 年版）将对联分为 25 大类，此不引录其类目。总之，对联在当代社会生活和文化艺术中广泛存在，是我们所熟见的事实。

对联的形式即上下联两边对称。两边可以是单句，也可以是两句、三句，以至更多句的组合，但两边总是要对称。对称是同时要求字词（词性）、声调节奏、句式和内容都要相对。

传统的对联，总是采取诗、词、文、赋的句式组成，在声调节奏上也自然参照了诗、词、文、赋的句式韵律。民国新文化运动以来，受白话文学的影响，对联有时也有特意做成白话的。白话对联，高手仍然讲究句脚韵律，也有的不再讲究平仄声调对称规则。而即使是非白话的、仍仿照传统对联语句所作的对联，也往往有忽视对联的声律规则的问题。而当代的看似空前繁盛的"对联热"，实际上是许多作者在并不具有辨识四声平仄的基本能力的情况下，简单化地热衷做对子，所作对联只能是貌似对偶却不能做声律技巧等艺术性的品评的。这种已无艺术性讲究的"对联"不断大量产生，结果很可能造成人们对于对联的厌弃，也就将断送传承千年的对联艺术，断送传统对联文化。

当然，人们对于对联的广泛的喜爱还是应予以鼓励的，需要的是引导人们了解对联的相关基础知识。本书不是专论对联。这一章因为讲诗歌声律，讲诗歌的对仗，顺延来讲讲对联的声律等问题，而声律正是当代对联所应特别重视的基本问题。

（一）对联最好也合诗文声律

我们在前面已论述了律诗的声律是以双音节为节奏、平仄声交替构成诗句，对仗的两句则是相对位置上的字声平仄相反。对联的平仄声也应该大致遵循律诗对仗的这个规则。早期的对联，除了选取律诗中的对仗句或集句成联外，直接创作的对联两句，一般也都是按照律诗对仗来造句的。例如被认为最先创作对联的蜀主孟昶所撰春联"新年纳余庆；嘉节号长春"，就如一联五律的对仗，上联还用的是所谓"出句单拗"即"平平仄平仄"句式。

梁章钜《楹联丛话》卷一"故事"编所录宋元人所作对联，如《墨庄漫录》所载苏轼在黄州戏书王文甫家桃符云："门大要容千骑入；堂深不觉百男欢。"《困学纪闻》所载楼钥书桃符云："门前莫约频来客；坐上同观未见书。"《坚瓠集》载赵孟頫为扬州迎月楼作春联："春风阆苑三千客；明月扬州第一楼。"都是合乎诗歌声律的对句。梁章钜《楹联丛话》卷八"格言"编所记其伯父书联"欲知世味须尝胆；不识人情只看花"，其父所书"非关因果方为善；不计科名始读书"，也都是合律的对句。

对联在起初采取五七言律诗对仗句式之后，扩展到采用骈文、律赋、词，以至散文的句式，使得对联的句式极其多样，而且对联不仅上下联是单句的只有两句，就是上下联各为多句构成的，也还是只分两边，通常两边的尾字平仄声是不同的，自然也不宜押韵，因此看起来对联创作的自由度甚高。但是读起来感觉耐品味的对子除了内容好外，一定是在声调上有讲究的。

启功先生著《诗文声律论稿》，其"绪论"开篇说："本文所要探索的是古典诗、词、曲、骈文、散文等文体的声调特别是律调的法则。所采取的方法，是摊开这些文学形式，分析前代人的成说，从具体的现象中归纳出目前所能得出的一些规律。"[1] 又在第四章"律诗的句式和篇式"中说：

---

[1] 启功《诗文声律论稿》，中华书局 2000 年版，第 1 页。

　　我们知道，五、七言律诗以及一些词、曲、文章，句中的平仄大部是双叠的，因此试将平仄自相重叠，排列一行如下：

1　2　3　4　5　6　7　8　9　10　11　12　13　14……
平　平　仄　仄　平　平　仄　仄　平　平　仄　仄　平　平……

　　这好比一根长杆，可按句子的尺寸来截取它。①

　　启功先生在这根长杆上截取五、七言律句各四种。启功先生又在第五章"两字'节'"中论说两平、两仄的一"顿"或一"逗"，也可称为"节"，两平为"平节"，两仄为"仄节"。"它又譬如一个盒子，有盖有底。但有时每节并不一定是两仄或两平，因为一节之中的上字声调有时可以活动，也就是盒盖可以更换；下一字声调关系重要，也就是盒底需要稳定。所以应用仄仄的有时可以用平仄，应用平平的有时可以用仄平。于是仄仄平平有时可以变成平仄仄平；平平仄仄有时可以变成仄平平仄。"② 以下还谈到"在词、曲、骈文、韵文、散文句中的节，是除去句中领、衬、尾字来算的"③。启功先生的这些论述，因为综合考虑了诗词、韵文、散文等文体，因而也是可以延伸来理解广泛采取诗文句式的对联的声律问题的。

　　（二）对联合律以节奏为主，允许有衬字

　　正如本章前面引述到的朱光潜先生和启功先生都论说了的诗文声律是以双音节的"顿"或"逗"，或称之为"节"的节奏为讲究平仄交替的关键的，对联的声律也是如此。梁章钜《楹联丛

---

① 启功《诗文声律论稿》，中华书局2000年版，第11页。
② 启功《诗文声律论稿》，中华书局2000年版，第19页。
③ 启功《诗文声律论稿》，中华书局2000年版，第21页。

话》"胜迹"类记杭州西湖花神庙有一旧联云：

翠翠红红，处处莺莺燕燕；
风风雨雨，年年暮暮朝朝。

这副全是叠字的对子，最清晰地显示联句双音节平仄交替的形式。当然这样的句式只是特别的例子，通常还是以节奏点（也就是启功先生所谓的"盒底"）的平仄声来考究的。例如济南大明湖中清人铁保书刘凤诰所撰的一副名联：

四面荷花三面柳；
一城山色半城湖。

上联"四面荷花"是仄仄平平；下联"一城山色"，则如启功先生所说，变平平仄仄为仄平平仄。这种变通，是诗文声律通用的法则。

现代常见一些对联，完全不知音节平仄交替的规则，例如一本《对联欣赏》（顾平旦、曾保泉编著，文化艺术出版社 1982 年版）书中选辑的对联：

尽管既老且病；
还得勤学苦干。（第 177 页）

这副对子上下联节奏点上全是仄声字；又：

振作精神抓工作；
下定决心当模范。（第 208 页）

全心全意建设社会主义；

互敬互爱创造幸福生活。（第 213 页）

这两副对子上下联节奏点上平仄声不是相对，而是雷同。这样在声调上已不"对"的两句话，怎么还可以称之为"对联"？

启功先生说："在词、曲、骈文、韵文、散文句中的节，是除去句中领、衬、尾字来算的。"他举的例子是《离骚》开头的两句：

仄	平平	（平）	平仄	（平）
帝	高阳	之	苗裔	兮，
仄	平仄	（仄）	仄平	
朕	皇考	曰	伯庸。	

启功先生说：

其中"帝"、"朕"是领字，"之"、"曰"是衬字，"兮"是尾字。所剩"高阳"、"苗裔"、"皇考"、"伯庸"，恰是抑扬相间的四个节。①

对联合律以节奏为主，也允许有衬字。例如清龚蔼仁撰济南历下亭楹联：

李北海亦豪哉！杯酒相邀，顿教历下古亭，千古入诗人

---

① 启功《诗文声律论稿》，中华书局 2000 年版，第 21 页。

歌咏；

　　　杜少陵已往矣！湖山如昨，试问济南过客，有谁继名士
风流。

　　上下两边各四句中，"李""杜"姓氏且当作领字，"亦"
"已"和"入""继"都是衬字。忽略领字、衬字，则这副对联
的平仄声谱是：

　　　　仄仄平平，仄仄平平，平平仄仄平平，仄仄平平仄仄；
　　　　平平仄仄，平平仄仄，仄仄平平仄仄，平平仄仄平平。

　　对联的平仄声要注意在节奏点上的本句交替和对句相反，这
个规则有时在非句脚（每边由两句及多句合成时，每句句脚）的
位置的字声可以不拘，这既放宽了造句的自由度，也使得联句的
声律多了一些灵活的气息。例如《楹联丛话》卷三"庙祀上"录
济南大明湖铁公祠联："大节凛东藩，四百载至今如昨；崇祠留
北渚，万千劫虽死犹生。"以"万千劫"对"四百载"，"劫"与
"载"都是仄声，但因为不在句脚，是允许变通的。

　　鲁迅书清人何瓦琴集句联："人生得一知己足矣；斯世当以
同怀视之。"①"一"与"以"相对位置的字同仄声，但因为在句
子中"得一知己""当以同怀"均四字连读，"一"与"以"不
在关键的节奏点上，所以也是对联声律所允许的。

　　有的谈楹联的书说楹联各句内部的平仄要交替，平声字和仄
声字连用三个要交换一次，也不能一字一换。这个说法，如果按

_____

　　①　鲁迅研究室、鲁迅博物馆编《鲁迅年谱》，人民文学出版社 1984 年
版，第三卷，第 397 页。

照启功先生的平仄长杆截取法和"盒盖"可以松动说，是相符的。但从对联的实际来看，有时联句中采用或化用并不安排平仄交替的经史古文句，则不符合平仄长杆截取法的二四同声或连用四个平仄同声字的情况也是存在的。

例如前举鲁迅书清人集句联中"得一知己"四字即二四同仄，不合平仄长杆截取法，但在对联中是不妨如此变通的。

《楹联丛话》卷三"庙祀上"录邯郸吕仙祠黄梁梦亭联云："睡至二三更时，凡功名都成幻境；想到一百年后，无少长俱是古人。"上联前句四六同平声，下联前句二四六皆仄声，"想到一百"连用四个仄声，而且"到"与上联的"至"同仄声，这些都不能符合长杆截取法，但这两句句脚"时"与"后"平仄相对，即为合律，这是讲究对联声律时所应包容的。再看《楹联丛话》同卷所录泰山东岳庙一联："云行雨施，不崇朝而遍天下；理大物博，祖阳气之发东方。""云行雨施"二四同平，但它是《周易》原文，当然可用；与二四同平的"云行雨施"作对，"理大物博"就要二四同仄，而且这句是连用四个仄声，对此梁章钜如何评说？他说这副对联"熔铸经传之文，亦自名贵"。

（三）对联以上联收仄尾、下联收平尾为常格

显然是因为对联源出于律诗对句，所以不论两边是单句，还是两句、三句，以及更多句，一般总是上联收仄尾，下联收平尾。

清代是楹联极盛的时代，而宫殿中的楹联在形式上又极其讲究。梁章钜《楹联丛话》卷二"应制"类说："紫禁城中各宫殿门屏楣扇皆有春联，每年于腊月下旬悬挂，次年正月下旬撤去。或须更新，但易新绢，分派工楷法之翰林书之，而联语悉仍其旧。闻旧语系乾隆间敕儒臣分手撰拟，皆其时名翰林所为，典丽矞皇，允堪藻绘升平，被饰休美。"我们当然知道翰林儒臣为皇

宫撰拟的这些对联极尽阿谀粉饰歌颂之能事，我们所着意关注的是这些对联在声律形式上的讲究。且以梁章钜所录紫禁城中门联——以一所宫殿（太和殿）的全部门联为例来看：

太和左右门云："日丽丹山，云绕旌旗辉凤羽；祥开紫禁，人从阊阖觐龙光。""鹓观翔云，九译同文朝玉墀；凤楼焕彩，八方从律度瑶闿。"协和门云："协气东来，禹甸探球咸辑瑞；和风南被，尧阶蓂荚早迎春。"熙和门云："景纬霞敷，星罕灿三辰珠璧；元和春盎，云璈宣六代咸英。"上谕馆云："一代典章垂涣汗；万年法守仰都俞。"诰敕房云："天宠遥颁青锁客；国恩重溢紫泥封。"缮书房云："玉宇中朝资珥笔；金瓯亿载庆垂衣。"内阁前门云："圣德醍醐，花深红药省；帝光纠缦，日丽紫薇天。"太和殿中槅扇云："龙德正中天，四海雍熙符广运；凤城回北斗，万邦和协颂平章。"体仁阁云："黄道天开，东壁琛图辉玉宇；紫宸日丽，西山爽气映瑶阶。"宏义阁云："画栋凝熙，东望摄提辉晓日；彤庭延景，北临荥载动朝光。"中和殿中槅扇云："仁寿握乾符，万国车书会极；中和绵鼎箓，九天日月齐光。"保和殿中槅扇云："凝鼎命而当阳，圣箓同符日月；握乾枢以御极，太阶共仰星云。"

此段共录太和殿春联十三副，两边无论是单句还是两句，全部是上联尾字仄声，下联尾字平声。不仅是太和殿，《楹联丛话》卷二"应制"类所录紫禁城中春联，一律都是上联尾字仄声，下联尾字平声。而且不仅紫禁城中的所有春联，《楹联丛话》卷三、卷四"庙祀"和卷五"廨宇"类，所录楹联也全都是上联尾字仄声，下联尾字平声。这充分表明对联是以上联收仄尾、下联收平尾为常格的。

虽然紫禁城的春联、各地庙祀和廨宇的对联，都是上联收仄尾、下联收平尾，但我们也还是说这种格式是"常格"，而不说所有对联一律都应如此，是因为在宫廷应制对联之外，在更广泛的已经存在并且被认可甚至获好评的对联中，也存在上联收平尾、下联收仄尾的联语。

例如《楹联丛话》卷六"胜迹上"第一段录泰山几副对联，就有半山壶天阁一联云："登此山一半，已是壶天；造绝顶千重，尚多福地。"上联收平尾，下联收仄尾，与对联的"常格"明显不同。

上联收平尾、下联收仄尾的非"常格"对联，还有如《楹联丛话》卷八"格言"中所录吕新吾有铨署楹帖云："直者无庸我力，枉者我无庸力，何敢贪天之功；恩则以奸为贤，怨则以贤为奸，岂能逃鬼之责。"又同卷李文节署翰林中堂联云："人重官非官重人；德胜才毋才胜德。"又同卷末段记程月川每莅一任必书朱柏庐《居家格言》结语"读书志在圣贤；为官心存君国"为厅事联，梁章钜评曰"允堪悬作座右铭"。

梁恭辰《楹联四话》卷五"杂缀"类录刻印《知不足斋丛书》的歙县鲍菉饮（廷博）自撰联句："与其私千万卷在己，或不守之子孙；孰若公一二册于人，能永传诸奕祀。"

近代如孙中山曾题词曰："革命尚未成功；同志仍须努力。"在他逝世后，这两句题词被用为配合在他遗像两边的对联。这两句也是上收平尾、下收仄尾的显著例子。

上联收平尾、下联收仄尾的对联不仅一直存在，而且也有甚获好评的佳联。这种情况虽然不合律诗对句的上仄下平规则，但却可以认为实与赋和骈文中有些上平下仄的偶句因为精彩而常见摘句引用有关。例如王勃《滕王阁序》中常被摘引的佳句："物华天宝，龙光射牛斗之墟；人杰地灵，徐孺下陈蕃之榻。""落霞与孤鹜齐飞，秋水共长天一色。""渔舟唱晚，响穷彭蠡之滨；雁阵惊寒，声断衡阳之浦。""睢园绿竹，气凌彭泽之樽；邺水朱华，光照临川之笔。""老当益壮，宁移白首之心；穷且益坚，不坠青云之志。"就都是上平下仄收尾。对联不仅是律诗对仗的衍生品，也接受了文赋骈句的影响。因此，对联有类似文赋中上平下仄收尾的骈句的作品，在声律上也是渊源有自的。

有的联书说上联尾字仄声、下联尾字平声是楹联的一般规则，甚至说是"定例"；说只有少数口头对子和趣联、短联例外，如"金步摇；玉条脱""陶然亭；张之洞"等，是上平下仄。我们以上所举的上平下仄的对联，既不是口头对子，也不能都说是"短联"，这种对联在统计中虽然确实是少数，但绝非"例外"。因此，从为楹联创作保留多样的形式以供自由选择的角度考虑，理论上也不应将句尾上平下仄的对联说成是"违例"。

总之，我们如果学习撰联，或有时必需撰联，句尾仍应以上仄下平的"常格"为优先选择，必要时也可以采用上平下仄的格式。

至于有的所谓对联，虽然文字对偶也还工整，但上下联句尾都是平声或都是仄声，则都不能算是合格的楹联。现代有些场合有这样的上下同平或同仄尾的两句话，一般也是着重于其标语口号的内容，而并非是制联，严格说来，称之为"标语"为宜。

（四）关于"马蹄韵"

岳麓书社 1997 年出版余德泉编著《对联格律·对联谱》一书，提出"马蹄韵"是对联平仄运用的基本规则，并根据"马蹄韵"编制了《对联谱》，在对联声律研究上是一个贡献，是值得称道的。编著者余德泉先生，四川叙永人，"文革"前毕业于北京大学中文系，分配到湖南工作，教过中学，教过师范，后落脚在长沙工业高等专科学校任教授。他在语言学和古代汉语方面有很好的专业功底，对于对联有精到的研究，有多部谈对联的专著出版，诚如唐作藩先生在为《对联格律·对联谱》一书所作《序》中所说，他是一位对联学专家。

余德泉先生书中一节讲"什么是马蹄韵"道：

清人林昌彝说："凡平音煞句者，顶句亦以平音，仄音煞句者，顶联亦以仄音。照此类推，音节无不调叶。"（林庆铨《楹联述录》）这段话换一种说法，就是"仄顶仄，平顶平"。对联的这种规则，就叫马蹄韵。

其所以叫马蹄韵，在于其规律正像马之行步，后脚总是踏着前脚脚印走，每个脚印都要踏两次。若以一边的脚为平，另一边的脚为仄，左右轮流，那么"平平"之后便是"仄仄"，"仄仄"之后又是"平平"了。鉴于后脚之最初站立点与立定时前脚之站立点，并无后继，所以起句和末句的句脚，一般都是单平或者单仄。

马蹄韵的基本图式，有平起（首字为平声字）和仄起（首字为仄声字）两种。

平起式为：

平仄仄平平仄仄平……

或者：

平仄仄平平仄仄平平仄……

仄起式为：

仄平平仄仄平平仄……

或者：

仄平平仄仄平平仄仄平……

马蹄韵既用于联句句中，亦用于联句句脚，而以用于联句句脚特征最为明显。可以说使对联区别于其他文学形式，这是相当突出的一点。

……

马蹄韵不是一朝一夕形成的，更不是哪一个人的发明创造。它是千百年来一步一步约定俗成的结果。①

由此可知，所谓"马蹄韵"主要是就对联每边若干句句脚的平仄规则而言的，也就是说这个"韵"是平仄韵律的"韵"，而不是同音押韵的"韵"。

"马蹄韵"这个概念并未见于前人著述。梁章钜《楹联丛话》成书于道光二十年即1840年之后，算是"近代"的著述了，其中就所录楹联时有评论，但却没有楹联韵律的论说。余德泉先生在具体界定"什么是马蹄韵"之前一节中，讲述所谓"马蹄韵"这个概念的来历，得自他的一些朋友的口述，他说：

笔者接触到的一些人，就是如此。尽管他们讲不出系统的理论，但总是告诉笔者，其乃师训，合格的对联，就应当这样写。南岳汪涛先生是一位颇谙马蹄韵的联家。据他说，清道光年间有位举人赵仲飙，就是在衡山地区传播马蹄韵的先贤。汪之曾祖父从学于赵后，由子及孙，而今汪涛先生又成了马蹄韵在南岳等地的传播者。湖南长沙夏国权先生、望城蔡干军先生等，年轻时亦有过从师学马蹄韵的经历。②

前面说到梁章钜《楹联丛话》撰成于道光后期，而其书中尚

---

①　余德泉《对联格律·对联谱》，岳麓书社1997年版，第16~17页。
②　余德泉《对联格律·对联谱》，岳麓书社1997年版，第3页。

无"马蹄韵"之类谈论联律的内容。如果道光年间衡山地区的举人赵仲飙是可以追溯的讲"马蹄韵"的先贤，那大约他也就是"马蹄韵"这个概念的最早使用者了。而将湖南省域大约已传播逾百年的"马蹄韵"这个联律概念最先加以系统的理论总结，并运用于分析、规范对联声律，撰写成《对联格律·对联谱》一书，则是余德泉先生对于联学的突出贡献。

余德泉书中还论述了马蹄韵的由来和发展、马蹄韵在对联句脚和句中的运用等诸项问题，可谓详细深入。他认为马蹄韵在南朝骈文中已见端倪，唐代骈赋和律诗使马蹄韵更加深入发展。他举骆宾王《为徐敬业讨武曌檄》一文，以及李商隐《为河东公上郑相公状》为例，认为都是用马蹄韵的标准格式。以后宋、元、明的对联，逐渐形成马蹄韵的规则；而每边超过四句的对联，其马蹄韵的规则主要是在清代随着长联的发展而形成的。

在"马蹄韵在对联句脚上的运用"一章中，余先生分全合式、段合式、变格式、间破式、段合间破式诸种，详述了对联句脚的马蹄韵形式。我们这里且先引其"全合式"数例，以知其意。

每边一句者，除"平平仄仄；仄仄平平"的四言对子外，都是合律的五七言诗句，就不引录了。每边超过一句的，偶数句与奇数句有所不同。

每边两句者，上下联句脚为"平仄、仄平"。如扬州平山堂联：

> 高视两三州，何论二分月色；
> 旷观八百载，难忘六一风流。

又甘肃兰州五泉山鸿泥园联：

听兰山暮鼓晨钟，顿回惊梦；

避宦海惊涛骇浪，此是桃源。

每边四句者，上下联句脚为"仄平平仄，平仄仄平"。如梁启超挽康有为联：

祝宗祈死，老眼久枯，翻幸生也有涯，卒免睹全国陆沉鱼烂之惨；

西狩获麟，微言遽绝，正恐天之将丧，不仅动吾党山颓木坏之悲。

又湖南各界挽抗日阵亡将士联：

雪百年耻辱，复万里河山，秦晋无此雄，宋元无此杰；

写三楚文章，吊九原将士，风雨为之泣，草木为之悲。

余先生谓如上举"正格偶数句，是马蹄韵最标准的格式"。

其奇数句联，每边三句者，上下联句脚为"平平仄，仄仄平"。如某戏台联：

见几多世态人情，触目惊心，莫道戏中无益；

做尽他声音笑貌，出风入雅，都从空里传神。

每边五句者，上下联句脚为"仄仄平平仄，平平仄仄平"。如蒋汝藻题杭州西湖来鹤亭联：

踞鹫岭，面芝坞，傍桃源，小筑茅亭，是林峦最幽处；

曲江涛，吴山云，西湖月，生成画本，亦宇宙之大观。

再看所谓"段合式"，余先生说："段合式，就是'仄顶仄，平顶平'的规则，不是一贯到底，而是在对联中根据联意的层次作分段安排。这种对联若作通观，并不全合马蹄韵，但就每段而论，则都是合马蹄韵的。正格中，四句以上者这种对联占绝大多数。"①

例如南京莫愁湖胜棋楼联（以//标示分段）：

贤王汤沐，旷代犹存。//莫谈桑海兴亡，且安排青簟疏帘，借一局围棋赌胜；

江表风流，于今未泯。//依旧湖山整理，更收拾玳梁画栋，待双栖燕子归来。

又如著名的昆明大观楼长联，可分四段：

五百里滇池，奔来眼底。披襟岸帻，喜茫茫空阔无边。//看东骧神骏，西翥灵仪，北走蜿蜒，南翔缟素。高人韵士，何妨选胜登临。//趁蟹屿螺洲，梳裹就风鬟雾鬓，更蘋天苇地，点缀些翠羽丹霞。//莫辜负四围香稻，万顷晴沙，九夏芙蓉，三春杨柳；

数千年往事，注到心头。把酒凌虚，叹滚滚英雄谁在。//想汉习楼船，唐标铁柱，宋挥玉斧，元跨革囊。伟烈丰功，费尽移山心力。//尽珠帘画栋，卷不及暮雨朝云，便断碣残碑，都付与苍烟落照。//只赢得几杵疏钟，半江渔

① 余德泉《对联格律·对联谱》，岳麓书社1997年版，第44页。

火，两行秋雁，一枕清霜。

余先生说："这副对联若将二、三两段合在一起，也合马蹄韵。"①

《对联格律·对联谱》一书的"对联谱"部分，都是选用符合马蹄韵规则的各式对联来制作的，依照每边一句、每边二句、每边三句、每边四句、每边五句……的次序，举例标示谱式，欲知其详者，可读其书。

当然，余德泉先生书中也有"可以不受马蹄韵约束的对联"一节，列述了七种：句脚押韵者，拆词分总者，多句连引者，专名嵌入者，句脚越递者，依序排列者，多技巧混用者。这既是对于已有对联不属于"马蹄韵"的各种形式的分类概述，也为对联写作不必一律要依"马蹄韵"格式提供了参照，为对联创作自由留有余地。

总之，对联应是一种有声律规则的文学艺术。余德泉先生关于对联"马蹄韵"声律的总结阐述，对于理解对联声律，品评对联优劣，以及学习写作对联，都大有帮助。

---

① 余德泉《对联格律·对联谱》，岳麓书社 1997 年版，第 47 页。

第三章　诗歌意境

"境"是中国传统美学中的一个专门术语，是一个重要的审美概念。它来自古印度梵文"visaya"（近代丁福保编《佛学大词典》以"visaya"作"境界"词条阐释），指人的思想维度，是对眼之所见和耳之所闻的思索，是外界物象在人脑思维中的反射。但是，用在中国传统的诗学理论中，便产生诸多歧义。在中国传统诗歌美学中，有三个密切相关的术语来描述这一概念，分别是"境""意境"和"境界"，但都是以"境"为中心。"境"具有主观与客观的双重性。佛家说"境由心造"和"境生象外"，其"心"涉及主观的内在意象，而"象"则是客观的外在物象。"意境"与"境界"的区别，在于前者以"意"来强调"境"中之"心"的主观性，后者以"界"来强调"境"外之"象"的客观性。前者类似于禅悟，只可意会，不可言传；而后者却是可以感知的。然而，尽管有此种主客观的区别，这区别也仅是着重点不同而已，它们的根本基础仍然是"境"，这是这三个术语在美学概念和文化意义上的一致之处。

本章讲诗歌意境和意境的创造。

第一节　王昌龄"三境"说

我国古代学者自晋代陆机始，对"意境"就多有阐述。陆机在《文赋》中说"悲落叶于劲秋，喜柔条于芳春。心凛凛以怀霜，志眇眇而临云"①，就是谈"情思"与"物境"的互相交融。南朝刘勰在《文心雕龙·神思》篇中叫"神与物游"，他说："文之思也，其神远矣。故寂然凝虑，思接千载；悄焉动容，视通万里。吟咏之间，吐纳珠玉之声；眉睫之前，卷舒风云之色：其思理之致乎！故思理为妙，神与物游。神居胸臆，而志气统其关键；物沿耳目，而辞令管其枢机。枢机方通，则物无隐貌；关键将塞，则神有遁心。"② 近代黄侃《文心雕龙札记》做了这样的阐解："此言内心与外境相接也。内心与外境，非能一往相符会，当其窒塞，则耳目之近，神有不周；及其怡怿，则八极以外，理无不浃。然则以心求境，境足以役心；取境赴心，心难于照境。必令心境相得，见相交融。"③ 刘勰在上引一段话后还说到"意象"这个重要概念，他说："是以陶钧文思，贵在虚静，疏瀹五藏，澡雪精神。积学以储宝，酌理以富才，研阅以穷照，驯致以怿辞。然后使玄解之宰，寻声律而定墨；独照之匠，窥意象而运斤。此盖驭文之首术，谋篇之大端。""独照"这句，陆侃如、牟世金《文心雕龙译注》白话直译为"正如一个有独到见解的工匠，根据想象中的样子来运用工具一样"④。这里的"意象"（想象中的样子）一词是首次出现在文学理论中。

到了唐代，诗人王昌龄则提出"意境"说。王昌龄在《诗

---

① ［梁］萧统编、［唐］李善注《文选》卷一七，中华书局1977年影印清胡克家刻本，第240页。

② 陆侃如、牟世金译注《文心雕龙译注》，齐鲁书社1982年版，下册，第85页。

③ 黄侃《文心雕龙札记》，中国人民大学出版社2004年版，第91页。

④ 陆侃如、牟世金译注《文心雕龙译注》，齐鲁书社1982年版，下册，第85、88页。

格》中说"诗有三境"曰："一曰物境。二曰情境。三曰意境。物境一。欲为山水诗，则张泉石云峰之境，极丽绝秀者，神之于心。处身于境，视境于心，莹然掌中，然后用思，了然境象，故得形似。情境二。娱乐愁怨，皆张于意而处于身，然后驰思，深得其情。意境三。亦张之于意，而思之于心，则得其真矣。"① 在这里，王昌龄的"三境"并不是同一个层面的递进，而是不同层面的阐发。

"物境"主要是对山水诗而言，其主要的审美特征是"了然境象，故得形似"。"形似"和"境象"相结合构成"物境"，诗人处身于客观之境，移情于物，以"物"为审美实践的主体，诗人的主观情思通过选择景物予以体现。所以"物境"虽写为"物"，实乃不着痕迹地化情于物的"境地"。"境象"即指诗中"泉石云峰"等景物。"形似"则是钟嵘《诗品》中所谓的"穷情写物"，贵在"直寻"，"寓目辄书"，是说诗人应该凭借自己的情思来直视客观的事物，我们今天称之为"直观""直觉"。

"情境"是指诗人在创作过程中对"情"的深化和加工。本来晋代的陆机就提出"诗缘情而绮靡"②，诗歌之美，在于由诗本身体现的诗人的情感之美。但王昌龄更进一步指出："情境"应该是"娱乐愁怨，皆张于意而处于身，然后驰思，深得其情"。也就是说，诗歌不是被动的抒情，而是"娱乐愁怨"等主观情感在心中沉淀、深化后，使人有一种抒情的冲动，诗人善于寻求客观景物作为心灵化的意象。自我认识和自我体验之后，表现出自

① 张伯伟撰《全唐五代诗格汇考》，凤凰出版社 2002 年版，第 172～173 页。
② ［晋］陆机《文赋》，［梁］萧统编、［唐］李善注《文选》卷一七，中华书局 1977 年影印清胡克家刻本，第 241 页。

我的审美创作原则，从而借助于客观物象而将自己的主观情感（阅历、经验、情感）移植呈现。

与"物境""情境"相比，"意境"内涵比较复杂。王昌龄只说"亦张之于意，而思之于心，则得其真矣"。这句话本身很难穷究"意境"的真相。我们必须结合他其他的论述来看。日本弘法大师《文镜秘府论》南卷"论文意"引了王昌龄的一段话："夫作文章，但多立意。令左穿右穴，苦心竭智，必须忘身，不可拘束。思若不来，即须放情却宽之，令境生。然后以境照之，思则便来，来即作文。如其境思不来，不可作也。夫置意作诗，即须凝心，目击其物，便以心击之，深穿其境。如登高山绝顶，下临万象，如在掌中。以此见象，心中了见，当此即用。如无有不似，仍以律调之定，然后书之于纸。"① 这里所说的"境"是指心灵的空间，心与物相互感应，境生于心，是外物内识的结果。"置意作诗"是说应该把个人的意念和思想表现出来，将自己的思想观念转化为诗学的境界，让读者可以获得一种愉快的审美感受。说白了，就是心与物表现的极致是浑然一体。凝心内识而生境，境生则诗思即来，然后创作，情与景就能达到高度的和谐。"情境"与"意境"的区别，在于"意境"更侧重"真"字。庄子说"真者，精诚之至也"，主张"法天贵真"②。亦即古人所谓"应物而无累于物"的"超然物外"的境界③，就是"意境"。

---

① 张伯伟撰《全唐五代诗格汇考》，凤凰出版社 2002 年版，第 162 页。

② 王先谦注《庄子集解》卷八，上海书店出版社《诸子集成》，第 3 册，第 207~208 页。

③ "应物而无累于物"，语出《三国志·钟会传》注引何劭《王弼传》所记王弼言论，见《三国志》，中华书局点校本，第 3 册，第 795 页。

从上面我们可以看到，王昌龄的"物境"多指客观物象，是一种直观的境相，当然也是以人观之而为"诗"所选择的客观物象。"情境"即人生经历和生活感受的情感积累移植于客观物象，是一种经过移情而雕琢的客观境相。"意境"则是指把物境与情境二者自然和谐地、本质地反映出来。所以有人说，这是一种主客观统一的理想境界。就三境而言，"物境"偏重于客观物象，"情境""意境"偏重于主观心象；而后二者的区别则在于"情境"是因客观物象而赋情，"意境"是借主观理想而造象。通俗地说就是，诗人在创作过程中，有选择地描摹具体物象（物境），人的情性在物象中自然流露（情境），凭借艺术想象，创造出使人感同身受的艺术境界（意境）。周振甫先生在《什么样的诗算有"意境"》一文中引王昌龄"三境"说后直言："这里的三境就是意境，只是把偏重于写山水的称为物境，偏重于抒情的称为情境，偏重于言志的称为意境。"①

第二节　王国维的"境界"说

诗歌"意境"理论提出后，从唐、宋至清代，著名诗人、诗论家都曾加以论证。如唐代诗僧皎然说"取境之时，至艰至险，始见奇句。成篇之后，取其气貌，有似等闲不思而得，此高手也。有时意静神王，佳句纵横，若不可遏，宛若神助。不然，盖由先积精思，固神王而得乎"②；司空图说是"韵外之致、味外之

① 引自《文史知识》编辑部编《诗文鉴赏方法二十讲》，中华书局1986年，第1页。
② ［唐］释皎然著，李壮鹰校注《诗式校注》，齐鲁书社1986年版，第30页。

旨"(《与李生论诗书》)①、"思与境偕"(《与王驾评诗书》)②、"象外之象、景外之景"(《与极浦书》)③;江西诗派的"格高""情景合一";严沧浪的"兴趣"说所谓"盛唐诸人惟在兴趣,羚羊挂角,无迹可求。故其妙处透彻玲珑,不可凑泊,如空中之音,相中之色,水中之月,镜中之象,言有尽而意无穷"④;王夫之的"情景妙合""情景融洽"说⑤;王渔洋的"神韵"说⑥,等等。直到王国维的"境界说",才对中国古典诗论中的"意境"做了最后的总结。

到了 20 世纪初,王国维把"境界"说提升到古典诗论美学基本原则的高度,他的《人间词话》一开头就说:"词以境界为最上。有境界则自成高格,自有名句。五代北宋之词所以独绝者在此。"⑦ 接着,他又将境界分为"写境"和"造境",他说:

---

① 周祖譔编选《隋唐五代文论选》,人民文学出版社 1990 年版,第 348~349 页。

② 周祖譔编选《隋唐五代文论选》,人民文学出版社 1990 年版,第 350 页。

③ 周祖譔编选《隋唐五代文论选》,人民文学出版社 1990 年版,第 351 页。

④ [宋] 严羽著,郭绍虞校释《沧浪诗话校释》,人民文学出版社 1983 年版,第 26 页。

⑤ [清] 王夫之《薑斋诗话》中论情与景须妙合融洽的地方很多。参阅丁福保辑《清诗话·薑斋诗话》,郭绍虞著《中国文学批评史》六八《从王夫之到王士禛》。

⑥ 关于王渔洋(士禛)"神韵"说,参阅郭绍虞著《中国文学批评史》六八《从王夫之到王士禛》。郭绍虞比较格调说与神韵说谓:"实则格调说所给人以朦胧的印象的是风格,神韵说所给人以朦胧的印象的是意境。读古人诗而得朦胧的印象这是格调;对景触情而得朦胧的印象,这是神韵。"将"神韵"与"意境"相联系,所言在理。

⑦ 王国维《人间词话》,中国人民大学出版社 2004 年版,第 1 页。

"有造境，有写境，此理想与写实二派之所由分。"① 还有"常人之境"和"诗人之境"的划分，他说："境界有二：有诗人之境界，有常人之境界。诗人之境界，惟诗人能感之而能写之。"② 还有我们更常说到的"有我之境"和"无我之境"，他说：

> 有有我之境，有无我之境。"泪眼问花花不语，乱红飞过秋千去。""可堪孤馆闭春寒，杜鹃声里斜阳暮。"有我之境也。"采菊东篱下，悠然见南山。""寒波澹澹起，白鸟悠悠下。"无我之境也。有我之境，以我观物，故物皆著我之色彩。无我之境，以物观物，故不知何者为我，何者为物。古人为词，写有我之境者为多，然未始不能写无我之境，此在豪杰之士能自树立耳。③

看王国维所举的例子，似乎是"有我之境"相当于王昌龄的"情境"；"无我之境"却要具体分析，"采菊东篱下，悠然见南山"，分明是有主观因素参与其中的，是他自己所说的"理想派"的"造境"，是说情与景妙合无垠，高度和谐，以致物我不分，造成忘我的境界，勉强说起来，类似王昌龄的人造"意境"。"白鸟"句则是有选择地客观地描写自然，则又属于他自己所说的"写实派"的"写境"，相当于王昌龄的"物境"。凡此种种，都表明二王的区别在于"三分法"和"二分法"。无论从哪个角度来论述，王国维都将"境界"分为两类：主观和客观。在王国维看来，"写境"只是单纯描摹双眼所见的客观风景，相当于王昌

---

① 王国维《人间词话》，中国人民大学出版社 2004 年版，第 1 页。
② 王国维《人间词话》，中国人民大学出版社 2004 年版，第 40 页。
③ 王国维《人间词话》，中国人民大学出版社 2004 年版，第 1~2 页。

龄的"物境",皆由直观而得之,这便是"常人之境"。"造境"则是诗人通过眼与心而在笔端创造出主观的心象风景,所造之境便是"诗人之境"。

细细分析王国维的论点,我们发现,王国维讲"意境"讲得最多,最细,也最驳杂。他时而用"境",时而用"境界",时而又用"意境"。他说:

> 山谷云:"天下清景,不择贤愚而与之,然吾特疑端为我辈设。"诚哉是言!抑岂独清景而已,一切境界,无不为诗人设。①

此处的"境界",指的是天下万物的"境界",而"为诗人设"正表明它是相对于主体而言的客体,它很明显地不属于我们所说的文学作品的"意境",而是指创作对象。"诗人之境界,惟诗人能感之而能写之"的"境界",也是如此。

他又说:"境非独谓景物也。喜怒哀乐,亦人心中之一境界。故能写真境物、真感情者,谓之有境界,否则谓之无境界。"② 前面两个"境界"分为景物和情感两类,都指创作对象。后二个"境界"又指文学作品中的意境。

其实,王国维的"境界"说并无创新,他不过因袭传统诗论中的"情景交融"说。他采用西方"人格风景"的思维,把"景"和"情"看作是诗歌创作的二元素,"情景交融"方谓之"有境界"。他曾经在《文学小言》中写道:

---

① 王国维《人间词话》,中国人民大学出版社 2004 年版,第 40 页。
② 王国维《人间词话》,中国人民大学出版社 2004 年版,第 2 页。

文学中有二元质焉：曰景，曰情。前者以描写自然及人生之事实为主，后者则吾人对此种事实之精神态度也。故前者客观的，后者主观的也；前者知识的，后者感情的也。自一方面言之，则必吾人之胸中洞然无物，而后其观物也深，而其体物也切；即客观的知识，实与主观的情感为反比例。自他方面言之，则激烈之情感，亦得为直观之对象、文学之材料；而观物与其描写之也，亦有无限之快乐伴之。要之，文学者，不外知识于感情交代之结果而已。苟无锐敏之知识与深邃之感情者，不足与于文学之事。①

从诗学研究的角度说，西方学者一直认为"境"有主观与客观两方面。王国维是 20 世纪初最先接受西方美学的影响、借鉴西方美学观点来讲论中国古典艺术美学的学者之一，但他采自西方理论的主观、客观两分法和他想论证的传统理论的"情景交融"的主旨是不完全符合的，事实是诗词之中情和景无法截然分开。王国维想用情景分释的方式来表述情景合一的内涵，来分析中国古典诗歌，必然是方凿圆枘，是不相切合的。所以，王国维又说"一切景语皆情语也"②；"自然中之物，互相关系，互相限制。然其写之于文学及美术中也，必遗其关系、限制之处。故虽写实家，亦理想家也。又虽如何虚构之境，其材料必求之于自然，而其构造，亦必从自然之法则。故虽理想家，亦写实家也"③。在运用二分法分析具体作品时，王国维又说："有造境，

---

① 王国维《人间词话》，中国人民大学出版社 2004 年版，第 124～125 页。
② 王国维《人间词话》，中国人民大学出版社 2004 年版，第 24 页。
③ 王国维《人间词话》，中国人民大学出版社 2004 年版，第 2 页。

有写境，此理想与写实二派之所由分。然二者颇难分别。因大诗人所造之境，必合乎自然，所写之境，亦必邻于理想故也。"① 既然中国古典作品"必"是"造写不分"的，那么这种分别又从哪里来呢？因此王国维《人间词话》讲来讲去，无非还是中国古人所畅论过的"情景交融"。

看看苏轼《题渊明饮酒诗后》云："'采菊东篱下，悠然见南山。'因采菊而见山，境与意会，此句最有妙处。近岁俗本皆作'望南山'则此一篇神气都索然矣。"② 苏轼这里强调陶诗"悠然见南山"句的"见"字，浅俗者妄改为"望南山"，则神气索然。苏轼说的"境与意会"，可以上溯司空图的"思与境偕"，也能上溯王昌龄的"意境"。而王国维《人间词话》第七则写道："'红杏枝头春意闹'，着一'闹'字，而境界全出。'云破月来花弄影'，着一'弄'字，而境界全出矣。"③ 可见王国维的"境界"，与王昌龄的"意境"和苏轼的"意与境会"终究差不多，不必说得如此繁杂。

综合以上而观之，"情"与"景"是构成王国维"境界"理论的二元素，他在《宋元戏曲史》第十二章《元剧之文章》中说："何以谓之有意境？曰：写情则沁人心脾，写景则在人耳目。"④ 两者均包含"客观之景物与主观之感情"。他也追求情真、景真，也追求"妙言名句"，也追求"神"。由"妙悟"而得其神，最终实现审美的"境界"。所以，他的"境界"说也只是中国古典诗论中"意境"说的一番总结而已，并未从传统理论

① 王国维《人间词话》，中国人民大学出版社 2004 年版，第 1 页。
② 孔凡礼点校《苏轼文集》，中华书局 1986 年版，第 5 册，第 2092 页。
③ 王国维《人间词话》，中国人民大学出版社 2004 年版，第 3 页。
④ 王国维《宋元戏曲史》，上海古籍出版社 1998 年版，第 99 页。

形态脱化出来。

　　王国维之后，真正深入借鉴西方美学和诗学理论，将诗的
"境界"论加以更具有现代科学形态和更加系统化逻辑化的论说，
最具有理论启发意义的，是朱光潜先生的《诗论》一书的第三章
《诗的境界——情趣与意象》。朱光潜先生所论甚深细，我这里就
不复述了。对于理论有兴趣的，建议大家一定要读读朱光潜先生
的《诗论》一书。①

第三节　意境创造的基础

　　诗必须有意境，否则不足以成为诗。诗的意境创造的基础，
是人生的感悟，是人格的写照，是性情的感触。以下分别讲述。

一、意境是人生的感悟

　　上文说过，意境的创造离不开客观，但从来没有纯客观的意
境，主观感悟是创造意境的重要内因，正如王国维所谓"一切景
语皆情语也"。

　　这种主观感悟的核心是世界观和价值观念，而世界观和价值
观念的形成又离不开人生阅历、人生遭际和人生修养。不同的环
境、不同的遭遇和不同的修养的人们，面对同一个客观事物，感
悟不同，如果用诗来表达，所创造的诗歌意境也就不一样。例如
同样是以蝉来作诗，虞世南的绝句《蝉》：

　　　　垂緌饮清露，流响出疏桐。

　　――――――――――
　　①　朱光潜著《诗论》，最初是印行于 1940 年代抗战时期，1947 年出
版增订版，1984 年生活·读书·新知三联书店重新出版，1998 年再版。另
见《朱光潜美学文集》第二卷，上海文艺出版社 1982 年版。

居高声自远，非是藉秋风。①

此诗句句象征，是诗人以蝉的高洁品性来自喻。"緌"是冠缨，象征显贵。贵和"清"往往是矛盾的，他却"饮清露"。不但如此，蝉声本来是噪耳烦人的，却被写成悦耳的"流响"，传得很远。"疏桐"又象征正直清拔。暗示的讯息是清贵者不但要立功、立德，还要立言。末两句是全诗的点睛之笔，品性高洁的人，"居高"自能致远，并不需要有任何凭借，自能声名远播。"自"和"非"两个字，一正一反，相互呼应，表现出一种雍容不迫的韵致，显示的是一种高华的境界。

骆宾王五律《在狱咏蝉》：

西陆蝉声唱，南冠客思侵。
那堪玄鬓影，来对白头吟。
露重飞难进，风多响易沉。
无人信高洁，谁为表予心！②

唐高宗仪凤三年（678）诗人迁任侍御史，因上疏论事，触怒武后，被诬下狱，诗作于此时。诗前有二百数十字序，此不具引。诗的首句不是交代身份，而是交代环境——西陆，指秋天，这就定了全诗的基调。秋天的蝉声引起狱中人的客思，是对家园的深怀，因为这个时候这个处境，自由是第一可贵的。三四句用流水对，一句说蝉，一句说自己，物我相联，委婉曲折地表达出诗人自伤老成的凄恻之情。双关运用"白头吟"的典故，暗喻执政者

---

① 《全唐诗》卷三十六，中华书局点校本，第 2 册，第 475 页。
② 《全唐诗》卷七十八，中华书局点校本，第 3 册，第 848 页。

辜负了诗人对国家的一片忠爱之情。五六句纯用比兴，既是说蝉，又是说自己，物我一体。同样是说"风多"，却不是虞世南感受中的"居高""流响"，在骆宾王这里是"难进""易沉"。最后，餐风饮露，高洁还是高洁，感慨无人相信。此时此景，只有蝉能为我而高唱，也只有我能为蝉而长吟。蝉与诗人又浑然一体了，写出一种忠愤的意境。

　　李商隐五律《蝉》：

> 本以高难饱，徒劳恨费声。
> 五更疏欲断，一树碧无情。
> 薄宦梗犹泛，故园芜已平。
> 烦君最相警，我亦举家清。①

首句也是蝉鸣，却成了无用的"徒劳"。"高"不是"居高"的高位了，成了"清高"；清高者合该难饱，为什么还做徒劳的鸣叫？痛话反说，哀中有"恨"，愈见沉痛。"五更疏欲断"而"一树碧无情"，颔联强烈的对比，只是把这"徒劳""难饱"的深层原因说得淋漓尽致——是因为"碧无情"。接下来颈联两句转而直写自己，常年泛梗漂流，思归心情就更加迫切。末联"君"与"我"对举，呼应开头，首尾圆合，又写尽同病相怜的情态。蝉的鸣叫声，似乎在警策我这个与蝉境遇相似的小官，不如赋归，保持清贫吧。李商隐此首《蝉》诗凸现的是一种压抑的意境。

　　戴叔伦《画蝉》诗：

---

　　① 《全唐诗》卷五百三十九，中华书局点校本，第16册，第6147页。

　　饮露身何洁，吟风韵更长。

　　斜阳千万树，无处避螳螂。①

也写饮露和吟风，却是一种洒脱的清高孤傲意象。身心是何等高洁，韵致是何等绵长，这绝对不是芸芸众生所能达到的境界。但这只是一个陪衬，一个反托，真正的意思还在后面，如此清高、如此洒脱的蝉呀，斜阳中有万千可供栖身的树木，却没有一处可以避免螳螂捕捉的安身之所。可见螳螂之多之猖獗。这分明是一种寄托孤愤的意境。

　　这四首诗都是唐人托咏蝉以寄意的名作，由于作者身份地位、人生际遇和个人气质的不同，虽同样工于比兴寄托，却呈现出殊异的风格，构成了富有个性特征的艺术形象。清施补华《岘佣说诗》云："同一咏蝉，虞世南'居高声自远，非是藉秋风'，是清华人语；骆宾王'露重飞难进，风多响易沉'，是患难人语；李商隐'本以高难饱，徒劳恨费声'，是牢骚人语。"② 而戴叔伦笔下的蝉，无疑是无奈人语。

　　二、意境是人格的写照

　　宗白华先生《中国艺术意境之诞生》一文中说："什么是意境？……以宇宙人生的具体为对象，赏玩它的色相、秩序、和谐，借以窥见自我的最深心灵的反映；化实景而为虚境，创形象以为象征，使人类最高的心灵具体化、肉身化，这就是'艺术境界'。艺术境界主于美。"③ 正因为如此，作为客体的景物，是

① 《全唐诗》卷二百七十四，中华书局点校本，第9册，第3100页。

② ［清］王夫之等撰《清诗话》，上海古籍出版社1978年版，下册，第974页。

③ 宗白华《美学散步》，上海人民出版社1981年版，第59页。

为天下人共有的景物。江山风景，四时物色，呈现在诗人和常人眼前的"客观"并无不同，正如杜甫所说的"江山如有待，花柳更无私"①。但宋僧惠洪《冷斋夜话》记黄庭坚说："天下清景，初不择贤愚而与之遇，然吾特疑端为我辈设。"② 为什么天下清景是"端为我辈设"呢？因为清景虽是一样的，观者却不能一览同感，观者能不能感受"客观"之美，还取决于观者养没养成、具不具有感受美的"主观"能力。诚如马克思所说："对于不懂音乐的耳朵，最美的音乐也没有意义（感觉）。"③ 惠洪《冷斋夜话》在记述黄庭坚的这句感想议论之后，列举王安石和苏轼的绝句来印证黄庭坚的说法，他说：

> 荆公在钟山定林，与客夜对，偶作诗曰："残生伤性老耽书，年少东来复起予。夜据槁梧同不寐，偶然闻雨落阶除。"东坡宿余杭山寺，赠僧曰："暮鼓朝钟自击撞，闭门鼓枕有残缸。白灰旋拨通红火，卧听萧萧雪打窗。"人以山谷之言为确论。④

王安石在钟山定林寺与客夜对闻雨，苏轼在杭州山寺冬夜拨火听雪，如此境地人人都可能经历，是再寻常不过的情境，但在两位大诗人的绝句里，就都赋予这寻常情境以耐人寻思品味的诗意。

---

① ［唐］杜甫《后游》诗句，《全唐诗》卷二百二十六，中华书局点校本，第 7 册，第 2442 页。

② ［宋］惠洪《冷斋夜话》卷三《荆公钟山东坡余杭诗》，引自张伯伟编校《稀见本宋人诗话四种》，江苏古籍出版社 2002 年版，第 34 页。

③ 马克思《经济学——哲学手稿（节选）》，朱光潜译，引自《朱光潜美学文集》，上海文艺出版社 1983 年版，第三卷，第 507 页。

④ ［宋］惠洪《冷斋夜话》卷三《荆公钟山东坡余杭诗》，引自张伯伟编校《希见本宋人诗话四种》，江苏古籍出版社 2002 年版，第 34 页。

所以，因景生情是一种互动行为，必须有触景生情的慧眼慧心才能移情于物、钟情于物。否则，你只能视而不见，听而不闻。此其一。从另一个方面说，每一种景物，都以同样的刺激赋予观赏者，但由于观赏者个体修为不一样，所以对同样的刺激，却有不同的反应，而每一种反应无不烙上主观的人格烙印，无不反映观赏者的价值观念。此其二。

例如同样是咏昭君出塞，南朝刘宋鲍照《王昭君》诗云：

> 既事转蓬远，心随雁路绝。
> 霜鞞旦夕惊，边笳中夜咽。①

北周庾信的《王昭君》诗云：

> 拭啼辞戚里，回顾望昭阳。
> 镜失菱花影，钗除却月梁。
> 围腰无一尺，垂泪有千行。
> 绿衫承马汗，红袖拂秋霜。
> 别曲真多恨，哀弦须更张。②

比较来看，鲍诗意深格高，庾诗词清情重，各有特色。但怜其远嫁的观念是一致的，这个观念也一直是后世咏昭君的主题。例如李白诗《王昭君二首》其一云："汉家秦地月，流影照明妃。一

① 逯钦立辑校《先秦汉魏晋南北朝诗》，中华书局1983年版，中册，第1270页。
② 逯钦立辑校《先秦汉魏晋南北朝诗》，中华书局1983年版，下册，第2348页。

上玉关道，天涯去不归。汉月还从东海出，明妃西嫁无来日。燕支长寒雪作花，蛾眉憔悴没胡沙。生乏黄金枉图画，死留青冢使人嗟!"① 在悲怜之外，又加入了"怨恨"，这是符合"入宫数岁，不得见御，积悲怨，乃请掖庭令求行"的历史事实的。而李白《于阗采花》诗又道："于阗采花人，自言花相似。明妃一朝西入胡，胡中美女多羞死。乃知汉地多明姝，胡中无花可方比。丹青能令丑者妍，无盐翻在深宫里。自古妒蛾眉，胡沙埋皓齿。"② 却是专注于昭君美貌，虽然"曲终奏雅"，最后也来点嗟叹，但格调终究远不如杜甫《咏怀古迹五首》咏昭君村的一首，杜诗云："群山万壑赴荆门，生长明妃尚有村。一去紫台连朔漠，独留青冢向黄昏。画图省识春风面，环佩空归夜月魂。千载琵琶作胡语，分明怨恨曲中论。"③ 而从立意上说，这些又都未跳出同样的"悲怨"主题。

诗史上有两家立意泾渭分明、后代评价亦褒贬悬殊的昭君词，即白居易和王安石两人的作品。白居易《王昭君二首》绝句：

> 满面胡沙满鬓风，眉销残黛脸销红。
> 愁苦辛勤憔悴尽，如今却似画图中。

> 汉使却回凭寄语，黄金何日赎蛾眉。
> 君王若问妾颜色，莫道不如宫里时。④

---

① 《全唐诗》卷一百六十三，中华书局点校本，第 5 册，第 1691 页。
② 《全唐诗》卷一百六十三，中华书局点校本，第 5 册，第 1690~1691 页。
③ 《全唐诗》卷二百三十，中华书局点校本，第 7 册，第 2511 页。
④ 《全唐诗》卷四百三十七，中华书局点校本，第 13 册，第 4858 页。

白居易的昭君绝句很受称赞。宋人王直方说:"古人作昭君词多矣,余独爱乐天一绝,云:'汉使却回凭寄语,黄金何日赎蛾眉?君王若问妾颜色,莫道不如宫里时。'盖其意优游而不迫切故也。然乐天赋此时年甚少。"① 但白居易这一首其实却是绝对的劣诗,首先全诗是重复以男女之情比君臣之义的老调,却并不是写"情",只注重一个"色"字,完全是"以色事人"的心态,于国于家并无高论。其次,史载昭君不肯贿赂画工毛延寿,以致不得见幸而自愿和番。而白居易此诗却假拟昭君口吻要求君王"黄金赎蛾眉"。昭君性格岂如此分裂?当然这是白诗格调的问题,此首立意与格调实在不高。

王安石有《明妃曲二首》:

其一

明妃初出汉宫时,泪湿春风鬓脚垂。
低徊顾影无颜色,尚得君王不自持。
归来却怪丹青手,入眼平生未曾有。
意态由来画不成,当时枉杀毛延寿。
一去心知更不归,可怜着尽汉宫衣。
寄声欲问塞南事,只有年年鸿雁飞。
家人万里传消息,好在毡城莫相忆。
君不见咫尺长门闭阿娇,人生失意无南北。

其二

明妃初嫁与胡儿,毡车百两皆胡姬。

---

① [宋]胡仔纂集,廖德明校点,周本淳重订《苕溪渔隐丛话·前集》卷二十一,人民文学出版社 1993 年版,第 139 页。

含情欲语独无处，传与琵琶心自知。

黄金捍拨春风手，弹看飞鸿劝胡酒。

汉宫侍女暗垂泪，沙上行人却回首。

汉恩自浅胡自深，人生乐在相知心。

可怜青冢已芜没，尚有哀弦留至今。①

和白诗一样，王安石这第二首也最受人呵斥。罗大经《鹤林玉露》说："（荆公）其论商鞅曰：'今人未可非商鞅，商鞅能令政必行。'夫二帝三王之政，何尝不行，奚独有取于鞅哉？东坡曰：'商鞅、韩非之刑，非舜之刑，而所以用刑者，则舜之术也。'此说犹回护，不如荆公之直截无忌惮。其咏昭君曰：'汉恩自浅胡自深，人生乐在相知心。'推此言也，苟心不相知，臣可以叛其君，妻可以弃其夫乎？其视白乐天'黄金何日赎娥眉'之句，真天渊悬绝也。"并说："似此议论，岂特执拗而已，真悖理伤道也。"② 明代瞿佑《归田诗话》说："诗人咏昭君者多矣，大篇短章，率叙其离愁别恨而已。惟乐天云：'汉使却回凭寄语，黄金何日赎蛾眉？君王若问妾颜色，莫道不如宫里时。'不言怨恨，而惓惓旧主，高过人远甚。其与'汉恩自浅胡自深，人生乐在相知心'者异矣。"③ 这样比较白居易与王安石昭君词的优劣也实在是不足一驳。王安石精通《国策》，写散文也仿效《国策》。战国时"良禽择木"的观念深入人心。王诗以情立意，写超出华夷之

① 刘乃昌《王安石诗文编年选释》，山东教育出版社 1992 年版，第 58~60 页。

② ［宋］罗大经撰，王瑞来点校《鹤林玉露》，中华书局 1983 年版，第 186~187 页。

③ ［明］瞿佑《归田诗话》卷上，引自丁福保辑《历代诗话续编》，中华书局 1983 年版，下册，第 1244 页。

限的人生普遍情愫，"人生失意无南北""人生乐在相知心"两句，集中体现了王安石的见识和格调，实远高出常人。

嘉祐四年（1059），王安石在汴京任度支判官时作《明妃曲二首》，诗一传出，欧阳修、司马光、曾巩、刘敞等人都有和作。欧阳修《再和明妃曲》诗云：

> 汉宫有佳人，天子初未识。
> 一朝随汉使，远嫁单于国。
> 绝色天下无，一失难再得。
> 虽能杀画工，于事竟何益？
> 耳目所及尚如此，万里安能制夷狄！
> 汉计诚已拙，女色难自夸。
> 明妃去时泪，洒向枝上花。
> 狂风日暮起，飘泊落谁家？
> 红颜胜人多薄命，莫怨春风当自嗟。①

就映射论诗，王安石不过说君臣如果合不来，臣子可以跳槽。欧阳修直接批评君王昏聩，这也是力求在王诗之外再翻新意。与前引罗大经所谓"推此言也，苟心不相知，臣可以叛其君，妻可以弃其夫乎"的迂腐论调相比，王安石、欧阳修诗中的立意都要通达得多，而他们的议论在儒家思想传统里也并未离经叛道。具体说来，在唱和《明妃曲》之前几年的嘉祐元年（1056），王安石初次拜谒欧阳修，欧阳修有《赠王介甫》七律一首，诗中说"翰林风月三千首，吏部文章二百年。老去自怜心

---

① 陈新、杜维沫选注《欧阳修选集》，上海古籍出版社 1999 年版，第187 页。

尚在，后来谁与子争先"，以中唐诗人白居易和古文宗师韩愈比况称赞王安石。王安石《奉酬永叔见赠》诗中说"他日若能窥孟子，终身何敢望韩公"①，可见王安石自述他最景仰的往圣先贤是孟子，自期能如孟子一样张扬道义。而我们都知道，孟子这样对齐宣王说过君臣之道："君之视臣如手足，则臣视君如腹心；君之视臣如犬马，则臣视君如国人；君之视臣如土芥，则臣视君如寇雠。"② 有孟子的坦言在先，则当王安石作诗表达对于昭君的同情时，说出"汉恩自浅胡自深，人生乐在相知心"的话，不仅没有什么悖理伤道，还正表现出诗人的思想素养和人格境界。可以参看的是，《红楼梦》第六十四回借薛宝钗之口，议论王安石和欧阳修咏昭君的诗说："作诗不论何题，只要善翻古人之意。若要随人脚踪走去，纵使字句精工，已落第二义，究竟算不得好诗。即如前人所咏昭君之诗甚多，有悲挽昭君的，有怨恨延寿的，又有讥汉帝不能使画工貌贤臣而画美人的，纷纷不一。后来王荆公复有'意态由来画不成，当时枉杀毛延寿'；永叔有'耳目所见尚如此，万里安能制夷狄'。二诗各能俱出己见，不袭前人。"③《红楼梦》不仅是一部小说名著，《红楼梦》也是古代小说中最富有诗意的名著，而书中人物论及前人诗歌，也多中肯高明的见解。

三、意境是性情的感触

古来讲意境，无论怎么讲，终究都不能否认"情景交融"的说法。触景生情，寓情于景，是千古诗歌创作的经验之谈。有感

---

① 刘乃昌《王安石诗文编年选释》，山东教育出版社1992年版，第39~40页。

② 杨伯峻译注《孟子译注》，中华书局1984年版，上册，第186页。

③ ［清］曹雪芹著，周汝昌校订《红楼梦（八十回石头记）》，海燕出版社2004年版，下册，第864页。

而发，这是诗歌创作的原动力，也是意境创造的基础。惟有情景交融的意境，才是诗歌所追求的标的。所以钟嵘《诗品序》开篇曰："气之动物，物之感人，故摇荡性情，形诸舞咏。"① 刘勰《文心雕龙·明诗》篇云："人禀七情，应物斯感；感物吟志，莫非自然。"② 《文心雕龙·物色》篇说："春秋代序，阴阳惨舒，物色之动，心亦摇焉。"③ 诗人与眼前之物突然产生意会，由景物的感发而性情激荡，形成诗歌创作冲动，其实就是"诗六义——风、雅、颂、赋、比、兴"中的"兴"，所以"兴"又叫"兴会"。

历史上关于"赋、比、兴"的"兴"虽有不同的训释，但大致上都还是说因外物的感触而引起性情的感动，所以一般都认为"兴"是起、引起、起发的意思。或有不同之处，则是有的认为用作"兴"的景象或事物与后文无譬喻关系，"兴"只有引起的作用，只是做个起势以引起所咏之词而已；而另一些人则认为，用作"兴"以引起下文的景物暗含譬喻，取譬引类，以起发后文。例如《诗经·周南·关雎》起句："关关雎鸠，在河之洲。"毛《传》谓："兴也。"郑玄注引郑司农云："兴者，托事于物。"④ 《文心雕龙·比兴》篇说："《诗》文弘奥，包蕴六义；毛公述《传》，独标'兴'体。岂不以'风'通而'赋'同，'比'显而'兴'隐哉？故'比'者，附也；'兴'者，起也。

---

① ［清］何文焕辑《历代诗话》，中华书局 1981 年版，上册，第 2 页。

② 陆侃如、牟世金译注《文心雕龙译注》，齐鲁书社 1982 年版，上册，第 59 页。

③ 陆侃如、牟世金译注《文心雕龙译注》，齐鲁书社 1982 年版，下册，第 339 页。

④ ［清］阮元校刻《十三经注疏》，中华书局 1980 年缩印本，上册，第 3 页。

附理者，切类以指事；起情者，依微以拟议。"① 刘勰是说"比"是比附事理，是明显的比喻；"兴"是引起情感，是隐约委婉的比喻。唐代孔颖达《毛诗序正义》中也说："比之与兴，虽同是附托外物，比显而兴隐。"② 古人对于"关关雎鸠"二句，就也有认为是"兴而比也"的。宋儒朱熹《诗集传》说："兴者，先言他物以引起所咏之词也。"③ 元代刘玉汝《诗缵绪》说"兴有二例，有无取义者，有有取义者"④。清陈启源撰《毛诗稽古编》卷二十五《总诂·六义》说："兴、比皆喻，而体不同。兴者，兴会所至，非即非离，言在此，意在彼，其词微，其指远。比者，一正一喻，两相譬况，其词决，其指显，且与赋交错而成文，不若兴语之用于发端，多在章首也。"⑤ 总之，从汉朝到清朝，古代注家对于《诗》中"兴"的作用的理解大体有这两种，即一种认为"兴"作为引起也含有比喻意味，但不是明比，而是委婉隐约的譬喻；一种则认为"兴"仅仅是做一个起势，借一个与后文无联系的景物来形成诗歌开头，让下文不显得单调而有气势。

例如《诗经·周南·桃夭》三章：

桃之夭夭，灼灼其华。之子于归，宜其室家。

① 陆侃如、牟世金译注《文心雕龙译注》，齐鲁书社1982年版，下册，第200页。
② ［清］阮元校刻《十三经注疏》，中华书局1980年缩印本，上册，第3页。
③ ［宋］朱熹集注《诗集传》，上海古籍出版社1980年版，第1页。
④ 《影印文渊阁四库全书》，上海古籍出版社2003年版，第77册，第578页。
⑤ 《影印文渊阁四库全书》，上海古籍出版社2003年版，第85册，第698页。

>　桃之夭夭，有蕡其实。之子于归，宜其家室。
>　桃之夭夭，其叶蓁蓁。之子于归，宜其家人。

　　毛《传》都说是"兴也"。我们时常能读到讲解此诗以"夭桃"比喻年少女子容貌姣好的说法，其实这应该是夭桃成为一个象征物以后的共同意象，而不一定是诗人当初起兴时的心中所想。我们认为，"兴"是诗歌中用来具有借物起情、触发联想、渲染气氛、调动情绪的意境创造手法。兴既然是借物起情，且所借之物有和要起的情有一定的内在联系，这在形式上就与"比"（比喻）的借物为喻之间有相似之处，因此也有人说这是"兴而比也"。我们认为，"兴"类似于一种烘托。要说内在联系，只能说这种烘托出来的氛围要与下文和谐。例如，桃花盛开是一时繁艳，少女出嫁也是一时繁艳，氛围相似，所以就用来起兴。

　　《诗经·周南·汉广》首章前四句："南有乔木，不可休息。汉有游女，不可求思。"毛《传》说"兴也"。借乔木不可休息之事，兴起游女不可求的感叹，也主要是烘托起兴。

　　《史记·刺客列传》载荆轲易水临行歌曰："风萧萧兮易水寒，壮士一去兮不复还！"[1] 风和易水与荆轲刺秦之间不能构成比喻。诗人这里只是一种环境的烘托。这种悲怆和易水送别的气氛完全融合，所以千载之下，犹能激荡人们的心灵。若我们换成"桃花夭夭兮"，必然不伦不类。

　　再一个例子就是汉乐府《古诗为焦仲卿妻作》开头曰："孔雀东南飞，五里一徘徊。"[2] 你说它是比喻刘兰芝不忍离去呢？还

---

[1]　《史记》卷八十六，中华书局点校本，第 8 册，第 2534 页。
[2]　逯钦立辑校《先秦汉魏晋南北朝诗》，中华书局 1983 年版，上册，第 283 页。

是比喻夫妻二人的恋恋不舍呢？都不是，因为都不符合全篇的情节。这里只是诗人要营造一个游移抑郁的气氛，以符合全篇的情景。这就是兴。

北朝《陇头歌辞》其一："陇头流水，流离山下。念吾一身，飘然旷野。"其三："陇头流水，鸣声呜咽。遥望秦川，心肝断绝。"[①]有人认为这两首诗歌前两句都以陇头流水起兴，兼以流水的状态和声响作比，状漂泊未归和乡愁悲凄之情态。其实，这里也只是起兴，而没有比喻。流水和乡愁没有相似之处，不存在可比性。它只是用来营造一种漂泊不定、呜咽不息的气氛，以便和下文的氛围相和谐。所以，人们多把这里看作是触景生情、情景交融的例子。

王夫之《薑斋诗话》有"兴在有意无意之间"[②]的说法。使用起兴的手法将读者很快带入诗人营造的氛围中去，领略诗人用心构建的意境。诗作者给读者提供了一个比赋和比更大的情境空间。这是兴的功能。因此，只有那种对人、对自然、对生活有相当灵悟的人，才能有"兴"的最初触动，构设出和谐奇妙的诗境。

宋张戒《岁寒堂诗话》讲杜甫诗说："《晴》：'啼鸦争引子，鸣鹤不归林。下食遭泥去，高飞恨久阴。'子美之志可见矣。'下食遭泥去'，则固穷之节；'高飞恨久阴'，则避乱之急也。子美之志，其素所蓄积如此，而目前之景，适与意会，偶然发于诗声，六义中所谓兴也。兴则触景而得，此乃取物。"[③]这里讲的是

①　余冠英选注《汉魏六朝诗选》，人民文学出版社1978年版，第306页。
②　丁福保辑《清诗话》，上海古籍出版社1978年版，第6页。
③　丁福保辑《历代诗话续编》，中华书局1983年版，上册，第474页。

杜甫《晴》这首诗的创作过程。张戒认为，由于严武去世，杜甫生活失去依靠，离开成都草堂，漂泊到夔州，贫病交加，寂寞抑郁。这时看到乌鸦引子觅食，鸣鹤出林高飞，适与意会，触动情怀，联想到自己身世，顿生感慨，形之于诗。这就是借鸦、鹤起兴。所以，诗的赋、比、兴三种手法中，兴是创造意境的最佳手法。

当然也可以说，比是具象的比喻，兴是抽象的比喻。唐释皎然《诗式》即说："今且于六艺之中略论比兴：取象曰比，取义曰兴，义即象下之意。"[①] 比与兴，并非截然不同。例如《诗经·周南·桃夭》三章，毛《传》都说是"兴也"，但也有人说是"兴而比也"。又如《诗经·秦风·蒹葭》三章，毛《传》也说是"兴也"，后来讲论者多同毛《传》。也有人说是"兴而比也"。《诗经》中类似这样毛《传》说是"兴也"，后人又有说是"兴而比也"的，不只是我们最常读到的这两首诗篇。所以有人把这种能够说出内在联系的"兴"称之为"兴而比也"，或"兴而兼比"。这种理解上的略有不同，正可以说明"兴"有时是兼有"比"意的。

朱光潜先生《诗论》说：

> 《诗经》中最常用的技巧是以比喻引入正文，例如：
> 关关雎鸠，在河之洲，窈窕淑女，君子好逑。
> 螽斯羽，诜诜兮，宜尔子孙，振振兮。
> 蒹葭苍苍，白露为霜；所谓伊人，在水一方。
> 入首两句便都是隐语，所隐者有时偏于意象，所引事物

---

① ［唐］释皎然著，李壮鹰校注《诗式校注》，齐鲁书社 1986 年版，第 24 页。

与所咏事物有类似处，如"螽斯"例，这就是"比"；有时偏重情趣，所引事物与所咏事物在情趣上有暗合默契处，可以由所引事物引起所咏事物的情趣，如"蒹葭"例，这就是"兴"；有时所引事物与所咏事物既有类似，又有情趣方面的暗合默契，如"关雎"例，这就是"兴兼比"。《诗经》各篇作者原不曾按照这种标准去做诗，"比"、"兴"等等是后人归纳出来的，用来分类，不过是一种方便，原无谨严的逻辑。后来论诗者把它看得太重，争来辩去，殊无意味。①

《诗经》之后，后代诗歌如汉乐府《古艳歌》："茕茕白兔，东走西顾。衣不如新，人不如故疸。"②有人认为这首诗以动物起兴，兴中含比。写弃妇被迫出走，犹如孤苦的白兔，往东去却又往西顾，虽走而仍恋故人。

再例如杜甫的《新婚别》的开篇："菟丝附蓬麻，引蔓故不长。嫁女与征夫，不如弃路旁。"有人认为是"先言他物以引起所咏之词"的起兴，但菟丝和蓬麻的引蔓不长，又隐含着"嫁女与征夫"相处不长的比喻，这又是兴中含比。

20世纪新文化运动以来，现代学者对于古人这两种关于"兴"的作用的说法各有认同。事实上也是无论在古典诗歌中，还是在近现代民间歌谣中，诗的起兴有的含有譬喻之意，有的又确与下文所咏之情事没有可比的意义，只作个引起。所以，我们可以认为历来两种关于"兴"的作用的说法各有相应的实例，我们在读前人的诗作时，对于起兴处不妨从这两种作用去理解品

---

① 朱光潜《诗论》，生活·读书·新知三联书店 1984 年版，第 37~38 页。
② 余冠英选注《汉魏六朝诗选》，人民文学出版社 1978 年版，第 41 页。

味，能够感觉到隐含譬喻，或者感觉只是个随意的起头而并无取义，更或者是感觉"兴在有意无意之间"，可以有取舍，正不必呆看。而要学作诗，这两种起兴的方法也都可以借鉴，触物兴感，取譬引类，或只是即目所见，有意无意，也使我们作诗可以有不同的起法。

第四节　意境创造手法

上文说过，意境说到底是个情景和谐相生成的问题。那么，如何做到情景交融和谐呢？这是无一定定式的。但前人的诗歌实践给我们提供了种种启发，我们总结一下，大致有这样几种创造意境的手法：

一、隐寓法

即景中含情，或情中含景，情景相互包含，相互影响。王夫之《薑斋诗话》说："情景虽有在心在物之分，而景生情，情生景，哀乐之触，荣悴之迎，互藏其宅。"[①] 就是说，主观和客观之间，一定有互相触动的基础，所以能相生相成。根据情与景描写分量的不同，可以分为景中情和情中景两大类。

（一）景中情

就是要求诗人在选择景物进行描写时，首先要受情感支配，择取那些能代表自己现实情感的景物。在描写过程中，要运用移情手法，使自己的情感灌注其中，使读者在欣赏所写景物的同时，感受到诗人的用心和情感。王夫之说：

　　　　情、景名为二，而实不可离。神于诗者，妙合无垠。巧

[①]　丁福保辑《清诗话》，上海古籍出版社 1978 年版，第 6 页。

者则有情中景、景中情。景中情者，如"长安一片月"，自然是孤栖忆远之情；"影静千官里"，自然是喜达行在之情。情中景尤难曲写，如"诗成珠玉在挥毫"，写出才人翰墨淋漓、自心欣赏之景。凡此类，知者遇之；非然，亦鹘突看过，作等闲语耳。①

我们还举例来看，例如杜甫五律《旅夜书怀》：

> 细草微风岸，危樯独夜舟。
> 星垂平野阔，月涌大江流。
> 名岂文章著，官应老病休。
> 飘飘何所似，天地一沙鸥。②

诗从景入手，一、三句写岸上之景，二、四句写江中之景。一二细致，三四粗犷，形成在精细的雕刻中极写沉郁之思、苍茫之感。微风轻拂着江岸细草，使人感到静和孤寂。不然何以挑选"细""微""危""独"四个字呢？从这四个字中，景中就含有了诗人的寂寞和孤独。第二联写月夜壮丽的景色，天际寒星垂挂，无边的原野显得格外辽阔；近看江中，急湍奔流，月光在动荡喷涌，这气象是何等的阔大。一低一昂、一小一大的景，和首联形成远近、细阔的对比。使首联低沉的情调反映在广阔的背景上，沉痛之感深垂，激愤之情长涌。"垂"和"涌"的用意在此。所以，清代纪昀认为这诗"通首神完气足，气象万千，可当神浑

---

① 丁福保辑《清诗话》，上海古籍出版社1978年版，第10页。
② 《全唐诗》卷二百二十九，中华书局点校本，第7册，第2489页。

之品"①。

再例如来鹄绝句《云》：

> 千形万象竟还空，映水藏山片复重。
> 无限旱苗枯欲尽，悠悠闲处作奇峰。②

"有轻虚之艳象，无实体之真形"③，这是陆机在《浮云赋》的开头对游移于空中的浮云的描写。云一直是变幻不测（翻云覆雨），移情不定（云情雨意）、闲适轻灵（闲云舒卷）的形象。这首诗前两句还是往日形象，准确、逼真的让人联想到云的变幻、游移和挥洒不拘的浪漫形态。第三句虽然是写景，但强烈的情感灌注其中，"枯""尽"二字，极带感情色彩，强烈地表达"大旱之望云霓"的心境。没有第三句，全诗都是谜语，有了第三句，景全部带了情，变成一首好诗。

（二）情中景

最难表述。举例来看，《诗经·秦风·蒹葭》："蒹葭苍苍，白露为霜。所谓伊人，在水一方。溯洄从之，道阻且长。溯游从之，宛在水中央。"开头两句是景物描写，也是环境烘托，毛《传》说"兴也"，有人说是"兴而比也"。接下来两句是赋，白描其事。后四句是抒发思念之情，却也是用赋体。"溯洄从之"，思念深切；"道阻且长"，失望之极；"溯游从之"，极不甘心；"宛在水中央"，仍有希望。是抒情，但又含景，读者心中无疑出

---

① ［元］方回评，李庆甲集评校点《瀛奎律髓汇评》，上海古籍出版社 1986 年版，上册，第 534 页。

② 《全唐诗》卷六百四十二，中华书局点校本，第 19 册，第 7358 页。

③ 金涛声点校《陆机集》卷四，中华书局 1982 年版，第 29 页。

现一幅"缥缈遇仙图"。

再如王维五律《终南山》：

> 太乙近天都，连山接海隅。
> 白云回望合，青霭入看无。
> 分野中峰变，阴晴众壑殊。
> 欲投人处宿，隔水问樵夫。①

前六句先纯写景，最后两句是抒写与渔樵为伍的隐士生活的乐趣，是抒情，但又是写景。从中可以看出终南山山幽路曲的景致，这正是隐士所喜爱的栖隐地。

再如陆游绝句《感事》：

> 鸡犬相闻三万里，迁都岂不有关中？
> 广陵南幸雄图尽，泪眼山河夕照红。②

后两句纯是抒情，可是诗人泪眼所看到的是"山河夕照红"，有一种残破的悲壮景象，正合诗人前部分所表达的情感，是感因事发，情中含景。

二、妙合法

情即景、景即情，物我合一。王夫之叫"妙合无垠"，王国维叫"无我之境"。大家要注意的是，王国维的"无我之境"说法容易产生的误解是，使人们认为这是客观写景，没有主观意识的参与。这在中国古代诗歌中几乎看不到。应该说成"忘我之

---

① 《全唐诗》卷一百二十六，中华书局点校本，第4册，第1277页。
② 朱东润选注《陆游选集》，上海古籍出版社1999年版，第131页。

境"。如王国维所举陶渊明的诗句"采菊东篱下，悠然见南山"。好在哪里？好在"悠然"二字，"悠然"一出，"采"和"见"便有了着落，悠然采，悠然见，恰与诗人心境高度妙合，就像我们讲"杨柳依依"时，"依依"和离情高度妙合一样。"悠然见南山"如果换成"举头望南山"，便连平常的诗也算不上了。

再如叶绍翁绝句《游园不值》：

> 应怜屐齿印苍苔，小扣柴扉久不开。
> 春色满园关不住，一枝红杏出墙来。①

这诗古今传诵，哪里好？不是好在"一枝"这一句，而是"春色"这一句，"满"和"关"形成一对矛盾。水满必溢，这是常理。可是一和"春色"这种景致联系上，便不同凡响。春色无形无声，难道也关不住么？然也。不信你看，它借着红杏枝梢露出来了。春色和满妙合，又和红杏妙合，所以情景妙合。这才是它成为名句的道理所在。

三、反衬法②

情景一般都是相生的，哀景用来写哀情，乐景用来写乐情。但有些时候，诗人故意以哀景写乐情，以乐景写哀情。王夫之《薑斋诗话》说："'昔我往矣，杨柳依依；今我来思，雨雪霏霏。'以乐景写哀，以哀景写乐，一倍增其哀乐。"③《诗经·小

---

① 钱锺书选注《宋诗选注》，人民文学出版社1989年版，第266页。
② 此节标题，思陶兄原稿作"反动法"。志云整理时斟酌再三，感觉用词不妥。周振甫著《诗词例话》有一节标题"反衬与陪衬"，所谈内容正同此节。因亦改为"反衬法"。按：本书第一章至第三章，是对于思陶兄遗稿的整理补充，每章各节标题均存原样。唯此节标题依常言做了改动。
③ 丁福保辑《清诗话》，上海古籍出版社1978年版，第10页。

雅·采薇》："昔我往矣，杨柳依依；今我来思，雨雪霏霏。"前
两句以春风杨柳的乐景反衬被迫出征的哀情，后两句则以寒冷的
雨雪霏霏之景反衬归来的乐情。情景的强烈对比，造成倍增其哀
乐的效果，此所以独到、所以千古不朽。

以乐景写哀情的，再例如王维《渭城曲》：

> 渭城朝雨浥轻尘，客舍青青柳色新。
> 劝君更尽一杯酒，西出阳关无故人。[1]

前两句的景致清新明快，良辰美景，又是朋友相聚，杯酒言欢，
正当高兴才是。后半却是离别的感伤，并且是西出阳关，生还不
可知，也许今天就是生离死别。这真是"良辰美景奈何天"，不
是更叫人黯然魂销么？

再看李煜《虞美人》词：

> 春花秋月何时了，往事知多少。
> 小楼昨夜又东风，故国不堪回首月明中。
> 雕阑玉砌依然在，只是朱颜改。
> 问君都有几多愁，恰似一江春水向东流。[2]

春花秋月，小楼东风，玉砌雕栏，都是乐景，然而都成为不
堪回首的景致，就像垂死者的回光返照，所以愈增其哀。

以哀景写乐情更难。可举杜甫五律《江汉》来看：

① 《全唐诗》卷一百二十八，中华书局点校本，第4册，第1307页。
② 王仲闻校订《南唐二主词校订》，人民文学出版社1957年版，第9页。

> 江汉思归客，乾坤一腐儒。
> 片云天共远，永夜月同孤。
> 落日心犹壮，秋风病欲苏。
> 古来存老马，不必取长途。①

　　落日秋风，都是哀景的物象，却被用来描写壮心和苏病，是以哀景写乐情。可是，人们读后并不觉得乐。因为这是苦中寻乐。赵汸分析说："中四句，情景混合入化。云天夜月，落日秋风，景也。与天共远，与月同孤，心视落日而犹壮，病遇秋风而欲苏，情也。他诗多以景对景，情对情，其以情对景者已鲜，若此之虚实一贯，不可分别，效之者尤鲜。"②

　　刘禹锡七律《酬乐天扬州初逢席上见赠》诗：

> 巴山楚水凄凉地，二十三年弃置身。
> 怀旧空吟闻笛赋，到乡翻似烂柯人。
> 沉舟侧畔千帆过，病树前头万木春。
> 今日听君歌一曲，暂凭杯酒长精神。③

　　这是一首以哀景写乐情的代表作。"凄凉地""弃置身"，朋友离去，青春不来。还有比这个更哀的境遇吗？"沉舟""病树"，都是自己的写照。但这不过是铺垫，作者所要表达的却是"千帆竞发""万木争荣"的乐情。所以，《旧唐书·刘禹锡传》记白居易

---

　　① 《全唐诗》卷二百三十，中华书局点校本，第 7 册，第 2523 页。
　　② 引自［唐］杜甫著，［清］仇兆鳌注《杜诗详注》卷二十三，中华书局 1979 年版，第 5 册，第 2029 页。
　　③ 《全唐诗》卷三百六十，中华书局点校本，第 11 册，第 4061 页。

说："如梦得'雪里高山头白早，海中仙果子生迟'，'沉舟侧畔千帆过，病树前头万木春'之句之类，真谓神妙矣。"①

四、直指法

一般来说，诗歌都讲究含蓄蕴藉，委婉曲折，不要显山露水，所以要借象造境。但是，诗歌抒情有一个最终极的原则，就是真。必须写真情实感，来不得半点虚假，也来不得半点掩藏。有时，直白也是一种意境，也是一种表现方法。关于这一法，梁启超《中国韵文里头所表现的情感》讲演稿中叫"奔迸的表情法"，他讲得很充分，这里就多引他一些：

> 向来写情感的，多半是以含蓄蕴藉为原则，像那弹琴的弦外之音，像吃橄榄的那点回甘味儿，是我们中国文学家所最乐道。但是有一类的情感，是要忽然奔迸一泻无余的。我们可以给这类文学起一个名，叫做"奔迸的表情法"。例如碰着意外的过度的刺激，大叫一声或大哭一场或大跳一阵，在这种时候，含蓄蕴藉，是一点用不着。例如《诗经》：
>
> "蓼蓼者莪，匪莪伊蒿。哀哀父母，生我劬劳。"（《蓼莪》）
>
> "彼苍者天，歼我良人。如可赎兮，人百其身。"（《黄鸟》）
>
> 前一章是父母死了，悲痛到极处。"哀哀……劬劳"八个字，连泪带血迸出来。后一章是秦穆公用人来殉葬，看的人哀痛怜悯的情感，迸在这四句里头，成了群众心理的表现。
>
> "风萧萧兮易水寒，壮士一去兮不复还。"

① 《旧唐书》卷一百六十，中华书局点校本，第13册，第4213页。

这是荆轲行刺秦始皇临动身时，他的朋友高渐离歌来送他，只用两句话，一点扭捏也没有，却是对于国家对于朋友的万斛情感，都全盘表出了。

古乐府里头有一首《箜篌引》，不知何人所作。据说是有一个狂夫，当冬天早上，在河边"被发乱流而渡"，他的妻子从后面赶上来要拦他，拦不住，溺死了。他妻子做了一首"引"，是：

"公无渡河，公竟渡河！堕河而死，将奈公何！"

……

这些都是用极简单的语句，把极真的情感尽量表出，真所谓"一声何满子，双泪落君前"。你若要多著些话，或是说得委婉些，那么真面目完全丧掉了。

"力拔山兮气盖世。时不利兮骓不逝。骓不逝兮可奈何，虞兮虞兮奈若何！"（《虞兮歌》）

"大风起兮云飞扬。威加海内兮归故乡。安得猛士兮守四方！"（《大风歌》）

前一首是项羽在垓下临死时对着他爱妾虞姬唱的，把英雄末路的无限情感都涌现了。后一首是汉高祖做了皇帝过后，回到故乡，对那些父老唱的，一种得意气概尽情流露。

"陟彼北芒兮，噫！顾瞻帝京兮，噫！宫阙崔巍兮，噫！民之劬劳兮，噫！辽辽未央兮，噫！"（《五噫歌》）

这一首是后汉时梁鸿做的，满肚子伤世忧民的热情，叹了五口大气，尽情发泄，极文章之能事。

"上邪！我欲与君相知，长命无绝衰。山无陵，江水为竭，冬雷震震，夏雨雪，天地合，乃敢与君绝。"（《上邪曲》）

这类一泻无余的表情法，所表的什有九是哀痛一路，这首歌却是写爱情，像这样斩钉截铁的赌咒，正表示他们的恋爱到"白热度"。

正式的五七言诗，用这类表情法的很少，因为多少总受些格律的束缚，不能自由了。要我在各名家诗集里头举例，几乎一个也举不出（也许是我记不起）。独有表情老手杜工部，有一首七律最为怪诞：

"剑外忽传收蓟北，初闻涕泪满衣裳。却看妻子愁何在，漫卷诗书喜欲狂。白日放歌须纵酒，青春作伴好还乡。即从巴峡穿巫峡，便下襄阳向洛阳。"

凡诗写哀痛、愤恨、忧愁、悦乐、爱恋，都还容易，写欢喜真是难，即在长短句和古体里头也不易得。这首诗是近体，个个字受"声病"的束缚，他却做得如此淋漓尽致，那一种手舞足蹈的情形，读了令人发怔。据我看过去的诗没有第二首比得上了。

……

凡这一类，都是情感突变，一烧烧到"白热度"，便一毫不隐瞒，一毫不修饰，照那情感的原样子，迸裂到字句上。我们既承认情感越发真越发神圣，讲真，没有真得过这一类了。这类文学，真是和那作者的生命分劈不开。——至少也是当他作出这几句话那一秒钟时候，语句和生命是迸合为一。这种生命是要亲历其境的人自己创造，别人断乎不能替代。①

梁启超说了，我还说什么！只是并不止梁启超所举的几例，这里再举几个例子。

---

① 梁启超：《中国韵文里头所表现的情感》，《饮冰室合集》，中华书局 1983 年版，第 4 册，第 73~77 页。

《诗经·邶风·式微》："式微，式微！胡不归？微君之故，胡为乎中露！式微，式微！胡不归？微君之躬，胡为乎泥中！"

汉乐府杂曲歌辞古辞《悲歌行》："悲歌可以当泣，远望可以当归。思念故乡，郁郁累累。欲归家无人，欲渡河无船。心思不能言，肠中车轮转。"①

唐陈子昂《登幽州台歌》："前不见古人，后不见来者，念天地之悠悠，独怆然而涕下。"②

像这样的直接一泻无余的"奔进的表情法"，可举例的作品也还是有的。

① ［宋］郭茂倩《乐府诗集》，中华书局 2003 年版，第 3 册，第 898 页。

② 《全唐诗》卷八十三，中华书局点校本，第 3 册，第 902 页。

第四章　用典论

1917 年，胡适撰《文学改良刍议》，成为倡导推行白话新文学的提议和宣言，也是新文化运动开端的一个标志。《文学改良刍议》具体针对文言旧体诗文，列举八条入手改良事项，其第六条是"不用典"，"用典"被指为旧体诗文的一大弊害。此后新文学爱好者就多以"用典"令人难懂为不爱读旧体诗文的理由之一，今日也多有大学文学院学生因古典诗文较多"用典"而厌读，就早早画地自限，专攻现当代文学去了。

胡适《文学改良刍议》"六曰不用典"一段，已记述了他与友人关于什么是"用典"的争论。胡适说他主张的"不用典"这一条，当时就最受朋友攻击，他认为是此条最易误会。他转述友人江亢虎给他的书信里说："所谓典者，亦有广狭二义。饾饤獭祭，古人早悬为厉禁；若并成语故事而屏之，则非惟文字之品格全失，即文字之作用亦亡。……文字最妙之意味，在用字简而涵义多。此断非用典不为功。"① 对于胡适等激进的"文学革命论"持异议的"学衡"派主将、哈佛大学博士、大植物学家胡先骕先生，在《评〈尝试集〉》长文中批评胡适的"不用典"论，具体分析了用典的优劣得失，他也不赞成用僻典和堆砌典故，但他指出胡适不知道外国诗也一样用典，荷马史诗中的神话，已为文

---

① 胡适《胡适文存》，黄山书社 1996 年版，一集，第 7 页。

艺复兴以后诗人几乎用滥；到莎士比亚、弥尔顿的诗作出来，又群起引用他们诗中的情事。所以"用典"是中外文学共有的手法，关键是要看用得是否恰到好处，用得好的起到引喻、含蓄、点染生色的作用。①

胡适的"不用典"论，不仅一开始就受到友人的质疑，而且一直也多有学者名家坚持异议。文学观念与胡适十分相左的大学问家、诗人黄侃在《文心雕龙札记》里说："然质文之变，华实之殊，事有相因，非由人力，故前人之引言用事，以达意切情为宗，后有继作，则转以去故就新为主。陆士衡云：虽杼轴于予怀，怵他人之我先，苟伤廉而愆义，故虽爱而必捐。岂唯命意谋篇，有斯怀想，即引言用事，亦如斯矣。是以后世之文，专视古人，增其繁缛，非必文士之失，实乃本于自然。今之訾謷用事之文者，殆未之思也。"② 黄先生认为文章"用事"是必然也是自然的事情。其议论是针对"訾謷用事之文者"而发，无疑是对胡适的"不用典"论大不以为然。

先不论古典诗文用典的问题，是不是白话新文学就真可以"不用典"呢？新文学家鲁迅先生的小说《阿Q正传》广为流传，自轻自贱、又自欺自慰的阿Q品性，因为在国人中极具典型性，以致"阿Q精神"成为一个常用语，岂不是白话文学本身已形成的一个"用典"的显著例证？除了阿Q外，鲁迅小说所写还有孔乙己、闰土、祥林嫂等，这些人物名字也都常被用来比况类似的人物，这种比况就是"用典"。这都是白话新文学已自用新

---

① 胡先骕《评〈尝试集〉》，原载《学衡》第一、二期，1922 年。参看胡宗刚著《不该遗忘的胡先骕》，长江文艺出版社 2005 年版，第 57 页。

② 黄侃著，吴芳点校《文心雕龙札记》，中国人民大学出版社 2004 年版，第 184 页。

文学之"典"的显著例证吧。

　　为胡适先生记录口述自传的唐德刚先生，安徽合肥人，美籍华裔学者，1982 年春曾应山东大学历史系邀请从美国来讲学。唐先生讲演的开放的视野和通达幽默的话风，浓重的安徽口音，令人印象深刻。后来读到唐德刚先生的《史学与文学》一书，其中《〈刍议〉再议——重读适之先生〈文学改良刍议〉》一文，对于胡适先生"改良八条"逐条再议，关于"不用典"，唐德刚先生说："胡适之先生要人家作文'不用典'，更办不到。因为他教人不用典的那篇'逼上梁山'的大文，文题本身就是大典故！正因为他'用典'，他那篇文章才有劲。不信？且看我把它换成个'不用典'的题目：'我本不要做呀！他们硬逼着我做啊！'写了这样一个'不用典'题目的文章，那胡适还能成其为胡适吗？"①读其文，依然如听闻他乡音浓重、风趣幽默的谈吐。

　　所以，把"用典"指为旧体诗文的一大弊害，不过是提倡新文学者最初的一种似是而非的偏激之言。其实"用典"是语文修辞的一种手法，不仅古典诗文多见用典，白话新文学也已经在用典。也不仅是中国文学多见用典，西方文学也同样用典。

　　以下分四节来讲讲古典诗歌"用典"的问题。

第一节　什么是"用典"

　　"用典"亦称"用事""使事"，是指诗文里引用古书中的人物故事、史实，或名言警句，以比方今情今事的修辞方法。尤其是诗歌，又尤其是律诗，由于诗句字数有限定、诗中必须

---

　　①　【美】唐德刚《史学与文学》，华东师范大学出版社 1999 年版，第208 页。

有对偶句等规则，用典可以使五七言诗句包含更丰富的内容，可以委婉地表达不便或不宜直说的思想感情，可以营造典雅含蓄的语言风格。因此，用典是古典诗歌创作的一个重要手段。对于读者来说，了解古典诗歌中的典故，读懂作品蕴含的丰富的思想感情，在阅读过程中是寻幽探胜，也是一种审美享受。然而，任何一种艺术方法，如果使用不当，又都会变成弊端。用典不当，使文意晦涩难以理解，也必然令人厌烦。文学史上应对用典产生的文意晦涩难解的问题，就会出现"不用典"的主张，也会引发什么是用典以及如何用典的讨论。这一节先来说说什么是"用典"。

南朝刘勰撰《文心雕龙·事类》篇，专论诗文中引用古事和成辞以加强论证和说明的功用，刘勰首先指出"事类者，盖文章之外，据事以类义，援古以证今者也"，然后列举《易经》《尚书》"略举人事，以征义者"和"全引成辞，以明理者"的例子，说明这些都属于"事类"，也就是"用事"。刘勰认为善于"用事"，不仅能使诗文"文彩必霸"，而且"可称理得而义要矣"。因此，刘勰就不一概反对"用事"，而是提出"用事"要适当，要简约精确，要无异于自其口出，而不要乖谬，不要用在无关宏旨的地方。① 刘勰对于"事类（用事）"的概述包含全面，现代研究者会指出刘勰的"用事"所指宽泛，是广义的概念。然而现代辞书中"典故"的释义仍然是广义的，例如《辞源》"典故"条第二义项是："诗文中引用的古代故事和有来历出处的词语。"② 《现代汉语词典》"典故"条释义是："诗文里引用

---

① 陆侃如、牟世金译注《文心雕龙译注》，齐鲁书社 1982 年版，下册，第 220～234 页。

② 《辞源（修订本）1～4 合订本》，商务印书馆 1997 年版，第 172 页。

的古书中的故事或词句。"① 事实是古代文论诗话中论及"用事"者，绝大多数都是在这样的广义理解上来谈论的。因此，我们以下所讲也还是这样用其广义，以符合历来谈论"用事"的实际。

总之，"用典"是诗文里引用古书中的故事和词语的修辞方法。而要阅读欣赏古典诗歌，也须对诗中的用典尽可能了解，才能更好地理解诗意和诗艺。现代整理古典诗歌的名家名著，全集或选本，如果只是点校，并不能满足读者读懂原作的需要，而注释乃是最为读者着想的工作。好的注释本对于诗中用典都尽可能注明出处，有的还阐释此处用典的具体用意。好的注释本是学习研究古典诗歌所必须凭借的。而如果有志于学习传统诗歌创作，则对于用典的利弊，以及用典的方法和宜忌，更应着意了解和学习。

第二节　用典的利弊

在中国文学史上，厌恶诗文用典，主张诗文"不用典"，并非胡适提倡白话文时才有的创论，其实这也是一个历史话题。这一节我们做些历史回顾，说说古代关于用典利弊的论析。

最早明确表示厌恶用典而主张"不用典"的是南朝时期的诗评家钟嵘。钟嵘《诗品序》有一段议论说：

> 夫属词比事，乃为通谈。若乃经国文符，应资博古，撰德驳奏，宜穷往烈。至乎吟咏情性，亦何贵于用事？"思君如流水"，既是即目；"高台多悲风"，亦惟所见；"清晨登陇首"，羌无故实；"明月照积雪"，讵出经史？观古今胜语，多非补假，皆由直寻。颜延谢庄，尤为繁密，于时化之。故

---

① 《现代汉语词典》，商务印书馆 2002 年版，第 280 页。

大明泰始中，文章殆同书抄。①

其中所谓"用事"，也就是用典。钟嵘认为政论和奏议文章，应该充分引证古往史事以为借鉴，至于诗歌乃是抒发情意，何必以"用事"为贵？他列举的四句诗："思君如流水"，出建安七子之一徐幹的《室思诗》②；"高台多悲风"，是曹植《杂诗七首》第一首的起句③；"清晨登陇首"，是晋张华诗句④；"明月照积雪"，出南朝宋谢灵运《岁暮诗》⑤。钟嵘欣赏推重这些诗句的即目所见而不"用事"的"直寻"手法，然后批评颜延之、谢庄诗"用事"繁密，批评刘宋朝文章"用事"太过，"殆同书抄"。

诗歌如果以"用事"炫耀博学而妨碍甚至湮没了抒情言志的作用，不免令人生厌。钟嵘的议论由此引发，不为无故。但仅以所举几例叙事和写景的佳句为证，而主张不贵"用事"，议论又不免片面而肤浅。诗歌除了叙事写景外，言志抒情，在简洁的诗句里表达深婉的情意，往往以"用事"为一种有效的方法。就以钟嵘议论所列举到并且也是他最为推重的诗人曹植来说，曹植诗中既多"直寻"的胜语，也已有"用事"的佳句。例如《箜篌引》诗中"久要不可忘，薄终义所尤"句，只有知道是用《论语·宪问》篇孔

---

① ［清］何文焕辑《历代诗话》，中华书局 1981 年版，上册，第 4 页。

② 逯钦立辑校《先秦汉魏晋南北朝诗》，中华书局 1983 年版，上册，第 377 页。

③ 逯钦立辑校《先秦汉魏晋南北朝诗》，中华书局 1983 年版，上册，第 456 页。

④ 逯钦立辑校《先秦汉魏晋南北朝诗》，中华书局 1983 年版，上册，第 622 页。

⑤ 逯钦立辑校《先秦汉魏晋南北朝诗》，中华书局 1983 年版，中册，第 1181 页。

子所说"久要不忘平生之言，亦可以为成人矣"（《十三经注疏》本《论语注疏》："孔曰：久要，旧约也；平生，犹少时。"邢昺疏："言与人少时有旧约，虽年长贵达，不忘其言。"① 朱熹《论语集注》也以"久要"为"旧约也"，"平生"则解作"平日也"② ）的话，才能理解曹植所感慨歌颂的交友处世的正道。③ 被钟嵘引来称赞的曹植《杂诗》其一的起句"高台多悲风"，虽是即目所见，但紧接着的下句"朝日照北林"，注家谓"'北林'，林名，见《诗经·晨风》"④。就也已在用《诗经》的语典。如果有人说"北林"也可以是曹植所见，而不必是用《诗经》的典故。那再看他的《杂诗》其三：

西北有织妇，绮缟何缤纷！
明晨秉机杼，日昃不成文。
太息经长夜，悲啸入青云。
妾身守空闺，良人行从军。
自期三年归，今已历九春。
飞鸟绕树翔，嗷嗷鸣索群。
愿为南流景，驰光见我君。

余冠英注说：

① ［清］阮元校刻《十三经注疏》，中华书局 1980 年版，下册，第2511 页。
② ［宋］朱熹撰《四书章句集注》，中华书局《新编诸子集成》2003年版，第 152 页。
③ 参阅余冠英选注《汉魏六朝诗选》，人民文学出版社 1978 年版，第112~113 页。
④ 余冠英选注《汉魏六朝诗选》，人民文学出版社 1978 年版，第 121页。

　　"明晨"，清晨。"日昃（音仄）"，午后。日过午为昃。
一作"日暮"。以上二句就是《诗经·大东》"跂彼织女，
终日七襄；虽则七襄，不成报章"和《古诗》"皎皎河汉女，
……札札弄机杼……终日不成章"的意思。①

　　这是用《诗经》和《古诗》的典故，应无异议了吧。钟嵘
《诗品》盛赞曹植诗："其源出于《国风》。骨气奇高，词采华
茂，情兼雅怨，体被文质，粲溢今古，卓尔不群。"② 曹植诗源出
《国风》，当然主要是指其幽怨缠绵的风神，但时或取用《诗经》
的词采典故，也是可证其渊源的影迹。

　　建安诗人"用事"，曹植又并非孤例，即如其父王曹操，钟
嵘《诗品》评曰："曹公古直，甚有悲凉之句。"③ 曹操诗虽"古
直"，虽多直写其事和直抒情意，但必要时也很善于用典。例如
其名篇《短歌行》：

　　　　对酒当歌，人生几何。譬如朝露，去日苦多。
　　　　慨当以慷，忧思难忘。何以解忧，唯有杜康。
　　　　青青子衿，悠悠我心。但为君故，沉吟至今。
　　　　呦呦鹿鸣，食野之苹。我有嘉宾，鼓瑟吹笙。
　　　　明明如月，何时可掇。忧从中来，不可断绝。
　　　　越陌度阡，枉用相存。契阔谈宴，心念旧恩。
　　　　月明星稀，乌鹊南飞。绕树三匝，何枝可依。

　　① 余冠英选注《汉魏六朝诗选》，人民文学出版社 1978 年版，第 122
页。
　　② ［清］何文焕辑《历代诗话》，中华书局 1981 年版，上册，第 7 页。
　　③ ［清］何文焕辑《历代诗话》，中华书局 1981 年版，上册，第 17
页。

山不厌高，海不厌深。周公吐哺，天下归心。①

其中"青青子衿，悠悠我心"二句，是用《诗经·郑风·子衿》成句，"呦呦鹿鸣"四句，是《诗经·小雅·鹿鸣》原句。《子衿》原是一首女子思念恋人的诗，《鹿鸣》是宴会群臣嘉宾时的乐歌。曹操就像《左传》所记春秋士大夫在宴会等交际场合善于断章取义引《诗》言志一样，很顺手地引用《诗经》原句，很贴切地拼接在自己的诗中，借以表达自己求贤不得的忧思和希望得到贤才的热切之情。最后两句"周公吐哺，天下归心"，也是用典。《史记·鲁周公世家》记周公告诫儿子伯禽说："我文王之子，武王之弟，成王之叔父，我于天下亦不贱矣。然我一沐三捉发，一饭三吐哺，起以待士，犹恐失天下之贤人。子之鲁，慎无以国骄人。"②曹操以周公自比，表明自己求贤之诚。这首诗里如果没有这几处"用事"，则很难如此生动准确地表达出曹操的这些心思。

建安诗人也不仅是曹氏父子诗中"用事"，陈琳、王粲等"七子"之诗也时见用典。仍以钟嵘列举胜句的诗人之一徐幹为例，钟嵘欣赏的"思君如流水"句，出徐幹《室思诗》其三；而《室思诗》其四"蹑履起出户，仰观三星连"二句，余冠英注云："《诗经·绸缪》：'绸缪束薪，三星在天。今夕何夕？见此良人。'所谓三星也是指参星。《绸缪》是乐新婚的诗，作者可能联想及之。"③又《室思诗》其六"人靡不有初，想君能终之"二

---

① 逯钦立辑校《先秦汉魏晋南北朝诗》，中华书局 1983 年版，上册，第 349 页。

② 《史记》卷三十三，中华书局点校本，第 5 册，第 1518 页。

③ 余冠英选注《汉魏六朝诗选》，人民文学出版社 1978 年版，第 108 页。

句，余冠英注云："《诗经·荡》：'靡不有初，鲜克有终'，是此诗'人靡'两句所本，表示希望对方始终如一。"① 如果说"仰观三星连"句是否用典在隐约之间的话，"人靡不有初，想君能终之"二句用典，则毫无疑问，而且是化用引申，加强了对于对方的期望语气，是用典的佳例。

建安诗人"用事"不多，但"用事"的作用增加了言志抒情的深婉或强度则很明显。魏晋诗人也往往"用事"，"用事"处也不妨为胜语佳句的例子，如前面说到过陶渊明"先师有遗训，忧道不忧贫"一类的诗句，还可以举出一些，为省篇幅，就不罗列了。总之，这些例证可以说明，钟嵘以"观古今胜语，多非补假，皆由直寻"为由而鄙薄"用事"，其实是一偏之见。当然，他批评的"用事繁密，殆同书抄"的作品，确实属于病态，是应该批评的。

钟嵘撰《诗品》偏重于诗的鉴赏，由于对"用事繁密，殆同书抄"的近世诗文弊端的厌恶，导致简单化地主张"直寻"而一概反对"用事"，又并非理性公允的立论。倒是成书还早于《诗品》十多年的刘勰《文心雕龙》，全面地论说当时已存在的各种文体的特性、文章写作的才性技艺和文学鉴赏等问题，历来被公认为"体大思精"、空前绝后的一部古典文论著作。《文心雕龙·事类》篇专论诗文中引用古事和成辞以加强论证和说明的功用，上节已引述。刘勰还列举了曹植、陆机等名家"引事乖谬"的例子，希望后来作者引以为戒。② 可以说，刘勰对于诗文"用事"的利弊做了比较客观的评析和有益的引导。

---

① 余冠英选注《汉魏六朝诗选》，人民文学出版社1978年版，第108页。

② 陆侃如、牟世金译注《文心雕龙译注》，齐鲁书社1982年版，下册，第220~234页。

唐代诗论，初盛唐时主要论说的是声律和偶对，论"用事"者少见，传为王昌龄撰《诗格》"诗有六式"之一曰："用事五：谓如己意而与事合。"举例是谢灵运《庐陵王墓下作》诗句"洒泪眺连冈"，谓"'连冈'是诸侯事也，古者诸侯葬连冈"①。至中唐诗僧皎然撰《诗式》，则以是否"用事"和如何"用事"为据分诗为五格，即"不用事第一"，"作用事第二"，"直用事第三"，"有事无事第四"，"有事无事、情格俱下第五"。《诗式》五卷，总论诗法之外，即按五格分别列述汉代至中唐名篇丽句为例，间加评论。可见"用事"成为《诗式》一条贯穿的经线，因此皎然对于什么是"用事"也有所析论，他说："时人皆以征古为用事，不必尽然也。"他举例说：

> 如陆机诗："鄙哉牛山叹，未及至人情。爽鸠苟已徂，吾子安得停?"此规谏之中，是用事非比也。如康乐公诗："偶与张、邴合，久欲归东山。"此叙志之中，是比非用事也。②

李壮鹰《诗式校注》这段话里所举陆机诗后的断言"是用事非比也"在流传各本中有异文，谓别本作"比非用事也"③。这里不想由此处异文讨论皎然分别的"比"与"用事"。关于"用事"，我还是宁愿采用刘勰《文心雕龙·事类》篇的广义的界定。而刘勰称"用事"为"事类"，所谓"据事以类义"，本就包含

---

① ［宋］陈应行编《吟窗杂录》，中华书局1997年版，上册，第233页。

② ［唐］释皎然著，李壮鹰校注《诗式校注》，齐鲁书社1986年版，第24~25页。

③ ［唐］释皎然著，李壮鹰校注《诗式校注》，齐鲁书社1986年版，第25页。

有"比"的意思。20世纪著名文学家朱自清先生也说："但典故多半只是历史的比喻和神仙的比喻；用典故跟用比喻往往是一个理，并无深奥可畏之处。不过比喻多取材于眼前的事物，容易了解些罢了。广义的比喻连典故在内，是诗的主要的生命素；诗的含蓄，诗的多义，诗的暗示力，主要的建筑在广义的比喻上。"①可知"用事"与"比、兴"，并不是可以判别区分的事情，诗歌显然可以"用事"为"比"，或"用事"起"兴"。而皎然《诗式》因为对于"用事"虽未采取前如钟嵘、后如胡适的完全摒斥的主张，但也明显受钟嵘影响而主张"不用事第一"。为此，他将一些广义上"用事"的方法说成"非用事"，他书中还有"语似用事，义非用事"一段的举例辨析，就也有如前面说的胡适因为简单主张"不用事"而把诸多不得不"用事"的方法说成不是"用事"，做法上有些相似。

　　从南朝到盛唐，诗人在"用事"上多所探索，有巧有拙，有利亦有弊。有弊的一面自应受到批评和摒除，而有利的一面则也丰富了诗歌的手法，提升了诗歌的品质。宋张戒《岁寒堂诗话》说："诗人以用事为博，始于颜光禄，而极于杜子美。"②颜延之诗"用事"早已遭钟嵘的批评。而杜甫诗"用事为博"，虽也偶尔有人挑剔他"用事"之误，但历来更多的还是以之为成功的典范。宋代诗人和学者已认识到杜甫诗的经典价值，宋初诗人王禹偁称赞"杜甫集开始世界"（《日长简仲咸》）；杜甫的"诗圣"之誉也始于宋。黄庭坚既称杜甫诗为"大雅之音"，又说杜甫诗

────────────────

　　①　朱自清《〈唐诗三百首〉指导大概》，《朱自清古典文学论文集》，上海古籍出版社1981年版，下册，第364页。
　　②　丁福保辑《历代诗话续编》，中华书局1983年版，上册，第452页。

"无一字无来处"。在杜甫诗的遣词用事上发现"点铁成金"的妙处，是宋人的一大兴奋点。宋人整理、注释杜甫诗，有"千家注杜"的说法。而注释杜诗，注明事典和语典的出处，是主要内容。清代继续有杜甫诗集的新注本，如钱谦益的《钱注杜诗》，仇兆鳌的《杜诗详注》，杨伦的《杜诗镜铨》等。我们中文系前辈萧涤非先生主持的《杜甫全集校注》工作，是现代注释杜甫诗的一项大工程，我们期待这一大工程的成果的早日出版。

杜甫诗的高度成就固然是思想性和艺术性各方面超凡越俗的综合结果，但杜甫诗歌词汇的丰富典雅，用事的广博灵活，是以熟读经史古籍、以"腹有诗书"为基础的。浏览杜诗的用典注释，就可知他诗中自谓"读书破万卷"，是确然可信的。我们就再以杜甫诗用典为例，来看诗歌用典的作用，也就是用典的好处。

（一）诗用典故，用古人或故事为比以寄意，可以简洁而恰当地表达自己的志尚和性情。前人的言语行事，是经过历史检验的，无论对错，都有相对的结论。运用前人的言语行事来比方自己的情感意思，就会引起读者对这种情事的认可，会增强感人深度和说服力。

例如杜甫《自京赴奉先县咏怀五百字》诗云"许身一何愚，窃比稷与契"，稷与契是尧舜贤臣，故事见《孟子·离娄下》《国语·鲁语上》和《史记·周本纪》等典籍。《孟子·离娄下》云："禹思天下有溺者，由己溺之也；稷思天下有饥者，由己饥之也。"① 《国语·鲁语上》曰："契为司徒而民辑。"② 杜甫在

---

① 杨伯峻译注《孟子译注》，中华书局 1984 年版，上册，第 199 页。
② ［旧题］左丘明撰，鲍思陶点校《国语》，引自《二十五别史》，齐鲁书社 2000 年版，第 1 册，第 80 页。

《奉赠韦左丞丈二十二韵》诗中说过"致君尧舜上，再使风俗淳"，尧舜是儒家尤其是孟子历史叙述中的上古圣明之君，尧舜时代在《易·系辞下》说是"垂衣裳而天下治"的淳朴时代。《孟子·万章上》说伊尹耕于有莘之野而乐尧舜之道，商汤聘之，伊尹初不应；汤三使往聘之，伊尹乃幡然改曰："与我处畎亩之中，由是以乐尧舜之道，吾岂若使是君为尧舜之君哉？吾岂若使是民为尧舜之民哉？吾岂若于吾身亲见之哉？"① 杜甫自比稷与契，自比伊尹，就都是要"使是君为尧舜之君，使是民为尧舜之民"。如此这般志尚，如果不是这样用典故来表达，是很难用几句诗说清楚的。

对于杜甫的许身稷契，当时即"取笑同学翁"，但他还是坚持自己的志尚。后世也有质疑者，如宋葛立方《韵语阳秋》卷八：

> 老杜高自称许，有乃祖之风，上书明皇云："臣之述作，沉郁顿挫，扬雄、枚皋可企及也。"《壮游》诗则自比于崔、魏、班、扬，又云："气劘屈贾垒，目短曹刘墙。"《赠韦左丞》则曰："赋料扬雄敌，诗看子建亲。"甫以诗雄于世，自比诸人，诚未为过。至"窃比稷与契"，则过矣。史称"甫好论天下大事，高而不切"，岂自比稷契而然也邪？②

周必大《二老堂诗话》也引"自比稷与契"句，谓"子美未免儒者大言"③。这是一类评议。但后世更多的还是对于杜甫志

---

① 杨伯峻译注《孟子译注》，中华书局1984年版，上册，第225页。

② ［清］何文焕辑《历代诗话》，中华书局1981年版，下册，第546页。

③ ［清］何文焕辑《历代诗话》，中华书局1981年版，下册，第669页。

尚的肯定和褒赞，如苏轼说："子美自比稷与契，人未必许也。然其诗云：'舜举十六相，身尊道益高。秦时用商鞅，法令如牛毛。'此自是契、稷辈人口中语也。"① 黄彻《碧溪诗话》卷十曰：

> 自"杜陵有布衣，老大意转拙。许身一何愚，窃比稷与契"，其心术祈向，自是稷、契等人。"穷年忧黎元，叹息肠内热"，与饥渴由己者何异？……禹、稷、颜子，不害为同道。少陵之迹江湖而心稷契，岂为过哉。②

明王嗣奭《杜臆》卷一曰：

> 人多疑自许稷契之语，不知稷契元无他奇，只是己溺己饥之念而已。伊尹得之而念厪纳沟，孔子得之而欲立欲达，圣贤皆同此心，篇中已和盘托出。③

清浦起龙《读杜心解》卷一曰：

> 通篇只是三大段，首明赍志去国之情，中慨君臣耽乐之失，末述到家哀苦之感。而起手"许身""比稷契"二句总领，如金之声也。结尾用"忧端齐终南"二句总收，如玉之振也。其"稷契"之心，"忧端"之切，在于国奢民困。而

① ［宋］苏轼撰，［明］茅维编，孔凡礼点校《苏轼文集》，中华书局1986年版，第5册，第2105页。
② 丁福保辑《历代诗话续编》，中华书局1983年版，上册，第401页。
③ ［明］王嗣奭撰《杜臆》，上海古籍出版社1983年版，第36页。

民惟邦本，尤其所深危而极虑者。故首言去国也，则曰"穷年忧黎元"。中慨耽乐也，则曰"本自寒女出"。末述到家也，则曰"默思失业徒"。一篇之中，三致意焉。然则其所谓比"稷契"者，果非虚语。①

杜甫诗中用古人自比，除上述自比稷、契以表达个人志尚情怀外，还有用诸葛亮、陶渊明、阮籍、谢安、谢灵运、贾谊、王粲、庾信、葛洪、许询等历史人物自比，以表现其行藏志趣、雅性襟情和困顿漂泊之悲哀等，其例甚多，不一一列举。

（二）诗用典故，用古人或故事为比以托喻，概括或委婉地表达对于他人他事的褒贬品评，或讽刺批判。

例如杜甫《春日忆李白》诗②，开篇盛赞"白也诗无敌，飘然思不群"，已给予李白诗至高无比的推崇。但仅有至高的推崇，并不能使人对于李白诗的特色有所感知，因而接下来的"清新庾开府，俊逸鲍参军"二句，就用六朝两位大诗人最显著的诗歌为比喻，赞美李白诗兼具庾信的清新和鲍照的俊逸风格。起句已说李白诗是"无敌"的，其后用庾、鲍诗风比况李白诗歌，自然也是称赞李白青出于蓝、后来居上。而以"清新俊逸"概括李白诗歌的独特风格也很准确切合。杜甫在诗中称赞其他诗友时，也往往用魏晋六朝名家为比喻，例如赞美孟浩然谓"赋诗何必多，往往凌鲍谢"③；赞美高适，是"方驾曹刘不啻过"④，是"文章曹植波澜阔"⑤；赞美岑参谓

① ［清］浦起龙著《读杜心解》，中华书局1981年版，第22~23页。
② 《全唐诗》卷二百二十四，中华书局点校本，第7册，第2395页。
③ 《全唐诗》卷二百十八，中华书局点校本，第7册，第2291页。
④ 《全唐诗》卷二百二十八，中华书局点校本，第7册，第2472页。
⑤ 《全唐诗》卷二百二十三，中华书局点校本，第7册，第2383页。

"谢朓每篇堪讽诵"①；赞美许十一，是"陶谢不枝梧"②；等等。这样以古诗人比今诗友，虽不都属于用典，有时只是直接的比类，但如上列诸例，却都有以前代诗人的诗歌造诣和风格来比喻所推重的诗人之意，这些都是用典，是没有疑义的。

再看杜甫《丽人行》最后六句："后来鞍马何逡巡，当轩下马入锦茵。杨花雪落覆白蘋，青鸟飞去衔红巾。炙手可热势绝伦，慎莫近前丞相嗔!"萧涤非先生《杜甫诗选注》注"杨花"句说：

> 这和下句都是隐语，也是微词。妙在结合当前景致来揭露杨国忠和从妹虢国夫人通奸的丑恶。这里杜甫采用了南朝民歌双关语的办法，用杨花双关杨氏兄妹。《尔雅·释草》："萍、荓，其大者蘋。"《埤雅》卷十六："世说杨花入水化为浮萍。"据此，是杨花、萍和蘋虽为三物，实出一体，故以杨花覆蘋，影射兄妹苟且。又北魏胡太后尝逼通杨白花，白花惧祸，降梁。(杨华本名白花，降梁后，改名华，见《南史》)胡太后思之，作《杨白花歌》，有"秋去春还双燕子，愿衔杨花入窝里"之句。杜甫这句诗也暗用了这一个淫乱故事。③

如此荒淫的事情，巧用典故揭露，既尽显其丑恶，又不使诗句流于粗言谩骂，正是用典的好处。

---

① 《全唐诗》卷二百二十九，中华书局点校本，第7册，第2494页。
② 《全唐诗》卷二百十六，中华书局点校本，第7册，第2263页。
③ 萧涤非选注《杜甫诗选注》，人民文学出版社1996年版，第31~32页。

（三）诗用典故，援古以证今，鉴古以论今，对现实作历史的思考，以抒发感时抚事的忧乐之情。

安史之乱初起，杜甫一度被叛军虏至沦陷中的长安，后逃出投奔肃宗皇帝行在凤翔，有诗《自京窜至凤翔喜达行在所三首》，其二云：“愁思胡笳夕，凄凉汉苑春。生还今日事，间道暂时人。司隶章初睹，南阳气已新。喜心翻倒极，呜咽泪沾巾。”① 其中五六两句，用汉光武帝故事以比唐肃宗的眼下作为，借古喻今，写唐朝尚有平叛复兴的希望。汉光武帝刘秀，南阳人。《后汉书·光武帝纪》：

> 更始（刘玄）将北都洛阳，以光武行司隶校尉，使前整修官府。于是置僚属，作文移，从事司察，一如旧章。时三辅吏士东迎更始，见诸将过，皆冠帻，而服妇人衣，诸于绣镼，莫不笑之，或有畏而走者。及见司隶僚属，皆欢喜不自胜。老吏或垂涕曰：“不图今日复见汉官威仪！”由是识者皆属心焉。②

又《光武帝纪论》谓王莽篡位后，“望气者苏伯阿为王莽使至南阳，遥望见春陵郭，唶曰：‘气佳哉！郁郁葱葱然。’”③ 由于如《史记》《汉书》《后汉书》这些史籍在唐朝已为士人必读之书，因此杜甫诗中“司隶章初睹，南阳气已新”这两句用汉光武帝故事所传达出的寄复兴希望于唐肃宗的心意，是都能一读便知的。

---

① 《全唐诗》卷二百二十五，中华书局点校本，第7册，第2405页。
② 《后汉书》卷一上，中华书局点校本，第1册，第9~10页。
③ 《后汉书》卷一下，中华书局点校本，第1册，第86页。

杜甫《北征》长诗最后写杨贵妃之死道：

> 忆昨狼狈初，事与古先别。奸臣尽菹醢，同恶随荡析。
> 不闻夏殷衰，中自诛褒妲。周汉获再兴，宣光果明哲。
> 桓桓陈将军，仗钺奋忠烈。微尔人尽非，于今国犹活。①

这十句是写唐玄宗避难匆忙出长安，行至马嵬驿，护从官军诛杀宰相杨国忠，将军陈玄礼又进言除杨贵妃，唐玄宗赐死贵妃。安禄山叛乱无疑是由唐玄宗晚年的昏庸荒淫所招致，杜甫此前所作《兵车行》《丽人行》《前出塞》《自京赴奉先县咏怀五百字》等诗篇，对于天宝君臣的昏庸荒淫已有深刻揭露，并深怀天下将乱、民不聊生的忧虑。但对于马嵬驿事，杜甫却巧用典故加以议论。萧涤非先生注"不闻夏殷衰"二句说：

> 夏殷衰，指夏桀王和殷纣王。夏桀嬖妹喜，殷纣嬖妲己。褒是褒姒，周幽王的女宠。有人以为"夏殷"当作"殷周"，或将"褒妲"改为"妹妲"（仇注即作妹妲），才符合史实。浦起龙云："本应作妹妲，痛快疾书，涉笔成误。"李因笃云："不言周，不言妹喜，此古人互文之妙，正不必作误笔。自八股兴，无人解此法矣。"按李说是，不必改动。所谓"互文"，指上句举夏、殷以包括周，下句举褒、妲以包括妹喜。"中自"即主动。唐玄宗赐杨贵妃死，实出于被动，但不好正面揭穿，只好从侧面点破，观下文明言陈玄礼"仗钺奋忠烈"可见。在当时危急存亡的情况下，把皇帝说成一个昏君，便要影响举国上下"同仇敌忾"的情绪，这可

---

① 《全唐诗》卷二百十七，中华书局点校本，第7册，第2276页。

能是杜甫为什么要把官军的逼迫说成天子的"圣断"的
用心。①

萧先生注"微尔人尽非"句说：

这句用《论语》孔丘赞美管仲的话："微管仲，吾其被
发左衽矣！"微，没有。尔，你，指陈玄礼。人尽非，人民
将受到安史的野蛮统治。黄生云："诛杨氏所以泄天下之愤，
愤泄，然后足以鼓忠义之气，而恢复可望，故归功于陈
如此。"②

杜甫称赞唐玄宗没有像夏商周三代昏君那样纵容女宠到亡
国，赐死贵妃，就还有复兴希望。但玄宗赐死杨贵妃实是被陈玄
礼所率官军所迫，如果不为陈玄礼说出个正当理由，将军不免有
逼迫犯上的罪名。《旧唐书·玄宗本纪》在说到"上即命力士赐
贵妃自尽"后，便是"玄礼等见上请罪，命释之"③。杜甫诗中
则在赞扬玄宗"宣光果明哲"之后，即称赞"桓桓陈将军，仗钺
奋忠烈"，说他就像孔子称赞的管仲一样，有救民活国的大功德。
典故在这里支持论断的作用再显著不过了。

杜甫用典立论的恰当得体，可以比较他人的诗作来看，宋魏
泰《临汉隐居诗话》即有比较论评道：

唐人咏马嵬之事者多矣。世所称者，刘禹锡曰："官军

---

① 萧涤非选注《杜甫诗选注》，人民文学出版社 1996 年版，第 92 页。
② 萧涤非选注《杜甫诗选注》，人民文学出版社 1996 年版，第 93 页。
③ 《旧唐书》卷九，中华书局点校本，第 1 册，第 233 页。

诛佞幸，天子舍妖姬。群吏伏门屏，贵人牵帝衣。低回转美目，风日为无辉。"白居易曰："六军不发争奈何，宛转蛾眉马前死。"此乃歌咏禄山能使官军皆叛，逼迫明皇，明皇不得已而诛杨妃也。噫！岂特不晓文章体裁，而造语蠢拙，抑已失臣下事君之礼矣。老杜则不然，其《北征》诗曰："忆昨狼狈初，事与古先别。不闻夏殷衰，中自诛褒姐。"乃见明皇鉴夏殷之败，畏天悔祸，赐妃子死，官军何预焉？①

其实宋朝人诧异唐朝诗人咏马嵬事，不忌讳写诛杀杨国忠等佞幸奸臣，以及"六军不发"而使玄宗不得不赐死杨妃，唐朝诗人思想和言论的自由度明显大于宋朝。南宋洪迈《容斋续笔》卷二《唐诗无避讳》说："唐人歌诗，其于先世及当时事，直辞咏寄，略无避隐。……杜子美尤多……五言如'忆昨狼狈初，事与古先别。不闻夏殷衰，中自诛褒姐'。……今之诗人不敢尔也。"②魏泰的议论也证明北宋时人们的拘忌就已多起来了。而他完全不顾杜甫诗"桓桓陈将军"几句所陈述的事实，硬说"乃见明皇鉴夏殷之败，畏天悔祸，赐妃子死，官军何预焉？"岂不是强作解人。但比较刘禹锡、白居易等人的诗来看，杜甫《北征》议论马嵬之事，无论是对于唐明皇，还是对于陈将军，都是以古代君臣为比（反比、正比），充分给予必要的回护和肯定，以寄托国家再兴的希望，委婉而妥切。所以，苏轼也说："《北征》诗识君臣

① ［清］何文焕辑《历代诗话》，中华书局1981年版，上册，第324页。
② ［宋］洪迈《容斋随笔》，上海古籍出版社1996年版，第236~237页。

大体，忠义之气，与秋色争高，可贵也。"①　明何孟春《余冬诗话》说："杜子美《北征》，咏马嵬事：'不闻夏殷衰，中自诛褒姐'，用意忠厚，立论精当乃如此！"②　清贺贻孙《诗筏》说："不闻夏殷衰，中自诛褒姐。'能道人所不敢道，而回护自深。"③所谓道人所不敢道者，即比杨妃为褒、姐，则君王自是昏君矣；但说成毕竟夏商三代昏君不曾自诛女宠，而今上尚能及时诛奸臣与妖姬，则又是回护深矣。这里的用意忠厚，立论精当，如果不是这样用典，是难以表达的。这可以见出用典有时是简洁而精当的表达议论所必要采取的修辞方法。

（四）写景咏物诗，摹写景物之外，如果也用切合此景此物的事典或语典，可以使语言更精炼，可以在有限的字句空间内包含最大的讯息量，则能拓展意境，丰富诗的内容和情趣。

写景咏物的诗，如果能够如钟嵘所说"皆由直寻"，不用典故，善于摹写景物，如梅尧臣所主张的"状难写之景如在目前，含不尽之意见于言外"④，那当然是高手佳作，自然应该是写景咏物诗所努力追求的高标准，高境界。梅尧臣向欧阳修发此议论，欧阳修请梅尧臣举例，梅氏所举例是严维"柳塘春水漫，花坞夕阳迟"，以及温庭筠和贾岛各两句诗，都是不用典故而善写景寄意的例子。其实杜甫写景咏物诗多半是符合这样的高标准、达到这

①　见［宋］罗大经撰《鹤林玉露》卷六，中华书局 1983 年版，第341 页。

②　［明］何孟春《余冬诗话》（王云五主编《丛书集成初编》本），商务印书馆 1936 年版，第 14 页。

③　郭绍虞编选，富寿荪校点《清诗话续编》，上海古籍出版社 1983 年版，第 1 册，第 170 页。

④　［宋］欧阳修《六一诗话》述引梅尧臣语，见［清］何文焕辑《历代诗话》，中华书局 1981 年版，上册，第 267 页。

样高境界的，欧阳修所记是梅尧臣一时应答，而未能举及杜诗例。我们这里要说的是景物诗用典的问题，杜甫不用典故的景物诗就也不举例了。而杜甫在写景咏物诗中有时用典，其实也是追求"状难写之景如在目前，含不尽之意见于言外"的效果的一种手法。

例如杜甫《望岳》：

> 岱宗夫如何？齐鲁青未了。
> 造化钟神秀，阴阳割昏晓。
> 荡胸生层云，决眦入归鸟。
> 会当凌绝顶，一览众山小。①

前六句极力形容眺望泰山的情景，真能"状难写之景如在目前"；末二句用《孟子·尽心上》"孔子登东山而小鲁，登泰山而小天下"语意，既是泰山故事，自然贴切，也"含不尽之意见于言外"。

再例如《瞿塘两崖》：

> 三峡传何处？双崖壮此门。
> 入天犹石色，穿水忽云根。
> 猱玃须髯古，蛟龙窟宅尊。
> 羲和冬驭近，愁畏日车翻。②

也是前六句极力形容刻画，末二句用典。宋赵次公《杜诗先后解》曰：

---

① 《全唐诗》卷二百十六，中华书局点校本，第 7 册，第 2253 页。
② 《全唐诗》卷二百二十九，中华书局点校本，第 7 册，第 2507 页。

　　《淮南子》注云："日乘车，驾以六龙，羲和为之驭。"故末句云："羲和冬驭近，愁畏日车翻。"以山之高，故日去之近。然冬日景短，故畏其车翻去。日车翻字，李尤《歌》曰："安得猛士翻日车。"尤之言翻，则翻之使回；今公言翻，则日翻而去也。①

　　浦起龙《读杜心解》解全首曰："极状山高江险。三、四警绝。五、六，假物以助威。结言日行亦且危之。极力刻画之作。'冬驭'向南而渐低，夔峡在南而绝高，故曰'近'。"②

　　清杨伦《杜诗镜铨》曰："结语更奇，并剔出高险两面。"③而结语正是由于用典才"更奇"。

　　上举两例用典都在末二句，但用典也并不是都定格在末句。杜甫律诗除有尾联用典外，首联、颔联和颈联，也都有用典的例子。此举一例，杜甫居成都草堂时所作五律《朝雨》：

　　　　凉气晓萧萧，江云乱眼飘。
　　　　风鸳藏近渚，雨燕集深条。
　　　　黄绮终辞汉，巢由不见尧。
　　　　草堂樽酒在，幸得过清朝。④

---

　　①　［唐］杜甫著，［宋］赵次公注，林继中辑校《杜诗赵次公先后解辑校》，上海古籍出版社 1994 年版，下册，第 1168~1169 页。
　　②　［清］浦起龙著《读杜心解》，中华书局 1981 年版，第 2 册，第 520 页。
　　③　［唐］杜甫著，［清］杨伦笺注《杜诗镜铨》，上海古籍出版社 1998 年版，下册，第 720 页。
　　④　《全唐诗》卷二百二十六，中华书局点校本，第 7 册，第 2443 页。

这首诗的第五、六句（颈联）用典，"黄绮"，夏黄公、绮里季，与东园公、甪里先生并称"四皓"（年皆八十余、须眉皓白的老人），为汉初高士。高祖知其贤，尝召求之而不应，隐于山中。后高祖欲废太子，吕后用张良计，迎四皓使辅太子，高祖遂不易太子。事见《史记·留侯世家》。"巢由"，巢父、许由，传说尧时隐士，事见晋皇甫谧《高士传》。仇兆鳌《杜诗详注》曰："上四朝雨之景，下四对雨感怀。凉气、江云，雨势骤来。鸳藏、燕集，禽鸟避雨也。又以古人自况，盖将托草堂于世外欤。"① 成都、夔州都是多雨的地方，杜甫漂泊西南时期，写雨的诗有约 30首。名篇如《春夜喜雨》等，摹写雨景，或喜或忧，多不用典。这首《朝雨》则不单纯摹写雨事雨景，而从雨中见避雨的禽鸟，引出避世的典故，以古人自况，兴遁世之思。如果不借用典手法，很难白描出这些行藏出处的思绪。

黄庭坚七律《登快阁》：

> 痴儿了却公家事，快阁东西倚晚晴。
> 落木千山天远大，澄江一道月分明。
> 朱弦已为佳人绝，青眼聊因美酒横。
> 万里归船弄长笛，此心吾与白鸥盟。②

《吕氏春秋·孝行览·本味》："伯牙鼓琴，钟子期听之。方鼓琴而志在太山，钟子期曰：'善哉乎鼓琴，巍巍乎若太山！'少

---

① ［唐］杜甫著，［清］仇兆鳌注《杜诗详注》，中华书局 1985 年版，第 2 册，第 814 页。

② ［宋］黄庭坚撰；［宋］任渊等注；刘尚荣校点《黄庭坚诗集注》，中华书局 2003 年版，第 4 册，第 1144 页。

选之间，而志在流水，钟子期又曰：'善哉乎鼓琴，汤汤乎若流水！'钟子期死，伯牙破琴绝弦，终身不复鼓琴，以为世无足复为鼓琴者。"① 这是"朱弦"句所用之事典，寄寓世无知己、怀才不遇的感慨。"青眼"句，用阮籍故事，《晋书·阮籍传》："籍又能为青白眼，见礼俗之士，以白眼对之。及嵇喜来吊，籍作白眼，喜不怿而退。喜弟康闻之，乃赍酒挟琴造焉，籍大喜悦，乃见青眼。由是礼法之士疾之若仇。"② 后因谓对人重视曰"青眼""青眸""青睐""青盼"，鄙视他人曰"白眼""眼白"等，都是由这个故事派生的语汇。"白鸥盟"出自《列子·黄帝》："海上之人有好沤鸟者，每旦之海上，从沤鸟游，沤鸟之至者百住而不止。其父曰：'吾闻沤鸟皆从汝游，汝取来，吾玩之。'明日之海上，沤鸟舞而不下也。"③ 是指人不可以存有机心，一旦有机心，必定表露出来。如果不用典故来表达这三句诗的意思，则是：我空有非凡的才能，却没有遇到一个知己，希望被人赏识的心思已经断绝了；世上的人们都是俗不可耐之辈，我对他们只有轻视，唯有面对美酒时，我才会开怀欢欣；所幸的是，我还保有一颗不去与世人争名夺利而是亲近大自然的纯洁的心。这样多内容就是在"朱弦""青眼"和"白鸥盟"几个字词中表达出来，语言精炼，而内含的讯息量大，这里只有"用典"，才是最好的表达手段。

（五）取用或化用前人诗文词句，雅化作品词采，添加作品意蕴，从广义上说也是用典，即所谓"语典"。但很多古典诗歌

---

① 《诸子集成》，上海书店出版社 1986 年版，第 6 册，《吕氏春秋》，第 140 页。

② 《晋书》卷四十九，中华书局点校本，第 5 册，第 1361 页。

③ 《诸子集成》，上海书店出版社 1986 年版，第 3 册，《列子》，第 21 页。

语词因为常用，成为一般诗化的语汇，用在诗词里无须追溯典源，就都读得懂语意，也就已不属于用典了。

唐释皎然《诗式》或是最早试图从有来历的诗语中分别出"非用事"的情形的，《诗式》卷一有《语似用事，义非用事》一段说：

> 如康乐公："彭薛才知耻，贡公未遗荣。或可优贪竞，未足称达生。"此中商榷三贤，虽许其退身，不免遗议。盖康乐欲借此成我诗意，非用事也。如《古诗》："仙人王子乔，难可与等期。"曹植诗："虚无求列仙，松子久吾欺。"又，古诗"师涓久不奏，谁能宣我心？"上句言仙道不可偕，次句让求之无效，下句略似指人，如魏武呼杜康为酒，盖作者存其毛粉，不欲委曲伤乎天真，并非用事也。①

皎然此处想分别的情形，其所举例与其论断又并非思理清晰。如举谢灵运《初去郡》诗四句，借史籍故事以"成我诗意"，岂不正是"用事"？其四句所含典故还挺丰富，且看李壮鹰注释：

> 四句见谢灵运《初去郡》。彭：指彭宣，据《汉书》本传云：彭宣于哀帝时曾任大司空，封长平侯。哀帝崩，大司马王莽秉政专权，宣托病辞官，上书乞骸骨归故里。薛：指薛广德，《汉书》本传载：广德于哀帝时为御史大夫，王莽擅政时，上书乞解印归故里。《汉书·叙传》云："广德、当、宣，近于知耻。"颜师古注："言广德、平当、彭宣三

---

① ［唐］释皎然著，李壮鹰校注《诗式校注》，齐鲁书社 1986 年版，第 28 页。

人，不苟于禄位，并为知耻也。"贡公：指贡禹，西汉末曾为光禄大夫，哀帝时上书乞归故里，三国时钟会曾作《遗荣赋》赞其品格。贪竞：谓贪婪竞进也，《楚辞·离骚》："众皆竞进以贪婪兮，凭不厌乎求索。"达生：通达生命之本也。《庄子·达生》："达生之情者，不务生之所无以为。"四句意谓：彭、薛、贡因王莽擅政而退身，最高也只是知耻而已，不能说他们完全抛掉了荣华富贵之心。其行为虽优于贪婪竞进之徒，但仍不足以称为达生。①

　　四句诗包含融合了四五处典故，以成其诗意。皎然还说此"非用事也"，他对于"用事"的界定显然过于狭窄了吧。其下所举《古诗》和曹植诗句，其实也是用典。当然，他说"师涓久不奏"句，看似指古代乐师师涓，其实只是代指琴瑟，就如曹操《短歌行》诗"何以解忧？唯有杜康"，借古之造酒者人名代称酒一样。这样的"存其毛粉"（存其梗概）的借代，并非用事。从古典诗歌的语言实际来看，皎然所举这种借代的例子，实是属于"语似用事，义非用事"的借代修辞手法。

　　诗句用借代语，常见的借代法有：1. 借事物的部分代整体，例如"潮平两岸阔，风正一帆悬"（王湾诗句），用"帆"代指船；如"谁能将旗鼓，一为取龙城"（沈佺期诗句），用"旗鼓"代指军队；还有如用"蛾眉"代指美貌的女子，用"朱门"代指富贵之家的宅院，等等。2. 借事物的特征代指本体，例如"羲和携两曜，疾走不可遮"（陆游诗句），用"两曜"指日、月；如"岁月一何易，寒暑忽已革"（陆机诗句），用"寒暑"指代一

<hr>

　　① 〔唐〕释皎然著，李壮鹰校注《诗式校注》，齐鲁书社1986年版，第29页。

年；还有如用"绿"指叶、用"红"指花，用"碧落"指天空，等等。3. 以具体事物代指抽象的事情，例如"当念著白帽，采薇青云端"（杜甫诗句），用"采薇"代指隐遁的生活；还有如用"桑麻"代指农事；用"烽火""戎马""干戈"代指战争，等等。

诗句中的借代所借语词，许多最初都出自典籍，也就是说它们是可以追溯"语典"的。但借自典籍又并非都属于用典，或者说很多借代起初虽有典据，后来因成为常用的代称，读者略知其典据，甚或不详其来源，也都很熟悉其所指，这就成为皎然所谓"语似用事，义非用事"一类的借代，如"杜康"代酒，如"布衣"指平民，"轩冕"代官位爵禄或指显贵者，等等。这在古典诗歌中也是很常见的。也有些借代虽常用，但仍须清楚知道其典据原义，才能正确理解此处用它的诗句的含意，这种就仍应属于用典。例如上节举例中杜甫的诗句"当念著白帽，采薇青云端"①，"采薇"虽然诗词里常用，但总要知道它出自《史记·伯夷叔齐列传》，伯夷、叔齐"义不食周粟，隐于首阳山，采薇而食之"的故事，才能知道是代指隐遁的生活。所以，借代还属不属于用典，要看具体情况，未可一概而论。

以上所论是用典的作用，是用典有利于诗歌表达情意和美化诗句的论述。以下谈谈用典也不免会形成的弊端，也是诗歌用典应注意避免的问题。

"用典"在盛唐李白、杜甫等诗人的诗中，继而在中唐白居易、韩愈等诗人的诗中，都还是适当采用，还没有刻意编排典故

---

① ［唐］杜甫《别董颋》，《全唐诗》卷二百二十三，中华书局点校本，第 7 册，第 2373 页。

以炫耀博学的表现。至晚唐最杰出的诗人李商隐，则表现出大量用典、罗列故事的偏好，当他写作之时，多翻阅书籍，鳞次堆集左右，以致当时人笑说他"獭祭鱼"。李商隐用勤翻书卷的功夫显著增加了诗中用典的密度，其感讽现实的诗，用典以表达其议论或期望，委婉而深切；其言情寄意的诗，用典以寄寓其深情或幽怨，婉丽而朦胧。这是李商隐诗用典成功的一面。李商隐用典佳例，如《重有感》次联："窦融表已来关右，陶侃军宜次石头。"《安定城楼》尾联："不知腐鼠成滋味，猜意鸳雏竟未休。"《马嵬二首》其一之"君王若道能倾国，玉辇何由过马嵬"；《筹笔驿》腹联："管乐有才真不忝，关张无命欲何如。"等等，可谓不胜枚举。

　　李商隐有些诗中用典，即使典据并不生僻，但用喻何事则难以指实。最著名的例子是七律《锦瑟》：

　　　　锦瑟无端五十弦，一弦一柱思华年。
　　　　庄生晓梦迷蝴蝶，望帝春心托杜鹃。
　　　　沧海月明珠有泪，蓝田日暖玉生烟。
　　　　此情可待成追忆，只是当时已惘然。

　　这首诗是用典并不生僻，而其意何指却众说纷纭的一个最经典的样本。元好问《论诗绝句》曰："望帝春心托杜鹃，佳人锦瑟怨华年。诗家总爱西昆好，独恨无人作郑笺。"①刘学锴、余恕诚著《李商隐诗歌集解》所集录的"笺评"，从宋代的刘攽，到当代钱锺书，多达42家，猜测解说，可以归类为若干种。各有较多附议

_____
　　① 引自刘学锴、余恕诚著《李商隐诗歌集解》，中华书局1988年版，第3册，第1423页。

者的几种，其一是暗恋某人说，又一是咏瑟声说，又一是悼亡说，又一是自伤身世说，又一是自序其诗说，等等。当然也有认为"莫晓其意"，或谓为"獭祭属对，原其意亦不自解"者。① 四十余家笺评，以钱锺书一说为最晚出。钱先生取清人程湘衡谓《锦瑟》为"自题其诗以开集首者"一说，而加以发挥云：

　　自题其诗，开宗明义，略同编集之自序。拈锦瑟发兴，犹杜甫《西阁》第一首："朱绂犹纱帽，新诗近玉琴"；锦瑟玉琴，殊堪连类。首二句言华年已逝，篇什犹留，毕世心力，平生欢戚，清和适怨，开卷历历。"庄生晓梦迷蝴蝶，望帝春心托杜鹃"；此一联言作诗之法也。心之所思，情之所感，寓言假物，譬喻拟象，如飞蝶征庄生之逸兴，啼鹃见望帝之沉哀，均义归比兴，无取直白。举事宣心，故"托"；旨隐词婉，故易"迷"。此即十八世纪以还，法国德国心理学常语所谓"形象思维"；以"蝶"与"鹃"等外物形象体示"梦"与"心"之衷曲情思。"沧海月明珠有泪，蓝田日暖玉生烟"；此一联言诗成之风格或境界，如司空图所形容之《诗品》。《博物志》卷九《艺文类聚》卷八四引《搜神记》载鲛人能泣珠，今不曰"珠是泪"，而曰"珠有泪"，以见虽化珠圆，仍含泪热，已成珍玩，尚带酸辛，具宝质而不失人气；"暖玉生烟"，此物此志，言不同常玉之坚冷。盖喻己诗虽琢炼精莹，而真情流露，生气蓬勃，异于雕绘夺情、工巧伤气之作。若后世所谓"昆体"，非不珠光玉色，而泪枯烟灭矣！珠泪玉烟亦正以"形象"体

　　① 参见刘学锴、余恕诚著《李商隐诗歌集解》，中华书局 1988 年版，第 3 册，第 1422～1434 页。

示抽象之诗品也。①

钱锺书先生于中外文学博学多识，不仅杰出于伦辈，更是后来者所难企及。钱先生论《锦瑟》一诗自成一家言，亦为诸多专家学者所信从。我们在此讲论用典，只想提出关于"沧海月明珠有泪"句所据典故的问题。钱先生所采"鲛人泣珠"故事，是沿清人如朱鹤龄等注，而商隐此句实无关于"鲛人泣珠"典故。其实以"玉"对"珠"，以"沧海珠"与"蓝田玉"两个意象属对，并不是李商隐的创造，而是化用前人诗赋的既有意象。《荀子·劝学》已有"玉在山而草木润，渊生珠而崖不枯"的比喻，② 陆机《文赋》"石蕴玉而山辉，水怀珠而川媚"③，即用《荀子》的典故为对句。唐代与诗仙李白有交往的魏万，存世诗作仅一首《金陵酬李翰林谪仙子》，其开篇曰："君抱碧海珠，我怀蓝田玉。各称希代宝，万里遥相烛。"④ 杜甫诗也有对句云"盈把那须沧海珠，入怀本倚昆山玉"⑤。李商隐诗的运思遣词都深受杜甫影响，其例甚多。《锦瑟》"沧海"一联，显然也应是参照魏万及杜甫诗语而得句。至于李商隐诗句写成"珠有泪"，虽加

----

① 按：钱锺书此节论说，最先是周振甫著《诗词例话》1979年的修改版补充的《形象思维》一节里引用钱锺书先生提供的未刊稿，见其书第18~19页。此处所引即据《诗词例话》。钱锺书著《谈艺录（补订本）》，中华书局1984年出版，此节论说添入补订，见其书第433~438页，行文不尽同于原提供给周振甫先生的未刊稿，解诗说法未变。

② 梁启雄《荀子简释》，中华书局1983年版，第7页。

③ ［晋］陆机《文赋》，梁萧统编、唐李善注《文选》卷一七，中华书局1977年影印清胡克家刻本，第242页。

④ 《全唐诗》卷二百六十一，中华书局点校本，第8册，第2905页。

⑤ 《暮秋枉裴道州手札率尔遣兴寄近呈苏涣侍御》，《全唐诗》卷二百二十三，中华书局点校本，第7册，第2381页。

"泪"字,与"鲛人泣珠"也并无关联。钱锺书先生也感觉到不相关,故又作一番弥缝。其实沧海有珠,而诗人于造句之际想象为"珠有泪",以对下句"玉生烟",正无须以"鲛人泣珠"(鲛人泣泪为珠,而非珠有泪)为典据。正如"庄生晓梦迷蝴蝶"句用庄周梦蝶故事,而《庄子·齐物论》原文但云"昔者庄周梦为胡蝶"①,并未言"晓梦",诗人临文写成"晓梦"以对望帝之"春心",亦无须别寻典据矣。

李商隐作诗偏爱用典,有时不免罗列堆砌,如编类书条目,立意已不在言志抒情,又是其偏失的一面。例如七律《泪》:

> 永巷长年怨绮罗,离情终日思风波。
> 湘江竹上痕无限,岘首碑前洒几多。
> 人去紫台秋入塞,兵残楚帐夜闻歌。
> 朝来灞水桥边问,未抵青袍送玉珂。②

句句是与"泪"有关的故事,但究竟要表达什么主旨呢?虽然历来诗话多有为之疏解且予称道者,但批评者也多。如果说结联两句是一篇主题,前六句中用典都是兴比,则是说古来落泪伤心事都"未抵青袍送玉珂",商隐恐也不至于如此不分轻重。其实最后二句也还是罗列一项"泪"的故事而已。通篇就只是堆砌"泪"的典故,这又成为钟嵘曾批评的"文章殆同书抄"了。

宋范晞文《对床夜语》卷三说:"诗用古人名,前辈谓之点鬼簿,盖恶其为事所使也。……李商隐集中半是古人名,不

---

① 王先谦注《庄子集解》,上海书店出版社《诸子集成》1986年版,第3册,第18页。
② 《全唐诗》卷五百四十,中华书局点校本,第16册,第6196页。

过因事造对，何益于诗？至有一篇而叠用者，如《茂陵》云：
'玉桃偷得怜方朔，金屋修成贮阿娇。谁料苏卿老归国，茂陵松
柏雨萧萧。'此犹有微意。《牡丹》诗云：'锦帏初见卫夫人，
绣被犹堆越鄂君。石崇蜡烛何曾剪，荀令香炉可待熏。'不切
甚矣。"①

李商隐诗堆砌典故、夸耀学问的一面，在宋初"西昆体"诗
人杨亿（大年）、刘筠（子仪）、钱惟演（文僖）等人的创作中
更成为一种崇尚。"西昆体"堆砌典故的诗一般都很像李商隐七
律《泪》或《牡丹》这种样子。北宋刘攽《中山诗话》记载了
一个时人嘲诮"西昆体"诗人一味模仿李商隐的故事：

> 祥符天禧中，杨大年、钱文僖、晏元献、刘子仪以文章
> 立朝，为诗皆宗尚李义山，号"西昆体"，后进多窃义山语
> 句。赐宴，优人有为义山者，衣服败散，告人曰："我为诸
> 馆职挦扯至此。"闻者欢笑。②

清姚鼐选编《今体诗钞》于《序目》中说："西昆诸公之拟
玉溪，但学其隶事耳，殊滞于句下，都成死语。"③　"隶事"即
"用事"，即引用典故。

杨亿、钱惟演等都是学问渊博的人，作诗爱用典故，既有模仿
李商隐的兴趣的一面，也有欲免于只会描摹眼前景物之浅薄的用心

---

　　①　丁福保辑《历代诗话续编》，中华书局1983年版，上册，第428～
429页。
　　②　［清］何文焕辑《历代诗话》，中华书局1981年版，上册，第287
页。
　　③　［清］姚鼐编选，曹光甫标点《今体诗钞》，上海古籍出版社1986
年版，《序目》第3页。

一面。年辈紧随钱惟演等人之后的欧阳修《六一诗话》中说：

> 杨大年与钱、刘数公唱和，自《西昆集》出，时人争效之，诗体一变。而先生老辈患其多用故事，至于语僻难晓，殊不知自是学者之弊。如子仪《新蝉》云："风来玉宇乌先转，露下金茎鹤未知。"虽用故事，何害为佳句。又如："峭帆横渡官桥柳，叠鼓惊飞海岸鸥。"其不用故事，又岂不佳乎？盖其雄文博学，笔有余力，故无施而不可。非如前世号为诗人者，区区于风云草木之类，为许洞所困者也。①

多用故事会形成语僻难晓的弊端，但不用故事而只"区区于风云草木之类"，景物有限，诗意也难免流于浅泛。"为许洞所困"的故事也见载于欧阳修《六一诗话》：

> 国朝浮图，以诗名于世者九人，故时有集号《九僧诗》，今不复传矣。余少时闻人多称之。……当时有进士许洞者，善为词章，俊逸之士也。因会诸僧分题，出一纸约曰："不得犯此一字。"其字乃"山、水、风、云、竹、石、花、草、雪、霜、星、月、禽、鸟"之类，于是诸僧皆阁笔。②

显然欧阳修是认为作诗如果如宋初九僧"区区于风云草木之类"，此外别无材料，则诗的内容总不免太受局限。诗人富于学问而作诗善于用典，则能到"无施而不可"的境界。欧阳修对于

----

① ［清］何文焕辑《历代诗话》，中华书局1981年版，上册，第270页。

② ［清］何文焕辑《历代诗话》，中华书局1981年版，上册，第266页。

用典的利弊两面都有认识，而对于用典的有利的一面又是充分肯定的。

欧阳修是开创宋代诗文新风格的一代宗师，其后王安石、苏轼、黄庭坚等，有宋一代诗文大家，对于用典都十分娴熟，进而十分讲究用典的精巧和渊博。他们用典精巧的例子，在宋人诗话里就为人津津乐道，其后明清诗话也往往列举推重。当然也有专就宋诗用典而加以批评者，如严羽《沧浪诗话·诗辨》曰：

> 诗者，吟咏情性也。盛唐诸人惟在兴趣，羚羊挂角，无迹可求。故其妙处透彻玲珑，不可凑泊，如空中之音，相中之色，水中之月，镜中之象，言有尽而意无穷。近代诸公乃作奇特解会，遂以文字为诗，以才学为诗，以议论为诗。夫岂不工？终非古人之诗也。盖于一唱三叹之音，有所歉焉。且其作多务使事，不问兴致，用字必有来历，押韵必有出处，读之反复终篇，不知着到何处。其末流甚者，叫噪怒张，殊乖忠厚之风，殆以骂詈为诗。诗而至此，可谓一厄也。①

其后，明清时代诗评家关于用典利弊的议论，也不外是主张用典当用在必要用处，要用意恰当，语如己出；不要有意逞博，填塞堆砌，湮没情意。

当代人作旧体诗，用典的利弊问题也不断有讨论。学诗有悟而肯用功者都会认同，"用典"是古典诗歌创作有时必须借助的修辞方法。作诗抒情咏怀，如能不"掉书袋"，不用典，当然好。

---

① ［宋］严羽著，郭绍虞校释《沧浪诗话校释》，人民文学出版社1983年版，第26页。

但有时是为表达的需要不得不用，则不应一味排斥用典，关键是要用得适当，要看如何用法。

第三节　用典的方法

讲用典的方法，还要先明确一下，我们并不赞同从胡适先生肇端，现在也有一些论者仍然采用的从"用事"（用典）概念中排除本来包括的多种方式，把"用典"语义辨析界定得很窄的做法。那样的收缩界定可以算是现代修辞学的新观点，其中还存在对于古代语词并非正确的理解与臆说，因而多不符合历来文论诗话中使用它的实际。相关问题，我们在此不多论辩。我们仍按历来对于"用事"的广义的理解，即如《文心雕龙·事类》所谓"明理引乎成辞，征义举乎人事"的概括，也参照《现代汉语词典》"典故"是"诗文里引用的古书中的故事或词句"的一般释义，依据历代诗话有关"用事之法"的谈论和归纳，有拣择地讲述几种主要的用典方法。

宋以后历代诗话，在谈论用典的利弊之外，也多有关于"用事之法"的揭示、归纳和析论。参阅前人诗话关于"用典之法"的讲求论述，既有益于我们理解和欣赏古典诗歌中的用典，也可以帮助我们学习在诗歌创作中适当而巧妙地用典。

但古人诗话议论"用事之法"，多数是就具体的用例解释评议，不仅各人即兴说到的"用事之法"的名目，集合来看，可能分门称名的标准并不一致；而且有些评诗者自己集中来归类评说各种"用事之法"，往往也不是依据一致的标准来列举类名。例如黄彻《䂬溪诗话》较早谈论"用事"和"用事之法"，涉及"用经书语"和"用史语"，"暗用"，用事与造语

"总合其语"等。① 杨万里《诚斋诗话》谓"用古人语而不用其意，最为妙法"，又论及"翻案法"，"用经语"，"用古人句律而不用其句意"之"夺胎换骨"法等。② 其他还有所谓"僻事实用，熟事虚用"（宋姜夔《白石道人诗说》）③，有"借用""活用"（元陈绎曾《诗谱》）④，名目繁多，一般都是即兴随笔成说。

明代胡应麟《诗薮》一则曰：

> 杜用事门目甚多。姑举人名一类：如"清新庾开府，俊逸鲍参军"，正用者也；"聪明过管辂，尺牍倒陈遵"，反用者也；"谢氏登山屐，陶公漉酒巾"，明用者也；"伏柱闻周史，乘查似汉臣"，暗用者也；"举天悲富骆，近代惜卢王"，并用者也；"高岑殊缓步，沈鲍得同行"，单用者也；"汲黯匡君切，廉颇出将频"，分用者也；"共传收庾信，不比得陈琳"，串用者也。至"对棋陪谢傅，把剑觅徐君"，"侍臣双宋玉，战策两穰苴"，"飘零神女雨，断续楚王风"，"晋室丹阳尹，公孙白帝城"，锻炼精奇，含蓄深远，迥出前代矣。⑤

这里所列用事门目有正用、反用，明用、暗用，并用、单

---

① ［宋］黄彻《碧溪诗话》十卷，丁福保辑《历代诗话续编》，中华书局 1983 年版，上册，第 343～404 页。

② ［宋］杨万里《诚斋诗话》一卷，丁福保辑《历代诗话续编》，中华书局 1983 年版，上册，第 135～160 页。

③ ［清］何文焕辑《历代诗话》，中华书局 1981 年版，下册，第 680 页。

④ ［元］陈绎曾《诗谱》，张健编著《元代诗法校考》，北京大学出版社 2001 年版，第 350 页。

⑤ ［明］胡应麟撰《诗薮》卷四，中华书局 1958 年版，第 63 页。

用、分用、串用，共 4 组 8 种，比较此前的随笔涉论，有了较成系统归纳分析的倾向。但"正用、反用"一组，是按用事的态度为准划分的；"明用、暗用"、"并用、单用"和"分用、串用"三组，又各是按用事方式划分。这样在逻辑上仍不是标准一致的分别门类，后三组的六种用法，就都既可以是"正用"，也可以是"反用"。

即使是现今所见诗法类著述，讲用典方法，大致也都还是沿用历来诗话较多说到的正用、反用、明用、暗用等名目，表现出一种话语的惯性。

我们虽然感觉到用事之法门类划分依据的标准不尽一致，但我们这里为便于讲论，依据《文心雕龙·事类》先分别为"举乎人事"和"引乎成辞"两大类，仍参取众说，各列几种方法，举例讲述。用事之法虽变化多端，举其概要，可以隅反。

一、举乎人事

在"举乎人事"这一类中，我们参照历代诗话择其要者，列述明用、暗用、翻用（翻案、反用、借用、活用）等用典方法。

（一）明用

凡诗句中出现典故的关键词，使人一看就知道是用的什么典故，知其比方的意味，即为明用。如杜甫五律《春日忆李白》前四句："白也诗无敌，飘然思不群；清新庾开府，俊逸鲍参军。"起二句盛赞李白"诗无敌"，颔联随即明用南北朝大诗人庾信诗的"清新"和鲍照诗的"俊逸"来比方李白诗的风格。如果只是直说李白诗"清新、俊逸"，不免流于一般形容；而用人所熟知的庾信与鲍照诗的风格来比喻，则具体显明。进而这两句不仅明确了李白诗的风格，同时还指明李白诗既包含有庾信和鲍照诗的影响，又兼具庾、鲍二人的风格，青出于蓝，后来居上。两句诗十个字，给予李白诗精确的风格品评和诗史渊源与成就的评价，如此"征义举乎人事"的用典，很能显示用典所特具的作用。

乾元元年杜甫有五律《奉赠王中允维》诗，颔联"共传收庾信，不比得陈琳"。《杜诗详注》注曰："《梁书》：侯景之乱，简文帝使庾信营于朱雀航。景至，信以众奔江陵。元帝承制除信御史中丞。《魏志》：陈琳避难冀州，袁绍使典文章。袁氏败，琳归太祖，太祖谓曰：'卿昔日为本初移书，但可罪状孤而已，何乃上及父祖耶？'琳谢罪，太祖爱其才，不之责。"又附录"黄生曰：三四用古人影掠，故叙事无痕。凡诗，写景易而叙事难，叙事直致而拖沓，缘无少陵万卷书、如神笔耳。"①《杜诗镜铨》此诗后附录"王右仲曰：此诗直是王维辨冤疏。"② 三四两句正是用事为比，为王维做了理由正当的辨冤回护。

李商隐七律《安定城楼》前四句："迢递高城百尺楼，绿杨枝外尽汀洲。贾生年少虚垂泪，王粲春来更远游。"贾生，汉贾谊。《汉书·贾谊传》："是时，谊年二十余，最为少。……文帝说之，超迁，岁中至太中大夫。"文帝后令贾谊为其少子梁怀王太傅，"数问以得失"。谊上《陈政事疏》，有曰："臣窃惟事势，可为痛哭者一，可为流涕者二，可为长太息者六，若其它背理而伤道者，难遍以疏举。"③《三国志·魏书·王粲传》："年十七，司徒辟，诏除黄门侍郎，以西京扰乱，皆不就。乃之荆州依刘表。"④《文选》卷十一录王粲《登楼赋》，作于荆州当阳县城楼，写念乱忧离、眷眷怀归之情。李商隐诗颔联两句以贾谊、王粲自

① ［唐］杜甫著，［清］仇兆鳌注《杜诗详注》卷六，中华书局 1995年版，第 2 册，第 454~455 页。

② ［唐］杜甫著，［清］杨伦注《杜诗镜铨》卷四，上海古籍出版社1998 年版，上册，第 185 页。

③ 《汉书》卷四十八，中华书局点校本，第 8 册，第 2230 页。

④ 《三国志》卷二十一，中华书局点校本，第 3 册，第 597~598 页。

比，明确告诉读者用贾谊垂涕、王粲远游的典故。贾谊献策，王粲登楼，都在青春年少，与作者相似；才高志远而不得施展，也正相同。

宋以后诗话多有认为用典"明用不如暗用"之论，但从杜甫诗的用典情形来看，他明用典故的诗句甚多，并没有少采明用多取暗用的倾向。胡应麟《诗薮》说："杜甫用事错综，固极笔力，然体自正大，语尤坦明。晚唐宋初，用事如作迷。苏如积薪，陈如守株，黄如缘木。"① 晚唐宋初，主要是指李商隐和宋初西昆体诗人。对于李商隐至苏、黄等诗人用事的批评，是就他们用事偏失的一面而言；他们在诗歌用事方面的探索，当然也有其推陈出新的一些贡献。而胡应麟推尊杜甫用事的"体自正大，语尤坦明"，允为的论。

我们再举杜甫明用典故的一些诗句来看：

东晋大诗人陶渊明弃官归隐，爱酒，爱菊花。《宋书·陶潜传》云："尝九月九日无酒，出宅边菊丛坐久，值（王）弘送酒至，即便就酌，醉而后归。"② 杜甫诗中一再咏到陶渊明、菊花与酒的故事，都是明用典故。例如："每恨陶彭泽，无钱对菊花。如今九月至，自觉酒须赊。"（《复愁十二首》其十一）；"篱边老却陶潜菊，江上徒逢袁绍杯。"（《秋尽》）；"优游谢康乐，放浪陶彭泽。吾衰未自由，谢尔性所适。"（《石柜阁》）。杜诗中的陶渊明，有时就是借喻自身，有时则是心向往之的偶像，也还是寄寓着自己的情怀。

杜甫明用古人名字的诗句甚多，用古贤才高士来比况他人，或自比以表明其为人的志趣。其中含有自比之意所咏及的人物，

① ［明］胡应麟撰《诗薮》卷四，中华书局 1958 年版，第 62 页。
② 《宋书》卷九十三，中华书局点校本，第 8 册，第 2288 页。

除陶渊明外，还有匡衡、刘向，谢灵运、谢安，诸葛亮、庞德公，等等；他以"方驾曹刘不啻过"称赞高适的诗才，以"管乐有才真不忝"赞扬诸葛亮的才干等，都是明用典故的例子。

即使是前节说到的李商隐七律《锦瑟》，虽然其主旨后世难得一致的理解，但其中用事如庄周梦蝶、望帝春心，以及沧海珠泪、蓝田玉烟，却也都是明用。明用典故却营造了包含多义的意境，不论人们如何诠释《锦瑟》，共同的一点是都认为它是佳作，是李商隐的代表作。从这一例来说，认为用事"明用不如暗用"的说法，可知未可以为确论。

（二）暗用

所谓"暗用"，即字面上看不出用典的痕迹，撷取典故所表达的意思的一部分，融入自己的行文议论之中，好像典故不是前人而是自己的创造一般，也就是所谓"用事不使人觉"。《颜氏家训·文章》：

> 沈隐侯曰："文章当从三易：易见事，一也；易识字，二也；易读诵，三也。"邢子才常曰："沈侯文章，用事不使人觉，若胸臆语也。"深以此服之。①

沈约的"文章三易"说，"易见事"是指诗文所写之事要明确、不要模糊，而不是在论"用事"；"易识字"是避免用生僻字；"易读诵"主要应指声韵抑扬有调，即对于四声的布置运用的讲究。沈约这里并未涉及诗文用事的问题。邢邵称赞沈约文章"用事不使人觉"，是专论"用事"，而表达了对于"用事之法"和"用事"的造诣的一种祈向。

———————————

① 王利器撰《颜氏家训集解》，中华书局 1993 年版，第 272 页。

"用事不使人觉"，即暗用典故而语意犹明，不知其中用事者并不妨碍读解，能知其中用事者，则更能品味其中含义。能如此用事，为历代诗话所崇尚，致有"明用不如暗用"之说。前节已说明用未必不如暗用，但宋以后又确有偏重"暗用"的倾向。

李白绝句《秋下荆门》：

> 霜落荆门江树空，布帆无恙挂秋风。
> 此行不为鲈鱼鲙，自爱名山入剡中。①

"布帆无恙"是一路平安的意思，语出《世说新语·排调》"顾长康作殷荆州佐，请假还东。尔时例不给布帆，顾苦求之，乃得。发至破冢，遭风大败。作笺与殷云：'地名破冢，真破冢而出。行人安稳，布帆无恙。'"② "鲈鱼鲙（脍）"，语出《世说新语·识鉴》之"张季鹰辟齐王东曹掾，在洛见秋风起，因思吴中莼菜羹、鲈鱼脍，曰：'人生贵得适意尔，何能羁宦数千里以要名爵！'遂命驾便归。"③ 后因以"鲈鱼脍"为思乡赋归的典故。但李白在这里用布帆无恙、鲈鱼脍典故，并不是把自己比作顾恺之和张翰（季鹰），而用来写的就是李白自身的行事。

李白的拗体七绝《山中与幽人对酌》：

---

① 《全唐诗》卷一百八十一，中华书局点校本，第6册，第1844页。
② ［南朝宋］刘义庆著，［南朝梁］刘孝标注，余嘉锡笺疏，周祖谟等整理《世说新语笺疏（修订本）》，上海古籍出版社1995年版，第817页。
③ ［南朝宋］刘义庆著，［南朝梁］刘孝标注，余嘉锡笺疏，周祖谟等整理《世说新语笺疏（修订本）》，上海古籍出版社1995年版，第393页。

> 两人对酌山花开，一杯一杯复一杯。
>
> 我醉欲眠卿且去，明朝有意抱琴来。①

第三句"我醉欲眠卿且去"，如果知道是用《宋书·陶潜传》"贵贱造之者，有酒辄设，潜若先醉，便语客：'我醉欲眠，卿可去。'其真率如此"的故事②，趣味自多；若不知是用典，也不妨碍诗意的理解，就当是李白自己说的，也径见其真率。暗用典故的妙处，这首诗尤其显著。

杜甫最善于暗用典故，常常写合无痕，叫人不觉是在用典。例如他的五律《禹庙》：

> 禹庙空山里，秋风落日斜。
>
> 荒庭垂橘柚，古屋画龙蛇。
>
> 云气生虚壁，江声走白沙。
>
> 早知乘四载，疏凿控三巴。③

《尚书·禹贡》长江流域的扬州、荆州皆有"厥包橘柚锡贡"事项④；《孟子·滕文公下》："当尧之时，水逆行，泛滥于中国，龙蛇居之，民无所定；下者为巢，上者为营窟。《书》曰：'洚水警余。'洚水者，洪水也。使禹治之。禹掘地而注之海，驱龙蛇而放之菹，水由地中行，江、淮、河、汉是也。险阻既远，鸟兽

---

①　《全唐诗》卷一百八十二，中华书局点校本，第6册，第1857页。

②　《宋书》卷九十三，中华书局点校本，第8册，第2288页。

③　《全唐诗》卷二百二十九，中华书局点校本，第7册，第2489页。

④　［清］阮元校刻《十三经注疏》，中华书局影印本1980年版，上册，第149页。

之害人者消，然后人得平土而居之。"① 仇兆鳌认为"此赋忠州禹庙也，移动他处不得。"② 长江边的忠州自多橘柚之树，禹庙中也应有壁画龙蛇之属。故杜诗颔联"荒庭垂橘柚，古屋画龙蛇"，若不知是用典，自可看作是实写忠州禹庙景物。若知橘柚、龙蛇，又皆用禹事，则愈觉下笔有神。这样用典是非常好的暗用，甚为宋明诗话所乐道。明胡应麟《诗薮》说此二句是"杜用事入化处。然不作用事看，则古庙之荒凉，画壁之飞动，亦更无人可著语。此老杜千古绝技，未易追也"③。

杜甫七律用事多为明用，但也有暗用的佳例。例如《送王十五判官扶侍还黔中得开字》：

> 大家东征逐子回，风生洲渚锦帆开。
> 青青竹笋迎船出，白白江鱼入馔来。
> 离别不堪无限意，艰危深仗济时才。
> 黔阳信使应稀少，莫怪频频劝酒杯。④

送王判官奉母归养，首句明用典故，《杜诗详注》引朱注："曹大家《东征赋》：'维永初之有七兮，余随子乎东征。'逐子，即随子义也。"三、四句则是暗用故事，《杜诗详注》引《楚国先贤传》："孟宗最孝，母好食笋，冬月无之，宗入林中哀号，笋为之生。"又《东观汉记》："姜诗与妇佣作养母，母好饮江水，嗜

① 杨伯峻译注《孟子译注》，中华书局1984年版，上册，第154页。
② ［唐］杜甫著；［清］仇兆鳌注《杜诗详注》，中华书局1979年版，第3册，第1226页。
③ ［明］胡应麟撰《诗薮》卷四，中华书局1958年版，第62页。
④ ［唐］杜甫著；［清］仇兆鳌注《杜诗详注》，中华书局1979年版，第3册，第1019页。

鱼鲙，俄而涌泉舍侧，味如江水，每旦出双鲤鱼。"杜甫这首分韵送别诗，显为应酬之作，评论者多有贬词。但三、四句用事，却得浦起龙《读杜心解》的回护好评说：

> （此诗）意味殊浅。只三、四句得用事化腐推陈之法，看去但似写景，故妙。若改云"青青孟笋迎船出，白白姜鱼入馔来"，便了无生趣矣。杨慎曰："青青"自好，"白白"近俗，有似童谣"白白一群鹅"之句。愚谓正好在此两字活泼。"江鱼"白白，跳跃闪烁如生，群鹅白白，则呆而俚矣。用修好以攻杜为事，拟非其伦。愿与解人辨之。①

浦起龙假设的改句即为明用典故，"便了无生趣"。而杜甫原句暗用故事，故妙。这个假设确实能帮助我们比较、理解暗用典故的好处。

刘禹锡七律《送蕲州李郎中赴任》：

> 楚关蕲水路非赊，东望云山日夕佳。
> 蒎叶照人呈夏簟，松花满碗试新茶。
> 楼中饮兴因明月，江上诗情为晚霞。
> 北地交亲长引领，早将玄鬓到京华。②

"楼中、江上"两句，一用庾亮故事，《世说新语·容止》："庾太尉在武昌，秋夜气佳景清，使吏殷浩、王胡之之徒登南楼理咏。音调始遒，闻函道中有屐声甚厉，定是庾公。俄而率左右

---

① ［清］浦起龙著《读杜心解》，中华书局 1981 年版，第 3 册，第 630 页。
② 《全唐诗》卷三百五十九，中华书局点校本，第 11 册，第 4047 页。

十许人步来，诸贤欲起避之。公徐曰：'诸君少住，老子于此兴复不浅！'因便据胡床，与诸人咏谑，竟坐甚得任乐。"① 一用谢朓诗意，谢朓《晚登三山还望京邑》诗有"馀霞散成绮，澄江静如练"名句。刘禹锡用在诗中，读之使人不觉，也是暗用佳例。

宋诗人多称赏"暗用"的用事法，最著名的例子是王安石的绝句《书湖阴先生壁》，诗云：

> 茅檐长扫净无苔，花木成畦手自栽。
> 一水护田将绿绕，两山排闼送青来。

钱锺书《宋诗选注》注后二句说：

> 这两句是王安石的修辞技巧的有名例子。"护田"和"排闼"都从《汉书》里来，所谓"史对史"，"汉人语对汉人语"（叶梦得《石林诗话》卷中、曾季狸《艇斋诗话》）；整个句法从五代时沈彬的诗里来（吴曾《能改斋漫录》卷八），所谓"脱胎换骨"。可是不知道这些字眼和句法的"来历"，并不妨碍我们了解这两句的意义和欣赏描写的生动；我们只认为"护田""排闼"是两个比喻，并不觉得是古典。所以这是个比较健康的"用事"的例子，读者不必依赖笺注的外来援助，也能领会，符合中国古代修词学对于"用事"最高的要求；"用事不使人觉，若胸臆语也。"（《颜氏家训》第九篇《文章》记邢邵评沈约语）②

---

① ［南朝宋］刘义庆著，［南朝梁］刘孝标注，余嘉锡笺疏，周祖谟等整理《世说新语笺疏（修订本）》，上海古籍出版社1995年版，第616页。
② 钱锺书选注《宋诗选注》，人民文学出版社1994年版，第48页。

　　钱锺书《宋诗选注》撰著于 20 世纪 50 年代，受当时强调文学艺术的"人民性"和"现实主义"等压倒性观念的规约和影响，钱先生在书中对于王安石、苏轼、黄庭坚等最具典型性的宋诗人爱用典故的修辞风尚，一再加以嘲诮苛评，明显有失公允。其实以钱先生的读书之多，对于宋诗的"以学问为诗"、爱驱遣典故，应与他欣赏苏轼的"博喻"一般有兴味的。这也不只是我们的猜测，看他的大著《谈艺录》和《管锥编》，即可知他的兴趣所在。而他称许王安石"一水护田将绿绕，两山排闼送青来"这两句诗"是个比较健康的'用事'的例子"，就还保留有公允的余地。

　　（三）翻用（翻案、反用、借用、活用）

　　《苕溪渔隐丛话》后集卷十九引《艺苑雌黄》云："文人用故事，有直用其事者，有反其意而用之者。"① 所谓"直用"，或称"正用"，即用故事本义，以传达我诗意。如前面讲到的杜甫赞扬李白的诗谓"清新庾开府，俊逸鲍参军"，这是"明用"，也是"正用"；而称赞王判官奉母孝心的"青青竹笋迎船出，白白江鱼入馔来"，这样"暗用"，也是"正用"。与"正用"相反，"有反其意而用之者"，则为"反用"。郭绍虞据《苕溪渔隐丛话》等书辑《艺苑雌黄》佚文入《宋诗话辑佚》书中，所采辑"文人用故事"这一则，即加标题为"反用故事法"②。

　　《苕溪渔隐丛话》后集卷十九是在"王黄州"（王禹偁，字元之）名下引《艺苑雌黄》之论，并附加自己的议论，原文如下：

---

　　① ［宋］胡仔纂集，廖德明校点，周本淳重订《苕溪渔隐丛话·后集》，人民文学出版社 1993 年版，第 141 页。
　　② 郭绍虞辑《宋诗话辑佚》，中华书局 1987 年版，下册，第 566 页。

　　《艺苑雌黄》云："文人用故事，有直用其事者，有反其意而用之者。元之《谪守黄冈谢表》云：'宣室鬼神之问，岂望生还；茂陵封禅之书，惟期死后。'此一联每为人所称道，然皆直用贾谊、相如之事耳。李义山诗：'可怜夜半虚前席，不问苍生问鬼神。'虽说贾谊，然反其意而用之矣。林和靖诗：'茂陵他日求遗稿，犹喜曾无封禅书。'虽说相如，亦反其意而用之矣。直用其事，人皆能之；反其意而用之者，非识学素高，超越寻常拘挛之见，不规规然蹈袭前人陈迹者，何以臻此？"苕溪渔隐曰："《艺苑》以元之直用贾谊、相如事，不若李义山、林和靖反用之；然元之是谢表，须直用其事，以明臣子之心，非若作诗可以反意用。此语殊非通论也。"①

　　王禹偁给皇帝写谢表，必须直用其事而不可"反用"，苕溪渔隐（胡仔）的辩说固无疑义。然而我们看《艺苑雌黄》原文，感觉他是以王禹偁谢表里用贾谊和司马相如之事为"直用其事"的显著例子，来对照陈述所要强调的如李商隐和林和靖诗中"反用"故事的较有难度，其本义似并非是要贬低王禹偁谢表的"直用其事"。只是如此顺手拿人们所熟悉和赞赏的王禹偁谢表用例来作对照，难免令人因误会而致诘岂可如此议论"用事"优劣，即如胡仔亟欲加以辩说者。

　　由故事引出不同于其原意的想法，也不必定都是反其意，则亦不宜概称之为"反用"。杨万里《诚斋诗话》有"翻案法"一说，曰：

――――――――――――

　　① ［宋］胡仔纂集，廖德明校点，周本淳重订《苕溪渔隐丛话·后集》，人民文学出版社1993年版，第141~142页。

　　孔子程子相见倾盖，邹阳云："倾盖如故。"孙侔与东坡不相识，乃以诗寄坡，坡和云："与君盖亦不须倾。"刘宽责吏，以蒲为鞭，宽厚至矣。东坡诗云："有鞭不使安用蒲。"老杜有诗云："忽忆往时秋井塌，古人白骨生青苔，如何不饮令心哀。"东坡则云："何须更待秋井塌，见人白骨方衔杯。"此皆翻案法也。予友人安福刘浚字景明，重阳诗云："不用茱萸仔细看，管取明年各强健。"得此法矣。①

　　清吴景旭《历代诗话》卷五十二也列"翻案"一则，先引《艺苑雌黄》"文人用故事"一段，又附自己的论述如下：

　　吴旦生曰：杜少陵诗："羞将短发还吹帽，笑倩旁人为正冠。"盖孟嘉以落帽为胜，而杜反欲正冠也。王荆公诗："茅檐相对坐终日，一鸟不鸣山更幽。"盖王文海有云"鸟鸣山更幽"，而王亦反之也。然此犹反前事与旧语耳。至于自家语有时异用者，如韦苏州诗："心同野鹤与尘远，诗似冰壶彻底清。"又送人诗："冰壶见底未为清，少年如玉有诗名。"黄常明云："此可为用事之法。"盖不拘故常也。②

　　"翻案"用事，不必都是"反其意而用之"，只要是"不拘故常"的用法，都归此类。

─────────────

　　① 丁福保辑《历代诗话续编》，中华书局 1983 年版，上册，第 141 页。
　　② ［清］吴景旭著《历代诗话》，中华书局 1960 年版，下册，第 747 页。

沈德潜《清诗别裁集》中一再提示并称赞"实事虚用"和"死事活用"（卷二十一，二十五）、"翻用"（卷十三，十七，二十四，二十八，二十九）等，大致也都属于"不拘故常"的用法。故知诗话、诗评中用事之法的名目虽多，其中有些名目其实是异名而同实的。这里只举《清诗别裁集》卷二十九一例，陈灿霖七律《咏橘》：

> 洞庭朱实饱经霜，信手拈来满座香。
> 有柚愿教兄弟合，成林休虑子孙忙。
> 厥包锡贡来天府，作诵留名重楚湘。
> 但得贞心能不改，纵令移植亦何妨。

第三句下原录"自注：《淮南子》'槐榆与橘柚合而为兄弟'。"第四句用《三国志·吴书·孙休传》注引《襄阳记》李衡密于武陵龙阳汜洲上种橘千株以遗子孙故事；第五句用《尚书·禹贡》典故，第六句用屈原作《橘颂》故事。中两联四句用事，都是明用，正用，结二句则从屈原《橘颂》"受命不迁，深固难徙"意翻出，沈德潜评曰："结意翻得独高。"① 翻用，活用，别出新意，故高。

清方东树《昭昧詹言》卷一"凡学诗之法"一则有言曰："四曰隶事：陈言，须如韩公翻新用。"② 也是主张"翻用"。

《苕溪渔隐丛话》后集卷二十五引《蔡宽夫诗话》云：

---

① ［清］沈德潜编《清诗别裁集》，中华书局 1981 年版，下册，第 530 页。
② ［清］方东树著，汪绍楹校点《昭昧詹言》卷一，人民文学出版社 1961 年版，第 10 页。

荆公尝云："诗家病使事太多，盖皆取其与题合者类之，如此乃是编事，虽工何益；若能自出己意，借事以相发明，情态毕出，则用事虽多，亦何所妨？"故公诗如"董生只为公羊惑，岂肯捐书一语真"，"桔槔俯仰何妨事，抱瓮区区老此身"之类，皆意与本题不类，此真所谓使事也。①

王安石的"借事以相发明"的说法，也可说是"借用"的意思。元陈绎曾《诗谱》于《五故事》一则列举"正用、反用、借用、暗用、活用"五个名目，其所谓"借用"即是"本不切题，借用一端"；"活用"则是"本非故事，因言之。此乃用事之妙"②。陈绎曾另著有《文说》，其中所列《用事法》，对于"借用"的解释稍详曰："故事与题事绝不类，以一端相近而借用之者也。"③

我们这里把"借用""活用"，也归入"翻用"一类。

王维《辋川闲居赠裴秀才迪》诗尾联，一般认为是"借用"或曰"活用"的佳例，其诗曰：

寒山转苍翠，秋水日潺湲。

倚杖柴门外，临风听暮蝉。

渡头余落日，墟里上孤烟。

---

① ［宋］胡仔纂集，廖德明校点，周本淳重订《苕溪渔隐丛话》后集，人民文学出版社 1993 年版，第 190 页。

② ［元］陈绎曾《诗谱》，张健编著《元代诗法校考》，北京大学出版社 2001 年版，第 350~351 页。

③ ［元］陈绎曾《文说》，《影印文渊阁四库全书》，上海古籍出版社 2003 年版，第 1482 册，第 247 页。

复值接舆醉，狂歌五柳前。^①

第七句以接舆比裴迪秀才，第八句以五柳先生陶潜比喻辋川闲居的自己。按：接舆者，春秋楚人，姓陆名通，字接舆。昭王时政令无常，乃被发佯狂不仕，时人称为"楚狂"。孔子适楚，楚狂接舆过孔子车而歌曰："凤兮凤兮！何德之衰？往者不可谏，来者犹可追。已而，已而！今之从政者殆而！"^② 五柳者，晋陶潜也，潜字渊明，尝为彭泽令，郡遣督邮至，县吏说应束带见之，潜叹曰："吾不能为五斗米折腰，拳拳事乡里小人邪！"遂解印弃官归去。其宅边有五柳树，因以自号为五柳先生，尝著《五柳先生传》以自况。^③ 让春秋时代的楚狂接舆到晋代陶渊明的门前去唱《凤歌》，这是借用本不相关的两个故事，来比况表现朋友裴迪和自己的幽闲放旷和淡泊名利。

以上分别举例讲述了明用、暗用、翻用（翻案、反用、借用、活用）等"举乎人事"的几种用典方法，以下讲述"引乎成辞"的几种用典方法。

二、引乎成辞

前面已经讲到，现今有人讲诗歌修辞，用现代学术条分块割的意识主张"引语"不属于"用典"。但因为在古代文论和诗话的主流话语中，"引乎成辞"一直是属于"用事"的，以及在《现代汉语词典》中，"典故"的定义还是"诗文里引用的古书中的故事或词句"。所以我们也还在"用典"这章里来讲讲"引乎成辞"一类的几种方法。

---

① 《全唐诗》卷一百二十六，中华书局点校本，第 4 册，第 1266 页。
② 杨伯峻译注《论语译注》，中华书局 1980 年版，第 193 页。
③ 《晋书》卷四十九，中华书局点校本，第 8 册，第 2460~2461 页。

《文心雕龙·事类》篇即以"明理引乎成辞，征义举乎人事"两方面统属于"用事"。刘永济《文心雕龙校释》释义说：

> 　文家用典，亦修辞之一法。用典之要，不出以少字明多意。其大别有二：一用古事，二用成辞。用古事者，援古事以证今情也；用成辞者，引彼语以明此义也。援古事以证今情之类，约有四端：一曰直用，二曰浑用，三曰综合，四曰假设。……用成辞以明此义之类，亦约有四项：一曰全句，二曰隐括，三曰引证，四曰借字。①

前面我们讲"援古事"一类，没有采用刘永济先生书中的"四端"名目，而是仍以古代诗话中较多用的明用、暗用、翻用等类目进行讲述的；这里来讲"用成辞"一类，刘先生所列的四项：全句、隐括、引证、借字，后来诗词里引用成辞的方式大致不外这几种。所以我们以下即依此四项，分别举例来讲述。

（一）全句

刘永济先生于"全句"举例，有"一字不易，几同集句"的例子，即班固《封燕然山铭》之"纳于大麓，维清缉熙"二句，上句出《尚书·舜典》，下句是《诗经·周颂·维清》原句。又有"引用成辞，略加改易。殆为直用全语，嫌于集句，故小变耳"的例子，如潘岳《杨荆州诔》："鸟则择木，臣亦简君。"前句用《左传·哀公十一年》孔子原话，后句用《孔子家语》记孔子之语，但易"择"为"简"，以避与前句重复"择"字；又沈约《为武帝与谢朏敕》："不降其身，不屈其志。"刘先生指出是

---

　①　［梁］刘勰著，刘永济校释《文心雕龙校释》，中华书局1962年版，第148~151页。

用《论语》"不降其志，不辱其身"，易"辱"为"屈"，又以"身""志"互易。

古典诗歌中这样直接引古书全句"剪贴"到自己作品中的例子很常见，如我们前面说到过的曹操的《短歌行》诗，就把《诗经·小雅·鹿鸣》开头的"呦呦鹿鸣，食野之苹。我有嘉宾，鼓瑟吹笙"四句，"剪贴"在自己诗中，用得很自然，很妥帖。

宋黄彻《䂬溪诗话》卷四有"古人作诗，有用经传全句"一段，所举例如：《文选》卷二十三阮籍《咏怀诗十七首》之十二："小人计其功，君子道其常。"是用《荀子·天论》"君子道其常，而小人计其功"句，倒其先后而已。白居易《和答诗十首·和阳城驿诗》："疾恶若《巷伯》，好贤如《缁衣》。"用《礼记·缁衣》："好贤如《缁衣》，恶恶如《巷伯》，则爵不渎而民作愿，刑不试而民咸服。"《巷伯》，《诗经·小雅》中篇名；《缁衣》，《诗经·郑风》中篇名。杜甫《寄狄明府博济》诗句"谁谓荼苦甘如荠"，用《诗经·邶风·谷风》："谁谓荼苦，其甘如荠。"又杜甫《丹青引》"富贵于我如浮云"句，用《论语·述而》："不义而富且贵，于我如浮云。"①

唐宋诗不仅用经典全句，也用六朝人诗句。如南朝谢朓《隋王鼓吹曲·入朝曲》诗起头两句曰："江南佳丽地，金陵帝王州。"②唐孟浩然《送袁太祝尉豫章》诗云："何幸遇休明，观光来上京。相逢武陵客，独送豫章行。随牒牵黄绶，离群会墨卿。

---

① 丁福保辑《历代诗话续编》，中华书局1983年版，上册，第363页。

② 逯钦立辑校《先秦汉魏晋南北朝诗》，中华书局1983年版，中册，第1414页。

江南佳丽地，山水旧难名。"① 用"江南"全句为尾联出句。文天祥七律《中秋》尾联云："犹是江南佳丽地，徘徊把酒看苍天。"② 也在出句引用"江南佳丽地"全句。

宋人词用经史或前人诗句更为多见。著名的例子，如晏几道《临江仙》："梦后楼台高锁，酒醒帘幕低垂。去年春恨却来时。落花人独立，微雨燕双飞。/记得小苹初见，两重心字罗衣。琵琶弦上说相思。当时明月在，曾照彩云归。"③ 这首词是晏几道的代表作。其中尤其令人称道的"落花"二句，其实却是从五代翁宏五律《春残》诗中取用，翁诗前四句云："又是春残也，如何出翠帏？落花人独立，微雨燕双飞。"④ 当然，这两句被晏几道用到词里，也被其词烘托得更加令人一读难忘。又如张元干《贺新郎·送胡邦衡待制赴新州》词"天意从来高难问，况人情、老易悲难诉"二句⑤，用杜甫《暮春江陵送马大卿公恩命追赴阙下》诗"天意高难问，人情老易悲"一联⑥，略加改易成句。

辛弃疾词最善用古人全句，如《贺新郎》起句"甚矣吾衰矣"⑦，用孔子感慨的话，《论语·述而》："子曰：'甚矣吾衰也！久矣吾不复梦见周公！'"⑧ 又如《南乡子·登京口北固亭有怀》："何处望神州？满眼风光北固楼。千古兴亡多少事，悠悠，不尽长江滚滚流。/年少万兜鍪，坐断东南战未休。天下英雄谁

---

① 《全唐诗》卷一百六十，中华书局点校本，第5册，第1641页。

② 北京大学古文献研究所编《全宋诗》卷三五九八，北京大学出版社1991年版，第68册，第43033页。

③ 唐圭璋编《全宋词》，中华书局1995年版，第1册，第222页。

④ 《全唐诗》卷七百六十二，中华书局点校本，第22册，第8656页。

⑤ 唐圭璋编《全宋词》，中华书局1995年版，第2册，第1073页。

⑥ 《全唐诗》卷二百三十二，中华书局点校本，第7册，第2558页。

⑦ 唐圭璋编《全宋词》，中华书局1995年版，第3册，第1914页。

⑧ 杨伯峻译注《论语译注》，中华书局1980年版，第67页。

敌手？曹刘。生子当如孙仲谋。"① "不尽长江滚滚流"是用杜甫
七律《登高》"不尽长江滚滚来"句，改一字以押韵；"生子"
句用全句，仲谋，孙权字。《三国志·吴书·孙权传》注引《吴
历》："公（曹操）见舟船器仗军伍整肃，喟然叹曰：'生子当如
孙仲谋，刘景升儿子若豚犬耳。'"② 又如《八声甘州》："把江
山好处付公来，金陵帝王州。想今年燕子，依然认得，王谢风
流……"③ 开篇第二句是用前面讲到的谢朓诗"金陵帝王州"
全句。

其实，一字不改用全句，是原句正合我用而用之。略加改
易，哪怕是只改一字，已经是从我此处选字调声的考虑而作改
动，更能显出用典的主动性。这两种如果分别言之，则用全句是
剪贴式用典，略加改易则已是化用语典。

（二）隐括

刘永济《文心雕龙校释》举例释"隐括"说：

　　陆机《演连珠》："臣闻弦有常音，故曲终则改；镜无留
影，故触形则照。"上句用《文子》："事犹琴瑟，终必改
调。"下句用《淮南子》："镜不设形，故能形也。"陆机
《文赋》："石蕴玉而山辉，水怀珠而川媚。"二句皆用《荀
子》："玉在山而木润，渊生珠而岸不枯"之意。此类用法，
韵文最多，大抵原辞不便属对，故全用其意，而略约其辞以
为之也。④

---

① 唐圭璋编《全宋词》，中华书局 1995 年版，第 3 册，第 1961 页。
② 《三国志》卷四十七，中华书局点校本，第 5 册，第 1119 页。
③ 唐圭璋编《全宋词》，中华书局 1995 年版，第 3 册，第 1876 页。
④ ［梁］刘勰著，刘永济校释《文心雕龙校释》，中华书局 1962 年版，
第 149~150 页。

"隐括"的方法是"全用其意，而略约其辞以为之"。例如杜甫七律《宿府》："清秋幕府井梧寒，独宿江城蜡炬残。永夜角声悲自语，中天月色好谁看？风尘荏苒音书绝，关塞萧条行路难。已忍伶俜十年事，强移栖息一枝安。"① 其尾联即隐括《庄子·逍遥游》"鹪鹩巢于深林，不过一枝"语意。再如杜甫《返照》："楚王宫北正黄昏，白帝城西过雨痕。返照入江翻石壁，归云拥树失山村。衰年肺病唯高枕，绝塞愁时早闭门。不可久留豺虎乱，南方实有未招魂。"② 其尾联隐括王粲《七哀诗》"西京乱无象，豺虎方构患"③，以及《楚辞·招魂》："魂兮归来，南方不可以止些"④，造句既用其语，感时伤世，亦用其意。

又如李商隐绝句《昨夜》："不辞鹈鴃妒年芳，但惜流尘暗烛房。昨夜西池凉露满，桂花吹断月中香。"⑤ 起句隐括屈原《离骚》"恐鹈鴃之先鸣兮，使百草为之不芳"二句意，鹈鴃即杜鹃，杜鹃鸟于暮春时啼鸣，春花将尽，青春即逝矣。

诚如刘永济先生所说，用隐括方法，韵文最多。多读古人诗词，自能感知，这里就不多举例了。

（三）引证

刘永济《文心雕龙校释》举例释"引证"说：

　　　刘孝标《辨命论》："诗云：'风雨如晦，鸡鸣不已。'

---

① 《全唐诗》卷二百二十八，中华书局点校本，第 7 册，第 2483 页。
② 《全唐诗》卷二百三十，中华书局点校本，第 7 册，第 2529 页。
③ 逯钦立辑校《先秦汉魏晋南北朝诗》，中华书局 1983 年版，上册，第 365 页。
④ ［梁］萧统编，［唐］李善注《文选》卷三十三，中华书局 1977 年影印版，第 473 页。
⑤ 《全唐诗》卷五百四十，中华书局点校本，第 16 册，第 6198 页。

故善人为善，焉有息哉。"此明引成辞，以证为善不息也。同前："且于公高门以待封，严母扫墓以望丧。此君子所以自强不息也。"此浑引成辞，以证善恶有征，贵能自强不息也。于公事见《汉书·于定国传》，严母事见《酷吏·严延年传》。①

明引原话与浑引成辞，诗词中也都采用。例如陶渊明《癸卯岁始春怀古田舍》其二起四句曰："先师有遗训，忧道不忧贫。瞻望邈难逮，转欲患长勤。"②《论语·卫灵公》"子曰：'君子谋道不谋食。耕也，馁在其中矣；学也，禄在其中矣。君子忧道不忧贫。'"③陶渊明明引孔子遗训，感慨"瞻望邈难逮"以寄深意。

唐诗人中，李白《金陵城西楼月下吟》诗句："解道澄江净如练，令人长忆谢玄晖。"即明引谢朓《晚登三山还望京邑》诗中"馀霞散成绮，澄江净如练"一联下句，表达钦佩之情。白居易诗中引证的诗句较多，有明引成辞的，如五古《酬吴七见寄》："尝闻陶潜语，心远地自偏。"④五律《闲吟二首》其一结句："忆得陶潜语，羲皇无以过。"⑤也有浑引的，如五古《读谢灵运诗》起四句："吾闻达士道，穷通顺冥数。通乃朝廷来，穷即江湖去。"⑥绝句《读庄子》："庄生齐物同归一，我道同中有不同。遂性逍遥虽一致，鸾凤终校胜蛇虫。"⑦等等。

① ［梁］刘勰著，刘永济校释《文心雕龙校释》，中华书局1962年版，第150页。
② 逯钦立校注《陶渊明集》，中华书局1979年版，第77页。
③ 杨伯峻译注《论语译注》，中华书局1984年版，第168页。
④ 《全唐诗》卷四百二十九，中华书局点校本，第13册，第4737页。
⑤ 《全唐诗》卷四百五十一，中华书局点校本，第14册，第5093页。
⑥ 《全唐诗》卷四百三十，中华书局点校本，第13册，第4742页。
⑦ 《全唐诗》卷四百五十五，中华书局点校本，第14册，第5150页。

宋诗人如苏轼诗中引证，其五古《送参寥师》中数句："退之论草书，万事未尝屏。忧愁不平气，一寓笔所骋。颇怪浮屠人，视身如丘井。颓然寄淡泊，谁与发豪猛？"① 韩愈《送高闲上人序》论张旭草书说："往时张旭善草书，不治他技，喜怒窘穷，忧悲愉佚，怨恨思慕，酣醉无聊，不平有动于心，必于草书焉发之。……故旭之书，变动犹鬼神，不可端倪，以此终其身，而名后世。"② 苏轼引韩愈对张旭草书的议论形容，来比喻称赞僧道潜（参寥）的诗歌。苏轼又有引欧阳修成辞的诗句，如五古《僧惠勤初罢僧职》结尾四句："非诗能穷人，穷者诗乃工。此语信不妄，吾闻诸醉翁。"③ 欧阳修（醉翁）《梅圣俞诗集序》说："予闻世谓诗人少达而多穷。夫岂然哉？盖世所传诗者，多出于古穷人之辞也。……然则非诗之能穷人，殆穷者而后工也。"④

陆游诗也多有引证，如五古《杂兴十首以贫坚志士节病长高人情为韵》其二："孟子辟杨墨，吾道方粲然。韩愈排佛老，不失圣所传。伐木当伐根，攻敌当攻坚。坐视日月食，孰探天地全？一木信难恃，要忧大厦颠。安得孟韩辈，出为吾党先？"⑤ 孟子辟杨墨，韩愈排佛老，这里都是浑引，孟、韩的思想言论为人们所熟知。又如七律《晚兴》颈联"屈子所悲人尽醉，郦生常谓

① ［宋］苏轼著，［清］冯应榴辑注，黄任轲、朱怀春校点《苏轼诗集合注》，上海古籍出版社2001年版，第2册，第864页。

② 童第德选注《韩愈文选》，人民文学出版社1980年版，第260~261页。

③ ［宋］苏轼著，［清］冯应榴辑注，黄任轲、朱怀春校点《苏轼诗集合注》，上海古籍出版社2001年版，第2册，第551页。

④ 陈必祥编撰《欧阳修散文选集》，上海古籍出版社1997年版，第290页。

⑤ ［宋］陆游著，钱仲联校注《剑南诗稿校注》，上海古籍出版社1985年版，第6册，第3097页。

我非狂"①，明引属对，以自比况。

宋诗人最令人肃然起敬、令人感知崇高悲壮的引证成辞的例子，是文天祥的临刑前留在衣带中的《自赞》：

> 孔曰成仁，孟曰取义。唯其义尽，所以仁至。读圣贤书，所学何事？而今而后，庶几无愧。②

《论语·卫灵公》："子曰：'志士仁人，无求生以害仁，有杀身以成仁。'"③《孟子·告子上》："生亦我所欲也，义亦我所欲也；二者不可得兼，舍生而取义者也。"④ 文天祥以绝不降元而从容就义，用牺牲生命完成了儒家所崇尚的志士仁人的理想品格。

（四）借字

刘永济《文心雕龙校释》举例释"借字"说：

> 班固《东都赋》："是以四海之内，学校如林，庠序盈门。"如林二字出《书》"受率其旅若林"，盈门二字出《诗》"烂其盈门"，此但用其字面也。⑤

用前人诗文中的字词，在写作中是尽量避免用词生造。虽然

---

① ［宋］陆游著，钱仲联校注《剑南诗稿校注》，上海古籍出版社1985年版，第4册，第1679页。
② 《宋史》卷四百一十八《文天祥传》，中华书局点校本，第36册，第12541页。
③ 杨伯峻译注《论语译注》，中华书局1984年版，第163页。
④ 杨伯峻译注《孟子译注》，中华书局1984年版，下册，第265页。
⑤ ［梁］刘勰著，刘永济校释《文心雕龙校释》，中华书局1962年版，第150页。

古来诗文其实是不断"生造"创作的成果，但在已有丰厚的诗文古典的背景上，诗文写作选词用字最好是有先例，如此则既稳妥又典雅，能见出作者学养的深厚。黄庭坚称杜甫诗"无一字无来处"，正是由于杜甫自己所表白乃"读书破万卷，下笔如有神"矣。然而"但用其字面"这一项，多数应只视为普通修辞的讲究，不必全当作用典，除非在用其字面的同时，也含有用其原句意的作用，才有"用典"的性质。

《苕溪渔隐丛话·前集》卷九引《王直方诗话》说：

> 近世有注杜诗者，注"甫昔少年日"，乃引"贾少年"。"幽径恐多蹊"，乃引《李广传》"桃李不言，下自成蹊"。"绝域三冬暮"，乃引东方朔"三冬文史足用"。"寂寂系舟双下泪"，乃引《贾谊传》"不系之舟"。"终日坎壈缠其身"，乃引"孟子少坎坷"。"君不见古来盛名下"，乃引《新唐书·房琯赞》云"盛名之下为难居"。真可发观者一笑。①

这种不管有无联系，只是取一个古代诗文的相同用例为注的问题，其实在清初仇兆鳌《杜诗详注》中依然存在。仇氏如此出注的用意应也不是把不相关的用例都误以为是"语典"出处，而只是用以证明杜甫诗语多有先例而已。仇氏这部"详注"也还有参考的价值。当然，清乾隆时杨伦撰《杜诗镜铨》就以注释精简为特色，以修正前人注释繁芜逞博的偏失。

今人整理诗文古籍，注释典故出处，有时也还有把不相关的

---

① ［宋］胡仔纂集，廖德明校点，周本淳重订《苕溪渔隐丛话·前集》，人民文学出版社1993年版，第59页。

用例罗列为注的问题。我们读书参阅时，要能辨识，才不至于被误导。

第四节　用典的宜忌

以上三节，我们论述了用典是一种修辞的需要，诗歌不用典是不可能的。但用典有利也有弊，用典有多样的方法。学习古典诗歌的创作，要善于用典，要用得恰到好处。那么，用典要注意哪些问题呢？

一、要自然贴切，忌牵强斗凑

用典要自然贴切，浑然天成，不可牵强斗凑。《颜氏家训·文章》引邢邵之言所谓"沈侯文章用事，不使人觉，若胸臆语也，深以此服之"，其意不在强调暗用，而主要是称道用典的自然。上一节讲用典的方法所举例证，也都可以看作用典自然贴切的例子。再看诗话中的谈论，宋蔡居厚《蔡宽夫诗话》一则说：

> 前史称王筠善押强韵，固是诗家要处，然人贪于捉对用事者，往往多有趁韵之失。退之笔力雄赡，务以词采凭陵一时，故间亦不免此患。如《和席八》"绛阙银河晓，东风右掖春"诗终篇皆叙西垣事，然一联云："傍砌看红药，巡池咏白蘋。"事除柳恽外，别无出处；若是用此，则于前后诗意无相干，且趁蘋字韵而已。然则人亦有事非当用，而炉锤驱驾，若出自然者。杜子美《收京诗》以樱桃对杕杜，荐樱桃事，初若不类，及其云"赏因歌杕杜，归及荐樱桃"，则浑然天成，略不见牵强之迹，如此乃为工耳。①

① 郭绍虞辑《宋诗话辑佚》，中华书局1987年版，下册，第390页。

又如宋《漫叟诗话》一则说："东坡最善用事，既显而易读，又切当。"举例有《柳氏求字答》诗，称是"天然奇作"①。所举苏轼诗全题是《柳氏二外甥求笔迹二首》，诗为七绝两首，曰：

> 退笔如山未足珍，读书万卷始通神。
> 君家自有元和脚，莫厌家鸡更问人。

> 一纸行书两绝诗，遂良须鬓已如丝。
> 何当火急传家法，欲见诚悬笔谏时。②

苏轼的柳氏二外甥求他的书迹，他书写了这两首绝句。诗中用到柳氏的典故，"君家自有元和脚"两句，是用唐朝柳宗元和刘禹锡的唱和诗的故事和语词。柳宗元有《殷贤戏批书后寄刘连州并示孟仑二童》诗曰："书成欲寄庾安西，纸背应劳手自题。闻道近来诸子弟，临池寻已厌家鸡。"③"厌家鸡"的典故出晋何法盛《晋中兴书》所载：庾翼书法曾与王羲之齐名，后来王羲之书法更引人爱好，庾翼不服气，在书信里说："小儿辈厌家鸡，爱野雉，皆学逸少书，须吾下当北之。"庾翼把自己的书法比喻为家鸡，把王羲之书法比为野雉。然而《世说新语》记后来庾翼终于服膺王羲之书法的造诣。刘禹锡有《酬柳柳州家鸡之赠》诗云："日日临池弄小雏，还思写论付官奴。柳家新样元和脚，且尽姜芽敛手徒。"④《因话录》记载，柳宗元书法自成一家，在元

---

① 郭绍虞辑《宋诗话辑佚》，中华书局 1987 年版，上册，第 363 页。
② ［宋］苏轼著，［清］冯应榴辑注，黄任轲、朱怀春校点《苏轼诗集合注》，上海古籍出版社 2001 年版，第 2 册，第 505 页。
③ 《全唐诗》，中华书局点校本，第 11 册，第 3938 页。
④ 《全唐诗》，中华书局点校本，第 11 册，第 4126 页。

和时期，后生多学他。① 刘禹锡用"柳家新样元和脚"称赞柳宗元书法。苏轼绝句二首，前首"君家自有元和脚"即用刘禹锡诗语指柳宗元书法，后首"欲见诚悬笔谏时"句，则是用柳公权（字诚悬）答唐穆宗问笔法说"用笔在心，心正则笔正"的故事。② 用两个著名的柳氏书法典故，勉励爱好书法的柳氏外甥，如此用典，是自然而贴切的最佳范例。当然，这样自然贴切的用典，在苏轼诗中是每每如此的，他获得"最善用事"的赞誉，是实至名归。

诗歌用典要自然贴切，不要牵强为之。《石林诗话》卷上说："诗之用事，不可牵强，必至于不得不用而后用之，则事词为一，莫见其安排斗凑之迹。"③ 所举出称道的例子也是苏轼诗句，此略不录。总之，多看苏轼诗歌的用典处，可以受到很多很好的启发。

二、要明白易解，忌生僻难晓

用典是为了含蓄，但含蓄不是含混，也不是要做成谜语。所以，用典要尽可能用一些人人皆知的成为共语的典故，而不要用僻书僻典，这样才能够流畅地表达意思，不至于使读者猜谜或误解。

明胡应麟《诗薮》卷四说："用事之僻，始见商隐诸篇。宋初杨、李、钱、刘，愈流绮刻。"④ 清黄士龙《野鸿诗的》一则说："自汉以迄中唐，诗家引用典故，多本之于经、传、《史》、

① ［唐］赵璘《因话录》卷三。《唐国史补·因话录》，上海古籍出版社 1979 年版，第 84 页。

② 《旧唐书·柳公权传》，中华书局点校本，第 13 册，第 4310 页。

③ ［清］何文焕辑《历代诗话》，中华书局 1981 年版，上册，第 413页。

④ ［明］胡应麟撰《诗薮》，中华书局 1958 年版，第 62 页。

《汉》，事事灼然易晓。下逮温、李，力不能运清真之气，又度无以取胜，专搜汉魏诸秘书，括其事之冷寂而罕见者，不论其义之当与否，擒剥填缀于诗中，以夸耀己之学问渊博。"① 温庭筠、李商隐用典有偏失也有新的探索，此论对于温、李的批评不免过苛，但主张用典应避免冷僻而用灼然易晓的故事，则宜为用典一准则。

古代典籍随时代而不断增添益多，唐人用典以经、传、《史》、《汉》等为主要来源，宋代用典自然已延伸到唐朝故事。明人有认为不可用宋以下之事者，不免为因尚古而自加拘限。但其用心所在还是主张用典宜用读书人普遍都读的经史典籍故事，以便明白易解，这又是合理的。只是对于今人来说，可读的书范围之广大，更是古人所不曾面对的。现在很难要求爱读诗歌者必须有个共同必读的经史古籍的范围，即使是作者以为最明白易晓的典故，在读者也未必一读便知。应对这种问题，一方面是读者要多读书，一方面还需要诗人考虑用典的必要性，能不用则不用。

三、引用要准确，避免误用

南宋魏庆之编《诗人玉屑》，以格法分类，选辑诸家诗话；其卷七"用事"一类，辑录三十几则谈论，其中论用事宜"的当""精确"者数条，而论"误用事""率尔用事"者亦有多条。可知用典要精确，不要误用，是古人诗话中所反复论说的事情，同时也是学习作诗者须要留意借鉴的问题。

关于用典准确，前面讲用典的方法所举例，都可谓是"的当""精确"的，这里不再另举。关于"误用事"，《诗人玉屑》

---

① ［清］王夫之等撰，丁福保辑《清诗话》，上海古籍出版社 1978 年版，下册，第 891 页。

引《西清诗话》云：

> 唐人以诗为专门之学，虽名世善用故事者，或未免小误。如王摩诘诗："卫青不败由天幸，李广无功缘数奇。""不败由天幸"，乃霍去病，非卫青也。《去病传》云：其军尝"先大将军，军亦有天幸，未尝困绝"。意有"大将军"字，误指去病作卫青耳。李太白"山阴道士如相访，为写黄庭换白鹅"，乃《道德经》，非《黄庭》也。逸少尝写《黄庭经》与王修，故二事相紊。杜牧之尤不胜数。前辈每云：用事虽了在心目间，亦当就时讨阅，则记牢而不误。端名言也。①

王维《老将行》"卫青不败由天幸"一句，典据《史记·卫将军骠骑传》："大将军卫青者，平阳人也。……大将军姊子霍去病……为骠骑将军……然亦敢深入，常与壮骑先其大军，军亦有天幸，未尝困绝也。"② 上引诗话以为"误用事"。现代高步瀛《唐宋诗举要》认为："此诗以天幸指卫青，盖借用。"③ 而现代注家也仍有以为误用者。又有如陈贻焮先生的一种理解曰："列传中霍去病的事迹紧接于卫青的事迹之后，既说霍去病'亦有天幸'，似有谓卫青'有天幸'之意；说'卫青不败由天幸'，也可能由于诗人对此作如此理解所致。"④

---

① ［宋］魏庆之编，王仲闻校勘《诗人玉屑》卷七，中华书局1961年版，上册，第157页。

② 《史记》卷一百一十一，中华书局点校本，第9册，第2921～2931页。

③ 高步瀛《唐宋诗举要》，上海古籍出版社1986年版，第145页。

④ 陈贻焮选注《王维诗选》，人民文学出版社1983年版，第55页。

　　李白的"山阴道士"两句，出绝句《送贺宾客归越》。其中用事是否"误用"，历来也多争议，可以参阅瞿蜕园、朱金城二氏《李白集校注》注释的列举和讨论，此不具引。

　　总之，用事要讲究准确，要避免误用，这个原则还是应记取的。

第五章　鉴赏论

对于文艺作品的"鉴赏"，自然含鉴别与欣赏二义。书、画、文物的鉴赏，因为历来作伪牟利的赝品总是大量产生，所以鉴别真伪是"鉴赏"的第一关。而古典诗歌的鉴赏，由于流传的作品是经过反复淘汰筛选的，虽然也有传写翻刻过程中文字讹误或浅妄擅改造成的版本异文，但不至于造出许多传世作品的真伪问题。因此，诗歌的鉴赏，辨别真伪的问题并不很多，异文校勘也只是一项基础整理工作，其"鉴别"的主要方面在于品评诗篇思想感情境界的高下，以及趣尚兴味的雅俗。而无论书、画、文物，还是诗歌、文学，其"欣赏"，则都是欣赏者对于他感觉美好的作品的品味和耽玩，从而获得审美的享受和情趣的陶冶。

所以，诗歌鉴赏首先是文学批评，进而是文学欣赏。

两千多年前，《论语》里记录孔子几次议论《诗经》，以及几次说到"学诗"（记诵《诗经》）的话，都已涉及诗的鉴赏。孔子说："《诗》三百，一言以蔽之，曰'思无邪'。"（《论语·为政》）这是对《诗经》整体的评价。孔子说："《关雎》，乐而不淫，哀而不伤。"（《论语·八佾》）这是对具体诗篇的鉴赏。孔子说："兴于《诗》，立于礼，成于乐。"（《论语·泰伯》）孔子对弟子们说："小子何莫学夫诗？诗，可以兴，可以观，可以群，可以怨。"（《论语·阳货》）孔子问儿子孔鲤"学诗乎？"曾对孔鲤说"不学诗，无以言。"（《论语·季氏》）又曾对孔鲤说："女为《周南》《召南》矣乎？人而不为《周南》《召南》，其犹正墙面而立也与?"（《论语·阳货》）孔子重视"学诗"的这些言论，构成儒家"诗教"思想的基础，对于后世文学批评和文学鉴赏都深有影响。

东晋大诗人陶渊明《五柳先生传》说自己"好读书，不求甚解；每有会意，便欣然忘食"①。《与子俨等疏》也自述"少学琴书，偶爱闲静，开卷有得，便欣然忘食"②。又有《移居二首》诗其一说："敝庐何必广，取足蔽床席。邻曲时时来，抗言谈在昔。奇文共欣赏，疑义相与析。"③都表现出他于文学鉴赏的兴趣态度。

南朝刘勰《文心雕龙》一书有《知音》一篇，是我国古代第一篇比较系统的文学批评论，涉及文学批评与创作和文学欣赏等问题。刘勰说："夫缀文者情动而辞发，观文者披文以入情；沿波讨源，虽幽必显。世远莫见其面，觇文辄见其心。岂成篇之足深？患识照之自浅耳。"又说："夫唯深识鉴奥，必欢然内怿；譬春台之熙众人，乐饵之止过客。盖闻兰为国香，服媚弥芬；书亦国华，玩绎方美。知音君子，其垂意焉。"④虽然"缀文者"（作家）写出了好的作品，但还需"观文者"（读者）能披文入情，深识鉴奥，细细体会玩味，文学之"美"才得以实现。刘勰的这个论说在古代文论史上极具新意，它指出了读者的"深识鉴奥"与"玩绎"，也就是读者的鉴赏，在文学审美的最终实现过程中

---

① 逯钦立校注《陶渊明集》，中华书局1979年版，第175页。
② 逯钦立校注《陶渊明集》，中华书局1979年版，第188页。
③ 逯钦立校注《陶渊明集》，中华书局1979年版，第56页。
④ 陆侃如、牟世金《文心雕龙译注》，齐鲁书社1982年版，下册，第390~391页。按："玩绎方美"句，正文原作"玩泽方美"，注："泽：当作'绎'。玩绎：细细体会玩味。"引文依注改"泽"为"绎"。

的作用。这正是西方近几十年兴起、在我国近些年才关注和译介
的所谓"接受美学"所着意强调的观点。①

　　唐代诗人如陈子昂、李白、杜甫、白居易等,都有涉及诗歌
鉴赏的议论。陈子昂论诗推赏"汉魏风骨",批评齐梁间诗"彩
丽竞繁,而兴寄都绝"(《与东方左史虬修竹篇叙》)。李白慨叹
"大雅久不作,吾衰竟谁陈?""我志在删述,垂辉映千春。"
(《古风五十九首》其一)杜甫则说:"未及前贤更勿疑,递相祖
述复先谁。别裁伪体亲风雅,转益多师是汝师。"(《戏为六绝句》
其六)白居易在《与元九书》中,则由对于全部诗史的回顾审
视,重揭《诗经》补察时政、泄道人情的现实主义大旗,得出自
己的主张谓:"文章合为时而著,歌诗合为事而作。"大抵唐代大
诗人之所以有杰出的创作,各自也都有其熟精诗史、鉴赏有得的
感知和认识的深厚基础。

　　当然不仅是唐代诗人,宋代如苏轼、黄庭坚、陆游、杨万里
等,也都是熟精诗史,各自鉴赏有得,而又各有自成一家的创新
追求,才成其为大诗人。从宋代起产生诗话,至明清时代,诗话
类撰著甚多。诗话多数是以片段记录诗人轶事言论、品评诗篇或
佳句等,也有较具整体构思、议论篇幅较大的。诗话的作者有的
是有创作成就的诗人,也有不闻其有诗名的批评家,这也表现出
批评与鉴赏的相对独立性。无论是诗人所撰,还是批评家的著
述,诗话中有很多精彩的鉴赏议论,是很值得学诗、读诗者参看
和玩味的。

　　20世纪新文化运动以来近百年间,古代名家诗集的笺释、注

---

　　①　参阅李泽厚主编"美学译文丛书"之《接受美学与接受理论》,
【德】H·R·姚斯、【美】R·C·霍拉勃著,周宁、金元浦译,辽宁人民出
版社1987年版。

评，以及综合性的唐诗选注或宋诗选注类的书，可谓层出不穷，其中多有高手的用功之作，是现代人对于古典诗歌所作鉴赏的一种通行方式。著名的选注本和鉴赏著作如喻守真编注《唐诗三百首详析》，钱锺书选注《宋诗选注》，刘永济著《唐人绝句精华》，沈祖棻著《唐人七绝诗浅释》，萧涤非选注《杜甫诗选注》，周汝昌选注《杨万里选集》等，撰著者都是术业有专攻、而又都仍能作诗的学者诗家，他们的解析评说都很有见地。现代学者撰著的文学史和文学批评史，如长期作为高校教材的游国恩等主编《中国文学史》，郭绍虞著《中国文学批评史》等，也是提高文学鉴赏能力有必要读的书。

　　20 世纪 80 年代以来还兴起"鉴赏辞典"和"赏析丛书"出版热。"鉴赏辞典"热，最初是上海辞书出版社编辑出版了一部《唐诗鉴赏辞典》，其中的鉴赏文，有些是收录的老辈专家学者原有的佳作，也有当代学者认真撰写的文字，同时也有并非当行的撰稿人所作的不得要领的赏析论说，使人看几行就不想再看下去的。大概是因有极为可观的销售量，不仅吸引上海辞书出版社继续编辑出版《宋诗鉴赏辞典》等，其他很多出版社也都纷纷出版各种"鉴赏辞典"。其实起初应是上海辞书出版社限于本身出版物的业务范围，把鉴赏文章视为"辞条"，杜撰出"鉴赏辞典"这样一个名目，竟然也就成为很"热"的一类出版物，无疑是追逐利润的商业化运作造成了这一时代现象。非辞书出版社当然不必用"鉴赏辞典"这个受争议的名目，于是又有很多种"鉴赏丛书"面世，其中也是既有佳作，也有市场跟风急功近利的组稿、撰稿凑合成书的。

　　《文心雕龙·知音》篇开篇曰："知音其难哉！"虽然如此，历来诗歌鉴赏的实践及理论的探讨，也积累了丰富而有益的经验和启示。《文心雕龙·知音》篇有六观说①，宋以后诗话多从"文意"与"词句"两端品评诗作，近代以来于诗文鉴赏也是多分内容与形式二元论之。古典诗歌的鉴赏，大致也不外是从"文意"（内容）和"词句"（形式）两方面给予品评和赏析。本章综合前人的启示和个人心得，分三节来试论如何鉴赏古典诗歌。

第一节　情志境界的高下

《尚书·舜典》曰："诗言志，歌永言。"《毛诗序》说："诗者，志之所之也。在心为志，发言为诗。"陆机《文赋》说："诗缘情而绮靡。"白居易《与元九书》说："诗者，根情，苗言，华声，实义。"严羽《沧浪诗话·诗辨》说："诗者，吟咏性情也。"

古语所谓"诗言志"，其实正等于后代所谓"吟咏性情"。《左传》昭公二十五年"是故审则宜类，以制六志"，唐孔颖达《正义》即说："此六志，《礼记》谓之'六情'。在己为情，情动为志，情、志一也，所从言之异耳。"② 当然，后世以"言志"为抒写抱负志向，而志向抱负实际也还是性情的一个方面。

诗歌是抒情言志的文学，一般说来，诗都是情动于中而发于言的产物。仅具有诗的形式而并非抒情的篇什，如某些技艺的歌

---

① 《文心雕龙·知音》："是以将阅文情，先标六观：一观位体，二观置辞，三观通变，四观奇正，五观事义，六观宫商，斯术既形，则优劣见矣。"陆侃如、牟世金译注《文心雕龙译注》，齐鲁书社1982年版，下册，第389页。

② 《十三经注疏》，中华书局1980年影印本，下册，第2108页。参阅朱自清《诗言志辨》，载《朱自清古典文学论文集》上册，上海古籍出版社1981年版。

诀等，不能算作诗。或者不说歌诀，就如"彩丽竞繁，而兴寄都绝"的齐梁间诗，因为缺失关怀现实和表现理想的有意义的思想感情，不仅在唐朝已遭陈子昂、李白的批评；而且在后世更严格的批评家，如清冯班《古今乐府论》更是认为"文无比兴，非诗之体也"①，没有比兴，没有托物言志的思想感情，也不成其为诗了。而同是包含情志的诗，其情其志，则呈现出诗人情感襟怀的广狭、高下，这是为历来读诗评诗所关注的，包含高尚的感情和志向的诗，才是好诗，才可能感人至深，广为传诵。

诗所包含的高尚的感情和志向，应该是诗人的真襟抱、真性情。而伪情伪意、伪崇高，总是会被当时或后世察言观行、知人论世的鉴别所揭穿的。所以，诗的鉴赏，也是对于诗人的鉴评。清薛雪《一瓢诗话》说："诗文与书法一理，具得胸襟，人品必高。人品既高，其一謦一咳，一挥一洒，必有过人处。"② 刘熙载《艺概·诗概》说："诗品出于人品。"③ 虽然这种论断也有人会持异议，但从根本上说，以察言观行、知人论世的鉴评法来看，这是无可置疑的。

凡为后世千古景仰的大诗人，无疑个个都是具有高贵品德和高尚思想感情之人。他们出于人品的高尚思想感情倾诉或流露在诗篇中，后世读者"觇文辄见其心"，不能不为之感动。正是由此，他们才名垂诗史，与日月争光。

古代诗人的思想意识，大抵源自先秦孔孟儒家、庄子道家，或者汉魏以后传入中土的佛教思想。汉代虽曾独尊儒术，南北朝

---

① [清] 冯班《钝吟文稿》，《四库全书存目丛书》，齐鲁书社1997年版，《集部》第216册，第553页。

② [清] 王夫之等撰，丁福保辑《清诗话》，上海古籍出版社1978年版，下册，第700页。

③ [清] 刘熙载《艺概》，上海古籍出版社1978年版，第82页。

以后，儒、道、佛三教在现实中往往并尊共存，社会意识形态的多元化，为诗人的思想意识提供了广阔的自由伸展空间，也使得诗歌作品包含着或儒或道或佛的思想意识；而无论是儒是道或是佛家的思想资源，都有可能引导诗人养成超凡脱俗的品德和思想感情。当然，诗歌中的思想意识不同于说理文的要求理性直白，它应是包含在即事兴感的抒情中。诗歌如果缺少了抒情内涵而只是谈玄说教，也就失去了诗的本性，必不能成为好诗。因此，诗歌鉴赏对于诗篇所含诗人的思想意识的评析，也总是要品味其感情的浓淡厚薄。就是说诗篇的主旨既是思想意识，同时也应有感情心态，是思想引发的感情，是感情中的思想，也就是说诗篇的主旨是思想感情。

古代诗论诗话，以及现代文学史著述，对于历代诗人诗作的思想意识总是不断在分析论说，史有定评的大诗人的思想感情，为我们所熟知。有些诗人是在其当时就大有声望、为人敬仰的，他们的思想感情、处事性情广为同时代人所喜爱，他们的诗文在写成的当时就为人们所争传，他们是一个时期的文坛巨星，现世享受四海扬名的荣耀，例如李白、白居易、苏轼等，就都是如此。有些诗人则在其当时并未广为人知和极受崇敬，而是在其身后数十年、数百年，其人其诗才越来越受到景仰和激赏，名列第一流大诗人行列，如陶渊明，如杜甫，就是这样。这种情况的存在有多方面原因，主要的应是诗人思想感情的脱俗高蹈，或诗人艺术探索的拓展创造，不为同时代人当下即理解，而逐渐被后世知音者所认识、所推崇，这种情况的存在，特别能印证刘勰"知音其难哉"的感慨。

"夫缀文者情动而辞发，观文者披文以入情"。就古代诗人而言，诗篇中寄寓什么样的思想感情，是易引起"观文者"的共鸣，并引生崇敬之情的呢?

　　古代诗人的多数，思想意识的根基总是植立于儒家思想土壤中。儒家思想的核心是对于现实人伦的关怀，是对于理想政治的追求，也有对于个人品格尊严的设定，对于心灵自由的向往。所有这些思想意识，都是儒家思想中有益于世道人心的方面。诗人由这些思想意识引发感时抚事的吟咏写作，往往产生具有崇高感的佳作名篇。

　　例如，关于陶渊明诗所寄托的思想感情，李华主编《陶渊明诗文赏析集》的《前言》中一段概括说：

　　　　渊明年轻时就有"不慕荣利""忘怀得失"的淡泊胸怀和"猛志逸四海，骞翮思远翥"的宏大抱负。然而他所处的时代却是无比的黑暗，因而诗文里感叹不遇的话很不少。他曾经出仕，那虽然也许是对政治还抱着或一的希望和聊且一试之想，但更多的却是出于不得已，一是由于政治形势的裹挟，二是由于生活的逼迫。他与世俗那样格格不入，却不得不混迹官场，所以精神十分痛苦，充满了悔恨负疚的心情。几度悔恨之后，他毅然下定决心，与官场永诀，以躬耕终老，《饮酒》第十二首说："长公曾一仕，壮节忽失时，杜门不复出，终身与世辞"，似乎也是渊明本人一生出处大节的写照。他处在那样污浊的社会，进不能"道济天下"，退而"安贫乐道"求其次，这是他当时唯一的出路。隐居中生活困苦，他可能闪过再出仕的念头，但最终还是用儒家"固穷""守节"的思想坚定了自己的态度，所谓"贫富常交战，道胜无戚颜"，他再也没有出仕。不过他对政治的关心、对国计民生的热忱是至老不衰的，也常以"有志不获骋"为恨。《饮酒》第十一首说："颜生称为仁，荣公言有道；屡空不获年，长饥至于老。虽留身后名，一生亦枯槁！"话是说的荣启期、颜回，但也是在说自己。生时高直，却遭际不偶，直到死后名字才逐渐为人所知，这在历史上并非偶然现象。渊明怀抱高趣，与世俗不合，最后不得不老死田园，赍志以没，无声无息。他大概不甘心，所以写作诗文，既以自慰，也是希望在千百年后，能"垂空文以自见"，让后人了解他的境遇和它的人格。因此，它的作品拥有众多的读者，而且引起后人的赞叹，产生感情的共鸣。①

不仅是陶渊明牢记"先师有遗训，忧道不忧贫"，因而成其为伟大诗人；后来如杜甫，如白居易，也都是如此。

《论语·阳货》篇记孔子说："君子学道则爱人。"②《孟子·离娄下》记孟子说："仁者爱人。"③ "爱人"者才是君子，是仁者。"爱人"正可谓是儒家之道的根本精神。

杜甫1400多首诗作，最充分地蕴含着儒家的仁爱精神，所以古来诗评家称他是"诗圣"，近代梁启超则称他是"情圣"④。就是因为如梁启超所说，除了为前人所恭维的他的"忠君爱国"之情外，他对于普通人民最富于同情心，他对家人、对朋友，都怀有关心和爱的至性真情。梁启超并说"工部的写实诗，什有九属于讽刺类"，正由于他爱国爱民，爱朋友，爱家人，因而他讽刺社会黑暗的诗也最深刻、最痛切。梁启超演讲的最后说：

---

① 李华主编《陶渊明诗文赏析集》，巴蜀书社1988年版，《前言》第3~4页。

② 杨伯峻译注《论语译注》，中华书局1980年版，第181页。

③ 杨伯峻译注《孟子译注》，中华书局1980年版，上册，第197页。

④ 梁启超《情圣杜甫（5月21日为诗学研究会讲演）》，《杜甫研究论文集·一辑》，中华书局1962年版，第1~13页。

　　像情感怎么热烈的杜工部，他的作品，自然是刺激性极强，近于哭叫人生目的那一路；主张人生艺术观的人，固然要读他。但还要知道，他的哭声，是三板一眼的哭出来，节节含着真美；主张唯美艺术观的人，也非读他不可。我很惭愧我的艺术素养浅薄，这篇演讲不能充分发挥"情圣"作品的价值；但我希望这位情圣的精神，和我们的语言文字同其寿命；尤盼望这种精神有一部分注入现代青年文学家的脑里头。①

　　梁启超先生对于杜甫诗的极为概括的评析，十分有助于我们对于古典诗歌的鉴赏；不仅如此，他对于继承"诗圣"精神以致"和我们的语言同其寿命"的期望，也应该很能激励并坚定我们学习写作古典诗歌的兴趣和信念。

　　当然不只是儒家思想能培养诗人坚持道义的精神和博爱于人的感情，深受庄子道家思想影响同时又景仰游侠还向往神仙的诗人李白，深受佛教禅宗思想影响的诗人如王维，以及出入儒道、濡染佛禅的诗人如苏轼，他们的诗歌也都展现着或自由浪漫或宁静冲淡或宏博通达的超凡越俗的思想感情。这些伟大诗人的思想襟怀，为历来诗评家所乐道，也是现代文学史论著所着重论述的方面，应该也为我们大家所熟知，在此就不赘言了。

　　当然，对于诗人诗作的思想情怀，并不能一概检视它是不是崇高伟大或超凡脱俗。即使是李白、杜甫、苏东坡，也不能要求他们在每篇诗歌中都寄寓忧国忧民的思想感情，其实他们的很多诗篇所表达的也是无关忧国忧民的普通的生活情趣和审美情感。例如李白《赠汪伦》绝句：

---

　　①　《杜甫研究论文集·一辑》，中华书局1962年版，第13页。

　　李白乘舟将欲行，忽闻岸上踏歌声。
　　桃花潭水深千尺，不及汪伦送我情。

　　刘永济选释《唐人绝句精华》说："按读此诗既以见汪伦之脱俗可喜，亦以见太白之对人民亲切有情，汪伦藉太白一诗而留名后世，亦如黄四娘因杜甫一诗而传，诗人之笔可贵如此。"①
　　再如杜甫组诗《江畔独步寻花七绝句》其六：

　　黄四娘家花满蹊，千朵万朵压枝低。
　　留连戏蝶时时舞，自在娇莺恰恰啼。

　　苏轼曾书写这首绝句，并跋曰："此诗虽不甚佳，可以见子美清狂野逸之态，故仆喜书之。昔齐鲁有大臣，史失其名。黄四娘独何人哉？而托此诗以不朽，可以使览者一笑。"②
　　苏轼在惠州时写过一首题为《正月二十六日，偶与数客野步嘉祐僧舍东南，野人家杂花盛开，扣门求观，主人林氏媪出应，白发青裙，少寡，独居三十年矣。感叹之余，作诗记之》的七律，末尾两句说："主人白发青裙袂，子美诗中黄四娘。"③
　　普通人汪伦、黄四娘、林氏媪，因李白、杜甫、苏东坡的诗而留名不朽。而李、杜、苏这三首诗，在他们的诗篇中其实都属

　　①　刘永济选释《唐人绝句精华》，人民文学出版社 1990 年版，第 55 页。
　　②　［宋］苏轼著，［明］茅坤编，孔凡礼点校《苏轼文集》，中华书局 1986 年版，第 5 册。第 2103 页。
　　③　［宋］苏轼著，［清］冯应榴辑注，黄任轲、朱怀春校点《苏轼诗集合注》，上海古籍出版社 2001 年版，第 5 册，第 1984 页。

于"虽不甚佳"之作，但又都因为表现出诗人的"清狂野逸之态"，和对普通人民的亲切有情，故也都不失为好诗。

白居易在提倡讽喻现实的"新乐府"诗时，以《诗》"六义"为标准，不仅不满于"陵夷至于梁陈间，率不过嘲风雪、弄花草而已"，就连李白、杜甫诗，也不免遭批评说：

> 又诗之豪者，世称"李杜"。李之作，才矣，奇矣，人不逮矣；索其风雅比兴，十无一焉。杜诗最多，可传者千馀首，至于贯串古今，覼缕格律，尽工尽善，又过于李；然撮其《新安吏》《石壕吏》《潼关吏》《塞芦子》《留花门》之章，"朱门酒肉臭，路有冻死骨"之句，亦不过十三四。杜尚如此，况不逮杜者乎？①

"风雅比兴"批判现实，固然是文学应有的内容和意义；但仅以是否有"风雅比兴"的讽喻内容为取舍标准，李白诗可取者不足十分之一，杜甫诗可取者也不及半数，这当然是在白居易极力主张讽喻诗时的一时偏激之论。若真如此"鉴赏"诗歌，文学的主题就太狭窄了。即使是以《诗经》为楷式，孔子早就说过："诗，可以兴，可以观，可以群，可以怨。"② 白居易此论所取仅只是"可以怨"一种，自是偏狭之言。其实就是白居易本身，在讽喻怨刺现实的盛年锐气受挫之后，更多的也是写作闲适诗、感伤诗等。也就是说关于白居易的诗文鉴赏趣味和取舍理念，也不能以他一时偏激之言为准，还是要看他的全部作品和理论

---

① ［唐］白居易《与元九书》，引自王汝弼选注《白居易选集》，上海古籍出版社 1980 年版，第 347 页。

② 杨伯峻译注《论语译注》，中华书局 1980 年版，第 185 页。

话语。

诗歌的内容固然不必都是风雅比兴、忧国忧民的思想感情，日常生活中的友情、爱情、兄弟手足之情等人伦情感，以及春游秋兴、寻幽览胜、独处雅集、读书品茶、听乐观舞、作字赏画等，一切有益于人生的文化生活，也都可以成为诗歌的题材。作品的优劣高下，则要看它所表现的是不是真与善的性情，看它是文雅还是鄙俗的趣味。

唐诗人整体处在古典诗歌发展的最成熟时期，诗歌创作成绩辉煌，各种体裁，各种题材，各种风格，异彩纷呈。唐诗人共有的优点是真情，贫富穷达，喜怒哀乐，不加掩饰地表达出来。这样写诗的状态，思想感情境界高尚的如杜甫，自然无愧于梁启超敬献他的"情圣"称号。诗人们的思想品德不可能都高如杜甫，唐诗中有些思想意识的表露和感情的抒发，也不免为后人指摘批评。而后世的批评有些固然可能是由于批评者本身思想迂腐，也有很多批评意见是入情入理的。

即如李白，当然是与杜甫齐名的代表唐诗艺术最高成就的两大诗人之一，中唐白居易、元稹，已有抑李扬杜的议论。虽然同时的韩愈已不赞成议论李杜优劣，其诗中有"李杜文章在，光焰万丈长。不知群儿愚，那用故谤伤"的明论，但自宋至近现代，比较评论李白与杜甫高下的议论还是不断出现，事实是不能把这些议论一概视为"群儿愚"吧？其实议论者也都是有承认李杜诗篇艺术成就至高并优的前提的。具体批评李白的意见，则多是议论他诗中所展露的"自己膨胀得无边无际的自信"①，或是他所偏爱的"天然去雕饰"的风格中，不免有诗语不加修饰、有时粗糙

---

① 葛兆光选注《中国古典诗歌基础文库·唐诗卷》李白小传中语，浙江文艺出版社1994年版，第140页。

浅近，以及诗意和词句都有许多重复等确实存在的问题。其实包括历代诗话中对于杜甫诗中也存在的有些作品不免敷衍粗率、有些诗句也有语法问题等等的批评，也都是值得参考的鉴赏意见。也就是说，即使是对于李白和杜甫这样的顶级大诗人，在并不否认他们的伟大成就的同时，具体的鉴赏仍不妨指出其不足，才是理性的，也才是有益于后来学诗者的。

对于诗歌的欣赏，没必要将大诗人神化。诗，是属于人的文学——属于古人，也属于我们。即使是李白和杜甫，在欣赏和崇仰的同时，也是可以批评的；其余历代诗人，当然也就无不在可以批评之列了。

大概只有陶渊明例外。不是说唯独陶渊明可以神化、不可以批评，而是说他的人和他的诗，如朱熹所谓："晋宋间人物，虽曰尚清高，然个个要官职，这边一面清谈，那边一面招权纳货。陶渊明真个能不要，此所以高于晋宋人也。"① 又说："若但以诗言之，则渊明所以为高，正在超然自得，不费安排处。"② 苏轼则在朱熹之前已先说过"陶、谢之超然，盖亦至矣"③；又说："吾于诗人无所甚好，独好渊明之诗。渊明作诗不多，然其诗质而实绮，癯而实腴，自曹、刘、鲍、谢、李、杜诸人，皆莫及也。"④ 大家都应该全读陶渊明诗，然后再掂量掂量苏轼和朱熹所说是否

① ［宋］黎德清编，王星贤点校《朱子语类》卷三十四，中华书局1986年版，第3册，第874页。

② ［宋］朱熹《晦庵集》卷五十八，影印《文渊阁四库全书》，上海古籍出版社2003年版，第1145册，第4页。

③ 《书黄子思诗集后》，［宋］苏轼著，［明］茅坤编，孔凡礼点校《苏轼文集》，中华书局1986年版，第5册。第2124页。

④ ［宋］苏辙《子瞻和陶渊明诗集引》述苏轼书信中语，《栾城后集》卷二十一，影印《文渊阁四库全书》，上海古籍出版社2003年版，第1112册，第754页。

过誉？再琢磨琢磨你批评他什么呢？

还是要说些该批评的例子。

中唐大文豪大诗人韩愈，其诗歌"以文为诗"，在李、杜之后别开新面，自树一帜。刘熙载《艺概·诗概》说："昌黎诗往往以丑为美。"① "以丑为美"是韩愈诗的特点之一，更是现当代美学所乐道的一个命题。"以丑为美"在自然审美上固然有其独特价值，但具体到文学艺术和日常生活中，"以丑为美"往往还是"丑"；生活和艺术中的美与丑，应该还是有客观界限的，并不因主观的"以丑为美"，丑就能变"美"了。关于韩愈诗"以丑为美"，北京大学葛晓音教授说：

> 盛唐诗人开朗豁达，进退裕如，热爱生活，因而具有健康的美学趣味。韩愈"进则不能容于朝，退又不肯独善于野"，这就使他在生活中多看丑恶而少见美好。在朝中只见谗夫小人，于是大量臭腐丑怪的比喻充斥了他的诗篇；贬谪到远荒满目生狞瘴疠，他笔下的岭南简直比十八层地狱还阴森恐怖。我总以为韩愈"以丑为美"并非因为分不清美丑。像《谴疟鬼》这首诗，前半首写得乌烟瘴气，臭秽不堪，后半首却是清波明月，绮丽芬芳，丑与美形成这样鲜明的对照，可见韩愈并不缺乏辨别美丑的能力。他之所以喜写丑怪，一方面是由于前人很少以此为诗料，因而特别有利于他出奇创新，另一方面，半世穷经的生活也确实容易造成审美的变态心理。儒者名利心太重，便不免迂腐庸俗，对待事物的功利观点往往会破坏其健康的美学趣味。如"照壁喜见蝎"是因为出于"昨来得京官"的升迁之乐，又如写《叉

---

① ［清］刘熙载《艺概》，上海古籍出版社 1978 年版，第 63 页。

鱼》，杜甫的两首观打鱼诗写得壮美飞动，蔚为奇观，而韩愈则闹得腥风血雨味："血浪犹凝沸，腥风远更飘。"还能津津有味地说什么"脍成思我友，观乐忆吾僚"，不但俗不可耐，而且近于残忍。像《古意》："太华峰头玉井莲，开花十丈藕如船，冷比雪霜甘比蜜，一片入口沉疴痊。"这种古怪的联想也完全是出于功利的目的。同样咏莲花山，李白诗歌的境界是多么美丽："西上莲花山，迢迢见明星。素手把芙蓉，虚步蹑太清。"而终日沉潜于经书的韩愈少有登山临水的历练，偶然登一次华山绝顶，竟致"度不可返，发狂恸哭，县令百计取之乃下"，如此迂腐可笑，哪里还有什么美感，自然只好想象莲花变成灵药治他的老病沉疴了。①

葛晓音教授的这段评说，中肯痛快，我很赞同。极受韩愈推崇的孟郊，其诗歌与韩愈共同的新特点是偏好险怪奇崛，韩愈称赞他"横空盘硬语，妥帖力排奡"②。诗史并称"韩孟"，为中唐一大流派。孟郊的生平更是困顿于科举仕途，四十六岁才中进士，五十岁才获得溧阳县尉的小小官职，六十四岁在赴山南西道任职途中得暴疾而死。他的诗偏好写自己的贫寒生活和憔悴枯槁的形象，例如《秋怀》其二：

> 秋月颜色冰，老客志气单。
> 冷露滴梦破，峭风梳骨寒。

---

① 葛晓音《汉唐文学的嬗变》，北京大学出版社 1990 年版，第 149～150 页。

② ［唐］韩愈《荐士》，《全唐诗》卷三百三十七，中华书局点校本，第 10 册，第 3781 页。

席上印病文，肠中转愁盘。

疑怀无所凭，虚听多无端。

梧桐枯峥嵘，声响如哀弹。①

孟郊诗的题目中多用愁、怨、苦、伤、忧、病、饥、贫、叹、恨、恼等字，即可想见他贫寒愁苦、攒眉不展的模样。

推崇韩愈的欧阳修，对于韩愈所极力称道的孟郊也有称道的话。但苏轼却毫不含糊地讥议孟郊诗，在《读孟郊诗二首》中说孟郊"诗从肺腑出"，是真心话，但"出则愁肺腑"，又是自我煎熬的话。说读孟诗像吃小鱼，得不偿劳；评孟郊诗"要当斗僧清，未足当韩豪"，即只能与贾岛的清瘦相比况，而不足与韩愈诗的豪健相提并论；并说"人生如朝露，日夜火消膏。何苦将两耳，听此寒虫号？不如且置之，饮我玉色醪"②。苏辙说孟郊"陋于闻道"，不能自安其贫。③ 严羽《沧浪诗话·诗评》说："孟郊之诗，憔悴枯槁，其气局促不伸。退之许之如此，何耶？诗道本正大，孟郊自为之艰阻耳。"④ 都是说孟郊诗令人不爱读的内在原因。

当然，孟郊也有朴素温柔的诗作，如《游子吟》："慈母手中线，游子身上衣。临行密密缝，意恐迟迟归。谁言寸草心，报得三春晖。"⑤ 这首不算是孟郊独特风格的小诗，因为用寸草春晖比

① 《全唐诗》卷三百七十五，中华书局点校本，第 11 册，第 4206 页。

② ［宋］苏轼著，［清］冯应榴辑注，黄任轲、朱怀春校点《苏轼诗集合注》，上海古籍出版社 2001 年版，第 2 册，第 767~768 页。

③ ［宋］苏辙《诗病五事》其四，《栾城三集》卷八，影印《文渊阁四库全书》，上海古籍出版社 2003 年版，第 1112 册，第 834 页。

④ ［清］何文焕辑《历代诗话》，中华书局 1981 年版，下册，第 699 页。

⑤ 《全唐诗》卷三百七十五，中华书局点校本，第 11 册，第 4197 页。

喻对于母爱的感恩不尽，非常感人，却成为孟郊最广为传诵的作品。

孟子说："穷则独善其身，达则兼善天下。"① 这可以说是对于孔子所主张的"士志于道"的立身处世原则的极好的概括。白居易说：

> 古人云："穷则独善其身，达则兼济天下。"仆虽不肖，常师此语。大丈夫所守者道，所待者时。时之来也为云龙，为风鹏，勃然突然，陈力以出。时之不来也，为雾豹，为冥鸿，寂兮寥兮，奉身而退。进退出处，何往而不自得哉！故仆志在兼济，行在独善，奉而始终之则为道，言而发明之则为诗。②

白居易这里表达的为人与为诗的原则，对于古代诗人来说具有普遍准则的性质。心存此理，既体现在其人生的进退出处，也表现为其诗歌的思想感情，则为"闻道""守道"的诗人。嘲风月、弄花草，耽玩声色而都无兴寄的诗，悲喜只因一己得失、不能自安其贫、哭穷寒乞的诗，都不为鉴赏者所欣赏。

古代诗人的思想情怀大多源自儒家思想的根基，如陶渊明所标举"先师有遗训，忧道不忧贫"，杜甫所自陈"法自儒家有"，白居易所奉行"穷则独善其身，达则兼善天下"，就都具有代表性。但是，除了汉代曾采取"罢黜百家，独尊儒术"的政策，汉

---

① 《孟子·尽心上》，杨伯峻译注《孟子译注》，中华书局 1980 年版，下册，第 304 页。
② ［唐］白居易《与元九书》，引自王汝弼选注《白居易选集》，上海古籍出版社 1980 年版，第 347 页。

代以后意识形态一般是呈多元状态，儒家思想一直主导当政者和士大夫阶层外，道家与道教思想以及佛教思想，常与儒家思想并称"三教"，很多士大夫入仕则奉儒，隐逸则奉道或奉佛，或者无论出处，并尊儒、道，乃至并尊三教者，也往往而有。影响到诗歌，则道家超尘出世的想象，及佛教的禅悟，也使诗人创作出许多好诗。但无论是儒是道还是佛，诗歌中所含蕴的都应是由思想引发的感时抚事或澄怀观道的感情和感悟。如果是缺少诗兴而直白说教，理过其辞，如钟嵘说孙绰、许询等人的玄言诗"皆平典似道德论"①，只是谈玄说教的韵语而已。

严羽《沧浪诗话·诗评》一条说："诗有词理意兴。南朝人尚词而病于理，本朝人尚理而病于意兴，唐人尚意兴而理在其中。汉魏之诗，词理意兴，无迹可求。"②

宋诗人受理学影响，作诗"尚理"，如果融合得好时，不失为好诗，如苏轼《题西林壁》："横看成岭侧成峰，远近高低各不同。不识庐山真面目，只缘身在此山中。"③ 是人们所最乐于称道的含蕴哲理的山水诗，甚至这诗的后两句就成为这一种哲理的最佳表达，因而古今引用率甚高。但即使是如苏轼这样的大诗人，有时作诗如传教，也是要遭鉴赏家批评的。如清赵翼《瓯北诗话》说：

东坡旁通佛老。诗中有仿《黄庭经》者，如《辨道歌》《真一酒歌》等作，自成一则。至于摹仿佛经，掉弄禅语，

① ［清］何文焕辑《历代诗话》，中华书局1981年版，上册，第2页。
② ［清］何文焕辑《历代诗话》，中华书局1981年版，下册，第696页。
③ ［宋］苏轼著，［清］冯应榴辑注，黄任轲、朱怀春校点《苏轼诗集合注》，上海古籍出版社2001年版，第3册，第1155页。

以之入诗，殊觉可厌。不得以其出自东坡，遂曲为之说也。如钱道人有"认取主人翁"之句，坡演之云："主人若苦令侬认，认主人人竟是谁？"又云："有主还须更有宾，不知无镜自无尘，只从半夜安心后，失却当年觉痛人。"《过温泉》诗："石龙有口口无根，自在流泉谁吐吞？若信众生本无垢，此泉何处觅寒温？"……此等本非诗体，而以之说禅理，亦如撮空，不过仿禅家语录机锋，以见其旁涉耳。①

　　总之，古代诗歌理论与鉴赏实例，都明确强调诗歌是抒情文体，诗歌的思想主题应该是包含在触物兴怀的感情倾向中，诗歌中的思想感情无论是源自儒或道或佛等思想基因，都应该具有超越凡庸的高境界。而耽玩物色、都无兴寄，或局限于一己穷达悲欢而陋于闻道，或只是某种思想的教条韵语等类的"诗"，其实或不能算是诗，或总不能算是好诗。

　　但是，19世纪末20世纪初，我国社会发生了古所未有的历史大变局，1911年辛亥革命推翻帝制建立民国，新文化运动反封建、提倡科学和民主。对于古典诗文的批评鉴赏来说，朱自清在《日常生活的诗——萧望卿〈陶渊明批评〉序》开头一段中说，历代关于陶渊明诗的批评，各家议论最纷纭、够歧异、够有趣的，而"在这纷纷的议论之下，要自出心裁独创一见是很难的。但这是一个重新估定价值的时代，对于一切传统，我们要重新加以分析和综合，用这时代的语言表现出来"②。其中"这是一个重新估定价值

---

　　① ［清］赵翼著，霍松林、胡主佑校点《瓯北诗话》，人民文学出版社1998年版，第63~64页。
　　② 朱自清《朱自清古典文献论文集》，上海古籍出版社1981年版，上册，第89页。

的时代"这句话，可以视为现当代古典诗文鉴赏应共同具有的认识基础。我们鉴赏古典诗歌，也就是要重新估定其价值。

对于近百年现当代诗人创作的旧体诗词来说，在新旧争存、中西异同的思想意识背景上，什么样的思想情怀是值得我们尊重崇敬的呢？就诗人而言，例如具有激烈反旧礼教倡新文化意识的鲁迅的诗，革命家、中国共产党和新中国领袖如毛泽东的诗词，社会活动家、宗教界领袖赵朴初的词曲，对于故有文化之衰落满怀悲伤忧愤之情的陈寅恪的诗等，都广为传诵。自 20 世纪 20 年代起，虽然旧体诗词受新文学潮流的排斥确实被边缘化，但以包含时代的忧思和对新时代的憧憬之情的旧体诗词扬名于世的诗人、学者，仍然众多。

改革开放的 20 世纪 80 年代以来，旧体诗以"中华诗词"之名大有复兴之势。学诗、作诗，应该具有和表达什么样的思想襟怀？评诗、赏诗，应该褒贬取舍什么样的思想情趣？则是进入 21 世纪当下的我们每个人所应深思慎择的。

第二节　体调句字的雅俗

诗篇的鉴赏首先要理解其情志内容和思想境界，已如前节所述。其次则要品味其字句和体调的雅俗，这是诗歌的艺术形式方面。我们这里说的首先、其次，虽然有先以情志境界分高下定取舍的意思，却也不等于说艺术形式总处于次要地位。倒是在确认一篇作品的思想内容可取因而值得赏读之后，其字句体调的雅俗，反而成为品评优劣的主要方面。思想内容虽可谓"无邪"，而艺术形式却"言之无文"的诗歌固然不能算是文学作品，或艺术形式虽有可观，而思想空虚情趣低俗的诗歌也不可取。只有思想情趣高尚可取，同时其艺术形式雅而不俗的诗篇，才是值得讽

诵欣赏的。历来传诵的名篇佳作，都可以验证这是一种经久不变
的鉴赏准则。

如何从字句体调的艺术形式方面鉴赏诗歌呢？刘勰《文心雕
龙·知音》篇有"六观"之说曰：

> 是以将阅文情，先标六观：一观位体，二观置辞，三观
> 通变，四观奇正，五观事义，六观宫商。斯术既形，则优劣
> 见矣。①

刘勰说要阅览鉴赏诗文，先明确六个观察角度：一看采用什
么体裁风格，二看遣词造句，三看相对于前人作品有何继承与创
新，四看表现方法的守正与出奇，五看用典的意义，六看声调音
节。按照这"六观"方法来实行，则作品的优劣就看出来了。

严羽《沧浪诗话·诗法》开篇也说：

> 学诗先除五俗：一曰俗体，二曰俗意，三曰俗句，四曰
> 俗字，五曰俗韵。②

虽然是论学诗，即学习作诗时所应注意的问题，但"五俗"
的判定还是先由鉴赏所得的结果，故也可以反映严羽诗歌鉴赏的
观点。其中"俗意"指低俗的思想情趣，其余可与刘勰"六观"
参看，除"俗体"与"观位体"相应，除"俗句""俗字"与
"观置辞"相应，除"俗韵"与"观宫商"相应，显示古代批评

---

① 陆侃如、牟世金译注《文心雕龙译注》，齐鲁书社 1982 年版，下
册，第 389 页。

② ［清］何文焕辑《历代诗话》，中华书局 1981 年版，下册，第 693 页。

家在诗文鉴赏方面相承或相似的观察视角。

刘勰所列"六观",就诗歌形式来说已考虑到可鉴赏的各主要方面。其中"观事义"即用典一项,我们前一章已专论,其余"五观"则大致是本章所要讲论的内容。我们将刘勰的"五观"合并为三节:一观位体;二观置辞,附论通变、奇正;三观宫商。以下即依此节目来论诗歌形式方面的鉴赏要领。

一、观位体

阅读欣赏诗歌,先要识其所采用的体裁和风格。刘勰撰《文心雕龙》的齐梁时期,五、七言诗还处在古体状态,齐永明间诗人已探寻利用四声选字造句,讲求避免各种"声病",是诗歌声律化的初始阶段。当然除了五、七言古体和"永明体"这样大端的体裁分别外,那时也已有诸多杂体诗。刘勰所论"观位体",不是专论诗歌,《文心雕龙》涉及当时已有的几乎所有文体,其《体性》篇所论之"体""体式",不是诗文体裁,而是诗文的风格问题。他把诗文风格归纳为八种,即:典雅、远奥、精约、显附、繁缛、壮丽、新奇、轻靡。要注意其中"繁缛"一词,在现代语义是"多而琐碎",只是贬义词;"新奇"在现代语境中是褒义词。但在刘勰这里是不同于现今语义的,他说:"繁缛者,博喻酿采,炜烨枝派者也","新奇者,摈古竞今,危侧趣诡者也"。可知"繁缛"是他欣赏的,而"新奇"是有问题的。刘勰对于各种风格总的判别是"雅郑",也就是雅俗之分。他归纳的八种风格,前六种是属于"雅"的,"新奇"和"轻靡"二种,则是"趣诡""附俗"的,即求新而趋向诡怪、浮华则趋向庸俗。总之,关于诗文的风格,刘勰是尚"雅"贬"俗"的。① 刘勰在

----

① 陆侃如、牟世金译注《文心雕龙译注》,齐鲁书社1982年版,下册,第96~106页。

《文心雕龙》的《风骨》《定势》等篇也都论到体式和风格的雅俗之别及其成因，虽是为诗文写作做指导，而原本是鉴赏有得的论析，其具体举例的鉴赏议论，都仍值得参考品味。

唐殷璠编《河岳英灵集》，是盛唐人选编盛唐诗，其序文中说："夫文有神来、气来、情来，有雅体、野体、鄙体、俗体。编纪者能审鉴诸体，委详所来，方可定其优劣，论其取舍。"① 选编诗歌先要能审鉴诸体，这是选家必做的功课。而他所谓"有雅体、野体、鄙体、俗体"，也是包含体裁和风格两义来说的，而更侧重在风格。殷璠对于诗人的评论也就多论其体裁、体调，如评李白《蜀道难》等篇"可谓奇之又奇。然自骚人以还，鲜有此体调也"②；评李颀诗"发调既新，修辞亦秀，杂歌咸善，玄理最长"③；评岑参诗"语奇体峻，意亦奇造"④；评孟浩然诗"半遵雅调，全削凡体"⑤ 等等。这些特加推重的诗人诗作，无疑都属于他所说的"雅体"。而所谓"野体、鄙体、俗体"，自不在《河岳英灵集》选录之列，故无举例。

南宋严羽《沧浪诗话》专列《诗体》一章，既有以时而论的建安体、黄初体、正始体等，其中分唐诗为唐初体、盛唐体、大历体、元和体、晚唐体，一直为后世沿用；又有以人而论的个人

---

① 影印《文渊阁四库全书》，上海古籍出版社 2003 年版，第 1332 册，第 21 页。

② 影印《文渊阁四库全书》，上海古籍出版社 2003 年版，第 1332 册，第 23 页。

③ 影印《文渊阁四库全书》，上海古籍出版社 2003 年版，第 1112 册，第 35 页。

④ 影印《文渊阁四库全书》，上海古籍出版社 2003 年版，第 1112 册，第 41 页。

⑤ 影印《文渊阁四库全书》，上海古籍出版社 2003 年版，第 1112 册，第 47 页。

（或二人、或多人合称）的风格标目，如陶体、谢体、沈宋体、王杨卢骆体、少陵体、太白体、王右丞体、东坡体、山谷体、杨诚斋体等等；还列举了古诗、近体、绝句、杂言等种种名目。其意在备举所知已有各种诗体，以供学诗者全面了解历史积累的诗歌体式和风格名目，但在"论杂体"一段中，如论"建除"体说："鲍明远有《建除诗》，每句首冠以建、除、平、定等字。其诗虽佳，盖鲍本工诗，非因建除之体而佳也。"接下来列举"字谜、人名、卦名、数名、州名"诸体，总评说："如此诗只成戏谑，不足为法也。"① 诗史上产生各种花样的杂体诗，其实大多是不足为法的文字游戏。《沧浪诗话》又有《诗评》一章，就多是对于各时代和各诗人诗歌风格的鉴评，其中很多评论都很中肯，例如他评李白和杜甫的诗说：

> 李、杜二公，正不当优劣。太白有一二妙处，子美不能道；子美有一二妙处，太白不能作。
>
> 子美不能为太白之飘逸，太白不能为子美之沉郁。
>
> 太白《梦游天姥吟》《远别离》等，子美不能道；子美《北征》《兵车行》《垂老别》等，太白不能作。论诗以李、杜为准，挟天子以令诸侯也。②

例如他评高适、岑参等人的诗说：

---

① ［清］何文焕辑《历代诗话》，中华书局1981年版，下册，第693页。

② ［清］何文焕辑《历代诗话》，中华书局1981年版，下册，第697页。

　　　高、岑之诗悲壮，读之使人感慨；孟郊之诗刻苦，读之
使人不欢。

　　　韩退之《琴操》极高古，正是本色，非唐贤所及。①
　　　孟浩然之诗，讽咏之久，有金石宫商之声。②

　　严羽《沧浪诗话》中这些对于唐人诗歌风格的精彩评论，常
为后世所引用。

　　无论古人今人，学诗都起步于模拟。钟嵘《诗品》对于所评
多数诗人，都指出"其源出于某某"，例如曹植"其源出于《国
风》"③，刘桢"其源出于《古诗》"④，阮籍"其源出于《小
雅》"⑤，陆机"其源出于陈思"⑥，嵇康"颇似魏文"⑦，陶潜
"其源出于应璩，又协左思风力"⑧，等等。他的溯源论断，有些
不一定切实，但他确实揭示了历代诗人都是在学习前人诗歌基础
上形成自己成就高下不同的诗歌风格的。

　　诗歌鉴赏的"观位体"，就如看人书法，看他的字临摹过何
家何体，是学的欧体、褚体，还是颜体、柳体？是学二王行草，
还是宋四家书风？在模仿前人的基础上有没有写出自己新的风

---

　　① ［清］何文焕辑《历代诗话》，中华书局 1981 年版，下册，第 698
页。
　　② ［清］何文焕辑《历代诗话》，中华书局 1981 年版，下册，第 699
页。
　　③ ［清］何文焕辑《历代诗话》，中华书局 1981 年版，上册，第 7 页。
　　④ ［清］何文焕辑《历代诗话》，中华书局 1981 年版，上册，第 7 页。
　　⑤ ［清］何文焕辑《历代诗话》，中华书局 1981 年版，上册，第 8 页。
　　⑥ ［清］何文焕辑《历代诗话》，中华书局 1981 年版，上册，第 8 页。
　　⑦ ［清］何文焕辑《历代诗话》，中华书局 1981 年版，上册，第 10
页。
　　⑧ ［清］何文焕辑《历代诗话》，中华书局 1981 年版，上册，第 13
页。

格？诗歌也是这样，看他是学魏晋六朝，还是学唐、学宋？学唐诗是学李白、杜甫？还是学高、岑，学王、孟，学韩、白？等等。在有所模拟学习的基础上，写没写出自己的风格？

历代诗词大家、名家，无不是在模拟学习基础上写出自家新风格的诗歌。大家、名家博采前贤的渊源和自成一家的风格特色，总是批评家、鉴赏家所关注论析的话题，也正是刘勰所谓"观位体"的鉴评。例如元稹在《唐故工部员外郎杜君墓系铭并序》中评赞杜甫诗"盖所谓上薄风骚，下该沈宋，言夺苏李，气吞曹刘，掩颜谢之孤高，杂徐庾之流丽，尽得古今之体势，而兼人人之所独专……诗人以来，未有如子美者也"①，这是对于杜诗最早的最高评价。当然，杜甫诗的渊源和自家成就，宋代以后不断被探讨和评赞，杜甫因而获得最广泛认同的"诗圣"誉称。再如关于李商隐诗，宋人蔡宽夫说："王荆公晚年亦喜称义山诗，以为唐人知学老杜而得其藩篱，唯义山一人而已。……义山诗合处信有过人，若其用事深僻，语工而意不及，自是其短。世人反以为奇而效之，故昆体之弊，适重其失。"② 有些诗人留下很具体的关于自己模仿学习和自开新境的陈述，如杨万里《诚斋荆溪集序》说："予之诗，始学江西诸君子，既又学后山五字律，既又学半山老人七字绝句，晚乃学绝句于唐人。……戊戌三朝，时节赐告，少公事，是日即作诗。忽若有寤，于是辞谢唐人及王、陈、江西诸君子，皆不敢学，而后欣如也！"③ 这为后人读其诗、"观位体"，先预备了"自供状"。当然，对于这类"自供状"，

① ［唐］元稹撰，冀勤点校《元稹集》，中华书局1982年版，下册，第601页。

② 《蔡宽夫诗话》，引自郭绍虞辑《宋诗话辑佚》，中华书局1980年版，下册，第399~400页。

③ 周汝昌选注《杨万里选集》，中华书局1962年版，第285~286页。

所言是否切实可信，后世鉴赏家、批评家也还要检核和辨析的。

仿效前人没学到其长处而偏效其短，如宋初昆体只学到李商隐"用事深僻，语工而意不及"的一面，历来为鉴赏家所讥议，为批评家所不取。明所谓"前七子"的李（梦阳）、何（景明），及"后七子"的李（攀龙）、王（世贞）等，相继提倡摹古，理论上宣称"文必秦汉，诗必盛唐"，虽然动机是"取法乎上"，但他们作诗倾力于模仿盛唐诗的声调、词语、句式等形式样貌，往往与其所写内容多不相称。这种流于形式主义的拟古，在他们自己实践的当时，互相已有讥评，有的甚至还有自我悔悟检讨；入清以后，更成为批评家所常举作食古不化、如优孟衣冠的例证。

现当代人学诗、作诗，自然也还是要遵循模拟学习与探索创新自立面目的规律，读现代人诗，也是须要"观位体"，看他是否有所仿拟继承又是否能运古为新，抒写直面现实的思想感情，具有自己的形貌风格。例如经历安史之乱、避难漂泊、忧国伤时的杜甫诗，在 20 世纪三四十年代抗日战争时期，更加触动震撼处于逃亡避难流离他乡的学者、文士的心灵，人们更加爱研读杜诗；而能诗者所作感时抚事的诗篇，则一般都有着类似杜诗的沉郁悲慨的风格。其实抗战时期这类旧体诗在报刊上发表的也不少，有的诗作当时虽未公开发表，但也在同好友朋间传抄，这其实也是从前没有报刊时代的"发表"手段。这里且举近十余年来声名广为学界所崇敬的陈寅恪先生的两首诗为例，其一是写于1938 年的《残春》七律二首其二：

家亡国破此身留，客馆春寒却似秋。
雨里苦愁花事尽，窗前犹噪雀声啾。
群心已惯经离乱，孤注方看博死休。

袖手沉吟待天意，可堪空白五分头。①

　　其二，1945 年 8 月日本战败投降，陈先生得知消息，有《乙酉八月十一日晨起闻日本乞降喜赋》七律一首：

降书夕到醒方知，何幸今生见此时。
闻讯杜陵欢至泣，还家贺监病弥衰。
国仇已雪南迁耻，家祭难忘北定时。
念往忧来无限感，喜心题句又成悲。②

　　汪荣祖著《史家陈寅恪》书中引录此诗，评议说："这首诗写得平易自然而寄意深远，所引杜甫、陆游之典又极妥帖、确切。将复杂的感情，婉转道出。抗战胜利了，大有老杜'剑外忽传收蓟北，初闻涕泪满衣裳'之情，但想到个人的遭遇，国家的前途，念往忧来，不觉又转喜成悲。直可作四十年代史诗读。"③

二、观置辞

　　《文心雕龙·知音》篇所谓"观置辞"，即看作品的选词造句。诗文是由字句组成的，好的作品用字造句在不违离语文基本规则基础上，还应注意讲究一些艺术性的技巧。《文心雕龙·章句》篇说："夫人之立言，因字而生句，积句而成章，积章而成篇。篇之彪炳，章无疵也；章之明靡，句无玷也；句之清英，字

---

① 蒋天枢撰《陈寅恪先生编年事辑》，上海古籍出版社 1997 年版，第 117 页。
② 陈美延、陈流求编《陈寅恪诗集》，清华大学出版社 1993 年版，第 46 页。
③ 汪荣祖《史家陈寅恪》，北京大学出版社 2005 年版，第 79 页。

不妄也。"① 《文心雕龙》除《章句》篇外，还有《声律》《丽辞》《比兴》《夸饰》《事类》《练字》等篇，都是论用字和造句，虽是为指导写作而立论，又正是《知音》篇"观置辞"所要求观察的具体事项。其中《声律》《丽辞》和《事类》篇所论声律、对偶和用典诸项，本书在前边的章节已有论述。刘勰在这些篇章中的诸多具体意见，对于写作仍具有指导意义，对于鉴赏也仍具有参考价值，此不具述。

诗歌更是十分讲究练字造句的艺术性，诗歌鉴赏也就很注意字句的精彩。钟嵘《诗品》不仅在《序》中多引佳句为论辩之资，在诗人评论中也时有摘句赏论。如论陶渊明，在记述"世叹其质直"后，说："至如'欢言醉（酌）春酒''日暮天无云'，风华清靡，岂直为田家语邪？"② 陶诗语言看似质朴，当时诗评者尚未认识其风格和价值，钟嵘举风华清靡的佳句为例，为陶渊明争辩，但也还未充分领略陶诗的高境界。陶渊明诗"质而实绮，癯而实腴"的语言风格与超越时代的思想境界，要到唐宋时代才受到极高的评价。

《南史》卷三十四《颜延之传》记载：

> 延之与陈郡谢灵运俱以辞采齐名……延之尝问鲍照己与灵运优劣，照曰："谢五言如初发芙蓉，自然可爱。君诗若铺锦列绣，亦雕缋满眼。"③

---

① 陆侃如、牟世金译注《文心雕龙译注》，齐鲁书社 1982 年版，下册，第 177 页。

② ［清］何文焕辑《历代诗话》，中华书局 1981 年版，上册，第 13 页。

③ 《南史》，中华书局点校本，第 3 册，第 881 页。

鲍照对于颜延之和谢灵运诗的比喻评论，所谓"初发芙蓉，自然可爱"和"铺锦列绣，雕缋满眼"，都是就诗的辞采而论的。诗歌的语言风格正可以用这两种比喻来描述，"初发芙蓉"是自然的美，不假雕饰的风格；"铺锦列绣"是人工雕绘的美，富丽精工的风格。两种风格各有其美，但鲍照言语之间表示出更欣赏自然的美。

傅庚生著《中国文学欣赏举隅》论"自然与藻饰"说："诗文之期能达其真者，重在自然浑成；骛于美者，出之雕琢藻饰；能臻极诣者各有所善，其流弊所渐自亦各有所不足；赏鉴之者，不宜先存此彼之见于胸，而有所迎拒也。"① 斯言允当。而在作家不免各有偏长，在鉴赏者也不免各有偏好。

唐代李白诗歌很受鲍照的影响，在鉴赏趣味上也与鲍照一样倾心于"如初发芙蓉，自然可爱"的辞采。李白在赠人的诗中称赞人家的诗也说"清水出芙蓉，天然去雕饰"②，后世则多用这两句诗来比喻李白本人诗歌语言的明爽自然的风格。

杜甫自谓"为人性僻耽佳句，语不惊人死不休"③，他是极其用心于诗歌语言的斟酌锤炼的。杜甫在称赞他人的诗歌时，也往往着眼于佳句、丽句、句法，例如：

> 李侯有佳句，往往似阴铿。(《与李十二白同寻范十隐居》)④

① 傅庚生《中国文学欣赏举隅》，北京出版社 2003 年版，第 147 页。
② [唐] 李白《经乱离后天恩流夜郎忆旧游书怀赠江夏韦太守良宰》，《全唐诗》卷一百七十，中华书局点校本，第 5 册，第 1752 页。
③ [唐] 杜甫《江上值水如海势聊短述》，《全唐诗》卷二百二十六，中华书局点校本，第 7 册，第 2443 页。
④ 《全唐诗》卷二百二十四，中华书局点校本，第 7 册，第 2394 页。

清谈慰老夫，开卷得佳句。(《送高司直寻封阆州》)①

美名人不及，佳句法如何？(《寄高三十五书记》)②

不薄今人爱古人，清词丽句必为邻。(《戏为六绝句》其五)③

复忆襄阳孟浩然，清诗句句尽堪传。(《解闷十二首》其六)④

最传秀句寰区满……(《解闷十二首》其八)⑤

新诗句句好，应任老夫传。(《奉赠严八阁老》)⑥

好诗固然要有真和善的思想感情，同时也必须有美的体调字句。杜甫特别留意于诗的句法，后人在他的诗中不断领悟句法的最多样的营造，欣赏他的沉郁顿挫的句法韵调。

白居易在《与元九书》中列举诗题称扬杜甫的诗歌时，还特别引录了杜甫令人惊心动魄的"朱门酒肉臭，路有冻死骨"两句诗，白居易无疑是最早充分认识和赞扬杜甫诗歌敢于揭露社会现实黑暗面的批判精神的。

宋代产生诗话类著述以后，历代诗话中都有很多"观置辞"的赏鉴议论，即举例议论字句的佳妙或存在的问题。欧阳修《六一诗话》是第一部"诗话"书，内容不多，共 28 条，短者不足百字，长者也不过二三百字，多为对于一些唐宋诗人作品的议论褒贬，具体议论诗篇字句实为多数。例如其第八条：

① 《全唐诗》卷二百二十二，中华书局点校本，第 7 册，第 2368 页。
② 《全唐诗》卷二百二十四，中华书局点校本，第 7 册，第 2396 页。
③ 《全唐诗》卷二百二十七，中华书局点校本，第 7 册，第 2453 页。
④ 《全唐诗》卷二百三十，中华书局点校本，第 7 册，第 2517 页。
⑤ 《全唐诗》卷二百三十，中华书局点校本，第 7 册，第 2518 页。
⑥ 《全唐诗》卷二百二十五，中华书局点校本，第 7 册，第 2405 页。

> 陈舍人从易，当时文方盛之际，独以醇儒古学见称，其诗多类白乐天。盖自杨、刘唱和，《西昆集》行，后进学者争效之，风雅一变，谓"西昆体"。由是唐贤诸诗集几废而不行。陈公时偶得杜集旧本，文多脱误，至《送蔡都尉》诗云"身轻一鸟"，其下脱一字。陈公因与数客各用一字补之。或云"疾"，或云"落"，或云"起"，或云"下"，莫能定。其后得一善本，乃是"身轻一鸟过"。陈公叹服，以为虽一字，诸君亦不能到也。①

这一条关于杜甫诗用字之精彩他人难以企及的故事，确实显示了鉴赏杜甫诗所可能获得的惊叹。杜甫以"语不惊人死不休"为自己诗歌艺术追求的宣言，他做到了诗语惊人的境地。从中唐元稹、白居易、韩愈等开始，再到宋朝众多诗人，就都不断惊叹杜甫诗的伟大成就，杜甫成为对宋以后古典诗歌启发最多、影响最大的"诗圣"，真正是"光焰万丈长"了。

从《六一诗话》看，有关诗句的评论，记录赞赏佳句者为多，也记浅俗可笑的诗句，意在鉴戒。先看讥笑鄙俗的一例：

> 仁宗朝，有数达官，以诗知名。常慕"白乐天体"，故其语多得于容易。尝有一联云："有禄肥妻子，无恩及吏民。"有戏之者云："昨日通衢遇一辎軿车，载极重，而羸牛甚苦，岂非足下'肥妻子'乎？"闻者传以为笑。②

---

① ［清］何文焕辑《历代诗话》，中华书局 1981 年版，上册，第 266 页。

② ［清］何文焕辑《历代诗话》，中华书局 1981 年版，上册，第 264 页。

　　诗句中"肥"字是用动词（使动）义，而难免看作形容词，则"肥妻子"的形象不免鄙俗，因此被人讥笑。

　　又一条说：

　　　　圣俞尝云："诗句义理虽通，语涉浅俗而可笑者，亦其病也。如有《赠渔父》一联云：'眼前不见市朝事，耳畔惟问风水声。'说者云：'患肝肾风。'又有咏'诗'者云：'尽日觅不得，有时还自来。'本谓诗之好句难得耳，而说者云：'此是人家失却猫儿诗。'人皆以为笑也。"①

　　记录这些造句浅俗可笑的例子，目的主要是提醒作诗者要考虑所造之句是否容易误读出不雅的意思，或被故意读出别的可笑的意思来，即梅尧臣所论诗句之病，这是在创作时要注意避免的。

　　梅尧臣（字圣俞）比欧阳修年长五岁，在诗风创新上也有领先的探索，欧阳修十分欣赏推重梅尧臣诗，借褒扬梅诗以引领诗坛改变"白居易体"的浅俗和"西昆体"的艰深的两种风气。欧阳修在与梅尧臣唱和的诗中，以及所撰《书梅圣俞诗稿后》（1032年）、《梅圣俞诗集序》（1046年，1061年补写）和《梅圣俞墓志铭》等文中，都极推重梅诗；又在《六一诗话》中多有对于梅尧臣诗篇、诗句和诗论的记述和称赞。例如引句赞赏梅尧臣咏河豚鱼诗说：

　　　　梅圣俞尝于范希文席上赋《河豚鱼诗》云："春洲生荻

────────────

　　① ［清］何文焕辑《历代诗话》，中华书局1981年版，上册，第268页。

芽，春岸飞杨花。河豚当是时，贵不数鱼虾。"河豚常出于春暮，群游水上，食絮而肥。南人多与荻芽为羹，云最美。故知诗者谓只破题两句，已道尽河豚好处。圣俞平生苦于吟咏，以闲远古淡为意，故其构思极艰。此诗作于樽俎之间，笔力雄赡，顷刻而成，遂为绝唱。①

这段对于梅尧臣河豚诗开头几句的议论评赞，是诗歌鉴赏"观置辞"的很好的一例。

《六一诗话》所记梅尧臣关于诗家"造语"的对话说：

> 圣俞尝语余曰："诗家虽率意，而造语亦难。若意新语工，得前人所未道者，斯为善也。必能状难写之景如在目前，含不尽之意见于言外，然后为至矣。贾岛云：'竹笼拾山果，瓦瓶担石泉。'姚合云：'马随山鹿放，鸡逐野禽栖。'等是山邑荒僻，官况萧条，不如'县古槐根出，官清马骨高'为工也。"余曰："语之工者固如是。状难写之景，含不尽之意，何诗为然？"圣俞曰："作者得于心，览者会以意，殆难指陈以言也。虽然，亦可略道其仿佛，若严维'柳塘春水漫，花坞夕阳迟'，则天容时态，融和骀荡，岂不如在目前乎？又若温庭筠'鸡声茅店月，人迹板桥霜'，贾岛'怪禽啼旷野，落日恐行人'，则道路辛苦，羁愁旅思，岂不见于言外乎？"②

---

① ［清］何文焕辑《历代诗话》，中华书局 1981 年版，上册，第 264 页。

② ［清］何文焕辑《历代诗话》，中华书局 1981 年版，上册，第 266 页。

梅尧臣所谓"必能状难写之景如在目前，含不尽之意见于言外，然后为至矣"，更是引用率极高的论作诗，也是论鉴赏的名论。

赏析诗篇字句，是此后历代"诗话"类著作中占比很高的内容，也可以说历代很多"诗话"类著作是偏重于诗篇，尤其是警句和佳句的鉴赏的。就如《六一诗话》记"肥妻子""失却猫"的传笑，后来的"诗话"书中也时有对于浅俗或拙劣诗句的讥评、笑谈。

在历代诗话中，"观置辞"一类的赏析议论，崇尚遣词之"雅"与造句之"意新语工"，讥评浅俗的词句，虽然就具体诗篇或语句的品评，意见不尽一致，甚至持论相左，但"尚雅忌俗"的趣味倾向却可说是诗歌鉴赏的一条基本原则。

古典诗歌语言尚雅忌俗，即使采用俗语，也是要善于化俗为雅。萧涤非先生在《杜甫诗选注》一书的前言中说：

> 采用俗语，是杜诗语言的一大特色，也是我国诗歌语言发展上的一大革新。自一般士大夫文人观之，这种俗语是不足以登大雅之堂的。但杜甫在抒情诗中用俗语很多，在叙事诗中则更丰富。因为这些叙事诗许多都是写的人民生活，采用一些俗语，自能增加诗的真实性和亲切感，并有助于人物语言的个性化。如《兵车行》的"爷娘妻子走相送""牵衣顿足拦道哭"，《新婚别》的"生女有所归，鸡狗亦得将"。至如《前出塞》的"挽弓当挽强，用箭当用长。神人先射马，擒贼先擒王"，更是有同谣谚。

> 他提高了俗语的地位，丰富了诗的语言，使诗更接近生活，接近人民群众；另一方面又通过千锤百炼创造出珠玉般的、字字敲得响、"字字不闲"的诗句。卢世㴶评"万姓疮

痍合，群凶嗜欲肥"说："合字肥字，惨不可读。诗有一字而竣夺人魄者，此也。"这种例子是很多的。在这方面，还很值得我们研究、学习。①

　　杜甫诗采用俗语又加以锤炼的遣词造句法，在古代遭到少数士大夫文人讥议，如刘攽《中山诗话》说："杨大年不喜杜工部诗，谓为村夫子。"② 杨大年即宋初"西昆体"诗人杨亿，其诗歌趣味限制了他对于杜甫诗采用俗语这方面的成就的认知。而他对于杜甫的讥贬，即在当时也并不为人接受，如《中山诗话》接前引两句说："乡人有强大年者，续杜句曰'江汉思归客'，杨亦属对，乡人徐举'乾坤一腐儒'，杨默然若少屈。"③ 因存偏见不喜杜诗，杨亿于杜诗不熟，致遭同乡的戏窘。

　　其实杜甫诗采用俗语炼句成篇的新题乐府，在中唐已极受元稹、白居易的推重。此外，如杜甫在夔州作的《夔州歌十绝句》，清浦起龙《读杜心解》评曰："十绝内间有俚句，而体格特高；放低便是竹枝词。"④ 杜甫这类绝句的"间有俚句"，应是有意吸收了民歌的语言和句调，只是他还没有仿改民歌，而仍是自选题材、自抒情怀的诗，因此"体格特高"。而中唐刘禹锡《竹枝词九首》序言说：

　　① 萧涤非选注《杜甫诗选注》人民文学出版社 1979 年版，第 11～12 页。

　　② [清] 何文焕辑《历代诗话》，中华书局 1981 年版，上册，第 288 页。

　　③ [清] 何文焕辑《历代诗话》，中华书局 1981 年版，上册，第 288 页。

　　④ [清] 浦起龙著《读杜心解》，中华书局 1981 年版，第 3 册，第 852 页。

四方之歌，异音而同乐。岁正月，余来建平，里中儿联
歌《竹枝》，吹短笛击鼓以赴节。歌者扬袂睢舞，以曲多为
贤。聆其音，中黄钟之羽。卒章激讦如吴声，虽伧佇不可
分，而含思宛转，有淇濮之艳。昔屈原居沅湘间，其民迎
神，词多鄙陋，乃为作《九歌》，到于今，荆楚鼓舞之。故
余亦作《竹枝词》九首，俾善歌者扬之附于末。后之聆巴
歙，知变风之自焉。

刘禹锡明确陈述他作《竹枝词》是与屈原作《九歌》一样，
将"词多鄙陋"的民间歌谣加以改写或仿作。不满于原生态民歌
的词多鄙陋，改写或仿作，即是化俗为雅。

杜甫、刘禹锡先后在夔州所作这类借鉴民歌和仿改民歌的绝
句，宋代以后一直很吸引诗人们的兴趣，历代"竹枝词"创作甚
多，一般都是用它来写风土人情，多有通俗而不鄙陋的佳作。

其实，有意学习民歌，写作通俗易晓的竹枝词，只是古典诗
歌保持与活生生的民间语言的生命联系的显例；而历代为人传
诵、至今仍是诗史的经典的无论古体或近体的诗篇，"尚雅忌俗"
虽是一种共遵的准则，而遣词造句又并非都是搬弄拼装书面古
语，善于将时语俗言入诗、"化俗为雅"也是一种共同的倾向。

元稹称赞杜甫说："杜甫天材颇绝伦，每寻诗卷似情亲。怜
渠直道当时语，不著心源傍古人。"① 元稹与白居易最先推尊杜甫
诗，不只是由于对杜诗写实主义内容的赞同，也由于对杜诗不傍
古人而"直道当时语"的亲切通俗的语言风格的认同。元、白因
此不仅继承杜甫写作新乐府讽喻诗，而且他们的闲适、感伤类的

---

① ［唐］元稹《酬孝甫见赠十首》其二，《全唐诗》卷四百三十，中
华书局点校本，第 12 册，第 4575 页。

诗歌，无论古体今体，语言风格也都倾向于通俗。

晚唐诗人杜牧《读韩杜集》绝句前两句云："杜诗韩集愁来读，似倩麻姑痒处搔。"① 杜诗韩集读来解愁，当然先是其思想内容正说中读者关心处，但杜诗的"直道当时语"和韩诗的散文化（杜牧此绝句主要是论诗，故所谓"韩集"也应主要是指韩诗而言）遣词造句的风格，无疑也是使读者感觉搔到痒处的不可或缺的方面。

兴起于唐朝、兴盛于两宋的词，是新一轮源起于民间的曲子词，经由士大夫仿作、创作，从而化俗为雅的诗歌发展的轨迹；后来的元曲等也都是如此。

古典诗歌的鉴赏，在"观置辞"方面，过分模拟、捃扯古人，而不知用"当时语"写眼前景和当前事，如宋初捃扯李商隐诗的"西昆体"、明代模拟盛唐的前、后"七子"等，历来是为鉴赏家所批评否定的。

清朝诗人厌弃明"七子"模拟盛唐不免为徒具假、大、空的面目腔调，转而提倡学诗不可仅限于学盛唐，唐诗之初盛、中晚，宋诗之苏黄、陆杨，皆可取法。这样放宽学习的眼界，使清诗的成就高过明诗。当然，具体到清诗各派各家，其诗歌语言的继承与出新的得失也各有可议，而历来为鉴赏家、诗史研究者所共称道的诗人诗篇，则都有善用切实平易的时言口语，乃至方言俗谚，以构成自具个性的诗歌语言，从而能写出自己的真性情。

清代诗论家关于遣词造句的雅与俗多有论说。词句何以辨"雅"与"俗"？潘德舆《养一斋诗话》卷一有言曰："夫所谓雅者，非第词之雅驯而已。其作此诗之由，必脱弃势利，而后谓之雅也。今种种斗靡骋妍之诗，皆趋势弋利之心所流露也。词纵雅

---

① 《全唐诗》卷五百二十一，中华书局点校本，第 16 册，第 5955 页。

而心不雅矣，心不雅则词亦不能掩矣。"① 这是说到"心源"上了。

20世纪新文化运动之后，在极力提倡白话新文学的时代背景上，仍然写作旧体诗的诗人、学者们，也都更明了旧体诗不可替代的优点，是它的发展到至美的律、绝、长短句的确定的形式，而摹古太过、语言晦涩、作意难晓的诗作，难免遭到提倡白话新诗者的挑剔攻击。因此，坚持用旧体，但遣词造句不故作古奥，一方面固然要继承诗词语言"尚雅"的原则，同时又要善于采用平易近人的时语白话入诗，化俗为雅，就仍然能够作出属于现当代的传统诗词。

当然，由于文化的普及，当代写作旧体诗词的作者人数无疑超越古往任一时代，正式出版发行的与各地诗社等自编自印的专门发表诗词的报刊多不胜数，现在更有网络自媒体随时可以自由发表作品，要说中华诗词的创作"盛况空前"，似不为过。但这仅是以数量看貌似繁荣而已，实际情况是高水平的作者显然不多。大量发表的是堆砌概念和口号的所谓"老干体"，或语言与格调鄙俗的"打油诗"等。这类诗的作者，很多是真爱诗词也有心想学，只是限于学养不足，其中应该会有些人脱颖而出、迈入高水平作者之列，我也诚望真心爱诗词者努力向前。但也有些人虽然水平不高，或已误入歧途却不自知，也不愿听取他人的意见，反而自以为是勇于创新，这就属于不可理喻了。读当代诗词报刊，很多时候会遇到这类"诗人"的令人厌看的"大作"，虽然这不免败人兴致，但披沙拣金，立意遣词和声调神韵俱佳的诗作也是有的。我们对于古典诗歌的存在和发展，还是应该充满信心。

---

① 郭绍虞选编，富寿荪校点《清诗话续编》，上海古籍出版社1984年版，第4册，第190~191页。

刘勰《知音》篇"六观"论的"观通变"与"观奇正"，我们附在这节里稍作引述。

"贯通变"，即看作品对于前人有何继承，作者又有何创新。《文心雕龙》有《通变》篇专论，虽为诗文写作之引导，亦可为鉴赏之参考。其开篇说：

> 夫设文之体有常，变文之数无方，何以明其然也？凡诗赋书记，名理相因，此有常之体也；文辞气力，通变则久，此无方之数也。名理有常，体必资于故实；通变无方，数必酌于新声：故能骋无穷之路，饮不竭之源。然绠短者衔渴，足疲者辍涂，非文理之数尽，乃通变之术疏耳。[①]

诗文的体裁是有定式的，但写作时的变化却是没有框定的。体裁必然凭借过去的作品，变化则应善于参取新鲜的形式因素。刘勰在第二段概述古来诗文通变的最后，归结说："斯斟酌乎质文之间，而櫽括乎雅俗之际，可与言通变矣。"在质朴与文采之间、雅正与鄙俗之间，总须要斟酌去取恰当，就可以理解文章的继承与革新了。

黄侃《文心雕龙札记》于《通变》篇有阐论说："文有可变革者，有不可变革者。可变革者，遣辞捶字，宅句安章，随手之变，人各不同。不可变革者，规矩法律是也，虽历千载，而粲然如新，由之则成文，不由之而师心自用，苟作聪明，虽或要誉一时，徒党猥盛，曾不转瞬而为人唾弃矣。"[②]

---

① 陆侃如、牟世金《文心雕龙译注》，齐鲁书社 1982 年版，下册，第119 页。

② 黄侃《文心雕龙札记》，中国人民大学出版社 2004 年版，第 101 页。

刘勰之论文章"通变",移以专论诗歌、专论后世才定型的近体诗词,尤为具有指导意义。五、七言律诗的格律和长短句的词谱已成定式,是典型的"设文之体有常"。而自唐自宋以至今日,凡诗词大家名手各有自具风格的佳作,其自具之风格即由"变"而出新,即黄侃所谓"遣辞捶字,宅句安章,随手之变,人各不同"。

对于历代诗作在"通变"方面的得失,历来诗话中也不乏举例品评,当代则当以钱锺书先生的《宋诗选注》最为引人注目。钱先生博闻强记,又自善创作,于学术尤精于古典诗歌的比较批评,而其比较的目光则特别看重善于变化出新的诗作。《宋诗选注》因此而诚为学习古典诗歌鉴赏的值得参阅详读的选本。但此书也并非一无可议,例如对于黄庭坚的"点铁成金""夺胎换骨"等诗法论的过苛讥评,就未为公允之论。其实黄庭坚所论多是古典诗歌写作在命意与遣词方面如何"通变"的一些具体方法,也可以作为诗歌鉴赏"观置辞""观通变"的参考事例。

刘勰所谓"观奇正",是看作品的表现形式,《文心雕龙》中《定势》篇所论"体势"问题,即文章的体势由不同文体的性质所决定。文章体势有正有奇,"正"是符合体势的遣词造句,刘勰所谓"奇"不是通常所说的"新奇",而是"诡巧",是"穿凿取新",是"反正",即故意违反正常的写法。这是刘勰所不赞成的。刘勰在论说体势"奇正"的问题中,也一再分辨"雅俗""雅郑",崇尚典雅、清丽,反对"适俗""逐奇"。《定势》篇的第四段所论,尤其可移用作鉴赏的指导,其文曰:

> 自近代辞人,率好诡巧,原其为体,讹势所变。厌黩旧式,故穿凿取新;察其讹意,似难而实无他术也,反正而已。故文反"正"为"乏",辞反正为奇。效奇之法,

必颠倒文句；上字而下抑，中辞而出外；回互不常，则新色耳。夫通衢夷坦，而多行捷径者，趋近故也；正文明白，而常务反言者，适俗故也。然密会者以意新得巧，苟异者以失体成怪。旧练之才，则执正以驭奇；新学之锐，则逐奇而失正；势流不反，则文体遂弊。秉兹情术，可无思耶？①

在刘勰的批评观念中，"奇"是"反正"，是"诡巧"，是"穿凿取新"，因此，也许是他最先使用的"新奇"一词，在他的理论语境中也多半是属于贬义的。在《文心雕龙·体性》篇中，归纳诗文风格为"八体"曰：典雅、远奥、精约、显附、繁缛、壮丽、新奇、轻靡。前六体是他所赞赏的，而于后二者，他说："新奇者，摈古竞今，危侧趣诡者也。轻靡者，浮文弱植，缥缈附俗者也。故雅与奇反，奥与显殊，繁与约舛，壮与轻乖。"②奇，新奇，是"摈古竞今，危侧趣诡"的，是与"雅"相违背的。《知音》篇中也说"爱奇者闻诡而惊听"③。

刘勰的贬义的"奇""新奇"概念，后世诗文评中也有沿用，例如陈师道《后山诗话》说："诗欲其好，则不能好矣。王介甫以工，苏子瞻以新，黄鲁直以奇。而子美之诗，奇常、工易、新陈，莫不好也。"④ 但"奇""新奇"，在唐宋以还的诗歌鉴赏中

　　① 陆侃如、牟世金《文心雕龙译注》，齐鲁书社 1982 年版，下册，第138 页。

　　② 陆侃如、牟世金《文心雕龙译注》，齐鲁书社 1982 年版，下册，第97 页。

　　③ 陆侃如、牟世金《文心雕龙译注》，齐鲁书社 1982 年版，下册，第387 页。

　　④ ［清］何文焕辑《历代诗话》，中华书局 1981 年版，上册，第 306页。

更多是称赞的褒义词。本来陶渊明就有"奇文共欣赏"的名句，所称"奇文"无疑是褒义的。殷璠《河岳英灵集》李白的评介说："白性嗜酒，志不拘检，常林居十数载，故其为文章，率皆纵逸。至如《蜀道难》等篇，可谓奇之又奇，自骚人以还，鲜有此体调也。"① 又评岑参诗"语奇体峻，意亦奇造"等。② 宋初王禹偁称赞人诗有句曰"所得新奇尽雅言"③，南宋杨万里称赞人诗有句曰"四诗赠我尽新奇"④，都是褒赞之辞。黄庭坚称赞李龙眠画的诗句"领略古法生新奇"⑤，亦可以移用论诗歌。而"新奇"生于"领略古法"之后，与刘勰讲"通变"、讲"执正以驭奇"的道理，还是所见略同的。

三、观宫商

"观宫商"，是研揣作品的声律。刘勰《文心雕龙》撰写于南朝齐代，其时字有"四声"之论已明，诗歌则有依据"四声"讲究字句声调的抑扬亢坠和"声病"的避忌，已有"永明体"的新探索。同时期的批评家如钟嵘，在《诗品》中对于"宫商之辨，四声之论"颇不以为然，认为诗歌本是要诵读的，只要自然上口即足矣，而四声宫商之讲求，"襞积细微，专相陵架。故使文多

---

① 影印《文渊阁四库全书》，上海古籍出版社 2003 年版，第 1332 册，第 23 页。

② 影印《文渊阁四库全书》，上海古籍出版社 2003 年版，第 1112 册，第 41 页。

③ 北京大学古文献研究所编《全宋诗》卷六十五，北京大学出版社1991 年版，第 2 册，第 730 页。

④ 北京大学古文献研究所编《全宋诗》卷二二九八，北京大学出版社1991 年版，第 42 册，第 26389 页。

⑤ 《次韵子瞻和子由观韩幹马因论伯时画天马》，［宋］黄庭坚撰，［宋］任渊、史容、史季温注，刘尚荣校点《黄庭坚诗集注》，中华书局2003 年版，第 1 册，第 255 页。

拘忌，伤其真美"①。与钟嵘不同，刘勰则敏锐认识到字句声调的调谐将成为诗文要特别讲究的形式美的规则，因此也特撰《声律》一篇，来论说诗文鉴赏必将关注的"音以律文"问题。刘勰固然还无从论到近体诗的四声平仄的细节，但他说：

> 夫吃文为患，生于好诡，逐新趣异，故喉唇纠纷；将欲解结，务在刚断。左碍而寻右，末滞而讨前，则声转于吻，玲玲如振玉；辞靡于耳，累累如贯珠矣。是以声画妍蚩，寄在吟咏。②

诗文字句安排声韵，从而使吟咏读听皆辞如贯珠、声如振玉。这种对于声律形式美的追求，其完美的果实即是近体诗的最终成型。

古人就学读书，是要求出声诵读的，学习诗歌更是吟咏、唱诵的。诗人作诗，很多时候不是伏案呫笔默不作声写出来，而是坐吟、行吟，沉吟、高吟，独吟、联吟，拥鼻吟、抱膝吟，捻须苦吟、改罢长吟……，是开口出声吟咏而成的。诗歌的音乐性为人们所熟知，诗人们创作过程中的沉吟含咏是对字句声调的音乐性的斟酌推敲，阅读诗歌时的讴吟玩咏则是对作品的深入领会和欣赏。正如清沈德潜《说诗晬语》所说："诗以声为用者也，其微妙在抑扬抗坠之间。读者静心按节、密咏恬吟，觉前人声中难写、响外别传之妙，一齐俱出。朱子云：'讽咏以昌之，涵濡以

---

① ［清］何文焕辑《历代诗话》，中华书局 1981 年版，上册，第 5 页。

② 陆侃如、牟世金《文心雕龙译注》，齐鲁书社 1982 年版，下册，第 168 页。

体之.'真得读诗趣味。"①

也许有人会生疑问，五、七言古诗的字句声调本是依据本能的语感，但求"口吻调利"即可的；近体诗按声律也只有几种格式，如本书第二章"声律论"所列述；每种词调也是有固定谱式的。那么，诗词鉴赏的"观宫商"，岂不是会感觉都只是几种老调的不断重弹？岂不是很容易令人厌倦吗？又近体诗定型一千多年了，就那么几种声调格式，何以至今还是有很多人爱读、爱写呢？

如果仅看字句平仄声的固定谱式，律诗和词确实都是调式有限的。但诗词的声调宫商并不是单靠四声平仄构成，同一格式的律诗或同一词调的词，会因具体作品所采用字词的语义和感情色彩的不同，以及句法和篇章结构的不同，而呈现很不相同的声调感觉和语言风格。所以，律诗和词，并未因为声律谱式的固定化而流于单调。唐宋迄今，每个自名一家的诗人，就都用这些谱式写出了各自的风格；历来每一首名篇佳作，也都各具独特的声调风格。

例如王维、李白和杜甫各一首同是首句仄起的五律，王维《汉江临泛》：

　　　　楚塞三湘接，荆门九派通。
　　　　江流天地外，山色有无中。
　　　　郡邑浮前浦，波澜动远空。
　　　　襄阳好风日，留醉与山翁。②

---

① 〔清〕王夫之等撰，丁福保辑《清诗话》，上海古籍出版社 1978 年版，下册，第 538 页。

② 《全唐诗》卷一百二十六，中华书局点校本，第 4 册，第 1279 页。

李白《渡荆门送别》：

> 渡远荆门外，来从楚国游。
> 山随平野尽，江入大荒流。
> 月下飞天镜，云生结海楼。
> 仍怜故乡水，万里送行舟。①

杜甫《旅夜书怀》：

> 细草微风岸，危樯独夜舟。
> 星垂平野阔，月涌大江流。
> 名岂文章著，官应老病休。
> 飘飘何所似，天地一沙鸥。②

　　这三首五律平仄格律相同，三首的次联是写景相似的对句，但虽写景相似、声调一律，却又各自显出鲜明的气质情韵：王维语调平静舒缓，李白爽逸高亮，杜甫沉郁苍凉。当然这三首诗不只是次联各显风格，而是每首诗通篇声调情韵都自具气韵特点。诗歌的声韵宫商各有特色，正如每个人的嗓音声调，无论他开口出声是喜是悲，熟悉者即使未见其人但闻其声，也听得出是谁。如王维、李白、杜甫等大诗人的诗篇，我们多读、多出声诵读，就会有如记住了至亲好友的熟悉的声音一样的感觉。

　　这里以王维、李白和杜甫为例，是因为他们最能显示诗歌声调情韵的个性差别，而不是说只有达到他们的程度才具有这样的

① 《全唐诗》卷一百七十四，中华书局点校本，第 5 册，第 1786 页。
② 《全唐诗》卷二百二十九，中华书局点校本，第 7 册，第 2489 页。

差别。如严羽《沧浪诗话·诗体》"以人而论"所列唐宋数十名家之"体"，在声调韵致上也都是各有特色的。

当然，鉴赏的"观宫商"，又不是只求对每个诗家的声调个性获得一种概括单一的印象，而是要能够辨别玩咏每首诗的声韵宫商。每个诗人虽然自有一种独具的声调个性，但每个诗人的不同诗篇也必然会有忧喜悲欢、平和激昂等不同的声情格调。例如杜甫《春夜喜雨》，与上举三首也是同样的平仄格式，却写出与他自己的《旅夜书怀》也迥然不同的欢欣喜悦的声情，其诗云：

> 好雨知时节，当春乃发生。
> 随风潜入夜，润物细无声。
> 野径云俱黑，江船火独明。
> 晓看红湿处，花重锦官城。①

读每一首诗，都应能随其悲欣而兴咏赏会，才是善于读诗、赏诗，才真可以陶冶性灵。

历来诗词鉴赏"观宫商"也有雅俗之辨，而语调宫商，何谓"雅俗"？

清郎廷槐问、王士禛等答之《师友诗传录》，郎氏开篇说："作诗，学力与性情，必兼具而后愉快。愚意以为学力深，始能见性情。若不多读书，多贯穿，而遽言性情，则开后学油腔滑调、信口成章之恶习矣。"② 这里所说不多读书而遽言性情的、信口成章的"油腔滑调"，正可以当作鉴赏诗歌声调雅、俗之"俗"

① 《全唐诗》卷二百二十六，中华书局点校本，第 7 册，第 2439 页。
② ［清］王夫之等撰，丁福保辑《清诗话》，上海古籍出版社 1978 年版，上册，第 127 页。

的恰当释义,"油腔滑调"自显鄙俗,自与风雅清浊判然。

作诗要不落入"油腔滑调"的俗恶地步,不只是要多读书的学力问题,更重要的还应该是读书明志、明道的修养问题。历代也不乏学力虽深而心志不脱趋势逐利的气息庸俗之人,其诗其词虽非油腔滑调的浅薄之作,而其俗意俗调必不自知而表露。前节曾引清潘德舆《养一斋诗话》说的"今种种斗靡骋妍之诗,皆趋势弋利之心所流露也。词纵雅而心不雅矣,心不雅则词亦不能掩矣",也正是扬雄早已说过的"言,心声也;书,心画也。声画形,而君子小人见矣"①。君子小人,心气之雅俗,是必然流露于其言其字、其诗文,雅人深致无须掩饰,而小人或欲掩其不雅又是掩饰不住的。

傅庚生《中国文学欣赏举隅》说:"诗又有打油一体。唐人张打油(打油当是诨号,盖以时人谓其成诗率易,过于油滑,因以名之也)《雪诗》云:'江上一笼统,井上黑窟窿。黄狗身上白,白狗身上肿。'后世因谓诗之俚俗者为打油。……学诗者自宜以俚俗为戒也。"②

对于打油诗,也有持宽容意见者,如《汉语大词典》:

> 【打油诗】旧体诗的一种。内容和词句通俗诙谐、不拘平仄韵律。相传为唐代张打油所创。清钱泳《履园丛话·笑柄·打油诗》:"按打油诗始见于《南部新书》,其无关于人之名节者,原未尝不可以为游戏。"③

---

① 《诸子集成》,上海书店1986年影印版,第7册,扬雄《法言》,第14页。
② 傅庚生《中国文学鉴赏举隅》,北京出版社2003年版,第237~238页。
③ 《汉语大词典》,汉语大词典出版社,第6册,第317页。

当代旧体诗写作中，真可谓打油诗盛行。我们读到的当代不断产生的打油诗，其中确有通俗诙谐、作意不俗者，诗林中存此一种开心一乐的格调，"原未尝不可以为游戏"。但更多的"打油诗"作品，信口成章，油腔滑调，或字句俚俗，或剪贴成语、拼装口号。写这种打油诗的人，往往又并不自认为不过是游戏文字，而自以为是贴近民俗、属于时代的真诗，并且自以为诗艺炉火纯青，眼前无论何事何物，都可以被"打油"成咏，一日之内或能随手写出十首、二十首，而这些思如泉涌、口不择言的"打油诗"，往往很像古代话本《快嘴李翠莲记》里李翠莲"出口成章"的顺口溜，俚言俗调，令人失笑，也令人厌闻。① 已成这种状态的打油诗人，你若提醒他不可如此作诗，他已经听不进去的。即使是朋友，若不可与言，也就不必与之言了。而如果你是初学诗者，入门须正，则确宜以俚俗为戒。

当然，诗调之俗并不限于打油诗，声律合格的律诗和词，也会有声情庸俗之作。虽然掌握了四声和诗句平仄格律，以及起承转合的章法和散行、对偶的句法等基本的形式规则，能够写出形式上合格的作品，但心气庸俗，作意鄙俗，遣词不雅，声调或温吞疲弱或粗犷叫嚷，这种或未入雅境或已走火入魔的"诗词"，在当代貌似复兴繁荣的旧体诗写作中，实在也是随时可见。我这里只能这样点到为止，不便举例。只希望提醒初学诗者先要学会辨别雅俗，避俗向雅，不断精进，而不至于误入歧途，落入魔道。

---

① 古话本《快嘴李翠莲记》，以其所谓反封建的思想性在现代重估俗文学的文化价值的背景上很受推重，但李翠莲的顺口溜实在是俗不可耐的韵语，倒可以做学诗应忌俗的所谓"俗"的样本。

第三节　诗歌鉴赏的意义

　　诗歌本是文学中的文学，在中国传统文化最核心的几部经典中就有《诗经》，孔子教人学习成长的步骤是"兴于诗，立于礼，成于乐"①。因此，两千多年间奉行孔子诗教思想的我们华夏民族，一代代人识字读书都是从学读韵文和诗歌开始的。孔子指引弟子们说："小子何莫学夫诗？诗，可以兴，可以观，可以群，可以怨。"② ——你们年轻人为什么还不学习《诗》呢？学诗，可以启发联想力，可以提高观察力，可以培养合群性，可以学到讽刺的手段。孔子说的是学习、熟读《诗经》的有益处，也可以说是一般诗歌鉴赏的意义所在。孔子的这一指引，历来也是深入人心的。

　　本书是拟为动心立志要学习旧体诗写作的人们说法的，因此最后这节讲诗歌鉴赏的意义，也只讲讲诗歌鉴赏对于学习旧体诗写作而言有何意义。

　　陆游用一首诗向儿子陆逼传授学诗的经验感想说：

> 我初学诗日，但欲工藻绘。
> 中年始少悟，渐若窥宏大。
> 怪奇亦间出，如石漱湍濑。
> 数仞李杜墙，常恨欠领会。

---

　　①　《论语·泰伯》，杨伯峻译注《论语译注》，中华书局1980年版，第81页。

　　②　《论语·阳货》，杨伯峻译注《论语译注》，中华书局1980年版，第185页。

元白才倚门，温李真自郐。

正令笔扛鼎，亦未造三昧。

诗为六艺一，岂用资狡狯？

汝果欲学诗，工夫在诗外。①

诗歌的思想内容须与现实息息相关，因此要留意诗外的现实生活，不是光从古人的诗卷里模拟藻绘就能够学得好的。这个道理很重要，也为我们所熟知。而这不是本节的话题，这里也就从略了。

对于学习旧体诗写作来说，学作诗必然起步于模拟，正如学习书法必须从临摹古代名家碑帖一样。模拟学诗，从开始眼界就要宽阔，要多读诗，还要能鉴赏，能择其善者雅者而学之。这也如学书写要多读帖，要能选择好的又是最适合自己的碑帖来学一样。

杜甫很希望儿子能继承其家诗学的血脉，教儿子要"熟精《文选》理"②。南朝梁昭明太子编辑的《文选》，是唐代能够读到的汇集古代各体诗文佳作最多的一部总集。要熟精其"理"，就不仅是多读，还要能赏会。

欧阳修说："为文有三多：看多，做多，商量多也。"③ 学作文首先要"看多"，即多读古文。学诗的道理，是一样的。

严羽《沧浪诗话·诗辨》说："夫诗有别材，非关书也；诗

---

① 《示子遹》，钱仲联校注《剑南诗稿校注》，上海古籍出版社 1985 年版，第 8 册，第 4263 页。

② 《宗武生日》，《全唐诗》卷二百三十一，中华书局点校本，第 7 册，第 2535 页。

③ ［宋］陈师道《后山诗话》，［清］何文焕辑《历代诗话》，中华书局 1981 年版，上册，第 305 页。

有别趣，非关理也。"这两句话最常被引用，但这不是一个完整的意思的表达，严羽接着说的是："然非多读书、多穷理，则不能极其至。所谓不涉理路、不落言筌者，上也。"① 这些话连起来才是严羽对于"诗"的完整的辩证的阐释。作诗须要有才情天趣，也须要多读书穷理，只是写成的诗篇要不涉理路、不落言筌，才是上品。这里说的"多读书"不限于读诗，应该是经、史、子书都要多读的。多读书才能多明理，才能对于自然、社会和人生有高出常人的理性认识。这种高出常人的理性认识，在诗中不可以像说理文那样表述，要包含、融化在诗的意境和情趣中，使诗中有理趣，这样才是"极其至"的诗。例如刘熙载《艺概·诗概》说："陶渊明则大要出于《论语》。陶诗有'贤哉回也''吾与点也'之意，直可嗣洙泗遗音。其贵尚节义如咏荆卿、美田子泰等作，则亦孔子贤夷齐之志也。"② 就是说陶诗所显示的思想志趣是来自孔子的，但陶诗却不是和《论语》一样的直接说理言志的语录，而是最典型、最优秀的诗，是"极其至"的诗。

回到学诗者的鉴赏要多读诗的话题，多读诗也不能漫无归向。譬如学书法要多读帖，但还是要择帖临摹，不能三天两头换帖乱写。择帖要选看上去亲切、模拟也容易上手的名家碑帖，由临仿一家字体入门，再兼取旁收，变化出新，自成一家。学诗也是如此，多读诗，择其性之所近的大家名家之诗，选其佳作，反复玩咏，有意学之。只要是有才情、有悟性的，就能够入门学好。

这样说来，初学者就要能鉴赏、会选择。但初学者或许要

---

① ［清］何文焕辑《历代诗话》，中华书局 1981 年版，下册，第 688 页。

② ［清］刘熙载《艺概》，上海古籍出版社 1978 年版，第 54 页。

问，既是初学，鉴赏能力自然也是初步的，又如何能保证所选择的都是值得学习的？

这也如书法的初学者，择帖须要有已具有鉴赏眼力的人的指导帮助，初学诗者也要有人指导，或自己向相关的书中寻求指导。《红楼梦》第四十八回林黛玉教香菱学诗的故事，就是这个过程的生动的例子：

> 香菱笑道："我只爱陆放翁'重帘不卷留香久，古砚微凹聚墨多'，说的真有趣！"黛玉道："断不可学这样的诗。你们因不知诗，所以见了这浅近的就爱，一入了这个格局，再学不出来的。你只听我说，你若真心要学，我这里有王摩诘全集，你且把他的五言律读一百首，细心揣摩透熟了，然后再读一二百首老杜的七言律，次再李青莲的七言绝句读一二百首。肚子里先有了这三个人作了底子，然后再把陶渊明、应玚、谢、阮、庾、鲍等人的一看。你又是一个极聪明伶俐的人，不用一年的工夫，不愁不是诗翁了。"①

当然这是小说里的故事，黛玉所言也只是一种选择，而不是唯一正确的路径。五律、七律，不可能都是从王维、杜甫学起。引录这个片段，只是用来说明初学诗者也须有鉴赏力的培养，向有学识的人请教，是必要的。

历来公认的大诗人的诗作，对于初学者来说，一般不可能一超直入就领会到其好处妙处。即使有他人的指引，也还是要自己有耐心去读，多读，反复读，细心感受，才可能达到真心领会。

---

① ［清］曹雪芹、高鹗著《红楼梦》，人民文学出版社 1985 年版，中册，第 664~665 页。

多读诗，学会鉴赏，领会前人诗作的好处，对于初学者有意义、有必要，已如上述。那么如果学诗已久，已能写出合格甚至很出色的诗作，也还需要多读诗、多鉴赏诗歌吗？

其实果真已经是学诗有成、能自由创作的诗人，是不会提出这个问题的。这个问题仍然是代初学诗者假设的进一层的追问，也可借此问题将诗歌鉴赏的意义再说深一层。

如果你是已经能够自由写诗的人，读诗赏诗，也就已经成为你的日常阅读必有的事情了，你不仅已经用不着别人指导，而且还可以指导他人了。能写诗者继续读诗赏诗，是自觉地扩展鉴赏的范围，加深鉴赏的辨识与赏会。这既是为继续的创作"加油""充电"，也是文学欣赏的精神享受。

为了继续的创作而保持读诗赏诗的习惯，是因为对于历代诗人诗作的鉴赏，不是初学诗时就可以一劳永逸解决的。随着学诗深度的进展，随着年岁阅历的增加，读诗的感受和欣赏领会也会发生变化，这种变化表现着思想感情的改变和审美能力的提高。古代大诗人一般各自都有若干特别欣赏的前代诗人名单，有些仍然能大致知晓前代诗人受其爱赏的先后情况，有些则对于自己这种变化的经过留下清晰的自述。

例如苏轼于诗所接受的影响，近乎杜甫的"不薄今人爱古人"的广博。当然，他特别称道的也是曹、刘、鲍、谢、陶、李、杜、韦、柳等大家，他对于中唐刘禹锡、白居易、韩愈，晚唐司空图，同时代欧阳修、王安石、黄庭坚等，也都有赞评。陈师道《后山诗话》说："苏诗始学刘禹锡，故多怨刺，学不可不慎也。晚学太白，至其得意，则似之矣；然失于粗，以其得之易也。"① "诗

---

① ［宋］陈师道《后山诗话》，［清］何文焕辑《历代诗话》，中华书局 1981 年版，上册，第 307 页。

可以怨"，本是孔子所包容的诗的功能之一。苏轼早年诗多怨刺，引发"乌台诗案"之文祸，在苏轼自己得一刻骨铭心的教训，在《后山诗话》这里也见出留下了阴影。苏轼盛年于前代诗人，无疑是以唐朝李、杜、韦、柳、韩、白等为参照系，晚岁则有"吾于诗人无所甚好，独好渊明之诗"的一段追悔未早学渊明的告白①，并遍和陶诗一百多首，以见其倾心于陶渊明。

自述学诗从模拟到自由作诗的变化过程者，如杨万里《诚斋荆溪集序》说：

> 予之诗，始学江西诸君子，既又学后山五字律，既又学半山老人七字绝句，晚乃学绝句于唐人。学之愈力，作之愈寡。尝与林谦之屡叹之，谦之云："择之之精，得之之艰，又欲作之之不寡乎？"予喟曰："诗人盖异病而同源也，独予乎哉？"故自淳熙丁酉之春，上暨壬午，止有诗五百八十二首，其寡盖如此。其夏之官荆溪，既抵官下，阅讼牒，理邦赋，惟朱墨之为亲。诗意时来往于予怀，欲作未暇也。戊戌三朝，时节赐告，少公事。是日即作诗，忽若有寤。于是辞谢唐人及王、陈、江西诸君子，皆不敢学，而后欣如也。试令儿辈操笔，予口占数首，则浏浏焉无复前日之轧轧矣。自此每过午，吏散庭空，即携一便面，步后园，登古城，采撷杞菊，攀翻花竹。万象毕来，献予诗材，盖麾之不去，前者未雠而后者已迫，涣然未觉作诗之难也。盖诗人之病去体将有日矣。……②

---

① 见〔宋〕苏辙《子瞻和陶渊明诗集引》述苏轼书信中语，《栾城后集》卷二十一，影印《文渊阁四库全书》，上海古籍出版社2003年版，第1112册，第754~755页。

② 周汝昌选注《杨万里选集》，中华书局1962年版，第285~286页。

初学江西派诸家，又学陈师道五律，又学王安石七绝，又学唐人绝句——这是杨万里由读诗赏诗改换其欣赏和模拟的诗家诗作的学诗经过；最后是忽入悟境，不再依傍模仿他人，而能以万象为诗材自由作诗了。其实在这个过程中，他曾爱赏和模拟过的每个诗人，都为他的最后悟入作诗的自由境地助过力。在成为自名一家的大诗人之前的不断读诗赏诗、学他人的诗，对于杨万里的意义，他自己说得清清楚楚。

后来严羽在《沧浪诗话·诗法》中说："学诗有三节：其初不识好恶，连篇累牍，肆笔而成；既识羞愧，始生畏缩，成之极难；及其透彻，则七纵八横，信手拈来，头头是道矣。"① 看上去实在像是以杨万里的自述为依据的。

至于作为精神享受的读诗赏诗，可以说是诗歌写作和欣赏的终极意义。

《文心雕龙·明诗》篇说：

> 大舜云："诗言志，歌永言。"圣谟所析，义已明矣。是以"在心为志，发言为诗"；舒文载实，其在兹乎？诗者，持也，持人情性。三百之蔽，义归"无邪"；持之为训，有符焉尔。②

这是论诗何以产生，诗之于人究竟有何意义。诗人"发言为诗"，是为了扶持人的（首先是自己的）性情，使不偏邪。

---

① ［清］何文焕辑《历代诗话》，中华书局1981年版，下册，第694页。

② 陆侃如、牟世金《文心雕龙译注》，齐鲁书社1982年版，上册，第58页。

《文心雕龙·知音》篇说：

> 夫缀文者情动而辞发，观文者披文以入情；沿波讨源，虽幽必显。世远莫见其面，觇文辄见其心。岂成篇之足深？患识照之自浅耳。夫志在山水，琴表其情，况形之笔端，理将焉匿？故心之照理，譬目之照形：目瞭则形无不分，心敏则理无不达。然而俗监之迷者，深废浅售。此庄周所以笑《折杨》，宋玉所以伤《白雪》也。昔屈平有言："文质书内，众不知余之异采。"见异，唯知音耳。扬雄自称："心好沈博绝丽之文"，不事浮浅，亦可知矣。夫唯深识鉴奥，必欢然内怿。譬春台之熙众人，乐饵之止过客。盖闻兰为国香，服媚弥芬；书亦国华，玩绎方美。知音君子，其垂意焉。①

　　这是说作者动情用心写作的诗文，即使看上去有些深奥，只要读者也有敏锐的鉴赏眼力，还是能从作品文字间领会作者的心情的。然而世俗的一般读者确实是多乐意欣赏浅薄的作品，而《阳春》《白雪》曲高和寡。从前屈原就感慨说"人们都不知道我内在的出众才华"。能认识内在的出众才华，只有善于鉴赏者啊。而且只要是善于鉴赏、能看懂作品深意的人，就必能在欣赏佳作时获得内心的享受。文字作品须要细细赏会才能看到其中的妙处。凡是具有鉴赏能力的人，要特别注意这些。

　　刘永济《文心雕龙校释》说："文学之事，作者之外，有读者焉。假使作者之性情学术，才能识略，高矣美矣，其辞令华

---

① 陆侃如、牟世金《文心雕龙译注》，齐鲁书社 1982 年版，下册，第 390~391 页。

采,已尽工矣,而读者识见之精粗,赏会之深浅,其间差异,有同天壤。此舍人所以'惆怅于知音'也。"①

诗之为物,在作者自己固本有"持情性"之功能;而诗人之作诗,又并非仅为满足于"陶冶性灵",而总是期待"知音"相赏的。陶渊明《饮酒》其十一中说:"颜生称为仁,荣公言有道。屡空不获年,长饥至于老。虽留身后名,一生亦枯槁。"② 写的是颜回、荣启期,也是在说自己。李华主编《陶渊明诗文赏析集》"前言"中说:"渊明怀抱高趣,与世俗不合,最后不得不老死田园,赍志以没,无声无息。他大概不甘心,所以写作诗文,既以自慰,也是希望在千百年后,能'垂空文以自见',让后人了解他的境遇和他的人格。"③ 杜甫有"百年歌自苦,未见有知音"④的慨叹。陶渊明、杜甫,他们的诗歌艺术造诣都领先、超越于时代,他们在世时都不免有未见知音的孤独寂寞,但他们在后世都赢得最高的评价和无数知音。读赏陶诗、杜诗,都是我们国人最高的精神享受。

---

① [梁]刘勰著,刘永济校释《文心雕龙校释》,中华书局1962年版,第186页。
② 逯钦立校注《陶渊明集》,中华书局1979年版,第93页。
③ 李华主编《陶渊明诗文赏析集》,巴蜀书社1988年版,第3~4页。
④ 五律《南征》结句,《全唐诗》卷二百二十八,中华书局点校本,第7册,第2473~2474页。

我思念那个思陶的人

——整理后记

倪志云

　　这部《中国古典诗歌创作论》，是已故山东大学文学院教授鲍思陶兄遗著。鲍思陶兄逝世已十五年了，此书终于整理出版，鲍子诗学必堪传焉！

　　鲍思陶，本名时祥，后因景慕陶渊明而自改名，安徽枞阳人。1953 年生（志云按：思陶兄生前素以 1956 年为其生年，或为高考前所权改，后遂仍之。而据其家人为立墓碑所刻之生年，实为 1953 年，今即依其墓碑所刻），1978 年从陶渊明曾为县令八十余日的江西彭泽考入山东大学中文系。1982 年考取本系古代汉语专业硕士研究生，师从殷孟伦先生。1985 年毕业，留校任教。1995 至 2002 年调入齐鲁书社做图书编辑工作，后复回山东大学文学院执教。2006 年 8 月 24 日病逝。

　　鲍兄自幼即承祖父指授学习诗古文辞，其家学有清代以来"桐城派"文学渊源，13 岁所作诗已受祖父称赞。在大学本科和研究生时期，即使在历史系考古专业就读的鄙人，已素闻中文系师长及平辈无不推重鲍兄善诗精古文的大名。尤其是导师老殷先生，本出黄季刚先生门下，治语文训诂之学，亦甚重视诗古文写作才能，故特垂青入室弟子鲍思陶。传闻殷先生有时应人之请以古文作序，以及应酬题诗、撰联等，或由思陶代笔，往往不改一字，即署名交付。这不是老先生敷衍，而是对于高足弟子诗文能力的充分认可和鼓励。我虽学习考古专业，但也从中学起即十分爱学诗词，高中时已读王力先生《诗词格律》小册子，大学时从图书馆借阅王力先生大部头的论著《汉语诗律学》，平时常按王先生书中所述，揣摩学作"仄仄平平仄"的律诗。研究生毕业留校后，1986 年 9 月，我调入中文系参加牟世金先生的古代文艺理论科研项目，也加入古代文学的教学团队。1989 年牟世金先生溘然病逝，我在中文系不免陷于困境。此后直到 2002 年我应聘调到重庆的四川美术学院，其间十来年，世情冷暖自知。而所庆幸的是与鲍兄的结识和深交，使我的诗词爱好得到他最热心、最当行的指导，使我不断获得传承诗词文化传统的激励和称许。这份因诗结缘的友谊，是我永难忘怀的。

　　1990 年 9 月，系里安排我和鲍兄（还有谭好哲兄）带领 87 级同学到沂南县做实习，我们同住一屋十多天。此前我与鲍兄不熟，这次我做了准备，事先抄录了几首近期写作的五、七言律诗，特地请鲍兄指教。鲍兄先是给予热情鼓励，然后是温和细心的指导。他真是最温文尔雅的"循循然善诱人"的为人师表的典范，我因久闻其大名而形成的对他既仰望又畏缩的心理一朝扫除，向他问学真如坐春风。当然，那时正是天气初凉的中秋时节，有些树叶子开始黄落了，阳光依然温暖，秋风和爽。我们曾专程去莒县浮来山定林寺，参观刘勰生平纪念馆，馆内墙上几条屏装裱的《刘勰生平事略》，竟是我系老辈陆侃如先生撰文，蒋维崧先生书写。我们几个教师在郭沫若题写的"文心亭"石碑前拍了合影，这也是我和鲍兄最早合照的留影，如今回看，无限怀念！从那时起，我每有新作诗稿总要请鲍兄指教，我也常向他索要诗作揣摩欣赏。他总是称赞我请他指点的诗稿,而我读他的诗词、联语,又总有仰之弥高的感觉。他就我的诗稿中问题,给我讲到许多诗歌律法的细微处。我们自然也常谈论所读有关诗学的书籍,讨论诗学问题。

印象很深的是,我原先当然将王力先生的《诗词格律》和《汉语诗律学》两部书奉为圭臬。而鲍兄却从容地议论说,王力先生书固然是当代讲论诗律最深入、最有影响的论著,但其中也多有并不稳妥切实的说法,比如关于"一三五不论"的口诀,本来这个口诀大体上是对的,王力先生却把它批评得太过了。诸如此类,不止这一条。因为鲍兄能指出王力先生论著中也有可以商榷的问题,使我后来再读《汉语诗律学》,对于其中的论断,就总要自己去翻查例证,检验它是否稳妥。这样也就自己发现其中一些并不可取的观点,也促使我更多地就诗律问题作独立思考,不断做归纳和分析,得出自己的认识而后已。

反观 20 世纪 80 年代以后陆续出版的诸多诗词格律书,大多是笼罩在王力先生的诗律论著观点之下的。有的是明引转述王先生的观点,有的则是不明引而复述王先生的说法。也有试图不受王先生观点的笼罩而别出新解的,其中有些或可取,有的则更不足取。

总之,我在得到鲍兄具体指点诗作的同时,也得与鲍兄就诗学问题时有请教和讨论,从而加深认识,提高辨别力,获益良多。只是很遗憾鲍兄不善饮,不然我一定常会跟他念叨"何时一尊酒,重与细论文"的吧!

1995 至 2002 年,鲍兄在齐鲁书社工作期间,我与鲍兄还有一项顶有意义的合作,我们共同为蒋维崧先生编辑出版了他的第一部书法作品集《蒋维崧书迹》,此作品集也得到时任山东美术出版社社长李新学兄的支持，由山东美术出版社出版。在这个过程中，我和鲍兄得以时时侍蒋先生坐谈论诗文书法和学界掌故，都很愉快，也很获益。《蒋维崧书迹》出版后，我勉力写了一首二十韵排律志贺，鲍兄很是称赞，说："倪兄——五言长城！"其实是那时我作七言律诗还很少，较多作五言诗，遂得鲍兄如此鼓励。鲍兄则作七律《〈蒋维崧书迹〉编成感赋》一首曰："春风云锦讵雕刊？六载编成意未安。一片清恬存央韵，十分温润启奎观。纤毫点画留真易，彝鼎精神印出难。不为千秋传丽则，今朝风致竟谁看！"其诗庄重典雅。蒋先生笑而颔首，对于鲍兄呈览的诗稿十分欣赏。2005年暑假，我从重庆回济南探亲，在舜耕山庄陪蒋先生住了五个夜晚。有一晚约鲍兄来叙会，已90高龄的蒋先生与我们相谈甚欢，他自己兴起说："写字吧。"便坐到桌案边铺纸挥毫，凭记诵书写了杜甫五律《春日忆李白》"白也诗无敌……"，行草书，写了两张，让鲍兄和我各取一幅，真让我们喜出望外。蒋先生特地书写这首杜甫诗赐赠我们，满含着对于我们这两个后学尚用心于作诗的欢喜和鼓励之情。

　　谁曾想那次暑假欢聚之后不久，鲍兄即检查出身患恶疾，虽经手术治疗，也已不能控制病情。2006年寒假我在济南一周，两次去西郊肿瘤医院探望住院医病的鲍兄。当年8月19日早晨，接电话得知鲍兄病危，我即奔机场乘下午的航班赶赴济南。次日上午往见鲍兄，鲍兄瘦弱已极，看着令人难过。鲍兄将前天（18日）写给我的两页留书亲交与我，此录原文并附原件照片于下：

　　　志云兄：

　　　弟去矣！今有一事相托：

　　　弟未完稿"中国古典诗歌语言论"，讲"声律论""体

势论""韵格论""意境论",大致完成。尚有"鉴赏论"和
"用典论",尤其后者,一定要讲。学如钱锺书,都讲错了
"沧海珠"的典故。思来想去,前面"声律平仄"部分,唯
吾兄能解。其中是弟心得之言,与王力、启功均不一样。也
多次在学生中演绎过,效果不错。即以一首诗"银筝金粟
柱"推全部平仄。"往前靠"三字是关键。兄能否帮弟充实
完成此稿。有关出版事宜,我委托孙芙蓉与您联系。其中有
用林正三诗例的,请换例句。费兄半年时间,或可蒇事,不
知兄台能帮此忙否?

弟思陶顿首

（志云按：鲍思陶兄留书原件两页。后页右下角是我问明记录的鲍兄写
信时间。）

这原是想连同打印的书稿寄给我的遗嘱书信。因我当即前

来，鲍兄便亲手交与我，还说是给我添麻烦了。我满口答应鲍兄，一定帮他完成这部专著。当时则先遵鲍兄之嘱，即日通览了他的《得一斋诗钞》打印稿，提出些许商量意见，都还由鲍兄定夺。那几天鲍兄自知命在旦夕了，却还想着向我说起诗词吟诵很重要，说吟诵规则有口诀："舒声接急声，急声接舒声，急急变平声。"例如"春眠不觉晓"，"晓"字吟如"消"音。他还预言诗词写作会有复兴，自信他的关于诗律的意见对于学诗者是有益的。有时他忍不住要咳血，就都对我说："你出去。"一定要我离开病房，不让我看到他吐血时的情形，我都忍泪守在门外。8月24日上午，鲍兄去了！鲍兄遗体火化后，按照他的遗愿，家人将其骨灰送回老家枞阳安葬。

2007年齐鲁书社出版了鲍兄的《得一斋诗钞》。8月23日，我和学生孙爱霞君（她原是我在山大的研究生，也随鲍兄学习，后考取为南开大学叶嘉莹先生的博士生）相约同到枞阳。次日是鲍兄逝世周年，我们请鲍兄的弟弟时和君带我们去了墓园，我将带去的一部《得一斋诗钞》书本在鲍兄墓前焚化致祭，报告他诗集先出版了，专著书稿我一定会整理完成。孙爱霞君也将一些原想送呈鲍师的资料，在他墓前焚化。

那以后转眼十来年，我先是担任系副主任，后来转任图书馆馆长，教学加行政工作双肩挑，还有科研指标，日月忙碌，竟无暇整理鲍兄遗著书稿。忙碌当然是一个原因，其实还有学殖不足，一时不知如何着手的困难。平时每一念及，总是深怀愧疚。直到2019年9月，我有事到山大，又得见杜泽逊兄。杜兄学问早成大器，已是学界翘楚，高校名教授，又在任文学院院长。杜兄于思陶兄遗著书稿整理事亦时有敦促，这次更是表示希望我尽快整理出来，他可以主持资助出版事宜。我当然也很想赶紧做出来，而眼前有此出版保障，实在不能再耽搁，于是回重庆后即着手整理。

2020年初突发新冠肺炎疫情，疫情严重的数月里，每天关注时事新闻，忧虑也多，又实在难以静心整理书稿。直到暑假时，疫情缓和了，才安下心来，全神贯注于鲍兄遗著的整理。

鲍兄遗留的打印稿，他遗嘱中说的四章，其实有重复的内容，我尽量保留原稿纲目，依次整理为"诗歌体式""声律论"和"诗歌意境"三章。鲍兄说原稿中有用台湾林正三（林氏著有《诗学概要》一书）诗例，须换例证。我特地网购来林正三《诗学概要（修订版）》，检核鲍兄曾参取处，主要是"诗歌体式"章谈结构的"起承转合"一段，我即将此段完全改写了。"声律论"章在整理原稿的基础上，凡是我补写的内容，例如关于"一三五不论"口诀的讨论等，基本观点也多是原先从鲍兄处听闻他所谈论，因而还是代他立言。我稍费些精神的是尽量找来适合的例证，使论不空发，言必有据。"诗歌意境"章原稿已很完整，我对于引据的文献都斟酌采用最可靠的出处。

鲍兄嘱咐我补撰的"鉴赏论"和"用典论"，我从书的结构考虑，将"用典论"移前为第四章，"鉴赏论"为第五章。

前三章的整理在去年年底已完成，今年初春有所修改。"用典论"章是今年四五月间撰写，"鉴赏论"章是七八月间撰写的。撰写"用典论"章时，鲍兄哲嗣重铮君又提供我一些乃翁遗稿，其中有些论及用典的部分，我即尽量纳入补撰的"用典论"中。

后两章补撰完成后，又从头通览了全部五章，于行文字句仍有修改，前后内容相关处也注意说法的详略照应。又所有引用文献都查核自鲍兄去世之前，即2006年以前出版的书籍、杂志，以符合是替鲍兄整理和补充遗稿的性质。现在有网络的方便，凡是需要查核而我自己藏书中所无有、身边图书馆也没有的老版书，我即从旧书网上寻购，为此买了不少旧书。

关于书名，鲍兄遗嘱中所说"中国古典诗歌语言论"，是他所拟书名之一种；他的打印稿上另题作"中国古典诗歌语言研究"。我了解这部书稿是在他讲过的"古典诗歌语言研究"专题课讲稿的基础上，原想整理成《中国古典诗歌语言研究》或名《中国古典诗歌语言论》的专著。遗稿上有"诗歌语言研究的概念、范围、方法和意义"一段初拟的叙论文字，其中说到拟"分下列五个方面加以讨论：句式论、词汇论，讨论中国古代诗歌语言的形式美；声律论，讨论中国古代诗歌语言的声律美；色彩论、气韵论，讨论中国古代诗歌语言的理趣美"。但因病情急速恶化，他已无时间精力完成这部书，便考虑减缩论题，在他已成稿的三章内容的基础上，嘱我代为补撰"用典论"和"鉴赏论"两章，仍可成一部内容大致完整的专著。而他在最后几天与我的叙谈中，说此书是为指导诗歌创作着想，相信会有助于人们学习作诗。杜泽逊兄也说到鲍兄曾向他说有"中国古典诗歌创作论"书稿托我整理。我反复考虑名实相副的问题，征得杜泽逊兄及重铮贤侄的赞同，决定用"中国古典诗歌创作论"为书名。

现在终于完成了鲍兄临终托付我代他整理和补充的专著书稿！

此书稿的整理、出版，不仅得到杜泽逊院长的关心敦促，得到山大文学院的惠予资助，也得到鲍兄哲嗣重铮君的协助，并得到鲍兄在齐鲁书社时的同事好友贺伟兄的关心和相助，还得到山大儒学高等研究院戚良德教授、文学院刘晓艺教授的相助。此外，鲍兄同窗及好友孙芙蓉、罗琳、李新诸君，以及鲍兄弟子辈李西宁、蒋志敏、路也、孙爱霞诸君，也都给予热情关注和支持。

　　此书完成出版，亦足告慰鲍兄在天之灵矣。

2021 年 10 月 28 日记于重庆

2023 年 5 月 28 日改定

得一斋文钞

《得一斋文钞》整理说明

　　《得一斋文钞》（以下简称《文钞》）是鲍思陶先生的单篇论文和文章的合集，书名取自其斋号"得一斋"，将与 2007 年齐鲁书社出版的《得一斋诗钞》合为文、诗双璧。

　　鲍思陶先生的文章保存方式不一，本次整理统合了 word 版、PDF 扫描版等多种形式。本次汇集，皆保留原貌，体例等不作统一。《文钞》所涉手稿多以简体字写就，偶有繁简混用现象，共计十四篇，初稿一并将其整理为 word 版，除特殊注明外统一使用简体字。

　　《文钞》略分语言文字、图书文献、文学研究、文学创作四部分，另设"得一斋诗钞补"一栏。其后附录收纪念文四篇、生平与主要著述简介及《整理后记》各一。

　　语言文字部分共九篇文章。其中，《〈释名〉解题》《〈骈雅〉解题》《〈五经文字〉解题》《〈观堂集林〉解题》《先秦文献中是字的几种用法》《论联绵词和音译词》《两小无猜辨》七篇为PDF 扫描版；《〈释名〉声训的验证标准》《"雅言"辩证》四篇为 word 版。

　　图书文献部分共十九篇文章。其中，《〈绎史〉简介》《〈续修四库全书总目提要（稿本）〉简介》《〈续修四库全书总目提要〉简介》《无愧于前修和来哲——〈续修四库全书总目提要〉》《学界津梁，珍同拱璧：评〈续修四库全书总目提要〉》

《〈崇山理念与中国文化〉简介》《〈民俗文化面面观〉简介》《〈二十五别史〉简介》《〈黄季刚诗文钞〉序（代殷石衢）》九篇为 PDF 扫描版；《〈戒淫诗笺释〉序》《〈蒋维崧书迹〉编后》《〈匡谬正俗平议〉序》《〈训诂音韵研究〉序》《悼念关德栋先生》《辣读、甜读、苦读》六篇为 word 版。另有四篇为手稿，《读懂中国》使用"齐鲁书社稿纸"，以黑色墨水撰写，共五页；《怪味豆：饮食文化的旁逸与创新》《炮炙燔烹：烹调手段的源流》《鱼与熊掌：珍食与文化的传播》均使用"山东大学出版社稿纸"，以蓝色墨水撰写，分别为十二页、十七页和十九页。

　　文学研究部分共七篇文章。其中，《曾巩和他的散文》为 PDF 扫描版；《〈锦瑟〉解难》《顾贞观〈金缕曲〉注释商榷》《与人论诗的一封信》三篇为 word 版。另有两篇为手稿，《坐啸泠然协九韶——论曾巩散文的艺术风格》使用"山东大学中文系稿纸"，以蓝色墨水撰写，含封面共计二十二页；《曾巩与理学》使用"山东大学稿纸"，以黑色墨水撰写，含封面共计二十九页。

　　文学创作部分共十一篇文章。其中，《浮渡山记》《致刘晓艺 1996 年 3 月 30 日》《送文秘班诸生序》《文渊迎新献辞》《为鹊华印社诸生作》《新闻班文学版题辞》六篇为 word 版。另有五篇手稿，《致刘晓艺 1996 年 1 月 16 日》使用"山东大学中文系稿纸"，以蓝黑色墨水撰写，共两页；《代殷正林世兄作〈祭皇考文〉》使用"山东大学中文系稿纸"，以蓝色墨水写于纸背，共两页；《新编历史千字文》使用"明天出版社稿纸"，以蓝色墨水撰写，含封面共六页，无法汇入正文的杂乱文字于文末单独注出；《代蒋维崧先生拟致黄苗子先生书》使用"齐鲁书社稿纸"，以蓝色墨水撰写，共一页；《致迎建女兄》使用宣纸信笺，以黑色墨水竖排撰写，共两页，初稿将其整理为横版，保留繁体字。

　　"得一斋诗钞补"中，《秋怀 2003、8、25》组诗为 word 版，共十八首；《拟篆书引》一诗存有倪志云先生与刘晓艺教授收藏的两版手稿，本次整理取刘晓艺教授所藏的完整版。该版使用"齐鲁书社稿纸"，以黑色墨水撰写，共两页。

鲍思陶先生的儿子鲍重铮、儿媳李让眉参与了收集工作。山东大学刘晓艺教授负责稿件的搜集、整合、汰重工作。山东大学杜泽逊教授与刘晓艺教授讨论确定了《文抄》的篇目次序。在刘晓艺教授的指导下，韩云霞、王誉凝、耿庆睿、王嘉倩、宋伊靖、杨婕、张天仪、张腾等承担了录入整理工作。

《得一斋文钞》的整理工作于 2021 年 6 月 10 日开始，2021 年 7 月 4 日完成初稿与一校。

《得一斋文钞》整理组

2022 年 2 月 26 日

《释名》声训检讨的标准

　　《释名》一书，是集中运用声训的专著，又是一部汉语语源学的著作，被列为传统训诂学的根底书之一。刘熙在《释名序》中讲得很清楚：《释名》之作，就是探求"名之于实，各有义类，百姓日称而不知所以之意"的"意"。所以，声训只是刘熙用来探求语源的一种方式。但从声训的历史来看，《释名》及其以前的声训都是"一对一"的声训，很少运用系统的联系的推理实证的方式。像"政者，正也""仁，人也"一样，只是一种"射覆式"的主观推测，它注意的是两个词之间声音上的联系和意义上的对应，忽略语源意义上的推求过程。它只用于释词和被释词之间单一的关系，缺少同一词族内部语源意义验证。如果将它们置于语源意义的层面，用探求词族共同语源的方式来检讨，就可以立刻看出这种"一对一"声训方式并不是真正词源意义的推求方式。

　　对《释名》的声训进行研究，不仅是对传统训诂学的声训方式的研究，重要的是对中国传统语言学中声义关系分析系统的评价。传统语言学对《释名》声训的评价多认为"既有不良的影响，也有良好的影响。不良的影响的结果成为'右文说'……良好的影响的结果，成为王念孙学派的'就古音以求古义，引申触类，不限形体。'"①这种评价无疑是正确的，但同时又是不明晰的。因为，对任何事物的评价只能在全面分析之后得出。没有细致缜密的分析，就没有演绎概括的评价，这种笼统的一分为二的论定无助于对象本身的研究。可是，时至今日，还没有看到对《释名》一书声训实例进行的细致的、系统的、科学的分析，并在此基础上做出的客观的评价。

从探求语源的角度来说，对《释名》声训实例进行全面的分析验证，先要为这种分析立一个客观标准，合则为是，不合则为非。如果像前人疏证《释名》那样，仅仅用一些古人声训素材加以比对是不够的。因为你用来比对的声训素材也只是当时人对声义关系的思维，这种思维是否正确，同样是需要检验而加以论定的。所以，只有订立正确的标准才能保证这种分析验证的客观性和科学性。

什么样的标准才是正确的标准呢？我们认为，要解决这个问题，我们必须对汉语声义关系有一个清晰的认识，不能随心所欲地附会，更不能盲人摸象似的"射覆"。人类对声义关系的认识，是随着文化的演进、思维能力的发展而逐渐形成的。必须清晰地从人类文化演进的时间序列、人类思维能力的发展进程和人类语言生发演化等三个方面加以论证。所以同源关系的验证可以从三个方面进行：一是文化方面，二是思维方面，三是语言方面。

一

语言是文化的载体，又是文化的符号。所以，语言与文化的关系非常密切。在这种关系中间，文化始终是第一位的。从语言生发的角度来说，语言的产生就是文化发展的需要。明了了文化背景，我们就可以用之于验证这个语源的同源词（如果有的话）。在许多词的内部形式消亡或中断的情况下，我们完全可以不从我们至今还不能准确把握的声义关系方面去验证，而是另辟蹊径，从文化事象方面来验证刘熙声训的准确性。

　　从文化方面进行验证，必须注意文化是人类特有的。任何自然物象只有与人类生活发生联系才能成为文化事象。而人类认识自然物象是一个不间断的渐进的过程，各种自然物象进入人类的文化在时间上形成一个序列。与古人类生活密迩者，其命名必在先；反之，与人类生活疏远者，其命名必在后。在前者有成为后者语源的可能，而后者绝不可能成为前者的语源，这种时间序列是不可逆反的。例如，《释名·释山》："山锐而高曰乔，形似桥也。"桥乃人力所造，在人类文化演进中必然为后起之事，不能作为自然物山体的语源。又如：《释名·释长幼》："女，如也，妇人外成如人也。故三从之义，少如父教，嫁如夫命，老如子言。青徐州曰娪。娪，忤也，始生时人意不喜忤忤然也。"妇人三从之德，乃是进入封建社会以后始确定的。而初民社会必经由母系时代，重女轻男，女子降生，何乃忤忤然？这些都是以后推前，显然违反人类文化演进的时间序列的，不待详考，便知谬误。

　　此外，在进行文化标准的检验时还要注意文化事象的空间背景。文化的演进是受时空限制的，在一定的空间出现的文化事象，会随着文化的演进而消亡或变易。我们必须弄清文化背景，先寻求这种文化事象产生的时空条件，用相同的文化形态去验证。例如，古代原始先民的生活，内陆地区和河海地区必然不一致，所出现的文化遗存也不一样，我们必须就一定空间文化事象去分析验证。举例来说：《释名·释用器》："镰，廉也。体廉薄也。其所刈稍稍取之，又似廉者也。"对于这个字的语源意义，我们可以联系"廉""溓""蠊""簾"等字来认识。《说文·广部》:"廉,仄也。"《说文通训定声》曰:"按堂之侧边为廉。《仪礼·乡饮酒礼》:设席于堂廉东上。注:侧边曰廉。"《论语·阳货》:"古之矜也廉。"皇侃疏:"廉,隅也。"朱熹集注:"谓棱角削厉。"《广雅·释言》:"廉,棱也。"《礼记·聘义》:"廉而不刿。"孔颖达疏:"廉,棱也。"《吕氏春秋·孟秋》:"其器廉以深。"高诱注:"廉,利也。"《国语·晋语二》:"弑君以为廉。"韦昭注引贾侍中说:"廉犹利也。"于是我们知道,廉的本义是边棱。物的边棱薄而削厉,引申为仄薄、锋利二义。溓,《说文·水部》:"溓,薄水也。一曰:中绝小水。"桂馥《说文解字义证》:"所谓溓,则水之浅薄者也。"《玉篇·水部》:"溓,薄也,大水中绝,小水出也。"《广韵·琰韵》:"溓,薄冰。"《集韵·琰韵》:"溓,冰其薄者。"《集韵·謙韵》:"溓,味薄。"所以,溓取义于"薄"。蠊,《说文·虫部》:"海虫也,长寸而白,可食。"《玉篇·虫部》:"蠊,小蚌。"是由"仄小"义引申而来。簾,《说文通训定声》:"镂竹为之,施于堂户,所以隔风日而通明者也。亦曰薄,今曰箔。其布者曰帘。"由此我们可以推知,"镰"的语源意义可能是"边缘薄小",即《释名》所说的"体廉薄也",对于后面的"其所刈稍稍取之,又似廉者也"的猜测,无疑是错误的。可是,镰的"体廉薄"是否有据,我们是必须经过验证的。文化人类学者告诉我们,在初民时代,劳动工具一般都是就地取材,先有石器,然后有木器、铜器以至铁器。生活在大海大河边的民族,曾经就地取材,使用蚌壳为工具。例如,作为交换中介的货贝的"朋",出现在甲骨文中。我国是个原始农业国家,农业工具极其发达。甲骨文的"農"字本身就是从辰,其字象以手持辰在田间薅草。马叙伦先生认为"辰晨農辱"本是一个字,这是有道理的。《淮南子·氾论训》:"古者剢耜而耕，摩蜃而耨。"就是真实地记载了上古时代的农耕情况。蜃即辰，即大蚌壳。先民的耕具有以蚌壳者，所以孙淼引用郭沫若的话说："辰实古之耕器，其作贝壳形者，盖蜃器也。""'辰本耕器，故农、辱、蓐、耨均从辰。'这个见解是十分深刻的，辰为农具，可能即古之蚌铲、蚌镰、蚌刀一类工具"②。徐中舒也说："蓐象手持辰除草之形，辰为农具，即蚌镰。"③从这条线索出发，我们知道，古代先民有以蚌壳为农具和器皿的事。蚌镰用来除草和收割，蚌铲用来翻地，蚌刀用来切割。完整的蚌壳用来作盛器。如《说文·示部》："祳，社肉，盛之以蜃，故谓之祳。"而后来这类工具器皿从我们的生活中消失了，到了刘熙时代，就不能明确地了解"摩蚌而耨"的文化事象，才出来"所刈稍稍取之，又似廉者也"的杜撰。通过对先民使用蚌器这一文化事象的分析，我们不但验证了刘熙所说的"镰"的内部形式是"廉薄"的正确性，还找到"廉""濂""蠊""簾"等词的语源意义，同时我们还认识到要进行语源意义的验证，一定要了解文化的消亡和传播，了解时空对文化演进的影响。

再者，文化是多元的复杂的体系。我们追溯前代的文化，可资借鉴的材料并不多。一般来说，考古材料是最确实的材料，但我们也要相应地借用其他学科的成果相互贯通。人类学、神话学、民俗学、社会学，甚至古代医学、古生物学、科学技术等等方面的成果，都可以综合运用来全面地考察当时的文化背景，正确地把握文化演进的规律，准确地验证我们的语源研究。刘熙《释名·释车》："车，古者曰车声如居，言行所以居人也。今曰车声近舍。车，舍也，行者所处若居舍也。"这样的求源不像"女，如也"那样一看就是错的。这里看上去似乎很有道理。车，昌母鱼韵，又《广韵》有"九鱼切"，当是见母鱼韵；居，亦见母鱼韵；舍，书母鱼韵。"车"和"居""舍"在声音上相通是没有问题的。但是，这三个字是不是同源词是必须经过验证才能确定的。我们知道，《墨子》《荀子》《吕览》《左传》《世本》介绍的"奚仲造车"的传说尚不足为证，1999 年秋季，中国社会科学院考古研究所二里头工作队对素有"华夏第一都"之称的偃师二里头遗址，进行了一轮大规模考古发掘，考古工作者在宫殿区南侧大路的早期路土之间，发现了两道大体平行的车辙痕。发掘区内车辙长 5 米多，车辙辙沟呈凹槽状，两辙间的距离约为 1米。这两条车辙的发现，为探索我国古代车的起源提供了重要的资料。虽然目前还不能据之断定这就是中国最早的双轮车的起源，但至少可以证明，夏代已经有了车这种运载工具。而双轮车必定是在独轮车的基础上改造而成，如此说来，车的发明比夏代还要早些。从甲骨文看，车的形体都是突出两个轮子和车辕，没有突出车厢的。可见商代的车不是用来居人的，人只能立在车上，所以有"绥"，即是今天抓乘的扶手带。又有"轼"，即扶手的横杆。这些也都符合立乘的要求。1959 年中国科学院考古队在河南安阳殷墟孝民屯南发掘出两座殷商车马坑，其中一号坑有一辆车，车轮直径 1.22 米，车厢只有 1.34×0.83 米，可以看出当时的车的确是无法居人的。所以，"居""舍"不可能是"车"的造词理据。

这只是举个考古材料的例子来验证声训。下面再举一个神话的例子。因为词的内部形式一般起源都很早，与之同时的文化形态比较简单，今天往往没有材料可以直接证明。而与之相对应的文化形态往往保留在人类神话中。神话虽然是人类天真时代的产物，其中有大量虚构和想象的成分，但是，神话的虚构，也像人类思想的其他的一切表现一样，是以经验作基础的。有些原始的传说，确定无疑地保留了历史真实性的内核。所以，神话和传说也可以作为我们验证时所取证的材料。因为原始的神话和传说更能反映原始人类的思维特征，所以，它对于论证词的语源意义似乎更有说服力。《释名·释宫室》："灶，造也。创造食物也。"灶与造同音，见于《周礼·春官·太祝》："掌六祈……二曰造。"郑玄注："故书'造'作'灶'，杜子春读'灶'为造次之造。"刘熙的声训是否正确，我们要用民俗的材料加以验证。中国民间有灶神，因为与人们的生活有密切关系，所以被称为"司命"，意思是"主管人们命运的神"。以至《淮南子·氾论训》说："炎帝于火，死而为灶。"把灶神扯到炎帝身上。德国人叶乃度说："旧中国还认识一些特别的保护家庭之神。这些神灵都是和家庭的最重要的分子是一体的。在这些保护家庭的诸神之中，最尊贵体面的便是灶神。按照灶字所形出之证据来说，乃是一个蟾蜍居于炉灶之中。"④他这里所说的蟾蜍，即《说文·穴部》"竈，炊竈也。从穴，黽省"的"竈"。我们奇怪的是：竈为什么要从"黽"省声？徐锴《系传》说："竈，炮竈也。从穴，黽省。黽，鼀也。象灶之形。"徐锴认为这不是一个形声字，而是一个象形字。"穴"象房子，"黽"象灶的形状。根据考古学发掘的材料，最早的陶灶就是一个蟾蜍的样子。奇怪的是，"竈"怎么和蟾蜍牵扯上关系？我们先看几则文献资料：《庄子·达生》："沈有履，灶有髻。户内之烦壤，雷霆处之。东北方之下者，倍阿、鲑蠪跃之。西北方之下者，则泆阳处之，水有罔象，丘有峷，山有夔，野有彷徨，泽有委蛇。"马叙伦先生疏证认为，鲑蠪即《广雅·释鱼》的"苦蠪""胡猛"，鲑应该作鼀，即蛤蟆。有人认为亦即《白泽图》说的"宅中诸神"之一的"倏龙"。而传说中的灶神的"髻"本来就是穿着红衣服的状如美女的神。《酉阳杂俎》前集卷十四："灶神名隗，状如美女，又姓张，名单，字子郭。夫人字卿忌。"这里混淆了灶神的性别。灶神由原来的美女变成了男子。隗即鲑，而卿忌即髻。母系社会灶神本是女性，到了父系社会，神性也改变了。原来的灶神不得不降格为灶神夫人，这在神话演变过程中是常有的事。俞正燮《癸巳存稿》卷十三："《荆楚岁时记》说：'灶神名苏吉利，《魏志·管辂传》云：王基家贱夫人生一儿，堕地即走入灶中，辂曰：直宋无忌之妖，将入其灶也。'《史记·封禅书》索隐引《白泽图》云：火之精曰宋无忌。吉忌俱近髻。"认为髻是火精，所以穿红衣，但统统都是男性的。吉、忌、髻音近蟼，《尔雅·释虫》："蟼，蟆。"郭注："蛙属。"但是，灶神与蛙、造到底什么关系呢？我们看《夏小正》："鸣蜮。蜮也者，或曰屈造之属也。"清人黄相圃《夏小正分笺》："《淮南子》：鼓造辟兵。许慎注：鼓造，盖枭也。亦曰蛤蟆。屈造即鼓造欤？毕秋帆考曰：《诗》有戚施，《说文》作"醜鼀"，'鼀'与'造'古音相近，然则'造'即'鼀'字也。丁小雅曰：屈造戚施，鼀醜象其状，蜮、蛤、鼀象其声，颇能鸣。屈造不能鸣，故云之属。"此即本《说文·黾部》："鼀，醜鼀，詹诸也。"段注："《邶风·新台》文，今《诗》作戚施。"黄侃《蕲春语》曰："今《诗》作戚施。海宁语谓之癞鼀，亦曰癞鼀格博，格博即虾蟆音转也。"究其得名之由来，应该是许慎的说法较为正确。《说文·黾部》："鼀，圥鼀，詹诸也。其鸣詹诸，其皮鼀鼀，其行圥圥，从黾从圥，圥亦声。""醜，鼀或从酋。"按许慎的意思，鼀和醜是一个字。从声音上来说，蜮和蝈本是一字。《周礼·秋官·蝈氏》："蝈氏掌去鼃黾，焚牡蘜以灰洒之则死。"郑玄注："牡蘜，蘜不花者。齐鲁之间谓鼃为蝈。黾，耿黾也。蝈与耿黾，尤怒鸣，为聒人耳，去之。""屈"，古音溪母物韵；"蝈"，见母职韵；"蛤"，见母辑韵；"鼀"，影母支韵。而"造"从"告"得声，古音当在见系，同声符有诰、郜、鹄、梏，都是见母觉韵字，觉、职、物都是旁转、通转关系，声音应该是非常近的。如果"屈造"即"鼓造"的音转不误，那么，蛤蟆名"鲑""蝈""蜮""鼋""屈造""鼓造"都是从鸣叫声得名的。而灶和鼋联系，完全是上古生殖崇拜的原因。鼋在神话时代常常象征女性生殖。如《楚辞·天问》曰："水滨之木，得彼小子。夫何恶之，媵有莘之妇?"王逸注："小子谓伊尹。媵，送也。言伊尹母妊身，梦神女告之曰：臼灶生鼋，亟去无返。居无几何，臼灶中生鼋，母去，东走，顾视其邑，尽为大水。母因溺死，化为空桑之林。"这就是伊尹生空桑的神话。而《吕氏春秋·本味》《列子·天瑞》张湛注、《水经注·伊水》讲述这一节神话都大同小异，只是"臼灶生鼋"改成"臼出水而东走，勿顾"。而《史记·孔子世家》正义引晋代干宝《三日记》认为孔子也是生于空桑："征在生孔子空桑之地，今名空窦。"纬书《春秋演孔图》说："孔子母征在游大冢之坡，睡梦黑帝使请己往，梦交，语女：乳必空桑之中。觉则若感，生丘空桑之中。"而《吕氏春秋·古乐》则记载颛顼也是生在空桑："帝颛顼生自若水，实处空桑。"可见"空桑生人"的神话，即原始先民对女子生产的一种联想。而根据考古学的资料，如青海柳湾遗址所发掘的4000多件蛙形纹饰的彩陶，考古学者或认为先民以蛙的鼓腹和多子象征女子生殖，或认为立形蛙纹是女性生产的姿势。说法不同，但都一致认为是女性生殖崇拜的反映。所以，所谓"臼灶生鼋""臼出水"都是先民对女人生产过程的象征。而原始的"灶"，从文化人类学角度来说，实际上就是公共的火种保存处，与"社"名不同而实为一物，既是祭祀先灵的场所，又是男女狂欢生殖的场所。就像桑林一样，既是殷商的"社"，殷商人祭祀神灵的场所，也是男女幽会、生产小孩的场所。从神话和民俗中我们知道，灶得名于造，绝不是表现创造饮食，而是因为鼋名屈造，是为灶神的原因。缘由则是原始先民的生殖崇拜。

二

第二个验证的标准是思维方面。词义本身就是人类思维的成果，无论是词义的产生还是词义的分化，无不是人类思维的成品，所以，研究词的内部形式，一定要熟悉人类的思维推演形式。而人类思维能力又是逐渐发展起来的。根据人类学家的意见，人类思维经过了原逻辑思维阶段和逻辑思维阶段。要说明这个问题，我们先要从人类认识的进程说起。一般来说，我们都把认识的过程分为感性阶段—知性阶段—理性阶段。

文化人类学家将人类思维分为原逻辑思维阶段和逻辑思维阶段就是源于这种认识。原逻辑思维阶段，或者称为"前逻辑思维阶段"，主要用知性认识的方式。

原逻辑思维的概念是 19 世纪法国文化人类学家列维-布留尔接受杜尔干的"集体表象"理论提出来的。原逻辑思维就是用"互渗律"来关联各种"表象"，用"集体表象"来作为思维工具的思维形式。原始人的思维就是以这种互渗律支配的"集体表象"为基础的神秘的思维。明确这个原理，对我们验证词语的内部形式很重要，因为大部分词语的内部形式都是产生在原始先民时代。列维-布留尔在论述原始思维和语言的关系时说："我们见到了原始民族的语言'永远是精确地按照事物和行动呈现在眼睛里和耳朵里的那种形式来表现关于它们的观念'。这些语言有个共同倾向：它们不去描写感知着的主体所获得的印象，而去描写客体在空间中的形状、轮廓、位置、运动、动作方式，一句话，描写那种能够感知和描绘的东西。这些语言力求把它们想要表现的东西的可画的和可塑的因素结合起来。"⑤ 所以，总结华夏原始先民思维的特点，应该注意以下几方面：

　　第一个特征就是主客观的混一不分。在原始人类的思维中，没有自然和超自然的区别。在他们的眼中，世界是惟一的，既是自然的客观的物质世界，也是超自然的主观的精神世界。它们把现实世界和虚幻世界合而为一，任何时候，任何地方，"看得见的世界里的事件都取决于看不见的力量"。所以，在这个世界里，人神是杂糅的。《国语·楚语》说："民神杂糅，不可方物，夫人作享，家为巫史。"就是这样的状况。韦昭注曰："方犹别也。物，名也。""不可方物"就是事物无法根据它的自然属性来命名。为什么呢？因为每一个事物既是自然的，又是超自然的。所以，人们都将主观和客观视为一体的。用以检讨《释名》的声训，会有许多迎刃而解之处。我们知道，华夏民族的先民习惯于以自己为中心来看待世界自然，他们总是以"我"为参照物，来观照比附自然万物。例如："颠"是人的额头，"巅"则是山的额头。"领"是人的脖子，"岭"则是山的脖子。"嗌"是人的咽喉，"隘"则是山的咽喉。"止"是人的脚部，"址"则是山的脚部。可见山的这些名称都是以人类自身的名称比附而来的。这就是《周易·系辞》所说的"近取诸身，远取诸物"，也就是孔子所谓"推己及人"，《荀子》所谓"以近知远，以一知万"。其思维的线索则是本于相似律。所以，《释名·释天》："天，显也。在上高显也。"就没有《说文·一部》"天，颠也"说得更合理。因为原始人类对于"天"的认识，倒有可能其在人顶部之上，所以以"颠"的语音孳乳而成。再例如《释名·释天》："雹，跑也。其所中物皆摧折，如人所蹴跑也。"则是不明白"雹"取意于"包"。凡从"包"声，有语源意义"滚圆形"的义项。如"胞""饱""苞""孢""髱""窀""蚫"等都是如此。在人、在草木、在物都一体看待，一般推演。

　　再如《释名·释形体》："足后曰跟，在下方着地，一体任之，象木根也。"在刘熙看来，足跟的"跟"来源于木的"根"。其实，这正是颠倒了因果。原始人类是先认识自身的足部，为之命名，然后推己及物，命名木之本曰"根"。其实，"跟"有"止"义。《后汉书·张衡传》："陟焦原而跟止。""限"从"艮"，训为"阻也"（《说文》）、"界也"（《广雅·释诂三》）、"度也"（《广韵·产韵》），都是"极限""止度"的意思。《周易·艮卦》："艮其背，不获其身。"孔疏："艮，止也。"《释名·释天》："艮，限也。时未可听物生，限止之也。"是"限""艮"都有"限止"之义。而《说文通训定声》："艮，假借为跟。"是"跟"取义于"止"。这里是"极限"的意思。人之"止"也是取义于"极限"。人体到"止"为止，不可再向下延伸。即称之为"止"，后写作"趾"。其极处即命名为"跟"，也是到了极限之意。"止""限""艮"与"底"义近，所以，或曰"根底"，或曰"底止"，都是极限的意思。人足跟皮肉坚韧，树根木质坚韧，所以引申有"坚"义。扬雄《太玄·坚》司马光集注："艮为山石，又为木多节，皆坚之貌。"《方言》卷十二，《广雅·释诂一》皆曰："艮，坚也。"皆是其证。所以，足跟之"跟"，语源意义是"极限"义的"止"，和"趾""址"本来取意是相同的。引申为"根本""根底"，再引申为"坚固"，又根据"固"引申为"固执"的"很"。所以，"跟"才是树木"根"部的语源。

由此，我们来看《释名·释州国》："齐，齐（脐）也。地在渤海之南，勃〔如〕齐之中也。"意思是：齐国之地在渤海之南，以为天下之中，犹如人体的肚脐部位，所以名"齐"。验以《史记·封禅书》"齐所以为齐，以天齐也"的说法，可见这种说法由来已久。齐国都城临淄南郊山下有天齐泉，《史记·封禅书》说："一曰天主，祠天齐。天齐渊水，居临淄南郊山下者。"司马贞《索隐》曰："顾氏按：解道彪《齐记》云：临淄城南有天齐泉，五泉并出，有异于常，言如天之腹脐也。"所以，《水经注·淄水》引《地理风俗志》曰："齐所以为齐者，即天齐渊名也。"这也正是《尔雅·释地》"齐曰营州"，郝懿行义疏曰"齐者，以天齐渊水而得名"的根据。据此，我们知道，齐国的得名是由于"天齐渊"。而进一步追溯，"天齐渊"为什么叫"天齐"？却是来源于人身的肚脐。渊，回水也。渊名天齐，是说水的回旋，像肚脐形状，所以名"脐"。《庄子·达生》："与齐俱入。"《经典释文》引司马云："齐，回水如磨齐也。"这才是天齐渊得名的理据。总之，因为水的漩涡象人的肚脐，就将水名"天齐"，水所在的国也就名"齐国"。《尔雅·释地》："齐曰营州。""营"与"环""还"音同通假，也是"回旋环绕"的意思。《释名·释言语》："私，恤也。"毕沅疏证引《说文》引《韩非子》"自营为厶"，《韩非子》本文作"自环为厶"。《汉书·地理志下》引《诗》"子之营兮"，《毛诗》作"还"，《齐诗》作"营"。这些都可以作为"齐"取义"肚脐"回旋状的佐证。而肚脐位于身体的中间，所以，"齐"有"中"的意思。《尔雅·释言》："殷、齐，中也。"邢昺疏："皆谓正中也。"《尚书·吕刑》："天齐于民。"马注："齐，中也。"都证明"齐"有"中间"的意思。王引之《经义述闻》引王念孙说："天中之为天齐，亦犹中州之为齐州。"可是具体到齐国而言，是东夷故地，却不是天下之中。所以，刘熙说"地在渤海之南，勃〔如〕齐之中也"是勉强的。我们认为，齐国得名于"天齐渊"是对的。这就像神话中盘古的身子化成天地万物一样的道理。

第二个特征是联想和想象。这种知性思维阶段的联想和想象不同于建立在逻辑思维基础上的形象思维的联想和想象，它是没有任何逻辑因果关联的联想和想象。根据列维-布留尔的描述，它们的联想和想象全被神秘的神灵包围着，是一种"前关联"。所谓"前关联"，就是只有时间上的先后，没有逻辑上的因果关系的联想和想象。但我们不能说这种思维没有因果关系，它们也有自己的因果，发生在前面的事件，不管有没有必然的联系，往往被原始人类看成是发生在后面的事件的因。发生在此地的事件，不管有没有必然联系，也往往看成是发生在彼地的事件的因。例如，残留在我们的记忆中的许多"前关联"的思维现象，都成为我们某一文化集团的集体表象而存在于风俗、信仰、禁忌中。"前关联"的思维是根据"相似律"和"接触律"来进行的。这是弗雷泽在《金枝》一书中为研究巫术而总结的巫术思维的形式。相似律的表述是："把彼此相似的东西看成是同一个东西"。接触律的表述是："把相互接触过的东西看成是总是保持接触的。"⑥这种"前关联"的因果律是原始人类知性思维的重要特征。

《释名·释形体》："手，须也。事业之所须也。""手"在书母幽韵，"须"在心母侯部，声音相近。可是"须"的初始义为"面毛也"（见《说文·须部》），即"颐下毛"的胡须，后来通用于"等待"义的"俟"始有"待"义，再引申为"有所待"的意思。而手为原始人类最主要的劳动工具，人类产生之初，手脚的分工为最早，必得最先为手脚命名。从思维角度来说，"事业之所须"必是人类思维发展到能够认识因果关系以后才产生的认识。所以，"手"得名于"须"不符合人类原始思维的规律。考察《说文·手部》："手，拳也。"段注说："今人舒之为手，卷之为拳，其实一也。"《急就章》："卷捥节爪拇指手。"颜师古注："及掌谓之手。"是古人所谓"手"即今人手指部分。而朱骏声《说文通训定声》说："手，通枒。""枒"字和"杻"通用，《广雅·释宫》："枒谓之梏。"王念孙疏证："'枒'与'杻'同。

杼之言纽也。”朱骏声《说文通训定声》认为即“丑”之或体。“丑”在甲骨文中，象人被枷锁住双手之形，所以《说文·丑部》：“丑，纽也。十二月，万物动，用事。象手之形，时加丑，亦举手时也。”其字即“杻”字。《慧琳音义》卷十三“杻械”注引《考声》：“枷，梏也。杻，桎也。此皆拘执系固之具也。以木在项曰枷，在手曰杻也。”《周易·蒙卦》：“用说桎梏。”郑玄注：“在足曰桎，在手曰梏。”所以，“手”“丑”“杻”“杼”“纽”等都是同源字。考察这组同族词，都有词源意义“纽曲”。《广雅·释言》：“丑，纽也。”王念孙疏证：“《律书》云：丑者，纽也。言阳气在上未降，万物厄纽未敢出也。”厄纽，就是屈曲纽结的意思，也就是《释名·释天》所说的“丑者，纽也，寒气自屈纽”的意思。《晋书·乐志》也说：“丑者，纽也。言终始之际，以纽结为名也。”而“杻”同“杼”，《广雅·释宫》王念孙疏证：“杼之言纽也。”《管子·枢言》：“先王不约束，不结纽。”所以王逸注《楚辞·九叹》说：“纽，结束也。”联系“手，拳也”的解释，我们知道，“手”的得名由来应该是手指的纽曲。大约原始人观察手的形状，将一个躯干前面分开的形状叫“个”，“个”与“干”同音，即后来的“干”字。将一个掌面前面纠曲多个分支的形状叫“丩”。《广雅·释诂》：“摎，束也。”王念孙疏证：“丩，义亦与摎同。”《说文·丩部》段玉裁注：“丩卷双声，故谓卷为丩。”所以，“拳”与“卷”同，手之卷曲为“拳”，舒开为手，手亦丩也。《说文·丩部》：“一曰瓜瓠结丩起。”即指瓜蔓之藤缘物纠缦，好比人手的攀援。所以，《汉书·五行志》“而叶相摎结”，颜师古注：“摎，绕也。”而“觓”与“觩”同，《广韵·幽韵》：“觩，匕曲貌。”《集韵·幽韵》：“觓，角曲貌。”然而，屈曲与掌相连，乃是手的外形对视觉的刺激，善于纠结，用于攀援，乃是人的知性思维对手认识的表象。所以，就用"丩"的语源意义来命名"手"。

但是，在这里我们要强调一点：古人的"前关联"思维，虽然在逻辑上没有因果关系，但在时间和空间上却是有前后、彼此的关联的。我们再现这种思维成果时，绝不可以颠倒这种"前关联"的因果关系。例如，《释名·释形体》："肝，榦也。于五行属木，故其体状有枝榦也。凡物以木为榦也。"这条明显是错误的。五行的观念在人类的思维进程中，是抽象思维出现后的产物。将人体五脏配以五行，更是五行观念非常完备时期的事，不可能产生在人类认识自身形体之初。况且，以五行配五脏本身就有多种分配法。例如，在汉代，古文家解释《尚书》的五行就以肝属金，见高诱注《吕氏春秋·孟秋》"祭先肝"和《淮南子·精神训》"肝主耳"，还有许慎《五经异义》卷下引《古尚书》说。而金和木恰恰是相胜的关系。所以，因为肝五行属木，就以表木之"榦"来释"肝"的语源，显然是牵强的。

三

第三个检验标准是语言方面。关于人类语言的产生问题，一直是语言学家探讨的重要理论问题之一。语言的起源和人类的起源一样久远。可是，人类用书面记录的语言材料只有几千年，在这之前上万年的语言情况我们几乎一点也不知道。可是，至今所有关于语言起源的解释，都不过是一种假说。其中重要的假说有如下几种：

A."神授说"，B."感叹说"，C."摹声说"，D."动作说"，E."劳动号子说"，F."唱歌说"，G."自然说"，H."任意说"。

文化人类学者和语言研究者面对语言这门人类最重要的交际

工具时，表现兴趣的着重点是不一样的。文化人类学家说："今天的知识分子使用的方法实质上仍然是野蛮人的方法，只不过在使用的细节上有所扩大和改良罢了。塔斯马尼亚人和中国人，以及格陵兰人和希腊人，他们的语言确实在结构上各不相同，但是这种不同是次要的。从属于使用方法上的首要的相似性，即发出声音表达思想，而这些声音又都是他们各自惯用的。经调查，现在已知的所有语言中，都包含有直接来自自然和直接可以理解的那种人类发出的声音。这就是感叹的声音和具有模仿特性的声音，这些声音的意义不是从父母那里继承来的，也不是从外国人那里借鉴来的，而是直接取自于声音世界而转入意义世界的。人们将这些表意的声音看作是一切语言的基础成分，其中某些至今仍然明显地、或多或少地保留了其原始状态，所有语言中的大量的词汇都是由这些表意的声音在漫长的适应性变化和变异的过程中产生出来的，但是在这些词汇中，意义和声音之间的联系已经无法确定了。"⑦他们总是认为语言和其他文化事象一样，声义之间一定存在因果关系，尽管这种关系我们现在未必能够揭示。如果承认声义之间的理据性，就等于承认了同源词语源意义的可验证性。

华夏先民最早论述声义关系是赞成"摹声说"的。《山海经》全书约有32处说到"其名自詨""其鸣自号""其鸣自呼"，例如《山海经·南山经》："南次二经之首，曰柜山……有鸟焉，其状如鸱而人手，其音如痹，其名曰鴸，其名自号也，见则其县多放士。"又："南次三经之首……东五百里，曰祷过之山……有鸟焉，其状如鸡而白首，三足、人面，其名曰瞿如，其鸣自号也。"这些都是说鴸鸟和瞿如鸟的得名之由皆是由鸣叫声而来。先秦时代孔子讲究"正名"，即是强调名实关系的合理性。《荀子·正名篇》曰："名无固宜，约之以命。约定俗成谓之宜，异于约则谓之不宜。名无固实，约之以命实，约定俗成，谓之实名。名有固善，径易而不拂，谓之善名。……此事之所以稽实定数也，此制名之枢要也。"在这里，荀子讲的不是最初的声义关系，而是在名实关系的形成过程中，如何被逐渐固定的问题。这联系前面的一段文字可以看出："然则何缘而以同异？曰：缘天官。凡同类、同情者，其天官之意物也同，故比方之疑似而通，是所以共其约名以相期也。"意思是说：事物由于什么而有相同或不同的名称呢？回答是，由于人（五官）的感觉。凡是生活、情感相同的人们，他们对一事物的感觉也是相同的，所以，用来比拟的名称也就大体相似而相通。这就是大家共同约定而又相互领会的名称。⑧这就是讲的名称的"约定"。名实的约定一开始是五花八门的，最后经过不断的选择和淘汰，保留了能被大多数人认可的名称，这就是"俗成"的过程。荀子的名实关系学说非常明白，却不知何时被误解为声义关系"任意说"的始作俑者。

《山海经》的"摹声说"一直影响着后代的中国学者，《中论·贵验篇》引子思曰："事自名也，声自呼也。"郭璞注《尔雅》"鹪鸠鹪鹪"："小黑鸟，鸣自呼。江东名为乌鸥。"颜师古注《急就篇》"鹊"字："鹊者，亦因鸣声以为名也。"段玉裁注《说文解字》"鹃"字："凡鸟鸣多取其声为之。"注"鴠"字："《月令》作'曷旦'……《太平御览》引'鴠，可旦也'，最为古本。曷旦，可旦，鸟语如此。"桂馥《说文解字义证》谓"雅"字："鸣哑哑，故谓之雅。《淮南·原道训》：'乌之哑哑，鹊之唶唶。'"都是赞同"摹声说"的。章太炎正确理解荀子的名实关系的阐述，继承"缘天官"的说法，并进一步推演。他在《语言缘起说》集中阐述说："诸言语皆有根，先征之有形之物则可睹矣。何以言雀？谓其音即足也。何以言鹊？谓其音错错也。何以言雅？谓其音亚亚也。何以言雁？谓其音岸岸也。何以言鴐鹅？谓其音加我也。何以言鹡鸰？谓其音砾格钩辀也。此皆以音为表者。"⑨刘师培作《物名溯源》和《续补》，对一大批动植物的得名之由做了探究，认为"各物得名之原复有二故：一拟其音，一表其能。"⑩这是中国近代学者对汉语声义关系探求的创获。

　　现代中国学者普遍接受"任意说"，并且写进《普通语言学》中，作为首先灌输给学习者的基本原则。但近年来不少学者对此提出异议。张永言先生从词的"内部形式"角度来阐述这个问题，最为精审，他在针对"任意说"论者以不同语言用以指称同一物象而用不同声音时说："任何事物或现象都具有多种特征或标志，可是人们给一个事物或现象命名，却只能选择它的某一种特征或标志作为依据。由于这种选择在一定程度上是任意的，所以在不同的语言里同一事物获得名称的依据都可能有所不同。""除了一些'原始名称'以外，语言里的词大多是有其内部形式可寻，或者说有其理据可讲的。"由于张先生是赞同"任意说"而又主张词有"内部形式"的，所以，他不得不将"任意说"和"无理据"区别开来，将"原始名称"和孳乳词区别对待。他又说："由于语言里的某些词汇成分在历史发展过程中的消亡或者它们的语音、意义和形态的演变，一个词常常跟它所由形成的词失去语义上的联系而'孤立'起来，从而它的内部形式也就变得模糊不明，甚至完全被人们遗忘。这种现象就叫做词的内部形式磨灭或词源中断。"⑪在这里，张先生没有进一步辨析如何区别"原始名称"的词和"词源中断"的词，于是"任意说"和"有理据说"最终还是产生了矛盾。我们赞同张先生"任意选择理据说"，认为即使"原始名称"，其命名之初也是有"理据"的。其理据就是人们认识该事物的特征和标志。我们现在无法知道这些"原始名称"的"得名之由"，其实正是由于其理据"磨灭"。

　　本诸以上的观点，我们来看《释名》的声训，就可以从语言方面进行正确的验证。例如：如《释名·释天》："雨，羽也。如鸟羽动则散也。"风雨是原始人类最先面对的自然现象，而"羽毛"的认识进入人类文化必在明晰了禽兽的分别之后，知道"兽类曰毛，禽类曰羽"，所以，"羽"进入人类文化必远在"雨"之后。那么，"雨"的正确语源又是什么呢？我们就得借助于语源学的知识来探究。

雨，古音云母侯韵。《管子·形势》："雨，濡物者也。"以"濡"训"雨"。"濡"从"需"得声，《周易·贲卦》"贲如，濡也"焦循章句："濡即需也。"朱骏声《说文通训定声·水部》："濡，假借为需湿之需。"甲骨文"需"即人淋雨之象。故《周易·需卦》曰："云在天上，需。"而"需"与"舒"通，《墨子·号令》："需敌。"孙诒让《间诂》云："需，吴抄本作舒。"而"雨"的方言音读为"霃"《说文·雨部》："霃，雨貌。方语也。从雨，禹声。"《集韵·遇韵》："霃，雨貌，北方语。"《类篇·雨部》引吕静说："北方谓雨曰霃。"知"霃"即"雨"的方言词。而《广雅·释诂》却说："霃，舒也。"王念孙疏证曰："犹雨也。"是知"雨"之得名与"舒"相关。"雨"之与"舒"义相关，乃取其太息长舒气之义，是发声之词。《诗经·陈风·月出》"舒窈纠兮"，马瑞辰《通释》曰："舒者，发声词。犹'逝'为语词也。又与'虚'同音通用。"《文选·司马相如〈长门赋〉》"舒息悒而增欷兮"，张铣注："舒息，长舒气也。"段玉裁注《说文·予部》"舒"曰："经传或假荼，或假豫。"段氏的说法见于《尚书·大传》卷一："吁荼万物而养之外也。"郑玄注："吁荼，气出而温。读曰嘘舒。"而《礼记·檀弓下》："瞿然曰：吁"，《经典释文》曰："吁，吹气声也。"又《希麟音义》卷九"吁嗟"曰："吁，律文作嘘。"然则"嘘""舒"同义并列，"舒"即"嘘"即"吁"也。而"吁"为"叹息"义时有三个意义：一是吹气声，见上引《礼记》《经典释文》。二是惊怪之辞，《广韵·遇韵》："吁，疑怪辞也。"《集韵·遇韵》："吁，惊辞。"三是喜貌，见王引之《经异述闻》"《大戴礼》中吁焉其色"注。这使我们联想到古代的求雨之祭——雩。《公羊传·桓公五年》："大雩者何，旱祭也。"何休注："使童男女各八人舞而呼雩，故谓之雩。"又《左传·桓公五年》："龙见而雩。"孔颖达疏引郑玄《礼注》曰："雩之言吁也，言吁嗟哭泣以求雨也。"又《论语·先进》："风乎舞雩。"皇侃疏曰："请雨祭谓之雩。雩，吁也，民不得雨，故吁嗟也。"是"雨"（匣母鱼部），"雱"（匣母鱼部），"雩"（匣母鱼部），"舒"与"茶"本是一字（书母鱼部），"嘘"（晓母鱼部），"吁"（晓母鱼部）。叠韵而声母旁纽、邻纽关系，声音相近，皆取自"叹息舒气"之义也。盖初民社会，人们遇雨则濡湿，且能灭火，故每见下雨则惊怪之，吁呼之，谓之"雨"。后来知道雨能润物，厥功至伟，则变惊怪之情为惊喜之态，而遇大旱不雨时，则吁嗟哭泣以求之。

从同源词方面来验证《释名》声训，还要注意同源词族内部的系统性。由于"汉语同族词是汉语（特别是古代汉语）义衍音转构词的产物。由于语音和词义的发展变化是有规律的，因此，不论音转同族词还是义衍同族词都有显著的系统性"⑫。我们正好利用这种同一词族内部系统性的特点，利用词群内部各同源词的音义联系，来验证《释名》的声训。这样，就避免了前人"一对一"声训所带来的主观武断的弊病。例如，《释名·释地》："土黑曰卢，卢然解散也。"按刘熙的意思，土黑的"卢"源于"卢然"。孙诒让《札迻·释名·释地》"土黑曰卢，"按曰："即《草人》之埴垆也。"《草人》埴垆，指《周礼·地官·草人》"埴垆用豕"。郑玄注："埴垆，黏疏也。"是以"垆"为疏松的土壤。因为"埴"是黏土，所以相应的"垆"就是不黏的"疏土"。那么，刘熙这里的意思是：土黑叫垆，"垆"的得名之由就是"疏松容易散开"的意思。对不对，我们要以"卢"来检验。"卢"，《尚书·文侯之命》："卢弓一，卢矢百。"孔传："卢，黑也。"曹植《求自试表》："卢狗悲号。"刘良注："卢，黑也。"《汉书·司马相如传上》："于是乎卢橘夏熟。"颜师古注："卢，黑色也。"《尔雅·释鸟》"鸬，诸雉。"郝懿行疏："黑色曰卢。"瓐，《广雅·释地》："碧瓐，玉。"王念孙疏证："碧瓐，盖青黑色玉也。瓐之言黸也。"旅，《左传·僖公二十八年》："旅弓矢千。"杜预注："旅，黑弓也。"鸬，《说文·鸟部》："鸬，鸬鹚也。"段玉裁注："今江苏人谓水老鸦，畜以捕鱼。鸬者，谓其色黑也。"《慧琳音义》卷七十九："鸬鹚，水鸟也，色黑如乌，入水底捕鱼而食之也。"黸，《说文·黑部》："齐谓黑为黸。"《广雅·释器》："黸，黑也。"王念孙疏证："黸、庐、垆、旅、泸，义并同也。黸，字通作卢。黑土谓之垆，黑犬谓之卢，目瞳子谓之卢。黑弓谓之旅弓，黑矢谓之旅矢，黑水谓之泸水。黑橘谓之卢橘，义并同也。"泸，诸葛亮《前出师表》有"故五月渡泸，深入不毛"的句子，明代扬慎《升庵集》卷七七《渡泸辨》解释道："孔明出师，五月渡泸，即黑水也。其水黑，故以泸名之耳。"泸水又叫诺水、若水，唐朝樊绰《蛮书》卷二说："孙水，与东泸水合。东泸水，古诺水也，源出吐蕃中节度北，谓之诺矣江。"北宋乐史《太平寰宇记》卷八十说："泸水，一名若水，出犛牛徼外。"而若水正是黑江、黑河的意思。清代陈登龙《蜀水考》卷二说："黑惠江，或名纳夷江，即古若水也。"所以《后汉书·光武帝纪》"拔卢奴"，李贤引《水经注》曰："水黑曰卢，不流曰奴。"是"卢"作黑色无疑。《水经注》："卢奴城内西北隅有水，渊而不流，水色正黑，俗名曰黑水池。水黑曰卢，不流曰奴，故此城藉水以取名矣。"黎，《汉书·鲍宣传》："苍头庐儿皆用致富。"颜师古注引孟康曰:"黎、黔皆黑也。"黧,《楚辞·九叹·逢纷》"颜霉黧以沮败兮",王逸注:"黧,黑也。"鵹,《说文·隹部》:"雜黄也。一曰楚雀也,其色黧黑而黄。"通过上述分析,我们知道,刘熙说的"卢"的内部形式是"疏松"显然是不对的。应该是"黑色"。黑色名卢,因为肥沃的土地往往呈现黑色,而肥沃的土壤不像黏土,往往是疏松的,所以错误地认为"卢"的语源意义是"疏松"。我们的验证就需要将"垆"置于同族词的某个词群中来类比验证,通过对"卢""垆""鸬""泸""旅""黎""鵹""黧""鱸"等同族词的类比研究,我们寻求到它们的共同的语源意义,从而得出比较真确的判断。

以上是对《释名》声训验证标准的一点浅见。根据这些标准,我们对刘熙的声训实例进行验证,就不必像前人疏证《释名》那样,仅仅搜罗一些古人声训实例进行类比,而这些类比的素材本身也和刘熙的声训一样,没有经过验证。所以,前人的疏证《释名》,只是提供了刘熙声训是否"有据"的证据,没有提供他的"有理"的证据。我们的验证标准,就是想给刘熙《释名》的声训提供一个是否有理的证据。

2005 年 12 月

注释

①王力《中国语言学史》,山西人民出版社 1981 年。

②李圃主编《古文字诂林》第一册,上海教育出版社 1999 年。

③李圃主编《古文字诂林》第一册,上海教育出版社 1999 年。

④参见《二十世纪中国民俗学经典》信仰民俗卷,杨堃《灶

神考》所引，社会科学文献出版社 2002 年。

⑤【法】列维—布留尔《原始思维》，商务印书馆 2004 年。

⑥【英】弗雷泽《金枝》，中国民间文艺出版社 1987 年。

⑦【英】泰勒《原始文化》，浙江人民出版社 1988 年。

⑧参见杨柳桥《荀子诂释》，齐鲁书社 1985 年。

⑨章太炎《国故论衡》"语言缘起说"，右文社刊《章氏丛书》第十三册。

⑩刘师培《物名溯源》，《刘申叔遗书》，江苏古籍出版社 1997 年。

⑪张永言《词汇学简论》，华中工学院出版社 1982 年。

⑫张博《汉语同族词的系统性与验证方法》，商务印书馆 2003 年。

（载《文史哲》2006 年第 6 期，与此稿略有差异）

《释名》解题

　　《释名》的作者，陈寿《三国志·吴书》记载是刘熙，范晔《后汉书·文苑传》又认为是刘珍，经清人王鸣盛、郝懿行、钱大昕及当代周祖谟诸家考证，可确定为刘熙所撰。刘熙生平事迹，文献载焉不详，综合起来，梗概可知：熙字成国，东汉末北海人，与同郡祢衡俱以学识富赡被誉为青州名士。建安中曾避乱交州，与程秉考论五经大义。吴国薛综、蜀国许慈俱师事之。撰成《释名》约在公元 220 年之前。

　　《释名》共释词 1502 条，分为"释天""释地""释山""释水""释丘""释道""释州国""释形体""释姿容""释长幼""释亲属""释言语""释饮食""释采帛""释首饰""释衣服""释宫室""释床帐""释书契""释典艺""释用器""释乐器""释兵""释车""释船""释疾病""释丧制" 27 篇。其编排体例大致与《尔雅》同，以被释词为词头，逐条训释。全书百分之九十以上采用声训方式，其声训条例，可概括为三类：

　　（一）同音相训："宿，宿也。"（释天第一）"曜，燿也。"（释天第一）"肝，榦也。"（释形体第八）

　　（二）双声为训：正纽双声字："母，冒也。"（释亲属第十一）旁纽双声字："妃，辈也。"（释亲属第十一），邻纽双声字："听，静也。"（释姿容第九）

　　（三）叠韵为训：同韵字："霜，丧也。"（释天第一）对转

字:"党,所也。"(释州国第七)旁转字:"丘,聚也。"(释州国第七)通转字;"汁,涕也。"(释形体第八)

刘熙在《释名·序》中说:"夫名之与实,各有义类,百姓日称而不知其所以之意,故撰天地、阴阳、四时、邦国、都鄙、车服、丧纪,下及民庶应用之器,论叙指归,谓之释名。"这就清楚地道出了《释名》的撰述意图和性质:它为探究名原而作,以人民口头常用语为解释对象,因而成为我国第一部名物制度训诂的专著。

《释名》一书的最大特点是它总结了前人的声训成果,自觉地将声训方法用于训诂,给后代声义关系的研究以重要启迪。现代语言学理论认为:声义的结合最初是无理据的。但汉语词义的引申却有着"因声相衍"的特点,新生词往往借助原有词词义的部分特征,因而也袭有原有词相同或相近的语音。加之古代中国幅员广袤,方言歧异现象复杂,也会造成许多异音异形的同源词,所以,声训原理与"音义最初结合的无理据性"原理并不悖反。正确地运用声训方法,可以使汉语语义语音相衍的轨迹显示出来。《释名》采用这种方法,原则上自有其一定的科学性。先秦以降,声训的例子大量出现在各类典籍中,然而,自觉运用这一方法,汇声训成果于一帙,还是自《释名》始。《释名》的出现,标志中国语言学同源词研究的开始,无论是"右文说",还是"声义同源""同声必同义"的观点,无不受到它的启发。这种开创了一个全新研究领域的功劳,至今仍是值得肯定的,其中许多精辟的声训举例,向后人真实地揭示了音义同源的关系,至今对我们的同源词研究仍有重要参考价值。例如:"耦,遇也。"(释亲属)"含,合也……衔亦然也。"(释饮食)等等,还常常被今人引为例证。

《释名》一书不但保存了许多汉代方音材料,而且在进行方音比较研究时，开创性地运用了语音描写的方法，使我们对当时的实际音值有了大致的了解，对后代音韵学概念的建立也有很大影响。"释天"篇说："风，兖、豫、司、冀横口合唇言之；风，氾也，其气博氾而动物也。青、徐言风，踧口开唇推气言之，风，放也，气放散也。""氾"古音并母侵韵，"放"古音帮母阳韵。按周祖谟先生的解释，"合唇"概念指收［m］韵尾，那么，相对的"开唇"概念当指［ŋ］韵尾；"横口"概念指重唇发音部位，而相对概念的"踧口""推气"却绝不是古帮母实际音质的描写，它与后代的轻唇音发音方法相似。虽然《切韵》中轻重唇音仍不分（邵荣芬先生考察张参《五经文字》时，曾小注说："有人认为，《切韵》的轻重唇也略有分化趋势。"），但各地方音中不可能没有轻唇音，《经典释文》中的徐邈音就有这样的例子。《释名》这种细致的描写，可能正透露方言中"风"有读轻唇的现象。

　　刘熙生在一个阴阳五行学说泛滥的时代，不可能超脱时代的局限，由于前代纬书和神权法典大量运用声训，《释名》中有很多训释直接来自《白虎通义》《五行大义》等书，这就降低了《释名》训释词义的科学性，造成很多牵强的释例，例如："日，实也。"（释天）"女，如也。"（释长幼）等等。通过语词训释，直接反映了作者的思想意识，刘熙说："女，如也，妇人外成如人也。故三从之义。少如父教，嫁如夫命，老如子言。青、徐州曰娪。娪，忤也，始生时人意不善，忤忤然。"这些不但缺乏应有的科学性，而且包含了严重的男尊女卑意识。

　　《释名》作者虽然主张从声音上去探求义类，但他并未真正摆脱字形的束缚，表现在联绵词训释方面，他拘泥于字形，做出牵强的解释。他说："偃蹇，偃偃息而卧不执事也。蹇，跛蹇也，病不能作事，今托病似此也。"（释姿容）以"卧"训

"偃",以"病足"训"蹇",显然是拘于字形,做了错误的分训。"释天"篇说:"霢霂,小雨也。言裁霢历霂渍,如人沐头,惟及其上枝而根不濡也。""霢霂"即"溟濛",源于"濛濛",细小之义,与"沐头"毫不相干。诸如此类,都有牵强附会之嫌。

音转声殊,虽说出于天籁,但却自有缜密的系统。运用声训的人稍一疏忽,失之过滥,便会生出许多随心所欲的主观臆说。《释名》中的训释,因为我们对汉代语言研究不够,至今无法窥其精义,但其中许多穿凿矛盾之处却是显而易见的。例如"木、卯、雾、毛、髦、牟、母、帽、矛"九字,《释名》都训"冒也",今天看来,这些词显然不全是同源关系。"释天"篇说:"云,犹云云,众盛意也。又言运也。""雨,羽也。……雨者,辅也。"诸如此类,一音多源,也缺乏应有的科学性。

《释名》明刻以下,缺讹特甚,清代毕沅遍采群书,为《释名疏证》,然后是书可读。清代王先谦合毕氏原本,参以成蓉镜《补证》、吴翊寅《校议》、孙诒让《札迻》,萃为《释名疏证补》八卷,今有上海古籍出版社 1984 年据王氏光绪二十二年本影印行世。至于《释名》原书,则以四部丛刊本为佳。

(载《中国语言学要籍解题》,齐鲁书社 1991 年)

《骈雅》解题

作者朱谋㙔（生卒年无考），字明父，一字郁仪，濠州人。他是明宁献王朱权七世孙，受封为镇国中尉，万历中曾任石城主府事。贯通经史，精于历算，生平著书120余种，语言学著作有《字统》《古文奇字辑解》《字原表微》《七音通轨》《古音考》《方国殊语》等，《骈雅》是他刊行的15种著作之一。

《骈雅》将4278个联绵词（不包括双音节复合词）分为1782条，按《尔雅》体例，以义贯穿，分条训释，共分"释诂""释训""释名称""释官""释服食""释器""释天""释地""释草""释木""释虫鱼""释鸟""释兽"13章。其释词方式，大致可分为8种：

（一）以通行语来解释，如："映丽、邠盼、彪炳，光艳也。"（释诂）

（二）以类属总名来解释，如："冬熟、侯闳、土翁……皆小果也"。（释木）

（三）以通名释别名，如："守宫，槐也。"（释木）

（四）确定义界，如："石山戴土曰崔嵬。"（释地）"近上旁陂曰翠微。"（释地）

（五）释以功用，如："焉酸，可以疗毒。"（释草）

（六）释以产地，如："寻支之瓜，产大食国。"（释草）"流沙之东有三兽相并曰双双。"（释兽）

（七）释以形态，如："鹿头龙身谓之飞遽。"（释兽）"麋而鱼目为娺胡。"（释兽）

（八）释以联绵词，如："配藜，披离也。"（释诂）"邑渠、钱母、连钱、鹎鸰也。"（释鸟）

明代杨慎作《古音骈字》，开始了对联绵词的研究，但杨书对联绵词概念还不十分清晰，以至搜采无多，体例不精。真正广泛地裒集联绵词，有条贯地纂编成集，系统地加以研究，是从《骈雅》开始的。

朱谋㙔的《骈雅·自序》说："畸文只句，犹得讯之颉籀家书。乃联二为一，骈异而同，析之则秦越，合之则肝胆，故古无其编焉。"这是汉语词汇研究史上最早给联绵词下的定义，代表了明代学者对联绵词的认识。虽然它还没有注意到联绵词语音上的联系，也不曾把个别联绵词置于词族内部来作同源研究，但它明确地规定了联绵词的单语素性质，承认每个联绵词是一个不可分训的完整的意义单位。这是对联绵词科学的、本质的认识。基于此，后来的研究才有可能不误入歧途，所以，《骈雅》一书对联绵词研究的开创之功是不可没的。

《骈雅》一书，取材极其广博，所涉及的古籍，据粗略统计，当在二百部以上，多是先秦两汉六朝以上确有根据的古代文献，间或采撷唐宋以降各大类书以及诸家说部。谋㙔所见多是宋元旧刊，很多书今已亡佚，因此，《骈雅》中许多与今本不同的文献材料，足以作为校勘之资，使之成为校勘工作的重要参考书。

《骈雅》虽是联绵词研究的开创之作，但它对联绵词词义的分析却是很细致的。"释诂"篇中本有"深也"一条，却又分出"深广""深平""深远""深微""深极""曲深""繁深""幽深"等条。这种细致的分析，显示了作者对词义的分析概括能力，对后来的联绵词研究极有裨益。因为在一个联绵词族内部，几个联绵词之间形音俱有转移，唯意义有共通之处，通过微殊求其共通，再以语音的延衍来衡律，就可以确定联绵词的族属。《骈雅》这种分析词义的方法，可以避免因概念含糊不清而将异族联绵词混为同族的弊病。

作为"开启山林"的著作，《骈雅》也有其不足之处。它在收词方面很不全面。且不与后代的《辞通》《联绵字典》相比，就在它所采辑的《尔雅》《广雅》等书中，还有很多沧海遗珠，如《尔雅》中的"驲遽""肃噰""敖怃""御圉""恺悌""坎律""庶几""髦士"等，《广雅》中的"山龙""龙光""勃快""樊裔""遐赵"等，皆失之于眉睫之间。反之，很多非联绵词却被收进《骈雅》，如"神龟""灵龟""摄龟""宝龟"（释虫鱼），"鞠衣""展衣""袆衣"（释服食）等。更有甚者，《广雅》《方言》中的许多单音节词还被强合为联绵词而加以收录，如"璇璜""璐瑭""瓁珥""瑭瓁"（释地）等。这种自乱其例的情况书中屡有出现，给后人辨认联绵词也带来了疑惑。

在释义方面，《骈雅》的编次训释也有悖理之处。其中"众多"重出，"空虚"两见，意义上并无二致。反之，意义不同的词目却又拘牵于字形而合而为一。如"郁郿、融裔、淋漓、璙骄、饙馀……长也"（释诂），据《方言》十二"郁郿，长也"条，郭注"谓壮大也"，《广雅·释诂》"饙馀，长也"条疏证"消长之长"，则二词当为"生长"之"长"，不当与"长短"之"长"并列为一条。至若释义不明，字形讹错之处，书中时时可见，读者当用心辨察。

尽管有以上的不足，《骈雅》在汉语词汇研究史上仍占有重要地位。后来方以智《通雅》、洪亮吉《比雅》、夏味堂《拾雅》、史梦兰《叠雅》，以至近人朱起凤作《辞通》，符定一作《联绵字典》，无不受其影响，故清代学者评之为"双声叠韵之会归而假借转注之总目也"（魏茂林《读〈骈雅〉识语》）。

《骈雅》原书有抄本载《四库全书·经部·小学类》，又有借月山房刊本。清魏茂林作《骈雅训纂》考证精审，颇称详备，有清道光有不为斋刻本行世。

（载《中国语言学要籍解题》 齐鲁书社 1991 年）

《五经文字》解题

《五经文字》的作者，前人都认为是张参，独清人严可均在《唐石经校文》中认为应是颜传经。据《五经文字·序例》载：张参在大历十年（775）六月奉诏校订经典文字，"卒以所刊书于屋壁"，然后"命孝廉生颜传经收集疑文互体，受法师儒，以为定例"。次年六月，成《五经文字》三卷。因此，我们认为颜传经的工作只是编排整理，《五经文字》的作者应是张参。

张参《唐书》无传，生平不详。据邵荣芬先生考察得知：张参祖籍河北，家住泾州（今甘肃泾川县），约生于唐开元二年（714），卒于贞元二年（786）之前，十五岁时举明经，后官国子司业，为当世名儒。（参看邵荣芬《五经文字的反切和直音》，载《中国语文》1964 年第 3 期）

《五经文字》分上、中、下三卷，据其"序例"所称，全书收字 3235 个，但经我们统计是 3246 个，其中重文 256 个，实收单字 2990 个。全部字按部首排列，分为 160 部。

《五经文字》本为考校经典文字而作，但本书既辨正文字形体，区分雅俗正误，又注音释义，成为《经典释文》一类的著作。对于后人研究文字的历史流变，研究唐代标准语的基础方言和经典训诂，都有重要的参考价值，在中国语言研究史上占有相当重要的地位。

《五经文字》在辨形、注音、释义方面，都有自己的特点。

在辨析文字形体方面，《五经文字》不但严格区分正误雅俗，而且尊重"约定俗成"的原则，对一些异源的异体字注明原义，记载了文字的历史演变。在"木部·梅"条下，它说："梅，从每，每字下作母，从毋者讹。""柿"字条下，它说："柿、柹，上芳吠反，见《诗》注；下音仕，从木从巿声，巿音姊。"在"草部·荅"条下，它说：此'荅'本小豆之一名，'对荅'之'荅'本作'畣'，经典及人间行此'荅'已久，故不可改变。"

在注音方面，《五经文字》最大特点是采用当时实际语音注音，其反切与《切韵》和《经典释文》多有不同，为后人保存了重要的语音资料。《五经文字》的作者口语属秦音范围，在长安生活时间长，所以他的注音与《切韵》音系相接近，为汉语语音史的研究提供了《切韵》以后最早的音变资料。据邵荣芬先生对《五经文字》反切的考察，得出三点结论：其时轻重唇已分化完成；轻重唇分化后，非、敷二母有一个对立阶段；"仙"韵重纽向"先""元"分流以后由于"先""元"合并而统为一类。

在释义方面，《五经文字》不仅严格区别假借字，而且对异体字之间的细微差别也有辨析，为后代辞书编纂和词义研究提供资料。如"手部"："挥，扬，上挥奋，下指扬字，与'麾'同。"可见古代"指扬"与现代"指挥"义是不相类的，修订本《辞海》在"扬"下注"通'挥'，指挥"，就显得不确切。又"辵部"："遡、遁，二同，上《易·遯卦》，遡，逃也。下迁也。经典通用之。"可知"遡""遁"虽是异体字，来源却不同。

《五经文字》初书于壁，唐开成间易为石刻，明嘉靖年间因地震石刻已部分损坏，未损坏者或因年代久远，文字也多有湮灭。清代江都马曰璐有摹刻本，自称是据家藏宋拓复刻，《后知不足斋丛书》据此收入，又被《丛书集成》影印收入。另有皕忍堂摹刻唐开成十三经本，文字间或与集成本稍异。

　　清人孔继涵曾作《五经文字疑》一卷，收入《微波榭丛书》；清人严可均《唐石经校文》对《五经文字》也有勘正；当代邵荣芬先生研究《五经文字》的音切，作有《五经文字的反切和直音》一文。

（载《中国语言学要籍解题》，齐鲁书社 1991 年）

《观堂集林》解题

作者王国维（1877—1927），字静安，又字伯隅，号观堂，浙江海宁人，近代著名的文字学家、史学家和文学家。他16岁得补博士弟子员，早年留学日本东京物理学校。曾寓居上海，与上虞罗振玉相友善，受罗影响较深。从1913年起，他便从事古史地、古音韵及古文字研究，于甲骨、金文和汉简文字用力尤勤，为近代甲骨文研究大家之一。语言学著作有《流沙坠简考释》《戬寿堂所藏殷虚文字考释》《简牍检署考》等，又将一些著名的历史、语言、考古方面的论文汇编成集，名《观堂集林》。从1925年起，他任清华研究院教授，1927年在北京颐和园昆明池投水自尽。

《观堂集林》二十卷，分"艺林""史林""缀林"三部分。其中"艺林"八卷，收入论文78篇，是有关经学、训诂、文字、音韵方面的论文。

王国维是乾、嘉音韵训诂研究的殿后，又是当代甲骨文字研究的先驱，他认为语言学古称"小学"，属"六艺"范畴，所以，他将自己研究音韵、文字、训诂、词汇方面的论文集取名为"艺林"。

在训诂学方面，他收入《观堂集林·艺林》的论文有《生霸死霸考》《洛诰解》《与友人说〈诗〉〈书〉中成语书》《〈尔雅〉草木虫鱼鸟兽名释例》《书〈尔雅〉郭注后》《书郭注〈方言〉

后》等。他总结前人"因声求义"的方法，认为"训诂之事也，不必问其字之如何，但使古今两语音义相会足矣，故与其求其字也，宁存其音"（《书〈尔雅〉郭注后》）。他因之考察《尔雅》一书的名物，破除文字的拘挛，得出"凡雅俗古今之名，同类之异名与异类之同名，其音义往往相关"的结论，（见《〈尔雅〉草木虫鱼鸟兽名释例》）。循此，他正确地解释了《尔雅》中许多古来歧义纷纭的名物词源，这实质上是对同源词的类比研究。例如王氏所言的"蘼芜""蠛蠓""绵蛮""霡霂""溟濛"五词同源于"小微"意，就是一个精彩的举例。在具体训诂实践中，他对声训有自己的原则，他说："凡文字，惟指事、象形、会意三种可得其本。至形声之字，则凡同母同韵者，其义多可相训而不能以相专。"（《再与林博士论洛诰书》）这就肯定了"义随声衍"的声训基本原理，将不取义于声的象形、指事、会意字排除在声训之外；再者，他还规定了"同声同韵"的严格界限（王氏此处指声韵俱极近的词，观其训诂实例可知），指出了各同源词之间的词义微殊，以致同源词相互只能相训而不能挥抡为一。以现在语言学理论律之，他的主张是较科学的，因而，在训诂实践中，他能极大限度地避免牵强附会。

在音韵学方面，"艺林"收了《五声说》《〈声类〉〈韵集〉分部说》《周代金石文韵读序》，以及多篇考证唐、宋韵书的文章。王氏着重对宋代以前的韵书系统进行研究，论证了巴黎国民图书馆所藏三种敦煌唐写本《切韵》之间的关系，认为第一本是唐初《切韵》写本，二、三两种都是长孙讷言笺注本和节注本。他还对唐代诸家《切韵》，与宋代《广韵》作了类比研究，认为《广韵》是博采唐诸家《切韵》而成，与陆词的《切韵》并不相类。这些结论因为材料翔实可靠，所以旋即引起学界重视，为后来的中古语音研究提供了重要依据。对上古语音研究，王氏持谨慎保守态度，他认为乾、嘉诸贤的"古音廿二部之目，遂令后世无可增损，故训诂名物、文字之学，有待于将来者甚多，至古韵之学，谓之前无古人，后无来者可也"（《周代金石文韵读序》）。这显然违反"后出转精"的发展观点。《五声说》是他独辟蹊径研究上古声调的心得。他认为西汉以前，汉语除阴声韵有平、上、去、入四声外，阳声韵自为一类，只有平声调。他以群经、楚辞韵读，《说文》谐声和《广韵》又音证成此说，其实是由戴震氏"阴入阳对转"说演绎而来，用以解释先秦语言事实，虽云简捷，但毕竟支离了韵类与调类，视为一家之言可矣。

王氏一生用力最勤、成就最大的是古文字学。在《观堂集林》中，随处可见他对古文字准确的解说和精辟的论证。他认为"史籀"不是人名，籀文不是书体，并精细地考订了《仓颉篇》《急就篇》等古字书的性质。他参诸甲金文字，排列出战国以前的汉字大系，得出"秦用籀文，六国用古文"的确论，也弄清了孔壁及《说文》中"古文"一词的确切涵义。

王氏文字学研究的最大贡献是他为后人提供的严密、科学的研究方法。他本着历史的、求实的精神，辩证地对待古今文字的异同，不溺于古，不惑于今。他说："文无古今，未有不文从字顺者，今日通行文字，人人能读之，能解之；《诗》、《书》、彝器，亦古之通行文字，今日所以难读者，由今人之知古代不如知现代之深也。苟考之史事与制度文物以知其时代之情状，本之《诗》《书》以求其文之义例，考之古音以通其义之假借，参之彝器以验其文字之变化，由此而之彼……必间有获焉。"（《毛公鼎考释序》）这就是他著名的"史实、文献、实物"三相参证的研究方法，至今仍为古文字研究者和一切古文化研究者所宗从。

《观堂集林》于1921年编成，由乌程蒋汝藻密韵楼以聚珍版刊出，后被收入《海宁王忠悫公遗书初集》和《海宁王静安先生遗书》。1959 年中华书局据各本校勘一过，重印行世，此本较佳。

（载《中国语言学要籍解题》，齐鲁书社 1991 年）

先秦文献中"是"字的几种用法

在现代汉语中,"是"字是使用频率较高的一个词。当我们对于思维对象判定它具有或不具有某种属性时,往往用"是"与"不是"来表示这种判断。然而,"语言的结构以及它的语法构造,是许多时代的产物"(斯大林《马克思主义与语言学问题》)。如果我们想真正认识它,我们必须弄清它的历史及其演变。

一 "是"字溯源

"是"字产生于何时?由于材料不足,目前还不能精确地回答,甲骨文中,我们至今没有发现"是"字,但这不能证明甲骨文中没有"是",因为还有三分之二的甲骨文字我们还不认识。就以认识的金文来看,"沈子毁"铭文有"歀(懿)父迺是子"的句子(懿父就以这里的百姓作子民)。据郭沫若先生考证,毁为周昭王时器(说见《两周金文辞大系考释》),稍后的"毛公鼎"铭文有"无唯正闻,弘其唯王智,迺唯是丧我国"的句子(不论正直昏庸,专从王意,将因此亡国),郭沫若先生考订为周宣王器(《金文丛考》卷二"毛公鼎之年代"一文)。再晚一点的"正考父鼎",铭文有"饘于是粥于是,以糊余口"的句子(在这里做饭、在这里煮粥,以维持我的生活),于省吾先生考订为周厉王时器(《双剑誃吉金文选》)。可见至少在西周前期,

"是"字就已出现。这里只是出现年代的下限。

二　"是"字与"直"义

《说文》："是，直也，从日正。"段注："十目烛隐则曰直，以日为正则曰是。从日正，会意。天下之物，莫正于日也。《左传》曰：'正直为正，正曲为直。'""是"与"直"在先秦，在"正"这意义上确有相同之义。例：

"有孚失是。"（《周易·未济·上九》）虞注："是，正也。"

"而疑是精粗之体。"（《礼记·乐记》）疏谓："是，正也。"上面所引"正曲为直"是"直"也有"正"义，故《说文》在"直"下注"正见也"，在"正"下注"是也"。"是""正""直"三字是同义互训的。我们今天口语上的"是正""正直"二词，也是同义并列的。

从"是"得声的字，很多亦训为"正"：

湜："泾以渭浊，湜湜其止。"（《诗经·邶风·谷风》）郑笺："湜湜，持正也。"

禔：《玉篇》："衣服端正貌。"

諟：《广韵》："正也。"而《礼记·大学》引《尚书》例句"顾諟天之明命"传曰："諟，是也。"

造字之初的意义，称为这个形体的原始义。这里的"是"与"直"义，显然不一定是原始义，因为《说文》虽然重在以字形来分析字义，但许叔重所分析的是经秦代统一整理过的小篆，而不是原始形体，这就难免有不科学的地方。加之"是"产生的准确年代还无从考订，最初形体也无法确定，故原始本义也就众说纷纭，于省吾、郭沫若、林义光、高鸿缙等先生，从分析钟鼎文的字形出发，各有独到见解，但诸家释义与"是"在先秦的其他用法无直接关联，而"是"有"直"义，引申出"是"有"正确"义，所以这里只交代一下《说文》的释义，不讨论"是"的原始义。

三　"是"在先秦文献中的用法

在先秦典籍中，"是"字用法很纷繁，它常与"氏""事""諟""寔""时"等字相通，但这些都属词的通用（即通转语）问题，不是这里要讨论的。这里是试图探讨一下"是"字本身的一些常见用法，有时为说明演变关系，才说明一下通转问题。

（一）形容词

这是由"直"义引申而来，因为"正直"之道，乃是人们评价"正确"与不正确的标准，大家都以一定的论事标准和道德标准来衡量人和事。这标准就是"正直"之道，符合的是"正"的，即"正确"的，不符合的是"不正"的，即"非"。例：

> 夫礼者，所以定亲疏、决嫌疑、别同异、明是非也。（《礼记·曲礼》）
>
> （礼乐是用来确定亲疏关系，解决误会和疑虑问题、判决相同和相异的事物，分明正确和错误的现象的。）
>
> 偃之言是也。（《论语·阳货》）
>
> （偃的话对呀！）
>
> 前日之不受是，则今日之受非也；今日之受是，则前日之不受非也。（《孟子·公孙丑下》）
>
> （前次的不接受是对的，那么今天的接受就不对了；今天的接受是对的，那么前次的不接受就错了。）

夫辨者，将以明是非之分。(《墨子·小取》)

(辩论这件事，能以它明了正确和错误的界限。)

更多的是它的意动用法，"以对象为正确"。这时，它后面一定要带宾语：

此皆是其所义而非人之义。(《墨子·尚同下》)

(这些都是以他所认为义的事为正确，而以别人所认为义的事为不正确。)

是之则受，非之则辞。(《荀予·解蔽》)

(认为对的就接受，认为不对的就回绝。)

欲是其所非而非其所是。(《庄子·齐物》)

(想赞成他所认为不对的事，而反对他所认为正确的事。)

是墨子之俭，将非孔子之侈。(《韩非子·显学》)

(赞成墨子的俭朴，就反对了孔子的奢豪。)

上之所是，必皆是之。(《墨子·尚同上》)

(国王以为正确的，大家一定都以它为正确。)

(二) 借为助词

这是在先秦一个常见的用法，且产生很早，金文中有很多例证：

三寿是利。(晋姜鼎)

(有利于三卿。)

邾邦是保。(邾公华钟)

(保佑邾国。)

万民是敕。(秦公簋)

(治理万民。)

而用得最多的是《诗经》《左传》和《国语》:

他人是愉。(《诗经·唐风·山有枢》)

(愉悦他人。)

周公东征，四国是皇。(《诗经·豳风·破斧》)

(周公东征，一举匡正四方之国。)

四方是维，天子是毗。(《诗经·小雅·节南山》)

(护持四方，辅佐天子。)

戎狄是膺，荆舒是惩。(《诗经·鲁颂·閟宫》)

(诛讨戎狄，惩伐荆舒。)

文武是宪。(《诗经·大雅·崧高》)

(效法文王、武王。)

岂不穀是为，先君之好是继。(《左传·僖公四年》)

(难道是为了我自己吗？是为了继续两国上辈人的友好关系呢！)

裹粮卷甲而来，固敌是求！(《左传·文公十三年》)

(带着粮食，扛起兵器前来，本是为找敌人算账的。)

将虢是灭，何爱于虞？(《左传·僖公四年》)

(把虢国都灭了，还舍不得虞国吗？)

今吴是惧而城于郢，守已小矣！(《左传·昭公二十五年》)

(现在却害怕吴国，迁都郢地，国家疆土已缩小了。)

我周之东迁，晋郑是依。(《国语·晋语》)

(我周国东迁时，左右辅佐的是晋文侯、郑武公。)

　　我们还可以看到在提前的宾语前有"唯"字的"唯+宾+是+谓"的结构，例如今天口语的"唯利是图"。在这里，一般认为"是"是结构助词，帮助宾语提前，宾语提前是为加强句势和表示激切语意，再加上"惟"（或"唯""维"）不但使语意更激切，且表示动作对象的单一性和排他性。但是，如果我们探索一下这种句式的来源，就发现"惟"不是后加上的，"是"也不是结构助词。

　　本来在上古语法中，宾语的位置是较灵活的，大都置动词后，但亦可置动词前，无所谓倒装或前置。请看甲骨卜辞中的情况：

　　　　王逐鹿（王追赶鹿）（《前编》3·32·3）
　　　　画鹿禽（画擒捉鹿）（《粹编》953）
　　　　令戍来（命令戍来）（《甲骨卜辞》525）
　　　　画乎来？（呼唤画来吗？）（胡厚宣《论丛》引卢藏片）

　　我们再来看有"隹"（或"叀"。"隹"即"叀"，说见杨树达《卜辞琐记》）出现的句子的情况：

　　　　王叀犬从，亡戋？其从犬，禽？（《粹编》925）

　　在此句中，有"叀"，宾语则在动词前；不用"叀"，宾语则在动词后。这在甲骨卜辞语法中是一条普遍规律，几乎没有例外：

　　　　酉卜，王往田，从来杀犬，禽？（《战后宁沪新获甲骨集》1.394）
　　　　（酉日占卜：王去打猎，带来杀地方的犬，有擒获吗？）

王叀声犬卅从，亡戋？（《战后宁沪新获甲骨集》1.395）

（王只带三十条声地方的犬，不行吗？）

王其从在成犬，禽？（《殷契摭佚续编》1）

（王带着在成地方的犬，有擒获吗？）

王其田，叀㠱犬从，禽？亡戋？（《殷契摭佚续编》124）

（王去打猎，只带㠱地的犬，有擒获呢？还是没有擒获呢？）

癸亥卜，逐麇？（《粹编》）

（癸亥日占卜：逐麇吗？）

其叀白麇逐。（《粹编》）

（只追赶白麇。）

贞，王从洗咸伐土方？（《后编》上17.6）

（占问：大王带洗咸去讨伐土方吗？）

王惠洗咸从伐土方？（《续编》6.16.7）

（王只带洗咸去讨伐土方吗？）

　　上面的例句可以证明，在"是"字还没出现的甲骨时代，"惟+宾+谓"就成为一种固定的格式。宾、谓之间也没有其他助词。这种现象延续到西周初，在《尚书》中的《大诰》《酒诰》《梓材》篇中（其中《梓材》篇或认为是西周至东周之间的作品），还有这样例句：

矧亦惟卜用。（《大诰》）

（何况我们也只是用占卜。）

惟土物爱。（《酒诰》）

（只爱五谷。）

肆王惟德用。（《梓材》）

（现在国王只推行德政。）

惟兹惟德称。（《梓材》）

（因此他们各称其德。）

　　那么可以说，在"唯+宾+是+谓"的格式中，既不是使语意更激切而后加"惟"，也不是靠"是"的帮助来提前宾语，恰恰相反，为舒缓语气，才在早已成型的"惟+宾+谓"格式的宾谓之间，加上一个语气助词"是"。

　　在我们平常语流中，节奏总是一轻一重，一强一弱的。上古词汇大多是单音节词，强音落在宾语上，后面的谓语不可能又来个重音。因此，宾语语气加强了，谓语的语气相对减弱。而谓语是表现主语的主要部分，它直接关系一个句子的述谓性，对一个句子来说，谓语的语气是很重要的。怎样使宾语突出而又不减轻谓语的语气呢？人们便在宾谓之间延缓一下语气，调和一下音节的强弱分配，这延缓语气发出的余音，用文字记录下来，或用"之"，或用"是"。"之"与"是"在上古音近相通："之"照母之韵，"是"禅母支韵，同属舌音，声母相近，韵母之支旁转。《尔雅》："之子，是子也。"是其相通例。

　　是先用"之"还是先用"是"呢？没有确凿的材料来证明这一问题。首先，"之"产生于甲骨文时代，较"是"早得多。再者《尚书》中认为是西周作品的《君奭》篇（见何定生先生《尚书文法之研究》一文）有：

　　若卜筮，罔不是孚。（《君奭》）

　　（像占卜一样，没有不符合这些的。"是"作指示代词。）

　　惟文王德丕承无疆之恤。（《君奭》）

　　（只担心文王的德化不能长久地继承光大。"之"用作语气助词。)

同一篇中，作指示代词用"是"，作语气助词用"之"。

在《尚书》《左传》两书中，前者用"之"的例证多于用"是"的例证，后者用"是"的例证远远多于用"之"的例证：

罔不惟进之恭。(《尚书·多方》)

(没有人不是只知搜敛民财。)

惟夏之恭。(《尚书·多方》)

(只知满足夏桀。)

不知稼穑之艰难，不闻小人之劳，惟耽乐之从。(《尚书·无逸》)

(不识种田的艰辛，不了解农人的劳苦，只知放纵在安乐之中)

牝鸡之晨，惟家之索。(《尚书·牧誓》)

(母鸡早晨若啼鸣，只会败坏家事。)

文王不敢盘游于田，以庶邦惟正之供。(《尚书·无逸》)

(文王不敢流连于打猎，只让小民服正当徭役。)

罔不惟德之勤。(《尚书·吕刑》)

(无不辛劳于德政。)

岂无他人，惟子之好。(《诗经·唐风·羔裘》)

(难道没有别人吗？只因为喜欢你啊!)

寡人之使吾子处此，不惟许国之为，亦聊以固吾圉也。(《左传·隐公十一年》)

(我让你们驻在这里，不只是为了许国，也当作加强我的边防呢!)

以上是用"之"例。

惟有司之牧夫是训。(《尚书·立政》)

(只依照办事人和官员们的意见办。)

惟慢游是好。(《尚书·益稷》)

(只喜欢终日游玩。)

惟妇言是用。(《尚书·牧誓》)

(只听妇人的话。)

惟永终是图。(《尚书·金縢》)

(只想长久流传。)

维酒食是议。(《诗经·小雅·斯干》)

(只要能料理饭菜。)

维尔言是听，维尔言是争。(《诗经·小雅·旻天》)

(只听浅薄的言论，只遵循浅小的道理。)

除君之恶，唯力是视。(《左传·僖公二十四年》)

(除去国君的仇敌，只尽我的力量去办。)

率师以来，唯敌是求。(《左传·宣公十二年》)

(带领军队而来，只为寻找敌人。)

寡人率以听命，唯好是求。(《左传·成公十三年》)

(我领军听你的吩咐，只想求得和好。)

惟余马首是瞻。(《左传·襄公十四年》)

(只看我的马头所向行事。)

去我三十里，唯命是听！(《左传·宣公十五年》)

(退开我们三十里路，我们就只听你的命令。)

鬼神非人实亲，惟德是依。(《左传·僖公五年》)

(鬼神不是因人而亲近，只是扶持有德之人。)

以上是用"是"例。

先秦时期，人们喜欢用"之"来助足音节，往往在人名之间加上"之"字。例如，烛武：烛之武。介推：介之推。（见《左传》）。孟反：孟之反。（见《论语》）庾公斯：庾公之斯。（见《孟子》）尹公他：尹公之他（见《礼记》）。"之"也还大量用作语助词。据这些旁证，我想，在上面的结构中，不会是"是"早于"之"，而应是"之"早于"是"。

另外，还有这样的句型：

> 尔供包茅不入，王祭不供，无以缩酒，寡人是征，昭王南征而不复，寡人是问。（《左传·僖公四年》）
>
> （我特来征取你应该进贡而三年不贡，使天子祭祀时无以滤酒的青茅，我特来质问你昭王南巡不见回去的原因。）
>
> 有令名也，而终之以耻，午也是惧。（《左传·昭公元年》）
>
> （我祁午就怕有了好的名声，却以耻辱告终。）
>
> 实沈之墟，晋人是居，所以兴也。（《国语·晋语》）
>
> （晋人居住在实沈的旧地，是他们兴盛的原因。）

在这里，大家都认为"是"是复指代词。通过与"宾＋是＋谓"结构的比较，我认为它仍是这种句型的一种变式。请看下面这些有主语出现的例句：

> 寡人其君是恶，其民何罪？（《国语·晋语》）
>
> （我厌恨他的国君，他的人民有什么过错呢？）
>
> 霸主将德是以。（《左传·成公八年》）
>
> （霸主应遵行德义之道。）

文原曰："……能为人则者，不为人下矣，吾不能是难，楚不为患。"（《左传·昭公元年》）

（文原说：……能作为别人榜样的人，是不会被人看不起的，我只是难于不能作别人的榜样，楚国是不必害怕的。）

以上例句，宾语的音节都不多。在第三例中，为了不使宾语过于冗长，就省于了"不能"的宾语。"不能"正是否定前面的"能为人则"的。可见宾语提至主语前，是因为宾语过长的缘故。其实在"宾+主+是+谓"结构中，宾、主均可互换位置。例："晋人实沈之墟是居，所以兴也。""午也有令名而终之以始是惧。"是完全允许的。

这就是说，在"主+宾+是+谓"的结构中，如果宾语过长，为强调它，可提至主语前。这时，因为提前的宾语太长，显得结构不像正式那样紧凑；又因为宾、"是"之间有主语，"是"好像成了复指宾语的。这里的"是"，前人就有不训为指示代词的。如《诗经·周南·葛覃》中"唯叶莫莫，是刈是濩"一句，本是"唯叶是刈，唯叶是濩"的变式，因为宾语"叶"带了形容词"莫莫"，使之与"是刈是濩"分开，显得结构不如一句时那样紧凑，于是，"是"似乎应看成指代词，但是，王引之引正义来释此句："于是刈取之，于是濩煮之。"朱熹释出句："盛夏之时，葛既成矣，于是治以为布。"高亨先生注："是，乃也。"均不释为指代词。这可作为它是"主+宾+是+谓"结构的变式的旁证。

这只是作者比较两种结构而产生的疑问，非为标新立异。且这里的论证是不充分的，请求允许存疑。

（三）借为指示代词
这也是"是"在先秦一个常见用法。它分为两类：
A）纯粹代词：它用以指代前面出现过的"人""事物""情

况"。可译成现代汉语"这""这个""这样"。

1）它可作句子主语。例：

是不亦惠乎！（《礼记·檀弓下》）

（这不也是仁慈吗？）

是乃狼也。（《左传·宣公六年》）

（这是豺狼啊！）

齐侯曰："是好勇，姑去之，以为之名。"《左传·襄公十六年》

（齐侯说："这人喜欢勇武的名声，暂时离开吧，成全他的名声。"）

是乃仁术也。（《孟子·梁惠王上》）

（这就是行仁政的办法。）

2）它还可作句子宾语。例：

雍子之父兄谮雍子，君与大夫不善是。（《左传·襄公二十六年》）

（雍子的父亲、哥哥说雍子的坏话，国君与大夫都不赞成这样。）

又不及是，曰"弥兵"以召诸侯，而称兵以害我？（《左传·襄公十四年》）

（还不至于到这地步！说是"消除干戈"召来了诸侯，却起兵加害于我吗？）

晋国之命，未是有也。（《左传·襄公十四年》）

（晋国的命令，从没有像这样的。）

以上是用为动词宾语，可提前亦可不提前。它还可用为介词宾语，一般置于介词前，介词是"于"，则定须后置。例：

是以顺乎天而应乎人。(《周易·兑卦》)

(因此，顺应上天又适合万民。)

是用佐王。(《虢季子白盘》)

(以此来辅佐国王。)

伯夷、叔齐，不念旧恶，怨是用希。(《论语·公冶长》)

(伯夷叔齐不记前仇，他们的怨恨者因此很少。)

以是教王，王能久乎？(《国语·周语》)

(用这种道理来劝说大王，大王的统治还能长久吗？)

人异于是。(《国语·周语》)

(人们不同于这样。)

故谋用是作而兵由此起。(《礼记·礼运》)

(所以用谋略的事从此出现，动刀兵的事由此发生。)

以上是用作宾语例。

3) 它还可用作定语。置名词或名词性词组前，用以修饰之。例：

萋兮斐兮，成是贝锦。(《诗经·小雅·巷伯》)

(丝线五彩鲜明，织成这样贝纹锦。)

夫子至于是邦也。(《论语·学而》)

(孔子到了这个国家啊。)

是心足以王矣。(《孟子·梁惠王上》)

(有这样的好心肠，完全可以做天下之王了。)

是区区者而不余畀，余必自取之。(《左传·昭公十三

年》)

(这样小小的东西也舍不得给我，我一定自己去夺来!)

B) 是认代词：这类 "是" 与作纯粹代词的 "是" 稍有不同。纯粹代词的 "是" 单纯复指前面的主语，等于主语在本句的重复出现，可全部用 "此" 来替换。是认代词的 "是" 除复指前面的主语外，还是认下文，表明主语与说明语之间的关系，表明主语对说明语的确认、判断。如果译成现代汉语，前者只能译成 "这" "这些" "这样"，后者定须译成 "这 ［是］" "这些 ［是］" "这样 ［是］"，意思才完全。例：

是知津者矣。(《论语·微子》)
(他 ［是］ 知道渡口的人啊。)
是吾罪也。(《左传·襄公三十一年》)
(这 ［是］ 我的罪过了。)
是天益其疾也。(《左传·成公十七年》)
(这 ［是］ 上天加重他的疾病。)
是予所欲也。(《孟子·公孙丑下》)
(这 ［是］ 我所想要的。)
是民之表也。(《礼记·缁衣》)
(他 ［是］ 人民的表率。)
是吾与尔为篡也。(《公羊传·襄公二十九年》)
(这 ［是］ 我和你一起做出那篡逆的事来。)
非师，是无师也。(《荀子·修身》)
(不听老师的话，这 ［是］ 眼中没有老师啊。)
故美之者，是美天下之本也。(《荀子·富国》)
(所以，赞扬这点，这 ［是］ 赞扬天下的根本之道。)

　　我们来比较一下"是乃仁术也"与"是民之表也"两句：前者"是"只代替前面说过的情况，这种情况与"仁术"的关系，是"乃"来表明的。"吕公女乃吕后也"（《史记·高祖本纪》），句法结构与此句是相同的，所以"是"的语法意义与"吕公女"是一样的。而后者呢？"是"不但复指了前面出现的主语，且表明了主语与"民之表"的概念内涵相等的关系，这就是是认代词与纯粹代词的区别。是认代词的"是"前可加"则""即"等副词，而纯粹代词"是"前是不可以加的，我们可以说"则是民之表也"。不可以说"则是乃仁术也"。

　　在《尚书》中，没有这种用法，《诗经》中只有一例"是绁绊也"（《诗经·鄘风·君子》），《论语》中有十一例，《孟子》中有八十四例，《左传》中有一百四十多例，《墨子》中有一百零一例，《荀子》中有三百二十五例。说明了越到战国末期，"是"的是认性越强，这种用法越普遍，"是"字的是认性逐渐增强的结果，直接孕育了它作为系词的产生。

　　C)　"是"在先秦后期，还可用作系词。我们所说的系词，指置于主语和它的说明语之间，起联系主语和表语，表明二者异同关系的词，它无动作性，是虚词，不是主语发出的动作。高名凯先生云："名句可以用系词，也可以不用系词。如'我康叔也'（《史记·卫世家》），'吾翁即若翁'（《史记·项羽本纪》）。"高先生在这里举了一个不用系词，一个用系词的例子，按他的意思，"即"也是个系词。那么我们来看下面的例子：

　　　　对曰："昔秦人负恃其众，贪于土地，逐我诸戎，惠公蠲其大德，谓我诸戎是四岳之裔胄也，毋是翦弃。"（《左传·襄公十四年》）

　　　　（回答说："过去秦国人仗着他们人多，贪求土地，赶走我们各戎族，惠公彰明他的德义，说我们戎族是四岳的后代，不能翦灭逐弃。"）

后桀伐岷山，进女于桀二人，曰琬，曰琰，桀受。二女无子，刻其名于苕华之玉，苕是琬，华是琰。（《古本竹书纪年》）

（夏桀伐岷山，岷山人送两个女子给桀，一个名琬，一个名琰，桀收下了。两个女子无儿子，就把她们的名字刻在苕华两块玉上，苕是刻琬的那块，华是刻琰的那块。）

小者是燕爵，犹有啁噍之顷焉，然后能去之。（《荀子·礼论》）

（飞禽中小者就是燕雀若同类死去，它们还啁噍鸣叫一番，然后才离开。）

俄又复得一，问人曰："此是何种也？"对曰："此车轭也。"（《韩非子·外储》）

（过了一会又得到一个车轭，问别人："这是什么东西？"回答说："这是车轭。"）

韩必德魏，爱魏，重魏，畏魏，韩必不敢反魏，韩是魏之县也。（《战国策·魏策》）

（韩国一定感激魏国，亲近魏国，尊重魏国，害怕魏国，韩国一定不敢反叛魏国，韩国是魏国的一个属县了。）

父勉其子，兄勉其弟，妇勉其夫，曰："孰是君也，而可无死乎？"（《国语·越语上》）

（父亲激励他的儿子，哥哥激励他的弟弟，妻子激励她的丈夫，说道，"什么是我们的国家呢？你能效死吗？"）

钟犹是延鼎也。（《墨子·非乐上》）

（钟好像是个倒悬的鼎。）

居于砥石迁于商，十有四世，乃有天乙是成汤，天乙

汤，论举当，身让卞随举牟光。(《荀子·成相》)

(昭明始居砥石，后来迁到商丘，传了十四世，于是出现天乙就是成汤，天乙汤，整治国事，推贤举能，十分得当，亲自要把帝位要让给卞随、牟光。)

为人子者，求其亲而不得，不孝子必是怨其亲也。(《墨子·节葬下》)

(作人儿子的人，向他的父母求索而父母没有满足他，那不孝的儿子一定是怨恨他的父母的。)

蔡人不知其是陈君也。(《谷梁传·桓公六年》)

(蔡国人不知道他就是陈国国君。)

惠王问于内史过曰："是何故? 固有之乎?"对曰："……是皆神明之志者也。"王曰："今是何神也?"(《国语·周语》)

(周惠王问内史过说："这是什么原因呢? 本来就有这东西吗? 回答说："……这些都明白地载在纪录神异的典籍中。"惠王说："现在出现的是什么神啊?")

王力先生举"是"作为系词的例子有："问今是何世，乃不知有汉，无论魏晋。"(《中国文法中的系词》)《词诠》释此条云："今，指示代名词，是也。"这里"今是何世"与"今是何神"语法结构完全相同，可证"是"是作系词用的。

一般来说，大家承认《左传》是战国中期作品，前有《书》《诗》，后有《礼记》、诸子，《战国策》《国语》虽是汉人所辑，亦是先秦残编，非伪作也。以上诸例"是"字前有名词或指示代词作其主语，有的还有副词修饰之，后有名词或名词性词组作其表语，应视为标准系词。

系词"是"，乃是由作"是认代词"的"是"进一步虚化而来。

　　首先，在上古汉语中，指代词"斯""此""是"三词是相通的，"是"禅母支韵，"斯"心母支韵，"此"清母支韵，三者韵部相同。"是"属舌音，"斯""此"属齿音，舌、齿非常接近。《尔雅》："斯：此也。"《诗经·大雅·桑柔》："胡斯畏忌。"《汉书·贾山传》引作"胡此畏忌"。是"斯"与"此"相通例。《诗经·邶风·泉水》："兹之永叹。"笺云："兹：此也。"《尔雅》："兹斯：此也。"《广雅》："是：此也。"是三者亦相通例。尽管它们作指示代词时常常并称，但它们之间仍有区别：

　　"斯"：着重复指上文，常用来连接两个动句，兼起连词作用。例：

　　　　礼之用，和为贵，先王之道，斯为美。(《论语·学而》)
　　　　(礼的作用，以调和诸事为可贵，前代圣贤君王治国，就这点是可贵的地方。)
　　　　因民之所利而利之，斯不亦惠而不费乎？(《论语·尧曰》)
　　　　(就着人民能够生利的地方使他们得到利益，这不也是给人民好处而自己却无所耗费吗?)

　　"此"：纯粹复指代词，没有是认作用。在单音节形容词作说明语时，肯定语气很重，为增加前面的描写力，必须用肯定语气重的词"是"，故王力先生总结说：单词表语是形容词的，它的主语不用"此"。(《中国文法中的系词》) 例：

　　　　知之为知之，不知为不知，是知也。(《论语·为政》)
　　　　(知道就知道，不知道就不知道，不要假装这是聪明的作法。)

　　既欲其生,又欲其死,是惑也。(《论语·颜渊》)

　　(既要他长寿,又使他快死去,这就是迷惑了。)

还有一类更可说明:

　　王之不王,非挟泰山以超北海之类也;王之不王,是折枝之类也。(《孟子·梁惠王上》)

　　(大王的不行仁政,不是属于挟泰山跳过北海一类办不到的事;大王的不行仁政,是像为老人折取树枝一类易做而不肯做的事啊。)

在这里,"是"不能易为"此",就是因为重复了"王之不王",加重了"折枝之类"的肯定语气。换成"此"就不合原文之语势了。

在先秦判断句中,语气词"也"置于句尾,加强判断语气,起很重要的作用。在用"此"的句子里,因为"此"没有是认作用,句尾的"也"是不能少的。"是"本身有是认作用,所以在用"是"的句子里,句尾可以不用"也"。例如:

　　是天夺之鉴。(《左传·僖公二年》)

　　(这 [是] 上天夺去他的一面镜子。)

　　礼义积伪者,是人之性。(《荀子·性恶》)

　　(礼节、义理,积累学问,伪饰品性,是人的本性。)

这类不带"也"的"是"是不可换成"此"的。

"是":通行于动、形、名三种谓语句,兼"斯"的连接作用和"此"的复指作用。它的表明主谓异同关系的是认性，是"斯""此"都不具备的。故战国后期，"是"被大量运用。《孟子》用"是"二百三十六次，《墨子》五百九十四次，《荀子》九百十三次。其结果，使是的"是认性"得以发展。这是为什么只有"是"变为系词的外因。

"是"用于复指主语，常置主、谓之间，古汉语的判断句常在主语后有一个提顿，这就给"是"造成一个突出的语言环境，重音常落在它上头，使它的是认功能越来越明显，指代性反越来越弱。纯粹指代渐为"此"代替，但它仍是个代词，随词义进一步虚化，出现了前加副词的现象。这是"是"词义虚化的一个标志：

> 不识王之不可以为汤武，则是不明也；识其不可，然且至，则是干泽也。(《孟子·公孙丑下》)
>
> (不了解大王做不到汤、武那样，即是不聪明；知道这点，然而还来劝说，就是为求俸禄了。)
>
> 为人下而不能事其上，则是上下相贼也。(《墨子·尚同下》)
>
> (作为下级的人而不能侍奉好他的上级，就是上下互相侵害了。)
>
> 东道之不通，则是康公绝我好也。(《左传·成公十三年》)
>
> (东方道路因兵阻隔，这实在是康公断绝与我们的友好关系。)

《论语》中没有"则是"的用法，到《左传》《墨子》《孟子》《荀子》《庄子》中就大量运用，可见"则"用于"是"前，乃是"是"的是认作用越来越强的表现。

王力先生云："'是'字虽是指示代名词，但当其用于复指时，其作用在乎说明上文。系词的作用在乎说明主格，与说明上文的作用相差很近。只要指示的词性减轻，说明的词性加重，就很自然地变为系词了。"（《中国文法中的系词》）等到"是"前面再加上名词或代词来作主语时，"是"便完全虚化为系词了。这是"是"变为系词的内因。

高名凯先生说："语法与其他事物一样，它也在历史过程中演变着，但语法的演变是缓慢的。"（《论语法的历史继承性》）判断句由不用系词到用系词，不可能是跳跃性的，中间必有一段两种形式交叉出现的过程，这段过程是新质要素的产生，取代旧质要素，使之衰亡的过程，时间应是很长的，战国末期正是如此。新的句式在口语中出现，但不能立即反映到书面语中来，因为一切书面语言，必经文人的去俗留雅的加工。汉代《汉书》引用《史记》中语，还将名词谓语句中的"是"删去，形容词意动用法的"是"则保留，可见"是"字用作系词也逃脱不了这种雅俗之争。而我们现在所见的先秦典籍，均是书面语言，所以，以上"是"作系词的几例，很可能就是在"是"演变为系词的缓慢过程中，口头语言在书面语中的透露。

以上论及先秦文献中"是"字的几种用法，主观上是想侧重于它的演变过程，但由于作者学识谫陋，力不从心，谬误定然难免，恭请指正。

例句译文，特别是甲骨、金文的译文，均是作者参阅诸家，擅自为之，如有舛议，责在作者。

（载山东大学《"五四"学生科学讨论会得奖论文集》，社会科学版 1981 年，有校改）

"雅言"辩证

《论语·述而》："子所雅言，《诗》、《书》、执礼，皆雅言也。"刘宝楠《论语正义》曰："《诗》《书》皆先王典法之所在，故读之必正言其音。郑以雅训正，故伪孔本之。先从叔丹徒君《骈枝》曰：夫子生长于鲁，不能不鲁语，惟诵诗读书执礼，必正言其音。所以重先王之训典，谨末学之流失。又云：昔者周公著《尔雅》一篇，以释古今之异言，通方俗之殊语。刘熙《释名》曰：尔，昵也；昵，近也。雅，义也；义，正也。五方之音不同，皆已近正为主也。……然而五方之俗不能强同，或意同而言异，或言同而声异。综集谣俗，释以雅言，比物连类，使相附近，故曰尔雅。诗之有风雅也亦然。王都之音最正，故以雅名；列国之音不尽正，故以风名。王之所以抚邦国诸侯者，七岁属象胥谕言语，协辞命，九岁属瞽史谕书名，听声音，正于王朝，达于诸侯之国，是谓雅言。雅之为言夏也，孙卿《荣辱》篇云：越人安越，楚人安楚，君子安雅。是非知能，材性然也。是注错习俗之节异也。又《儒俗》篇：居楚而楚，层越而越，居夏而夏，是非天性也，积靡使然也。然则雅夏古字通。谨按《骈枝》发明郑义至为确矣。周室西都，尝以西都音为正，平王东迁，下同列国，不能以其音正乎天下，故降而称风。而西都之雅音固未尽废也。夫子凡读《易》及《诗》、《书》、执礼，皆用雅言。然后辞义明达，故郑以为义全也。后世人做诗用官韵，又居官临民必说官话，即雅言矣。"

　　此论一出，晚近说者几乎众口一词，解释"雅言"为"官话"，或者叫"普通话""国语""文学语言""共同语"。似乎认为先秦时代和现代一样，在方言存在的同时，也有共同的"标准语"存在。例如，杨伯峻先生《论语译注》（中华书局1980年）此条译文："孔子有用普通话的时候，读《诗》，读《书》，行礼，都用普通话。"台湾王秀庭《论语探原辨惑》："雅言，正言也，即周室之正音，可通行于各诸侯官府，犹今之标准国语也。"袁家骅先生主编《汉语方言概要》（第二版）"第三章汉语方言发展的历史鸟瞰"说："周末的许多部落相互并吞或联合，许多小的部落方言融合为几个较大的部落方言。同时百家争鸣，诸子的作品虽然带有不同的地方色彩，却逐渐形成了共同的统一的文学语言——雅言。《论语·述而》：'子所雅言，诗书执礼，皆雅言也。'雅言的基础应该是当时王畿成周一带的方言。"（语文出版社2001年）向熹先生在《汉语探源》中也说："雅言就是以中原语言为基础的共同语。"（《王力先生百年诞辰纪念论文集》，商务印书馆2002年）现在，《论语》里所说的"雅言"就是周王朝的"共同语"几乎已成定谳，无人怀疑，即使研究音韵学的人们，也都认为先秦时代有一个"共同语"存在，中古、近代乃至现代的纷纭复杂的方音现象都来自先秦时代的同一个语音系统。虽然瑞典汉学家高本汉曾经对汉语的南方方言渊源有过不同的怀疑和推测，认为可能来自上古不同的音系。（详参高本汉《中国音韵学研究》）但他未作具体论证，很快被"同一音系"说所淹没。所以，辨清"雅言"是否是"共同语"不仅仅是《论语》一个词义的训释问题，还是牵涉到上古汉语面貌的一个大问题。可是，从各方面来考察，"雅言"释作"共同语"之说大可献疑。

　　首先，我们来看刘氏释"雅言"为"官话"的根据是什么。

一是《尔雅》之作为了正音，使方俗殊语近正于"雅言"。且不说《尔雅》非周公、孔子所作在现代已成为定论，即使是孔子所作，《尔雅》是一部辞书，重在释义而不是正音。譬如《尔雅·释诂》第一条："初、哉、首、基……始也。"我们知道这些词古义都有"始"的意思，却不是说这些词都应当读成与"始"同音。刘氏第二个证据是："雅"通"夏"，所以"雅言"就是"夏言"，也就是《荀子·荣辱》篇的"君子安雅"和《儒俗》篇的"居夏而安夏"。其实，我们细读《荀子》这两段文字，就会发现刘氏说法失之牵强。"君子安雅"是说君子的容止态度生来雅致，是因为注错习俗与小人不一样，所谓"容貌、态度、进退、趋行，由礼则雅，不由礼则夷固、僻违、庸众而野"（《荀子·修身》篇）正同意。而后面的"居夏而夏"更不是说言语声音，而是讨论习俗。荀子认为"都国之民安习其服"，"是非天性也，积靡使然也"，各种习俗都是在一定的环境中渐渐形成的。如果硬要把荀子的意思局限于语言，那么，居楚说楚言，居越说越言，居夏说夏言，也只能说明当时没有共同语。第三点证据就是"王之所以抚邦国诸侯者，七岁属象胥谕言语，协辞命，九岁属瞽史谕书名，听声音"一节，出自《周礼·秋官·大行人》，原文的大意是：国王每七年召集负责各国翻译工作的"象胥"们来学习周王朝的语言，协调彼此的翻译和外交辞令。这也恰恰证明周王朝并没有在诸侯国推行"共同语"或"官话"，只有少数的"象胥"一类的人才需要学习周王朝的语言。而"正于王朝，达于诸侯之国，是谓雅言"，却是刘氏的臆测。所以，刘氏的解释臆测成分多于实证，自不待言。

其实，从先秦文化背景来说，在先秦的典籍中，提到"雅言"的地方只此一处，是个孤证，无法用直接的例证来证明"雅言"就是指周王朝所谓的"官话"。相反，上面刘氏所引用的

《周礼》被认为是平王东迁后的作品，"讲古制极为纤悉具体"（金景芳《经书浅谈》，中华书局1984年），其中涉及国家外交、宣传、教化等事务的官职"怀方氏""职方氏""形方氏""撢人"等，却没有负责语言统一类似现在国家语委职能的官职。如果在一个推行共同语、讲究正言正名的国度，却没有一个机构去管理这件事，不是难以理解吗？非但如此，我们再看秦始皇的那次天翻地覆的变革，对于战国时代"田畴异亩、车途异轨、律令异法、衣冠异制、言语异声、文字异形"（《说文解字叙》）的状况，他"一法度衡石丈尺，车同轨，书同文字"（《史记·秦始皇本纪》），统一了田、车、律令、衣冠、文字等，唯独没有对战国时代"言语异声"的状况进行统一的。可知直到秦代，也没有证据可以证明国家通行所谓的"共同语"。实际上，刘氏的说法稍加推究，便难以自圆其说。因为秦代以前的中国并非中央集权制国家，周初是承袭殷商旧制大肆分封诸侯的。诸侯国各自为政，王朝政令不统一，朝臣也不像后代那样居官朝堂。孔子所在的时代，早已列国纷争，东周王朝已经降为二三等小国。在一个中央王朝没有统一政令的时代、各地官员并不隶属各诸侯国的状态下，要形成所谓的"官话"是不可想象的。《吕氏春秋·知化》记载："吴王夫差将伐齐，子胥曰：'不可。夫齐之与吴也，习俗不同，言语不通，我得其地不能处，得其民不得使。夫吴之与越也，接土邻境，壤交通属，习俗同，言语通，我得其地能处之，得其民能使之，越于我亦然。'"可见那时楚国、齐国之间的语言是不相通的，所以没有"官话"用来作为统治工具。《孟子·滕文公下》："有楚大夫于此，欲其子之齐语也，则使齐人傅诸，使楚人傅诸？"曰："使齐人傅之。"曰："一齐人傅之，众楚人咻之，虽日挞而求其齐也，不可得矣。"这也可以证明齐楚大夫之间也没有所谓共通的"官话"语言的。

我们再从孔子说"雅言"这件事本身来看，也是非常可疑的。清代顾炎武在《易音》中，曾考察孔子《易传》所使用的语言，发现"屯""比""恒""艮"这些卦中，以"穷""中""终""容""凶""功"韵"禽""深""心"，皆在"侵"韵的现象，认为"孔子传《易》，亦不能改方言"。他所以得出的推论是："五方之音，有圣人所不能改者。"这一点最为后来的江永所服膺。反思一下，孔子认为"五十以学《易》，可以无大过矣"，学易竟至"韦编三绝"，对《易》如此钟情，如果诵《诗》《书》用"雅言"，传《易》时却用方言，这也是不可理解的。

我们再从前人的注释来看，"共同语"是相对于"方言"而言的。汉代扬雄的《方言》是我国现存最早的一部方言著作。其中将通行区域较广的词称之为"通语""凡语""通名""通义""总语"者，共27例（不包括郭注）。我们要反证的是：如果先秦真有所谓共同语"雅言"存在，去古未远、专以记载方言为事的扬雄居然放着"雅言"一词不用，而去另造几个"通语""总语"，这是很难说通的。扬雄之所以要造出"通语""通言"来指代通行区域较广的方言，这只能从侧面证明，在扬雄的时代，人们不知道先秦还有所谓共同语——"雅言"，也不将《论语》中的"雅言"解释成"共同语"。

岂止是扬雄，到了孔安国注《论语》此条，则曰："雅言，正言也。"后汉郑玄《论语注》，也不将"雅言"解释成"共同语"。何晏《论语集解》引郑玄《论语注》说："雅者，正也。读先王法典，必正言其音，然后义全，故不可有所讳。礼不诵，故言执也。""正言"就是直言，不避讳的意思，所谓"《诗》《书》不讳，临文不讳，庙中不讳"（《礼记·曲礼上》）是也。所以，皇侃《论语义疏》于此条下说："孔子平生读书皆正言之，不为私所避讳也。""读书避讳则疑误后生，故《礼》云临文不讳，诗书不讳是也。"

郑注、皇注的意思非常明确：孔子的"正言"就是不避讳，并不是说"官话"。想不到刘台拱将"必正言其音"几个字作为"周代官话"立论的根据，这并不符合郑义。刘宝楠却认为刘台拱的说法"发明郑义至为确矣"，不知从何说起。到了宋代程子注这一条，还是不提"正言其音"，只是把"雅言"解作"雅素之言"，曰："孔子雅素之言，止于如此。若性与天道，则有不可得而闻者，要在默而识之。"意思是：孔子平常用《诗》《书》演习礼仪来教育弟子们而罕言性与天道，这本是本着《论语》的精神说的。朱熹接受这种说法，更把"雅言"解释为"常言"。他说："雅，常也。执，守也。诗以理情性，书以道政事，礼以谨节文，皆切于日用之实，故常言之。礼独言执者，以人所执守而言，非徒诵说而已也。"（《四书集注》，齐鲁书社 1998 年）

考察历来主要的几家注释，我们可以看出，"雅言"主要有这样几种解释：1. 正言，不避讳。2. 雅素之言。3. 常言。4. 官话。"官话"的解释没有根据已如上述，"雅素之言"和"常言"意近，可以归之为一类。"雅"之所以训"素""常"，是因为《史记·荆燕世家》："今吕氏雅故。"《白虎通义·礼乐》曰："雅者，古正也。"汉人遂以"雅"有"古""故"义。而《列女传·辩通》："积之于素雅。"而"素"又与"常"义近，朱熹遂解"雅"有"常"义。揆之《论语》本文，这些训释既不合文意，又缺乏根据。就古注而言，郑注还是对"雅言"最好的解释。但郑注也有不尽合理的地方。先秦的避讳原则"临文不讳，庙中不讳"是通则，而这一章的意思不过是说孔子临文、庙中不讳，如果是谈孔子避讳的情况，如公所、私所都比临文、庙中重要，何以不提而独出这样两句？这不符合《论语》"简妙"的行文特点。

就在大家众口一词认为"雅言"就是"官话"的时候，康有为已在怀疑刘氏的说法，他在《论语注》中说："后人以为读《诗》《书》必《尔雅》正音，赞礼亦然，不得用土音鄙倍者。然郑义正言者，不过不讳耳。"如果我们仔细分析一下刘氏这种解释的合理性，我们就愈有理由怀疑它的正确性。因为"读先王法典，必正言其音，然后义全"的说法本身就是经不住推敲的。众所周知，《诗经·国风》多是"引车卖浆者"的歌声，十五国风当然都是用其地方音唱出来的。从"义全"的角度来说，方言词用方音说出来才最能显义，如果用所谓"官话"，反而使原义晦涩，怎么会"然后义全"呢？举例说：毛氏《诗经·齐风·还》："子之还兮，遭我乎狃之间兮。"还，《齐诗》作"营"。《汉书·地理志》："临淄名营丘，故《齐诗》曰：'子之营兮。'"则这里的"营"是指地名"营丘"的，可你要用"官话"读成丰镐音"还"，还能"义全"么？再如，《周礼·春官·司尊彝》："凡六彝、六尊之酌，郁齐献酌，醴齐缩酌，盎齐涚酌。"郑注："献，读为摩莎之莎，齐语，声之误也。"《尚书·大诰》："民献有十夫翼予。"济南伏生《尚书大传》作"民仪有十夫翼予"。《周礼·春官·司尊彝》："其朝践用两献尊。"郑注引郑司农："献读为牺。"可见"莎""仪""牺"声音相近，《周礼》的"献尊"在齐鲁一带的方音读作"牺尊"。那么，碰到《诗经·鲁颂·閟宫》中："白牡骍刚，牺尊将将。"孔子诵《诗》时是念"献尊"音呢，还是念"牺尊"音？读"献尊"不合先王法典，读"牺尊"又不合"雅言"。所以，用所谓"雅言"来读"先王法典"就能够"义全"的说法，本身就是不合逻辑的。

我们再从语法结构上来看。"子所雅言"是个"所"字结构。先秦汉语中"所"字结构的"所"后面都跟动词、形容词或动词性的词组，形成指代性的名词性组合。这条语法规则细检十三经没有例外。那么，"所雅言"的"言"字只能是个动词，"说"

的意思；"雅"是个副词，表示"怎样说"。"子所雅言"翻译成现代汉语就是"孔子（怎样）说话"。如果把"雅言"解释成"官话"，"子所官话"不词，势必要加上谓语动词，添字解经，才能讲得通。

综上所述，我们认为，把《论语·述而》篇的"雅言"解释成"官话"或"共同语"是不符合先秦语言实际，也不符合本文的文义和语法的。那么，这里的"雅言"应该如何训释呢？

《说文》："雅，楚乌也。……秦谓之雅。"朱骏声《说文通训定声》认为"开口为雅，闭口为乌"，"秦谓之雅，楚谓之乌"。是"雅"即"鸦"的本字。然而"雅乌"的"雅"和训为"正""素"之"雅"义不相通，这是肯定的。《说文》段注认为"雅之训素也、正也，皆属假借。"本字应该做"疋"。《说文·疋部》："疋，足也。上象腓肠，下从止。《弟子职》曰：问疋何止。古文以为《诗》'大疋'字，亦以为'足'字，或曰'胥'字。一曰疋，记也。"段玉裁注："'大疋'当作'大雅'，皆谓古文借疋为雅也。"而"雅"有"正也"义正是由假借为"疋"而来。在甲骨、金文中，"疋"与"正"字形相似，所以"疋"也相比附而有了"正"义。所以朱骏声在《说文通训定声》中说："疋、正形相似，故有'雅者，正也'之训。"这就是郑注"正也"意义的来源。

"疋"与"疏"是古今字。《说文·疋部》"疋"字，徐锴《说文系传》曰："疋，疏也。"段注曰："后代改'疋'为'疏'耳，疋、疏古今字。"然而"疋""疏"均与"胥"同，见于《说文·疋部》："疋……或曰胥字"。钱大昕《二十二史考异·晋书·束皙传》"汉太子太傅疏广之后"曰："疋，古胥字。"而"胥"也与"疏"同。《诗经·大雅·绵》："予曰有疏附。"王先谦《三家诗义集疏》引《齐诗》"疏"作"胥"。陈奂《诗毛氏传疏》曰:"疏、胥同。"《左传·宣公十二年》"车及于蒲胥之市",《吕氏春秋·行论》引作"蒲疏"。然而"胥"又与"须"通。《诗经·小雅·桑扈》:"君子乐胥。"孔疏:"胥、须古今字耳。"《战国策·秦策一》:"大王拱手以须。"鲍彪注:"须、胥同。"《说文·女部》:"婿"条下段注:"须与谞、胥同音通用。"如此,则"疋""胥""疏""须"皆为同源词。他们有一个共通的义项就是"从容舒迟"。《玉篇·佳部》:"雅,闲雅也。"《礼记·玉藻》:"君子之容舒迟。"孔疏:"舒迟,闲雅也。"又《广雅·释诂》:"疏,迟也。"《淮南子·说林训》:"疏之则弗得,数之则弗中。"高注:"疏犹迟也;数犹疾也。""须"亦有"舒迟"义。《荀子·礼论》"皆使其须足以容事"条下,《读书杂志·荀子补遗》王引之说:"须者,迟也。《论语》樊须字迟。"又于《读书杂志·史记·淮阴侯列传》"足下所以须臾至今者"条下,王念孙曰:"须臾犹从容……从容、须臾,语之转耳。"

"雅"有"从容舒缓"义,所以由"雅"组成的词组也常有此义。例如"雅鼓",《礼记·乐记》:"治乱以相,讯疾以雅。"郑注:"雅亦乐器名也,状如漆筩,中有椎。"《宋史·乐志四》:"以舞者讯疾,以雅节之,故曰雅鼓。"则"雅"舒缓之义至明。又如"雅步",晋代陆云《为顾彦先赠妇诗》:"雅步擢纤腰。"极言女子步态舒迟。梁元帝《与萧挹书》:"雅步南宫,容与自玩。"即言同僚容与而行。《南史·袁粲传》:"湣孙(袁粲)峻于仪范,废帝裸之迫使走,湣孙雅步如常,顾而言曰:'风雨如晦,鸡鸣不已。'"这是说袁粲如平常一样,从容不迫地行走。再如"雅乐",就是指中和舒缓节奏的音乐。孔子论"雅乐"说:"始作,翕如也;从之,纯如也,皦如也,绎如也,以成。"所以,《文选·王子渊·四子讲德论》:"咏叹中雅,转运中律,嘽缓舒绎,曲折不失节。"这就是雅乐的特点。再如"雅歌",三国魏嵇康《游仙诗》："临觞奏《九韶》，雅歌何邕邕。""邕邕"就是舒和的声音。所以，"雅言"的意思，应当是"闲雅而言"，似今日的"用舒缓的语调说话"。即如前人吟诗诵书以及司仪执礼时延长语调以出之。

这种解释是符合孔子、儒家对言语的要求的。孔子提倡"慎言"，反对"巧言""利口""便佞"。但是，孔子平时说话又是表达清晰流利的。《论语·乡党》说："孔子于乡党，恂恂如也，似不能言者。其在宗庙朝廷，便便言，唯谨尔。朝，与下大夫言，侃侃如也；与上大夫言，訚訚如也。"这里详细记载了孔子说话的颜色辞气。无论是"便便言""侃侃如"还是"訚訚如"，孔子平时说话都是很流畅明辩的，只有在诵《诗》《书》、执掌礼仪时，采用舒迟迂缓的优雅语调，这是一种复古的要求。"儒雅"从来就是儒士的风度特征之一。《说文·人部》："儒，柔也，术士之称。"《周礼·天官·太宰》："四曰儒以道得民。"孙诒让正义引郑玄《儒行目录》曰："儒之言优也柔也。""优柔"即是"舒迟"之义。所以，陆德明《经典释文》释《礼记·儒行》说："儒之言优也，和也。言能安人、能服人也。"而最初的"儒者"是有知识的术士，舒迟闲雅的风度是他们显著的特征，所以，郑玄在注《礼记·玉藻》"诸侯荼"时说："荼读为舒迟之舒。舒，儒者所畏。"同时，诵《诗》《书》、执礼，正是他们分内的事。所以，孔子在诵《诗》《书》、执礼时，用舒迟迂缓的优雅语调，正是体现儒的本色。

论联绵词和音译词

外来词是指因其他民族语言影响而产生的新词。这是语言接触的产物。王力先生在《汉语史稿》（下）中说："当我们把别的语言中的词连音带义都接受过来的时候，就把这种词叫借词，也就是一般所谓音译词。当我们利用汉语原有的构词方法把别的语言中的词所代表的概念介绍到汉语中来的时候，就把这种词叫译词，也就是一般所谓意译。有人认为，音译和意译都应该称为外来词。我们以为：只有借词才是外来语，而译词不应该算外来语。汉语的借词可以分为两种：一种是来自国内各族的，一种是来自国外的。"① 这是目前对外来词最详尽的描述。就王先生的本意来说，用本民族的语言形式来描写外民族的概念内涵，从构词法角度来说，就不能认为它是外来词。这是很有见地的。但就王先生的分类来说，还有一种即半音半意翻译的外来词，如"酒吧"之类没有归入要讨论的范围。王先生另外一个卓见就是将外来词分为源自国内和源自国外两种。但是，在他具体的论述中，王先生是从南北朝开始举例的。虽然他敏锐地感到："在汉代以前，浙江、福建一带就不是汉族所居住的地方（所谓'百越'）。等到汉族人到了，也一定有一个种族杂居的时期。至于广东、广西等地的语言受他族语言的影响，更是意料中的事。"② 但在具体

① 王力：《汉语史稿》（下），中华书局 1988 年版，第 516 页。
② 王力：《汉语史稿》（下），中华书局 1988 年版，第 516 页。

举例时，王先生还是举的中古时代进入汉语的蒙古语借词"站"。
对于汉代以前源自国内其他民族语言影响汉语的借词，先生语焉
不详。但这个问题对于联绵词研究来说，是很重要的。因为，今
天我们对联绵词的一般界定是"多音节单纯词"。那么，外来语
音译词多是符合这一界定的，所以，许多现代汉语教材都在"联
绵词"一节中提到"音译词"。这原本是无可厚非的。然而，这
一界定并不是我们古汉语特有的"联绵词"的界定。换句话说，
古汉语中的"联绵词"的概念，并不等同于"多音节单纯词"，
它还包括一些消失了显性义素的同义并列复合词，即王念孙在
《读书杂志·汉书》"謰语"中所考证的那些"謰语"。所以，我
们现在所说的"联绵词"和古人所说的"联绵词""謰语"等，
内涵并不一致。对于这种状况，或谓之"误解"，或谓之"挪
用"。① 其实，当我们把"联绵词"看作是个历史的概念，而
"单纯词"是现代语言学概念之后，我们就只能尊重历史，将它
和"单纯词"的性质区别开来，视之为不同历史阶段的内涵不完
全一致的两种名称，这样也就没有"误解""挪用"之争了。但
是，对于外来语音译词是否还要包含在汉语传统语言学的"联绵
词"之内，我们还必须辨别清楚。本文就是在这方面阐述我们的
观点。

　　首先我们应当明确：研究汉语联绵词，就是要追寻联绵词的
音转义通关系，用以正确地训释联绵词；最终通过这种追寻和训
释，进行联绵词族的研究，求得双音节同源词系统。这是汉语词

---

　　① 详细论述请参看陈瑞衡《当今"联绵词"：传统名称的"挪用"》
（载《中国语文》1989 年第 4 期）；李运富《是误解不是"挪用"》（载
《中国语文》1991 年第 5 期）；胡正武《同义复词是联绵词一大来源例说》
（载《古典文献与文化论丛》，中华书局版）；曹莉亚《同义复词凝结成联绵
词的类型初探》（载《湖南科技学院学报》2005 年第 4 期）。

汇系统研究重要的一部分。本着这种研究目的，我们来看外来语音译词是否应当成为我们的研究对象。答案显然是否定的。因为外来语音译词仅仅是形式上和汉语联绵词相同或近似，但它并不具备汉语联绵词的音义关系和形态特征。我们知道，汉语联绵词80%有一个特点，就是两个音节之间或来源于分音，或源于衍音，因此，语音上常常有关联，或双声，或叠韵，或双声叠韵（同音或音近）。而外来语音译词显然不具备这样的特性。当然，联绵词中也有一类非双声叠韵的，音译词中也有碰巧符合双声或叠韵的，如"嵕碟"叠韵，据考是阿拉伯语［'uwainat］的音译。"荜菝"（胡椒）双声，据考是梵语［pippali］的音译。但我们并不能以这些例外和巧合来肯定双音节音译词都有语音的关联，也不能因为联绵词有一部分不是双声或叠韵关系从而否定绝大部分联绵词的声音关联特性。而且，这些外来语音译词都可以考知词源。它无助于我们对汉语联绵词音转义通的关系的认识，也无助于我们对联绵词语源的研究。并且这种形似而性质不同的资料往往会使我们的研究发生误解或偏差。所以，除了研究语言接触和文化交流、作为音韵学上的对音材料以及外来词词源研究之外，在汉语联绵词研究中是应该将这音译词排除在外的。

　　但是，实际情况又容不得我们如此简单武断地来对待这一语言现象。因为，当我们来具体讨论这一问题时，我们会发现：对于早期的汉语外来词，我们简直无法判断它是外来的还是汉语固有的。我们首先面临的是外来词的时间断限问题。什么时候进入汉语的他族词语就算外来词？外来词和方言词有什么区别？这就是王力先生提到的"汉代以前"的外来词面貌不清的问题。先秦时代的大量的古越方言进入中原汉语词汇，我们至今对它们还无法准确论定。所以，我们不得不在论证汉语早期音译词时先从语言文化背景方面来加以分析。

根据考古学家的意见，周代祖先来源于山西，在殷商和周代早期，所谓后来的华夏民族和戎夷蛮狄民族是交叉混居的，华夏民族不大，其他民族不小。引用王玉哲先生《中华远古史序》中的话来说："中国的中原地区（黄河中下游），战国以后基本上已是清一色的华夏族的天下。可是在春秋以前中原地区除了华夏族人建立的几个或几十个据点（城邑）外，周围环绕着的还有不少不同种姓、文化高低不同的少数民族杂处其间，这是一种华戎杂处的局面。这种现象，越往上推就越普遍。西周时期和其以前的夏商，在中原的黄河南北两岸同时并存着无数的小氏族、部落。当时的所谓'国'，实际上是一个大邑，所谓'王朝'（如夏、商）也不过是一个大邑统治着在征服各地后建立的若干据点小邑。大邑与其统治的小邑之间的地区，还分布着许多敌对的不同种姓的小方国。它们中有些还没有文字，与华夏语言也不同。所以，它们之间以及与华夏之间都各自为政，互不干犯，有时又相互战争。它们只有势力大小的不同，还没有谁服从谁的一统的思想。所以，当时人所想到的王朝国土，只会有分散在各地的几个'据点'（小邑）的概念，还没有以大邑为中心的'整个面'的概念。在这种群'点'并立的情况下，自然更不会有'王朝边界'的概念了。"① 举例来说：顾颉刚先生曾考证认为：春秋中叶，在山西境内，垣曲县为东山皋落氏之狄，阳曲县为廧咎之狄，长治县是潞氏和铎辰之狄，屯留县是留吁之狄。从而得出结论说："白狄所占区域绵及陕西、山西、河北、山东四省，其广袤几与楚同，而远轶晋、齐矣。"② 而《古本竹书纪年》记载：当王季时候，是殷商武乙、文丁时代，社会已进入殷商末期，周

① 王玉哲：《中华远古史》，上海人民出版社 2004 年版，第 3~4 页。
② 顾颉刚：《学术文化随笔》，中国青年出版社 1998 年版。

民族还只是蜷缩在山西境内的一个小邦而已。和西落鬼戎、燕京之戎、余无之戎、始呼之戎、翳徒之戎发生战争。而这些戎族基本都在今山西境内。据考证：西落鬼戎即鬼方，在今山西长治。燕京之戎又名"管涔"，在今山西汾阳附近。余无之戎或名"徐无"（《左传·成公元年》）、"涂吾"（《山海经·北山经》）、"图虚"（《兮甲盘铭》）、"余吾"（《汉书·地理志》），在今山西屯留县。一直到西周初，这些戎族都还存在。而这些地名如燕京山、管涔山、余吾县等，至今还保留在汉语中，形成一大批地名联绵词。如果立足于华夏语本位来说，这些当然是非华夏语，我们却无法将它们称作"外来词"。因为，这些华夏周边部族的语言实际状况我们不清楚，而后来，随着汉语在形成过程中的融合吸收，它们早已成为汉语的一因子。

我们再来看一直以华夏文化继承者自任的周民族的早期语言，从周先王先公的名字也可以看出一点进化的痕迹来：《史记·周本纪》记载的周世系是：后稷名弃—不窋（《史记会注考证》根据旧抄本作"不窟"）—鞠陶（《史记·周本纪》作"鞠"，此据《世本》和《国语·周语》公序本）—公刘—庆节—皇仆—差弗（《国语》明道本韦注作"羌弗"）—毁隃（《史记索隐》引《世本》作"伪榆"）—公非（《史记索隐》引《世本》作"公非辟方"）—高圉（《史记索隐》引《世本》作"高圉侯侔"）—亚圉（《史记集解》引《世本》作"亚圉云都"）—公叔祖类（《史记索隐》引《世本》作"太公组绀诸整"）—古公亶父—季历—文王昌—武王发……从文王之前，周先公名字均字无定字，不类汉语人名用字习惯。而据传为周嫡系而南迁的一支吴王吴仲（仲雍）在吴地的世系是：仲雍子季简—叔达—周章—熊—遂—柯相—强鸠夷—余乔疑吾—柯庐—周繇—屈羽—夷吾—禽处—专—颇高—勾毕—去齐—寿梦。看看这其中有多少类似联绵词的名字，就知道当时华夏语和百越语的关系是多么密迩难分。如果固守后来华夏语本位的话，这些华戎语言交流的产物无疑是包含很多外来成分的。

《左传·襄公十四年》戎子驹支回答晋国范宣子说："我诸戎饮食衣服不与华同，贽币不通，言语不达。"可见春秋时代，山西境内还有很多戎族存在，并且和华夏族操不同语言。可是，向熹先生在《汉语探源》一文中说："中国即中原地区，指河南一带，这里曾是夏、商和东周的政治中心。雅言就是以中原语言为基础的华夏共同语。春秋时期，夷人已华夏化。""事实上戎子驹支的华语非常流畅而富有文采。当时人居中原的夷狄大都能以华语进行交际了。"① 我们不清楚向先生所言根据何在。我们认为，《周礼》虽然是汉代的作品，但肯定是根据周代文献整理编成的，符合周代的社会情况。《周礼·秋官·大行人》"属象胥，谕言语，协辞命"就是大行人的职责之一。这"象胥"就是翻译专员。原文的意思是：国王每七年召集负责各诸侯国翻译工作的"象胥"们来学习周王朝的语言，协调彼此的翻译和外交辞令。这恰恰证明周王朝并没有在诸侯国推行"共同语"或"官话"，只有少数的"象胥"一类的人才需要学习周王朝的语言，以至于每七年就要重新培训规范一次。推之，戎族也有自己的翻译才能彼此沟通。《左传》的这句话正是通过象胥翻译而记录下来的，或许戎子驹支本人就兼有象胥的本事也未可知，但没有证据。总之，华戎当时居地犬牙交错，语言彼此不同，这是确定无疑的事实。正如王力先生所言，这种杂居的环境和人际交流，不同的语言之间必然会互相影响，那么，我们说，在汉语形成的初始阶

① 参见《纪念王力先生百年诞辰学术论文集》，商务印书馆 2002 年版。

段，接受了周边部族语言的影响，这也应该是客观的事实。至于周王朝是否进行过语言规范，推行过共同语，这是无法证明也无法否定的谜。因为除了《论语》"子所雅言"一句被清代刘宝楠解释为"官话"外，我们实在找不到周王朝规范语言的实例。事实上，在春秋之前，远溯周王朝建立之初，它都只是一个大邑，各诸侯国除了各自根据等级每年或几年去朝聘一次外，实质上周王朝从来没有统一的政令，绝不像后来大一统的国家中央集权制所形成的网络似的官僚机构，从中央到地方，官僚之间交际频繁，必然要求有所谓的共同的"官话"用于交流。试想一下：楚国和晋国除了个别的大臣们往来朝聘认识外，多数人终其一生是互不相见的，很难想象他们都要学习一种终身用不了一两次的"官话"。再说，到了东周时代，周王朝虽然名为天子，实际上等同于偏居一隅的一个邑而已。各诸侯国各自有一套统治体系，礼崩乐坏，各自为政，鲁国不同于齐国，齐国不同于楚国，在这样一个政令不一的局面中，要推行一种标准语性质的"官话"几乎是不可能的。

　　《论语》说孔子读《诗》《书》用"雅言"，至清人刘宝楠解释作"官话"以后，今人无不认为先秦时代就有"官话""共同语""读书音"。可是，在古代汉语中，"所"字结构后面是不能跟名词的，"子所雅言"的"言"只能是动词，而不可能是名词性的"官话"或"共同语"，刘宝楠显然是犯了"增字解经"的大忌。况且，直到刘宝楠之前，没有人把"雅言"解作"共同语"。郑玄说："雅者，正也。读先王法典，必正言其音，然后义全，故不可有所讳。礼不诵，故言执也。"按照郑玄的意思，"正言"就是直言，不避讳的意思，所谓"《诗》《书》不讳，临文不讳，庙中不讳"（《礼记·曲礼上》）是也。这是值得我们重视的一种解释。先秦人们读书是不是用"官话"或"读书音"我们无从考索，说用是孤证，说不用也没有确实的例证，以上只能根据语言发展的文化背景做一些推测。但是，汉代人读书不用所谓的官话而用方音，这是有根据的。直接的证据来自《经典释文序录》所引汉代郑玄的话，他在讲到假借现象产生时说："其始书之也，仓卒无其字，或以音类比方假借为之，趣于近之而已。受之者非一邦之人，人用其乡，同音异字，同字异言，于兹遂生矣。"张守节《史记音义·论音例》也引了这条，作"其始书之也，仓卒无字，或以音类比方假借为之，趣于近之而已。受之者非一邦之人，其乡同言异，字同音异，于兹遂生轻重讹谬也。"意思是：人们在仓卒之间使用了通假字，只是取音同音近而已。可是，后来的读者各自用乡音去读，就产生讹谬，或音同字不同，或字同音不同。这就是汉代用乡音读书的实际情况。所以，先秦汉语中有没有共同语，因为资料极少，我们不敢遽定。但《论语》中的"雅言"并不是指"官话"，却是可以论定的。间接来说，扬雄在《方言》中，用"通语""凡语"来作为区别于方言或次方言的通行语的概念，却对"雅言"这一固有概念视而不见，可见扬雄时代人们并不认为《论语》的"雅言"就是"通语"或"凡语"，否则不会舍弃"雅言"成语不用而再造"通语""凡语"的概念了。

楚国当时也是一大方言区，说着和中国不同的方言。这从《左传》《孟子》《荀子》《吕氏春秋》的书中可以知道。《左传·庄公二十八年》记载："秋，子元以车六百乘伐郑，入于桔柣之门。子元、斗御彊、斗梧、耿之不比为旆，斗班、王孙游、王孙喜殿。众车入自纯门，及逵市。县门不发，楚言而出。子元曰：'郑有人焉。'"是说楚国攻打郑国时，郑人为了诱敌用楚语说话。说明楚人是听不懂郑语的。《孟子·滕文公下》："有楚大夫于此，欲其子之齐语也，则使齐人傅诸，使楚人傅诸?"曰："使齐人傅之。"曰:"一齐人傅之,众楚人咻之,虽日挞而求其齐也,不可得矣。"这也可以证明齐楚语言区别很大。齐楚大夫之间没有所谓"官话"语言的。《荀子》说"越人安越,楚人安楚,君子安雅",是说楚越的文化俚俗与华夏族不一样,并不是专就语言立论。所以,《吕氏春秋·用众》:"戎人生乎戎,长乎戎,而戎言,不知其所受之;楚人生乎楚,长乎楚,而楚言,不知其所受之。今使楚人长乎戎,戎人长乎楚,则楚人戎言,戎人楚言矣。"这才是立论于语言的。可见戎楚之间语音的悬绝。《左传·宣公四年》还记载:"楚人谓乳谷,谓虎於菟。"陆德明《释文》:"於,音乌。"《汉书·叙传上》作"於檡",颜师古注:"檡字或作'菟'。"汉扬雄《方言》第八:"虎,陈魏宋楚之间或谓之李父,江淮南楚之间谓之李耳(郭注:虎食物值耳即止,以触其讳故);或谓之於檡。(郭注:於音乌,今江南山夷呼虎为檡,音狗窦),自关东西或谓之伯都。"这里郭璞注有两点值得注意:(1)直到晋代,江南山夷还有"於菟"的叫法。而《左传》笼统地说"楚人",郭璞则指明是"江南山夷"。这显然不是后来融入华夏语中的楚方言词。(2)从郭璞《方言音义》所注"檡音狗窦"来看,似乎"檡"是个合音词。而老虎读作"李耳",于文献有汉代焦延寿《易林》,如"比"之"丰"说:"李耳汇鹊,更相恐怯。"又"随"之"否"说:"鹿求其子,唐伯李耳,贪不可取。"由此可知,我们现在所见文献典籍中不见"李耳""李父",但汉代是活跃在口语中间的。而"虦"这个字从"寽"得声,至少也向我们透露出上古华夏族语"虎"的读音似乎和[1]是有关联的。这是楚语和华夏语不同的实例。而从上文我们知道,当时的华戎完全是一种犬牙交错的杂处状况,语言相互影响。"於菟"进入华夏语,似乎也算是"外来词"。

古吴越国的语言更与华夏语言不一样。《左传·襄公十年》:

"会吴子寿梦也。"正义引服虔："寿梦，发声，吴蛮夷，言多发声，数语共成一言。寿梦，一言也。"蒋礼鸿先生在《读〈同源字论〉后记》一文中说："一个字（词）加上一个与之为双声或叠韵的字为头或尾，而变成双音词，拿去头尾，依然成词。如古代吴地称勾吴，勾与吴为双声。春秋时的邾国称邾娄，邾与娄上古为叠韵。"但郑张尚芳先生认为：《左传》："吴王夫差败越于夫椒"，"夫"［pja］与侗台语表"石山"义的［pja'］［pha'］［pa'］（岜）对应，"夫椒"即"椒山"。而"余姚"之"余"表"地"义，"句吴"之"句"是"族群"义，都是古越语音译词。① 可见当时的吴语似乎与今日的侗台语同出一系，而这些进入汉语的联绵词无疑可以算外来词。

《吕氏春秋·知化》："吴王夫差将伐齐，子胥曰：'不可。夫齐之与吴也，习俗不同，言语不通，我得其地不能处，得其民不得使。夫吴之与越也，接土邻境，壤交通属，习俗同，言语通，我得其地能处之，得其民能使之，越于我亦然。'"可见那时吴国与齐国之间的语言是不相通的，所以没有"官话"用来作为统治工具。

古百越族春秋时散居长江以南地区。《越绝书·吴内传》："越王句践反国六年，皆得士民之众，而欲伐吴。于是乃使之维甲。维甲者，治甲系断。修内矛，赤鸡稽繇者也，越人谓'人铫'也。方舟航买仪尘者，越人往如江也。治须虑者，越人谓船为'须虑'。亟怒纷纷者，怒貌也，怒至。士击高文者，跃勇士也。习之于夷。夷，海也。宿之于莱。莱，野也。致之于单。单者，堵也。"这就是越王"维甲令"，郑张尚芳认为是汉字记音的

① 郑张尚芳：《古越语地名人名解义》，载《温州师范学院学报》（社科版），1996 年第 4 期。

越语材料。记载了与当时中国语言不一致的古越语。西汉刘向
《说苑·善说》载有《越人歌》，写道："会钟鼓之音毕，榜枻越
人拥楫而歌，歌词曰：'滥兮抃草滥予？昌枑泽予？昌州州𩦹。
州𩵚乎秦胥胥，缦予乎昭澶秦逾渗。惿随河湖。'鄂君子皙曰：
'吾不知越歌，子试为我楚说之。'于是乃召越译。乃楚说之曰：
'今夕何夕兮搴舟中流。今日何日兮得与王子同舟。蒙羞被好兮
不訾诟耻。心几顽而不绝兮，得知王子。山有木兮木有枝。心说
君兮君不知。'于是鄂君子皙乃揄修袂行而拥之，举绣被而覆
之。"这是迄今所见到的最完整的音译古越语的材料。据《史
记·楚世家》载，子皙是楚共王的儿子，是楚康王（名子招）、
楚灵王（名子围）的同母弟。子皙曾于公元前 528 年短期任过楚
令尹。按此推算，《越人歌》的故事发生于子皙"官为令尹"之
时，应该是公元前 528 年的作品。20 世纪 80 年代，经中国社会
科学院民族研究所壮族语言研究学者韦庆稳先生深入研究，认为
这首《越人歌》是一首古老的壮族民歌（现今的壮族是与古越族
有着密切的渊源关系的一个部族）。他从语言的角度加以剖析发
现，原歌的记音和壮语语音基本上是相同或相近的，而且构词很
有壮语的特点。他把拟构的上古壮语按原歌记字顺序加以排列，
作了词对词、句对句的直译①：

〔原记音《越人歌》〕	〔壮语直译《越人歌》〕
滥兮抃草滥予？	晚今是晚哪？
昌枑泽予？	正中船位哪？
昌州州𩦹。	正中王府王子到达。

① 参见韦庆稳《越人歌与壮语的关系试探》，载《民族语文论集》，
中国社会科学出版社 1981 年版。

州焉乎秦胥胥，　　　　　　王子会见赏识我小人感激感激，
缦予乎昭澶秦逾渗。　　　　天哪知王子与我小人游玩。
惛随河湖。　　　　　　　　小人喉中感受。

郑张尚芳又利用侗台语解读了《越绝书》中的越王勾践的"维甲令"，认为"赤鸡稽繇"即华夏语"快整理刀枪"，进一步证明了古吴越语和侗台语同源。并指出"越绝书"之"绝"古音[dzod]，与泰文"记录"义的 cod［tsod］音义相近。《越绝书》别称"越录""越记"，"绝"即"记录"的意思。①

到了战国时代，更是"言语异声，文字异形"，(《说文解字叙》)，就更不待论述了。

以上论述了先秦时代语言的文化背景，我们认为：汉语在战国之前还处在逐渐融合生成阶段，它是逐渐整合当时许多和华夏族杂处交流的小的部族语言而最后成型的。即使在战国时代，华夏语内部的方言分歧也是很大的，比如古越语和楚方言。因此，我们对秦汉以前的非汉语词应该有一个历史辩证的看法。说是外来词，一定要进行词源的研究，要追溯其母语，这在汉语联绵词研究中是重要的第一步。对于一些很早就进入华夏语言的外部族词，有些是可以追溯其词源的。例如：鲜卑，《楚辞·大招》："小腰秀颈，若鲜卑只。"胡适在《辞通·序》中写道："'鲜卑'是带钩。《战国策》作'师比'，《史记·匈奴传》作'胥纰'，《汉书·匈奴传》作'犀毗'，若依字形，则为四名，若依字声，则为一物。"音为"鲜卑"，义表"带钩"的这一双音节单纯词，本义是一种兽，即汉语的"貀"。古鲜卑部族以之为图腾，故其

────────────

① 郑张尚芳：《勾践"维甲"令中之古越语的解读》，载《民族语文》1999 年第 1 期。

部族名鲜卑。以鲜卑兽头为扣饰的带钩亦名"鲜卑",音变而为"师比""犀毗""犀比""私纰""胥纰"等,其词源则是匈奴语"serbi"。而有些词就不明其源了。例如:《左传·庄公十年》:"自雩门窃出,蒙皋比而先犯之。"杜预注:"皋比,虎皮。"孔颖达疏:"《乐记》云:倒载干戈,包之以虎皮,名之曰建櫜。郑玄以为兵甲之衣曰櫜。櫜,韬也。而其字或作建皋。"这虎皮显然是汉语词,而皋比则是非汉语词,所以,需要进行注释。但它早就进入汉语,也许在汉语形成的过程中就成为其中的一词。用这种词语的氏族也许早就成为汉民族的一分子,我们如何将之定义为外来词呢?语言应用情况也是如此,后来人们在交流实践中运用这个词,并据以引申出许多新义,成为一个基本语素。

到了秦汉时代,一统的汉民族的国家形态已经定型,并且疆域基本固定,汉民族和周边少数民族的语言分类界限已经清晰,这时候的汉语和非汉语当然能够言之凿凿地区分清楚。所以,产生于秦汉时代的许多外来词,我们都能够指出其母语渊源所自。例如"葡萄""苜蓿""琉璃""胭脂"等,当然不能作为我们联绵词研究的材料。

综上所述,我们对于先秦(不包括秦代)进入汉语的非汉语词应该先下一番考源甄别的工夫。首先追溯母语,进行语音对照以确定其词源,这是最确实的。如果确是来源于他族语言,则不应该包含在联绵词研究范围之内。如果无法确定其语源,我们不妨慎重其事,将其纳入联绵词研究范围内。其次,对于汉代以后的外来语词,一般来说来源比较清楚,我们应当将它们排除在联绵词研究范围之外。

(载 2005 年《人文述林》第 8 辑)

"两小无猜"辨

李白《长干行》:"妾发初覆额,折花门前剧。郎骑竹马来,绕床弄青梅。同居长干里,两小无嫌猜。""嫌猜"一词历来被释为"避嫌""嫌疑""猜忌"。于是,"两小无猜"作为成语,几乎所有的词典都作如此解释。但细细揣摩李白诗意,这种解释是勉强的。

李诗之所以这样开头,主要是突出特定的这一对小儿女之间那种从小亲密无间的感情,为后来二人感情的亲爱作铺垫。因为从小就与一般小儿女之间感情不一样,所以结为夫妇后才比一般夫妇感情更深。那么,要强调特定儿童之间的情感,只能以一般儿童之间普遍具有的情感事象作为观照,不应该以成人的感情事象作为观照。而"避嫌""嫌疑""猜忌"都是大人们感情世界中的事,天下儿童之间本来就没有这种习性,李白怎么会在描写儿童情感时以"嫌猜"来反衬呢?既然天下小儿女之间都没有"避嫌""猜忌"的习性,那么,这一对"妾"与"郎"和一般小儿女之间在感情上有什么区别呢?李诗的这一段描写就只能说明孩子们的感情世界与大人们的感情世界是有别的,这是不言而喻的赘意;它不能说明这一对小儿女与别的小儿女之间感情上是否有区别,这显然不符合李诗前面的诗意和后面的情境。

追溯"两小无嫌猜"语意,得看《左传·僖公九年》原文:"(晋献)公曰:'何谓忠贞?'(荀息)对曰:'公家之利,知无不为，忠也；送往事居，耦俱无猜，贞也。’”注：“送死事生，两无疑恨，所谓正也。”是释“贞”为“正”，释“猜”为“疑恨”。阮元校勘记校注文“疑”字说：“纂图本、闽本、监本、毛本‘疑’作‘猜’。”从训诂通则来说，同一语境中，“猜”既释为“疑”，又释为“恨”是不确的，“疑”“恨”是内涵不同的两个义项，而“猜”与“恨”却是同义并列关系。《方言》卷十二、《小尔雅·广言》都说：“猜，恨也。”《说文解字·犬部》更明确指出：“猜，恨贼也。”再联系上下文来看，荀息是在晋献公托孤时说这番话的。按注文解释，“贞”就是“正”。臣子直道而行，生君有疑，死君如何能“疑”？何况晋献公杀嫡立庶、逐长立幼，此事本身就不“正”，即使荀息满足了死、生二君的心意，使他们两无猜疑，这件事又如何能算“正”呢？所以，他本作“两无猜恨”是对的。“猜恨”的逻辑主语不是两君，而与“送生事死”一致，仍然是臣下。“臣下送死事生，对于两君都无猜恨，这样就算‘正’了”。

“猜”与“恨”同义，是“残害”“违戾”的意思，即《说文解字》所释的“恨贼也”。这在《左传·昭公二十年》也有旁证：“晏子曰：曰宋之盟，屈建问范会之德于赵武，赵武曰：‘夫子之家事治。言于晋国，竭情无私；其祝史祭祀，陈信不愧。其家事无猜，其祝史不祈。’建以语康王，康王曰：‘神人无怨，宜夫子之光辅五君以为诸侯主也。’”在这里，“神无怨”是指祭祀，所谓“陈信不愧”；“人无怨”是指“家事无猜”。下文晏子说：“有德之君，外内不废，上下无怨，动无违事”，而淫君则是“外内颇邪，上下怨疾，动作辟违”。显然，“违事”“辟违”都是“上下怨”的起因，因而与“猜”相应。“家事无猜”即内无违戾残害之事，所以上下无仇恨。

“猜”有“残害”“违戾”义，常见于汉魏六朝诗文，而解者往往解释为"猜疑"。《汉书·王温舒传》："徒请召猜祸吏与从事。"应劭注："猜，疑也。取吏好猜疑作祸害者任用之。"而《史记·酷吏列传》此句作"徒诸名祸猾吏"。《集解》引徐广注却说："有残刻之名。"所以"诸"应是"猜"字形讹，"猜名"即"残刻之名"。《索隐》引《汉书》服虔注"猜，恶也"，也是明证。通篇言王温舒酷暴好杀，只字未提其人及属下的猜疑性格。鲍照《白头吟》："何尝宿夕意，猜恨坐相仍。""猜恨"即"怨恨"，而注文引："善曰：'《方言》：猜，疑也。'"梁刘孝威《乌生八九子》"猜鹰鸷隼无由逐"，"猜""鸷"对举，"凶恶"之意尤明，而说者以为鹰性猜疑。隋炀帝《咏鹰》诗："惊兽不及奔，猜禽无暇起。""猜禽"即"恶禽""猛禽"，《中文大辞典》释为"多疑的鸟"。至此，再看李白《长干行》"两小无嫌猜"，就当理解为："嫌，嫌恶；猜，斗狠，违戾。"只不过说这对小儿女相处融洽，没有别的儿童之间常见的那种"斗嘴打架"的事罢了。

（载《文史知识》1994 年第 10 期）

图书文献

无愧于前修和来哲

——《续修四库全书总目提要》

1996 年，齐鲁书社与中国科学院图书馆合作，把尘封 50 多年的《续修四库全书总目提要》稿本影印出来，这在今天的出版界和学术界，可说是一件"前人没有，后人不可无"的事，其来龙去脉似乎有详细介绍的必要。

据说清代统治者能坐稳中原江山，得力于两部书的修纂，一是《康熙字典》，一是《四库全书》。天下反清英雄志士因此而入毂，敬称为"老英雄法"。这原来是个政治策略，乾隆口上的"稽古右文"不过是个幌子而已，所以，在中国学术史上，这两部"旷世奇书"并不被多少人看重。且不说王引之《字典考证》的 2588 条远不是《康熙字典》的全部错误，就是《四库全书》的修纂，学者们也认为是中国文献史上一次灾难，因此而销毁、抽删、篡改的古代典籍，至今还没有确切的统计数字。任松如在《四库全书答问·序》中大加挞伐："删改之横，制作之滥，挑剔之刻，播弄之毒，诱惑之巧，搜索之严，焚毁之繁多，诛戮之惨酷，铲毁凿仆之殆遍，摧残文献，皆振古所绝无。虽其工程之大，著录之富，足与长城、运河方驾，迄不能偿其罪也。"近人顾颉刚也说："我常觉得影印《四库全书》是一件极蠢笨的举动，徒然使世界上平添了许多错误的书，实非今日学术界所应许。"（见《四部正伪·序》）所以，自《四库全书》修成后，阮元就曾为175种未收书补撰提要；乃至近代，随着学术的发展，像王懿荣、章梫、孙雄、李盛铎等，都曾有倡议续修《四库全书》。

　　学术界对《四库全书》虽然颇多批评，但对纪昀一手编注的《四库全书总目提要》却非常推崇，张之洞曾将它誉为治学"良师"，认为把它读一遍，即知做学问的门径。（见《辀轩语》）余嘉锡更是热烈地称赞它："自《别录》以来，才有此书，非过论也。故衣被天下，沾溉靡穷，嘉、道以后，通儒辈出，莫不资其津逮，奉作指南。"（见《四库提要辨证·序》）一部书嘉惠学林几代人，成为学者案头必备的工具书，并且将永远风行不衰，这就是人们常说的"《四库提要》必读，《四库全书》不必读"的涵义。

　　学术总是今胜于古，不断发展进步的。中国近代社会是一个在科学逐渐昌明中艰难奋进的社会。乾隆以后，朴学兴盛，科学方法的提倡，考古的新发现和新学科的产生，学术新星的不断升起，使中国学术界重臻一次新的辉煌。"前修未密"的《四库全书总目提要》远不能满足学界急需，于是，借着续修《四库全书》的呼吁，纂撰一部《续修四库全书总目提要》就成了当时许多硕学通儒的共识。

　　这种酝酿经历了很长时间不得实施，直至20世纪20年代，日本政府迫于国内外压力，决定比照英美等国先例，退还部分"庚子赔款"，用于中国文化事业。这才基本确定了《续修四库全书总目提要》纂修经费、组织、人员等事项，宣告了纂修工作正式实施。

　　1928年1月，人文科学研究所正式工作，分四部搜采著录书目。到 1931 年，共著录 2.7 万多种古籍图书，成《四库未收书分类目录》一稿。1931 年 7 月，柯劭忞、王式通、江瀚、伦明、杨钟羲、胡玉缙 6 人开始撰写提要。1933 年，又增聘孙人和等 30 余人，1938 年，20 多名青年学者又加入撰写队伍，前后共 71 人参加撰写。

就在撰稿工作紧张进行的同时，"提要整理室"成立，他们的工作是将撰写的提要与拟目相比核，以便补遗，然后登记、统计、打印副本、复校、装订、送呈、保存，这项工作一直进行到抗日战争胜利前夕，共向日本东方文化学院京都研究所（即今日的京都大学人文科学研究所）送呈打印稿副本 10080 余篇，仅及原稿 1/3。台湾商务印书馆 1972 年据此排印出版《续修四库全书总目提要》，它既非完整，且无法与原稿对勘，谬误不少，实在不便利用。

抗战胜利后，《续修四库全书总目提要》稿本由中方代表沈兼士接收，后与东方文化事业图书筹备处搜罗的 1.5 万多部古籍图书一起归中国科学院图书馆收藏。

在中国科学院图书馆古籍书库中，这份珍贵的稿本一躺就是 35 年，似乎要随着历史的风雨一起湮沦。许多学者在经历沧桑巨变之后，对此稿虽然心系念之，但并不清楚它的下落，以为早已散佚。后来，经郑振铎、叶恭绰等多次力吁，中国科学院图书馆古籍组终于在 1980 年打开了那满面尘灰的蓝色函封。

书目是书籍的明细账，人们之所以看重解题书目，因为它不仅具备"即类求书，因书究学"的功用，还有"辨章学术，考镜源流"的功用，这也是《四库全书总目提要》和《续修四库全书总目提要》还有"前修未密，后出转精"的几大特点。

《四库全书》其实是不全的书，《四库全书总目提要》共收书 10254 种，大约不到当时存世典籍的一半。《续修四库全书总目提要》有鉴于此，修撰之初就明确规定收书范围：一、《四库全书总目提要》失收和虽然收录但窜改、删削过甚或版本不佳的古籍。二、乾隆以后的著作和辑佚书。三、乾隆以后新发现的古籍和外国人用汉文撰写的书籍。这样，既有拾遗，又有补阙、订正，全书共收书 32960 余种，是《四库全书总目提要》的 3 倍多，成为一部搜罗较为完备的中国传统学术发展史资料汇编。

《四库全书总目提要》虽然成于众手，但增删润色之功，总是纪昀总其成。以一人之才力，不可能做到穷源彻委，细大不遗，毫无疵瑕，更何况纪昀是个纯乎粹矣的汉学家，笃崇朴学，力黜宋明，每逢包弹宋学著作，总不免意存偏颇，对明代虚浮学风攻讦尤烈，难免门户之见。《续修四库全书总目提要》在编纂之初，即力矫此弊，订定原则："凡所著录，从平允为主，不可有门户之见。"（见《人文科学研究所暂行细则》）后来又制定具体措施以保证实施，《关于研究嘱托编纂事项规定》第四条说："研究嘱托编纂《续修四库全书总目提要》，除准据乾隆时代提要之体裁外，其提要之评论记事，较之乾隆提要尤须加强。"第八条："研究嘱托所编纂之提要，所有批评是非、议论得失，必须一一就全部原书中加以检讨，如仅由题、序、跋、记中采摘而成者，其稿本本会可不收受，且得退还之。"这就将"实事求是"的治学精神引入提要撰写中，避免主观武断或虚浮敷衍。开缄细读，我们发现这一原则大致是贯彻始终的。

《四库全书总目提要·凡例》中说："诸书刊写之本不一，谨择其善本录之。"但在实际编修过程中，《四库全书》经过删削改易颇多，加之重新缮写，已变成删削的抄本。"善本"的说法，其实名存实无。而《续修四库全书总目提要》在纂撰之初，即明确规定："书目内须注明卷数，已刊未刊及刊本之种类。其未刊者，并注明稿本所在。"

今通观全书，或标注版本较为详细，或交代收藏流传情况脉络分明，绝大部分来自目验。这样，不仅对于今后纂修大型丛书的遴选有巨大作用，而且对于版本鉴定、稿本追寻都有很高的参资价值。

因为这是一件未竣工的工程，所以，整理工作也是异常艰难的。打开那仿文津阁四库全书样式的册页，见到缜密细致的金镶玉装潢，重睹半个世纪前的名家手泽，从毫锋墨色中间，依然可以窥见前贤一丝不苟的追求。那些浮签、眉批，体现前人心得，更不能移动分毫。错页、倒装现象也无法作整体调整。加上大量的比勘、剔重、分类、编目、标点、打印工作，对于中国科学院图书馆古籍组的几位先生来说，实在是繁不堪任，全是一颗"为天下后世保存读书种子"的心，支撑着他们默默地工作16年，恰好又等于《续四库全书总目提要》撰写的时日。在一堆杂乱无章的原始档案中，他们抢救出近5000篇未经整理的提要稿，最终使这份珍贵的稿本成为完璧。

学术的发展是不会停止的，将来一定会有《再续四库全书总目提要》出现，这承前启后的工作或许会被人们遗忘，但只要学术的接力棒还在一代一代传下去，每一棒的价值都将是永恒的。

（载《中国文化报》1997年4月5日，《图书馆》1997年第3期）

《戒淫诗笺释》序

　　人有秉彝，本乎器识；心能应物，尚在齐庄。荣辱惟人所召，辟回岂由闲入。古有因贤而易色，执礼以制心者，非敢忘情于太上，要在辟蛊于当前。是故仁熟之心，不惭屋漏；义精之士，无愧影衾。然《传》载楥歌，《诗》吟士诱。瑕璺以璧白，瓟易其真；云滓而天清，蔽交于目。是以凤凰之曲，不待琴挑；芍药之章，无烦手赠。醉舆终归醉德，肉障足以障心。柘枝舞动云情，婢怜八子；檀板敲残霜节，狐惑三身。销金帐足以移人，流香渠真堪乱目。狂且既蒙鬼篆，孽子复受神呵。以辟间难断之私，速剥肤不测之愆。既知非矣，能不惩乎！是以圣门有三戒之箴，释氏设再生之报。始知道贵寡欲，天惟祸淫。然虎尾春冰，几人履而却步？刀山剑树，若个践则抽身？有一于斯，足为世鉴！金沙妇直证菩提，示觉海以慈航；湘圃郎终占蕊元，识迷途而既返。愧天怍地，发为面壁三十章；苦口婆心，用当养元十二味。斋心之理，何啻省身！噬脐之言，允为入髓。不意天心易革，人愿难酬。当道风衰替之秋，值曲学争鸣之会。遭逢世极，既沾溉以悭缘；湮没无闻，惟尘封之有数。十纪香消蠹迹，一朝墨润冰文。郑公朴民，乡邑德宿。遍播槐雨，长作春阳。手妙良工，来碔砆而俱理；功宏大匠，得樗栎而能雕。木铎频鸣，春风有脚；宝鸾屡照，槐市成蹊。授范质之钵衣，挟边韶之经笥。梨班愈健，吐紫凤以草玄文；蔗境尤甘，诵黄庭而拖绿玉。芳徽感于往昔，榘矱念兹方来。于是操觚索隐，以奉圣为依归；摊楮勾章，以礼义为干橹。诂经乃旧时家业，解紫用新近雅言。寸晷必珍，微情悉究。桑经郦注，岂惟争长黄池；左传服疏，直欲腾声青简。是以知德范可救疗庶物，仁心当囊括四维。握素怀铅，馈贫之粟；扬清激浊，拯溺之方。当淳风绝续之交，实道统兴亡之局。幽微振显，何止书带堪风；愚鲁甄陶，亦是医人以德也。

阏逢涒滩岁之玄月后学桐城鲍思陶谨序

读懂中国

最近，泰山出版社《读中国》一书出版发行。这使人想起《美国读本》来，仅有 220 年历史的美国何以要编这样一部"读本"呢？只是让人们解读美国而已。《读中国》的编者基于同样珍视传统的愿望，让世人以此读懂中国。

中国是世界上最神奇的国度之一，她那悠远的历史和单一背景的文化，始终是东方文明最典型的代表。读懂中国，谈何容易！她曾经站在世界理性之巅，以百家争鸣的探索把社会和人生之道发展到同时代的极致，至今仍在感动着至少三分之一的现代人。她曾是科学的中萌之地，却与迷信的丛芜并生，一部《周易》至今仍是科学与迷信共同利用的"黑匣子"。她也曾站在世界物质文明的前列，"改变了全世界的表面和一切事物的状态"（弗兰西斯·培根《新工具书》），却一度因沦落和消沉蒙蔽了那呐喊奋进的丰姿。她经历了多少次"分久必合，合久必分"的沧桑巨变，却始终以博大与精邃包容了一切，成为世界上延续时间最长的文明。这一切现象的底蕴，如何才能解读？

外国人是从"china（瓷器）"和丝绸上来解读中国的，是从万里长城和兵马俑上来解读中国的，是从中国功夫和旗袍上来解读中国的。甚至，由于我们自己对传统文化弊端的深恶痛绝而产生的宣传偏误，外国人还能从"姬妾成群"和"三寸金莲"上来解读中国。这能算读懂了中国吗？

我们生来就具中国身，似乎顺理成章应该读懂中国。但是狂飙与激进常常导致全面否定传统，他们索垢寻疵，并且把这种情绪传染给那些对传统文化一知半解的人们，使大家"儿嫌母丑"；另一种倾向则是对于传统文化的嗜痂成癖，病态眷恋，其结果似乎是"母丑儿不嫌"。这些都阻滞我们去读懂自己的祖国。诚然，爱国之情如母子之情一样，是乳汁的哺育，母爱的培护，母亲人格精神的感动；但春晖无言，全凭我们寸心去感受，只有真正透彻地了解母亲的伟大，母爱的广博，才能建立心心相印、血脉相连的挚爱。也只有对祖国传统文化进行去伪存真、去粗取精的反思，才能对中国的民族精神和民族正气有一种切肤的感受，才能把这种感受变成一种自觉的思想、永恒的情感，一种人生取向和行为原则；才能铸就一颗平常的中国心和万劫不渝的爱国之情。

现在，当我们回首检视风云变幻的本世纪时，我们发现，20世纪是中国历史上巨变最烈的一百年，我们的祖国完成了从形态到观念的质的变化，在检视和反思中，经历巨变的中国人多么渴望真正读懂中国。当中国向全世界敞开心扉的时候，我们多么希望外国人真正读懂中国。正是在这种情势下，我们有了自己的——《读中国》。

《读中国》的收文原则异常明晰："在不同历史阶段特别是重要转型时期产生过重要影响的政治、经济、科技、文化、哲学、文学等方面的代表之作。"《读中国》的编纂体例别具特色："以历史的流程为经，以共同参与创造并规约着历史、文化发展的文献作品为纬。"这两条无疑是十分重要的，它给予读者最真确、最直接的资料，让读者和伟人直接进行心的交流。只有这种交流，我们才能从中感悟中国的呐喊、中国的喟叹、中国的思考、中国的爱憎；才能真正读懂中国的思维方式、中国的价值取向、中国的人生态度、中国的处世方法。也只有这种编纂形式，才能把《读中国》与一般的文学选本或文献类编区别开来，使读者抛开某种文章体式或专项需求的拘牵，直接接触那些曾经感动过中国人、推动过中华文明进步的车轮的要论华章，简捷明了地读懂中国。

朋友，当你将这四本《读中国》仔细读过以后，掩卷之余，对于中国人的"道"，你从内心深处发出一声惊叹——"哦，原来如此！"你就的的确确读懂了中国！

1997 年 8 月 10 日

《黄季刚诗文钞》序（代殷石臞）

昔贤著述，虽曰传言，必由身教。以一我之私见，合天下之公义，此所以悬诸日月，不刊之典也。先师蕲春黄季刚先生，少年即有长风之志，未及弱冠，投身革命，奔走呼号，日以逐翻秦鹿，铲除专制为事。其时，封建孽末，气息奄然，而保皇嚣吠，不绝如缕。先生奋如椽之笔，呲专制，斥康梁，张革命之帜旗，伸天下之大义。革命军起，传檄天下，义正词严；及至倡言"大乱"，警醒梦痴，俱发人之所未及言也。文出先生之手，意气泱泱，寰宇归心，何其壮哉！先生是时，甘为革命军之马前卒，一无反顾而已也。不意征途多艰，大功难就，孤兔逐而腐鼠居。先生岂肯以察察之身，受汶汶之玷乎？复睹神州板荡，世乱如麻，哀民众之不觉，惧陆沉之有期，思惟学术可传之永久，启悟方来。遂致力于"国学"，成一代宗师。然壮志不伸，雄风难息，虽筑庐"量守"，潜心典坟，先生岂是晏然为退晦之计哉！故每每触景生情，抒怀感愤，梦中犹记壮岁旌旗，常常寓之咏叹。独后世之人，未察先生生平历事，亦鲜见先生之文，则蔽以一言曰"国学大师"。诚哉斯言，而革命之黄季刚，于今知之者谁？先生之文不传于世，吾能独责世人之不知先生邪？

先生之诗文旧稿，世姊念容曾为影印，然不及万一。旧有世弟念祥辑录本，凡两巨册，一曰"量守碎金"者，收先生之文凡五十二篇，读之，先生平生历事，可考而知矣。一曰"劳者自歌"，收先生诗词凡一千三百九十三首，读之，先生之情怀操守，可悟而知矣。录成，念祥君惧孤本传之不永，恐遭变故，致瑰文湮泯，遂复对冷月孤灯，手自誊钞数部，分藏各处，其用意可谓深矣！又及一稿呈董老必武，董老崇之，亟欲刊行，雌黄已就而"文革"事发，当是时也，破旧风行，稂莠莫辩，昆岗火起，玉石俱焚。薰莸同遭委弃，艾兰悉被芟夷，各处钞本，贝叶飘零，不知所之，所遗一本，正当时欲付枣梨之稿，铅黄涂抹，历久犹新，而念祥君竟已作古，宁不痛欤！盖先生有灵，弘文难没，斯稿湖北省文史馆得之，当值清明之日，万宝毕陈，于是文史馆诸君在湖北省人民政府领导下重加整理，再现辉光，复邀四方名流，校勘讹误，点削一过，力复其真，而斯书乃得昭揭于世也。

曩昔，余从先生学，先生诲之曰："学问文章，当以四海为量，以千载为心，以高明广大为贵。"余谨志而不敢忘，今蒙湖北省文史馆相召，理先生之文，念先生之言，恍同昨日，每读罢一篇，先师之行事，俱历历眼前，神驰不已，泪下泫然。事毕，忽而悟曰："斯文也，高、明、广、大，其实先生之自谓乎！"

书将行世，文史馆长朱老士嘉殷勤劝余为言，以弁编首。余何敢序先生之文哉！虽然，不言先生之身教者，则不察先生之传言，故作斯言，以告读者。是书既行，后之来者，藉传言而知身教，明身教愈审传言，虽先生不欲人知，世岂有不知先生之人耶！

　　　　　　　甲子冬日受业殷孟伦谨叙

《匡谬正俗平议》序

　　大道无言，天行神化；君子蓄德，多识前言。是故圣门论学，首重弘通；儒者致知，先由格物。山川能说，祭祀能语，亦君子之九德也。然则文以缀事，际会幽明；声乃传情，理涵远迩。是故音声者，义理之府库；文字者，坟籍之本根。训诂不审，音义莫循，而能穷理尽致、正名百物者，从古如斯，未之有也。粤自赤帜消丹，王纲解纽，玄风煽炽，世乱如焚。朴学式微，正声沉寂。隋唐之际，杜塞余道，典章荡失，老成凋零。辞崇诐邪，文尚浅鄙，学陋俗坏，承弊踵讹。此颜子《匡谬正俗》之所以作也。匡谬归真，正俗反雅，故考校是非，无忝厥祖；审谛音义，能世其家。必也正名之旨，格物致知之意，尽在其中矣。逮乎有宋诸儒，操穷理尽性之说，谈辞如云，衮衮可听。明道以多识为玩物丧志，云台病博学为杂而难专。于是怀空抱虚之徒，径造上达；蹠水释船之士，终负素心。乌虖！有明一代空疏之风其有自乎！虽干嘉诸子力矫其弊，辟之非不至，持之非不坚，而今世陷溺其中沦肌浃髓而不悟者，不知凡几。世有刘子，醇粹之士，秀出班行，纵横经史。当其立雪石臞殷先生门下时，萤火篝灯，静潜志于一室；执经问字，恒兀兀以穷年。耽茹既久，堂奥遂深，同门如余，瞠乎其后而已矣。其为人也，笃实抱真，坚志气以守所学；多闻阙疑，谨几微以验所行。居易俟命，不轻著述。自谓与其贻于后世，不若持默于当时。俗议或以为谨守大过，则伥然置之，自若也。忽一日谓余曰："颜秘书《匡谬正俗》之作，岂无意哉！然大璞不完，终非无恨。吾有平议，差堪供后人月旦。"余拊掌而笑："嘻！攘臂下车，技痒常挠冯妇；听音顾曲，沈癖不改周郎。吾知之矣！"刘子正色曰："唯唯，否否！士虽不以一物未穷而害乎学，然学之疏亦由是渐也，吾是以惧焉。"咨！朴学寝微，非一日也。道术无归，士风不竞，亡而为有，虚而为盈，而以博学笃行倡言于今，何其"迂"也！虽然，天之未丧斯文，学术当存至性，其有待乎！吾是以知刘子著述之深意也。闻其言，窥其意，于我心有戚戚焉。至若广征旧典，抽绎隐微，便章群言，敷畅厥旨，未有不中肯綮者，特斫轮余事，非片言可以覼缕。虽朋友之谊，不在宣扬，然明珠乍投，恐惊人耳目。辱在同门，义不容默，敢为赘辞，聊述本末云尔。单阏岁相月同学弟桐城鲍思陶谨序。

《训诂音韵研究》序

景纬经天，川渎行地，皆循其道。道也者，万物之统绪轨则也。不由道，则逆躔横流，无所厎止。故昌黎论师，以传道为首。是道也，师门心法之谓也。学自春秋，私相授受，儒分为八，各有心传，攻乎异端，相与论难。汉师说经，肇分今古，门户俨然，因循成说，其弊生矣！历唐宋至于清季，为学者莫不有师。至欧风渐渍，群言竞倡，邪波乘隙，无所遏制者，以师道不彰，心法窳败也。然学者犹有特立不惑者，若蕲春黄先生矢志不移，谨守笃行，是难能也。先师石臞殷先生问字于白下，三年不窥园，黄先生教之以"前修未密，后出转精，多闻阙疑，慎言其余"者，是治学心传也。殷先生终其身谨志而不忘，故其为学也，朴拙求精，笃实求新，虽无放言偢论，然皆不刊之典也。余初谒先生，先生诲之曰："为学譬若远征，须择正途，无贪小利而走快捷方式。大道以多歧亡羊，所谓欲速不达，反致贻误。"此治学之丽则。及入门，又曰："为学譬如樵苏，先在利器。在昔张文襄公有言，将《四库提要》读一过，即粗知门径。诚哉斯言！"此谓治学径途。待及期年，欲临文，先生又曰："著述譬如筑室，无非两途。一则虚拟指划，架制既成，方觅瓦石；一则竹头木屑渐积既多，量材制宜，以结新构。前者成见在先，才制相妨，必有凿圆而枘方者，则削足适履，易成纰缪，所谓聚沙成塔也。后者多为心得，论出有据，不可迁贸。小子志之，吾与其后者。"此治学之方术也。每作文成，先生亲为笔削，曰："为文譬如琢玉，破璞则新。前人已言者，成器也，无须治理；后人无用者，弃石也，无须措意。成说不足囿，师言不足拘，惟真是求。黄先生破余杭章先生之言，岂止一二？非不敬也，服膺真理，正所以丕显师门也。"此治学之精神也。余既得卒业，先生手书黄先生治学格言付予，曰："持此，悬诸座右。"其言曰："学问文章，当以四海为量，以千载为心，以高明广大为贵。"此治学之气度也。

沛郡吴庆峰先生，余之同门学长也。为人霭霭如温恭长者，恂恂如若不能言者，然勤苦向学，不辍寒暑；深惟精究，多所发明。先师在日，许以笃诚君子。前与余论及师门心法，深以为然。今时裒辑治学心得之言为一帙，已倩蜀郡赵先生为序于前，复命余曰："申师门余意以为导读。"余闻之，既惧且惭，惧也者，赵先生学林人望，师范当今，宣扬在前，剀切详明；某何人斯，敢赘其次？惭也者，余及门也晚，师兄辈数十人皆卓荦异才，建树孔多。惟余樗散之质，跅弛无成，徒增年齿，深负师恩，又何敢以盲愚之见加诸精玉之侧？逊谢再三，不许。从之无义，却之无礼，进退失据，狼狈也。为述余所浸润熏蒸如此，俾读是书者，知吴先生为学之勤而立意之精，皆本于堂奥师门，其清渠活水，渊源有自也。

　　　　　　岁　月同学弟桐城鲍思陶谨序

文学研究

《锦瑟》解难

"锦瑟无端五十弦，一弦一柱思华年。庄生晓梦迷蝴蝶，望帝春心托杜鹃。沧海月明珠有泪，蓝田日暖玉生烟。此情可待成追忆，只是当时已惘然。""一篇《锦瑟》解人难"，李商隐的《锦瑟》诗，是中国诗歌史上（除作为经书的《诗三百》）解人最多、争论最大、聚讼最繁的一首诗。自北宋刘攽至清末民国初张采田，约七十余家、一百多条笺释文字、十多种解读。综合起来，有刘攽等七家的"令狐青衣说"；有邵博等十二家的"咏瑟说"；有廖文炳、徐德泓的"咏瑟以自伤身世说"；有元好问等九家的"情诗说"；有朱鹤龄等二十几家的"悼亡说"；还有吴乔等三家的"令狐恩怨说"，等等（黄世中《论王蒙的李商隐研究》，《文艺研究》2004.4）。现当代诗评家对此诗的评析也各树其帜。其中钱锺书先生对《锦瑟》持诗论说，并笺释如下："首两句'锦瑟无端五十弦，一弦一柱思华年'，言景光虽逝，篇什尤留，毕世心力，平生欢戚。……三四句'庄生晓梦迷蝴蝶，望帝春心托杜鹃'，言作诗之法也。……寓言假物，譬喻拟象；如庄生逸兴之见形于飞蝶，望帝沉哀之结体为啼鹃，均词出比方，无取质言。举世寄意，故曰'托'；深文隐旨，故曰'迷'。……五六句'沧海月明珠有泪，蓝田日暖玉生烟'，言诗成之风格或境

界……《博物志》卷二记鲛人'眼能泣珠',……兹不曰'珠是
泪',而曰'珠有泪'。以见虽凝珠圆,仍含泪热,已成珍饰,尚
带酸辛,具宝质而不失人气。……喻诗虽琢磨光致,而须真情流
露,生气蓬勃,异于雕绘汩性灵、工巧伤气韵之作。……七八句
'此情可待成追忆,只是当时已惘然',乃与首二句呼应作结,言
前尘回首,怅触万端……黯然于好梦易醒,盛筵必散。"(钱锺书
《谈艺录》)

《锦瑟》一诗虽以锦瑟起兴,却并非专赋锦瑟,意与无题诗
同。因此要分析此诗就要首先确立对《无题》诗分析的标准。我
们对此的分析本诸以下原则:

A. 首先是立足文本求证。大家之所以对李商隐《无题》类
诗作有如此多的观点,是因为李的这一类诗作多用比兴,意象纷
呈而主旨凄迷。于是说诗者可以从不同角度求解。但他们有一个
共同的手法,就是索隐。往往先将诗作纳入一个固定的框子里,
勾索与李商隐生平经历相当的史实加以比附,然后把文本硬性地
牵扯上去。不是首先从文本出发,根据文本来阐述本诗的意思。
这种索隐和阐述有本质的区别。索隐的手法往往以今律占,以己
度人,主观的、附加的成分较重。阐述是以李商隐诗作的文本为
依据的,每一首诗都视为一个系统、整体而进行阐述。即使有某
个字词解释不对,也不会彻底改变对整体主旨的理解,相对来说
应该是比较客观的。所以我们采取立足文本求证的方法,不作过
多的牵连和推演,这正符合刘勰《文心雕龙·知音》中所说的:
"缀文者情动而辞发,观文者披文以入情。沿波讨源,虽幽
必显。"

B. 强调意象的约定俗成性。意象是诗歌的灵魂,诗歌是用意
象来思维的。可是意象不是某一个人的创造,而是一种"集体表
象"。某个诗人创造"意象"之初,还只是一种镜像,一种个体

的反映。只有这种镜像得到社会的公证和承认，变成创作和接受双方的共鸣镜像，才是诗歌的意象。所以，诗人在创作之初撷取意象时，也必然从约定俗成的内涵角度来采用意象，而不会从惟我独知的角度来使用意象。举例说，"庄生晓梦迷蝴蝶"，"蝴蝶"这一意象有两种公认的象征涵义："蝶梦"反映的是等生死、明物化思想，"韩蝶"（李商隐《蝇蝶鸡麝鸾凤等成篇》"韩蝶翻罗幕"）则是生死不渝的爱情的一种象征。具体到李商隐的《无题》这句诗中，他只能取"庄周梦蝶"的内涵，不可能以蝴蝶象征爱情，或者赋予蝴蝶这种意象以谁也不理解的新内涵。所以，我们在分析李商隐诗歌意象时，本诸每一意象的公认内涵加以分析，力求接近作者原意。

C. 整体的、综合的透视。《无题》虽然是李商隐诗作中一类诗歌，但它和其他类诗作一定有联系，和李商隐的生平遭际一定有联系（不一定是索隐派的那种一对一的联系），和整个诗坛创作背景一定有联系。重视这种联系，分析这种联系，把每一首诗置于一定的坐标上来分析，就能从宏观上把握诗的主旨和内涵。我们在分析李商隐《无题》诗作时，力求把各种背景文化因素联系起来考虑，这样或许可以得出比较全面的认识。

本着上述的评论原则，我们认为这是一首爱情和感遇相交融的优美诗篇，是李商隐晚年追述自己一生的经历的高度凝练的情感篇章。根据是以下几点：

首先，从本诗结构上来说，首联起，以锦瑟起兴，重在"忆华年"；颔联承，忆的内容是两个典故；颈联转，由情途转到"仕途"；尾联合，"追忆"二字，呼应首联，成为一个整体，层次非常分明。但我们为了分析方便，不妨首尾呼应成为一绝、颔颈自成一绝来分析。首尾两联叠加在一起，是一首结构完整、意思明确的绝句。即追忆自己一生的遭际，有生不逢时、不堪回首的感叹。首句以"锦瑟"起兴，只不过用来引起这种追忆，实在不必求之过深。作者在《园中牡丹为雨所败》一诗中，有"锦瑟惊弦破梦频"的诗句，正可以作为本诗的注脚。所谓以锦瑟起兴，正是因弦声惊醒旧梦的含义。近人张采田《玉溪生年谱会笺》编此诗于大中十二年，即李商隐去世的那一年，这时他四十七岁，取其整数五十，"五十弦"也暗合作者的年龄，而尾联出句"此情可待成追忆"中的"情"字最需体察，这个"情"字奠定了本诗的主旨——这是一首抒情的作品，绝不是描摹音乐或者诗论的作品。从这一点出发，我们联系李商隐一生的生活经历，就可以看出他在晚年所要抒发的情怀是什么。纵观李商隐的一生，有两大遗憾足以让他晚年不堪回首。一是仕途的坎坷。因为"无端"卷入牛李党争，他到处受排挤，郁郁不得志。二是情路上的打击。在婚王氏之前，他有自己的爱情，具体的本事也是众说纷纭，我们不做索隐。但他和王氏感情笃固是可以从他自己的诗作中看出来，王氏的物故对在仕途上上进无望的李商隐无疑是个极度痛苦的打击。所以，仕路情途两凄凉，正是他晚年心灵深处的痛。所以，他要抒的情就是围绕这两者来写的。

　　其次，颔联和颈联自成一绝。主要用比的手法，或隐喻，或象征，来表现情路仕途的坎坷。我们来看颔联，"庄生晓梦迷蝴蝶"，表达的是庄周的齐生死、明物化的思想，即生死齐等，物我为一。死不过是生的另一种形式，不过是一种物化，生死本来就没有差别，我为什么要悲伤呢。之所以用这个典故，是对死者无尽的哀思的深情语。这恰恰是极度悲伤之后的自慰语。"望帝春心托杜鹃"，因为有"望帝"所以历来被解释成与政治相关，其实，这里不过是用"啼鹃"的典故而已，其实也是明物化之意。刘逵注《文选左思〈蜀都赋〉》引《蜀记》："昔有人姓杜名宇，王蜀，号曰望帝。宇死，俗说云：宇化为子规。"这与庄周梦中与蝴蝶合而为一是同一寓意。中国古时人认为同类相生，异类相化。所以，这句的含义是逝者已化杜鹃，所以睹杜鹃而动春心，所以用"托"。关键是对"晓梦"和"春心"二字的理解。从《诗经》"有女怀春，吉士诱之"开始，到屈原《招魂》"春心"，只有两个意思，一是伤春之心，一是男女爱恋之心。如南北朝萧衍《子夜四时歌春歌一》："春心一如此，情来不可限。"唐权德舆《薄命篇》："镜里红颜不自禁，陌头香骑动春心。"隋江总《东飞伯劳歌》："谁家可怜出窗牖，春心百媚胜杨柳。"特别是到了唐代，"春心"更偏重于指男女春情。李白《阳春曲》："春心自摇荡，百舌更多言。"李白《越女词其二》："吴儿多白皙，好为荡舟剧。卖眼掷春心，折花调行客。"万楚《题情人药栏》："正见离人别，春心相向生。"李群玉《赠妓人》："今日分明花里见，一双红脸动春心。"李商隐《无题》的"春心莫共花争发"，也是指男女春情的。而将"春心"和"晓梦"的意象连缀在一起的，则有花蕊夫人《宫词》："春心滴破花边漏，晓梦敲回禁里钟。"所以，"望帝春心"确实和政治无关，不过用运杜鹃啼血的典故来表示相思之深沉而已。正如厉鹗所说："今则如庄生之蝶，望帝之鹃，已化为异物矣。然其珠光玉润，容华出众，有令人追忆不能忘者。"（郭绍虞《中国历代文论选》）

　　颈联也是引起争论的一联。或将"沧海"拟朱崖，或将蓝田拟南山，牵强到李德裕、令狐绹身上，真正是抄瓜蔓而捕风影。从文本出发，我们认为，这一联只是"珠泪"和"玉烟"两个意象最为关键，"沧海""蓝田"都是因为对仗的需要连类而及的，所以这一联意象的主体是"沧海珠"和"蓝田玉"。这里关键是对"珠有泪"典故的理解，大家都认为是用"鲛人泣珠"的典故，连钱锺书先生也是如此理解的。殊不知"鲛人泣珠"典故原义应该是"泣泪成珠"而不是"明珠有泪"，这里显然不是用的

这个典故。钱锺书先生看出了这里的差别，但是为了回护他的
"诗论说"，就说"……兹不曰'珠是泪'，而曰'珠有泪'。以
见虽凝珠圆，仍含泪热，已成珍饰，尚带酸辛，具宝质而不失人
气"，说明李商隐以此来表明自己诗的秀丽风格像珠圆玉润。这
样对这个典故出处的错误理解就含混过去了。其实对"泣泪成
珠"和"明珠有泪"的理解应该是有本质区别的，前者着重于
"泪"，鲛人是泣泪成珠；后者着重于"珠"，不过是用的是诗文
中常见的"珠泪"而已。钱老还把"玉生烟"解释为李以此说明
自己的诗有蓬勃生气。恰恰是这两点，牵涉到对这一联的理解。
正因为对历来大家对这个典故似是而非的理解，导致了对整联意
思的误解。我们仔细分析李商隐的这一联，上联关键是"沧海
珠"，下联关键是"蓝田玉"。这两个意象连缀在一起，并不是李
商隐的创造，而是他化用前人的诗意而成的。所以我们不由自主
地联想到李商隐这一联就来自前人魏万的《金陵酬李翰林谪仙
子》："君抱碧海珠，我怀蓝田玉。各称希代宝，万里遥相烛。"
暗示"碧海珠"和"蓝田玉"都是稀世珍宝，如今前途凄凉，仕
路蹇塞，珠有恨泪，玉已生烟，的确是对自己一生怀璧不售的无
限唏嘘。

　　这样，《锦瑟》一诗，颔联赋生死恋情，颈联发遭逢感慨，
尾联中的"情"字也确定本诗是一首抒情的作品，而不是诗论的
作品。因此我们认为在找到李诗用典真正出处的基础上，把此诗
解读为李对其一生仕途情路的最高概括是比较接近原意的。

坐啸泠然协九韶

——论曾巩散文的艺术风格

作家的主体特征与各种客观因素寻求到一种较为稳定的统一，呈现出一种和谐的风神，就形成风格，风格是系统稳态的标志。

北宋中叶，文坛王、曾、三苏紧跟欧阳修，对唐末五代以降空疏浮艳、怪僻奇涩的文风展开猛烈的扫荡，倡导平实雅健的古文，发展了韩柳散文"易"的一面，取得了文风革新的胜利，形成有宋一代平易流畅的散文风格。然而，由于作家的个性特征不同，宋代散文六大家又各自有自己独特的风格：欧阳修纡徐舒缓，抑扬动荡；王安石峭刻果毅，推阐入微；苏洵排兀雄奇，酣畅摇脱；苏轼则纵横捭阖，超逸而又奔放；苏辙骀荡流转，谨简而又圆通；至于曾巩，《宋史》"本传"说："曾巩立言于欧阳修、王安石间，纡徐而不烦，简奥而不晦，卓然自成一家，可谓难矣！"这倒较为真实地揭示了曾氏散文的风格特征。

一 温雅的风神

《本传》中所说的"简奥"，其实是指那种温平雅正的风格特征。简，指议论正大；奥，指认识深刻。简奥之义，即正大而精深，《文心雕龙·体性》归之为"典雅"，云："典雅者，熔式经诰，方轨儒门者也。"这也就是陈宗礼在《元丰类稿序》中所说的"醇乎其醇",尽管曾巩在思想上并非一个"醇乎其醇"的儒生,但文章风格确有漂醇雅澹、淳古明洁的特色。

议论正大、认识深刻,似乎可以纳之思想性范畴,但作家的主观意识和创造个性表现在作品中,总要寻求一种较为稳定和谐的形式呈现出来,就这一点而论,布封的"风格即人"是有一定道理的。曾巩认为:尧、舜、姬、孔之道,至孟轲以后,世已不得其传,扬雄仅能折衷于圣人之间,千载而下,韩愈一人而已。自己少时即立下"况排千年非,独抱六经意"(曾巩《写怀》诗)的大志,要与欧阳修一道,以"扶衰救缺之心","共争先王之道于衰灭之中"(曾巩《上欧阳学士第一书》),此志至老而不衰。因此,曾氏文章多本经义,"明道"的思想要求他的文章适合"温柔敦厚"的教诲之旨,以议论代替抒情,说理周详而文气纡徐。因为只有娓娓而谈,听者才易接受;只有绵密周详,说理才能透彻圆通,才能最大程度发挥"教诲"作用。于是这种风格的形成就是以温雅平正、绵密周详为其核心的。以曾氏的《战国策目录序》为例:本文意在批驳刘向"战国游士纵横之习乃势所必然"的观点,文章一开始就避实就虚、欲抑故扬,挑明了刘向的另一观点——"周之先明教化,修法度,所以大治;及其后,诈谋用而仁义之路塞,所以大乱"。认为"其说既美矣",造成一种"胎息圣籍,妙香暗薰"(马荣祖《文颂·典雅》)的温和气氛,接着一针见血地指明刘向错误的实质,那就是"惑于流俗而不笃于自信",接下来是层层剖析、步步推阐,以一派温文平和的语气进行沉着缜密的说理。首先,他指出孔孟的主张因时适变,"为当世之法",是"不惑于流俗而笃于自信",以反证刘向的观点并非"胎息圣籍",明扬孔孟,暗着刘向,却又不失温文尔雅之意。再举苏秦、吴起诸人为例,陈说纵横习气之为害弥烈。结之以"俗犹莫之寤也",又暗刺刘向,文气至此便戛然而止。通篇无论是正面剖析还是反面论证，都用一种从容不迫的态度，敛锋暗刺，绝无鸣鼓而攻的气势，但却说理透彻委婉，绵里藏针，毫不宽贷，使人在那种温醇平正的氛围中俯首降心，因此，茅坤评论说："有根本，有法度。"（茅坤《唐宋八大家文钞》）方苞也认为："淳古明洁，所以能与欧、王并驱而争先于苏氏也。"（方苞《古文约选》）还有《叙盗》一篇最堪标举：本来，为王爪牙的曾巩对于盗贼应该是深恶痛绝的，但文一开始，他意正言平地叙述了盗案始末，旋即议论"民有饥饿之迫，无乐生之情"，"发而为盗，亦情状之有可哀者也"。于是"不教而诛"当然违背了先王之道。接着又引《尚书》《孟子》语以证自己议论的确实。这些朴实典重的话，蕴涵着他闵时忧世的深意，暗寓讽劝的奥旨，表面上扬清激浊之情并不激烈，实则忧怜百姓、尽忠朝廷的矛盾心情，全在彬彬言论中反映出来。

中国古代文论对于文章风格有"阳刚""阴柔"的说法（见《惜抱轩集·复鲁絜非书》），大抵以儒术为文，皆偏于"阴柔"之美，这实在是受"温柔敦厚"诗风的影响，从文章形式上反映了儒家的审美理想与审美意趣。曾巩一直以缵续儒道为己任，是位亦文亦史的经世通儒，所以清人恽敬说："曾子固文章自儒家入，故其言温而定。"（见《大云山房文稿二集·自序》）对于这种古雅平正的风神，前人认为"堪与六经并传"而大加推崇，今人又认为"儒学正统气味较重"（见游国恩主编《中国文学史》）而横遭摈弃。如果我们"不是从道德的、党派的观点，而主要是从美学的、历史的观点对他加以责难"的话（恩格斯语，见《诗歌和散文中的德国社会主义》），我们就可以说：曾巩是一位擅长议论的散文大家，在文章的形象、意境方面，曾文难与欧、苏争高下；而在说理、议论方面却有超轶之处。欧阳修读了曾巩的《为人后议》以后说："辱示《为人后议》，笔力雄赡，固不待称赞，而引经据古，明白详尽，虽使聋盲者得之，可以释然矣！……某亦有一二论述，未若斯文之曲尽。"（见《欧阳修全集·与曾舍人书》）从审美意趣上说，不同风格恰恰反映了艺术美的不同形态，长鲸赴壑，天马行空，固然有一种奇崛的风神；微吟低唱，浅笑轻颦，也自涵一番安雅的态度，其美学价值难分伯仲。前人曾有评论，"奇崛者易见精彩，安雅者难显二力。安雅者如大将之指挥，奇崛者如骁将之冲突。或以为子固之文，典雅有余，精彩不足，岂必为知言哉！"（见陈柱《中国散文史·宋代散文》引）这话是很有见地的。今天，我们的欣赏情趣异于前人，大家措意于散文的形象性、抒情性，这无可非议，但我们并不能因此要求散文风格趋于一统，有寒梅的逸韵、兰花的幽清，也有牡丹的富丽、碧桃的纤秾，这才构成了万紫千红的春光，才能呈现万象欣欣的生机，满足多方面的欣赏要求。

二　纤曲的布局

纤徐曲折的布局是曾巩散文风格的又一特征。它指文气萦回，意趣含蓄，正如司空图《诗品·委曲》所言："登彼太行，翠绕羊肠。"反映在文章结构方面，要求规划布局如九曲长廊，回环宛转，曲径通幽，自函一番意趣。然而，纤徐与含蓄相得益彰方为上品，否则，直山露水固然令人索然寡味，而东施效颦，强作诘诎亦会涕唾毂人。总之，平常景致，写来如春蚕吐丝，欲尽不尽，貌似平淡无奇，实则意蕴无穷，非大家手笔，不能达此境界。曾巩散文，真正做到尽曲折含蓄之妙，请举《先大夫集后序》为证：这是曾巩为其祖父文集作的序文，篇目卷数，刊布缘由先平平叙出，如轻舟舣岸，不见波纹，接着从祖父少年所学，

"得治乱得失之理"，"长于讽谕"叙来，文气一折，波澜顿生，为下文的"切谏"先占了地步。忽而虬锋一抹，曲折迭起，以祖父"勇言当世得失"拉开下文"终身龃龉"的帷幕，引出下面许多曲折来："疾当世不忠"，"言人所不敢言"，"屡不合而出"，一折；复见奇于太宗，征而不见大用，二折；见知于真宗而不果用，三折；"语斥大臣尤切，故卒以龃龉终"，四折。至此，一股愤郁之气透纸而出，寒锋逼人，诚所谓"语不涉己，若不堪忧"。一言未尽，笔锋又一转，把祖父廷诤独陈的美德归之于主圣臣直，"何其盛也！何其盛也！"一唱三叹，复归于怨而不怒之旨。至此文脉似乎已尽，文意犹觉未完，于是峰回路转，由"功成或不得在史氏记"，推诸史氏之记不可信，后世之人，惟借此集及序文以考校其祖父的表里虚实，又是一曲折。回环照应全篇，收余音绕梁之效。一篇先人文集序，脱却介绍生平、抒写思念的旧套子，颂扬起先人勇谏的美德来，这原本有些突兀，但曾文却能敛气蓄势，下笔如春云出岫，随峰缭绕，"穿插变换，无不极其自然"（见林云铭《古文析义》评语），千回百转，竟一点不显牵强，关节转换，水到渠成，勃郁之气，充溢其间，却又含蓄蕴藉，怨而不怒。无怪乎王慎中评论说："先生之文，如此篇之委屈感慨而气不迫晦者亦不多有。"（见何焯《义门读书记》引）

曾文纡徐委曲的特色，受欧阳修影响较大，刘熙载在《艺概》卷一中说："昌黎文意思来得硬直，欧、曾来得柔婉，硬直见本领，柔婉正复见涵养也。"曾巩在思想上奉欧阳修为"道义之祖师"，在文章艺术上也窃相仿效。欧阳修《送吴生南归》诗说道："我始见曾子，文章初亦然。昆仑倾黄河，渺漫盈百川。决疏以导之，渐敛收横澜。东溟知所归，识路不到难。"宋代王震为《南丰先生文集》作序说："异时齿发壮，志气锐，其文章之慓鸷奔放，雄浑瑰伟，若三军之朝气，猛兽之挟怒，江湖之波涛，烟云之姿状，一何奇也！"王震与曾巩是同时人，所言当是可信的，其文章风格特征与我们今天所见到的迥然有别。另外，金刻本《南丰曾子固先生集》有五十四篇出于《南丰类稿》之外，其中有些文章或雄浑，如《全真庵》；或清丽，如《游双流记》，都有别于后来的文章风格。据此，我们可以说：曾巩早年文章的艺术特征大抵接近于汪洋恣肆一类，后来经过欧阳修"决疏以导之"，成就了他从容委婉、含蓄幽深的风格。欧、曾之文，虽然同有柔婉纡徐之妙，但欧文任意舒卷，摇曳多姿，更觉意趣盎然；曾文虽然脉络清晰，照应严谨，但抒情写意，到底不如欧文真切自然，诚以《秋声赋》与《上欧阳舍人书》对照一观，即不难发现这一点。

三　峻洁的笔法

柔婉曲折之文，最易染空疏冗赘的毛病，而曾文素来以峻洁著称。茅坤在《唐宋八大家文钞·曾文引》中说："南丰之文深于经而濯磨乎《史》《汉》。深于经，故确实而无游谈；濯磨乎《史》《汉》，故峻而不庸，洁而不秽。文而至于是，亦可以上下千古而卓然垂不朽于著作之林矣。"所谓峻洁，首先是指剪裁得当，详略有序而不杂芜。方苞说："柳子厚称《太史公书》曰：洁，非谓辞无芜累也。盖明于体要，所载之事不杂，其气体为最洁耳。"（见方苞《书萧相国世家后》）要做到明于体要而不繁杂，关键在于精选"文眼"。眼目，是作者议论的中心，亦是文章立意的支点。议论从此而挥发，意蕴在此而荟萃，所以，它成为剪裁的关键。曾巩为文，尤擅选择"眼目"，在《送黎安二生序》中，只"迂阔"两个字，就借他人酒杯，浇尽自己心中块垒。《寄欧阳舍人书》一文，又着力于"有道德而能文章"一句，反复推扬，使自己祖父的功德与欧阳修的墓铭相得益彰，同臻于不朽。《南齐书目录序》，他紧扣"明""道""智""文"四点，《送蔡元振序》，他又撷取"立异""侵官"两条。这些"眼目"本身，皆发前人所未及言，因而全篇立意为之一新。作为全文的"眼目"，又对文脉起着挈纲振裘的作用，以之为准的，合则宜之，不合则芟之，于是理洽情当，论事绝不繁杂。请再举《抚州颜鲁公祠堂记》为例：颜真卿以气节名世，前人多颂赞之，殷亮《行状》和令狐峘《墓志》载记尤详。对于这样的题材，若无全新的立脚点，势必落入前人窠臼，叙事雷同，议论冗杂。于是，曾巩紧抓"忤奸""不悔"两点，浓墨重彩，反复陈述：忤杨国忠，忤肃宗宰相，忤唐旻，忤李辅国，忤元载，忤杨炎、卢杞，忤李希烈而缢杀，"颠跌撼顿至于七、八"，死而不悔。这一切写得英气熠熠，反复不离"忤奸""不悔"两点。相反，对众所周知的正气却贼、至死不屈的史实，却一笔带过，虚实详略，全服从"眼目"的要求，最为相宜。不但刷新了前人的颂扬文字，而且叙事议论格外整饬。峻洁的第二点是指用字精约。这并不能以用字多少来论繁简，而是要看是否明于体要，是否每个字都为表现内容所不可少，所谓"超心冶炼，绝爱缁磷"（语出司空图《诗品·洗炼》）。曾巩散文短到一百多字，如《送傅向老令瑞安序》《送刘希声序》《齐州北水门记》等，不用铺排，直抒胸臆，文意绵长，字字确实不可移易。《墨池记》历来作为精粹作品的代表为论者称道，二百多字表达了回环宛转的多层意思，每个字都充分传达着相宜的信息。长篇巨制，如《越州赵公救灾记》同样以简洁见长。此文意在论述赵抃救灾的"仁"与"法"，故一开始将调查灾情、筹措粮食、赈济方式、组织自救、防止流疫等一应救灾事不厌其详地叙来，但无一赘语，无一衍字，读之毫无琐碎之感。等到评论赵抃救灾的意义时，他说："其施虽在越，其仁足以示天下；其事虽行于一时，其法足以传后世。"仅两句话，把赵抃救灾的"仁"与"法"从纵横两方面概括出它的意义，干净利落，精约绝伦，因而卢元昌评论说："叙事详恳，妙在无一复语，无一衍字。此等作，恐欧、苏亦当避席。"（见孙熿《曾南丰文选》引）

本来，唐代韩愈在古文运动方兴未艾之时，就提出"因事陈词""辞事相称"（见《进撰平淮西碑文表》）的做文章要求，宋代柳开对"古文"的定义就是"随言短长，应变作制，同古人之行事"（见《应责》）。曾巩则以自己的创作实践了这一点，他为文总是自觉地力求精炼，有话即长无话则短，据《朱子语类》记载："南丰过荆襄，后山携所作以谒之。南丰一见爱之，因留款语。适欲作一文字，事多，因托后山为之，且授以意。后山文思亦涩，穷日之力方成，仅数百言。明日以呈南丰，南丰曰：'大略也好，只是冗字多，不知可为略删动否？'后山因请改窜，但见南丰就坐，取笔抹数处，每抹处连一两行，便以授后山。凡削去一二百字，后山读之，则其意尤完，因叹服，遂以为法，所以后山文字简洁如此。"《宋元学案》亦载此事。一篇数百字的文章，削去一二百字，文约而意加备，不能不叹服作者惜墨如金。替他人改文尚且如此，自己为文，推敲锤炼之功，不知更胜几筹！

四　明丽的语言

曾巩的散文被称为"六经之羽翼，人治之元龟"（见宁瑞鲤《元丰类稿序》），但其语言特色却是平实明易的。这样的本色语言最易感染读者，使之熏蒸渐渍，收潜移默化的功效。本来，韩愈的散文，平易险怪参半，其碑铭文字，每每不乏奇文险韵，说理之文更呈古奥艰深的风貌。到皇甫湜、孙樵手中，更偏面追求"趋怪走奇，中病归正"（见孙樵《与王霖秀才书》）的做法。五代以来加之浮艳，于是短局滞涩、空虚秾艳的文风渐渐中萌。欧阳修的"新古文运动"对此力加矫抑，开明白晓畅的宋代文风。曾巩专学欧文，又是"新古文运动"的中坚分子，这就形成他散文清丽自然的语言特点。他曾对王安石说："欧公更欲足下少开廓其文，勿用造语及模拟前人，请相度示及。欧云：孟、韩文虽高，不必似之也，取其自然耳。"（曾巩《与王介甫第一书》）这里的"自然"，就是要求"文从字顺各识职"，要求以最明了的语言来表情达意，使散文真正成为表达思想的工具。曾巩散文《赠黎安二生序》就是以明白流畅为语言特色的佳什："生与安生之学于斯文，里之人皆笑以为迂阔。今求子之言，盖将解惑于里人。"这"迂阔"二字统领全篇立意，却以对话方式，借黎生之口轻轻吐出。接下去，"余自顾而笑，夫世之迂阔，孰有甚于余乎？"这一笑一问，在不知不觉之中把自身牵扯进去，于是，下文那些遗世违俗的感慨也就水到渠成，自然流出，就如唠家常一般，委曲周匝而又明白如话。三百六十多字，表微阐幽，说尽心中郁愤，却无一僻字涩语。语调舒缓，叙述平淡，像源于深壑的小溪，但见它汩汩流出而无法窥其深邃。再看《墨池记》，主旨是劝学，借墨池发端，引到王羲之学书，由书法到治学，进而论及道德修养，文意畅快顺当，语言节奏从容不迫，通篇由八个问句组成，将意旨层层推进。或自问自答，引导读者深思；或问而不答，留待读者回味。既无奇峰突兀，亦无奥语晦词，读起来朗朗上口，充分表现了曾氏散文"善于自道"的特点，对后代产生很大影响，桐城派方苞首倡"义""法"，就专学欧、曾。这种驾驭语言的本领，貌似平淡却艰辛，正如"池塘生春草"一样，语出天然，非雕琢所能及，非学力富赡者绝达不到这一地步。清代林纾在《春觉斋论文》中说："但观欧、曾之文，平易极矣，有才之士，几以为一蹴而几，乃穷老尽气，恒不能得，何者？平易不由艰辛而出，则求平必弱，求易必率。"曾巩困居南丰十年中，六艺、百家、史氏之籍，笺疏之书，浮夸诡异之文章，兵权、历法、星官、乐工、山农野圃、方言地记、佛老所传，无不披览（见《元丰类稿·南轩记》）。所以发为文章，能够遣词造句，意随笔到，"开阖驰骋，应用不穷"（林希《曾巩墓志铭》），成就了自己明白流畅的语言特色。

曾巩散文的语言，除具有明白平实的特色外，也有清新秀丽之处，并非一味质朴无文。《拟岘台记》堪称此类作品的代表。它是一篇游记，语言华丽清泠，节奏鲜明悦耳，骈散兼呈，逸采并发，音乐之感极强，正所谓"繁弦急管，促节会音，喧动嘈杂，若不知其宫商之所存，而度数亦自曒如，使听者激悚，加以欢悦"（见茅坤《唐宋八大家文钞》引王慎中评此篇语）。兹录一段，以证上说：

> 山之苍颜秀壁，巅崖拔出，挟光景而薄星辰。至于平冈长陆，虎豹踞而龙蛇走。与夫荒蹊聚落，树阴晻暧，游人行旅，隐见而断续者，皆出乎衽席之内。若夫云烟开敛，日光出没，四时朝暮，雨旸明晦，变化不同，则虽览之不厌，而虽有智者，亦不能穷其状也。或饮者淋漓，歌者激烈；或靓观微步，旁皇徙倚。则得于耳目与得之于心者，虽所寓之乐有殊，而亦各适其适也。

这段文字，称之为散文诗亦未尝不可，但它清丽而不饰绘采，错落雅致又不杂芜，富贵华美，出于天然。在这里，华靡之风已经过改造，无半点铺采摘藻、滥用事典的习气，犹如百花媲

婷、春意自在的一幅水墨丹青，给人耳目一新的感觉。《学舍记》
《醒心亭记》等篇皆如此。

综上所述，曾巩散文在艺术风格方面，确有其独特的个性：
它以温雅的风神、纤曲的布局、峻洁的笔法、明丽的语言表现出
来，这一淳古雅正的风格与他以说理为主的散文内容正好珠联璧
合，在宋代散文作家中卓然独立，自成一家。

分析风格的形成，仅仅论述一定数量作品的共同特质是不够
的，还必须把作家主体因素和诸多客观因素综合起来考察。如果
我们把独具风格的艺术作品看成一个自控系统，那么，它就应该
包含三个子系统：表现对象、艺术家创作个性、体裁。表现对象
是指作品所反映的现实生活和作家感情的有机统一体。曾巩是个
亦文亦史的经世之儒，他所注目的是国计民生，加上他三十八岁
才步入仕途，在这之前，他长期困顿于农村，对下层人民生活有
了更深的了解，这些都与他接受的儒家"忠君"思想产生深刻的
矛盾，正是这种矛盾制约着他的写作。综观曾文全集，很多是反
映当时社会现实的作品：兴修水利、赈济灾荒、辟佛兴教、荐才
理财。《本朝政要策》五十首，全是论述当时的政要。坷坎的人
生经历使他养成冷静地观察社会的本领，也打磨了那种激昂的锐
气，所以，他总是采取敛气蓄势的笔法、委曲周详的说理形式，
成就了善于自道的特点。

曾巩又是"文以载道"的积极支持者，在《答李沿书》中，
他说："夫足下之书，始所云者，欲至乎道也，而所质者则辞也，
无乃务其浅忘其深，当急者反徐之欤？夫道之大归非他，欲其得
诸心、充诸身、扩而被之国家天下而已，非汲汲乎辞也。其所以
不已乎辞者，非得已也。"这与欧阳修"道胜文不难而自至"的
议论如出一辙。这种"道重文轻"的思想使他的散文"以立意为
宗，不以能文为本"（见萧统《文选序》），影响抒情性和形象刻

画。为使道之可通，他常求助于六经，堂堂正正，典则其间，一篇《福州上执政书》引用《诗》意竟达十几次，便是明证。这就使得他的散文有一种典重温雅的风神。

曹丕在《典论·论文》中说："奏议宜雅，书论宜理。"陆机的《文赋》也说："论精微而朗畅，奏平彻以闲雅。"可见体裁对于风格的形成也有一定的制约性。在《元丰类稿》中，制、表、奏、议、状、策占了十之六七，还有很多祭文辞和墓志铭，这些都是非说理不能达其意，非雅正不能适其情的，这必然影响到他那"理而雅"的风格的形成。

曾巩散文，历朝倍受推崇。欧阳修称他"百鸟而一鹗"（见欧阳修《送杨辟秀才》诗），王安石认为"文学议论，在某交游中不见可敌"（见王安石《与段逢书》），苏轼说他是"孤芳陋群妍"（见苏轼《送曾子固倅越得燕字》诗）。苏洵想求他为自己撰墓志铭（见苏轼《请为大父墓志铭》）。朱熹认为"自孟、韩子以来，作者之盛，未有臻于斯"（见朱熹《南丰先生年谱序》）。明代唐顺之说："三代以下之文，未有如南丰。"（见唐顺之《与王遵岩参政》）清代桐城派奉曾文为圭臬，今天，它却"门前冷落"，少有人问津，理由是"缺乏新鲜感和现实性"（见游国恩主编《中国文学史·宋代文学》）。如果我们认真地研究一下曾巩散文，就会感到这种结论有失偏颇，且不说上文所举的那些反映社会现实的内容，就是这种典雅流畅的议论文字，也促使我们对它作出实事求是的评论。王水照先生说："我们不应把一切议论文字都归入散文之列，但如砍去议论文，无异取消了大半部中国散文史。"（见王水照《曾巩散文的评价问题》）所以，不要受前人毁誉的拘囿，从曾巩散文的实际出发，发掘其中的精华，以供今天欣赏和借鉴的需要，同时，给予曾巩在文学史上以适当的地位，实在是当前中国古典文学研究的一个课题。

曾巩和他的散文

一　早年困顿、仕途坎坷

　　曾巩字子固，为唐宋古文八大家之一，宋真宗天禧三年（1019）生于建昌南丰（今江西南丰）一个世代簪缨的封建家庭，从小受到正统儒家思想的熏陶。他天分颖敏，十二岁时，"日试六论，援笔而成，辞甚伟也。未冠，名动四方"（曾肇《亡兄行状》）。十八岁赴京试不售，在京城结识王安石，二人倾盖慕悦，相见恨晚，遂为挚友。曾巩在仕途上很不得意，二十九岁之前，一直科头抱膝，困缩南丰。三十九岁那年，与他声气相求、师友相尚的欧阳修主持贡试，他才得中进士，步入仕途，他在馆阁校理书籍时，广搜博征，上至秘阁所贮，下至士大夫家所藏，都在访求之列，使许多濒临散绝的古代典籍得以传世，我们今天看到的《战国策》《说苑》《新序》《列女传》等，都曾经其编校。校书过程中，他写了很多精彩的目录序，每篇不仅辨章学术，考镜源流，还阐发自己的政治见解和学术观点。熙宁二年（1068）曾巩自求外放，开始他十年为政生涯。先后通判越州，知齐、襄、洪、福、明、亳等州，每到一处，政绩卓然。元丰三年（1080）移知沧州，途经开封，被宋神宗召见，留三班院供职。次年除为史馆修撰，典修国史。这年十一月，曾巩上了一篇《太祖总序》，极力颂扬赵匡胤身符十德，功迈汉高。不想神宗赵顼乃是太宗赵炅的后人，对这些谀辞顿增反感，国史的编纂也就辍而不行了。元丰五年（1082）曾巩拜中书舍人，次年，病逝于江宁府，终年六十五岁。

二　经世通儒、亦文亦史

曾巩一生，历真宗、仁宗、英宗、神宗四朝，一直以"经世致用"为己任。早在困居南丰时，就上书欧阳修言当世急务；又撰《本朝政要策》五十首，从考课、军队、官吏、粮茶、救灾、刑法、教育、外交等方面考察渊源，用明方略。在为政的十年中，他对于赈济灾荒、兴修水利、革除弊政、甄拔人才、肃清吏治等方面，都有专文论述，大多利害彰明，切实可行。晚年，还屡次"上疏议经费"，宋神宗见之，大为惊叹说："巩以节用为理财之要，世之言理财者，未有及此。"（《宋史·曾巩传》）

曾巩与欧阳修一样，既是文学家又是史学家，他时以史家的目光来透视社会，总结前代经验，寻求实用的治理措施，他所议论的内容，都是可行于现实的"当世急务"。他并不想为统治阶级论证出一个周流万应的哲学体系，也无意于知识性的论证和概念性的思辨，更不措意于满足哲学理论的要求，而是着重满足人生实践的要求。这是他与后来的"理学家"最本质的区别。后人认为他"首明理学"（刘埙《隐居通议》卷十四）、"实开南宋理学一门"（袁枚《书茅氏八家文选》），实在是只看到曾氏文章说理的形式而忽视其现实内容的一种误解。

经世思想要求人们把现今世界作为人生舞台，它与佛家的出世思想尖锐对立，所以曾巩对佛教持鲜明的反对态度。分宁县兜率院落成，僧徒省怀仰慕曾巩的文名，请他写一篇颂扬文字，他写了篇《兜率院记》。在这里，他首先痛斥佛老子"不抚枷末"，

"经营皆不自践",却"穿墉奥屋,文衣精食,舆马之华,封君不如",这都是"飞奇钩货以病民"所得,"民已不堪其苦",而那些官吏们榨取民脂民膏"一无所漏失",对这些寄生虫不但"皆置不问",反而"倾府空藏而弃与之",所以弄得民不聊生。这一篇义正词严的斥责,揭露了佛教慧光笼罩下的寄生嘴脸,更把纵容为非的后台也牵出来示众,颂扬变成声讨,使省怀无地自容。他的挚友王安石佞佛,他写信指出佛经乱俗,戒其勿读之(见《临川集·答曾子固书》)。

曾巩的反佛思想只不过从考察现实出发,注视佛老的浸淫与国势贫弱、民生疾苦的因果关系,注重用事实来揭露佛教危害,在理论上并没有达到韩愈、欧阳修的高度。他探索的禁佛办法就是以"先王之德"来"心化"佛徒,禁其发展,以求自灭。这比起欧阳修在《本论》中提出的"修本以胜之"的办法就稍逊一筹。

三 文风雅正、纤徐峻洁

风格是作家的主体特征和各种客观因素统一而呈现在作品中的一种较稳定和谐的创作风貌。《宋史·曾巩传》说:"曾巩立言于欧阳修、王安石间,纤徐而不烦,简奥而不晦,卓然自成一家,可谓难矣!"这倒较为真实地揭示了曾巩散文的主要风格特征。

温平雅正是曾巩散文风格的主要特征。他少时即立下"况排千年非,独抱六经意"(曾巩《写怀》诗)的大志。这种"明道"思想要求他的文章符合儒家"温柔敦厚"的教诲之旨。只有温雅平正,听者才易接受;只有绵密周详,说理才能透彻圆通。他的《战国策目录序》本是一篇驳难文章,意在批驳刘向"战国游士纵横之习乃势所必然"的观点。这种文章若在苏轼、王安石手中，定会长钩短戟，鸣鼓而攻。曾巩却在文章开头避实就虚，欲抑故扬，先称赞刘向"其说既美矣"，给人一种温和的气氛，且有"胎息圣籍，妙香暗薰"（马荣祖《文颂·典雅》）之势。接着反戈一击，把刘向的观点归之为"惑于流俗而不笃于自信"，一针见血地点明刘向错误的实质。但点到即止，极有分量而又温文稳重，成为全篇之"眼目"。接着层层剖析，步步推阐：首先说明孔、孟的不惑于流俗，因时适变而为当世之法，而后从反面说明战国游士"不知道之可信而乐说之易合"，举苏秦、吴起为例。结语"俗犹莫之寤也"一句，又暗刺刘向。通篇循循善诱，从容和平，说理透彻，但却又绵里藏针，毫不宽贷，蕴涵着一种藏锋不露、温醇平正的风神。方苞评论说："淳古明洁，所以能与欧、王并驱而争先于苏氏也。"又其《宜黄县县学记》一文，"把大学问说得真至不远人，小学问说得精深可入道"（王惟夏评语）。也是辞醇气厚，意正言平，俨然一派忠厚长者之言。《馆阁送钱纯老知婺州》则幅制至短而本意绵长，庄重雅正，字字温润，茅坤誉之为"文之典刑，雍容雅颂"。曾巩集中这类文章不胜枚举。

　　清人恽敬说：曾巩文章自儒家入，故其言温而定。（见《大云山房文稿二集·自序》）这固然道出曾文风格形成的直接原因，还应看到文体对风格的制约。"奏议宜雅，书论宜理。"（曹丕《典论·论文》）曾巩散文大多是"序""书""记""论"等说理议论文，只有这种雅正的风格才与内容相适应。今天，人们认为曾文缺乏情趣，这是过于苛求了。因为议论文重在理解而不是以气势压人，要求明晰性而不是激情。况且风格各有千秋，奇崛者如狂飙骤雨，自然动魄惊心，安雅者似清风云霞，却也怡神悦目。一阳刚，一阴柔，共为前人所推重。今天，研究阴柔风格的美学价值，以利散文创作，还是有现实意义的。

纡徐是曾巩散文风格的又一特征。它主要指文气曲折，意趣含蓄，结构布局回环宛转，曲径通幽。《先大夫集后序》一文最堪标举。这是曾巩为其祖父文集作的后序，篇目卷数、刊布情况，先平平叙出，如轻舟拢岸，不见波纹；忽而长篙一点，款款荡开，从祖父少年所学，"得治乱得失之理""长于讽谕"叙起，文气一曲折，为下文"切谏"先占了地步。忽而笔锋又一折，由宋代承平既久，纲纪大备，引起祖父"勇言当世得失"，开下文"终身龃龉"的先声，至此文入正题，本可顺流而下，但个中又横生许多波澜："疾当事不忠""言人所不敢言""屡不合而出"，是一折；复见奇于太宗，征而不见大用，又一折；见知于真宗而不果用，再一折；"语斥大臣尤切""以龃龉终"，四折。至此，一股愤郁之气透纸而出。一言未尽，笔锋又一转，复颂扬起祖父廷诤独陈的美德，归之于主圣臣直。一篇先人文集序，在他手中，敛气蓄势，下笔如春云出岫，随峰缭绕，怨而不怒，尽曲折含蓄之妙，无怪林纾评论说："穿插变换，无不极其自然。此有体有格之文，其落笔布置，曲尽良工苦心矣。"

文章柔婉曲折，易染空疏冗赘的毛病，而曾巩散文却偏偏以峻洁著称。峻洁一是指用字精约，所谓"超心冶炼，绝爱缁磷"（司空图《诗品·洗炼》），二是指剪裁得当，所谓"明于体要而所载之事不杂，其气体为最洁耳"（方苞《书萧相国世家后》）。曾巩散文如《送傅向老令瑞安序》《送刘希声序》《齐州北水门记》《唐令目录序》等，均一百多字的短篇佳作，不用铺排，直抒胸臆。《墨池记》则历来被誉为精粹作品的代表，二百多字，小中见大，尺幅之间，云霞百变。《朱子语类》记载：曾巩在荆襄，陈师道去见他，他恰好要作一篇文章，他自己有事，就将己意告诉陈，托陈代作。陈师道穷日苦思，成数百字短文，曾巩看后，认为冗字太多，删去一二百字，文意却更完备，陈师道倾心叹服。替人改文尚且如此，自己的文章，推敲锤炼之功，当然更胜一筹。在议论文中，立意支点就是意蕴荟萃之点的"文眼"，它是剪裁的关键。曾巩为文，最善选择"文眼"，虚实详略，全服从"眼目"的要求，所以能做到结构利落，无旁枝赘节。《送黎安二生序》，以"迂阔"二字立意，借他人酒杯，浇尽自己心中块垒。《寄欧阳舍人书》则着力于"有道德而能文章"一句，使自己祖父的功德和欧阳修所作墓铭相得益彰。又《南齐书目录序》，他紧扣"明""道""智""文"四点，《唐论》则围绕"志""才""效"三条，挈领振裘，文理峻洁。最值一提的还是《抚州颜鲁公祠堂记》一文：颜真卿以气节名世，前人多颂赞之词，曾巩却不落窠臼，紧扣"忤奸"一点，反复陈述。忤杨国忠、忤肃宗宰相、忤李辅国、忤元载、忤杨炎、忤卢杞、忤希烈，忤奸至死，死而不悔，写得英气熠熠，对众所周知的正气却贼、至死不屈的史实，却一笔带过，通篇要而不烦，刷新前人文字。朱自清先生认为曾巩"学问有根柢，他的文确实而谨严"（见《经典常谈·第十三》）。这是很中肯的。

作为散文大家的曾巩，固然以议论说理见长，但对抒情、写景也并非低能。他的《道山亭记》写闽地山水之奇险，尖新巉刻，穷形尽相，风格极近柳宗元；《拟岘台记》犹如一幅泼墨画："平沙漫流，微风远响，与夫波浪汹涌，破山拔木之奔放。至于高桅劲橹，沙禽水兽，上下而浮沉者，皆出乎履舄之下。山之苍颜秀壁，巅崖拔出，挟光景而薄星辰。"穷尽抚州山水的秀丽。《叙盗》一篇，笼罩着作者悯时病俗的忧愤。《秃秃记》为一屈死小儿鸣冤，人道之情形诸笔端，蕴涵在最后的一段议论中。《福州上执政书》情理相得，则是曾巩的"陈情表"。

总之，曾巩是一个擅长议论的散文大家，他以温雅平正、绵密周详的风格独立于韩、柳、欧、苏之中，抒情、记事难与欧阳修、苏轼争先，说理议论则足可以和王安石并驾。

自宋代以降，迄于清末，曾巩都倍受推崇，欧阳修称他"百鸟而一鹗"（《送杨辟秀才》诗），苏轼说他"孤芳陋群妍"（《送曾子固倅越得燕字》诗），王安石则认为"巩文学议论，在某交游中不见可敌"（《临川集·与段逢书》），朱熹感叹说："自孟、韩子以来，作者之盛，未有臻于斯。"（《南丰先生年谱序》）明代唐顺之认为："三代以下之文，未有如南丰。"（《与王遵岩参政》）茅坤也说曾文"可以上下千古而卓然，垂不朽于著作之林"（《唐宋八家文钞·曾文引》）。清代桐城派更是深悟欧、曾作文之法，奉为圭臬。然而今天却很少有人研究他的散文，原因是他的散文"缺乏现实性"，"儒学气味极浓"（游国恩主编《中国文学史》），但如果我们对他的思想和文章做系统的研究，会发现这种意见不是很准确的。所以，认真研究曾巩的思想，实事求是地评价他的散文艺术，给他在中国文学史上以适当的地位，在今天更显得必要和迫切。

曾巩与理学

一 问题的提起

曾巩，作为唐宋古文八大家之一，现在却鲜为人知。自从游国恩先生主编的《中国文学史》称他的作品"儒学气味极重""缺乏现实性"以后，便门庭冷落，无人问津。社科院文研所的《中国文学史》根本不提，中国古代散文选本多不选其文，曾经有一段时间，他与理学家一道被批判。今天，知道古文八家的人或许不少，知道曾巩的人却不多，然而，就是这位曾南丰先生，却擅名两宋，沾溉明清，载誉近千年而不衰。曾肇说："宋兴八十余年，海内无事，异材间出，欧阳文忠公赫然特起，为学者宗师。公（指曾巩）稍后出，遂与文忠公齐名。自朝廷至间巷，海隅障塞，妇人孺子，皆道公姓字，其所为文，落笔辄为人传去，不旬日而周天下。学士大夫手抄口诵，唯恐得之晚也。"（《亡兄行状》）他的师友辈如欧阳修，称赞他的文章"其大者固已魁垒，其于小者，亦可以中尺度。"（《送曾巩秀才序》）王安石说："巩文学议论，在某交游中不见可敌。"（《与段逢书》）"曾子文章世无有，水之江汉星之斗。"（《送曾巩》）苏轼则说："醉翁门下士，杂遝难为贤。曾子独超轶，孤芳陋群妍。"（《送曾子固倅越得燕字》）朱熹感叹说："公之文高矣，自孟韩子以来，作者之盛，未有臻于斯。"（《曾南丰先生年谱序》）降及有明，"（王）

慎中为文，初主秦汉，谓东京下无可取，已悟欧、曾作文之法，乃尽焚旧作，一意师仿，尤得力于曾巩。（唐）顺之初不服，久亦变而从之。"（《明史·文苑·王慎中传》）唐顺之说："三代以下之文，未有如南丰。"（《与王遵岩参政书》）至于茅坤，则认为曾文"可以上下千古而卓然，垂不朽于著作之林！"（《唐宋八大家文钞·曾文引》）"是以与古作者相雄长"（《唐宋八大家文钞·论例》）。清代，桐城派起，"天下文章莫大乎桐城"（引自刘师培《论近世文学之变迁》），而桐城三巨擘姚鼐、方苞、刘大櫆均奉曾文为圭臬。方苞认为曾文"淳古明洁，所以能与欧、王并驱而争先于苏氏也"（《古文约选·序例》）。姚鼐说："宋朝欧阳、曾公之文，其才皆偏于柔之美者也。""其文如升初日，如清风，如云，如霞，如烟，如幽林曲涧，如沦，如漾，如珠玉之辉，如鸿鹄之鸣而入寥廓。"（《复鲁絜非书》）这些评论，免不了有过誉之辞，但可以看出，曾巩自宋以降，直至清末，在文坛上一直处于显尊地位。可是，随着"桐城谬种，选学妖孽"的被扫荡，曾巩便一蹶不振，至今沦落到不议不论之列。究其原因，不外三点：首先，人们认为曾巩与宋明理学有千丝万缕的联系，理学气味浓，朱熹推崇模仿过，便属封建文化糟粕，当入扫荡之列。其次，桐城派又从曾文中汲取"义""法"，在政治上，他们称曾巩"长于道古""笃于经学"（方苞《古文约选·序例》），而以"卫道"为己任的桐城派既是"谬种"，曾巩理应视为"妖孽"。再者，曾氏散文多冗长说理，形象丰满、感情充沛的佳作很少，因而"门前冷落""问津无人"自然是意料中事。

的确，前人归曾巩为理学先驱者，朱熹实启之，他说："熹未冠时，读南丰先生之文，爱其词严而理正。"（《朱子集·跋南平帖》）其后，刘埙《隐居通议》加以推衍，他说："濂洛诸儒未出之先，杨、刘昆体固不足道，欧、苏一变，文始趋古，其论君道、国政、民情、兵略，无不造妙，然于理学，或未之及也。当是时，独南丰曾文定公议论文章，根据性理，论治道则必本于正心诚意，论礼乐必本于性情，论学必主于务内，论制度必本之自先王之法。……朱文公评文，专以南丰为法者，盖以其于周、程之先，首明理学也。"此说一出，明季时儒纷纷附和，其时理学方炽，他们借此以抬高曾巩。于是宁瑞鲤说："先生生昆体浸淫之后，洛学未兴之前，识抱灵珠，神超象帝，致知诚意之说，率先启钥，功良伟矣！"（《元丰类稿序》）何乔新说："先生之生，当洛学未兴之前而独知致知诚意正心说……其学粹矣。"（《元丰类稿序》）唐顺之评《清心亭记》说："程、朱之前，此等议亦少。"茅坤评《列女传目录序》说："子固诸序并各自为一段大议论，非诸家所及，而此篇尤深入，近程、朱之旨也。"袁枚则说："曾文平钝，如大轩骈骨，连缀不得断，实开南宋理学一门。"（《书茅氏八家文选》）刘二至评《与王深甫书》说："一篇讲学文字，开宋儒之先，无宋儒腐气，而有宋儒精理。"对于前人哄抬曾巩，如果我们详加辨析，亦可略窥其意。自唐以降，儒家多倡"文以明道"，说理议论的文章最受欣赏，至于诗词歌赋，则余事耳。恰恰曾巩的文章以议论见长，全集七百余篇，什之七八是议论文，因而就"贯道"这一点来说，曾氏很合诸家口味。至于"道"的实质，则很少人去追思，见其文有"正心""诚意""致知"等字眼，便目之为理学一门，而理学与曾巩思想的本质区别，亦很少有人去追究。

恩格斯说："我们决不是从道德的、党派的观点，而主要是从美学的历史的观点对他加以责难。"（《诗歌和散文中的德国社会主义》）本着这一原则，对曾巩的否定不能不认为是一种轻率的态度，因为我们还没有对他做辩证的分析，只是听信前人的成说，只是从道德的、党派的观点来责备他。所以，议论曾巩与理学的关系，结论应在对二者进行剖析之后。

列宁说："在分析任何一个社会问题时，马克思主义理论的绝对要求，就是要把问题提到一定的历史范围之内。"(《论民族自决权》) 我们只有以此为原则，把曾巩放在一定的历史环境中，实事求是地来评价他，才能扬瑜弃瑕，对他做出公正的评价。本文试图对曾巩与宋代理学的关系做一点疏浅的分析，作为曾巩研究的引玉之砖，并期获得同道的责备。

二 宋代理学之含义

理学，一般是程、朱理学和陆、王心学的合称。或称之为"道学"，但是，道学不应该包括心学。道学，在魏晋六朝时期，是指老、庄之学所延衍的道教。到了宋代，二程兄弟把"义理"之学称之为"道学"，与道教在内涵上毫无共同之处。程颐说："自予兄弟倡明道学，世方惊疑，能使学者视效而信从。"(《伊川文集》卷七"祭李端伯文") 叶适也认为："'道学'之名，起于近世儒者，其意曰：举天下之学，皆不足以致其道，独我能致之，故云尔。"(《水心集》卷二十七"答吴明辅书") 到了南宋，陆九渊发明"本心之学"(袁辅《象山书院记》)，陆九渊又把客观唯心主义的"道学"与主观唯心主义的"心学"合称为"理学"，他说："惟本朝理学，远过汉唐。"(《陆象山集》卷一"与李省干") 理学就是研究"性""理"的学问。

三 理学产生的社会基础与哲学基础

战国末，奴隶社会完成向封建社会的过渡，秦朝虽建了大一统封建帝国，可惜早夭了，中国封建社会的典型实自汉代始。一统的中央集权制，封建国家土地占有制的经济基础和严格的人身隶属的剥削关系要求有统一的思想，于是，先秦儒家所认为不可知而且畏惧的"天命"，被神化为"君权神授"的"天命论"，这个理论的副产品就是"谶纬五行说"。历魏、晋、隋、唐，几经战乱，土地兼并的几度消长，使封建土地占有方式发生变化，松散的地主土地私有制代替国家土地占有制，于是"均田制"崩溃，"租佃制"起而代之。人身隶属关系解体，开始了按土地征税的"租庸调"制。到宋代，随着城市的繁荣、贸易的发展，开始萌动资本主义的稚芽，这一切构成新的经济关系。对此，使旧日的君权发生动摇，帝王不再有神圣的辉光，他只不过是最大的地主而已。于是"天命论"黯然失色，在新的历史条件下，巩固地主阶级内部团结，加强对人民的愚蒙和统治，就需要新的理论，支撑封建大厦的精神支柱，必须涂上新的色彩。

在思想领域，汉代儒家虽已取得"独尊"地位，但昙花一现，老、庄之学的潜势力却不断发展。魏晋时期，玄学即大盛，随着佛教传入中土，它们很快又互相融渗，流行起来。隋唐时期"天下滔滔，不入于佛即入于老"。道教在唐代有统治者提倡（太宗自称是李耳后人），佛教以其深邃圆通的欺骗性得以风行，衍为宗派。儒学虽然与之鼎立三分，但自先秦以降，不注重逻辑的论证，学术支离破碎，本无周密系统，加之"知行合一""经世致用"的思想缺乏麻痹性，实际上是处于不支的地位。有卫道之心的韩愈谏迎佛骨遂遭远贬，就是明证。宋初，经济的繁荣填不满对外妥协政策的漏洞，积贫积弱的端倪已现。怎样使儒家"经世致用"的思想发挥效能，改变入不敷出的经济状况，缓和阶级矛盾，巩固宋王朝的统治，是宋代儒学面临的任务，对儒学的发展，历史也赋予一个契机。只有在理论上抗衡佛、老，夺回被它们独占的形而上的阵地，加深儒学的理论研究，为封建王朝论证出一个周流万应的哲学体系，才能博得统治者的欢心，重爬上"独尊"的地位。于是，宋代理学便应运而生了。

四　理学的产生与实质

虽然陆九渊说"惟本朝理学，远过汉唐"，但它的产生渊源却可以寻觅。对于儒家来说，致命的弱点莫过于缺乏思辨性，缺乏严密的逻辑论证，缺乏深入的理论研究。因而，尽管有许多对巩固统治有用的原则条文，但无体系可言。在隋代，王通曾想吸收佛、道二教中对巩固统治有用的思想资料来充实儒家，认为这样既可以更好地为统治阶级服务，又可与二教相抗衡。《文中子》记载："子（王通）读《洪范谠议》，曰：'三教于是乎可一矣！'程元、魏徵进曰：'何谓也？'子曰：'使民不倦。'"（《中说·问易篇》）唐代柳宗元既赞赏佛家的"般若""涅槃""性""情"等理论，又排斥其无视封建纲常伦理的观点。李翱则开始用佛学之理来解释"性""情"，阐发儒家思想，他作《复性书》，提出"复性灭情"思想，他认为："性"即佛家的"本心"，"情"即佛家的"无名烦恼"，众生与佛一样，都具有圆觉本心，但众生之"本心"常为"无名烦恼"所覆，如水因沙而浑，火因烟而蔽。人要复其"本心"，须除去沙烟。他为郎州刺史时，去拜谒药山禅师问道，据说药山禅师给他的偈语是："吾来问法都无语，云在青天水在瓶。"这个偈语意思是道体恰如动静双备的真如本体。李氏以为得其真谛，爱不释手。

到了韩愈手中，《原道》《原性》开始了儒家"性"与"情"的探索。他说："性也者，与生俱生也；情也者，接于物而生也。性之品有三，而其所以为性者五；情之品有三，而其所以为情者七。"（《原性》）这些都是儒家进行理论探索的触角。然而，尽管进行了一些理论上的探索，但他们终是经世之士，他们并未从哲学的高度来论述儒学原则，没有接触世界本原问题，没有完整的"本体论"，更没有完整的思想体系。

宋代建国以来，学术各方面均已远离汉唐儒家学风，他们攻击汉儒的版本注疏之学，而对社会政治改革的需要和佛道二教的挑战，观念研讨上的转移已成为必然。胡瑗、孙复、石介开始精研《春秋》之学，阐发微言大义，周敦颐、程颐、程颢、张载与邵雍更进一步去寻求了解事物的"性"与"理"。"性理"之学产生了。

周敦颐从研究"心""性"入手，探讨先秦儒家的形而上之学，开始了宇宙本原的探索。《宋史》载："周敦颐……作《太极图说》《通书》推阴阳五行之理，命于天而性于人者，了若指掌。"（《宋史·道学》）这一步理论上的升华，对后来的"天理良心"说做了圆满的注释。在理学家看来，道德之理与宇宙万物之理同是一理的周流与发用："人的良知就是草木的良知。"（《传习录》）"万物皆有此理，理皆同出一原，但所居之地位不同，则其理之用不一。"（《朱子语类》）这样，作为"绝对观念"的理，存在于宇宙产生之前，并且永存下去，就必然是宇宙的本原与主体，"且如万一山河大地都陷了，毕竟理却在这里"（《朱子语类》）。

"理"是此等重要，那么这"天理"在理学家的眼光中实质是什么？按周敦颐的推衍，宇宙本体是"无极而太极"，"太极"来自《易》，"无极"来自《老子》，从形态来说，"无极"无声、无嗅、无形、无状；从化生万物角度来说，这又叫作"太极"。太极生阴阳二气，气生万物。"阳变阴合，而生水、火、木、金、土，五气顺布，四时行焉。"（《太极图说》）万物既是"理"化生，就只能服从"天理"，即使宇宙的本体也是如此，五气只能顺布。比之于人事，顺应天理则治，违逆天理则乱，因而"三代之治，顺理者也"（《二程集》）。"性理"之学，说到底就是要求人人循天理以尽人的本性。天理，衍化为表现形态，在封建政治中，就是封建社会的典章制度与道德准则。朱熹说："气则为金木水火，理则为仁义礼智。"（《朱子语类》）陆九渊说："典礼爵刑，莫非天理。"（《象山全集》）王阳明说："良知即是天理。"（《传习录》）

天理的实质已经明了，他们又受李翱"复性说"的启示，调和孟子"性善说"和荀子"性恶说"，认为理发为性，是至善的；气发为情，情有善有不善。朱熹说："人性皆善而觉有先后。"（朱熹《论语·学而》集注）而不善之情谓之"人欲"，"人欲"与"天理"相对立，"人之一心，天理存则人欲亡，人欲胜则天理灭"（《朱子语类》）。人要顺应天理，必须通过"内省修德"、尽心尽性的工夫，上达天德，以求与天理相合。因而，理学的核心思想是"存天理，灭人欲"。陆九渊说："人心有病，须是剥落，剥落得一番，即一番清明。后随起来，又剥落，又清明，须是剥落得净尽方是。"（《象山全集》）。王阳明说："许多问辨思索、存省克治工夫，然不过去此心之人欲，存吾心之天理耳。"（《传习录》）这就是宋明理学家思辨的产物——"天理良心论"。这种学说的根本目的是为了"正人心"，人心正而合天理，则封建社会之秩序不紊乱，于是，君要为明君，臣要为忠臣，民要为顺民，这是"理合该如此"。在这里，帝王的绝对权威没有了，因为"天理"是最高哲学范畴，帝王也得服从"天理"，朱熹说："天下事有大根本，有小根本，正君心是大本。"（《朱子语类》）至于臣民，更应该正心诚意，存理灭欲。

于是，一个巩固封建统治，带较强思辨性质，对皇权有某种限制，对人民有更严密的禁锢性而又貌似神圣的哲学理论，终于从旧的儒学理论中脱胎而出。抽绎它的主要内容就是：（一）天理至上，人人皆须存理灭欲。（二）天理不变，作为理的外化形态——封建典章制度与道德准则也不能改变。又如程颢说："若孔子所立之法，乃通万世不易之法。"（《二程集》）"后之愚者，皆云时异事变，不可复行，此则无知之深也。"（程颐《二程集》）（三）存理灭欲的手段不是社会实践，而是内省克治，正心诚意。心性修养是治国平天下的手段。又如周敦颐说："故圣人之教，俾人自易其恶，自至其中而止矣。"程颐说："闻见之知非德性之知，德性之知，不假闻见。"（《二程粹言》）"学也者，使人求于内也，不求于内而求于外，非圣人之学也。"（《二程粹言》）这就是朱熹"一旦豁然贯通"的意思。

五　理学与佛教

尽管理学家排斥佛、老，但他们与佛道二教却有千丝万缕的联系。章太炎先生说："周敦颐从僧寿涯，寿涯对周子只要改头换面，所以周子所著《太极图说》《通书》只皮相是儒家罢了。"（《国学概论》）邵雍受学于李之才，之才受学于穆修，穆修受学于种放，种放受学于陈抟，乃道家之流。二程受教于周敦颐，又受长达十年的佛学思想教育。朱熹传二程衣钵，精通佛理，众所周知。他们效法佛教，用语录体发挥他们的思想。这只是形式方面，内容上，他们更是借助于佛、道思想来充实自己的理论。周敦颐的"无极"取自《老子》，二程的"理一分殊"肇自佛教的"月印万川"说。朱熹说："释氏云：'一月普现一切水，一切水月一月摄。'这是那释氏也窥见得这道理。"（《朱子语类》）"人人有一太极，物物有一太极"的观点来源于佛教的"真如""佛性"。陆九渊的"明心见理"来自佛教的"明心见性""见性成佛"。朱熹的"豁然贯通"，则又受佛教"顿悟"的启示。而

"欲只是要窒"（《朱子语类》）的观点与二教的"禁欲"何其相似！难怪人们说宋代理学是"阳儒阴释"。理学家实际上是借助释、道的方法，来阐发先秦儒家的形上智慧之学，又糅合了佛道二教一些有利于封建统治的思想，变儒家学说为僵死的教条，形成一个以"性理"为核心的哲学体系。

六　曾巩与理学

理学之谊既明，我们再来看曾巩的思想，就会发现在本质上，它们有许多相异的地方。

首先，曾巩是一个"经世"之士，他无意进行知识性论证和概念性的思辨，不措意于满足知识理论的要求，而是着重满足人生实践的要求。他既无前代韩愈《原道》《原性》、李翱《复性书》一类专论"性"与"道"的文章，也没有欧阳修《本论》、王安石《原性》一类探讨人生本原问题的著作，他更多地重视国计民生的经济策论，多是兴修水利、拯济灾荒、消弭叛乱、修葺城池、广开言路、兴办学校和兴利除弊的政论文字。就是那篇提到"正心""诚意"的《唐论》，也是从史的角度来评价唐太宗治乱得失，以期明了殷鉴，有补于当时。他的节用理财的主张，为神宗所惊叹。不仅如此，他还认为："性"与"天道"，邈远难知。他说："子贡又以为夫子之言性与天道，不可得而闻也，则其精微之际，固难知久矣，是以取舍不能无失于其间。"（《说苑目录序》）孔子圣人，尚且罕言，何况后人！因而，他反对空疏不合于现实的理论，对"今世布衣多不谈治道"深致不满（见《上田正言书》）。他认为"道必足以适天下之用"方为至道。因此，他只是一个封建统治措施的探索者，而不是一个封建统治理论的探索者，他始终是一个经世之士。

　　由于"经世致用"的思想，对于"常行之弊法"，他主张"破去"（见《救灾议》）。这就是他的变法思想，这也与理学大相径庭。理学家认为"典礼爵刑，莫非天理"，是不可改变的封建社会秩序的纲维。曾巩则认为："古之变不同而俗之便习亦异，则亦屡变其法以宜之，何必一一追先王之迹哉！"（《战国策目录序》）又说："盖法者，所以适变也，不必尽同。"（《战国策目录序》）理学家的"理"是至善的，"典礼爵刑"当然也是至善的，曾巩却认为法无定法，今天是正确的典章制度，时过境迁，在新的环境中可能是不正确的，因此，不断革除不合时宜的旧法，乃是巩固封建统治的"道"的根本。这就是他时时强调"变因循，就功效"（《繁昌县兴造记》）的原因。

　　在对于"性""理"的思考方面，曾巩与理学家貌合而神离。曾巩对于"性"，则认为是人的特质，它不是先验的、不变的东西，它可以通过学来改变，他说，学校教育的大要，"务使人人学其性，不独防其邪僻放肆也"（《宜黄县县学记》）。这与程氏的"性即理也"是格格不入的（见《程氏遗书》）。因而何焯批评曾巩："'学其性'三字，意圆语滞，如程子云：'学以复其性，始合性之反之之理。'"曾巩也讲"理"，他认为史官"其明必足以周万事之理。"（《南齐书目录序》）人们通过学习，"知天地事物之变，古今治乱之理"（《宜黄县县学记》）。可见他的"理"，只是指事物发展的规律、原理，与理学家作为哲学坐高范畴的"理"更不相侔。

　　在排斥佛老方面，他们似乎有共同之处，其实亦是同床异梦。如上所述，理学家"阳儒阴释"，他们之所以排斥佛老，一则因为佛老以"空智""虚无"相标榜，有碍于理学家的生生之道，一则因为宗教之间的党同伐异，排斥异端。而曾巩则是从国计民生方面来反对佛教，他说："靡靡然食民之食者，兵、佛、老也。"(《上欧阳舍人书》）他认为：佛徒"经营皆不自践"，不劳而获，"文衣精食""飞奇钩货以病民"，是造成"民频呻而为途中瘠者"的原因。他在《本朝政要策·佛教》中，为人民的负担细细算了一笔账，指出佛老盛行，结果只能是民贫国弱。可见，曾巩的目光，始终注视着国计民生，基于此点，他认为佛为"中国之患"。他说："智足以知一偏而不足以尽万事之理，道足以为一方而不足以适天下之用，此百家之所以两失之也，佛之失其不以此乎！则佛之徒以谓得诸内者，亦可谓妄矣！"(《梁书目录序》）可是看出"不足以适天下之用"是他反佛的一个重要原因。曾巩与理学家们都反佛老，但出发点与目的都是不同的。

顺便提一下，王安石倒是一生信佛，晚年愈笃，他有诗曰："秋灯一点映笼纱，好读楞严莫念家。能了诸缘如梦事，世间唯有妙莲花。"(《次吴氏女子韵》）这点是他与曾巩始合终睽的原因之一。他运用佛学方法来阐述儒家"性"与"情"，和周敦颐、程颐之说都相通，所以，他倒是真正探得了宋代理学的骊珠。程颢说："介甫谈道正如对塔说相轮，某则直入塔中，辛勤攀登，虽然未见相轮，能如公之言，然却实在塔中，去相轮渐近。"然而，世不见有说王安石是理学家者，莫不是知之太浅的缘故。如王安石，尚且不能目为理学一门，何况曾巩？

七　结语

综上所述，我们可以说，由于宋代理学是先秦儒学的进一步开阐，所以作为儒家学说的忠实继承者，曾巩在许多方面与宋代理学家有相同之处，但是在本质的重大的问题上，他们有着明显的区别：曾巩重实践、重现实，思想内容是实际的、充实的，理学家重理论、重思辨，思想内容是超脱的、空疏的。为了发挥文章的实用思想，曾巩重道也重文。重文是为了明道，理学家以知识性论证，概念推衍为要，重道而废文，文只是载道的工具。所以曾巩只能入文学家者流。作为一个知权达变、积极入世的通儒，不可划曾巩入理学先驱之流。而他文章的现实内容，也不是儒学气味所能揜没的。这种意见，早已见诸前人。徐乾学《重刻震川先生全集序》："宋之推经术者，惟曾南丰氏，然以较程、朱之旨，不侔矣！"以此作为本文的结语吧。

写完上面的话，我深知自己思考浅薄，谬误难免。但我觉得：与其万马齐喑，遗讥于后学，莫若百家争鸣，辩白于今朝。因而，即使本文见嘲于大方，受责于同道，笔者亦甘之如饴。

一九八五年三月十八日

顾贞观《金缕曲》注释商榷

金文明先生在《石破天惊逗秋雨》一书中，对清代顾贞观的两首《金缕曲》词进行了注释，使读者对这两首词的写作背景、典故寓意和所表达的思想感情有了准确的理解，从而印证金先生提出的顾吴之间的友情的真挚和伟大，这是实事求是、言必有据的论证方式，是金先生一反躁竞、提倡朴实学风的一例。拜读之余，觉得金先生对顾词的理解也有不准确、不到位的地方，从而影响到对顾贞观其人格调风致的把握，所以提出来就教于金先生。

顾氏原词第二首上阕说："我亦飘零久。十年来，深恩负尽、死生师友。宿昔齐名非忝窃，试看杜陵消瘦，曾不减夜郎僝僽。薄命长辞知己别，问人生到此凄凉否？千万恨，从君剖。"这里没有什么僻字艰词，语义也是很明确的，都是顾氏自道之语，所以说"千万恨，从君剖"。那么，如何理解"宿昔齐名非忝窃"一句呢？这句话出自顾氏之口，不就是在炫耀自己的才学声闻足可与朋友相埒么？金文明先生注释说："宿昔，从前。齐名，有着同样的名望。非，不是。忝窃，谦词，意谓自己因窃据高名而感到惭愧。"然后，金先生引了顾贞观《寄吴汉槎书》和吴兆骞《寄顾梁汾舍人三十韵》诗来证明"当年两人在吴中缔交时齐名文社而贞观更为兆骞推尊的情况"，最后得出结论"可见'宿昔齐名非忝窃'一语，并非贞观自大之词。"

在这里，金先生列举吴顾宿昔齐名的证据，最后肯定了顾氏的这句话是坐实之言，只是实话实说，而不是"自大之词"。其实，不用金先生这些引证，吴顾齐名在当时就被人称道，像王士禛《感旧集》卷十六"顾震沧"条就说："贞观幼有异才，能诗，尤工乐府，少与吴江吴兆骞齐名。"但是，无论金先生的引证多么细致准确，也只是证明顾吴过去的确齐名。而在给别人的信中说自己"过去曾和你齐名并不是假的"，这不是"自炫"之词又是什么？这种话今人都羞于出口的，何况当时的吴兆骞正在远贬，受尽"冰霜摧折"，顾氏寄词代信是劝慰朋友，怎么会用这种口吻说话？所以金先生的解释并没有道出"非忝窃"的真正含义。

要正确理解这句话的含义，必须联系下面的"试看杜陵消瘦，曾不减夜郎僝僽"一句，把这三句做一层意义理解，才能得出顾氏"非忝窃"的真义。金文明先生注释说："'试看杜陵消瘦'，乃贞观以杜甫自比。"这是对的。但对于"曾不减夜郎僝僽"一句，金先生却解释说："此句意谓：竟然不能让流放到穷边绝塞的吴兆骞减少一点愁苦。"看来，金先生是错误地理解了"减"字的对象，以为"不减"是"不能减少"的意思。细味原文，应该是"不比……减少"的意思，"减"的语义指向是顾贞观而不是吴兆骞。原来这句话是倒装结构，后两句乃前一句的注脚：为什么说"宿昔齐名非忝窃"呢？你看，今日咱俩的愁苦也正相当，我的愁苦一点也不比你少呀！从语义上来说，也是一种反话正说，用现在我们的愁苦相当来作为我们过去的齐名的证明，正反衬我们过去的齐名是不客观的，这正是顾贞观的自谦之处。所以下句接"薄命长辞知己别，问人生到此凄凉否"，将自己要向朋友倾诉的僝僽进一步具体化，主语都是顾氏自己。如果按金先生的解释：顾贞观的消瘦不能减少吴兆骞的愁苦，下文又突然写到自己的愁苦，就造成了语隔。而按我们的理解不但前面的"非忝窃"文从字顺，"自炫"的疑义涣然冰释，而且与下文一脉相承，气韵连贯。正如赵伯陶先生《清词选译》所翻译的那样："从前你我名如李杜非虚妄，如今我潦倒穷愁，也不比你远成稍强。"这才是真正的劝慰之言。所以，谢章铤在《赌棋山庄词话》卷七中评论这两首词说："浓挚交情，艰难身世，苍茫离思，愈转愈深，一字一泪。吾想汉槎当日得此词于冰天雪窖中，不知何以为情！"如果按金先生的理解，其中还夹杂着向朋友自炫（尽管是实情）之词，也就不能称之为"千秋绝调"了。不知金先生以为如何？

在同一篇文章中，金先生的注释不到位的地方还有以下两例。

顾词第一首"泪痕莫滴牛衣透。数天涯、依然骨肉，几家能够？"对其中"牛衣"的典故，金先生只注释说："供牛披盖御寒的蓑衣。这里借指简陋破旧的衣服。"其实，"牛衣对泣"是一个常见的典故，出《汉书·王章传》："章疾病，无被，卧牛衣中，与妻决，涕泣。"形容贫贱夫妻之间相濡以沫的感情，金先生不会不知道的。顾贞观词中这一层意思是赞扬吴兆骞之妻葛氏夫人千里从夫、同甘共苦的感人事迹，同时以此劝慰朋友。若仅仅像金先生解释的那样是指"简陋破旧的衣服"，则只是表达泪痕沾衣的意思，顾词的"夫妻甘苦与共，共历艰难"的寓意就不见了。

在第二首中，顾词说："共些时冰霜摧折，早衰蒲柳。词赋从今须少作，留取心魂相守。但愿得河清人寿。"金先生对这句的注解是："共些时，共同经历了一些时候。"其实"些时"在前人词中是常语，如欧阳修《蝶恋花》："春娇入眼横波溜，不见些时眉已皱。"李清照《诉衷情》："更挼残蕊，更拈余香，更得些时。"石孝友《行香子》："且等些时，说些子，做些儿。"汪元量《相思引》："已恨东风成去客，更教飞燕舞些时。"等等，都是"一会儿""片刻"的意思，而不是金先生注解的"一些时候"。顾词所说的"些时"是指"一刹那"，意思是：突然间的人生打击——"冰霜摧折"（即丁酉科场案），使得二人蒲柳之姿，望秋先零。而对于"河清人寿"一句，金先生的解释是："以'河清'指政治清明，天下太平。人寿，指人长寿。"孤立地看，这种解释是不错的。可联系全句"但愿得河清人寿"来看，照这样理解，就暗寓了对当时政局不清明的讥诮，这在顾贞观来说，是绝不敢出口的。其实顾贞观这里用的是语典，《左传·襄公八年》："子驷曰：'《周诗》有之曰：'俟河之清，人寿几何？兆云询多，职竞作罗。'"是说机遇不易得，难以等待。用在本词加"但愿得"，既是祈祝，也是反用其意，希望朋友能善自珍摄，等待赦还的机遇，最终平安归来。

总之，金先生对顾贞观两首《金缕曲》的注释绝大部分是准确的，对于读者理解词义有很好的帮助。但在细微之处，也还是有值得商榷的地方。本文只是看了金先生的书之后的一点感想，错误之处，还希望金先生不吝赐教。

与人论诗的一封信

仔细拜读了近作，整体上觉得你似乎主观上在转变风格，由《诗》而《骚》，由比而赋，由密而奇，由秾而淡。本来想对尊作的片言只字来做一些信口雌黄，但转而一想，道不同，必启阁下之辩言；于是，还是在信口之前申述己意，如能统一于相近似的文学思想和审美意趣之中，才能有的放矢，亦易入耳。否则，烦言啧啧，徒足以扰人清梦。

不佞所知，吾华古典文论于诗歌之格，无外乎"言志""缘情"两道。言志者起于《书》序，缘情者发乎《骚》旨。秦汉以来，"诗言志，歌永言"自是通论，逮及魏晋，"文""笔"肇分，诸体大备。《典论·论文》始论文章之格，以为"诗赋欲丽"。此"丽"者，应指语言风格，且有"绮丽""清丽"之别。自陆机《文论》提出"诗缘情而绮靡，赋体物而浏亮"，则"缘情"的要旨始见，代表了魏晋人对诗歌审美的反思，且肯定曹丕的"丽"就是"绮靡"。其后，两派壁垒少严：言志者注重内容，主张诗歌要表达自己的人生主张，有实在的内容，遵循一定的思想要旨去感染人，使和自己人生理想接近的人产生共鸣，而且语言要求清丽，摈弃浮艳和繁华，所谓"清水出芙蓉，天然去雕饰"。缘情者着力于形式，认为诗歌不同于散文，不可"载道"，是表达人生感情、宣泄自己情绪的利器，要在引起和自己处于同一境况或有相同情绪的人们的共鸣，且用语要有文采。挚虞《文章流别论》说："《书》云'诗言志，歌永言'，言其志谓之诗。……古诗率以四言为体，而时有一句二句杂在四言之间。后世演之，遂以为篇。……五言者……于俳偕倡乐多用之。……夫诗虽以情志为本，而以成声为节。然则雅音之韵四言为正，其余虽备曲折之体而非音之正也。"显然是言志派。还有刘勰的《文心雕龙》、钟嵘的《诗品》，都主张言志。奇怪的是，纵观魏晋南北朝诗歌实践，却是遵循缘情的路子一步步发展，正如日僧空海在《文镜秘府论》中所言："文章交映，光彩旁发，绮艳之则也。陈绮艳则诗赋表其华。诗兼声色，赋叙物象，故言资绮靡而文极华艳。"及至唐初，不得不打扫骈丽，摒弃玉台，回归"建安风骨"，所谓"作诗应在建安初"。难道建安诗歌不是抒情的吗？"人生一世间，忽若暮春草"，不是一种人生的领悟吗？"老骥伏枥"，不是一种生命的感动吗？可老曹却说是"歌以咏志"。

不佞是偏向于缘情的。中国诗歌从"投足以歌八阕"开始，就是为了抒情的。"燕燕往飞"是北音之始，只不过以燕起兴，抒发婚姻不时的感叹；"候人猗兮"为南音之始，更是怀人的佳句。中国古代汉民族诗歌中没有真正意义上的叙事诗。所不同的是：我认为古人的所谓"言志"，其实是抒情的一种，并不是排斥诗中的抒情，这一点往往被后世误会，把言志混同于说教。人生的抱负、理想、主张、审美观感、待人接物的态度等等，都是言志，就像《论语》侍坐篇，并不妨碍它成为最优美的抒情散文，而它所言的"志"，不是个体的情愫，不是暂时的宣泄，而是一种普遍的人生态度和情感，是一种久远的沉淀和意蕴，所以能引起最大限度的共鸣。就诗歌而言，被疑为伪作的李陵《答苏武诗》、蔡女的《胡笳》《怨愤》，都应该是抒情名篇。但抒发的都是社会的现实、人生的遭际引发的人世间最普遍的至情，所以流传之广，感人至深。即使描写小儿女的尔尔汝汝，也应当是人世间小儿女最会心"尔尔汝汝",所谓"至死靡矢他""共饮长江水"的情怀,而不是那种个体的、突发的、迷乱的情愫。这就是"言志"者所谓的"情志",其实,不过是要求抒发人生的感悟、天地的至性至情,不要拘泥于儿女私情而已。这是吾华诗歌传统异于他邦之处。前与德国波恩大学中文系主任论及中国诗歌散文格体,简直无法沟通。他主张中国唐代以前无散文,散文是从韩柳开始的。这在中国恐怕无人能接受。这是因为他们对散文的定义和我们不一样,他们对中国古代散文的实际了解也不够所致。我想,对"言志""缘情"的看法也是如此,所以有必要加以说明。

上文明了了,就明白了体格的重要部分。接下了就是语言风格了,具体说,就是句格和词格。刘勰在《文心雕龙·明诗》中说:"若夫四言正体,以雅润为本;五言流调,以清丽居宗。"就是说,四言诗语言风格应该典雅温润。所谓"温柔敦厚,《诗》之旨也"。钟嵘在《诗品序》中又说:"夫四言,文约意广,取效《风》《骚》,便可多得。每苦文繁而意少,故世罕习焉。五言居文词之要,是众作之有滋味者也,故云会于流俗。"在钟嵘看来,四言为什么要求典雅温润呢?因为它字少,要表达丰富复杂的意象和思想感情,就要求文约而意博,言简而义赅,每个字都要传达最丰富的讯息含量,这就要从《诗经》《离骚》中去学习古人驾驭语言的能力。即使如此,因为它每句字少,很难表达充分的含义和充沛的情感,所以不容易学好,学的人也少。而五言更适合表达复杂的形象和思想感情,所以渐渐演变成为主流的诗歌体式。就语言风格来说,五言尚清丽。前人都把清丽和平易自然联系在一起,但清丽和平易自然还是有些区别的。清丽是就语言的色彩而言,自然是就语言的韵味而言。简言之,平易自然的一般都具有"清"的本色,但不一定符合"丽"的特点。所谓"池塘春草""绿水朱荷",都是带有鲜明的色彩和明晰的意象的,从意象上说,它是自然平易的;从色彩上说,它是经过选择、比较和修饰的。所以我对"清丽"语言风格的理解是:根据诗意撷取那些典型的、常见的象征物,具有鲜明的色彩,能够表达明晰的意象的词语是清丽的。"苤苢""荇菜""葛藟""夭桃""杨柳""蒹葭""黄鸟"……未作为意象之前,都是自然的、平常习见的。作为意象来使用时,都是有选择的,都是经过修饰的;"采采""参差""纠""夭夭""依依""苍苍""交交",这就是为了让自然之物"丽"起来。所以,平易自然说起来容易,做起来是特别难的。从接受理论来说,凡是流传久广、深入人心的诗句,都是具有极平常的意象、极通俗的语言、极丰富的内涵的句子。大家都喜欢苏轼的"但愿人长久,千里共婵娟"的句子,却不知道他是化用了白居易的"共看明月应垂泪,一夜乡心五处同"的意境。所以前人有谈作诗之法说,"昨日花开今日残",平易自然吧,但是是庸句,不可入诗。改成"今日残花昨日开",还是平易自然,但就有韵味,可以入诗。明朝谢榛《四溟诗话》对此阐述最得要领,他说:"凡构思当于难处用工,艰涩一通,新奇迭出,此所以难而易也。若求之容易中,虽十脱稿而无一警策,此所以易而难也。"所以,平易自然是从修饰中得来,是从着力处来,是从艰难的思考中来,而不是信手拈来。白居易有"老妪解诗"的佳话,但从他的诗稿可以看出,修改和雕饰的功夫也是"呕心吐胆,不足语穷;锻岁炼年,岂能喻苦"的。

现在网上的作手和评家,往往走入两途。一则以俗白为平易,以为率而为之,必能平易自然。另一途则是追求新奇,"陈言之务去",取象都不愿撷取常物,着意务求屏去常心。其结果是怪象纷纭,异语迭出,但文脉断绝,气韵凋伤,似是而非,不伦不类。如此,则如修道之走火入魔,锻炼愈深,为害愈烈也。

常见网上评诗曰："某某平庸""某乏新意"。殊不知我们现在作诗，要在学习。一是学古人意趣，一是学古人体格。譬之于人，则以学气质，一学形体。意趣娴熟，诸体皆明，神形俱备，吐属自然合式，那时大自由之境，是所谓"蓦然回首，那人却在……"也。而现在不仔细领悟古人诗歌"神、理、气、味、格、律、声、色"，一味强作解人，终是隔靴搔痒，自走弯路也。

　　顺便再来谈谈赋体。至于赋的体与格，扬雄是作赋的高手，我相信他那由实践中生发的感悟和体征："诗人之赋丽以则，辞人之赋丽以淫。"这就是说，赋体其实分两类，风格也不一样。丽是一样的，需要讲究文采，但一个是"则"，一个是"淫"。什么是"则"，《古赋辨体》说："诗人所赋，因以吟咏情性也。骚人所赋有古诗之义者，亦以其发乎情也。其性不自知而形于辞，其辞不自知而合于理。情形于辞，故丽而可观，辞合于理，故则而可法。然其丽而可观，虽若出于辞而实出于情；其则而可法，虽若出于理而实出于辞。……如或失之于情，尚词而不尚意，则无兴起之妙，而于则乎何有？……又或失之于辞，尚理而不尚辞，而无咏歌之遗，而于丽乎何有？……汉兴，赋家专取……骚中赡丽之辞以为辞……若情若理，有不暇及。故其为丽已异乎风骚之丽，而则之与淫遂判矣！"于是我们知道：所谓"则"，就是合理的度；"理"又是什么呢？就是抒发的情致要合乎义理常情，就是符合"至性至情"。什么叫"淫"呢？所谓"淫"，就是过度，就是超出了理的限度。《法言》李轨注"淫"说："奢侈相胜，靡丽相越，不归于正也。"《文章流别论》进一步说："赋者，敷陈之称，古诗之流也。古之作诗者，发乎情，止乎礼义。情之发，因辞以形之；礼义之旨，须事以明之，故有赋焉。……古诗之赋以情义为主，以事类为佐。今之赋以事形为本，以义正为助。情义为主，则言省而文有例矣；事形为本，则言当而辞无常矣。文之烦省、辞之险易盖由于此。夫假象过大则与类相远，逸辞过壮则与事相违，辩言过理则与义相失，丽靡过美则与情相悖。此四过者所以背大体而害政教，是以司马迁割相如之浮说，扬雄疾辞人之赋丽以淫。"由此看来，"淫"实际上是指夸大其词，铺陈过度，本来应当归之于义理的东西，反而浮之于邪说，所谓"真理过一步即成谬误"，也就是《史记·司马相如列传赞》后无名氏批的所谓"曲终而奏雅"，违反了抒情的本意也。由此可以总结出：在前人看来，骚赋和辞赋是有格的区别的：骚赋重在抒发情志，含蓄深婉是正格；辞赋重在体物，铺陈宏丽是正格。

总而言之，窃以为阁下所作四言，乃是学诗正路，只是太难。四言文求简约，意必丰宏。取常象，抒常情，合常心，取常式。造语雅正，温润而有致，不必奇崛奥朴。若作五言，则较四言容易，语言务以清丽为宗，毋以奇怪伤天然，以崛拗伤通脱也。至若骚体，亦须丽则，莫教丽淫。

行路必先择途，不然南辕北辙，永失所期。故先述常言如上，至于气脉、神韵、理趣、法度、声色等，不可不究，但皆非首务，容当后报。若以为老生常谈不足措意者，则一笑置之可矣。

文学创作

怪味豆：饮食文化的旁逸与创新

记得鲁迅曾经赞扬过第一次吃螃蟹的人，似乎有那种敢尝怪味的开拓性格。如果把这事也算作一项发明，此人发明了吃螃蟹，此人所具的勇气也就是吃"六跪而二螯"的螃蟹的勇气，仅此而已。第一个吃螃蟹的人是在何种条件下拼命一搏的，我们不可能知道，或许，这是一个精神失常的人一次偶然举动的结果也未可知，谓予不信，请看："自 1966 年以来，法国洛铁托已吃掉 10 辆单车、1 辆超级购物车、7 部电视机、6 个烛台以及 1 架小型气机。《吉尼斯世界纪录大全》把他列为'杂食大王'。"书中写道："胃肠病学专家曾用 X 光透视他的胃，并形容他每天可食两磅金属的能力是独一无二的。"1988 年 2 月，美国一家报纸曾安排 38 岁的洛铁托在休斯敦召开的电视制片及编辑大会上表演他的奇异能力，他当场吃下一块夹着剃刀片、螺丝帽、螺栓和铁钉的三明治。

"21 岁的美国姑娘莎莉患了一种怪病：什么都不吃，专吃 5元面额的美钞，就像吃炸薯片一样。她 45 岁的妈妈暗中算过，沙莉起码吃掉 4000 美元钞票。经医生检查，莎莉全身健康。"

"16 世纪时英国有一个妇女，每天吃一本书，持续了 12 年。吃到她肚子里的书，足够开一个书店。"

"山西榆次市什贴村村民孙庆顺,人称'蛇阎王'。他从 12 岁开始吃蛇,多年来他先后生吃活蛇 800 多条。""1985 年 7 月 16 日,邻村辛家庄特聘晋剧名角搭台唱戏,突然从戏台角窜出一条六尺长的大蛇,吓得人们大呼大叫,孙庆顺老汉上前手抓大蛇,舞耍了一回,当众吃掉。"

"河北省丰宁满族自治县土城乡四间房村的王福春老太太,……1987 年春,她看到邻居修房挖回黄土,忽然产生吃黄土的欲望,于是吃了两块,感到又香又甜,心绪也宁静了。从此以后,她每感到心绪不宁时,就吃黄土,开始一天只吃几两,后来逐日增多,现在每天要吃 2~3 斤。"

世界真奇妙!这是摘自一本名叫《奇》的书中的。外国人、中国人、古代、现代都有,吃蛇已甚于螃蟹,土更甚于蛇,书甚于土,铁甚于书,愈出愈奇,如果这些都是真的,段成式记载的"世间万物皆可吃"的理论就得到验证。

《西阳杂俎》记载:唐代贞元年间有一位将军精通烹饪,常对人说:世间万物,什么都可以吃,只是要讲究火候。有一次,他用破败的马鞯和皮做的一种听地的兵器煮着吃,精心烹调,味道竟然很不错。细听起来,"万物皆可食"的理论似乎不近人情,但人类学者告诉我们:人从一开始就是一种杂食的动物,狩猎是肉食,采集是草食。在狩猎的过程中,人每天都会碰上新的动物;在采集的过程中,也说不准什么时候就遇见曾未见过的植物。人类如果固守一种食物,就不会进化为今天的人类,因为他们无法开拓如此广阔的生存空间。从严格的意义上说,依靠自己的力量去不断追求新的生活方式,是人类区别于其他动物的最基本的特性。于是,异食其实是这种追求过程中的一种超越现象。最值得称赞的是神农尝百草的举动。从文化的角度来说,人类每发现一种全新的食物,都是拓展自己生存空间的一项壮举,其意义同样永恒。就勇气而言，吃河豚似乎更具有刺激性，因为明知有毒偏要横吞的人，没有无畏的胸胆是不敢的。人类文化似乎有一种定性，超越这种定性，往往被看作是一种旁逸力，于伦理领域被看成狂人，于日常行为中则被视为变态。而这种定性偏偏是由许多变异组成。旧的消亡是一种变异，新的生成也是一种变异。而在人类生物圈中，文化的发展是极不平衡的。回首往事，当美国的白人在1830年发布强令印第安人迁居的法案时，这是两种人类在较量么？侵入者既非来自其他星球，被侵入者也非出自其他物种，可是，有的吃着牛排、布丁，有的盘子里装着的是一堆烤蚱蜢。吃牛排者看见烤蚱蜢就嗤之以鼻，吃蚱蜢者视牛排不也是不屑一顾么？最终是吃蚱蜢者接受了炸牛排，炸牛排者的餐桌上并没有增加烤蚱蜢，但牛排与蚱蜢相比，又能文明多少？在文明的侵入者开疆拓土的初期，他们杀起克里克印第安人来，浑身没有一点文明的习气，倒透着一股疯狂的蛮劲。到了强迫巧洛基印第安人迁徙时，用4000具同类尸体筑成的"文明"竟是那样的狰狞可怕。

文化的地域差异也不承认异食。山东人出差到广东，广东人殷勤致意，摆出蛇宴来招待，主客大快朵颐，广东人突然告诉山东人："尝尝吧！蛇肉是很美的!"山东人犹如触电一般缩回了手，脑海里马上浮出"长虫"的形象，于是"停杯投箸不能食，目瞪口呆心茫然"。第二次是山东人招待江苏人，主人煞费苦心，弄上两盘名菜：油炸蝎子和油炸蚕蛹，这在山东大汉吃起来倒有滋有味，江苏客人一听蝎子，马上头皮发麻，好像座位上突然发现蝎子，再也坐不安席了。

据说，现代"所有社会都存在着可以囊括在宗教这个术语之下的信仰"，随着科学的进步，迷信不但没有销声匿迹，似乎还有与科学长期共存的迹象，自然和超自然的界限越来越模糊。如果说宗教是鸦片，那么，它麻醉人们的程度是如此深入，以致许多我们看来是宗教的东西却与日常生活水乳交融，很难与文化的其他方面区别开来。宗教的禁忌也排除异食。狗肉，在汉族人看来，味道美极了。至今在安徽淮北的农村集镇上，冬天一碗狗肉汤，那真是鲜在嘴里，暖在心头。可是，我国至少有十个民族视狗肉为"异食"。在饮食文化中，异食产生的色彩最为斑斓奇特。就像挂在嘴头上的那些新鲜名词一样，往日的时髦今日却成了古董，今天的新颖或许正是祖上的唾余。蚂蚁曾被唐人造了个"大槐安国"，汉族人相信那是一种象征君子品德的虫豸。可没有人敢去尝一尝这"逶迤而行"的君子的滋味，可在西双版纳布朗族食俗中，蚁卵是一道美味。布朗山有一种黑蚁，在松树下营窠，每窠有数万只，布朗人常挖蚁卵食用。这种历史可以追溯到明代，景泰年间（1450—1456）的《云南图经志书》卷四，就记载顺宁府人掘食蝼蚁。可是，早在宋代，《倦游录》就记载了广东人吃蚁卵的胆气。广人掘大蚁卵为酱，名蚁子酱。岭南人在夏季以竹漉捕取白蚁，用猪肉丁糁之，做成鲊，名叫天虾鲊。还说：有一种红色大蚂蚁，在树梢上做窠，取其卵和蚁，用姜、盐酿制，味道辛辣。现代人谁也没有尝过，不知其味道如何。可《正大综艺》节目介绍赤道新几内亚人吃蚁卵，是用油煎成鲜嫩金黄的一大盘，那位导游小姐却不肯放胆去尝一口，可见现代人多视食蚁为异食。六十年前，那位主张原始人类也有高度文明的人类学家罗伯特·路威先生，面对爱达荷州勾勾尼印第安人奉上的一盘烤蚂蚁，除了目瞪口呆之外，也没敢染指一尝。可六十年后的今天，科学的灵光似乎照进了"大槐安国"，人们突然发现蚂蚁原来含有丰富的蛋白质、氨基酸，各种人体必需的微量元素，等等等等，"有着广阔的开发前景"，开始养起蚂蚁来了，也有了食用蚂蚁研究所。往后来，说不准蚂蚁又成了现代八珍之一，谁知道呢？

与蚂蚁命运迥然有别的是老鼠。这尖嘴物虽然在外国倍受青睐，米老鼠、杰瑞老鼠似乎都很可爱，但在中国人眼中，它总是獐头"鼠目"讨厌的东西。谁要是在路上看见一只死老鼠，准保避之唯恐不及，就像庄周所形容的那样，只有那些嗜腥食秒的东西，才去吃那腐鼠肉。记得还是很小的时候，一位同窗从家中带来风干的鼠肉遍飨好友，我荣幸地分得薄薄的一片。大家事先谁也不知是什么肉，只觉得香味浓馥，颇似金华火腿。那正是三年自然灾害时期，有一片"金华火腿"弥足珍贵。我还慢慢地品咂着滋味，突然一声霹雳，原来这是老鼠肉，顿觉口颊余酸，"哇"地一声吐出来，跟着效尤的好几个。我那时不过七八岁，便知道老鼠是"异食"。当然不知道有些民族食鼠的风俗，更不知道，这种风干的鼠肉，原来是周代的"遗传"。《尹文子》说：郑国人把没有雕琢的玉叫作璞，周国人把未风干的鼠肉称为璞。周国人带着未风干的鼠肉，对郑国商人说：要璞吗？郑国商人说：要。拿出来一看，不是玉石，而是鼠肉。这鼠肉能吃吗？《汉书·苏武传》记载：苏武至匈奴，匈奴王让他到北海上无人处去放羊，这位大节不辱的汉使受不了那饥饿，只好掘野鼠而食。《三国志·魏志·臧洪传》记载：臧洪被袁绍围困，军中无粮，也曾掘鼠而食。

辣读、甜读、苦读

　　从莎士比亚的"生活里没有书籍，就好像没有阳光"，到刘向的"书犹药也，善读者可以医愚"，古今中外，无论贤与不肖，莫不以读书为雅事。静心细想，读书者也可类聚群分。就方法而论，自有"三到"（口到、眼到、心到），然而就动机和目的而言，大约亦可分三类：辣读、甜读、苦读。

　　辣读者，犹如临战之前的"热身赛"，乃火辣辣地"热身读"。此类人众最多，古来就是读书的主流。他们相信"书中自有黄金屋，书中自有颜如玉"。古人读书者无时不在想着忽然有一日博个风尘知己的垂青，或乞得大人阶前盈尺之地以扬眉吐气。所以读书的功利之心特浓，目的异常明确。早期代表是那位刺股的苏秦。在穷困潦倒的时候，他想起读书，于是一锥刺股换来了六国相印，很快证明了读书是致富贵的捷径。

　　因为目的明确，所以读起来有的放矢。科举没了，考试还在。社会在"爆炸"似地变化，读书也得随其波而逐其流："文化热"时，得读《文化哲学》；"经济热"时得攻《经济管理》；"出国热"时，赶紧去买《托福应试要览》；"股票热"时，又要去啃《股票操作》……

　　甜读者，恬读也。于恬静悠闲之中，以读书为余事。此类古今也有不同。在古人那里是雅事，所谓"红袖添香夜读书"；在今人这里却是"俗行"。说它是雅事，因为这类人大约有两种：

或将功名利禄视如敝屣，将荣华富贵比浮云；或是功成名就之后，"已觉笙歌无冷暖，乃嫌风月太清寒"，于是，他们把读书看作与纹枰手谈、长夜之饮一般，聊以打发永昼永夜而已。

"苦读"的"苦"是上辈人常常自夸的那种"板凳要坐十年冷"的"苦"；是那种不抱急功近利之心，以读书为癖好，入痴入迷的"苦"；是那种忠实于书，忠实于学，"富贵不能淫、贫贱不能移"的苦读风格。

时至今日，这种"苦读"者似乎已不多见了。

炮炙燔烹：烹调手段的源流

　　火的发明者不知谁人，人们却把它归功于燧人氏。火发明以后，人类的烹饪就随着产生了。最简单、最古老的烹饪方法当然是烤。燃起一堆火来，大家围坐在四周，各自拿着自己的猎物，放在火上烧烤，毛去掉了，皮肉烤得吱吱响，黄油伴随着肉香四溢，大伙儿围着火堆又唱又跳，颇似今天的篝火野餐。在维吾尔族的节假日里，亲朋好友相约到野外郊游，先将两岁左右的绵羊宰杀，洗净内腔，抹上细盐、鸡蛋、面粉、胡椒等调味品，带到郊外，架起篝火，用木棍将全羊从头至尾穿上，放在炭火炽烈的馕坑里，待到烤得肉呈黄色时，欢歌曼舞也正达高潮，于是曲终人不散，大家坐在一起吃烤全羊，口福来了，情趣也来了。燧人氏之民的燔烤食物，虽然没有如此精致，却有一样的天然风味。类似的烤食工艺还有傣族的烤鱼，赫哲族的"稍鲁"（烤鱼），甘南藏族的火烤蕨麻猪等等，都是最原始的烧烤烹饪方法的折光。今天，那些崇尚自然风味的人们，并非时时刻刻留恋"食不厌精"。在全国各大中城市的街头，都可以看到头戴"杜帕"（绣花小帽）的青年，唇边蓄起一对类似北魏佛教造像中信士的微翘八字胡，用当地的方音在大叫"羊肉串啰"，这种被维吾尔族人称为"喀瓦破"的烤羊肉疙瘩，现在已经风靡全国，尽管各地那些假商标的维吾尔族烤羊肉串也别有风味，但说与新疆喀什噶尔的地道烤肉，味道迥然有别。可是，这种至今已有 1800 余年历史的燔烤绝活，原来却是中原技艺，在湖南长沙马王堆一号汉墓出土的饮食遗策中，记载着这种烤肉的烤法、烤具等资料，与今日乌鲁木齐街头"喀瓦破"们的作为，竟然如此相似。

无论是维吾尔族的烧全羊、"喀瓦破"、傣族的烤鱼、赫哲族的"稍鲁"，藏族的火烤蕨麻猪，还是汉族的"北京烤鸭"，无一不是菜谱中的珍品，似乎只有这种最原始的烹艺，才能最大限度地保持自然风味，真有点老子"执古之道，以御今之有"的意味。

《礼含文嘉》说："燧人氏始钻木取火，炮生为熟，令人无腹疾。"所以，"炮"应该是继"烤"之后的又一烹艺。什么叫"炮"，《周礼·地官·封人》中记载了八珍之一的美味，那是"毛炮之豚"。清人孙诒让解释说：平常烧烤的肉，都是先除去内脏，然后用火烧熟。炮却不用除去内脏，把整个儿身子包起来烧。至于母羊小猪之类，有毛的先去毛再烧，这就叫"毛炮"。原来"炮"就是用泥巴包起来烧食。可是这"毛炮"与民俗学资料却有不尽相同之处，至今在中国农村，仍有这种"毛炮"的烹艺：人们杀死一只小猪，用黄泥巴包起来，既不除毛，也不摘清内脏。烧熟后，猪毛黏在黄泥上被烧结，剥下黄泥，猪毛也随之脱去，或许这就叫"毛炮"。不然，汉代许慎的《说文解字》为什么把"炮"解释为"毛炙肉也"呢？就是说"肉不去毛炙之也"。这种烹饪方法直到周代还盛极一时，《诗经·大雅·韩奕》说："其肴维何，炮鳖鲜鱼。"说的是黄泥烧鳖。这鳖包起黄泥烧着吃，一直吃到魏晋时期，甚至到唐代有那些贪嘴的和尚偷吃"炮鳖"。汉代的崔骃在《博徒论》中称"蒸羔炮鳖"为极珍贵的佳味；曹植在《名都篇》中记载的名都至味就是"炮鳖炙熊蹯"。唐末五代时有位饮酒食肉的和尚谦光，就最爱吃鹅掌和炮鳖，他的人生名言是：但愿鹅能生四只掌，鳖能长两重裙，这一生也就够啦！所以，宋人还有"白鹅存掌鳖留裙"的诗句。鳖能炮着吃，龟也能炮，魏代的刘邵在《七华》中就有"炮南海之蟕"的描写，就是大海龟。当然，味道最美的还是炮全羔，把小羔羊炮着吃，常常和驼峰、熊掌相媲美，所以，东汉的桓麟特地把"炮柔毛之羖"写进《七说》之中。羖，就是小羊羔，这倒与当今粤菜中的烤幼豚相似。炮的烹饪方法现在已不常见了，可是古代的炮食却都是珍肴，在中国饮食文化中，能寻求炮艺痕迹的是苏菜中的"叫花鸡"。据传这是一位乞丐的创作，在一个大雪纷飞的夜里，饿了一天的乞丐偷来一只鸡，这位平日里饭来张口的家伙把鸡弄死后，手足无措，不知如何摆弄，况且他居住的破庙里也一无所有。于是，他灵机一动，出现了返祖现象！把鸡包上黄泥巴，在草垛头上烧起来。待到他掰开黄泥享受时，这炮鸡的香味引动了一位濒临倒闭的饭店老板，于是，他买下了这叫花子连同他的专利，从此挂出"叫花鸡"的名菜，倒是能真的扭亏为盈。于是，这又成了苏菜系中的一道名菜。

炙也是烤，但与烤又有所不同。直接把肉放置在火上烧烤叫燔，先涂上调料，置于火边燻熟就叫炙。燔烤当然更接近自然风味，炙就含有调味的味道了。正因为如此，炙这种烹饪方法居然历几千年而不衰，并且万物皆可炙。中国是个把历史看得比什么都重要的国家，几千年来，天翻地覆，王朝的君权都短命，最长的苟延几百年，而一部历史却整整二十五套，连绵不断地记录下来。在这历史长河的源头处，华夏子孙总是把一切发明创造都归功于炎黄二帝。炎帝发明农耕，播种五谷，所以又叫神农。他还创制了中医中药，按照学者丁山先生的考证：炎帝就是发明钻木取火的燧人氏。至于黄帝，他的发明就更多了：黄帝蒸谷为饭，黄帝造釜甑，黄帝造鼎，黄帝命诸侯宿沙氏以海水煮盐，黄帝得到那神秘的河图洛书以后，爱不释手，日夜观看，于是命令大臣力牧采摘树籽榨成油，还有，那就是黄帝"燔肉为炙"。照这样算来，黄帝应该是我国烹饪史上第一位烹饪大师了，因为他在烹饪方法上已经讲究调味和技艺了。至此，烹和调都全了。

《释名·饮食》解释"炙"最详细，刘熙说：炙，就是用火燻烤。脯炙是饧糖和豉汁浸淹再烤；釜炙是在釜中调和五味烤熟；馅炙，就是用姜、椒、盐、豉拌肉馅，做成丸子炙烤。那么，这种五味调和烤出来的食品当然是美味了。当年春秋战国时期，吴国的阖闾想夺取其兄吴王僚的王位，投其所好，就让刺客专诸去向太和公学得一手炙鱼的好手艺，然后进上炙鱼，在鱼腹中藏匕首，乘机刺杀了吴王僚。这种炙鱼的美味，大约类似于今天的烤鱼片，到了北魏时期，贾思勰在《齐民要术》一书中就详细记载了"炙鱼"的做法：小鳊鱼去鳞，大鱼则切成鱼块，洗净，放在调料计中浸泡。调料有姜、橘皮、花椒、葱、胡芹、小蒜、紫苏叶、食茱萸、盐、醋、豆豉等，浸透后，取出鱼块，用文火慢慢烤炙，一边烤，一边不停地用香菜汁烧淋，大约要烤一晚上。这种炙鱼法是如此精制，当然味道异于常看了。加入如许佐料，又用长时间烤炙，使佐料能慢慢渗入，从营养学的角度讲也是很科学的：姜、椒、葱、蒜、醋，是为了除去腥膻气味；胡芹、紫苏、茱萸以挥发芬芳，造成浓郁的香味；盐咸；豆豉增鲜，以达到五味调和的精妙。所以，脍炙才被认为是适合人们口味的两种烹饪方法，要不，怎么说"脍炙人口"呢？

鱼能炙，鸡也能炙，东汉时的高士徐穉去吊丧，先在家中就备好炙鸡一只，絮酒一两，于是，"炙鸡絮酒"就成了吊丧的代名。鹅也可以炙，南朝齐高帝曾招江淹入中书省，让他起草檄诰，先赐酒食。江淹并不是酒囊饭袋，他每次吃尽鹅炙，喝光御酒后，文诰也就写成了。驼峰也可以炙，唐代段成式《酉阳杂俎》就记载将军曲良翰做驼峰炙。蛤蜊也可以炙，唐代的吐突承璀就非常喜欢吃蛤蜊炙。黄雀也可以炙，魏晋时期那位卧冰求鲤的大孝子王祥，就曾孝心感动禽兽，以至于他母亲想吃黄雀炙，就有黄雀自投罗网，飞入家中。魏晋人的人格特征是极其鲜明的，鲁迅总结为"尚刑名""尚通脱"，但在饮食方面却一丝不苟，一点也不肯随便。他们不光是嗜爱药与酒，还喜欢人乳蒸小猪，喜欢豆粥和韭葙蘸，还喜欢炙牛心。大书法家王羲之小时候连话也说不流利，却深得周颉的赏识。他在周颉家作客，一盘炙牛心刚上桌，周颉就先给王羲之切了一块，大家这才对这位平平常常的孩子刮目相看。王君夫有一头漂亮的牛叫八百里驳，他和王武子赌射输了这头牛，王武子把这头价值一千万的牛杀了，吆喝手下人快快拿炙牛心来。谁知炙牛心送上来后，王武子尝了一口就走了。到了唐代，更有什么"逍遥炙""升平炙""消灵炙""无心炙"……真是炙得花样百出。在中国饮食文化中，炙的方法是唯一源远流长的技艺。

烹就是煮，这种烹饪方法当然比烤、炙要晚，因为它必须有一定的场景，在一定的条件下才能完成，烹煮食物必须有盛食的器具。三国蜀人谯周的《古史考》中说：神农时候的人，把谷子脱壳成米，加入烧热的石头，烫熟了吃。这有点近乎神话，然而却是真的。当我们自认为比原始人高明的时候，我们往往被原始人嘲笑为夜郎自大。许多与人生命攸关的求生技艺，原始人做起来比我们不知精进多少倍，以致我们有时会怀疑人类是进步还是退步，由此而形成的许多文化之谜，老是把人们的思绪引向自身星球以外。原始人奔跑的速度、耐寒的本领，曾使一些人类学家叹为观止；即使某种手工技艺，也有到现在仍无法解开的谜。1919 年，有位瑞典青年想体验一下新石器时代的生活，便动手试制陶器，结果出人意料：一次一次失败。因为烧制陶器是一项看似简单而其实很复杂的工艺，陶器的厚薄，泥坯的干燥，火力的匀均，都需要极高的手段。像龙山文化中那种薄如蛋壳的黑陶工艺，至今我们还烧不出来，所以，美国人类学家路威在《文明与野蛮》一书中说："若要单拿一种活动来判断一个民族的文化程度，陶器要算是最合适的了。"

陶器的出现至少有七千年的历史，而最早的陶器便是人们日常生活中形影不离的炊煮、盛储的器皿。我们的陶器发明当然离不开炎帝和黄帝，《逸周书》记载神氏作陶，神农就是炎帝。《古史考》记载"黄帝始造釜""黄帝始造甑"，明确地说明黄帝发明了炊具。神话当然是不准确的，但是陶制炊具的发明真正是划时代的伟绩，有了它，才有烹的技艺，才有真正的烹调。我们今天当然不再用瓦罐去煮饭了，有了铜火锅和不锈钢炊具，可是，隔着炊具加热的烹调模式并未改变。非但如此，当人们煎熬中药时，大家还是习惯于找一只陶制的瓦罐，据说这样才能不失药效，不改药性。连日常菜肴"砂锅豆腐"，也还是地道的砂锅为好，大家并不垂青于那些搪瓷伪砂锅。

有些考古学家认为：陶器的发明受编织的影响，因为在陶器发明之前，似乎就已经有了烹的技艺。人们把柳条编成圆形的筐，糊上草泥，造成不漏水的篮子。草泥脱下来，还有篮子的形状，这就是陶器的初坯。这种不漏水的篮子不但可以盛储食物，还可以烹煮食物：把食物装进篮子里，加上水，把烧热的石子投进去，直到煮熟为止。据《文明与野蛮》一书记载，在美国和西班牙等地的初民社会中，普遍存在这种烹饪法。让食物自身热起来，这似乎与微波炉的烹饪原理有些近似。可是，延续了七千多年的烹调技艺却没有顺着这条路大胆往前走，它欣然接受了圣人制作的陶器，并且采用了加热陶器使煮熟食物的方式，这大概是因为拼命地釜底添薪比起拼命地丢石子要优越、简便，迅速得多的缘故。由此看出，人类追求优越的生存方式的本能透入骨髓之中，无论何时，总是竭尽全力地偷偷冒出来。

烹一旦发明以后，世上万物皆可烹。鱼可烹，那位主张"无为而治"的老子说过：治理国家就好像烹小鱼一样。意思是，小鱼不须治鳞，不须去肠，也不必不停地翻拌，只要盖上锅盖，静等着它飘出香味来就行。这烹鱼之中，竟含有如此高妙的治国之道。羊也可以烹，汉代杨恽给孙会宗写的那封有名的信，就夸口自己逢年过节时，"烹羊炮羔，斗酒自劳"。小牛也可以烹，唐人韦应物《长安道》诗说："山珍海错弃藩篱，烹犊炮羔如折葵。"甚至于同类的人也可以烹成美味，这就是古代的烹刑。汉王刘邦派郦食其去说服齐王，后来韩信进兵，使郦食其失信于齐王，齐王烹了郦生；韩生骂项羽"沐猴而冠"，项羽烹了韩生。就连战国时那位义士鲁仲连，在说服梁王使臣时，也威胁说：我将要让秦王去烹醢梁王，怎么样！

历史愈往前走，愈显空旷，可空旷之中一点也不单调。一部《中国烹饪》纪录片，一本《学做中国菜》的小册子，居然引起全球性的厨房文化效应。德国的朋友告诉我：她的房东太太有一次在她放学回来后，神秘兮兮地拉着她，十分虔诚地请教做两手中国菜的绝活。目的很简单：希望能让丈夫每天晚饭回来吃。

这位朋友说：老太太脸上求你教做中国菜的那种热切的企望使你不忍心拒绝，和租房子时那种日耳曼民族是优越的太阳的傲慢神态判若两人。可是一当上溯到我们这个"烹饪王国"的源头，原来只不过是如此平淡无奇的粗疏景象。正像江河长泻的气势一样，不择细流，勇于汲取与改造，使古老的中国烹饪文化产生惊人的结果，于是，煎、炒、炸、脍、蒸、炖等等，手段不下十几种，一套一套的，加上甜酸咸辣各种调味品几百种，按照中和理论调和一下，就叫你觉得和西餐大菜风味迥然有别。

鱼与熊掌：珍食与文化的传播

历史发展从进化的角度讲，文明总是如积薪，后来者居上。然而，文明的日日新，又日新，并不是直线的积累，且不说新与旧之间没有判然分别的鸿沟，而且新的"典范"建立之后，旧的"典范"并不倏忽隐退，守旧却是人的本性之一。有了新方法，人们并不是同时抛弃旧方法；何况饮食的习惯并不单纯是文化人类学上的"典范"问题，它还是一种民族共同心理的沉积，甚至在自然科学方面，都可以寻求存在的依据。咖啡传入中国以后，那些上流的太太小姐们，尽管皱着眉头喝得兴致勃勃，但回家后，仍是以一盏香茗来浸润樱唇。如此说来，饮食文化是不是一个古今交织、中外合资的混悬物呢？诚然仔细想来，在我们如今的日常餐桌上，的确摆上了不少"舶来品"，据说，番茄是哥伦布从美洲带回，我们又从欧洲进口的；土豆也是这样；蔗糖的发明权人们都习惯于归在印度名下，而我们的国粹是麦芽糖；牛奶据说也是中东国家发明后，中国人才知道牛不仅仅可以耕田和赛跑。据报纸报道，一位做中国葡萄酒推销员的博士在香港大出风头。香港海关认为葡萄酒并非中国专利，把它列为"洋物"，要按洋货征税。这位博士听后，吟诗一句说"葡萄美酒夜光杯"，可证中国从唐代就有葡萄酒。这位香港官员顿时羞赧满面，惭愧自己孤陋寡闻，犯了数典忘祖的大忌，于是很虔诚地把葡萄酒划入"国货"范畴，算是归还了这一发明权。殊不知这又造成一起错案。葡萄据史书记载是西域的产物，由那位勇敢的张骞带到中原，汉代的祖先们已用它来酿酒，可酿法与糯米酒相同，所以"甘于曲蘗，善醉而易醒"（曹丕《与吴质书》）。直到唐太宗贞观十四年（640）侯君集打败高昌国，带回了马奶子葡萄，也引进他们的酿酒法，才有了今天的葡萄酒。那么，这发明权应归高昌么？高昌国在今新疆吐鲁番，也是我们家里啊！谁知高昌国也是进口的这份产权，硬要刨根向底，得追溯到古埃及和叙利亚。早在公元前三千年，古埃及的国王们就拥有自己的葡萄园和酒坊。每逢狂欢的节日，举国上下，不仅男人们被这种红色液体灌得昏天黑地，烂醉如泥，太太小姐们也一个个莲步阑珊，酡颜坠珥。

诸如此类，不胜枚举，但我们的"吃"文化并不因之而黯然失色。祖先其他的业绩和往日的辉煌或许不值得一提，唯独吃，我们的饮食纯粹是自己的文化的产物，从来不需要别人帮忙。至少十之八九是如此。引用一句名言说：文明是一件东拼西凑的"百衲衣"，而中国饮食文化的百衲衣上却只贴上了几块斑斓色彩的补丁，其主色彩和整体形制仍是自家先人的创造。

先秦时代是中国文化精致化的时代。至今留给我们的还是祖先那时做不完的文章，以致一提起此时，我们胸中还荡起突发的激情，面孔上免不了流露出漠视天下的气色来。无论是衣食住行、说话和思考，战争和作诗，此时的人们都把各种事象琢磨得形神兼备，有意无意要留作万世楷模。单说这"吃"吧，先秦的祖先们就曾挖空心思使之精美绝伦，创造出许多珍肴美味，附加许多饮食佳话，而且大多数都有深邃的文化内涵。

在《周礼·天官·膳夫》中，记录了周代君主的食谱：主食饭食用六种谷物，即粳米、大米、粟、高粱、麦、菰米。肉食用六种肉类：马肉、牛肉、羊肉、猪肉、狗肉、鸡肉。饮料也是六种：水、酸酒、甜酒、清酒浆、黍酒、粥酒。菜肴用一百二十种原料做成，佳味有八种：米饭蒸肉丸子、小米饭蒸油煎肉丸子、烧烤乳猪、烧烤乳羊、捶脊侧肉成肉糜、油炙狗肝、牛肉脯、米粉肉。调味品也用一百二十种。这在当时，应当是最高级的饮食谱了，可是与现在比起来，很难与一个普通市民家庭齐观。可是，回头观之，与那位被孔子叹为"巍巍乎"的尧、舜和禹比起来，已经不知道要奢华多少倍了。韩非说过，尧称王的时候，吃的是糙米饭，就着野菜。战国时一位看门的守卒，也吃得比他好，所以，尧瘦得像具木乃伊。舜称王时，据孔子说，也是"菲饮食"，所以瘦得如同一条干肉。就从这享受待遇上说，韩非认为：宁可做当时的县令，也不做古代的帝王。可是，我总是怀疑周王的饮食总不至于如此平常。孟子在与告子辩论人性与道义的关系时，有一个鱼和熊掌的命题："鱼我所欲也，熊掌亦我所欲也，二者不可得兼，舍鱼而取熊掌者也。"至少在孟轲时代，人们知道熊掌是美味，比鱼味道好多了。可是，鱼在当时的烹调技艺已经相当高妙了，据说吴王阖闾派专诸去学炙鱼时，学了三个月才学成，可见工序是很复杂的，以致阖闾即位后，也大嚼炙鱼，竟然和自己的爱女争食，使得这位酷嗜炙鱼的小姐抑郁而死，于是知道炙鱼在当时已是美味了。熊掌比炙鱼更美妙，却没有列入周代八珍之中，岂非怪事！再者，孟轲也想吃熊掌，恐怕当时这熊掌已不是帝王的专食了。事实就是如此，《左传·文公元年》记载楚成王的儿子商臣领兵包围了父亲，逼楚成王让位，楚成王请求允许他吃了熊掌再去死，儿子竟然不答应，弄得父亲死不瞑目。《左传·宣公二年》说起晋灵公的残暴来，举了一个小例子说：有个厨子给晋灵公蒸煮熊掌，不小心弄得不是太熟，鲁灵公杀了他，把尸体剁碎放在簸箕里，叫宫女们用头顶着，公然从朝堂上经过。可见晋灵公也常常吃熊掌。其实在《周礼·秋官》中，就专门设了"穴氏"一官，专门负责捕捉那些穴居的野兽，汉代的郑玄就认为是捕捉熊罴，以献熊皮和熊掌。

岂止是熊掌，先秦的吃风场面也很壮观。相传商纣王就以肉为林，以酒为池，今男女裸逐其中，为长夜饮，狂欢滥饮者三千人，以至于吃得脖子上垂肉三尺。这场面是何等壮观！公元前530年，齐景公和晋昭公在晋国玩投壶的游戏，荀吴代表晋昭公说："我们晋国酒如淮河流水，肉堆积如丘，国君投中此壶，定能统帅诸侯。"晋眼公投中了。齐景公也举起箭说："齐国酒如渑池水，肉高如山陵，我若也投中，接替你兴盛。"虽说是即兴夸口，也反映当时炽烈的吃喝风。根据《周礼》记载，周天子的便宴就是"六食六饮六膳，百馐百酱八珍之齐"。上大夫请客是"八豆八簋六铏九俎"，并且"坎坎鼓我，蹲蹲舞我"，在一派鼓乐声中，有仕女在歌舞佐酒，菜肴摆得很整齐，大家举杯祝酒，川流不息（见《诗经·小雅·宾之初筵》）。再看几件小事：《史记》载齐国赘婿淳于髡谏齐威王的事，他描述当时"州闾之会"的情景：男女杂坐，行酒稽留，六博投壶，握手无罚，目眙不禁，前有坠珥，后有遗簪。日暮酒阑，男女同席，手足交加，杯盘狼藉，这就是乡村酒宴，齐威王的长夜之饮定然有过之而无不及。春秋时期，君臣要在朝用餐，称为公食，按照《礼记·玉藻》的说法，国君每天膳食得有羊、牛、猪，诸侯每天的公食得有羊和猪，大夫每天的公食也得有猪。公元前545年，齐国公食减膳，大夫每天仍有两只鸡。管伙食的人偷偷把鸡换成鸭子，送饭的人又半道上贪污去鸭子肉，只送上一点鸭汤，惹得两位王孙子稚和子尾雷霆大怒。《韩非子》记载：田成子杀一头牛只取一小碗肉，其余的都赏给门客吃。像春秋战国时的养士风煽起时，魏国的信陵君有食客三千人，待到他失去魏王信任时，这位魏公子就"谢病不朝，与宾客为长夜饮"，日夜为乐达四年之久，最后竟因暴饮而丧命。齐国的孟尝君也是食客三千人，还分成三等待遇：传舍、幸舍、代舍。那位身无一技之长的冯驩身处最低的传舍，竟然弹铗而歌，怨叹自己每餐吃饭无鱼，孟尝君听后，真的把他迁到幸舍，每餐供应鲜鱼。这种私家养士之风直到后来也是空前绝后的。司马迁还常常说这些食客头子"大会宾客""遍宴宾客"，这三千人要是"遍"吃起来，恐怕真的使商纣王的酒池狂饮变成现实了。

魏晋时代也是如此，饮食文化大放异彩。且不说那著名的喝酒与服食，也不必说那人乳蒸豚和糕饼擦锅，你看何曾，老态龙钟了，和妻子相见，还是衣冠端正，正儿八经，自是礼法之士了。可他一点也不亏待自己的嘴巴，日常饭食，比王侯还要精美。皇帝请他吃饭，他嫌御厨饭菜太差，太官端上来的菜肴手艺欠佳，滋味不好，皇帝只好下令到他家去取饭来吃。蒸的糕饼表面不裂成"十"字，他是不进口的。每天的饭费一万钱，还说无处下筷子。他的儿子也大有父风，每天的饭菜一定是四方珍肴，每天的饭费超过他父亲一倍，是两万钱。还有那位不得志的任恺，也是"极滋味以自奉养"，一餐就花费一万钱，还说没有什么可吃的。还有那位吴中高人张翰，因秋风起而想吃家乡菰菜和鲈鱼，竟然挂印而归，留下名言说：且乐生前一杯酒，何须身后千载名。

唐代更是一个具开放意识的时代。陆上与西域文明进一步融汇，大量西域人来到长安几近万户，他们带来了胡服、胡乐、犹太教、火祆教，也开辟了长安西市，以至长安胡化现象盛极一时，于是胡饼、烧饼、饆饠上了华夏食谱。在长安西市，胡姬当垆卖酒，引得"五陵年少金市东，银鞍白马度春风。落花踏尽游何处，笑入胡姬酒肆中"（李白《少年行》）。其狂欢的场面是："妍艳照江头，春风好客留。当垆知妾惯，送酒为郎羞。香渡传蕉扇，妆成上竹楼。数钱怜皓腕，非是不能留。"（杨巨源《胡姬词》）文人雅士的豪集更是风靡，各种宴会名目繁多，令人眼花缭乱：新登进士赐宴曲江杏园，食品有樱桃，于是有"曲江宴""杏国宴""樱桃宴"的名目；《唐摭言》描述当时情形是："宴前数日，行市骈阗于江头。其日公卿家倾城纵观于此，有若中东床之选者十八九，钿车珠鞍，栉比而至。"乡贡赴考之前，推举的当地官员要设"鹿鸣宴"，为之钱行，宴会上烹牛宰羊，歌舞娱宾。每年三月更是唐人吃喝玩乐的日子，举国上下，大开吃戒。男的或吃皇帝的"曲江大宴"，或呼朋吆友，举行一次曲水流觞的野宴；女的也闺房相约，结集香车宝马，携带帐幕食品，踏青散步，郊游野宴。春寒料峭之时，她们美其名叫"探春宴"；待到春色正浓的上巳节前后，她们追寻春光，路遇琪花异草，于是大家席草地而坐，解下罗裙四面圈围遮绕，形成自己的女儿天地，弈棋赏花，品尝名馔，又叫"裙幄宴"。白天欢宴不能尽兴，晚上还要秉烛夜游，李白的《春夜宴桃李园序》说："开琼筵以坐花，飞羽觞而醉月。"更有那名画《韩熙载夜宴图》，或许还能窥见唐末夜宴的流风余韵。当时，最奢华、最侈靡的是皇家与达官贵人的筵席。唐中宗景龙年间，韦巨源进官为尚书左仆射，在家宴请皇帝和同僚，这本是唐代定制，称为"烧尾宴"。这次"烧尾宴"的食单，宋初人陶谷还见过，其中珍肴五十八款。这韦家是唐代有名的饮食大家，美食天下闻名，韦巨源的堂弟韦陟精研烹饪，厨房里珍味杂陈。同僚公卿请客，不管你上多少道珍肴，韦陟从来不屑一顾，因为他家厨房里每顿吃剩倒掉的菜肴，也值几万钱。《世说新语补·汰侈》载：韦陟厨中饮食，香味杂错，人入其中，多饱而归，时人为之语曰：人欲不饭筋骨舒，夤缘须入郇公厨。这郇公厨就成为典故，不知怎么和书橱联系起来，物质转精神，又喻多藏奇书。这只是一般的大臣，皇上呢？

杜甫的《丽人行》是最好的写照，唐玄宗每年在曲江池紫云楼过上巳节，杨国忠兄妹陪侍，大宴群臣，盛况空前，且看看皇帝的菜单是什么："紫驼之峰出翠釜，水晶之盘行素鳞。犀箸厌饫久未下，鸾刀缕切空纷纶。黄门飞鞚不动尘，御厨络绝送八珍……"这是诗，无法看出"八珍"是什么，据说是龙肝、凤髓、兔胎、鲤尾、鸮炙、猩唇、熊掌、酥酪，但肯定不是周代那种平常的八珍。只看《卢氏杂说》里记载的唐玄宗吃"热洛河"，便知道他是如何地花样翻新："玄宗命射生官射鲜鹿，取血煎鹿肠食之，谓之热洛河，赐安禄山及哥舒翰。"

王侯公卿是如此，上行下效，下层吃喝之风也很炽烈，正月晦日要宴乐，张说《晦日》诗说："晦日嫌春浅，江浦看湔衣。道旁花欲合，枝上鸟犹稀。共忆浮桥晚，无人不醉归。……"社日要饮酒宴乐，王驾的《社日》诗说："鹅湖山下稻粱肥，豚栅鸡栖对掩扉。桑柘影斜春社散，家家扶得醉人归。"直喝到日色西斜，个个酩酊。重阳节要宴乐，"故人具鸡黍，邀我至田家，……待到重阳日，还来就菊花"。更有那精练的概括："千里莺啼绿映红，水村山郭酒旗风。"的确如此，在喝酒的历史，只有晋唐两代喝出了名声和趣味，"金樽清酒斗十千，玉盘珍羞值万钱"。当然这种风气自有其时代的背景，开元之前，社会长期稳定，家给户足，"稻米流脂粟米白，公私仓廪俱富实"（杜甫《忆昔》），所以，饱暖之后，奢靡之风就渐渐刮起来。待到安史之乱爆发，"渔阳鼙鼓动地来"，尽管还是"甲第纷纷厌粱肉"，但"路有冻死骨"是不可避免的了。

吃喝与历史就是这样紧密相连。中国有句俗话：巧媳妇难为无米之炊。既讲究吃，敢吃、会吃，就得有研究吃的条件，所以，吃喝之风是奢靡之风，不值得提倡，但正因为奢靡，才真实地反映了当时的时代。注重吃喝本身并不是一件坏事，我们不能只图温饱，当然应当吃得饱、吃得好。春秋时，中国就有"贵生"的理论，在孔子的学说中，不就包含有"惜生"么！惜生当然不是"贵生"，贵生据说是杨朱的发明，要求人们把生存视为第一需要。战国时，杨朱的信徒满天下，"天下之言，不归杨则归墨"。《吕氏春秋·贵生》篇是这样阐述"生"的意义的：耳朵的功能是听声音，眼睛的功能是看色彩，鼻子的功能是嗅气味，嘴的功能是品味道。那些不利于生命的声音、色彩、气味、味道，它们就不去听、看、嗅、品。贵生有全生、亏生、死、迫生等不同，人的各种欲望得到满足，并且都很适宜，这叫"全生"，也就是尊生；欲望勉强能满足，就叫亏生；欲望得不到满足，只好为大义而死，虽死犹生，这叫死；欲望得不到满足，却苟且偷安地活在世上，就叫迫生。迫生是比死还不如的一种生存方式。由此可见，杨朱的"贵生"里仍然包含有儒家"舍身殉义"的痕迹。《贵生》篇最后说：喜欢吃肉的人，并不是说他喜欢吃死老鼠肉；喜欢喝酒的人，并不是说他喜欢喝变质的酒；信奉贵生论的人们，并不愿意苟延残喘地活在世上。于是，古代的哲人们就把官能的感受变成了精神的曲蘖，饮食与意识挂上了钩，追求口福不仅是本能，而且是对高层次生活方式的追求。

这是一个什么样的时代！既有朽木的倒塌，也有新芽的解甲。新的意识、新的观念、新的伦理标准、新的生活方式，突然之间，就从那个适合于它们的土壤中冒了出来。周鲁封固的文化格局摇摇欲坠，强齐的东夷意识几乎执了思想论坛的牛耳，人们狂热地信奉稷下先生们；加上那荆蛮色彩也不断地泼洒到中原内陆文化马车上，孔子不"惶惶若丧家之狗"才怪呢！

杨朱的理论今天不得而知了，据孟轲与庄周的描述也大相径庭，孟轲说杨朱"拔一毛而利天下，不为也"，是极端的利己主义者；庄周说杨朱、墨翟之徒，追求自然适意，反而伤害了人的真正天性。大概杨朱的理论中心是人生当委身自适，随遇而安，不必矫情地去追求仁义，也不必刻意去委化自然，放弃目前的享受。在变动莫测的时代，朝不虑夕，人命时时有危浅之虞，于是大家歆然风从，尽情享受目前的一时之乐，天下自然多了杨朱的信徒。在久治之世，饱暖恩安逸，大家也歆然风从，义无反顾地去品味这真实的现实世界，天下自然多了杨朱的实践者。前者是魏晋人喝酒吃药后清醒的心境，后者是唐帝国盛世光环中迷惑的意态。

教隐龙门劳梦奠

——悼念关德栋先生

2005 年 4 月 29 日清晨,一阵电话铃声将我从睡梦中惊醒。拿起电话一听,是家铮世兄的声音,他哽咽着说:"先生昨晚走了……"我惊呆了,手拿电话,半天没有说出话来。怎么可能?几天前,我去医院看望先生,那天,先生精神还不错,和我谈了一个多小时,我们谈话的主题只有一个:关于第一届俗文学博士生培养问题。我们谈到下个学期的博士生课程,谈到博士生论文开题情况,也谈到马上开始的第二届博士生招生工作、试题和答案。我清楚地记得:医生不让我们多谈,我只好向先生告别。最后一句话是:"先生,您好好休养,我们等您来给今年的学生面试呢。"先生听后,高兴地点点头。想不到,这竟成为和先生的诀别之辞!我手握电话,回过神来,悲从衷发,我知道,先生真的离我们而去了。于是,往日与先生交往的一幕幕又如烟云扫过眉睫……

我初识先生是 1985 年,那是我还是一名少不更事的研究生。上大学期间,就知道山东大学有位学识渊博的关德栋先生。后来去听过先生的一堂课,内容当时似懂非懂,但先生一口纯正京腔,旁征博引,滔滔不绝的渊懿风范,却深深印在记忆中。后来留校,又一次在路上碰见先生,例行垂手肃立,问候一声。不想先生竟然问起我的姓名。当我告诉他时,他说:"我知道,你的老师和我说起过你。"这就算和先生认识了。大约在 1987 年秋天，我为了元明小说中的有些词源弄不清楚，家铮世兄领我去请教先生。一见面，先生马上叫出我的名字，我心中暗惊先生的记忆力。当我和先生谈到"歹"是不是蒙古语借词时，先生肯定地说："不是。《元朝秘史》中'不好'的意思作'卯兀'或'卯危''卯温'，就是不作'歹'。"回来后借了本《元朝秘史》查一查，果然如此。先生那惊人的记忆力和广博的知识面从此深深印在我的脑海里。

这中间一隔几年，我为了生计曾到出版社工作一段。有一次，大约是 1999 年，为了通俗小说的出版校点问题去请教先生。和先生对面而坐，一杯清茶，他滔滔不绝地讲解，我恭恭敬敬地听。先生就像我还在学校那样，讲每一部小说的背景，作者情况，还指导我去看哪些参考书。他根本不知道，在出版社压根儿用不到这些知识。而我却从与先生的交谈中渐渐对通俗文学有了一点了解。有一次谈到章回小说的起源问题，附带谈到"讲经"，谈到"宝卷"。先生突然问我："你想不想做点对学术有用的实际工作?"我回答："当然想。"先生接下来就讲起宝卷的来由、演变、作用、现在的研究状况，一连四个小时，等于一下午就给我说一遍宝卷研究简史，一直谈到天完全黑了。第二天，他又给我打电话，电话的那一头，先生依旧像昨天一样谈笑风生，鼓励我去策划出版《中国宝卷集成》。一连几天，我又去向先生请益，完全沉浸在先生所描述的学术境界中。先生又将此事告知远在扬州大学的车锡伦先生，帮我和车先生联系上，让我一定去向车先生请教。我到了扬州，谒见车先生，进一步了解了整理宝卷的意义和当前宝卷研究的状况，车先生又指导完成《中国宝卷集成》整理出版的策划书。这时，我刚刚完成《续修四库全书总目提要》的编辑出版工作，想着下一步就努力地将《中国宝卷集成》

推出来，后来，这个出版项目在被山东省确定为重点出版选题以后，由于种种无法预料的原因，中途搁浅，使我至今愧对锡伦先生。

这虽然是一段遗憾的经历，但从车先生处，我了解到，关先生致力于俗文学的文献整理工作的心愿已非一日，远在刚调到山东大学之初，就和冯沅君先生一起商量宋元剧本的收集整理工作。后来，在和关先生的进一步交往中，先生不止一次地谈到他的宏伟的计划，那就是先整理通俗文学的书目，先生称之为"摸清家底"；然后是整理出版《中国俗文学要籍辑丛》，先生称之为"提供材料"。然后是专书、专题研究。这一主张贯穿先生学术生涯的大半生。直到山东大学让我做先生助手，协助先生招收第一届博士生时，先生找我第一次谈话，商量招生出题的事宜，就详细谈到这项工作。我至今还能清晰地回忆起来，那是一个上午，先生在他的书房里，兴致极高，从他在北大上学谈起，谈到所有的师友，谈到前半生的动荡生活，谈到与郑振铎先生亦师亦友的交谊，谈到应冯沅君先生的邀请到山东大学来工作的内心感受，谈到在山东大学中文系建立俗文学教研室、开展民俗调查的筚路蓝缕的艰辛。然而，谈得最多的还是今后的打算。谈到要建立俗文学研究室，谈到要搜集访求重要俗文学文献、建立俗文学资料参考室，谈到培养和引进俗文学研究的高水平人才，谈到定期进行与国内外俗文学研究者的学术交流，甚至具体谈到一两年之内邀请来校讲学、交流的学者名单。四个多小时，唯独没有谈到先生自己的学术成就，没有谈到先生在中国那一段非常的历史时期的个人学术遭遇，没有谈到牵涉到他自己的恩恩怨怨。从这一次谈话后，我真切地感受到：先生是一个纯粹的、永远面向未来的、学术至上的长者。

后来在给第一届博士生招生出题中，先生仍然体现着这种一贯的学术主张：加强基础训练，从原典出发，厚积薄发，力戒浮躁，形成稳健的、实证的、创新的学术风格。当先生将出题范围和具体知识写成小卡片交给我时，由于受先生一贯的学术主张的浸润，我马上领会先生的意图：强调基础知识、文献知识和思维方式的考查。我出好题后，又写了一个说明交给先生，阐明这次出题的主旨。先生看过后非常高兴，说："对，就是这个意思。你看，我这哪是考别人，这是考你了。"我心里想，这不是出题，也不是考我，这是先生在下一辈传达一种治学方法，一种学术风度，一种人格精神。

2004 年 11 月 9~14 日，李福清先生来济南看望先生。先生那时正感冒初愈，他很早就来到李福清先生下榻处，二人相见，没有寒暄，李福清先生拿出他收集的年画资料和近几年写的文章，向先生讲述在国外图书馆调查的俗文学典籍的发现。先生专注地倾听，不时地提出问题，或者发表自己的见解，那神情完全不像一个八十多岁的老人。让我们这些从旁陪侍者，不但了解了两位学者的纯粹的友情，还领略了上一辈学者对学问永不满足的谦逊态度。因为下午我们要邀请李福清先生在文学院"新杏坛"讲学，所以，先生在详细询问了听众的情况后，又和李福清先生一起讨论确定了讲学的内容，然后握手道别。李福清先生也许怎么也不会想到，这竟然是两位学者的最后诀别。

这就是我印象中的关德栋先生！

先生去了！再也听不到那种坦诚的心胸，那种春风化雨的谈笑，那种感人的浸润，甚至那种宏伟的心愿也成了纸上蓝图，恐怕也是实现无日了。但是，一切都可以烟消云散，惟有精神之光永不会熄灭。当我们怀念先生的时候，那种激励，那种鞭策，那种照耀，永远都在我们的心头。

浮渡山记

　　龙眠浮渡，吾皖之名区也。虽无黔黄之奇、天柱之险，而孤标卓立，峻极不群，琅琊之亚者也。龙眠以公铎名，浮渡以药地名，比而较之，浮渡尤奇。其山远眺如危樯破浪，而白荡如带，实系舟之缆也。近观则洞壑通联，水丰草茂，古称有崖三十二，洞七十二，皆一一可指划而游也。至若春云穿涧，夏雾飘林，秋霁泣红，冬冰洗碧，四时变幻岚影，朝夕遽分阴晴，始知是风月之无尽藏也。当药地坐禅之时，研雅炮庄，双龙之阁，尽收潋滟；看朱咄碧，执一鹤之杯，满贮块磊。故其为文也，孤傲幽邃，其浮渡之心乎！人因山化，山以人名，信矣哉！余少年读书山中，纵目皆竹韵，侧耳尽松风。每至暇日，偕二三同志信步而游，蜡屐所及，从无措意，而白云前道，猿鹿随行，松萝扫径，山鸟鼓吹，洵不知四美之无价也。及至路转峰迷，贪恋不归，余辉渐敛，冥色四合，云藏幽岫，鸟归旧林，霭压黄眉，枯朽为兵，怪石渐成魑影，枯藤顿失虬姿，孤松巢鹤，败壁飞磷，四望皆骨立，摄魄而动心，又别具一面目也。于是拊膺喘息，狼狈而回。反思山景不易而览之者自有唏嘘，人生际遇，其如斯乎！于今一别三十载，冷落春萝，睽违秋月，而荷衣心绪未尝一日或释也。寤寐思之，申诸楮笔，以成四韵，用作觞铭云尔。诗曰：

少年心事忍尘封，洞影花光惹梦慵。
劫后清虚留竹韵，尊前孤郁送疏钟。
苍烟落照仍青鬓，亭草苔痕减瘦容。
倦眼流云人不识，飞来峰上旧行踪。

送文秘班诸生序

　　阳和旋踵，伏畅达之机；熏炎入怀，感泰通之会。时当蒲节，事合葳修。谁投远吊之文，动湘灵之鼓瑟；何须修途之策，启游子之鞭衣。负笈担囊，不辞千里；执经问字，才历期年。愧无春风夏雨之功，喜得取善辅仁之助。分兰判袂，岂止怀人；折柳赠言，聊申厚意：

　　呜呼！文风浇薄，群言竞萌；亡而为有，虚而为盈。或聚沙成塔，或指雁为羹，或排斥异端，或鼓奋私心。凤毛鸡胆，摇尾以乞怜；羊质虎皮，勾心而斗角。尚自侈言远震；布鼓雷门，不耻妄说高低。蛙鸣井底，然光天化日，爝火自见包容；碧海澄川，箪胶不难檠括。幽玄造化，始识大归；冷落斯文，尚存真性。任伊人而独往，难辞割席分金；舍我辈更谁与？最妙归真反璞。终是金华论道，好学深思；须怜黄卷青灯，量才玉尺。成诗八叉，无非十驾之功；面壁九年，始获一朝之悟。所赖达人笃实，智者见机。知绠短而汲深，学持盈以保泰。渐义摩仁，尤须社会；婆心苦口，无烦啧言。枉己以正人，难逃讥刺；倒裳而索领，或可补苴。凡我诸生，尚慎勉旃！

岁在旃蒙大渊献端阳日　　叙

文渊迎新献辞

甲申之岁，校籍之辰。金风渐届，雁阵初横。皓月流辉，凋疏星于天际；露华舞影，纵素爽于林间。是为奋经之翰府，稼史之文渊。但见群贤割席，言荃百氏之精华；新进下帷，腹笥九经之键奥。萧瑟秋声，更新学海涵沃；氤氲佳气，正宜义圃熏蒸。何为其然也？以东岱摩天，难窥其极；黄河九曲，谁溯其源？待养浩然之气，正当少年；欲耕科学之田，莫辞勤苦。

任重道远，朝夕是争；启后承前，正在我辈！新知旧雨，励之勉之！

为鹊华印社诸生作

　　夫艺有万端，道归于一；体裁异像，妙谛同宗。书契初滋，以成文化；诈伪渐兴，用检奸萌。于是封泥以代班玉，铸纽以像剖符。寄图书以藻文，光炫象外；寓阴阳于方寸，字在腹中。镌雪镂冰，差贤博弈；润身澡德，实赖雕虫。小道之所以经磨不废、历久弥新者，必有可观者也。

　　岁维鹑首，序属仲冬。靡笄山畔，凤穴奎星朗朗；鹊华桥边，龙骧夬气瞳瞳。于是二三同好，联袂文渊。拓银黄于铁石，结印社于林泉。绳墨当前，法度瞻乎秦汉；风怀莫后，规模取自陶钧。载朱载白，如切如磋。譬如积薪，尚冀有光于东序。爰知素绚，何敢蹑迹乎西泠！嘤鸣以求三益，峻极不让一尘。自惟野璞，敢辞乎卞摩；偶有金窠，尚待乎郢削。为金石之交，得声气之应。凡我师友，毋金玉尔音。或接兰气，或要鸥盟。提之命之，幸甚幸甚！

　　题诗曰：

　　　　雕虎应求龙态度，镂冰不让雪精神。
　　　　鹊华意气春来早，看取卿云次第新。

新闻班文学版题辞

夫阴阳锻炼，相错以成文；居诸迁躔，穷神而尽相。阳春烟景，乃天地之神真；大块文章，即有情之心画。相幻则振扬葩藻，共鸣则激荡风雷。入于眉颠，清思浓采；发乎毫末，秀句奇章。故思入幽明、笔参造化者，气与情而已矣。

时届闰余，樽开北海；象兼否泰，气压南雍。米嘉荣善作新闻，王子充难谙旧典。兼苞并蓄，轑轕镂雕。吐纳周情，茹涵孔思。或风生易水，慷慨以悲歌；或草梦池塘，蜿蜒而属调。冰雪其口，岂期乎紫微降光；琬琰其心，莫待乎凤凰上集。维心所命，随化俱移。物外超然，目前炳矣。莫为枵腹之音，莫造蜃楼之境。风樯阵马，济美才情；牛鬼蛇神，终惭另类。批风抹月，得沧海之点萍；琢肾雕肝，炼精金于千冶。曜萤辉于日月，不忝微光，收勺水于江潢，无烦细縠。呜呼！文无定则，珍味尽在郇厨；时不加圭，吟鞭快著祖马。凡我同好，尚慎勉旃！

新编历史千字文

　　大哉华夏，祖述炎黄。历史悠邈，源远流长。唐尧虞舜，启土辟疆；勤恳忧劳，德孚众望。禹圣治水，功绩辉煌；神器家传，至桀败亡。吊民伐罪，更赖商汤。殷纣奢侈，沉湎淫荡；酒池肉林，自焚身丧。孟津誓师，姬周隆昌。春秋战国，此伏彼张；五霸迭兴，七雄争强。扫清寰宇，独仗秦皇；车书划壹，万里冠裳。暴虐黎庶，如狼牧羊。揭竿而起，唯涉与广。中原逐鹿，洪波巨浪。刚愎项羽，蹷去贤良；四面楚歌，剑刎乌江。运筹帷幄，断蛇刘邦。戮信诛布，鸟尽弓藏。汉武盛名，横被八荒。莽改旧制，海内凄惶。秀奉符瑞，决胜洛阳；蝉联余绪，日月重光。灵献懦弱，官竖猖狂。势若鼎足，裂绝纪纲。曹瞒定魏，隼视鹰扬；倒持泰阿，胁迫禅让。先主创蜀，艰苦备尝；生儿不肖，遭逢祸殃。龙盘虎踞，年少孙郎。链索销熔，石头受降。分久即合，西晋是匡。同室操戈，兄弟阋墙。永嘉倾轧，怀闵仆僵。琅邪东渡，匹马腾骧。寄奴草泽，蓄谋剽攘。顺帝委顿，接踵齐梁。萧衍惑佛，陈乃登场。鲜卑拓跋，君临北方。涤除陋俗，教化昭彰。静阐昏庸，世事蜩螗。杨坚承业，意在括囊。豺豕当路，乖戾隋炀；听谗猜忌，引颈就戕。留守李渊，崭露锋芒；摧枯拉朽，奠基三唐。太宗纳谏，千古榜样；百姓晏乐，沾惠贻芳。媚娘女杰，端拱平章。开宝颂诗，稻粟凝香。朔庭鼙鼓，撞破潼关；六军徘徊，终埋玉环。藩镇蜗斗，搜刮贪婪。朱温存勖，乘时发难。敬瑭爱婿，因嫌成患。刘暠父子，享祚何短！郭威兼并，扶危济颠。输诚柴荣，采录俊彦。待机趁宜，桥驿兵变；体加衮袍，拥立点检。榻岂容鼾，杯酌解权。烛斧伺疑，膏火互煎。真恒屈膝，澶州乞盟；韩琦仲淹，协助辅仁。血口毒舌，诽谤诤臣。贬放审徙，聚讼锢禁。徽钦绍替，苟延残喘；忍耻含辱，坐井观天。荆棘铜驼，赵构偷旋。迁都钱塘，瓯缺瓦全。和戎左计，佞桧离间；毁吾屏障，悖逆刁顽。忠贞岳帅，披肝沥胆；踏翻贺兰，冀复幽燕。莫须有狱，旷代奇冤；控驾吴峰，金亮夸言。浅斟低唱，半壁偏安。宁理度恭，姑息养奸；军实亏空，猫鼠共眠。挥鞭驱赶，凶猛伯颜。寡妇衔璧，孤孽啼鹃。文山丞相，正气凛然。钓台恸哭，覆厦谁肩！忽必烈作，灭宋称尊。激赏儒术，造字番僧。敲骨取髓，灾害屡侵。挑动河黄，遍野红巾。鱼游沸釜，蚕食鲸吞。释朱元璋，斡转乾坤；其号曰明，特占南京。青田韬略，徐达殊勋。叔侄扞格，枉法违情。铁炫殉义，高节凌云。拒草章表，孝孺磔刑。会通淮浦，谨慎用人。夺门既乱，于谦饮恨。喜好妖道，荼繁网密；筑坛斋醮，耗费累亿。嵩贼恃宠，收赂舞弊；恶贯满盈，上苍厌之。倭寇劫掠，戚俞抗击。黑白混淆，举目奄祠。豪客闯王，遂反米脂；旌戟指处，所向无敌；批亢捣虚，崇祯缢死。险塞失钥，鹊巢鸠踞。芜城屠夫，梅花阁部。玄晔弘历，企求巩固。修典纂经，殚精极虑。镂尘吹影，瓜蔓连株。扩展版图，财瘅力敷。薰蒸渐渍，欧风美雨。鸦片烟消，外盗跋扈。老妪垂帘，割地尤剧。志欲效颦，倡办洋务。戊戌维新，义士殉仁。辛亥革命，封建刨根。

赤旗飘扬，唤醒农工。我党灯塔，导引航程。前赴后继，曲折长征。雄鸡啼晓，人民执政。领袖卓越，总理纯粹。超轶前修，鞠躬尽瘁。邓公果敢，谱写新章；统一富裕，设计周详。科学进步，朝野归往；各族团结，正道康庄。

代蒋维崧先生拟致黄苗子先生书

大雅清览:

　　道范难亲,鱼书久睽;两地停云,渴思山积矣!常忆当年从游渝州,风雨联床,赏奇析疑,受益良多。斯情斯景,屈指已近一重花甲,尚时时于梦寐求之!六十载沧桑世变,当年旧雨,而今零落殆尽矣。每思及此,怅怅无欢!所幸兄台人推耆德,天介遐龄,道艺日精,声华藉甚,足令故人盱衡扬眉也。弟才非谐世,学不通方,昧昧而趋,屯屯而居,惟守拙自安,箪瓢有继,微愿足矣!然闲暇日久,技痒难熬,时时托诸楮笔,信手涂鸦,非敢炫世,欲不致砚田久旱耳!二三子以为可观,欲结集出版,出版社囿于惯例,必欲索一言,以弁编首。默思天地之大,最知我者惟兄一人而已,故敢借重一言,用光斯册,或长或短,惟君裁之。把笔临风,不尽所怀;潭祺笃祜,是祝是颂!

致迎建女兄

迎建女兄清鉴：

　　月前接得大著陈寅恪传稿，目威海审稿会上将陈氏列为重点传主，故尔熏吾兄稍事润色，弟不敢擅专，遂将尊作付洪，不知吾兄收到不曾。回武汉仁兄处传达之误，迟未收到，弟应吾兄处亦或为之，故多次电话询问黎传纪兄，不意黎兄亦不在，弟又不知大兄电话号码，日居月诸，不稍我待，万般无奈，特来函一问。切眄吾兄拨冗示覆，并告以电话号码以便联络为幸。耑此不宣。

　　即颂时绥！

弟思陶修

一九九六年十一月十日

致刘晓艺 1996 年 1 月 16 日

晓艺棣：

　　接读《齐鲁晚报》之元旦献辞，饶多感慨，窃以为如能在"青未了"栏下辟一近古诗园地，固佳；日下据云全国诗社已达八百余个，而名实相副者鲜矣！不循旧章，奇谲烟云者有之；不伦不类，滥巾矫名者有之。前尝见贵报所刊旧体诗词，率多草莽。厕名者固多名流，实无益于声誉，徒取笑于骚坛，窃以为不举则已，举则当使青徐之士有所景从，虽不得翕然风动，亦使山野有则可按，方不负此初心。至若雪月花风，蛩鸣虫唱，亦宣情达意之一途，本不宜敝屣视之，检点其间，撷拾精金可矣！斯议固知鄙之，然私心可鉴，望勿以执拗罪之。

　　当日曾侈言旧作，近来捡点旧箧，删繁汰俗，尚存四百余首，以八行蜀笺，日钞一二首，点划潦倒亦似此生，不知何日方可藏事。今钞奉数首，如可用，权当抛砖；不可用，弃置勿复道可矣！耑此，不宣

　　佳趣频增　是祝

思陶奉

1996. 元 . 16

致刘晓艺 1996 年 3 月 30 日

琅缄欣悉，欢忭何似！其意丰辞约，语隽味长处，亦足以快慰平生矣。前波后浪，三日辞归，其谁曰不宜？古人以文章为经国之大业，歌诗作天地之正音，何其谬哉！当今之世，崇才捷足，各立要津；傥论宏规，时萦耳际。仆志固寝鄙，才益卑歉，不合于时，自蹈曳尾，又欲营巢苕草，强栖一枝，舍鱣堂而就坊肆，私衷愧恶，夫复何言？谬承锦注，实难克当！是才命未妨而愈窘愈迫，窘则忿，迫则怒，不顾轻躁，发为里唱，用写离忧，或怨穷嗟蹙，或顾曲迷花，寄怀殊浅，气格尤卑，于纲纪民生，固无一取焉。然发于心，形于色，着于辞，扪而自问，尚无违心之论，差可自安，非敢侈言好古。后世有好事者，得之于粪壁废瓿之间，偶一诵读，即致喷饭，私衷亦足矣！俗语云：酒逢知己饮，诗向会人吟，待誊钞葳事，自当寄诒，月旦之责，深望于知我者。

倪子志云，仆之诤友。以耿介拔俗之标，好古博雅之想，怀文抱质，渊然精勤，非一日也。棣若存心下问，定有获益。兹以电话见告：5957216，把管临风，未罄所言。专此奉复，晓艺贤棣。

思陶顿首

1996 年 3 月 30 日

得一斋诗钞补

秋怀十八首呈朴民公　诗翁大雅郢正

一

断送繁华是早秋，江关何处觅清幽？跳珠湫水静澄碧，迷鹤浮云淡不流。醉意未浓先呵笔，禅心初悟懒盟鸥。有情天有无情恨，莫对山灵话白头。

二

片叶惊飞记异闻，澄怀零落忍轻焚？牵情自缚惟闲葛，排闷难留是野云。有术皆成钓名饵，无歌不是颂周文。天心到此真寥廓，万里清光一例分。

三

暂借澄流洗道心，桂花香满小山岑。溪岚烟里初调粉，霜树风前欲掷金。媚却糊涂怜菊盏，破除潇洒惜兰琴。九皋一唳知谁应，始识奠囊寄慨深。

四

红尘回首竟何曾？青女萧郎恨不胜。投饵仍垂芦叶钓，惊弦已挟雁翎缯。谈风蝉为哀愁老，转浪蓬因恋梗兴。传语阴阳休锻炼，黄花节气漫无凭。

五

枫露初流一寸丹，秋心到此任汍澜。千年鸡塞频催杵，十丈萤楼怯跳丸。野马情多才著棓，鲇鱼计拙却缘竿。平生惯许先零意，山月如今不耐看。

六

素商罢奏意凌虚，独抗风尘两鬓疏。鱼蠡怜人耽薄酒，鹿车载客问遗书。青春凝碧终凋尽，残叶飞丹总羡余。劫杀棋枰分黑白，未妨天道是归除。

七

消沉时节更萧辰，窥破轮回百转身。数点青云升邈邈，一天黄叶落湮湮。歌成麦秀仍思郢，律转瓜灰始避秦。白凤无征琴瑟老，玄音何日奏游麟？

八

新火西流看晓星，断红又起蓼花汀。莲房减瘦分长梗，雁阵惊寒怯短翎。席上青蝇呼学士，阶前白蜡号明经。东篱扶醉诚多事，桃偶怜他任变形。

九

萧疏一叶杀炎蒸，雁阵南回避几矰？榆落山巅流皓月，霞飞天际醉黄縢。沈云脱柳疏元亮，冷苇孤篷薄季鹰。见说民风新蜕变，寒砧声起暮烟凝。

十

溪碧新痕瘦一篙，幽林鹖鸣未寒号。窗前银杏多成果，梦里琴心才出牢。隔水笛轻吹蟋蟀，当阶歌怨引蜻蜍。如何作茧红尘外，偏有人间恨未缲。

十二

代谢无端自叠兴，黄花故事更何凭？梦中花月时沉碧，醉里歌吟总抱冰。独自萧疏怀旧赋，十年潦倒读书灯。家山应在苍山外，莫厌登楼再一层。

十三

序届清商亦大观，无烦蝶老惜蝉寒。千秋夬气方流紫，一叶乾机忽吐丹。学剑不成犹举楚，缄封未上懒瞻韩。等闲风月易留幻，且任晴窗对雪岚。

十四

半生萧瑟作云游，悔泛当年求剑舟。八百孤寒云外国，三千珠履蜃中楼。鬓花不现重山媚，鲁酒难消隔夜忧。看好故园新月色，输与残梦待从头。

十五

落箨休怨伐性戈，自由岂必向人多？不堪夜露偷开菊，记取寒霖暗裂荷。乌帽出欹欣得韵，暮砧未起倦先歌。逍遥最是经天鹤，一唳苍茫入大罗。

十六

桂阁孤岑恨再临，故山极目白云深。鸡声灯火三更韵，雁阵楼烟万里心。越剑寒芒分雪色，吴讴雅律换蛮吟。泅知铁板无由唱，独向罡风开素襟。

十七

西风催客换蓝衫，片席收藏一挂帆。城外青芜输短梗，天边白鹭点长掭。酒随蜡泪零犹断，愁共鸦啼噪复缄。歧路杨朱工哭惯，人间依旧别仙凡。

十八

拙计蜚鸿恋远空，江山又见夕阳红。蜚虫慨息莫须有，桂蠹嘈嗷将毋同。等是明夷新梦里，断难无妄老风中。江干休堕苍生泪，斫取扶桑挂楚弓。

拟篆书引

志云兄作《篆书引·奉酬蒋峻斋父子惠锡金文墨宝》，高古不可及。勉说其后，亦步亦趋，以为效颦者戒！

书分八体世争传，隶草真行随俗迁。颉斯笔意久消歇，《兰亭》《洛赋》总移弦。千载云烟想笔虎，规行矩步欲继古。山人完白号融通，古法翻来成吞吐。让之㧑叔各擅能，银钩铁索破嶒峻。缶翁倒颖求石鼓，露花满纸蔚霞蒸。一自庐陵《集古录》，代代薪传研金石。穷穷兀兀求鼎彝，绝绪余风待绍述。可怜举世尚临摹，现其皮毛昧其实。新开局面看峻公，纵横满轴总从容。舒驰疾速皆按节，精微隐现拟垂虹。春水缘溪锦鳞动，寒藤挂壁鹤排空。苍崖劈破生风雨，抉电摇旌曳钟鼓。龙芽虬干露痕微，鸟迹犀纹归神斧。毫锋墨意达神明，总是羲皇时上情。对此飘然清俗虑，醍醐新浴世尘轻。

（编辑按：《得一斋文钞》排版时对整理稿有所调整）

附录

附录一：纪念文

斯人已归桃花源

张存金

获悉鲍思陶教授去世的消息，是在追悼会开过之后的那个秋雨霏霏的黄昏。他的同班同学吴良训语带悲凄地告诉我："张老师，思陶已经走了，我去济南参加追悼会刚刚回来。"我一时不敢相信自己的耳朵，好一阵子回不过神来。我忽然记起，前些时良训好像给我说过思陶病了，我以为不过是一般的流行疾患，根本没料到会是夺命的癌症。不然的话，说什么也得在他生前去探望一下。

没过几天，他的另一位同学郇玉华及其爱人来菏泽，我和良训、恩强陪吃晚餐。没说几句话，就提起了思陶的事，谈及他的才学，他的为人，他的家庭，赞佩，惋惜，嗟叹，每句话似乎都格外沉重。因为逝者毕竟刚及50岁，是山东大学中文系既有实力又具潜力的年轻教授，正值人生盛年，事业巅峰，学术生命如日中天。如此英年早逝，让人深以为哀。那顿饭吃得很慢，吃得很久，低度酒也觉得特别的辣，特别的涩，特别的苦。从他们口中，我又知道了思陶许多信息。回到家里，辗转反侧，悲从衷发，久久难以成寐，思陶那清癯矍铄的身影总在眼前飘忽闪现。

思陶1978年9月考入山大中文系，我正好毕业留校，担任他所在班级的政治辅导员。当时高考制度刚刚恢复，这个班一百多人，都是凭真才实学考上来的，年龄最大的37岁，最小的只有19岁，"老三届"大都过了而立之年。22岁的鲍思陶算是比较小的了，属于生逢其时的天之骄子。我当时23岁，初出茅庐，年龄经历与他们同属于一代人。大家朝夕相处，亲密无间。直到后来我为了照顾家庭调离学校，才不得已与同学们分别。这段经历我一向十分重视，"老师"仅仅是一种职业的称谓，实际上彼此所珍惜的，是那份在共同学习共同生活中所建立起来的感情和友谊。

思陶入校时的名字是鲍时祥。当我从新生名单上乍看到时，不知怎的脑子里就突然蹦出了个"时传祥"来，也许是望文而生发联想吧。记得初次见面是在教室里。那是第一次开班会，小鲍到得比较早，端正地坐在最前排。我走进教室，一眼就看到了这个浑身透着精气神的小伙子，瘦削的身材，白净的面孔，又大又亮的眼睛格外清秀有神，看人时略带羞涩，给人一种聪明颖智的印象。会前，我们进行了十分随意的交谈。当他告诉我名字后，我立即说起曾经联想到北京那个淘粪模范的事，他腼腆地低头一笑，接着告诉我是从江西彭泽来的，我们几乎是同时说出："那是陶渊明做官的地方。"这一来小鲍打开了话匣子，向我述说了这位县令许多为民造福、蔑视权贵、不为五斗米折腰的佚闻遗事。谈及《桃花源记》，有些精辟的语句他都记得很熟，言语间流露出对陶渊明的仰慕。由于初识时这次短暂的交谈给我留下了深刻的印象，以至于后来只要看到他或者接触到与他相关的信息，我就会不由自主地联想到陶渊明及其所描绘的那个世外桃源。

鲍时祥大学毕业后所办的第一件事，就是更改姓名。据说费了好大周折才把名字改为鲍思陶，从此，便以此名撰文著书并对外介绍。一段时间以后，鲍思陶之名不胫而走，很快声誉鹊起，引起教坛和学界的关注。"鲍时祥"反倒被流失的时光渐渐冲淡了。由慕陶而思陶，足见其用心良苦。

其实，鲍思陶的家乡原是安徽省枞阳县，他在这个地方出生并度过童年，后因父母工作调动随迁彭泽。枞阳清代隶属桐城，这里是影响深远的桐城诗派的发源地，是孕育方苞、刘大櫆、姚鼐等大文学家的地方，文化底蕴非常雄厚，崇文向学之风极盛。思陶就出身于诗书传家的书香门第，祖辈多是读书人。其祖父读过私塾，有扎实的国学根基，是当地有点名气的文化人。他的父母文化水平也比较高。思陶自幼受祖父指教，饱受传统文化熏陶，浸润其间，得到了良好的启蒙教育，童年就笃嗜古典诗词，能熟记《唐诗三百首》及《诗经》《楚辞》中的许多篇章。正是因为从小播下了古典文学的种子，直接影响了他后来对专业及研究方向的选择。思陶的文学专长在小学时期初露端倪，初中时期就已经出类拔萃，独树一帜了。老师经常把他的作文作为高年级的范文，当地的中学生杂志也时常发表他的文章。无怪乎他以优异成绩考入大学时，仅仅是初中毕业生。一个没上过一天高中的人，能够过关斩将，力挫群雄，一路高歌，长驱直入名牌高校，其实力之雄厚，锋头之健锐，是一般人所不可匹敌的。思陶对我说过，之所以选择山东大学中文系，就是出于对这个学校古典文学和古代汉语专业的心仪久仰。

思陶的传统文化素养和古典文学功底，一入校即显露出独特的优势。与他接触较多的同学，都领略过他对古代诗词和经典文章熟记成诵的功夫。有时候聊天，口中不经意间就会蹦出几句唐诗宋词来，好像这些古老的诗句就在舌尖牙缝间藏着。我当时的研究方向就是古典文学，我们之间自然有许多共同感兴趣的话题，常常不自觉地涉及陶渊明。思陶不仅赞赏陶氏刚直不阿、不随流俗的处世态度，也推崇他寄情田园、淡泊朴素的生活情趣。看来，他对这位在任八十一天的彭泽父母官下过一番功夫，不仅熟悉他的诗文版本，还能指出孰优孰劣，不仅能背诵他的许多诗赋，还能列述其创作背景和主题思想。只要提起桃花源来，每每兴奋之情溢于言表，清澈明净的眸子里会放射出奇异的光彩。当时我就诧异，这个只有初中学历，涉世未深甚至还带有几分稚气的小伙子，怎么会对远古时代那位倔强古怪的老夫子情有独钟，并对其心理琢磨得如此深透呢？

思陶刻苦学习的精神，在班里是比较突出的。他几乎没有什么明显的爱好，平时参加文体活动不多，惟一的嗜好就是读书。上课总是提前到位，全神贯注听老师讲授，一丝不苟地记笔记，并注意动脑筋思考，喜欢提出一些比较深奥的问题。他的记忆力特别好，看过的东西能够记的牢。学习汉乐府民歌《孔雀东南飞》时，为了活跃课堂气氛，老师突然提出了一个问题："孔雀为什么要往东南飞呢？"思陶抢先作答："因为西北有高楼。"老师欣慰地笑了。此语原是另一首汉乐府民歌的句子，用在这里恰到好处。这本来是著名学者陆侃如教授在法国博士论文答辩时的一段佳话，陆先生的机智灵活曾经让在场者拍案叫绝。思陶大概知道这个掌故，就活学活用了。在学习上，他惜时如金，从不让时间白白浪费。自习课常常及早赶到图书馆或阅览室，默无声息地一坐就是一大晌。早晨校园里晨练的人多，比较嘈杂，他就与同学一起到校外田野里学习。朝晖中经常看到他在阡陌间静坐读书的身影。我和他相处的那些日子里，看到他的行动轨迹，几乎就是从宿舍到教室（图书室或阅览室），再到餐厅，每天就生活在这种约定俗成的三点式圈子里。周末逛书店几乎成了他的固定功课，最常去的就是纬四路那家古旧书店，时间一久，便与书店的营业人员熟识了，哪一个星期有事去不了，他们还真觉着少点什么。别看思陶平时生活节俭，从不枉花一分钱，但买书却十分慷慨，只要发现中意的书，价钱再贵也要买回来，书成了他须臾不可离开的良师益友。多了柜子放不下，就整齐地摆放在床头上，重重叠叠形成一座书山。他喜欢这样日对功课，夜拥书山。

思陶是个性格比较内向的人，走路相遇总是甜甜地一笑，很少说话，千言万语都在那深情的目光里。只有侃起古代文学人物或作品时，他才口若悬河，声情并茂，与平时判若两人。思陶老实厚道，一向与人为善，从不搬弄是非，不挑拨矛盾，有很好的人缘。在班里是个不显山不露水却十分招人喜欢的学生。

思陶大三的时候，我由于家庭原因决定调回原籍，同学们依依不舍地为我送行。那天中午，思陶独自来到我的单身宿舍里，见面后好一阵子没有说话，他是在竭力控制自己的感情。我动情地拍了一下他的肩膀，相互说了一些挂在嘴边的道别的话。因为我当时有事需要外出，思陶只是面对面站了一会儿，便匆匆告辞了。说实在的，我平素就比较喜欢像思陶这样勤奋好学的人，早就有意支持他走做学问的路子，那天我们俩本来都有满腹的话想说，却没能顾得上说。一直到我调离，也没能找到机会单独谈谈心，事后想起来觉得有些对不住他。

我离开学校一年多以后，思陶就在研究生考试中蟾宫折桂，以第一名的成绩，考取了古汉语大师殷孟伦的研究生。据说，老殷先生挑选学生一向严谨苛刻，守缺勿滥。他十分慎重地将鲍思陶擢为弟子，从此即关门收山。老先生对自己喜欢的门生厚爱有加，自然悉心栽培。这段经历对鲍思陶来说，应当是知识储备学问长进的关键时期。随着老殷先生年事渐高，后来连别人请他作序的事都转托思陶代笔。用他的话说，年轻人心气盛，文章骨力强劲，生机勃发，常出新思，非年老者所能及矣。由此可以看出老学者奖掖后学的无私和远见，也可以看出思陶学业的日渐成熟和发展潜力。

研究生毕业后，思陶如愿以偿地留校任教，从事古典文学和古汉语的教学和研究，这应当是他的初衷。可以说，思陶是在做好充足准备的情况下，充满自信地跨进学术殿堂门坎的。从开始起步就严谨细致，一丝不苟，重事实，靠原始材料，不枉论臆断，不轻信盲从。他发表的论文和出版的专著，逻辑谨严，论述缜密，文辞精美，切中肯綮，深受学界好评。他讲授的课程，广证博引，深入浅出，给学生以深刻启迪。不要说原本生动感人的文学作品，能讲得活灵活现，栩栩如生，即便枯燥单调的古代文字或天文历法，也能讲得有声有色，妙趣横生，让人回味无穷，永记不忘。

为人之师的鲍思陶仍然像学生时期那样谦恭和善，与学生平等相处，辅导时谆谆善诱，不厌其烦。在学生心目中既受尊敬爱戴，又没有距离感。有一次课间休息，他还在讲台上为学生解疑答难。那谈笑风生、洒脱自如的神态，引起了后排两位女生的兴趣。一个说："你看老师多帅啊！"另一个说："你去跟老师说，他肯定会高兴的。"于是那位女生就冲到讲台上，贴近他的耳朵说："老师你好呀！"思陶哈哈大笑，脸上露出压抑不住的喜悦，以至于后面二节课都一直沉浸在这种情绪里。

离开学校后，与思陶只见过二三次面，其间虽有电话联系，但多是礼节性问候或具体事项的咨询，真正面对面交谈的机会不多。思陶任教时的这些事情，大都是听他那些在北京、济南及菏泽的同学讲的，有些支离破碎。至于后来他为什么调到齐鲁书社做编审，几年后又鬼使神差返回山大中文系，思陶没对我直说，我也没听其他同学细讲，也就不便多言。凭我的直觉，思陶是个醉心学术、痴心教学的人，他离不开他所挚爱的那些学生，最后重返山大，也算是叶落归根，这应当是他的由衷选择和必然归宿。

　　记忆最深的是和思陶的最后一次见面。那是 2004 年的秋天，我去省城参加政府法制工作会议，适逢一起与会的省防空办的王晓，他和思陶是同班同学。那天晚上，王晓专门安排了一个优雅宽敞的餐厅，邀请在济的几位同学与我一起团聚。通知的同学有几个出发不在，记得来参加的有王晓、陈炎、冯炜、吴传宝、陈中华、鲍思陶等。思陶是最后一个到场的，我和他握手寒暄，脱口叫他"小鲍"。他哈哈一笑，伸出一只手在我眼前晃了晃，"老师，马上 50 岁，不小了。"我也笑着说："看长相你还是个 40 岁的小伙子呢。"当时见他略显瘦削的面孔，依然透着飒爽英姿，那双秀美的眼睛还是那么炯炯有神。

　　我和同学们天各一方，像这样聚会的机会不多。大家久别重逢，都很高兴，酒也喝得不少。席间谈论较多的还是在校期间我们所共同经历的一些事情，也谈到我离开后新发生的一些趣事，还谈到其他同学在国内国外的事业发展。我听来都感到十分亲切，因为这些旧闻和新闻都与我那段经历有着千丝万缕的关联。思陶那天情绪很好，但说话不多，还是那样深沉内敛。那双会说话的眼睛追逐着大家的话题，不时流露出认同或赞赏的目光。听到有趣处，便随同大家开怀大笑，有时笑得眼泪都流了出来，率直得像个孩子。那次聚餐气氛活跃，高潮迭起，直觉时间过得快，也没能与思陶单独谈些私人的话题。但让我万万没有料到的是，这次见面竟成了与思陶的最后诀别。席终前，我盛情邀请大家春暖花开时节到菏泽观赏牡丹，举座应诺。但因工作繁忙，至今尚未成行。现在看来，即便以后有了机会，鲍思陶同学却再也来不成了。这让我遗憾之余，陡添懊悔。我能想象得出，思陶那双长得很美又善于审美的眼睛，一旦见了姹紫嫣红千娇百媚的牡丹，会放射出怎样奇异的光彩。未泯的童心会让他孩子般地陶醉在花海里，留连忘返。因为我知道，陶渊明笔下的田园风光，正是他终生追逐的梦境啊！

吴良训特地告诉我，近日网络上有许多鲍思陶的信息。我平时上网只浏览新闻，很少访问其他。在一个秋风萧瑟的晚上，我怀着沉痛和悲伤，屏声静气端坐在荧屏前，小心翼翼地打开了与思陶相关的网站，生怕任何一点鲁莽惊扰了他安息的魂灵。我从山大中文系教授行列中，轻轻点击了思陶的名字，首先映入眼帘的就是那幅彩色的照片。这照片大概是前几年拍摄的，比我上次见他时略显胖些，清秀的面容依然挂着坦然的微笑，微蹙的眉头似乎若有所思。那双深邃的眼睛亲切地一眨不眨地望着我，似在问候，似在告别，又似在劝慰我不要难过。我的眼睛立马湿润了，泪水忍不住夺眶而出，视线再也不敢与他的目光相对。我怨苍天不公，为什么好人就不能长寿？真的是天妒良才，天丧斯文吗？面对逝者这青春的风采，面对善者这坦荡的笑容，天将何言，天将何忍啊！此时此刻，我渴盼思陶能从荧屏中走出来，我们会不顾一切地相拥相抱，28年师生情，细说从头！

接着，我翻到了思陶生前的著述列目。出版专著7部，主编著作6部，校编整理著作5种，策划大型丛书3种（80卷4200万字），担任课题项目3项，发表有重要影响的论文4篇，林林总总举凡28项。我忽然想起，思陶22岁进校，到逝世正好28年，著作等身，真的是这般巧么！如果上苍垂怜，天假其年，思陶的学术贡献将会不可限量。因为，许多学者的传世之作，都是50岁以后的成果。孔子说过，五十而知天命。知天命者，通晓自然人生内在规律之谓也。人及五十，才刚刚把这个复杂矫饰的世界看个明白，人生正面临自由王国的起点，思陶，你怎么就忍心走了呢！

我的眼睛湿润着，我的心颤动着，我用颤抖的手小心掌控着鼠标，网页上笼罩着一片哀思，悲风冷气扑面而来。我看到思陶逝世的噩耗传出后，他的学生们沉浸在悲痛里，纷纷忍泪衔哀奔走转告，有的失声痛哭，有的含悲饮泣，有的大声诉说，有的四处寻觅。悼念的帖子比比皆是，赋诗，撰联，写文章，还有的仅仅打出一个警示或疑问的标点，代表着隐藏心中的千言万语。不论何种方式，共同表达的都是景仰惋惜追思悼念之情。从这里，我看到了思陶在学生心目中的位置和分量。实际上，人的生命本来是十分脆弱的，生与死仅在咫尺之间，倏忽即逝。作为一个年轻的学者，一个普通的文化人，思陶的死能够让这么多人深切地感受到"痛失"，比起那些悄无声息归入洪荒的人来说，也算告慰在天之灵了。

最让我惊叹的，还是在"网络古典诗词雅集"版面里，终于读到了思陶那些脍炙人口的旧体诗词。早就知道思陶主讲的"古典诗词格律"课很有吸引力，选修者趋之若鹜，慕访者应接不暇。也听说他写的旧体诗词影响较大，有人说"当代无出其右者"，只是没有机会阅读。这次我才发现，思陶发表诗词作品用了一个生僻古怪的名字"哀骀它"。这是春秋时期卫国一个人的名字，其人相貌身材奇丑无比，但却品德高尚，男人都喜欢结交他，女人都自愿嫁给他。英俊如思陶者竟然喜欢这个名字，或许正像倾慕陶渊明的道德文章一样，崇尚哀骀它的处事为人吧。我想，思陶深谙姓名学，由鲍时祥，而鲍思陶，而哀骀它，个中缘由，也许有不可为常人道的隐秘。

读过思陶的旧体诗词，似乎窥见了他丰富多彩的内心世界，更增加了对他的才华和人格的了解。随着鼠标移动，我最先看到的是《金陵绝句》四首：

春到虹桥细雨中，乌衣巷口暮云空。

只今惟有秦淮水，一著东风便泛红。

已遣流光送六朝，碧云飞尽摄山遥。
水晶帘外霓虹影，舞断江南是楚腰。

钟山青到竹檐痕，苜蓿花开处处村。
谁借东田才子笔，醉招细雨杏花魂。

开樽初听厌春槽，苕草无端结尾牢。
已觉昏鸦减清籁，夕阳明处是山桃。

优美的文笔，奇妙的意境，丰富的想象，隽永的构思，体现出作者对历史进退国家兴亡的严肃思考，展现的是一个学者的深刻洞见和宽宏胸襟。《铮儿日记题扉》则是一篇充溢着亲子之情的律诗：

垂髫尚稚子，顽劣无可似。
七龄付纸笔，俾尔固心志。
前后十九篇，非效前贤事。
十寒成一曝，终负趋庭智。

凡事得浅尝，何以为秀士。
今复成斯编，并致殷勤意。
驽马功十驾，鼫鼠穷五技。
万事贵有恒，愿尔慎终始！

此诗体现出作者对稚子的关爱、呵护和期望，展现的是一个父亲的眷眷慈怀和缕缕亲情。思陶的另一首《浣溪沙·病中接故人来电》，用语含蓄，感情细腻，读来情动于衷，引人遐想。

> 雨后园林一抹清，风前伫立听啼莺，声声似唤晚来晴。
> 放眼新花开旧苑，回头流水拟人生，何妨携手且徐行。

对思陶的家庭情况及情感生活，我了解不多。听其他同学谈起好像婚姻不甚如意，后来不得已协议分手。因为怜惜孩子，就一直没有再婚，病逝时依然单身。我不知道这首词是写给谁的，但可以看得出是一位熟悉的女性。字里行间体现出作者对美满姻缘的期待和呼唤，展现的是一个丈夫的内心孤独和深切眷恋。思陶以久病之身，闻啼莺而思亲情，观新花而叹人生，发出的是身心俱悴的肺腑之言，表达的是饱经沧桑的真情实感。月有阴晴圆缺，人有悲欢离合。思陶所期盼的"晚来晴"终于没有等到，他是带着满腹心事一腔幽怨万般无奈离开这个世界的。这样匆促而又从容地走，或许是一种放弃和解脱，留给生者的却是难解的愁绪、难尽的哀思和难言的痛苦。

据悉，思陶的《得一斋诗钞》近期可望出版，能够让更多的人欣赏到他那情深韵远肌理细密的诗词佳什，无论怎么说都是件功德无量的事。只不知他用流畅纯熟的文言创作的那些古文、骈文什么时候能够面世呢？思陶生前曾经对学生说过，人类的血脉有两条，一条是身体的，一条是文化的。可以告慰的是，思陶体内的血脉虽然停止了，但他所终其一生为之奋斗的文化血脉，必将会得到永久传承和弘扬。

去年5月，我们共同的老师关德栋先生驾鹤归西，思陶专门写了一篇悼念文章，最后一段话情真意切，让人刻骨铭心。我特意把这段沉甸甸的文字引过来，作为对思陶痛定思痛的哀悼，这应当是思陶当初所万万不曾想到的。生活有时候就是这样出其不意，人生有时候就是这样阴差阳错，生命有时候就是这样残酷无情。

先生去了，再也听不到那种坦诚的心胸，那种春风化雨的谈笑，那种感人的浸润，甚至那种宏伟的心愿也成了纸上蓝图，恐怕也是实现无日了。但是，一切都可以烟消云散，惟有精神之光永不熄灭。当我们怀念先生的时候，那种激励，那种鞭策，那种照耀，永远地都在我们的心头。

2006 年 10 月 10 日于菏泽

张存金，笔名金锦。曾任山东大学中文系教师，菏泽市副市长，菏泽学院党委书记，现任菏泽市作协主席，系中国作家协会会员。

(原刊于金锦《知命心语》，百花文艺出版社 2009 年版及微信公众号《天下散文平台》2018 年 10 月 8 日。)

我的责编

——怀念鲍时祥同学

罗　琳

2006 年 8 月，鲍时祥是第二个离开我们的同学。

上学时我俩并不熟悉，鲍时祥给我的印象是小个鬼精的南方人。毕业后，他读研并留校中文系，教音韵训诂。由于均从事古文献工作，他常来北京我这里看书、查资料、摆龙门阵，我知道了他心里很郁闷。

世俗的东西逼着他离开学校去了出版社，给了他一套大一点的房子和一个高级职称。之前，他问我"如何"，我说"尿不到一个壶里，迟早你会'社来社去'"，以后果然如此。

刚去出版社，来找我，要我将整理多年的《续修四库全书总目提要（稿本）》在其出版社出版，于是乎鲍时祥就成了我的责任编辑，你来我往愈加频繁。

多年前去其出版社公干，老鲍请往家吃饭，却不善烹调，归途购一扒鸡，抵家，并在厨房下面，顷刻熟，返客厅，见两斤多扒鸡只剩头与爪，其子端坐桌旁，油手浊面，笑而不答，老鲍十分难堪。然其子天才，几年后以优异成绩考入北大数学系。

鲍时祥乃殷孟伦之高足，章黄学派血统纯正；天赋极高，记忆奇好，学有专长，清高孤傲，奇才子也。擅长书法篆刻，尤擅古典诗词及四六骈文，平仄工整，典雅古朴，当代骚人词客绝少出其右者。特别是在生命最后一段时间，像火山爆发般填写了大量的情诗艳词，那对生命的牵挂，对情人的怀恋，对旧情的思念，那心有余而力不足的无奈，读来如沐唐宋遗风，令人震撼！(诗词收入其《得一斋诗钞》中)

　　呜呼，天妒英才！

　　呜呼，鲍兄！我的同学、我的责编、我的同行、我的手足！

　　罗琳，中国科学院文献情报中心研究馆员、中国古典文献学博士生导师、中国科学院大学教授。

纪念鲍思陶师

刘晓艺

我们八八级中文系同学今称"鲍老"者，当年其实只是一位三十多岁的青年教师。我们那届学生亲炙老先生们的机会不多，由于"文革"的十年断档，教我们的老师多为恢复高考后入大学的七七、七八、七九级学生，鲍思陶先生就来自本校的七八级中文系。他应是 1982 年本科毕业后即考取了殷孟伦先生的研究生，1985 年毕业留校，开始上讲台。在教到我们的时候，他的教龄也才不过三四年而已，八八级很可能是他教过的第二个整班。近十几年来，我与同学们每谈到鲍老师的时候，总是称他为"鲍老"。在这篇小文中，我就延续这个习惯吧。——称某老是我们认可某位老师的学问或威望的一种语言表达，并不是所有的老师都会在一定的年纪自动被我们升格为某老的。

大二那年，我们的必修课里添了一门古代汉语课。上课的教室在公教楼 105 室，课程安排在早晨，印象中总是有阳光从左侧的明窗照入，习习的晨风拂掀着古代汉语课本的浅绿色书皮。鲍老身量不高，圆脸，戴副眼镜，眼睛明亮有神，一口安徽普通话，中气充足。对于这门课的内容，我们本来的预期是枯燥无味的，但实际上课堂上常常欢声笑语不断。鲍老既有学者的严谨，也有顽童心，他常以逗笑我们这班小破孩儿为乐。有一次，他讲到相同读音形诸文字后可具强烈的意义反差，举了语言学家小殷先生的名字为例：他先是在黑板上写下"殷焕先"三个字，让我们细细体味这名字中"昭明祖德"的堂皇奥义，接着他又慢悠悠地写下"阴幻仙"三个字，让我们体察一下"看到此名是否脑后会生出森森凉气"——班上登时笑倒一片。据我的室友方希回忆，鲍老有次讲启功的诗，用了一句"扎破皮臀打气枪"来形容，也不知是他的原创还是有所本，方希评道："虽然说的是俗事，用字也并不雅，但俏皮可爱，且符合诗律。"

我们班里亦有文史见长的男生，有时会半考半问地在课堂上丢出来一些刁钻的问题，鲍老总能从容解答，从未被考倒过。他那般渊识，身上却并无令学生感到必须程门立雪的威严气场，可我仍没有在课下单独向他请教问题的勇气。这样过了大约半年，有一次他在课上问大家，写尺牍应该以何语敬称，同学中有答"道席""阁下""文几"者，鲍老皆曰可。然后他又问，致女性的尺牍应该以何语敬称，班中无人能答，肃静久之，我惴惴着、小声答道："妆次。"鲍老笑颔之，着实夸奖了我几句。那次大概就是我们师生结缘之始。那以后，他课间有时会与我聊两句天。

其时我正阅读袁枚的《小仓山房尺牍》，了解"妆次"这种词汇也算一点株守隅得。忘记是什么缘故开始的了，我写信向鲍老请教一个问题，得他以八行书回复。他的信，就写在山东大学的标准格子稿纸上，秀逸的钢笔字完全是书法的底子出来的，对撇捺的处理尤清隽，未打草稿，一气呵成，少数字句有涂改的痕迹，然其词华句丽，令人掩尺素而瞻慕敬想。有关书体的写作要旨，鲍老后来要我读《文心雕龙·书记》，读到"详总书体，本在尽言，言所以散郁陶，托风采，故宜条畅以任气，优柔以怿怀；文明从容，亦心声之献酬也"，我从而悟到：书信既应具殷勤酬献之美，同时也要尽言己心，并不应一味作仰承之语。然悟虽有是悟，我后来写作尺牍时还是常有辞不对心之感，未能在礼貌与述志间左右逢源，每至此际，总想起先师的教训，懊恼没有学到他的功夫之万一。

　　鲍老是老殷先生晚年所收的得意弟子，老殷先生又是黄（侃）门高弟。老殷先生亦曾从游于章（太炎）氏，然而用刘晓东师伯的话来说，"殷先生曾经直接向太炎先生问学，但他不是太炎先生的学生，他是黄季刚先生的学生，辈分在这。"辈分是山大章黄学派不能逾越或曰不肯逾越的一条线。我们不禁要问：这条线后的情感机理是什么呢？窃以为它是"不忝门墙"的一种志气，但它首先是一种不为功利所驱的旨趣，它是认同，是服气，是归属感。老殷先生诗词歌赋皆精通，平生最喜吟咏以肆志，他的这一爱好传自黄氏。鲍老全心全意地继承了这一师门传统。这是否与他作为文献学者和训诂学者的定位有所牴牾呢？我很难判断。我所知道的是，当他沉浸在歌诗的境界中，他的全身心都可以进入到忘我的境地。张中行记西南联大时期的刘文典，说吴宓有时潜入教室后排听刘的课，刘闭目吟着他的《庄子》，讲到得意处便抬头张目向后排望去，问道："雨僧兄以为如何？"吴宓则起身立答道："高见甚是！高见甚是！"鲍老还不至于带有刘文典那种冬烘夫子气，然而他吟诵黄吴二氏诗词的那次也很近之了。

　　原来黄侃有首《采桑子》小词，文字很美，美到我曾惊奇为何当代音乐人如此眼瞎、竟没给它谱上曲子——因为现成就是一首流行曲。词曰："今生未必重相见，遥计他生，谁信他生？缥缈缠绵一种情。当时留恋成何济？知有飘零，毕竟飘零，便是飘零也感卿。"鲍老摇头吟毕此首，睁开眼睛，全班一片肃然。我们未见旧诗可以有这种吟法，全班呆掉了。大约是想到他那位狂斐过人的师祖曾与词家吴梅一言不和大打出手，他又添吟了一首吴梅的"短柱体"散曲。词曰："横塘一望苍凉。梦向莼乡，无恙渔庄。画坊琴堂，文窗书幌，俯仰羲皇；话沧浪，龙冈门巷，卧沧江，元亮柴桑；绛帐笙簧，金榜文章，怎样思量，一饷都忘。"我后来在美国教书，有时需向老外学生解释中国诗词的韵律模式（intonation pattern），就拿这首做例子。这首"短柱体"两字一韵，句长处则得三韵，最易见唱叹之妙。鲍老当时吟得确实也是如痴如醉。时光若倒流回去，我多么希望我们教室门边也坐着一位"雨僧兄"，能在先师唱毕之际，长叹一句："高吟甚妙！高吟甚妙！"

鲍老周边原有郑训佐师、倪志云先生等诗词作手，他们的酬酢已多见属缀。然更唱迭和之乐，正是唯恐示人以不广。鲍老津津于黄殷的师弟相得，而尤强调"旧诗文写作才是章黄门派的传统"，于是我这名小弟子也加入了"叔兮伯兮，倡予和女"的潮流。当时稚笔，多已无存，惟鲍老对我的覆答之作，虽经多年辗转流离，仍于私箧敬盛。后来我在《得一斋诗钞》中见到"赠刘生""和刘生"诗约八九首，就是当年的遗存。有首"次韵覆刘生"，其期许之高，正可谓"辞动情端，志交衿曲"，尤令我且愧且感：

> 牢落无妨地有涯，生平怀抱几曾开。
> 萤囊空映门前雪，书带犹留阶上苔。
> 掩卷常思袖手去，临渊却羡获鱼回。
> 相逢莫厌弹流水，独愧陈王七步才。

大三末期，鲍老时主持《中国名胜诗联精鉴》项目，分了六十多个条目给我做，都是一些风景地的诗歌或楹联，我所需要做的，无非说明一下作者、名胜的背景，若有故典则稍作文义上的诠释。这个工作若放在资料可在网上一索而得的今日，

原不是难事，然那时的我，训练既少，资料又乏，有时被几个
细节卡住，就进行不下去了，不免跑去山大南院教职工宿舍的
鲍老家请教。记得那时他住着一处窄仄的一室一厅，一个小客
厅简直连张沙发都放不下；公子才两三岁，家中还有岳母来帮
忙照看小孩。除我打扰之外，其他学生来造访的也不少，有人
来问学，有人来闲谈，有人来借书找资料。治五四运动史的华
裔汉学家周策纵曾作诗自嘲道：“妻娇女嫩成顽敌，室小书多乱
似山。”鲍老家的情形没那么香艳而近似之。他在最应出成果的
盛年，实在没有一处像样的可以读书和写作的环境；为了生计，
他也不得不常常接一些学术性并不是令他很中意的项目。20 世
纪 90 年代初正是高校最清苦的时候，大批教师下海或做兼职，
学生们也人心思变，不再安于书桌的清寂。我自己又何尝不是
其中之一？

　　我想鲍老对我是有过一点寄望的，他曾给我开过一张书单，
告诉我未来若打算治文献学或训诂，这些阅读不应阙失。然而我
还是令他失望了。我那时年轻贪玩，即使肯苦志念书，也是读英
文以备出国考试为多。以我的能力云，并不相称作他的弟子；以
我的夙志云，更是偏离了他所期冀的方向。然而他从来没有在语
言或态度上责望于我。1992 年，山东友谊出版社出了一套儒家经
典英译，其中《论语》《孟子》二书是其分量最重者；英译的基
础当然是白话文的今译，而二书的今译则分别由鲍老与郑训佐师
承担。书成，鲍老赠我二册，说对我学英文可能会有些用处。我
二十多年来不管搬多少次家，一直都将两书带在身边，后来写英
文论文时，凡引用《论语》处，我往往置刘殿爵、理雅各、辜鸿
铭的本子不用而采有鲍老今译的这一本——其实英译已经与他无
关了。也许是感情作用，我始终觉得山东友谊出版社的这套书不
逊乎儒学经典翻译史上的名章部头。我教翻译研究时，也会将此

书与刘、理、辜的本子共举向学生推荐。鲍老的《论语》今译精整通畅，自不必说，书前有一篇长序，备述孔子的生平与思想之余，又加入带有个人色彩的点评，实在是写得很出色。

大学毕业后我进入当地一家报社做事，编着一版小副刊。鲍老与我音问渐疏。究其原因，一方面是那时的我偏离了学术的航道，另一方面，他也因家庭经济之故离开了山大，进入出版社工作。我供事的副刊一度曾辟旧诗园地，我为此而向他征稿，并请他推荐能诗者，原信已不存了，想必写时曾花了些心思缀葺文辞。讯尺虽短，却令鲍老欣悦不已。如今捧读他的回函，我方能理解他当时的心情是多么落寞。回函如下：

琅缄欣悉，欢忭何似！其意丰辞约，语隽味长处，亦足以快慰平生矣。前波后浪，三日辞归，其谁曰不宜？古人以文章为经国之大业，歌诗作天地之正音，何其谬哉！当今之世，崇才捷足，各立要津；傥论宏规，时萦耳际。仆志固寝鄙，才益卑歉，不合于时，自蹈曳尾，又欲营巢苕草，强栖一枝，舍鳣堂而就坊肆，私衷愧恧，夫复何言？谬承锦注，实难克当！是才命未妨而愈窘愈迫，窘则忿，迫则怒，不顾轻躁，发为里唱，用写离忧，或怨穷嗟蹙，或顾曲迷花，寄怀殊浅，气格尤卑，于纲纪民生，固无一取焉。然发于心，形于色，著于辞，扪而自问，尚无违心之论，差可自安，非敢侈言好古。后世有好事者，得之于粪壁废瓿之间，偶一诵读，即致喷饭，私衷亦足矣！俗语云：酒逢知己饮，诗向会人吟。待誊钞蒇事，自当寄诒，月旦之责，深望于知我者。倪子志云，仆之诤友。以耿介拔俗之标，好古博雅之想，怀文抱质，渊然精勤，非一日也。棣若存心下问，定有获益。兹以电话见告：5957216，把管临风，未罄所言。专此奉复，晓艺贤棣。

思陶顿首

1996 年 3 月 30 日

　　1996 年正是纸媒的黄金时代，我们那份小报发行量居然达四十万份，虽是豆腐块大的一片园地，却是"满郭人争江上望"。旧诗栏目虽不能多得鲍老或倪先生那样的优秀作者，投稿者却多如过江之鲫。也有一种不堪一看的"老干部体"稿件，原本被我摒挡在外，没过多久，竟会辗转托上层关系再压回到我手上；这种稿件逐渐多起来，我未能绥靖其势，于是怨声上流，旧诗栏目终遭裁撤。鲍老那时已将他的存稿誊抄了许多寄给我，诗尚未发出儿首，幕布已经落下。我羞惭难当，不知应如何对师长交代。时过之后，我也曾去一笺致歉，鲍老反安慰我不要多虑。1996 年时唯我们那种比较"阔气"的单位方买得起电脑，我已经在用电脑打字了，鲍老那样的老式文人却还在一纸一笔地抄稿。我本以为能在我自己灌守的那片小园地上开启一面让世界认知他的窗子，不料劳费了他宝贵的抄写功夫而竟无所成。那时也并不作兴出个人诗文集，鲍老的才华唯他少数的几位同事知赏。

　　我的另外一位授业恩师郑训佐先生回忆道："鲍兄与我们一般都写旧诗，但他的倚马可待诚不可及。他只要有感，随便找张纸片就能录出来，录出来就是定稿。"鲍老与郑老同为皖籍，我过去一直以为他们是占方言的光，我们北方人最苦恼的平仄问题，他们是没有的。然而郑老告诉我，皖人亦并非天然掌握平水韵，真正能够做到不必查韵书一挥即就，还是因为稔熟于诗律——以及才气。

　　鲍老拥有足以资为自豪的家世和师门。有关他的家世，我当年侍坐时倚闻无多，但对某件轶事反而印象深刻。他说起鲍家上世原由赣迁皖，曾为一位祖妣孺人两卜佳城，得地而吉。据堪舆家言，那块玄宅面湖，湖中有七枚小渚朝向一处大岛，即所谓"七星朝北斗"——于是在迁葬的一年之内，族中竟旺拔了七位秀才。然而此事引起当地一户人家的妒恨，遂做了某种手脚，致使那七位秀才终生都未得中举。鲍老讲述这个古老的故事给我，原作笑谈。他个人的成长经历具体如何，我那时缺乏历史的好奇心，未曾深问，但我记得他说起过，中学停课闹革命无学可上时，他曾大量阅读家中的旧藏书。从他上大学的年龄上推算，"文革"期间他的求学致知之路必然曾被耽搁过。在那些岁月里貌似烬灭的文化爝火，其实都暗燃在鲍老这种有机缘大量接触旧籍的"读书种子"身上，禁锢一旦废去，"读书种子"就会重燃文化中兴的炬火。我听说，他研究生毕业后，本也是有机会进入古籍所专事文献学研究的，但他终还是以杏坛为乐，遂放弃了人生的另外一种可能性。

鲍老本名鲍时祥，他因景慕陶渊明，取字"思陶"，中年后多以"桐城鲍思陶"行世。在陶渊明所作中，他又格外属爱《闲情》一赋。犹记大学时候鲍老所讲的《闲情赋》那堂课。鲍老先引萧统的观点："白璧微瑕者，惟在《闲情》一赋，扬雄所谓劝百而讽一者，卒无讽谏，何足摇其笔端？""齐讴赵女之娱，八珍九鼎之食，结驷连镳之荣，佟袂执圭之贵，乐则乐矣，忧亦随之"。他一壁吟咏着，一壁摇头叹息着。鲍老对昭明的批评，弦音外带有一种不解的悲伤。"昭明本为五柳千古之知己，独贬此篇，何也？"——鲍老扬首问道。一室寂然。"事愿相违，志功相背，潜斯作有焉！"——他自说自话着，复引钱锺书的判词给出答案。话锋一转，判词变为苏轼之驳萧统："正使不及《周南》，与屈宋所陈何异？而统乃讥之，此乃小儿强作解事者。"再进，则陈沆之"晋无文，惟渊明《闲情》一赋而已"之语。我后来读

《诗经》的"大叔于田"篇，读到"执辔如组，两骖如舞"，读到"两服上襄，两骖雁行"这种飞扬的句子，恍惚间回到那天听鲍老讲"闲情篇"的情境——要有怎样的出之入之的熟稔，怎样的"抑馨控忌"，才能达到他那种对古典文献的驾驭啊？

鲍老的诗稿，因为已有存底了，他示我不必退还，多年来我就一直带在身边，无事时也常拿出细读。我最爱他的一首《感怀》：

匣内青萍久不鸣，愁将永日付棋枰。
真能得意唯吟咏，每不如人是功名。
庾亮风尘随扇息，季鹰心思逐潮生。
邹家纵有雕龙手，难写闲情并世情。

后来每翻《世说》，读至王导以扇拂尘曰"元规尘污人"段，我总不免去想鲍老的平生际遇。他的婚姻、事业、经济生活多有不如意处，想必他也难免与别人做世情进退上的比较。我是这么理解的：浊世的风尘吹过来，首先感到难过的是性情最真率的人。我曾与一位同门激辩鲍老究竟是一位诗人还是一位学者。对方认为他为学的属性更重——他毕竟在短短的生命时间里，也做出了令人刮目的成绩。同门遗憾地说，鲍老的自我定位还是有错舛，他若是不那么沉迷于写诗就好了。言外之意，他本可以做出更大的学术成就。但我固执地相信，先师首先乐于被人理解为诗人，其次才是学者。他在《得一斋诗钞》的序中，以激情的语言定义诗的本质，若非有赤子之心的诗人，其悟断不能及此：

问诗为何物？非音非律，无喜无悲，不穷不达，莫吐莫茹。夫诗者，太素之心也。耳目相激，斯之谓灵。目以观于

色，耳以闻于声。夫春水温莹而澹澹，夏水浩淼而激激，秋
水澄明而肃肃，冬水玄窈而冽冽。此陵阳侯四时之声色也。
被之管弦，发为歌啸，则春之叮叮，夏之潝潝，秋之滴滴，
冬之凛凛者，天籁也。而况冰弦为马娘之精，玉管为青君之
髓，声气相求，感应以鸣，谁云不宜？是故风行水面以成
文，树际残阳而写意，霞绎寒山为著色，露滴铜盘则发声。
铜山西崩，洛钟东应。万物同此情也。

最近几年我常回母校，见到过多位先师过去的同学、好友和
同事。他们都痛惜他的早逝，对于他没有留下大部头的著述，都
甚为叹惋。黄侃曾谓"五十岁以前不著述"，鲍老是否过于执情
于他师祖的作派了？我们默默地向自己，也向对方提出这个问
题。黄氏与鲍老的生命时间，都停止在他们所设限的五十岁上。
五十岁是学术的壮年，但已经是学术评定的老年了——若按现在
的高校评定标准死卡，鲍老很可能连正教授都评不上——他致力
于古籍整理而没有发表过足够篇数的学术论文。他的心思并没有
用在这些上面。

然而他活在一代又一代山大学生的口碑中，他活在后继的古
籍整理者的口碑中，他活在中国当代格律诗坛创作者的口碑中，
他活在他的老友们的心中。当他绵惙于病榻之时，心心念念的是
《得一斋诗钞》的付梓，得知此情，他的旧友杜泽逊和夫人程远
芬，及倪志云、周广璜、郑训佐诸先生主动为他承担起了该书的
编辑校对工作。他们每一位都是齐鲁大地上响当当的古文献学
者。我们如今能够看到这部精美的诗集，实出诸先生之功也。

鲍老当时有一篇论文刚投稿《文史哲》，还未进入编辑流程
（核心期刊的审稿流程很长，有时可以达两年之久）。《文史哲》
主编王学典教授听说他生病后，急命属下撤掉当期的一篇现稿，

将此稿完成编排，以最快的速度赶印出清样，并让编辑拿着清样去医院给他过目……

有一年我回到山大，因为想做篇联绵字的论文，在文学院图籍室查找一篇他的相关题目的旧稿——仅仅收入一本叫作《山东大学中文系语言学论集》的非正式出版物，非坊间能致。管理员问明缘由，一边打量着我道："哦，你是——你原来是——鲍先生的弟子啊……"一边拿起沉重的钥匙串给我打开那间尘积已久的书库。那时已经过了下班的时间了。书，到最后也没有找到，但我曾在灰尘飞舞的夕阳中，静静感受那余音里的旧人的温情。

"贻厥嘉猷，勉其祇植。"——先师虽去而他的德音犹存于这个世界，既以著述，亦以声诗，更以他的人格力量。作为他的弟子，我看待先师的一生，有很多很多的感喟，有些能言，有些不能言。能言的部分我表述如下：我觉得身为学者的他，或憾短生穷役，未能取得更大的成就，但作为诗人的他，其实并没有什么遗憾。他的五十个春夏秋冬，短则短矣，但并不是浑浑噩噩过去的，他以晶莹聪敏的诗心，体察到物候的迁移和盛衰，也感知过人世的无奈与美好。并不是每个人的眼睛，都能看到春花在何时绽放，秋月在何时皎洁，也并不是每个人的耳朵，都能听到真正天籁的声响。更重要的是，只有极少数极少数受上苍祝福的笔，才能盘桓把握住那优美、典雅的中华文字。先师在生之年，一直紧紧地握着那支笔，写作着他所悦于写作的旧诗文。这件事本身，想来仍是令人欣慰的。

原刊 2018 年《国学茶座》第 19 辑及刘晓艺《昔在集》，广西师大出版社 2019 年版，第 139~147 页。

哭鲍师　并序

孙爱霞

丙戌七月，鲍师离世噩耗传至沽上，恍若梦寐，五内俱焚……

予与鲍师因缘，起于辛巳岁升入山东大学攻读唐宋文学。初，师从倪志云先生。论及诗词写作，倪师尤称赏鲍师："鲍兄奉师游览赤壁，尝当筵撰联云：'为与东坡分素月，故来赤壁挹丹霞。'深得殷孟伦先生称许。"而倪师则以"对客挥毫秦少游"誉之，其时乃初聆鲍师名讳，遽生钦慕之心。

鲍师讳时祥，后改思陶，桐城枞阳人。幼随祖父习诗词歌赋，负才名。后师从殷孟伦先生，于治学颇有心得。四十岁前奉"述而不作"为圭臬，遍读宋前经典，于小学研究与旧体写作有独到体悟与成就。鲍师清标孤介，与俗异，得其青眼者少，而与倪师性近，卒成莫逆。壬午岁，倪师去鲁入蜀，托鲍师暇时为生解惑。癸未夏初，予请授《姑溪词》，终得沐春风，一偿夙愿。

甲申岁，北游南开，蒙迦陵先生不弃，许以追随。某日，与迦陵先生谈及鲍师诗词，先生曰："可得观乎？"予遂返鲁，会鲍师于泉城广场。鲍师以其《诗词选》为赠，并嘱觅迦陵先生吟诵音频。尝记鲍师云："吟诵业已断代，迦陵先生长于诗礼之家，自幼习得吟诵，于今世而观愈显珍贵。"予亦承诺为鲍师索迦陵先生吟诵音频供其研习。然岁月蹉跎，人事不竞，余诺未践而鲍师已故！此中懊悔，焉可得纾？据倪师言：易箦前夕，鲍师犹念念不忘吟诵，并托倪师光大之！闻此，心下愈痛悔不及也！

犹记泉城临别，鲍师谆谆教予曰："迦陵先生为当世高人。汝须惜缘，习得绝学。再者，课堂之上汝须细察先生形容动作并审记之，日后定能解此中道理。吾师殷孟伦先生，音容笑貌宛在眼前，惜未录而存之，以致先生去我日久而琐细不能明矣。"言犹在耳，鲍师竟去，当日之教导成今朝之遗训！每念此，肝胆欲裂！

尚记迦陵先生赞鲍师曰："此人诗颇好！"得迦陵先生称许，鲍师庶几无憾，忆昔曾言："呈请迦陵先生一观，吾愿也。他人，或不许观。"其孤高耿介如许，或有知音寡和之悲也欤？呜呼哀哉！今逢下元，临风凭吊，涕泪难收！

沽上惊闻鲍师逝，五内如焚泪如倾。未见师面才一载，如何遽成别死生？胸中丘壑凭谁识，五十春秋坎壈行。学术一脉承章黄，赋则阳湖诗渔洋。途穷却效阮氏哭，岂真才命两相妨？夜梦寻师奔泉城，皎皎一轮孤月明。昔日杏坛惟寂寂，今宵马帐倍凄清。回首当年授词地，偶见别枝鹊鸟惊。护城河畔杨柳堤，不知向谁证旧盟？历城遍历无人会，肃肃西风似泣声。不忍流连还将去，莽莽六合何方行？或归皖中奉娘亲？慈母高年近八旬。似闻呼儿声断续，声声凄婉怆心神。人间遍寻寻未见，或是化为五柳身？名改思陶引众论，一生偏爱义熙魂。桃花源里或相访，异代知音对清樽？世外仙源往探寻，但见黄花不见人。究竟师魂归何处，尘世仙源两不存？念此悲凄忽梦醒，醒来枕上泪余痕。

鲍思陶先生生平及主要著述目录

1953 年出生于安徽省枞阳县（根据老家所立墓碑），其身份材料上的生年则为 1956 年

1961 年入安徽省枞阳县义津镇义西小学

1966 年入安徽省枞阳县浮山中学

1967 年辍学在家

1972 年迁入江西省彭泽县粮食局

1972 年下至江西省彭泽县芙蓉公社江河大队

1978 年 10 月入山东大学中文系学习

1982 年 7 月获文学学士学位

1982 年考入山东大学中文系古文献专业研究生，师从著名训诂学家殷孟伦先生

1985 年 7 月毕业，获文学硕士学位。同年留校，先后在山东大学中文系古汉语教研室任讲师

1994 年 12 月晋升副教授

1995 年 4 月调入山东齐鲁书社任副编审

1999 年 7 月晋升为正编审（正教授）

2002 年 9 月调回山东大学中文系任教授

2006 年 8 月因结肠癌病逝于山东省中医院

一、主要出版物

1. 中国历代叙事诗歌（43 万）山东文艺出版社 1987

2. 中国文学宝库　唐诗精华（2 万）朝华出版社 1991

3. 儒学经典译丛　论语（12 万）山东友谊出版社 1992

4. 中国史籍精华文库　晋书（30 万）山东大学出版社 1993

5. 中国文化精华文库　历代笔记（52 万独立 12 万）山东文艺出版社 1992

6. 中国文化精华文库　九流十家（论语 4 万）山东人民出版社 1992

7. 李后主的诗词艺术（8 万）人民中国出版社 1993

8. 中国文学名篇鉴赏辞典（2 万）山东大学出版社

9. 六朝诗选（11 万）山东大学出版社

10. 中国名胜诗联精鉴（6 万）山东友谊出版社 1992

11. 中国实用语言学词典（语言学家部分 3 万字）青岛出版社

12. 中国语言学要籍解题（2 万）齐鲁书社 1992

13. 风水和环境选择（8 万）济南出版社 1998

14. 起名指南（10 万）齐鲁书社 2001 年

15. 唐诗一百首（8 万）齐鲁书社 2002 年

16. 元明清诗典故辞典（8 万）（未出）

17. 茶典（20 万）山东画报出版社 2004 年

18. 得一斋诗钞（12 万）齐鲁书社 2007 年（刊于作者逝后一年）

二、论文

1. 曾巩及其散文（论文　文史知识）

2. 两小无猜辩（论文　文史知识）

3. 联绵词训释和方言（山东大学中文系语言学论集）

4. 拂尽尘封现荆玉（论文　新华文摘）

5. 读懂中国（论文　光明日报）

三、校点整理著作

1. 国语　　　　　　齐鲁书社《二十五别史》1999

2. 古本竹书纪年　　齐鲁书社《二十五别史》1999

3. 绎史（与人合作）齐鲁书社《二十五别史》1999

4. 元朝秘史　　　　齐鲁书社《二十五别史》1999

5. 东华录　　　　　齐鲁书社《二十五别史》1999

主编著作

1. 中国文化精华文库（副主编）山东出版总社 1992

2. 孔子文化大典（思想卷主编）

3. 读中国（第一卷主编）泰山出版社 1998

4. 大潮汐（第三卷主编）泰山出版社 1999

5. 全唐五代词译注（副主编）陕西人民出版社（已出）

6. 全宋词译注（第五卷主编）陕西人民出版社（未出）

策划大型丛书

1. 中国文化精华文库（26 卷本，900 万字）

2. 续修四库全书总目提要（38 卷本，2100 万字）

3. 二十五别史（16 卷本，1200 万字）

翻译著作

1. 总统夫人（与李江琳合作）山东文艺出版社

2. 查尔斯和黛安娜（与赵兴国合作）山东友谊出版社

担任的项目

1. 《玉函山房辑佚书左传类》校理（山东省古籍整理项目）1999

2. 《二十五别史》（山东省古籍整理项目）

2. 《新旧唐书合注》（全国古籍整理出版项目）2000
（参编的著述和一些不重要的论文略）

《鲍思陶先生遗集》整理后记

　　庚子岁杪，文学院同事李振聚研究员在微信上跟我说，承杜泽逊院长命，建了一个鲍思陶先生遗著整理群；我即时知会了鲍师的儿媳李让眉，邀请她和我师弟鲍重铮二人入群。这是一个我们三人期盼已久的消息。

　　整理鲍师遗集事，早在 2019 年 6 月即有酝酿。时芝加哥大学东亚系的顾立雅讲座教授夏含夷（Edward L. Shaughnessy）来访山大，做了一场讲座，他是由儒学院、《文史哲》英文版、文学院等几处联合接待的。我在亚利桑那大学硕士时期的老师夏德安（Donald Harper）从亚大迁席芝大，后成为夏含夷的系主任；两个美国夏同时耕耘着千里无鸡鸣的中国上古史，这在海外汉学科系建制里是很难碰到的，也就是芝大的盘子容得下吧。因为夏德安师的关系，我对夏含夷不算完全陌生。《文史哲》英文版约他为杜泽逊教授团队新梓的《尚书注疏汇校》写篇书评，我虽隶属文学院，但也在英文版承乏书评编校，为方便书评两方交流起见，英文版在学人宾馆安排了一次简单的工作餐；学人离"校经处"所在的老晶体所南楼不过几步之遥，餐后便跟着杜老师一起去参观校经处；夏教授次日有紧张的行程，提前告辞了。我第一次进入古籍界闻名遐迩的校经处，只见一间大教室大小的房间，三面墙都是到顶的书架，联排长条大桌上摊满了书籍和稿子，十几个学生在紧张有序地工作，房间里唯传来键盘打字、翻动书页和小声讨论的声音。和蔼的程远芬老师也在，杜、程伉俪向我介绍校经处的环境和工作程序，我遂坐下来与他们聊了一会儿天。

我一直没有机会向程老师专事道谢——早已闻知她对鲍师身后的诗集《得一斋诗钞》有着特殊的贡献。鲍师于2006年捐馆，仅隔一年，他这部集子就在齐鲁书社付梓了。此书印刷、排版皆精美，印数不多，梓后很快脱销。我多年来在国外，无从购获，国内的友人给我拍了点图片看，我马上会意到，付梓此集必是一件不容易的工程，因为从内容判断，它的原稿绝非一般的文史编辑所能校得动的，它的背后，应有一支强大的编校团队。2015年回国，终于购得一部，读到倪志云先生《编订后记》里长长的"共襄此书出版之事"的名单，印证了我的猜测——果然山东古籍界的多位风云人物都参与了这本诗集的编校。倪公无疑与力最著，其他人有多有少。名单里也有《文史哲》副主编周广璜的名字。

周广璜先生是鲍师生前的挚友，他们订交在二十多岁上，一个是殷孟伦先生的学术秘书、一个是殷门小弟子。《文史哲》的同事告诉我，鲍师去后，周先生常自叹息："时祥（鲍师本名）走了，我再没有能说话的人了!"老殷先生是个"少者怀之"的蔼然夫子，他的特点是喜欢跟有朝气的年轻人一起玩，出行、吃东西、看电视，无论做什么，他愿意有人陪着热闹。年龄稍大的弟子多已经成家，时间没那么方便，周鲍是在日常生活中陪伴他老人家最多的。我想象当年的殷门，必是沐在一种风乎舞雩、咏而归的气氛里。殷门出息了很多古典学人才，公认的弟子三杰为刘晓东、鲍思陶、朱正义。朱正义先生走得早——九十年代初在山大游泳池不慎溺亡的。

周广璜先生谈起《得一斋诗钞》的整理过程，他告诉我："看稿子，程远芬看得最多，前前后后看了三四遍!比其他人都多!"周先生与杜程夫妇在山大五宿舍是上下楼的邻居,周先生领了稿子来,请杜程参与,他们即责无旁贷应承起来。周先生可谓找到了最合适、最肯尽心的人选。

程老师在古籍界被称为的今之王照圆,实不无原因——王照圆并不独以郝懿行夫人名世,她的学术贡献本自成一家。整理张元济先生的《百衲本二十四史校勘记》,程远芬一个人就校了《三国志》《宋书》《南齐书》《隋书》《新唐书》五种,占全部手稿的三分之一。退休后的她,更成为"十三经注疏汇校工程"的定心针,论守在校经处的时间,她比公务、教学繁忙的杜老师还要多。

杜老师与鲍师的交谊更为久远密切。他们的本科年级本来只差三级,又因古籍所的机缘,他们曾共同受教于蒋维崧、董治安诸先生。古籍所的刘晓东先生,杜老师称"我的学术靠山",多年来,在许多学术计划上,杜老师都请刘先生出山为其规划;鲍师是刘先生于同门中最推重的一位,有时,他也会邀请这位小师弟一起帮忙推敲细节。刘著《匡谬正俗平议》,只请了鲍、杜两人为其作序。多年的学术交往,嘤鸣求友声,杜老师与鲍师自然也相知甚深。

1995年,鲍师迁职齐鲁书社,以后的七年间,他离开教坛,成为一名古籍文献编辑。对这个职业转型,他心里其实是不称意的。九十年代的中国高校教师,收入菲薄,待遇实在太低,愈是人口众多的重点院校,分房、晋升和提工资愈没有指望。更令文科学者难堪的是,在经济大潮的冲击下,好的本科生源都不再考虑读研究生,纷纷流向当时更有吸引力的新闻、出版单位,更有魄力的干脆去闯深圳、入外企。鲍师的出走山大,多是经济的原因——他幼年出嗣叔父,在安徽故乡有两个原生家庭需要供养;儿子幼小,岳母过来照看,需要宽敞点的住处。齐鲁书社看重他的才华与能力，许以一套房子，将他作为高级人才"挖"了过去，但鲍师天性热爱教学，他与乃师老殷先生一样，喜欢与有朝气的年轻人往还，寂坐于高斋之内为人作嫁，并不是他的志向。他在转职后写给我的尺牍里叹道："舍鳣堂而就坊肆，私衷愧恧，夫复何言！"而那时的我，正是流向新闻单位的万千中文系毕业生中的一员；在滔滔时风的作用下，本科毕业前我竟未尝考虑过报考研究生。——我又何尝不"私衷愧恧"呢？

八八级同学皆知鲍师对我的加意培植。周先生语我，他记得在鲍家遇到我，也记得鲍师如何在我去后欣慰地向他提及"好苗子"："因为殷门有承继自章黄的旧诗文写作的传统。对此时祥是非常看重的。这个香火不能断了。至少在这一线上，他是将你当作灯传来培养的。"回想鲍师对我的教诲，并不重其本业训诂，但于诗法、尺牍两项，他确实给予我很多点拨，包括类书的使用、格律的禁忌、尺牍的格式等。他鼓励我放胆去写，写好了就交他修改。他告诉我，早时在殷门初试手笔，他每作文成，老殷先生皆亲为笔削，蔼然诲曰："为文譬如琢玉，破璞则新。"多年后读鲍师序其同门吴庆峰的《训诂音韵研究》文，至"昌黎论师，以传道为首。是道也，师门心法之谓也"处，我终能理解他传法明心、亲示路径的一番微意。

杜老师说，1995年后，他每去齐鲁书社公干，总会找鲍师聚聚，喝点酒聊聊近况。他见鲍师在出版社心情寂落，乃劝其振作，找个项目做做。1992年1月，杜老师在北京王府井偶然购到巾箱本《四库全书附存目录》，从此走上了治《四库存目》的道路；1993年，他被征调参加季羡林先生主编的国务院古籍整理规划项目《四库全书存目丛书》，长驻北大，历五年而功成。凭着对四库学的熟悉认知，杜老师觉得《续修四库全书总目提要》是个好题目——此集是中国近代史上的一个由庚款产生的重量级学术成果，比纪昀他们当时写出的体量多三倍。《续修提要》的纸本，存于中国科学院图书馆，杜老师且激励鲍师说：你做这个项目，有天然的优势，别人无法比，你的 78 级同学罗琳就在科图从事古文献嘛！在杜老师的促成下，齐鲁书社与科图很快达成协议，《续修四库全书总目提要》也成为鲍、罗二人共同推动出版的一项重大古籍整理项目。

2002 年，鲍师又复调动回山大中文系，4 年后，他罹癌病逝。

如晨风习习的早课教室、灯火通明的晚自习室，校经处的空气里也有一种体肤可感的知识的生长。学生们工作的动静，汇如春蚕吞叶般的沙沙声。校经处的底盘由尼山学堂不断变动中的三期学子构成，杜老师自己的硕士生、博士生也有参与。我注意到，女学生的数量不少，她们多半就扎个简单的马尾，额角光洁，握笔握尺，认真的神情如一幅画。我偶然提起《王荆公年谱考略》，一时忘记那位清朴学家的名字，正在沉吟"蔡……"，即有学生在旁补阙，小声插语道："上翔。"哈，原来他们也不是如我想象般的专注，也在倾耳捕捉老师们的聊天呢——那情境直令人莞尔。

久闻这个三年制的古典学术精英班为杜老师一手带出，"无湘不成军"，他主持的多个古籍整理项目，都由这班优秀的子弟兵鼎力完成。尼山的建制，是从完成大一学习的全山大学生中招生，理科生也可以跨科来考。这保证了生源对专业意向的稳定性。招考的主要衡量标准是断识古文；培养体系则全方位尊重国学规律，主打经学与小学。2019 年秋季学期，杜老师聘我去尼山开一门诗词写作课，接的是华东师大古籍所刘永翔先生的班——刘先生因腿脚不便，无法再从沪上往来齐鲁间；我虽自度才薄力菲，且自己的科研教学任务也如五指山压顶，仍是勉力承之，实因爱重尼山的"嶷嶷瑚琏器，阴阴桃李蹊"。去授课之前，我原也私下接触过几位尼山学子，他们的学力之强实，都令我嗟叹爱惜。2015级女生刘天禾君与我往还最多，她的自由写作、理论、英文皆上佳，后来去了复旦古籍所。我曾与天禾说，尼山学堂正似我的某种 road untaken（未曾走的路），倘时光倒流，我也会愿意去尼山就学。

在那校经处的一角，听杜、程伉俪讲了许多鲍师的旧事，一晃，一个多小时过去了。尤其是鲍师在齐鲁书社的经历，实在多赖杜老师相告，不然我真也无从了解——他的山大故人多不太清楚这一段。

"他终是热爱教学，所以还是选择回到山大。"杜老师说。这个答案，多少释解了我的有关"鲍师为何要回山大"的心头问号。并不是所有人都赞同他走这一步的。周广璜先生就曾痛心地说："时祥，他就不该从齐鲁书社回来！他就是上课太认真，备课累死的！"

老实说，周先生的话，我当时乍听之下，有过非常大的震动。不知是否为一种记忆偏差，我印象中的鲍师，在课堂上挥洒词翰，侃侃如也，从不需要照本宣科看讲稿。我甚至怀疑他有过讲稿。

在学术的盛年同归旧苑，重开绛帐，难道他还需要那般竭尽心力备课吗？——我问杜老师。

"他是那种老派学者的作风，讲课时貌似不看稿，实则备课非常尽心。每一门课程，都会留下精审周详的讲稿。理一理就可以出书的那种。"

从这个话题，我们导向为鲍师整理出版遗集的可能。2000年前后，网络和电脑已被普遍使用，我们猜测，他或有相当部分的稿件已为电子稿。手稿保存得好的话，取用也是没有问题的。

除《得一斋诗钞》外，鲍师还留下一份《中国诗歌语言研究》讲稿，听说，去世前已完成了诗歌体式、声律论和诗歌意境三章。此书，有希望出吗？——我询问道。

杜老师说，此书稿他很了解，"鲍老师后来改了书名，欲命之为《中国古典诗歌创作论》。在省中医院，他给我讲过未完成部分的马蹄韵……"他怅然道。我知那是他去探病时的事，不忍再问下去。"马蹄韵"三个字也似它的性质，袅袅漂浮成为一段未完成句。

杜老师告诉我，倪公梓出《得一斋诗钞》后，《创作论》这份稿子迁延了下来，原因有很多。第一，此稿是个打印版，没有转换为文本；第二，倪公未届退休之年，在四川美院尚承担着全职的教学和行政任务；第三，若整理出来，此稿应有一部单著的体量，如今出学术书，20万字约需8万元人民币，将从何处申请出版补贴，跟属哪个学术序列？这些都是补稿者的顾虑。

我们也议道，若出全集，其他的手稿、清样稿、已刊稿、流散在外的尺牍、唱和诗文等，应到何处去搜集？还有，出版的时候，同样会有经费的问题。

杜老师答应说，这些，他会一一想办法解决。

乙亥穷腊，疫情骤起，山大取消学生返校，整整一个春季学期，授课改为线上，院系的一切活动陷入停顿。挨到庚子初夏，风声渐缓，入秋后终于如常开学了。在这期间，杜老师为文学院建设了《山东大学中文专刊》丛书，除为在职学者服务外，也开放资助出版已故学者的文集。2017年故去的王小舒教授的文集既已排入这个序列。

2020年6月，师弟鲍重铮之妻李让眉点评清代诗词家的《所思不远》文集由浙江古籍出版社出版，我为之作了一篇书评。鲍师有冢媳缵承家学，是一重意外的惊喜。让眉的才学，我自郑训佐师处久闻之。鲍师的很多故人都关心着他的后人，尤其是他的78级同窗。我的本科老师、已移民去了新加坡的罗福腾先生是其中之一。我偶在网络上读到让眉的片文，都会转发给罗老师，请其贴到78级群里。因《所思不远》的缘故，我与让眉开始有了很多微信聊天。据说傅斯年月旦民国的国民政府五院院长，诠至孙科，乃道："吾君之子也。"让眉的清慧解语，也得我赞叹一句："吾师之媳也。"

让眉与重铮结缘在德国留学时，起因是鲍师曾经托子名在网上发过一首律诗，让眉误以为是同校的重铮所作，两人方慢慢有了交往。让眉跟我说："我是 2007 年开始在一些诗词论坛，如菊斋、光明顶、诗三百等进行诗词交流的，公公故去于 2006 年，但他此前也在这些地方发诗词。刚刚整理到他的文件夹，还看到他此前收藏过的很多诗友的集子——作者跟我关系都很好。"就算再唯物，我不能不相信这里面有着某种天意。重铮自幼是一名理科学霸，中学毕业后，他以优异成绩考入北大数学系——他的择科已注定他会远离古典文学。但这冥冥中的姻缘，兜兜转转，又把第三代送回到幼承诗教的道路上来。

我同让眉说起，杜老师要推动《中国古典诗歌创作论》的出版。让眉回复说完全赞同，但她担心体量不足，凑不出一本书来。没几日，重铮传来一份 PDF 稿，是打印清样的那个未完成版，末附《白香词谱》等目。我收到文件，即开始用软件 OCR 还原，因效果不理想，又穿墙出去使用了 Google Doc 的部分功能，但仅得前 80 页，后面的就无法进行，不得已，80 页之后的内容，我一页一页翻出。整合成一个文本，进行了初步校对与排版，又请刘天禾帮忙校了一遍，遂回传给杜老师，请其发给倪公。

与此同时，杜老师联系《山东大学中文论丛》，预约倪公整理完后的三章先行在此刊样出。倪公回复说，整理稿，将只署鲍师一人名字，绝不落倪字。这实在风义可感。倪公的正式退休之时在八月间，虽获四川美院延聘，但过去繁重的行政事务，学校允其至期可歇肩，故倪公预期 2020 年末可以毕功。

落实了这件大事，就有了"鲍思陶先生遗著整理"的建群。杜老师亲撰《编辑〈鲍思陶文集〉启事》，邀请了鲍师的同事、同学、弟子、生前交游凡 19 人入群。积稿如积赀，我们一点点收集起鲍师生前所作的尺牍、序跋、考释、杂感杂说、语言学要籍解题等单篇文字。成部头的书稿，皆由重铮提供，或为扫描的手稿，或为清样打印稿，电子版一纸传来，倒也真称便捷。遗憾的是，这些隋珠和玉的书稿，总体量虽大得惊人，却并无一部完璧。里面特别有分量的《文化语言学》，计 10 万字，使用的是"山东大学教师备课本"稿纸，署的时间是 2004 年，也就是鲍师归道山的两年之前。另外一部大部头《中国古典文献学》，计 7 万字，没有标注时间，同样用的是"山东大学中文系"的稿纸，想必也同样成于同一时间段。其他短幅的篇章更是无算。联想到周先生所说的"备课累死"云云的激愤语，我渐渐想明白了一些前因后果。

1935 年，黄侃在南京做四十九晋五十生日，其师章太炎赠给他了一幅寿联："韦编三绝今知命，黄绢初裁好著书。"不到一年，黄侃竟在五十岁上身故。黄侃之所以有"五十岁前不著述"的提法，乃因他信奉颜之推的"观天下书未遍，不得妄下雌黄"及江永的"年五十后岁为一书，大可效法"。黄侃尝言："初学之病有四。一曰急于求解，一曰急于著书，一曰不能阙疑，一曰不能服善。"三十年代初，老殷先生问字白下，黄侃教之以"前修未密，后出转精，多闻阙疑，慎言其余。"这种对学问、对著述负责的信念，极大地影响了老殷先生。除一部《子云乡人类稿》

及未刊的《子云乡人诗稿》外，老殷先生身后也没有传下太多著述。五十年后，老殷先生复诲鲍师："为学譬若远征，须择正途，无贪小利而走快捷方式。大道以多歧亡羊，所谓欲速不达，反致贻误。"及其卒业之日，老殷先生手书黄氏治学格言付之，曰："持此，悬诸座右。"

鲍师一方面深味师门价值观，对真正要藏之名山的作品慎重下笔；另一方面，他负累重，高校那些年一直处于低薪期，他不能不接些外面的课题以补贴家用。1987 年到 1993 年，他集中地出了些名篇鉴赏、精华文库等部头，多为主编性质；也有对典籍的白话翻译，如山东友谊出版社的《论语》英译即以他的白话为底本。即使在这些杂编和白话翻译的写作中，他的序跋、注释写作也处处闪耀着一个有功力的学者的真知，但毕竟过于零散了。《中国语言学要籍解题》是他的本行，可惜只有 2 万字；他为《中国实用语言学词典》的"语言学家"部分贡献了 3 万字，为《中国文学名篇鉴赏辞典》贡献了 3 万字，但这些都不算单著。

鲍师在出版社的七年，主要的工作是策划和编辑图书，这方面他确实是成绩斐然的：策划大型图书 4 种，担任古籍整理项目 3 种，点校了齐鲁书社版《二十五别史》中的 5 种，编著成果共四五种，还有两部不知什么原因没有出来。他甚至与人合作翻译过两本外文书。这期间，他出过《起名指南》和《风水与环境选择》两本单著，都不算厚，但都是原创，尤其后者，反映的是他的堪舆学心得。从鲍师的作品名称能看出来，他的知识框架是相当广收博蓄的，偏门旁学不少；材料观点上，他并不自囿，虽治中国典籍，他其实非常注意吸收最新的西方及汉学研究成果。在没有网络搜索之前，学术写作中引用了什么，就意味着作者真正扎扎实实读了什么。

鲍师开阔的治学框架，很可能与他本科时的生活经历有关。

同出于 78 级的罗福腾老师也在遗著整理群里，他帮我们收集到不少鲍师的彩照，非常珍贵。罗老师告诉我："当时彩照很少。是因为他们宿舍有欧洲留学生同住，才有真切的记录。"八十年代住宿条件艰苦，外国学生多是住留学生公寓的，但罗老师说，78 级那俩留学生，是跟大家一锅吃一屋睡的。如今有个时髦的语言教学法叫"沉浸式学习"，没想到国门甫开，两名欧洲有志青年已经做到了。我问："他们后来都成为著名汉学家了吗？"罗老师答："一个成为瑞典驻中国大使。另外一个当了英国间谍，后来在烟台机场被捕，被驱逐出境了。"我叹息道："可以进山大版《世说新语》了。"

　　2002 年，鲍师移绛回到山大，那时已多少兴起量化评比之风。他已获有正高职称，学术成果总体量过人，本是绝无必要再给自己施加任何压力的。他的授课更是行走的口碑。鲍师与郑训佐师，一向以立得住本科课堂知名。本科生多还是小孩子心性，要占住他们的眼睛和心，教师光是"有货"还不够，还要幽默、会互动、少爹味。那些 00 级后的本科生，因为喜欢鲍、郑，竟给他俩起了一组外号，分别叫"陶陶"和"佐佐"，以示昵爱。——我听闻后，不由摇头表示了九斤老太的郁闷——这后浪辞令咋变这样了？我们那时候，喜爱某老师就将他硬性升格为"老"，比如鲍老、郑老，不管他实际年龄的三七二十一。

　　无论如何，重返教坛后，鲍师的心情是愉悦的。因为任课之故，他又开始兢兢业业备课了，虽然课程的内容是他十年前就讲过的。我猜想，正是从那时起，他开始有了从讲稿中出书的想法，而且不是一部，是多部并举。望崦嵫而勿迫，恐鹈鴂之先鸣，他即将迈向他师祖黄侃所定义的天命门槛了。这一次，他不再要他的著作关联任何的热点题目、整理规划，他不再碰为人作嫁的活计或轻飘飘的冷门小课题，他不再主编、策划、集成、训诂或翻译。他要写出真正代表他毕生功力的原创著作，而他的功力，最集中地反映在格律诗词写作、文化语言学和古典文献学这三个方面，这就是《中国古典诗歌创作论》《文化语言学》和《古典文献学》这三个大部头的起源。

自庚子年末建群收集遗稿，先汇至李振聚研究员处。振聚将其分作文稿与书稿两大类，编成《鲍思陶文集目录》初稿，至2021年5月中旬移交与我。其时我即将参加一个民国史学术会议，因论文发现了新史料，整整一章需推翻重写，期限孔迫；幸而会议就在山大开，无需跋涉，我将大会发言的身份辞掉，只将论文黉夜改好了交上，剩余时间抓紧理出了《遗集分类整理思路》。我将稿子分为代访、已出版、手稿、word 文本和扫描 pdf 数种，在目录上标注颜色。按照自愿、有酬、时间及次数限定的原则，邀请学生们参与整理，我的八名博硕士研究生包括一名刚刚完成硕士录取还未正式入学的本科生，皆表愿意。我隶属比较文学与世界文学所，所里的生源皆来自外国文学、翻译或英语背景，他们的古典学术储备有的稍好些，但总体不能与专业方向研究生比。这是我的一个顾虑。

推进果然并不顺利。这还是在已经充分准备的前提下。“工欲善其事，必先利其器”，第一次工作坊前，我将所有文件分目，置于随时可以同步的云文件夹下；云文件夹链接群发，俾每人都可取用；学生分为四组，每组都给一名学生在云文件夹中建立写入权限，俾随时可以存写改订稿。第一次工作坊，先花半个小时与学生交流录音转文字、OCR 转文字、生僻字查询等技巧，包括软件、资源、方法，接下来，四组分别去找安静的教室进行诵读录入和打字录入。

返回的结果不尽如人意。只有一篇接近语体文的稿子进展较快，某组完成 20 页。《古典文献学》等手稿，因其本身的性质，带有太多佶屈聱牙的僻字；表述则高古雅郑，非听读或阅读打字可录入。实在地说，最艰涩的部分，即使本业的进阶学者也未必轻易能读通。

我于是向杜老师去求助。如实地说明了困难：《文化语言学》《古典文献学》等专业性强的专著，需找专业力量完成；我的学生仍可继续完成由单篇文稿构成的《得一斋文钞》。杜老师同意这个分为三块的方案，将前两种分派给了两组尼山学堂的学生，仍请我视尼山两组，接洽人为何丽媛。我需要做的，是不断地对文稿进行整合、归类、编目、汰重。每当原始稿件出现断裂，要找寻头绪繁琐的多个扫描件，通过比对找出各章各节的头尾，拼上。

分组明确、各司其职后，仍然碰到困难。《古典文献学》发现缺页，起初以为只是一页，后来发现是多页，且在中间部分，不补上就没有了连贯性。只得请让眉他们去找。他们在北京刚刚搬了家，所有书箱都打包未拆，接到消息，且顾不上整理新家，先一一拆箱。让眉传来的照片上，只见小朋友在空旷的新家地板上爬来爬去，重铮坐在地下，埋在一堆箱子间拼命翻找；未曾找到，小夫妇趁周末回到旧居找。两处都没有，重铮乃请他母亲在济南家中找，居然找到了一大包。师母快递邮往北京，重铮收到后，急急扫描、传来，这边的工作才继续下去。新扫描的版本早出，但更为完整、全面，故此，古典文献学小组以此版为主文本进行了录入；但亓晨悦、陈奕飞两名同学格外有心，将早版也录入了。得知这一情形后，我复协商于亓、陈二君，请其将两版进行了整合。他们做了比分内更多的工作。

重铮后期传来的扫描件里，还有一份古代汉语讲义的手稿。因鲍师原稿中已有 5 万字的"古代汉语讲疏"，分别涉词汇、标点、句读、语法、修辞五个方面，手稿讲义中也有相关内容，故起初我以为电子稿即为此这份讲义的录入版。待其后细审，发现手稿与电子稿有出入，而尼山二组负荷已重。经与杜老师商计，请古代汉语专业的青年教师王辉组织古文字强基班学生录出——因这份手稿字迹清晰，内容也并不艰涩，录起来会比较快，如果分给多名学生一起做，当作某种课堂练习，甚至可以两得其益。王辉老师收到我传去的讲义扫描件，在微信上打字回道："十分动容。"他每个学期都教"古代汉语"，已经连续 14 个学期。他就站在鲍师曾经的岗位上，最懂得这 557 页的分量。因已近学期末，为保证进度，经协调，由刘祖国、侯乃峰、王辉三位老师组织，当时正在上古代汉语课的汉语言文学 20 级、古文字强基 21 级共 150 名左右同学，每人分三五页，先录入、再校对，很快就完成了任务。

有了遗著整理群后，我与倪公也加了微信。有次，倪公请我帮忙找寻一则美国学者孙珠琴（Cecile Chu-chin Sun）有关"人格风景具有双重功能"的参考资料——因鲍师原作中同时提到海外三位女学者叶嘉莹和孙康宜、孙珠琴的诗学观点。我先是找到了一则 2009 年版的《观念与形式：当代批评语境中的视觉艺术》里的文献，倪公肯定地说，这个片段是对的，但需要更早的版本，因为——"鲍老师 2006 年逝世，我添加的引用注释全都注意用 2006 年以前的书籍或期刊文章。"倪公的认真负责令我动容。次日我找到一本 1998 年版的卜立德（David E. Pollard）的编著，里面收有孙珠琴的一篇文章，内含那个"双重功能"的观点，总算解决了问题。

抚理过百万余字的遗编，我终于能够约略会得，在 2002 年到 2006 年的时间线上，我那位即将走向知天命之年的老师的心境。

他尚还不知道，疾病在前面等着他。他只是一日一日走近黄、殷二氏曾经的心境。与其说是一种心境，毋宁说是一种"古者富贵而名摩灭，不可胜记，唯倜傥非常之人称焉"的标准。对于一名真正的学者而言，布衣蔬食皆无足道，他所不能忍受者只有一样：鄙陋没世，而文采不表于后世也。"文采"，又是如何"表于后世"的呢？在章黄的门径里，选项有两个，一曰"本之情性，协之声音，振之以文乐，齐之以法度"（黄侃《文心雕龙札记·情采》），这是写作旧体诗文的路数；一曰"广征旧典，抽绎隐微，便章群言，敷畅厥旨"（鲍思陶《匡谬正俗平议·鲍序》），这是从事训诂章句的路数。

在将近五十之年，章黄一脉的两种绝学，鲍师皆已骊珠在握，可惜的是，留给他的时间不多了。"知天命年寄慨沉，直把微生付苦吟。景语入诗多谶语，'断肠'二字最惊心！"此诗为倪公所录，为鲍师疾笃之日在病床上所作的绝笔诗，只今读来，仍令人流泪断肠。

先师的代表性单著，除了《得一斋诗钞》与倪公补天而成的《中国古典诗歌创作论》外，其他的书稿尚不能称完璧。然而我们后人可以从这部遗集中看到，什么是"斯文一线流，伊川师弟子"的章黄家学。这在当代，已近绝迹。

沉魄浮魂不可招，遗编一读想风标。我们永远追怀鲍思陶先生的风标。

附录一：参与整理人员

初稿收集与编目：李振聚研究员

《得一斋文钞》整理组：韩云霞、王誉凝、耿庆睿、王嘉倩、宋伊靖、杨婕、张天仪、张腾（文学院比较文学与世界文学方向博士、硕士研究生）

《古典文献学》整理组：谢雨欣、亓晨悦、陈奕飞、魏辰羽、李开怀、武俊辉、张琳笛（尼山学堂本科生）

《文化语言学》整理组：何丽媛、姚处筠、秦思远、韩超、陈锡昂、郑怡宁、袁玉琦（尼山学堂本科生）

《古代汉语讲义》整理组：王辉、刘祖国、侯乃峰（文学院古代汉语研究所青年教师）带领汉语言文学 20 级、古文字强基 21 级共 152 名文学院本科生分工录入；强基班 21 级同学李书玉、郑可为、杨茹杰历时一月，将手稿复核一过。

附录二：庚子戊子丙午奉答杜公

杜公院长座右

敬禀者。蒙公惠书，辱询以先师鲍思陶先生遗稿事。职本有所欲进，因驰此奉渎。

职艺，材非檀柘，常惭樗栎，幸年少从游名师，赖师不弃，彫刻朽木，今得输力大庠、效明公座下者，皆出先师当年赐也。公与先师，砚共旧窗，谊在第行，闻先师昔供坊肆，以缀辑生涯，为人嫁作，每不趁意，公恒过往，酒阑辄劝以纂修文献之功，先师自是亦着意胜国遗老，尤于《续修四库全书总目提要》一编，倾力良多。此皆襟有同怀，道有相契，大吕一击，黄钟应律，传之后世，其谁不谓美谈？

先师本出皖中旧族，审音识律，诗才先鞭；长则学于石臞先生门下，习知家法，克绍箕裘；比及中岁忧离，玉溪心事，多寄无题，其伊人望慕之作，即匹之隔世，相较竹垞《风怀》之缠绵、郁氏《毁家》之幽怨，亦不多让。此本章黄家学，迭代有传，施于训诂，则微旨清达；发为辞章，则藻情富逸。先师以诗箧虽盈，青箱仍匮，未尝宽怀，恒自愧勖。逮其移绛旧苑，复为诸生弦歌，遂乃朝夕兀兀，穷宵烛之末光，仰屋梁而著书。其作《中国古典诗歌创作论》也，于诗歌之创作技法，持其会心，发其明悟；于诸体貌状，各家源流，更相祖述。初稿简为四章，曰声律、曰技巧、曰风格、曰语言，末附《白香词谱》《诗律启蒙》等目。书未成而笃疾，心欲旧友倪公志云为缀阙文，倪公时在渝，辗转闻之，江驿山程，夤夜驰来，先师遂于枕上属累以补订后事。此稿职前未见，迩来得览，益叹羿之发羽，僚之弄丸，不见全牛，盖神技也。然稿非文本，不可辑改，职前颇尝爬梳剔抉，翻为文字，又倩尼山学堂女棣刘天禾君复核整饬，后知校稿已回传倪公，或可增益进度，始觉稍慰。

倪公于先师遗集《得一斋诗钞》，本已重承托付，公等旧雨五六人者皆与殊力，明明众哲，辑纂检校，同济一事，故该编经年即克付坊。此亦足副百里之寄命，堪慰人琴之亡恨者。倪公年来冗事踵继，以未补全周天角隅，常抱残憾。然是局亦有远因。盖文院自上代学人凋零，徽音之不作也久矣。《中国古典诗歌创作论》，学术撰著也，此书即成，若不得系列以倚附，倪公亦不知将寄刊何处。此亦不独先师一帙如是，文院诸先正遗珍，孔皆困此。王充《论衡》云："农无强夫，谷粟不登；国无强文，德暗不彰。"幸明公典职以来，继去圣之绝学，刊故老之鸿编；"慨我怀慕，君子所同"，于是火传旧薪，挽大雅于云亡；乃有阁图囊贤，存风标之遥想。今公又特示此书完竣后，可分期梓于院刊，以快后学之先睹。自公复为陈请，季氏诺金，谓将重练五色斑驳之石，再煮凤喙麟角之胶，庚子岁杪，可期毕功。倪公且称，补缀出于义命，本册唯著鲍氏，其书不落倪姓。职闻此语，悲喜恍惚，感激无已。所谓久要不忘平生之言者，非倪公而其谁？然老者安之，朋友信之，少者怀之，亦明公之谓也。

今公谕职以书稿事转知先师哲嗣，职已悉达其间宛转。乃更有进者，先师独子重铮，职师门之千里驹也，旧以少年优学，举拔北大，习业数学，尝游德国弗莱堡，今者从事金融，洵为京华之颖俊，可譬阶前之玉树。其妻李让眉女史，在德为其同窗，今亦居京隶同业。犹可嘉异者，让眉缵承家学，覃精于诗，新刻《所思不远》，解清诗词家十子，绮思风流，笔力绝佳。世原不乏注诗者，唯郑笺难得。二人于刊刻补撰事，并皆衔感，欲职奉转谢忱；职意，来日乃翁大著授梓，可不妨倩冢媳之笔，为撰一跋，述此因缘并二公终始之德。

　　肃此奉复，祇请钧安。

　　　　　　　职　晓艺　再拜言
　　庚子戊子丙午（2020 年 12 月 29 日）

山东大学中文专刊目录

《杨振声文集》

《黄孝纾文集》

《萧涤非文集》

《殷孟伦文集》

《高兰文集》

《殷焕先文集》

《刘泮溪文集》

《孙昌熙文集》

《关德栋文集》

《牟世金文集》

《袁世硕文集》

《刘乃昌文集》

《钱曾怡文集》

《葛本仪文集》

《董治安文集》

《张可礼文集》

《郭延礼文集》

《曾繁仁学术文集》

《中国诗史》（陆侃如、冯沅君）

《诗经考索》（王洲明）

《出土文献与先秦著述史研究》（高新华）

《战国至汉初的黄老思想研究》（高新华）

《蔡伦造纸与纸的早期应用》（刘光裕）

《刘光裕编辑学论集》（刘光裕）

《挚虞及其〈文章流别集〉研究》（徐昌盛）

《王小舒文集》（王小舒）

《苏轼诗文评点研究》（樊庆彦）

《中国小说互文与通变研究》（李桂奎）

《中国当代戏曲论争史述》（刘方政）

《中国电影新生代的轨迹探寻》（丁晋）

《莫言小说叙事学》（张学军）

《景石斋训诂存稿》（路广正）

《古汉字通解 500 例》（徐超）

《战国至汉初简帛人物名号整理研究》（王辉）

《瑶语方言历史比较研究》（刘文）

《语音学田野调查方法与实践——黔东苗语（新寨）个案研究》（刘文）

《石学蠡探》（叶国良）

《因明通识》（姜宝昌）

《袁昶年谱长编》（朱家英）

《孙吴文学系年》（徐昌盛）

《明代文学论丛》（孙学堂）

《立言明道——战国士人的语言观念与思想表达》（刘书刚）

《姜宝昌语言学、墨学论文集》（姜宝昌）

《基于人工神经网路和向量空间模型的汉语体貌系统研究》（刘洪超）

《面向构式知识库构建的现代汉语"A+一+X，B+一+Y"格

式研究》（刘洪超）

《众包与词汇计量研究》（王世昌）

《梁启超与中国文学的转变》（李开军）

《欧美文学的讽喻传统》（刘林）

《清华简集释》（侯乃峰）

《郁达夫的生平与诗词》（刘晓艺）

《中古阳声韵韵尾在现代汉语方言中的读音类型》（张燕芬）

《一得文存》（唐子恒）

《稗海蠡测集》（王平）

《方言音韵稿存》（张树铮）

《马龙潜美学——文艺学论集》（马龙潜）